Amy Cameron
Der Ruf der Highlands

D0669188

PIPER

Zu diesem Buch

Die junge Lehrerin Lili Campbell aus Edinburgh schwankt
zwischen Glück und Fassungslosigkeit: Sir Niall Munroy, der
verwitwete Vater ihrer Lieblingsschülerin Isobel, macht ihr
trotz des enormen Standesunterschiedes einen Heiratsantrag. Er ist ein reicher Baronet, sie die uneheliche Tochter
einer Köchin. Als er sie zu Weihnachten seiner Familie in den
Highlands vorstellt, gerät Lili in eine düstere Welt voller
Hass, die nur von einem getragen ist: einer seit Generationen
tobenden tödlichen Fehde zwischen dem Clan der Munroys
und dem der Makenzies. Der Schlüssel scheint Nialls Großmutter Mhairie zu sein. Als Lili erfährt, dass ihr Vater ein Makenzie war, muss sie eine Entscheidung treffen. Wird die
Liebe zu Niall stark genug sein, die uralte Fehde zu überwinden?

Amy Cameron wurde in Aberdeen geboren, wuchs in London
und Berlin auf, lebt heute in New York. Sie arbeitete bis vor
Kurzem in einem Auktionshaus. Doch dann kam ihr bei den
Recherchen über ihre eigenen schottischen Wurzeln die Idee
zu dieser Familiensage. »Der Ruf der Highlands« ist ihr erster Roman.

Amy Cameron

Der Ruf der Highlands

Roman

Piper München Zürich

Mehr über unsere Autoren und Bücher:
www.piper.de

Mix
Produktgruppe aus vorbildlich bewirtschafteten
Wäldern und anderen kontrollierten Herkünften
www.fsc.org Zert.-Nr. GFA-COC-001223
© 1996 Forest Stewardship Council

Originalausgabe
Februar 2011
© 2011 Piper Verlag GmbH, München
Umschlagkonzept: semper smile, München
Umschlaggestaltung: Cornelia Niere, München
Umschlagmotiv: Artwork Cornelia Niere;
Eric Meola / Getty Images (Landschaft),
alamy / mauritius images (Gras, See),
Don Hammond / Design Pics / Corbis (Kanu)
Satz: Kösel, Krugzell
Papier: Munken Print von Arctic Paper Munkedals AB, Schweden
Druck und Bindung: CPI – Clausen & Bosse, Leck
Printed in Germany   ISBN 978-3-492-25942-2

Prolog

Der kleine Seitenarm des River Conon nordwestlich von Muir of Ord in Strathconon trug seit Generationen zwei Namen. Für die einen hieß er Artair's Burn, für die anderen Angus' Burn. Für zwei Familien besaß er jedoch auch noch einen dritten Namen, Fuath-Burn, der Bach des Hasses, war es doch das Einzige, was die beiden Seiten verband: unbändiger Hass! Das graublaue Wasser aber floss davon ungerührt auch an diesem Sommertag gleichmäßig von seiner Quelle im Wald von Torrachilty kommend in den River Conon. Ein Schwarm brauner Forellen tummelte sich spielerisch darin. Auf der Lichtung, durch die der Fluss führte, graste ein Rudel Rotwild, das sich aus den kargen Bergen hinunter in das fruchtbare Tal gewagt hatte.

Plötzlich hielt das Leittier inne, hob den Kopf, stieß einen heiseren Schreckenslaut aus und stob in Richtung Wald von dannen. Das Rudel folgte ihm auf der Stelle. Einen Augenblick lang herrschte gespenstische Stille auf der Lichtung. Selbst die Vögel hatten aufgehört zu zwitschern.

Zwei Gestalten näherten sich mit schweren Schritten. Die eine von Norden, die andere von Süden. Es waren zwei Männer, beide gleichermaßen hochgewachsen und kräftig. Beide trugen sie die Kleidung der Hochlandbewohner, einen Kilt mit Hemd und Jacke, dazu dicke Strümpfe und derbe Schuhe. Und beide blickten ähnlich grimmig drein. Das aber waren auch schon alle Gemeinsamkeiten der beiden Männer, die nun jeweils auf ihrer Uferseite stehen geblieben waren. Der Mann, der von Norden gekommen war, hatte weizenblondes

Haar, das ihm wirr bis fast in die Augen hing. Sein Gesicht war kantig und voller Bartstoppeln, sein Kilt, in dessen Tartan die Farbe Grün vorherrschte, verschlissen, sein weißes Hemd schimmerte fleckig. Über die Brust zog sich ein Riss im Stoff, und seine Schuhe waren mit einer Staubschicht bedeckt. Das Auffallendste an ihm aber waren seine wasserblauen Augen, so klar wie ein Bergsee. Er wirkte beinahe ärmlich, während der andere Mann einen wohlhabenden Eindruck machte. Dessen Kleidung war sauber und gepflegt, seine Schuhe waren geputzt, sein rundliches Gesicht glatt rasiert. Er hatte rote Locken, die neckisch unter seiner Mütze hervorlugten. Seine Kopfbedeckung besaß denselben Tartan wie der Kilt, in dem ein kräftiges Rot hervorstach.

Stumm und reglos standen sich die beiden eine ganze Weile gegenüber und musterten einander mit feindseligen Blicken.

»Warum hast du mich herbestellt? Für uns bist du schon vor vielen Jahren gestorben!«, rief der rot Gelockte schließlich über den Fluss.

Der Blonde lachte dröhnend. »Den Grund kennst du ganz genau. Du hast etwas, das mir gehört.«

Der Mann, der von Süden gekommen war, wurde blass. »Ich glaube, mein Lieber, du verkennst die Tatsachen!«, brüllte er zurück. »Das Land ist unser!«

»Was ihr euch genauso erschlichen habt wie die Collane, die euch nicht zusteht. Aber ich rede weder vom Land noch von der Ordenskette. Das weißt du ganz genau! Wo ist sie? Man hat mir gesagt, sie lebe in deinem Haus. Richte ihr aus, dass ich zurück bin.«

»Das werde ich nicht tun! Sie hält dich für tot, und das soll so bleiben.«

»Dann hole ich sie mir mit Gewalt.«

Der rot Gelockte lachte hämisch. »Das glaube ich dir gern. Damit kennt ihr euch ja aus, ihr Pack!«

Der Blonde machte einen Schritt nach vorn, versank bis zu den Knien im Wasser und drohte mit der Faust, aber der rot Gelockte zuckte nicht zurück. Im Gegenteil, sein mit Sommersprossen übersätes rosiges Gesicht lief feuerrot an, und er trat ebenfalls mit beiden Füßen in den Fluss.

»Was hat sie in deinem Haus zu suchen?«, schrie der Blonde. Auch seine Wangen hatten sich vor Zorn gerötet.

»Es ist auch ihr Haus«, gab der andere triumphierend zurück, »denn sie ist meine Frau.«

Er hatte seinen Satz kaum zu Ende gesprochen, als der Blonde sich ihm mit Riesenschritten näherte. Er war schon in der Mitte des Flusses angelangt und bis zu den Oberschenkeln im Wasser versunken. Der rot Gelockte aber war zurück ans Ufer geflüchtet.

»Komm her, Feigling!«, brüllte der Blonde. »Komm her und kämpfe! Tulach Ard!«

Der rot Gelockte zögerte einen Augenblick lang, doch dann sprang er ins Wasser und watete auf den Blonden zu. Ehe dieser sichs versah, hatte er ihm einen Hieb auf die Nase versetzt. »Wenn du es wagst, meiner Frau zu nahe zu kommen, bringe ich dich um. Sie erwartet unser zweites Kind. Jede Aufregung schadet ihr!«, schrie er, während der Mann, der aus dem Norden gekommen war, ins Taumeln geriet. Mit letzter Kraft hielt er sich auf den Beinen und wischte sich mit dem Ärmel das Blut aus dem Gesicht.

»Du Dummkopf! Und du glaubst wirklich, das erste ist von dir?«, spie er seinem Angreifer voller Verachtung entgegen. Dann holte er aus und versetzte dem rot Gelockten einen Schlag in den Magen. Der stöhnte laut auf, doch ehe er sich wehren konnte, hatte der Blonde ihn bereits zu Fall gebracht. Der rot Gelockte strampelte kurz unter Wasser, tauchte aber schon einen Augenblick später wieder auf und schnappte nach Luft. Bevor der Blonde ihn erneut unter Wasser drücken konnte, hatte der rot Gelockte die Beine seines Gegners gepackt. Das kam so überraschend, dass der Blonde ins Wanken geriet und rückwärts in den Fluss fiel. Diesen Augenblick nutzte der Rothaarige, um aufzuspringen. Der Blondschopf tauchte prustend aus dem Wasser auf, doch sein Feind hinderte ihn daran, sich aufzurappeln, und presste ihm den Kopf gewaltsam unter Wasser. Der Blonde schlug in seiner Panik wild um sich und strampelte mit den Beinen, doch der Rothaarige ließ seinen Gegner nicht an die Oberfläche kommen, bis dessen Widerstand immer schwächer wurde. Wie von Sinnen hielt der Mann, der von Süden gekommen war, den Kopf des anderen unter Wasser, und erst als sich sein Gegenspieler gar nicht mehr rührte, ließ er los. Der rot Gelockte griff nach dem Kopf des Blonden und zog ihn aus dem Wasser. Die wasserblauen Augen des Blonden waren vor Schreck weit aufgerissen, aber der Blick war erloschen. Der Rothaarige schüttelte ihn hin und her. Wie bei einer Stoffpuppe flog der Kopf zu beiden Seiten. Als der Rothaarige nach einer halben Ewigkeit begriff, dass er den Mann, der von Norden gekommen war, getötet hatte, schrie er aus Leibeskräften ihren Namen. *Mhairie! Mhairie!* kam das Echo von der steil aufragenden Felswand hinter ihm schauerlich zurück. Der Fluss aber floss ungerührt weiter, wie er es seit jeher getan hatte, doch er würde von diesem Tag an nur noch den einen Namen tragen: Eng Burn, der Bach des Todes.

1. Teil

Edinburgh/Inverness, November 1913 – Hogmanay
(schottisches Silvester und Neujahrsfest) 1913/1914

> *Farewell to the Highlands,*
> *farewell to the North,*
> *The birth-place of Valour,*
> *The country of Worth;*
> *Wherever I wander,*
> *Wherever I rove,*
> *The hills of the Highlands*
> *for ever I love.*

Robert Burns (1759–1796), schottischer Dichter
Aus: *My Heart's in the Highlands*

1

Der raue Westwind pfiff durch die Häuserschlucht der Bell's Wynd, einer der kleinen Gassen, die von der High Street abgingen und zu jenen düsteren Hinterhäusern führten, die teilweise noch aus dem Mittelalter stammten. Auch in der Hauptstraße wehte ein eisiger Wind. Trotzdem herrschte in den Gassen selbst an diesem kalten und ungemütlichen Tag geschäftiger Trubel. Überall im Windschatten hatten die Händler ihre Stände aufgebaut und verkauften ihr schottisches Gebäck in unterschiedlichen Ausführungen. Der süße Duft von Shortbread stieg Lili Campbell verführerisch in die Nase. Sie wohnte noch nicht lange wieder im Zentrum der Stadt, aber sie liebte das städtische Leben, bis auf die stinkenden schwarzen Rauchwolken, die aus unzähligen Schornsteinen in den Himmel qualmten. Sie konnte gut verstehen, dass man Edinburgh im Mittelalter auch *Old Smokie* genannt hatte. Abgesehen davon, dass es mittlerweile längst nicht mehr so viele Kamine auf engstem Raum gab, stank der Rauch, den sie ausstießen, noch genauso übel wie vor Hunderten von Jahren. Bis vor Kurzem hatte Lili ein Zimmer im Internat bewohnt, draußen im grünen Westen, aber ein liebeskranker Kollege hatte sie in die Flucht geschlagen. Ian Mackay, Mathematiklehrer an der St.-George's-Mädchenschule, hatte ihr, nachdem sie einmal mit ihm einen Spaziergang zum Fluss unternommen hatte, regelrecht nachgestellt. Er hatte ein Stockwerk über ihr gewohnt und Abend für Abend schottische Liebeslieder am offenen Fenster gesungen. Als er ihr schließlich eines Tages überraschend im Klassenzimmer vor den kichernden Schülerinnen einen Blumenstrauß überreicht hatte, war sie noch an demselben Tag zur Direktorin gegangen und hatte darum gebeten, zu ihrer Mutter in die Stadt ziehen zu dürfen. Den wahren Grund hatte sie Miss Macdonald allerdings verschwiegen. Das gestrenge Fräulein hätte dem liebestollen Kollegen wohl sofort die Stellung gekündigt, und das hatte er Lilis Meinung nach dann doch nicht verdient.

Daran musste die junge Lehrerin denken, während sie schnellen Schrittes aus der Stadtmitte in Richtung Princess Street eilte, wo sich ihr Arbeitsplatz befand. Sie ging jeden Morgen zu Fuß. Das war gesund, und sie hatte vor Schulbeginn die Gelegenheit, ihren Gedanken nachzuhängen. Noch einmal schweiften diese zu ihrem hartnäckigen Verehrer ab. Er sah nicht einmal schlecht aus, und auch sein Alter störte sie nicht – er war an die zehn Jahre älter als sie –, aber er war ihr einfach zu langweilig. Wenn er über etwas mit Feuereifer sprach, dann über den Satz des Pythagoras und die euklidische Geometrie. Ein Thema, das Lili gar nicht ferner hätte liegen können. Sie unterrichtete nämlich englische Literatur und Musik. Einmal hatte er ihr sogar ein selbst gemachtes Liebesgedicht unter dem Türspalt hindurchgeschoben. Lili hatte nicht umhin gekonnt, kichernd den Rotstift anzusetzen. Ein Werk wie dieses aus der Feder einer ihrer Schülerinnen hätte dieser einigen Tadel eingebracht. Natürlich hatte sie den guten Willen gewürdigt, aber weder Inhalt noch Form des Machwerks hatten ihr Herz erweicht. Sie konnte zwar nicht mit Sicherheit sagen, wie der Mann sein musste, in den sie sich würde verlieben können, aber eines wusste sie genau: Er sollte eher ein Schöngeist oder zumindest ein profunder Kenner von Literatur und Musik sein.

Lili zog sich den Kragen ihres Wollmantels noch höher, als sie am Hals einen kalten Windhauch spürte. Zum Glück regnet es nicht, dachte sie mit bangem Blick zum Himmel hinauf. Noch schien die Sonne, aber von Westen her näherten sich bereits wieder bedrohlich düstere Wolken. Sie war nur froh, dass sie sich heute nicht am frühen Morgen im Dunkeln auf den langen Weg hatte machen müssen wie sonst im Winter. Heute herrschte nämlich Ausnahmezustand in der Schule, denn morgen war der St. Andrew's Day zu Ehren des schottischen Schutzheiligen, der an der St. George's immer besonders gefeiert wurde. Am Vorabend trafen jedes Jahr die Eltern der Schülerinnen ein, die hoch aus dem Norden, aus den Highlands, kamen. Sie durften ihre Kinder besuchen, die so kurz vor Weihnachten keine Ferien mehr bekamen. In den umliegenden Hotels bezogen sie Quartier, denn schon am Abend wurde bei Musik, Tanz und einem Haggis-Essen, dem schottischen Nationalgericht, in dem großen Festsaal der Schule ausgelassen gefeiert. Viele Mädchen hatten ihre Eltern seit den Sommerferien nicht mehr gesehen. Sie waren deshalb viel zu aufgeregt, um an einem Tag wie diesem dem Unterricht zu folgen. Deshalb musste auch Lili erst am Vormittag zur Schule, wo die Mädchen probten, was sie abends vor den Eltern auf der Bühne zum Besten geben würden. Der absolute Höhepunkt war in diesem Jahr die Aufführung eines Schwerttanzes, des Gillie Callum, der elfjährigen Isobel Munroy. Lili selbst hatte das begabte Mädchen dazu ermutigt, den Solotanz zu wagen. Wochenlang hatten die Tanzlehrerin Mademoiselle Larange und Lili mit Isobel geübt. Lilis Herzschlag beschleunigte sich bei dem Gedanken an den heutigen Auftritt ihrer heimlichen Lieblingsschülerin. Sie würde das Mädchen am Klavier begleiten, und da musste jeder Ton sitzen, um Isobel nicht aus dem Rhythmus zu bringen. Sie durfte ja beim Tanzen auf keinen Fall eines der beiden am Boden liegenden gekreuzten Schwerter berühren.

Eine wohlbekannte Männerstimme holte sie aus ihren Gedanken. »Guten Tag, Miss Campbell«, grüßte Ian betont förmlich.

»Hallo, Ian«, erwiderte Lili freundlich und blickte auf.

Aus seinem Gesicht sprach der reine Vorwurf, aber er schwieg. So verliefen ihre Begegnungen in der Schule stets, seit Lili in die Bell's Wynd gezogen war, aber ihr war das lieber so. Endlich hatte er verstanden, dass sie kein privates Interesse an ihm hatte.

Lili war bereits auf dem Schulgelände angelangt und eilte geradewegs in den Festsaal, wo sie noch einmal mit Isobel proben wollte, doch als Lili den Saal betrat, fand sie ihre Schülerin in Tränen aufgelöst.

»Bella, was ist geschehen?«, fragte Lili erschrocken und legte ihr tröstend den Arm um die Schultern.

Das hochgewachsene Mädchen mit dem rot gelockten dicken Haar und einem Gesicht voller Sommersprossen blickte die Lehrerin traurig an. »Mein Vater«, weinte sie, zog einen zerknitterten Brief aus der Tasche ihrer Schulschürze und reichte ihn Lili wortlos. Die zögerte, Isobels Post zu lesen, doch nachdem das Mädchen sie regelrecht dazu aufgefordert hatte, vertiefte sie sich in die Worte. Ihr Vater besaß eine für einen Mann ausgesprochen geschwungene Handschrift. Bedauernd teilte er seiner Tochter mit, dass er aller Wahrscheinlichkeit nach nicht zu den Feierlichkeiten kommen könne. Er habe einen wichtigen Termin mit einem Kunden in Inverness, der es ihm wohl nicht möglich mache, pünktlich zur Aufführung in Edinburgh zu sein, und dann lohne es sich doch gar nicht mehr, wenn er käme. Man sehe sich doch bald in den Ferien, versuchte er sie zu trösten, doch das half alles nichts. Isobel war außer sich vor Enttäuschung.

»Ich werde nicht tanzen heute Abend. Ich bin sowieso nicht gut. Und jetzt, wo Daddy nicht einmal zuguckt ...«, schluchzte sie zum Herzerweichen. Lili suchte nach tröstenden Worten, doch ihr fiel nichts Passendes ein, denn es war nicht das erste Mal, dass der Vater des Mädchens Termine im Internat kurzfristig absagte. Auch wurde Isobel stets von den Eltern anderer Mädchen aus den Highlands in die Ferien abgeholt, sodass Lili ihn auch noch niemals persönlich zu Gesicht bekommen hatte. Er war einer der wenigen Väter, die sie nicht kannte. Bevor Lili aber etwas sagen konnte, schwebte Mademoiselle Larange in den Saal, die elfengleiche, nicht mehr junge ehemalige französische Prima-

14

ballerina, die früher um die ganze Welt gereist und umjubelt worden war.

»Was ist denn ier los?«, fragte sie in ihrem unvergleichlichen Singsang.

Lili hob die Schultern. »Ihr Vater wird höchstwahrscheinlich heute Abend nicht kommen, und jetzt will sie den Tanz nicht aufführen.«

Mademoiselle Larange kräuselte ihr schmales Näschen zum Zeichen, dass sie Isobels Verhalten ganz und gar nicht guthieß. »Mein liebes Kind, du biest ein begnadete Tänzerin, wir aben mit disch bis zum Umgefallen geübt und n'est pas fair aus persönliche Gründe alles werfen hin. Ein große Künstlerin braucht nischt nur Talent, sondern auch Durschaltevermögen und die Fäischkeit, bei die Sache zu bleiben. Wie stellst du disch das vor? Eute Abend wird erwartet, das jemand den Gillie Callum tanzt. Das ist der Öepunkt! Wir aben zwar nischt verraten, wer der ist, mais pardon, wer außer disch kann das?«

Lili musste sich ein Grinsen verkneifen. Mademoiselle Larange sprach mit dem schrecklichsten Akzent, den Lili je gehört hatte, aber dafür mit Händen und Füßen. Und ihr Appell schien Früchte zu tragen, denn Isobels Tränen waren versiegt.

»Qui, du ast ein Pflischt. Und nun, Mademoiselle Cambelle, gehen Sie an der Piano!«

Lili folgte der Aufforderung der Tanzlehrerin und nahm auf ihrem Hocker Platz. Dass der Gillie Callum heute Abend am Klavier begleitet wurde, war eine Seltenheit. Gewöhnlich spielte ein Dudelsackspieler die alte Melodie, doch Isobel wollte unbedingt, dass Lili am Klavier dabei war.

Während die Tanzlehrerin ihren Platz im Zuschauerraum einnahm, drapierte Isobel mit äußerster Konzentration ihre zwei Breitschwerter auf dem Boden. Sie mussten so übereinander gelegt werden, dass zwischen den Klingen vier gleich große Felder entstanden, denn den Höhepunkt der Darbietung stellten die Schritte dar, die zwischen den Schwertern getanzt wurden.

Lili wartete, bis Mademoiselle ihr das Zeichen gab, und begann dann mit dem Klavierspiel. Mit einem Seitenblick musste sie feststellen, dass Isobel nicht bei der Sache war. Und schon wurde das Mädchen streng unterbrochen, und eine einzige Schimpftirade in schrecklichem Kauderwelsch prasselte auf die Unglückliche nieder. Mademoiselle Larange war auf die Bühne gesprungen und hielt Isobel eine Standpauke. Sosehr Lili vorhin die Worte der Kollegin befürwortet hatte, so übte sie ihrer Meinung nach nun viel zu viel Druck aus, der bei Isobel nichts als Trotz hervorrief.

Mit verschränkten Armen stand das Mädchen vor der Lehrerin und hatte die Lippen fest zusammengepresst. »Ast du nischt geört? Isch sagte, du sollst noch einmal machen!«, befahl Mademoiselle Larange mit schriller Stimme, doch Isobel rührte sich nicht. Die Französin warf ihrer Kollegin am Klavier einen hilflosen Blick zu. Lili dachte kurz nach, dann erhob sie sich.

»Komm, Bella!«, sagte sie mit weicher Stimme. »Wir unternehmen einen kleinen Spaziergang an der frischen Luft.« Sie blickte von ihrer Schülerin zur Tanzlehrerin. »Entschuldigen Sie uns, wir sind gleich wieder da!«

»Soit! Mais vite, vite!«, knurrte Mademoiselle Larange. Lili schlüpfte hastig in ihren Mantel und machte Isobel ein Zeichen, ihr nach draußen zu folgen. Der Wind hatte etwas nachgelassen. Dafür regnete es in Strömen, sodass Lili im Eingang stehen blieb.

»Ich kann nicht, das habe ich doch gleich gesagt. Warum muss mich die Moiselle dazu zwingen?«, beschwerte sich Isobel.

Lili seufzte tief. Dann wandte sie sich ihrer Schülerin zu und musterte sie mit ernstem Blick. »Mademoiselle Larange hat recht. Es wäre schade, wenn du vor lauter Enttäuschung, dass dein Vater nicht zur Aufführung kommt, alles hinwirfst. Es gibt doch so viele andere, die sich an deinem Tanz erfreuen würden.«

»Ich will aber für meinen Vater tanzen«, widersprach Isobel trotzig.

Wieder seufzte Lili. »Ich weiß, wie du dich fühlst. Weißt du, als ich meine ersten Konzerte in der Schule gegeben habe, war meine Mutter nie dabei. Was meinst du, wie oft ich die Lust am Klavierspielen verloren hatte? Aber dann waren da meine Lehrer, meine Mitschüler, die Eltern der anderen Mädchen ... «

»Sie hatten wenigstens eine Mutter«, unterbrach Isobel Lili.

»Ja, aber dafür bin ich ohne Vater aufgewachsen.«

Das Mädchen blickte seine Lehrerin neugierig an. »Ist Ihr Vater auch gestorben, als Sie noch klein waren? Ich war sieben, als meine Mutter starb.«

»Nein, er ist ... «, erwiderte Lili gedankenverloren, doch dann berichtigte sie sich rasch. »Ja, genau, er ist gestorben, als ich noch ein Baby war. Ich habe nicht einmal ein Bild von ihm, das ich in meinem Herzen bewahren könnte. Aber deshalb weiß ich, wie es ist, mit nur einem Elternteil aufzuwachsen, der dann für den Lebensunterhalt sorgen muss und nie Zeit hat.«

»Besitzt Ihre Mutter etwa auch so eine riesige Schafzucht wie mein Vater?«

Lili lächelte und schüttelte den Kopf. »O nein, das leider nicht. Sie arbeitet in einem Haushalt am Charlotte Square. Und immer, wenn es in der Schule Aufführungen gab wie am St. Andrew's Day oder zu Burns Supper, fanden im Hause ihrer Herrschaften große Gesellschaften statt, für die meine Mutter große Mengen von Haggis zubereiten musste.«

Isobel sah Lili ungläubig an. Lili verstand das so, dass ihre Schülerin noch immer nicht ganz von den Worten überzeugt war, die ihre Lehrerin zur Verteidigung der alleinerziehenden Elternteile vorgebracht hatte. Deshalb setzte Lili nach.

»Natürlich ist es hart für uns, aber unsere Eltern tun es doch nicht aus böser Absicht, sondern, weil sie arbeiten müssen.«

»Ja, nein, ich ... «, stammelte Isobel. »Es ist nur so, bei

uns zu Hause … Onkel Craig und Tante Shona ermahnen mich immer, dass ich nicht bei den Dienstboten in der Küche hocken soll.«

Da erst begriff Lili, was Isobel so befremdlich erschien. »Ach so, du wunderst dich darüber, dass meine Mutter Köchin ist, nicht wahr? Ja, weißt du, nicht jeder wird mit einem silbernen Löffel im Mund geboren.«

»Natürlich nicht«, entgegnete Isobel verlegen. »Aber ich glaube, ich habe Sie verstanden. Vater würde sicher wollen, dass ich auch tanze, wenn er nicht dabei ist. Und die Moiselle und Sie, Miss Campbell, Sie haben so lange mit mir geübt. Es wäre undankbar, wenn ich mich sträuben würde.«

»Richtig, so spricht eine vernünftige Isobel Munroy.«

»Und Sie meinen wirklich, dass ich gut genug bin?«

»Du bist ein Naturtalent.« Lili legte den Arm um die Schultern des Mädchens und zog es mit sich fort.

Mademoiselle Larange war nicht da, als sie den Saal betraten.

»Komm schnell und sieh mir zu!«, schlug Lili ihrer Schülerin mit vor Begeisterung geröteten Wangen vor. »Ich mache dir die Schrittfolge noch einmal vor, während du den Gillie Callum singst.«

Hastig legte Lili ihren schweren Mantel ab, zog ihre klobigen Schuhe aus, stellte sich hinter die Schwerter und gab Isobel ein Zeichen, mit dem Gesang zu beginnen.

Das Mädchen besaß eine glockenhelle Stimme, viel zu virtuos für das deftige Lied, aber Lili fand den Einsatz und begann mit den Schritten. Wie oft hatte sie den Gillie Callum schon in dem kleinen Zimmer in der Bell's Wynd getanzt! Sie bewegte sich so sicher und hörte dabei auf zu denken. Ihre Füße flogen wie von selbst hin und her. Als sie fertig war und sich verbeugte, ertönte aus dem Zuschauerraum Applaus. Erschrocken blickte Lili in die Richtung, aus der er gekommen war. Dort stand Mademoiselle Larange in Begleitung eines groß gewachsenen, schlanken Mannes mit roten Locken in der vornehmen Kleidung eines adeligen Hochländers. Das konnte Lili auf einen Blick erkennen. Die Männer in den Gassen von Edinburgh waren einfacher gekleidet und trugen keine Kilts, sondern einfarbige dunkle Hosen. So angezogen wie dieser Mann waren nur die wohlhabenden Väter der Mädchen aus den Highlands. Diesen aber hatte sie noch nie zuvor gesehen.

Lili lief rot an, denn Mademoiselle Larange und der Fremde klatschten immer noch begeistert.

»Sie ätten Tänzerin werden sollen, Miss Cambelle. Sie haben das im Blut. Aber nun vite, vite, ma chère Isobel!« Sie wandte sich an den Hochländer. »Aber Sie müssen gehen aus die Saal. Sonst ist nischt mehr Überraschung, Sir Niall.«

In diesem Augenblick stürzte sich Isobel mit dem Aufschrei »Vater!« von der Bühne und warf sich dem Mann in die Arme. Er schleuderte sie ein paarmal im Kreis herum, doch dann sagte er mit gespielter Strenge: »Du musst deine Kraft für den Auftritt bewahren, meine kleine Distel!«

»Aber wieso bist du doch gekommen, und schon so früh?«, fragte Isobel, deren Wangen sich vor Freude rosig verfärbt hatten.

»Ich habe Mister Macure, meinem Kunden, die Wahrheit gesagt. Dass meine kleine Tochter heute den Gillie Callum tanzen wird und ich den wegen unserer Besprechung wohl versäumen würde. Und da hat Mister Macure gesagt, dass das nicht infrage komme und wir unseren Termin wohl auf übermorgen verschieben müssten.«

»Ach, Dad, ich bin ja so froh!«, seufzte Isobel und fiel ihrem Vater noch einmal um den Hals.

Lili verfolgte diese innige Begrüßung zwischen Vater und Tochter mit wachsendem Interesse. Was für eine tiefe, warme Stimme er doch hat, dachte sie noch, als sie ihn raunen hörte: »Miss Cambelle, vielen Dank für den bezauberndsten Gillie Callum, den ich je gesehen habe …«

Lili musste sich das Lachen verkneifen, weil er ihren Namen in Mademoiselle Laranges Kauderwelsch ausgesprochen hatte.

»Noch mag er Ihnen vielleicht als der bezauberndste erscheinen«, erwiderte sie schlagfertig. »Aber warten Sie ab, bis Sie Ihre Tochter bewundern dürfen.« Sie hoffte, dass er nicht merkte, wie seine Anwesenheit und besonders sein Kompliment sie verunsicherten. Nicht jeden Tag sagte ihr ein so attraktiver Hochländer, dass sie bezaubernd tanze. Um ihre Unsicherheit zu überspielen, bemerkte sie nun hastig und bestimmt: »Und meine Kollegin hat recht. Sie müssen jetzt gehen. Wir werden noch einmal proben, und wenn Sie dabei zusehen, würde das viel zu viel vorwegnehmen.«

»Aber selbstverständlich«, entgegnete Sir Niall höflich und wandte sich gen Ausgang. Dort drehte er sich noch einmal um. »Darf ich fragen, ob Sie Isobel danach in meine Obhut übergeben könnten? Ich würde gern mit ihr ein wenig durch die Stadt bummeln und einkaufen. Nicht, dass wir in Inverness keine Geschäfte hätten, aber die Auswahl ist hier schon ein wenig größer.«

»Wenn Sie sie rechtzeitig zurückbringen, damit sie noch beim Schmücken des Saales helfen kann, habe ich nichts dagegen. Reichen zwei Stunden für Ihre Besorgungen?«

Der Mann aus dem Hochland lachte tief und voll. »Das kommt darauf an, was meine kleine Distel so alles braucht. Nein, machen Sie sich keine Sorgen. In zwei Stunden bringe ich sie wohlbehalten zurück.« Er deutete eine Verbeugung an, bevor er endgültig den Saal verließ.

Was für ein charmanter und interessanter Mann!, durchfuhr es Lili.

»Miss Cambelle«, riss Mademoiselle Larange Lili, die dem Hochländer immer noch nachstarrte, aus ihren schwärmerischen Gedanken. »Wir wollen probieren! Alors, bist du bereit, Isobel?«

»Ja«, erwiderte das Mädchen mit strahlendem Lächeln und stellte sich hinter den Schwertern auf. Dieses Mal tanzte sie wie eine junge Göttin. Selbst als Lili ein paarmal aus dem Takt geriet und sich im Ton vergriff, überspielte Isobel deren Patzer geschickt.

»Bravo!«, wurde sie von Mademoiselle Larange gelobt.
»Und nun, du kannst gehen zu dein Papa. Vite, vite!«

Das ließ sich Isobel nicht zweimal sagen. Grußlos griff sie
sich ihren Mantel und flog förmlich davon.

Lili aber traute sich kaum aufzublicken. Ihr war es entsetzlich peinlich, dass sie sich verspielt hatte. Das war doch sonst
nicht ihre Art. Hoffentlich hat die Moiselle es nicht bemerkt,
dachte sie noch. Doch da zwitscherte die Tanzlehrerin bereits
in süffisantem Ton drauflos. »Isch kann Sie verstehen, Miss
Cambelle, wenn isch noch im Alter zu eiraten wäre, isch
würde diese Mann nischt mehr aus die Augen lassen. Er at
zwei besteschende Vorteile: Er ist ein Witwer und ein Baronet. Mais, eute Abend, Sie sollten ihn einer kleiner Moment
lang vergessen.«

Lili errötete bis in die Haarwurzeln. »Das hat doch nichts
mit Sir Niall zu tun, wenn ich danebengreife«, schwindelte
sie mit empörter Stimme.

»Isch verstehe, d'accord, mais eines müssen Sie misch erklären. Warum aben Sie nie Ballet gemacht? Sie sind gut.«

Lili hob die Schultern. »Meine Mutter hatte nicht das Geld
für den Unterricht, und mit fünfundzwanzig dreht man keine
großen Pirouetten mehr«, erwiderte sie rasch.

»Aber mit fünfunswansisch ist man in die rischtige Alter
zu eiraten, um nischt zu sagen, jetzt oder nie. Isch meine, Sie
sehen aus wie keine zwansisch, aber andere in Ihre Alter aben
eine Schar von Kindern. Vite, vite, kann isch nur sagen, sonst
werden Sie eine alte Moiselle wie isch. Und nie ein Madame«,
plapperte Mademoiselle Larange darauflos.

Lili aber zog es vor, diesen sogenannten Wink mit dem
Zaunpfahl zu überhören und den Saal eilig zu verlassen. Sie
hatte nämlich das ungute Gefühl, dass sie zum wiederholten Mal an diesem Vormittag rot geworden war. Aber ein
Körnchen Wahrheit enthielten die Worte der Französin. Das
konnte sie nicht leugnen. Sie wusste genau, dass sie nicht
mehr endlos warten durfte, wenn sie einmal heiraten und
Kinder haben wollte. Eigentlich machte ihr der Beruf große

Freude und erfüllte sie voll und ganz. Gut, wenn der richtige Mann kommen würde, dann würde sie ihn vielleicht sogar aufgeben, doch dem war sie bislang noch nicht annähernd begegnet. Und sie konnte ihr Herz wohl kaum an einen unerreichbaren Baronet aus den Highlands hängen.

2

Der Saal der St.-George's-Mädchenschule war festlich geschmückt. Überall an den Wänden prangten die Wappen der
Clans, und Girlanden mit Stoffdisteln hingen über den einge-
deckten Tafeln, die strahlenförmig um die Bühne herum aufgestellt worden waren, damit jeder einen freien Blick auf das
Geschehen dort oben hatte. Der Tisch am äußeren Rand war
den Lehrern vorbehalten. Lili missfiel es außerordentlich,
dass wieder einmal Ian Mackay den Platz neben ihr ergattert
hatte, nur um sie vorwurfsvoll anzuschweigen.

Lilis Finger wurden eiskalt, als sie von der Direktorin nach
deren Ansprache an die Eltern als die »ungewöhnliche musi-
kalische Begleitung« der Schülerin Isobel Munroy bei deren
Gillie Callum angesagt wurde. Und das lag nicht nur an ihrem
dünnen hellroten Abendkleid aus Seide und Chiffon, das ihre
Mutter ihr selbst genäht hatte. Aus Stoffresten, die ihr die
Herrschaft geschenkt hatte, doch das war dem Kleid nicht
anzusehen. Lili war sich sehr wohl bewusst, dass sie eleganter
als ihre Kolleginnen wirkte, die an demselben Tisch wie sie
saßen. Bis auf Mademoiselle Larange, die stets durch ihre
modischen Extravaganzen hervorstach. Zu einem schlichten,
einfach geschnittenem Kleid trug sie riesige Ohrringe in
Schlangenform sowie Armreifen, die sich vielfach um ihre
schmalen Handgelenke wanden.

Sie ist einfach eine Dame von Welt, dachte Lili bewundernd. Ob sie je so aufregt vor ihren Auftritten war, wie ich
es gerade bin?, fragte sie sich, während Madame Larange ihr
aufmunternd zunickte.

Daraufhin erhob sich Lili von ihrem Platz und machte eine kurze Verbeugung, bevor sie auf die Bühne zuging. Das Publikum applaudierte. Hoffentlich stolpere ich nicht, schoss es ihr durch den Kopf, während sie die Stufen hinaufschritt. Mit einer grazilen Bewegung setzte sie sich ans Klavier und begann mit den ersten Takten.

»Wo ist der Dudelsackspieler?«, schallte es aus dem Saal zu ihr herauf, aber nun konnte sie nichts mehr aus der Ruhe bringen. Dachte sie jedenfalls, bis sie einen flüchtigen Blick in das Publikum warf und in ein Paar tiefblauer Augen sah. Beinahe hätte sie die falsche Taste erwischt, sodass sie sich nun eisern auf ihre Hände konzentrierte.

Lautes Klatschen ertönte, als Isobel aus dem hinteren Vorhang auf die Bühne trat und sich hinter den Schwertern aufstellte. Lilis Herz wollte vor lauter Stolz schier bersten beim Anblick ihrer Lieblingsschülerin, die einen karierten Rock trug, der, wie es sich gehörte, kürzer war als ein Kilt, welcher den Männern vorbehalten war. Mit feierlichem Ernst blickte das Mädchen ins Publikum.

Lili betete, dass alles gut gehen möge, und atmete auf, als sich Isobel anmutig in Bewegung setzte und ihre Beine rasant über die Klingen des Schwertes fliegen ließ. Sie wagte sogar einen Sprung, den sie nicht geprobt hatten, den sie aber so gekonnt ausführte, dass das Publikum ihr Zwischenapplaus spendete.

Jetzt kann nichts mehr schiefgehen, dachte Lili erleichtert und erhöhte das Tempo, dem Lili mühelos folgte. Immer schneller tanzten ihre flinken Füße wie bei einer Primaballerina innerhalb der vier Felder. Ihre ernsten Gesichtszüge hatten sich erhellt. Sie lächelte selig, was ihrer Aufführung noch einen besonderen Charme verlieh.

Auch Lili huschte ein befreites Lächeln über die Lippen. Als Isobel den Tanz beendet hatte und mit tosendem Beifall belohnt wurde, wagte Lili erneut einen flüchtigen Blick ins Publikum. Abermals blieb er an dem Gesicht von Isobels Vater hängen, der ihr ein anerkennendes Lächeln schenkte.

Sie erwiderte es verlegen. Dann stand sie auf und verbeugte sich gemeinsam mit ihrer Schülerin.

»Die Kleine war gut, aber wo ist der Dudelsackspieler?«, brüllte es erneut aus dem Publikum. An der Stimme des Mannes war unschwer zu erkennen, dass dieser bereits angetrunken war.

Lili versuchte den störenden Zwischenruf zu überhören und lächelte nun tapfer von der Bühne hinunter. Da aber trat Isobel einen Schritt vor und rief laut ins Publikum: »Ich habe mir das Klavier zur Begleitung gewünscht und fand es wunderbar!«

Zur Bekräftigung ihrer Worte sprang ihr Vater von seinem Platz auf. »Wem es nicht gefällt, der soll gehen!«, donnerte er mit lauter Stimme.

Dafür erntete er zustimmenden Beifall, und der Störenfried wurde daraufhin von seinen eigenen Leuten nach draußen geleitet.

Noch einmal verbeugten sich Isobel und Lili, und aus dem Saal ertönte der Gillie Callum, gesungen von allen Gästen der Feier. Diesen Augenblick nutzte Lili, um die Bühne zu verlassen und an ihren Tisch zurückzukehren.

»Da hast du dir aber einen feinen Verehrer angelacht, meine Liebe. Für die Tochter der Köchin zu fein!«, zischte ihr Ian ins Ohr, kaum dass sie sich gesetzt hatte. Lili wurde feuerrot. Offenbar hatte der eifersüchtige Kollege den Blickkontakt zwischen ihr und Isobels Vater beobachtet. Bislang war sie ruhig geblieben, weil sie ihm einen Korb hatte geben müssen und er ihr leidtat. Diese Rücksichtnahme aber hatte er in dieser Sekunde verspielt.

»Wenn du noch einmal deine Nase in meine Angelegenheiten steckst oder dich ungefragt in meine Nähe setzt, erzähle ich Miss Macdonald, dass ich deinetwegen ausgezogen bin«, gab sie wütend zurück.

»Du wirst noch sehen, was du davon hast«, drohte ihr der Mathematiklehrer und kehrte ihr den Rücken zu. Lili aber atmete ein paarmal tief durch. Ob er wohl recht hat und Isobels Vater tatsächlich an mir interessiert ist?, fragte sie sich noch, als das Essen kam. Es gab eine Vorsuppe, auf die sie sich mit Heißhunger stürzte. Sie war den ganzen Tag über noch nicht richtig zum Essen gekommen. Sie hoffte, dass sie davon satt werden würde, denn der Hauptgang war nicht nach ihrem Geschmack. Das durfte sie nur nicht laut sagen, weil sie außer sich selbst keinen einzigen Schotten kannte, der Haggis nicht als seine Lieblingsspeise betrachtet hätte. Die einzige Zubereitung des Nationalgerichts, die wirklich Gnade vor ihren Augen fand, war die ihrer Mutter, aber das, was in der Schule als Haggis auf den Tisch kam, zählte sie nicht zu ihren Lieblingsgerichten. Deshalb füllte sie davon so viel oder so wenig auf den Teller, dass es nicht weiter auffiel, und bediente sich dafür reichlich bei den Kartoffeln und den Rüben. Sie hatte eine Verbündete, was ihre Abneigung gegen Haggis betraf: Mademoiselle Larange, der man es allerdings nachsah, dass ihrem französischer Gaumen der mit Herz, Lunge, Leber, Zwiebeln und Nierenfett gefüllte Schafsmagen nicht unbedingt genehm war. Mit einem Blick auf Lilis Teller schenkte die Moiselle ihr ein wissendes Lächeln.

Lili langte dafür beim Dessert noch einmal ordentlich zu. Sie liebte alle Arten von Pudding und konnte vor allem so viel davon essen, wie sie nur wollte. »Wie kannst du nur so schlank bleiben? Bei den Mengen, die du vertilgst?«, pflegte Lilis Mutter angesichts des gesegneten Appetits ihrer Tochter immer wieder zu fragen und war sich sicher, dass dies aus der väterlichen Linie kommen müsse. Davinia neigte nämlich zur Üppigkeit, was, wie Lili fand, sehr gut zu deren Beruf passte. Man sah ihr an, dass es ihr schmeckte. Väterliche Linie, dachte Lili, und ihr Gesicht verfinsterte sich. Über jene Familie wusste sie gar nichts. Kein Wunder, war ihr Vater doch schon vor ihrer Geburt gestorben. Nicht einmal gewusst hatte er von ihr, aber Davinia pflegte stets im Brustton der Überzeugung zu verkünden, dass er sie selbstverständlich geheiratet hätte, wenn er nicht vorher verunglückt wäre …

Lili versuchte, den Gedanken an ihre Herkunft energisch

abzuschütteln. Immer wenn sie daran dachte, wie tapfer ihre Mutter sie beide durchgebracht hatte, stieg in ihr Wut auf ihren Vater hoch. Warum war er auch vom Pferd gestürzt, bevor er Davinia zum Altar hatte führen können? Dann wäre sie, Lili, wenigstens ein eheliches Kind gewesen. So aber musste sie mit diesem Makel leben, dass sie keines war. Heute war dies kaum mehr ein Problem, aber zu Schulzeiten hatte sie schwer darunter zu leiden gehabt.

Lili war froh, als Mademoiselle Larange sie in ein Gespräch über Ballett verwickelte. Das vertrieb ihre düsteren Gedanken im Nu.

Nach dem Essen löste sich die Gesellschaft rasch auf, weil die Mädchen ins Bett mussten, um für die morgendlichen Feierlichkeiten ausgeschlafen zu sein. Lili reckte den Hals, um nach Isobel zu sehen, doch ihr Platz und auch der ihres Vaters waren leer. Sie verspürte eine leichte Enttäuschung bei dem Gedanken, dass die beiden sich nicht einmal verabschiedet hatten, wobei sie sich nicht ganz sicher war, was sie mehr wurmte: dass der Vater das Fest grußlos verlassen hatte oder die Tochter …

Lili wollte gerade eine Girlande abnehmen, als die Direktorin an sie herantrat. »Miss Campbell, Schluss für heute! Sie haben Ihren Beitrag zu unserem Fest zu meiner vollen Zufriedenheit geleistet. Gehen Sie nur. Sie haben noch einen weiten Weg.« Sie blickte Lili wohlwollend an. »Ich bin sehr zufrieden mit Ihrer Arbeit«, fügte sie hinzu. »Selten hat eine so junge Lehrerin in kürzester Zeit Derartiges bewegen können.«

Lili machte dieses Lob verlegen. »Ich habe doch nichts Besonderes getan«, beeilte sie sich zu widersprechen.

»O doch. Sie wissen genau, wie verschlossen Isobel war, als sie auf unsere Schule kam, wie zurückhaltend und schüchtern. Und nun tanzt sie auf der Bühne und begeistert jedermann. Das ist Ihr Verdienst.«

Lili wurde rot. »Das Talent hat sie. Ich habe sie doch nur dazu ermutigt, es zu zeigen. Und Sie dürfen Mademoiselle

Larange nicht vergessen. Sie hat sich genauso für die kleine Munroy eingesetzt.«

»Das schätze ich übrigens ebenfalls sehr an Ihnen – Ihre Bescheidenheit«, erwiderte die Direktorin. »Aber nun werden Sie meinen Anweisungen folgen und sich umgehend auf den Heimweg machen. Und bitte, nehmen Sie eine Droschke. Es treibt sich heute Abend allerlei Volk in den Gassen herum.«

Lili nickte. »Dann auf Wiedersehen, Miss Macdonald. Bis morgen.«

»Morgen?«, entgegnete die Direktorin. »Schon vergessen? Alle Lehrkräfte, die ihren Beitrag zu den Festlichkeiten geleistet haben, bekommen morgen frei. Ruhen Sie sich einfach ein wenig aus.«

»Tatsächlich, daran habe ich gar nicht mehr gedacht. Vielen Dank.«

Lili winkte der Direktorin noch einmal zu, bevor sie ihren Mantel holte und ins Freie trat. Die Luft war frisch und klar. Es hatte aufgehört zu regnen, und auch der Wind hatte nachgelassen. Lili warf einen flüchtigen Blick zum sternenklaren Nachthimmel hinauf und stieß einen tiefen Seufzer aus. Am liebsten wäre sie zu Fuß gegangen, aber nun hatte sie der Direktorin versprochen, sich einen Wagen zu nehmen. Vor dem eisernen Tor der Schule warteten bereits einige Droschken, um die Eltern der Schülerinnen in ihre Unterkünfte zu bringen. Lili reihte sich in die Schlange der Wartenden ein. Sofort wurde sie von allen Seiten auf die gelungene Vorführung der kleinen Munroy angesprochen.

»Darf ich Sie mit einer Droschke nach Hause begleiten, Miss Campbell?«, fragte nun plötzlich eine tiefe Männerstimme, die einen geheimnisvollen rauen Klang besaß, hinter ihr. Wie vom Donner gerührt wandte sie sich um. Dabei klopfte ihr das Herz bis zum Hals.

»Wenn es Ihnen nichts ausmacht, dass Sie meintwegen einen Umweg machen, würde ich in dieser selten klaren Nacht tatsächlich lieber zu Fuß gehen.«

»Nichts lieber als das«, entgegnete Sir Niall und reichte ihr seinen Arm. Zögernd hakte Lili sich bei ihm unter. »Ich wohne allerdings etwas weiter weg. Nahe der High Street«, bemerkte sie fast entschuldigend.

»Umso besser«, entgegnete der hochgewachsene Mann, dem sie knapp bis zur Schulter reichte.

Ihr Herz pochte immer noch laut, als sie sich von den wartenden Eltern entfernten, deren aufgeregtes Getuschel die Freude über dieses unerwartete Wiedersehen mit Isobels Vater ein wenig trübte. Nicht dass ich ins Gerede komme, weil ich vor allen Leuten mit ihm fortgehe, durchfuhr es sie eiskalt. Doch kaum, dass sie um die Ecke gebogen waren und sich den Blicken der neugierigen Hochländer entzogen hatten, entspannte sie sich. Was war schon dabei, wenn sie sich von einem Mann auf dem Heimweg durch die Nacht begleiten ließ?

»Ich bin Ihnen zu großem Dank verpflichtet«, bemerkte der Baronet mit ernster Stimme.

Lili zuckte zusammen. Es war ihr unangenehm, womöglich schon wieder für Isobels Auftritt gelobt zu werden.

»Es ist meine Aufgabe, mich um die Mädchen zu kümmern«, erwiderte sie schroffer als beabsichtigt.

Sir Niall Munroy blieb unvermittelt stehen und blickte Lili tief in die Augen. »Ich habe mir große Sorgen um meine Tochter gemacht, weil sie so in sich gekehrt und abweisend war, doch heute habe ich sie als völlig verändertes Kind erlebt. So fröhlich war sie selten. Und nun erzählen Sie mir nur nicht, dass Sie daran gänzlich unschuldig sind.«

Lili ließ seinen Arm los und trat einen Schritt zurück.

»Mademoiselle Larange und ich haben einfach nur erkannt, was für ein Talent in Ihrer Tochter schlummert. Und nicht ich habe es zuerst bemerkt, sondern meine Kollegin, die Bella im Tanzen unterrichtet.«

Ein Lächeln erhellte sein Gesicht. »Keine Sorge, ich habe der Mademoiselle meinen Dank ebenfalls ausgesprochen. Aber allein wie Sie meine Tochter nennen ... Bella, so hat meine Frau sie immer gerufen.«

»Isobel hat mich darum gebeten«, erwiderte Lili mit einer Heftigkeit, die sie selbst erschreckte. Sie fügte hastig hinzu: »Wir sollten den Weg schneller fortsetzen. Ich sagte Ihnen ja bereits, dass ich nicht in der Nachbarschaft des Internats wohne.«

»Aber natürlich«, erwiderte Sir Niall höflich und reichte ihr erneut den Arm. Lili hakte sich zögernd ein. Sosehr sie seine Nähe genoss, plötzlich erschien ihr das alles viel zu persönlich. Es liegt an seinem Blick, dachte sie erschrocken. Er sieht mich nicht wie die Lehrerin seiner Tochter an. Ich erkenne da eine Sehnsucht, aber die kann unmöglich mir gelten.

»Sie müssten einmal ihre Briefe lesen, wie sie von Ihnen spricht. Miss Campbell sagt dieses, Miss Campbell meint jenes ...«

Lili stellte erleichtert fest, dass sie bereits den Moray Place erreicht hatten. Sie fühlte sich nicht wohl in ihrer Haut. Keine Frage, dass sie den Mann aus dem Hochland faszinierend fand, aber Ian Mackay hatte mit seinen vernichtenden Worten vorhin leider die Wahrheit gesprochen. Isobels Vater war ein reicher Baronet aus den Highlands und sie die Tochter einer Köchin.

»Ich mag Isobel, und sie tat mir schrecklich leid. Nicht ein einziges Mal in den zwei Jahren, seit Ihre Tochter bei uns ist, haben Sie der Schule einen Besuch abgestattet. Können Sie sich nicht vorstellen, wie sehr das Mädchen seinen Vater braucht, wenn es schon keine Mutter mehr hat ...« Lili unterbrach sich hastig. Sie hatte schon, während sie sprach, gemerkt, dass es ihr nicht zustand, den Vater einer Schülerin in diesem anklagenden Ton zurechtzuweisen.

»Entschuldigen Sie bitte! Das war nicht fair. Ich bin selbst auch nur mit einem Elternteil, mit meiner Mutter, aufgewachsen, die, weil sie mir den Beruf meiner Träume ermöglichen wollte, unentwegt geschuftet hat und eben nie zu Schulaufführungen kommen konnte.«

Ehe Lili sichs versah, hatte Isobels Vater sie in den Arm genommen. »Sie müssen sich nicht entschuldigen«, sagte er mit heiserer Stimme. »Ob Sie meine Tochter in Ihr Herz geschlossen haben, weil ihr Schicksal Sie an Ihr eigenes erinnert oder aus anderen Gründen, das ist mir gleichgültig. Für mich zählt nur, dass Sie ein Herz für meine Tochter haben und dass auch Sie ihr viel bedeuten.«

Lili blickte ihn aus ihren großen dunklen Augen irritiert an.

»Und ich kann meine Tochter sehr gut verstehen, denn Sie sind eine besondere junge Frau«, fügte er hinzu, ohne den Blick von ihr zu lassen.

Lili wurde trotz der winterlichen Kälte heiß. »Wollen wir weitergehen? Ich friere«, raunte sie wahrheitswidrig und mit belegter Stimme.

Wieder reichte ihr Isobels Vater seinen Arm, doch dieses Mal hakte sich Lili nicht bei ihm unter. Schweigend gingen sie nebeneinander her, bis sie die High Street erreichten, durch die laut grölende Männerhorden zogen.

Mit einem Seitenblick stellte Lili fest, dass sie nun an der Bell's Wynd angekommen waren, doch sie ging daran vorbei, als würde sie diese Gasse nicht kennen. Es ging ihn nichts an, in welcher ärmlichen Gegend sie lebte. Stattdessen bog sie auf die South Bridge ein und führte ihn parallel zur High Street über Cowgate zurück in Richtung Grassmarket. Vor der St.-Giles-Kathedrale blieb sie stehen.

»Danke, dass Sie mich bis hierher begleitet haben«, sagte sie mit fester Stimme. »Dort wohne ich.«

»In der Kirche?«, fragte der Mann aus den Highlands, und ein Lächeln umspielte seine Lippen.

»Sie brauchen mich nicht bis ganz nach Hause zu bringen«, entgegnete Lili trocken. »Es sind nur noch wenige Schritte.«

Warum sage ich ihm nicht einfach, dass ich in einer der vielen winzig kleinen Wohnungen zu Hause bin? Dort, wo die einfachen Leute wohnen, durchfuhr es sie, doch im gleichen Augenblick erinnerte sie sich an Isobels Worte: *Es ist nur so, bei uns zu Haus ... Onkel Craig und Tante Shona ermahnen mich immer, dass ich nicht bei den Dienstboten in der Küche hocken soll.*

Nein, er soll nicht wissen, aus was für Verhältnissen ich stamme, dachte Lili entschlossen.

»Gut, dann müssen Sie mir nur noch sagen, wo genau Sie wohnen, damit ich Sie morgen abholen kann«, fragte da der Mann aus dem Hochland interessiert.

»Wozu? Ich habe morgen meinen freien Tag«, erwiderte sie abweisend.

»Genau. Ich weiß. Und deshalb möchten wir mit Ihnen das Feuerwerk und die Dudelsackparaden erleben«, entgegnete er lächelnd.

Lili blickte ihn fragend an.

Er seufzte. »Es ist der ausdrückliche Wunsch meiner Tochter, dass Sie uns begleiten.«

Lili überlegte krampfhaft. Ihr Herz schrie danach, ihn wiederzusehen, während ihr Verstand dringend davon abriet, doch da hörte sie sich bereits antworten: »Gut, morgen Mittag um zwölf an dieser Stelle. Dann können wir die Dudelsackparade ansehen.«

Isobels Vater strahlte über das ganze Gesicht. »Ich freue mich darauf, Miss Campbell«, gurrte er, gab ihr überraschend einen Kuss auf die Wange und wandte sich zum Gehen, bevor sie überhaupt begriffen hatte, was geschehen war.

Lili starrte ihm mit offenem Mund hinterher. Ihre Knie waren so butterweich, dass sie sich an einem der eisernen Gitter abstützen musste, die St. Giles umzäunten.

3

Lili erwachte von einem merkwürdigen Geräusch. So als sei etwas zu Boden gefallen. Sie schreckte hoch und rieb sich die Augen.

»Mutter?«, rief sie, und als sie keine Antwort bekam, sprang sie aus dem Bett und wollte zum Zimmer ihrer Mutter eilen, doch diese lag stöhnend auf dem kalten Boden des Flurs.

»Um Himmels willen, was ist geschehen?«, schrie Lili außer sich vor Sorge, während sie sich neben ihre Mutter kniete und Davinia das Haar aus der schweißnassen Stirn strich.

»Ich weiß auch nicht … Plötzlich wurde mir schwindlig, und es zog mir die Beine weg.«

»Wir müssen einen Arzt holen.«

»Unsinn, ich bin doch nicht krank!«, widersprach Davinia und richtete sich energisch auf. »Reich mir die Hand!«, befahl sie. »Ich will sofort aufstehen.«

»Mutter, bitte, du bist umgefallen, du gehörst ins Bett!«

»Ins Bett? Heute am St. Andrew's Day? Weißt du, wie viele Gäste Mrs Denoon erwartet?«

»Nein, und das ist mir auch völlig gleichgültig. Ich werde sie aufsuchen und dich entschuldigen.«

»Reichst du mir jetzt endlich die Hand?«, schnaubte Davinia.

Seufzend half Lili ihrer Mutter beim Aufrichten. Davinia war bereits fertig angezogen und strich das Kleid glatt, bevor sie sich durch ihr dickes, immer noch dunkelblondes Haar fuhr und nach ihrem Mantel griff.

Lili beobachtete das Ganze missbilligend. Ihre Mutter war weiß wie eine Wand, aber wie sollte sie sie daran hindern, ungeachtet dessen in das Haus am Charlotte Square zu gehen, um zu arbeiten? Davinia ließ sich von keinem Menschen etwas sagen, am allerwenigsten von ihrer Tochter.

»Mutter, bitte, sei nicht unvernünftig«, versuchte Lili ihr noch einmal ins Gewissen zu reden.

»Es war nur ein Schwächeanfall. Nicht der Rede wert«, lautete die barsche Antwort. Kaum hatte Davinia diese Worte ausgesprochen, als sie laut aufstöhnte und sich ans Herz griff.

Lili durchfuhr ein eiskalter Schrecken. Ihre Mutter war noch blasser geworden und stützte sich an der Garderobe ab.

»Komm, Mutter, ich bringe dich ins Bett«, sagte sie leise, doch Davinia stöhnte nur.

»Bis auf die Tage um deine Geburt herum habe ich noch keinen einzigen Tag lang meine Arbeit versäumt, und es gibt nur einen Grund, eine Ausnahme zu machen: wenn man mich mit den Füßen voran hier hinausträgt.«

Lili atmete ein paarmal tief durch. Sie wusste, dass jeder weitere Widerspruch sinnlos war. Und trotzdem konnte sie ihre Mutter in diesem Zustand nicht einfach auf die Straße lassen.

»Gut, wie du willst, aber nur unter einer Bedingung: Ich komme mit. Ich habe heute meinen freien Tag. Da kann ich dir in der Küche zur Hand gehen.«

Davinia lächelte gequält. »Ich kenne dich, mein Kind. Wenn du dir etwas in den Kopf setzt, dann kann man es dir um keinen Preis der Welt ausreden.«

»Von wem ich das wohl habe?«, erwiderte Lili und bat ihre Mutter, in der Küche auf einem Stuhl zu warten, bis sie sich angezogen hatte.

»Du behandelst mich wie ein gebrechliches altes Weib«, schimpfte Davinia, als Lili sie unterhakte, kaum dass sie auf der High Street angekommen waren. Wenigstens regnet es nicht, dachte Lili. Erst als sie an St. Giles vorbeigingen, fiel ihr siedend heiß ihre Verabredung mit Isobel und deren Vater ein, aber sie hatte keine andere Wahl. Ihre Mutter schnaufte bei jedem Schritt. Nein, sie wurde gebraucht. Und es kam ihr ganz gelegen, denn so musste sie keine schwierige Entscheidung treffen. Sie hatte gestern Abend nicht einschlafen können, weil sie sich mit der Frage das Hirn zermartert hatte, ob sie den Tag tatsächlich mit den beiden genießen oder nur hingehen sollte, um abzusagen. Ihr Verstand hatte ihr dringend von einem Treffen mit Vater und Tochter abgeraten, während sie sich tief im Herzen danach sehnte, den Baronet wiederzusehen. Kurz vor dem Einschlafen hatte ihr Gefühl gesiegt. Was machte schon der eine Tag? Selbst den Einwand, sie könne sich in ihn verlieben, hatte sie fortgeschoben. Das waren verklärte Nachtgedanken gewesen. Heute in der Morgendämmerung sah alles schon wieder ganz anders aus. Es war besser, wenn sie ihn nicht noch einmal traf, erst recht, da sie im Begriff stand, sich in ihn zu verlieben. Warum etwas vorantreiben, das keine Zukunft hatte?

Die Stimme ihrer Mutter riss sie aus ihren Gedanken. »Lili, träumst du? Ich habe dich schon dreimal gefragt, wie es gestern Abend war.«

»Entschuldige, ich habe gerade an etwas anderes gedacht. Gut, ja, es war sehr gut.«

»Gesprächig bist du ja nicht gerade«, bemerkte Davinia und blieb erneut stehen, um zu verschnaufen.

»Du lässt dich aber schon von Doktor Denoon untersuchen, nicht wahr?«, fragte Lili bang.

»Lili, ich habe dir doch bereits gesagt – sie haben heute Gäste. Da werde ich ihn wohl kaum mit meinen Wehwehchen belästigen.«

»Ach, Mom, du bist unmöglich!«, bemerkte Lili seufzend und hakte ihre Mutter nur noch fester unter.

Als sie am Charlotte Square Nummer fünf angekommen waren, blieb Lili zögernd stehen. Plötzlich missfiel ihr der Gedanke, dass Sir Niall und Isobel vergeblich bei der Kirche auf sie warten würden. Es war von hier aus nicht weit zur Schule, sodass sie Isobel wenigstens eine Nachricht überbringen lassen konnte.

»Mom, ich komme gleich nach. Ich habe schnell noch etwas in der Schule zu erledigen.« Ohne eine Antwort abzuwarten, eilte sie davon. Inzwischen war es Tag geworden, doch das machte wenig Unterschied. Dichte graue und schwarze Wolken hingen über der Stadt. Lili fröstelte. Sie beschleunigte ihren Schritt und überlegte, wem sie die Notiz wohl übergeben sollte, denn den Mädchen war es heute gestattet, länger zu schlafen. Sie hatte Glück. Gleich im Eingang traf sie auf Mademoiselle Larange, die wie jeden Morgen im Hof ihren Frühsport trieb.

»Aben Sie sisch verirrt? Sie aben doch freie Tag«, begrüßte die Französin sie.

»Ja, aber ich war mit Isobel und ihrem Vater verabredet, und nun muss ich absagen. Könnten Sie ihr beim Frühstück die Nachricht überbringen?«

»Das ist très schade. Monsieur le Baronet wird sein traurisch.«

Lili musterte ihre Kollegin missbilligend. »Mademoiselle Larange, wie Sie soeben richtig sagten, ist der Mann ein Baronet. Und ich bin das uneheliche Kind einer Köchin und eines Schwarzbrenners. Jedenfalls ist es das Einzige, was ich über meinen Vater weiß. Keine guten Voraussetzungen zum Eiraten, n'est pas?«

Mademoiselle Larange konnte sich ein Schmunzeln nicht verkneifen. »Wir leben nischt im Mittelalter, ma chère.«

Lili seufzte. »Bestellen Sie es ihr?«

»Mmh«, knurrte die Moiselle.

»Danke!«, rief Lili und machte sich im Laufschritt zurück auf den Weg zum Charlotte Square. Dort nahm sie den Dienstboteneingang und rannte die Treppe neben dem Hauptportal hinunter. Außer Atem gelangte sie in die Küche, die im Souterrain lag. Ihre Mutter war gerade dabei, Rührei für das Frühstück zuzubereiten. Ihr war die Anstrengung anzumerken, denn ihr Gesicht war schweißnass, und sie schnaufte in einem fort.

Lili zog ihren Mantel aus, nahm eine der weißen Schürzen vom Haken und band sie sich um.

»Was kann ich noch tun, Mom?«, fragte sie, während sie kochendes Wasser in eine Teekanne goss.

»Du kannst die Baked Beans und den Haggis von gestern warm machen.«

Lili machte sich an die Arbeit und fragte sich, was wohl der feine Sir Niall sagen würde, wenn er sie in einer Dienstbotenküche bei Handlangerdiensten beobachten könnte.

Nachdem sie das Frühstück in den Essensaufzug gestellt hatte, fragte sie ihre Mutter, ob sie nach oben gehen solle, um es zu servieren.

»Das kommt gar nicht infrage«, erwiderte diese empört. »Ich habe mich nicht umsonst all die Jahre krummgelegt, damit du die Herrschaften bedienst. Du bist Lehrerin, kein Dienstmädchen.«

»Mutter, ich kenne die Familie von klein auf. Sie haben uns immer unterstützt. Die werden schon nicht glauben, dass ich aus St. George's geflogen bin, nur weil ich ihnen einmal das Frühstück ...«

Weiter kam sie nicht, denn die Tür öffnete sich, und ein Freudenschrei ertönte. »Die kleine Lili! Wie schön, dass du uns mal besuchst!«

Lili fuhr herum und blickte in das sichtlich erfreute Gesicht von Mrs Denoon. Sie hatten einander seit mindestens einem Jahr nicht mehr gesehen.

»Ich ... ich helfe Mutter, sie fühlt sich nicht wohl, und da sie nicht zu Hause bleiben wollte, gehe ich ihr ein wenig ...«

»Blödsinn!«, unterbrach Davinia ihre Tochter schroff. »Mir geht es blendend. Das Kind hat Langeweile.«

Mrs Denoons Blick wanderte von der Mutter zur Tochter und zurück. »Davinia, Sie sind leichenblass. Wenn Sie es nicht schaffen, sagen Sie bitte Bescheid. Bevor Sie umkippen, lasse ich mir den Haggis lieber liefern.«

»Ob Ihr Mann einmal einen Blick auf meine Mutter werfen könnte?«, fragte Lili rasch.

»Aber natürlich wird er sie untersuchen. Nicht, dass es wieder ihr schwaches Herz wie damals ...« Kaum hatte Mrs Denoon das ausgesprochen, als sie sich erschrocken die Hand vor den Mund schlug.

»Wie ... ein schwaches Herz?« Lilis Stimme bebte.

»Ach, gar nichts! Und nun lasst mich weiterarbeiten. Das Gerede regt mich auf«, brummte Davinia.

»Gut, dann verschwinde ich besser. Aber sag mal, Lili, wie geht es dir in der Schule? Ich höre ja nur Gutes.«

Lili wurde sichtlich verlegen, denn sie hatte es Mrs Denoons alter Freundschaft mit Rodina Macdonald zu verdanken, dass man ihr sofort eine Stelle in der St.-George's-Mädchenschule angeboten hatte.

»Ich liebe meine Arbeit«, erklärte sie im Brustton der Überzeugung.

»Ich wäre gestern gern zu der Feier gekommen, aber ich hatte selbst Gäste. Bestell doch Rodina einen herzlichen Gruß von mir. Ich werde sie bald wieder einmal zum Tee einladen.«

»Das richte ich ihr gleich morgen aus«, versicherte Lili eifrig.

Kaum war Mrs Denoon aus der Tür, fiel Davinia wütend über ihre Tochter her. »Wie konntest du ihr nur vorjammern, dass ich krank sei?«, schimpfte sie.

»Und wie konntest du mir verheimlichen, dass du ein schwaches Herz hast?«, gab Lili nicht minder empört zurück.

»Ich muss das Frühstück servieren«, knurrte Davinia und war schon aus der Tür.

Lili bereitete sich indessen eine Schüssel mit Porridge zu und ließ sich auf einen Küchenstuhl fallen. Ob sie bei Mrs Denoon unter vier Augen nachhaken sollte? Offenbar verheimlichte Davinia ihr etwas. Trotzdem stürzte sie sich mit Heißhunger auf ihr Frühstück. Erst jetzt wurde ihr bewusst, dass sie heute noch nichts gegessen hatte. Ihre Gedanken schweiften zu Isobels Vater. Sein Blick, seine warmen Worte, sein flüchtiger Kuss, all das kam ihr so lebendig in den Sinn, als wäre es gerade eben erst gewesen. Lili hatte schon immer eine Schwäche für die markigen, kraftvollen Männer aus dem hohen Norden in ihren Kilts gehabt. Einmal hatte sie ihrer Mutter gestanden, dass sie später am liebsten einen aus dem nördlichen Hochland zum Mann hätte. Davinia hatte sich daraufhin wie eine Furie gebärdet. Niemals solle sie sich auf einen ungebärdigen Highlander einlassen. Lili hatte das Thema nie wieder angeschnitten. Es hatte auch keinerlei Veranlassung dazu gegeben, denn ihr war keiner begegnet, der ihr Herz hätte höher schlagen lassen – bis gestern. Von dem Baronet aus dem Norden würde Lili ihrer Mutter allerdings lieber nichts verraten.

Als Davinia in die Küche zurückkehrte, war es mit der Ruhe vorbei. Erst musste die Küche gesäubert, dann das Frühstücksgeschirr geholt und gewaschen, danach eine Suppe zum Mittag zubereitet und schließlich das üppige Abendessen gekocht werden. Lili bedauerte ein wenig, dass sie nun gar nichts von den Feierlichkeiten dort draußen in der Stadt mitbekam. Aber immerhin hatte sie bei ihrer Mutter durchsetzen können, dass diese ihr die schwereren Arbeiten überließ. So hob sie die Wasserkessel, schleppte Töpfe und Pfannen, während der St. Andrew's Day vorüberging, und war am Abend so müde, dass sie fast im Stehen eingeschlafen wäre.

Sie war gerade dabei, die letzten Teller vom Festessen abzuwaschen, als sie hinter sich jenes Geräusch vernahm, das sie heute Morgen aus dem Bett hatte aufschrecken lassen. Lili fuhr herum und erschrak. Ihre Mutter lag ohnmächtig auf den Küchenfliesen. Ohne zu überlegen, rannte Lili nach oben zum Esszimmer und platzte in die Abendgesellschaft. Die Herren tranken Whisky und rauchten Zigarren, während die Damen sich mit Drambuie zuprosteten, einem schottischen Whiskylikör.

Als Lili ohne anzuklopfen in den Salon stürmte, richteten sich alle Blicke auf sie. Doktor Denoon schien sofort zu begreifen, dass er gebraucht wurde, denn er sprang auf, entschuldigte sich bei seinen Gästen und folgte ihr.

»Sie ist einfach umgekippt. Das ist heute Morgen schon einmal geschehen, aber sie wollte partout nicht im Bett bleiben.«

»Das wird wieder das Herz sein«, bemerkte er und griff nach seiner Arzttasche, die immer einsatzbereit im Flur stand.

Davinia lag noch auf dem Boden, aber sie war schon wieder bei Bewusstsein und jammerte leise vor sich hin. Der Doktor zögerte nicht lange, sondern machte ihren Arm frei und gab ihr eine Spritze. »Wir tragen sie nach oben. Eines unserer Mädchen ist für ein paar Tage bei den Eltern. Nehmen Sie sie an den Schultern!«

Der Doktor hatte im Gegensatz zu seiner Frau irgendwann begonnen, sie zu siezen, nachdem sie den Kinderschuhen entwachsen war.

Entschlossen packte Lili ihre Mutter, die immer noch laut vor sich hinstöhnte, während Doktor Denoon sie an den Beinen ergriff. Mit vereinten Kräften hievten sie Davinia, die nicht gerade ein Federgewicht war, schließlich auf das Bett.

»Sie wird erst einmal schlafen«, erklärte der Arzt und machte ein besorgtes Gesicht. »Wie oft haben wir ihr schon gesagt, sie solle weniger arbeiten. Es ist ja nicht das erste Mal …« Er stockte, als er Lilis fragendes Gesicht sah. »Sie wissen gar nichts von ihrer schweren Herzschwäche, wie mir scheint.«

Lili schüttelte stumm den Kopf. »Aber ich hoffe, Sie werden mir endlich erzählen, was es damit auf sich hat.«

Der Doktor räusperte sich. »Ärztliche Schweigepflicht hin oder her, ich glaube, ich muss es Ihnen in aller Offenheit sagen: Ihre Mutter hat seit damals ein schwaches Herz. Sie ist zum ersten Mal zusammengebrochen, nachdem der Highlander nicht zur Hochzeit erschienen war.« Sein Gesicht hatte sich merklich verfinstert.

»Welcher Highlander? Welche Hochzeit?«, hakte Lili blitzschnell nach, während ihr Herz zum Zerbersten pochte.

Doktor Denoon fuhr sich nervös über den kahlen Schädel. Er räusperte sich.

»Ihr Vater! Aber entschuldigen Sie bitte, das ist mir nur so herausgerutscht. Mich geht das ja auch gar nichts an. Ich dachte, Sie wüssten …«

»Soviel ich weiß, kam mein Vater Gerald MacGregor aus den Lowlands und starb vor der Hochzeit«, murmelte Lili mit belegter Stimme, und sie ahnte dunkel, dass ihre Mutter sie belogen hatte. »Aber ich sehe an Ihrem Blick, dass diese Geschichte nicht stimmt. Bitte sagen Sie mir die Wahrheit.«

Doktor Denoon vergewisserte sich, ob seine Patientin auch wirklich schlief. Erst als er einen Augenblick lang ihrem schweren Atem gelauscht hatte, traute er sich zu sprechen.

»Selbst auf die Gefahr hin, dass Ihre Frau Mutter mir Gift ins Essen mischt, Sie haben ein Recht darauf zu erfahren, dass Ihr Vater nicht Gerald MacGregor hieß, sondern Gordon Makenzie und aus einem Hochland-Clan stammte. Er starb auch nicht, jedenfalls nicht, dass wir es wüssten, sondern erschien einfach nicht zur Hochzeit. Aber für Ihre Mutter war er seit jenem Tag gestorben, an dem sie vergeblich auf dem Standesamt gewartet hatte. Meine Frau und ich wollten herausbekommen, wo er abgeblieben war, aber Ihre Mutter hat es uns strengstens untersagt. Sie hat sogar mit ihrer Kündigung gedroht, falls wir uns eingemischt hätten, doch sie wurde nie mehr die Alte.«

»Heißt das etwa, Sie kannten ihn … ich meine … meinen Vater?«

»Flüchtig. Er hat uns einmal besucht, weil wir preiswert und nicht ganz legal Whisky bei ihm gekauft hatten. Und da sah er Ihre Mutter, die damals eine blühende Schönheit war, mit der jedermann ausgehen wollte. Aber sie hatte ihr Herz nun einmal an diesen Makenzie verloren. Man konnte es in gewisser Weise auch verstehen, er war ein hochgewachsener Bursche aus den Highlands, bestimmt über zehn Jahre älter als sie. Doch gerade das imponierte ihr offenbar besonders. Ein wenig wild war er für meinen Geschmack, aber er hat sie geliebt. Keiner hat verstanden, warum er sie sitzen ließ. Es lag wohl an seinem Charakter. Er war ein Getriebener, ein Abenteurer, aber mit einem tadellosen Stammbaum, er soll sogar aus adeliger Familie stammen ...«

Lili spürte, wie ihr schwarz vor Augen wurde. Sie ließ sich gerade noch rechtzeitig auf einen Stuhl fallen, bevor ihr die Beine wegknicken konnten.

»Ihre Mutter kann sehr stur sein. Auch wenn sie mir den Hals umdrehen wird, Sie hätten das sonst nie erfahren. Und das ist nicht richtig. Man sollte schon wissen, wo seine Wurzeln liegen, und die sind bei Ihnen weit oben im Norden zu suchen.«

Lili atmete ein paarmal tief durch. »Danke, Doktor Denoon, das werde ich Ihnen nie vergessen.«

»Und Sie, Sie gehen nun schnell nach Hause. Sonst muss ich Sie auch ins Bett verfrachten. Schlafen Sie sich gut aus. Ihre Mutter bleibt über Nacht hier. Wenn etwas mit ihr ist, bin ich gleich da.«

Lili erhob sich langsam. Ihre Knie zitterten, aber sie schaffte es, sich auf den Beinen zu halten. Rasch kehrte sie in die Küche zurück, wusch den Rest des Geschirrs ab, putzte so lange, bis alles glänzte, zog ihren Mantel an und verließ das Haus am Charlotte Square. Draußen regnete es in Strömen, aber sie merkte es kaum. Wie betäubt eilte sie durch die nassen, dunklen Straßen und begegnete nur wenigen Menschen. Die Festlichkeiten waren längst vorüber.

Als sie schließlich schwer atmend die Stufen bis in den vierten Stock hinaufgestiegen war und die Tür aufschloss, zitterten ihr die Hände. Es rührte nicht nur von der klammen Kälte, die sie von draußen mitgebracht hatte, sondern von einer inneren Erregung, die sie am ganzen Körper frösteln ließ. Sie empfand unbändige Wut auf den Mann, der ihrer Mutter das angetan hatte. Und auf ihre Mutter, die, statt ihr die Wahrheit zu sagen, das Bild vom tödlich verunglückten Vater geprägt hatte. Und nun war er nur ein gewöhnlicher Lump, der ihre Mutter sitzen gelassen hatte. Dass er angeblich von vornehmer Herkunft war, machte die Angelegenheit nicht besser.

Ihr war so übel, dass sie es mit letzter Kraft schaffte, sich den Mantel auszuziehen, um sich dann voll bekleidet auf das Bett fallen zu lassen.

4

Es hatte alles so wunderschön begonnen. Lili stand in einem prächtigen Brautkleid vor dem Altar, Seite an Seite mit ihrem Bräutigam, Isobels Vater. Doch statt seines Gesichtes wandte sich ihr wie aus dem Nichts die grausame Fratze des Todes zu, ein steinerner Schädel, wie sie ihn einmal in einen Grabstein eingemeißelt gesehen hatte … da fing sie zu schreien an und wollte nicht mehr aufhören. Erst als sie sich im Bett aufsetzte, verstummte sie, doch ihr Herz pochte bis zum Hals. Zuerst wusste sie nicht, wo sie sich befand, doch bald konnte sie sich wieder orientieren. Sie holte tief Luft. Mit einem Blick auf die Uhr stellte sie fest, dass es höchste Zeit zum Aufstehen war, wenn sie pünktlich in der Schule sein wollte. Wie betäubt verließ sie das Bett, zog sich aus, wusch sich und kleidete sich um. Ohne Frühstück verließ sie das Haus und machte sich auf den Weg zur St. George's. Es war so spät, dass sie es nicht einmal mehr schaffte, einen Abstecher zum Charlotte Square zu machen, um nach ihrer Mutter zu sehen.

In großer Eile betrat sie das Schulgebäude, als sie ihn erblickte. Lili hatte mit allem gerechnet, nur nicht damit, dass Isobels Vater sie auf dem dunklen Korridor erwartete.

»Was ist geschehen? Sie sehen ja entsetzlich aus. Sind Sie krank?«, fragte er besorgt, während er ihr einen Schritt entgegentrat.

»Nein, meiner Mutter geht es nicht gut, und ich musste ihr gestern bei der Arbeit helfen«, entgegnete sie hastig.

»Das tut mir leid. Ich wollte Sie nicht überfallen, aber ich musste Sie vor meiner Abreise noch einmal sehen.«

»Was kann ich für Sie tun?«, fragte sie förmlich.

Der Mann aus dem Hochland schien verunsichert, denn er räusperte sich ein paarmal verlegen.

»Miss Campbell, ich … ich möchte Sie etwas fragen. Mir ist klar geworden, dass Isobel in Edinburgh nicht glücklich ist und dass sie wieder in meiner Nähe leben sollte. Ich möchte, dass sie nach den Weihnachtsferien zu Hause bleibt, aber ich kann sie nicht allein erziehen. Und da sie so große Stücke auf Sie hält, wollte ich Sie bitten mitzukommen …« Er verstummte und sah sie flehend an.

»Ich soll Isobels Hauslehrerin werden?«, fragte Lili verblüfft.

Sir Niall Munroy lief rot an. »Nein, Miss Campbell, ich möchte Sie um Ihre Hand bitten.«

Lili stockte der Atem. »Ich … ich … Sie … Sie können mich nicht heiraten. Meine Mutter ist Köchin, und Sie …«

Er war ganz nahe an sie herangetreten und berührte sacht ihren Arm. »Das ist mir völlig gleichgültig. Habe ich Sie nach Ihrer Herkunft gefragt? Nein, und es interessiert mich auch nicht. Denn Sie sind die Richtige, um Isobel eine gute Mutter zu sein. Und darauf kommt es an.«

»Sie wollen mich heiraten, weil Sie eine Mutter für Ihre Tochter brauchen?« Sie funkelte ihn empört an.

»Nein, Miss Campbell, weil ich Sie sehr mag. Deshalb.«

»Aber … ich … ich weiß nicht, ob …«, stammelte Lili.

»Ich verstehe, wenn Sie mir nicht sofort ihr Jawort geben. Ich kann warten und mache Ihnen einen Vorschlag: Kommen Sie mit uns in die Highlands, wenn ich Isobel in die Ferien abhole, und verbringen Sie das Weihnachtsfest und Hogmanay mit uns.«

»Das kommt alles so plötzlich«, erwiderte Lili mit heiserer Stimme.

»Bitte, denken Sie darüber nach, und schreiben Sie mir bitte, wie Sie sich entschieden haben. Ich muss mich nämlich sputen. Versprechen Sie mir, dass Sie mir eine Antwort geben?«

Lili schluckte trocken, bevor sie nickte. »Ich werde über Ihren Antrag nachdenken und Ihnen so schnell wie möglich antworten.«

Ehe sie sichs versah, hatte Isobels Vater sie in den Arm genommen und ihr einen Kuss auf die Wange gegeben. Lili stand immer noch wie gelähmt da, als seine Schritte schon längst verklungen waren.

Erst Ian Mackays schneidende Stimme holte sie in diese Welt zurück. »Miss Campbell, Sie wissen schon, dass sich seine erste Frau das Leben genommen hat, oder?«

Lili hatte das Gefühl, der Boden unter ihr gerate ins Schwanken. Sie hielt sich an der Wand fest. Er hatte sie offenbar belauscht. Was sind Sie nur für ein Mensch?, wollte sie dem Mathematiklehrer hinterherbrüllen, doch ihre Worte blieben ihr im Hals stecken, als sie Miss Macdonald in Begleitung von Mrs Denoon auf sich zueilen sah. Deren sorgenvolle Mienen verhießen nichts Gutes.

»Sie wissen es schon?«, fragte die Direktorin.

»Was?«

Miss Macdonald holte tief Luft: »Ihre Mutter … sie ist heute morgen …«

Das war alles, was Lili noch hörte, bevor sie lautlos in sich zusammensackte.

5

Edinburgh, 23. Dezember 1913

Lili zog die Decke noch fester um ihre Schultern. Es war bitterkalt in der Bell's Wynd, weil ein eisiger Wind durch alle Ritzen in das Innere der Wohnung pfiff. Sie war froh, gleich im neuen Jahr aus dieser zugigen Unterkunft ausziehen zu können, um wieder ins Internat zurückzukehren. Seit Miss Macdonald Ian Mackay auf frischer Tat dabei ertappt hatte, wie er im Lehrerzimmer in Lilis Fach gewühlt hatte, war der Weg frei für sie gewesen, denn die Direktorin hatte dem Mathematiklehrer sofort gekündigt.

Und wenn Lili ehrlich war, konnte sie es in dieser Wohnung ohne ihre Mutter auch kaum mehr aushalten. Ständig glaubte sie, ihre Stimme zu hören.

Wenigstens hatte Davinia eine schöne Beerdigung bekommen. Die Denoons hatten sich nicht lumpen lassen und eine ansehnliche Grabstätte auf dem Cannongate-Friedhof für sie erworben. Lili wusste nicht, wie sie ihnen danken sollte, und hatte darauf bestanden, ihnen das Geld abzustottern, aber die Denoons hatten sich geweigert, auch nur einen Penny von ihr anzunehmen. Im Gegenteil, sie hatten Lili am Tag der Beerdigung sogar ans Herz gelegt, in ihrem Haus zu leben, bis ihr früheres Zimmer in der Schule wieder frei würde. Lili aber konnte und wollte diese Großzügigkeit nicht ausnutzen, sondern behauptete, sie müsse die Sachen ihrer Mutter ordnen. Dabei hatte Davinia nicht viel mehr besessen als einige praktische Kleidungsstücke, ein feines Kostüm, eine Truhe mit altem Krempel und eine Kiste mit persönlichen Dingen. Um diesen Holzkasten machte Lili seit dem Tod ihrer Mutter vor drei Wochen einen großen Bogen. Ein paarmal hatte sie versucht, sich zu überwinden und den Inhalt zu begutachten, aber immer, wenn ihr der muffige Geruch von Mottenpulver entgegengeströmt war, hatte sie den Deckel rasch wieder zugeklappt. Doch nun wollte sie die Ferien nutzen, um die Kiste auszuräumen und nur das zu behalten, was sie wirklich an ihre Mutter erinnerte.

Manchmal dachte sie noch ganz flüchtig an den Antrag von Sir Niall Munroy, doch das änderte nichts an ihrer Entscheidung. Seit der eifersüchtige Ian den Selbstmord von Isobels Mutter erwähnt hatte, war die Angelegenheit für sie endgültig erledigt gewesen. Sosehr dieser Mann aus den Highlands es ihr auch angetan hatte, eine innere Stimme riet ihr seitdem davon ab, auch nur noch einen einzigen Gedanken an eine Ehe mit ihm zu verschwenden. Die ganze Sache war ihr unheimlich, wenngleich ihre zärtliche Zuneigung für Isobel durch das Wissen um den Freitod von deren Mutter nur noch gewachsen war. Sie kümmerte sich mehr denn je um ihre Lieblingsschülerin. Das Mädchen schien allerdings nicht zu ahnen, was für ein Angebot ihr Vater der Lehrerin unterbreitet hatte. Lili hoffte inständig, dass sich mit dem Korb, den sie ihm in knappen Worten per Brief erteilt hatte, sein Plan, Isobel nach den Ferien nicht mehr ins Internat zurückzuschicken, erledigt hatte. Was sollte der viel beschäftigte Mann dort oben in dem entlegenen Tal der Highlands schließlich allein mit seiner Tochter anfangen?

Ein wenig graute Lili vor der heutigen Verabschiedung der Kinder in die Weihnachtsferien. Mittags würde im Saal eine kleine Feier stattfinden, und es stand zu befürchten, dass sie bei der Gelegenheit auch Sir Niall über den Weg laufen würde.

Seufzend erhob sich Lili und nahm fröstelnd die Decke von den Schultern. Ob sie wollte oder nicht, sie musste sich umkleiden. In diesem unförmigen schwarzen Wollkleid ihrer Mutter konnte sie unmöglich zur Schule gehen, auch wenn es bei Weitem das wärmste Kleidungsstück war, das im Kleiderschrank hing. Ich werde Mutters Kleider der Nachbarin geben, der Witwe Laird, beschloss sie, während sie hastig das derbe Kleid gegen ein dünnes und elegantes tauschte.

Damit die Kälte gar nicht erst unter den Seidenstoff kroch, zog sie hastig einen dicken Mantel über, trank noch eine Tasse warmen Tee und verließ das Haus. Draußen wehte ihr ein solch eisiger Wind entgegen, dass es ihr fast die Luft zum Atmen nahm. Sie wickelte sich den Schal noch enger um das Gesicht. Es blieb ihr noch einige Zeit bis zu den Feierlichkeiten, doch sie hatte sich mit Absicht so früh auf den Weg gemacht, um sich im Lehrerzimmer der Schule noch ein wenig aufzuwärmen. Wenn sie nur an den prasselnden Kamin dachte, wurde ihr gleich behaglicher zumute, und sie beschleunigte ihren Schritt. Zum Bummeln war dieses Wetter beileibe nicht geeignet, auch wenn einige der festlich geschmückten Geschäfte zum Innehalten einluden. Doch wen sollte sie beschenken außer Mademoiselle Larange und Miss Macdonald? Zu dritt wollten sie den Weihnachtstag in der verlassenen Schule feiern. Ob ich wohl auch so ein altes Fräulein werde wie unsere Direktorin?, fragte sich Lili. Seit der Baronet aus den Highlands ihr einen Antrag gemacht hatte, befürchtete sie zunehmend, dass er der erste und letzte Mann sein würde, der sie jemals zu heiraten gedachte. Mit Abstand betrachtet sah sie diesen Antrag allerdings nicht mehr in derart rosarote Farben getaucht wie anfangs. Nein, er hatte bislang mit keinem Wort erklärt, dass er sie liebte. Ich mag Sie, hatte er gesagt. War das nicht zu wenig, um den Rest des Lebens miteinander zu verbringen? Es war übereilt von ihm gewesen, denn schließlich kannten sie einander wohl kaum so gut, dass sich Probleme des Standesunterschiedes zwischen ihnen so einfach vom Tisch wischen ließen. Wie immer, wenn sie über diesen Mann nachgrübelte, schlich sich sofort seine tote Frau in ihre Gedanken ein. Warum nur hatte sie sich umgebracht, obwohl sie mit ihm diese wunderbare Tochter hatte? Allein die Vorstellung davon jagte ihr kalte Schauer über den Rücken. Doch eigentlich gehörte das der Vergangenheit an, und sie ärgerte sich ein wenig darüber, dass ihre Gedanken doch immer wieder um den Baronet kreisten. Schließlich hatte sie ihm eine klare Absage erteilt. In knappen Worten hatte sie ihm geschrieben, dass sie seinen Antrag nicht annehmen könne. Allerdings hatte sie ihm keine Gründe genannt. Wie sollte sie auch? Sie konnte schlecht zugeben, dass einer der Gründe auch die Geschichte mit dem Selbstmord seiner ersten Frau war. Das Wissen darum bereitete ihr ein mulmiges Gefühl. So mulmig, dass sie sich beim besten Willen nicht überwinden konnte, ihm in das Haus zu folgen, in dem es womöglich geschehen war. Lili schüttelte sich. Im neuen Jahr werde ich aufhören, mir meinen Kopf über etwas zu zermartern, das mich gar nichts mehr angeht, nahm sie sich fest vor, als sie durch das Schultor trat.

Wie geplant traf sie viel zu früh in der Schule ein, aber ihr war nicht mehr nach einem Verweilen vor dem Kamin zumute. Dazu war sie viel zu aufgeregt. Eine Entscheidung zu treffen, wenn er sich weit fort in den Highlands befand, war die eine Sache, ihm Aug in Aug gegenüberzustehen, nachdem sie seinen Antrag abgelehnt hatte, etwas völlig anderes. Sie hoffte, dass er nicht allzu gekränkt war, doch das vermochte sie sich kaum vorzustellen. Andere Frauen in ihrer Lage hätten sich wahrscheinlich darum gerissen, ihm in die Highlands zu folgen. Lili konnte sich nicht helfen, doch der Gedanke, dass an ihrer Stelle bald eine andere Frau sein würde, versetzte ihr einen kleinen Stich.

Sie musste unbedingt etwas unternehmen, damit ihre aufgewühlten Gedanken zur Ruhe kamen. Vielleicht konnte sie sich im Saal nützlich machen. Dort waren die Hauswirtschafterinnen unter Mademoiselle Laranges Leitung damit beschäftigt, den Raum dezent zu schmücken. Die Weihnachtsdekoration war Jahr für Jahr ein stets wiederkehrender Kampf zwischen der Französischlehrerin und der Schulleiterin. Letztere hielt es nämlich streng mit einer alten Tradition der presbyterianischen Kirche, wonach man Weihnachten, wenn überhaupt, nur bescheiden feiern durfte. »Meine Damen, nun warten Sie doch die paar Tage bis Hogmanay, dann dürfen Sie tanzen, lachen und sich meinetwegen auch beschenken«, pflegte sie stets zu sagen, doch die Französin führte dessen ungeachtet alljährlich ihren Kleinkrieg gegen die strengen schottischen Weihnachtsbräuche.

»Dagegen kann sie doch nischs sagen, oder?«, fragte Mademoiselle Lili zur Begrüßung. »Isch meine, isch will fühlen wie zu Ause, wo isch diese Jahr nisch fahre nach Bordeaux.«

Lili lächelte beim Anblick des karg geschmückten Weihnachtsbäumchens auf der Bühne, von wo die Direktorin später allen schöne Ferien wünschen würde.

»Sie würde uns noch am fünfundswanzischsten schuften lassen, wenn die Kinder eute nicht nach Ause führen. Wo gibt es eine Land, wo diese Tag keine Feiertag ist? Mon dieu. Aben Sie Ihre Lied einstudiert?«

Lili nickte eifrig. Wenn es um Weihnachten ging, wurde die gute Mademoiselle Larange immer recht hektisch. Sie hatte Sorge, es werde eine schmucklose Veranstaltung wie in den ersten Jahren werden, als sie neu an die Schule gekommen war.

»Ja, der Chor klingt wie eine himmlische Heerschar, und unsere begabte junge Isobel singt wie ein Engel.«

Mademoiselle Laranges Blick verfinsterte sich. »Sie wissen, dass sie nach die Ferien nischt mehr zu uns kommt, n'est-ce pas?«

»Nein, das ist mir neu«, entgegnete Lili nicht ganz wahrheitsgemäß. Er hatte sie zwar vorgewarnt, aber dass Sir Niall seine Überlegungen in die Tat umsetzen würde, hatte sie arg bezweifelt. Und das, obwohl sie ihm nicht als Lehrerin für seine Tochter zur Verfügung stehen würde. Trotzdem wollte er sie mitnehmen? Das war grausam. In erster Linie für das Mädchen selbst. Wenn Lili nur daran dachte, wie verstockt Isobel aus den Highlands zu ihnen gekommen war. Und jetzt, wo sie endlich Kontakt zu den anderen Mädchen hatte, wollte er sie all dieser Beziehungen berauben? Nein, das war kein guter Plan. Ob sie mit Sir Niall sprechen sollte? Diesen

Gedanken verwarf sie allerdings, kaum dass sie ihn zu Ende geführt hatte. Nach allem, was geschehen war, hielt sie sich nicht für geeignet, Sir Niall auf mögliche Fehlentscheidungen hinzuweisen. Sie sollte ihm lieber, wenn möglich, aus dem Weg gehen.

»Weiß sie es schon?«

»Isch glaube nischt. Mademoiselle Macdonald at es mir unter das Siegel der Verschwiegeneit erzählt. Aber isch dachte, Sie wüssten Bescheid. Der Monsieur hat sisch doch sehr für Ihnen interessiert.«

Lili biss sich auf die Unterlippe. Am liebsten würde sie die Mademoiselle einweihen, denn es wäre so erleichternd, endlich mit jemandem darüber zu sprechen.

Lili seufzte ein paarmal tief. Mademoiselle Larange musterte die Kollegin mit durchdringendem Blick.

»Sie aben doch etwas auf dem Erzen. Das sehe isch in Ihre Augen. Sie gucken wie ein verschreckte Ase vor die Jäger.«

Wider Willen musste Lili über diesen schiefen Vergleich schmunzeln.

»Sir Niall hat mir am St. Andrew's Day seine Absicht angekündigt, dass er Isobel in seiner Nähe haben möchte, und mich gefragt …«

»Er will Ihnen abwerben? Mon dieu. Sie als Auslehrerin? Non, das ist nischt gut für Ihnen. Und da oben in die Norden. Da ist Schnee und Eis und kein Sonne.«

Da hörte sich Lili bereits stöhnen. »Er hat mich gefragt, ob ich ihn heiraten will.«

Ehe sie sichs versah, hatte Mademoiselle Larange sie in ihre knochigen Arme geschlossen und stieß eine Reihe spitzer Schreie aus. Dann ließ sie Lili los und musterte sie verzückt.

»Isch kann es mir zauberaft vorstellen. Sie aben das Zeug für ein Baronesse – oder wie heißt die Frau eines Baronet?«

Lili hob die Schultern. »Keine Ahnung, aber das soll mich nicht weiter kümmern. Ich habe seinen Antrag nicht angenommen.«

»Sie aben *was*? Isch öre wohl nischt rischtisch.«

»Sehen Sie, ich kenne den Mann doch gar nicht. Und so kurz nach dem Tod meiner Mutter kann ich eine solche Entscheidung auch gar nicht treffen.«

»Gerade jetzt. Sie müssen nischt mehr nehmen Rücksischt«, erwiderte die Französin ungerührt.

»Ja, gut, aber er liebt mich nicht, er braucht eine Erzieherin für seine Tochter ...«

»Und Sie, lieben Sie ihm?«

Lili hob die Schultern. »Zuerst dachte ich, ich sei in ihn verliebt, aber inzwischen bin ich mir gar nicht mehr so sicher. Ich glaube, ich habe bloß Sorge, dass es meine letzte Chance ist, eine eigene Familie zu gründen. Noch dazu kommt er aus einer völlig anderen Welt. Das passt nicht zusammen. Tief in meinem Inneren sträubt sich etwas dagegen, alles hinter mir zu lassen und ihm zu folgen.«

»Das ist ganz normal, aber, ma chère, mais, es kommt nicht jeden Tag ein Baronet vorbei, der at kein Frau.«

Lili heftete ihren Blick bedrückt zu Boden. Sie wollte auf keinen Fall aussprechen, was ihr solches Unbehagen bereitete, aber Madame Larange ließ nicht locker.

»Wovor aben Sie Angst?«

»Ian hat mir erzählt, dass sich seine erste Frau, die Mutter von Isobel, umgebracht hat. Wussten Sie das?«

»Nein, aber sie wird krank gewesen sein. Verrückt vielleischt. Umso mehr sollten Sie Isobel eine normale Leben bieten. Das Kind liebt Sie und könnte kein bessere Maman aben als Ihnen. Und Ian ist ein dummer Junge, Ihnen das auf der Nase zu binden. Das at er nur gemacht aus Rache, weil Sie ihm abgewiesen aben.«

»Aber ich kann doch keinen völlig fremden Mann heiraten!«

»Also, pardon, aber was isch für Blicke gesehen abe in die Saal. Das war nischt fremd, das war, wie sagt man ... begehrlisch.«

Lili schüttelte unwillig den Kopf. »Lassen Sie uns das Thema beenden. Ich habe Sir Niall bereits einen Brief geschrieben, dass ich sein großzügiges Angebot leider ablehnen muss.«

Madame Larange seufzte theatralisch auf. »Schade, dass isch nisch jünger bin. Isch würde nisch zögern. Er sieht gut aus, er ist reisch, und er at eine geeimnisvolle Ausstrahlung.«

»Vielleicht ist es ja gerade das, wogegen ich mich wehre. Ich habe das Gefühl, man darf ihm nicht wirklich näher kommen.«

»Mon dieu, was wollen Sie mehr? Oder träumen Sie von eine Langweiler? Dann ätten Sie doch unsere Mathematiklehrer nehmen sollen.«

Lili lachte herzlich auf, wurde aber sofort wieder ernst. »Ich glaube, größere Gegensätze kann es gar nicht geben. Aber der Baronet ist auch so schrecklich ernst.«

»Was erwarten Sie von eine Mann, der sein Frau so grausam verloren hat? Isch meine, bringen Sie ihm zum Lachen!«

»Ich hätte gar nicht davon anfangen sollen. Ich habe seinen Antrag abgelehnt und stehe zu meinem Entschluss. Punktum.«

»Aber bedenken Sie, er geört zu die beste Gesellschaft. Oder ist es das, was Ihnen stört? Aben Sie Bedenken? Die kleine Tochter von die Köchin und …«

Lili musste schmunzeln. Sollte sie der Moiselle erzählen, dass ihr leiblicher Vater angeblich ebenfalls aus den besseren Kreisen der Highlands stammte? Sie entschied sich dagegen. Vielleicht war dieser Gordon Makenzie einfach nur ein gewöhnlicher Hochstapler gewesen, der sich hochtrabende Namen zugelegt und sie mit Titeln versehen hatte, um die Polizei zu foppen und von seiner Spur abzulenken. Schwarzbrennerei war schon lange kein Kavaliersdelikt mehr und wurde scharf geahndet.

»Nein, liebe Mademoiselle Larange, ich bezweifle nämlich, dass es den Sir interessiert, aus welchem Stall ich komme. Aber nun lassen Sie uns endlich damit aufhören. Ich habe ihm einen Korb gegeben – oder wollen Sie mich unbedingt loswerden?«

»O nein, Sie sind misch sehr an den Erz gewachsen! Wie ein Tochter. Sie würden misch sehr fehlen, aber wie für ein eigene Tochter, ich wünsche Ihnen der Glück, der Sie verdient aben.«

»Gut, dann freuen Sie sich, dass ich Ihnen erhalten bleibe. Übernehmen Sie übrigens übermorgen das Kochen?«

»Naturellement, Mademoiselle Macdonald würde doch sonst bei trocken Brot feiern. Wie letzte Jahr. Sie elfen mir?«

»Gern!«, erwiderte Lili, während sie auf die Bühne kletterte, um sich an das Klavier zu setzen. Nach ein paar Takten war der Saal erfüllt von den feierlichen Klängen des Liedes *Angels, we have heard on high*.

Lili gab anscheinend alles und konnte sich dennoch nicht von ganzem Herzen auf ihr Klavierspiel konzentrieren. Wie Kobolde spukten ihr die Worte der Französin im Kopf herum. War sie doch zu voreilig gewesen? Hätte sie sich nicht lieber eine Bedenkzeit ausbitten sollen, statt den Antrag des Baronets ohne weitere Erklärung kurz und bündig abzuschmettern?

Erst die energische Stimme der Direktorin riss sie aus ihren Gedanken.

»Miss Campbell, hätten Sie für einen Augenblick Zeit? Der Vater einer Schülerin wünscht Sie unter vier Augen zu sprechen.«

Lili zuckte zusammen. Sie ahnte dunkel, um wen es sich handelte, und auch, was er von ihr wollte. Auch Mademoiselle Larange warf ihr einen wissenden Blick zu, bevor Lili der Direktorin stumm ins Besprechungszimmer folgte.

6

Der hochgewachsene Mann aus den Highlands stand mit dem Rücken zur Tür und sah aus dem Fenster, doch als Lili in Begleitung von Miss Macdonald eintrat, wandte er sich um und reichte ihr förmlich die Hand.

»Mein Beileid.«

Lili schwieg.

»Sie kommen allein zurecht?« Ohne eine Antwort abzuwarten, war die Direktorin bereits an der Tür, doch dann blickte sie zurück. »Wollen Sie es sich nicht noch einmal überlegen, Sir Niall? Nehmen Sie Isobel nicht von der Schule.«

»Es tut mir leid, Miss Macdonald, aber sie gehört in meine Nähe. Und zu meiner zukünftigen Frau.« Dabei warf er Lili einen durchdringenden Blick zu.

Die Direktorin verließ seufzend den Raum.

»Haben Sie meinen Brief denn nicht bekommen?«, fragte Lili, nachdem der Baronet sie eine Zeit lang stumm gemustert hatte.

»Doch«, erwiderte er gequält, »aber ich verstehe Sie nicht. Ich habe mich Ihnen gegenüber geöffnet, wie ich es noch nie zuvor getan habe, und möchte wissen, was ich falsch gemacht habe. Warum geben Sie mir einen Korb?«

Wie kann er behaupten, dass er sich noch niemals so geöffnet hat? Schließlich war er verheiratet, hämmerte es in Lilis Kopf, doch sie schluckte ihre drängenden Fragen hinunter. »Ich vermute, Sie wünschen in erster Linie eine Mutter für Ihre Tochter, und ich weiß nicht, ob ich Ihre Erwartungen erfüllen kann. Wir beide, wir kennen uns doch gar nicht ...«

»Das ist nicht wahr. Der kleine Abendspaziergang hat genügt, um mich in Sie zu verlieben.«

Ohne Vorwarnung war der Mann aus dem Hochland auf sie zugetreten, hatte sie in den Arm genommen und blickte sie voller Zärtlichkeit an. Eine Woge freudiger Erregung gemischt mit einem Anflug von Erschrecken durchflutete ihren Körper. Und als seine tiefe, sonore Stimme erklang, war jeglicher Gedanke an Gegenwehr wie weggewischt.

»Ich habe nicht aufgehört, an dich zu denken. Lili, ich habe dich vermisst, seit wir uns getrennt haben. Ach, ich bin nicht gut darin, meine Empfindungen auszudrücken, sodass ich lieber einen unserer großen Dichter bemühe und es mit seinen Worten sage. *Wie lang und grausig ist die Nacht, entfernt von dir, o Liebe! O dass mein müdes Auge doch nicht ohne Schlummer bliebe. Wie heiter schwand der goldene Tag mit dir, o Liebe. Nun, da uns wir trennen, ist mir alles trübe. Wie matt dreht sich des Stundenrads Getriebe, ...«*

»*... so matt und träge schlich es nicht bei dir.*« Lächelnd führte Lili die Zeilen von Robert Burns zu Ende. Es rührte sie zutiefst, wie dieser stattliche, stolze Mann aus den Highlands den schottischen Nationaldichter zitierte, wenngleich an einigen Stellen eher frei.

Lili wollte ihm gerade mitteilen, dass sie den Sinn seiner Worte sehr wohl verstanden hatte, doch er kam ihr zuvor.

»Ich habe deinen ablehnenden Brief immer und immer wieder gelesen, und wenn du mir hier und jetzt sagst, dass du nichts für mich empfindest, dann werde ich dich nicht länger belästigen, aber ich hatte den Eindruck, dass ich dir nicht gleichgültig bin. Und solange ich auf Gegenliebe hoffen darf, will ich nichts unversucht lassen, dich zum Mitkommen zu bewegen ...«

»Sie haben ja recht«, raunte Lili zaudernd. »Gleichgültig sind Sie mir bestimmt nicht, aber ...«

Lili brachte es nicht über die Lippen, ihn so vertraulich anzureden, wie er es tat.

Und sie schluckte die Worte hinunter, die ihr auf der Zunge

lagen. Es schien ihr nämlich kein guter Zeitpunkt zu sein, ihn nach seiner ersten Frau zu fragen. Und überhaupt, sollte sie nicht endlich aufhören, darüber nachzugrübeln? Wahrscheinlich hatte die Ärmste tatsächlich an einer Gemütskrankheit gelitten ...

Wie von selbst trafen ihre Lippen aufeinander, und sie küssten sich. Danach sah er sie mit verhangenem Blick an. » Sag Ja. Bitte. Du würdest mich zum glücklichsten Mann der Highlands machen. «

Lili holte tief Luft. In ihrem Kopf drehte sich alles, und sie konnte keinen klaren Gedanken mehr fassen. Sie spürte nur noch die Wärme und Geborgenheit in seinen Armen.

» Ja «, hauchte sie und dann noch einmal lauter: » Ja. «

Ohne Vorwarnung wirbelte er sie mehrmals durch die Luft. Als er sie wieder absetzte, sagte er lächelnd: » Ich heiße Niall. Und du? Ich kann dich ja schlecht Miss Campbell nennen. «

Zum zweiten Mal, seit sie ihn kannte, hörte sie diesen ernsten Mann nun aus tiefer Kehle lachen, und das gefiel ihr außerordentlich. Sollte in ihrem tiefsten Innern noch ein Rest von Bedenken gelauert haben, dieses Lachen spülte ihn fort.

» Ich heiße Lili, aber dass du Niall heißt, das weiß ich schon seit unserer ersten Begegnung. Mademoiselle Larange nannte dich Sir Niall «, erwiderte sie.

» Gut, Lili, dann sollten wir Isobel holen und ihr die Nachricht überbringen, dass sie eine neue Mutter bekommt ... «

Bei aller Magie, die Lili in diesem Augenblick verzauberte, versetzten diese Worte Lilis Hochgefühl einen leichten Dämpfer.

» Niall, ich bin nicht ihre Mutter. Bitte verlange von deiner Tochter nicht, mich als solche zu betrachten. Ich kann ihre Freundin sein, ihre Lehrerin ... «

» Lili, du wirst sie fortan durch ihr Leben begleiten. Wenn es dir lieber ist, nennen wir dich eben Stiefmutter. Komm mit, wir sagen es ihr gleich! «

Es war Lili plötzlich so zumute, als würde sie ein eisiger Hauch umwehen, doch sie widersprach Niall nicht. Stattdessen schluckte sie einmal trocken und bemerkte leise: »Vielleicht verraten wir es ihr erst nach dem Fest. Isobel ist so aufgeregt, weil sie die Solostimme bei unserem Weihnachtslied singt.«

»Wie du meinst.« Nialls Stimme klang ein wenig gekränkt.

»Weiß sie eigentlich schon, dass du sie von der Schule nehmen willst?«

»Nein, sie ahnt nicht das Geringste. Ich wollte erst sichergehen, dass du mit uns kommst. Ohne dich wäre sie sicher nicht so einfach nach Hause zurückgekehrt.«

Lili konnte nicht genau sagen, was sie an Nialls Worten störte, aber sie verursachten ihr ein gewisses Unbehagen und das Bedürfnis, den Raum schnellstens zu verlassen. War es diese Selbstverständlichkeit, mit der er über ihre Ablehnung hinweggegangen war?

»Entschuldige mich bitte. Ich muss zur Probe.« Das klang schroffer als beabsichtigt.

»Du verabschiedest dich ohne Kuss? Das ist aber ungewöhnlich für eine frisch Verlobte«, versuchte Niall zu scherzen. Lili hauchte ihm einen flüchtigen Kuss auf die Wange, bevor sie davoneilte. Sie konnte sich nicht helfen, aber ihre warnende innere Stimme, diesem Mann blauäugig in die Highlands zu folgen, war noch nicht gänzlich verstummt.

Aber nun kann ich nicht mehr zurück, und ich bin schließlich kein Backfisch mehr, der alle paar Minuten seine Entschlüsse ändert, sprach sich Lili gut zu. Doch da mischte sich eine andere innere Stimme ein, die sie mit gnadenloser Strenge fragte, ob ein wenig Herzklopfen wirklich ausreichte, ihr bisheriges, durchaus erfülltes Leben einfach so hinter sich zu lassen.

Eine dritte Stimme meldete sich energisch zu Wort: Lili, mach dir nichts vor. Es zieht dich in die Highlands, du willst ihm folgen, doch du hast Angst vor dem, was dich dort erwartet, und vor allem vor dem Schatten einer Toten.

Lili fröstelte und beschleunigte ihren Schritt.

7

Edinburgh, 23. Dezember 1913

Im Saal warteten bereits Mademoiselle Larange und der Chor auf Lili. Die junge Lehrerin versuchte, sich wortlos an ihrer Französischkollegin vorbeizudrücken, doch die ließ sie nicht so ohne Weiteres passieren.

»Sie machen eine Gesischt, als ätten Sie ein Todesnachrischt erhalten.«

Lili stöhnte auf. »Nein, es ist nur alles ein wenig zu viel. Erst der Tod meiner Mutter und dann die überstürzte ...« Sie stockte, bevor sie beinahe entschuldigend fortfuhr. »Ich konnte seinen Antrag nun doch guten Gewissens annehmen, denn er hat sich offenbar tatsächlich in mich verliebt. Ich bin also nicht als Gouvernante für Isobel gedacht, sondern es liegt ihm ernsthaft etwas an mir und ...«

Weiter kam sie nicht. »Mon dieu! Sie werden ihn eiraten?«, schrie die Moiselle so laut, dass die Schulmädchen es hörten und allesamt zu den beiden Lehrerinnen herumfuhren. Sie kicherten um die Wette – bis auf Isobel, die Lili aus schreckensweiten Augen anstarrte.

»Sie verlassen uns doch nicht etwa, Miss Campbell?«, fragte sie mit zittriger Stimme.

Lili war mit einem Satz bei ihr und nahm sie in den Arm. »Nein, meine Kleine, keine Sorge, ich verlasse dich nicht.« Dann eilte Lili zum Klavier und spielte voller Inbrunst das Lied *Angels, we have heard on high*. Die Mädchen fanden mühelos ihren Einsatz und sangen aus voller Kehle mit, bis Isobels Stimme erklang. Die ersten Töne waren engelsgleich gesungen, bis sie in ein lautes Schluchzen übergingen.

Lili hielt erschrocken inne, sprang auf und schaffte es noch, Isobel bei den Schultern zu packen, bevor sie von der Bühne flüchten konnte. Das Mädchen aber versuchte, sich zu befreien, während es zischte: »Ich habe es doch selbst gehört. Sie werden heiraten und mich einfach verlassen wie ...« Sie brach in Tränen aus.

Lili aber strich ihr tröstend über die roten Locken. »Nein, meine Kleine, ich lasse dich nicht allein. Ich komme mit in die Highlands. Ich heirate deinen Vater.«

Isobel starrte Lili ungläubig an. Mit den Worten: »Das erlaubt Großmutter nie!«, riss sie sich los und rannte zurück zu ihrem Platz.

»Miss Cambelle, machen Sie eine weitere Durschlauf, weil isch mit die Tanzgrupp auch noch ein Probe machen muss«, ertönte die Stimme der Tanzlehrerin ungehalten.

»Gewiss, Mademoiselle Larange«, beeilte sich Lili möglichst gefasst zu erwidern. Dabei pochte ihr das Herz bis zum Hals. Sie war völlig durcheinander, doch was hatte sie erwartet? Dass Isobel ihr um den Hals fallen und sie Mutter nennen werde? Aber dass sie ihr unverhohlen mit der Großmutter drohte? Worauf habe ich mich da bloß eingelassen?, fragte sich Lili bang. Wir kommen aus zwei unterschiedlichen Welten. Wie soll das im Alltag bloß gehen?

Doch pflichtbewusst, wie sie war, eilte sie ans Klavier zurück und riskierte nur einen flüchtigen Blick zu der jungen Solosängerin hinüber. Isobels Miene war wie versteinert, aber sie sang fehlerfrei. Lili wandte sich hastig ab und vermied es während der gesamten Probe, die zu ihrer vollsten Zufriedenheit verlief, in Isobels Richtung zu blicken. Nach getaner Arbeit versuchte sie jedoch, ihre Lieblingsschülerin vor dem Verlassen des Saales abzupassen, vergeblich. Sie war ihr knapp entwischt.

Lili aber wusste nicht so recht, was sie mit sich anfangen sollte, bis die Feier begann. Durch ihren Kopf tobten die absonderlichsten Gedanken. Isobel hatte höchst befremdlich reagiert, aber warum? Sie mochten einander doch von Herzen, und Lili hätte ihr zu gern erklärt, dass sie nicht daran dachte, den Platz ihrer Mutter einzunehmen. Um sich abzulenken, beschloss Lili, ein paar Schritte durch den Park zu machen, denn gerade schien die Sonne so malerisch auf die winterlich kahlen Bäume. Es war eisig kalt und roch nach Schnee. Lili wickelte den Schal bis unter die Nase. Auf dem Kopf trug sie eine Fellmütze. So eingehüllt ging sie ein paar Runden durch den Schulpark, und tatsächlich, das beruhigte ihr aufgewühltes Gemüt wieder.

Bis sie ein Räuspern und eine zornige Stimme hinter sich vernahm. »Lili, warte, was hast du zu Isobel gesagt?«

Sie wandte sich zu Niall um. Dessen sichtlich wütender Gesichtsausdruck erschreckte sie, doch sie zeigte ihre Verunsicherung nicht. »Was meinst du damit?«, fragte sie kühl.

»Sag mir lieber, was du ihr gesagt hast. Sie ist völlig durcheinander.«

»Sie hat wohl mitbekommen, dass Mademoiselle Larange über meine Hochzeit gesprochen hat …«

Niall unterbrach sie scharf. »Mademoiselle Larange? Musste es denn gleich die ganze Schule erfahren? Außerdem warst du doch diejenige, die es ihr nach dem Auftritt sagen wollte.«

Lili funkelte ihn angriffslustig an. »Es war doch keine Absicht. Und eine Plaudertasche bin ich auch nicht, denn es gibt nur einen Menschen, der Privates von mir weiß, das ist unsere Französischlehrerin. Der habe ich zugeflüstert, dass ich heiraten werde. Was sie dann in ihrer unvergleichlichen Art laut hinausposaunt hat, sodass es die Mädchen mitbekommen haben. Daraufhin ist deine Tochter von der Bühne gerannt und hat mir unterstellt, ich wolle sie verlassen. Da habe ich ihr nach einigem Zögern gestanden, dass ich mit euch komme. Als deine Frau.«

Niall stöhnte gequält auf. »Ja, Kleines, ich weiß doch, dass du es nicht böse meinst, aber ich wollte es ihr selber sagen. Jetzt ist sie jedenfalls völlig durch den Wind …«

»Und sie ist der Meinung, dass deine Mutter dieser Heirat

nicht zustimmen wird. Was bedeutet das? Musst du sie um Erlaubnis fragen?«

Abermals stöhnte Niall laut auf. »Nein, natürlich nicht. Es ist nur so, dass meine Mutter unüberbrückbare Differenzen mit meiner ersten Frau hatte und Isobel unter diesen Spannungen innerhalb der Familie sehr gelitten hat.«

»Ach so? Und nun vermutet sie wohl, dass deine Frau Mama mir gegenüber ähnlich unfreundlich gesinnt sein wird und dich umstimmen will. Warum hast du nicht erst sie gefragt, ob du mir überhaupt einen Antrag machen darfst?«

»Bitte, lass den zynischen Unterton! Das steht dir nicht. Ich lasse mir von meiner Mutter natürlich nicht dreinreden und werde dich vor ihrer spitzen Zunge schon zu schützen wissen.«

»Das sind ja schöne Aussichten! Und du meinst, es ist wirklich ein guter Einfall, mich deiner Familie zu Weihnachten gleich als deine Verlobte zu präsentieren? Ich meine, da weiß doch noch niemand von mir, oder?«

Niall kniff trotzig die Lippen zusammen.

»Das wird ja eine schöne Überraschung!«, fügte Lili spöttisch hinzu, wobei sie in demselben Augenblick über sich selbst erschrak. Wie rede ich eigentlich mit ihm?, durchfuhr es sie.

»Lili, falls du einen Rückzieher machen willst, dann sag es gleich. Wenn wir erst zu Hause sind, verlange ich, dass du mir bedingungslos vertraust. Da kann ich solche Zweifel nicht gebrauchen.«

»Werden wir eigentlich mit deiner Mutter unter einem Dach leben?«

»Ja, und nicht nur das. Auf Scatwell Castle leben außerdem mein Bruder, seine Frau und bis vor Kurzem auch meine verwirrte alte Großmutter, die aber inzwischen auf die andere Seite des Flusses gezogen ist. Sie kommt nur zu den Festen und wenn sie unbedingt muss. Weihnachten und Hogmanay werden wir allerdings in unserem Stadthaus in Inverness verleben, weil es in den letzten Tagen dort oben so sehr geschneit hat, dass wir das Tal nicht ungehindert erreichen würden. Und vor allem unsere Gäste nicht. So, und jetzt sag mir bitte, ob du mitkommst oder nicht. Oder ob du dich von dem Gerede einer Elfjährigen von unserer Heirat abschrecken lässt. Ich muss wissen, woran ich bin. Es war schon hart genug, dass du mir überhaupt einen Korb gegeben hast. Noch einmal will ich so etwas nicht erleben. Oder bist du wankelmütiger, als ich glaubte?«

Lili störte der unfreundliche Ton, mit dem er sie vor die Wahl stellte, aber hatte sie nicht damit angefangen? Sie bedauerte fast ein wenig, dass sie ihn derart schroff angegangen war. Es konnte doch nicht sein, dass sie sich stritten, bevor sie überhaupt verheiratet waren. »Ich bin alles andere als wankelmütig«, erwiderte sie daher eine Spur versöhnlicher. »Natürlich begleite ich dich, aber du solltest es mir nicht übel nehmen, wenn ich hin und wieder einen Zweifel hege. Schließlich gebe ich mein ganzes bisheriges Leben auf.«

»Also, daran wirst du ja wohl nicht sonderlich hängen. Hier bist du eine kleine Lehrerin, auf Scatwell wirst du eines Tages Herrin über ein riesiges Anwesen und eine Dame der schottischen Gesellschaft sein.«

Lili biss sich wütend auf die Lippen. Ihr missfiel die überhebliche Art, wie Niall mit ihr sprach. Und wieso erdreistete er sich, ihr vorzuschreiben, was sie zu fühlen hatte? Natürlich fiel es ihr schwer, Edinburgh und die St. George's hinter sich zu lassen. Was bildete er sich eigentlich ein? Sie wollte ihrer Empörung gerade freien Lauf lassen, als sich Niall überraschend näherte und ihren Mund mit einem Kuss verschloss. Widerstrebend erwiderte sie seine Zärtlichkeit, doch dann vergaß sie allen Ärger, und die Knie wurden ihr weich. Wir schaffen das schon, redete sie sich gut zu, bevor sie sich völlig dem Rausch des Augenblickes hingab.

Als sich seine Lippen von den ihren gelöst hatten, sah Niall sie mit ganz anderen Augen an. Sein Blick war weich, seine blauen Augen schienen wie mit einem Schleier überzogen zu sein und wirkten geheimnisvoller denn je. »Ich gebe dich auch nicht wieder her. Niemals. Du gehörst mir«, flüsterte er.

Lili überhörte geflissentlich, wie besitzergreifend er über sie redete, sondern spürte immer noch der wohligen Hitze in ihrem Bauch nach.

»Verzeih, dass ich Isobel mit der Neuigkeit schockiert habe, aber sie fängt sich ganz gewiss bald wieder«, erklärte sie beinahe entschuldigend.

»Das hoffe ich auch, denn warum sollte sie dich weniger lieben, nur weil du nicht mehr ihre Lehrerin bist, sondern in Zukunft ihre Mutter sein wirst?«

Sofort machte sich in Lili wieder dieser innere Widerstand breit. Sie wollte nicht den Platz von Isobels Mutter einnehmen, sondern dem Mädchen Vertraute und Freundin bleiben. Sie wollte deren Talente fördern und ihr eine Schulter zum Anlehnen bieten. Und sie beabsichtigte, ihr jene Fröhlichkeit zu erhalten, die das Kind besonders nach seinem Erfolg beim Auftritt des Gillie Cullum entwickelt hatte.

Statt ihren Gedanken Ausdruck zu verleihen, seufzte sie. »Wir werden schon gut miteinander auskommen.«

Mit einem flüchtigen Blick auf ihre einfache Armbanduhr, die ihr Davinia einst zum Examen geschenkt hatte, stellte sie fest, dass sie sich beeilen musste.

»Ich werde hinter der Bühne gebraucht. Ich muss den Mädchen noch einmal gut zureden, bevor es losgeht.«

Als sie sich daraufhin hastig umwenden wollte, hinderte Niall sie daran. Lili sah ihn irritiert an.

»Geh nie, ohne dich von deinem Mann verabschiedet zu haben!« Er lachte, doch dies hatte wenig gemein mit dem ansteckenden Lachen, das sie vorhin bei ihm erlebt hatte. Seine Augen strahlten etwas Unnahbares aus. Sie konnte nicht wirklich in ihnen lesen.

Lili hauchte ihm einen flüchtigen Kuss auf die Wange und riss sich los. Warum stört es mich, dass er auf einem Abschiedskuss besteht?, fragte sie sich und hatte ihre Antwort gerade gefunden, als sie aus der Kälte des Parks zurück in das

Schulgebäude schlüpfte. Es war nicht der Kuss selbst, der sie störte. Im Gegenteil, sie war als Kind niemals aus dem Haus gegangen, ohne ihrer Mutter einen Kuss auf die Wange zu geben. Nein, es war vielmehr die Art und Weise, wie er ihn einforderte. Nicht zärtlich werbend oder spielerisch, sondern verbissen und herrisch. Würde sie sich je an einen solchen Umgangston gewöhnen und überhaupt jemals seine Erwartungen erfüllen können?

Lili wurde das Gefühl nicht los, dass mit Sir Niall etwas nicht stimmte. Du bist albern und siehst Gespenster, sprach sie sich energisch zu und eilte zum Festsaal.

8

Edinburgh, 23. Dezember 1913

Lili kam völlig außer Atem hinter der Bühne an. Sie stutzte. Die Mädchen standen in einem riesigen Pulk um Isobel herum, die wie von Sinnen schrie: »Und, wenn ihr es nicht glaubt, dann fragt sie doch selbst! Sie verlässt euch, weil sie meinen Vater heiratet.«

Lili konnte gerade noch hinter einem Pfeiler Deckung suchen, als das dutzendfache Protestgeschrei der Chormädchen losbrach.

»Du willst dich nur wichtig machen!«

»Du bist verrückt!«

Lili atmete tief durch und verließ ihr Versteck. Ehe sie sichs versah, war sie von einer Schar Mädchen umringt, die alle gleichzeitig auf sie einplapperten. Nur Isobel stand abseits, hatte die Hände vor der Brust verschränkt und beobachtete das Ganze mit einem Blick, den Lili bei ihr noch nie zuvor beobachtet hatte.

»Ruhe!«, brüllte Lili, so laut sie konnte. Augenblicklich verstummten die Mädchen. Lili blickte ernst in die Runde. »Nachdem Isobel das Geheimnis ausgeplaudert hat, muss ich wohl ein Geständnis ablegen. Ja, Isobels Vater hat mich gefragt, ob ich seine Frau werden will, und ich habe seinen Antrag angenommen. Isobel verlässt die Schule, und ich ziehe mit Vater und Tochter in die Highlands.«

»Schön, dass ich das als Letzte erfahre«, ertönte nun die Stimme der schwer beleidigten Direktorin.

Lili lief rot an. »Ich weiß es doch erst seit Kurzem! Sie selbst haben mich ins Besprechungszimmer gerufen.«

»Ja, aber nicht, damit Sie sich Heiratsanträge machen und sich schnöde abwerben lassen, sondern weil ich dachte, Sir Niall wolle mit Ihnen über seine Tochter sprechen. Doch nun sehen Sie zu, dass Sie diesen Hühnerhaufen bis zum Auftritt beruhigt haben.«

»Jawohl, Miss Macdonald«, flüsterte Lili mit belegter Stimme und rief die Mädchen zur Ordnung. Ihr war unwohl zumute. Die Sache war irgendwie aus dem Ruder gelaufen. Hätte sie es Isobel nicht zwischen Tür und Angel verraten, hätte diese sich vor den Chormädchen auch nicht mit der Neuigkeit brüsten können.

Lili atmete ein paarmal tief durch. Sie durfte auf keinen Fall mit den Gedanken abschweifen. Nun stand erst einmal der Auftritt im Vordergrund. Das war gar nicht so einfach, denn Lili fühlte sich während der gesamten Wartezeit von Isobels bitterbösen Blicken durchbohrt. Als sei Lili nicht mehr ihre Verbündete, sondern ihre Feindin. Vor dem Vorhang auf der anderen Seite wurden noch einmal Stühle gerückt, bis sich Miss Macdonalds klare Stimme erhob. Lili aber konnte sich partout nicht auf die Worte der Direktorin konzentrieren. Nein, sie fieberte nur noch dem Auftritt entgegen und betete, dass alles gut gehen möge. Doch dann erschien gegen ihren Willen der Mann aus den Highlands vor ihrem inneren Auge, und sie fragte sich, warum sie sich eigentlich mit derartigen Zweifeln marterte. Andere Frauen in meiner Lage würden über die kleinen Unstimmigkeiten großzügig hinwegsehen, einen gestandenen Witwer wie Niall zuckersüß umgarnen und ihn nicht mehr aus den Fängen lassen, mutmaßte Lili betrübt. Warum steckte sie nur so voller Widerspruchsgeist, beharrte auf ihrer eigenen Meinung und konnte es schwer ertragen, wenn man ihr das Gefühl gab, über sie bestimmen zu wollen? Wahrscheinlich war dies der Grund dafür gewesen, dass sie in der Vergangenheit selten eine Verabredung mit einem Mann gehabt hatte. Auf diese Weise wirst du keinen abbekommen, hatten ihr schon früher jene Mädchen in der Schule prophezeit, die es verstanden hatten, die jungen Männer um den Finger zu wickeln. Lili aber hatte meist schon gar keine Lust gehabt, überhaupt mit einem Verehrer auszugehen, weil sie an allen etwas auszusetzen hatte. Deshalb hatte sie stets behauptet, sie sei nicht spröde, sondern wählerisch. Doch Sir Niall war kein pickeliger Jüngling, sondern ein attraktiver Mann aus guter Familie, der ihr, Lili Campbell, einen Antrag gemacht hatte! Verdirb dir das ja nicht, liebe Lili!, redete sie sich schließlich gut zu und nahm sich fest vor, ihre Zweifel endgültig zu begraben.

»Miss Campbell, kommen Sie! Man hat uns angesagt«, hörte Lili nun die Stimme einer Schülerin eindringlich flüstern.

Lili schreckte hoch. Nun war sie doch mit ihren Gedanken abgeschweift.

»Stellt euch auf, wie wir es besprochen haben. Und du, Isobel, kommst nach, wenn der Chor auf der Bühne steht.«

Das Mädchen funkelte seine Lehrerin mit stummem Vorwurf an. Lili konnte nur hoffen, dass das impulsive Kind die Aufführung nicht platzen ließ. Obgleich es ihr letzter großer Auftritt in der St. George's war, wollte Lili ihn ohne Skandal hinter sich bringen.

Nachdem sie am Klavier Platz genommen und festgestellt hatte, dass die Schülerinnen wie besprochen Aufstellung genommen hatten, starrte sie zum Vorhang und zählte die Sekunden. Was, wenn Isobel sich verweigern würde? Doch da teilte sich der schwere Stoff, und das Mädchen betrat unter dem Applaus des Publikums den Saal. Wie selbstbewusst sie mit einem Mal wirkt! Kein Vergleich zu vorher, schoss es Lili durch den Kopf.

Sie atmete auf. Was sollte nun noch misslingen? Sie warf Isobel einen ermunternden Blick zu und begann zu spielen. Der vielstimmige Gesang aus den Kehlen der Mädchen klang klarer und schöner als bei allen Proben. Und auch Isobel fand sicher ihren Einsatz und sang, als gehe es um ihr Leben.

Als das Lied zu Ende war, herrschte einen Augenblick lang Stille im Saal, bevor begeisterter Applaus aufbrandete.

Isobel knickste artig, und auch Lili erhob sich von ihrem Klavierhocker und führte eine anmutige Verbeugung aus. Sie blickte dabei ins Publikum und blieb an einem Paar blauer Augen hängen. Sie errötete, denn Niall schickte ihr einen Kuss auf die Bühne. Diese mutige Geste seiner Zuneigung nahm Lili mit einem Mal sämtliche Ängste und gab ihr jenes beschwingte Gefühl zurück, das sie bei seiner ersten Umarmung heute am Vormittag empfunden hatte. Es wird alles gut, dachte sie mit einem Anflug von überbordender Freude. Doch dann fiel ihr Blick auf Isobel, und sie erstarrte. Wo gestern noch kindliches Vertrauen und Zuneigung zu lesen gewesen waren, traf Lili auf ungeteilte Ablehnung. Das war nicht mehr jenes Mädchen, das ihr nicht von der Seite wich, sondern ein Kind, das ihr unmissverständlich zu verstehen gab, dass sie als neue Frau ihres Vaters alles andere als willkommen war. Der Hass, der aus Isobels Augen glühte, ließ keine andere Erklärung zu.

Lili wandte den Blick ab und suchte noch einmal den des Mannes aus den Highlands, der ausgerechnet sie, Lili Campbell, um ihre Hand gebeten hatte. Warum eigentlich mich? Gibt es dort, wo er lebt, keine attraktiven, heiratswilligen jungen Frauen?, durchfuhr es Lili, und sie versuchte, diesen Gedanken umgehend zu verscheuchen, denn wieder regten sich Zweifel, während sie eigentlich blind hätte vertrauen sollen. Niall aber lächelte ihr zu und formte mit den Lippen stumm drei Worte. Ich liebe dich.

9

Edinburgh, später Nachmittag, 23. Dezember 1913

Lili war nach dem Auftritt geradezu aus der Schule geflüchtet, natürlich nicht ohne sich von Niall zu verabschieden und für den nächsten Tag mit ihm zu verabreden.

Seit Stunden war sie schon damit beschäftigt, die wenigen Habseligkeiten ihrer Mutter zu ordnen und ihre eigenen Sachen für die Reise zu packen. Niall wollte schon in den frühen Morgenstunden des vierundzwanzigsten Dezember gen Norden aufbrechen. Mit dem ersten Zug. Lili hatte nicht widersprochen. Die Zeit, die ihr blieb, war zwar knapp, aber sie sollte genügen, um die Wohnung leer zu räumen.

Lili kniete vor der Kiste mit den persönlichen Dingen ihrer Mutter und wusste nicht recht, was sie damit anfangen sollte. Mitnehmen konnte sie den schweren Holzkasten nicht. Er war zu sperrig für die Zugreise, und sie wollte kein unnützes Zeug mit in die Highlands schleppen. Nein, beschloss sie seufzend, ich muss den Inhalt begutachten und fortwerfen, was nicht mehr zu gebrauchen ist. Natürlich fiel ihr der Gedanke schwer. Ihr war so, als würde sie ihre Mutter verraten. Doch dann hob sie den Deckel und griff beherzt in die Kiste, obwohl ihr der muffige Geruch für einen Augenblick den Atem rauben wollte. In der Hand hielt sie Fotografien und Papiere. Sie breitete alles vor sich auf dem wackeligen Tisch aus und verschnaufte erst einmal, bevor sie mit der Sichtung begann. Schon das erste Bild überraschte sie so sehr, dass sie einen leisen Pfiff ausstieß. Es war eine Ganzkörperfotografie ihrer Mutter, angefertigt in einem stadtbekannten Atelier. Unverkennbar Davinia. Lili staunte allerdings nicht schlecht über das schmale, schöne Gesicht der jungen Frau. Davinia hatte ihr zwar oft erzählt, dass sie einmal ebenso schlank gewesen war wie ihre Tochter heute, aber Lili hatte ihr das insgeheim nie so recht glauben wollen. Nun hielt sie den Beweis in Händen. Davinia war wirklich eine außerordentlich reizvolle Frau gewesen. Und wie ihre Augen strahlten! Da muss sie sehr verliebt gewesen sein, vermutete Lili und drehte das Bild um. Und tatsächlich, auf der Rückseite war eine Widmung: *Meinem starken Mann aus den Highlands, meinem liebsten Gordon.*

Lili wurde abwechselnd heiß und kalt. Was hatte ihre Mutter noch immer gepredigt? Nimm niemals einen Mann aus den Highlands! Lili konnte diese Warnung inzwischen sogar verstehen, nachdem sie doch erfahren hatte, dass dieser Kerl die arme Davinia so schnöde hatte sitzen lassen. Und noch etwas ließ ihr den Atem stocken. Hatte Doktor Denoon nicht behauptet, der Name ihres Vaters laute Gordon. Und nicht Gerald, wie ihre Mutter ihr einst anvertraut hatte? Und wenn der Doktor recht hatte, warum hatte Davinia sie ein Leben lang belogen?

Am liebsten hätte sie den Inhalt dieser verdammten Kiste auf der Stelle fortgeworfen, wenn da nicht diese brennende Neugier gewesen wäre. Ob es auch von ihm ein Bild gab? Mit zitternden Fingern ließ Lili die Fotografien durch die Hände gleiten. Es waren nicht viele. Sie zeigten ihre Mutter, alle in jenem Atelier hergestellt und wahrscheinlich nur zu einem Zweck gemacht: um den Mann aus den Highlands damit zu überraschen. Erst das allerletzte Bild zeigte nicht sie, sondern einen hochgewachsenen Mann mit hellem Haar. Er trug die schlichte dunkle Kleidung eines einfachen Edinburgher Arbeiters und hatte so gar nichts von den vornehmen Highlandern an sich, die Lili aus der Schule kannte. Sein Blick war verwegen und erinnerte eher an die Kerle, die zuhauf im Hafen von Leigh herumlungerten. Auch schien sein Haar noch nie mit einem Kamm in Berührung gekommen zu sein, denn seine Locken hingen ihm wirr in die Stirn. Und trotzdem war der Mann alles andere als unattraktiv. Lili konnte sich gut vorstellen, dass Davinia von seiner virilen Ausstrahlung fasziniert gewesen war. Sie hätte zu gern gewusst, welche Augenfarbe er gehabt hatte. Auf dem Bild wirkten die Augen sehr hell und wach. Ob das wirklich mein Vater ist?, fragte sie sich und drehte auch diese Fotografie um. Sie schluckte trocken, als sie in einer schön geschwungenen Schrift auf der Rückseite las: *Wie lang und grausig ist die Nacht, entfernt von dir, o Liebe! O dass mein müdes Auge doch nicht ohne Schlummer bliebe. Wenn ich das hier erledigt habe, wirst Du meine Frau. Gordon Makenzie*

Lili wurde unheimlich zumute. Da hatte ihr Vater Davinia mit demselben Gedicht von Robert Burns seine Liebe erklärt wie Niall Lili am Vormittag. Ein kalter Schauer lief ihr über den Rücken. Und erneut stellte sie sich die Frage, ob es nicht vernünftiger wäre, mit ihrem Leben in Edinburgh auch diese Kiste hinter sich zu lassen. Als ihr Vater noch der gesichtslose Gerald MacGregor aus den Lowlands gewesen war, hatte sie sich nie sonderlich für ihn interessiert. Was hatte sich geändert, nur weil er ein zwielichtiger Mann aus den Highlands war, der nun ein Gesicht besaß?

Nein, ich sollte aufhören, in der Kiste zu wühlen, die Fotografien meiner Mutter und meine Geburtsurkunde mitnehmen, wenn sie sich denn überhaupt in dieser Kiste befindet, und den Rest vernichten, sprach sie sich gut zu, während ihre Hand wie von selbst nach dem Brief griff, der ganz oben lag. Lili erschrak, als ihr Blick auf den Absender fiel. Es war die Gefängnisverwaltung von Inverness.

Die Buchstaben tanzten ihr vor den Augen, und trotzdem konnte sie den Brief nicht aus der Hand legen. Vorsichtig drehte sie ihn um. Er war an Miss Davinia Campbell, bei Denoon, Charlotte Square 5 in Edinburgh, adressiert. Mit zittrigen Fingern zog Lili den Brief aus dem Umschlag. Keine Frage, es war ein offizielles Schreiben, datiert vom zwanzigsten November achtzehnhundertneunundneunzig. Lili schloss die Augen. Eine innere Stimme riet ihr dringend davon ab, diese Zeilen zu lesen. Sie atmete ein paarmal tief durch und riss die Augen wieder auf. Zu spät, schoss es ihr durch den Kopf. Jetzt kann ich nicht mehr zurück. Entschlossen heftete sie den Blick auf dieses schmutzige vergilbte Stückchen Papier.

Sehr geehrte Miss Campbell,
mit Bedauern müssen wir Ihnen mitteilen, dass unser
Häftling Gordon Makenzie an den Folgen einer Typhus-
epidemie in unseren Mauern verstorben ist. Kurz vor sei-
nem Tod bat er unseren Geistlichen, die Dinge, die er bei
seiner Inhaftierung bei sich trug, an Sie zu schicken. Hier-
mit führen wir die Gegenstände einzeln auf: ein silberner
Ordensstern des St.-Andrew-Ordens, einen Sgian Dubh
und ein Clanabzeichen aus Zinn. Diese Gegenstände
übersenden wir Ihnen mit getrennter Post. Die Gefängnis-
verwaltung Inverness
Alister McLarren

Lili schnappte laut hörbar nach Luft. Ihr Vater war also im Gefängnis von Inverness an Typhus gestorben, während Davinia ihr zeitlebens das Märchen vom schrecklichen Unfall kurz vor ihrer Geburt aufgetischt hatte. Dabei hatte sie all die Jahre von seinem Tod hinter Gefängnismauern gewusst, sich aber niemals etwas anmerken lassen. Lili stutzte. Oder doch? Plötzlich kamen ihr Bilder von ihrem zehnten Geburtstag Ende Oktober in den Sinn. Sie hatte ihn am Charlotte Square gefeiert. Sie erinnerte sich noch genau, wie stolz sie mit den anderen Mädchen unbehelligt durch das große Haus getobt war. Bis eine der Mitschülerinnen ihr gehässig an den Kopf geworfen hatte, das Haus gehöre den Herrschaften ihrer Mutter und sie sei doch nur ein Bastard. In dem Augenblick war ihre Mutter ins Zimmer gestürzt, hatte dem Mädchen eine schallende Ohrfeige verpasst und war dann weinend geflüchtet. Hätte Doktor Denoon bei den Eltern dieses Mädchens kein gutes Wort für Davinia eingelegt, hätte das Ganze sicher ein böses Nachspiel gehabt. Lili entsann sich nur deshalb so genau an jenen Tag, weil ihre Mutter danach noch lange mit vom ständigen Weinen geröteten Augen herumgelaufen war. Lili hatte damals geglaubt, ihr täten die Backpfeife und der Ärger leid, den sie den Denoons damit bereitet hatte. Wahrscheinlich hat sie an jenem Tag die Nachricht von Gordons Tod erhalten, mutmaßte Lili. Aber was war in den Jahren zuvor geschehen? Hatte Davinia die ganze Zeit über gewusst, dass er im Gefängnis saß, und auch, warum? Lilis Magen krampfte sich zusammen.

Nun gab es für sie kein Halten mehr. Sie wollte, ja, sie musste wissen, was sich damals ereignet hatte. Mit hochrotem Kopf blätterte sie die Briefe durch, aber sie fand nichts mehr von Interesse. Sie warf einen prüfenden Blick in die Kiste und stutzte. Der dunkelblaue Samt am Boden der Kiste war nicht glatt, sondern gewellt. Vorsichtig hob sie den Stoff an und stieß einen Pfiff aus. Darunter befanden sich jene Gegenstände, die die Gefängnisverwaltung ihrer Mutter einst geschickt hatte: ein silberner Orden mit der Distel darauf, der Sgian Dubh, ein traditionelles schottisches Strumpfmesser und ein Clanabzeichen. Offenbar hatte Davinia diese Hinweise auf die Identität des Kindsvaters gleich nach Erhalt in dieser Holzkiste verschwinden lassen, denn Lili hatte nichts davon je zu Gesicht bekommen. Vorsichtig nahm sie erst den Orden heraus, dann das Messer mit dem schwarzen Griff und zuletzt das Clanabzeichen. Da entdeckte sie am Boden der Kiste einen Briefumschlag. Das Herz klopfte ihr bis zum Hals, als sie ihn vom Grund der Truhe barg. Sie erschrak, als sie die Schrift wiedererkannte. Es waren dieselben schön geschwungenen Buchstaben, mit der ihr Vater die Widmung auf der Rückseite seiner Fotografie verfasst hatte. Vor lauter Aufregung riss sie den Umschlag ein, während sie ungeduldig den Brief hervorzerrte. Er war datiert auf den April achtzehnhundertneunundachtzig, also auf einen Zeitpunkt, da ihre Mutter schon schwanger mit ihr gewesen war. Lilis Herzschlag wollte aussetzen, während sie diese Zeilen ungeduldig verschlang.

*Liebste, Du musst stark sein. Ich konnte nicht zu unserer
Hochzeit erscheinen und werde Dich niemals wiedersehen. Du weißt, ich musste hier oben im Norden etwas
erledigen. Ich habe einen Menschen umgebracht. Es war
ein fairer Kampf, doch das wird mir keiner je glauben.
Nun werde ich im ganzen Land als Mörder gesucht.
Noch kann ich mich in den Highlands verstecken, aber
wer weiß, wie lange noch? Ich könnte das Land verlassen,
aber anderswo kann ich nicht leben. Deshalb werden sie
früher oder später meiner habhaft werden. Und dann
stehe ich zu meiner Tat, denn er war ein hinterhältiger
Lump, der meiner Familie Übles angetan hatte. Er hat
den Tod verdient. Bitte, versprich mir, dass Du Dir einen
guten Mann nimmst, mit ihm eine Familie gründest und
mich vergisst. Ich will nicht, dass Du mich womöglich im
Gefängnis besuchst. Denn wenn sie mich kriegen, werde
ich nie wieder in meinem Leben freikommen. Und bitte,
Du musst mir schwören: Sprich nie wieder meinen Namen
aus. Hörst Du? Nie wieder. Gordon Makenzie ist tot.
Und such mich nicht. Ich werde leugnen, Dich zu kennen.
Es ist besser so. Dein G. M. – nenne mich meinetwegen
Gerald MacGordon –, der bis zu seinem letzten Atemzug,
selbst wenn er ihn im Angesicht des Henkers tut, von dem
einen Gedanken getragen und getröstet wird: dass er
Davinia Campbell über alles liebt. Wir sehen uns wieder.
In einem anderen Leben, mein Lieb.*

Lili wischte sich verstohlen eine Träne aus dem Auge. So
schrecklich die ganze Geschichte auch war, die Worte ihres
Vaters trafen sie bis ins Mark. Wenn er auch nur annähernd
ein solcher Mensch gewesen war, wie diese Worte sie glauben
machten, dann konnte er kein mieser Verbrecher gewesen
sein. Diese Rührung verflog, kaum hatte sie sich bewusst
gemacht, dass ihr Vater offenbar einen Menschen auf dem
Gewissen und ihre Mutter zu dieser lebenslangen Lüge verpflichtet hatte. Hätte er das auch von ihr verlangt, wenn er

geahnt hätte, dass meine Mutter bereits ein Kind von ihm erwartete?, fragte sich Lili schockiert. Hätte er ihr dann verbieten können, dem Kind den Namen seines Vaters zu nennen? Hatte Davinia geglaubt, dass die Tochter diese Unterlagen finden werde, oder vielmehr gehofft, dass sie diese ungelesen fortwerfen werde?

Und was stand in ihrer Geburtsurkunde? Wie von Sinnen durchwühlte Lili alle jene Unterlagen, die sie vorhin lieblos aus der Kiste gekramt und zur Seite geworfen hatte. Und tatsächlich, ihre Geburtsurkunde befand sich darunter. Am ganzen Körper bebend suchte sie den Namen ihres Vaters, doch vergeblich, denn dort, wo er hätte stehen sollen, waren nur zwei Worte eingetragen: *Vater unbekannt.*

Lili saß eine Zeit lang wie betäubt mit der Geburtsurkunde in der Hand auf dem Fußboden. Absurde Gedanken wirbelten ihr ungeordnet durch den Kopf. Durfte sie Niall überhaupt noch heiraten, nachdem sie von dem Schicksal ihres Vaters erfahren hatte? Doch hatte er nicht mehr als deutlich gemacht, dass ihn ihre Herkunft nicht interessierte? Und überhaupt, was kümmerte sie dieser Mann, der zwar ihr Erzeuger war, der aber ansonsten nichts mit ihrem Leben zu schaffen hatte? Warum sollte sie sich Gedanken machen über einen Menschen, der seit weit über zehn Jahren tot war? Aber war es nicht ihre Pflicht als Tochter herauszubekommen, was hinter dieser Geschichte wirklich steckte? Was damals in den Highlands geschehen war?

Nein, denn einmal abgesehen davon, dass die wahre Herkunft ihres Vaters womöglich Lilis unbeschreibliche Sehnsucht nach dem Hochland zu erklären vermochte, was ging sie das Schicksal eines Mannes an, der niemals für sie da gewesen war? Wem sollte es nützen, wenn sie einem alten Geheimnis auf die Spur kam, nun da sie im Begriff stand, ein neues Leben anzufangen? Energisch nahm sie die Urkunde an sich. Sie würde sie zur Hochzeit benötigen, und ob sie Niall später einmal davon erzählen würde, stand auf einem anderen Blatt. Erneut griff sie zu dem Brief ihres Vaters.

Sie spielte kurz mit dem Gedanken, ihn zu vernichten, doch schließlich entschied sie sich anders. Zusammen mit dem Orden, dem Messer, dem Clanabzeichen, der Fotografie ihrer Mutter, ihrer Geburtsurkunde und dem Bild des Vaters stopfte sie seinen Brief in ihren Koffer. Nur das Schreiben der Gefängnisverwaltung riss sie in der Mitte durch und warf es in den Müll.

10

Lili versuchte seit mehr als einer Stunde krampfhaft, nicht mehr an die Geschichte mit ihrem Vater zu denken. Sie hatte ihre Sachen gepackt und ließ noch einen letzten Blick über die Möbel und die Kleiderkiste schweifen, die Lili Davinias Nachbarin, der Witwe Laird, vermacht hatte. Im Gegenzug dafür würde diese die Wohnung ausräumen. Da entdeckte sie neben dem Herd eine kleine Schachtel. Dort hatte ihre Mutter immer ihren Schmuck verwahrt. Lili öffnete sie vorsichtig. Vielleicht fand sie darin ein Abschiedsgeschenk für Miss Macdonald. Die Direktorin hatte Lili nach dem Fest vorgeschlagen, unter diesen Umständen ihre kleine Weihnachtsfeier, die für den fünfundzwanzigsten Dezember geplant war, auf den heutigen Abend vorzuverlegen. Als Abschiedsfeier sozusagen. Lili hatte die Einladung in die Schule dankbar angenommen, verstand sie dies doch als Versöhnungsangebot der Schulleiterin. Es wäre ihr schwergefallen, die St. George's in Unfrieden mit Miss Macdonald zu verlassen. Außerdem hatte sie Niall ohnehin gebeten, sie am nächsten Tag in der Schule abzuholen. Und unter diesen Umständen würde sie auch dort übernachten, jetzt, da alle Schülerinnen zu Hause waren.

Lili warf einen Blick in die ärmliche Schatulle. Die Ausbeute war mager. Davinia hatte nicht mehr besessen als einen goldenen Ring und eine Kette. Der altmodische Schmuck wäre vielleicht etwas, womit sie Miss Macdonald eine Freude bereiten konnte, aber wenn sie der Direktorin etwas mitbrachte, benötigte sie auch ein Präsent für Mademoiselle

Larange. Diese aber liebte das Ausgefallene und Luxuriöse, doch derlei hatte ihre Mutter Lilis Wissen nach nie besessen.

Schade, ich habe wirklich nichts für sie, dachte Lili betrübt, als ihr Blick noch einmal auf die Kleidertruhe fiel, die alte Sachen ihrer Mutter enthielt und die sie gar nicht erst geöffnet hatte. In ihrer Verlegenheit holte sie das jetzt nach und konnte kaum fassen, welche bunten und gewagten Kleider sie entdeckte. Darin hatte sie ihre Mutter niemals gesehen. Das Verrückteste war ein riesiger Hut mit Federn, ganz so, wie es in jungen Jahren ihrer Mutter einmal Mode gewesen war. Lili zog das Monstrum aus seiner Verpackung und setzte es auf. Auf ihrem Kopf sah es einfach nur lächerlich aus, aber Lili war sich sicher, dass die Französin diesen Hut *formidable* finden würde. Leider passte der Hut nicht mehr in den Koffer, sodass Lili ihn unter den Arm klemmen musste. Vernünftiger wäre es, mit dem schweren Gepäck eine Droschke zu nehmen, ging ihr durch den Kopf, während sie ins Kalte hinaustrat, sich noch einmal umwandte, um der Bell's Wynd einen letzten Blick zu schenken, bevor sie die Stufen zur High Street hinaufstieg.

Dort hielt sie schwer atmend inne, doch sie wollte unbedingt noch ein letztes Mal den Weg zu Fuß durch ihr geliebtes Edinburgh gehen. Der Nachteil war allerdings, dass sie nur langsam vorankam, denn der Koffer war unglaublich schwer. Der Abschied von St. Giles, ein letzter Blick zum Schloss hinauf, all das nahm Zeit in Anspruch. Sie kam dann aber doch schneller voran, nachdem sie die High Street verlassen hatte und durch einen Park in Richtung Charlotte Square eilte. Nach allem, was sie inzwischen über ihren Vater in Erfahrung gebracht hatte, behagte es ihr zwar nicht sonderlich, Doktor Denoon noch einmal zu begegnen, aber sie hatte keine andere Wahl. Sie konnte sich nicht einfach davonschleichen. Dafür hatten die Denoons zu viel für sie getan.

Als sie schließlich keuchend vor der Nummer fünf stand und ihr die Hausherrin öffnete, beschlich Lili ein merkwürdiges Gefühl. Es war ihr gar nicht bewusst gewesen, wie sehr sie an all dem hing, was sie zurücklassen musste. Wie viele Jahre war sie in diesem Haus ein und aus gegangen, hatte hier mit den Kindern des Hauses wie mit ihresgleichen gespielt, während ihre Mutter für die Familie gearbeitet hatte. Sie konnte gar nichts dagegen tun, dass ihr das Herz schwer wurde. Mrs Denoon aber bemerkte von alledem nichts. Sie strahlte beim Anblick der voll bepackten Lili.

»Nun, mein Kind, hast du es dir doch anders überlegt? Hier ist es bestimmt schöner als in der Bell's Wynd. Ich habe nie verstanden, warum deine Mutter nicht mehr bei uns wohnen wollte, aber gut, sie –, sie war von seltener Sturheit. Schön, dass wenigstens du mit dir reden lässt.«

Lili räusperte sich ein paarmal, bevor sie antworten konnte, ohne dass ihr die Tränen kamen. Mit fester Stimme sagte sie schließlich: »Mrs Denoon, ich bin gekommen, um mich von Ihnen zu verabschieden.«

»Verabschieden?«

»Ja, ich werde heiraten und Edinburgh verlassen.«

Mrs Denoon stutzte, bevor sie nach Luft rang. »Aber Kind, komm erst einmal ins Haus! Ich weiß gar nicht, was ich dazu sagen soll. Ich meine, deine Mutter ist erst vor knapp vier Wochen von uns gegangen …«

Zögernd folgte Lili der Hausherrin bis in den Flur. Dort blieb sie stehen. »Mrs Denoon, ich wollte mich wirklich nur verabschieden. Morgen früh fahre ich mit meinem Verlobten nach Inverness.«

Mrs Denoon musterte Lili fassungslos. »Aber wieso? Wer ist dieser Mann?«

»Er stammt aus den Highlands. Sein Name ist Niall Munroy.« Absichtlich verzichtete Lili darauf zu erwähnen, dass er den Titel eines Baronets trug.

»Ach, Kind, ich freue mich doch so für dich. Ich wundere mich nur, dass es so schnell geht. Und dass deine liebe Mutter von gar nichts gewusst hat …«

»Er hat mir den Antrag gemacht, kurz bevor ich vom Tod meiner Mutter erfuhr.«

»Aber das ist doch auch noch keine vier Wochen her …«

Lili hörte den leisen Vorwurf in der Stimme der Hausherrin sehr wohl heraus. »Es ist der Vater einer Schülerin, die ich sehr mag«, erklärte sie beinahe entschuldigend. »Ein Witwer.«

»Und wie alt ist der Mann?«

Lili hob die Schultern. »An die zehn Jahre älter als ich, schätze ich«, erwiderte sie scheu und nahm sich insgeheim vor, Niall so bald wie möglich nach seinem wahren Alter zu fragen. Der Gedanke, dass sie das nicht einmal wusste, brachte sie innerlich aus der Fassung. So wenig kannten sie einander also!

»Und was tut er? Ich meine, was stellt er dar?«

»Er besitzt eine große Schafzucht«, erklärte sie hastig in dem Bemühen, weder seinen Reichtum zu erwähnen noch seinen Adelsstand.

Ehe sie sichs versah, hatte Mrs Denoon sie in die Arme geschlossen. »Ach, das freut mich für dich, mein Kind, wenn es auch sehr überraschend kommt. Was mich allerdings ein wenig stutzig macht, ist die Tatsache, dass du nicht strahlst, wie es einer glücklichen Braut gebührt.«

»Ich muss doch erst einmal alles verarbeiten. Erst bekomme ich einen Heiratsantrag, und bevor ich es meiner Mutter erzählen kann, ist sie tot. Und nun muss ich mich Hals über Kopf von allem verabschieden, was mir lieb und teuer ist. Von Ihnen, von meiner Stadt, meiner Schule und … Es fällt mir nicht leicht.«

»Ach, das verstehe ich doch nur zu gut. Ich bin damals der Liebe wegen von Aberdeen nach Edinburgh gezogen. Was glaubst du, wie schwer mir das gefallen ist! Aber dennoch: Wir wollen deinen Verlobten natürlich kennenlernen. Entweder ihr besucht uns, oder wir kommen in die Highlands. Du weißt doch, wir kuren jedes Jahr in Strathpeffer. Hoffentlich wohnst du nicht allzu weit davon entfernt, dann können wir dich bei der Gelegenheit besuchen.«

»Scatwell Castle liegt in der Nähe von Inverness.«

»Castle?« Mrs Denoon musterte Lili mit durchdringendem Blick.

»Ja, so nennt mein Verlobter sein Zuhause. Wahrscheinlich ist es nur ein besseres Farmhaus«, versuchte Lili sich herauszureden.

»Schon gut, mein Kind. Schade, dass mein Mann gerade unterwegs ist und Patienten besucht. Er hätte dir sicher auch gern Lebewohl gesagt.«

»Ja, das tut mir leid, aber ich muss zur Schule, Abschied feiern mit Miss Macdonald und Mademoiselle Larange. Ich schicke Ihnen auf jeden Fall meine neue Adresse, versprochen!«

»Gut, tu das. Dann bleibt mir nur noch, dir viel Glück zu wünschen. Und glaub mir, deine Mutter wäre stolz auf dich. Ach, ist das eine schöne Überraschung!«

Lili zögerte, doch dann umarmte sie Mrs Denoon herzlich. »Wir werden uns wiedersehen«, raunte sie, obwohl sie insgeheim befürchtete, dass es ein Abschied für immer sein werde. Deshalb wandte sie sich hastig zum Gehen, denn sie wollte nicht, dass Mrs Denoon ihre Tränen sah.

11

Edinburgh, Abend des 23. Dezember 1913

So schnell es ihr das schwere Gepäck erlaubte, eilte Lili weiter zur Schule. Kaum hatte sie die Eisenpforte geöffnet, als ihre Augen schon wieder feucht wurden. Sie konnte es nicht leugnen. Der Abschied fiel ihr mehr als schwer. Doch dann stellte sie kurzerhand den Koffer ab und wischte sich mit dem Ärmel über das Gesicht.

Als sie den dunklen Flur entlangging, der zu den Privaträumen von Miss Macdonald führte, sah sie von fern ein Mädchen hinter einer Tür verschwinden. Sie stutzte. Schließlich waren die Kinder doch gestern alle abgeholt worden, und Isobel sollte mit ihrem Vater im Hotel übernachten.

Lili lief weiter und blieb unschlüssig vor der Tür des Schlafsaales stehen. Sie klopfte, bekam aber keine Antwort. Welches der Kinder mag bloß allein im Internat zurückgeblieben sein?, fragte sich Lili, als sie die Klinke hinunterdrückte und einen Blick in den Saal warf. Die Betten schienen alle unberührt, bis auf eines. Lili stockte der Atem. Es war das Bett von Isobel Munroy. Das wusste sie genau. Wie oft hatte sie das Mädchen in den Schlaf gesungen, wenn es wieder einmal aus seinen schrecklichen Albträumen erwacht war und eines der anderen Mädchen sie zu Hilfe geholt hatte. Lili stellte ihr Gepäck im Flur ab und näherte sich dem Bett.

Isobel lag auf dem Bauch und rührte sich nicht, auch dann nicht, als Lili sich behutsam auf die Bettkante setzte. Sanft tippte sie dem Mädchen auf die Schulter.

»Nicht erschrecken, ich bin's nur. «

»Gehen Sie weg! «

»Aber was machst du denn hier? Ich denke, dein Vater hat dich für diese Nacht mit in sein Hotel genommen.«

»Gehen Sie weg!«

Lili atmete ein paarmal tief durch.

»Bitte dreh dich um und sieh mich an! Ich gehe, aber erst wenn wir beide miteinander gesprochen haben.«

Isobel blieb bewegungslos liegen.

»Gut, dann beantworte mir bitte nur die eine Frage. Warum bist du nicht bei deinem Vater?«

Isobel drehte sich um. Sie sah jämmerlich aus. Ihre Augen waren vom vielen Weinen verquollen, und sie wirkte noch blasser als sonst.

»O, Kleines, was ist mit dir?« Lili wollte sie umarmen. Isobel aber entzog sich ihr brüsk und zischte: »Fassen Sie mich nicht an!«, stieß sie hervor.

Lili zog die Hände rasch zurück.

»Ich wollte nicht mit. Und ich möchte auch die Schule nicht verlassen. Ich bleibe hier.«

»Aber das ist nicht möglich. Dein Vater wünscht sich so, dass du bei ihm lebst. Und das verstehe ich gut. Du bist doch auch nicht allein. Ich bin deine Freundin und komme mit.«

»Sie sind nicht mehr meine Freundin, Sie sind Papas Verlobte.«

»Isobel, ich will dir auch weiterhin eine gute Freundin sein. Sieh mal, ich kann doch niemals deine Mutter sein …«

»… aber Sie werden mich genauso verlassen wie meine Mutter. Und deshalb will ich nichts mehr mit Ihnen zu tun haben!«, schrie Isobel außer sich vor Zorn.

Lili zuckte zusammen. Noch niemals hatte sie das Kind so verzweifelt erlebt. Als Lehrerin hätte sie Isobel wegen ihres ungebührlichen Tons zurechtweisen müssen, als zukünftige Ehefrau ihres Vaters musste sie versuchen, diese plötzliche Ablehnung zu ergründen.

»Isobel, warum sollte ich dich verlassen?«, fragte Lili mit sanfter Stimme. »Ich verspreche es dir. Ich werde immer bei dir bleiben.«

»Sie lügen! Mom hat es auch versprochen und nicht gehalten.«

»Aber willst du mir nicht wenigstens Gelegenheit geben, es dir zu beweisen?«

Wie von Sinnen sprang Isobel vom Bett herunter und baute sich angriffslustig vor Lili auf.

»Lassen Sie mich in Frieden! Ich wünschte, Sie wären tot.« Noch während sie den letzten Satz herausschrie, rannte sie hinaus auf den Flur. Mit lautem Knall fiel die Tür hinter ihr zu.

Lili bebte am ganzen Körper. Sie blieb noch eine Weile auf der Bettkante sitzen. Selten hatte sie sich so hilflos gefühlt. Ihr fiel beim besten Willen nicht ein, wie sie dem verstörten Mädchen helfen sollte. Isobel hatte sich regelrecht in einen Hass gegen sie hineingesteigert. Lili ahnte, dass hinter Isobels Abwehr tiefe Ängste steckten, die mit ihr, Lili, wenig zu tun hatten. Doch es schmerzte, von ihrer Lieblingsschülerin derart gemein angegriffen zu werden. Doch was sollte sie tun? Einen Rückzieher machen, die Verlobung lösen und Niall bitten, Isobel auf der Schule zu lassen? Aber wäre sie überhaupt in der Lage, so einfach auf Niall zu verzichten, nur weil Isobel Probleme mit der neuen Frau des Vaters hatte? In diesem Augenblick verspürte sie eine tiefe Sehnsucht nach ihm. Gemeinsam werden wir es schon schaffen und eine glückliche Familie werden, redete sie sich gut zu, während sie den Schlafsaal verließ. Sie war noch nicht ganz bei der Tür zu Miss Macdonalds Räumen angelangt, als sich ihr schlechtes Gewissen meldete. Sie konnte doch unmöglich zulassen, dass die verzweifelte Isobel sich mutterseelenallein auf dem Schulgelände herumtrieb. Sollte sie nach ihr suchen? Sie seufzte. Nein, so schwer ihr die Einsicht auch fiel, aber sie war im Augenblick wirklich die Letzte, die dem Mädchen Trost spenden konnte. Entschlossen kehrte Lili um und klopfte bei Mademoiselle Larange.

»Schon ier? Dann komm isch gleisch zu unsere Miss Macdonald. Isch muss mir nur noch umzieen. Oh, was aben Sie für einen Ut unter dem Arm? Der ist ja großartisch.«

Lili blieb an der Tür stehen und konnte sich ein Schmunzeln nicht verkneifen. »Der ist für Sie. Er gehörte meiner Mutter, und ich könnte mir vorstellen, dass er Sie hervorragend kleidet.« Lili reichte Mademoiselle Larange die originelle Kreation, die diese strahlend entgegennahm und gleich aufsetzte. Sie stellte sich vor den Garderobenspiegel und betrachtete sich. Der Hut stand ihr ausgezeichnet.

»Ich wusste doch, dass er wie für Sie gemacht ist.«

»Isch kann jeden Ut aufsetzen, sogar eine Kochtopf, aber isch glaube, Sie würde der auch steen.«

Lili machte eine abwehrende Handbewegung. »Nein, nein, für mich ist so etwas nichts!«

»Ach, Sie sind manschmal viel zu bescheiden und artisch. Sie können viel mehr aus Ihnen machen. Jetzt, wo Sie werden eine Lady Munroy. Isch abe mir schlau gemacht. Die Frau eines Baronet ist ein Lady. Und als feine Dame, da können Sie sisch leisten ein Extravaganz und nischt so brav wie ein Lehrerin.«

Lilis Blick verfinsterte sich. Einen Augenblick lang hatte sie ihr eigentliches Anliegen vergessen. Doch plötzlich stand ihr die ganze verfahrene Situation wieder lebhaft vor Augen.

»Pardon, isch wollte Ihnen nischt zu nahe treten. Es war eine Kompliment …«

»Keine Sorge, Sie haben mich in keiner Weise gekränkt. Mir bereitet etwas ganz anderes Kummer. Ich wollte Sie eigentlich bitten …« Lili stockte und holte noch einmal tief Luft, bevor sie fortfuhr. »Es geht um Isobel. Sie ist nicht mit ihrem Vater ins Hotel gezogen, sondern übernachtet heute ganz allein im Schlafsaal.«

»Kein Problem, Sie müssen nischt ier in mein Wohnung übernachten. Sie wollen sischer bei Ihr zukünftige Stieftochter sein.«

Lili blickte der Französin fest in die Augen. »Das wollte ich Sie nicht fragen. Ich wollte Sie eher bitten, ob Sie wohl nach ihr suchen könnten. Sie versteckt sich irgendwo auf dem Schulgelände, nachdem sie mir deutlich gemacht hat, dass ich nicht mehr ihre Freundin bin.«

Kaum hatte Lili den Satz zu Ende gesprochen, als ihr die Tränen kamen. Sie konnte nichts dagegen tun.

»Um Immels willen, ma petite, nein, nisch weinen! Das geht vorüber. Das ist nur Eifersucht. Sie liebt Ihnen doch. Setzen Sie sisch auf mein Chaiselong und warten Sie auf misch. Ich suche Isobel, bringe sie in ihre Bett und rede mit sie. Isch bin doch immer auch ein Freundin von die Kleine gewesen.«

Mademoiselle Larange schob Lili energisch vom Flur in den Salon.

»Ruhen Sie sisch aus. Es war viel su viel für Ihnen. Wenn isch zurück bin, dann gehen wir gemeinsam zu Mademoiselle Macdonald und feiern.«

Und schon war die Tanzlehrerin aus der Tür und ließ Lili allein in der Wohnung zurück. Allerdings war nicht daran zu denken, dass sie sich still hinsetzte. Sie vibrierte vor innerer Unruhe und durchquerte mehrere Male den apart eingerichteten Salon der Moiselle, bis sie vor einer Wand mit Fotografien stehen blieb. Sie zeigten die großen Erfolge der einstigen Primaballerina, doch auch hier hielt es Lili nicht lange. Ruhelos schritt sie auf und ab, während es in ihrem Kopf surrte wie in einem Bienenhaus. Wie auch immer sie in Bezug auf Isobel handelte, es schien verkehrt zu sein. In diesem Augenblick sehnte sie sich nach den ruhigen Bahnen, in denen ihr Leben noch vor vier Wochen verlaufen war. Und nach ihrer Mutter, die sie um Rat hätte fragen können. Ob Davinia den attraktiven Mann aus den Highlands wohl gemocht hätte?

Schließlich ließ sich Lili auf die Chaiselongue fallen. Sofort überfiel sie eine bleierne Müdigkeit. Kein Wunder, ging ihr durch den Kopf, nach allem, was heute schon geschehen ist! Ich habe mich verlobt, ich habe erfahren, dass mein Vater einen Menschen umgebracht hat und im Gefängnis gestorben ist, ich habe mir meine Lieblingsschülerin zur Feindin gemacht, ich habe die Bell's Wynd hinter mir gelassen, und nicht nur das, sondern mein ganzes bisheriges Leben …

12

Lili erwachte von leisen Schritten und riss erschrocken die Augen auf.

»Isch wollte Ihnen nisch wecken. Schlafen Sie ruisch weiter. Isch sage Mademoiselle Macdonald Bescheid, dass Sie müssen sisch ausruhen …«

»Nein, nein, schon gut, ich bin wach«, erklärte Lili mit fester Stimme und setzte sich kerzengerade hin. »Was hat Isobel gesagt?«

»Dass sie schön in ihre Bett bleibt und kein Dummeiten macht und …« Die Französin seufzte. »… und dass sie an die Schule bleiben möschte. Aber isch abe geraten ihr, ihren Vater zu georschen.«

»Und hat sie mich erwähnt?«

»Nein, doch – sie at gesagt, dass sie über Ihnen nischt spreschen will.«

»Gut, dann lasse ich sie in Ruhe, bis sie vernünftig geworden ist.«

»Lassen Sie das Kind Zeit. Aber nun kommen Sie, Mademoiselle Macdonald asst Unpünktlischkeit.«

Lili fuhr sich flüchtig durch das Haar, strich den Rock glatt und entnahm ihrem Koffer die Kette und den Ring ihrer Mutter. Natürlich hatte sie kurz mit dem Gedanken gespielt, die beiden Schmuckstücke als Erinnerung zu behalten, aber erstens war ihr der Ring viel zu groß, und außerdem eignete sich der Schmuck eher für eine gesetzte Dame. Und er entsprach genau dem Geschmack der Direktorin.

Miss Macdonald begrüßte die beiden Kolleginnen herzlich

und bat sie einzutreten. So streng sie manchmal in der Schule wirkte, so ungezwungen bewegte sie sich in ihren Privaträumen. Überraschenderweise wehte den Gästen der Geruch von gebratenem Truthahn entgegen.

»Mon dieu, Sie aben doch wohl nisch etwa ihre eiligen Prinzipien vergessen und eine Festessen gezaubert?«

Die Direktorin lächelte verschmitzt. »Ich war Ihr enttäuschtes Gesicht leid, Mademoiselle Larange. Aber trösten Sie sich, dafür essen wir morgen und übermorgen Haggis.«

»Aben Sie Erbarmen, das überlebe isch nisch!«

»Der Truthahn ist so groß, der reicht noch bis Hogmanay. Aber nun kommen Sie zu Tisch! Ich kann nur hoffen, dass auch Ihnen Ihre Henkersmahlzeit schmeckt, liebe Miss Campbell.«

Lili zuckte unmerklich zusammen. Natürlich kannte sie den Humor der Direktorin und ihre Vorliebe, die Dinge beim Namen zu nennen, nur fiel ihr bei der bloßen Erwähnung einer Henkersmahlzeit sofort ihr Vater ein, der ein Dasein hinter Gittern gefristet hatte. Und sie quälte sich erneut mit der Frage, ob sie Niall das doch lieber vor der Hochzeit ehrlich offenbaren sollte.

Ihre Grübeleien waren jedoch in jenem Augenblick verflogen, als Miss Macdonald den Braten auf den Tisch stellte. Eine solche Köstlichkeit hatte Lili bislang nur bei den Denoons genossen. Das werde ich in Zukunft öfter auf den Tisch bringen, dachte sie und fragte sich im gleichen Augenblick, ob es ihr je wohl gelingen werde, die Rolle der Tochter einer Köchin abzulegen. Denn sie würde in den Highlands bestimmt nicht selbst kochen müssen. Dafür gab es sicherlich Personal. Eine merkwürdige Vorstellung!

Als könne sie Gedanken lesen, erhob jetzt die Gastgeberin ihr Glas mit den Worten: »Ein Prosit auf unsere junge Lady Munroy. Ich habe zur Feier des Tages extra einen Champagner aus dem Keller geholt. Der ist nur für besondere Anlässe gedacht.«

»Exactement! Den letzten Flasch habe isch mit Ihnen

zu Hogmanay im Jahre achtsehnundertneunundneunsich um die Mitternacht getrunken«, erinnerte sich Mademoiselle Larange kichernd.

Sie prosteten sich mit den geschliffenen Champagnerkelchen zu.

»Und Sie sind mir wirklich nicht mehr böse, dass ich fortgehe?«, wollte Lili zaghaft wissen.

»Aber nein, mein Kind, in Ihrem Fall nicht. Und Sie dürfen mir glauben, dass ich mir in der Vergangenheit bei so mancher Junglehrerin, die ich an einen Ehemann verloren habe, gewünscht hätte, diese Ehe wäre nicht zustande gekommen. Aber Sie haben es gut getroffen. Da mache ich mir keine Gedanken. Die Munroys sind eine angesehene Familie, Sir Niall ist ein feiner Mann, und für Isobel gibt es nichts Wichtigeres, als wieder eine Mutter zu bekommen, nachdem ihre so grausam …« Miss Macdonald unterbrach sich erschrocken. »Entschuldigen Sie, das habe ich natürlich nicht sagen wollen. Es geht mich nichts an. Ich bin ein geschwätziges altes Weib, das viel zu viel redet.«

»Keine Sorge – dass Isobels Mutter sich umgebracht hat, das hat mir schon unser reizender ehemaliger Mathematiklehrer gesteckt«, bemerkte Lili trocken.

»So ein Dummkopf! Aber sprechen wir lieber über etwas Erfreulicheres.« Die Direktorin hatte einen roten Kopf bekommen, was besonders auffiel, weil sie von Natur aus eine besonders helle Hautfarbe besaß.

Lili war die Verlegenheit ihrer Gastgeberin nicht entgangen. Im Gegenteil, sie musterte Miss Macdonald neugierig. »Ich möchte gern alles erfahren, was Sie über diesen Fall wissen, sofern es Ihnen nichts ausmacht. Weder Niall noch Isobel kann ich danach fragen. Den Vater nicht, weil er den Tod seiner Frau mir gegenüber mit keinem Wort erwähnt hat. Und auch das Mädchen nicht. Seit sie weiß, dass ich ihren Vater heiraten werde, lehnt sie mich ab.« Lili blickte Miss Macdonald eindringlich an. »Bitte, erzählen Sie mir alles, was Sie darüber wissen!«

Die Direktorin richtete ihre Augen krampfhaft auf den Teller mit dem Braten.

»Lili, sehen Sie, das sind doch alles nur Gerüchte. Sir Niall ist ein verschlossener Mensch. Der hat die Sache nie erwähnt. Und es ist ja auch schon lange her. Über vier Jahre. Ich glaube, Sie sollten die alte Geschichte ruhen lassen und ...«

»Bitte, sagen Sie mir, was Sie wissen! Und selbst wenn es nur unsinnige Gerüchte sind. Eines Tages werde ich sicher aus dem Mund meines zukünftigen Mannes die ganze Wahrheit erfahren. Aber ich werde den Verdacht nicht los, dass Isobels Verhalten mir gegenüber nicht nur bloßer Eifersucht oder der Angst entspringt, ich könne ihr den Vater wegnehmen, sondern dass es viel tiefer liegt. Sie scheint von der panischen Sorge getrieben zu sein, man könnte sie verlassen.«

Miss Macdonald wand sich. »Also, ich weiß nicht, ob man den dummen Klatsch der Hochlandbewohner einfach weitergeben darf. Diese Quelle ist nicht gerade zuverlässig. Sie kennen doch sicher Lady Ainsley aus Inverness, die Mutter von Murron.«

»Ja, sicher, sie hat ihren Mann doch letztes Jahr durch eine Krankheit verloren.«

»Sie redet gern über andere, besonders über Sir Niall Munroy, und es gelang mir nicht, sie in ihre Schranken zu weisen. Es war kurz nach dem Tod ihres Mannes, also ließ ich sie reden. Aber glauben Sie mir, es kam nichts als albernes Geplapper heraus.«

»Mademoiselle Macdonald, isch mische misch ungern ein, es geht misch auch gar nischts an, aber isch glaube, Mademoiselle Cambelle sollte alles wissen, was mit die Tod von Isobels Maman zu tun at. Isch glaube auch, das Kind ist durscheinander von die alte Geschischte. Sie war kein Bébé mehr, sie at es mitbekommen. Das ist kein gewöhnlich Eifersucht, das ist mehr.«

Täuschte sich Lili, oder hatte sich der Blick der Direktorin verfinstert? »Ich weiß nicht ... ich habe Sorge, dass ich mehr Schaden anrichte, als dass es jemandem nützen könnte«, murmelte sie.

»Bitte, erzählen Sie mir, was Sie wissen!«

»Sie sind ein Quälgeist, Miss Campbell! Gut, wenn Sie unbedingt wollen – aber behaupten Sie später nicht, das hätte ich Ihnen als Wahrheit verkauft. Ich zitiere nur die schwatzhafte Lady Ainsley.«

Sie holte tief Luft, bevor sie fortfuhr. »Also, die Lady soll ins Wasser gegangen sein. Aber in keinen tiefen See, sondern in einen Bach unweit des Anwesens der Munroys, in dem man unter gewöhnlichen Umständen nicht ertrinken kann. Vorher soll sie sich die Pulsadern aufgeschnitten haben, so tief, dass sie ohnmächtig wurde und vornüber ins Wasser fiel. Und ... Isobel soll sie gefunden haben.«

Lili konnte sich gerade noch rechtzeitig die Hände vor den Mund pressen, um ihr Entsetzen nicht laut hinauszuschreien.

13

»Liebling, aufwachen, wir sind gleich da!«, ertönte eine sanfte Stimme an Lilis Ohr. Sie schreckte hoch und rieb sich verwundert die Augen. Nun war sie doch noch eingeschlafen. Während der ersten Stunden ihrer Reise bis nach Aberdeen war sie viel zu aufgeregt gewesen. Sie hatte die Nase förmlich gegen die Scheibe gepresst und sich an der vorüberziehenden Landschaft nicht sattsehen können. Immer wieder waren verwunschene Schlösser und Ruinen aufgetaucht. Kurz bevor sie in Aberdeen umgestiegen waren, hatte es zu schneien begonnen. Dicht waren die Flocken gefallen, und das Meer, das sich auf den letzten Meilen rechter Hand jenseits der Zugfenster erstreckt hatte, war fast nicht mehr zu sehen gewesen. Weiter im Norden hatte es aufgehört zu schneien. Dort war bereits alles unter einer dicken Schneedecke begraben gewesen: die wenigen Häuser, die Wiesen und die endlosen Hochebenen.

»Lass sie doch! Meinetwegen kann sie im Zug sitzen bleiben und gleich wieder zurückfahren«, giftete Isobel, die die ganze Fahrt über mit verschränkten Armen dagesessen und Lili keines Blickes gewürdigt hatte.

»Jetzt halt aber endlich deinen frechen Mund! Sonst kannst du die Festtage über wirklich auf deinem Zimmer bleiben. Ich erwarte von dir, dass du dich deiner neuen Mutter gegenüber anständig verhältst«, zischelte Niall. Ganz offensichtlich wäre es ihm peinlich gewesen, wenn die übrigen Mitreisenden etwas von den Unstimmigkeiten mitbekommen hätten.

»Die ist nicht meine Mutter, und das wird sie auch niemals sein!«, brüllte Isobel so laut durch das Abteil, dass die anderen Reisenden die Köpfe nach ihnen verrenkten.

Niall holte aus und versetzte seiner Tochter vor all diesen Gaffern eine schallende Ohrfeige. Lili war entsetzt. Nicht deshalb, weil diese Menschen sich zu fragen schienen, was da vor sich ging, sondern weil es für Isobel demütigend war, in ihrem Alter in aller Öffentlichkeit geohrfeigt zu werden. Sie verzog zwar keine Miene, aber dass sie entsetzlich darunter litt, ahnte Lili.

»Lass sie doch! Sie muss sich erst an die neue Situation gewöhnen«, bat Lili versöhnlich, woraufhin Niall sie wütend anfunkelte.

»Halt dich da heraus!«, zischte er durch die Zähne.

Lili beobachtete, wie die Damen gegenüber die Köpfe zusammensteckten und tuschelten. Niall verzog gequält das Gesicht. Ihm war die Erleichterung anzusehen, als der Zug endlich hielt.

Lili erhob sich seufzend und griff nach ihrem Koffer.

»Nein, den trägst du nicht selbst!«, herrschte Niall sie an und schob sie vor sich her aus dem Zug hinaus. Wenigstens nach ihrer Handtasche hatte sie noch greifen können.

Sie verstand zwar nicht, warum Niall das gesamte Gepäck einfach im Abteil zurückließ, aber sie tat, was er verlangte. Als Niall am Bahnsteig ehrerbietig von einem kräftigen älteren Mann begrüßt wurde und dieser nach dem Gepäck des gnädigen Herrn fragte, wusste Lili, warum sie nichts selbst hatte tragen dürfen. Das war Aufgabe des Kutschers, und es geziemte sich nicht für eine angehende Lady.

Auf dem Bahnhofsvorplatz wartete bereits eine Kutsche auf die Reisenden.

»Miss Isobel, du bist aber mächtig gewachsen!«, lachte der Kutscher, während er die Koffer einlud.

»Sag bloß nicht, dass ich jetzt eine junge Dame geworden bin!«, erwiderte das Mädchen hastig. »Denn ich will keine junge Dame sein. Die stellen nur dummes Zeug an.«

Lili zuckte zusammen. Damit war zweifelsohne sie gemeint.

Auch Lili warf der Kutscher einen forschenden Blick zu. Seine Augen waren wie ein offenes Buch. Darin stand die Frage geschrieben: Wer ist diese Frau?

Als Niall die unverhohlene Neugier seines Kutschers bemerkte, stellte er sie ihm ganz offenherzig als seine Verlobte vor, fügte aber verschwörerisch hinzu, er solle es nicht in der Küche ausplaudern, damit es sich nicht gleich im ganzen Haus wie ein Lauffeuer verbreite.

»Meine Mutter weiß nämlich noch nichts von ihrem Glück«, raunte er.

»Ich verstehe, Sir«, entgegnete der Kutscher mit verschwörerischer Miene und versprach hoch und heilig zu schweigen. Dann streckte er Lili seine kräftige Pranke entgegen, gratulierte ihr artig und erklärte höflich, er sei das Hausfaktotum, chauffiere die Herrschaft, arbeite im Garten und repariere hin und wieder etwas …

»Du bist viel zu bescheiden, Aidan«, mischte sich Niall lächelnd ein und wandte sich an Lili. »Wir wüssten nicht, was wir ohne ihn machen sollten, denn mein Bruder und ich haben zwei linke Hände.«

»Ja, das stimmt. Mister Craig ist besonders ungeschickt, aber dafür kann Mister Dusten mächtig anpacken. Wenn der etwas im Haus in Angriff nimmt, dann wird's auch was. Der kann sogar die Kutsche reparieren. Wenn ich mal nicht mehr bin, dann …«, ergänzte Aidan eifrig und lief rot an, als ihn Nialls strafender Blick traf.

»Er ist aber nicht mein Bruder, sondern mein Cousin«, bemerkte Niall in scharfem Ton.

Diese Heftigkeit seiner Worte erregte Lilis Neugier, doch sie hütete sich davor, nachzufragen. Nialls zornig funkelnde Augen verrieten ihr, dass er auf seinen Cousin Dusten gar nicht gut zu sprechen war. Sie war überhaupt sehr gespannt auf den Rest der Familie. Eigentlich hatte er ihr noch gar nichts darüber erzählt. Außer dass er offenbar mit seinem

Bruder, dessen Frau und seiner Mutter unter einem Dach lebte.

»Ist Mister Dusten denn schon in Inverness eingetroffen?« Mit der Art, wie abfällig er das Wort Mister über die Lippen brachte, bekräftigte Niall Lilis Vermutung. Ihr Verlobter und Dusten konnten einander nicht ausstehen. Ob der Cousin auch auf Scatwell Castle wohnte?

»Nein, leider sind weder er noch Lady Mhairie eingetroffen, aber es hat in den letzten Tagen im Tal entsetzlich geschneit. Vielleicht sind sie nicht mehr rechtzeitig nach Dingwall zum Zug gekommen.«

»Typisch für ihn. Er will sich doch bloß vor dem Fest drücken, und Großmutter lebt eh in ihrer versponnenen Märchenwelt«, schimpfte Niall, was Lili ebenfalls mit Verwunderung registrierte. Dass er so aufbrausend über seine Großmutter sprach, die offenbar geistig nicht mehr ganz auf der Höhe war, missfiel ihr.

»Träumst du?« Nialls Stimme riss Lili aus ihren Gedanken.

Sie wandte sich entschuldigend zu ihm um. »Nein, nein, es ist alles in Ordnung, ich bin nur etwas müde von der Fahrt.«

Niall half ihr galant in die Kutsche, deren Fenster so klein waren, dass sie von der verschneiten Stadt nicht viel zu sehen bekam. Doch kaum dass die Kutsche gehalten hatte, konnte sie ihre Neugier nicht länger zügeln und sprang ungeduldig wie ein Kind aus dem Wagen. Sie fand sich vor einem prächtigen Stadthaus wieder, das – nur durch einen Weg und eine Uferpromenade getrennt – an einem Fluss lag. Inzwischen war es dunkel geworden, aber die Straßenlaternen hüllten alles in ein milchiges, schläfriges Licht.

»Ja, das ist unser Geschäftshaus und unsere Bleibe über den Jahreswechsel. Das hat bereits Tradition, denn viele unserer Freunde leben in Inverness, und wir wären auf Scatwell recht einsam, weil sich keiner bei Eis und Schnee zu uns aufmachen würde. Aber gleich nach Neujahr fahren wir nach Hause«, erklärte Niall nicht ohne einen gewissen Stolz in der Stimme.

»Und hier ist es nicht ganz so langweilig wie auf Scatwell«, fügte Isobel hinzu und schien für einen winzigen Augenblick vergessen zu haben, dass Lili für sie nicht mehr existierte.

»Hast du denn viele Freundinnen?«, fragte Lili rasch und versuchte, sich nicht anmerken zu lassen, dass sich vor Freude über diese unverhoffte Annäherung ihr Herzschlag merklich beschleunigte.

»Viele nicht, meine beste Freundin ist Murron Cullon.«

Bei der Nennung dieses Namens zog sich Lilis Magen schmerzhaft zusammen. Sofort dachte sie daran, was deren Mutter über den Tod von Nialls Ehefrau verbreitet hatte, doch sie versuchte, es zu überspielen. »Ach ja, die kenne ich. Sie ist doch auch auf der St. George's.«

Isobel aber hatte ihren Irrtum rasch bemerkt. Wütend funkelte sie ihre ehemalige Lieblingslehrerin an. Ganz nach dem Motto: Bilde dir ja nichts ein. Du bist nicht mehr meine Freundin!

»Jedenfalls darf Murron nach den Ferien zurück in die Schule und muss nicht mit Ihnen allein auf Scatwell bleiben, Miss Campbell«, zischte sie leise, damit ihr Vater es nicht mitbekam, doch Niall besaß ein scharfes Gehör.

»Mein liebes Kind, ich warne dich. Wenn du nicht sofort mit deinen Gehässigkeiten aufhörst, dann kannst du etwas erleben«, knurrte er.

»Keine Sorge, ich gehe freiwillig auf mein Zimmer und feiere nicht mit euch. Papa, aber wenn du glaubst, dass das eine Strafe für mich ist, hast du dich getäuscht. Ich bin doch froh, dass ich euch nicht länger sehen muss.«

Niall hob die Hand, um seiner Tochter erneut eine Ohrfeige zu verpassen, doch Lili ging dazwischen. »Bitte nicht, Niall!«

Er aber lief dunkelrot an. »Tu das nie wieder!«

Lili zuckte zusammen, denn seine Stimme klang gefährlich. Sie atmete tief durch und fühlte sich mit einem Mal ganz schrecklich verlassen. Was suchte sie hier in einer fremden Stadt, vor einem fremden Haus und mit einem Mann, der ihr plötzlich so fremd war wie die vielen Spaziergänger, die an der Uferpromenade entlangspazierten, eingehüllt in warme Mäntel?

Als sie seine Hand auf ihrem Arm fühlte, wäre sie der zärtlichen Geste am liebsten ausgewichen, dann aber ließ sie ihn gewähren. Auch als er sich bei ihr unterhakte, nachdem er die Haustür aufgeschlossen hatte, wehrte sie sich nicht, obgleich ihr sein schneidender Ton immer noch im Ohr nachklang.

Sie betraten eine Diele, die mit dunklem Holz vertäfelt war. »Hinter jenen Türen liegen unsere Geschäftsräume, aber wir wohnen in der ersten und zweiten Etage. Ich zeige dir gleich dein Zimmer. Dann kannst du dich frisch machen, und ich hole dich zum Essen ab. Wir sollten uns beeilen, denn ich möchte vermeiden, dass Mutter oder Craig dich vor dem Essen zu Gesicht bekommt. «

»Wäre es nicht besser, du stellst mich deiner Familie gleich vor? Damit nimmst du ihnen unter Umständen den Wind aus den Segeln. In meiner Gegenwart werden sie deine Entscheidung, mich zum Fest mitzubringen, doch wohl kaum kritisieren, oder? «

Lili warf Niall einen versöhnlichen Blick zu, erschrak jedoch angesichts seiner finsteren Miene.

»Ich hätte sie gern schonend auf deinen Besuch vorbereitet, aber wie denn? Ich habe doch keine klare Antwort von dir bekommen – ich meine bis gestern. Du hast mich mit deinem dummen Brief gefoppt und hingehalten. Und ich wollte Gewissheit, bevor ich dich der Familie gegenüber erwähne. « Niall versuchte zu lächeln, was ihm gründlich misslang.

»Und du, meine Liebe, hältst auch den Mund «, fauchte er seine Tochter an, die dem Geplänkel feixend zugehört hatte. »Du kannst schon vorgehen, aber kein Wort über Lili zu deinem Onkel oder deiner Großmutter! «

»Pah «, machte Isobel verächtlich. »Über die da doch nicht! «

»Isobel, ich warne dich! «, zischte Niall, doch da war seine

Tochter bereits die Treppen nach oben gerannt und verschwunden.

Niall und Lili folgten ihr gemächlich in den ersten Stock. Neugierig blickte Lili sich in dem fremden Haus um. Sie gingen einen langen Flur entlang. Überall an den Wänden hingen Bilder von ernst dreinblickenden Hochländern in traditioneller Kleidung. Es waren üppige Ölgemälde, die diese hochgewachsenen Männer in Siegerpose und mit ihren Waffen zeigten. Auffällig war, dass bei jedem von ihnen ein Sgian Dubh deutlich sichtbar im rechten Strumpf steckte. Nialls Vorfahren, vermutete Lili, was sie unschwer an den roten Lockenköpfen und den sommersprossigen Gesichtern erkannte. Eine Familienähnlichkeit war nicht zu leugnen.

Vor einem der Bilder blieb Lili erstaunt stehen. Es zeigte eine Familie. Zwei Jungen kauerten vor dem Sessel, auf dem die Mutter saß, eine streng dreinblickende Dame in einem hochgeschlossenen dunklen Kleid, das ihr etwas Ältliches verlieh. Die beiden Knaben sahen einander entfernt ähnlich. Beide waren sie rot gelockt und hatten auffällig helle blaue Augen. Der Vater, ein breitschultriger Mann, auf dessen Gesicht der Anflug eines spöttischen Lächelns zu erkennen war, stand hinter dem Sessel seiner Frau und hatte ihr die Hand auf die Schulter gelegt. Trotz dieser scheinbar zärtlichen Geste wirkte er doch ganz fern. Als gehöre er nicht dazu. Noch einmal schweifte Lilis Blick zu den Kindern zurück, die vielleicht fünf und sechs Jahre alt sein mochten.

»Bist du das, Niall?«, fragte sie, während sie auf den älteren der Jungen deutete und dann den Mann an ihrer Seite musterte. Keine Frage, die Ähnlichkeit war frappierend.

»Ja, das bin ich«, knurrte er. »Liebling, es ist wirklich besser, wenn du dich erst einmal unsichtbar machst«, fügte er ungeduldig hinzu. »Ich möchte nicht, dass dich Craig oder Mutter erspäht, bevor ich ihnen deine Anwesenheit angekündigt habe.«

Lili sah ihm fest in die Augen. »Wenn du meinst. Aber du kannst dir vielleicht vorstellen, dass mir das mächtig gegen den Strich geht. Warum versteckst du mich? Schließlich möchtest du mich heiraten.«

Niall seufzte gequält auf. »Die Wahrheit?«

Lili nickte.

»Ich tue es, um dich zu schützen. Sowohl Craig als auch seine Frau Shona sowie Mutter sind nicht die taktvollsten Menschen auf Erden. Jedenfalls nicht, wenn wir unter uns sind. Wenn Fremde dabei sind, können sie sich erstaunlich gut benehmen, aber ich wünsche nicht, dass deine erste Begegnung mit ihnen zu einem Fiasko gerät. Als meine zukünftige Ehefrau werden sie dich von Anfang an als Familienmitglied betrachten und keinerlei Rücksicht auf Befindlichkeiten nehmen.«

»Schon gut, ich bleibe auf meinem Zimmer, bis du mich holst.«

»Hier ist es schon.« Niall öffnete eine Tür und ließ sie vorgehen. Lili rang nach Luft. Dies war kein kleines Gästezimmer, sondern ein riesiger Raum mit hoher Decke und edlen Möbeln. Er wirkte hell und freundlich, und Lili war sicher, dass er von einer Frau eingerichtet und bewohnt worden war. Als Lilis Blick an einem Ölgemälde hängen blieb, das eine schöne Frau mit dunkelblond gelocktem Haar darstellte, ahnte sie, wer hier einmal gewohnt hatte.

Niall erwähnte mit keinem Wort, dass er seine Braut im Zimmer seiner verstorbenen Frau unterbrachte. Er schien dies für das Normalste der Welt zu halten. »Es sind ja nur die paar Tage. Gleich nach Hogmanay fahren wir zum Schloss. Ach ja, bevor ich es vergesse, Isobel hat in der kurzen Zeit noch keinen Platz in der Mädchenschule in Inverness bekommen. Du wirst sie so lange unterrichten.«

Lili war verblüfft. Sie hatte nichts dagegen, ihrer künftigen Stieftochter Unterricht zu erteilen, im Gegenteil. Doch die Art und Weise, wie Niall ihr dies mitteilte, befremdete sie. Sie war gespannt, welche Überraschungen er noch für sie bereithielt.

»Eigentlich bist du nicht zum Arbeiten hier, und ich kann

auch eine andere Lehrerin beschaffen«, bemerkte er beinahe entschuldigend.

»Nein, Niall, selbstverständlich übernehme ich diese Aufgabe. Ich freue mich doch, wenn ich mich nützlich machen kann. Ich hatte schon befürchtet, ich müsse den ganzen Tag faul herumsitzen und mich bedienen lassen.«

Zu Lilis großem Entzücken brach Niall wieder in jenes herzliche Lachen aus, das sie zu ihrem Bedauern viel zu selten bei ihm erlebte. In jenen Augenblicken wirkte er herrlich unbeschwert.

»O nein, an Langeweile wirst du auch später nicht leiden. Du wirst Schritt um Schritt Mutters Rolle im Haus übernehmen und große Verantwortung tragen. Bedenke, du bist dann immerhin Lady Lili Munroy.«

»Hoffentlich fühlt sich deine Mutter von mir nicht beiseitegedrängt.«

»Nein, sie weiß, wo ihr Platz ist. Schließlich hat sie das alles schon einmal erlebt, als Isobels Mutter den Haushalt führte, als ...« Niall unterbrach sich verlegen.

Lili aber blickte ihn fragend an. Warum redete er nicht weiter über seine Frau? Und wann würde er ihr endlich von deren grausamem Selbstmord erzählen?

Doch Niall wandte sich energisch um. »Ich hoffe, du kommst allein zurecht. Spätestens zum Abendessen bin ich zurück, aber ruh dich noch ein wenig aus. Du siehst müde aus, Liebling.«

Niall zögerte, doch dann kam er noch einmal zurück und gab ihr einen Kuss auf die Wange.

»Bis nachher«, murmelte er und ließ sie allein in einem Zimmer, von dessen einer Wand sie die wachsamen Augen eines Ölgemäldes anstarrten.

Lili rieselten kalte Schauer über den Rücken bei dem Gedanken, mit ihrer verstorbenen Vorgängerin das Zimmer zu teilen.

14

Lili ließ den Blick durch das Zimmer schweifen. Der Stil der Möbel war feinstens aufeinander abgestimmt. Der Damensekretär, der Kleiderschrank, der zierliche Sofatisch, der Rahmen des Bettes und der Bücherschrank waren aus Eibe gefertigt, die Sessel mit demselben Stoff bezogen wie das Chesterfield-Sofa. Wenn es nicht das Zimmer von Isobels Mutter wäre, ich würde mich hier durchaus wohlfühlen, denn es besitzt eine anheimelnde Atmosphäre, schoss es Lili durch den Kopf. Doch ein einziger Blick auf das Gemälde der eleganten blonden Dame in dem himmelblauen Kleid vertrieb ihr den Anflug von Wohlgefühl. Allem Anschein nach hatte in diesen Räumen eine verzweifelte Frau gelebt, die auf grausame Weise aus dem Leben geschieden war und deren Ableben Niall ihr gegenüber kaum für erwähnenswert zu halten schien.

Bei der Gewissheit, dass sich hinter dem Selbstmord von Nialls Frau ein schreckliches Geheimnis verbarg, spürte Lili ein Unwohlsein in sich aufsteigen. Um sich von derlei Gedanken abzulenken, erhob sie sich entschlossen und schlenderte zum Bücherregal. Wahllos nahm sie einen Band in die Hand. Es war ein dicker Wälzer über die Zucht von Scottish Blackface, einer, wie Lili als Lehrerin wusste, uralten Schafrasse. Sie stutzte. Ein solches Buch hätte sie in Nialls Bücherschrank erwartet, aber nicht bei seiner Frau. Vorsichtig schlug sie es auf. Ihr Blick blieb an der Widmung hängen. *Meiner treuen Mitstreiterin und geliebten Frau Caitlin.*

Lili las den Satz mehrfach und konnte sich nicht helfen:

Das klang liebevoll und aufrecht. Er muss seine Frau wirklich geliebt haben, durchfuhr es sie überrascht. Was habe ich mir nur eingebildet?, redete sie sich streng ins Gewissen. Dass ihm seine Frau gleichgültig war? Jetzt weiß ich wenigstens, wie sie hieß: Caitlin. Aber warum nennt er sie nur Isobels Mutter?

Plötzlich kam Lili sich wie ein Eindringling vor, und doch zog sie der Schreibtisch der Toten magisch an. Auf leisen Sohlen näherte sie sich dem stilvollen Damensekretär, aber zu ihrer großen Enttäuschung lag lediglich ein Federhalter darauf. Sie zuckte zurück. Was hatte sie erwartet? Ein Tagebuch, das ihr ein streng gehütetes Geheimnis offenbarte? Einen Brief, in dem Caitlin der lieben Lili das Mysterium ihres Ablebens erklärte?

Lili trat einen Schritt zurück und schüttelte sich. Was war bloß mit ihr los, dass diese brennende Neugier Besitz von ihr ergriffen hatte? Und warum vermutete sie gleich irgendein düsteres Geheimnis? Sie schob es auf ihre Erlebnisse der letzten Tage. Wahrscheinlich ist es das Entsetzen, nachdem ich über meine eigene Herkunft so Schreckliches erfahren musste, mutmaßte sie, während ihr Blick zur Anrichte hinüberschweifte. Dort standen einige Rahmen mit Fotografien. Ohne zu überlegen, näherte sich Lili den Bildern und betrachtete neugierig eins nach dem anderen. Ein Bild zeigte Niall, Caitlin und die vielleicht zweijährige Isobel vor einem prachtvollen Gebäude. Lili verspürte einen Stich mitten ins Herz, als sie entdeckte, dass er den Arm zärtlich um die schmale Taille seiner Frau gelegt hatte. Dann sah sie sich das Gesicht der Frau näher an, und ihr stockte der Atem. Die Fotografie enthüllte eine Auffälligkeit, die auf dem repräsentativen Ölgemälde nicht zu erkennen gewesen war. Caitlin besaß eine enorme Ähnlichkeit mit ihr, Lili. Beide hatten dieses kräftige dunkelblonde Haar und einen ähnlich weich geschwungenen Mund. Ein schrecklicher Verdacht überkam Lili, und sie konnte sich beim besten Willen nicht gegen diesen Gedanken wehren. Hatte Niall sie nur deshalb so überraschend gebeten, seine Frau zu werden, ungeachtet ihrer Herkunft, weil sie ein jüngeres Ebenbild seiner Frau war? Lili liefen kalte Schauer über den Rücken. Ihr war die Lust vergangen, sich weitere Fotografien anzusehen, und sie wandte der Anrichte den Rücken zu. Stattdessen packte sie ihre Sachen aus dem Koffer in den Schrank, nur um etwas zu tun, aber es half nichts. In ihrem Kopf hämmerten ohne Unterlass die zweifelnden Gedanken, ob Niall wirklich sie meinte, als er um sie geworben hatte. Sie bebte am ganzen Körper, während sie aus ihrem Reisekostüm schlüpfte und eines der Kleider anzog, die ihre Mutter ihr genäht hatte.

Sie war so in Gedanken versunken, dass sie die laut streitenden Stimmen erst vernahm, als sie sich unmittelbar vor ihrer Tür befanden.

» Mutter, das kannst du ihm nicht durchgehen lassen. Dass er uns eine hergelaufene Lehrerin ins Haus schleppt, deren Mutter eine Köchin war. Und wer war der Vater? Darüber konnte uns mein lieber Bruder nämlich gar nichts berichten. Er hat sie ja nicht einmal gefragt «, giftete eine Männerstimme.

» Mein lieber Junge, ich verstehe deine Empörung. Mir wäre es auch wesentlich lieber gewesen, er hätte stattdessen Lady Ainsley über die Feiertage zu uns eingeladen. Ich weiß doch auch nicht, warum es unbedingt ein junges Ding und die Tochter einer Köchin sein muss. «

Lili hegte keine Zweifel, dass Nialls Mutter und sein Bruder da draußen stritten und sie ganz offensichtlich nicht lauschend hinter dieser Tür vermuteten.

» Dann sind wir uns ja einig. Warum verlangst du nicht von ihm, dass er die kleine Lehrerin nach Hause schickt und sich bei der Wahl seiner zukünftigen Frau seiner Herkunft entsinnt? Schließlich hat er Vaters Titel geerbt. «

» Craig, fang nicht wieder damit an! So will es das Gesetz. Bedenke, seine Wahl hat auch einen Vorteil. Sie kommt aus Edinburgh, und was mit Caitlin geschehen ist, kann sich nicht wiederholen. Unter diesen Umständen sollten wir vielleicht sogar darüber hinwegsehen, dass sie unter unserem Stand ist. Außerdem hat sie das richtige Alter, um uns einen männlichen Nachkommen zu gebären. Und das ist bei Lady Ainsley vielleicht nicht mehr so einfach möglich.«

Lili hörte ein unwilliges Schnaufen. »Da magst du recht haben«, knurrte Nialls Bruder. »Trotzdem hätte er uns wenigstens vorwarnen können.«

Er hatte den Satz noch nicht zu Ende gebracht, als Lili Nialls zischelnde Stimme hörte. »Seid ihr denn von allen guten Geistern verlassen?«

Dann herrschte Stille, und Lili konnte sich bildlich vorstellen, was sich dort draußen vor ihrer Tür gerade abspielte. Wahrscheinlich versuchte Niall, seinen Verwandten durch Zeichen verständlich zu machen, dass sich seine Verlobte in dem Zimmer befand, vor dessen Tür sie sich gerade lautstark über Nialls Wahl ereiferten.

Dass dem so war, bewies das laut gestöhnte: »Aber doch nicht in *ihrem* Zimmer ...«, das nun entsetzt aus dem Mund seiner Mutter durch die Tür bis zu Lili drang.

Lili wich einen Schritt zurück und versuchte, zum Sofa zu gelangen, bevor sich die Tür öffnen und man sie beim Lauschen ertappen würde. Schritte entfernten sich hastig. Sie erwartete jede Sekunde, dass jemand ins Zimmer stürzte, doch alles blieb still. Mit zitternden Knien ließ sie sich auf das Sofa fallen. Wo bin ich da nur hineingeraten?, fragte sie sich traurig. Plötzlich überkam sie die unbändige Sehnsucht, zusammen mit Miss Macdonald und Mademoiselle Larange die Reste des Truthahns zu verspeisen und danach vor dem lodernden Kamin mit ihnen Drambuie zu trinken, bis ihr ganz leicht zumute sein würde. Denn mit jedem Augenblick, den sie in diesem Haus weilte, wurde ihr schwerer und immer schwerer ums Herz.

15

Inverness, Abend des 24. Dezember 1913

Es dauerte eine halbe Ewigkeit, bis Lili wieder Schritte vernahm, die sich ihrem Zimmer näherten. Ohne anzuklopfen, trat Niall ein. Er war bleich und musterte sie durchdringend. »Lili, hast du gehört, was vorhin draußen gesprochen wurde?«, fragte er ohne Umschweife.

Lili kämpfte mit sich. Sollte sie sich dumm stellen oder zugeben, was sie wider Willen hatte mitanhören müssen?

»Lili, bitte, nun rede doch! Hast du etwas von dem Gespräch mitbekommen, das vor deiner Tür geführt wurde?«

Lili nickte seufzend.

»Was haben sie gesagt?«

»Vermutlich war es dein Bruder, der den Vorschlag machte, die nicht standesgemäße Tochter einer Köchin nach Hause zu schicken, und deine Mutter – ich nehme an, sie war es – hatte gehofft, dass Lady Ainsley das Fest mit euch verbringen würde und nicht ich ...« Lili stockte, und ohne nachzudenken, rutschte ihr jene Frage heraus, die ihr auf der Seele brannte. »Niall, was ist mit deiner Frau geschehen? Warum hat sie sich das Leben genommen?«

»Du weißt davon?«

Lili nickte zerknirscht. »Es war in der Schule bekannt.«

»Sie war gemütskrank, und deshalb ist sie ins Wasser gegangen.«

Lili wollte ihm widersprechen, ihm auf den Kopf zusagen, dass er ihr etwas Wesentliches verheimliche, doch dann hielt sie lieber den Mund. Waren es nicht allein die Gespenster in ihrem Kopf, die hinter dieser ganzen Geschichte mit Caitlins

Tod finstere Geheimnisse vermuteten? Vielleicht war Nialls Frau wirklich nur ertrunken und hatte sich nicht vorher die Pulsadern aufgeschnitten. Und Miss Macdonald hatte vielleicht recht gehabt mit ihrer Behauptung, Lady Ainsleys Phantasie sei mit ihr durchgegangen.

»Und, wie hast du gemerkt, dass sie gemütskrank war?«, fragte sie vorsichtig nach.

Niall rieb sich gequält mit beiden Händen die Schläfen, als wolle er schreckliche Kopfschmerzen vertreiben.

»Das … das verlief schleichend. Sie fühlte sich verfolgt, wurde immer apathischer, nun wie das eben so ist, wenn jemand nicht mehr ganz richtig im Kopf ist. Aber bitte, tu mir einen Gefallen: Lass die Vergangenheit ruhen, ja? Ich belästige dich doch auch nicht mit Fragen nach deiner Herkunft.«

Lili zuckte zusammen. Wenn er wüsste, dachte sie beschämt und nahm sich fest vor, nicht weiter nachzubohren, doch da war ihr bereits die nächste Frage herausgerutscht: »Warum nennst du sie nie beim Namen, sondern immer nur Isobels Mutter?« Kaum dass sie den Satz zu Ende gesprochen hatte, bereute sie die Frage bereits. »Verzeih, das geht mich nichts an. Es ist deine Sache.«

Täuschte sie sich, oder blitzte unbändiger Zorn aus Nialls Augen? »Frag mich nie wieder nach ihr, hörst du?«, zischte er. »Nie wieder!«

Lili war dermaßen erschrocken über seinen schroffen Ton, dass ihr Tränen in die Augen traten.

Sofort wich jeglicher Anflug von Wut aus Nialls Gesicht, und er legte ihr versöhnlich eine Hand auf die Schulter. »Bitte, verzeih meine grobe Art, aber ich möchte die ganze traurige Geschichte vergessen. Schon Isobel zuliebe. Wir wollen eine neue Familie gründen, deren Leben nicht von den Schatten der Vergangenheit belastet wird. Und auch Isobels Mutter hätte nicht gewollt, dass sie wie ein Spuk zwischen uns steht.«

»Dann hättest du mich vielleicht nicht in ihrem Zimmer unterbringen sollen«, bemerkte Lili bitter. »In diesem Raum fällt es mir wirklich schwer, mich der Gegenwart deiner ersten Frau zu entziehen.«

»Liebling, du hast völlig recht. Das war gedankenlos von mir. Ich habe dir das einzige freie Zimmer im Haus gegeben, aber ich hätte wenigstens vorher alle ihre Spuren beseitigen sollen. Das war lange schon fällig, aber wir haben das Zimmer einfach nicht mehr benutzt, seit Isobels Mutter … Nach dem Abendessen packst du deine Sachen und nimmst Großmutters Zimmer. Die stört es bestimmt nicht, wenn wir sie in Caitlins Räumen unterbringen. Im Gegenteil, den Vorschlag nimmt sie wahrscheinlich mit Freuden an. Oder wir bringen Dusten hier unter. Der hätte damit wahrscheinlich auch keine Probleme.« Bei den letzten Worten war Nialls Ton wieder schärfer geworden.

Lili kämpfte mit sich. So viele drängende Fragen lagen ihr auf der Zunge. Warum wurde er so wütend, und warum sprach er so abfällig über seine Großmutter? Und was hatte er gegen seinen Cousin Dusten? Lili schluckte die Fragen rasch hinunter, bevor ihr Mundwerk wieder schneller war, als ihr lieb war.

»Ja, ich wäre wirklich dankbar, nicht hier schlafen zu müssen«, entgegnete sie hastig.

»Dann kommen Sie, Lady Munroy! Begleiten Sie mich in die Höhle des Löwen«, versuchte Niall zu scherzen und bot ihr seinen Arm.

Eingehakt verließen sie das Zimmer. Am Ende des Flurs entdeckte Lili ihr gemeinsames Spiegelbild. Wir sind ein schönes Paar, stellte sie nicht ohne Stolz fest, als sie an dem riesigen Spiegel vorbeischritten.

16

Niall führte Lili in den zweiten Stock, wo schon auf dem Flur ein geschäftiges Treiben herrschte. Mädchen in weißen Schürzen, beladen mit Tabletts voll dampfender Speisen, huschten an ihnen vorüber.

Lili musste schlucken, als sie durch eine offene Flügeltür den Salon der Familie betrat. Es war ein riesiger Saal, der aus zwei Räumen bestand. Linker Hand gab es eine Sitzecke und einen Kamin, auch ein großer Flügel fiel Lili sofort ins Auge. Rechter Hand lag das Esszimmer. Über einer reich gedeckten Tafel hingen schwere Kronleuchter. Dagegen ist es bei den Denoons vergleichsweise bescheiden eingerichtet, schoss es Lili angesichts dieses Luxus durch den Kopf.

Sie kam sich vor wie in einem Märchen und hätte sich am liebsten gekniffen, um sicherzugehen, dass sie nicht träumte. Dieses erhabene Gefühl schwand in dem Augenblick, als sich zwei Hälse nach ihr reckten und zwei Augenpaare sie neugierig und zugleich geringschätzig musterten. Craig und Shona, mutmaßte Lili, denn der Mann sah Niall entfernt ähnlich, wenn er auch nichts von Nialls geheimnisvoller Aura besaß. Schließlich wandte sich auch die dritte Person am Tisch nach ihr um. Die korpulente ältere Dame in dem hochgeschlossenen dunklen Kleid musterte sie prüfend aus kalten grauen Augen, erhob sich von ihrem Stuhl und reichte dem Gast ihre dickliche Hand. Eine Wolke von Lavendel stieg Lili in die Nase.

»Darf ich vorstellen? Meine Mutter, Lady Caitronia. Mutter, dies ist meine Verlobte Lili Campbell«, machte Niall die beiden Frauen steif miteinander bekannt.

»Willkommen, meine Liebe. Nun, das ist ja eine schöne Überraschung. Aber ich bin gleich wieder versöhnt, weil uns eine so hübsche junge Dame zum Fest ins Haus schneit«, entgegnete Nialls Mutter betont leutselig.

Kräftig schüttelte sie Lilis Hand. Ganz unverhohlen musterte sie ihre zukünftige Schwiegertochter dabei von Kopf bis Fuß. »Sehr erfreut, Miss Campbell. Ihr Name war mir bereits vorher geläufig. Wie oft hat Isobel Sie zitiert. Immer wenn ich ihr in den Ferien etwas verbieten wollte, pflegte sie zu sagen: Miss Campbell erlaubt das aber! Wo steckt das Kind überhaupt? Es müsste längst bei Tisch sein.« Die Gastgeberin wandte sich nun in strengem Ton an eine der beiden Hausangestellten. »Logan, bitte sag Isobel sofort Bescheid, dass wir essen wollen.«

»Ich habe bereits an ihre Tür geklopft, Lady Caitronia, doch sie hat nicht geantwortet«, erwiderte das junge Mädchen zaghaft.

»Logan, bitte hol das Kind her! Wo kommen wir hin, wenn wir zulassen, dass Isobel zu spät zu Tisch kommt? Und was ist das überhaupt für ein Benehmen? Sie hat mich bisher nicht einmal begrüßt. Dabei seid ihr bereits seit Stunden aus Edinburgh angekommen.«

Niall hatte bei den Worten seiner Mutter einen hochroten Kopf bekommen. »Ich bin natürlich davon ausgegangen, sie werde dir nach unserer Ankunft sofort Guten Tag sagen«, entgegnete er hastig.

»Sie ist wohl erschöpft von der langen Fahrt«, versuchte Lili, für Isobel in die Bresche zu springen.

Nialls Mutter warf ihr einen pikierten Blick zu. »Ich dulde kein unangemessenes Verhalten. Es gibt Regeln in diesem Haus, an die sich jeder zu halten hat. Und wenn ich das sage, dann meine ich es auch so.«

»Ich erledige das schon«, murmelte Niall und ließ Lili ohne ein Wort stehen. Sie blickte ihm verunsichert hinterher, doch seine Mutter deutete auf einen Platz ihr schräg gegenüber. »Setzen Sie sich dorthin, Miss Campbell!«

Zögernd umrundete Lili die Tafel und folgte der Aufforderung ihrer zukünftigen Schwiegermutter. Wohl war ihr
nicht dabei, denn zu ihrer rechten Seite saß Craig und beäugte sie geradezu unverschämt. »Unglaublich, das ist einfach unglaublich …«, nuschelte er vor sich hin, wenn Lili ihn
richtig verstand.

Lili betete, dass Niall schnell zurückkehren möge und Isobel sich dann nicht danebenbenehmen werde. Bei der Vorstellung, das Mädchen könne bei Tisch seine plötzliche Feindschaft zu seiner einstigen Lieblingslehrerin demonstrieren,
noch dazu vor diesen Menschen, die ihrem Gast alles andere
als wohlgesinnt waren, wurde Lili ganz flau im Magen.
Ebenso wie beim Anblick des Essens, das auf der Tafel angerichtet war. Es gab Haggis. Lili konnte nur hoffen, dass dieser
Haggis annähernd so gut zubereitet war wie der ihrer Mutter.

»Miss Campbell, Sie rümpfen ja die Nase. Aber wahrscheinlich betrachten Sie das Essen mit Kennerblick«, bemerkte ihr Tischnachbar mit unüberhörbar spöttischem
Unterton. Lili wollte sich nicht provozieren lassen und überhörte diese Unverschämtheit. Dafür wies Lady Caitronia
ihren Sohn scharf zurecht.

»Sie ist unser Gast, und du hast hoffentlich nicht vergessen, wie man sich Gästen gegenüber benimmt.«

Statt sich gegen diese Zurechtweisung seiner Mutter zu
wehren, wandte sich Craig Shona zu und flüsterte ihr etwas
ins Ohr, woraufhin diese ungeniert kicherte.

Das brachte ihr einen strafenden Blick ihrer Schwieger-
mutter ein, die sich dann wieder betont freundlich Lili zu-
wandte. »Greifen Sie zu, Miss Campbell! Es ist reichlich da.
Einige Gäste sind noch nicht eingetroffen wie mein Neffe
Dusten und die Mutter meines verstorbenen Mannes.« Die
Züge um Lady Caitronias schmalen Mund verhärteten sich.
»Oder gehören Sie auch zu diesen jungen Frauen, die unbe-
dingt *dünn* sein wollen?«, fragte sie lauernd und schien
Schlankheit für eine ansteckende Krankheit zu halten.

»Ich kann essen, was mir schmeckt. Und das tue ich reichlich. Ich nehme niemals zu«, erklärte Lili beinahe entschuldigend, was ihr einen bitterbösen Blick von Craigs Frau einbrachte, die zwar nicht dick war, aber nicht annähernd so grazil wie Lili.

»Mir wurde gesagt, dass dürre Frauen keine Kinder bekommen können«, giftete die angehende Schwägerin nach einer längeren Pause.

Wahrscheinlich hat sie nach einer Spitze gesucht, die besonders verletzend ist, mutmaßte Lili, denn offenbar wusste hier jeder, dass sie, Lili, auch dazu dienen sollte, einen männlichen Nachfahren zu gebären. Und ehe Lili sichs versah, fragte sie ihre angehende Schwägerin bereits zuckersüß: »Und Sie, Shona – Sie sind doch Shona, nicht wahr? –, wie viele Kinder haben Sie denn?«

Shona wurde kalkweiß und wollte etwas erwidern, doch Lady Caitronia warf ihrer Schwiegertochter abermals einen warnenden Blick zu, bevor sie sich wieder an Lili wandte.

»Erzählen Sie, Miss Campbell, wie war die Reise?«

Lili atmete auf. Das war eine klare Ansage Lady Caitronias an ihren Sohn und dessen Frau, sich wie anständige Gastgeber zu benehmen. Endlich würde sich das Tischgespräch in harmloseres Fahrwasser begeben. Bereitwillig lobte Lili deshalb in höchsten Tönen, welch wunderschöne Landschaften sie am Zugfenster hatte vorbeiziehen sehen.

»Nachdem ich mich am Schnee sattgesehen hatte, bedauerte ich es sehr, nichts von den sagenhaften Grün-, Gelb- und Brauntönen der Hochebenen mitzubekommen. Wie man mir erzählte, ist diese Farbenpracht einzigartig. Ich ließ die Mädchen aus meiner Klasse, die aus den Highlands stammen, im Unterricht einmal Bilder ihrer Heimatorte malen. Ich war überwältigt angesichts der vielfältigen Schattierungen, mit denen sie den Herbst in den Highlands eingefangen haben …«

»Ist es Ihre erste Reise in die Highlands?«, unterbrach Lady Caitronia Lilis Schwärmereien. Dabei hätte sie noch gern von Isobels Bild erzählt, die nicht nur die Bäume und

Hochebenen, sondern sogar das Wasser in rotbraunen Tönen gemalt hatte.

»Sie waren vorher noch nie in den Highlands?«, hakte Nialls Mutter nach.

»Nein, ich bin eigentlich kaum aus Edinburgh hinausgekommen. Bis auf einige Male, als ich mit Doktor Denoon und seiner Frau in Glasgow war.«

»Doktor Denoon? Darf ich erfahren, wer dieser Herr ist?«

Lili zuckte zusammen. Es war nicht die Frage selbst, die sie störte, sondern die Anmaßung, die in Lady Caitronias Stimme mitschwang. Ähnliches Unbehagen bereitete ihr Nialls Art, seit sie in Inverness angekommen waren.

Lili zögerte, die Frage zu beantworten, doch dann sagte sie mit klarer Stimme: »Aber natürlich dürfen Sie fragen, Lady Caitronia. Doktor Denoon und seine Frau, das sind die Herrschaften, für die meine Mutter arbeitete und die mich immer großzügig förderten. Unter anderem bezahlten sie meine Studien.«

Lilis und Craigs Blicke trafen sich. In seinen Augen ist ja förmlich die Enttäuschung zu lesen, dass ich bei der Erwähnung meiner Mutter nicht vor Scham unter den Tisch gekrochen bin, stellte Lili schadenfroh fest. »Oje, ich weiß gar nicht, ob Ihnen Niall von meiner Herkunft berichtet hat«, fügte sie zwitschernd hinzu. »Meine Mutter war Köchin, eine sehr gute sogar, und mein Vater, tja, man weiß so wenig von ihm, in meinen Papieren steht: *Vater unbekannt.*«

Sie legte eine kleine Pause ein, während sie sich an den entsetzten Gesichtern von Nialls Bruder und dessen Frau weidete. »Meine Mutter weigerte sich, seinen Namen preiszugeben«, fuhr sie genüsslich fort. »Aber sie waren ja auch nicht verheiratet. Er soll schon vor meiner Geburt gestorben sein. Man munkelt, er sei nebenher Schwarzbrenner gewesen, aber so genau weiß man es nicht.«

»O, mein Gott, ist das degoutant!«, entfuhr es Shona in manieriertem Ton.

»Finden Sie? Ich habe da völlig andere Erfahrungen gemacht. Sehen Sie, ich hatte in der Schule viel mit der feinen schottischen Gesellschaft zu tun, und auch dort gibt es Menschen, die sich durch einen guten Charakter auszeichnen, und andere, deren Benehmen zu wünschen übrig ließ. Genauso ist es bei unsereins. Meine Mutter war die mutigste, fleißigste und warmherzigste Frau der Welt.«

»Und Ihre Eltern stammten beide aus Edinburgh, nicht wahr?«, fragte Lady Caitronia nach, als lasse sie die niedere Herkunft ihrer zukünftigen Schwiegertochter völlig kalt.

Lili erstaunte dieser Gleichmut zwar ein wenig, aber vielleicht hatte Isobel auch übertrieben, als sie ihr prophezeit hatte, dass ihre Großmutter dieser Eheschließung allein aus Standesgründen niemals zustimmen werde. Und was hatte sie vorhin auf dem Flur noch zu Craig gesagt? Ach ja, die Hauptsache sei doch, dass sie, Lili, aus Edinburgh stamme. Warum ihr das wohl so wichtig ist?, fragte sich Lili und antwortete ohne Zögern. »Meine Mutter, ja, die ist in Edinburgh geboren. Ihre Mutter war schon Köchin. Mein Vater hingegen soll aus den Lowlands stammen. Aber das weiß ich nur, weil mir meine Mutter davon erzählt hat.« Und das ist ja nicht einmal gelogen, schoss es Lili durch den Kopf. Hätte ich ihre Kiste nicht geöffnet, ich würde es ja selbst immer noch glauben. Doch niemals würde sie diesen eingebildeten Snobs auf die Nase binden, dass ihr Vater vielleicht von vornehmer Herkunft war, dass er aber offenbar einen Menschen auf dem Gewissen hatte. Diese Blöße würde sie sich vor diesem Craig und seiner Frau niemals geben. Und auch nicht vor Niall. Hatte er ihr vorhin nicht deutlich zu verstehen gegeben, dass er sich um ihre Herkunft keinen Deut scherte? Außerdem gab es noch einen weiteren guten Grund, ihm ihre Geheimnisse vorzuenthalten: Er verschwieg ihr ja auch hartnäckig die Umstände, wie und warum sich seine Frau umgebracht hatte. Nein, sie waren quitt. Er wollte eine unbelastete Zukunft. Die sollte er bekommen, obgleich sich Lili in diesem Augenblick kaum vorstellen konnte, dass sie mit dieser Familie unter einem Dach jemals wirklich glücklich werden konnte. Shona und Craig lehnten sie allein deshalb ab, weil ihre Mutter Köchin gewesen war. Lady Caitronia wirkte zwar an der Oberfläche freundlich, doch Lili traute ihr nicht. Sie besaß ungewöhnlich kalte Augen, war die heimliche Herrscherin über die Familie und sah in ihr ohnehin nur die Mutter eines zukünftigen Baronets.

»Sie haben sonst auch keinerlei Verwandte in den Highlands? Oder Vorfahren, die hier einmal lebten?«

»Nicht dass ich wüsste«, erwiderte Lili. Warum nur war es Lady Caitronia so überaus wichtig, dass ihre Familie keinerlei Beziehungen in die Highlands unterhielt? Der Verdacht, dass mehr dahintersteckte als eine bloße Höflichkeitsfrage, drängte sich angesichts der Hartnäckigkeit geradezu auf, mit der Lady Caitronia immer wieder darauf zurückkam.

»Nun greifen Sie endlich zu! Sonst vergessen wir vor lauter Plaudern noch das Wichtigste.«

Lili füllte sich daraufhin gerade so viel von dem Haggis auf, dass es nicht unhöflich wirkte. Dann heftete sie den Blick auf ihren Teller und tat so, als konzentriere sie sich voll und ganz auf den Genuss des schmackhaft zubereiteten Schafsmagens, und fragte sich zum wiederholten Male an diesem Tag, wo sie da wohl hineingeraten war.

17

Lili schreckte aus ihren Gedanken auf, als die Tür zum Salon so temperamentvoll aufgerissen wurde, wie es sich die dienstbaren Geister in diesem Haus niemals trauen würden. Sie blickte auf und beobachtete, wie ein Fremder mit forschem Schritt das Esszimmer durchschritt. » Guten Abend allerseits! Entschuldige bitte, Tante Caitronia, dass ich mich verspätet habe, aber ich hatte noch so viel zu tun. Ich sehe, ihr seid schon beim Essen. «

Statt einer Begrüßung fragte die Lady den hochgewachsenen Mann mit dem blond gelockten Haar und dem kantigen Gesicht ohne Umschweife: » Wo hast du Großmutter gelassen, Dusten? «

» Sie ist erschöpft von der Reise und lässt sich entschuldigen. Ich habe sie gleich auf ihr Zimmer gebracht und versorge sie nach dem Essen mit einer Portion Haggis. Deshalb bin ich ja auch nur gekommen, denn es ist ungelogen der beste Haggis, den es im Hochland ... ach, was rede ich ... in ganz Schottland gibt. « Er lachte jetzt aus voller Kehle. Dieses Lachen war dem nicht ganz unähnlich, das Lili an Niall so liebte.

Sein Lachen verstummte, als er den Gast erblickte. Es ging in ein wohlwollendes Lächeln über, während er interessiert fragte: » Und wer ist die junge Dame? Ich wusste gar nicht, dass wir ein so hübsches Familienmitglied haben. «

Lili wurde rot, und Shona funkelte den Cousin ihres Mannes wütend an. Er aber kümmerte sich nicht darum, umrundete den Tisch und reichte Lili die Hand zur Begrüßung. Sein Händedruck war warm und kräftig.

»Ich bin Dusten, das schwarze Schaf der Familie. Und Sie – sind Sie vielleicht das uneheliche Kind meines werten Onkels?«

»Dusten!«, fauchte Lady Caitronia.

»Das ist doch nur ein Scherz. Wir wissen doch, was für ein tugendhafter Mensch Onkel Brian war.« Der ironische Unterton war unüberhörbar.

»Ich finde es höchst unangemessen, wie du über meinen Vater Scherze treibst. Er ist tot, und du weißt genau, dass wir darüber untröstlich sind«, mischte sich Craig ein.

»Ach, wenn ihr doch nur eure Gesichter sehen könntet. Ihr wisst doch, in wessen Armen er gestorben ist. Ihr tut gerade so, als sei er ein Heiliger gewesen. Ich mache auch Scherze über meinen Vater, der noch viel länger tot ist. Und der war ebenfalls kein Unschuldsengel. Das verschweige ich auch nicht. Nun zieht doch nicht solche Gesichter!«

Er wandte sich wieder an Lili. »Aber nun verraten Sie es schon – wer sind Sie?«

»Sie ist meine Verlobte«, ertönte Nialls Stimme, der leise ins Zimmer getreten war, in scharfem Ton. Er eilte mit langen Schritten zu seinem Platz neben Lili und legte ihr besitzergreifend den Arm um die Schultern. Isobel war ihm mit gesenktem Kopf gefolgt und nahm wortlos auf der anderen Seite neben ihm Platz.

Dieses Verhalten missfiel Lady Caitronia. »Kind, was ist das für ein Benehmen? Begrüß bitte deine Großmutter, wie es sich gehört!«

Widerwillig stand Isobel noch einmal auf, trat auf Lady Caitronia zu und hauchte ihr einen flüchtigen Kuss auf die Wange.

Dusten aber rührte sich nicht vom Fleck und starrte Lili fassungslos an. »Sie wollen meinen Cousin heiraten?«

»Ja, Dusten, mach den Mund zu. Du tust gerade so, als wäre das ein Verbrechen«, lachte Niall, doch das Lachen klang in Lilis Ohren gezwungen.

Ganz anders als das von Dusten. »Aber, aber, lieber Niall«,

erwiderte er glucksend, »so habe ich es doch nicht gemeint. Ich wollte deiner Verlobten nur nicht unverhohlen und im Kreis der lieben Familie noch mehr Komplimente machen. Aber nun sage ich es rundheraus: Ich finde Sie bezaubernd, jedenfalls auf den ersten Blick.«

»Dusten, nun nimm endlich deinen Platz ein und lass uns in Ruhe essen«, ermahnte ihn seine Tante in strengem Ton.

Immer noch lachend bemerkte er: »Aber natürlich, liebe Tante Caitronia«, während er sich Lili gegenübersetzte. Als sich ihre Blicke trafen, zwinkerte er ihr verschwörerisch zu. »So geht es hier zu«, raunte er ihr über den Tisch hinweg zu. »Es herrscht ein rauer Umgangston, und zum Lachen geht man in den Keller.«

Lili schmunzelte. Ihr gefiel der herzliche und gut ausse-hende Mann.

»Dusten, ich habe genau gehört, was du meiner Braut zu-geflüstert hast«, mischte sich Niall scharf ein. »Und ich wün-sche, dass du sie in Zukunft mit derlei Unsinn über unsere Familie verschonst. Bedenke, es ist auch dein Nest, das du damit beschmutzt.«

»Ja, lieber Cousin, ich werde dich das nächste Mal vorher um Erlaubnis fragen, ob ich mit deiner Verlobten sprechen darf. Darf ich? Ich würde sie nämlich gern etwas fragen.«

Bevor Niall antworten konnte, kam ihm Lili zuvor. »Sie dürfen. Was wollen Sie wissen?«

»Wie Sie heißen, woher Sie kommen und warum Sie sich mit meinem Cousin verlobt haben. Nein, nein, das war ein Witz – aber Ihren Namen wüsste ich gern. Ich würde Sie un-gern mit ›Nialls Braut‹ ansprechen.«

»Ich heiße Lili Campbell und komme aus Edinburgh, wo ich Isobels Lehrerin war.«

»Isobel. Dich habe ich ja noch gar nicht begrüßt. Lass dich in die Arme nehmen!« Dusten sprang auf, eilte um den Tisch herum und riss Isobel stürmisch an sich. Über das Gesicht des Mädchens huschte ein breites Lächeln. Sie mag ihn sehr, schoss es Lili durch den Kopf.

»Können wir jetzt endlich in Ruhe essen?«, keifte Shona.

»Und dich habe ich auch noch nicht richtig begrüßt«, lachte Dusten, näherte sich dem Platz der verdutzten Shona und gab ihr einen lauten Schmatz auf die Wange.

»Sag mal, hast du getrunken?«, fragte Craig. »Du bist doch sonst nicht so aufgekratzt.«

»Ja, sonst habe ich auch nicht so ein Glück wie heute«, erwiderte Dusten strahlend.

»Was ist geschehen? Hast du eine neue weibliche Bekanntschaft gemacht, die ausnahmsweise einmal nicht verheiratet ist?«, spottete Craig.

»Ihr werdet es ohnehin bald erfahren. Also sage ich euch lieber die Wahrheit, bevor ihr es anderswo aufschnappt und mir die Hölle heiß macht.« Er hielt inne und holte tief Luft. »Ich habe mir eine Herde roter Hochlandrinder gekauft und werde sie mit den kleineren schwarzen – den Kyloe-Rindern – kreuzen.«

Niall runzelte die Stirn. »Das bedeutet Arbeit, mein Lieber.«

»Ja und? Was willst du damit sagen?« Jeglicher freundliche Zug war aus Dustens Gesicht gewichen.

»Nun ja, du hast die Arbeit nicht gerade erfunden. Ich meine, wenn man das Verprassen deines Erbes nicht als Arbeit betrachtet ...«

Dusten nahm wieder auf seinem Stuhl Platz und stöhnte. »Ich habe doch gewusst, dass ihr euch nicht für mich freut. Aber die Hauptsache ist doch wohl, dass ich an den Erfolg des Unternehmens glaube.«

»Aber du hast doch gar keine Erfahrung mit der Zucht solcher Tiere. Ich meine, um unsere Schafe hast du dich jedenfalls nie gekümmert«, bemerkte Niall stirnrunzelnd.

»Du irrst dich, ich habe mir inzwischen ein erhebliches Wissen angeeignet. Die Züchtung läuft hervorragend. Die rotbraunen Rinder sind robust und wie gemacht für das raue Klima des Hochlands. Außerdem tue ich mich mit einem erfahrenen Rinderzüchter aus Beauly zusammen. Der züchtet schon länger die schwarzen, die in unserer Gegend höchst selten sind, und wir versprechen uns eine Menge von den neuen Tieren, die wir züchten. Mein Geschäftspartner hat schon Anfragen aus aller Welt ...«

»Doch nicht etwa der alte Dunbar?«, mischte sich Lady Caitronia empört ein.

»Hast du etwas gegen ihn? Alec Dunbar ist sehr erfolgreich mit seinen Rindern und der ideale Geschäftspartner, weil er absolut ehrlich ist.«

»Ehrlich? Dass ich nicht lache. Sag mir, hast du denn gar keine Ehre im Leib? Hast du vergessen, auf wessen Seite er stand, als Großvater ...« Niall stockte und sprach den Satz nicht zu Ende. Dabei hätte Lili zu gern gewusst, worum es ging. Aber offenbar wurde absichtlich in Rätseln gesprochen, damit sie nichts mitbekam.

»Niall, das ist lange her. Fast fünfundzwanzig Jahre. Und Alec ist und war nicht der Einzige im Tal von Strathconon, der die Geschichte mit Großvater als ausgleichende Gerechtigkeit angesehen hat. Schließlich weiß hier doch jeder, wer das damals gewesen ist am Eng-Burn ... «

»Halt deinen Mund!«, zischte Niall. »Und benutze diesen verdammten Namen nicht. Der Bach heißt Angus' Burn!«

»Wie konnte ich das vergessen? Die Munroys haben das Recht und die Natur gepachtet. Wie konnte ich das nur vergessen?«

»Du brauchst gar nicht so zu spotten«, zischte Lady Caitronia. »Wir wissen ja, dass du jedem bösen Gerücht Glauben schenkst, wenn es sich nur gegen unseren Clan richtet. Dabei scheinst du nur zu vergessen, dass er genauso *dein* Großvater war. Und der kann sich nicht mehr gegen dieses Geschwätz wehren. Niall hat ganz recht. Hör endlich auf, über dein Fleisch und Blut herzuziehen!«

Dusten verdrehte genervt die Augen. »Nicht schon wieder diese Predigt, Tante Caitronia! Mich stört es einfach maßlos, dass ihr die Augen vor der Wahrheit verschließt. Ihr verseht Großvater mit einem Heiligenschein und stellt ihn als das arme Opfer dar. Das ist Heuchelei. Und wenn ich etwas zutiefst verabscheue ...«

»Schluss jetzt! Über das Thema wird hier nicht mehr gesprochen. Schon gar nicht bei Tisch. Mach du nur gemeinsame Sache mit dem alten Verräter!«, schimpfte Lady Caitronia wenig damenhaft.

Es folgte ein eisiges Schweigen. Lili beobachtete, wie nun alle gleichermaßen wütend auf ihre Teller starrten und das Essen lustlos in sich hineinschlangen. Dabei schmeckte der Haggis hervorragend – fast so gut wie bei ihrer Mutter.

»Der Haggis ist vorzüglich«, bemerkte sie in die Stille hinein. Keiner reagierte, bis auf Dusten. Der warf ihr einen intensiven Blick zu. Seine Augen waren genauso tiefblau wie die von Niall, doch das war offenbar die einzige Gemeinsamkeit der beiden Cousins. Nialls Gesicht war wie versteinert. Auch Dusten blickte plötzlich sehr ernst. Was mag sie wohl so gegeneinander aufbringen? Und was hat es mit ihrem gemeinsamen Großvater auf sich?, fragte sich Lili. Die Stimmung war jedenfalls zum Zerreißen gespannt.

»Das ist nach dem Haggis-Rezept unserer Großmutter Mhairie zubereitet«, erklärte Dusten, und seine Miene erhellte sich sichtlich. »Sie, liebe Lili, hätten es früher einmal kosten sollen, als sie es sich nicht hat nehmen lassen, zu den Festtagen selbst zu kochen. Und wenn sie dazu am St. Andrew's Day Robert Burns' *Ode an den Haggis* deklamierte – ein wahres Vergnügen!«

Die übrige Tischgesellschaft hüllte sich weiterhin in Schweigen. Lili aber wandte sich höflich an Dusten.

»Dann ist es ja umso trauriger, dass sie heute nicht mit uns essen kann. Sie ist doch hoffentlich nicht krank?«

Lili hatte den Satz noch nicht zu Ende gesprochen, als sie einen leichten Stoß in die Seite verspürte. Niall wollte sie damit offenbar zum Schweigen bringen, und sie musterte ihn fassungslos. Was hatte sie denn nun schon wieder Schlimmes gesagt? Sie hatte doch nur eine wohlerzogene Bemerkung gemacht. Am liebsten hätte sie Niall für seinen Rippenstoß zurechtgewiesen, aber dann ließ sie es bleiben. Trotzdem fühlte sie sich mehr als unwohl an dieser fein gedeckten Tafel. Was war das nur für eine merkwürdige Familie, in der man über nichts reden durfte? Weder über Caitlin noch über die Großmutter geschweige denn über den Großvater und das, was ihm zugestoßen war und was der alte Alec Dunbar als ausgleichende Gerechtigkeit empfand …

»Großmutter ist nicht mehr ganz bei Trost«, bemerkte Craig schließlich verächtlich und tippte sich an die Stirn.

»Glauben Sie nicht, was Ihnen über Mhairie erzählt wird. Sie ist die gesündeste alte Dame, die mir jemals begegnet ist. Und auch im Kopf ist sie völlig in Ordnung. Nur wird ihre Meinung in diesem Haus nicht gern gehört und … «

Dusten konnte seinen Satz nicht beenden, denn Niall sprang polternd von seinem Platz auf, feuerrot im Gesicht. Dabei stieß er sein Glas um. Der Wein ergoss sich über das weiße Tafeltuch, doch er schien es nicht zu bemerken. Aufgebracht langte er über den Tisch und wollte seinen Cousin am Kragen packen, doch der wich ihm aus.

»Sie sehen, liebe Miss Campbell, eine eigene Meinung sollte man unter diesem Dach nicht haben«, höhnte er.

»Ich habe dich gewarnt. Wenn du Ärger willst, dann sollst du ihn bekommen. Noch ein Wort, und du kannst die Feiertage allein in deiner Hütte verbringen.«

Dusten sprang ebenfalls auf. »Das ist der erste vernünftige Satz, den du heute gesprochen hast. Es wird mir ein Vergnügen sein, die Feiertage nicht mit euch verbringen zu müssen. Ich wollte nur nett sein. Und Großmutter nehme ich gleich mit.«

Und schon war Dusten bei der Tür, doch Isobel war ihm gefolgt und klammerte sich an seinen Kilt.

»Bitte, Onkel Dusten, geh nicht! Ich möchte, dass du bleibst. Sonst wird es morgen Abend gar nicht lustig.«

»Weihnachten ist auch kein Fest, bei dem es lustig zugehen soll«, mischte sich Craig besserwisserisch ein. Das hielt Isobel aber nicht davon ab, ihren Onkel weiterhin am Gehen zu hindern.

»Isobel, bitte setz dich sofort auf deinen Platz! Es gehört sich nicht, dass eine junge Dame einen Mann anbettelt zu bleiben«, tadelte Lady Caitronia ihre Enkelin, die daraufhin mit betretener Miene zu ihrem Stuhl zurückschlich.

»Ich fände es auch schade, wenn Sie gingen«, hörte sich Lili plötzlich flöten, obwohl sie sich doch fest vorgenommen hatte, den Mund zu halten.

Dusten lächelte. »Also, wenn mich gleich zwei hübsche junge Damen so herzlich bitten, kann ich ihnen den Wunsch nicht abschlagen. Und ich verspreche, dass ich fortan brav über das Wetter rede. Hat es bei Ihnen in Edinburgh auch so heftig geschneit, Miss Campbell?«

Lili fiel es schwer, sich ein Schmunzeln zu verkneifen, denn sie konnte sich nicht helfen: Ihr gefiel Dustens erfrischende Art, wie er die Familie auf die Schippe nahm. Auch wenn sie sich sehr wohl bewusst war, dass es auch gegen ihren Verlobten ging. Doch was sollte sie tun? Vom Gefühl her stand sie auf Dustens Seite, ohne zu wissen, warum. Mehr noch, nach der grimmigen Reaktion der Familie auf die Worte des Cousins ritt sie förmlich der Teufel, sich ebenfalls danebenzubenehmen.

»Danke der Nachfrage«, erwiderte sie daher gestelzt. »Es fing erst auf halber Strecke an zu schneien, Mister … Entschuldigen Sie, jetzt habe ich eine Frage an Sie. Sind Sie ein Baronet oder ein einfacher Mister? Obwohl meine Mutter nur Köchin war und ich mich eigentlich mit Adelstiteln nicht auskenne, habe an der St. George's gelernt, dass nur der älteste Sohn den Titel erbt.«

Dusten grinste sie breit an. »Ich hatte das Glück, der einzige Sohn zu sein, aber mein Vater war der jüngere von zwei Brüdern, sodass Großvaters Titel auf Nialls Vater Brian überging und mein Vater Douglas ein Mister blieb, solange er lebte, aber er wurde auch nicht besonders alt. Sie werden zur Lady, wenn Sie Niall heiraten. Aber nur zur Lady Munroy, weil sie nicht adeliger Herkunft sind. Wenn Sie nämlich selber von hochwohlgeborener Herkunft wären, dürften Sie sich

Lady Lili nennen. Mein Cousin besitzt einen stattlichen Titel: Sir Niall Munroy, Fünfter Baronet von Conon. Doch dann wissen Sie sicher auch, dass wir leider nicht zum Hochadel gehören. Dabei wäre Niall gar zu gern ins Parlament eingezogen. An meinem Cousin ist nämlich ein Politiker verloren gegangen, aber unsereins lässt man nicht im House of Lords zu. Und darf ich fragen, wann es bei Ihnen so weit ist? Ich meine, wann gebt ihr einander das Jawort? Und nenn mich bitte Dusten, ich werde dich Lili nennen, wenn ich darf. Schließlich gehörst du bald zur Familie.«

Lili holte gerade Luft, um Dusten zu antworten, als ihr Niall zuvorkam. »Wir werden an Hogmanay unsere offizielle Verlobung bekannt geben und am sechzehnten April heiraten. An Großvaters Geburtstag.«

»Ach, das sind ja wirklich wundervolle Aussichten!«, bemerkte Lady Caitronia entzückt.

Lili aber starrte Niall völlig verwirrt an. »Aber ... aber wir haben doch noch gar keinen Termin ... Ich meine, wir haben noch gar nicht über ein Datum gesprochen, und dass wir an Hogmonay Verlobung feiern, das ... das wusste ich auch nicht«, stammelte sie.

»Hast du etwas gegen den sechzehnten April einzuwenden?«, gab Niall herrisch zurück.

»Nein, warum sollte ich? Ich dachte nur, ich sollte die Erste sein, der du ...«

»Gut, wenn du nichts gegen das Datum einzuwenden hast, erledige ich die Formalitäten. Ich denke, wir können beruhigt in Scatwell heiraten und auch dort feiern. Dann sind wir wenigstens davor gefeit, dass uns die Schneewehen vom Rest der Welt abschneiden.«

Lili spürte beinahe körperlich, wie er hinter seinem überheblichen Befehlston seinen Zorn zu verbergen versuchte, und sie ahnte auch, warum er so zornig war. Es missfiel ihm, dass sie sich ganz offensichtlich gut mit Dusten verstand und dass sie in gewisser Weise auf seiner Seite stand. Ich darf Niall nicht weiter so provozieren, redete sie sich gut zu.

Also nickte Lili brav. Allerdings drängte sich ihr förmlich der Gedanke auf, wie ein Mensch sich binnen kürzester Zeit nur so verändern konnte. Hatte sie Niall als selbstsicheren, charmanten Mann kennengelernt, der eine berufstätige Frau wie sie wertschätzte, entpuppte er sich im Kreis seiner Familie als eifersüchtiger Patriarch, der ihr ständig zu verstehen gab, sie solle den Mund halten. Lili erschauderte bei der Vorstellung, dass er womöglich erst hier in den Highlands seinen wahren Charakter zeigte. Und zwar, nachdem er sie erfolgreich davon überzeugt hatte, ihm blind zu folgen. Glaubte er, sie könne nun keinen Rückzieher mehr machen? Da irrt er sich, dachte sie entschlossen. Ich kann mich morgen in den Zug setzen und in meine Welt zurückkehren. Miss Macdonald wird mich mit offenen Armen empfangen.

Eine tiefe Traurigkeit ergriff plötzlich Besitz von ihr. Daran änderte auch nichts, dass Niall nach ihrer Hand griff und sie zärtlich streichelte. Im Gegenteil, der Hochzeitstermin und die nahende Verlobungsfeier ängstigten sie in diesem Augenblick viel mehr, als dass sie sich freuen konnte. Noch war sie frei, noch konnte sie ihre Koffer packen und nach Edinburgh zurückfahren.

»Auf die vor Glück strahlende Braut!«, rief Shona und hob ihr Glas, das sie in einem Zug hinunterstürzte. »Eine hervorragende Idee, unseren Freunden an Hogmanay mitzuteilen, dass wir ein neues Familienmitglied haben. Sie muss unbedingt in die feine Gesellschaft eingeführt werden.« Der Spott in ihrer Stimme war unüberhörbar.

Lili aber versuchte krampfhaft, sich ein glückliches Lächeln abzuringen.

»Ja, auf euch!«, ergänzte Craig und prostete Lili und Niall zu.

»Und was sagst du eigentlich zu deiner neuen Mutter, Isobel?«, fragte Shona mit leicht verwaschener Stimme. Ihre Nichte aber funkelte sie nur wütend an. Lili ahnte, welch enorme Überwindung es Isobel kosten musste, nicht in alle Welt hinauszuschreien, dass sie ihre ehemalige Lieblingslehrerin dafür hasste.

»Ich kann niemals ihre Mutter ersetzen oder ihr eine neue Mutter sein«, erklärte Lili bestimmt. »Aber ich werde weiterhin versuchen, ihr eine gute Freundin zu sein.«

Das brachte ihr zumindest einen nicht mehr ganz so finsteren Blick des Mädchens ein.

»Sie vertreten aber merkwürdige Ansichten, Miss Campbell«, zischte Shona. »Als Lehrerin haben Sie die Aufgabe, Kinder zu erziehen und sich nicht bei ihnen einzuschmeicheln. Mittlerweile verstehe ich, wo Isobel sich diese trotzige Haltung erworben hat.«

Lili schwieg, doch sie warf Niall einen fordernden Seitenblick zu. Nun war es an ihm, sie zu verteidigen. Schließlich hatte seine Schwägerin sie soeben vor allen anderen bösartig beleidigt. Und das ließ sich auch nicht damit entschuldigen, dass die Dame offenbar zu tief ins Glas geschaut hatte.

Niall aber blickte nur stur geradeaus und wandte sich an seinen Bruder, als wäre nichts geschehen. »Was ich noch sagen wollte, Craig, würdet ihr wohl das Zimmer mit Lili tauschen, bis wir nach Scatwell abreisen?«

»Ja, ja, gern, ich hätte wirklich lieber ein größeres«, erwiderte Shona eifrig.

»Nein, wir bleiben!«, widersprach Craig mit Nachdruck.

»Aber Liebling, wir sind zu zweit, und sie ist allein ...«

»Es ist Caitlins Zimmer«, flüsterte Craig Shona ins Ohr. Dennoch waren seine Worte am ganzen Tisch zu verstehen.

Seine Frau starrte ihn entgeistert an und wandte sich aufgeregt an ihren Schwager. »Nein, mir fällt gerade ein, ich habe ja meine Kleider bereits aufgehängt. Wir bleiben in unserem Zimmer.«

»Bevor du noch Großmutter Mhairie aus ihrem Bett wirfst, gib mir Caitlins Zimmer. Es wird Zeit, dass es wieder benutzt wird. Ich überlasse Lili das meine. Zudem liegt es gleich nebenan, und wir müssen die Koffer nicht hin und her tragen lassen. Außerdem habe ich noch gar nicht ausgepackt«, mischte sich Dusten ein, der das Gespräch stumm verfolgt hatte und dessen wütender Blick Bände sprach.

»Danke«, entgegnete Niall schroff. Viel zu schroff für Lilis Geschmack. Schließlich hatte Dusten ihr sofort seine Hilfe angeboten, während die anderen nur an ihren eigenen Vorteil dachten – oder sich vor dem Zimmer der Toten grausten.

Keiner von ihnen hatte während dieses Geplänkels auf Isobel geachtet. Umso entsetzter waren alle, als sie schluchzend aufsprang und hinausrannte.

»Ich werde ihr Benehmen beibringen«, zischte Niall wütend, doch da hatte sich Dusten bereits erhoben. »Lass mich gehen. Du bist viel zu aufgebracht«, erklärte er mit Bestimmtheit und folgte Isobel.

»Niall, es kann doch nicht angehen, dass sie jedes Mal Heulkrämpfe bekommt, wenn wir über ihre Mutter sprechen«, bemerkte Lady Caitronia streng.

»Ich habe euch schon ein paarmal gebeten, ihren Namen nicht mehr in den Mund zu nehmen. Aber Dusten scheint es größtes Vergnügen zu bereiten, sie dauernd zu erwähnen«, knurrte Niall.

Lili lag eine Erwiderung auf der Zunge, aber sie schluckte sie hinunter. Nicht Dusten hatte angefangen, Caitlin zu erwähnen, sondern Craig. Und natürlich musste es das Kind verletzen, wenn keiner der Anwesenden im Zimmer ihrer Mutter schlafen wollte. Sie durfte sich aber auf keinen Fall dazu hinreißen lassen, ihre Meinung offen kundzutun. Niall war zwar an seinem Platz sitzen geblieben, aber er schnaubte wütend vor sich hin.

Lili spürte die bedrückende Atmosphäre in diesem Speisezimmer nahezu körperlich. Das Kleid am Hals wurde ihr eng. Sie hatte das Gefühl, sie müsse ersticken, wenn sie sich nicht augenblicklich zurückzog. Wie konnte sie es bewerkstelligen, die Tischgesellschaft möglichst unbehelligt zu verlassen? Sie sah sich nervös im Salon um. Da erst bemerkte sie das Weihnachtsbäumchen neben dem Kamin. Der Gedanke, dass in diesem Hause Weihnachten etwas festlicher begangen wurde als bei der gestrengen Miss Macdonald, erwärmte ihr Herz ein wenig. Sie nahm sich fest vor, den Munroys noch eine

Chance zu geben. Aber dazu musste sie erst einmal eine Nacht ausgiebig schlafen. Vielleicht war es ja auch für die Familie nicht so einfach, dass plötzlich eine Fremde mit am Tisch saß, die ab sofort dazugehören sollte. Und was war schon dabei, dass das Neujahrsfest zugleich ihre Verlobung sein würde? Niall meinte es sicher nur gut.

Und doch hatte sie das Gefühl, kaum mehr Luft zu bekommen. »Dürfte ich mich wohl zurückziehen? Mir hat die Reise sehr zugesetzt. Ich würde mich gern hinlegen«, brachte sie schließlich mit letzter Kraft hervor.

»Aber, Kind, es gibt noch Dessert!«, entgegnete Lady Caitronia entrüstet.

»Verzeihen Sie, die Zugfahrt hat meinen Magen ein wenig durcheinandergebracht, und ich kann leider nichts mehr essen. Aber ich verspreche: Morgen Abend lange ich ordentlich zu. Und vielleicht möchten Sie auch gern noch ein wenig unter sich sein.«

»Gut, ich bringe dich auf dein Zimmer«, knurrte Niall, dem der plötzliche Aufbruch seiner Braut ganz und gar nicht zu behagen schien.

»Nein, lass nur, ihr habt euch sicherlich noch viel zu erzählen. Ich finde den Weg allein und muss ja auch meine Sachen noch in das andere Zimmer räumen.«

»Das erledigt Logan für Sie«, widersprach Lady Caitronia herrisch.

»Wenn Sie nichts dagegen haben, würde ich es gern allein machen. Ich kenne das nicht anders. Es sind schließlich meine persönlichen Dinge. An den Gedanken, Personal zur Verfügung zu haben, muss ich mich erst gewöhnen.«

Hastig und ohne eine Antwort abzuwarten, verließ Lili das Speisezimmer. Draußen lehnte sie sich erst einmal gegen eine Wand und atmete tief durch. Morgen wird alles besser, sprach sie sich gut zu, während eine innere Stimme höhnte: Träum schön weiter, Lili!

Und dann drangen aus dem Speisezimmer unbarmherzig die Stimmen der Familie Munroy an ihr Ohr.

»Ich sage doch, die Tochter einer Köchin. Wenn das nur gut geht. Dabei hättest du alle möglichen jungen Frauen unserer Gegend haben können. Du bist einer der begehrtesten Heiratskandidaten von Easter Ross. Was hast du dir eigentlich dabei gedacht, ein so aufsässiges Mädchen mitzubringen? Ich spüre es. Sie kann uns jede Menge Scherereien bereiten, wenn sie erst erfährt, was man Großvater nachsagt. Die steht nicht auf unserer Seite, die nicht. Hast du nicht gesehen, wie sie Dusten anhimmelt? Du wirst noch dein blaues Wunder erleben, mein lieber Bruder!« Craigs Stimme war so schrill geworden, dass sie sich beinahe überschlug.

Lili wurde übel. Wie gern hätte sie ihren Lauschposten verlassen, aber sie hatte Angst, dass sie sich dann auf den edlen Läufer, der den Korridor bedeckte, übergeben müsste. So blieb ihr auch Nialls Antwort nicht erspart.

»Hör auf, darauf herumzureiten, dass ihre Mutter Köchin war! Und wenn sie Bettlerin gewesen wäre. Lili kommt nicht aus den Highlands, das ist die Hauptsache. Sie ist eine junge, liebreizende, bildhübsche Person, in die ich mich auf den ersten Blick verliebt habe. Gib ihr ein wenig Zeit. Lili lernt schnell, und ich werde ihr untersagen, jemals wieder Dustens Spöttereien anzuheizen. Und was Großvater angeht, so wird sie niemals erfahren, was geschehen ist. Dusten mag sein, wie er will, aber darüber schweigt auch er. Und außer dem alten Alec weiß doch hier kaum mehr jemand Näheres über die verdammte Geschichte am Bach.«

Plötzlich wurde das Gespräch im Flüsterton fortgesetzt. Ob die Familienmitglieder befürchteten, dass Lili lauschen könnte?

Ihr war immer noch ganz elend zumute. Seufzend presste sie die Hände auf den Magen.

Doch da war Lady Caitronias Stimme laut und vernehmlich zu hören. »Hauptsache, sie schenkt uns den sechsten Baronet von Conon. Dann nämlich wird sie sich hüten, den Ruf ihres eigenen Kindes in den Schmutz zu ziehen.«

Lili löste sich hastig aus ihrer Erstarrung, wandte sich um

und stieß mit Dusten zusammen. Vor Schreck fehlten ihr die Worte.

Sie wünschte sich nichts sehnlicher, als dass die Erde sich auftun und sie augenblicklich verschlingen möge. So unangenehm war ihr der Gedanke, dass er sie beim Lauschen ertappt hatte.

18

Inverness, Abend des 24. Dezember 1913

Ohne ein Wort zu sagen, nahm Dusten Lili bei der Hand und zog sie von der Tür fort zur Treppe. Erst als sie den ersten Stock erreicht hatten, ließ er ihre Hand wieder los.

»Wo hast du Isobel gelassen?«, fragte Lili, um ihre Verlegenheit zu überspielen.

»Ich habe ihr eine Geschichte vorgelesen, und jetzt schläft sie. Und wie hast du es geschafft, der lieben Familie zu entkommen?«

»Ich bin müde, was der Wahrheit entspricht.«

»Und sonst?«

»Wie meinst du das?

»Was für einen Eindruck hast du gewonnen?«

Lili fixierte ihre Schuhe. Aus Furcht, er werde ihr die Gedanken von den Augen ablesen, konnte sie ihn nicht ansehen.

»Gib es ruhig zu. Du hast dich bestimmt gefragt, in welche Schlangengrube du da geraten bist, nicht wahr?«

»Nein ... ja, ich hatte den Eindruck, man war sichtlich bemüht, die Familiengeheimnisse vor mir zu verbergen«, entgegnete sie, ohne den Kopf zu heben.

Dusten lachte. »Das hätte ich auch nicht besser ausdrücken können. Gut beobachtet.«

Jetzt traute sie sich und blickte ihm fest in die Augen. Sie waren zwar von demselben Blau wie Nialls, aber der Ausdruck war ein anderer. Eine Mischung aus Spott, Lebensfreude und Sympathie für sie, stellte Lili überrascht fest.

»Das war nicht schwierig zu erraten. Ständig wurden Sätze nicht zu Ende gesprochen und … Komm, wir tauschen die Zimmer, und du klärst mich unterwegs auf.«

»Leider darf ich dir nichts erzählen, obwohl ich es liebend gern täte. Wer in diesem Haus was erfährt, das bestimmt mein werter Cousin, und der würde am liebsten alles totschweigen.«

»Aber du machst mir nicht gerade den Eindruck, als würdest du sonst etwas auf Nialls Wort geben.«

»Das sieht nur so aus. Wenn es darauf ankommt, spiele ich das angepasste Familienmitglied. Besonders nach außen. Wohlgemerkt spiele ich nur den loyalen Vetter, denn eigentlich gehöre ich nicht zu ihnen. Aber es gehört sich wirklich nicht, Außenstehenden gegenüber Einzelheiten preiszugeben, die unserem Ruf schaden. Nicht einmal der alte Alec hat aus mir ein anderslautendes Wort herausbekommen. Meine liebe Verwandtschaft wäre wahrscheinlich entzückt zu erfahren, dass ich mich ohne Einschränkung dem offiziellen Ergebnis der damaligen Ermittlungen angeschlossen habe. Schließlich fand alles lange vor meiner Geburt statt. Mein Vater war noch nicht einmal geboren, als diese verdammte Sache …« Er brach ab.

»Jetzt fängst du auch noch an, peinlich darauf zu achten, dass ich nichts über die Familie erfahre. Was ist mit deinem Großvater denn nun eigentlich geschehen, und warum hält der alte Alec es für ausgleichende Gerechtigkeit?«

Dusten blieb abrupt stehen. »Du bist mir ja eine ganz geschickte Person! Inmitten des schönsten Plauderns stellst du knallharte Fragen. Willst du eine ehrliche Antwort hören?«

Lili nickte eifrig.

»Wenn ich dir auch nur ein Sterbenswort verraten würde, können wir das diesjährige gemeinsame Hogmanay vergessen. Niall und ich werden uns ganz furchtbar in die Haare kriegen, und er wird mir vorwerfen, dass ich keinerlei Stolz in mir trage und der bösen Seite mehr Glauben schenke als der lieben Familie. Und er wird mich verprügeln, weil ich seiner

bezaubernden zukünftigen Frau Lügen über die Familie aufgetischt habe.«

»Dann frage ich Niall eben selbst.« Das klang trotzig.

Dusten lachte. »Du wirst keine Antwort bekommen, und
wenn, wird man dir das Märchen vom guten, dem übermächtigen Großvater erzählen, dem Helden von Strathconon. Sieh
mal, ich kann dir die Wahrheit nicht sagen, genauso wenig
wie die über Onkel Brian. Wenn ich dir verraten würde, dass
er in den Armen seiner Geliebten gestorben ist, dann ...« Mit
gespieltem Schrecken schlug sich Dusten die Hand vor den
Mund.

»Das hast du vorhin bereits am Tisch zur Empörung der
Familie zum Besten gegeben. Ich glaube, auch dieses pikante
Detail sollte ich eigentlich nicht erfahren. Dusten, sei ehr-
lich – es bereitet dir doch ein gewisses Vergnügen, über die
Familie herzuziehen, nicht wahr?«

»O nein, Lili, was denkst du von mir? Es ist doch auch
meine Sippe. Ich kann es nur nicht leiden, wenn man die
Vergangenheit absichtlich verklärt. Wie bei Onkel Brian. Du
glaubst gar nicht, was sie alles angestellt haben, damit sein
unrühmliches Ende nicht ruchbar wurde. Sogar den Arzt
haben sie verschaukelt, und die Frau hat Schweigegeld bekommen ...«

»Und was war mit deinem Großvater? Ist der auch in den
Armen einer anderen gestorben?«

Dusten wurde ganz ernst. »Du bist sehr hartnäckig. Nein,
das ist eine kompliziertere Geschichte und nicht annähernd
so lustig. Wenn ich dir im Folgenden eine kurze Erklärung
abgebe, wirst du dann aufhören zu fragen?«

»Ich verspreche es dir.«

»Es gibt eine uralte Familienfehde zwischen den Munroys
und einem anderen Clan. Man – besser gesagt, die Feinde
unserer Familie, so jedenfalls würde Niall es ausdrücken –,
man munkelt also, dass Großvater diesem Clan etwas angetan hatte, wofür man sich an ihm rächte. Zufrieden?«

Lili rollte mit den Augen. »Du sprichst in Rätseln.«

»Mehr kann ich nicht sagen. Wenn mein Cousin dir eines Tages von sich aus etwas erzählt, dann soll es mir recht sein. Aber ich gebe dir einen guten Rat: Frag ihn niemals danach!«

Sie waren weitergegangen und vor Caitlins Zimmer angelangt. »Und Isobels Mutter? Unter was für einer Gemütskrankheit litt sie?«

»Gemütskrankheit? Dass ich nicht lache. Aber wenn du wirklich die Wahrheit über diese Familie erfahren willst, dann solltest du beizeiten mit meiner Großmutter plaudern. Nein, bloß nicht, das war ein Scherz! Das kannst du Niall nicht antun. Aber ganz im Ernst, ich gebe dir einen gut gemeinten Rat: Lass die Vergangenheit ruhen! Das alles hat so viel Leid über diese Familie gebracht. Sieh mal, du hast die Gelegenheit, mit meinem Cousin ein ganz neues Leben ohne die alten Gespenster zu beginnen. Durch dich wird er bestimmt wieder ein bisschen menschlicher. Ich mochte dich auf Anhieb. Du strahlst eine erfrischende und natürliche Anmut aus. Wenn einer es schafft, dass er wieder der Alte wird, dann du.«

»Wie war er denn, der alte Niall?«

Dusten lachte. »Also in etwa so charmant wie ich, nur wesentlich strebsamer und wohlerzogener. Immer ein wenig ernst, aber durchaus umgänglich.«

»Und Caitlins Tod hat ihn so verändert?«

»Nicht nur ihn. Uns alle, aber er war vorher diplomatischer, wenn du verstehst, was ich meine. Ihm ging der Ruf der Munroys zwar immer über alles, aber er hatte die Gabe, die Mütchen zu kühlen. Er wäre ein guter Clan Chief geworden, aber wir sind nur eine Nebenlinie. Heute ist er manchmal so jähzornig wie Groß…«

»… wie dein Großvater, wolltest du sagen, nicht wahr?«

»Lili! Frag nicht! Weder ihn noch mich oder gar Großmutter Mhairie. Bleib, wie du bist, und lass dein Licht in dieser Düsternis leuchten! Dann wird alles gut.«

Lili stieß einen tiefen Seufzer aus und legte eine Hand auf die Klinke ihrer Zimmertür. »Vielleicht hast du recht. Es geht mich auch nichts an. Ach ja, ich brauche eine Viertelstunde zum Packen. Dann klopfe ich an deine Tür.«

»Lili, tu mir einen Gefallen! Was immer geschieht, versprich mir, dass du nicht verzweifelst. Ich weiß, dass Isobel gerade eine schwierige Phase durchmacht. Sie hat mir vorhin gestanden, dass sie dich nicht leiden kann, aber das stimmt nicht. Ich habe es in ihren Augen gesehen. Sie liebt dich und hat wahnsinnige Angst, dich zu verlieren. Bitte, verlass sie nicht!«

Lili kämpfte mit den Tränen. »Sie hat ihre tote Mutter gefunden, nicht wahr?«

Dusten schluckte trocken. »Hat Niall dir das etwa erzählt?«

»Nein, um Gottes willen. Er hat mit knappen Worten erwähnt, dass seine gemütskranke Frau ins Wasser gegangen ist ...«

»Und wer hat sonst mit dir geredet? Darüber schweigt die Familie in der Regel.«

»Es ... war in der Schule bekannt«, erwiderte Lili zögernd. »Lady Ainsley soll die Schauergeschichte in die Welt gesetzt haben, dass Caitlin sich vorher die Pulsadern aufgeschnitten hat und dann erst ertrunken ist. Ich glaube inzwischen auch, dass es Unsinn ist. Niall hätte es mir nicht verschwiegen.«

Lili blickte Dusten in die Augen. Ein Schatten legte sich über sein Gesicht.

»War es wirklich so?«, fragte Lili nach einer Weile.

Dusten nickte.

»Und stimmt es auch, dass Isobel sie gefunden hat?« Lilis Stimme bebte.

»Die beiden, Caitlin und Isobel, haben oft gemeinsame Ausflüge auf die andere Seite des Flusses in den Wald hinauf gemacht. Und auf dem Weg von unserem Haus dort hinüber musste man außer dem Conon auch einen kleinen Bach überqueren. Bella kannte diese Stelle. Und hat ihre Mutter dort gesucht, nachdem diese von einem Fest anlässlich Großvaters

Geburtstag, der zu seinen Ehren traditionell auf Scatwell Castle gefeiert wird, fortgelaufen war ...«

»Warum ist sie fortgelaufen?«

»Das kann ich dir beim besten Willen nicht sagen. Ich kehrte an jenem Tag von einer Reise aus London zurück. Jedes Jahr zur Geburtstagsfeier unseres Großvaters Angus habe ich zufällig wichtige Termine auswärts.«

Dusten zwinkerte Lili verschwörerisch zu. Sie lächelte verstehend.

»Ich war gerade beim Auspacken, da kamen sie zu mir, weil sie Isobel bei mir vermuteten. Aber sie war nicht da. Und dann begleitete ich die anderen auf der Suche nach ihr, und wir fanden sie unten am Bach ...«

»Und da war sie bei ihrer toten Mutter? Das ist grausam.«

Dusten nickte. »Sie hat sich lange nicht davon erholt. Aber ich bin überzeugt, sie liebt dich wirklich und hat nur wahnsinnige Angst um dich. Dass du ebenfalls eines Tages verschwinden könntest wie ihre Mutter.«

»Ich werde bei ihr bleiben. Komme, was da wolle«, seufzte Lili.

»Dann schwörst du, uns nicht gleich wieder zu verlassen?«

»Wie kommst du denn darauf?«

»Ich habe es vorhin in deinen Augen gelesen. Du hast dir heute bei Tisch gewünscht, sehr weit fort von hier zu sein. Und wenn ich Isobel nicht so sehr lieben würde, ich wüsste nicht, ob ich dir nicht einen ganz anderen Rat geben müsste, der da lautet: Geh zurück! Du passt nicht auf Scatwell Castle.« Er blickte ihr tief in die Augen. »Du liebst meinen Cousin, oder?«

Er legte ihr zärtlich die Hand auf den Arm.

Diese Frage und vor allem die Berührung, die Lili wie ein Blitz traf, kamen so plötzlich und unerwartet, dass sie rot wurde. Sie wusste nicht, was sie noch denken sollte. Liebte sie Niall wirklich genug, um das hier alles klaglos zu ertragen? Dusten hatte doch vollkommen recht. Hatte sie nicht vorhin tatsächlich mit dem Gedanken gespielt, auf Nimmerwiedersehen zu verschwinden? Nachdem ihr der Mann, in den sie sich in Edinburgh verliebt hatte, plötzlich so entsetzlich fremd geworden war? Doch das würde sie Dusten um keinen Preis verraten.

Dusten musterte sie immer noch fragend. Lili war ihm eine Antwort schuldig geblieben.

Sie atmete ein paarmal tief durch. »Ja, ich liebe ihn. Und ich liebe seine Tochter. Ich glaube, ich werde das alles meistern. Und eines Tages gar nicht mehr fortwollen. Die beiden sind die Familie, nach der ich mich immer gesehnt habe. Und wer weiß, vielleicht wird unsere Familie noch wachsen«, erwiderte sie steif, bevor sie ebenso förmlich hinzufügte: »Gute Nacht, Dusten, schlaf gut. Und verzeih mir, dass ich dich ausfragen wollte. Ich bin etwas durcheinander von den vielen Eindrücken.«

Ohne seine Antwort abzuwarten, verschwand sie rasch im Zimmer und lehnte sich von innen gegen die Tür. Das Herz klopfte ihr bis zum Hals. Sie blieb eine Zeit lang unbeweglich stehen, um ihre aufgewühlten Gedanken zu ordnen. Dusten berührte sie in einer Weise, die nicht sein durfte. Um dem Gedanken an ihn keinen weiteren Raum zu geben, versuchte sie, sich krampfhaft an ihre erste Begegnung mit Niall zu erinnern. Hatte sie nicht weiche Knie bekommen, als er ihr den Antrag gemacht hatte? War sie nicht auf der Stelle in den rot gelockten Mann aus den Highlands verliebt gewesen? Hatte sie nicht allein der Gedanke, dass sie aus verschiedenen Welten stammten, nach dem Tod der Mutter bewogen, den Antrag abzulehnen? Je mehr sie sich in diese Erinnerung ihres ersten Zusammentreffens draußen vor der Schule vertiefte, desto klarer wurde ihr, was sie zu tun hatte: Niall wieder unbeschwert entgegenzutreten, keine unliebsamen Fragen zu stellen und seinetwegen und nicht nur Isobels wegen hierzubleiben … und Dusten möglichst aus dem Weg zu gehen.

19

Ein zaghaftes Klopfen an der Tür riss Lili aus ihren Grübeleien. Sie schreckte zusammen, denn sie hatte sich nicht vom Fleck gerührt, geschweige denn, ihre Sachen gepackt.

»Lili, können wir jetzt die Zimmer tauschen?«, rief Dusten von draußen. Lili öffnete ihm. Er stand mit einem Koffer vor der Tür. Lili aber war inzwischen derart erschöpft, dass sie keine Lust mehr verspürte, ihre Sachen zu packen und umzuziehen.

»Ich bin zu müde. Wärst du mir sehr böse, wenn wir den Umzug auf morgen verschieben?«, fragte sie entschuldigend. »Ich glaube, ich muss mich auf der Stelle hinlegen. Und wenn ich schlafe, sehe ich ohnehin nichts von diesem Zimmer. Ehrlich gesagt, es macht mir gar nicht mehr so viel aus, hier zu übernachten. Ich kannte Caitlin doch gar nicht. Wer mir leid tut, ist ihre Tochter. Vielleicht zeige ich Isobel, dass ich wirklich ihre Freundin bin, wenn ich nicht Hals über Kopf aus diesem Zimmer flüchte. Was meinst du?«

»Das halte ich für eine hervorragende Idee. Wenn es dir wirklich nichts ausmacht …«

»Nein, nein, gar nichts. Es war nur vorhin etwas unangenehm, als ich noch alles wissen wollte, was hier je geschah. Inzwischen kann ich Niall sogar verstehen – welch ein Schock muss der Freitod seiner Frau für ihn gewesen sein. Wahrscheinlich möchte er nicht daran erinnert werden und erzählt mir nur das, was er verkraften kann. Und ich meine, sie war ja auch krank – sie war doch krank, oder? Entschuldige, aber eigentlich ist es ja völlig gleichgültig. Es geht mich nichts an. Ich werde …« Atemlos hielt sie inne.

Dusten aber packte sie an beiden Schultern. »Achte auf dich, Lili!«, raunte er ihr beschwörend zu. »Lass dich nicht auf den Grund eines Sees aus Halbwahrheiten ziehen. Bleib du in deinem sicheren Boot und pass auf, dass du nicht über Bord gehst.«

»Mach dir keine Sorgen. Ich habe dich verstanden und lasse die Vergangenheit ruhen. Ich werde Isobel eine unbeschwerte Zukunft bieten, auch wenn sie mich gerade nicht leiden kann.«

»Es freut mich sehr, dass du meinen Rat befolgst, aber nur unter einer Bedingung: Ich möchte auch weiterhin dein fröhliches Lachen hören.«

Lili lächelte. »Ich habe doch, seit ich hier bin, noch gar nicht laut gelacht. Du solltest mich hören, wenn ich wirklich lospruste, aber das habe ich mich in diesem Haus noch nicht getraut.«

»Doch«, lachte Dusten. »Du hast nach innen gelacht.« Dann musterte er Lili aufmerksam. »Es ist unglaublich, wie ähnlich du ...«

»Wem sehe ich ähnlich? Sprich es aus! Ich weiß nämlich, was du sagen willst. Und fang du nicht auch noch an, ständig halbe Sätze zu sprechen!«

»Ja, das lernt man in diesem Haus, aber was ich dir jetzt verrate, kann man nicht vor dir verbergen. Ich wundere mich sowieso, dass es noch keinem herausgerutscht ist ...« Er stockte und stieß einen tiefen Seufzer aus. »Du siehst Caitlin zum Verwechseln ähnlich.«

»Danke, dass du es ausgesprochen hat. Jedem hier fällt es auf, aber keiner will es aussprechen. Zum Glück bin ich nicht ganz auf den Kopf gefallen. In diesem Zimmer fand ich eine Fotografie, die keinen Zweifel an unserer Ähnlichkeit zulässt. Und das erklärt auch die unverschämte Art, wie mich dein anderer Cousin Craig gemustert hat. Wie gut, dass ich bereits ahnte, warum er mich wie ein Wunder angestarrt hat.«

»Ach ja, der gute Craig! Wenn er nicht so durchtrieben

wäre, er könnte einem fast leidtun. Der würde alles für den Titel und das Vermögen geben, das sein Bruder geerbt hat.«

Lili lächelte. »Hätte ich nichts dazugelernt, ich würde dich mit Fragen löchern. Warum Craig keine Kinder hat, zum Beispiel, aber ich tue es nicht. Nun, dann gute Nacht und trotzdem vielen Dank für dein Hilfsangebot wegen des Zimmers – und überhaupt für alles, was du für mich getan hast.«

Sie sahen einander eine Zeit lang schweigend an. »Meinst du, er nimmt mich nur deshalb zur Frau, weil ich Caitlin so ähnlich sehe?«, fragte Lili leise.

»Aber nein, bestimmt nicht. Du bist so liebreizend und vom ganzen Wesen her ganz anders als Caitlin. Dich muss man schon um deiner selbst willen lieb haben.«

»Störe ich?«, ertönte Nialls Stimme wie ein Donnerhall. Wieder einmal hatte er sich geräuschlos angeschlichen.

»Aber nein, mein Schatz, das weißt du doch«, erwiderte Lili hastig und griff nach seiner Hand. Dabei betete sie still, dass er Dustens letzte Worte nicht gehört hatte. Er hätte sie aller Wahrscheinlichkeit nach falsch gedeutet.

»Das war doch nur ein Witz. Ich wollte mich bei euch beiden entschuldigen. Ich sollte nicht so aufbrausend sein, wenngleich ich deine Ansichten, lieber Dusten, natürlich nicht gutheißen kann. Aber Shona und Craig haben sich auch nicht gerade von ihrer besten Seite gezeigt …« Mit einem Blick auf Dustens Koffer stutzte er. »Warum hast du noch nicht ausgepackt? Ihr solltet doch längst die Zimmer getauscht haben.«

»Ich habe es mir anders überlegt und mich entschlossen, mich nicht mehr um eure Geheimnisse zu kümmern. Daher kann ich auch in diesem Zimmer schlafen. Je eher es wieder mit Leben erfüllt wird, desto einfacher für Isobel.«

Niall runzelte die Stirn. »Und woher dieser plötzliche Sinneswandel? Hat mein kluger Cousin dir dazu geraten?« Nialls Eifersucht auf Dusten klang unüberhörbar durch.

Der aber hatte bereits seinen Koffer ergriffen. »Ich verabschiede mich. Gute Nacht, ihr beiden«, murmelte er.

Ehe Lili Niall eine Antwort auf seine lauernde Frage geben konnte, hatte Dusten bereits das Zimmer verlassen.

»Das gefällt mir gar nicht«, murmelte Niall, während er Dusten mit säuerlicher Miene hinterherstarrte.

»Was gefällt dir nicht?«

»Dass ihr Tür an Tür wohnt.«

Da packte Lili ihren Verlobten, der immer noch im Türrahmen stand, grob am Arm und zog ihn über die Schwelle in Caitlins Zimmer. Die Tür hinter ihnen fiel krachend ins Schloss. Empört funkelte sie ihn. Trotz aller guten Vorsätze, Geduld mit ihm zu haben, ging ihr sein Verhalten entschieden zu weit. »Was willst du mit diesem Satz sagen? Dass ich heute Nacht die Gelegenheit ergreife und mich in sein Zimmer schleiche?«, schrie sie.

»Sei doch leise! Oder soll er uns hören?«, zischte er ungehalten zurück.

»Ich habe dich etwas gefragt! Glaubst du wirklich, ich suche ihn nachts in seinem Zimmer auf? Auch wenn ich nur die Tochter einer Köchin bin, die sich von einem Mann vor der Hochzeit hat schwängern lassen, bedeutet das noch lange nicht, dass ich ein leichtes Mädchen bin.«

Niall wollte sie umarmen, aber sie entzog sich ihm.

»Entschuldige, nein, niemals wollte ich dergleichen andeuten. Ich vertraue dir voll und ganz. Es ist nur so – du kennst ihn nicht. Er ist ein Schürzenjäger, der nicht treu sein kann. Was glaubst du, wie viele Herzen mein werter Vetter schon gebrochen hat? Und nicht nur in den Highlands.«

Lili verkniff sich die Bemerkung, dass dies wohl in der Familie liege, wenn sie an Sir Brian Munroy dachte. »Dafür kann ich doch nichts. Du hast mich in deine Familie eingeführt. Wenn es dich interessiert, kann ich dir versichern, dass ich dem Charme deines Cousins nicht verfallen werde – falls er versucht, mir Avancen zu machen. Aber auch diesbezüglich kann ich dich beruhigen. Er hat nicht einmal annähernd einen Versuch unternommen. Er ist ein Kavalier durch und durch.«

»Entschuldige, bitte, aber ich bin so empfindlich seit …«
Er verstummte jäh. Wieder einer dieser halben Sätze, doch
Lili überkam so eine Ahnung, was er damit anzudeuten versuchte. Hatte er etwa schlechte Erfahrungen gemacht? War
Dusten Caitlin womöglich nahegetreten? Rührte seine Eifersucht daher, dass seine Frau dem Charme seines Cousins er-
legen war? Das würde einiges erklären, durchzuckte es sie
eiskalt.

»Es tut mir leid«, flüsterte er und zog sie zärtlich zu sich
heran. Dieses Mal wehrte sie sich nicht, und trotzdem konnte
sie die Nähe nicht genießen. Überraschend küsste er sie. Lili
wünschte sich nichts sehnlicher, als dass ihr die Knie weich
würden und Schmetterlinge in ihrem Bauch tanzten, doch
nichts dergleichen geschah. Sie erwiderte seinen Kuss, aber
sie empfand nichts dabei. Ihre Gedanken waren immer noch
bei Caitlin und Dusten. Die Vorstellung, dass die beiden sich
geliebt hatten, missfiel ihr außerordentlich.

Als Niall seine Lippen von ihrem Mund gelöst hatte,
schweifte ihr Blick zu der Fotografie hinüber, die ihre große
Ähnlichkeit mit Caitlin dokumentierte. Niall war ihrem Blick
gefolgt und erstarrte, doch er sagte kein Wort.

»Ich sehe ihr ähnlich, nicht wahr?«, entfuhr es Lili entgegen all ihren Vorsätzen.

»Das finde ich keineswegs«, erwiderte er mit kalter
Stimme.

Lili spürte, wie ihr ein Zittern durch den ganzen Körper
lief. Warum belog er sie so plump? Hielt er sie für blind?
Warum konnte er nicht wenigstens solche Worte finden wie
Dusten vorhin? Dass Caitlin und sie einander ähnlich sahen,
aber dass man Lili um ihrer selbst willen lieb haben musste.
Bitte sag doch etwas!, dachte sie verzweifelt. Sag doch endlich etwas! Und wenn du mir nur versicherst: Liebes, im ersten Augenblick war es die Ähnlichkeit, die mich zu dir hin-
zog. Aber nun meine ich dich allein …

»Gute Nacht, Lili. Frühstück gibt es um acht Uhr.«

Sie biss sich auf die Lippen. Wie konnte er einfach so zur

Tagesordnung übergehen? Sie wollte auf keinen Fall weinen, aber die Tränen warteten nur darauf, sich Bahn zu brechen. Wenn er die verblüffende Ähnlichkeit zwischen Caitlin und ihr leugnete, dann würde die Vergangenheit trotz aller gegenteiligen Beteuerungen an ihrer Beziehung kleben wie eine Schmutzschicht, die nicht mehr abwaschbar war. Dann würde Caitlins Geist ihr ständiger Begleiter sein. Bitte, sag, dass ich mehr für dich bin als eine neue Caitlin, bitte!

»Morgen zeige ich dir die Stadt«, versprach ihr Niall und verließ das Zimmer.

»Gute Nacht«, flüsterte Lili leise und ließ sich, kaum war sie endlich allein, auf die schwere samtene Überdecke des Bettes fallen. Sie war zu müde um sich auszukleiden. Wie ein Orkan tobten ihr die Erinnerungen an die Ereignisse des Tages durch den Kopf und wirbelten alles durcheinander. Schließlich wusste sie nicht mehr, was richtig und was falsch war. Sollte sie sich morgen mit Niall verloben oder flüchten? Sollte sie schweigen oder schreien? Hoffen oder resignieren? Sie war so aufgeregt, dass sie befürchtete, kein Auge zutun zu können. Irgendwann aber glitt sie in wilde Träume hinüber. Dort überfielen sie die Eindrücke des Tages in vielfältiger Gestalt. Sie träumte von unheimlichen Geistern, die sie in der Bell's Wynd einmauerten, von Dämonen, die sie zusammen mit Craig und Shona durch tiefen Schnee verfolgten und denen sie bis zum Ufer eines Baches entkam, den Isobel gerade durchquerte und in dessen Mitte sie auf eine blutige Fratze stieß. »Miss Campbell, helfen Sie mir!«, schrie sie in Todesangst. Lili wollte zu ihr stürzen, doch eine eiserne Hand hielt sie zurück. »Das gehört sich nicht!«, brüllte Lady Caitronia. »Nicht bei den Munroys!« Lili wollte sich losreißen, denn am anderen Ufer erblickte sie Mademoiselle Larange mit dem Gesicht von Miss Macdonald zusammen mit Davinia, die ihr zuwinkten, doch sie vermochte sich nicht zu bewegen. Sie wollte nach Niall rufen, aber sie blieb stumm, denn sie wusste, dass er sie nicht hörte.

20

Lili lag schon lange wach, konnte sich aber nicht überwinden, das warme Bett zu verlassen. Im Zimmer war es eiskalt. Das Feuer im Kamin war über Nacht ausgegangen, und noch war es zu früh, dass jemand kam, um es neu zu entzünden.

Mitten in der Nacht war sie mit pochendem Herzen aus einem schrecklichen Traum erwacht. Da hatte das Feuer noch geglimmt, und Lili hatte sich rasch ausgezogen, denn sie war in voller Kleidung auf dem Bett eingeschlafen. Rasch war sie in das lange weiße Nachthemd geschlüpft und hatte das Licht gelöscht. Sie war allerdings nicht gleich wieder eingeschlafen, sondern hatte über ihren Albtraum nachgedacht.

Schmerzhaft erinnerte sie sich an das eine ganz deutlich: Niall hatte ihr nicht aus ihrer Not geholfen! Der Gedanke daran ließ sie auch jetzt am Morgen noch erzittern. Und schlimmer noch: Sie hatte ständig das Gefühl, es streife ihr ein kalter Hauch über das Gesicht, das als einziger Teil ihres Körpers nicht in die Bettdecke eingehüllt war. Sie fühlte sich so überreizt, dass sie an die Schauergeschichte denken musste, die Witwe Laird in der Dämmerung vor den staunenden Kindern der Gasse gern zum Besten gegeben hatte. Die Geschichte besagte, dass der Geist einer Miss Guthrie in der Bell's Wynd hauste, nachdem ihr Mann ihren Liebhaber und sie getötet hatte.

Lili setzte sich auf. So weit kam es noch, dass sie sich einbildete, Caitlins Geist spuke in diesem Zimmer! Entschlossen zündete sie die Lampe auf dem Nachttisch an und sprang mit einem Satz aus dem Bett. Um nicht zu frieren, schlang sie sich ein Wolltuch um die Schultern und schlüpfte in Strümpfe und Schuhe. So war es auszuhalten. Erfreut stellte sie fest, dass neben dem Kamin ein Korb mit Holzscheiten und allen Utensilien zum Anzünden des Kamins bereitstand. Sie brachte das Feuer geschickt zum Lodern und wanderte im Zimmer auf und ab, bis sie vor dem Vertiko stehen blieb. Sie stutzte. Etwas war anders als gestern Abend, aber was es war, wollte ihr zunächst nicht einfallen. Bis ihr bewusst wurde, dass keine einzige Fotografie mehr auf dem Schrank stand. Und auch an der Wand, wo Caitlins Bild gehangen hatte, befand sich ein riesiger leerer Fleck. Das Ölgemälde war verschwunden.

Lilis Herzschlag beschleunigte sich, aber es war nicht der Gedanke an Geister, der sie erzittern ließ. Es war vielmehr die Tatsache, dass jemand diese Bilder aus dem Zimmer geschafft haben musste, während sie geschlafen hatte. Und da kam eigentlich nur einer infrage: Niall. Aber war er wirklich nachts in ihr Zimmer eingedrungen, um die Fotografien und das große Bild fortzuschaffen? Und vor allem: warum? Glaubte er, sie werde es nicht bemerken? Bildete er sich ein, auf diese Weise könne er die Ähnlichkeit zwischen Caitlin und ihr einfach aus der Welt schaffen? So jedenfalls würde ihm das nicht gelingen. Im Gegenteil, er brachte sie, Lili, nur unnötig gegen sich auf. Und vor allem erregte er ihre Neugier. Warum handelte er so unvernünftig, warum nur?

Ihr war kalt, obwohl der Kamin allmählich eine wohlige Wärme verbreitete. Das Frösteln kam jedoch von innen. Sie warf einen Blick auf die Kaminuhr und stellte fest, dass es halb sechs Uhr morgens war. Viel zu früh, um sich anzuziehen, das Haus zu verlassen und die Stadt zu erkunden. Lili zog die schweren samtenen Vorhänge auf, öffnete das Fenster und lehnte sich weit hinaus. Ein eisiger Wind wollte ihr die Luft zum Atmen nehmen, aber die frische Kälte, die ihr von draußen entgegenwehte, tat ihr gut. Auf der Uferpromenade, auf die sie hinausblickte, lag Neuschnee. Ihr Blick schweifte nach oben. Sie hatte eine dichte Wolkendecke erwartet, aber der Himmel war klar, und die Sterne funkelten tausendfach. Der Mond war fast voll und verlieh dem Schnee eine bläuliche Färbung. Im Gegensatz zu dem träge dahinfließenden River Ness, dessen Grau bis auf einen glitzernden Punkt an jener Stelle, wo das Mondlicht aufs Wasser traf, eher düster wirkte.

Die Häuser an der gegenüberliegenden Seite waren im viktorianischen Stil eng aneinander gebaut. Vereinzelt brannte in den unteren Etagen bereits ein Licht. Das sind die Dienstboten, mutmaßte Lili, und sie musste unweigerlich an ihre Mutter denken. Was würde die wohl gesagt haben, wenn sie ihre Tochter nun in der oberen Etage eines vornehmen Stadthauses hätte sehen können? Was, wenn sie wüsste, dass Lili entgegen all ihren Warnungen zum Trotz nun doch einen Mann aus den Highlands heiraten würde?

Wie oft hatte Lili als Kind davon geträumt, einmal die Highlands zu sehen. In ihrer Phantasie war es ein einsames Stück Erde gewesen, in dem Drachen hausten. Später in der Schule hatte sie Geschichte unterrichtet und versucht, den Mädchen jede Schlacht, die jene tapferen Männer aus den Highlands geschlagen hatten, nahezubringen …

Und wieder schweiften Lilis Gedanken zu ihrer Mutter ab. Schade, ich hätte so gern mit ihr über alles geredet. Nun muss ich allein das Richtige tun, dachte sie, und Tränen stiegen ihr in die Augen.

Entschieden wandte sie den Blick ab, schloss das Fenster und zog die Vorhänge vor. Weinen ist keine Lösung, redete sie sich gut zu. Ich muss kämpfen. Kämpfen für die Wahrheit, kämpfen für die Liebe und kämpfen für mein Glück und das von Isobel. Aber was, wenn Niall in ihr wirklich nur eine zweite Caitlin sah? Würde sie an seiner Seite dann überhaupt je wirklich glücklich werden können? Käme sie sich nicht wie ein beliebig ausgetauschtes Abbild seiner ersten Frau vor?

Lili begann, erneut in dem Zimmer herumzuwandern. Vom Fenster zur Tür, von der Tür zum Kamin und vom

Kamin zum Schreibtisch. Dort blieb sie stehen. Er war wie die anderen Möbel aus Eibenholz gefertigt und wies wunderschöne Verzierungen aus Perlmutt auf. Die Oberfläche der Schreibplatte bestand aus wertvollem Leder. Ein schönes Stück, wie Lili fand. Wie oft war sie als Kind zu Mrs Denoons prachtvollem Damensekretär geschlichen, hatte sich nur für einen Augenblick auf den Schreibtischstuhl gesetzt und war mit der Hand über die Schreibplatte gefahren. Sofort hatte sie sich wie in einer anderen Welt gefühlt.

Vorsichtig streckte sie die Hand aus und berührte das kostbare dunkelgrüne Leder. Wie damals strich sie mit den Fingerspitzen darüber. Dabei fiel ihr Blick auf die leeren Fächer, doch dann hielt sie jäh inne.

Sie erinnerte sich plötzlich an das eine Mal, als die Neugier mit ihr durchgegangen war und sie es nicht bei einer leisen Berührung belassen hatte. Sie spürte heute noch, wie ihr das Blut in die Wangen geschossen war, als Mrs Denoon hinter ihr gefragt hatte: »Suchst du etwas, mein Kind?« Alles lief vor Lilis innerem Auge ab, als wäre es gestern gewesen.

Die kleine Lili nimmt blitzartig die Hände von den schönen Postkarten, als habe sie sich daran verbrannt, und fährt herum, mit knallrotem Kopf und in der angstvollen Erwartung, Mrs Denoon werde sie dafür ausschimpfen, dass sie an ihren Schreibtisch gegangen ist, doch sie fragt nur: »Magst du die Postkarte?«

Mit hochrotem Kopf springt Lili auf und schämt sich ganz furchtbar. Sie möchte am liebsten im Erdboden versinken. Die Hände hält sie auf dem Rücken verschränkt, um zu zeigen, dass sie nichts geschenkt haben möchte. Sie stottert. »Ich ... ich weiß auch nicht, warum ich sie aus dem Fach geholt habe. Aber ich finde Ihren Schreibtisch so wunderschön ...« Mrs Denoon sieht sie freundlich an. Zu freundlich! »Du willst die Karte also wirklich nicht?« Lili schüttelt heftig den Kopf und überlegt, wie sie möglichst schnell den Rückzug aus Mrs Denoons Arbeitszimmer antreten kann.

»Ich liebe diesen Sekretär. Er ist ein Geschenk meines Mannes zur Hochzeit.« Die hochgewachsene, vornehme blonde und dabei so warmherzige Frau sieht Lili freundlich an. Nicht wie eine Diebin, die sich unbefugt ihrem Eigentum genähert hat.

Sie deutet auf die vielen Fächer. »Wenn du magst, dann darfst du alle Schubladen aufziehen und die Fächer öffnen. Du wirst dich wundern, wie viele Verstecke es gibt.« Lili will ablehnen, weglaufen, aber die Siebenjährige kann der Verführung nicht widerstehen. Und schon ist sie mit Feuereifer dabei, das Innenleben des Schreibtisches zu erkunden. Sie hat immer noch hochrote Wangen. Nicht mehr vor Scham, sondern vor Aufregung.

»Und was ist das für ein Türchen?«, fragt sie atemlos, nachdem ein einziges Fach keinen Griff zum Öffnen zu haben scheint, sondern nur ein kleines Loch.

»Das, mein Kind, ist mein Geheimfach. Schau nur hinein!«

»Aber wie denn?«

»Das musst du selbst herausfinden. Denk gut nach! Wie mag das Fach wohl zu öffnen sein?«

»Mit einem Schlüssel.«

»Sehr gut.«

»Aber wo könnte der sein?«

»An einem Ort, wo ihn keiner vermutet.«

»Richtig.«

Lili entsann sich bis zum heutigen Tag, wie aufgeregt sie damals gewesen war, als ihr Blick schließlich auf eine leere Blumenvase gefallen war. Und sie erinnerte sich an jedes einzelne Wort, an jede Geste.

Sie deutet auf die Vase.

»Ich würde den Schlüssel hier verstecken.«

»Dann schau doch mal nach.«

Mit zittrigen Fingern greift Lili in die Vase und ertastet auf dem Boden etwas Kaltes.

»Hol ihn nur heraus!«, ermutigt Mrs Denoon sie. Das lässt sich Lili nicht zweimal sagen. Voller Stolz zeigt sie den Schlüssel vor.

»Und nun prüf nach, ob er passt«, schlägt die Dame des Hauses lächelnd vor.

Lili starrt Mrs Denoon staunend an, bevor sie den kleinen Schlüssel in das Schloss steckt und ihn einmal herumdreht. Sie ist wie im Fieber. Und tatsächlich, die Tür des Faches öffnet sich von Zauberhand, doch das Fach ist gähnend leer.

»Tja, ich habe leider keine Geheimnisse, die ich verstecken müsste«, lacht Mrs Denoon und streicht Lili über die dunkelblonden Löckchen.

Bei der Erinnerung an diese kleine Episode huschte Lili ein Lächeln über die Lippen. Sie wollte sich gerade vom Schreibtisch abwenden, als ihr Blick an einer Schale hängen blieb, die obenauf stand. Ohne zu überlegen, fuhr sie mit den Fingerspitzen durch die getrockneten Blätter, die völlig eingestaubt in dem Gefäß lagen.

Das Herz klopfte ihr bis zum Hals, als sie den Schlüssel ertastete. Erschrocken zog sie die Hand zurück. Was tue ich bloß?, fragte sie sich, doch schon hatte sie nach dem Schlüssel gegriffen und betrachtete ihn versonnen. Er sah genauso aus wie jener zu Mrs Denoons Geheimfach. Sie wollte ihn verschämt zurücklegen, doch der Drang, herauszufinden, ob auch Caitlin ein geheimes Fach besessen hatte, war stärker als alle Skrupel. Noch einmal musterte sie die Fächer der Reihe nach. Eine Schublade, die nicht zu öffnen war, fand sie nicht und atmete erleichtert auf. Wahrscheinlich hätte sie nicht widerstehen können und das Fach geöffnet, obwohl sie genau wusste, dass es unrecht war. Lili wollte den Schlüssel gerade wieder unter den verstaubten Blättern verschwinden lassen, als ihr eine Schublade ins Auge fiel, die keinen Griff besaß, sondern nur ein winziges Schloss.

Lili atmete ein paarmal tief durch. Hin- und hergerissen zwischen moralischen Bedenken und dem unbändigen Verlangen, einen Blick in Caitlins Geheimfach zu werfen, steckte sie den Schlüssel in das Schloss und drehte ihn herum. Die Schublade öffnete sich nicht, aber als Lili vorsichtig am Schlüssel zog, bewegte sich etwas. Ganz langsam zog sie die

Schublade auf und erstarrte, als ein Büchlein in einem ledernen Einband zum Vorschein kam.

Sie kämpfte noch eine Weile mit sich, ob sie es aus der Schublade nehmen sollte. Doch schon siegte ihre grenzenlose Neugier, und sie holte es mit steifen Fingern hervor. Eine Zeit lang hielt sie es nur in der Hand, immer noch unsicher, ob sie es wirklich aufschlagen sollte.

Nur einen Blick, einen flüchtigen Blick will ich riskieren, und dann verstecke ich es wieder, redete sich Lili ein, als sie das Büchlein wie einen kostbaren Schatz auf den Schreibtisch legte und den Deckel mit dem braunen Ledereinband anhob.

Sie musste trocken schlucken. Auf der ersten Seite stand in verschnörkelter Frauenschrift geschrieben: *Meine persönlichen Aufzeichnungen.* Lilis Hände zitterten, vor allem als ihr klar wurde, was sie in dem Tagebuch zu finden hoffte: die Antwort auf die Frage, ob das große Geheimnis um Caitlins Selbstmord mit Dusten zusammenhing. War er gar nicht der nette, hilfsbereite Verwandte, als der er sich ihr gegenüber ausgab? Hatte Niall vielleicht allen Grund, so misstrauisch und angespannt zu sein, seit sie in diesem Haus angekommen waren? Trieb ihn die Sorge um, dass Dusten ihm auch seine zweite Frau ausspannen könnte? War es kein Zufall, dass er sofort auf ihre Ähnlichkeit mit Caitlin angesprungen war? Sie musste Klarheit gewinnen, auch wenn sie sich für ihr Tun verabscheute. Mit bebenden Fingern hob sie den Deckel, als es an ihrer Zimmertür pochte.

Sie hatte das Gefühl, ihr Herzschlag setze aus. Was, wenn eines der Mädchen sie schnüffelnd am Schreibtisch von Lady Caitlin entdeckte? Was, wenn Niall es war?

Sie war wie erstarrt, wusste nicht, was sie tun sollte. Sie wusste nur eines: Die Tür war nicht abgeschlossen, und jeden Augenblick würde jemand hereinkommen und sie bei dieser Untat ertappen.

Es klopfte ein zweites Mal an der Tür. Lauter und fordernder.

»Gleich, ich kleide mich gerade an!«, wollte Lili rufen, doch aus ihrer Kehle kam nur ein heiseres Krächzen. Zumindest war sie aus ihrer Erstarrung erwacht. Sie wollte das Buch zurück in die Schublade legen, doch dazu bedurfte es einer sicheren Hand, und diese besaß sie gerade nicht. Sie bebte am ganzen Körper, aber sie schaffte es immerhin, die verdächtig offene Schublade rasch zuzuschieben. Dann riss sie das Büchlein vom Schreibtisch und schob es auf dem Weg zur Tür unter ihre Bettdecke. In diesem Augenblick öffnete sich die Tür und Niall trat mit einem Tablett in Händen in das Zimmer.

Lili blieb wie angewurzelt stehen und lächelte verkrampft, während sie mit einer Hand an der Bettdecke zog. Ein flüchtiger Blick verriet ihr, dass das Tagebuch tatsächlich unter der Decke verschwunden war, bevor sie ihrem Verlobten entgegentrat. »Das ist aber lieb von dir!«, hörte sie sich entzückt ausrufen.

Niall aber musterte sie über die Teekanne und den dampfenden Haggis auf dem Tablett hinweg prüfend.

»Hast du ein Gespenst gesehen?«

»Nein, nein, ich habe mich nur erschrocken, dass es klopfte, als ich mich gerade ankleiden wollte und ohne Kleidung dastand.«

Niall musterte zweifelnd das bodenlange weiße Nachthemd, das verräterisch unter dem Wollumhang hervorlugte.

»Ich wusste doch nicht, wer da vor der Tür steht. Da habe ich schnell das Nachthemd wieder angezogen und …«

»Schon gut, mein Liebling. Ich dachte, ich mache dir eine kleine Freude, wenn du nicht im Familienkreis frühstücken musst. Ich habe dir den Haggis in der Küche aufwärmen und eine Kanne Tee zubereiten lassen. Dazu etwas Black Pudding und Scones, damit du nicht vom Fleisch fällst.« Er lachte, und zwar auf jene Art, die Lilis Herz erwärmte. Dennoch konnte sie sich nicht rückhaltlos freuen, weil sie in Gedanken bei Caitlins Tagebuch unter der Bettdecke war. Besonders, als Niall ans Bett trat und das Tablett auf dem Nachttisch abstellte.

»Das ist ganz lieb von dir«, wiederholte sie hastig. »Dann lass mich nur rasch essen. Danach kannst du mir die Stadt zeigen. «

»Soll ich dir denn keine Gesellschaft leisten?«, fragte er verwundert.

»Nein, ich ... ich hatte so schlimme Träume und muss erst einmal richtig wach werden. «

»Wie du meinst. Komm nach unten, sobald du angezogen bist«, murmelte Niall, doch er machte keine Anstalten, das Zimmer zu verlassen. »Und du bist sicher, dass du allein sein willst? Ich meine, wenn du darüber sprechen möchtest ... «

»Lieber nicht. Ich bin noch ... gar nicht zum Reden aufgelegt«, stammelte sie und setzte sich auf das Bett.

»Gut, dann bis gleich. «

Lili atmete erleichtert auf, als er die Tür endlich hinter sich schloss und seine Schritte sich entfernten.

Beim Anblick des überladenen Tabletts drehte sich ihr der Magen um. Sie würde keinen Bissen hinunterbekommen. Aber ein heißer Tee tat ihr sicher gut. Erst einmal jedoch musste sie das Tagebuch verschwinden lassen. Ihr zitterten die Knie, als sie sich vom Bett erhob, Caitlins Aufzeichnungen unter der Decke hervorzog und das Buch in die geheime Schublade zurücklegte.

Ist es ein Wink des Schicksals, dass Niall mich gestört hat?, fragte sie sich gequält. Ich darf mich nicht auf das Tagebuch einer Toten stürzen wie ein Geier auf das Aas.

21

Niall und Lili schlenderten inmitten zahlreicher Bewohner der Stadt eingehakt die Promenade am River Ness entlang. Lili hatte Isobel gefragt, ob sie mitkommen wolle, aber die hatte abgelehnt. »Ich unternehme etwas mit Onkel Dusten«, hatte sie fröhlich erklärt.

Auf Schritt und Tritt musste Niall entgegenkommende Spaziergänger grüßen. Waren diese paarweise unterwegs, verrenkten sich die Damen, kaum waren sie weitergegangen, die Hälse nach Lili. Wahrscheinlich fragen sie sich, wen Sir Niall da wohl spazieren führt, dachte Lili amüsiert.

Die Stimmung am Fluss war heiter, was nicht zuletzt am Wetter lag. Keine Wolke war am stahlblauen Himmel zu sehen, und die Sonne brachte den Schnee geradezu spielerisch zum Glitzern. Lili liebte diese seltenen Tage im Winter, an denen es bis zur frühen Dämmerung hell und freundlich war. Sie musste plötzlich an Madame Larange denken, die sich jedes Mal erneut gewundert hatte, wenn sich das schottische Wetter von seiner Sonnenseite gezeigt hatte.

»Du lächelst ja. Es freut mich, dass du nicht mehr wie ein verschreckter Hase dreinschaust«, hörte sie Niall raunen. Sie hatte gar nicht gemerkt, wie er sie besorgt von der Seite betrachtet hatte.

»Ich musste an unsere Französischlehrerin denken, die bei jedem schönen Tag zu sagen pflegte: Das kann isch nisch glauben. Es regnet nisch. Der liebe Gott at eute daran gedacht, auch nach Schottland der Sonne zu schicken.«

Niall lachte. »Du imitierst sie perfekt. Wenn ich nicht

wüsste, das du es bist, ich würde dich für die exzentrische Mademoiselle halten.« Dann blieb er stehen und nahm sie in die Arme.»Es ist schön, wenn du guter Laune bist. Und es tut mir schrecklich leid, was gestern alles über dich hereingebrochen ist.«

»O ja, das war wirklich ein bisschen viel.« Lili wollte rasch weitergehen, doch Niall hielt sie sanft am Arm fest und blickte ihr tief in die Augen.

»Lili, wenn ich mich gestern Abend dumm verhalten habe, dann bitte ich dich, mir zu verzeihen. Ich hätte nicht leugnen sollen, dass du meiner ersten Frau verblüffend ähnlich siehst, aber du bist wirklich ganz anders. Und das mag ich an dir so sehr. Bitte, denk nicht, dass ich dich deshalb gebeten habe, meine Frau zu werden. Nein, ich war allein von dir entzückt und wie hingebungsvoll du den Gillie Callum getanzt hast, und dann erst habe ich die Ähnlichkeit bemerkt.«

»Und warum hast du alle Zeugnisse dieser Ähnlichkeit wie ein Dieb bei Nacht und Nebel fortgeschafft?«

»Ich möchte endlich ein neues Leben anfangen. Und meine Erinnerungen an Caitlin sind zum Teil sehr belastend. Gestern hatte ich das Gefühl, sie zerstört mir diesen Neuanfang, und deshalb habe ich alle Beweisstücke verschwinden lassen. Es war töricht von mir, dich in ihrem Zimmer unterzubringen. Das bedaure ich zutiefst. Kannst du mir verzeihen?«

Als Lili in seine Augen blickte, in denen nichts als die Sorge zu lesen war, dass sie ihm nicht vergeben könne, wurde ihr warm ums Herz. Sie hatte schon befürchtet, dass sie Niall niemals werde lieben können, weil er so unerreichbar war. In diesem Augenblick war er ihr nahe. Sehr nahe sogar.

»Ich würde dich gern küssen«, flüsterte Niall. »Aber dann wüsste es morgen ganz Inverness. Sieh nur, da kommt ... «

Er hatte den Satz noch nicht beendet, als eine schrille Stimme zu hören war. »Miss Campbell? Sie hier in Inverness?«

Und schon war Lady Ainsley auf Lili zugeeilt und musterte sie verdutzt von Kopf bis Fuß. Auch Murron starrte sie zunächst an wie einen Geist, doch dann meldete sie sich altklug zu Wort. »Mom, kein Wunder, dass wir sie hier treffen! Miss Campbell wird doch Isobels Vater heiraten.«

»Heiraten?« Das klang wie ein spitzer Schrei. Diese Nachricht schien die Dame zu erschüttern, doch dann riss sie sich zusammen. »Da kann man ja gratulieren.« Steif streckte Lady Ainsley erst Lili, dann Niall die Hand entgegen.

»Sie hätten es spätestens an Hogmanay erfahren, Lady Ainsley, denn zum Fest geben wir unsere Verlobung offiziell bekannt«, bemerkte Niall beinahe entschuldigend.

Lili fiel wieder ein, was sein Bruder Craig vor ihrer Zimmertür lautstark zum Besten gegeben hatte: dass er lieber Lady Ainsley an Lilis Stelle gesehen hätte. Sie wohl auch, durchfuhr es Lili, als sie bemerkte, wie die Dame Niall anschmachtete und ihr einen vernichtenden Seitenblick zuwarf.

»Gut, lieber Niall, wir sehen uns zum Fest. Ich freue mich«, flötete Lady Ainsley und setzte ihren Weg fort, ohne Lili noch eines Blickes zu würdigen. Murron folgte ihr zögernd.

»Die wohlhabende Witwe hat sich Hoffnungen gemacht, nicht wahr?«, raunte Lili, nachdem sie ein Stück des Weges schweigend zurückgelegt hatten.

»Vielleicht, aber sie kam für mich nicht infrage, denn schließlich möchte ich noch …« Er stockte, aber Lili ahnte, was er hatte sagen wollen. Lady Ainsley schien ihm zu alt, um ihm noch den ersehnten Erben zu schenken.

Lili aber schluckte ihren Unmut über diese Begegnung hinunter und hakte sich erneut bei ihrem Verlobten ein. Er ist sehr attraktiv, dachte sie nicht ohne Stolz.

»Sieh dort oben, das ist unser Schloss! Es wurde im Jahr achtzehnhundertfünfunddreißig auf den Ruinen der alten Burg errichtet, auf der im zwölften Jahrhundert Macbeth geherrscht haben soll, allerdings nicht so blutrünstig, wie Shakespeare es ihm andichtete. Es diente bis Anfang dieses Jahrhunderts als Gefängnis …«

Lili aber hörte nicht mehr, was Niall ihr noch über das

Schloss erzählte. Es zog sich in ihr alles zusammen bei dem Gedanken, dass ihr Vater hinter jenen dicken Mauern dort oben seine Strafe verbüßt hatte und schließlich dort gestorben war.

»Komm, wir spazieren den Berg hinauf. Von da haben wir einen herrlichen Blick über die Stadt.«

»Nein, Niall, lieber nicht. Ich ... ich bin noch so müde von der letzten Nacht. Ich hatte schlimme Albträume und bin erschöpft.«

»Ganz, wie du willst, mein Liebling, dann holen wir es ein anderes Mal nach. Wir werden noch oft Gelegenheit dazu haben.«

Lili wagte einen weiteren flüchtigen Blick nach oben. Ihr wurde ganz elend zumute bei der Vorstellung, überhaupt jemals mit Niall zur Burg hinaufsteigen zu müssen. Die Existenz dieses finsteren Gemäuers hätte sie am liebsten vollständig aus ihrem Gedächtnis gestrichen. Dabei lag die Burg wie gemalt auf einem Hügel, und in der Wintersonne, die sich in den Fenstern spiegelte, wirkte sie alles andere als düster.

»Ist dir nicht gut?«, fragte Niall besorgt.

»Doch, doch ... es ist nur die Erschöpfung.«

»Dann kehren wir am besten auf schnellstem Weg nach Hause zurück, obwohl ich mit dir gern noch einen Abstecher zu Graham's Tartan House gemacht hätte. Das ist das erste Bekleidungsgeschäft am Platz, wo wir alles bekommen, was wir brauchen. Vom Kiltmesser bis zum Beutel, von den Schuhen bis zur Mütze. Und man hat dort immer einen Vorrat an Stoffen mit unserem Muster. Aber wenn dir nicht gut ist, bringe ich dich zurück ...«

Lili spürte, dass ihm viel an ihrer Begleitung lag. Also nahm sie sich zusammen. »Nein, zeig mir die Stadt!«, rief sie aus. »Ich bummle gern noch ein wenig.«

Sie bogen unterhalb der Burg nach rechts zur Innenstadt ab. Hier gab es zahlreiche Geschäfte, und es herrschte städtischer Trubel. Die Stadt war zwar nicht zu vergleichen mit Edinburgh, aber Lili hatte sich alles viel kleiner und länd-

licher vorgestellt. Einige Geschäfte waren sogar weihnacht-
lich geschmückt, und das, obwohl dieser Tag nicht als offi-
zieller Feiertag galt. Viele Menschen waren mit Geschenkpaketen unterwegs.

»Schenkt man sich in deiner Familie etwas zu Weihnachten?«, wollte Lili beim Anblick der hell beleuchteten Geschäfte wissen.

»Wenn es nach Mutter ginge, mit großer Freude. Sie
stammt aus einer katholischen Familie, ist aber zu Vaters
Glauben konvertiert. Unser deutsches Dienstmädchen hat sie
überredet, wenigstens einen Weihnachtsbaum aufzustellen.
Zur großen Empörung von Craig und Shona. An ihnen sind
die allerstrengsten Presbyterianer verloren gegangen, und
sie sind dagegen, Weihnachten mit weltlicher Pracht zu begehen. Bei uns gibt es ein paar kleine Geschenke zu Weihnachten, aber die großen an Hogmanay. Hast du einen besonderen Wunsch?«

Lili seufzte. »Ich wünsche mir, dass die nächsten Tage im
Kreis deiner Familie friedlich verlaufen. Das würde mich sehr
glücklich stimmen.«

Sie blieben vor der Auslage eines Goldschmieds stehen. Lili
drückte sich fast die Nase am Schaufenster platt.

»Was gefällt dir denn besonders?«, fragte Niall.

Lili hob die Schultern. »Ein Schmuckstück ist schöner als
das andere, aber ich muss keines besitzen. Es ist merkwürdig,
ich mag es bewundern, aber hätte immer Sorge, ich würde es
verlieren. Meine Mutter hatte mir etwas hinterlassen, aber
ich habe es Miss Macdonald geschenkt.«

»Aber jede Frau wäre doch begeistert, jene Kette dort hinten zu besitzen.«

Er deutete auf eine silberne Kette mit einem Anhänger der
schottischen Distel, die mit rauchig braunen Cairngorm-Stei-
nen besetzt war.

Lilis Augen leuchteten. »Doch, die gefällt mir durchaus.«

Niall lachte. »Das dachte ich mir. Du wärst die Erste gewesen, die zu diesem prachtvollen Schmuckstück Nein gesagt

hätte. Andere bestürmen ihre Männer förmlich, es ihnen zu schenken.«

Lili wurde rot, aber sie hütete sich, den Gedanken auszusprechen, der ihr in diesem Augenblick kam: Er sprach von Caitlin und ihrer Vorliebe für Preziosen. Niall aber merkte nicht im Entferntesten, was er mit seinen unbedachten Worten angerichtet hatte.

»Mein Liebling, geh schon einmal vor. Hier beginnt die Straße mit den Bekleidungsgeschäften. Im ersten, Graham's Tartan House, gibt es viel zu sehen«, schlug er ihr vor und verschwand fröhlich pfeifend im Laden des Goldschmieds.

Ob er mir die gleiche Kette kaufen würde wie einst Caitlin?, fragte sich Lili und stieß einen tiefen Seufzer aus. Warum nur spukt sie mir schon wieder unablässig durch den Kopf?

Der Klang eines Dudelsacks ließ sie aufhorchen. Er kam aus einem der Häuser auf der gegenüberliegenden Straßenseite. Jemand spielte den Gillie Cullum. Ihr kam es plötzlich wie eine Ewigkeit vor, dass sie mit Isobel auf der Bühne gestanden hatte. Dabei war es gerade einmal vier Wochen her. Lili löste sich von ihrem Platz vor dem Schaufenster und überquerte die Straße. Beim Näherkommen erkannte sie, dass es ein Geschäft war, das Bücher und Schreibwaren verkaufte. Zögernd betrat Lili den Laden, doch ehe die Verkäuferin sie nach ihren Wünschen fragen konnte, fiel ihr Blick auf ein kleines Büchlein, das in roten Samt eingebunden war. Beim näheren Hinsehen erkannte sie, dass es ein Tagebuch war. Lili griff danach und hielt es in ihrer Hand. Es fühlte sich gut an. Nachdem ihr die eilfertige Verkäuferin das Tagebuch mit lobenden Worten angepriesen hatte, kaufte sie es und ließ es sich einpacken.

Auf der anderen Straßenseite entdeckte sie Niall. Er sah sich beunruhigt nach allen Seiten um. Er sucht mich, dachte Lili und eilte ihm entgegen.

»Ich habe noch etwas für Isobel gekauft«, erklärte sie nicht ohne Stolz, denn es hatte ihr große Freude bereitet, etwas so Wertvolles von ihrem eigenen Geld zu erstehen.

»Und ich bin auf der Suche nach dir wie ein Trottel durch Graham's House of Tartans geirrt.«

Lili stöhnte auf. Wie von Zauberhand war erneut jegliche Nähe zwischen ihnen verflogen. Niall war ihr fremd und kam ihr wieder herrisch und unduldsam vor.

»Ich habe Isobel doch nur ein Tagebuch gekauft«, erklärte Lili, um sich zu rechtfertigen.

Niall wurde kalkweiß und starrte sie an, als hätte sie seiner Tochter ein Buch erstanden, bei dessen Inhalt selbst Erwachsene noch errötet wären.

»Du hast *was*?«

»Ich habe Isobel ein Büchlein gekauft, dem sie ihren Kummer und ihre Sorgen anvertrauen kann. Es ist doch zurzeit alles nicht einfach für sie.«

Sie hatte gehofft, Niall mit diesen Worten zu beschwichtigen, aber nun verfärbte sich sein Gesicht von Kreideweiß zu tiefer Zornesröte. »Sie ist noch ein Kind, und ich wünsche nicht, dass sie sich Tag und Nacht in ihrem Zimmer vergräbt, um Tagebuch zu schreiben. Ich weiß doch, wohin das führt. Das ist nicht gesund.« Nialls Stimme war jetzt so laut geworden, dass einige vornehme Damen sich neugierig umwandten.

»Niall, es ist ein leeres Buch, in dem sie ihre ureigensten Gedanken niederschreiben kann.«

»Ich will nicht, dass du es ihr gibst. Hörst du? Und nun kein Wort mehr!«

Lili war den Tränen nahe. Das war wieder jener Niall, den sie schon am Tag zuvor nicht verstanden hatte. Er bestimmte alles und ließ nicht mit sich reden. Was hat er nur gegen ein harmloses Tagebuch einzuwenden?, dachte Lili, als ihr das braune Lederbüchlein einfiel, das sie am Morgen mit dem festen Vorsatz, es nie wieder anzurühren, in das Geheimfach zurückgelegt hatte.

Da spürte sie auch schon seine Hand auf ihrem Arm und hörte seine einschmeichelnde Stimme am Ohr. »Es ist nicht einfach für dich, ich weiß, aber ich hasse Tagebücher. Meine

Frau saß zuletzt tagelang am Schreibtisch, war nicht mehr ansprechbar und schrieb Tagebuch. Sie nahm es wohl mit in den Tod. Hätte ich es gefunden, ich hätte es verbrannt, denn wer will schon das wirre Gefasel einer gemütskranken Frau lesen? Liebling, du hast es sicher gut gemeint, aber ich kaufe Isobel ein Kleid, und das schenkst du ihr dann.«

Lili biss sich auf die Lippen. Eigentlich sollte ich mich freuen, dass er so ehrlich ist und sich sogar entschuldigt, schoss es ihr durch den Kopf, doch es wollte ihr nicht gelingen. Sie wurde das Gefühl nicht los, dass über allem, was sie sagte und tat, Caitlins Geist schwebte. Wenn sie dem Mädchen nicht einmal ein leeres Büchlein schenken durfte, was für Schatten der Vergangenheit würden sie erst verfolgen, wenn sie auf Scatwell Castle lebte? Die Tasse, aus der Caitlin getrunken hatte, der Weg zum Bach, in dem sie in den Tod gegangen war, die Bücher, die sie gelesen hatte, die Treppe, die sie benutzt hatte ...

»Niall, so nicht! Du kannst doch nicht alles verdammen oder verbieten, was dich an Caitlin erinnert«, hörte sie sich energisch sagen, obwohl sie sich fest vorgenommen hatte, den Mund zu halten.

»Bitte, mach es mir nicht schwer! Und nicht so laut! Die Leute drehen sich schon um. Man kennt mich in der Stadt.«

»Niall, dann reden wir später darüber. Aber es ist doch absurd, dass deine Tochter kein Tagebuch führen darf, nur weil es deine Frau getan hat. Ich dachte, du willst eine Zukunft mit mir. Dann gib uns endlich eine Chance und lass deine Frau in Frieden ruhen.«

»Lili, du hast keine Ahnung, wovon du sprichst. Und bitte hör auf, mir ständig zu widersprechen. Du willst immer mit dem Kopf durch die Wand, aber das erlaube ich nicht. Isobel bekommt kein Tagebuch. Und Schluss jetzt.«

Ohne sie weiter zu beachten, eilte er davon und betrat das Bekleidungsgeschäft. Lili folgte ihm zögernd. Sofort eilte ein seriöser, älterer grauhaariger Herr in einem prächtigen Kilt auf Niall zu.

»Ist das die Dame, die Sie gesucht haben, Sir Niall?«

»Ja, Mister Graham, das ist Miss Campbell. Für sie ist das Kleid bestimmt, das ich bei Ihnen in Auftrag gegeben habe.«

»Natürlich, Sir Niall, ich hoffe, es ist alles nach Ihren Wünschen ausgeführt worden. Ich hole es.«

Lili starrte Niall verdutzt an. »Von welchem Kleid spricht er?«

»Von dem Festkleid meiner Braut«, erwiderte er ungerührt.

»Aber … aber du konntest doch gar nicht wissen, dass ich mitkomme«, stammelte Lili.

»Gewusst habe ich es nicht, aber ich ahnte es. Wenn ich es nicht hätte anfertigen lassen, dann wäre es zu unserem Verlobungsfest nicht fertig gewesen.«

Lili überlegte noch, was sie dazu sagen sollte, als der Verkäufer mit einem Kleid auf dem Arm zurückkehrte, das genau den gleichen Tartan aufwies wie die Kilts der Munroy-Brüder und Dustens.

»Kommen Sie bitte mit, gnädige Frau! Wir haben im hinteren Teil unsere Ankleideräume. Ich hoffe natürlich, es passt Ihnen, denn wir haben es ja nur aufgrund der Angaben gefertigt, die uns Sir Niall machte.«

Lili folgte dem Mann zögernd bis zu einer holzgetäfelten Garderobe mit einem großen Spiegel.

»Zeigen Sie sich, wenn Sie sich umgezogen haben. Ich warte draußen.«

Unschlüssig blickte Lili auf das festliche Kleid und dann in den Spiegel. Die Frau, die ihr entgegenblickte, gefiel ihr gar nicht. Ich bin bleich wie ein Gespenst, durchfuhr es sie.

Trotzdem legte sie ihr Kostüm ab und zog widerwillig das Kleid an. Es passte wie angegossen, wie ihr Spiegelbild zeigte, und das dunkle Rot, das in dem Tartan vorherrschte, stand ihr hervorragend. Auch ihre Gesichtsfarbe wirkte gleich viel gesünder. Trotzdem wusste sie nicht, was sie davon halten sollte. Hatte Niall ihren Brief damals gar nicht ernst genommen? War er sich so sicher gewesen, dass sie ihre Meinung doch noch ändern werde? Und woher hatte er diese Sicherheit genommen? Hielt er sich für unwiderstehlich oder sie für so geschmeichelt über den Antrag, dass er ihren Korb nur für wichtigtuerische Launenhaftigkeit gehalten hatte?

Als sie die Tür des Ankleidezimmers öffnete, standen der Verkäufer und Niall schon gespannt davor.

»Es ist wie für Sie gemacht!«, rief Mister Graham begeistert aus.

»Du sieht darin bezaubernd aus«, fügte Niall sichtlich angetan hinzu. »Du wirst eine wunderschöne Braut sein.«

»Ach, dann darf man wohl herzlich gratulieren«, rief Mister Graham überschwänglich aus. »Es ist uns eine besondere Ehre, dass wir nun wieder schöne Kleider für das Haus Munroy anfertigen dürfen. Es war uns stets ein großes Vergnügen, für so schöne Ladys wie …« Unvermittelt brach der Verkäufer mitten im Satz ab. »Entschuldigung«, murmelte er.

»Ist schon gut«, entgegnete Lili und lächelte verkrampft. »Ich weiß, dass die verstorbene Lady Munroy ihre Kleider auch bei Ihnen schneidern ließ.«

Niall aber schien der heikle Dialog völlig entgangen zu sein, denn er musterte Lili nach wie vor bewundernd.

»Kann ich mich wieder umziehen?«, erkundigte sie sich, denn sie fühlte sich nicht sonderlich wohl in dem neuen Kleid.

»Aber natürlich, mein Liebling, Mister Graham wird es einpacken und uns gleich nach Hause bringen lassen, nicht wahr?«

»Selbstverständlich, Sir, ich bin ja glücklich, dass wir nichts daran ändern müssen.«

Lili aber ließ sich im Umkleidezimmer auf einen kleinen Hocker fallen und betrachtete sich noch einmal missmutig im Spiegel. Es kleidete sie wirklich gut, keine Frage, aber … Was gefällt dir denn nun schon wieder nicht, Lili Campbell?, ging sie streng mit sich ins Gericht. Was ist dabei, dass er ein Kleid hat schneidern lassen in der Hoffnung, dass ich es mir doch anders überlege? Das kann ich ihm doch nicht übel nehmen. Und überhaupt, er hat mir doch heute mehr als deutlich gemacht, dass seine Gefühle mir gelten und nicht seiner toten Frau. Wahrscheinlich trauert sein Cousin Dusten viel heftiger um Caitlin, nachdem die beiden ... Und ganz plötzlich ahnte sie, was ihr diese schlechte Laune bereitete, und sie bekam ein entsetzlich schlechtes Gewissen. Was ging es sie an, wen Dusten einmal geliebt hatte?

Lili stand entschlossen auf und nahm sich vor, alle zweifelnden Gedanken endgültig zu verscheuchen. Es ist doch reizend von Niall, dass er mir, allein in der Hoffnung, ich würde mit ihm in die Highlands kommen, ein solch prachtvolles Kleid schneidern lässt, dachte sie. Nur die Sache mit dem Tagebuch, die durfte sie nicht unwidersprochen hinnehmen. Er konnte ihr doch nicht verbieten, Isobel ein ganz persönliches Geschenk zu machen. Allerdings würde sie heute keinen Streit mehr vom Zaun brechen. Sie konnte Isobel das Büchlein ja auch immer noch an Hogmanay überreichen. Vielleicht hatte Niall bis dahin auch begriffen, dass sich nicht jedes weibliche Wesen, das Tagebuch schrieb, auch umbringen musste. Notfalls würde sie das wertvolle Büchlein eben für sich selbst nutzen und dafür sorgen, dass Niall ihr dabei nicht über die Schulter sah. Was er wohl sagen würde, wenn er erführe, dass Caitlins verhasstes Tagebuch unversehrt in dem Geheimfach liegt?, fragte sich Lili.

»Gefällt dir das Kleid?«, fragte Niall, kaum dass sie das Geschäft verlassen hatten.

»Ja, es ist wirklich wunderschön.«

»Und du bist mir nicht böse, dass ich es in der Hoffnung anfertigen ließ, du würdest deine Meinung doch noch ändern?«

»Wie könnte ich dir böse sein? Du hast es doch gut gemeint«, entgegnete Lili mit fester Stimme.

Stumm gingen sie nebeneinander her durch die belebten Straßen, bis sie wieder das Flussufer erreichten und das Stadthaus der Munroys in Sicht kam.

In Lilis Kopf wirbelten die Gedanken wild durcheinander. Sie dachte an die Geschichte mit ihrem Vater, an Caitlins

Selbstmord, an ihren Verdacht, dass Dusten vielleicht mehr mit der Sache zu tun hatte und Niall ihn deshalb so ablehnte, an ...

Sie stutzte. So viele Geheimnisse, durchfuhr es sie eiskalt, so viele Geheimnisse voreinander, und wir sind noch nicht einmal offiziell verlobt.

22

Lady Mhairie Munroy war eine zarte kleine Person mit weichen grauen Löckchen, und sie hatte für ihr Alter noch immer erstaunlich volle rote Lippen. Ihre Haut war trotz ihres hohen Alters nahezu faltenfrei. Nur im oberen Teil des Gesichts hatte ihr über achtzigjähriges Leben sichtbare Spuren hinterlassen. Unzählige kleine Fältchen umrahmten ihre wachen Augen. Obwohl Mhairie ihr Festkleid angezogen hatte, haderte sie noch mit sich. Sollte sie wirklich zum Essen erscheinen? Allein bei dem Gedanken, mit der Familie einen ganzen Abend lang bei Tisch zu sitzen und schweigend dem oberflächlichen Geplapper der anderen zu lauschen, verspürte sie ein leichtes Unwohlsein. Am wohlsten fühlte sie sich, wenn sie allein in ihrem Zimmer bleiben durfte oder zu Hause im Tal ausgedehnte Wanderungen entlang des River Conon bis zum Loch Meig unternehmen konnte. Sie war noch wesentlich besser zu Fuß, als sie den Verwandten gegenüber zugab. Den Stock, auf den sie sich im Hause zu stützen pflegte, brauchte sie eigentlich nicht. Doch es war für sie von Vorteil, wenn die anderen nicht wussten, wie agil sie noch war. So diente ihr die Gebrechlichkeit ihres hohen Alters stets als Schutzschild, um sich der Gesellschaft der Familie zu entziehen.

Sie saß auf einem Sessel am Fenster und ließ die Blicke über den River Ness schweifen. Nur äußerst widerwillig war sie mit nach Inverness gekommen und auch nur deshalb, weil Dusten sie darum gebeten hatte. Ihr wäre es lieber gewesen, die Feiertage allein im Tal von Strathconon zu verbringen. Bei dem hohen Schnee, der zurzeit dort lag, hätte sie sich zwar keine langen Fußmärsche zugetraut, aber sie hätte das ganze Schloss für sich gehabt. Und was gab es Schöneres, als nach langer Zeit einmal wieder die uneingeschränkte Herrin von Scatwell zu sein?

Ein forderndes Klopfen an der Tür riss sie aus ihren Gedanken. »Herein!«, rief sie mit immer noch klarer und tiefer Stimme.

Mhairie blickte neugierig zur Tür, denn sie hoffte, es sei Dusten. Stattdessen betrat Caitronia forschen Schrittes ihr Zimmer. Wie so oft, wenn Mhairie ihre Schwiegertochter betrachtete, musste sie daran denken, was für eine außergewöhnliche Schönheit sie einst am Tag ihrer Hochzeit mit Brian gewesen war. Die stolze und unbeugsame Tochter Sir John McKinnons von der Insel Skye. Mhairie erinnerte sich noch genau, wie glücklich sie gewesen war, als ihr Sohn Brian sich ausgerechnet in dieses wilde Mädchen verliebt und keine folgsame, langweilige Frau mit nach Hause gebracht hatte. Ihr Mann Angus hatte ihre Begeisterung anfangs überhaupt nicht geteilt. Caitronia kam aus einer katholischen Familie, für ihren Mann allein ein triftiger Grund, einen ganzen Clan in Bausch und Bogen abzulehnen. Verwerflicher als der Glaube war in seinen Augen allerdings die Tatsache, dass die McKinnons einst mit den Jakobiten gegen die Engländer gekämpft hatten. Das war für Angus mit Verrat gleichzusetzen. Zur friedlichen Familienzusammenführung hatte dabei nicht unbedingt die Tatsache beigetragen, dass der alte John genauso stur gewesen war wie ihr Mann. Mhairie musste nur an die Hochzeit ihres Sohnes Brian mit Caitronia denken. John hatte zu später Stunde nicht gezögert, Angus nach dem reichlichen Genuss von Whisky lauthals als armseligen Englandknecht zu beschimpfen. Mhairie hatte versucht, zwischen den beiden Sturköpfen zu vermitteln, als die Männer sich in die Haare geraten waren wegen eines Krieges, der längst entschieden war und doch mehr als einhundert Jahre danach niemanden in den Highlands kalt ließ. Auch Mhairie nicht, hatten doch auch ihre Vorfahren in der Schlacht von Culloden auf der Seite der Jakobiten gegen England und das Haus Hannover gekämpft. Doch sie hatte das Geschrei der Männer auf der Hochzeit einfach nicht mehr ertragen können. Angus hatte sie vor allen angebrüllt, sie solle ihr Maul halten, sie habe sowieso keine Ahnung, bevor er John lallend um den Hals gefallen war. »Ich bin bereit, Frieden mit dir zu schließen, alter Junge. Denn du bist ein guter Mann im Gegensatz zu diesen verdammten Schwarzbrennern auf der anderen Seite des Flusses, die endlich dort sind, wo sie hingehören, weit weg vom schottischen Hochland auf der anderen Seite des großen Teiches ...« Darin hatte John ihm ebenso betrunken beigepflichtet, denn es gab einen Punkt, in dem sich die beiden Haudegen gänzlich einig waren: dass sie das Recht besaßen, die kleinen Pächter von ihrem Land zu vertreiben, damit denen keine andere Wahl blieb, als nach Kanada auszuwandern. Das war der Augenblick gewesen, als Mhairie das Fest verlassen hatte und an das Ufer der mondbeschienenen See geflüchtet war. Sie hatte ein Boot ins Wasser geschoben und war aufs offene Meer hinausgerudert, denn die Hochzeit hatte bei den Brauteltern auf der Insel Skye stattgefunden. Im Boot hatte sie ihren Tränen freien Lauf gelassen und wäre nur allzu gern über Bord gesprungen, hätte der Gedanke an ihre geliebten Söhne sie nicht davon abgehalten.

Mhairies Augen wurden feucht, obwohl die Ereignisse weit über dreißig Jahre zurücklagen.

»Mutter, träumst du? Ich bin es, Caitronia.«

»Ich habe dich erkannt, mein Kind. Aber meine Gedanken, die machen sich immer häufiger selbstständig. Dann fliegen sie mir davon und ich mit ihnen.«

Lady Caitronia musterte ihre Schwiegermutter zweifelnd. »Nun gut, aber meinst du, du kannst wenigstens mit uns das Festessen einnehmen?«

Der Ton war durchaus höflich, aber dahinter lauerte der Vorwurf. Das entging Mhairie keineswegs, und sie fragte sich, wie es nur so kommen konnte mit dem schönen, wilden

Mädchen. Doch im Grunde ihres Herzens kannte sie die Antwort. Ihr eigener Sohn Brian hatte kräftig mitgeholfen, aus diesem kraftvollen jungen Mädchen eine herrische Matrone zu machen. Mhairie wurde kalt bei dem Gedanken, dass dies allen Munroy-Männern gemeinsam war. Sie versuchten, ihre Frauen so lange zu unterjochen, bis deren eigener Wille gebrochen war. Oder sie es zumindest glaubten. Heute war Caitronia eine bessere Munroy, als sie, Mhairie, es je hätte sein können. Mhairie hatte nämlich während der gesamten Ehe mit Angus tief in ihrem Inneren ein ganz eigenes Leben geführt, in dessen Mittelpunkt ein anderer Clan als der der Munroys gestanden hatte … Es verging bis heute kein Tag, an dem sie nicht in Gedanken bei dem Mann war, der statt seiner in ihrem Herzen wohnte, und sie war überglücklich, dass er ihr immer häufiger in ihren Träumen erschien. Neulich hatte er sie gerade wieder einmal gefragt: »Wann kommst du endlich?« Mhairie hatte ihm geantwortet: »Ich habe noch etwas zu erledigen.« Natürlich hatte sie am nächsten Morgen lange darüber nachgegrübelt, was für einen Sinn dieser Traum wohl haben mochte, denn eigentlich war sie bereit …

»Willst du mir nicht erst einmal Guten Tag sagen?«, fragte Mhairie. »Wir haben uns noch nicht gesehen, seit ich in Inverness bin.«

Seufzend beugte sich Caitronia über ihre Schwiegermutter und küsste sie flüchtig auf die Wange. »Und? Kommst du mit?«

»Wenn es unbedingt sein muss«, erwiderte Mhairie und übersah die Hand, die ihre Schwiegertochter ihr entgegenstreckte, um ihr aufzuhelfen. Behände erhob sie sich aus eigener Kraft. Doch da sah sie Caitronias erstauntes Gesicht. »Oh, das war zu schnell für meine alten Knochen!«, rief sie und verzog zum Schein das Gesicht. »Komm, reich mir deine Hand!«

Caitronia schob Mhairie eine Hand unter den Arm, stützte sie und ging mit ihr langsam zur Tür, doch dann hielt sie unvermittelt inne.

»Mutter, wir haben heute einen Gast, und es wäre wünschenswert, wenn du dein Erstaunen für dich behieltest.«

»Willst du mir schon wieder Vorschriften machen, was ich zu tun und zu lassen habe? Dann bleibe ich doch lieber gleich hier«, erwiderte Mhairie in scharfem Ton.

»Mutter, ich habe dich nur um einen Gefallen gebeten.«

»Ja, ja, du verdonnerst mich zum Schweigen, wie immer. Was habt ihr nur für eine Angst vor der Wahrheit!«

»Mutter, du hast mit deinem wirren Gerede schon viel Leid über die Familie gebracht. Und auch dass du die Collane vor deiner eigenen Familie versteckt hältst, das beweist – du leidest an Altersstarrsinn.«

»Blödsinn, ich habe stets nur die Wahrheit gesagt. Und die Collane habe ich nicht mehr. Wie oft soll ich das noch beteuern?«

Caitronia rollte gereizt mit den Augen. »Bitte, lass uns nicht schon wieder streiten. Versprich mir einfach, dass du dir nichts anmerken lässt.«

»Nur wenn du mir sagst, um was für einen Gast es sich handelt, mit dem ich nicht sprechen darf. Das verlangst du doch von mir, nicht wahr? Dass ich den Mund halte und niemanden mit den Gräueltaten belästige, die die Munroys im Tal von Strathconon einst verübten.«

»Mutter, bitte, ich möchte nur nicht, dass du die junge Frau mit deinen Märchen erschreckst.« Caitronia hielt inne und atmete tief durch. »Niall hat eine junge Frau aus Edinburgh mitgebracht, mit der er sich an Hogmanay offiziell verloben wird.«

»Ach ja? Damit ihr das Schicksal der armen Caitlin getrost vergessen könnt?«

»Diese Lili Campbell sieht ihr verblüffend ähnlich, und ich möchte nicht, dass du das sogleich bei Tisch hinausposaunst. Hast du verstanden? Sonst vergesse ich mich.«

»So wie bei Caitlin?«

»Mutter, wie oft soll ich es dir noch sagen – sie hat sich umgebracht!«

»Ja, ihr macht es euch einfach. Dabei habt ihr sie doch in den Tod getrieben.«

»Mutter, es reicht!«

»Wie lange soll ich hier eigentlich noch herumstehen? Wenn du dich mit mir streiten möchtest, hätte ich gern solange einen Stuhl«, bemerkte Mhairie in süffisantem Ton.

»Wirst du es für dich behalten, Mutter? Ja oder nein?«

Ein Lächeln huschte über Mhairies Gesicht und verlieh ihr ein jugendliches Aussehen.

»Warum fragst du mich eigentlich überhaupt vorher? Ihr haltet mich doch ohnehin für verrückt. Also kann ich dir doch jetzt versprechen, was ich will, und später einfach das Gegenteil von dem tun.«

Caitronia stieß einen verzweifelten Seufzer aus. »Ja, du bist wirklich nicht mehr bei Sinnen. Wenn du es mir schon nicht versprechen willst, dann tu es doch wenigstens für deinen Enkel, für Niall.«

»Können wir jetzt gehen?«

Caitronia nickte.

»Aber ohne deine Hilfe!«

Caitronia ließ ihre Schwiegermutter los und reichte ihr den Krückstock, den Mhairie widerwillig entgegennahm. Dann eilte sie so hurtig davon, dass die Schwiegertochter ihr kaum folgen konnte.

Er wird sich also einfach eine andere zur Frau nehmen, dachte die alte Frau sichtlich bewegt, als sie das festlich geschmückte Esszimmer betrat. Sie blieb andächtig stehen. Das war eine der wenigen Eigenschaften, die sie an ihrer Schwiegertochter noch heute schätzte: dass sie es schaffte, auch an Weihnachten ein wenig Glanz ins Haus zu bringen. Mhairie war in einem Elternhaus aufgewachsen, in dem das Weihnachtsfest schmucklos und im Stillen gefeiert worden war. Auch Angus hatte es nicht anders gekannt, und so waren sie jedes Jahr nach Geschäftsschluss am fünfundzwanzigsten Dezember in die Kirche gegangen und hatten den weiteren Abend mit einer Lesung von Bibeltexten verbracht. Bis sie etwas viel, viel Schöneres kennengelernt hatte. Mhairie würde nie jenes zweite Weihnachtsfest ihrer jungen Ehe vergessen, das Angus und sie bei einem seiner englischen Geschäftsfreunde in London verbracht hatten. Welch ein Lichterglanz, welch ein Prunk! Und Mhairie musste augenblicklich daran denken, wie nahe sie Angus auf dieser Reise gekommen war. Neun Monate später war ihr zweites Kind zur Welt gekommen. Doch da war ihre junge Vernunftehe bereits zur Hölle auf Erden geworden. Mhairie erschauderte wie immer beim Gedanken an jenen Sommertag des Jahres achtzehnhundertvierundfünfzig.

Jedenfalls hatte sie sich damals nicht getraut, die englischen Weihnachtsbräuche zu übernehmen. Erst als Brian Caitronia geheiratet hatte, war sie bereitwillig von den alten Gewohnheiten abgewichen und hatte ihrer Schwiegertochter freie Hand bei der Gestaltung des Festes gelassen.

Vor allem liebte sie den Weihnachtsbaum, an dem bereits alle Kerzen brannten. Am Kamin hingen Strümpfe mit kleineren Geschenken. Wieder wanderten ihre Gedanken zu jener Reise nach England zurück, und sie erinnerte sich an die Begeisterung, mit der die Kinder der Familie am Morgen ihre gefüllten Strümpfe geplündert hatten. Ja, das war ganz nach Mhairies Herzen gewesen.

Nun riss sie ihren Blick von dem Tannenbaum los und schritt gemächlich zu ihrem Platz. Sie war froh, dass sie die Erste bei Tisch war und im Sitzen verfolgen konnte, wer als Nächster eintraf. Caitronia war in der Küche verschwunden, um nach dem Truthahn zu sehen.

Mhairie saß kaum an ihrem Platz, als Isobel ins Zimmer stürmte, aber unvermittelt stehen blieb, als sie ihre Urgroßmutter entdeckte. Schade, sie bekommt sofort diesen verschüchterten Blick, wenn sie mich sieht, dachte Mhairie. Sicher hat sie etwas von dem dummen Gerede der Erwachsenen aufgeschnappt, dass ich verrückt sei.

»Komm her, mein Kind, und begrüß mich!«, bat sie das für ihr Gefühl viel zu ernste Mädchen.

Zögernd trat Isobel auf sie zu und küsste sie auf beide Wangen. »Frohe Weihnachten, Großmutter Mhairie«, sagte sie artig.

»Fröhliche Weihnachten! Hast du denn schon in den Strümpfen nachgesehen, ob für dich etwas dabei ist?«

»Nein, ich warte, bis Vater da ist. Er war doch den ganzen Tag unterwegs, und jetzt sind sie noch in der Kirche. Großmutter Caitronia sagt immer, ich muss warten, bis wir gegessen haben.«

Mhairie runzelte die Stirn. »Was bist du nur für ein folgsames Mädchen, dass du dich so streng an die Verbote hältst. Aber warum bist du nicht mit in die Kirche gegangen?«

Isobel senkte schuldbewusst den Kopf. »Ich hatte Bauchschmerzen.«

»Ach so, aber jetzt ist es besser, nicht wahr?« Mhairie musste sich ein Schmunzeln verkneifen. Wie oft hatte sie sich als Kind vor dem Kirchgang gedrückt, indem sie allerlei Ausreden erfunden hatte. Bauchweh hatte stets an oberster Stelle gestanden.

»Gut, dann müssen wir noch ein wenig warten, aber ...«, bemerkte Mhairie lächelnd und wollte das Kind gerade dazu anstiften, schon einmal einen Blick in die Strümpfe zu werfen, als lautes Gerede auf dem Flur hörbar wurde. Mhairie verstummte.

Shonas schrille Stimme würde sie unter Hunderten erkennen. Mhairie hatte nie verstanden, wie Craig diese hinterhältige Person hatte heiraten können. Nur weil ihr Vater ein Baronet gewesen war? Was die Wahl ihrer Ehefrauen anging, unterschieden sich die Brüder grundlegend. Aber auch sonst ..., fügte Mhairie in Gedanken hinzu, und ihr wurde schwer ums Herz, als sie daran dachte, wie sehr sich Niall seit Caitlins Tod verändert hatte. Als Kind hatte er ihr einmal sehr nahegestanden. Fast so wie Dusten, der immer schon ihr erklärter Lieblingsenkel gewesen war. Von Anfang an hatte sie das kleine Schlitzohr ins Herz geschlossen. Schließlich hatte sie Dusten nach dem frühen Tod seines Vaters wie ein eigenes

Kind aufgezogen. Ihm fehlte zwar manchmal der nötige Ehrgeiz, aber er war einfach immer schon ein herzensguter Sonnenschein, ein Charmeur und Alleskönner gewesen.

»Guten Abend, Großmutter. Ich bin es, Craig«, hörte sie nun ihren dritten Enkel so laut an ihrem Ohr brüllen, als sei sie taub. Dabei war mit ihrem Gehör noch alles in Ordnung. Sie hasste es, wie ein seniles altes Weib behandelt zu werden! Sie musste sich zusammenreißen, um ihn nicht lautstark zurechtzuweisen. Stattdessen knurrte sie: »Ich bin nicht taub, mein Junge. Frohe Weihnachten, Craig.«

»Du weißt doch, dass Shona und ich diesem ganzen Weihnachtsbrimborium skeptisch gegenüberstehen. Wir wünschen einander keine fröhlichen Weihnachten. Guten Abend, Großmutter.«

»Guten Abend«, gab Mhairie kühl zurück und fragte sich, wie es angehen konnte, dass dieser Junge immer rechthaberischer wurde. Er hatte bereits als Kind alles besser gewusst. Er kam ganz nach Angus. Aber nur vom Wesen her. Vielleicht war er deshalb dessen Lieblingsenkel gewesen, während er Niall immer nur mit überhöhten Leistungsansprüchen gefordert hatte, obwohl Niall sein Ebenbild war. Aber so war er schon bei ihren gemeinsamen Söhnen gewesen. Douglas hatte Angus mit Liebe überschüttet, Brian nur schroff befehligt. Gut, das hatte einen anderen Grund gehabt, war für sie als Mutter der Kinder aber ebenso unerträglich gewesen.

Mhairie war nun schon so alt, aber immer noch wurden ihr die Augen feucht, wenn sie an jene schreckliche Zeit in ihrem Leben dachte.

»Großmutter Mhairie, willst du mich denn nicht begrüßen?« Shonas durchdringende Stimme erklang unangenehm an ihrem Ohr. Mhairie schreckte aus ihren Gedanken auf. Dieses Abdriften in eine andere Welt, ganz gleich, wo sie sich befand, war wirklich eine Folge des Alterns. Mhairie aber hielt das für keine Unart oder Schwäche, sondern für eine Freiheit, die sie sich als Dreiundachtzigjährige mit gutem Gewissen herausnehmen durfte.

»Ich bin nicht schwerhörig«, brummte sie. »Warum müsst ihr mir immerzu ins Ohr brüllen?«

»Was soll ich denn machen, wenn du wie betäubt zum Weihnachtsbaum stierst und nicht hörst, wenn man dich leise begrüßt?«, erwiderte Shona eingeschnappt.

Mhairie aber starrte an ihr vorbei zur Tür. So als sehe sie ein Gespenst.

»Guten Abend, Großmutter«, sagte Niall, trat auf sie zu und gab ihr einen Kuss auf die Wange, doch sie reagierte nicht, sondern ließ die junge Frau nicht aus den Augen, die neben ihm das Esszimmer betreten hatte. Hätte sie es nicht besser gewusst, sie wäre felsenfest überzeugt gewesen, dass sich da gerade die junge Caitlin näherte und ihr schüchtern die Hand reichte.

»Guten Abend, Lady Mhairie.«

Auch die Stimme war der von Caitlin recht ähnlich.

»Darf ich dir meine Verlobte vorstellen? Lili Campbell aus Edinburgh«, erklärte Niall hastig.

»Herzlich willkommen, Miss Campbell«, erwiderte Mhairie, während sie Lili immer noch ungläubig musterte. Bei näherem Hinsehen erkannte sie deutlich gewisse Unterschiede zwischen Caitlin und der jungen Frau, vor allem war diese Lili mindestens zehn Jahre jünger, als Caitlin am Ende ihres Lebens gewesen war. Die Ähnlichkeit war trotzdem geradezu gespenstisch.

Sie wandte den Blick auch dann nicht von der Fremden ab, als Dusten erschien und seine Großmutter stürmisch umarmte. »Tu mir einen Gefallen und starr sie nicht so unverwandt an!«, raunte er ihr so leise ins Ohr, dass nur sie seine Worte verstehen konnte. Mhairie nickte unmerklich. Dusten war der einzige Mensch, auf den sie hörte. Doch sie konnte sich nicht helfen, die Ereignisse, die vor fast fünf Jahren beinahe dazu geführt hatten, dass diese Familie endgültig auseinandergebrochen wäre, standen vor ihrem inneren Auge, als sei es gestern gewesen. Ich werde mich von ihr fernhalten, nahm sich Mhairie fest vor, denn dergleichen darf nie wieder geschehen. Aber wie sollte es auch? Sie ist eine Fremde, die Caitlin nur ähnlich sieht, die aber niemals schutzlos dem unversöhnlichen Hass der Familie ausgesetzt sein wird. Wie auch? Sie ist schließlich eine Campbell und keine … Eine dunkle Ahnung, dass es trotzdem ein Unglück geben werde, stieg in ihr auf. Du siehst Gespenster, Mhairie!, ermahnte sie sich. Du bist alt und glaubst an Geister. Hör auf damit!

Da betrat Lady Caitronia das Speisezimmer, gefolgt von den Mädchen, die das Essen auftrugen. Mhairie setzte sich kerzengerade hin und versuchte, während des Essens an der jungen Frau vorbeizusehen, die ebenso schweigend wie sie selbst ihren Truthahn verzehrte. Dafür redeten die anderen umso lebhafter durcheinander. Über Nichtigkeiten, die Mhairie langweilten.

Erst als Craig mit hämischem Unterton erwähnte, dass Dusten Hochlandrinder züchte und sich mit diesem windigen Alec Dunbar aus Dingwall zusammengetan habe, horchte sie auf. Dieser Name hatte sich für immer in ihr Gedächtnis eingeprägt. Angus hatte seiner Familie einst untersagt, mit » diesem verdammten Lügner « noch ein einziges Wort zu wechseln. Dabei hatte der damals blutjunge Mann nichts als die Wahrheit ausgesprochen.

Mhairie seufzte. Sie hätte ihrem Enkel einiges entgegensetzen können. Dass Craig kein Recht habe, über Alec Dunbar herzuziehen, und dass er, Craig, seinem Cousin Dusten nicht das Wasser reichen könne. Aber Mhairie schwieg, während sie den Fortgang des Gesprächs aufmerksam verfolgte.

» Warum sprichst du eigentlich so hämisch darüber, Craig? Neidest du es mir, dass ich etwas wage? «, fragte Dusten seinen Cousin lauernd.

Der lachte laut und gekünstelt auf. » Neidisch? Auf dich? O nein, ich halte es mit Großvater. Der prophezeite schon damals, als du lieber mit den Mädchen gespielt hast, statt mit auf die Jagd zu kommen, dass du später einmal einen Harem haben würdest, aber kein Dach über dem Kopf. «

»Hat er das?«, entgegnete Dusten spöttisch. »Tja, dann hat er sich wohl geirrt.«

»Das würde ich nicht sagen. Schließlich gehört uns längst das Farmhaus deines Vaters. Du musstest es uns verkaufen und hast dir dafür die verfallene Bruchbude dort drüben angelacht. Ein Fass ohne Boden.«

Mhairie ballte die Fäuste, wenn sie nur daran dachte, wie liebevoll sich Dusten auf den Ruinen auf der anderen Seite des Flusses ein Haus erbaut hatte. Ein Haus, in das Mhairie erst kürzlich freiwillig eingezogen war, weil sie die Stimmung in Scatwell nicht mehr ausgehalten hatte. Natürlich hatte es noch zwei weitere Gründe für ihren Umzug gegeben: Sie wollte lieber von Dusten versorgt werden als von Caitronia, und sie wollte auf seinem Stückchen Erde sterben, das man ihrem Liebsten einst so brutal entrissen hatte.

»Bruchbude? Du weißt nicht, wovon du sprichst«, mischte sie sich mit glasklarer Stimme ein und wandte sich an ihren Enkel. »Lieber Craig, du solltest nicht von Dingen reden, von denen du nichts verstehst. Denn soviel ich weiß, hast du uns drüben in Little Scatwell noch kein einziges Mal besucht.«

»Bitte, ihr beiden, es ist Weihnachten, hört auf zu streiten!«, mischte sich Caitronia ein.

»Mutter hat recht. Wir wollen dieses Fest in Frieden begehen«, pflichtete ihr Niall bei. »Wer weiß, vielleicht überrascht uns Dusten doch noch und hat mit der Rinderzucht eine Aufgabe gefunden, die ihn erfüllt.«

»Ja, ja, und mein lieber Bruder scheint wieder zu alter Form aufzulaufen und den Schlichter zu spielen. Miss Campbell, Sie üben einen guten Einfluss auf ihn aus.« Craigs ironischer Unterton war schwer zu überhören, aber er fuhr trotz des warnenden Blickes, den ihm seine Mutter zuwarf, ungerührt fort. »Dabei vergisst du nur, mit wem der gute Dusten Geschäfte macht. Oder heißt du es etwa gut, dass er sich mit dem hinterhältigen Dunbar zusammengetan hat?«

Niall stieg eine gefährliche Röte ins Gesicht. »In erster Linie möchte ich, dass wir friedliche Festtage miteinander verbringen und Lili nicht den Eindruck gewinnt, dass sie in eine zänkische Familie geraten ist, bei der jeder auf jedem herumhackt, wie es ihm gerade in den Sinn kommt. Wir, die wir hier am Tisch sitzen, gehören zu ein und derselben Sippe und sollten dafür sorgen, dass alle Munroys von Conon zusammenhalten.«

»Genau, das finde ich auch, und deshalb greift noch einmal zu, bevor der Truthahn kalt wird«, bekräftigte Caitronia die versöhnlichen Worte ihres Ältesten.

Das Gespräch bei Tisch verstummte. Auch als der Weihnachtspudding aufgetragen wurde, saßen alle steif vor ihren Tellern und löffelten die süße Köstlichkeit stumm in sich hinein.

Mhairie empfand diese Stille als angenehm, obwohl sie sehr wohl spürte, dass die Luft zum Zerreißen gespannt war, doch das war in dieser Familie nie anders gewesen. Wenn sie da an früher dachte, wenn der arme Brian es Angus wieder einmal nicht recht gemacht hatte. Oder wenn Angus Mhairie bei Tisch mit ausführlichen Schilderungen der Vertreibung des Schwarzbrennerpacks gequält hatte, wie er seine ärgsten Feinde stets genannt hatte.

»Wir wollen nun alle gemeinsam singen. Kommt, lasst uns am Kamin Platz nehmen!«, verkündete Caitronia. Mhairie horchte auf – dies war für sie der Höhepunkt des Weihnachtsfestes. Sie hatte seit jeher eine wohlklingende Altstimme und liebte es zu singen.

»Wenn Sie wollen, begleite ich Sie am Klavier«, schlug Lili mit fester Stimme und für alle hörbar vor.

Mhairie musterte die junge Frau aus Edinburgh verstohlen. Sie hatte schon befürchtet, diese Miss Campbell sei zu verschüchtert, um im Kreis der Familie überhaupt ein Wort herauszubringen. Dass sie es wagte, so etwas vorzuschlagen …

»Ja, ich dachte, das könnte eine hübsche Untermalung sein. Ich habe den schönen Flügel dort drüben bereits bewundert. Oder spielt von Ihnen jemand darauf?«, ergänzte Lili.

Anscheinend ahnte sie nicht, was sie mit ihrem Vorschlag auslöste. Ich sollte sie darüber aufklären, ging es Mhairie durch den Kopf, doch sie schwieg. Genau wie alle anderen.

Lilis Wangen überzogen sich mit einer leichten Röte. »Ich ... ich muss nicht unbedingt spielen ... ich dachte nur, das sei ein passender Vorschlag ...«, stammelte sie.

Mhairie blickte von einem betretenen Gesicht zum anderen. Diese Feiglinge! Warum klärt sie denn keiner auf, was es mit dem Flügel auf sich hat?, fragte sich die alte Dame. Zur Not musste sie das übernehmen, selbst auf die Gefahr hin, dass man deshalb wieder einmal über sie herfallen würde, nur weil sie die Wahrheit aussprach.

Caitronia, die immer noch wie angewurzelt hinter ihrem Stuhl stand, kam ihr zuvor. »Ja, das ist ein reizender Vorschlag von Ihnen, Lili. Ich darf Sie doch beim Vornamen nennen, oder?«, rief sie mit künstlicher Begeisterung. »Dann versammeln wir uns doch alle einträchtig um den Flügel!«

Dusten erhob sich als Erster, trat an Mhairies Seite und reichte ihr den Arm. »Komm, Großmutter, du setzt dich am besten auf den Lehnstuhl beim Kamin.«

Mhairie hakte sich bei ihrem Enkel unter und ließ sich von ihm zu dem Sessel geleiten.

Auch die anderen erhoben sich nun, wenn auch zögernd. Nur Isobel blieb auf ihrem Stuhl hocken und verschränkte trotzig die Arme vor der Brust. Wenn das mal gut geht, dachte Mhairie mit einem Seitenblick auf ihre Urenkelin.

»Du auch, Isobel«, forderte Caitronia das Mädchen mit strenger Stimme auf, aber es rührte sich nicht.

»Isobel, hörst du nicht, was Großmutter sagt? Du sollst zu uns an den Flügel kommen.« Niall bedachte seine Tochter mit einem zornigen Blick.

»Ich will nicht«, entgegnete sie verstockt.

»Lass sie doch!«, mischte sich Lili ein, die bereits auf dem Klavierhocker Platz genommen hatte.

»Nein, das kommt überhaupt nicht infrage«, erwiderte

Niall verärgert und näherte sich seiner Tochter in drohender Haltung. »Isobel, ich warne dich. Wenn du nicht zum Singen kommst, dann ...«

»Sie soll nicht auf Moms Platz sitzen!«, heulte Isobel in höchster Verzweiflung auf.

Niall stand wutentbrannt hinter dem Stuhl seiner Tochter. »Zum letzten Mal – du kommst sofort mit hinüber!«, knurrte er, packte sie an den Armen und zog sie grob hoch.

Isobel schrie auf. »Ich hasse Miss Campbell, ich hasse sie!«

Niall holte aus und versetzte Isobel eine Ohrfeige. Sie verstummte jäh und wurde kreidebleich.

»Kommst du jetzt endlich mit?«, zischte Niall, doch Isobel rührte sich nicht vom Fleck. Da griff Niall ihr unter die Arme und zerrte sie zum Flügel.

Mhairie hatte das Geschehen mit stummem Entsetzen beobachtet und wandte den Blick beschämt ab. Am liebsten hätte sie sich eingemischt und Niall davon abgehalten, seiner Tochter mit Gewalt seinen Willen aufzuzwingen. Mit dieser Art würde er nur das Gegenteil erreichen, und Isobel würde niemals über den Tod ihrer Mutter hinwegkommen. Während sie noch mit sich kämpfte, erhob sich zu ihrem großen Erstaunen Miss Campbell vom Klavierhocker. »Ich wusste doch nicht, dass es der Platz deiner Mutter war, Isobel. Wenn du nicht willst, dass ich euch am Klavier begleite, wie es deine Mutter immer tat, lasse ich es sein. Ich kann dich gut verstehen, meine Mutter ist vor nicht einmal vier Wochen gestorben, und mich erinnert auch noch vieles an sie ...«

»Lili, setz dich sofort zurück an den Flügel!«, befahl Niall ihr mit eiskalter Stimme.

In diesem Augenblick riss sich Isobel von ihrem Vater los und stürzte schluchzend aus dem Zimmer.

»Nein, Niall, das tue ich nicht. Ich glaube, Isobel braucht mich jetzt dringender«, erwiderte Lili bestimmt und folgte dem Mädchen nach draußen. Niall ballte die Fäuste. Er wollte hinterher, doch Dusten hielt ihn fest. »Bitte, Niall, lass sie!«, raunte er.

Mhairie aber blickte der jungen Frau bewundernd hinterher. Ich kann nur hoffen, dass es keiner in diesem Hause schaffen wird, deinen Willen zu brechen, kleine Lili, dachte sie. Das war der Augenblick, als Lady Mhairie Lili Campbell in ihr Herz schloss.

23

Inverness, 25. Dezember 1913

Lili stand mit klopfendem Herzen vor der Zimmertür, die Isobel Minuten zuvor mit lautem Knall hinter sich zugeschlagen hatte. Immer wieder machte sie Anstalten zu klopfen, aber sie traute sich nicht. Zu groß war ihre Sorge, dass Isobel ihr wieder eine heftige Abfuhr erteilen werde, doch es half nichts. Sie musste es wenigstens versuchen, denn zurück konnte sie auch nicht mehr so einfach, fürchtete sie doch Nialls Zorn. Seine Hände hatten vor Wut gezittert. Das hatte sie noch genau gesehen, bevor sie aus dem Salon gestürmt war.

Lili holte ein paarmal tief Luft, bevor sie vorsichtig an der Tür klopfte. Drinnen blieb alles still, doch sie öffnete die Tür trotzdem einen Spaltbreit. Im dämmrigen Licht einer Kerze sah sie Isobel bäuchlings auf dem Bett liegen. Das erinnerte sie fatal an den letzten Abend im Internat. Isobels verletzende Worte hatten sich in ihre Seele eingebrannt, doch sie durfte nicht aufgeben. Das Mädchen war verstört, und Lili konnte den Gemütszustand ihrer ehemaligen Schülerin inzwischen wesentlich besser verstehen als zuvor. Waren wirklich erst zwei Tage vergangen?, fragte sich Lili ungläubig. Ihr kam es vor wie eine halbe Ewigkeit. Doch diese kurze Zeit hatte genügt, ihr einen bleibenden Einblick in die Welt der Munroys zu gewähren. Unwillkürlich verglich sie dieses Weihnachtsfest mit jenen, die sie bei den Denoons verbracht hatte. Dort war gelacht, gespielt, gesungen und gut gegessen worden ... Alles war leicht und fröhlich gewesen. Über diesem Haus aber hing eine düstere Wolke, die auf allem lastete. Und es war nicht nur Caitlins Geist, der umherspukte. Das spürte Lili ganz deutlich.

Isobel hatte sich zu Lili umgedreht. Ihre Augen waren vom Weinen rot verquollen. »Gehen Sie weg!«, schluchzte sie.

Lili kämpfte mit sich. War es nicht gänzlich aussichtslos, das Herz dieses Kindes zurückzuerobern? Könnte sie es noch einmal ertragen, dass ihr Isobel den Tod wünschte?

»Ich möchte dir nur ganz kurz etwas sagen«, presste Lili mit belegter Stimme hervor. »Und wenn du dich dann immer noch weigerst, mit mir zu sprechen, dann lasse ich dich in Frieden.«

»Ich höre!« Wie vorhin im Esszimmer hatte Isobel die Hände abwehrend vor der Brust verschränkt.

»Darf ich?« Lili deutete auf die Bettkante.

»Meinetwegen.«

Lili ließ sich behutsam nieder und sah Isobel offen ins Gesicht.

»Ich weiß, es ist schwer, die Mutter zu verlieren. Manchmal glaube ich immer noch nicht, dass sie nicht wiederkommt. Und es fällt mir nicht leicht, mich in dieser fremden Welt zurechtzufinden. So lustig ist es nicht mit deinem Onkel Craig, der mir ständig vorführt, dass ich ein Dummchen bin, und deiner Tante Shona, die sich für etwas Besseres hält. Ich habe deinen Vater wirklich von Herzen lieb, aber vielleicht kehre ich doch nach Edinburgh zurück. Ich weiß nämlich nicht, ob ich das alles auf Dauer ertrage. Ich habe gezögert, deinen Vater zu heiraten, weil ich aus einer ganz anderen Welt stamme. Erinnerst du dich? Meine Mutter war Köchin, und du hattest Sorge, dass deine Großmutter mich deshalb ablehnen könne. Ich hatte Angst, mein gewohntes Leben aufzugeben, und gab deinem Vater einen Korb. Aber er ließ nicht locker. Ein entscheidender Grund, warum ich Ja sagte, warst du. Ich wollte bei dir sein und miterleben, wie du den Gillie Callum in deiner Heimat tanzt. Ich wollte mit dir singen und fröhlich sein. Ich habe mich doch auch in St. George's wohlgefühlt und wünsche mir, dass alles so wird wie vorher …«

Lili unterbrach sich, weil sich eine kleine Hand unter ihre Finger schob.

»Kommen Sie. Wir gehen wieder zurück«, wisperte das Mädchen. »Ich möchte, dass Sie uns am Klavier begleiten. Und ich verspreche Ihnen, schön zu singen, denn ich hab Sie sehr lieb … und möchte so gern Du zu Ihnen sagen.«

»So gefällst du mir, Isobel Munroy!«, rief Lili gerührt und drückte Isobels Hand zum Zeichen des Einverständnisses. »Ja, lass uns Freundinnen sein.«

Isobel aber blickte ihre ehemalige Lehrerin ernst an. »Aber die eine Sache musst du mir hoch und heilig versprechen.«

»Alles, was du willst«, entgegnete Lili, obwohl sie bereits ahnte, was jetzt kommen werde.

»Du darfst mich niemals verlassen, ganz gleich, was die Erwachsenen machen. Auch wenn sie dich hassen …«

»Aber Kleines, warum sollten sie mich hassen? Dass Craig und Shona mich nicht ins Herz geschlossen haben, kann ich verschmerzen, und deine Großmutter ist doch recht freundlich zu mir.« Lili streichelte Isobel zärtlich über die Wangen.

»Auch nicht, wenn Daddy dich nicht mehr mag und will, dass du wieder gehst.«

»Dazu wird es niemals kommen, denn ich werde ihn heiraten.«

»Trotzdem, versprich es mir!«

Lili erschrak, denn Isobels Augen hatten sich vor Angst geweitet.

»Ja, ich verspreche es dir«, erklärte Lili mit Nachdruck, und doch war ihr unbehaglich zumute. Was hatten diese Worte des Kindes zu bedeuten? Hatte Isobel Sorge, sie werde sich womöglich umbringen, wie Caitlin es getan hatte? Sie kämpfte mit sich, ob sie Isobel auf ihre Mutter ansprechen solle, aber sie beschloss zu schweigen.

»Komm, wir gehen wieder zu den anderen!« Lili fasste Isobel bei den Händen und zog sie sanft vom Bett hoch. Das Mädchen klammerte sich regelrecht an ihr fest, und so kehrten sie einträchtig in den Salon der Familie Munroy zurück.

Als sie das Zimmer betraten, verstummte das angeregte Gespräch, und aller Augen richteten sich auf sie beide. Die Familie stand noch immer um den Flügel herum, aber sie hatte offenbar noch nicht mit dem Singen begonnen.

»Wenn es noch gewünscht wird, dann werde ich jetzt spielen«, verkündete Lili mit belegter Stimme.

»Aber gern, Lili, fang nur an! Wir haben auf dich gewartet«, ermutigte sie Dusten, doch dann fing sie Nialls Blick auf. Ihm stand noch immer die nackte Wut ins Gesicht geschrieben.

Lili aber kümmerte sich nicht darum, sondern setzte sich an den Flügel. »Ich beginne mit dem Lied *Angels we have heard on high*. Das wird Isobel allein vortragen, wenn sie möchte, und dann können wir gemeinsam fortfahren«, kündigte sie furchtlos an.

Zu ihrer großen Freude schenkte ihr Isobel ein dankbares Lächeln und stellte sich neben den Flügel. Lili nickte ihr aufmunternd zu, bevor sie zu spielen begann. Als Isobels glockenhelle Stimme erklang, rieselte Lili ein Schauer über den Rücken. Sie war so glücklich, dass sie die Liebe des Mädchens zurückgewonnen hatte. So glücklich, dass es ihr vollkommen gleichgültig war, was die anderen über sie dachten. Nur ein einziges Mal riskierte sie einen Blick über den Flügel hinweg und blieb an einem Paar blauer Augen hängen, doch sie glänzten nicht voller Stolz wie noch vor ein paar Tagen in der Schule, als Isobel dieses Lied auf der Bühne gesungen hatte, sondern waren von dunklen Schatten umwölkt. Betroffen wandte sich Lili ab. Warum freute er sich nicht, dass sie seine Tochter zur Rückkehr in das Weihnachtszimmer hatte bewegen können?

Isobel aber bemerkte von alledem nichts. Sie sang wie ein Engel und hatte anscheinend die Welt um sich herum völlig vergessen. Nachdem sie das Lied beendet hatte, herrschte völlige Stille. Lili blickte in die Runde. Wieder blieb sie bei einem Paar blauer Augen hängen, doch diese strahlten, als würden tausend Sterne darin funkeln, denn sie gehörten nicht

Niall. Und dann klatschte Dusten auch schon laut in die Hände. Großmutter Mhairie tat es ihm nach. Selbst Shona und Craig sahen sich bemüßigt, Beifall zu spenden. Nur Niall starrte finster vor sich hin und zeigte keinerlei Reaktion.

Hoffentlich merkt Isobel nichts, dachte Lili noch, doch da war bereits Dusten auf das Mädchen zugeeilt, hatte es innig in die Arme geschlossen und schleuderte es einige Male wild im Kreis herum.

»Du hast eine wunderschöne Stimme!«, rief er bewundernd aus. »Warum hast du uns deine Talente so lange vorenthalten?« Dann wandte er sich an Lili. »In deiner Schule muss man doch bittere Tränen vergießen, dass man dich an die Highlands verloren hat. Du bist die großartigste Lehrerin aller Zeiten!«

»Ja, sie hat mich sogar dazu ermutigt, den Gillie Callum zu tanzen«, erklärte Isobel ein wenig atemlos. Ihre Wangen waren vor Aufregung gerötet.

»Was, den kannst du tanzen? Das muss ich sehen! Willst du ihn nicht an Hogmanay unseren Gästen vorführen?«

Isobels Antwort war ein glückliches Lächeln, das ihr Gesicht zum Strahlen brachte. Doch die Fröhlichkeit verging ihr, als ihr Vater sich einmischte. »Darüber reden wir noch. Solange du dich so schrecklich benimmst, erfülle ich dir keinen Wunsch.«

»Aber …«

»Keine Widerrede, Isobel!« Dann wandte er sich in sachlichem Ton an Lili. »Jetzt wollen wir erst einmal gemeinsam singen. Spiel einfach! Wir kennen alle Lieder.«

Sein Ton ließ Lili zusammenzucken, aber sie begann zu spielen. *O come all ye faithful.* Niemand fiel mit ein, bis eine volle, wunderschöne Altstimme zu vernehmen war. Lili blickte sich verwundert um. Wer war das? Da entdeckte sie Großmutter Mhairie, die mit geschlossenen Augen in ihrem Sessel saß und mit Inbrunst und aus voller Kehle sang. Lili wollte den Blick wieder abwenden, als die vornehme alte Dame die Augen öffnete und ihr ein Lächeln schenkte. Lili wurde warm ums Herz, war dieses Lächeln – abgesehen von Dustens herzlichen Worten – doch die freundlichste Geste, die ihr bislang in diesem Haus zuteil geworden war. Es beflügelte sie, voller Begeisterung ein Lied nach dem anderen zu spielen und mitzusingen. Inzwischen hatten auch die anderen Familienmitglieder mit eingestimmt, doch Mhairies Stimme trug den Gesang, und Isobels klare Stimme schwebte über allem. Lili vermied es, in Nialls Richtung zu blicken. Zu groß war ihre Sorge, dass er diesen kleinen Augenblick des Glücks nicht mit ihr teilte, sondern immer noch finster vor sich hinbrütete. Lili spürte, wie ihre Augen feucht wurden.

»Lili, ich danke Ihnen, ach, was rede ich … ich danke *dir*. Das war wirklich bezaubernd!«, rief Caitronia schließlich voller Rührung und umarmte ihre zukünftige Schwiegertochter, ließ sie jedoch einen Augenblick später schon wieder los.

»Aber nun wollen wir Isobel nicht länger auf die Folter spannen«, verkündete sie voll kindlicher Freude und mit hochroten Wangen. »Sie will sicher wissen, was da alles in den Strümpfen auf sie wartet.«

»Einen Augenblick bitte, ich muss mit meiner Tochter noch kurz unter vier Augen sprechen. Kommst du bitte mit nach draußen, Isobel?«, mischte sich Niall ein. Seine Miene war wie versteinert, und seine Stimme zum Fürchten. Jedenfalls zuckte Lili bei seinen Worten zusammen.

»Ja, Daddy«, erwiderte Isobel, und ihr glückliches Lächeln erstarrte zur Maske. Mit hängenden Schultern folgte sie ihrem Vater vor die Tür.

»Kommt, macht es euch vor dem Kamin bequem!«, flötete Caitronia, um die Spannung zu überspielen und weihnachtliche Harmonie vorzutäuschen.

Lili trat zu einem Sessel neben Großmutter Mhairie.

»Sie tun dem Kind gut«, flüsterte die alte Dame verschwörerisch.

Lili rang sich zu einem Lächeln durch, wenngleich ihr äußerst unwohl zumute war. Warum musste Niall diesen schönen Moment so grausam zerstören? Was hatte seine

Tochter bloß getan, dass er sie so vorführte? Gut, sie war fortgelaufen, hatte das Fest verlassen, aber sie war doch zurückgekehrt und hatte ihren guten Willen gezeigt. Ja, sie hatte sogar alle mit ihrem Gesang entzückt. Warum maßregelte er sie, statt sie aus ganzem Herzen zu loben?

Lili konnte einfach nicht still sitzen, sondern sprang auf. Sie wusste, dass sie es lieber nicht tun sollte, aber sie konnte nicht anders. »Ich muss ihr helfen«, murmelte sie. »Ich muss!«

»Lili, bleib hier! Das bringt doch nichts«, warnte Dusten sie eindringlich, aber da war sie bereits zur Tür hinaus. Auf dem Flur blickte sie sich suchend um. Wo waren Niall und Isobel geblieben? In diesem Augenblick vernahm sie ein herzzerreißendes Schluchzen. Es drang aus einem der gegenüberliegenden Zimmer. Lili zögerte, doch dann näherte sie sich der angelehnten Tür seines Arbeitszimmers und lauschte. Was sie hören musste, wollte ihr schier das Herz zerreißen.

»Ich verlange von dir, dass du mir gehorchst. Wenn ich sage, du kommst mit uns zum Flügel, dann gehorchst du ohne Widerrede, verstanden?«

»Aber Daddy, es war doch nur, weil ich an Mom denken musste und wie sie immer am Flügel gesessen hat! Das war so schön und …« Ihre Stimme klang verzweifelt.

»Deine Mutter ist tot. Merk dir das! Und ich möchte fortan, dass wir weder über sie reden noch an sie denken. Verdammt, ab sofort ist Lili deine Mutter, und du hörst auf, dich wie ein Kleinkind zu gebärden.«

»Aber Lili ist nicht meine Mutter. Sie ist meine Freundin!«

»Wenn ich dir sage, sie ist deine Mutter, dann keine Widerrede …«

Laute Schritte näherten sich. Lili zuckte zusammen, aber die Geräusche drangen aus dem Zimmer, in dem Vater und Tochter sich stritten. Dann hörte sie, wie etwas zu Bruch ging und Isobel verzweifelt aufschrie. »Aber, Daddy, nicht die Fotografie von Mom, bitte nicht! Die auf deinem Schreibtisch da, das ist die letzte von ihr. Meine hast du mir doch weggenommen.«

Lili bebte am ganzen Körper. Der Mut, das Zimmer zu betreten und Isobel zu verteidigen, hatte sie verlassen. Wie konnte Niall nur so grausam sein? Doch sie ahnte, dass ihr Dazwischentreten alles nur noch viel schlimmer gemacht hätte.

Auf Zehenspitzen schlich Lili zurück in das festlich geschmückte Zimmer, doch sie setzte sich nicht wieder auf den Platz neben der Großmutter. Sie blieb an der Tür stehen.

»Ich muss mich entschuldigen«, brachte sie heiser hervor. »Mir ist unwohl. Es ist besser, wenn ich mich zurückziehe.«

»Du willst also nicht dabei sein, wenn Isobel ihre Geschenke öffnet?«, fragte Caitronia. In ihrer Stimme schwang ein unüberhörbarer Vorwurf mit.

»Tante Caitronia, ihr ist nicht gut. Sie gehört ins Bett«, verteidigte Dusten sie.

»Schon wieder Unwohlsein? Ich hoffe, an ihrem Zustand ist nicht unser Niall schuld. Oder ist das der Grund, warum sie so schnell heiraten? Dass da schon etwas Kleines …«, lallte Shona, die offenbar schon wieder zu viel Wein getrunken hatte.

»Halt dein Schandmaul, Shona Munroy!«, fauchte Großmutter Mhairie.

Lili warf ihr einen dankbaren Blick zu.

»Nun gut, wenn du dich nicht wohlfühlst, dann geh nur«, bemerkte Caitronia säuerlich.

Das ließ sich Lili nicht zweimal sagen. Sie drehte sich ohne einen weiteren Gruß auf dem Absatz um und eilte hinauf in ihr Zimmer. Dort ließ sie sich stöhnend aufs Bett fallen. Sie konnte sich nicht helfen, aber diese harte Seite von Niall war ihr entsetzlich fremd. Sie überschattete alle schönen Momente, die sie seit ihrer Ankunft in Inverness mit ihm erlebt hatte.

24

Inverness, 25. Dezember 1913

Lili wusste nicht, wie lange sie im dunklen Zimmer auf dem Bett gelegen und sich den Kopf zermartert hatte, als es klopfte. An der fordernden Art erkannte sie sofort, dass es Niall war. Sie hatte inständig gehofft, dass sie ihn an diesem Abend nicht mehr sehen müsse. Vielleicht sollte sie sich schlafend stellen. Zumindest antwortete sie nicht, aber das hielt ihn nicht davon ab, die Tür zu öffnen und ins Zimmer zu treten.

»Lili, schläfst du schon?«, fragte er, und seine Stimme klang alles andere als besorgt oder gar zärtlich.

Sie zog es vor zu schweigen, doch da stand er bereits neben ihrem Bett und zündete, ohne zu fragen, die alte Gaslampe auf ihrem Nachttisch an. Der helle Schein des Lichtes blendete sie so, dass sie sich schützend die Hände vor die Augen hielt.

Niall aber setzte sich davon unbeirrt auf die Bettkante und musterte sie vorwurfsvoll. »Was hast du dir dabei gedacht, Isobel nachzurennen und meine Autorität vor allen anderen derart zu untergraben?«

Lili ließ die Hände sinken und setzte sich mit einem Ruck auf. Nein, sie würde sich diese ungerechtfertigten Vorwürfe unter keinen Umständen gefallen lassen. Kämpferisch begegnete sie seinem Blick.

»Ich denke eher, ich habe die Situation gerettet, und du solltest mir ein wenig dankbar sein, dass ich mich mit deiner Tochter ausgesprochen und sie dazu bewegt habe, euch vorzusingen. Stattdessen redest du mit mir, als hätte ich ein Verbrechen begangen.« Lili verschränkte die Arme trotzig vor der Brust. Genauso, wie Isobel es getan hatte.

»Das ist ja schön und gut. Und das freut mich natürlich auch, aber wenn ich ihr etwas befehle, hat sie zu gehorchen.«

»Sie ist doch kein Hund«, entfuhr es Lili, und sie schlug sich erschrocken die Hand vor den Mund.

»So siehst du es also, wenn ich Gehorsam von ihr verlange? Du willst sie in Watte packen, nicht wahr? Ihr alles durchgehen lassen. Man sieht ja, wohin diese Art der Erziehung geführt hat. Isobel ist ein verwöhntes Gör und hat sich ständig hinter Caitlins Rockschößen versteckt. Weißt du, wie das ist? Wenn deine ganze Autorität zunichtegemacht wird, weil dein eigenes Kind dir ständig auf der Nase herumtanzt?«

»Ich bin nicht Caitlin«, entgegnete Lili kalt.

»Aber du verpäppelst sie ebenso und entfremdest sie mir. Das lasse ich nicht durchgehen, hörst du? Ich erwarte von dir als Mutter, dass wir beide an einem Strang ziehen.«

»Zum letzten Mal! Ich bin nicht ihre Mutter, und das werde ich auch niemals sein, denn sie hatte eine Mutter, an der immer noch ihr ganzes Herz hängt.«

»Verdammt noch mal, ich will, dass sie ihre Mutter vergisst und wir gemeinsam ein neues Leben ohne die Gespenster der Vergangenheit beginnen! Sie soll nicht mehr ständig an Caitlin denken. Ihr Einfluss war nicht immer gut für das Kind, aber das ist jetzt Vergangenheit. Isobel muss wieder eine echte Munroy werden.«

»Eine echte Munroy? Ist sie das denn nicht?«

»Doch, natürlich, aber Caitlin hat sie verdorben und ihr nicht die Erziehung angedeihen lassen, die man in unserer Familie erwartet. Aber bitte lass uns nie mehr darüber reden. Lass uns Caitlin ein für allemal vergessen. Sonst werden wir niemals frei von alledem. Besonders Isobel sollte irgendwann nicht mehr an sie denken. Sie war doch noch so klein, als ihre Mutter starb.« Das klang so, als ob er selbst daran zweifle, dass man einem Kind die Erinnerung an seine Mutter aus dem Herzen reißen könnte.

Lili lag genau das auf der Zunge. Dass es ihm nach dieser Erziehungsmethode niemals gelingen würde, Isobel ihre Mutter vergessen zu machen. Doch stattdessen blickte sie Niall nur lange schweigend an.

»Isobel kann nicht frei sein, solange du es nicht bist«, bemerkte sie schließlich zögerlich.

»Wie meinst du das?«, fragte Niall, während sich die Wut in seinen Augen in pure Hilflosigkeit verwandelte.

»Dich begleitet die Erinnerung an Caitlin auf Schritt und Tritt, doch statt das zu akzeptieren und einen Weg zu finden, um damit fertigzuwerden, versuchst du, deiner Tochter das Gedenken an ihre Mutter auf grausame Weise auszutreiben. Doch das wird dir nicht gelingen. Selbst wenn du auch das letzte Bild vernichtest, das ihr Lächeln zeigt, es nützt nichts. In Isobels Herzen hat es sich eingebrannt.«

»Hast du etwa gelauscht?«

»Ja, ich bin euch nachgegangen und habe einen Teil eures Gesprächs mit angehört. Es hat mir fast das Herz gebrochen.«

Zu Lilis Entsetzen füllten sich Nialls Augen mit Tränen. Sie hatte noch niemals einen Mann weinen gesehen, doch ehe sie sichs versah, hatte Niall sie in die Arme genommen und presste sie so fest an sich, dass sie kaum noch Luft bekam.

»O Gott, du hast recht. Mich verfolgt das Vergangene auf Schritt und Tritt. Aber ich will endlich frei sein davon«, raunte er verzweifelt und fügte hinzu: »Ich habe es gleich gewusst, als ich dich den Gillie Callum tanzen sah. Mit dir an der Seite kann ich es schaffen. Du bist das größte Glück, das mir überhaupt begegnen konnte. Du musst mir helfen ...«

Lili befreite sich sanft aus seiner Umarmung. »Niall, ich will dir ja helfen, aber du kämpfst gegen mich, als wäre ich der Dämon, den es zu besiegen gilt. Doch der wohnt in *deinem* Herzen. Was ist damals geschehen? Warum hat sich Caitlin das Leben genommen?«

Lili betete, er werde endlich reden, doch stattdessen erhob er sich brüsk. Von Schwäche keine Spur mehr.

»Sie war gemütskrank. Das habe ich dir bereits gesagt!«, erklärte er unwirsch.

Lili stieß einen tiefen Seufzer aus. Sie war so nahe daran gewesen, Nialls Innerstes zu erreichen. Was hatte sie falsch gemacht, dass er diese Mauer um sich erneut errichtet hatte? Alle Weichheit war aus seinem Gesicht gewichen. Er wirkte auch nicht mehr wütend, sondern streng und abweisend.

»Gut, ich gebe Isobel die Fotografie ihrer Mutter zurück, die ich ihr fortgenommen hatte. Sie kann sie in ihrem Zimmer aufstellen. Und sie darf den Gillie Cullum tanzen. Und wenn sie Caitlin erwähnt oder merkwürdig reagiert, weil sie sich an ihre Mutter erinnert fühlt, werde ich sie nicht mehr maßregeln. Ich lasse dir in Zukunft die Freiheit, ihr die Liebe zu schenken, die sie einmal von ihrer Mutter bekam. Doch ich bitte dich, nicht mehr einzuschreiten, wenn ich in deinen Augen zu streng mit ihr bin, vor allem nicht in Anwesenheit der Familie. Ich bin der Familienvorstand, und es macht einen schlechten Eindruck, wenn meine zukünftige Frau sich gegen mich stellt. Ich erwarte von dir, dass du nach außen hin immer zu mir hältst und mir nie in den Rücken fällst. Ich für meinen Teil werde mich bemühen, dir weniger Anlass zu geben, an meinen Worten zu zweifeln.«

»Das freut mich«, entgegnete Lili schwach. »Wirst du gleich zu Isobel gehen und ihr das Bild zurückgeben? Ich glaube, das wäre ihr allerschönstes Weihnachtsgeschenk.«

»Ja, das werde ich tun. Ich möchte doch schließlich, dass du glücklich bist. Und ich wünsche mir, dass Isobel wieder zu jenem fröhlichen, unbeschwerten Mädchen wird, das sie einmal war. Aber versprich mir eines: Frag mich nie wieder nach Caitlin!«

»Ich verspreche es.«

Niall beugte sich zu Lili hinunter und küsste sie sanft auf die Wange. »Ich liebe dich, Lili Campbell. Und ich kann es kaum erwarten, dich als meine Frau endlich in den Armen zu halten.«

Er küsste sie noch einmal, diesmal leidenschaftlicher. Sie

erwiderte seinen Kuss, und plötzlich stellte sich etwas von dem Gefühl ein, das sie bei ihrem ersten innigen Kuss empfunden hatte. Eine wohlige Wärme durchströmte ihren Körper.

»Ich liebe dich auch«, flüsterte sie, als sich ihre Lippen voneinander gelöst hatten.

»Willst du mich nicht doch zurück zu den anderen begleiten?«, fragte er.

Lili schüttelte den Kopf. Nein, allein die Sorge, dass sich der Zauber in Anwesenheit seiner Familie schnell wieder verflüchtigen könnte, hielt sie davon ab.

»Gut, mein Liebling, ich verstehe dich. Wenn ich allein an Shona denke, die dem Alkohol bereits wieder mehr als kräftig zugesprochen hat. Wenn sie trinkt, hat sie irgendwann ihr Lästermaul nicht mehr im Griff.«

Niall beugte sich noch einmal zu ihr und gab ihr einen leidenschaftlichen Kuss. In Lilis Bauch kribbelte es, und sie wünschte sich, er würde sich zu ihr legen, sie streicheln und liebkosen. Sie war bereit und alt genug, sich ihrem zukünftigen Ehemann hinzugeben. Deshalb tastete sie nach seinem Nacken und streichelte ihn fordernd. Doch kaum hatten sich ihre Lippen voneinander gelöst, sprang er unvermittelt auf. »Wir müssen vernünftig sein, Lili«, stieß er mit rauer Stimme hervor. »Nach der Hochzeit haben wir alle Zeit der Welt. Wenn du verstehst, was ich meine ...«

Lili zog es vor zu schweigen und stieß einen tiefen Seufzer aus. Und ob sie wusste, was er meinte. Sie hatte zwar noch keine eigenen Erfahrungen gemacht, aber die Kolleginnen in der Schule hatten ihre Liebesgeschichten gern lang und breit vor den anderen ausgebreitet. Und keine von ihnen hatte je daran gedacht, bis zur Hochzeitsnacht zu warten, erst recht nicht, wenn sie so gut wie verlobt war.

25

Lili war trotz der fortgeschrittenen Stunde hellwach und voller Unternehmungslust. In den nächsten Stunden würde sie auf keinen Fall schlafen können. Sie stand auf, entkleidete sich und zog ihr Nachthemd an. Im Zimmer war es wohlig warm, denn das Feuer im Kamin prasselte immer noch, und sie benötigte nicht einmal ihr wärmendes Schultertuch.

Da entdeckte sie das rotsamtene Büchlein, das sie auf Caitlins Schreibtisch gelegt hatte, und es überkam sie eine unbändige Lust, ihm die widerstreitenden Gefühle anzuvertrauen, die seit gestern in ihr tobten. Schließlich gehörte es ihr, da Isobel es nicht bekommen durfte.

Lili vermochte sich kaum vorzustellen, dass sie erst eine Nacht unter diesem Dach verbracht hatte. Ihr kam es vor wie Monate. Ach, Mutter, wenn ich dir doch alles erzählen könnte!, dachte sie, während sie sich an den Sekretär setzte. Dann fiel ihr mit Schrecken ein, dass sie gar keinen Füllfederhalter mitgenommen hatte. Der lag in der Schule, und sie hatte vergessen, die Sachen aus ihrem Fach einzupacken.

Schade, dachte sie. Ihr Blick fiel auf den Schreibtisch, und sie entsann sich, dass sie darauf einen Füllfederhalter gesehen hatte. Zögernd nahm sie ihn zur Hand, doch als sie mit dem Schreiben beginnen wollte, merkte sie sofort, dass sich alles in ihr dagegen sträubte, Caitlins Federhalter zu benutzen. Sie legte ihn seufzend zurück an seinen Platz, erhob sich, schlenderte zum Fenster und schob die schweren Vorhänge beiseite. Sie öffnete das Fenster und lehnte sich weit hinaus. Dabei atmete sie tief die frische Nachtluft ein. Als sie zum Himmel blickte, hingen dort dicke Wolken. Ein eisiger Windzug streifte ihre erhitzten Wangen. Ob es Schnee geben wird?, fragte sie sich und schob das Fenster fröstelnd wieder zu.

Ganz plötzlich musste sie an die Geschichte mit ihrem Vater denken. Bei dem Gedanken, dass er nicht einmal eine Meile von hier hinter dicken Gefängnismauern sein Leben gefristet hatte, wurde ihr seltsam zumute. Und zum ersten Mal, seit sie von seinem Schicksal Kenntnis erhalten hatte, regte sich die Neugier in ihr. Zu gern hätte sie gewusst, wen er einst getötet und was ihn zu der Tat getrieben hatte. Ob er wirklich ein eiskalter Mörder gewesen war? Eine innere Kälte kroch in ihr hoch. Sie holte das wollene Tuch hervor und legte es sich schützend um die Schultern, doch ihr wurde nicht wärmer. Ihre Fingerspitzen fühlten sich an, als wären sie zu Eis erstarrt. Was geht mich dieser fremde Mann an?, versuchte sie sich einzureden.

Um sich abzulenken, trat sie an das Bücherregal und zog den Wälzer über die Schafzucht heraus. Mit dem Interesse einer Lehrerin, die in Vertretungsstunden auch Biologie unterrichtet hatte, blätterte sie darin und erfuhr, dass die Vorfahren der robusten Rasse der Scottish Blackface im zwölften Jahrhundert von Mönchen gezüchtet worden waren. Und dass schon James der Vierte von Schottland im Jahr fünfzehnhundertdrei eine Herde von fünftausend dieser Schafe gehalten hatte.

Sie las sich in diesem Werk so fest, dass sie alles ringsum vergaß. Sie schreckte von dem Buch auf, als es zaghaft an ihrer Tür pochte. Es klang ganz anders als das fordernde Klopfen, mit dem Niall sich bemerkbar zu machen pflegte.

»Herein!«, rief sie leise und blickte neugierig zur Tür.

»Schläfst du schon?«, fragte Isobel leise, als ihr roter Lockenkopf im Türspalt auftauchte.

»Nein, komm nur herein«, erwiderte Lili und legte rasch das Buch beiseite. Sie wollte nicht, dass Isobel das misslungene Geschenk entdeckte.

»Ich kann nicht einschlafen«, seufzte Isobel, die bereits ein Nachthemd trug. »Darf ich mich ein wenig in dein Bett legen?«

»Aber sicher, komm, hüpf schnell hinein. Sonst erkältest du dich noch.«

Das ließ sich das Mädchen nicht zweimal sagen. Lili deckte sie zu und setzte sich an den Bettrand. Jetzt erst sah sie, dass Isobel etwas in der Hand hielt. Sie wollte schon danach fragen, da kam Isobel ihr zuvor. »Das ist das allerschönste Geschenk. Daddy hat mir Moms Bild zurückgegeben.«

»Darf ich es sehen?«, fragte Lili.

Bereitwillig hielt Isobel ihr die Fotografie hin. Zögernd nahm Lili sie in die Hand und betrachtete sie fasziniert. Es war eine Porträtaufnahme, auf der Caitlin sehr ernst und doch wunderschön aussah.

»Sie ist sehr hübsch, deine Mutter«, bemerkte Lili.

»Ja, sie sah aus wie eine Prinzessin«, murmelte Isobel ergriffen.

Lili war froh, dass Isobel die Ähnlichkeit mit ihr, Lili, anscheinend völlig entgangen war. Jedenfalls glaubte sie das, doch da hatte sie sich zu früh gefreut.

»Du bist fast genauso hübsch. Du hast die gleichen Locken – und schau nur, so einen ähnlichen Mund hast du auch.« Isobel hielt inne und blickte ein paarmal zwischen dem Bild und Lili hin und her.

»Ihr seht aus wie Schwestern«, stellte sie schließlich erstaunt fest.

»Das täuscht. Sieh nur, was für ein schmales Gesicht deine Mutter hatte. Meins ist rund wie ein Mond.« Zur Bekräftigung blies Lili die Backen auf.

Isobel lachte. »Das stimmt doch gar nicht! Du hast kein Mondgesicht.« Dann wurde sie wieder ernst. »Und danke für das Kleid.«

»Welches Kleid?«, fragte Lili verblüfft.

»Das du mir zu Weihnachten geschenkt hast.«

»Ach, das! Ja, es ist hübsch, nicht wahr?«

Isobel musterte Lili prüfend. »Du hast es gar nicht ausgesucht. Das war Daddy.«

Lili lächelte verlegen. »Ja, ich wollte dir eigentlich etwas ganz anderes schenken, aber das gefiel deinem Vater nicht.«

»Was war das denn?«

»Ach, das ist nicht so wichtig.«

»Nun sag schon!«

»Es liegt auf dem Schreibtisch.«

Mit einem Satz war Isobel aus dem Bett gesprungen und zum Schreibtisch gerannt.

»Ist es das?« Isobel hielt das Büchlein mit dem roten Samteinband in die Höhe.

»Ja, aber lass es bitte liegen!«

Isobel dachte jedoch nicht daran, sondern kam triumphierend mit dem Buch in der Hand zum Bett zurück.

»Ist das ein Tagebuch?«, wollte sie wissen. »Das möchte ich haben.« Ihre Wangen röteten sich vor Aufregung.

Isobels Begeisterung brachte Lili in große Verlegenheit. Sie konnte ihr das Büchlein auf keinen Fall überlassen. Es wäre doch zu schade, wenn so eine Lappalie Nialls neu gewonnenes Vertrauen zu ihr, Lili, gleich wieder zerstört hätte. Andererseits konnte sie dem Mädchen schlecht verständlich machen, warum sie es nicht bekommen sollte.

»Ach, es ist doch nichts Besonderes. Leg es zurück!«, versuchte Lili Isobel halbherzig zu überreden.

»Aber genau so eins wünsche ich mir schon lange. Weißt du, bisher habe ich immer nur in ein Schulheft geschrieben, aber so ein schönes rotes Buch ist doch viel, viel schöner.« Isobel strich mit den Fingerspitzen zärtlich über den weichen Samt.

»Du schreibst Tagebuch?«, fragte Lili erstaunt.

»Ja, schon lange. Seit ich schreiben kann, und Mom hat es mir beigebracht, als ich noch gar nicht zur Schule gegangen bin. Sie hat gesagt, es ist ganz wichtig für mich, dass ich mich gut ausdrücken kann. In Wort und Schrift, sagte sie immer.«

»Und wo hast du deine Hefte?«

Isobel lächelte geheimnisvoll. »Ich habe sie versteckt, denn Daddy mag es nicht, wenn jemand Tagebuch schreibt.«

»Hat er dich denn schon dabei erwischt?«

»Nein, mich nicht ...« Sie stockte, und Lili bereute auf der Stelle, dass sie Isobel mit diesen neugierigen Fragen überfallen hatte. Das war zuvor bei Niall schon gründlich danebengegangen. Doch während sie sich noch mit Selbstzweifeln quälte, hörte sie Isobel zögernd weitersprechen. »Ich habe es einmal mit angesehen, aber er weiß es nicht. Sie haben mich beide nicht entdeckt. Mom saß an ihrem Schreibtisch in Scatwell Castle und schrieb in ihr Tagebuch. Das war ein Buch mit einem braunen Ledereinband. Daddy hat sie angebrüllt, sie soll sofort das dumme Buch aus den Händen legen und den ganzen Mist nicht auch noch zu Papier bringen. Wer weiß, in welche Hände das Buch fallen kann ...«

»Das hat er wirklich gesagt?«, unterbrach Lili Isobels Redefluss erschrocken.

Isobel nickte. »Mom hat nur geweint und geschluchzt, aber es sei doch die verdammte Wahrheit. Er könne ihr doch nicht verbieten, sie aufzuzeichnen. Isobel hat ein Recht darauf, es zu erfahren, hat sie gesagt ...«

Die Stimme des Mädchens wurde brüchig. Sie kämpfte offenbar mit den Tränen, doch Lili saß wie erstarrt auf dem Bettrand und rührte sich nicht. Die Angst, Isobel werde nicht weiterreden, lähmte sie.

»Da hat Daddy das Tagebuch genommen und mit voller Wucht in eine Ecke gefeuert. ›Wenn ich dieses Ding noch einmal sehe, dann werfe ich es in den Kamin! Zur Hölle mit dem Geschreibsel!‹, hat er geschrien.«

Lili nahm Isobel in die Arme und konnte kaum verbergen, dass sie selbst am ganzen Körper zitterte. Sie hatte genug gehört. Mehr ertrug sie nicht, ohne dass sie Niall dafür verabscheut hätte, was er seiner Frau angetan hatte. Zum ersten Mal empfand sie Mitgefühl für Caitlin.

»Ach, meine Kleine, das hat er bestimmt nicht so gemeint«, wiegelte sie ab und versuchte, den Worten des Kindes die Schärfe zu nehmen.

»Doch, ich habe Mom nie wieder Tagebuch schreiben sehen, aber sie ist ja auch ein paar Tage später nach Inverness in dieses Zimmer gezogen.«

»Und du, wo warst du?«

»Sie wollte mich unbedingt mitnehmen, aber Daddy und Großmutter haben es nicht erlaubt ...«

Lili biss sich auf die Lippen. Das war grausam. Sie hatten Caitlin die Tochter genommen. Warum? Was hatte sie bloß verbrochen? Hatte sie tatsächlich ein Verhältnis mit Dusten gehabt? Sosehr sich Lili auch dagegen sträubte, es schien ihr die einzig plausible Erklärung zu sein. Warum sollte ein Mann wie Niall sonst so unbarmherzig sein? Ja, er war manchmal aufbrausend und herrisch, aber derart gnadenlos? Nein!

Isobel aber blickte in die Ferne, als ob alles noch einmal an ihr vorüberzöge.

»Ich habe mich an sie geklammert, Mom hat Daddy angefleht, dass er sie in Scatwell wohnen lässt, aber er hat sie fortgeschickt.«

Lili hätte sich am liebsten die Ohren zugehalten, aber sie riss sich mit letzter Kraft zusammen. »Das hast du sicherlich falsch verstanden«, sagte sie mit sanfter Stimme. »Warum sollte dein Daddy deine Mom wegschicken? Er hat sie doch sehr lieb gehabt.«

»Doch, ja, aber er hat noch gesagt, es ist besser, bis er eine Entscheidung getroffen hat. Ich weiß es genau. Ich war doch schon sieben. Sie ist noch ein einziges Mal wiedergekommen, zu Urgroßvaters Geburtstagsfeier ...« Sie brach ab, und Lili kannte den Grund. Weil es jener schicksalhafte Tag gewesen war, an dem sich Caitlin umgebracht hatte. Lili wurde schwindelig. Sie hatte gerade mehr erfahren, als ihr lieb war.

»An dem Tag ist sie lange in Großmutter Mhairies Zimmer gewesen, und danach haben Mom und Dad gestritten. Ich habe nur das Geschrei gehört. Dann fing das Fest an. Meine Mom war ganz merkwürdig und hat mich zu Großmutter

Mhairie geschickt. Als ich zum Fest zurückkam, war Mom verschwunden ...«

Isobel brach in Tränen aus. Lili nahm sie in die Arme und wiegte sie wie ein kleines Kind. Ihr war immer noch schwindelig. Nein, mehr wollte sie gar nicht wissen. Das würde wahrscheinlich nur immer weitere Fragen aufwerfen. Lili hatte das Gefühl, dass das ganze tragische Geschehen so tückisch wie das Hochmoor war. Setzte man auch nur freiwillig einen Schritt hinein, lief man Gefahr, in den Schlamm hineingezogen werden, zu versinken und in ihm begraben zu werden.

»Und es würde dir wirklich Freude bereiten, in diesem Büchlein deine Erlebnisse und Gedanken niederzuschreiben?«, fragte Lili sanft, bevor Isobel ihr weitere Einzelheiten des großen Geheimnisses anvertrauen konnte. Das wollte sie, wie sie in diesem Augenblick merkte, lieber nicht weiter ergründen. Sie spürte mit einem Mal eine entsetzliche Angst in sich aufsteigen. Hatte Niall nicht vorhin noch eine unbeschwerte gemeinsame Zukunft beschworen? Je weniger ich weiß, desto besser, redete sie sich gut zu. Schließlich kennt er ja auch mein Geheimnis nicht und soll es niemals erfahren. Doch die Furcht, die ihr plötzlich wie ein Mühlstein auf dem Herzen lag, ließ sich trotz aller Anstrengung nicht verdrängen.

»Möchtest du es haben?« Lili versuchte, zu Isobel durchzudringen, die mit leerem Blick in die Ferne starrte, als erlebe sie alles noch einmal. Sie strich Isobel ein paarmal über den Lockenschopf. Sie reagierte nicht, bis sie plötzlich zusammenfuhr, doch statt Lili wahrzunehmen, flüsterte sie. »Mom, wach auf, bitte wach auf!«

Lili hielt den Atem an. Es hatte keinen Zweck, Isobel weiterhin mit dem Tagebuch zu locken. Sie ahnte, was das Kind gerade Schreckliches vor sich sah. Lili kämpfte mit sich. Ein falsches Wort, und sie würde Isobel erschrecken.

»Du hast deine Mutter gefunden, nicht wahr?«, fragte sie nach einer Weile mit belegter Stimme.

Isobel nickte, senkte den Kopf und schlug die Hände vor das Gesicht.

»Ich habe sie gesucht«, schluchzte sie. »Sie war nirgends im Haus, und sie war doch so traurig, und da bin ich zu unserem Bach gelaufen, obwohl Großmutter es mir verboten hat. ›Du bleibst hier!‹, hat sie geschrien, aber ich bin losgerannt. Bis zu unserem Bach. Ich habe zuerst ihr wunderschönes Kleid gesehen. Es war weiß, ich hatte es noch nie zuvor gesehen. Sie lag mit dem Gesicht im Wasser, der Bach war rot gefärbt. Ich habe es geschafft, sie auf den Rücken zu drehen. Ihr Gesicht ...« Isobel schrie auf und sprach dann atemlos weiter. »Überall war Blut. Ich habe sie aus dem Wasser gezogen und ihren Kopf auf meinen Schoß gelegt. Sie haben mich erst abends gefunden und mir meine Mom fortgenommen. Ich habe Daddy gefragt, wer das getan hat, doch er hat behauptet, sie ist in den Bach gefallen und gestürzt, aber das kann doch nicht sein. Das Blut war überall. Daddy hat mich beschworen, alles zu vergessen, es sei nur ein schlechter Traum, aber das ist nicht wahr. Denk nicht mehr an deine Mutter, sie ist jetzt bei den Engeln, hat er gesagt. Das kann ich doch nicht. Ich träume so oft von ihr. Ich musste ihm versprechen, mit niemandem darüber zu sprechen ...« Isobel warf sich ungestüm in Lilis Arme.

»Es ist gut, dass du dich mir anvertraut hast. Mach dir keine Vorwürfe.«

»Aber bitte verrat mich nicht an Daddy!«, flehte Isobel.

Lili räusperte sich ein paarmal. »Gut, ich sage kein Wort weiter, und du kannst immer zu mir kommen, wenn dich etwas quält. Wir können über alles reden. Es ist nicht gut, wenn man zum Schweigen verdonnert wird. Ich kenne das, meine Mutter hatte einst auch geschworen, mir gewisse Dinge nicht zu verraten, aber damit kann man sie nicht aus der Welt schaffen. Sie tanzen wie Dämonen in deinen Träumen umher. Bella, ich bin doch jetzt bei dir. Wir bekämpfen die bösen Geister, ohne vor ihnen wegzulaufen.«

»Ich bin so froh, dass du mit uns gekommen bist!«, seufzte

Isobel, bevor sie sich aufrichtete und Lili mit verweinten Augen ansah. »Und schenkst du mir nun das Tagebuch?«

»Natürlich, es gehört dir.« Lili wollte die Kleine nicht ermahnen, das Büchlein vor dem Vater zu verbergen. Das wäre nicht richtig gewesen und hätte ihren vorherigen Erklärungen widersprochen.

»Weißt du, ich bin auch sehr traurig, dass meine Mutter gestorben ist und ich mich nicht einmal von ihr verabschieden konnte«, sagte sie stattdessen leise.

»Kann ich bei dir schlafen?«, fragte Isobel und legte ihr kostbares Geschenk unter das Kopfkissen.

Lili zögerte. Wenn Niall es erführe, wäre er sicher verärgert, aber sie brachte es nicht übers Herz, das Kind in sein Bett zurückzuschicken.

»Ja, selbstverständlich kannst du hierbleiben.«

»Aber du sollst dich dazulegen.«

Lili tat, was Isobel verlangte, löschte das Licht und streckte sich neben Isobel aus.

»Daddy mochte es nicht, wenn ich bei Mom im Bett geschlafen habe«, flüsterte Isobel, während sie sich in Lilis Arme schmiegte.

Was mag er überhaupt?, fragte sich Lili verdrossen. Doch selbst auf die Gefahr hin, dass ich wieder seinen Unmut zu spüren bekomme, ich kann nicht anders, als das Mädchen heute Nacht vor den Dämonen zu beschützen.

Da hörte sie auch schon Isobels gleichmäßigen Atem.

»Schläfst du?«, fragte sie leise, bekam aber keine Antwort.

Lili selbst war viel zu aufgeregt, um einzuschlafen. Die Gedanken überschlugen sich in ihrem Kopf. Warum hat Niall das bloß von seinem Kind verlangt? Das ist doch unmenschlich. Isobel tat Lili von Herzen leid, aber durfte sie sich deshalb zur heimlichen Verbündeten seiner Tochter machen?

Ihr Herz klopfte wie wild. Was ihn auch immer dazu bewogen haben mag, seine Frau zu verstoßen, es quält ihn. Deshalb will er die Erinnerung an sie vernichten und verlangt das Gleiche von seiner Tochter. Ich muss Isobel und Niall aus diesem Teufelskreis herausholen. Vielleicht ist es wirklich das Beste, wenn wir so bald wie möglich ein eigenes Kind bekommen. Dann wird er förmlich dazu gezwungen, in der Gegenwart zu leben, und Isobel erfährt, dass diese Familie Leben bedeutet. Dann kann ihre schmerzhafte Erinnerung an Caitlins Tod endlich auf gesunde Weise verblassen ... Bei der Vorstellung, ein Kind von Niall in den Armen zu halten, beruhigten sich ihre aufgewühlten Gedanken, und die Lider wurden ihr schwer. Ich wünsche mir, dass ich morgen aufwache und alles unbeschwert ist, dachte sie, bevor ihr die Augen zufielen.

26

Inverness, 26. Dezember 1913

Lili erwachte vom Klang einer Stimme, die ganz dicht an ihrem Ohr zärtlich raunte: »Guten Morgen, mein Liebling.«

Sie fuhr hoch und saß senkrecht im Bett. Niall betrachtete sie mit verliebten Blicken. Sie linste verstohlen zu der Bettseite hinüber, auf der Isobel heute Nacht gelegen hatte. Doch von dem Mädchen war außer einem zerdrückten Kissen keine Spur zu entdecken.

»Guten Morgen«, murmelte Lili zögernd.

»Hab ich dich erschreckt? Isobel zieht sich bereits an. Sie war schon lange wach, als ich in dein Zimmer kam, und hat über deinen Schlaf gewacht. Zieh nicht so ein Gesicht! Ich reiße dir den Kopf nicht ab.«

»Ich habe befürchtet, dass dir missfällt, wenn sie zu mir ins Bett kriecht. Sie war so aufgewühlt.«

Niall strich Lili zärtlich über die Wangen. »Aber Liebling, du tust ja gerade so, als sei ich ein schlimmer Tyrann. Wir haben uns doch gestern darauf geeinigt, dass jeder von uns ein wenig nachgibt. Und ich wünsche mir doch nichts sehnlicher, als dass ihr beide euch versteht. Was ich nicht mag, wäre allerdings, wenn ihr euch gegen mich verschwören würdet.«

»Niemals!«, entgegnete Lili im Brustton der Überzeugung und fühlte im gleichen Augenblick etwas Hartes im Rücken.

Das Tagebuch!, dachte sie erschrocken und verzog keine Miene, als sich ihr die Kante des Umschlags in den Rücken bohrte. Isobel das Büchlein heimlich doch noch zu schenken, fiel sicher in die Kategorie Verschwörung und wäre von Niall nicht geduldet worden. Ich lasse es verschwinden, nahm sie sich vor und hoffte, dass Isobel nicht mehr daran dächte, doch dieser Wunsch erfüllte sich nicht. Kaum hatte Niall ihr Zimmer verlassen, als Isobel fröhlich singend hereinstürmte und nach ihrem Geschenk fragte, das sie in der letzten Nacht unter dem Kopfkissen versteckt hatte.

Isobel zögerte, das Tagebuch hervorzuholen, aber sie brachte es nicht übers Herz, es dem Mädchen vorzuenthalten.

»Bitte, tu mir einen Gefallen: Lass es niemals offen liegen! Du weißt selbst – dein Vater hält nichts davon.«

»Ich verspreche es dir«, flötete Isobel, drückte das Tagebuch ans Herz und rannte davon.

Lili reckte sich erleichtert. Es war doch alles gar nicht so schwer. Sie sprang aus dem Bett und zog die Vorhänge beiseite. Draußen war alles grau in grau. Nebenschwaden hingen so tief über dem River Ness, dass die Häuser auf der anderen Seite des Flusses nur zu erahnen waren. Doch davon ließ Lili sich nicht die Laune verderben. Sie wusch sich am Waschtisch mit dem eiskalten Wasser aus dem Krug und kleidete sich rasch an.

Als sie auf den Flur hinaustrat, begegnete ihr Dusten. Er betrachtete sie eingehend.

»So gefällst du mir schon viel besser«, bemerkte er sichtlich angetan. »Deine Augen leuchten wie tausend Sterne.«

Lili lächelte verlegen.

»Niall und ich haben uns ausgesprochen. Er wird in Zukunft etwas mehr Verständnis für Isobel und ihre Trauer aufbringen.«

»Das ist gut. Und es war sehr mutig von dir, dich gestern auf ihre Seite zu schlagen.«

»Ach, ich konnte gar nicht anders. Es ist doch verständlich, dass sie befürchtet, jemand könnte die Stelle ihrer Mutter einnehmen wollen. Inzwischen hat sie aber offenbar begriffen, dass ich ihr weder die Erinnerung nehmen noch ihre Mutter spielen will.«

» Sie hat sehr an Caitlin gehangen, musst du wissen, besonders als die Familie sie ... « Dusten unterbrach sich.

Lili seufzte. » Gestern noch hätte ich dich angefleht, deinen angefangenen Satz zu beenden, aber heute kann ich damit leben, dass man in diesem Haus ein großes Geheimnis darum macht, was die Familie damals so gegen die arme Caitlin aufbrachte. Niall behauptet, sie sei gemütskrank gewesen. Mir ist es mittlerweile gleichgültig, was immer sie getan haben mag. «

Dustens Blick verfinsterte sich. » Sie hat nichts Unrechtes getan. Sie war ein wunderbarer Mensch, wenn du es genau wissen willst, und krank war sie bestimmt nicht. Die Familie hat sie am Ende in jene aussichtslose Lage getrieben «, knurrte er.

» Ich habe meinem Herrn und Gebieter versprochen, keine neugierigen Fragen über Caitlin zu stellen. Also, was immer sie zu dieser Verzweiflungstat getrieben hat, ich werde meine Nase nicht mehr in diese Angelegenheit stecken. Begleitest du mich in die Höhle der Löwen? «, versuchte Lili zu scherzen.

» Nein, ich habe geschäftliche Dinge zu erledigen. Wir werden uns die nächsten Tage eher seltener sehen. Bis Hogmanay bin ich eigentlich immer unterwegs. « Der zornige Unterton in seiner Stimme war nicht zu überhören.

» Gut, dann werde ich mich allein dorthin aufmachen. Und vielen Dank noch einmal, dass du mir so viel Verständnis entgegengebracht hast. Ich hoffe, ich bin gewappnet, um in dieser Familie zu bestehen. «

» Das hoffe ich auch, obwohl es mir wesentlich lieber gewesen wäre, ich hätte dich vor Niall kennengelernt. «

» Vor Niall kennengelernt? «, echote sie.

» Nun schau nicht so entgeistert, Lili Campbell! Du bist die hübscheste, tapferste und ehrlichste Frau, die mir seit Langem begegnet ist, und es ist zu schade, dass solche wunderbaren Wesen wie du stets auf meinen Cousin fliegen. Und noch trauriger ist die Tatsache, dass du fortan eine perfekte Munroy abgeben willst, die keine dummen Fragen stellt. Herzlich willkommen in der Familie!«

Ohne einen weiteren Gruß eilte er davon. Lili aber rührte sich nicht vom Fleck. Hatte er ihr soeben, abgesehen davon, dass er sie durch die Blume beleidigt hatte, tatsächlich zu verstehen gegeben, dass er Niall um sie beneidete?

Lili atmete ein paarmal tief durch. Ich muss mich vor ihm hüten, nahm sie sich fest vor. Er hat etwas gefährlich Anziehendes, und wenn ich nicht aufpasse, ergeht es mir genauso wie Caitlin. Je mehr sie darüber nachdachte, desto stärker verfestigte sich ihre Überzeugung: Caitlin hatte Niall mit Dusten betrogen. Deshalb wurde in diesem Haus ein solches Geheimnis um Caitlins tragisches Ende gemacht. Es erklärte überdies, warum Niall nichts mehr von seiner Frau hatte wissen wollen und so gestört auf alles reagierte, was ihn an sie erinnerte.

Lili hatte den Gedanken noch nicht zu Ende gedacht, als sie spürte, wie sehr sie diese Vorstellung aufwühlte. So sehr, dass sie nicht den Mut aufbrachte, sich in diesem Zustand ins Esszimmer zu begeben. Ich rede mich auf mein Unwohlsein heraus, beschloss sie, gerade als ihre zukünftige Schwiegermutter um die Ecke bog.

»Kind, wo bleibst du denn? Dir ist doch nicht etwa schon wieder übel! So blass, wie du bist. Ich meine, da ist doch nichts dran an Shonas Gerede, oder? Also, wenn es so wäre, dann müsstet ihr unbedingt noch im Januar heiraten. Es soll ja nicht gleich in ganz Inverness bekannt werden, dass bereits etwas Kleines unterwegs ist ...«

»Keine Sorge, das ist völlig unmöglich«, unterbrach Lili Lady Caitronias Redeschwall. »Ich bin nur noch etwas müde ...«

»Ja, das kommt davon, wenn du das Bett mit Isobel teilst.«

»Woher wissen Sie das denn schon, Lady Caitronia?«

»Isobel hat es eben stolz beim Frühstück erzählt. Es sitzen übrigens schon alle am Tisch, und es wäre wünschenswert, wenn du dich in Zukunft an unsere Zeiten hieltest. Und ich denke, es ist der richtige Zeitpunkt, dass du mich nicht mehr so förmlich anredest. Schließlich wirst du bald meine Schwiegertochter. Ich bevorzuge die Anrede Mutter.«

Lili schwieg verlegen. Es schien ihr unmöglich, diese fremde und herrische Frau in Zukunft Mutter zu nennen, aber sie nickte artig und beschloss, die Anrede ab sofort gänzlich zu vermeiden.

»Ja, worauf wartest du noch? Komm mit! Man hat dich schon vermisst.« Damit hatte sich Lilis Plan, sich leise in ihr Zimmer zurückzuziehen, zerschlagen. Lady Caitronia hakte sich zu allem Überfluss bei ihr unter und stolzierte mit ihr zum Esszimmer.

»Kind, du bist wirklich viel zu dünn. Da könnte es bei den Geburten zu Komplikationen kommen. Das habe ich auch immer zu Caitlin gesagt, aber die wollte nicht hören, und was war sie geschwächt nach der Geburt! Sie hatte ja gar nichts zuzusetzen.«

Lili schluckte ihren Ärger über die taktlose Äußerung tapfer hinunter. Auf der einen Seite macht man in diesem Haus ein Riesengeheimnis um alles, was an Caitlin erinnert, und auf der anderen Seite vergleicht man mich ständig mit ihr, dachte Lili erbost.

»Ach, Mutter, ich hätte sie doch geholt«, bemerkte Niall beinahe entschuldigend. »Ich habe verabsäumt, ihr unsere Essenszeiten zu nennen.«

»Jetzt bin ich ja da«, seufzte Lili, während sie sich auf ihren Platz neben Niall setzte.

Er tätschelte ihr flüchtig die Hand. »Vielleicht kannst du noch heute mit dem Unterricht beginnen«, bemerkte er wie nebenbei.

»Aber in vier Tagen ist doch schon Hogmanay. Sollen wir nicht erst danach anfangen?«, murrte Isobel.

»Nein, das Lernen sollte man nie verschieben. Ihr könnt mein Arbeitszimmer benutzen. Dort habt ihr Ruhe.«

»Und du?«, fragte Lili.

»Ich habe bis zu den Festtagen einiges zu erledigen und

werde auch zum Abendessen nicht anwesend sein«, erklärte er geschäftig und erhob sich rasch von seinem Stuhl.

»Vielleicht kann ich mich später bei den Vorbereitungen zum Fest ebenfalls etwas nützlich machen«, bemerkte Lili.

»Nein, das ist meine Aufgabe. Noch stehe ich dem Haushalt vor. Darum musst du dich nicht kümmern. Shona geht mir zur Hand. Wir haben schon so manches Hogmanay auf die Beine gestellt«, erwiderte Lady Caitronia in einem Ton, der keinen Widerspruch duldete.

»Ja, gut, dann werden wir nach dem Frühstück mit dem Unterricht beginnen«, seufzte Lili, und ihr Blick fiel auf Großmutter Mhairies leeren Stuhl. Hatte die alte Dame es vorgezogen, wieder in ihrem Zimmer zu bleiben? Schade, dachte Lili. Mit ihr hätte ich gern ein paar Worte gewechselt, denn sie kommt mir alles andere als verrückt vor.

Niall gab ihr noch einen flüchtigen Kuss auf die Wange, bevor er gemeinsam mit Craig eilig das Zimmer verließ.

»Geht es Ihnen heute besser? Sie sind immer noch sehr blass.« Shonas Stimme klang lauernd, während sie Lili eingehend musterte.

»Ich erwarte kein Kind, falls Sie das andeuten wollten«, entgegnete Lili bissig.

»Da gibt es gar nichts zu feixen«, ermahnte Lady Caitronia ihre Enkelin schroff, denn Isobel hatte Lilis Erwiderung mit leisem Gekicher quittiert.

Schweigend nahm Lili ihr Frühstück ein und war froh, als sich danach auch Lady Caitronia und Shona erhoben.

»Wonach steht dir der Sinn?«, fragte Lili das Mädchen, nachdem die beiden Frauen das Zimmer verlassen hatten. »Literatur vielleicht?«

Isobel kräuselte die Stirn, doch dann erhellte sich ihr Gesicht.

»Ich würde zu gern noch einmal den Gillie Cullum üben. Schließlich soll ich ihn vor der ganzen feinen Gesellschaft vorführen.«

»Das ist ein guter Vorschlag. Hast du denn zwei Schwerter?«

Isobel sprang auf, hüpfte aus dem Zimmer und kehrte mit zwei Schwertern zurück. »Die bewahrt Daddy in seinem Arbeitszimmer auf – sie haben seinem Großvater gehört«, erklärte sie, während sie die beiden Waffen über Kreuz auf dem Fußboden drapierte.

Lili setzte sich ans Klavier und spielte die ersten Takte. Sie macht es großartig, dachte sie zufrieden, als Isobel zu tanzen begann. Sie ist so sicher, und ihre Schritte zwischen den Schwertern werden immer schneller.

»Da gibt es nichts mehr zu üben«, lobte Lili ihre Schülerin, nachdem diese den Tanz beendet hatte und nicht einmal außer Atem geraten war.

»Schade, es macht so viel Spaß!«, stöhnte Isobel, doch dann deutete sie lachend auf Lili. »Jetzt du! Ich kann das Stück auswendig spielen. Ich habe doch immer mit …«

»Aber Isobel, *ich* soll *dir* etwas beibringen. Du hast doch gehört, was dein Vater sagte. Er heißt es bestimmt nicht gut, wenn ich hier wie wild herumhüpfe.«

»Bitte, nur das eine Mal! Dann komme ich auch mit dir in Daddys Arbeitszimmer und lerne alles, was du mir beibringen willst. Ich werde eine echte Musterschülerin sein«, bettelte Isobel.

Lili kämpfte mit sich. Sie verspürte durchaus Lust, sich ein wenig auszutoben. Ihr fehlten die Spaziergänge von der Bell's Wynd zur Schule und zurück. Ein wenig Bewegung tat ihr sicher gut. Außerdem, was hatte sie schon zu befürchten? Die Familie Munroy war beschäftigt. Craig und Niall tätigten wichtige Geschäfte, Shona und Caitronia waren mit den Festvorbereitungen beschäftigt.

»Gut, aber nur ein einziges Mal. Und dann, mein Fräulein, beginnt die Schule.«

Trällernd eilte Isobel ans Klavier. Ihr Gesicht war vor Aufregung gerötet, als sie zu spielen begann.

»Du kannst es ja wirklich«, bemerkte Lili erstaunt.

Isobel lächelte geheimnisvoll. »Sag, wenn du so weit bist!«

Lili nahm vor den Schwertern Aufstellung und gab Isobel ein Zeichen. Sie holte noch einmal tief Luft, bevor sich ihre Füße zum Klang des Gillie Cullum in Bewegung setzten. Von diesem Augenblick an gab es für sie nur noch die zwei Schwerter auf dem Boden und die Musik. Ohne auch nur einen Gedanken daran zu verschwenden, ob sie den Tanz beherrschte oder nicht, bewegte sie die Beine zum Rhythmus der Melodie, die immer schneller wurde. Ihr Kopf war leer. Ihre Beine schwangen sich wie von selbst über die Schwerter. Bald tanzte sie nur noch innerhalb der Schwerter, ohne sie auch nur ein einziges Mal zu berühren. Jegliche Anspannung war gewichen. Sie lachte, während Arme und Beine wie in Trance umherwirbelten.

Schade, dachte sie, als das Lied zu Ende war. Sie war so entrückt, dass sie Dusten erst bemerkte, als sie jemanden in die Hände klatschen hörte. Er stand in der Tür und starrte sie wie gebannt an. Er musste sich leise angeschlichen haben.

»Diese Übung war aber nicht für Zuschauer bestimmt«, fauchte sie und fühlte sich ertappt.

»Ich hätte aber etwas verpasst. Das kannst du mir doch nicht vorenthalten. Du tanzt wie eine junge Göttin.«

»Ja, sie macht es genauso gut wie Mom. Findest du nicht auch?«, rief Isobel begeistert aus.

Dusten nickte eifrig, doch Lili wurde schummrig. Sie musste sich auf einen Stuhl setzen, denn sie konnte sich nicht helfen – allmählich fühlte sie sich von Caitlins Schatten verfolgt.

»Mom hat den Gillie Callum jedes Jahr zu Hogmanay aufgeführt.«

»Willst nicht du ihn dieses Jahr tanzen?«, fragte Dusten. In seinen Augen funkelte noch immer die schiere Begeisterung.

»Nein, dieses Jahr übernimmt Isobel diese Aufgabe«, entgegnete Lili schroff »Wie schön, dass mein Tanz dich an vergangene Zeiten erinnert!«, fügte sie nicht minder bissig hinzu. »Ich habe ihn nur getanzt, um Isobel einen Gefallen zu tun. Das war eine Ausnahme, und so soll es auch bleiben.«

Dusten wirkte sichtlich betroffen. »Ich ... ich wollte dir nicht zu nahetreten. Ich fand es so beeindruckend.«

»Gut, dann vergiss es. Kommst du, Isobel? Wir wollen arbeiten.«

Isobel gehorchte. Dusten aber blickte Lili verständnislos hinterher, als sie aus dem Zimmer rauschte, ohne ihn eines weiteren Blickes zu würdigen.

»Onkel Dusten hat es wirklich lieb gemeint«, raunte das Mädchen, als sie vor Nialls Arbeitszimmer angekommen waren.

»Ja, ich weiß«, stöhnte Lili. »Aber ich mag es nun einmal nicht, wenn mich jemand beim Tanzen beobachtet. Außer dir.«

In Nialls Arbeitszimmer war alles bis hin zu den Wandvertäfelungen in dunklem Holz gehalten. Das verlieh dem Raum etwas Düsteres, das durch die schweren Möbel noch verstärkt wurde. Lili brachte es nicht fertig, sich hinter den wuchtigen Schreibtisch zu setzen.

»Komm, wir richten uns in der Sitzecke ein, als wären wir in der Schule«, schlug sie vor und begann ohne Umschweife mit dem Unterricht. Isobel war erstaunlich gehorsam. Zu gehorsam, wie Lili feststellte, und sie hatte ein schlechtes Gewissen. Offenbar hatte sie der scharfe Ton, den Lili Dusten gegenüber angeschlagen hatte, erheblich verunsichert. Und im Nachhinein bedauerte es Lili, ihn dermaßen angefahren zu haben. Wahrscheinlich hatte er es wirklich nur nett gemeint. Trotzdem sagte ihr eine innere Stimme, dass sie Dustens Gegenwart in Zukunft meiden sollte. Während Isobel damit beschäftigt war, die Hauptstädte aller europäischen Länder zu Papier zu bringen, kamen ihr noch einmal seine Worte in den Sinn. *Nun schau nicht so entgeistert, Lili Campbell! Du bist die hübscheste, tapferste und ehrlichste Frau, die mir seit Langem begegnet ist, und es ist zu schade, dass solche wunderbaren Wesen wie du stets auf meinen Cousin fliegen*. Das Herz klopfte ihr bis zum Hals, als ihr plötzlich klar wurde, was sie so gegen ihn aufgebracht hatte. Wahrscheinlich hatte er ihr das Kompliment wirklich nur gemacht, weil sie ihn an Caitlin erinnerte. Und sie, Lili, war eifersüchtig auf eine Tote.

27

Inverness, 31. Dezember 1913

An diesem sonnigen Morgen herrschte in dem Haus an der Bank Street geschäftiges Treiben. Herrliche Gerüche nach Black Bun, frisch gebackenem Shortbread und anderen Köstlichkeiten wehten Lili auf dem Flur entgegen. Der Tisch im Esszimmer war bereits verwaist, als sie pünktlich zum Frühstück erschien, doch dann entdeckte sie Großmutter Mhairie auf einem Sessel sitzend und andächtig ins Feuer starrend.

»Guten Morgen«, sagte Lili leise, um die alte Dame nicht zu erschrecken, doch die wandte sich mit einem Lächeln zu ihr um.

»Guten Morgen, Lili. Hast du gut geschlafen? Und hast du deinen ersten Schock überwunden?«

Lili blieb erstaunt stehen. »Welchen Schock meinen Sie?«

»Ich bin Mhairie.« Die alte Lady streckte Lili die Hand entgegen. »Ich meine die Begegnung mit dieser Ansammlung von Heuchlern und Lügnern.«

Lili stockte der Atem. Ob Nialls Großmutter wirklich etwas verrückt war? Dass sie in aller Offenheit aussprach, was sie über diese Familie dachte? Und das vor ihr, einer Fremden?

Mhairie lachte dröhnend.

»Das war ein Scherz, aber wie du ja weißt, steckt hinter jedem guten Witz ein Körnchen Wahrheit. Ich fand es wirklich großartig, wie du dich Weihnachten verhalten hast. Und du musst doch zugeben, dass du da in eine ziemlich merkwürdige Sippe hineingeraten bist.«

»Nun ja … sie haben alle ihre Eigenarten, aber in den letz-

215

ten Tagen hatte ich keinen Grund zur Klage. Selbst Shona hat sich mit spitzen Bemerkungen zurückgehalten.«

»Ach, Shona, die ist ein eingebildetes, verwöhntes und missgünstiges Mädchen, sie ist neidisch auf dich, weil du so aussiehst, als würdest du der Familie noch etliche gesunde Nachkommen schenken.«

»Es war wohl eher der Schreck nach der ersten Begegnung. Schließlich hat mich Niall seiner Familie ohne Vorwarnung als Verlobte präsentiert.«

Mhairie rümpfte die Nase. »Gut, gut, mein Kind, ich merke schon, du bist gewillt, eine echte Munroy zu werden. Und ich danke Gott, dass du aus Edinburgh kommst und nichts weißt von alledem …«

»Das glaube ich langsam auch. Anfangs störte es mich, dass in diesem Haus kein begonnener Satz beendet wird, doch daran habe ich mich mittlerweile gewöhnt und will gar nicht mehr wissen, was da vor mir verheimlicht werden soll. Und warum alle erleichtert sind, dass ich nicht aus den Highlands stamme. Geheimnisse hat doch jeder …«

»Du auch?«, fragte Mhairie wie aus der Pistole geschossen.

»Nein … ich meinte nur, dass man die Vergangenheit besser ruhen lässt.«

Mhairie lachte bitter auf. »Ja, das hoffte ich auch, als ich noch jung war, doch es gelang mir mein ganzes Leben lang nicht. Und je älter du wirst, desto bedeutsamer wird das Gestern. Und die quälende Erinnerung schmerzt in deinen alten Knochen.«

»Ich werde versuchen, Niall eine gute Frau und Isobel eine verlässliche Freundin zu sein …«

»Ja, ja, das solltest du versuchen. Vielleicht wird er wieder der Alte und rennt nicht länger wie ein angeschossener Platzhirsch umher.«

»Großmutter, was erzählst du da für Schauermärchen?«, fuhr Niall dazwischen. Er hatte sich den beiden Frauen leise von hinten genähert und legte den Arm besitzergreifend um

216

Lilis Taille. Er hatte sich wieder einmal auf leisen Sohlen ins Zimmer geschlichen.

»Ich habe ihr nur gesagt, dass mir immer so kalt ist. Ob Sommer oder Winter«, entgegnete Mhairie listig.

Niall warf Lili einen fragenden Blick zu.

»Ja, das hat sie gesagt«, bestätigte Lili prompt.

»Und ich dachte schon ...«, knurrte Niall. »Dann berichte Lili nur weiterhin von deinen Zipperlein. Damit kannst du keinen Schaden anrichten. Ich beeile mich, damit ich heute Nachmittag Zeit für dich habe, mein Liebling. Es ist so schönes Wetter. Vielleicht schaffen wir es im alten Jahr noch, zur Burg hinaufzuspazieren.«

»Was meint er eigentlich damit, dass du mir Schauermärchen erzählen könntest?«, fragte Lili, kaum dass Niall die Tür hinter sich geschlossen hatte. Trotz aller guten Vorsätze war ihre Neugier wieder erwacht, und sie hoffte, etwas mehr zu erfahren.

Mhairie aber lachte aus voller Kehle, ihr raues, herzliches Lachen. »Du bist mir eine! Willst mir weismachen, dass dich die Geheimnisse der Munroy-Sippe nicht die Bohne interessieren, und dabei platzt du vor Neugier. Aber du warst mir gleich sympathisch, als du Isobel nachgegangen bist, obwohl Niall es dir verboten hatte. Ich spüre deinen Widerstandsgeist, und das mag ich. Manchmal bereut man es ein Leben lang, wenn man seinem Herzen nicht folgt und entsetzlich feige ist.« Ihre Miene hatte sich verfinstert.

»Erzählen Sie mir davon?«

Mhairie stieß einen tiefen Seufzer aus. »Ich kann nicht, mein Kind. Ich würde gern, weil ich im Alter schlauer geworden bin. Aus Fehlern lernt man, und ich weiß, dass die Wahrheit weniger Schaden anrichtet als ein Lügengespinst. Aber ich hätte der armen Caitlin niemals die Wahrheit sagen ...«

»Jetzt brechen Sie Ihre Sätze auch schon vor dem Ende ab wie die anderen Familienmitglieder«, bemerkte Lili vorwurfsvoll.

»Entschuldige, mein Kind, das wollte ich nicht, aber man

gewöhnt es sich an. Gut, dass du mir den Spiegel vorhältst. Also will ich wenigstens den Satz zu Ende führen. Ich habe der unglücklichen Caitlin eines Tages reinen Wein über den werten Clan der Munroys von Conon eingeschenkt, weil sie doch so verzweifelt war. Es hat ihr aber nichts genützt. Sie hat schließlich doch nur den einen Ausweg gesehen. Man hat sie in den Tod getrieben und mich schlichtweg für verrückt erklärt.«

Mhairie blickte an Lili vorbei in die Ferne, als laufe das ganze Geschehen noch einmal vor ihrem inneren Auge ab.

Lili hielt den Atem an. Da war es wieder. Jenes unangenehme Kribbeln, das ihren ganzen Körper überfiel. Es war ihr, als würde sich der dunkle Schatten, der über der Familie Munroy hing, auf sie senken und sich ihr in alle Poren setzen.

Mhairie wandte sich wieder zu ihr um. »Wie gern würde ich dir alles erzählen, aber nur so viel. Mach dir keine Sorgen. Es ist nichts geschehen, was sich jemals wiederholen könnte. Es ist gut, dass sich Niall eine Ehefrau aus Edinburgh nimmt.«

Was Mhairie wohl sagen würde, wenn sie erfuhr, dass ihr Vater sehr wohl aus den Highlands stammte. Aber das sollte sie ebenso wenig erfahren, wie Lili in das Geheimnis der Munroys eingeweiht wurde.

»Bringst du mich auf mein Zimmer? Ich bin ein wenig erschöpft«, bat Mhairie und gähnte zur Bekräftigung herzhaft.

»Ja, gern, ich nehme mir nur noch ein wenig Shortbread mit auf mein Zimmer.«

Lili griff sich eine Handvoll von dem köstlich duftenden frischen Gebäck, bevor sie Großmutter Mhairie aus dem Sessel helfen wollte. Die aber hatte sich bereits erhoben.

Als sie Lilis erstaunten Blick bemerkte, schmunzelte sie. »Ich bin noch flink wie ein Wiesel, weil ich zu Hause in Scatwell jeden Tag durch die Wälder und über die Ebenen streife. Wenn die anderen wüssten, in welch guter Verfassung ich tatsächlich bin, nähmen sie mir nicht ab, dass ich schwache alte Frau die Mahlzeiten auf meinem Zimmer einnehmen muss.

Du kannst mich übrigens Mhairie nennen. Ich halte nichts von diesen steifen Anreden.«

Lili lachte. »Dann gib mir trotzdem deinen Arm, wenn wir über den Flur gehen, damit dir keiner auf die Schliche kommt.«

»Ach, du gefällst mir. Endlich lacht wieder jemand in diesem Haus. Der einzig erträgliche Mensch ist Dusten«, raunte Mhairie und hakte sich bei Lili unter.

Vor ihrem Zimmer wollte sich Lili verabschieden, aber Mhairie bat sie, noch für eine kleine Weile mitzukommen.

Lili war erstaunt, als sie das Zimmer der alten Dame betrat. Sie hatte ein düsteres, muffiges Zimmer erwartet, in dem die Zeit stehen geblieben war, doch es machte einen hellen und freundlichen Eindruck. Es war geräumig, hatte große Fenster und war nur sparsam möbliert. Ein Bett mit einem schmiedeeisernen Aufbau, ein Damensekretär, ein Kleiderschrank und eine Sitzecke – mehr enthielt das Zimmer nicht.

»Du hast es schön hier.«

Mhairie lachte. »Aber nur, weil ich unseren Aidan gebeten habe, das ganze Gerümpel zu entfernen. Setz dich!«

Die alte Dame eilte behände zu ihrem Kleiderschrank und kehrte mit einer Flasche und zwei Gläsern zurück. Lili stutzte. Trank Mhairie etwa heimlich Whisky, noch dazu am helllichten Vormittag?

»Ach, mein Kind, in deinem Gesicht kann man so schön lesen. Du fragst dich jetzt bestimmt, ob ich auch eine Trinkerin bin wie Shona.«

»Das nicht, aber ich frage mich, was in deinem Schrank noch so alles lagern mag«, entgegnete Lili scherzhaft.

»Ich liebe Whisky, aber es macht mir keinen Spaß, mit den anderen zu trinken. Außerdem schmeckt mir das gekaufte Zeug nicht. Dieser ist uralt. Ich bekam ihn vor mehr als sechzig Jahren geschenkt. Nicht nur diese Flasche, sondern mehrere Fässer. Ich hatte sie bei meinem Vater im Keller versteckt, und als ich Angus heiratete, wollte er nicht, dass ich den Whisky mitnahm. Das war unser erster großer Krach und beinahe der einzige. Ich lernte nämlich rasch, ihm nicht zu widersprechen. Wie du siehst, habe ich gesiegt. Heute lagert immer noch ein Fass davon bei Dusten im Keller. Er hat ihn aus Scatwell gerettet, als mein Enkel Niall ihn vernichten wollte. Aber nur deshalb, weil er erfuhr, aus welcher Schwarzbrennerei er ursprünglich stammte. Dusten hat damit kein Problem. Er füllt mir den Whisky in unverdächtige Flaschen ab, die ich ungeniert bei mir aufbewahren kann. Slàinte mhath!« Mhairie hob ihr Glas.

Lili lachte laut auf, wurde aber sofort wieder ernst. Musste sie nicht für Niall Partei ergreifen? War es Verrat an Niall, wenn sie darüber lachte, wie Mhairie und Dusten ihn austricksten?

»Slàinte mhath!«, erwiderte Lili, bevor sie den Whisky mit Todesverachtung hinunterschüttete. Sie hatte zwar schon einmal Whisky bei den Denoons getrunken, aber dieser brannte in der Kehle und trieb ihr eine glühende Feuerhitze in den Bauch.

»Es geht doch nichts über einen ehrlichen Schwarzgebrannten«, schwärmte Mhairie, während sie Lili und sich das nächste Glas einschenkte.

»Mein Vater soll mit schwarz gebranntem Whisky gehandelt haben«, hörte sich Lili wie aus heiterem Himmel sagen und biss sich auf die Unterlippe. Das Teufelszeug hatte ihre Zunge gelöst.

»Wieso *soll*?« Mhairie blitzte Lili aus ihren wachen Augen neugierig an.

»Ich habe meinen Vater nicht gekannt. Er ist schon vor meiner Geburt tödlich verunglückt«, erklärte Lili hastig.

»Traurige Geschichte. Und deine Mutter?«

»Sie hat als Köchin gearbeitet und alles getan, damit ich Lehrerin werden konnte. Sie hatte Glück. Die Familie, für die sie arbeitete, mochte mich. Man hat mir meine Studien bezahlt und die Stellung an der St. George's besorgt.«

»Und sie stammte aus Edinburgh?«

»Ja, ihre Mutter war dort schon Köchin bei den Eltern von Doktor Denoon …« Lili stockte und musterte Mhairie prüfend. »Du fragst das doch nur, um sicherzugehen, dass ich keine familiären Verbindungen zu den Highlands habe.«

Mhairie wand sich vor Verlegenheit. »Man kann dir einfach nichts vormachen. Wäre ich doch nur so schlau gewesen wie du, niemals wäre ich damals sehenden Auges in mein Unglück gerannt.«

Lili blickte sie herausfordernd an. »Ich nehme einmal an, dass du mir nicht erzählen willst, welches Unglück du meinst.«

»Meine Heirat mit Angus Munroy«, lautete die prompte Antwort.

Lili verschluckte sich vor Schreck am Whisky und musste husten. Diese Offenheit hatte sie nicht erwartet. Lag es daran, dass Mhairie bereits ihr zweites Glas in einem Zug geleert hatte?

»Wolltest du ihn nicht heiraten?«

»Ach, mein liebes Kind, so betrunken, dass ich dir jetzt die ganze Familiengeschichte preisgebe, bin ich dann doch noch nicht. Aber nun trink! Wenn du einen Munroy heiratest, wirst du ab und zu den Trost des Whiskys brauchen.«

Lili nippte noch einmal an dem Glas, doch dann überwand sie ihren Abscheu, tat es Mhairie gleich und leerte das Glas in einem Zug.

»Warum hat sich Caitlin umgebracht?«, hörte sich Lili nun gleich darauf fragen.

»Frag Niall.«

»Er verbietet mir, danach zu fragen.«

»Dann bleibt auch mein Mund verschlossen.«

Lili stieß einen tiefen Seufzer aus. »Großmutter Mhairie, ich ahne, warum alle im Haus um Caitlins Tod ein solches Geheimnis machen. Für mich gibt es da nur einen Grund: Caitlin hatte eine Affäre mit Dusten, die Niall entdeckt hat, nicht wahr? Hat sie sich deswegen umgebracht?«

Lili erschrak vor ihren eigenen Worten. Das hatte sie nicht sagen wollen. Niemals! Warum war ihr Mund nur immer schneller als ihr Verstand? Sie schob es auf den Whisky.

Mhairie rollte mit den Augen. »Wer hat dir denn diesen

Bären aufgebunden? Schlimm genug, dass man dem armen Mädchen eine Gemütskrankheit unterschiebt, aber dass man sie jetzt auch noch zur Hure machen will. Unglaublich!«, schimpfte sie. »Caitlin ist Niall niemals untreu gewesen. Sie hat ihn über alles geliebt.«

Lili klopfte das Herz bis zum Hals. Sie empfand zwar Erleichterung darüber, dass es niemals eine Affäre zwischen Caitlin und Dusten gegeben hatte. Gleichzeitig aber schämte sie sich dafür, dass sie den beiden etwas angedichtet hatte. Sie musste den Irrtum richtigstellen. Und zwar sofort. Das konnte sie unmöglich der Familie anlasten. Sie spürte, wie ihre Wangen vor Verlegenheit ganz heiß wurden.

»Nein, das mit der Affäre, das hat keiner angedeutet. Das habe ich mir selbst zusammengereimt, weil ich eine Erklärung dafür gesucht habe, warum Caitlin bei dieser Familie dermaßen in Ungnade gefallen ist.«

»Du hast eine blühende Phantasie, mein Kind. Lass das bloß nicht Niall hören. Und ebenso wenig Dusten.« Mhairie lachte heiser, bevor sie mit ernster Stimme fortfuhr: »Sie war älter als Dusten, aber das muss ja kein Hindernis sein. Sie mochten einander wie Freunde. Er war immer freundlich zu Caitlin und hat ihr die erste Zeit auf Scatwell Castle erträglich gemacht, mehr nicht, denn Niall war die meiste Zeit geschäftlich unterwegs. Und Lady Caitronia und sie waren von Anfang an wie Hund und Katze. Caitlin kannte ja keinen Menschen im Tal von Strathconon. Und da haben Dusten und ich uns ihrer angenommen. Sie kam aus Ullapool und war die Enkelin des reichen Schiffseigners John Boyd, der für Niall Schafwolle nach Übersee verschiffte ...« Sie stockte. »Aber jetzt ist es genug. Ich will dir nicht Caitlins gesamte Lebensgeschichte erzählen. Wenn Niall davon erfährt, wird er mir wieder sehr böse sein, denn wenn es nach ihm ginge, hätte es den Namen Caitlin in unserer Familie niemals gegeben.«

»Mhairie, ich verspreche, dich nie wieder mit Fragen zu löchern. Nur verrat mir eins: Was hat sie verbrochen, dass man sie in dieser Familie am liebsten vergessen würde?«

» Gar nichts! «

Mhairie goss Lili und sich ein drittes Glas ein.

» Aber es muss doch etwas vorgefallen sein. So wie Niall versucht, Isobel das Gedenken an ihre Mutter regelrecht auszutreiben. Wenn sie nicht krank war, dann muss sie doch einen triftigen Grund gehabt haben, sich umzubringen. «

» Slàinte mhath! «, rief Mhairie mit ihrer tiefen Stimme. Bei ihr zeigte der Whisky anscheinend noch keinerlei Wirkung.

Ganz im Gegensatz zu Lili. Sie hatte das Gefühl, ein wenig zu schwanken, obwohl sie fest in ihrem Sessel saß.

» Nun gut, ich will dir Quälgeist noch einen letzten kleinen Hinweis geben. Aber nur, wenn du mir hoch und heilig versprichst, mir in Zukunft nie wieder Fragen zu dieser verdammten Familiengeschichte zu stellen. «

Mhairies Stimme war so laut und unerbittlich geworden, dass Lili ein kalter Schauer über den Rücken lief.

» Ja, ich verspreche es. «

» Caitlin hatte das Pech, in Wirklichkeit eine andere zu sein als die Frau, die Nialls Ehefrau wurde. Man hatte ihr vorgegaukelt, sie sei eine waschechte Boyd, aber ihre Mutter war gar nicht die Tochter der Boyds gewesen. Sie hatten das Kind aufgezogen und als ihr eigenes ausgegeben … «

» Aber … aber dafür konnte sie doch nichts. Ich meine, das kann man ihr nicht anlasten. Und sie hatte doch Niall, der sie sehr liebte … «, stammelte Lili.

Mhairie legte einen Zeigefinger auf den geschlossenen Mund, um Lili daran zu erinnern, dass sie ihr soeben ein Versprechen gegeben hatte.

Lili stöhnte laut auf und trank das dritte Glas in einem Zug leer. Das Brennen hatte aufgehört. Nun breitete der Whisky sich in ihrem Kopf aus. Sie fühlte sich leicht und unbeschwert.

» Aber wenn du, Lili, einmal Kummer haben solltest, weil dir in diesem Hause Unrecht widerfahren sollte, dann wende dich an mich oder an Dusten. Wir werden es niemals zulassen, dass unter diesem Dach noch einmal ein armes Menschenkind in den Tod getrieben wird. «

Lili lagen noch so viele Fragen auf der Zunge, aber sie schluckte sie tapfer hinunter. Sie wollte ihr Versprechen in Zukunft halten, selbst wenn es ihr schwerfiel.

»Ich bin müde, Lili. Ich glaube, ich halte einen kleinen Vormittagsschlaf«, gähnte Mhairie und drückte Lili die Flasche und die leeren Gläser in die Hand. »Rechts unten in die Schnürstiefel!«

Lili versuchte aufzustehen, aber sie geriet ins Schwanken.

»Oje, du hast noch nicht oft Whisky getrunken, nicht wahr?«, fragte Mhairie schmunzelnd. »Aber bekomm bitte keinen falschen Eindruck von mir! Ich genehmige mir höchst selten einen Drink und nur in guter Gesellschaft. Und die habe ich leider nicht allzu oft. Einmal abgesehen von Dusten, der es jedes Mal schafft, mich unter den Tisch zu trinken. Also keine Sorge, dass ich Shona nacheifere. Ich glaube, sie ist überhaupt nicht mehr nüchtern.«

Schmunzelnd versteckte Lili Flasche und Gläser in den Stiefeln und wollte Mhairie danach ins Bett helfen, aber die alte Dame hatte sich bereits ausgestreckt. »Hilfst du mir noch aus den Schuhen?«

Lili schnürte ihr die Stiefel auf und zog sie ihr von den Füßen. Sorgfältig stellte sie die Schuhe unter das Bett, bevor sie die alte Frau zudeckte. Dabei stellte sie fest, wie feingliedrig Mhairie war. Lili konnte ihre Handgelenke mit den Fingern umfassen. Ob sie erst im Alter so dünn geworden ist oder immer so schlank war?, fragte sich Lili. Eine unbändige Neugier auf Mhairies persönliche Geschichte brandete in ihr auf. Sie war eine ganz besondere Frau, und Lili hätte allzu gern erfahren, warum sie Angus Munroy geheiratet hatte, offenbar ohne ihn aufrichtig zu lieben. Doch sie hatte versprochen, keine Fragen mehr zu stellen, und daran würde sie sich halten, obwohl es ihr mehr als schwerfiel.

»Schlaf gut«, hauchte Lili und wollte das Zimmer verlassen, doch Mhairie ergriff ihre Hand.

»Ich mag dich sehr und freue mich für meinen Enkel, dass ihm das Leben in Gestalt einer wunderschönen, warmherzigen und aufrichtigen Frau eine zweite Chance gewährt. Mit dir an der Seite wird er sich wiederfinden. Und wenn ihr erst Kinder habt, dann wird das Haus Munroy endlich durch die Kraft des Lichtes und der Liebe erhellt. Bleib bitte bei mir, bis ich eingeschlafen bin. Kurz bevor mich der Schlaf übermannt, tauchen die Gespenster der Vergangenheit auf und foppen mich. Ich bin kein ängstlicher Mensch, habe auch keine Angst vor dem Tod, aber in der Welt zwischen Wachen und Schlafen bin ich empfänglich für die Kundschafter des Sensenmannes. «

»Aber natürlich bleibe ich. « Lili ließ sich vorsichtig auf der Bettkante nieder und hielt Mhairies knochige Hand, bis sie eingeschlafen war. Dann erhob sie sich leise und schlich auf Zehenspitzen aus dem Zimmer. Sie war gerade dabei, die Tür lautlos hinter sich zuzuziehen, als Niall auf sie zutrat.

»Was hast du denn so lange bei Großmutter gewollt? «, fragte er streng.

»Sei leise! Sie ist gerade eingeschlafen «, flüsterte Lili und zog ihn an der Hand von der Tür fort.

»Was wolltest du bei ihr? «

»Ich habe ihr ein wenig Gesellschaft geleistet. « Lili musste sich ein Kichern verkneifen, weil sie an den Whisky dachte.

»Und sie hat dir einen Haufen dummes, wirres Zeug erzählt, nicht wahr? «

»Nein, sie ist eine entzückende alte Dame, die was im Köpfchen hat. «

»Ich glaube, das kannst du nicht beurteilen «, erwiderte Niall in herablassendem Ton. »Du kennst sie nicht und weißt nicht, welches Unheil sie mit ihrer Geschwätzigkeit schon angerichtet hat. Ich möchte nicht, dass du ihre Nähe suchst. «

»Aber sie ist deine Großmutter! «, empörte sie sich.

Niall warf ihr einen vernichtenden Blick zu. »Ich dachte, wir seien uns einig. Ich bin nicht mehr so streng zu Isobel, aber dafür fügst du dich meinen Wünschen. «

Lili überlegte. Das hatten sie ihrer Meinung nach nicht so abgesprochen. Und so betrunken, dass sie nicht mehr wusste, was sie abgemacht hatten, war sie nicht. Aber sie ahnte, dass jeder weitere Widerspruch in einem neuen fruchtlosen Streit enden würde. Außerdem würde er sonst womöglich doch noch etwas von dem Whisky merken. Sie wunderte sich ohnehin, dass er sie nicht längst mit Vorwürfen überschüttete. Vorsichtshalber sprach sie nun in die andere Richtung.

»Ich werde mich bemühen, ihr aus dem Weg zu gehen, aber du kannst nicht von mir verlangen, dass ich darüber meine gute Erziehung vergesse. Wenn mich eine alte Dame wie sie bittet, sie in ihr Zimmer zu begleiten, werde ich das auch in Zukunft nicht ablehnen.«

»Das verlange ich auch nicht von dir. Ich möchte dich nur eindringlich auffordern, dass du ihr Einhalt gebietest, wenn sie dir irgendwelche abstrusen Märchen über unsere Familie auftischt.« Er packte sie bei den Schultern und blickte ihr streng in die Augen. »Hast du das verstanden?«

»Du, sprich nicht mit mir wie mit einem ungezogenen Kind!« In ihrer Wut hauchte sie ihm ihre Fahne direkt ins Gesicht.

»Es ist doch alles nur zu deinem Besten.«

Niall wollte ihr einen Kuss geben, doch da zuckte er angewidert zurück.

»Du hast ja getrunken! Und das am helllichten Tag. Ich wusste doch, dass sie kein guter Umgang für dich ist.«

Er wandte sich voller Empörung von ihr ab und eilte in Richtung der Geschäftsräume. Lili blickte ihm ratlos hinterher, doch dann machte sich wie aus heiterem Himmel ein Lachreiz in ihrer Kehle breit, und sie brach in lautes Gekicher aus. »Aber das tut man nicht als angehende Lady Munroy und Mutter des zukünftigen Baronet«, gluckste sie mit verstellter Stimme, was sehr an Lady Caitronias Ton erinnerte.

»Was ist denn in dich gefahren?«, lachte Dusten.

Lili fuhr herum und hielt sich an der Wand fest. Der Boden unter ihren Füßen schwankte ein wenig.

Er grinste breit, als er näher kam und ihre Fahne roch.

»Hat Großmutter Mhairie dich in die Geheimnisse ihres Kleiderschrankes eingeweiht?«

»Ja, und sie hat mir geschworen, dass du keine Affäre mit …« Sie unterbrach sich und hörte zu kichern auf. »Jetzt hätte ich beinahe was verraten, aber ich darf auch halbe Sätze sprechen, und du wirst nie erfahren, was ich dir gerade sagen wollte.«

Galant reichte Dusten ihr seinen Arm.

»Dann komm mal, du Geheimnisträgerin, ich bringe dich zu deinem Zimmer.«

»Das ist wahnsinnig nett«, erwiderte Lili grinsend und hakte sich bei ihm unter. Vor der Tür angekommen, hatte sie nur noch einen Wunsch: es Großmutter Mhairie gleichzutun und ein Schläfchen zu machen.

»Auf Wiedersehen, Dusten, und danke, dass du mich nach Hause gebracht hast«, flötete sie zum Abschied.

»Nichts für ungut. Es war mir ein Vergnügen«, erwiderte er schmunzelnd.

Beschwingt betrat Lili ihr Zimmer, ließ sich auf das Bett fallen und schlief sofort ein.

28

Inverness, 31. Dezember 1913

Lili spürte beim Aufwachen einen metallenen Geschmack im Mund. Die Leichtigkeit von vorhin war wie von Zauberhand verschwunden. Sie setzte sich auf und blickte sich um. Und schon legte sich erneut die Schwere dieses Zimmers auf ihre Seele. Sie sprang auf, ging zum Fenster und öffnete es. Die frische Luft tat ihr gut, und sie beschloss, auf eigene Faust einen Spaziergang zu unternehmen.

Sie zog den Mantel an, band sich den Schal um, setzte ihren Hut auf und verließ das Haus. Es war zwar kein neuer Schnee gefallen, aber die Straßen lagen immer noch unter einer festen weißen Decke.

Lili wanderte ein ganzes Stück den Fluss entlang, bevor sie umkehrte und durch die belebte Stadt zurückschlenderte. Überall in den Straßen begegneten ihr Menschen mit Geschenkpaketen.

Ich habe kein Geschenk für Niall, fiel ihr plötzlich ein. Sie zerbrach sich den Kopf, was sie ihm von ihrem wenigen Geld noch rasch kaufen könnte. Da fiel ihr der Strumpfdolch ein, den sie im Nachlass ihrer Mutter gefunden hatte. Und sie erinnerte sich, dass Niall beim Weihnachtsfest der Einzige gewesen war, in dessen Strumpf kein Sgian Dubh gesteckt hatte. Wahrscheinlich hatte er ihn verloren. Soweit sie es beurteilen konnte, war der Dolch aus der Kiste ihrer Mutter ein kostbares Stück. Außerdem sollte es nur eine Aufmerksamkeit sein. Natürlich müsste sie ihm verschweigen, woher der Dolch stammte. Da kam es ihr gerade recht, dass sie an einem Laden vorbeiging, in dessen Schaufenster Dutzende von Strumpfdolchen auslagen. Sie merkte sich den Namen des Ladens: Burnett. Falls er fragen sollte, wo sie ihn erstanden hatte.

Unversehens war sie mit den Gedanken wieder bei ihrem Vater, und sie hob suchend den Kopf. Dort oben thronte die Burg über der Stadt. Ohne zu überlegen, setzte sie einen Fuß vor den anderen und folgte dem Weg zum Schloss hinauf. Der Weg war kürzer, als sie befürchtet hatte. Der eisige Wind wehte ihr hier oben ungeschützt entgegen, aber das störte sie nicht. Vor dem imposanten Bau aus rotem Sandstein angelangt, fragte sie sich, was sie hier eigentlich suchte. Hoffte sie, Spuren ihres Vaters zu entdecken? Doch das Schloss diente schon lange nicht mehr als Gefängnis.

Andächtig blieb sie vor dem Denkmal der Flora MacDonald stehen und blickte hinauf zu der mutigen Heldin der Highlands, die einst Bonnie Prince Charlie zur Insel Skye gerudert hatte, um ihn nach seiner Niederlage von Culloden vor seinem Verfolger, dem Herzog von Cumberland, in Sicherheit zu bringen. Wie oft hatte sie ihren Schülerinnen diese Geschichte vom Scheitern des zweiten Jakobitenaufstandes erzählt. Eine unbändige Sehnsucht nach St. George's überkam sie.

Und erneut fragte sie sich, was sie auf diesen Berg getrieben haben mochte. Um sich abzulenken, las sie die Inschrift. Das Denkmal war 1899 eingeweiht worden. Ob ihr Vater hinter den vergitterten Fenstern des Gefängnisses etwas davon mitbekommen hatte? Lili war mehr als unwohl bei dem Gedanken, dass er in dieser Festung gestorben war, ohne jemals wieder in Freiheit vor der Statue zu stehen wie seine Tochter in diesem Augenblick. Hastig wandte sie sich um und eilte den Berg hinunter und zurück in die Stadt. Die Lust zum Flanieren war ihr allerdings vergangen. Sie ging geradewegs zurück in die Bank Street und betrat das Haus der Munroys.

Sie war froh, keinem Menschen zu begegnen, als sie die Treppen hinaufstieg und Zuflucht in ihrem Zimmer suchte. In diesem Zustand wollte sie niemanden sehen. Ein flüchtiger

Blick in den Spiegel bestätigte ihr, dass ihr Gesicht wie immer einem offenen Buch glich. Sie war weiß um die Nase, und in ihren Augen spiegelte sich das Entsetzen über die Vorstellung, dass dort oben auf der Burg kein Fremder dahinvegetiert hatte, sondern ihr Vater, ihr eigenes Fleisch und Blut.

Soll ich sein Messer wirklich verschenken?, fragte sie sich zweifelnd. Doch wozu soll ich es aufbewahren? Als Erinnerung an einen Mann, den ich gar nicht kannte? Nein, das wäre unsinnig.

Lili zog den Mantel aus und zerrte ihren alten Koffer vom Schrank. Mit einem Griff hatte sie den ledernen Beutel mit den Erinnerungsstücken an ihren Vater hervorgeholt. Vorsichtig tastete sie nach dem Messer und bekam es sicher am Griff zu fassen.

Voller Bewunderung betrachtete sie es von allen Seiten. Es war wirklich ein selten schönes Stück. In der Auslage bei Burnett hatte sie kein einziges Strumpfmesser entdeckt, das an die Pracht dieses Sgian Dubh heranreichte. Der Griff war aus schwarzem Messing gefertigt und mit einem Muster versehen, das an einen geflochtenen Zopf erinnerte. Auch das Messer selbst war dunkel, nur an der Spitze wies es eine aufwendige silberne Verzierung auf.

Es muss sehr alt sein, mutmaßte Lili. Ob Niall sich darüber freuen würde? Sie steckte den Dolch in den ledernen Beutel und wollte ihn Niall in dieser Verpackung gleich nach dem Essen überreichen. Vorher versteckte sie die anderen verräterischen Dinge aus dem Nachlass ihrer Mutter hinten im Schrank. Im Stiefel, wie sie es heute Vormittag bei Mhairie gelernt hatte.

Ein Blick auf die Armbanduhr zeigte ihr, dass ihr noch ein wenig Zeit blieb, sich auszuruhen. Der Schlaf vorhin hatte nicht einmal eine halbe Stunde gedauert, und sie spürte erneut einen Anflug von Erschöpfung. Sie musste auch nicht zum Mittagessen erscheinen, weil die Festlichkeiten bereits am Spätnachmittag mit einem reichlichen Mahl beginnen sollten.

Lili legte sich erneut angezogen aufs Bett. Plötzlich zog ihr ein bekannter Duft in die Nase. Rosenwasser. Mrs Denoon hatte es stets benutzt. Lili schnupperte am Kopfkissen – in der Tat, es duftete nach Rosen. Lili seufzte. Ob Caitlin auch Rosenwasser benutzt hatte?, fragte sie sich. Aber es hätte doch niemals so viele Jahre überdauert … Und überhaupt, warum hatte sie es nicht gleich gerochen? Lili schloss die Augen und versuchte, nicht mehr daran zu denken. Kurz darauf schlief sie ein. Sie schreckte hoch, weil sie schlecht geträumt hatte. Eine finstere Gestalt hatte sie kreuz und quer durch die düsteren Flure eines Schlosses verfolgt. Als sie sich umwandte, sah sie nur noch einen Sgian Dubh aufblitzen. Sie stieß einen Schrei aus und war heilfroh, als sie feststellte, dass sie unversehrt in ihrem Bett lag.

Sie sprang auf und strich sich die Kleidung glatt. Sie hatte das Gefühl, nur kurz eingenickt zu sein, doch es war schon fast sechzehn Uhr. Als Erstes legte sie Holz im Kamin nach.

Ihr Blick fiel auf den Lederbeutel. Vorsichtig zog sie den Dolch heraus und untersuchte ihn noch einmal von allen Seiten. Sie hätte schwören können, dass der Sgian Dubh aus ihrem Traum genauso ausgesehen hatte wie dieser. Das Herz klopfte ihr bis zum Hals. Kein Wunder, dass ich ihn im Traum gesehen habe, redete sie gegen ihre aufkeimende Angst an, so intensiv, wie ich ihn vorhin betrachtet habe.

Entschlossen schob sie das Messer zurück in den Beutel und zog ihr neues Kleid an. Es besaß ein mit Fischbein verstärktes Bustier und einen bodenlangen Rock. Lili drehte sich skeptisch vor dem Spiegel. Plötzlich erschien ihr das Kleid oben herum zu freizügig. Es hatte zwar Ärmel, aber der Ausschnitt ließ die Schultern frei. Nicht, dass ich es nicht tragen kann, ging Lili durch den Kopf, aber fordere ich damit nicht wieder unangenehme Kritik heraus? Sie konnte sich Shonas spöttischen Blick bereits lebhaft vorstellen.

In diesem Augenblick klopfte es an der Tür. Es war unverkennbar Nialls Art, sich bemerkbar zu machen.

»Komm herein, Niall!«, rief sie laut.

»Woher weißt du, dass ich es bin?«, fragte er lächelnd, als er ihr Zimmer betrat. Er tat so, als sei vorhin nichts gewesen.

Sie wandte sich zu ihm um. »Findest du nicht auch, dass der Ausschnitt ziemlich gewagt ist?«

Statt ihr eine Antwort zu geben, trat er hinter sie und gab ihr einen zärtlichen Kuss auf die nackte Schulter. »Du siehst bezaubernd aus. Die Ladys werden vor Neid erblassen.«

»Aber genau das möchte ich vermeiden. Ich kann nämlich nicht beschwören, dass ich noch eine einzige dumme Bemerkung deiner Schwägerin ohne Echo hinnehme.«

»Das traut sie sich heute nicht. Wir haben schließlich Gäste. Du wirst sie nicht wiedererkennen. Sie wird die charmante Gastgeberin spielen und alle um den Finger wickeln.«

»Und du meinst wirklich, dass es nicht zu freizügig ist?«

Niall stöhnte übertrieben gequält auf. »Liebling, ich wäre der Erste, der dir verbieten würde, dich allzu offenherzig zu kleiden, aber dieser Ausschnitt ist den alten Blusen nachempfunden, die unsere Damen im letzten Jahrhundert trugen. Schottinnen haben eben schöne Schultern, und die sollten nicht versteckt werden.«

Lili betrachtete sich noch einmal im Spiegel und musste zugeben, dass ihr das Kleid wirklich gut stand.

Erst als sie sich erneut zu ihm umwandte, bemerkte sie, dass auch Niall Festkleidung trug. Sein Hemd war blütenweiß, und sein Haar leuchtete in funkelndem Rot. Er sah noch besser aus als sonst. Mit einem verstohlenen Blick auf seinen linken Strumpf stellte sie befriedigt fest, dass ihm zur vollkommenen Ausstattung eines echten Highlanders ein einziges Zubehör fehlte: In seinem Strumpf steckte kein Dolch. Auch wenn der Sgian Dubh nur noch an alte Traditionen erinnerte, war er anlässlich eines hohen Festtages doch unentbehrlich. Die Väter ihrer Schülerinnen hatten bei den Festen in St. George's stets einen Sgian Dubh im Strumpf getragen. Lili war höchst gespannt, was Niall zu dem kostbaren Geschenk sagen würde.

Nach einem prüfenden Blick in den Spiegel lachte sie. »Wir

sind ein schönes Paar. Keine Frage, ich glaube, so können wir uns den Gästen präsentieren.«

»Ganz meine Meinung, Miss Campbell. Ich kann es kaum mehr erwarten, dass wir alle diese Förmlichkeiten überstanden haben und ich Sie endlich in meine Arme schließen kann.«

Niall stand hinter ihr und hatte seine Arme um ihre Taille gelegt, doch nun fuhr er mit den Händen langsam an ihrem Körper herauf, bis er bei ihren nackten Schultern angelangt war. Ohne Vorwarnung schob er seine Hände in ihren Ausschnitt bis hin zu den Brüsten. »Ich sehne mich so sehr nach dir, mein Liebes«, stöhnte er.

Seine unverhoffte Berührung erweckte in Lili gemischte Empfindungen. Sie war ein wenig überrascht, aber es war eher ein angenehmes Gefühl, seine warmen Hände auf ihrer nackten Haut zu spüren. Doch gleich darauf zog er sie hastig wieder zurück, als habe er sich die Finger verbrannt.

»Wir müssen vernünftig sein. Ich möchte bis zur Hochzeitsnacht warten.«

Lili war ein wenig verwundert, hatte sie doch gerade Gefallen an dieser lustvollen Berührung gefunden. Es lag ihr auf der Zunge, ihn zu fragen, ob er bei Caitlin auch so brav gewesen war, aber sie schluckte die ketzerische Bemerkung rasch hinunter. Plötzlich kam ihr die mahnende Stimme ihrer Mutter in den Sinn. Gib dich einem Mann niemals vor der Hochzeitsnacht hin. Sonst musst du damit rechnen, dass er fort ist und du mit der Frucht der Liebe allein dasitzt. Aber bei Niall und ihr war es doch etwas völlig anderes. Er würde sicherlich nicht vor der Hochzeit verschwinden und einen Mord begehen.

Lili schmiegte sich an ihn und bot ihm keck den Mund zum Kuss. Sie spürte seine Erregung und strich ihm mit den Fingerspitzen sanft über den Nacken. Niall aber löste sich von ihren Lippen. »Komm, Lili, die Gäste erwarten uns.«

»Aber vielleicht kannst du dich ja heute Nacht nach dem Fest zu mir schleichen«, hörte Lili sich verführerisch raunen.

»Lili, auch wenn es mir schwerfällt, ich nehme die Tradition der Hochzeitsnacht sehr ernst.«

»Niall, du bist ein erfahrener Mann. Wenn *ich* das sagen würde …«

»Du solltest es genauso sehen wie ich. Es ist zu deinem Schutz. Denk nur an das Schicksal deiner Mutter.«

Lili biss sich auf die Lippen, um nichts Unüberlegtes zu sagen. Es war seine zur Schau gestellte moralische Überlegenheit, die sie störte. Er gab ihr ständig das Gefühl, über den Dingen zu stehen. Würde er überhaupt jemals in seinem Leben über die Stränge schlagen und aus Leidenschaft etwas Unvernünftiges tun? Kaum hatte sie sich diese Frage gestellt, da schämte sie sich dafür. Was wollte sie eigentlich? Einen Draufgänger, der sie wie verrückt begehrte und alle Vernunft über Bord warf?

Nein, dachte sie, ich kann froh sein, nicht an einen solchen Mann geraten zu sein wie meine Mutter, der sie zwar wohl abgöttisch geliebt hatte, aber dann für einen Mord büßen musste, statt ihr ein guter Ehemann zu sein.

»Du hast ja recht, mein Liebling«, seufzte sie und hakte sich wie eine echte Dame bei Niall unter.

29

Die Familie hatte sich bereits im großen Saal versammelt, als Lili und Niall eintraten. Alle waren festlich gekleidet, und vor dem Kamin stapelten sich Geschenkpakete. Das erinnerte Lili daran, dass sie den Dolch vergessen hatte. Ohne die Familie zu begrüßen, holte sie das Geschenk aus ihrem Zimmer und legte es unauffällig zu den anderen.

»Wo warst du?«, fragte Niall unwirsch. »Plötzlich warst du verschwunden, und ich stand hier ganz allein.«

»Tut mir leid, ich hatte etwas vergessen.« Dann lächelte sie in die Runde. Die anderen standen mit ihren Gläsern in der Hand um den Kamin herum.

»Guten Abend«, flötete sie. Wie erwartet starrte Shona sie finster an, hielt aber den Mund.

Dafür schenkte ihr Mhairie, die wieder in ihrem Sessel saß, einen bewundernden Blick. »Du siehst bezaubernd aus, mein Kind.«

»Da muss ich mich Großmutters Urteil anschließen«, bemerkte Dusten.

Lili lächelte verlegen.

»Ja, das ist mein Geschenk von Niall. Er hat bei unserer ersten Begegnung meine Maße anscheinend so genau in Augenschein genommen, dass das Kleid wie angegossen passt, obwohl der Schneider mich niemals zuvor gesehen hatte.«

»Deine Maße. Dass ich nicht lache. Du hast doch genau die gleiche Figur wie …«, geiferte Shona, wurde aber umgehend von Caitronia mit strafenden Blicken zurechtgewiesen.

»Du siehst so schön aus«, schnurrte Isobel und schmiegte sich an Lili, die ihr den Arm um die Schultern legte.

»Ist das nicht eine reizende Familie?«, entfuhr es Shona spitz. »Da fehlt doch nur noch der Thronfolger.«

»Schatz, nicht heute! Die Gäste treffen gleich ein«, zischte Craig seiner Frau zu. Er trug ebenfalls seine Festtagskleidung, aber er wirkte wie ein blasser Abklatsch seines älteren Bruders. Lili warf einen unauffälligen Blick auf Craigs und dann auf Dustens Bein. Sie hatte richtig beobachtet: Die beiden trugen je einen Sgian Dubh. Dann schweifte ihr Blick zu Dustens Gesicht. Er sah mindestens so gut aus wie Niall. Er war ein anderer Typ mit dem wirren blonden Haar und den ungleich breiteren Schultern, aber er gefiel Lili ausnehmend gut. Sie errötete, als er ihr zuzwinkerte. Wahrscheinlich spielte er auf ihre Erlebnisse mit Mhairies Whisky an. Sie schenkte ihm ein strahlendes Lächeln.

Sie war in Gedanken noch bei Dusten, als sie einen Schmerz verspürte. Niall quetschte ihre Hand so hart, dass sie beinahe aufschrie. Entsetzt sah sie ihn an. Er schwieg hartnäckig, doch in seinen Augen stand deutlich geschrieben, dass ihm der vertraute Blickkontakt mit Dusten missfiel.

Sie nahm sich vor, Nialls Cousin im weiteren Verlauf des Abends möglichst zu ignorieren, wenngleich ihr Nialls ständige Eifersucht ganz und gar nicht behagte. Er hat doch keinen Grund, dachte sie erbost, oder merkt er, dass ich an Dusten einiges schätze, das ich bei ihm vermisse? Sie konnte sich nicht helfen, aber die Selbstsicherheit und Souveränität, die Dusten ausstrahlte, gepaart mit seiner Warmherzigkeit, dem Humor und seiner Gelassenheit, imponierten ihr sehr. Er kann bestimmt sehr leidenschaftlich sein, durchfuhr es sie siedend heiß.

Lili befürchtete, feuerrot geworden zu sein. Sie wandte den Blick jäh ab, entzog Niall ihre Hand und streichelte ihm flüchtig über die Wangen, doch das änderte nichts an seinem säuerlichen Blick. Mit Erschrecken bemerkte sie, dass Dusten sie seinerseits unverwandt anstarrte.

»Das Kleid steht dir wirklich ausgezeichnet«, murmelte er.

»Ich denke, es reicht, Dusten. Bewahr dir deine Komplimente für deine Herzensdame auf. Merkst du nicht, dass du Lili damit in Verlegenheit bringst?«, fauchte Niall.

Dusten öffnete den Mund, um seinem Cousin zu antworten, doch in diesem Augenblick trafen die ersten Gäste ein. Dusten rang sich ebenso wie Niall zu einem Lächeln durch. Einer nach dem anderen betrat den Saal und begrüßte die Familienmitglieder. Lili war es unangenehm, von so vielen fremden Menschen unverhohlen beäugt zu werden. Warum erklärte Niall den Gästen nicht, wer sie war? Doch zu ihrem großen Ärger lüftete Niall das Geheimnis nicht. Er stellte sie den Gästen schlicht als Miss Campbell vor, was offenbar noch mehr Neugier hervorrief. Es waren inzwischen zehn Personen eingetroffen, alle in festlicher Hochlandkleidung. Die meisten waren als Paare erschienen.

Caitronia und Shona überboten sich geradezu an Gastfreundlichkeit. Lili war erstaunt, wie charmant ihre zukünftige Schwägerin sein konnte, doch dann erstarrte sie, als die letzten Gäste eintrafen. Es war keine Geringere als Lady Ainsley in Begleitung ihrer Tochter Murron, auf die Isobel sich gleich stürzte, und eines älteren vornehmen Herrn. Der musterte Lili unverschämt von Kopf bis Fuß. Als wäre sie ein Stück Vieh, das er auf einer Auktion begutachtete.

»Ach, Sie sind die junge Lehrerin, die sich mit unserem Niall verloben will?«, fragte er ohne Umschweife, während er Lili zur Begrüßung die Hand schüttelte. Sie spürte seine Ablehnung geradezu körperlich.

»Mit wem habe ich die Ehre?«, fragte sie kühl.

»Lord Alexander Fraser. Ich bin Ainsleys Vater«, entgegnete er nicht minder kalt. Ein Schauer lief Lili den Rücken hinunter. Seine Abneigung gegen sie war so offensichtlich und beruhte auf Gegenseitigkeit. Und sie ahnte auch, warum er sie ablehnte. Wahrscheinlich hatte er gehofft, dass Niall seine Tochter heiraten werde und nicht diese kleine Lehrerin ohne Stammbaum. Was bildet sich der verknöcherte Kerl überhaupt ein?, dachte sie erbost, während sie mit anhören durfte, wie überaus herzlich der glatzköpfige Lord die übrigen Familienmitglieder begrüßte. Doch nun schlängelte sich Lady Ainsley an Lili heran.

»Guten Abend, Miss Campbell.« Sie streckte Lili zur Begrüßung gerade einmal die Fingerspitzen hin.

»Guten Abend, Lady Ainsley«, erwiderte Lili höflich, aber kühl und hielt dem bohrenden Blick der Dame stand.

»Schönes Kleid«, zischte Lady Ainsley so leise, dass nur sie es hören konnte. »Haben Sie es von Caitlin geerbt?«

Lili war angesichts dieser offenen Feindseligkeit so überrascht, dass es ihr die Sprache verschlug. Sie war bestimmt nicht auf den Mund gefallen, aber sie fühlte sich plötzlich seltsam fehl am Platz zwischen all diesen fremden Titelträgern.

Ohne ein weiteres Wort wandte sie sich um und lief nach draußen. Im Flur lehnte sie sich an die Wand und fing an zu weinen. Ihr kamen ferne Erinnerungen an die Schulzeit. Wie oft hatte sie sich heulend verkrochen, wenn Mitschülerinnen sie damit aufgezogen hatten, dass sie ein uneheliches Kind war. Und genauso gedemütigt fühlte sie sich in diesem Augenblick.

Sie zuckte zusammen, als sich eine Hand tröstend auf ihre Schulter legte.

»Ach, Niall«, seufzte sie, während sie sich umwandte, um sich an seiner Schulter auszuweinen, doch dann erkannte sie ihren Irrtum. Es war nicht ihr Verlobter, sondern Dusten, der sie voller Mitgefühl musterte.

»Komm her!«, raunte er. Lili zögerte nicht, sondern warf sich in seine Arme und schluchzte laut auf.

»Was hat dir diese Person zugeflüstert?«, fragte er, während er ihr sanft über das Haar strich.

»Sie hat mich gefragt, ob … ob ich das Kleid von Caitlin geerbt habe«, schniefte Lili.

»Hör nicht hin. Sie ist nur eifersüchtig, weil sie sich Hoffnungen auf Niall gemacht hat«, flüsterte Dusten.

Lili befreite sich aus der Umarmung und wischte sich mit der Hand über das Gesicht. »Ich weiß, aber vielleicht hat sie recht, und ich gehöre wirklich nicht hierher.«

Dusten fasste ihr zärtlich unter das Kinn und blickte sie ernst an. »Zweifle nicht an dir selbst, Lili! Du bist ein wunderbarer Mensch und eine Bereicherung für unsere Familie. Und denk dir nichts dabei – Ainsley konnte Caitlin ebenso wenig leiden. Sie war schon immer verliebt in meinen Cousin und fühlte sich tief gekränkt, als er das Mädchen aus Ullapool zur Frau nahm und sie, die Hochwohlgeborene, schnöde verschmähte. Aus Trotz heiratete sie dann den viel älteren Sir Edward Cullon. Natürlich machte sie sich nach dessen Tod erneut Hoffnungen auf Niall. Es liegt also nicht an dir, glaub es mir. Und nun wasch dir das Gesicht und beweise der feinen Gesellschaft, dass du eine strahlende Braut bist.«

»Ach, Dusten, wenn ich dich nicht hätte!«, seufzte Lili und gab ihm einen Kuss auf die Wange, was sie sofort wieder bereute.

»Entschuldigung, ich wollte dir nicht zu nahetreten.«

»Ach, Lili, wir sind doch eine Familie, aber jetzt lauf. Ich hingegen werde mir das Gesicht vorerst nicht mehr waschen.« Versonnen fasste er sich an die Stelle, an der sie ihn geküsst hatte.

Lili aber eilte mit klopfendem Herzen in ihr Zimmer und benetzte das Gesicht mit reichlich Wasser. Im Hinausgehen warf sie einen flüchtigen Blick in den Spiegel und stutzte. Ihre Wangen waren gerötet, und in ihren Augen funkelte es verdächtig. Als würden Sterne in ihrer Pupille leuchten. Hoffentlich hat er nicht gemerkt, wie gern ich ihn habe, dachte sie erschrocken und riss sich von dem Anblick ihres verräterischen Spiegelbildes los. So konnte sie doch unmöglich vor die anderen treten. Sie werden mich mit ihren Blicken auffressen und mir ansehen, dass sich etwas an mir verändert hat. Dann huschte ein Lächeln über ihr Gesicht. Denn wie sollten die fremden Menschen dort unten ahnen, wer ihre Augen so zum Strahlen gebracht hatte?

30

Als Lili in den festlichen Saal zurückkehrte, saß die Gesellschaft bereits bei Tisch. Die meisten waren so intensiv in ihre Gespräche vertieft, dass sie ihr Kommen gar nicht bemerkten. Nur Lady Ainsley warf ihr einen triumphierenden Blick zu, und Niall musterte sie mit stillem Vorwurf, als sie sich neben ihn setzte. Sie kämpfte mit sich, ob sie ihm erzählen sollte, warum sie wie ein kleines Kind fortgelaufen war, er aber begann in diesem Augenblick ein angeregtes Gespräch mit Lord Fraser, ohne sie weiter zu beachten.

Schweigend aß Lili von der leckeren Vorsuppe, der Hühnersuppe, bis sich ihr der Tischherr zur anderen Seite, ein rotgesichtiger dicker Mann, interessiert zuwandte. Er hatte sich ihr vorhin zwar vorgestellt, aber sie erinnerte sich nicht mehr, wie er hieß. Zu viele fremde Namen auf einmal waren ihr genannt worden.

»Darf ich Sie etwas fragen, Miss Campbell? Woher kommen Sie? Ich habe Sie noch nie zuvor in Inverness gesehen. Und Sie wären mir aufgefallen.«

Lili holte tief Luft und rang sich zu einem Lächeln durch. »Ich komme aus Edinburgh und bin das erste Mal im Hochland.«

»Oh, interessant, und wie sind Sie mit der Familie Munroy bekannt oder verwandt?«

Lili warf Niall einen Hilfe suchenden Seitenblick zu, doch er schien so in das Gespräch mit Lady Ainsleys Vater vertieft zu sein, dass er sie nicht wahrnahm.

»Sie sind mir eine Antwort schuldig«, schnaufte der beleibte Mann zu ihrer Rechten leicht ungehalten.

»Ich werde bald zur Familie gehören«, erwiderte Lili ausweichend.

»Sie machen es aber spannend«, spottete der Tischnachbar und wandte sich über ihren Kopf hinweg an Niall. »Alter Junge, deine Tischdame spricht in Rätseln. Sie will mir nicht verraten, wer sie ist.«

Niall war sichtlich verärgert, erhob sich aber zögernd und klopfte mit einer Gabel an sein Glas. Feierlich blickte er in die Runde und räusperte sich ein paarmal.

»Liebe Gäste, Bruce lässt mir keine Ruhe. Ich wollte euch erst einmal zu Ende essen lassen, bevor ich euch verkünde, was wir außer dem Jahreswechsel am heutigen Abend feiern wollen.«

Ohne Lili anzusehen, nahm er ihre Hand und zog sie von ihrem Stuhl hoch. »Ich freue mich, euch allen meine Verlobung mit Miss Lili Campbell bekannt zu geben.«

Er deutete auf Lili, die wie angewurzelt dastand und nicht wusste, wo sie die Hände lassen sollte. Das war alles so überraschend gekommen, dass sie ihre Verlegenheit kaum verbergen konnte. Sie fühlte sich wie ein schüchternes Schulmädchen. Schließlich zwang sie sich, nicht weiter auf ihren noch halb gefüllten Teller zu starren, sondern den Kopf zu heben. Allerdings war sie so erstarrt, dass ihr nicht einmal der Anflug eines Lächelns gelingen wollte, doch dann ertönten bereits von allen Seiten lautstarke Glückwünsche. Der Reihe nach erhoben sich die Gäste und eilten auf Niall und Lili zu, um ihnen die Hände zu schütteln.

Da nützte es herzlich wenig, dass Caitronia mahnend die Stimme erhob: »Bitte, lasst uns doch erst einmal essen!«

Alle wollten ihre guten Wünsche loswerden, bis auf Lady Ainsley und ihren Vater. Die beiden rührten sich nicht vom Fleck, sondern verfolgten das lebhafte Treiben mit finsteren Mienen.

Noch einmal forderte Caitronia die Gesellschaft auf, zu

den Plätzen zurückzukehren. »Das Essen wird kalt!«, rief sie mit überkippender Stimme, doch alle hatten nur Augen für Nialls Verlobte.

»Ich bin sehr glücklich, eine so wunderbare Frau gefunden zu haben«, verkündete Niall mit getragener Stimme, als sich alle wieder an ihren Plätzen eingefunden hatten, und schenkte ihr einen tiefen Blick. Die Zornesfalte zwischen seinen Augenbrauen war sichtlich geglättet, und er schien ihr nicht länger böse zu sein. Dann setzte er sich und beugte sich scheinbar zärtlich zu ihr herüber. »Du kannst nicht immer fortlaufen, wenn dir etwas nicht passt«, zischte er ihr zu. »Das gehört sich nicht für eine Lady Munroy.«

Voller Empörung raunte sie ihm ins Ohr, was Lady Ainsley zu ihr gesagt hatte.

»Auch dann nicht«, entgegnete er ungerührt.

Stumm aß Lili den Hauptgang. Selbst wenn er recht damit hatte, dass sie sich nicht derart gehen lassen durfte, es machte sie traurig, wie kalt und herablassend er sie behandelte. Doch was hatte sie erwartet? Dass er sie an sich riss und vor allen Gaffern leidenschaftlich küsste?

Auch nachdem sie gegessen hatte, schwieg sie. Mit wem sollte sie sich auch unterhalten? Niall redete lieber mit Lady Ainsleys Vater, ihr Tischpartner zur anderen Seite interessierte sich nicht länger für sie, nachdem er aus Niall herausgekitzelt hatte, wer sie war, und ihr Gegenüber kannte sie nicht.

»Und jetzt, liebe Gäste, lasst uns zum Kamin wechseln. Es gibt reichlich Black Bun«, riss Caitronia Lili aus ihren düsteren Gedanken.

Mit lautem Getöse wechselten die Gäste daraufhin ihre Plätze. Auf dem Tisch im Kaminzimmer standen bereits Schüsseln voller Shortbread und zahlreiche Whiskyflaschen.

Dusten führte Mhairie, die den ganzen Abend über noch kein Wort gesagt hatte, zu ihrem Sessel.

»Lady Mhairie, was sagen Sie zu Ihrer neuen Enkelin?«, rief der Herr, der bei Tisch zu Lilis rechter Seite gesessen hatte lauthals und leicht betrunken durch den ganzen Saal.

»Ich bin sehr glücklich über seine Wahl«, erwiderte die alte Dame mit einem stolzen Blick auf Lili. Doch die bekam das Lob gar nicht mit, weil sie voller Entsetzen einem Gespräch lauschte, das Lord Fraser in nächster Nähe im Flüsterton mit Lady Caitronia führte.

»Wie kommt er dazu, Ainsley derart zu kompromittieren?«

»Er hat sie einfach mitgebracht. Sollten wir sie wegschicken?«

»Das verstehe ich beim besten Willen nicht. Es wäre doch die ideale Verbindung gewesen.«

Lili stockte der Atem, als Lady Caitronia laut seufzte. »Der Junge möchte noch eine Familie gründen, und sie ist jung genug, ihm diesen Herzenswunsch zu erfüllen.«

»Das ist doch Unsinn. Ainsley ist noch keine dreißig und kommt aus bestem Haus. Was hat diese Miss Campbell denn überhaupt vorzuweisen?«

»Sie ist ein einfaches Mädchen aus Edinburgh, aber vielleicht ist es besser so, nach allem, was wir mit Caitlin erleben mussten.«

»Ich verstehe nicht, dass du nicht strenger durchgreifst. Du bist doch sonst nicht so zimperlich. Ich sage dir, das ist der Niedergang der Munroys.«

»Alexander, bitte mal nicht den Teufel an die Wand! Sie wird uns einen gesunden Erben schenken, und dann kümmert ihr fehlender Stammbaum keine Menschenseele mehr.«

Lili holte ein paarmal tief Luft und drehte sich demonstrativ zu den beiden um, die daraufhin sofort verstummten. Dass Lady Caitronia so dachte, wusste Lili bereits, aber dass sie mit einem Mann, der nicht zur Familie gehörte, über etwas so Intimes plauderte, erschütterte sie zutiefst. Wahrscheinlich wusste bald die ganze Stadt, dass Niall sich eine gebärfreudige junge Frau aus dem Volk genommen hatte, um endlich einen Baronet zu zeugen.

»Nun kommen die Geschenke!«, rief Caitronia, die sich ganz offensichtlich von Lili ertappt fühlte, mit schriller Stimme.

Und schon stand Niall mit einem großen Paket vor Lili.

»Für dich, mein Liebling«, hauchte er ihr ins Ohr. »Mach es gleich auf!«

Doch ehe Lili dazu kam, ertönte plötzlich ein ohrenbetäubendes Geschrei, und Murron stürzte in Tränen aufgelöst auf ihre Mutter zu.

»Isobel hat mich ganz fest an den Haaren gezogen!«, heulte sie. Sie deutete zum Kamin.

Dort stand Isobel neben dem Kamin, die Arme vor der Brust verschränkt, die Unterlippe trotzig vorgeschoben.

»Isobel, wie kannst du nur?«, mischte sich Caitronia zornig ein. »Stimmt es, was Murron behauptet?«

Isobel schwieg finster, auch als ihre Großmutter drohend auf sie zutrat. »Stimmt das? Sprich! Hast du Murron an den Haaren gezogen?«

Isobel nickte.

»Du gibst es also zu? Dann gehst du sofort zu Bett. Hörst du?«

Isobel aber rührte sich nicht vom Fleck, obwohl sich von der anderen Seite Niall näherte. »Isobel, beantworte die Frage. Hast du Murron wehgetan?«

Stumme Tränen rannen über Isobels Gesicht.

»Gut, dann bleibt mir nichts anderes übrig, als dich ins Bett zu schicken.«

»Fragt sie doch erst einmal nach dem Grund«, mischte sich Mhairie ein. »Sie hat es doch sicherlich nicht aus lauter Langeweile getan.«

Niall warf seiner Großmutter einen strafenden Blick zu, wollte sie aber offenbar nicht vor allen Gästen rügen, die das Geschehen ohnehin mit unverhohlener Neugier verfolgten.

Lili hielt den Atem an. Isobel war kein Kind, das ein anderes aus Bosheit an den Haaren zog. Das musste Niall doch wissen. Wie gern wäre sie Isobel zu Hilfe geeilt, aber sie wagte es nicht. Niall hätte ihr niemals verziehen, wenn sie sich in aller Öffentlichkeit vor seine Tochter und gegen ihn gestellt hätte.

Da hörte sie Isobel bereits verzweifelt schluchzen. »Sie hat gesagt, Lili ist ein durchtriebenes Luder, das meinen Daddy verführt hat, um eine Lady zu werden. Aber das wird sie niemals, hat sie gesagt, sie ist nichts als ein kleines Fl...« Das Kind brach ab und schlug die Hände vor das Gesicht.

Einen Augenblick lang herrschte entsetztes Schweigen im Raum. Lili fühlte sich von den Blicken der Anwesenden regelrecht durchbohrt. Ihr stockte der Atem, aber sie verzog keine Miene, sondern hielt den Blick auf die Gebäckschüssel auf dem Tisch vor sich gerichtet.

»Ainsley, Murron, wir gehen!«, befahl Lord Fraser mit verwaschener Stimme und stand auf. Sofort setzten ein Tuscheln und Flüstern ein und schwollen zu einem undurchdringlichen Stimmengewirr an.

»Nein, bitte bleibt! Es muss sich um ein bedauerliches Missverständnis handeln. Da hat sich Isobel sicherlich verhört«, mischte sich Caitronia mit hochrotem Kopf ein. »Und du, Isobel, verlässt sofort den Raum. Das war unartig von dir.«

Hoffentlich verteidigt Niall sie wenigstens!, dachte Lili, als sie hilflos mit ansehen musste, wie er seine Tochter am Arm packte und drohend zischte: »Komm, Isobel, wir sprechen uns unter vier Augen.«

Isobel folgte ihrem Vater mit gesenktem Kopf.

Lord Fraser herrschte seine Tochter an, sie solle ihm gefälligst zum Ausgang folgen. Lady Ainsley aber saß da wie ein Unschuldslamm und hob die Schultern, als wolle sie sagen: Ich weiß gar nicht, warum ihr euch alle so aufregt.

»Bitte, Alexander, das wird sich gleich aufklären«, flötete Caitronia und drückte den entrüsteten und leicht angetrunkenen Lord zurück auf seinen Stuhl.

»Das will ich hoffen«, brummte er, tat aber, was Caitronia verlangte, und blieb sitzen.

Murron war zu ihrer Mutter geflüchtet, die sie fest umklammert hielt, als müsse sie das schluchzende Kind vor weiteren Angriffen beschützen.

Lili bebte am ganzen Körper. Sie konnte nicht fassen, dass keiner aus der Familie auch nur ein einziges Wort zu Isobels Verteidigung vorbrachte. Doch plötzlich wandte sich Dusten an Murron. »Wenn du wirklich etwas so Hässliches über Miss Campbell gesagt hast, dann solltest du dich bei ihr entschuldigen.«

»Dusten, bitte!«, fauchte Caitronia, bevor sie in die Runde flötetete: »Wir wollen feiern! Liebe Freunde, greift zu!«

Lili kämpfte mit sich. Sollte sie aufspringen und das Fest verlassen? Sie hob den Kopf und blickte in die Runde. Die meisten wandten sich verlegen ab, nur aus Shonas Augen blitzte pure Schadenfreude. Ich will nicht schon wieder flüchten, dachte Lili entschlossen, und ohne lange zu überlegen, erhob sie sich und verschaffte sich mit klarer Stimme Gehör. »Liebe Gäste, ich bitte um Ruhe.«

Im Nu herrschte Stille, und alle Blicke richteten sich auf die fremde junge Frau. Sie versuchte, weder in Shonas noch in Caitronias Richtung zu sehen, ahnte sie doch, dass diese Familienmitglieder alles andere als begeistert waren, wenn das einfache Mädchen aus Edinburgh das Wort ergriff. In diesem Augenblick kehrten Niall und Isobel zurück, wie Lili aus den Augenwinkeln bemerkte. Das Mädchen hatte rot geweinte Augen. Niall aber machte Lili aufgeregt ein Zeichen, sich zu setzen. Lili zögerte, doch sie wollte keinen Rückzieher mehr machen. Wenn niemand sich traute, Isobel und ihre eigene Ehre zu verteidigen, dann musste sie das eben erledigen. Ganz gleich, wie böse Niall auf sie nachher wäre. Wie gut, dass ich eine laute Stimme habe, dachte sie, bevor sie zu sprechen begann.

»Ich kenne beide Mädchen aus der Schule. Und zwar sehr gut. Ich war ihre Lehrerin in St. George's, und ich habe so manchen Streit zwischen den beiden geschlichtet. Und Sie dürfen mir glauben, Isobel ist kein Kind, das andere körperlich angreift, und Murron kein Mädchen, das Gemeinheiten über seine Mitmenschen verbreitet. Wenn sie also so eine Gemeinheit über mich gesagt haben sollte, dann nur, weil sie irgendein Gespräch von Erwachsenen belauscht und es dann wahrscheinlich falsch wiedergegeben hat. Ich bezweifle nämlich, dass es jemanden gibt, der so gehässig über mich spricht.«

Lili legte eine kleine Pause ein und stellte nicht ohne Befriedigung fest, dass Lady Ainsley bei diesen Worten puterrot geworden war. »Wie sollte auch jemand schlecht über mich reden?«, fuhr Lili selbstsicher fort. »Sie kennen mich doch alle gar nicht. Noch nicht, aber das wird sich hoffentlich anlässlich vieler weiterer Feste ändern. Nicht zuletzt auf unserer Hochzeit, nicht wahr, Niall?« Lili nickte ihm zu, bevor sie weitersprach. »Diejenigen, die mich kennen, waren mit meiner Arbeit als Lehrerin stets zufrieden. Also, es kann sich wirklich nur um ein bedauerliches Missverständnis handeln. Darum sollten wir jetzt fröhlich weiterfeiern. Wie meine zukünftige Schwiegermutter schon sagte: Greifen Sie zu und lassen Sie es sich schmecken.«

Nach diesen Worten sank Lili auf ihren Stuhl zurück. Im Salon war es totenstill, bevor jemand begeistert in die Hände klatschte. Überrascht erkannte Lili, dass es Lord Fraser war. Wollte er sie zu allem Überfluss auch noch verspotten?

»Miss Campbell, Hut ab. Das war ein diplomatisches Glanzstück. Mein Kompliment!«, rief er ihr zu. Da begriff sie, dass ihre kleine Rede ihm ehrlich imponiert hatte. Nun fielen auch die anderen Gäste in den Applaus mit ein.

Mit Genugtuung musste Lili feststellen, dass Shona, Caitronia und sogar Lady Ainsley klatschten, wenngleich diese dabei ein Gesicht zog, als habe sie in eine Zitrone gebissen. Großmutter Mhairie und Dusten applaudierten am lautesten.

Caitronia hob ihr Whiskyglas. »Slàinte!«, rief sie. »Auf die Verlobten!«

Die gesamte Gesellschaft prostete Lili zu, und auch sie nahm ein Glas zur Hand. Als sich Nialls und ihr Blick kreuzten, lächelte er. Sie lächelte zurück, wenngleich sie immer noch enttäuscht war, dass er sie nicht in Schutz genommen hatte. Er aber bahnte sich einen Weg zu ihr und umarmte sie voller Stolz. Das tut er doch nur, weil ich mit meinen Worten einen guten Eindruck bei Lord Fraser gemacht habe, dachte sie bitter.

»Das hast du hervorragend gemeistert, Lady Munroy. Selbst den alten Lord hast du dir zum Freund gemacht, und das ist gar nicht so einfach«, flüsterte er ihr zu und bestätigte damit ihre Vermutung.

»Mir blieb keine andere Wahl, nachdem du mich im Stich gelassen hast«, entfuhr es ihr heftig, und Nialls Gesicht versteinerte förmlich. Doch da trat Dusten mit einem Glas in der Hand auf sie zu. »Du warst großartig«, lobte er Lili überschwänglich, bevor er beim Anblick von Nialls Miene stutzte. »Aber ich lasse euch lieber allein«, lachte er und war schon wieder in der Menge verschwunden.

»Nun nehmt euch doch endlich die Geschenke!«, forderte Caitronia ihre Gäste auf, was ein Gedrängel vor dem Kamin zur Folge hatte. Jeder schenkte jedem etwas, und Lili überlegte, ob sie Niall den Beutel mit dem Strumpfmesser überreichen solle, doch er kam ihr zuvor. »Nun mach es doch endlich auf«, verlangte er ein wenig ungeduldig und deutete auf das große Paket, das er ihr vor dem Eklat überreicht hatte.

»Danke«, hauchte sie und war erleichtert, dass er ihr die kleine Spitze nicht nachtrug. »Tut mir leid«, fügte sie leise hinzu. »Meine Bemerkung war nicht nett.«

»Aber die Wahrheit. Ich hätte Lady Ainsley eigenhändig vor die Tür befördern müssen, denn es gibt wohl keinen Zweifel, von wem das Kind diese Gemeinheit aufgeschnappt hat«, flüsterte er zurück.

»Schon gut, ich habe mich ja selbst verteidigt.«

»Wie eine Lady, Mylady«, lachte Niall aus voller Kehle. Da war es wieder, jenes Lachen, das Lili so an ihm liebte. Neugierig öffnete sie das Paket und stieß einen Entzückensschrei aus. Es war ein Arisaid in genau demselben Tartan wie ihr Kleid. Vorsichtig nahm sie das üppige Kleidungsstück aus der Schachtel und hielt es sich an.

»Zieh ihn an!«, bat Niall.

Lili legte sich den prachtvoll gefalteten Umhang um die

Schultern, während ihr Niall noch eine kleine Schachtel reichte. Mit leuchtenden Augen öffnete sie das Kästchen. Zum Vorschein kam eine edle Brosche, mit der sie den Arisaid an der Brust schließen konnte.

Stolz drehte sie sich in ihrem neuen Kleidungsstück um sich selbst, doch dann stutzte sie. Eine Duftwolke von Rosenöl stieg ihr in die Nase. Sie verzog das Gesicht.

»Gefällt er dir nicht?«, fragte Niall enttäuscht.

»Doch, sehr«, entgegnete sie rasch und versuchte, sich nicht anmerken zu lassen, was sie in diesem Augenblick vermutete: dass das Kleidungsstück unzweifelhaft einmal Caitlin gehört hatte.

»Das steht Ihnen wirklich ausgezeichnet, Miss Campbell«, bemerkte Lady Ainsley, die sich leise angepirscht hatte, übertrieben liebenswürdig. Sie lächelte, doch aus ihrem Blick sprach die pure Häme. Immerhin war sie schlau genug, nicht in Worte zu fassen, was ihr auf der Zunge lag, doch Lili wusste auch so, dass Lady Ainsley sie gern auf die Herkunft dieses prachtvollen Umhanges hingewiesen hätte.

»Der Arisaid kleidet deine junge Braut wirklich ausgesprochen gut«, flötete sie stattdessen an Niall gewandt.

Lili funkelte ihre Widersacherin wütend an. »Den hätten Sie wohl gern selbst getragen, nicht wahr?«, säuselte sie und war sich sicher, dass die spöttische Bemerkung Nialls ungeteilte Zustimmung fand. Sie hatte genug von dieser Person.

Triumphierend suchte sie Nialls Blick. Der aber blickte sie strafend an. »Nun sei nicht so taktlos! Merkst du nicht, dass sie ihren Fehler eingesehen hat und nett zu dir sein will?«, tadelte er sie.

»Nett?«, fauchte Lili zurück. »Sie amüsiert sich königlich darüber, dass ich Caitlins Umhang trage.«

»Aber Liebling, was ist denn dabei? Sie hat ihn kaum getragen und …«

»Schon gut«, erwiderte Lili knapp und entledigte sich des Umhanges so flink, wie sie ihn vorher über die Schultern gelegt hatte. »Ich habe auch etwas für dich«, fügte sie hinzu, eilte zum Kamin, griff nach dem Lederbeutel und überreichte ihn Niall.

»Sei vorsichtig! Sonst schneidest du dich.«

»Du machst es aber spannend«, bemerkte er und tastete nach dem Geschenk. Als er den Sgian Dubh gekonnt am Griff hervorgeholt hatte, wurde er kreidebleich.

»Magst du ihn nicht?«, fragte Lili enttäuscht.

»O doch, er ist … es ist ein prächtiges altes Stück, aber … aber …«, stammelte er.

Lili war ratlos. Was war denn nun schon wieder mit ihm? Da fing sie Lady Ainsleys schadenfrohen Blick auf. Täuschte sie sich, oder verkniff sich die Dame gerade noch ein höhnisches Grinsen? Das brachte das Fass zum Überlaufen. Ohne zu zögern, trat Lili auf Lady Ainsley zu. »Können Sie mich nicht endlich in Ruhe lassen? Ich habe Ihnen nichts getan«, fauchte sie.

»Ach, Miss Campbell, Sie sind so ahnungslos und rührend naiv. Das mag er wahrscheinlich an Ihnen. Aber es war trotzdem dumm von Ihnen, ihm ausgerechnet ein Strumpfmesser zu schenken. Er trägt nämlich keins mehr, seit sich Lady Caitlin mit seinem Sgian Dubh die Pulsadern aufgeschlitzt hat.«

Lili spürte nur noch, wie die Luft um sie herum immer dünner wurde und sich in ihrem Kopf eine unheimliche Leere ausbreitete. Eine Hitzewelle lief durch ihren Körper und trieb ihr den kalten Schweiß auf die Stirn. Dann wurde ihr übel. In ihren Adern kribbelte es unangenehm. Ihr Darm rebellierte. Sie hatte das dringende Bedürfnis, eine Toilette aufzusuchen, doch sie schaffte es nicht, einen Fuß vor den anderen zu setzen. Zu groß war die Angst vor einer Ohnmacht. Sie stand Todesängste aus und versuchte verzweifelt, ihren Zustand zu verbergen. Mühsam stützte sie sich auf einer Anrichte ab. Doch das half alles nichts. Sie musste sich hinlegen, aber wie sollte sie das bewerkstelligen?

In diesem Augenblick schob sich eine starke Hand unter ihre Achsel. »Miss Campbell, hören Sie mich? Ich bin Doktor Brodie. Tun Sie einfach, was ich Ihnen sage.«

Lili nickte schwach.

»Kommen Sie, legen Sie sich auf den Boden!«

»Hier vor allen Leuten?«, stöhnte Lili, doch sie gehorchte den Anordnungen des Arztes. Sie hatte auch keine andere Wahl. Alles verschwamm vor ihr, und sie fürchtete, bewusstlos zu werden. Wie durch einen Nebel bekam sie mit, was ringsum geschah.

»Ein Kissen, schnell, und eine Decke!«, befahl der Arzt und schob ihr gleich darauf etwas Weiches unter die Beine.

»Atmen Sie ganz ruhig. Und winkeln Sie die Beine an. So ist es gut, ja, so ist es richtig. Keine Angst, es ist nur eine kleine Unpässlichkeit. Ihr Blut wird gleich wieder regelmäßig zirkulieren. Sie dürfen sich nur nicht aufregen.«

Lili atmete tief durch. Das war gar nicht so einfach, denn um sie herum hatten sich sämtliche Gäste versammelt und starrten auf sie herab. Niall war neben ihr niedergekniet und hielt ihre Hand. Panik stand ihm ins Gesicht geschrieben. Lili aber wandte sich rasch von ihm ab und suchte den Blick des weißhaarigen Arztes.

»Sieh da, Sie bekommen schon wieder Farbe!«, beruhigte er sie. »Aber bleiben Sie bitte so lange liegen, bis Sie das Gefühl haben, dass alles wieder in Ordnung ist.«

Lili nickte und spürte bereits eine deutliche Besserung ihres Zustandes. Der Druck auf den Magen ließ nach, und die Schwäche schwand.

»Alles wieder in Ordnung«, hauchte sie.

Der Arzt hielt ihr den Arm hin und half ihr hoch. »Ich glaube, Niall, du solltest deine Braut ins Bett bringen«, empfahl er, doch Lili rang sich ein Lächeln ab. »Aber Herr Doktor Brodie, ich darf doch den Jahreswechsel nicht verschlafen! Ich danke Ihnen, aber es geht mir wirklich wieder blendend. Dank Ihrer Hilfe.«

»Dann begleiten Sie Ihre Verlobte wenigstens nach draußen und gehen mit ihr an der frischen Luft spazieren«, brummte der Arzt.

»Selbstverständlich«, erwiderte Niall und führte Lili zu

einem Sessel. »Du bleibst hier sitzen, während ich deinen Mantel hole«, befahl er ihr streng. Lili folgte seufzend seiner Anordnung.

Isobel eilte herbei und kauerte sich auf die Lehne. »Du bist doch nicht etwa krank, oder?«, fragte sie besorgt.

»Nein«, lachte Lili. »Es ist die ungewohnte Luft hier oben im Norden, die vielen Menschen und …«

»… und die dumme Lady Ainsley, nicht wahr?«

»Wie kommst du darauf?«

»Ich habe es genau gesehen. Sie hat dir etwas zugeflüstert, du bist weiß geworden und lagst auch schon am Boden. Aber ich schwöre dir, die wäre nie Daddys Frau geworden. Er kann sie nämlich nicht leiden, weil sie ein blödes Tratschmaul ist.«

»Dann bin ich ja beruhigt«, versuchte Lili zu scherzen, doch dann fiel ihr das misslungene Geschenk ein. Das Grauen überkam sie mit solcher Macht, dass sie sich fragte, wie sie diesen schrecklichen Abend jemals überstehen sollte.

31

Die klare Nachtluft tat gut. Lili atmete bei jedem Schritt tief durch. Niall hatte sie untergehakt. Alle Geschäfte waren geschlossen, und es waren wesentlich weniger Menschen unterwegs als bei Tag, doch diejenigen, die ihnen entgegenkamen, grüßten überschwänglich. Sie trugen festliche Kleidung, schwenkten Whiskyflaschen und waren bester Laune.

Niall schien das gar nicht zu behagen, und er schlug den Weg zum Fluss ein. Dort war es einsam an diesem letzten Abend im Jahr. Das Rauschen des River Ness wirkte beruhigend. Im Fluss spiegelte sich der Vollmond, der bläulich vom sternenklaren Himmel herabschien. Eine selten schöne Winternacht, dachte Lili, und doch lag ihr die Sache mit dem Dolch noch immer auf der Seele. Ob sie ihn darauf ansprechen sollte?

»Ich muss dir etwas sagen. Es betrifft dein Geschenk«, kam Niall ihr zuvor. »Wie du vielleicht bemerkt hast, trage ich keinen Dolch im Strumpf, auch wenn es von der Tradition her zu unserer Kleidung gehört wie der Sporran. Ich besaß einen sehr schönen Sgian Dubh, doch ich trage ihn seit Caitlins Tod nicht mehr. Sie entwendete ihn mir an jenem Tag, um sich damit die Pulsadern aufzuschneiden.«

Lili blieb stehen und schlang ihm die Hände um den Nacken. »Ach, mein armer Liebling! Das tut mir so leid, und jetzt schenke ich dir ausgerechnet so ein Mordwerkzeug …«

»Das konntest du doch nicht ahnen. Und weißt du was? Ich werde dein Geschenk zum Anlass nehmen, wieder einen Sgian Dubh zu tragen.«

»Die geschwätzige Lady Ainsley hatte mich bereits darüber aufgeklärt, unmittelbar bevor ich diesen kleinen Zusammenbruch hatte.«

»Sie ist ein intrigantes Schandmaul«, regte sich Niall auf.

»Warum sagst du das nicht offen? Und wenn du es schon nicht wagst, warum tadelst du mich dafür, dass ich mich gegen die Gemeinheiten dieser Frau zur Wehr setze?«

Niall runzelte die Stirn. »Liebling, man kann es denken, aber nicht in aller Öffentlichkeit aussprechen.«

»Wieso? Ich habe nur die Wahrheit gesagt. Sie ist den ganzen Abend über gemein zu mir, weil sie sich gern an deiner Seite gesehen hätte. Oder phantasiere ich?«

»Nein, das nicht. Es wird wohl so sein, aber auf dem gesellschaftlichen Parkett muss man Rücksicht nehmen. Das tut man einfach nicht, Lili. Ihr Vater ist einer der einflussreichsten Männer der ganzen Gegend. Er ist Abgeordneter im House of Lords.«

»Und das berechtigt seine Tochter, mich zu demütigen? Ich als Tochter einer Köchin soll auch noch die andere Wange hinhalten – oder wie hast du dir das vorgestellt? Warum hast du nicht lieber *sie* gefragt, ob sie dich heiraten will? Bei dem hochwohlgeborenen Vater?«

»Weil ich diese Frau niemals lieben könnte«, entgegnete Niall schwach und wirkte plötzlich ganz hilflos.

Lili zögerte kurz, doch dann schmiegte sie sich an ihn. »Wir wollen uns nicht mehr streiten«, murmelte sie. »Schon gar nicht wegen dieser Frau.«

»Nein, nie mehr«, bekräftigte er gerührt. »Ich werde den ganzen Abend nicht mehr von deiner Seite weichen, damit dir niemand ein Leid zufügen kann.«

Zur Bekräftigung seiner Worte küsste Niall sie leidenschaftlich.

Hand in Hand traten sie den Rückweg an. Schon am Eingang schallte ihnen der Klang von Dudelsäcken entgegen.

»Komm, lass uns tanzen!«, forderte Niall seine Verlobte übermütig auf.

»Nichts lieber als das«, erwiderte sie freudestrahlend und zog eilig den Mantel aus.

Im Saal wurde bereits eifrig zur Musik der Dudelsackspieler das Tanzbein geschwungen.

»Kannst du den Reel tanzen?«, fragte Niall, während er mit Lili an der Hand die Tanzfläche betrat. »Oder willst du dich noch etwas schonen?«

»Nein, mir geht es ausgezeichnet, und den Reel habe ich bei den Denoons gelernt. Komm!«, rief sie lachend, und schon bewegten sie sich mit zwei Gästepaaren zu den Schritten des alten Hochlandtanzes.

Lili liebte diesen Tanz und gab sich ganz und gar dem Vergnügen hin, bis sie schließlich völlig außer Atem geriet. »Ich glaube, jetzt habe ich genug«, japste sie.

»Endlich!«, lachte Niall. »Ich hatte schon befürchtet, ermattet von der Tanzfläche kriechen zu müssen, weil du kein Ende mehr findest.«

Die Stunden bis Mitternacht vergingen wie im Flug. Sie tanzten und tranken Whisky. Lili fühlte sich leicht beschwipst. Schließlich vergaß sie Caitlins Umhang, den Sgian Dubh ihres Vaters und Lady Ainsleys Gemeinheiten. Sie hatte den Eindruck, dass alle anderen Gäste ihr freundlich zugetan waren und sie den fürsorglichsten Mann hatte, den sie sich nur wünschen konnte. Er strahlte eine Gelassenheit aus, die ihn ungemein anziehend machte. Bis zu dem Augenblick, als Dusten Lili fragte, ob sie ihm einen Tanz schenke. Bei seinem Anblick lachte sie schallend, denn er trug eine schwarze Perücke, die ihm schief auf den blonden Locken thronte.

»Du lehnst ab?«, fragte er gespielt beleidigt. »Du magst wohl keine schwarzhaarigen Männer?«

»Doch, du siehst bezaubernd aus. Wie könnte ich dir einen Korb geben?«, erwiderte Lili, während ihr vor Lachen Tränen in die Augen traten. Sie bemerkte nicht einmal, dass Niall beim Anblick seines Cousins keine Miene verzogen hatte, sondern hakte sich bei Dusten unter und ließ sich zur Tanzfläche geleiten. Dabei dachte sie sich nichts Böses. Im Gegenteil, sie genoss den Tanz mit Dusten, doch als er sie zu ihrem Platz zurückbrachte, ahnte sie, dass sie einen großen Fehler begangen hatte. Nialls versteinerter Gesichtsausdruck sprach Bände, doch Dusten schien sich überhaupt nicht daran zu stören.

»Darf ich dir schon ein frohes neues Jahr wünschen, liebe Lili?«, fragte er lächelnd, während Niall mit verschränkten Armen danebenstand und zuhörte.

»Aber wir haben doch noch mehr als eine halbe Stunde bis Mitternacht«, gab Lili zu bedenken.

Dusten schmunzelte. »Ja, deshalb muss ich mich sputen, weil ich um Mitternacht einen Besuch machen will. Du weißt doch, dass der erste Besucher im neuen Jahr schwarzhaarig sein muss, damit er Glück bringt.«

»Das weiß ich wohl. Bei den Denoons tauchte zum Jahreswechsel immer ein dunkelhaariger Patient des Doktors auf. Mrs Denoon glaubte tatsächlich, es sei ein glücklicher Zufall, dass er vorbeikam, dabei zahlte der Doktor ihm jedes Mal Geld für den Auftritt.«

»Ich glaube kaum, dass der Gatte der Dame, die unser Dusten zu beglücken gedenkt, ihn bezahlen wird. Er ist nämlich auf einer Geschäftsreise in Amerika unterwegs und kann das Fest leider nicht mit seiner Ehefrau verbringen«, mischte sich Niall ein. Lili missfiel der gehässige Ton, doch sie schwieg.

Dusten aber ließ sich von seinem Cousin die Laune nicht verderben. »Lang may yer lum reek!«, rief er belustigt aus.

»Es bringt Unglück, einander Glück zu wünschen, bevor das neue Jahr eingeläutet ist«, tadelte ihn Niall.

»Du hast wie immer recht. Dann werde ich deiner Braut einfach stumm alles Gute wünschen.« Ohne zu zögern, nahm er Lili in die Arme und gab ihr einen Kuss auf die Wange. Sie lief vor Verlegenheit rot an. »Nun geh doch endlich!«, zischte Niall. »Lass Lady Donella nicht so lange warten.«

»Wie du befiehlst, alter Junge. Wir sehen uns morgen, Lili, und dann werde ich meine guten Wünsche laut wiederholen.

Aber ich wüsste schon, was du dem guten Niall wünschen könntest. Ein bisschen mehr Gelassenheit!«

Fröhlich pfeifend eilte er davon, nicht ohne vorher seiner Großmutter einen Kuss zu geben und ihr etwas ins Ohr zu flüstern, woraufhin die alte Dame schallend lachte.

Lili blickte ihm mit gemischten Gefühlen hinterher. Sie mochte seine herzerfrischende Art, aber die Vorstellung, dass er ein Verhältnis mit einer verheirateten Frau unterhielt, behagte ihr ganz und gar nicht. Das ist kein guter Zug von ihm, dachte sie. Wenn sie ehrlich mit sich selbst war, störte es sie allerdings viel mehr, dass er überhaupt um Mitternacht eine Frau besuchte. Ihr wurde heiß bei dem Gedanken, dass sie eifersüchtig war.

»Wer ist Lady Donella?«, hörte sie sich da bereits neugierig fragen. Wieder einmal hatte sie etwas ausgesprochen, ohne vorher abzuwägen, ob es gut wäre.

»Der Don Juan der Highlands hat es dir wohl mächtig angetan, wie?«, spottete Niall. »Sie ist eine feingeistige Schönheit«, fügte er abschätzig hinzu. »Alle Männer liegen ihr zu Füßen, aber ausgerechnet Dusten hat sie ihre Gunst geschenkt.«

»Und ihr Mann?«

»Der ist steinreich und ein passionierter Weltenbummler. Ihn interessieren exotische Pflanzen in fernen Ländern mehr als seine schöne Frau. Er ist über siebzig und sie noch nicht einmal dreißig. Ein ungleiches Paar. Ich glaube, er weiß von ihren Eskapaden.«

»Es geht mich auch gar nichts an ...«, murmelte Lili.

»Richtig, und ich möchte nicht, dass du unserem Highland-Casanova noch einmal so nahekommst. Wieso gibt er dir einen Kuss?«

»Es ist Hogmanay. Schon vergessen?«, konterte Lili.

Niall packte sie grob am Oberarm. »Sieh mir in die Augen und versichere mir, dass du zu meinem Cousin Dusten in Zukunft den gebührenden Abstand halten wirst!«

Lili funkelte ihn wütend an. »Du tust mir weh. Und er

hat recht. Ich sollte dir wirklich mehr Gelassenheit wünschen.«

Niall wurde kreidebleich. »Ich kann es einfach nicht ertragen, wie die Frauen ihn anhimmeln. Caitlin war genauso ...« Er stockte, als er die neugierigen Blicke der umstehenden Gäste bemerkte. »Ich sehe besser einmal nach, ob der Hot Pint heiß genug ist«, fügte er rasch hinzu und rang sich ein Lächeln ab.

Lili stieß einen tiefen Seufzer aus. Sie war wirklich guten Willens und wollte sich nicht mit Niall streiten, aber warum musste er alles so verbissen sehen und sie immer wieder mit Caitlin vergleichen? Und das, obwohl er sie doch unbedingt vergessen wollte?

Begeisterte Rufe von allen Seiten rissen sie aus ihren Gedanken. Sie galten Caitronia und Niall, die in diesem Augenblick einen Kessel mit dem dampfenden Getränk in den Saal trugen, gefolgt von den beiden Dienstmädchen, die brennende Wacholderzweige in den Händen hielten.

Lili hätte zu gern gewusst, was es mit den Zweigen auf sich hatte, die von den jungen Frauen wild umhergeschwenkt wurden. Lilis Blick blieb an ihren Häubchen und Schürzen hängen. So war ihre Mutter Davinia auch stets gekleidet gewesen, wenn sie den Herrschaften das Essen serviert hatte. Nicht nur der Gedanke an ihre Mutter trieb ihr die Tränen in die Augen, sondern auch der beißende Rauch der Wacholderzweige. Ein heftiger Hustenreiz packte sie.

»Sie kennen den Brauch nicht?«, fragte Doktor Brodie, der neben Lili getreten war. »Bei uns in den Highlands nennen wir es Saining. Was Sie hier sehen, ist eine abgeschwächte Form, die nur noch symbolisch zu verstehen ist. Bei meinen Großeltern ging man mit den Zweigen durch alle Zimmer, um sie zu reinigen. Danach versprühte meine Großmutter überall das Wasser aus einer nahen Furt. Dann wurde das Haus verschlossen, und der Rauch vernebelte die Zimmer. Erst wenn sich der letzte Gast in Hustenkrämpfen wand, wurden die Fenster geöffnet, um das neue Jahr hereinzulassen.«

»Dann kann ich ja nur froh sein, dass die Munroys das Saining nicht mehr im alten Stil zelebrieren.« Lili schenkte dem Doktor ein Lächeln. Sie hatte den vornehmen älteren Herrn auf Anhieb ins Herz geschlossen.

»Geht es Ihnen wirklich wieder gut?«

Lili nickte. »Ja, es war wohl doch alles ein wenig zu viel. Die Reise, die Verlobung, die vielen Menschen …«

»… Lady Ainsley nicht zu vergessen«, ergänzte der Arzt schmunzelnd.

Lili sah ihn verdutzt an. Wusste inzwischen jeder, dass die feine Lady keine Gelegenheit ausgelassen hatte, sie zu demütigen?

»Ich bin nicht taub. Da war doch dieser kleine Eklat mit Isobel und Murron. Was meinen Sie, wer dem armen Mädchen die Gemeinheiten zuflüsterte? Und dann konnte ich zufällig beobachten, wie sie sich an Sie heranpirschte, woraufhin Sie einen kleinen Zusammenbruch erlitten. Deshalb war ich doch so schnell bei Ihnen, und wenn Sie den Rat eines alten Mannes hören wollen: Halten Sie sich von dieser Dame fern. Sie ist eine Königin der Intrige.«

»Ich verspreche Ihnen hoch und heilig, in Zukunft einen Riesenbogen um die Lady zu machen.«

In diesem Augenblick ertönten die Glocken der Old High Kirk.

»Fünf vor zwölf. Kommen Sie, wir stellen uns schon einmal beim Kessel mit dem Hot Pint an.«

Lili folgte dem Doktor und fragte sich, ob sich Niall wohl noch rechtzeitig zum Jahreswechsel an ihrer Seite einfinden werde. Suchend sah sie sich um und entdeckte, wie er schon wieder angeregt mit Lord Fraser plauderte. Ihr Blick schweifte zu Mhairie, die ganz allein in ihrem Sessel saß und versonnen ins Kaminfeuer starrte. Lili trat auf sie zu und bot ihr an, sie zum Getränkekessel zu begleiten.

»Das ist lieb von dir«, sagte die alte Dame. »Aber ich feiere gern in Gedanken mit einem geliebten Menschen, der schon lange dort oben ist.« Sie deutete seufzend gen Himmel.

»Dann will ich dich nicht weiter stören«, erwiderte Lili und hätte zu gern erfahren, an wen Mhairie in dieser Stunde so intensiv dachte. Sie hatte nämlich nicht den Eindruck, dass Nialls Großmutter von ihren Söhnen oder gar ihrem Mann Angus sprach.

»Du kannst mir aber ein Glas von dem Höllentrank einschenken, mein Kind.«

Selbstverständlich erfüllte Lili der alten Dame den Wunsch und brachte ihr ein Glas von dem dampfenden Punsch. Sie schaffte es gerade noch, sich im Kreis der anderen aufzustellen, als der Dudelsack *Auld lang Syne* spielte und alle in das alte Lied einstimmten. Lili wurde feierlich zumute, während sie voller Inbrunst mitsang, obwohl Niall auf der anderen Seite stand und nicht ein einziges Mal zu ihr herübersah. Als schließlich von beiden Seiten Kinderhände nach ihr griffen, wurden ihre Augen feucht. Es rührte sie, dass auch Murron sich offenbar der Augenblicke besann, als sie in der Schule im Chor gesungen hatte.

»Miss Campbell«, flüsterte Murron, als der letzte Ton verklungen war, »ich muss Ihnen etwas sagen.« Lili wandte sich dem verlegen lächelnden Mädchen zu. »Ich mag Sie immer noch und wünsche Ihnen für das neue Jahr viel Glück.«

»Das ist lieb von dir.« Lili wollte sich gerade Isobel zuwenden, als Niall sie von hinten umarmte und ihr ein glückliches neues Jahr wünschte. Dann gab er ihr einen Kuss auf die nackte Schulter, doch Lili war nicht ganz bei der Sache. Ihre Gedanken kreisten um Dusten und wie er in dieser Minute wohl als schwarzhaariger Mann an Lady Donellas Tür klopfte und Einlass begehrte. Glücklicherweise bemerkte Niall nicht, dass ihre Aufmerksamkeit nicht ihm galt. Im Gegenteil, voller Zärtlichkeit flüsterte er ihr ins Ohr, wie sehr er sich danach sehne, sie endlich als Lady Munroy in den Armen zu halten.

Plötzlich wurde es hinter ihnen totenstill. Das fröhliche Lachen der Gäste, der Austausch der Glückwünsche, die angeregten Gespräche waren jäh verstummt. Lili wandte sich verwundert um. Ein alter Mann mit schwarzem Haar stand an der Tür.

»Wer ist das?«, fuhr Lady Caitronia das deutsche Dienstmädchen an.

Die hob die Schultern. »Ich habe ihn eingelassen, weil ich dachte, er bringt uns Glück, weil er doch schwarzes Haar hat und ...«, erklärte sie entschuldigend.

Lili fröstelte beim Anblick des Alten, der, so war bei näherem Hinsehen zu erkennen, sein weißes Haar mit Kohle geschwärzt hatte. Sein Gesicht war faltig und wettergegerbt. Er wirkte ärmlich. Sein dunkler Anzug war an vielen Stellen fadenscheinig, sein ehemals weißes Hemd starrte vor Schmutz, und ihm fehlten einige Zähne. »Wer ist der Chef hier?«, fragte er mit heiserer Stimme.

Niall trat vor und baute sich vor dem Fremden auf. »Lassen Sie sich in der Küche von den Mädchen Whisky und Black Bun geben. Nehmen Sie, so viel Sie wollen. Ich hoffe, Sie bringen uns wirklich Glück.«

»Ich hoffe nicht. Ihr sollt verrecken, Ihr Munroy-Pack, allesamt!«, fluchte der Fremde und spuckte auf den Boden.

Niall war so fassungslos, dass ihm die Worte fehlten, doch Mhairie hatte sich von ihrem Sessel erhoben und trat langsam auf den Mann zu. Sie war leichenblass.

»Bist du es, Blaan?«

»Mhairie?«, fragte er ebenso ungläubig zurück.

Sie nickte schwach.

»Was suchst du im Haus der Munroys?«

Mhairie holte tief Luft. »Ich lebe hier.«

Diese Antwort schien den alten Mann nicht zu befriedigen. »Wie das in drei Teufels Namen?«

Mhairie war kalkweiß geworden. »Ich habe Angus geheiratet.«

»Du? Den Mörder meines Bruders?« Der alte Mann warf ihr einen vernichtenden Blick zu, ließ sich auf einen Stuhl fallen und schlug die Hände vors Gesicht. »Diese verdammten Munroys«, murmelte er. »Ich bringe sie alle um.«

»Blaan, es ist genug Blut geflossen. Er hat für seine Tat gebüßt. Aber sag mir, wie kommst du hierher? Was verschlägt dich nach Schottland?«

»Ich habe nicht mehr lange zu leben, Mhairie. Es ist mir gleichgültig, was mit mir geschieht. Ich wollte nur in heimischer Erde begraben werden. Und ich wollte meinen Bruder Artair wiedersehen, aber man erzählte mir, er sei vor vielen Jahren kurz nach seiner Rückkehr aus Nova Scotia durch die Hand dieses verdammten Angus Munroy umgekommen. Der alte Alec gewährte mir Unterschlupf. Er erzählte mir auch von Artairs Enkelin, dem armen Ding, das von dieser verdammten Munroy-Sippe in den Tod getrieben wurde. Ihr verfluchten Munroys, ich wünsche euch alles Schlechte dieser Welt!«

»Ich glaube, Sie sollten besser gehen«, mischte sich Niall mit bebender Stimme ein.

Der alte Mann musterte ihn eindringlich, bevor er sich an Mhairie wandte und sie mit Blicken schier durchbohrte. »Ist das dein Enkel, Mhairie? Habt ihr ihn etwa zu einem Munroy gemacht? Oder ist er nicht eher das Kind deines Erstgeborenen? Weiß er eigentlich, zu wem er gehört?«

»Ja, das weiß ich allerdings«, erwiderte Niall mit fester Stimme. »Ich bin Sir Niall Munroy, fünfter Baronet von Conon. Und ich verlange, dass Sie jetzt auf der Stelle mein Haus verlassen. Sonst werde ich Sie hinauswerfen lassen.«

Der alte Mann lachte hämisch auf.

»Oho, ganz der Großvater! Hast du ihm jemals die Wahrheit über Brian erzählt, Mhairie? Du hasst uns Makenzies, nicht wahr, mein Junge? Aber glaube mir, wir sind nicht halb so hinterhältig und verlogen wie die Munroys.«

Lili, die das Geschehen atemlos verfolgt hatte und nur froh war, dass Isobel mit Murron auf die Straße hinuntergelaufen war, um die Hogmanay-Feuer zu sehen, rang nach Luft. Makenzie? Hatte der alte Mann wirklich Makenzie gesagt? Es gibt viele mit diesem Namen, sprach sie sich gut zu, und doch zitterten ihre Hände so heftig, dass sie sie unter dem Tisch verbarg.

»Genug, verschwinden Sie auf der Stelle!«, kreischte Caitronia. Ihr Gesicht war hochrot, und sie fuchtelte drohend mit den Armen.

Der Alte erhob sich ächzend und ließ seinen hasserfüllten Blick noch einmal in die Runde schweifen. »Möge das neue Jahr Unglück über das Haus Munroy bringen!« Teuflisch lachend fuhr er sich durch das Haar. Der Kohlenstaub nebelte ihn völlig ein und rieselte zu Boden wie schwarzer Schnee.

»Ein weißhaariger alter Mann bringt Unglück. Das ist gewiss!«, dröhnte er, während er immer noch höhnisch lachend aus dem Salon humpelte, ohne Mhairie auch nur noch eines Blickes zu würdigen.

Die Gäste schwiegen betroffen. Etliche verabschiedeten sich sogar überstürzt und gaben vor, noch andere Besuche machen zu müssen.

Caitronia aber gab den Dudelsackspielern ein Zeichen. »Alle auf die Tanzfläche!«, befahl sie mit schriller Stimme. »Wir lassen uns von einem solchen Spinner doch nicht unser schönes Fest verderben!«

Zögernd folgten ihr die verbliebenen Gäste, bis sie sich alle zum Spiel des Dudelsacks bewegten. Niall trat auf Lili zu und wollte sie ebenfalls zum Tanz führen, doch sie brachte es nicht fertig, ihm zu folgen. Sie bebte am ganzen Körper und stand immer noch unter dem Einfluss des schrecklichen Auftritts und dem Wissen, dass der Alte Makenzie hieß. So sehr, dass sie alle Vorsicht vergaß.

»Gibt es viele Makenzies in dieser Gegend?«, fragte sie, ohne sich ihre Worte zu überlegen.

»Ja, aber keine von seiner Sippe, den Makenzies von Am Fireach, seit sie in der Mitte des letzten Jahrhunderts nach Nova Scotia ausgewandert sind.«

»Die ganze Familie?«

»Bis auf einen, der geblieben ist und viel Unheil angerichtet hat.«

»Und warum macht der alte Mann so seltsame Andeutungen über dich?«

»Weil er Unfrieden stiften will. Die Makenzies waren seit jeher eine Bande von Lügnern und Ehrabschneidern.«

»Und was hat Caitlin mit ihnen zu tun? Mit dem armen Mädchen meinte er doch sie, nicht wahr?«

Niall blickte sie gequält an. »Tu mir einen Gefallen, Lili! Lass diese verdammte Geschichte auf sich beruhen. Und denk nicht mehr daran. Der Alte wird niemals mehr hier auftauchen. Er ist geistig umnachtet.«

»So wie Caitlin oder Großmutter Mhairie?« Lili schlug sich erschrocken die Hand vor den Mund. Das hatte sie ihm nicht sagen wollen. Nicht heute, nicht am Neujahrsmorgen, an dem die Geister der Vergangenheit verjagt gehörten.

Niall aber wandte sich wortlos ab und schenkte sich aus dem Kessel ein großes Glas Hot Pint ein, das er in einem Zug leerte. Und dann ein zweites.

Lili war ratlos. Und sie hatte wie so oft ein schlechtes Gewissen. Warum hatte sie ihn so verärgern müssen? Es war doch schlimm genug, dass dieser Fremde sich Einlass verschafft und die Familie verflucht hatte. Seufzend trat sie an Nialls Seite und fasste zärtlich nach seiner Hand. »Es tut mir leid«, flüsterte sie entschuldigend. »Ich wünsche dir alles Gute für das neue Jahr und dass wir nie wieder etwas von diesem Kerl hören oder sehen.«

Niall legte ihr einen Arm um die Schultern und blickte sie traurig an. »Ach, Lili, es ist nicht einfach für dich, in diese Familie einzuheiraten. Das sehe ich ein, aber du musst verstehen – ich möchte dich fernhalten und beschützen vor den Schatten, die ringsum lauern. Und vor allem vor den Gerüchten, die diese Makenzies über unsere Familie in die Welt gesetzt haben. Es sind Lügen, Lili, alles Lügen.«

Lili schwieg. Insgeheim aber war sie der festen Überzeugung, dass es allen besser gegangen wäre, wenn man endlich offen über die Geschehnisse gesprochen hätte. Doch im gleichen Augenblick fiel ihr siedend heiß ein, dass sie keinen Deut besser war. Wäre es nicht zwingend nötig gewesen, Niall nach dem schrecklichen Vorfall zu beichten, dass ihr Vater ein Makenzie aus dem Hochland gewesen war? Und vor allem, dass er einen Menschen auf dem Gewissen hatte? Selbst wenn er mit der Sippe des alten Mannes gar nichts zu schaffen hatte …

Den Rest des Abends wich Lili nicht mehr von Nialls Seite. Obgleich die Gäste tanzten und tranken, war zu spüren, dass der alte Mann die gute Stimmung der Hogmanay-Feier mit seinem Fluch gründlich verdorben hatte. Und das, obwohl Caitronia emsig bemüht war, eine gute und fröhliche Gastgeberin zu sein.

Dementsprechend gingen die Gäste auch früher, als es sonst bei einem Neujahrsfest üblich war. Die Letzten, die sich verabschiedeten, waren Lord Fraser, Lady Ainsley und Murron.

»Hören Sie nicht hin, was der alte Kerl redet, Niall!«, bemerkte der alte Lord mit markiger Stimme. »Die Makenzies von Am Fireach waren immer schon Störenfriede und unbelehrbare Englandhasser. Gut, dass sie damals das Weite suchten. Da hat Ihr Großvater ganze Arbeit geleistet.«

Lady Ainsley sagte gar nichts, aber der Blick, den sie Lili zuwarf, verriet alles. Fühl dich nicht zu sicher – noch bist du nicht seine Frau, stand darin geschrieben. Lili ignorierte diese Feindseligkeit und reichte der Lady formvollendet die Hand. »Auf Wiedersehen. Schön, dass Sie da waren«, log sie lächelnd.

Kaum war die Tür hinter den Gästen zugefallen, als Shona sich auf den Kessel mit dem Punsch stürzte und sich reichlich daran bediente.

»Hoffentlich krepiert der Alte bald«, lallte sie nach dem dritten Glas.

»Ich finde, wir sollten diesem Taugenichts nicht allzu viel Bedeutung beimessen«, bemerkte Caitronia mit kühler Stimme. »Aber du scheinst ihn ja gut zu kennen.« Sie wandte sich herausfordernd an Mhairie. »Wer ist der Kerl?«

»Es ist Blaan Makenzie, der Bruder von Artair«, gab Mhairie zurück und starrte ins Leere. Sie schien in einer völlig anderen Welt zu sein und hatte kein Wort mehr gesprochen, seit der unheimliche Fremde das Fest gestört hatte. In diesem Augenblick beschlich Lili der Verdacht, dass die alte Frau den Schlüssel zu der unversöhnlichen Feindschaft zwischen den Munroys und den Makenzies zu kennen schien.

»Bringst du mich zu Bett?« Mit dieser Bitte riss Isobel Lili aus ihren Gedanken, und sie war heilfroh darüber. Sie hatte nur noch einen Wunsch: der gespenstischen Feier zu entfliehen. In aller Eile verabschiedete sie sich, doch keiner reagierte. Selbst Mhairie rührte sich nicht.

Lili nahm Isobel an der Hand und war froh, als beide das Kinderzimmer erreichten. Hier schien alles so friedlich zu sein. Isobel hatte müde Augen, zog sich in Windeseile aus und kuschelte sich unter die Decke.

»Liest du mir noch etwas vor?«

»Isobel, es ist drei Uhr morgens, mir fallen selbst schon die Augen zu«, lachte Lili. In diesem Augenblick kam Niall dazu.

»Dad, liest du mir noch etwas vor?«, quengelte Isobel.

»Gut, aber nur eine Seite.«

»Das Buch liegt auf meinem Schreibtisch.«

Niall wollte danach greifen, da entdeckte er das Büchlein mit dem roten Samteinband. Lili beobachtete es aus den Augenwinkeln, aber es war zu spät, das verräterische Tagebuch verschwinden zu lassen. Sie betete, dass es keinen Ärger geben möge. Zu ihrer großen Erleichterung war Isobel bereits vor Erschöpfung eingeschlafen. Lili hätte es kaum ertragen, wenn Niall seiner Tochter Vorwürfe gemacht hätte.

Lili trat neben ihn an den Schreibtisch und legte ihm versöhnlich eine Hand auf die Schulter. Er aber beachtete sie nicht und überflog mit wutverzerrter Miene Isobels Tagebucheintragungen. Wortlos riss er die beschriebenen Seiten heraus, zerfetzte sie und warf sie samt dem Buch, das er vorher vergeblich zu knicken versucht hatte, in den Papierkorb.

Dann ging er zu Isobels Nachttisch, löschte die Lampe und verließ das Zimmer.

Lili, die wie betäubt am Schreibtisch stehen geblieben war, tastete sich durch das dunkle Zimmer bis zur Tür. Als sie mit klopfendem Herzen auf den Flur hinaustrat, hörte sie ihn bereits mit schneidender Stimme fragen: »Hast du mir etwas zu sagen?«

Lili räusperte sich mehrfach verlegen. »Es tut mir leid, dass ich deine Anordnung missachtet habe«, brachte sie heiser hervor. »Aber sie hat mich so lange angebettelt, bis ich ihr das Tagebuch überlassen habe.«

Niall zeigte keinerlei Regung.

»Niall, es ist doch auch kein Verbrechen, Tagebuch zu schreiben. Glaub mir, hätte ich ihr keins geschenkt, sie hätte ein Schulheft genommen«, beschwor sie ihn.

»Das meine ich nicht, Lili. Es ist das, was sie im Tagebuch geschrieben hat, das mich zutiefst verletzt. Du hättest mir sagen müssen, dass sie dir erzählt hat, wie sie Caitlin gefunden hat. Das ist ein Vertrauensbruch! Und wie kommst du dazu, ihr zu versprechen, dass sie mit allem, was sie bewegt, zu dir kommen kann und dass du es mir nicht verraten wirst?«

»So habe ich das doch gar nicht gesagt! Aber findest du es richtig, im Tagebuch deiner Tochter zu lesen und alles zu vernichten, was sie zu Papier gebracht hat?«

»Erklär du mir nicht, was richtig und was falsch ist. Ich fühle mich von dir hintergangen. Gute Nacht.«

Und schon war er fort. Lili konnte es kaum fassen. Niall hatte sie einfach stehen gelassen.

32

Inverness, 1. Januar 1914

Lili blieb eine ganze Weile wie betäubt stehen, bis eine unbändige Wut von ihr Besitz ergriff. Warum tat er immer so, als habe er das Recht für sich gepachtet und sei unfehlbar?

Schnaubend eilte sie in ihr Zimmer und knallte die Tür hinter sich zu. Seufzend ließ sie das Hogmanay-Fest Revue passieren und versuchte, sich nicht von den unzähligen bösen Vorzeichen schrecken zu lassen. Das war gar nicht so einfach, und vor allem ließ sich der Auftritt des Alten nicht so ohne Weiteres verdrängen. Was, wenn ihr Vater tatsächlich zu jenen Makenzies gehört hatte, die von den Munroys so abgrundtief gehasst wurden? Allein bei dem Gedanken hatte sie das Gefühl, als werde sie von einer schwarzen Wolke eingehüllt.

Lili war so aufgebracht, dass an Schlaf nicht zu denken war. Wie ein wildes Tier im Käfig rannte sie auf und ab, bis sie vor Caitlins Schreibtisch innehielt und ihr Blick auf das Geheimfach fiel. Es war wie ein Sog, als ihre Hand nach dem Schlüssel griff, ihn hervorzog und im Schloss umdrehte. Sie zögerte noch einmal kurz, als sie den braunen Ledereinband verführerisch im Licht der Schreibtischlampe glänzen sah, doch schon hielt sie das Tagebuch in Händen und schlug es rasch auf. Nur eine Seite, nahm sie sich fest vor, als sich ihre Blicke an Caitlins kunstvoll geschwungener Schrift festsogen.

Ullapool, 16. Mai 1908
Seit meiner Jugend habe ich kein Tagebuch mehr geschrieben, aber nun ist kein Mensch da, dem ich mich anver-

trauen könnte, denn Dusten hat es wieder einmal von hier fortgezogen. In die weite Welt, wie er mir sagte, um die Enge des Tales eine Weile hinter sich zu lassen. »*Aber ich komme zurück*«, *hat er hoch und heilig versprochen,* »*wenn ich den Ruf der Highlands vernehme, und der wird mich wie immer in der Ferne erreichen, liebe Caitlin.*«

Ich könnte mich Großmutter Mhairie anvertrauen, aber das sieht Niall nicht gern. Er behauptet immer, sie sei im Herzen keine echte Munroy. Ich will ihn doch nicht verärgern. Mein Großvater ist friedlich eingeschlafen. Ich habe ihm bis zum Schluss die Hand gehalten. Und ich versuche zu vergessen, was er mir auf seinem Sterbebett mit letzter Kraft mitzuteilen versuchte. Seine Stimme war plötzlich so klar, dass ich mich nicht an ein mögliches Missverständnis klammern kann. Ich bin nicht seine leibliche Enkelin. Er und seine Frau haben meine Mutter adoptiert, aber Großvater wollte nicht sagen, wer ihre Eltern waren. Er sagte, ich fände die Antwort nach seinem Tod in den Papieren. Seit er die Augen für immer geschlossen hat, schleiche ich um seinen Schreibtisch herum. »*In der oberen Schublade rechts findest du die Antwort*«, *hat er gesagt, aber ich traue mich nicht. Ich mache einen Bogen darum wie um einen Giftschrank, der ein tödlich wirkendes Serum enthält. Ich will keine andere sein als Caitlin Boyd. Erst war ich traurig, dass Niall nicht mitkommen konnte und ich mit Bella allein nach Ullapool reisen musste, doch nun bin ich ganz froh. Er hätte längst voller Ungeduld jene Schublade aufgerissen und die Wahrheit ans Licht geholt. Ich vermisse ihn, doch jetzt werde ich meinen ganzen Mut zusammennehmen und meiner Herkunft ins Auge blicken. Was kann mir schon geschehen? Dass meine Mutter – wie auch ich – die uneheliche Tochter eines Fischers war? Das würde Niall nicht daran hindern, mich zu lieben. Er kennt doch meine Geschichte und weiß, dass sich der Mann, der meine Mutter schwängerte, sehr zum Kummer von Großvater*

Boyd vor der Hochzeit auf ein ausländisches Schiff
absetzte. Und Nialls Mutter ist ohnehin nur das eine
wichtig: dass ich ihnen endlich einen Baronet gebäre.

An dieser Stelle brachen die Aufzeichnungen ab. Der Rest der Seite war leer. Lilis Herz klopfte zum Zerbersten. Es ist nicht richtig, dass ich diese Zeilen lese, ermahnte sie eine innere Stimme, während eine andere sie geradezu ermutigte, der Wahrheit auf diesem Weg wenigstens ein Stückchen näherzukommen. Caitlin und sie hatten also eines gemeinsam: Sie waren uneheliche Kinder.

Mit zitternden Fingern blätterte Lili auf die nächste Seite und erstarrte. Die Tinte war verlaufen, als hätte Caitlin bittere Tränen vergossen und damit alles verschmiert, doch die Zeilen waren gerade eben noch zu lesen.

Das aufgewühlte graue Wasser des Loch Broom ist ein
Spiegelbild meiner Seele. Noch nie war ich so mutlos.
Ich sitze im nassen Sand am Strand und kann mein Buch
kaum halten. Wind und Regen peitschten den ganzen Tag
um die Wette. Jetzt macht der Regen eine kleine Pause,
aber die dunklen, schweren Wolken hängen so tief, dass
man glaubt, sie anfassen zu können. Es ist ein einziger
Albtraum. Ich schlafe nicht mehr, sondern irre rastlos
stundenlang durch Ullapool oder das leere Haus, das
ohne Großvater so schrecklich verlassen ist. Wie gut,
dass Isobel den ganzen Tag damit beschäftigt ist, mit den
Kindern der Fischer zu toben. Ich habe immer das Ge-
fühl, hier fühlt sie sich frei. Kein Wunder, denn auf diese
Weise kann sie dem unerbittlichen Regiment Caitronias
entfliehen. Meine Schwiegermutter, die stets in Sorge ist,
dass meine Familie in ihr durchbrechen könnte. Was wird
sie nur mit Isobel anstellen, wenn sie erfährt, dass sie es
nicht mehr mit den ungehobelten Boyds zu tun hat, son-
dern mit viel Schlimmerem? Wenn ich ein Mann wäre,
würde ich auf einem der Schiffe anheuern und niemals an

diesen Ort zurückkehren. Aber ich bin Lady Munroy und die Mutter eines entzückenden Mädchens. Ich darf nicht flüchten, und ich will von Herzen daran glauben, dass Niall mich noch genauso liebt, wenn er erfährt, dass ich in Wahrheit die Nichte jenes Mannes bin, der seinen Großvater auf dem Gewissen hat. Lieber Gott, bitte hilf uns, dass die Fehde zwischen den Munroys und den Makenzies unserer Liebe nichts anhaben kann. Ich habe alle Unterlagen vernichtet, aber aus meinem Herzen kann ich die nüchternen Worte nicht herausreißen, die mein geliebter Großvater für mich aufgeschrieben hat. Artair Makenzie hatte mit einem Dienstmädchen der Boyds, meiner Großmutter, zwei Kinder. Die junge Frau starb bei der Geburt des zweiten Kindes. Kurz nach ihrem Tod verließ Artair Makenzie Ullapool eines Tages Hals über Kopf. Die Kinder ließ er in der Obhut der Boyds zurück. Er versprach, sie abzuholen, nachdem er etwas Wichtiges im Tal von Strathconon erledigt habe, doch er kam nie wieder. Das Mädchen Alisa, meine Mutter, behielten die Boyds und adoptierten es. Das Baby versorgen aber konnten sie nicht, denn Mrs Boyd, die ich nie kennengelernt habe, war damals schon schwer krank. Den kleinen Jungen gaben sie schweren Herzens in ein Waisenheim weit fort. Großvater hat es so sachlich geschrieben, dass es mir graust, denn schlimmeres Unheil hätte nicht über mich kommen können: Mein Großvater ist Artair Makenzie, der Mann, der einst betrunken in den Angus' Burn gefallen und ertrunken ist. Der Mann, den Nialls Großvater über dessen Tod hinaus gehasst hat. Jedes Jahr, wenn Angus Munroys Geburtstag gefeiert wird, schaukeln sich mein Schwiegervater Brian, Caitronia, Niall, Craig und Shona in ihrem Rausch gegenseitig hoch und übertreffen einander mit Schauergeschichten über Artair Makenzie. Aber: Meine Mutter ist seine Tochter. Und wenn ich mich tausend Mal dagegen sträube, damit bin auch ich eine Makenzie, denn ich bin seine Enkelin, so

wie Niall der Enkel von Angus Munroy ist. Die Familien
hassen einander seit Generationen. Und der kleine Junge
aus dem Waisenheim, den sie nur als den elenden Mörder
beschimpfen, hat als erwachsener Mann Angus Munroy,
Nialls Großvater, umgebracht. Doch ist es wirklich alles
so, wie die Munroys behaupten? Ich werde nie vergessen,
wie ich einmal den kleinen Laden in Muir of Ord betrat,
um einzukaufen, da hörte ich jemanden drinnen brüllen.
Es war die Stimme von Alec Dunbar, einem alten Mann
aus Dingwall, mit dem ich nicht reden darf, der mich
aber jedes Mal, wenn er mich sieht, grüßt. Es ist mir peinlich, dass ich seinen Gruß nicht erwidere. Er schrie: »Es
war richtig, dass der junge Makenzie diesen Mörder umgebracht hat. Ich habe den Prozess verfolgt und glaube
ihm seine Aussage. Das Blut der Munroys gegen das der
Makenzies.« Ich bin zitternd zu meiner Kutsche zurück-
geschlichen. Ich war empört und habe es gleich Niall
erzählt, der gedroht hat, dem alten Stänkerer das Maul
zu stopfen. Das sei eine Lüge, um den feigen Mord des
Makenzie zu rechtfertigen. Ich habe mich doch für eine
Munroy gehalten und ihm geglaubt. Ich wollte doch eine
gute Munroy werden, weil Niall so viele andere Frauen
von besserer Herkunft hätte heiraten können. Aber er
hatte sich nun einmal in mich verliebt. Und nun soll ich
zu dieser verhassten Makenzie-Sippe gehören? Für eine
Boyd war Niall durchs Feuer gegangen, aber für eine
Makenzie? Niemals hätte er mich geheiratet, wenn er die
Wahrheit gekannt hätte. Ob mein Großvater Boyd das
geahnt und deshalb bis zu seinem Tod geschwiegen hat?
Hätte er sein Geheimnis bloß mit ins Grab genommen!
Ich kann ja nur von Glück sagen, dass mein Schwiegervater das nicht mehr erleben muss. Auch wenn es eine
furchtbare Geschichte ist, dass er in den Armen einer
anderen gestorben ist und sie seine Leiche bei Nacht und
Nebel nach Scatwell geholt haben, damit Doktor Brodie
denken sollte, der Tod habe ihn in seinem Bett ereilt. Die

Frau seines Sohnes eine Makenzie? Unvorstellbar! Mein Schwiegervater Brian fluchte stets, wenn er betrunken war, und dankte dem Allmächtigen, dass keine Makenzies von Am Fireach übrig geblieben sind, sonst wären sie vor seiner Rache nicht sicher gewesen. Ich habe nie verstanden, warum mein Schwiegervater so an seinem Vater Angus gehangen hat. Ich habe den Alten ja nur kurz erlebt. Er wurde in dem Jahr ermordet, als Niall und ich uns verlobt haben. Er war nicht besonders freundlich zu seinem Sohn. Im Gegenteil, er sprach immer nur von seinem armen Sohn Douglas, den ein Unglück aus dem blühenden Leben gerissen habe. Einmal hörte ich ihn sogar murmeln, dass der Herr ihm den falschen Sohn genommen habe. Und doch trat Brian Munroy nach dem Tod seines Vaters in dessen Fußstapfen. Keiner konnte ihn an Hasstiraden gegen die Makenzies überbieten. Niall ist zwar mit diesem geballten Hass aufgewachsen, aber er ist anders. Hoffentlich hält er zu mir. Hoffentlich!

Was mache ich nur? Eisern schweigen und zulassen, dass man die Makenzies weiterhin bezichtigt, eine feige Mörderbande zu sein? Was, wenn mein Onkel Gordon wirklich nur den Mord an seinem Vater gerächt hat? Und es keinen allein Guten und Bösen in diesem Zwist gibt? Darf ich tatenlos zusehen, wie die Ehre der Makenzies weiterhin in den Dreck gezogen wird? Ist es nicht vielmehr ein Zeichen, dass ich für das Ende dieser Fehde kämpfen sollte? Denn unsere Tochter Isobel trägt doch das Blut beider Familien in sich. Ich habe keine andere Wahl, als Niall die Wahrheit zu sagen und ihn anzuflehen, als Oberhaupt der Familie endlich Frieden mit den Makenzies zu schließen. Mit mir als der vorletzten in Schottland lebenden Nachkommin dieses Zweiges der Familie, denn Isobel ist die letzte. Ich muss es tun, oder soll ich unserer Tochter verheimlichen, dass die verhassten Makenzies auch ein Teil von ihr sind? Möge der Hass uns nicht verschlingen und die Liebe mich beflügeln ...

Die Buchstaben tanzten vor Lilis Augen. Gordon Makenzie, hämmerte es wie verrückt in ihrem Kopf. Gordon Makenzie ... Das ist nur ein dummer Zufall, versuchte sie gegen ihre aufkommende Panik anzureden, doch tief in ihrem Inneren hegte sie keinerlei Zweifel mehr. Jener Gordon Makenzie war ihr Vater. Und ihr Vater hatte Angus Makenzie, Nialls Großvater, getötet. Das hieße ja ... Lili stutzte und wollte den unglaublichen Gedanken nicht an sich heranlassen, doch es half nichts. Sie konnte nicht vor der Tatsache davonlaufen, dass Caitlin ihre Cousine war. Ihre große Ähnlichkeit war also keine bloße Laune der Natur gewesen.

Ein Beben durchlief Lilis Körper. Heiße und kalte Schauer rieselten ihr den Rücken hinunter. Zitternd legte sie das Tagebuch zurück an seinen Platz und fasste den Entschluss, niemals mehr auch nur einen einzigen Blick hineinzuwerfen und ihr Wissen tief im Herzen zu verschließen. Sie wollte es nicht zulassen, dass dieser mörderische Irrsinn ein weiteres Glück zerstörte. Caitlin hatte ihre Ehrlichkeit offenbar mit dem Leben bezahlt. Das sollte ihr, Lili, eine Warnung sein. Und das Schlimme war, sie konnte nicht einmal still und heimlich ihre Sachen packen und verschwinden, denn nun schien es ihr noch unmöglicher als ohnehin, Isobel mit dem Munroy-Clan allein zurückzulassen.

Lili stöhnte laut auf. Es war eine verdammte Herausforderung für sie, die sie Ehrlichkeit und Aufrichtigkeit über alles schätzte. Und für ihr schnelles Mundwerk, das, bevor sie überhaupt denken konnte, oft aussprach, was sie nicht hätte sagen sollen.

Bei der Vorstellung, was wohl geschehen war, nachdem Caitlin Niall ihre wahre Herkunft verraten hatte, wurde ihr abwechselnd heiß und kalt. Hatte er seine Frau wirklich schnöde im Stich gelassen? Hatte sie sich deshalb das Leben genommen? Weil ihr geliebter Mann sie wegen ihrer Herkunft verstoßen hatte? Plötzlich überkam Lili eine schmerzhafte Sehnsucht, sich in Dustens Arme zu werfen und sich bei ihm auszuweinen, doch diese Gefühle schüttelte sie energisch ab. Keinen einzigen Menschen durfte sie je in dieses Geheimnis einweihen.

Ich muss meine Unterlagen vernichten, durchfuhr es sie panisch. Hastig kramte sie die Papiere aus dem Versteck hervor. Wie gut, dass Mutter meinen Vater bei der Geburt nicht genannt hat, dachte sie erleichtert, als sie die Geburtsurkunde in der Hand hielt. Als sie nach dem Brief ihres Vaters griff, zitterte ihre Hand so sehr, dass er ihr entglitt und zu Boden fiel. Sie hob ihn auf und wollte ihn zerreißen, doch sie konnte es nicht. Ihre Finger wollten ihr einfach nicht gehorchen. Es blieb ihr nichts anderes übrig, als ihn wieder tief in ihrem Schuh verschwinden zu lassen. Ich werde ihn im Tal von Strathconon draußen in der Natur verbrennen und seine Asche in den Fluss streuen, redete sie sich gut zu. Zugleich spürte sie in ihrem Innern eine Macht, die stärker war als alle Vernunft und die sich dagegen sträubte, das einzige Andenken an ihren Vater zu vernichten.

Mit weichen Knien wankte sie zum Bett und warf sich bäuchlings auf die Decke. Eine Welle von Rosenduft stieg ihr aus den Kissen in die Nase. Ein Duft, der sie noch vor wenigen Stunden wütend gemacht hätte, weil Nialls erste Frau immer und überall gegenwärtig war. Inzwischen hatte sich alles verändert. Caitlin war ihr näher, als ihr Niall je sein konnte. In ihrer beiden Adern floss das Blut der Makenzies.

»Caitlin«, murmelte Lili verzweifelt. »Caitlin, ich werde dafür sorgen, dass deine Tochter niemals vom Hass verschlungen wird, sondern dass sie in Liebe aufwächst, denn sie ist beides: Munroy und Makenzie.«

Noch während Lili diese Beschwörung aussprach, merkte sie, dass sie die Hände zu Fäusten geballt hatte. Mein Vater ist kein elender Mörder, dachte sie zornig, und dabei überkam sie eine unheimliche Angst, die ihr die Kehle zuschnüren wollte. War sie wirklich in der Lage, über allem zu stehen? Oder gärte auch in ihr schon jener alte Hass der Makenzies auf die Munroys?

Unvermittelt setzte sie sich auf. Nichts wird mehr so sein wie zuvor, schoss es ihr durch den Kopf, während sie sich schmerzhaft danach zurücksehnte, wieder Lili Campbell zu sein, die unbedarfte Lehrerin aus Edinburgh, die Tochter der Köchin Davinia und eines namenlosen Schwarzbrenners aus den Lowlands. Wie war sie nur in diese Hölle geraten?

Ich kann und darf keine Minute länger in diesem Haus bleiben, durchfuhr sie die Erkenntnis wie ein Blitz. Ich will fort, alles vergessen, mich nicht dem Zorn der Munroys aussetzen und Kinder an der St. George's unterrichten, als sei nichts geschehen.

Schweißgebadet erhob sich Lili und zog ihr Reisekleid an. Jenes, in dem sie vor wenigen Tagen in die Highlands gereist war. Sie holte ihren Koffer hervor und warf wahllos alles hinein. Nur das Kleid mit dem Munroy-Tartan und den Umhang, den Niall ihr geschenkt hatte, drapierte sie auf dem Bett. Diese gehörten nicht zu ihr. Sie würde sie niemals mehr tragen. Mit ihrem gepackten Koffer in der Hand blickte sie sich noch einmal wehmütig in Caitlins Zimmer um.

»Ich kann nichts mehr für euch tun«, murmelte sie verzweifelt. In diesem Augenblick öffnete sich leise die Tür, und wie ein Gespenst trat Isobel ein. Im bodenlangen weißen Nachthemd. Ihre Augen waren vor Schreck geweitet.

»Du … du gehst … du gehst fort?«

Lili wurde bleich beim Anblick des völlig verstörten Mädchens.

»Komm erst mal herein«, raunte sie mit belegter Stimme, doch Isobel drehte sich auf dem Absatz um und rannte auf den Flur. Lili setzte den Koffer ab und lief hinterher. Sie hatte Mühe, das Mädchen einzuholen, doch an der Treppe konnte sie es am Arm packen und festhalten.

»Ich hab's gewusst«, schluchzte Isobel. »Alle verlassen sie mich.«

Lili aber nahm Isobel bei der Hand und zog sie zurück in ihr Zimmer.

»Nimm mich mit!«, flehte Isobel. »Bitte nimm mich mit!«

»Das geht doch nicht«, erwiderte Lili schwach und ließ sich zitternd aufs Bett fallen. Dann riss sie das verzweifelte Mädchen in ihre Arme und drückte es fest an sich.

33

In Mhairies Zimmer war es dunkel. Nur das fahle Mondlicht verlieh der alten Frau etwas Geisterhaftes. Seit Stunden saß Mhairie regungslos auf diesem Platz am Fenster und wartete darauf, dass es doch endlich wieder Tag werden und der Spuk der schweren Schuld verschwinden möge. In ihren Händen hielt sie eine Ordenskette, deren Band mit nachgebildeten Disteln und Rautenzweigen geschmückt war. An dem Band hing ein Bildnis des heiligen Andreas, der ein emailliertes weißes Andreaskreuz hielt, das von goldenen Strahlen umgeben war.

Mhairie hatte noch kein Auge zugetan in dieser Nacht. Zu tief saß ihr der Schreck über Blaans plötzliches Auftauchen in den Gliedern. Wie verächtlich er sie angeblickt hatte. Wie eine gemeine Verräterin. Aber hatte er nicht recht? War sie in ihrer entsetzlichen Not damals nicht den Weg des geringsten Widerstandes gegangen? War sie nicht sehenden Auges zum Feind übergelaufen? So musste es sich jedenfalls für Blaan darstellen, der gar nicht ahnen konnte, was für Seelenqualen sie in all den Jahren durchlitten hatte. Der nicht wusste, dass sie die Gefangene eines Mannes gewesen war, dessen Liebe zu ihr sich bald in glühenden Hass verwandelt hatte. Wie oft hatte sie sich gefragt, ob es das Opfer wirklich wert gewesen war. Hatte sie nicht letztendlich das Gegenteil dessen bewirkt, was sie einst hatte bezwecken wollen? Und war sie nicht nur ein Feigling, sondern auch eine Verräterin?

Doch sie hatte gebüßt. Jeden einzelnen Tag in dieser Ehe hatte sie für ihren Fehler bezahlt. Nach außen hatte sie die

Rolle der tapferen Frau an der Seite des mächtigen Angus Munroy gespielt, die loyal zu ihrem Mann und einem Clan stand, während sie in ihrem Innern tausend Tode gestorben war. Jeden Tag von Neuem. Doch niemals in all den Jahren war ihr auch nur ein Wort des Widerspruchs über die Lippen gekommen, wenn Angus seine Söhne bei Tisch lustvoll mit Schauergeschichten über die Makenzies gefüttert hatte. Und seine Söhne hatten an seinen Lippen gehangen und den Hass auf diesen Clan aufgesogen wie ein Schwamm das Wasser. Besonders Brian, war es doch für ihn der einzige Weg gewesen, die Anerkennung seines Vaters zu gewinnen.

Das alles hatte Mhairie klaglos über sich ergehen lassen, bis zu jenem Tag viele Jahre später, an dem man Angus gefunden hatte, mit einem Messerstich mitten ins Herz. Bei seiner Beerdigung hatte sie keine einzige Träne vergossen. Nicht einmal um den Trauergästen vorzuheucheln, wie sehr sie dieser Verlust schmerzte. Allerdings hatte es auch keiner von ihr erwartet, war es doch im ganzen Tal ein offenes Geheimnis, dass der Alte schon seit vielen Jahren eine Geliebte hatte. Aber Brian hatte von Herzen getrauert um einen Vater, der ihm zeitlebens nie mehr als die kalte Schulter gezeigt hatte. Sie erschauerte noch heute, wenn sie daran dachte, wie hemmungslos er am Grab geweint hatte. Wie ein kleines Kind. Als habe er die Liebe seines Lebens verloren. Wahrscheinlich war es für ihn auch so gewesen, nur dass diese Liebe unerwidert geblieben war.

An diesem Tag war Brian zum Baronet geworden, ein Titel, der ihm kein Glück gebracht und den ihm der Tod schon einige Jahre später wieder entrissen hatte. Ihr Ältester hatte ihr nicht gedankt, dass sie seinetwegen nie den Lebensmut verloren hatte und ihm eine gute Mutter gewesen war. Im Gegenteil, er hatte sich nach und nach völlig von ihr entfremdet. Kein Wunder, nachdem er doch zeitlebens ahnungslos geblieben war. Wie hätte er verstehen sollen, dass seine Mutter nach dem Tod des Mannes plötzlich aufsässig geworden war und keine Gelegenheit mehr ausgelassen hatte, für die von ihm so verhasste Makenzie-Sippe einzutreten? Schmerzhaft erinnerte sie sich an all die hässlichen Streitereien mit Brian und seine Anwürfe, sie sei eine Nestbeschmutzerin. Dabei hatte sie nur geschildert, auf welche Weise sich die Munroys einst im Tal von Strathconon breit gemacht hatten. »Du bist eine gemeine Lügnerin!«, hatte Brian oft gebrüllt. Caitronia hatte ihren Mann dabei tatkräftig unterstützt, denn das einzige Band zwischen den beiden war noch die Aufrechterhaltung der Familienehre der Munroys gewesen. Bis über seinen Tod hinaus. Schließlich hatte man Mhairie als »spinnerte Alte« abgestempelt, doch das hatte sie nie ernsthaft gekränkt. Sie hatte nicht anders handeln können, denn sie hatte etwas wiedergutzumachen. Ihren gemeinen Verrat an Artair Makenzie.

Mhairie stieß einen tiefen Seufzer aus. Ihre Gedanken schweiften noch einmal zu Brian. Natürlich hatte er bemerkt, mit welcher zärtlichen Zuneigung sein Vater Angus den kleinen Bruder Douglas behandelt hatte. Niemals hatte der Junge geklagt, sondern war nach außen hin ein fröhliches Kind geblieben. Aber tief im Innern hatte er gewiss Höllenqualen gelitten. Dessen war sich Mhairie sicher. So sicher, wie sie darin den Grund sah, dass Brian als Erwachsener zu einem verantwortungslosen Trinker und Schürzenjäger geworden war. Nur seiner Ehe mit Caitronia war es zu verdanken gewesen, dass er nach außen hin seinen Verpflichtungen nachgekommen war, die man als Familienvorstand von ihm erwartet hatte.

Mhairie wurden die Augen feucht. Sie hatte den Jungen über alles geliebt und ihn über die Maßen verwöhnt, damit er die Ablehnung des Vaters nicht spürte. Aber hatte sie ihm mit ihrem verzweifelten Schweigen wirklich etwas Gutes getan? Hatte nicht die erste große Lüge weitere, noch grausamere Lügen geboren? Hatten sie sich nicht alle nach und nach in einem unentwirrbaren Netz aus Lug und Betrug verfangen?

Und sie zermarterte sich das Hirn mit der Frage, die sie sich wieder und wieder stellte: Hatte man ihr auch den zweiten Sohn so früh genommen, um sie zu strafen?

Eine Träne lief ihr über die Wange, während sie daran dachte, wie man ihr die Nachricht von seinem Tod überbracht hatte. Er war auf der Heimreise von der Universität Edinburgh gewesen, um Hogmanay im Familienkreis zu feiern. Als der Zug bei einem schrecklichen Sturm gerade auf die Brücke über den River Tay fuhr, war diese zusammengebrochen und hatte alle Reisenden mit sich in den Tod gerissen. Das war das einzige Mal, dass sie Angus hatte weinen sehen, aber sie hatten einander nicht einmal in dieser schweren Stunde in den Arm genommen. Im Gegenteil, er hatte sie mit einem vernichtenden Blick bedacht, als trage sie Schuld an diesem Unglück. Und dann war ihnen wenige Monate später der kleine Junge vor die Tür gelegt worden. Eingewickelt in einen Kilt, der Douglas gehört hatte. Dazu ein Brief an Lady Mhairie.

Mhairie kannte ihn nach so vielen Jahren noch in- und auswendig. In Gedanken las sie ihn noch einmal.

Verzeihen Sie mir, aber ich weiß mir keinen Rat. Keiner hat mitbekommen, dass ich schwanger bin. Ich bin ein einfaches Dienstmädchen, habe meine Stellung gewechselt und bin in eine andere Stadt weit fort von Edinburgh gezogen. Doch meine Eltern schlagen mich tot, wenn sie erfahren, dass ich Schande über sie gebracht habe, aber ich weiß, bei Ihnen ist das Kind gut aufgehoben. Douglas hat Sie sehr geliebt, Lady Mhairie. Und vielleicht hilft es Ihnen über Ihren Verlust hinweg. Ich weiß, dass er tot ist. Das Unglück hat keiner überlebt. Ich habe meine Schwangerschaft erst nach seinem Tod bemerkt, aber Douglas hat einmal gesagt, wenn er einen Jungen bekommt, so will er ihn Dusten nennen. Bitte nehmen Sie sich Ihres Enkels an und verfluchen Sie mich nicht. Ich hatte keine andere Wahl.

Angus hatte zunächst wie ein Wahnsinniger getobt. Er hatte auf das betrügerische Weib geflucht, das behauptete, von seinem geliebten Sohn geschwängert worden zu sein. Und das verdammte Balg hatte er in ein Heim geben wollen, doch Mhairie hatte ihm schließlich den Beweis liefern können. Außer dem Kilt war es ein Muttermal am Oberarm des Säuglings gewesen. Es war genauso geformt wie das auf Douglas' rechter Schulter. Da hatte Angus es einsehen müssen und zugelassen, dass Mhairie das elternlose Kind aufzog. Ja, er hatte den Jungen schließlich sogar ins Herz geschlossen, glaubte er doch, dass in ihm sein Sohn weiterlebe. Er hatte den Jungen zu seinem Ebenbild machen, ihm mit allen Mitteln seine Weichheit austreiben wollen und hatte dabei auch vor Schlägen nicht zurückgeschreckt. Doch Dusten war davon unbeirrt zu einem eigenständigen Mann herangewachsen, der seine Meinung vertrat und dem die unnachgiebige Strenge seines Großvaters niemals das Rückgrat hatte brechen können.

Mhairie hingegen hatte Dusten ihre ganze Liebe geschenkt, was häufig zu Eifersüchteleien seitens des kleinen Niall geführt hatte. Ihn liebte sie auch. Keine Frage, aber er hatte es stets seinem Großvater und auch seinem Vater recht zu machen versucht und war manchmal ein recht unglücklicher kleiner Bursche gewesen. Angus hatte nämlich ganz offensichtlich seinen Bruder bevorzugt, den verschlagenen Craig. Mhairies jüngster Enkel hatte nie einen Platz in ihrem Herzen gefunden, denn er war schon als Kind ausschließlich auf seinen eigenen Vorteil bedacht gewesen. Und er war auch nie vor kleinen Gehässigkeiten zurückgeschreckt, um seinen Bruder in Misskredit zu bringen, auf den er rasend eifersüchtig gewesen war. Niall hingegen war ein zurückhaltendes Kind und immer schon ein wenig schwermütig gewesen. Doch ihm war genauso wie seinem Vater der Hass auf die Makenzies in Fleisch und Blut übergegangen.

Mhairie vermutete, dass er damit Stärke zeigen und die Liebe seines Großvaters gewinnen wollte. Niall war elf Jahre alt gewesen, als Angus gestorben war. An dessen offenem Grab hatte der kleine Kerl die Faust geballt und »Tod den Makenzies!« gerufen. Und dann hatte ausgerechnet er ohne sein Wissen eine Makenzie geheiratet. Verzweifelt hatte Mhairie damals gehofft, dass er seinem Herzen und nicht der Familientradition folgen werde. Doch der Junge war zu schwach gewesen und hatte seine große Liebe dem verbohrten Hass geopfert.

Kein Wunder, dass er mich für verrückt erklären muss, sonst fiele seine Welt wie ein Kartenhaus zusammen, dachte Mhairie traurig. Nun sind alle drei zu so unterschiedlichen Männern herangewachsen, und der Einzige, der mir heute noch nahesteht, ist Dusten. Vielleicht bin ich doch gar nicht so schlecht gewesen, wie ich immer glaube, sonst würde mich dieser wunderbare junge Mann nicht so von Herzen lieben.

Sorge bereitete ihr allerdings die Tatsache, dass er noch immer keine Frau gefunden hatte. Er wurde bald fünfunddreißig und war ein attraktiver Mann. Wahrscheinlich hatte er, was Frauen anging, die Zügellosigkeit der Munroys im Blut, denn er liebte es bis heute, wie ein Schmetterling von einer Blüte zur anderen zu flattern. Dabei hatte er ihr einmal gestanden, dass er gern nur einer Frau treu wäre, doch die sei ihm bisher noch nicht begegnet. Wie gerne würde sie das noch erleben. Dann könnte sie endlich loslassen und zu ihren Söhnen gehen – und zu ihm …

Sie spürte ein Brennen in der Brust, als sie daran dachte, wie sie sich am Ufer des Loch Meig geliebt und einander ewige Treue geschworen hatten.

Und wie grausam ihr Glück zerstört worden war. Nie würde sie jenen Tag vergessen, an dem der Hass der Munroys wie ein verheerendes Unwetter über den Makenzie-Clan hereingebrochen war. Nein, niemals würde die Erinnerung an das große Unrecht, das der Familie ihres Liebsten widerfahren war, aus ihrem Gedächtnis schwinden, und wenn sie hundert Jahre alt würde …

Ihre Augen waren blind vor Tränen, während sie alles noch einmal erlebte, als sei es gestern gewesen. Nur die Collane, die sie fest umklammert hielt, schenkte ihr ein wenig Trost.

2. Teil

Im Tal von Strathconon, Juni 1850 – Juli 1854

It's a still, autumn morning, and it covers Loch Meig
And all the trees across the valley in a blaze of dying green
I've seen too many tail-lights, didn't need to say goodbye
We're just souls across a shrinking world
in a distant starlit night.
Please believe me something in me died
Leaving Strathconon
And your mountains behind
Please believe me something in me died
Leaving Strathconon
And your father's home behind.

Aus dem Liedtext *Leaving Strathconon*
der schottischen Band Runrig

34

Strathconon, Juni 1850

Bei jedem Schritt ihres Pferdes, mit dem sich Mhairie weiter von Marybank und dem Anwesen ihres Vaters entfernte, leuchteten ihre Wangen noch eine Spur rosiger. Sie konnte nur von Glück sagen, dass ihr gutmütiger Vater keinen Verdacht schöpfte, denn sie verschwand immer häufiger für viele Stunden von zu Hause. »Ich besuche meine Freundin Senga in Milton«, pflegte sie zu flöten, wenn er überhaupt einmal nachfragte. »Wir musizieren zusammen.« Das genügte dem verwitweten Baron. Er hatte Vertrauen zu seinem einzigen Kind und war froh, wenn er sich nicht um das quirlige Mädchen kümmern musste. Viel lieber saß er in seiner Bibliothek und las. Er war ein weltfremder, verschrobener Mann, der weder das Heranwachsen seiner geliebten Tochter noch den zunehmenden Verfall seines herrlichen Anwesens wahrnahm.

Geld interessierte ihn nicht, sondern vorrangig die Werke der Philosophen aus aller Welt, die er regelrecht verschlang. Das Einzige, was ihn von Herzen aufbringen konnte, war der gelegentliche Überraschungsbesuch von Angus Munroy, der ihm ständig Angebote unterbreitete, ihm seinen Besitz abzukaufen. Diesen nichtsnutzigen Heißsporn, wie der Baron ihn zu nennen pflegte, konnte er ganz und gar nicht leiden. Denn Mhairies Vater war zwar ein Schöngeist, aber auch ein traditionsbewusster Highlander, der die Clans noch heute danach einteilte, auf welcher Seite sie in der Schlacht von Culloden gestanden hatten. Und die Familie Munroy hatte seiner Ansicht nach zweifelsohne auf der falschen Seite gekämpft. Doch er war viel zu sehr Denker, um die Familie deshalb in

Bausch und Bogen abzulehnen. Angus' Bruder Rory, den belesenen Mann von Welt, den hatte er gemocht. Mit ihm hatte er sich stundenlang über die Jakobitenaufstände und deren Folgen unterhalten können. Und er schätzte die kritische Haltung, die der junge Munroy der Rolle seiner Familie entgegenbrachte. Ganz im Gegensatz zu dem völlig ungebildeten Angus, der nur auf Geld und Macht aus war.

Kichernd dachte Mhairie daran, wie ihr Vater ihn gerade neulich mit deutlichen Worten vor die Tür gesetzt hatte. »Sie müssen mir meinen Besitz schon aus den kalten Händen reißen!«, hatte Russel Maclachlan, der sechste Baron von Faiburn, Angus Munroy hinterhergerufen.

Mhairie ließ ihr Pferd traben, obwohl sie es kaum erwarten konnte, Artair wiederzusehen. Drei Tage waren eine lange Zeit, wenn man so verliebt war wie Mhairie Maclachlan. Aber sie ritt absichtlich langsam, um die Spannung zu erhöhen. Sie wollte jede Minute auf dem Weg zu ihm in vollen Zügen genießen. Und so ließ sie den Blick nun zum River Conon schweifen. Wie sie die einsame Strecke zum Loch Meig liebte! Der klare Fluss, der sich binnen von nur einer Meile mehrmals völlig veränderte. Erst führte er durch weite grüne Felder, bis er immer tiefer in den Wald eintauchte. Mal war er wie ein reißender Bach, dann wurde er zu einem breiten, schnell dahinströmenden Fluss, bis er mit den Seen verschmolz. Mhairie wusste aus dem Schulunterricht, dass es natürlich andersherum war und er aus den Bergen kam und aus dem River Meig und etlichen Zuflüssen erst hinter dem Loch Achonachie zum River Conon wurde, der schließlich in den Cromarty Firth mündete. Für sie aber blieb er trotz ihres geografischen Wissens der geliebte Conon. Mit Wehmut dachte sie daran, dass die Schulzeit endgültig vorüber war und viele der anderen Mädchen nur noch das eine im Sinn hatten: auf Bälle zu gehen und einen Mann zum Heiraten zu finden. Auch Senga, ihre ehemals beste Freundin, interessierte sich mittlerweile ausschließlich für einen jungen englischen Anwalt, der jüngst nach Beauly gezogen war und ihr eifrig den Hof machte. Deshalb war es auch unverfänglich, die Freundin vorzuschieben, hatten sie sich doch schon länger nicht mehr gesehen. Sie war heilfroh, dass ihr Vater sie nicht auf dem Heiratsmarkt der Highlands anbot. Er kam gar nicht auf den Gedanken, dass seine Tochter allmählich unter die Haube gehörte. Dafür liebte sie ihn noch mehr, denn nur so war es ihr vergönnt gewesen, sich ohne den Zwang des gesell- schaftlichen Parketts zu verlieben. Mhairie Maclachlan, so wirst du nie eine richtige Dame! Man merkt bei jedem Schritt, dass dir die Mutter fehlt!, hörte sie in Gedanken die strenge Stimme ihrer Lehrerin voller Empörung ausrufen, wenn sie wieder einmal wie ein Junge im Hof der Schule umhergehüpft war. Wie hätte sie der armen Miss Carnegie sagen sollen, dass sie alles sein wollte, nur keine feine, stocksteife Lady? Sie war glücklich, dass ihr Vater ihr alle Freiheiten ließ. Doch wie hatte Senga ihr neulich gerade prophezeit? »Mhairie, wenn du nicht endlich das Kokettieren lernst, dann wirst du noch als alte Jungfer enden. So bekommst du jedenfalls keinen Mann.« Und nun hatte das Leben Senga Lügen gestraft. Er war ihr nämlich einfach erschienen beziehungsweise sein Spiegelbild im glatten Wasser des Loch Achonachie. Ihr Herz- schlag beschleunigte sich bei dem Gedanken an ihre erste Begegnung. Sie hatte gerade recht ungehalten aufs Wasser ge- blickt, denn es war ihr noch kein Fisch an die Angel gegangen. Ungewöhnlich, weil sie sonst immer sehr schnell genügend für das Mittagessen gefangen hatte. Zu nichts anderem diente ihr das Angeln, als ihren Vater nicht merken zu lassen, dass die Köchin wieder einmal nicht wusste, woher sie Geld für das Essen nehmen sollte. Doch als sie die gegenüberliegen- den Hügel, Wälder und Berge bestaunte, wie sie sich im See widerspiegelten, war ihr Ärger rasch verflogen. Das unwirk- liche Bild, wenn die Natur sich verdoppelte und ein Gemälde auf das Wasser zauberte, brachte ihre Augen jedes Mal erneut zum Strahlen. Da konnte sie noch so wütend gewesen sein. Und dann erst hatte sie das Gesicht im Wasser entdeckt. Ein lachendes Männergesicht. Sie hatte sich erschrocken umgedreht und in ein Paar funkelnder wasserblauer Augen geblickt.

»Haben Sie denn noch gar nichts gefangen?«, hatte der stattliche junge Mann mit dem blonden Haar, zu dem das Gesicht gehörte, mit entwaffnendem Lächeln gefragt.

»Das geht Sie überhaupt nichts an«, hatte sie schnippisch erwidert, bevor sie sich wieder ihrer Angel zugewandt hatte, doch der Mann war einfach nicht gegangen. Im Gegenteil. Er war mit einer merkwürdigen Angel in der Hand mit bloßen Füßen einige Schritte in den See gestapft. Dort hatte er seine lange Angelschnur beinahe tänzerisch über das Wasser geschwungen. Mhairie hatte ihm mit offenem Mund zugesehen und nicht schlecht gestaunt, als wenig später eine Forelle regelrecht hochgesprungen war und nach seinem Köder geschnappt hatte.

»Wollen Sie es auch mal versuchen?«, hatte er sie gefragt, nachdem er seinen Fang in einen Korb geworfen hatte. Mhairie war von Natur aus ein neugieriger Mensch und hatte der Herausforderung nicht widerstehen können. So hatte er sie in den folgenden Stunden mit dem Fliegenfischen vertraut gemacht, bis sie ein reichliches Mittagsmahl zusammen hatte. Und das Aufregendste daran waren jene Momente gewesen, in denen er ihre Hand geführt hatte, um ihr zu zeigen, wie sie richtig werfen musste.

»Ich muss nach Hause, unsere Köchin wartet auf die Fische«, hatte sie zum Abschied gesagt, doch er hatte nur ihre Hand genommen und sie lange angesehen. »Morgen um dieselbe Zeit an derselben Stelle?«

Ein einziger tiefer Blick in seine hellen Augen hatte genügt, um sich mit ihm zu verabreden.

»Ich heiße übrigens Artair!«, hatte er ihr nachgerufen, nachdem sie mit hochrotem Kopf zu ihrem Pferd geeilt war. Sie hatte sich noch einmal umgedreht und ihm ihren Namen genannt. Er hatte den Kopf vor Lachen in den Nacken geworfen und gerufen: »Das weiß ich doch!« Mit klopfendem Herzen war Mhairie nach Hause geritten und hatte an nichts anderes mehr denken können als an den hochgewachsenen blonden Mann, seinen klaren Blick und seine Berührungen, die ihr immer noch auf der Haut brannten.

Ein hölzernes Schild am Wegesrand riss sie aus ihren schwärmerischen Gedanken. *Scatwell* stand dort zu lesen, und Mhairie wechselte vom Trab in den Galopp. Sie befürchtete, womöglich Angus zu begegnen, dessen Schloss sich zur rechten Seite hinter der Mauer aus dichtem Grün befand. Beim letzten Mal war er nämlich gerade in dem Augenblick auf seinem Pferd durch das prächtige Eingangstor nach draußen geprescht, als sie den Eingang zum Schlossgelände hatte passieren wollen.

»Sie sind ja eine echte Amazone. Wohin soll's denn gehen? Das Tal ist irgendwann zu Ende«, hatte er gespottet und ihr Pferd zum Halten genötigt. Mhairie hatte vor Wut geschäumt. Was bildete sich dieser Kerl eigentlich ein? Doch sie hatte versucht, ihm möglichst freundlich zu antworten. Zu groß war ihre Angst, dass er ihr doch noch auf die Schliche käme.

»Ich reite zu meiner Freundin nach Milton.«

»Und wie heißt die Dame?«

Da war es mit ihrer Vorsicht vorbei gewesen. »Das geht Sie gar nichts an.«

»Ich denke doch, denn ich werde Sie heiraten.«

Mhairie wäre vor Schreck beinahe vom Pferd gefallen. »Sie unverschämter Kerl!«, hatte sie gebrüllt.

»Ich wusste es doch – Sie haben Temperament. Anders als die Ladys, die brav in den Salons ihr Tanzbein schwingen. Ich habe das gleich gewusst, als ich Sie das erste Mal gesehen habe. Da habe ich Sie heimlich beim Schwimmen im Fluss beobachtet.«

Mhairie hatte in diesem Augenblick zutiefst bedauert, dass sie nicht in der Lage gewesen war, ihm eine Ohrfeige zu verpassen. Aber er hatte auf seinem Pferd gesessen und sie auf ihrem. Das wäre schwierig geworden.

»Sie halten sich wohl für unwiderstehlich, wie? Aber ich darf Ihnen versichern, dass ich Sie nicht leiden kann. Wie Sie wie ein Geier um meinen Vater herumschleichen, um ihm für einen Hungerlohn Haus und Land abzuschwatzen. Haben Sie nicht schon genug im Tal von Strathconon aufgekauft?«

»Ich benötige immer neue Weidemöglichkeiten für meine Tiere, aber Sie bringen mich auf eine gute Idee. Ich sollte mit Ihrem Vater beim nächsten Mal über etwas anderes sprechen. Ja, ich werde ihn zur Abwechslung einmal um Ihre Hand bitten.«

»Mein Vater würde mich nie gegen meinen Willen verheiraten, selbst wenn er Sie mögen würde, nicht! Aber er kann Sie ebenso wenig leiden wie ich. Wenn ich mich recht entsinne, hat er Sie beim letzten Mal achtkantig aus dem Haus geworfen.« Mit diesen Worten hatte sie ihrem Pferd die Sporen gegeben.

Den ganzen Weg bis zum Loch Meig hatte sie vor Zorn gebebt. Und sie hatte sich maßlos darüber geärgert, dass dieser Mann es schaffte, ihr tatsächlich Angst einzujagen. Sie war eigentlich nicht leicht zu erschrecken, aber dieser Kerl hatte etwas Gefährliches und Bösartiges im Blick. Außerdem hieß es im Tal, die Munroys bekämen immer, was sie wollten.

Aber dieses Zusammentreffen lag nun bereits einige Wochen zurück, und der ungehobelte Angus hatte sich seitdem nicht bei ihrem Vater blicken lassen. Mhairie hoffte sehr, dass sie ihm seine Lust, sie zur Frau zu nehmen, gründlich ausgetrieben hatte.

Trotzdem atmete sie erleichtert auf, als sie das Anwesen weit hinter sich gelassen hatte. Sie setzte den Weg im Trab fort, weil sie sich ein wenig beruhigen wollte, denn die Erinnerung an die unangenehme Begegnung hatte sie sehr aufgewühlt. Und Artair musste nicht unbedingt erfahren, wie dieser Angus sich ihr gegenüber aufgespielt hatte. Das hatte sie ihm wohlweislich verschwiegen, weil dieser Munroy ohnehin ein rotes Tuch für ihn war.

Sie sog die frische Luft des Frühsommers ein, die nach Erde, Fluss, Moos und Heidekraut roch. Sonnenstrahlen bahnten sich den Weg durch den Wald, der zu beiden Seiten immer dichter wurde. Sie hoffte, dass sie ein paar Rothirschen begegnen würde, denn zu ihrer Linken ging es hinauf zu den Hochebenen. Mhairie mochte alles in diesem Tal. Die Gerüche, das satte Grün und die himmlische Ruhe, die, abgesehen von dem Gezwitscher der Vögel, hier unten herrschte.

Als sie Loch Meig vor sich auftauchen sah, zog auf der anderen Seite über den grünen Hügeln ein mächtiger Adler seine Kreise. Sie ließ das Pferd anhalten und beobachtete ihn eine Weile. Das ließ sie den dummen Angus völlig vergessen. Als sie ihren Ritt fortsetzte, galten ihre Gedanken ausschließlich dem Wiedersehen mit ihrem Geliebten. Je weiter sie sich dem Treffpunkt am Ufer des Sees näherte, desto aufgeregter wurde sie. Wie sie sich danach sehnte, dass sie einander in die Arme sanken. Doch dieses Mal mischte sich ein kleiner Wermutstropfen in die Vorfreude. Wie würde er wohl reagieren, wenn sie ihm von ihrer Befürchtung erzählte?

Sie mochte den Gedanken gar nicht zu Ende führen. Zu sehr erschreckte sie die Vorstellung, dass ihr Leichtsinn womöglich nicht folgenlos geblieben war. Ihr Vater war zwar ein gütiger Mensch, aber würde er ihr diese Schande jemals verzeihen?

Als Mhairie das Pferd an einem Baum festband, rebellierte ihr Magen vor lauter Aufregung. Artair schien bereits am Treffpunkt zu sein, denn sein Rappe, der ebenfalls an einem Baum angebunden war, begrüßte sie laut wiehernd.

»Na, alter Junge«, murmelte sie und strich dem Pferd über den schwarzen Kopf. Dann machte sie sich auf den Weg. Von dieser Stelle aus musste sie noch ein ganzes Stück am Ufer des Loch Meig entlang durch dichtes Grün klettern, bis sie das lauschige Plätzchen erreicht hatte. Es war ein kleines Stück Strand, von dem aus man bequem zum Schwimmen in den See gelangte. Und das Gute war, der Platz lag so ideal versteckt, dass man ihn nur von der Wasserseite aus entdecken konnte. Und bisher hatte Mhairie dort draußen noch nie ein Ruderboot gesehen, wenn sie sich hier getroffen hatten. Das Stückchen Strand war von allen drei Seiten von Farnen,

Bäumen und Kletterpflanzen umgeben. Artair behauptete immer, vor ihm habe noch kein Sterblicher je dieses Fleckchen Erde betreten. Er kannte es schon von Kindheit an, wenn er mit seinem Bruder Blaan dem arbeitsamen Alltag zu Hause entflohen war.

Als Mhairie durch das Dickicht auf den Strand trat, blickte Artair schon sehnsüchtig in die Richtung, aus der er sie erwartete. Mhairie war etwas irritiert, weil er splitternackt war. So gut sie seinen wohlgeformten, muskulösen Körper auch mittlerweile kannte, der unverhoffte Anblick ließ sie erröten.

»Mein Liebling, da bist du ja endlich!«, rief er erfreut, sprang auf und schloss sie in die Arme. Prompt reagierte sein Körper sichtbar auf sie. Da bemerkte er, dass er nichts anhatte, und brach in schallendes Gelächter aus. »Ich wollte jeden kostbaren Strahl der Sonne nutzen. Das haben wir schon früher als Kinder gemacht. Stört es dich?«

Mhairie fiel in sein ansteckendes Lachen ein. »Nein, es kam nur etwas überraschend.«

»Dann leg dich zu mir! Es ist herrlich, wenn dich die warmen Strahlen auf der Haut kitzeln.«

Er machte sich eifrig daran, ihr zu helfen, das Kleid auszuziehen. Mhairie liebte Artairs ungezwungene Natürlichkeit. Er war so unverstellt und kein bisschen verschämt. Ein echter Mann aus den Highlands, dachte Mhairie voller Zärtlichkeit, während sie sich willig von ihm das Mieder aufknöpfen ließ.

Als sie in ihrer ganzen Nacktheit vor ihm stand, entfuhr ihm ein Seufzer. »Du bist so unendlich schön, meine Liebste.« Sie hatte sich eigentlich nie für sonderlich hübsch gehalten, aber sie genoss es, wenn er bei ihrem Anblick ins Schwärmen geriet, und strahlte über das ganze Gesicht.

Er nahm sie in den Arm und flüsterte: »Ich liebe dich.« Sie ließen sich sanft in den Sand gleiten, der sich von der Sonne angenehm erwärmt hatte.

Artair beugte sich über Mhairie und küsste sie. Während sie seinen leidenschaftlichen Kuss erwiderte, spürte sie seine

Hände auf ihrem Körper. Sofort fing es in ihrem Bauch zu kribbeln an, und sie strich mit den Fingerspitzen über seinen Rücken. Seine Lippen lösten sich von ihren. Er berührte ihre Brüste, während er ihr tief in die Augen blickte.

»Ich liebe dich auch«, hauchte Mhairie, und ein warmer Schauer durchrieselte ihren Körper, als seine Berührungen immer ungestümer wurden. Als er in sie eindrang, stöhnte sie leise auf. Nicht vor Schmerz wie beim ersten Mal, sondern vor Wonne, dass sie nun untrennbar verbunden waren.

»Ich möchte, dass du meine Frau wirst«, hörte sie ihn flüstern, bevor sich der Rhythmus seiner Bewegungen steigerte.

Ja, das will ich auch, dachte sie und gab sich ganz dem Verschmelzen ihrer Körper hin, so lange, bis er sich aufbäumte und einen heiseren Schrei ausstieß. Er verharrte noch eine Weile regungslos in dieser Stellung, bevor er sich auf die Seite rollte. Das ernüchterte Mhairie – nun musste sie es ihm endlich sagen. Doch dazu kam sie nicht, weil Artair begann, sie zärtlich zwischen den Schenkeln zu berühren. Erst zögernd, dann immer intensiver. Der Gedanke an das, was ihr auf der Seele brannte, verschwamm in ihrem Kopf, und sie spürte nur noch seine forschenden Hände. Plötzlich durchfuhr eine heiße Welle ihren Bauch, die sich wie ein Feuer in ihrem ganzen Körper ausbreitete. Sie bäumte sich auf und schrie. Wieder und immer wieder. Als das Pochen zwischen ihren Schenkeln langsam verebbte, lächelte sie Artair an und fragte heiser: »Was hast du mit mir gemacht?«

Ihr Geliebter blickte sie unschuldig an und hob die Schultern. »Ich weiß es nicht, mein Liebling, aber ich werde es gern noch einmal versuchen.«

Mhairie lachte. »Um Gottes willen, nein, das kann ich nicht aushalten! Jedenfalls heute nicht. Ich habe Angst, ich verbrenne, denn mir ist, als hättest du meinen Körper in Flammen gesetzt.«

»Wenn du meine Frau wirst, werde ich es täglich tun. Ich hoffe, ich erinnere mich dann noch an das, was ich soeben vollbracht habe und wie es dich zur Verzückung gebracht hat«, scherzte Artair.

Mhairie hätte das Liebesgeflüster gern fortgesetzt, aber sie musste endlich loswerden, was ihr auf der Seele brannte. Jetzt oder nie, dachte sie und setzte sich abrupt auf. Sie räusperte sich ein paarmal, bevor sie sich traute, ihren vagen Verdacht auszusprechen.

»Man hat mir niemals erklärt, was zwischen Mann und Frau vor sich geht, denn mein Vater hält mich für ein unschuldiges Kind. Aber die Mädchen in der Schule haben davon gesprochen, was geschieht, wenn man sich als Frau einem Mann hingibt. Artair, ich befürchte, unsere Leidenschaft ist nicht ohne Folgen geblieben.«

Mhairie hatte mit allem gerechnet, nur nicht damit, dass ihr Geliebter aufspringen und am Ufer des Loch Meig einen Freudentanz aufführen werde.

»Artair, hast du verstanden, was ich dir damit sagen wollte?«

»Aber wo denkst du hin, mein Lieb!« Artair stürzte auf sie zu und nahm ihr Gesicht in beide Hände. »Schau nicht so verschreckt! Ich freue mich doch darauf. Nun kann uns keiner mehr die Heirat verbieten. Ich werde gleich morgen deinen Vater aufsuchen und um deine Hand anhalten.«

»Du freust dich?«, fragte Mhairie sichtlich verwirrt. So hatte sie die Sache bislang noch nicht gesehen.

»Und wie!«, entgegnete Artair überschwänglich, zog Mhairie ausgelassen an den Händen empor, umfasste ihre Taille und schwenkte sie ein paarmal wild im Kreis herum.

Alles drehte sich vor ihren Augen, als er sie wieder auf dem Boden abgesetzt hatte. Sie ließ sich in den Sand fallen. »Du bist verrückt, Artair Makenzie«, stöhnte sie.

Er kauerte sich zu ihr in den weichen Sand und musterte sie mit ernstem Blick. »Was ist daran verrückt, dass ich dich heiraten möchte? Deshalb frage ich dich in aller Form: Mhairie Maclachlan, willst du meine Frau werden?«

»Natürlich will ich, aber ich weiß nicht, ob Vater ... ach

was, ich will, ich will, ich will!« Stürmisch warf sie sich in seine Arme. Er presste sie fest an sich.

»Dann kann uns nichts mehr geschehen«, flüsterte er ihr ins Ohr.

»Ich weiß«, seufzte sie, doch ganz überzeugt war sie nicht davon. Ihr Vater war zwar kein Mann, der Standesdünkel pflegte, aber ob er ihr die Ehe mit einem Makenzie erlauben würde, war mehr als fraglich.

»Lass mich raten, worüber du dir gerade dein hübsches Köpfchen zerbrichst.« Artair strich ihr sanft über die Stirn. »Du fragst dich, ob dein hochwohlgeborener Vater zulassen wird, dass du einen armen Schlucker von der anderen Seite des Flusses zum Mann nimmst. Einen Nichtsnutz ohne Titel und Geld. Einen armseligen Schwarzbrenner. Habe ich recht?«

Mhairie wurde feuerrot. Konnte er Gedanken lesen?

»So habe ich das nicht gedacht. Ich ... ich ...«

»Liebes, du machst dir Sorgen, dass dein Vater gegen unsere Ehe ist, nicht wahr? Gib es ruhig zu!«

»Ja, du hast recht, ich habe Angst, dass er es nicht erlaubt.«

»Glaubst du wirklich, er nimmt eher in Kauf, dass du ein uneheliches Kind zur Welt bringst?«

»Nein, das nicht, aber wir wissen doch noch gar nicht, ob ich wirklich ein Kind erwarte. Es ist doch nur so, dass ich schon vor ein paar Tagen meine monatliche Blutung hätte bekommen müssen ...« Sie stockte, weil Artair die Enttäuschung geradezu ins Gesicht geschrieben stand, doch dann erhellte sich seine Miene.

»Dann behaupten wir einfach, dass es so ist. Komm, ich stelle dich schon einmal meiner Sippe vor, bevor wir deinen Vater überraschen.«

Mhairie lachte. »Sollten wir uns nicht erst ankleiden?«

Artair sprang auf und zog sie an den Händen hoch. »Nun sag schon, was hältst du davon?«

Mhairie war hin- und hergerissen. Einerseits wünschte sie

sich nichts sehnlicher, als so bald wie möglich seine Frau zu werden, andererseits ging ihr das alles viel zu schnell. Wenn sie sich vorstellte, ihrem Vater noch heute beichten zu müssen, dass sie ein Kind von einem Makenzie erwartete, obwohl sie sich dessen noch gar nicht ganz sicher war ... Doch wenn sie wirklich schwanger war, dann würde sie das wohl schlecht vor ihrem Vater verheimlichen können.

»Es ist ein guter Vorschlag, denn ich glaube kaum, dass mein Vater sich gegen unsere Ehe stellen wird, wenn ich ein Kind von dir erwarte. Er würde nie etwas tun, was mir das Herz bricht. Du wirst ihn mögen. Titel sind ihm völlig gleichgültig. Was meinst du, wie energisch er neulich gerade diesen widerlichen Angus Munroy hinausgeworfen hat. Und der ist schließlich ein Baronet ...« Mhairie verstummte hastig.

»Was hat dieser Kerl bei euch zu Hause zu suchen? Hat er es etwa auf dich abgesehen?« Artairs Stimme zitterte vor Wut.

»Um Gottes willen, nein, der doch nicht!«, flunkerte Mhairie. »Er will meinem Vater das Haus abschwatzen.«

»Typisch für diesen Halsabschneider. Sie sind raffgierig und hinterhältig, diese Munroys«, fluchte Artair.

Mhairie war erleichtert. Er zweifelte offenbar nicht an ihren Worten, obgleich sie ihm nur die halbe Wahrheit gesagt hatte. Aber sie konnte ihm unmöglich verraten, wie unverschämt sich dieser Angus ihr gegenüber aufgeführt hatte. Sie brauchte nur seinen Namen zu erwähnen, und Artair regte sich auf. Sie hatte es zwar noch nicht aus seinem Mund gehört, aber es gab jede Menge Gerüchte über schlimme Raufereien, die sich die beiden Männer in regelmäßigen Abständen lieferten.

»Warum hasst ihr beiden euch eigentlich so?«, fragte Mhairie, während sie sich anzog.

»Das ist eine lange Geschichte, mein Liebling«, entgegnete Artair.

»Ich würde sie gern hören.«

Artair lachte. »Du willst doch bloß Zeit schinden, bis ich bei deinem Vater um deine Hand anhalte.«

»Nein, ich möchte wirklich wissen, warum ihr euch so verabscheut. Ich verstehe zwar gut, dass du ihn nicht leiden kannst, denn er ist ein unangenehmer Bursche, aber man munkelt, eure Clans verbinde eine abgrundtiefe Feindschaft.«

Artair war mittlerweile fertig angezogen. Er machte ein nachdenkliches Gesicht.

»Gut, ich will versuchen, es kurz zu machen. Wir Makenzies waren nicht immer arme Pächter. Uns gehörte vor über hundert Jahren jede Menge Land, und wir besaßen das prachtvollste Anwesen im ganzen Tal. Damals, vor der schrecklichen Niederlage von Culloden, gab es noch kein sogenanntes Schloss Scatwell und auch keine verdammten Munroys in Strathconon. Sie kamen aus der Gegend von Dingwall und zogen erst nach der Schlacht von Culloden im Tross des Schlächters marodierend in unser friedliches Tal ein. Dort mordeten sie, was ihnen in die Finger geriet und nur nach Jakobiten roch. So metzelten sie auch unsere Familie nieder. Das Oberhaupt unseres Clans, Sir Allan Makenzie, den vierten Baronet von Am Fireach, hatten Cumberlands Männer bereits ein paar Tage nach der Schlacht schwer verwundet aufgehängt.« Artair machte eine Pause, als er bemerkte, dass Mhairie weinte.

»Ich wollte dich nicht traurig machen«, sagte er betroffen. »Ich höre sofort auf, denn es ist keine schöne Geschichte.«

»Ich möchte sie aber hören«, schniefte Mhairie. »Es ist nur so, dass auch einer meiner Vorfahren auf Seiten der Jakobiten gekämpft hat, und ihn hat man auch halb tot gehängt. Die Maclachlans haben gekämpft bis zum letzten Blutstropfen, aber sie blieben glücklicherweise von den Plünderungen verschont, denn ein alter Freund der Familie diente bei den englischen Truppen. Der hat unsere Familie gegen Cumberlands ausdrückliche Anordnung in Ruhe gelassen.«

Artair stieß einen tiefen Seufzer aus. »Das Glück hatten

meine Leute nicht. Viele wurden ermordet oder sind geflohen. Nur einer hat im Tal von Strathconon überlebt, aber der rettete sich nur mittels einer List. Davon werde ich dir gleich berichten. Sie haben jedenfalls unser Schloss niedergebrannt und uns das Land genommen. Angus Munroy – so hieß auch der Vorfahre des jetzigen Munroy – gefiel es so gut im Tal, dass er sich hier niederließ. Es war der jüngere von zwei Brüdern und besaß weder Titel noch Reichtümer. So hat er uns bestohlen, sich das Schloss bauen lassen und ließ sich zum Baronet machen. Aber mein Clan hatte nicht nur Menschenleben zu beklagen, sondern auch den Verlust der Collane. Einer meiner Ahnen ist nämlich unter König Jakob, dem Zweiten, zum Ritter des Ordens von der Distel geschlagen worden, und die feige Munroy-Bande hat sich sogar die Ordenskette angeeignet. Du glaubst gar nicht, wie oft ich mich schon mit dem jetzigen Angus geprügelt habe. Immer wenn ich ihm auf den Kopf zusage, dass er der Sprössling einer Bande von Dieben ist, dann fliegen die Fäuste. Dabei sage ich nichts als die Wahrheit. Die Munroys haben sich den Titel, das Land und unseren Orden gestohlen! Verstehst du nun, warum ich ihn so hasse?«

Mhairie nickte eifrig. »Natürlich kann ich dich verstehen und bin sicher, dass wir Vater gegenüber keine Ausrede mehr erfinden müssen. Wenn er deine Geschichte erfährt, wird er dich mit offenen Armen empfangen. Aber nun sag schon, wie hat dein Vorfahre im Tal von Strathconon überlebt?«

»Er zog in unseren ehemaligen Pferdestall und tat so, als sei er geistig umnachtet. Damit erregte er das Mitleid der gutmütigen Ehefrau des alten Angus Munroy, und sie bewahrte ihn fortan vor den Übergriffen ihres Mannes wie eine Glucke ihr Junges. Er wurde zum Crofter, durfte das Land für Angus Munroy bestellen, den Stall zu einem Haus umbauen, eine Familie gründen und nebenbei sogar eine Schwarzbrennerei betreiben. Der alte Angus war von Anfang an argwöhnisch, aber er konnte nichts ausrichten gegen den verrückten Artair, ja, es ist wirklich merkwürdig, aber er hieß wie ich ... ich meine, ich heiße so wie er. Auf diese Weise konnte er seine Sippe bestens versorgen, und seine Frau bekam jedes Jahr ein Kind. Für die Herren von Scatwell war das ein weiteres Zeichen, dass der Makenzie dort drüben auf der anderen Seite vom Fluss nicht ganz richtig im Kopf war, so viele arme Kinder zu zeugen. Dabei wollte er nur den Clan der Makenzies stärken.«

Artair hielt erschöpft inne, bevor er atemlos fortfuhr: »Nun kennst du die Geschichte. Und in jeder nachfolgenden Generation gab es immer wieder Versuche der Munroys, sich der Makenzies zu entledigen. Vergeblich, wie du siehst.«

Mhairie schmiegte sich an ihren Geliebten. »Er ist es nicht wert, dass du dich mit ihm prügelst.«

»Du hast ja recht. Aber nun komm, ich will dir endlich zeigen, was für einen Palast meine Familie im Laufe der Jahrzehnte aus dem Stall gemacht hat.«

Hand in Hand verließen sie ihr Liebesnest am Loch Meig. Auf dem verschlungenen Pfad am Ufer entlang mussten sie einander immer wieder loslassen. Er war so schmal, dass nur einer von ihnen darauf entlanggehen konnte. Artair schritt voran, um Mhairie hohe Gräser und Äste aus dem Gesicht zu halten.

Obwohl Mhairie sehr zuversichtlich war, was das Jawort ihres Vaters anging, spürte sie plötzlich ein Unwohlsein in sich aufsteigen. So als würde ein Stein in ihrem Bauch liegen. Das ist bestimmt das Kind, redete sie sich gut zu, während sie unvermittelt stehen blieb und den Blick zurück zum See schweifen ließ. Dort, wo eben gerade noch Sonnenstrahlen an der Oberfläche gespielt hatten, kräuselte sich nun das Wasser. Die wärmende Sonne wurde von einer dichten schwarzen Wolke verdeckt, die von Nordwesten her auf das Tal zuraste.

»Schau nur, da kommt ein Unwetter auf!«, raunte sie Artair, der schon ungeduldig auf sie wartete, ängstlich zu.

»Aber Liebes, das ist doch nur eine kleine Regenwolke. Du tust gerade so, als hättest du noch nie erlebt, wie sich bei uns im Hochland das Wetter von einer Sekunde auf die andere verändert.«

Mhairie folgte ihm seufzend. Er hatte recht. Sie hatte schon ganz andere Wetterumschwünge erlebt und sich nicht wie ein kleines Mädchen davor gefürchtet. Wenn ich ihm sage, dass es mehr als eine dunkle Wolke für mich ist, nämlich ein böses Omen, wird er mich auslachen, dachte Mhairie und versuchte, nicht mehr daran zu denken.

35

Kurz vor der Abzweigung zum Schloss Scatwell wurde Mhairie noch einmal mulmig zumute. Was, wenn Angus sie zusammen sah? Doch dann warf sie einen verstohlenen Blick auf ihren stattlichen Begleiter und ihre Angst war wie verflogen. Sollte der Baronet sie doch ruhig zusammen sehen. Bald würde es ohnehin das ganze Tal wissen, dass die Baronesse einen kleinen Pächter heiratete. Eigentlich konnte ihr doch gar nichts mehr geschehen. In Begleitung von Artair Makenzie war sie sicher.

Trotzdem zog sich das undurchdringliche Grün, hinter dem das Schloss lag, schier endlos hin. Mhairie atmete erleichtert auf, als linker Hand wieder der Fluss zu sehen war. An dieser Stelle bog Artair nach links ab.

»Wir müssen über eine kleine Brücke auf die andere Seite des Flusses. Es ist ein Nebenarm des Conon!«, rief er. Mhairie folgte ihm. Überall weideten Schafe, und Mhairie wusste sofort, dass dies nur die Tiere der Munroys sein konnten. Man erzählte sich, sie besäßen die größte Herde im ganzen Hochland. Die dunkle Wolke, die noch Augenblicke zuvor über dem Tal gelastet hatte, war wie von Geisterhand verschwunden. Es hingen zwar immer noch Wolken über den Hügeln, aber sie waren allenfalls grau und ließen durch zahlreiche Lücken auch die Sonnenstrahlen wieder zur Erde durch. Mhairie und Artair näherten sich der hölzernen Brücke.

Mhairie entspannte sich. »Hat der Fluss hier auch einen Namen? Es ist ja eher ein Bach, oder?«

»Jeder nennt ihn anders. Für unseren Clan ist es der Artair's Burn.«

»Nach dir benannt? Damit du unsterblich bist?«, lachte Mhairie.

Artair aber musterte sie mit ernstem Blick.

»Nein, meine Vorfahren gaben dem Flüsschen diesen Namen, bevor man sie damals nach der Niederlage von Culloden überfiel und tötete. Nachdem die Munroys in unser Tal eingefallen waren, nannten sie ihn nach ihrem unrühmlichen Vorfahren Angus' Burn. Sogar ein hölzernes Schild haben sie aufgestellt, das meine listigen Vorfahren immer wieder verschwinden ließen. Sie waren allerdings nicht so dreist, es durch ein Schild mit ihrem Namen zu ersetzen. Und die Leute aus dem Tal gaben dem Bach hinter vorgehaltener Hand den Namen Fuath-Burn, weil er die Grenze zwischen den verhassten Clans bildete. Der Bach des Hasses! Und das auch deshalb, weil die marodierenden Truppen die Leichen einiger meiner Vorfahren damals einfach dort hineingeworfen haben. Das Wasser soll blutrot gefärbt gewesen sein.«

Diese Worte sprach er, als sie gerade über die hölzerne Brücke ritten. Mhairie blickte erschaudernd über das Geländer ins Wasser, so als suche sie nach Spuren dieses Rachefeldzuges gegen die Aufständischen aus den Highlands. Doch was sie sah, war nur ein ruhig dahinplätschernder Bach, in dem sich zahlreiche braune Forellen tummelten.

Erst von dieser Seite aus entdeckte sie die bewachsene Mauer, die an das gegenüberliegende Flussufer stieß. Sie mutmaßte, dass es die Grenze des Munroy-Anwesens darstellte.

Sie war zwar im nahen Marybank geboren, aber in diesem Winkel des Tales war sie nie zuvor gewesen. Dabei gefiel es ihr hier sehr. Die endlosen grünen Felder und Wiesen mit den Bergen im Hintergrund wirkten überaus lieblich, doch dann wurde mit einem Mal alles von einer düsteren Wolke überschattet. Alles, was eben noch im Licht der Highlands gestrahlt hatte.

Mhairie hoffte, dass sie es vor dem Regen noch bis zum Haus der Makenzies schafften. Sie wurde immer aufgeregter bei dem Gedanken, gleich Artairs Familie kennenzulernen. Dann kann ich nicht mehr zurück, dachte sie, doch der Gedanke verursachte ihr keine Angst mehr. Artair und sie gehörten untrennbar zusammen. Auch wenn sie ein wenig von der Wahrheit abwichen und behaupteten, sie bekämen ganz gewiss ein Kind, war das nur rechtens. Mhairie war sich mittlerweile ganz sicher, dass ihr Vater nichts gegen eine baldige Hochzeit einzuwenden hätte. Wenn Artair ihm erst die Geschichte der Makenzies erzählt hätte, würde er ihn mit offenen Armen empfangen.

Da sah Mhairie sah ein einzelnes Haus vor sich auftauchen. Es war erstaunlich groß. Crofter lebten oft in ärmlichen Hütten, und dieses war ein Gebäude aus Stein.

»Ist es das?«, fragte sie.

Artair lächelte. »Ja, und das ist unser Schloss. Little Scatwell.«

Mhairie stieg von ihrem Pferd ab und betrachtete eingehend die Fassade. Das Haus war mit viel Liebe zum Detail erbaut worden und erinnerte mit seinen Türmen an eine Ritterburg, auch wenn alles wesentlich kleiner und einfacher war. Eher wie das Abbild einer wahren Burg.

»Das hätte ich nicht erwartet!«, rief Mhairie begeistert aus.

Artair lachte. »Haus und Land kann man uns stehlen, sagt Vater immer, aber unseren Stolz nicht. Er hat viel daran gebaut. Jede Generation versuchte, mit eigener Hände Arbeit aus dem Stall ein Haus zu machen. Was meinst du, wie gern Angus Munroy es dem Erdboden gleichmachen würde? Aber wir liefern ihm keinen Grund. Selbst unsere gelegentlichen Prügeleien geben ihm nicht das Recht, uns von unserem Grund und Boden zu verjagen. Trotzdem, am liebsten würde ich in die weite Welt hinausziehen und dort mein Glück suchen, aber ich kann ohne das Hochland nicht leben.«

Mhairie schmiegte sich zärtlich an ihn. »Ich auch nicht.

Vielleicht könnten wir ja in Marybank wohnen. Das Anwesen ist so riesig und verfällt zusehends. Vater kümmert das wenig. «

Artair runzelte die Stirn. » Wir werden sehen. Jetzt solltest du dich erst einmal für die Begegnung mit den Makenzies wappnen. Ich liebe meine Sippe, aber sie haben auch so ihre Eigenarten. «

Kaum hatte er das ausgesprochen, als drei Jungen wie die Wilden aus dem Haus geschossen kamen. Sie waren alle blond und trugen unverkennbar die Züge von Artair.

» Deine Brüder? «

Die Jungen wollten gerade an ihnen vorüberrennen, als Artair den ältesten festhielt und in strengem Ton befahl: » Wollt ihr nicht erst die Dame begrüßen? Das ist Baroness Mhairie, meine Verlobte. «

Der etwa sechzehnjährige Junge wischte sich die schmutzigen Finger an der zerrissenen Hose ab, bevor er Mhairie grinsend die Hand reichte. » Ich bin Blaan, und das sind Archie und Calum. « Die jüngeren Brüder taten es Blaan gleich, säuberten sich die Hände an der zerschlissenen Kleidung und begrüßten die Fremde, wenngleich etwas scheuer als ihr älterer Bruder.

» Wo ist Vater? «

» Auf dem Feld. «

» Und warum helft ihr ihm nicht? «

Blaan rollte mit den Augen. » Willst du sagen, dass wir faul sind? Dad hat uns gebeten, ein paar Whiskyfässer aus der Brennerei zu holen. Es gibt einen Kunden. «

» Dann will ich euch nicht aufhalten. « Artair klopfte seinem Bruder freundschaftlich auf die Schulter.

» Habt ihr denn keine Angst, erwischt zu werden? Ich meine, Angus Munroy duldet doch bestimmt nicht, dass ihr auf seinem Grund Whisky brennt «, wollte Mhairie neugierig wissen.

Artair brach in schallendes Gelächter aus. » Das ist das einzige, das die Munroys von jeher an uns zu schätzen wussten.

Angus' Vater hätte es niemals zugegeben, aber ich glaube, er ahnte, woher sein Knecht ihm den herrlichen Whisky zu einem allerdings gesalzenen Preis beschaffte. Mein Vater hatte zwar öfter mit dem Gedanken gespielt, das Gold der Highlands für ihn mit Gift zu versetzen ...«

»Nicht doch, Artair!«, lachte Mhairie. »Mord und Totschlag zwischen euren Clans sollten Vergangenheit bleiben.«

»Wir haben es ja auch nicht getan. Doch nach dem Tod des Alten liefere ich kein Tropfen mehr an die Munroys. Ich will nicht, dass dieser widerliche Angus meinen guten Whisky trinkt. Und wir haben genug zahlungskräftige Abnehmer. Die Brennerei ist allerdings so gut im Wald versteckt, damit keiner sie je finden wird. Aber willst du nicht endlich eintreten?«

Artair ließ ihr den Vortritt. Sie war etwas erschrocken, als sie über die Schwelle in das Innere der »Burg« trat. Es war düster und sehr einfach. Sie stand in einer großen Küche mit einem Herd, in dem ein Feuer glomm. Artair trat ans Fenster und öffnete die Läden, damit Licht in den Raum fiel.

»Das ist noch von der letzten Nacht«, erklärte er entschuldigend. »Es pfeift hier nachts manchmal ein eisiger Wind. Da darf nichts durch die Ritzen ins Innere gelangen.«

Mhairie drehte sich verunsichert nach allen Seiten um. Es ließ sich nicht verbergen, dass dies die Behausung einer Crofter-Familie war. Als einzige Möbelstücke entdeckte sie einen großen Holztisch und zahlreiche Stühle. In der Nähe des Feuers gab es mehrere Schlafstellen am Boden.

»Du fragst dich gerade, ob ich hier nächtige, nicht wahr?«

Beschämt senkte Mhairie den Blick.

»Am Feuer ist es am wärmsten. Deshalb schlafen meine Brüder hier. Komm mit!«

Er fasste sie bei der Hand, zog sie eine knarrende Holzstiege hinauf und öffnete eine Tür.

»Das ist mein Zimmer«, erklärte er stolz.

Mhairie atmete tief durch. Es war eines der Turmzimmer. Durch das kleine Fenster drang gedämpftes Licht herein, doch außer einem Bett und einem wackeligen Tisch gab es keine Möbel. Sie durfte gar nicht daran denken, wie prachtvoll ihr Zimmer dagegen eingerichtet war. Doch dann stutzte sie. Unter dem Tisch stapelten sich Berge von Büchern. Mhairie bückte sich und nahm eines davon vorsichtig zur Hand. Es war ein wertvoller Band mit Gedichten von Robert Burns.

»Woher hast du das?«, fragte sie.

Artair lachte wieder sein ansteckendes Lachen. »Liebste, ich habe es nicht gestohlen, falls du dich fragst, wie eine solche Kostbarkeit in diese ärmliche Hütte kommt. Ein Kunde war vorübergehend klamm, und da habe ich mich in Büchern bezahlen lassen. Sehr zum Ärger von Vater, der immer sagt: Davon kriege ich meine Familie nicht satt.«

»Und deine Mutter?«

Artair seufzte traurig. »Sie ist bei der Geburt meiner kleinen Schwester gestorben, und auch die konnte nicht gerettet werden. Seitdem sind wir ein reiner Männerhaushalt. Es ist elf Jahre her.«

Mhairie trat auf Artair zu und schlang ihm die Arme um den Hals. »Jetzt habt ihr eine Frau, die sich um euch kümmert«, erklärte sie gerührt. »Ich habe zwar keinen Schimmer, wie man einen Haushalt führt, weil das seit Mutters Tod Donalda übernommen hat, aber ich werde es lernen.«

»Nein«, widersprach Artair heftig. »Du bist eine Prinzessin. Ich möchte dich verwöhnen. Ich will dir die Welt zu Füßen legen. Du sollst nicht die Böden in einer Hütte schrubben, bis du Schwielen an deinen schönen Händen bekommst. Ich habe da so meine Pläne.«

»Und die willst du mir nicht verraten?«

»Beizeiten schon, aber sag mir mal: Wann ist denn deine Mutter gestorben? Du hast das bislang noch niemals erwähnt.«

Mhairies Augen wurden auf der Stelle feucht. Es war bereits viele Jahre her, aber der Kummer hatte sich unauslöschlich in ihr Herz gebrannt, seit ihre Mutter von einem Tag auf den anderen durch ein Fieber aus dem blühenden Leben gerissen worden war. Wie oft hatte sie die Mutter seitdem schmerzlich vermisst. Mhairie wischte sich eine Träne aus dem Augenwinkel.

»Nun erzähl schon – wie sehen deine Pläne aus?« Mhairie rang sich zu einem Lächeln durch.

»Ich werde versuchen, unsere Brennerei zu legalisieren, und mich ganz auf das Whiskygeschäft stürzen. Es kann nicht angehen, dass unser Clan als Crofter-Knechte der Munroys endet.«

»Aber das wäre doch wunderbar. Unser Anwesen ist riesig. Da könnten wir eine richtige Brennerei bauen lassen und in dem geräumigen Haus alle unter einem Dach leben.« Mhairie klatschte bei dieser Vorstellung vor Begeisterung in die Hände. »Doch meinem Vater musst du ein eigenes Häuschen bauen. Für ihn und seine Bücher. Er braucht seine Ruhe und Abgeschiedenheit.«

Artairs Augen glänzten. »Dein Vater liest auch so gern? Ich liebe Bücher.«

»Er tut nichts anderes. Früher ist er Mom zuliebe häufig in die Kirche gegangen, aber nach ihrem Tod hat er es nicht mehr so mit dem lieben Gott, sondern eher mit den Philosophen«, erwiderte Mhairie und schmiegte sich ganz eng an ihn. Sie küssten sich leidenschaftlich. »Dann steht unserer Ehe wirklich nichts mehr im Weg«, fügte sie übermütig hinzu, nachdem sich ihre Lippen voneinander gelöst hatten.

»Sind wir allein im Haus?«, fragte sie mit belegter Stimme.

»Ja, mein Liebling.«

Mhairie nahm ihn daraufhin bei der Hand und zog ihn sanft zu seinem Bett. Lachend ließen sie sich darauf fallen. Wieder küssten sie sich. Wenn Mhairie in diesem Augenblick geahnt hätte, dass dies ihr letzter Kuss sein würde, sie hätte ihn niemals beendet.

Ein Schrei, der von draußen hereindrang, ließ die beiden Liebenden auseinanderfahren.

»Was war das?«

Artair sprang auf und rannte zum Fenster.

»Rettet euch!«, brüllte die Stimme. »Rettet euch!«

»Du bleibst hier und versteckst dich«, befahl Artair Mhairie und eilte zur Tür.

Sie wurde kalkweiß und gehorchte. Zitternd trat sie ans Fenster und beobachtete Artair, wie er vor dem Haus aufgeregt mit Alec Dunbar redete, einem jungen Spund aus Dingwall. Ihrem Liebsten stand die nackte Panik ins Gesicht geschrieben. Obwohl es sicher leichtsinnig war, schob sie das Fenster auf, um zu lauschen.

»Sei vernünftig! Bring deine Familie in Sicherheit. Angus Munroy hat in Dingwall getönt, dass er euch zur Hölle jagen wird. Und du weißt, in anderen Tälern ist es längst an der Tagesordnung, dass die Crofter zum Auswandern gezwungen werden.«

»Aber ich kann doch nicht einfach vor ihm kuschen!«, schrie Artair außer sich vor Zorn. In diesem Augenblick kamen seine Brüder mit einem Handwagen voller Whiskyfässer dazu.

»Alec, kannst du die Fässer zum Haus von Sir Russel nach Marybank schaffen und seine Tochter in Sicherheit bringen?«

Er deutete zum Fenster nach oben, und Mhairie schaffte es nicht, rasch genug zurückzutreten. Sie fühlte sich ertappt, doch Artair machte ihr ein Zeichen, zu ihm hinunterzukommen. Mhairie klopfte das Herz bis zum Hals, als sie die Stiege hinuntereilte.

Als sie vor dem Haus ankam, war auch Artairs Vater eingetroffen. Er fluchte laut auf Angus Munroy, bevor er ins Haus rannte und mit einem Gewehr in der Hand zurückkehrte. »Ich verlasse meine Burg nicht. Niemals!« Er stutzte, als er Mhairie wahrnahm.

»Wer ist das?«

»Das ist Baronesse Mhairie Maclachlan aus Marybank, meine Verlobte.«

Artairs Vater, dem man die harte Arbeit ansah – er hatte zerzaustes weißes Haar, sein Gesicht war von der Sonne ge-

gerbt und faltig, und sein weißes Hemd starrte vor Schmutz –, tippte sich an die Stirn.

»Wie kommst du darauf, ein adliges Mädchen heiraten zu wollen? Was denkst du dir dabei? Glaubst du, der Baron empfängt dich mit offenen Armen?«

Bevor Artair auch nur ein Wort erwidern konnte, war Mhairie mutig einen Schritt auf den Crofter zugetreten. »Doch, mein Vater wird dieser Ehe zustimmen, denn ich erwarte ein Kind von Artair, und Ihre Familie gehörte einst doch auch zu den Jakobiten. Beides wird meinen Vater davon überzeugen, dass wir zusammengehören.«

Alan Makenzie kratzte sich an der Stirn. »Was für ein Weib«, murmelte er, bevor er aufgeregt in die Runde blickte. »Alec, bring das Mädchen sofort nach Hause, denn ich sage dir, hier wird Blut fließen. Ich lasse mich doch nicht wie einen räudigen Hund auf ein Auswandererschiff vertreiben.«

»Kommen Sie!«, befahl Alec und deutete auf einen Pferdewagen. »Sie kriechen am besten hinten unter die Plane.«

»Aber ... aber ... ich möchte ihn doch nicht allein lassen, ich ...«

Artair nahm sie in die Arme. »Liebes, tu, was mein Vater dir sagt«, beschwor er sie. »Es kann sehr unangenehm werden.«

»Aber ich habe Angst.« Mhairies Stimme bebte.

»Uns wird schon nichts passieren«, versuchte Artair, sie schwach zu trösten. Er glaubt doch selbst nicht daran, durchfuhr es Mhairie eiskalt, doch sie tat, was er von ihr verlangte. Gemeinsam verstauten die Männer die Fässer hinten auf dem Wagen, dann hob Artair sie hoch und flehte sie inständig an, sich zwischen zwei Fässern zu verstecken und nicht hervorzukommen, bis sie in Sicherheit war.

Mhairie sog sich an seinen wasserblauen Augen fest, aus denen er sie bemüht zuversichtlich ansah. Sie wollte sich jede Einzelheit dieses Anblicks einprägen. Die blonde Locke, die ihm in die Stirn fiel, das kleine Muttermal am Hals, den geschwungenen, sinnlichen Mund, das kantige Kinn und das

Grübchen sowie sein Lächeln. Denn trotz der dunklen Wolken am Himmel, die sich in diesem Augenblick wie Tore öffneten, lächelte er.

»Keine Sorge, kleine Mhairie, es wird alles gut. Niemand kann uns auseinanderbringen.« Schon peitschte ihm der Regen ins Gesicht.

»Nein, niemand«, erwiderte sie schwach, weil sie auf keinen Fall weinen wollte, um ihm das Herz nicht noch schwerer zu machen. Dann wurde es dunkel um sie herum. Artair hatte die schützende Plane über sie gedeckt, die sie auch vor dem Regen schützte. Kaum hatte sich der Wagen in Bewegung gesetzt, als sie in verzweifeltes Schluchzen ausbrach. »Lieber Gott«, betete sie, »du darfst nicht zulassen, dass Artair und seiner Familie etwas zustößt.«

Als der Wagen nach eine Weile ganz plötzlich zum Stehen kam, versiegten Mhairies Tränen abrupt, und sie hielt die Luft an. Eine tiefe Männerstimme spottete: »Ach, der gute Freund der Makenzies! Hast du dich von ihnen verabschiedet? Du wirst sie nämlich niemals wiedersehen.«

Mhairie zuckte zusammen, denn nun erkannte sie die Stimme. Es war kein Geringerer als Angus Munroy. Aus dem lauten Gelächter, das seinen Worten folgte, schloss Mhairie, dass er nicht allein gekommen war, sondern in Begleitung seiner Gefolgsleute. Und das schienen nicht wenige zu sein. Wahrscheinlich waren sie auch noch bewaffnet. Bei dem Gedanken, dass sie vorhatten, die Makenzies einfach von ihrem Land zu vertreiben, erbebte sie vor Zorn. Sie ballte die Fäuste und kämpfte mit sich. Sollte sie aus ihrem Versteck hervorkommen und Angus auf Knien anflehen, die Makenzies in Ruhe zu lassen? Da hörte sie Angus Alec Dunbar mit wutentbrannter Stimme fragen: »Weißt du eigentlich, dass dein Freund Artair sich an unschuldige Mädchen heranmacht?«

Mhairie stockte der Atem, aber Alec antwortete nicht.

»Ich habe ihn vorhin mit der kleinen Maclachlan in diese Richtung reiten sehen«, fuhr Angus drohend fort. »Hast du etwas davon mitbekommen? Hast du sie zusammen gesehen?«

»Nein, ich kenne die Dame nicht. Ich weiß nicht, von wem Sie sprechen.«

Angus lachte gehässig auf. »Du bist zwar noch kein richtiger Mann, aber die hübscheste junge Frau der Highlands müsste dir wenigstens vom Ansehen her bekannt sein. Ich glaube dir kein Wort. Ich spreche von Baronesse Mhairie Maclachlan aus Marybank.«

»Sagen Sie das doch gleich. Die kenne ich natürlich. Ich habe zwar noch nie ein Wort mit ihr gewechselt, denn sie ist bestimmt vier oder fünf Jahre älter als ich, aber sie ist wirklich schön.«

»Und? Hast du sie zusammen mit deinem Freund Artair gesehen?«, hakte Angus ungehalten nach.

»Nein, das wüsste ich.«

»Und was hast du bei den Croftern gewollt?«

»Ich habe meinen Freund Blaan besucht, und ich kann beschwören, dass Artair allein war. Was Sie auch immer gesehen haben mögen, eine Dame war nicht bei ihm.«

»Umso besser. Dann müssen wir nicht gar so zimperlich sein.« Wieder lachten die Männer so schauderhaft, dass Mhairie sich die Ohren zuhielt. Nach alledem, was sie dort soeben gehört hatte, traute sie sich nicht mehr, ihr Versteck zu verlassen, zumal sie damit auch Alecs Behauptung Lügen gestraft hätte.

»Warum lasst ihr die Makenzies nicht einfach in Frieden?«, hörte sie den jungen Alec da wütend fragen.

Mhairie hielt den Atem an. Nicht, dass sich Angus dadurch provoziert fühlte und noch auf den Gedanken kam, einen Blick unter die Plane zu werfen!

»Weil sie mich auf meinem Land stören. Deshalb. Warum soll ich nicht in Anspruch nehmen, was viele Landbesitzer in den anderen Glens schon vor mir getan haben? Das Pack fortjagen und das Land für meine Tiere nutzen! Aber was geht es dich an, Bursche? Mach, dass du weiterkommst! Wir haben Wichtigeres zu tun, als hier im Regen zu stehen – deine Freunde nach Ullapool zu bringen und aufs nächste Schiff nach Übersee zu verfrachten. Oder besser gleich ins Jenseits.«

»Du bist ein Halunke, Angus Munroy!«, zischte Alec verächtlich.

»Nimm dich in Acht, du Greenhorn, sonst ergeht es deiner Familie bald genauso!«

»Zum Glück gehört das Land, auf dem wir leben, nicht den Munroys, und nicht jeder von euch Landbesitzern behandelt die Crofter so niederträchtig.«

»Hau ab, sonst vergesse ich mich!«, brüllte Angus. »Halt!«, rief er plötzlich. »Wer sagt mir denn, dass du die Bande nicht in deinem Wagen versteckst? Los, Männer, werft einen Blick unter die Plane!«

Mhairie fuhr zusammen. Was würde er mit ihr anstellen, wenn er sie zwischen den Fässern entdeckte? Doch da setzte sich der Wagen in Bewegung und ruckelte in halsbrecherischem Tempo durch die Pfützen des holprigen Weges davon.

»Ja, kommt nur, wenn ihr es schafft, mich einzuholen!«, schrie Alec und trieb die Pferde an.

Mhairie versuchte, sich weiterhin ruhig zu verhalten, aber dann hielt sie es einfach nicht mehr aus. Es war der Augenblick, als sie über die Brücke fuhren. Mhairie hob vorsichtig die nasse Plane hoch und warf einen Blick zurück. Das Bild, das sich ihr durch den Dunstschleier bot, ließ sie erstarren. Dort in der Ferne, wo das Haus der Makenzies stand, züngelten Flammen zum Himmel empor.

36

Marybank, Juni 1850

Mhairie hatte es im Haus nicht länger aushalten können. Stattdessen lief sie unruhig im Garten auf und ab. Die ehemals parkähnliche Pracht, um die sich einst ihre Mutter gekümmert hatte, war über die Jahre zum wild wuchernden Dschungel geworden. An diesem Tag aber hatte sie nicht einmal ein Auge für die bunten Blumen, die in allen Farben leuchteten. Seit Alec Dunbar sie zu Hause abgesetzt hatte, war sie schier krank aus Sorge um Artair. Alec hatte ihr hoch und heilig versprochen, in Erfahrung zu bringen, was Angus Munroys Bande angestellt hatte und wo sich Artair versteckt hielt, und sich dann sofort bei ihr zu melden. Bislang war er aber noch nicht wieder aufgetaucht. So war Mhairie auf die Gerüchte der Dienstboten angewiesen, die alles andere als zu ihrer Beruhigung beitrugen. Man erzählte sich nämlich, es habe mehrere Tote bei der Vertreibung der Crofter gegeben. Am liebsten hätte sich Mhairie auf ihr Pferd geschwungen und vor Ort nach dem Rechten gesehen, doch das war zu gefährlich. Sie hatte Alec schwören müssen, das Grundstück nicht zu verlassen. Zu allem Überfluss lag ihr Vater mit einem Fieber danieder. Sie hatte ihn nach ihrer dramatischen Rückkehr von den Makenzies im Bett vorgefunden. Er behauptete zwar, das sei alles nicht der Rede wert, aber Mhairie hatte sofort ihren Patenonkel, Doktor Murray Maccain, holen lassen. Der hatte aber auch nicht sagen können, wie schlimm es um den Baron stand. Mhairie wusste gar nicht mehr, um wen sie sich mehr Sorgen machen sollte: um ihren Geliebten oder um ihren Vater. Donalda hatte gehört, dass alle Makenzies –

bis auf einen, angeblich den alten Alan Makenzie – überlebt hätten, sich aber bereits auf dem Schiff nach Nova Scotia befänden. Das war zwar eine grausame Vorstellung, aber wenigstens wäre Artair demnach am Leben geblieben.

Als sie zum Haus zurückkehrte, um nach ihrem Vater zu sehen, stürzte ihr die in Tränen aufgelöste alte Haushälterin Donalda entgegen.

»Mhairie, kommen Sie schnell, der Baron, der Baron …«, schrie sie in einem fort.

Mhairie spürte, wie ihr die Knie weich wurden, aber sie schaffte es noch, in den ersten Stock des Hauses hinaufzueilen. Die schwere Eichentür stand offen. Ihr Patenonkel beugte sich gerade über seinen Patienten.

»Was ist mit ihm?«, schrie Mhairie, doch da wandte sich der Arzt um und legte sich zum Zeichen, dass sie schweigen solle, den Finger auf seinen Mund.

Mhairie trat leise ans Bett und sah sofort, dass es ihrem Vater schlechter ging. Er war schweißgebadet, das Gesicht vom Fieber gerötet. Röchelnd warf er den Kopf hin und her. Mhairie ahnte, dass es mit ihm zu Ende ging, aber sie wollte diesen Gedanken nicht an sich heranlassen.

»Vater«, flüsterte sie, »es geht dir bald wieder besser.« Sie wollte ihm ein wenig Wasser einflößen, aber der Baron wehrte ab.

»Lies mir vor!«, bat er mit schwacher Stimme.

»Natürlich, Vater, was du möchtest. Hutcheson, Steward, Carlyle …« Während sie noch nach den Namen weiterer schottischer Philosophen suchte, erhob der geschwächte Mann ächzend die Stimme. »Burns, mein Kind. Mir ist nach Gedichten zumute.« Er reckte die Arme und begann zu deklamieren: »Und was auch die Welt uns Süßes, Schönes schenken mag: Du bleibst mir der Erde Zier, für dich nur leb' ich, dich allein! O dass der Tod dem Menschen droht. Wie beb' ich vor des Scheidens Schmerz. Des Todes Hand trennt unser Band, er raubt mein Glück und bricht das Herz …«

Mhairie lief es kalt über den Rücken.

»Ja, Vater, ich eile«, versprach sie und lief in die Bibliothek. Kurz darauf kehrte sie mit dem Gedichtband in der
Hand zurück. Sie musste plötzlich an Artairs wertvolles Buch
denken. Tränen schossen ihr in die Augen, doch sie wischte
sie hastig mit dem Ärmel ihres Kleides weg. Ihr Vater durfte
auf keinen Fall sehen, wie traurig sie war.

Keuchend ließ sie sich mit dem Buch in der Hand auf den
Stuhl neben dem Bett ihres Vaters sinken und war ein wenig
enttäuscht, dass er schlief. Dann stutzte sie. Niemals zuvor
hatte sie ihn so entrückt lächeln sehen. Als sie begriff, dass
dies ein letzter Gruß von ihm war, schrie sie auf und warf sich
über ihn.

»Er ist friedlich eingeschlafen«, hörte sie die Stimme ihres
Onkels tröstend sagen, doch Mhairie wollte nicht glauben,
dass er für immer fort war. Es war doch nicht möglich, dass
sowohl ihr Liebster als auch ihr Vater sie binnen weniger
Tage beide verlassen hatten. Sie versuchte aufzustehen, doch
da spürte sie nur noch, wie ihr schwarz vor Augen wurde.

Als sie wenig später wieder zu Bewusstsein kam, fühlte sie
den besorgten Blick ihres Patenonkels auf sich ruhen. »Hattest du das schon öfter?«, fragte er leise.

Mhairie schüttelte heftig den Kopf und versuchte mit aller
Macht zu verdrängen, was geschehen war. Sie konnte und
wollte den Gedanken, dass ihr Vater tot war, einfach nicht
wahrhaben.

»Gut, dann verordne ich dir erst einmal Bettruhe, bis ich
mir sicher bin, welche Ursache deine Ohnmacht hatte. Es war
sicherlich nur die Aufregung.«

Mhairie setzte sich kerzengerade auf. »Du sagst das so seltsam. Warum sollte ich sonst das Bewusstsein verlieren? Ich
bin doch immer gesund. Das weiß doch keiner besser als du.«

»Es kann etwas mit dem Herzen sein oder ...«

»Was meinst du mit *oder*, Onkel Murray?«

Der Doktor wand sich. »Darüber zerbrich dir nur nicht
unnötig deinen Kopf. Das betrifft Frauen, die in anderen Umständen sind. Die werden schneller einmal ohnmächtig, aber

ich bin mir sicher, dass es bei dir allein der Schock über den Tod deines Vaters ist.«

Mhairie nickte zustimmend, wenngleich sie die Wahrheit erahnte. Nein, mehr noch – nun war sie sich sicher, Artairs Kind unter dem Herzen zu tragen.

»Ich glaube, ich kann schon wieder aufstehen. Ich muss nach Vater sehen. Vielleicht schläft er nur, denn ich habe ihm etwas Wichtiges mitzuteilen.«

»Du bleibst liegen«, widersprach der Patenonkel energisch. »Du kannst jetzt ohnehin nichts mehr tun. Er ist tot. Ich kümmere mich um alles Weitere. Deine Kraft brauchst du für die Beerdigung. Er war ein wunderbarer Mensch ...«

»Gut, ich ruhe noch ein Weilchen aus. Mir ist schon wesentlich besser, aber dann muss ich nach ihm sehen. Er braucht mich. Ich muss ihm vorlesen.«

Murray Maccain strich Mhairie über die blassen Wangen. »Du siehst nicht gut aus, mein Kind, und ich darf dich ernsthaft bitten, vernünftig zu sein und diesen Tag im Bett zu bleiben. Dein Vater ist tot, und das weißt du ganz genau. Es tut mir schrecklich leid, aber es hat keinen Zweck, wenn du dir etwas vormachst. Wir können nichts mehr daran ändern.«

Mhairie ließ sich stöhnend in die Kissen zurückgleiten. »Gibt es eigentlich Neuigkeiten, was mit den Makenzies geschehen ist?«, fragte sie mit heiserer Stimme.

»Nein, ich habe nur gehört, dass alle bis auf einen am Leben sind. Wer dieser eine ist, weiß niemand genau. Man munkelt, es könne der Vater sein. Sicher ist nur, dass die anderen nach Ullapool gebracht wurden und dass man ihnen das Haus angezündet hat.« Erst nach einer langen Pause sprach er weiter. »Ich habe Angus offen ins Gesicht gesagt, dass ich ihn niemals für so grausam gehalten hätte wie die anderen Landlords im Hochland. Und alles nur, um Platz für die Schafe zu schaffen. Aber er ist ein unbelehrbarer Sturkopf. Wäre wenigstens sein Bruder vor Ort gewesen! Aber der ist ja irgendwo in Indien verschollen. Das war ein feiner anständiger Bursche. Diese ganze Familienfehde ist ein mörderischer Unsinn. Rory hatte sogar von seinem Bruder verlangt, Frieden mit den Makenzies zu schließen. Das hat Angus dermaßen aufgebracht, dass er auf Rory losgegangen ist. Deshalb ist er nach Indien geflüchtet und niemals zurückgekommen. Schade, er wäre ein umsichtiger Clanchef geworden. Die beiden sind Zwillinge. Aber sag mir eins – woher weißt du von dem Angriff auf die Makenzies?« Er hielt inne und betrachtete Mhairie, die noch blasser geworden war, als sie es ohnehin schon war. »Entschuldige, ich rede zu viel. Du hast sicherlich ganz andere Sorgen. Vielleicht willst du deinen Vater noch einmal sehen. Er liegt auf seinem Bett und lächelt selig. Welch tröstlicher Anblick.«

Mhairie aber hörte ihm gar nicht mehr zu: »Onkel Murray, ich muss wissen, wo man Artair hingebracht hat. Bitte, tu mir den Gefallen und versuch, das für mich herauszufinden. Und auch, wann die Schiffe nach Kanada gehen und wie ich nach Ullapool komme, wenn wir meinen Vater begraben haben. Er muss doch erfahren, dass ich …« Erschrocken hielt sie inne. »Tust du das für mich? Bitte!«

Murray Maccain sah sie fassungslos an. »Also doch. Ich wollte es nicht wahrhaben, aber deine Worte und dein Blick verraten alles. Dann erwartest du also ein Kind von ihm?«

Mhairie senkte den Kopf und starrte verlegen auf die Bettdecke. Dann nickte sie kurz.

»Aber wie stellst du dir das vor? Was, wenn er nicht mehr zurückkommt? Dann bist du ganz allein mit dem Kind. Mit einem Kind, das keinen Vater hat. Das darf doch nicht sein.« Er war aschfahl im Gesicht geworden.

»Er wird mir schreiben, und dann folge ich ihm«, erwiderte Mhairie trotzig.

»Und wenn nicht? Begreifst du das denn nicht? Du bist allein auf dieser Welt. Dein Vater ist tot. Gut, du hast mich, und ich werde dich niemals im Stich lassen …« Er verstummte und blickte ins Leere.

Mhairie biss sich auf die Lippen, konnte ihre Tränen aber

nicht länger zurückhalten. Und vor allem nicht länger verdrängen, dass ihr geliebter Vater tot war. »Ich habe außer dir keinen Menschen mehr, der uns helfen kann«, schluchzte sie auf.

Murray Maccain tätschelte ihr die Wange, während er über etwas nachzugrübeln schien.

»Ich wüsste eine Lösung«, begann er nach einer Weile des Schweigens zögernd. »Du hast sicher bemerkt, dass Angus Munroy rettungslos in dich verliebt ist. Ich darf dir das eigentlich nicht verraten. Er hat es mir als Arzt der Familie gestanden, aber du stehst mir näher. Ich war immer ein Freund deiner Eltern und habe dich schon auf diese Welt geholt. Nein, ich sehe nicht tatenlos zu, dass du, liebe Mhairie, eines nicht allzu fernen Tages mittellos mit einem Kind auf der Straße stehst. Und selbst wenn du bei mir Unterschlupf fändest, man würde dich ächten ...«

»Aber ich habe das schöne Haus und den Park, die Wiesen, und überhaupt, das Erbe meines Vaters!«, widersprach Mhairie leidenschaftlich.

»Nein, mein Kind, dein Vater hat mehr Schulden hinterlassen, als du dir vorstellen kannst ...«

»Schulden?« Mhairies Stimme überschlug sich vor Erregung. »Doch nicht etwa bei Angus?«

»Nein, bei Rory, aber er wurde für tot erklärt, und sein Erbe ist kein Geringerer als sein Bruder Angus. Und dieser ist im Besitz des Schuldscheins und kann das Geld jederzeit zurückfordern.«

»Aber ich habe kein Geld«, stieß Mhairie verzweifelt hervor.

»So ist es, und deshalb ist mir eine andere Lösung in den Sinn gekommen.«

»Und welche?«, fragte Mhairie ahnungslos.

»Du wirst Angus' Frau, Lady Mhairie.«

»Niemals werde ich diesen Kerl heiraten!«, schrie sie entsetzt. »Lieber gehe ich ins Wasser.«

»Mit deinem Kind?«

»Nein, natürlich nicht, das war nur so dahergesagt. Aber selbst wenn ich mich überwinden könnte, was ich mir um keinen Preis dieser Welt vorstellen kann … du glaubst doch nicht, dass mich Angus Munroy zur Frau nähme, wenn er wüsste, wessen Kind ich unter dem Herzen trage.«

»Ich habe ja nicht gesagt, dass er jemals die Wahrheit erfahren muss.«

»Onkel Murray, das kann nicht dein Ernst sein«, entfuhr es Mhairie voller Empörung.

»Ich weiß, du hältst mich für einen Heuchler und Lügner, aber ich kenne Angus und weiß, dass auch er seine guten Seiten hat. Wenn überhaupt jemand, dann könntest du, Mhairie, dem Hass zwischen den Clans ein Ende bereiten.«

»Ich? Niemals? Ich hasse ihn noch mehr, seit er Artairs Familie ins Unglück gestürzt hat. Ich kann doch mein Kind nicht den Feinden seines Vaters ausliefern. Nein, nur über meine Leiche«, rief Mhairie kämpferisch aus.

»Verzeih mir, mein Kind, ich bin kein Unmensch, das war nur so ein Gedanke, wie alles gut werden könnte …«

»Dieser Verbrecher hat die Makenzies hartherzig von ihrem Grund vertrieben. Nein, lieber Onkel Murray, ich eine von ihnen? Damit würde ich mich ebenfalls schuldig machen. Ich werde warten, bis ich eine Nachricht von Artair bekomme, und dann wird er für mich sorgen. Dann folgen wir ihm eben nach Kanada. Jetzt hält mich doch nichts mehr hier in meiner Heimat.«

»Gut, dann müssen wir dafür sorgen, dass du so viel Geld für das Anwesen bekommst, dass du erst einmal davon leben kannst. Den Rest gebe ich dir dazu. Und du musst zu Kräften kommen. In deinem jetzigen Zustand wirst du die lange Überfahrt nicht überstehen. Das sind kleine Schiffe, deren unteres Deck mit den vertriebenen Croftern aus den gesamten Highlands vollgepfercht ist …«

»Wie auch immer, ich will zu ihm. Koste es, was es wolle!«

Der Onkel schenkte ihr einen bewundernden Blick. »Du warst immer schon eine Kämpferin«, bemerkte er. »Aber versprich mir, heute im Bett zu bleiben. Ich werde alles für die Beerdigung deines Vaters veranlassen.«

Mhairie versprach, folgsam zu sein, und zog sich die Decke über den Kopf. Sie fröstelte. Doch diese Kälte kroch aus ihrem Innern hervor und verbreitete sich in alle Glieder. Immer wieder schweiften ihre Gedanken zu dem absurden Vorschlag des Doktors ab, aber ihr Entschluss stand fest. Sie würde Artair folgen, wohin ihn Angus Munroy auch immer wie Schlachtvieh verfrachtet haben mochte. Doch allein bei dem Gedanken an ein fernes, fremdes Land musste sie mehrfach schlucken. Die Vorstellung, ihre geliebten Highlands zu verlassen, wollte ihr schier das Herz zerreißen.

37

Marybank, Juni 1850

Mhairies Vater war nun seit über zwei Wochen tot. Sie hatte nichts von seinen Sachen angetastet. Immer noch lag das Buch, in dem er zuletzt gelesen hatte, neben seinem Sessel, als wolle er es im nächsten Augenblick aufschlagen und sich darin vertiefen. Auf seiner Beerdigung war auch Angus gewesen, den sie keines Blickes gewürdigt hatte. Auch nicht, als er ihr seinen baldigen Besuch angekündigt hatte. Sie konnte nur hoffen, dass er sich nicht traute, nachdem sie ihn am offenen Grab vor allen Trauergästen kalt hatte abblitzen lassen. Es verging kein Tag, an dem sie nicht auf eine Nachricht von Artair wartete, vergeblich. Sie war ein einziges Mal zum Anwesen der Makenzies geritten. Das Haus war bis auf die Grundmauern niedergebrannt. Mhairie hatte herzzerreißend geweint, bevor sie die Ruine nach Spuren abgesucht hatte. Und tatsächlich, den halb verkohlten Gedichtband hatte sie gefunden und mitgenommen. Nun stand er auf dem Schreibtisch ihres Vaters wie ein Denkmal. Immer wieder fiel ihr Blick darauf, während sie sich durch den Nachlass ihres Vaters arbeitete. Sie konnte nur hoffen, dass nicht noch weitere unangenehme Überraschungen auf sie warteten. Der Schuldschein war schlimm genug. Rory Munroy hatte ihrem Vater eine wirklich große Summe Geldes geliehen, und dieser hatte mit seinem Haus gebürgt. Mhairie konnte nur beten, dass der reiche Angus so viel Anstand besaß, nicht von seinem Recht Gebrauch zu machen. Deshalb war es auch unklug von ihr gewesen, ihn auf der Beerdigung zu brüskieren, aber sie hatte nicht anders gekonnt. Seine Beileidsbekundungen hatten in ihren Ohren wie reiner Hohn geklungen, und sie hätte ihm am liebsten in sein betroffen blickendes Gesicht geschlagen.

Doch vielleicht ließ er sie ja in Zukunft in Ruhe aus lauter Furcht, sich noch einmal zu blamieren. An diese Hoffnung klammerte sich Mhairie mit aller Macht.

Umso entsetzter war sie, als ihr Donalda in diesem Augenblick den Besuch von Angus Munroy ankündigte.

»Sagen Sie ihm, ich bin nicht zu Hause«, flüsterte Mhairie.

»Das werde ich ihm ausrichten.«

Doch da tauchte er bereits wie ein Rächer hinter Donalda auf. Sein Blick war hämisch.

»Nicht nötig, Baronesse. Ich habe mir schon so etwas gedacht, aber selbstverständlich gehe ich, wenn Sie mich hinauswerfen. Doch dann komme ich das nächste Mal in Begleitung eines Anwalts und wenn nötig des Chefs der Polizei zurück. Und Sie sind doch eine kluge Frau, die weiß, dass das Recht auf meiner Seite ist.«

Mhairie bebte vor Zorn, aber ihrer kalten Stimme war nichts anzumerken. »Schon gut, reden Sie!«

»Unter vier Augen, wenn ich bitten darf.«

»Donalda, Sie können gehen. Ich werde mit der Situation schon allein fertig.«

Die Haushälterin musterte Angus skeptisch. »Sind Sie sicher, Mylady?«

Mhairie nickte. »Ja, ganz sicher.« Dann wandte sie sich mit hochmütiger Miene an ihren Besucher. »Nehmen Sie Platz. Was kann ich für Sie tun?«

»So geschäftlich, werte Mhairie? Dabei komme ich in einer privaten Angelegenheit zu Ihnen. Ich kann Ihren Vater nicht mehr um Ihre Hand bitten. Da dachte ich mir, ich frage Sie ganz persönlich von Angesicht zu Angesicht.«

Mhairie ballte die Fäuste. So viel Dreistigkeit hatte sie diesem Munroy doch nicht zugetraut. Sie funkelte ihn wütend an. »Gut, dann will ich Ihnen von Angesicht zu Angesicht antworten: nein, nur über meine Leiche.«

Mhairie musste sich ein Grinsen verkneifen, als Angus' Gesichtszüge regelrecht entgleisten, aber nur für den Bruchteil einer Sekunde.

»Ich muss wohl deutlicher werden. Ihr Vater hatte erhebliche Schulden bei meinem verstorbenen Bruder Rory. Und ich bin dessen alleiniger Erbe. Aus alter Verbundenheit mit Ihrer Familie und aus Respekt Ihrem Vater gegenüber habe ich bislang nicht von meinem Recht Gebrauch gemacht und die Schulden eingefordert. Aber nun, da Ihr Vater tot ist und Sie nicht meine Frau werden wollen, gebe ich Ihnen eine Woche Zeit, die Rückstände auszugleichen.«

Mhairie war leichenblass geworden. »Aber ich besitze kein Geld.«

»Das habe ich befürchtet, aber Ihr Vater bürgte mit seinem Haus und dem Land. Ich würde sagen, Sie sollten sich schnellstens eine neue Bleibe suchen, es sei denn … Sie haben eine Woche Zeit, meinen Antrag noch einmal zu überdenken.«

Mhairies blasses Gesicht überzog sich mit einer tiefen Röte. Sie sprang aus dem Sessel auf, umrundete wie ein Wiesel den Schreibtisch und baute sich kämpferisch vor Angus auf.

»Und wenn ich unter den Brücken des Conon schlafen müsste – ich werde nicht Ihre Frau. Ich verabscheue Sie zutiefst und werde Ihnen niemals im Leben verzeihen, was Sie Artair angetan haben! Aber sobald er mir mitteilt, wohin Sie ihn haben verschleppen lassen, folge ich ihm.« Ungeachtet der Tatsache, dass es unvernünftig war, ihren Widersacher derart zu provozieren, hatte sich Mhairie in Rage gebrüllt.

Angus hatte die Augen zu gefährlichen Schlitzen zusammengekniffen. Seine Gesichtszüge waren hart und unerbittlich.

Er wird mich an die Luft setzen, befürchtete Mhairie, aber ich kann nicht anders. Der Gedanke an den Geliebten und an ein Wiedersehen mit ihm verlieh ihr Flügel. Was nützten ihr Haus und Besitz, wenn sie als Artairs Frau in Kanada lebte?

Nein, sie hatte keine Angst mehr vor Angus Munroy und seiner Macht. Was war ihr Elternhaus gegen die große Liebe?

»Haben Sie endlich verstanden? Um keinen Preis dieser Welt werde ich Sie je heiraten.«

Angus' Gesicht schien wie versteinert, er hatte die Lippen fest zusammengepresst, doch dann murmelte er hasserfüllt: »Also doch. Sie geben diesem Nichtsnutz den Vorzug.«

»Ja, er ist nicht so reich und mächtig wie Sie, aber er hat Charakter. Einen edlen, guten Charakter. Etwas, das Ihnen völlig fehlt. Sie sind ein grober Klotz und glauben, Sie könnten die Menschen mit Ihrer Unverschämtheit einschüchtern. Aber so werden Sie niemals das Herz einer Frau gewinnen! Ja, ich liebe Artair Makenzie über alles und werde ihm in die Ferne folgen. Dorthin, wohin Sie ihn vertrieben haben.«

»Schade nur, dass er Ihre Worte nicht mehr hören kann«, zischte Angus in einem so gefährlichen Ton, dass er ihr trotz des Mutes, den sie aufbrachte, um ihm die Stirn zu bieten, einen kalten Schauer über den Rücken jagte.

»Ich werde es ihm sagen, wo immer ich ihn wiedertreffe.«

»Das wird schwierig, Mhairie, denn man hat ihn im Wald verscharrt ...«

Mhairie starrte ihn aus schreckensweiten Augen an. Ein stummer Schrei entrang sich ihrer Kehle.

Angus aber sprach ungerührt weiter. »Blicken Sie nicht so drein wie ein verschrecktes Kalb. Ich kann nichts dafür. Ich war es nicht, sondern einer meiner Männer. Der Makenzie wollte fliehen und legte aus dem Hinterhalt das Gewehr auf meine Männer an. Mein Gefolgsmann war schneller.«

Mhairie wollte sich am Schreibtisch festhalten, geriet aber ins Wanken.

Angus sprang auf sie zu, doch er konnte sie nicht mehr auffangen.

»Mhairie! Mhairie!«

Mhairie aber war lautlos zu Boden geglitten und rührte sich nicht mehr.

38

Marybank, Juni 1850

Als Mhairie die Augen aufschlug, lag sie angezogen auf ihrem Bett. Ihr Patenonkel Murray Maccain war bei ihr und blickte sie besorgt an.

»Was ist geschehen?«

Mhairies Augen füllten sich mit Tränen. »Artair ist tot.«

Der Arzt stöhnte laut auf. »Und jetzt? Was hast du vor?«

»Sobald ich wieder auf den Beinen stehe, verlasse ich dieses Haus. Ich ziehe nach Edinburgh oder Glasgow ...«

»Mhairie, das kannst du dir und dem Kind nicht antun. Stell dir vor, du müsstest mutterseelenallein in einer dieser Städte leben. Du bist mittellos und könntest von Glück sagen, wenn du überhaupt Arbeit in einem Haushalt fändest, aber auch das wäre nicht einfach. Hörst du? Und wenn du Pech hast, wirst du auf der Straße landen oder – so hübsch, wie du bist – noch ganz woanders.«

Mhairies Augen weiteten sich vor Schrecken. »Du meinst, ich ...« Sie stockte und konnte die Worte nicht einmal aussprechen. »Ist der Kerl weg?«

»Nein, mein Kind, er wartet unten im Salon. Er will das Haus erst dann verlassen, wenn du erkannt hast, dass er es gut mit dir meint.«

»Was soll ich bloß tun? Ich kann doch nicht den Mörder meines Geliebten zum Mann nehmen. Das ist unmöglich.«

Der Doktor räusperte sich. »Ich fürchte, du hast keine andere Wahl. Du darfst nicht an dich denken, sondern an das Kind. Wenn du weggehst, wird es niemals die Luft der Highlands atmen, niemals über die endlosen Hochebenen wandern, im Conon baden oder das malerische Spiegelbild der Hügel in allen Grün- und Brauntönen, die der Herrgott geschaffen hat, im Wasser des stillen Loch Meig bewundern …«

Stumme Tränen liefen Mhairie die Wangen hinunter. »Ich kann nicht.«

»Dein Kind wird arm sein, vielleicht muss es hungern. Wenn es als Munroy aufwächst, wird es im Überfluss zu essen und zu trinken haben, in einem reichen Haus wohnen, eine gute Schule besuchen …«

»Aber es wird dann nie erfahren, was sein angeblich großzügiger Vater seinem wahren Vater angetan hat. Ich bin zum Schweigen verurteilt. Dabei möchte ich es in die Welt hinausschreien, was Angus Munroy für ein übler Verbrecher ist.«

»Mhairie, ich verstehe dich, aber wenn du diese Gelegenheit verstreichen lässt, dann wirst du unweigerlich ins Elend gestoßen. Ich meine, ich würde dich natürlich nicht gehen lassen, sondern du könntest bei uns wohnen. Stell dir vor, was geschieht, wenn im Tal bekannt wird, dass du ein Kind erwartest! Aber Angus, der würde alles für dich und sein vermeintliches Kind tun.«

»Ich hasse ihn!«

»Aber er liebt dich aufrichtig.«

»Ha, Liebe? Der weiß doch gar nicht, was Liebe ist! Er will mich besitzen wie sein Land, wie seine Tiere …«

»Du weißt, warum er mit seinen Leuten zu den Makenzies geritten ist, nachdem er sie so lange in Ruhe gelassen hatte, während die umliegenden Täler bereits entvölkert waren? Es herrschen schlimme Zeiten für die Clans in den Highlands, besonders für die armen Crofter. Das Recht ist auf der Seite der Landlords. Angus Munroy hätte sich seiner Todfeinde längst entledigen können …«

»Willst du mir Angus als guten Mann und Beschützer der Crofter verkaufen? Genügt es nicht, dass er sie vertrieben und Artair getötet hat?«

»Wenn ich Alec Glauben schenken darf, überfiel er die Makenzies, nachdem er dich zusammen mit Artair gesehen hatte. Er war von tödlicher Eifersucht getrieben, als er sich mit seinen Leuten aufmachte.«

»Das kann doch keine Entschuldigung dafür sein, dass er meinen Liebsten auf dem Gewissen hat.«

»Das vielleicht nicht, doch versicherte er dir nicht, dass es nicht von seiner Hand geschehen ist? Was er getan hat, ist unverzeihlich, keine Frage, selbst wenn er nicht Artairs Mörder war. Nichtsdestotrotz wird er dich und das Kind auf Händen tragen.«

»Glaubst du allen Ernstes, ich könnte ihm je ins Gesicht sehen, ohne daran zu denken, was er Artair und seiner Familie angetan hat?«

»Dann sieh es meinetwegen als eine Art Wiedergutmachung. Dafür gibst du das Kind eines anderen Mannes als das seine aus und lässt ihm alles zugutekommen, was die Munroys ihm zu bieten haben. Das ist ausgleichende Gerechtigkeit.«

Mhairie legte den Kopf schief und betrachtete den Doktor ungläubig. »Du würdest mich also bei diesem Betrug unterstützen?«

»Natürlich, das versuche ich dir doch die ganze Zeit zu erklären. Noch fällt es nicht auf. Du kannst ihm dein Kind ungestraft ins warme Nest legen.«

»Wenn er das jemals herausbekäme, würde er mich umbringen.«

»Mhairie, wie sollte er denn darauf kommen? Es gibt doch nicht den geringsten Anlass. Wenn du ihn rasch heiratest und neun Monate später ein Kind zur Welt bringst, ist das eine sichere Sache.«

»Ich weiß nicht … mir ist nicht wohl dabei.«

»Du musst mich ja für einen unmoralischen Intriganten halten, aber in diesem Fall weiß ich keinen anderen Ausweg. Und wenn ich mir nicht sicher wäre, dass Angus Munroy auch seine guten Seiten hat, würde ich dir wohl kaum dazu raten. Aber ich bin der festen Überzeugung, er wird dich auf Händen tragen. Und du könntest einen guten Einfluss auf ihn ausüben und ihn dazu bringen, etwas umgänglicher zu werden. Wenn ich mir nicht so sicher wäre, dass es die beste Lösung ist, würde ich das Kind und dich auch gegen den Willen meiner Frau in meinem Haus aufnehmen und euch beschützen, solange ich lebe. Aber das Kind wird ein Leben lang unter diesem Makel zu leiden haben … «

Mhairie hob zweifelnd die Schultern. » Gut, dann bitte ihn herein. Was glaubt er überhaupt, was mit mir los sein könnte? Muss er nicht argwöhnisch werden, weil ich in Ohnmacht gefallen bin? «

» Er glaubt, du stehst noch unter Schock wegen Artair Makenzies Tod. Und so ganz auf dem Holzweg ist er ja auch nicht. «

Mhairie atmete ein paarmal tief durch, nachdem der Doktor das Zimmer verlassen hatte. In ihrem Kopf schwirrte alles durcheinander. Durfte sie das wirklich tun? Sich in das gemachte Nest setzen, während Artair unter dem kalten Waldboden lag? Ich muss, Onkel Murray hat recht, das Kind braucht Sicherheit und Geborgenheit. » Vater, Vater, was soll ich tun? «, murmelte sie verzweifelt, aber sie bekam keine Antwort.

Der sonst stets überlegen wirkende Kerl ist ja grau im Gesicht, schoss es Mhairie durch den Kopf, als der junge Munroy zögernd an ihr Bett trat.

» Es … es tut mir leid, dass ich Sie so erschreckt habe, aber … aber ich … ich … «, stammelte er.

Mhairie hatte ihn noch nie so unsicher erlebt, doch sie schwieg.

» Es ist nicht … also, es ist nicht so … also, es tut mir leid, dass ich Ihnen das mit Artair Makenzie gesagt habe. Das war nicht richtig von mir, aber ich habe geglaubt, ich könne Sie damit für mich … «

» Es war nicht richtig, was Sie getan haben! Sie haben genug Land «, unterbrach Mhairie ihn schroff und bereitete seinem unsäglichen Gestammel mit diesen Worten ein Ende.

» Ja, aber ich konnte den Gedanken nicht ertragen, dass Sie

ihn lieben und nicht mich. Ich liebe Sie nämlich, seit ich Sie zum ersten Mal gesehen habe. Ich kann mir ein Leben ohne Sie nicht vorstellen, aber deshalb darf ich nicht ...«

»Das konnten Sie bislang aber gut verstecken«, giftete Mhairie. »Ich hatte das Gefühl, lediglich ein Stück Land zu sein, das Sie besitzen wollten. Aber tun Sie sich keinen Zwang an – nehmen Sie alles. Ich brauche es nicht mehr.«

»Nein, Mhairie, nein ... ich will es nicht mehr. Behalten Sie Ihr Haus, ich weiß, dass ich ungestüm bin, wenn es um Frauen geht. Aber glauben Sie mir, ich liebe Sie wirklich von ganzem Herzen, und deshalb muss ich Ihnen auch etwas sagen. Ich möchte nicht, dass Sie meinetwegen so sehr leiden, auch wenn es mir das Herz bricht. Ich darf mein Glück nicht auf diese Weise erzwingen ... Artair Makenzie ...« Angus verstummte. Er wirkte selten hilflos.

Mhairie konnte sich nicht helfen, aber diese Worte, verbunden mit seiner Unbeholfenheit, berührten sie. Wenn sie es richtig verstanden hatte, wollte er ihr das Haus lassen und sie nicht weiter bedrängen, obwohl er sie liebte. Sie empfand fast Mitgefühl mit ihm und wollte seinen Qualen ein möglichst schnelles Ende bereiten.

»Schon gut, Angus, ich werde dich heiraten.«

Auf Angus' bleichem Gesicht breitete sich ein Strahlen aus. »Mhairie«, rief er entzückt aus. »Mhairie, du machst mich zum glücklichsten Mann der Highlands!«

Sie rang sich ein Lächeln ab. Ihr war das alles nach wie vor nicht geheuer, auch wenn sie spürte, dass seine kindliche Freude echt war.

»Ich ... ich wollte dir nur sagen, Artair, der ist ...« Angus stockte.

»Ja, sprich nur, was wolltest du mir noch sagen? Dass du mich heiraten willst. Das weiß ich bereits.«

Angus holte tief Luft. »Ich wollte dir sagen, dass dieser Artair nicht ...« Er unterbrach sich und schien nachzudenken. So angestrengt, dass sich Schweißperlen auf seiner Stirn bildeten. »Ich wollte dir nur sagen, dass es mir leid tut um diesen Makenzie«, fuhr er hastig fort. »Wir haben einander verabscheut, aber ... aber ... seinen ... seinen Tod, den habe ich nicht gewollt. Wirklich nicht. Ich schwöre es dir.«

Er hatte sich vor ihrem Bett auf die Knie geworfen. »Bitte, verzeih mir, aber ich kann nichts anders!«, rief er beschwörend aus.

»Steh auf, Angus!«, befahl Mhairie. »Ich kann dir nicht versprechen, dass ich ihn einfach so vergessen werde. Das solltest du wissen, bevor ich deine Frau werde.«

Angus erhob sich und beugte sich über sie. Sie befürchtete schon, er werde sie küssen, und das hätte sie ihm nicht gestattet. Doch er strich ihr nur vorsichtig über die Wangen.

»Und ich wünsche mir, dass er eines Tages auch in deinem Herzen gestorben sein wird und du nicht mehr an ihn denkst.«

»Das kann ich dir nicht versprechen, aber das eine schon: Ich will versuchen, dir eine gute Frau und unseren Kindern eine gute Mutter zu sein.«

Während ihrer letzten Worte war sie rot geworden und konnte nur hoffen, dass sie sich dadurch nicht verraten hatte.

»Ach, Mhairie, ich wünsche mir viele Kinder von dir und verspreche dir, ich hole dir die Sterne vom Himmel, aber erst einmal musst du wieder zu Kräften kommen. Damit wir heiraten können.«

»Du kannst schon alles in die Wege leiten. Ich möchte rasch mit dir nach Scatwell Castle kommen. Und wenn du mir einen Gefallen tun willst, dann verkauf Vaters Anwesen und gib mir das Geld. Ich würde es gern zurücklegen ...«

»Ich erfülle dir jeden Wunsch.«

»Das glaube ich dir gern, und es wäre für mich ein schönes Gefühl, meinen Kindern ein gewisses Vermögen vererben zu können.«

Oder damit zu flüchten, wenn ich es gar nicht mehr aushalte, fügte sie in Gedanken hinzu.

»Ja, wenn ich dir damit meine Liebe beweisen kann, dann soll es so sein.«

»Danke, Angus«, erwiderte sie sachlich, denn für sie war

es ein Geschäft zugunsten des Kindes, das in ihr heranwuchs. Auch wenn er sie tatsächlich aufrichtig zu lieben schien. Schließlich hätte er sie vermutlich sogar im Haus ihres Vaters wohnen lassen, selbst wenn sie seinen Antrag nicht angenommen hätte. Doch wahrscheinlich hatte er sie mit dieser großmütigen Geste nur für sich gewinnen wollen. Und der Erfolg hatte ihm schließlich recht gegeben.

»Und jetzt wäre ich gern allein«, sagte sie. »Wann, glaubst du, können wir heiraten?«

»So schnell wie möglich. Sagen wir – in einer Woche?«

»Ja, gut, dann kümmere ich mich um das Brautkleid ...«

»Aber vielleicht solltest du vorher meine Mutter und meine Schwester kennenlernen.«

Mhairie verzog den Mund. Allein die Vorstellung, schon vor der Hochzeit einen Fuß in Angus' Haus zu setzen, missfiel ihr. »Reicht es nicht, wenn ich sie bei der Hochzeit sehe?«

»Gut, gut, wie du willst. Vielleicht ist es auch besser so. Ich muss es ihnen nur möglichst schonend beibringen.«

»Gut, dann wäre ja alles geklärt. Du lässt mich noch wissen, wann wir uns vor der Kirche treffen. Und mein Brautführer wird Doktor Maccain sein. Ich werde es ihm gleich mitteilen.«

Angus aber rührte sich nicht vom Fleck und sah sie fast flehentlich an. »Darf ich dich wenigstens in den Arm nehmen?«

Mhairie stöhnte laut auf. »Angus, wenn du zu diesem Zeitpunkt bereits erwartest, dass ich dir Zärtlichkeit entgegenbringe, dürfen wir nicht heiraten. Ich habe dir in aller Offenheit gesagt, wem mein Herz gehört, und ich brauche ein wenig Zeit, um zu begreifen, dass ich ihn für immer verloren habe.«

Angus' Miene wurde finster, aber er sagte nichts dazu außer: »Nun, dann mache ich mich auf den Weg. Ich schicke dir den Doktor.«

Mhairie ließ sich seufzend in die Kissen zurückfallen. War es nicht furchtbar leichtsinnig, einen Mann zu heiraten, den sie nicht liebte, um ihm das Kind eines anderen unterzujubeln? Aber hatte sie eine andere Wahl? Selbst wenn Angus sie in ihrem Haus leben ließe, sie dort ihr Kind bekäme und er sie als Mutter eines Wechselbalgs in Ruhe ließe, wüsste doch bald jeder, dass ihr Kind keinen Vater hatte. Die Leute würden mit dem Finger auf sie und vor allem auf das Kind zeigen. Und wovon wollte sie leben, das Kind versorgen, ihm eine Schulbildung bezahlen? Sie besaß doch nichts außer einem heruntergewirtschafteten Haus und einem Berg Schulden. Nein, sie hatte sich immer eine Familie gewünscht, und darauf wollte sie zum Wohle des Kindes nicht verzichten.

»Seinem triumphierenden Lächeln nach hatte er Erfolg«, bemerkte ihr Patenonkel, nachdem er sich zu ihr auf die Bettkante gesetzt hatte.

»Ja, ich werde seine Frau, und du wirst mich zum Altar führen. Du bist zwar nicht mein Vater, aber der Stifter dieser Ehe. Ich glaube, mein Vater hätte mich Angus Munroy niemals zur Frau gegeben.«

»Dein Vater war ein liebenswerter, weltfremder Schöngeist.«

»Im Gegensatz zu dir, willst du sagen.«

»Nein, aber deine Mutter hätte es so gewollt. Ich habe ihr nun einmal das Versprechen gegeben, dass ich immer für dein Wohl sorgen werde.«

Mhairie sah ihren Patenonkel fragend an.

»Deine Mutter hat mich auf dem Sterbebett einst darum gebeten, darauf zu achten, dass du immer auf dem Boden der Tatsachen bleibst. Sie hat deinen Vater geliebt, aber es war nicht immer einfach, mit einem Traumtänzer verheiratet zu sein. Keine Frage, er liebte sie auch über alles, aber wie oft war sie verzweifelt, weil er auf ein lukratives Geschäft verzichtete, wenn er sein Gegenüber nicht für integer genug hielt. Du hast völlig recht, er hätte dir niemals zu dieser Ehe geraten. Lieber hätte er mit dir, dem Kind und seinen Büchern in einem eiskalten Zimmer in der Stadt gehaust, statt dich an Angus Munroy zu verheiraten. Er hat nie viel von denen gehalten – außer von Rory, aber der war wirklich ein außerordentlich anständiger Kerl. Deine Mutter aber war aus anderem Holz geschnitzt. Sie hätte gewollt, dass dein Kind auf Scatwell Castle aufwächst statt in den Gassen von Edinburgh. Wenngleich es sie wahrscheinlich mit ihrem Glauben nicht hätte in Einklang bringen können, doch nun bleibt dir eben nur noch ein Patenonkel, der nur dein Allerbestes möchte.«

»Gut, Onkel Murray, ich werde aufhören, mit meinem Schicksal zu hadern. Und nun muss ich schnell an meine Freundin Senga schreiben. Sie soll meine Brautjungfer werden.«

»Wenn du willst, nehme ich den Brief mit. Ich habe heute noch einen Patientenbesuch bei ihrer Großmutter zu machen.«

Mhairie sprang wie der Blitz aus dem Bett und eilte zu ihrem Schreibtisch. In knappen Worten teilte sie der Freundin mit, dass sie in einer Woche heiraten werde und eine Brautjungfer benötige. Sie konnte sich lebhaft vorstellen, wie gern sich Senga als Vorgeschmack auf ihre eigene Hochzeit im schönen Kleid zum Altar schreiten sah. Dabei fiel ihr ein, dass *eine* Brautjungfer zu wenig war.

»Sag mal, wie alt ist eigentlich Angus Munroys Schwester? Ich wusste bis vorhin gar nichts von ihrem Vorhandensein. Sonst kenne ich doch alle jungen Frauen im Tal.«

»Harriet ist neunzehn wie du.«

»Dann kann sie doch meine zweite Brautjungfer werden. Trotzdem merkwürdig, dass ich sie nicht kenne.«

Murray Maccain seufzte. »Kein Wunder, Harriet war immer schon ein zartes Wesen, das stets kränkelte. Sie hat einen Hauslehrer und besuchte nie eine Schule. Außerdem ist sie schwermütig. Sie verbringt ihre Tage damit, am Fenster zu sitzen und in den Park hinauszustarren. Früher war sie trotz ihrer kränkelnden Konstitution ein fröhliches Mädchen, bis sie sich auf einem Waldspaziergang unsterblich in den falschen Mann verliebte ...« Er unterbrach sich hastig.

»Erzähl schon. Welcher Bursche aus dem Tal hat ihr den Kopf verdreht? War er nicht standesgemäß?«

»Ach, Mhairie, du bist unmöglich – und ich bin ein geschwätziger alter Mann, der dir mehr verrät, als er sollte. Ich habe schon viel zu viel gesagt. Aber wie der junge Mann heißt, der ihre Liebe nicht erwiderte, weiß ich auch nicht ...«

»Onkelchen, ich sehe dir an den Augen an, dass du mich beschwindelst, aber ich habe Erbarmen mit dir. Ich stelle dir keine neugierigen Fragen mehr. Vielleicht erzählt mir ja eines Tages Harriet selbst von ihrer großen Liebe. Es wäre doch schön, wenn ich auf Scatwell wenigstens eine Freundin finden könnte.«

»Ich hoffe nicht, dass sie diese unsägliche Geschichte dir gegenüber je erwähnt«, knurrte ihr Patenonkel. »Und du solltest jedes Gespräch im Keim ersticken, wenn sie davon anfängt.«

»Nun mach es nicht so spannend, Onkel Murray! Erst foppst du mich mit merkwürdigen Andeutungen, dann willst du es mir aber nicht erzählen, und schließlich soll ich Harriet gegenüber auch noch so tun, als wisse ich von nichts ...«

»Es war Artair.«

»Artair Makenzie?«

»Ja, welcher denn sonst? Es war eine tragische Geschichte. Sie glaubt, er habe sie abgewiesen, weil sie eine Munroy ist. Und wenn sie erfährt, dass du, liebe Mhairie, der Grund bist, warum Artair sie verschmähte, hättest du keine Freundin, sondern eine Feindin im eigenen Haus.«

»Und woher weißt du das alles?«, fragte Mhairie verblüfft.

»Ich bin der Arzt der Munroys, habe aber auch die Makenzies behandelt. Rory hat dafür gesorgt, dass sie eine anständige ärztliche Versorgung bekamen, nachdem die Mutter der Kinder gestorben war. Und Artair hat mir vor ungefähr zwei Jahren einmal gestanden, dass er niemals eine Munroy heiraten werde, dass es aber noch einen weiteren Grund gebe, warum er Harriets Liebe nicht erwidere. Weil er sich nämlich unsterblich in dich verliebt habe … Schon lange bevor ihr einander gefunden habt.«

In diesem Augenblick brach Mhairies tapfere Fassade wie ein Kartenhaus zusammen. Sie schluchzte verzweifelt auf. »Warum kann er nicht lebendig durch diese Tür kommen und mich holen. Warum nicht?«

Ihr Patenonkel nahm ihre Hand. »Du musst an das Kind denken, Mhairie. Nur an das Leben, das in dir heranwächst und eine gute Zukunft verdient hat.«

»Du hast ja recht«, schniefte Mhairie. »Aber heute bleibe ich im Bett und weine alle Kissen nass … Es tut so weh, Onkel Murray, so unendlich weh.«

»Ruh dich nur aus. Soll ich einen Abstecher zu den Munroys machen, um Miss Harriet als Brautjungfer anzuwerben?«

»Das ist mir gleichgültig. Ich will gar nicht mehr an diese verdammte Hochzeit denken und daran, dass ich in dieses schreckliche Haus zu diesen furchtbaren Menschen ziehen muss.«

»Dann bade ruhig noch ein wenig im Selbstmitleid. Ein Mädchen in deiner ausweglosen Lage könnte es schlechter treffen. Und dass du um Artair trauerst, das will dir keiner nehmen. Denn das spielt sich hier drinnen ab.« Er legte die Hand auf das Herz. »Wer dort einen Platz hat, den kann keiner vertreiben. Merk dir das.«

»Ihm gehört mein ganzes Herz, nicht nur ein Platz«, erwiderte Mhairie trotzig.

»Es wäre schön, wenn sein Kind auch ein Eckchen bewohnen würde. Er hätte es so gewollt.«

Mhairie schnaubte laut, aber sie widersprach ihm nicht, sondern ließ ihn gehen. Als er bei der Tür war, rief sie ihm versöhnlich hinterher: »Du hast auch einen Platz in meinem Herzen!«

Sein Gesicht erhellte sich. »Weißt du, wen ich mein ganzes Leben lang über alles geliebt habe?«

»Deine Frau, nehme ich an.«

»Isla lernte ich mit den Jahren schätzen, das stimmt. Aber sie konnte nicht annähernd die wahre große Liebe aus meinem Herzen verdrängen – deine Mutter. Doch die hatte sich nun einmal unsterblich in den Baron verliebt, deinen Vater. Ein Teil von mir ist mit ihr gestorben, als ich hilflos mit ansehen musste, wie das Fieber sie dahinraffte. Doch das Leben musste weitergehen. Seitdem vergeht kein Tag, an dem ich nicht an deine Mutter denke. Verstehst du, was ich dir sagen will?«

»Ich glaube schon«, hauchte Mhairie und schaffte es, ihre Tränen zu unterdrücken, bis Doktor Maccain leise die Tür hinter sich geschlossen hatte.

39

Scatwell, Juli 1850

Die Trauung in der Kirche von Inverness war an Mhairie vorbeigegangen wie ein flüchtiger Nachtgedanke, an den man sich am Morgen kaum mehr erinnert und der keinen bleibenden Eindruck hinterlässt.

Mit geschmückten Kutschen waren das Brautpaar, die Gäste und die Familie anschließend in das Tal von Strathconon zurückgefahren. Auf Schloss Scatwell hatte man sie mit einer üppigen Tafel empfangen, auf der es an nichts fehlte, doch Mhairie hatte kaum einen Bissen hinuntergebracht.

Dabei konnte sie sich nicht beklagen. Alle waren freundlich zu ihr gewesen, ja, Angus' Mutter hatte sie sogar unter Entzückensrufen an ihren üppigen Busen gedrückt. Sie aber beschlich ständig das Gefühl, man müsse ihr die Seelenpein an den Augen ablesen, obwohl sie aufrichtig bemüht war, glücklich zu wirken.

»Du siehst bezaubernd aus. Ich möchte auch so ein schönes Kleid haben – und überhaupt, es ist alles so prachtvoll hier«, seufzte Senga zum wiederholten Male, während sie ihrem Verlobten, dem Anwalt aus Beauly, der gerade in ein Gespräch mit Angus vertieft war, schmachtende Blicke zuwarf. Das zumindest vermutete Mhairie, bis sie erkannte, wem Sengas Bewunderung galt. Keinem Geringeren als Angus.

»Dann lass dir eins schneidern«, knurrte Mhairie, der Sengas Getue mächtig auf die Nerven ging.

»Aber Bruce ist Engländer. Seine Familie besitzt keinen Tartan. Und ich möchte so ein Kleid, wie du es hast. Was meinst du, was ich mir schon alles von meinen Eltern habe anhören müssen, weil du einen echten Kerl aus dem Hochland geheiratet hast«, erwiderte Senga in schnippischem Ton.

»Nicht so laut! Er sieht schon ganz neugierig zu uns herüber«, ermahnte Mhairie die Freundin. Als Kinder waren sie unzertrennlich gewesen, aber inzwischen klaffte ein unüberwindlicher Graben zwischen ihnen. Einmal abgesehen davon, dass Sengas ganzes Trachten darauf abzielte, unter die Haube zu kommen, schien sie neidisch auf Mhairies vermeintlich großes Glück zu sein. Das hatte sie ihr heute Morgen vor der Kirche deutlich zu verstehen gegeben. »Warum bekommst du, die sich aus Männern nie etwas gemacht hat, ausgerechnet dieses Prachtexemplar von einem Ehemann?«, hatte sie geraunt, während sie Angus wohlgefällig gemustert hatte.

Wenn du nur wüsstest, wie gern ich ihn dir abtreten würde, schoss es Mhairie durch den Kopf, aber das durfte ihre Freundin niemals erfahren.

»Was für prachtvolle Locken dein Angus hat!«, seufzte Senga verträumt. Mhairie erstarrte. Ja, die dicken dunkelroten Locken der Munroys fielen selbst in den Highlands auf, wo es viele Rothaarige gab. Was, wenn das Kind nun Artairs blonde Locken erben würde? Sie würde schlecht behaupten können, dass die von ihr stammten, denn sie hatte dunkelbraunes glattes Haar. An diese Möglichkeit hatten bislang weder ihr Onkel noch sie selbst auch nur einen einzigen Gedanken verschwendet.

»Ich vertrete mir ein wenig die Füße«, erklärte Mhairie hastig und war schon in den weitläufigen Park hinausgeeilt. Erst als sie den Brunnen erreicht hatte, dessen Rand ein steinerner Hirsch zierte, blieb sie stehen. Sie seufzte und ließ den Blick über das Anwesen schweifen. Alles machte einen überaus gepflegten Eindruck, der kurze Rasen, die in Weiß und Rot üppig blühenden Rhododendronbüsche, die hohen Fichten, die akkurat geschnittenen Hecken. Selbst das Wasser im Brunnen war glasklar und sauber.

Und doch ließ sie dieses Paradies erschreckend kalt. Es zog sie magisch fort von hier, nach draußen, in die Richtung der

Ruine, dorthin, wo einst Little Scatwell gestanden hatte. Ohne zu zögern, raffte sie ihr langes Kleid und verließ das Anwesen. Erst als sie bei der Brücke angekommen war, die über den Bach führte, hielt sie schnaufend inne und sah in die Ferne. Tränen rannen ihr über die Wangen, und sie wünschte sich ganz weit fort von hier. Ein stechender Schmerz im Unterleib riss sie aus ihren Gedanken. Sie zuckte zusammen, doch dann war alles vorüber. Trotzdem machte sie sich gemessenen Schrittes auf den Rückweg, aus lauter Furcht, das ungestüme Rennen könne dem Ungeborenen schaden.

Völlig erschöpft erreichte sie das Anwesen der Munroys. Die Angst um ihr Kind hatte ihr den Schweiß auf die Stirn getrieben.

»Wie siehst du denn aus?«, zischte Senga ihr vorwurfsvoll ins Ohr, kaum dass die Braut die Diele des Hauses betreten hatte. »Und überhaupt – wo warst du? Angus hat dich überall gesucht. Er wollte mit dir den Tanz eröffnen.«

»Ich war im Park«, erklärte Mhairie unwirsch.

»Und warum hast du geweint?« Senga musterte die Freundin mit forschendem Blick. »Dabei hast du wirklich keinen Grund zur Traurigkeit, es sei denn, du hast Glückstränen vergossen.«

»Ich … ich finde es so traurig, dass Vater meine Heirat nicht miterleben kann«, erwiderte Mhairie geistesgegenwärtig.

Sengas Blick wurde weich. »Entschuldige meine taktlosen Bemerkungen! Daran habe ich nicht gedacht. Verzeih mir!«

»Schon gut, ich sollte heute besser auch nicht mehr daran denken. Weißt du, wo Angus steckt? Ich entdecke ihn nirgends.«

»Er ist zu den anderen Männern in den Herrensalon gegangen, nachdem er dich vergeblich gesucht hat. Ich glaube, er hat schon reichlich Whisky genossen.«

»Du meinst, er ist betrunken?«

»Nein, nein, das wollte ich nicht sagen! Aber er ist sehr lustig. Bringt alle zum Lachen. Er hat uns eben geschildert, wie Alan Makenzie wie ein Hase davonhoppelte, als ihn Angus' Männer einfangen wollten, um ihn auf das Schiff nach Ullapool zu bringen.«

Mhairies Augen verengten sich zu Schlitzen. »Das finde ich gar nicht komisch«, zischte sie.

»Was findest du nicht komisch, mein Liebling? Wo warst du überhaupt? Ich habe dich vermisst.« Angus' Stimme klang wie immer und kein bisschen betrunken. Als er ihr eine Hand auf die Schulter legen wollte, trat Mhairie einen Schritt zur Seite. Er griff ins Leere, ließ sich aber seine sichtlich gute Laune nicht verderben. »Das ist ja eine Stimmung wie auf einer Beerdigung. Worüber haben die Damen denn gesprochen?«

»Ich habe ihr gerade erzählt, wie du …«

»Wir sprachen davon, dass mein Vater dieses Fest nicht mehr erleben kann«, unterbrach Mhairie Senga in scharfem Ton. »Ich habe gehört, wir sollen mit dem Eröffnungstanz beginnen. Darf ich bitten?«, fügte sie gezwungen lächelnd hinzu und ließ die verblüffte junge Frau stehen. Doch dann wandte sie sich noch einmal um und warf der einstigen Freundin einen warnenden Blick zu. Senga verzog keine Miene. Ich muss mich vor ihr in Acht nehmen, sagte sich Mhairie, und der Gedanke stimmte sie traurig. Wie dringend brauchte sie in ihrer Notlage eine gute Freundin, der sie vertrauen konnte.

Auf dem Weg zum Saal nahm Angus sie plötzlich in den Arm. »Bleib so stehen und schließ die Augen!«, raunte er. »Ich habe noch eine Überraschung für dich.«

Mhairie tat, was er verlangte und sie spürte, wie er ihr etwas Kaltes um den Hals legte.

»Jetzt darfst du die Augen wieder öffnen, mein Liebling.«

Mhairie blickte sich zögernd um. Angus hielt ihr einen kleinen Spiegel vor das Gesicht, und als sie das Schmuckstück am Hals glitzern sah, wurde ihr speiübel, ahnte sie doch, was er ihr da soeben geschenkt hatte. Es war keine einfache Kette, sondern eine Collane. Das wusste sie sehr wohl, denn in den

Büchern ihres Vaters hatte sie einst eine Abbildung des höchsten schottischen Ordens gesehen.

»Aber Angus, das kann ich nicht tragen! Woher hast du das?«, brachte Mhairie schließlich heiser hervor.

Angus' eben noch strahlendes Gesicht verfinsterte sich merklich. »Gefällt es dir nicht?«

Mhairie rang nach Luft. Hatte Artair ihr nicht am Loch Meig erzählt, dass die Munroys ihnen die Collane gestohlen hatten?

»Sag mir, woher du das hast?«

»Willst du es behalten oder nicht?«, knurrte er.

In Mhairies Seele tobte ein Sturm der Gefühle. Am liebsten hätte sie sich die Ordenskette vom Hals gerissen und ihm vor die Füße geworfen, denn sie gehörte Artair. Doch was wäre dann? Angus würde sie wieder an sich nehmen, und sie würde sie niemals wieder sehen. Nein, sie musste sie behalten, doch sie würde sie nie wieder tragen, sondern Artairs Kind vererben.

Sie rang sich zu einem schiefen Lächeln durch. »Danke, Angus, ich finde dieses Schmuckstück wunderschön. Ich bin überwältigt. Natürlich möchte ich es behalten«, flüsterte sie kaum hörbar.

Angus schien darin ein Zeichen ihrer Freude und Ergriffenheit zu sehen, denn er fasste sie zärtlich bei der Hand. »Komm, eröffnen wir den Tanz!«, rief er sichtlich erleichtert.

Wie betäubt ließ sie sich in den Festsaal führen.

»Was für ein schönes Paar!«, rief Angus' Mutter überschwänglich aus, als sich ihr Sohn und seine junge Frau nun vor der Dudelsackkapelle zum Tanz aufstellten. Mhairies Miene aber war wie versteinert, und sie führte die Schritte so mechanisch aus, als sei sie ein aufgezogener Kreisel. Ringsum wurde gelacht und gescherzt. Laut und immer lauter. Sie nahm die Gesichter der anderen schließlich nur noch wie durch einen wabernden Nebel wahr, der sich wie aus dem Nichts ganz plötzlich über das Hochland legt.

Mir ist schwindelig vom Tanzen, dachte sie noch, als ihr

die Beine wegknickten und sie das laute Aufkreischen einiger Damen wahrnahm.

Als sie wieder zu Bewusstsein kam, lag sie am Boden des Saales, und viele besorgte Gesichter blickten auf sie herab.

»Es geht mir schon wieder gut«, wollte sie sagen, doch sie brachte kein Wort hervor. Ihr Mund war so trocken, dass ihre Zunge am Gaumen zu kleben schien.

»Das Beste wird sein, wir bringen sie in ihr Zimmer«, hörte sie wie von ferne ihren Patenonkel anordnen. Schon fühlte sie, wie Angus' Arme sie packten und durch die gaffende Menge trugen. Sein Blick war besorgt, während er sie die Treppen hinauf in ihr Schlafzimmer brachte und auf das Bett legte.

Ihr Patenonkel hatte ihn begleitet, und in seinem Blick stand mehr als bloße Besorgnis geschrieben. Die nackte Angst sprach ihm aus den Augen.

»Sie sollten rasch auf das Fest zurückkehren, Angus. Ich untersuche derweil Ihre Frau«, erklärte der Arzt bemüht energisch. Als Angus nicht reagierte, legte er ihm beruhigend eine Hand auf den Arm. »Es ist sicher nur ein kleiner Schwächeanfall. Sie wollen doch deshalb das Fest nicht abbrechen, oder?«

In diesem Augenblick drohte ein ziehender Schmerz Mhairies Unterleib schier zu zerreißen, doch sie schaffte es, weder zu schreien noch ihr Gesicht zu verziehen, denn sie ahnte, was das zu bedeuten hatte. Sie schaffte es sogar mit letzter Kraft, Angus zum Verlassen des Zimmers zu bewegen. Kaum war die Tür ins Schloss gefallen, da bäumte sie sich auf und schob sich eine Faust in den Mund, damit kein gellender Schrei sie verriet.

Ihr Patenonkel war kalkweiß geworden, während er ihr das Hochzeitskleid nach oben schob. Dann griff er sich ein Kissen, zerrte es aus dem Bezug und stopfte ihr diesen zwischen die Schenkel.

Mhairie war wie erstarrt. Sie hatte keine Schmerzen mehr, aber sie wusste, was geschehen war.

»Ich habe es verloren, nicht wahr?«, fragte sie mit bebender Stimme.

»Ja, aber mach dir bitte keine Sorgen, mein Kleines. Es ist alles gut, es war noch zu früh, als dass es dich gefährden könnte. Dir wird nichts geschehen.«

»Aber ich möchte sterben. Bitte lass mich sterben!«, wimmerte Mhairie.

»Hör auf, solchen Unsinn zu reden! Es ist wie eine kräftige Blutung, du bleibst ein paar Tage im Bett, und dann ist alles wieder gut.«

»Nichts ist gut! Ohne sein Kind ist alles sinnlos.« Mhairie wollte sich mit einem Ruck aufsetzen, aber der Doktor drückte sie sanft in die Kissen zurück.

»Leg dich hin und rede nicht so viel! Ich erledige alles«, sagte ihr Onkel mit belegter Stimme, während er den mit Blut vollgesogenen Kissenbezug zur Seite warf und nach einem zweiten griff.

Mhairie aber stierte entgeistert auf das viele Blut und stieß einen markerschütternden Schrei aus.

In diesem Augenblick öffnete sich die Tür. Mhairies Patenonkel schaffte es gerade noch rechtzeitig, ihr das Kleid hinunterzuziehen, bevor Angus' Schwester ins Zimmer trat. »Ich wollte nur nachsehen, ob …« Harriets Blick blieb an dem Kissen hängen, und sie schlug sich erschrocken die Hand vor den Mund.

»Treten Sie ein und schließen Sie die Tür hinter sich ab!«, befahl der Arzt. »Dann kommen Sie her und helfen mir.«

Harriet näherte sich zögernd. »Was ist geschehen?«

»Ihre Schwägerin ist einfach nur unpässlich. Bei manchen Frauen hat das solche Auswirkungen.«

»Um Himmels willen, ist das gefährlich?«

»Nicht, wenn sie sich schont. Dann ist es morgen schon wieder besser. Wären Sie so freundlich, Ihrer Schwägerin ein Nachthemd zu bringen und vorerst darüber zu schweigen? Die Hochzeit soll doch nicht so unvermittelt enden.«

Harriet blieb unschlüssig stehen.

»Beeilen Sie sich! Und keine Sorge, sie kommt wieder auf die Beine.«

Kaum hatte Harriet das Zimmer verlassen, stöhnte Mhairie laut auf. »Bitte, lass mich sterben, Onkel Murray, bitte!«

Doktor Maccain aber begutachtete zunächst das Kissen, bevor er sich auf der Bettkante niederließ. »Die heftigste Blutung ist vorüber. Was jetzt kommt, dürfte nicht schlimmer werden als deine monatliche Blutung.«

»Du sprichst darüber, als sei es nur ein medizinisches Problem, aber ich habe alles verloren. Verstehst du nicht? Warum sagen wir ihnen nicht die Wahrheit? Dass ich Angus nur deshalb geheiratet habe? Soll er mich doch verstoßen. Dann kann ich ins Wasser gehen«, schluchzte Mhairie.

»Schluss damit!«, herrschte der Doktor sie an. »Es ist zu spät. Du bist seine Frau. Du wirst jetzt genau das tun, was ich dir sage.«

»Warum um alles in der Welt willst du mich zwingen, ein Leben zu führen, das ich verabscheue? Das wäre bestimmt nicht im Sinn meiner Mutter gewesen.«

Murray Maccain wurde blass und bekam schmale Lippen. »Sie hatte immer ein gesundes Empfinden für Tatsachen und war keine Träumerin wie du. Und ich sollte dafür Sorge tragen, dass du ein anständiges Leben führst. Du kannst von mir nicht verlangen, dass ich dich ins Wasser gehen lasse oder tatenlos mitansehe, wie du dir mit unbedachten Worten deine Zukunft zerstörst. Wenn du den Munroys dort unten die Wahrheit verkündest, musst du die Highlands für immer verlassen und wirst irgendwo das Leben einer Ausgestoßenen fristen.«

»Du verlangst also von mir, dass ich so tue, als wäre nichts geschehen? Nur dass ich ganz plötzlich unpässlich bin. Hätte ich doch geahnt, welch ausgekochter Lügner du sein kannst!«

Der Doktor senkte den Kopf. »Du hast recht. Ich hätte dich niemals dazu überreden dürfen, ein falsches Spiel zu spielen. Hätte ich deiner Mutter nicht geschworen, immer auf dich aufzupassen, ich wäre nie so tief gesunken. Aber nun muss ich mit den Konsequenzen leben. Wenn die Munroys erfahren, zu welch schändlichem Betrug ich dich angestiftet habe, kann ich keinen Tag länger in den Highlands praktizieren. Geh zu ihnen hinunter! Sag ihnen die Wahrheit! Ich habe keine Kraft mehr, dich vor deinem Elend zu bewahren. Und glaube ja nicht, dass ich mir nicht vorstellen kann, wie du leidest, weil du das Kind jenes Mannes verloren hast, den du liebst. Nur weil ich keine eigenen Kinder habe. Ich habe mir zeitlebens gewünscht, du wärst meine Tochter, aber du bist es nicht, Mhairie, denn mir waren keine Kinder vergönnt. Aber als Arzt möchte ich dir noch einen guten Rat geben. Bleib einige Tage lang im Bett liegen und sprich dann in Ruhe mit deinem Mann. Ich denke, dir wird er verzeihen, wenn du bei ihm bleibst. Aber mit mir ist niemand nachsichtig, und das ist auch kein Wunder. Auf Wiedersehen, mein Kind.«

Murray Maccain sah um Jahre gealtert aus, als er sich mühsam von der Bettkante erhob. Sein Gesicht war grau und eingefallen. »Glaub mir, ich habe dein Bestes gewollt, aber nie damit gerechnet, dass die Natur ihre eigenen Wege geht. Ich glaube, der Herr dort oben wollte den Betrug nicht unterstützen.«

Mhairie schwieg eine Weile, bevor sie seine Hand ergriff und murmelte: »Ich weiß doch, dass du nur mein Bestes wolltest. Ich hätte nur sein Kind so unendlich gern in Armen gehalten. Aber stell dir vor, er hätte es später herausbekommen, weil das Kind Artairs blondes Haar geerbt hätte oder ... Sag mir nur eins ganz ehrlich: Kann ich überhaupt noch einmal Kinder bekommen?«

»Aber natürlich, Mhairie, du bist jung und gesund ...«

Es klopfte, und der Doktor ging nun mit hängenden Schultern zur Tür. Schüchtern trat Harriet mit einem Nachthemd in der Hand ins Zimmer. Mhairies Patenonkel deutete müde auf Mhairie und wollte das Zimmer verlassen, doch da befahl sie mit klarer Stimme: »Harriet, lass mich bitte mit dem Doktor Maccain allein. Er wird mir noch Auskunft geben, was ich tun muss, damit es beim nächsten Mal nicht wieder so schlimm wird. Da gibt es sicher Mittel, die meine Beschwerden lindern. Vielleicht gehst du hinunter und bringst eurer Mutter und Angus schonend bei, dass ich nicht mehr zum Fest erscheinen werde, weil ich unpässlich bin. Das werden sie schon verstehen. Und bitte schärf ihnen ein, dass sie weiterfeiern sollen ...« Den letzten Satz sagte Mhairie aus einem einzigen Grund: Der Gedanke, Angus könne sich womöglich an ihr Bett setzen und ihre Hand halten, war ihr unerträglich.

»Ja, das werde ich ausrichten«, erwiderte Angus' Schwester leise und zog die Tür hinter sich zu.

Der Doktor wandte sich langsam um und kehrte auf seinen Platz auf der Bettkante zurück.

»Danke. Nun kann ich in unserem geliebten Tal bleiben und du auch. Ich hoffe, du wirst mich niemals dafür hassen?«, seufzte er.

»Wenn ich jemanden hasse, dann mich allein«, erwiderte Mhairie.

»Gut, dann beseitige ich erst einmal die Spuren. Ich brauche dein Kleid. Meine Frau wird es wieder herrichten, als sei nichts geschehen. Die Überdecke lasse ich verschwinden. Ich glaube nicht, dass Angus Munroy sie vermissen wird, und ...« Der Doktor unterbrach sich und warf ihr einen unsicheren Blick zu. »Und du wirst es mir wirklich niemals vorwerfen?«

»Nicht, wenn du mir meine künftigen Kinder gesund zur Welt zu bringen hilfst«, erwiderte Mhairie und machte den kläglichen Versuch zu lächeln. Dann streckte sie die Arme aus, umschlang seinen Nacken und schluchzte laut auf. Murray Maccain drückte sein Patenkind fest an sich. »In deinem Herzen wird er weiterleben«, raunte er nach einer endlos langen Weile. »Und das kann dir keiner mehr nehmen.«

Dann erhob er sich und beseitigte alle Spuren, während sie hastig aus ihrem Hochzeitskleid und dem Unterzeug schlüpfte, das sie ihm verschämt reichte, nachdem sie sich das saubere Nachthemd übergezogen hatte.

»Ich werde das Fest durch die Hintertür verlassen und die Sachen verschwinden lassen«, versuchte ihr Patenonkel zu scherzen, nachdem er Überdecke, Kissenbezüge und das Kleid schließlich in seiner Tasche verstaut hatte. Dann griff er in seine Tasche und reichte ihr ein Fläschchen mit Tropfen. »Das lindert die Schmerzen.«

»Ich möchte Kinder, verstehst du? Dafür lohnt es sich noch zu leben. Und wer weiß, vielleicht kann ich Angus eines fernen Tages sogar verzeihen, was er Artair angetan hat«, flüsterte sie und schloss die Augen, weil sie diese fremde, falsche Welt um sich herum nicht länger ertragen konnte.

So entging es Mhairie, dass es in den Augen ihres Patenonkels verdächtig feucht schimmerte, als er schnellen Schrittes ihr Zimmer verließ.

Mhairie blieb regungslos liegen. Das Einzige, was sie noch spürte, war die Wut auf das Schicksal, das ihr Artair und sein Kind genommen hatte. Doch dann setzte sie sich abrupt auf und tastete nach der Collane. Vorsichtig entfernte sie die Kette von ihrem Hals und betrachtete sie von allen Seiten.

»Ich schwöre bei Gott, dass sie niemals wieder in die Hände eines Munroy fallen wird, auch nicht in die meiner eigenen Kinder«, murmelte sie kämpferisch vor sich hin. Mit diesem Schwur ließ sie die Collane der Makenzies unter ihrem Kopfkissen verschwinden.

Scatwell, Februar 1851

Der kleine Junge in Mhairies Arm schlief tief und fest, doch sie wurde nicht müde, dieses unschuldige Wesen verliebt zu betrachten. Sie war erleichtert, dass nichts, aber auch gar nichts ihre Liebe zu diesem Kind schmälerte. Natürlich hatte sie anfangs befürchtet, ihr könne die Traurigkeit, dass Artair nicht der Vater war, das Herz schwer machen, aber sie spürte nichts als unendliches Glück.

Es war eine leichte Geburt gewesen, und sie fühlte sich schon wieder so kräftig, dass sie am liebsten aufgestanden wäre, aber das erlaubte ihr Angus nicht.

Er war rührend besorgt um sie, und als er seinen Sohn das erste Mal im Arm gehabt hatte, war er in Freudentränen ausgebrochen. Mhairies Patenonkel Murray hatte ihr einen verstohlenen Blick zugeworfen. Es ist alles richtig so, hatte sie darin gelesen und leise genickt.

Der Kleine sollte Brian heißen. Den Namen hatte Angus' Mutter vorgeschlagen. Mhairie hatte keine Einwände erhoben. Solange sie ihn nicht Angus nennen sollte, war ihr alles recht.

»Mein Liebling, wie geht es dir?«, fragte Angus zärtlich, nachdem er auf leisen Sohlen ins Zimmer geschlichen war und sich zu ihr auf die Bettkante gesetzt hatte.

»Es geht uns sehr gut«, erwiderte sie lächelnd.

»Ob er wohl später einmal meine roten Haare bekommt?«, fragte der frischgebackene Vater und strich dem Säugling über das kahle Köpfchen.

Mhairie hob die Schultern. »Lassen wir uns überraschen. Vielleicht kommt er ja eher nach mir.«

»Dagegen hätte ich nichts einzuwenden«, erwiderte Angus. »Wenn er auch so hübsch wird wie du ...«

Mhairie lachte. »Ich konnte mich nach der Geburt noch nicht im Spiegel betrachten, aber ich sehe bestimmt arg zerrupft aus.«

Angus blickte sie liebevoll an. »Du bist so schön wie immer.« Dann beugte er sich zu ihr hinunter und gab ihr einen sanften Kuss auf den Mund. Mhairie ließ ihn gewähren. Schon lange zuckte sie nicht mehr erschrocken zurück, wenn er sie berühren oder küssen wollte. Seine Zärtlichkeiten waren ihr nicht mehr zuwider. Im Gegenteil, niemals hätte sie unter der rauen Schale einen so umsichtigen Liebhaber erwartet.

Wenn sie nur daran dachte, wie angewidert sie gewesen war, als er sich eine Woche nach der Hochzeit in ihr Zimmer geschlichen und sich neben sie gelegt hatte! Am liebsten hätte sie ihn umgebracht, aber dann hatte sie die Zähne zusammengebissen und sich vorgenommen, seine leidenschaftlichen Annäherungen klaglos über sich ergehen zu lassen. Doch schon beim allerersten Mal hatten seine geschickten Hände in ihrem Körper etwas ausgelöst, wofür sie sich zutiefst schämte. Sie hatten Lust in ihr erweckt. So sehr, dass sie sich mit geschlossenen Augen vorgestellt hatte, es seien Artairs Hände, die forschend über jede noch so versteckte Stelle ihres Körpers strichen. Auf diese Weise hatte sie es überhaupt nur aushalten können, dass ihre Haut gebrannt und sie sich ihm schließlich voller Leidenschaft hingegeben hatte. Danach hatte sie es kaum gewagt, die Augen zu öffnen, um nicht in das Gesicht des fremden und verhassten Mannes zu sehen, doch in seinem Blick hatten so viel Liebe und Glück gelegen, dass es sie bis tief ins Herz hinein berührt hatte.

»Woran denkst du?«, wollte Angus wissen.

»Ich dachte an unsere erste Nacht«, erwiderte sie und hoffte, dass sie nicht rot geworden war.

»Ach, Mhairie, weißt du eigentlich, dass du mich zum glücklichsten Mann der Highlands gemacht hast?«

Mhairie schloss die Augen. Manchmal konnte sie seine abgöttische Liebe nur schwer ertragen. Wie gern würde sie seine Gefühle bedingungslos erwidern, aber das schien ihr unmöglich, solange keine Nacht verging, in der sie nicht an Artair dachte. Angus hatte niemals mehr den Namen des Mannes in den Mund genommen, dem ihr Herz vor ihm gehört hatte. Er glaubt, ich habe ihn vergessen, dachte Mhairie, als sie eine Bewegung in ihrem Arm spürte.

»Er wacht auf!«, rief Angus aufgeregt. Auch das rührte Mhairie zutiefst. Jeder Atemzug, jedes Strampeln, jeder Blick dieses Kindes schienen Angus ein Wunder der Natur zu sein. Selbst das ohrenbetäubende Geschrei, das in diesem Augenblick erscholl und das faltige rote Gesicht seines Sohnes verzerrte.

»Ich glaube, er hat Hunger«, flüsterte Angus voller Fürsorge.

Mhairie schmunzelte, während sie ihr Nachthemd öffnete und dem Kind die Brust gab. Ein lautes Schmatzen und Saugen erfüllte den Raum.

»O Mhairie, er ist so wunderbar! Unser Brian. Er ist ein ganzer Munroy, das sieht man ihm jetzt schon an. Ihm wird das alles einmal gehören. Dann wird er der Herr im Strathconon sein.«

Mhairies Miene verfinsterte sich. Das war immer noch ein wunder Punkt bei ihr und würde es ewig bleiben: dieser Stolz auf einen Clan, der so viel Übles angerichtet hatte. Doch ihren Groll musste sie tief in ihrem Herzen verschließen. Sie wollte aber auf keinen Fall zulassen, dass man dem Kind später auch den Hass der Munroys auf die Makenzies einpflanzte. Zum Glück mied Angus es seit ihrer Hochzeit, diesen Namen überhaupt noch in den Mund zu nehmen.

»Liebling, zur Taufe solltest du aber unbedingt die Collane tragen.«

Mhairie zuckte zusammen und wusste ganz sicher: Niemals würde das Beutestück der Munroys noch einmal ihren Ausschnitt zieren! Sonst würde sie ihr Spiegelbild nicht mehr ertragen können. Die Collane gehörte den Makenzies, und sie würde sie eher vernichten, als sie noch einmal den Munroys in die Hände fallen zu lassen. Die Hüterin der Collane zu sein, das war ihr Preis dafür, dass sie mit fliegenden Fahnen in das Lager der Feinde übergelaufen war.

»Wo ist sie überhaupt? Ich habe sie seit unserer Hochzeit nicht mehr an deinem Hals gesehen.«

In ihrer Not rang sich Mhairie zu einer Lüge durch. »Bitte, sei mir nicht böse, aber ich habe das wertvolle Schmuckstück verloren. Damals auf unserer Hochzeit muss es mir vom Hals gerutscht sein, und bei der ganzen Aufregung habe ich nicht mehr daran gedacht.«

Mhairie erwartete einen Wutanfall, aber Angus strich ihr nur tröstend über das Haar. »Die finden wir wieder. Ich lasse meine Leute wenn nötig den ganzen Park umgraben. Sie muss ja irgendwo liegen.«

»Aber vielleicht hat sie jemand gefunden und gestohlen.« Mhairie klopfte das Herz bis zum Hals.

»Dann, mein Lieb, werden alle Zimmer der Dienstboten durchsucht, und gnade Gott demjenigen, bei dem sie auftaucht.«

Mhairie traute sich kaum, ihren Mann anzusehen, denn die Wahrheit war, dass die Collane nur eine Handbreit von ihm entfernt lag. Unter dem Bett in einem Kasten. *Wenn ich wieder auf den Beinen bin, muss ich ein sicheres Versteck finden*, durchfuhr es sie eiskalt.

»Schau nicht so entsetzt, mein Liebes! Ich reiße dir nicht den Kopf ab. Du kannst doch nichts dafür. Überlass die Suche mir – ich bringe dir die Kette unversehrt zurück.«

Mit diesen Worten stand Angus auf, streichelte sowohl seinem Sohn als auch ihr noch einmal zärtlich die Wangen und verließ fröhlich pfeifend das Zimmer.

Durch Mhairies Körper aber lief ein solches Beben, dass sogar das Kind von ihrer Brust abließ und in lautes Geschrei ausbrach.

41

Mhairie beobachtete amüsiert, wie Brian auf seinen kleinen dicken Beinchen immer wieder ins Wasser rannte und dann laut kreischend zurück an den Strand lief. Beim ersten Mal hatte es sie geschmerzt, an diesen Ort zurückzukehren, an dem sie einst Artair geliebt hatte. Dennoch hatte es sie magisch dorthingezogen. Mittlerweile war es ihr Lieblingsplatz, wenn sie an schönen Sommertagen die Sonne fern von Scatwell Castle genießen wollte. Ein paarmal schon war sie hierhergeritten, den kleinen Brian vor sich auf dem Pferd. Doch das Reiten hatte ihr Angus verboten, seit sie mit ihrem zweiten Kind schwanger war. So waren sie an diesem Tag zu dritt mit einer kleinen Kutsche gekommen, denn Angus' Schwester Harriet hatte sie unbedingt begleiten wollen. Mhairie mochte die schwermütige junge Frau zwar, aber ihre Gesellschaft war auch immer ein wenig bedrückend. Trotzdem hatte sie es nicht über das Herz gebracht, ihr diese Bitte abzuschlagen. Allein deshalb, weil es eine Besonderheit war, dass Harriet überhaupt um etwas bat.

»Er kommt ganz nach seinem Vater. Findest du nicht auch?«

Mhairie hob die Schultern. »Ich denke, er hat von uns beiden etwas und ein bisschen auch von meinem Vater.«

»Aber die Locken, die stammen unverkennbar von uns Munroys«, bemerkte Harriet mit Nachdruck.

»Das stimmt«, entgegnete Mhairie, während sie insgeheim bedauerte, an diesem schönen Tag nicht mit Brian allein hier sein zu können. Es war nicht einfach, mit Harriet ein fröhliches Gespräch zu führen. Alles, was sie von sich gab, klang wie eine Trauerrede. Selbst wenn sie von Brians roten Locken schwärmte.

»Sieh nur, wie sich die Berge im glatten Wasser des Loch Meig spiegeln!«, rief Mhairie und hoffte, der einmalige Anblick werde ein Lächeln auf Harriets Gesicht zaubern.

»Es ist eine Täuschung, wie alles an diesem Ort. Ich mag ihn nicht. Er ist wie ein Grab.«

Mhairie zuckte zusammen, doch da kletterte der kleine Brian mit seinen nassen Füßen auf ihren Schoß und schlang ihr die Ärmchen um den Hals.

»Hab Hunger!«, quengelte er.

Mhairie schmunzelte. Das quirlige Kerlchen konnte immerzu essen und diesem Wunsch seit geraumer Zeit auch lautstark Ausdruck verleihen. Er war im März drei Jahre alt geworden. Sie langte in einen Korb und reichte ihm ein Shortbread, das er in Windeseile verschlang, bevor er wieder zurück ins Wasser tobte.

»Wann ist es bei dir eigentlich so weit?«, fragte Harriet mit einem Blick auf Mhairies Bauch.

»Mein Onkel sagt, dass es in etwa drei Monaten kommt«, entgegnete Mhairie und strich sich über den gewölbten Leib. »Ich wünsche mir ein Mädchen«, fügte sie verträumt hinzu.

»Was willst du mit einem Mädchen? Mädchen sind langweilig. Entweder heiraten sie oder werden alte Jungfern wie ich.«

»Aber Harriet, du bist doch noch jung! Wie kannst du so etwas sagen? Es gäbe sicher viele Männer, die dich heiraten wollten, wenn du nicht immer daheim in deinem Zimmer säßest«, entrüstete sich Mhairie.

»Ich werde nie heiraten, weil ich meine große Liebe nicht heiraten durfte.«

Mhairie war froh gewesen, dass ihre Schwägerin ihre Liebe zu Artair bisher niemals auch nur annähernd erwähnt hatte. Deshalb stellte sie in diesem Augenblick keine Fragen, um

Harriet nicht zu ermutigen, ihr womöglich mehr davon zu erzählen.

Doch ihre Schwägerin bekam plötzlich einen verzückten Gesichtsausdruck und begann zu reden, als sei sie nicht von dieser Welt. »Ich begegnete ihm auf der Hochebene. Da war ich gerade siebzehn. Ich hatte mich im Nebel verirrt, und dann tauchte er auf, schön wie ein Prinz. Er war groß, breitschultrig, braun gebrannt und hatte wunderschöne helle Locken. Aber am beeindruckendsten waren seine Augen. So blau und tief wie ein Bergsee. Er war rührend um mich besorgt und brachte mich in die Nähe unseres Hauses. Doch zum Tor wollte er nicht mitkommen. Wegen meines Bruders. Der hasste ihn nämlich. Es war Artair Makenzie, musst du wissen. Aber das machte mir nichts aus, denn er sah mich zum Abschied lange an. ›Du bist nett, obwohl du eine Munroy bist‹, sagte er zum Abschied. Ich verkündete meinem Bruder, dass ich diesen Artair und sonst keinen auf dieser Welt heiraten wolle, aber Angus tobte nur. Da schrieb ich Artair einen Brief, dass ich Abend für Abend auf ihn warten werde und er mich entführen solle, aber er kam nicht, doch ich weiß sicher, dass er mich geliebt hat. Diese verdammte Fehde zwischen den Munroys und den Makenzies! Ich hasse das und ... «

»Ich auch«, unterbrach Mhairie sie knapp und erhob sich. »Ich glaube, wir sollten zurück. Angus wartet sicher schon auf uns.«

»Er ist fortgeritten und hat gesagt, wir sollen mit dem Essen nicht auf ihn warten«, entgegnete Harriet.

Mhairie blickte ihre Schwägerin verwundert an. »Aber er hat heute einen freien Tag und hat sich doch ausdrücklich einen Braten zum Mittagessen gewünscht.«

Harriet hob die Schultern. »Ich habe nur gesehen, dass ein kleiner Junge mit einem Brief kam und Angus daraufhin ziemlich schnell fortritt.«

»Merkwürdig«, murmelte Mhairie, doch ihre Erleichterung, dass Harriet aufgehört hatte, von ihrer unerfüllten Liebe zu Artair zu schwatzen, überwog. »Es wird sicher etwas mit den Schafen sein«, fügte sie hinzu. Allerdings war ihr die Lust, länger am Loch Meig zu verweilen, gründlich vergangen.

»Komm, wir brechen auf!«, sagte sie in einem Ton, der keinen Widerspruch duldete. »Los, Brian, wir wollen nach Hause!«

»Will noch bleiben«, widersprach der kleine Kerl trotzig.

»Und wenn ich dir verrate, dass es Hirschbraten gibt?«

Ein strahlendes Lächeln breitete sich auf dem Gesicht des Kindes aus, und schon folgte es seiner Mutter artig am Ufer des Loch Meig entlang bis zur Kutsche.

In Scatwell Castle angekommen, eilten alle sogleich in das Esszimmer. An der gedeckten Tafel wartete bereits Angus' Mutter, Lady Sorcha, voller Ungeduld.

»Wo bleibt ihr nur? Das Essen ist fertig, und keiner kommt. Wo steckt Angus?«

»Ich habe keine Ahnung, wo er steckt. Ich dachte, er sei bereits hier.«

»Ach, das war früher anders, als mein Mann und Rory noch lebten. Wir haben immer gemeinsam gegessen und alle waren pünktlich ...«

»Er ist sicher bei den Herden«, unterbrach Mhairie ihre Schwiegermutter hastig. Sie war nicht in der Stimmung, sich die alten Geschichten von früher anzuhören. Dass Harriet so unverhofft auf Artair zu sprechen gekommen war, das hatte sie stärker aufgewühlt, als sie zugeben wollte. Sofort waren ihre alten Schuldgefühle dem Geliebten gegenüber wie citernde Wunden aufgebrochen. Wenn er wüsste, dass ich seinen Feind nicht nur geheiratet habe, sondern ihn inzwischen sogar mag, dachte sie zerknirscht.

Lady Sorcha riss sie aus ihren zermürbenden Gedanken. »Dann fangen wir ohne ihn an. Der kleine Brian hat Hunger.«

Mhairie aber vermochte kaum einen Bissen hinunterzuwürgen und war froh, dass sie nach dem Essen eine Ausrede hatte, sich rasch zurückzuziehen, denn sie musste Brian zum Mittagsschlaf ins Bett bringen.

Er war müde vom Ausflug zum See und weinte, als sie ihn nach oben zu seinem Zimmer bugsierte. Plötzlich kam ihr auf dem Flur eine Gestalt entgegen.

»Angus!«, rief sie erfreut, als sie ihren Mann erkannte. »Wo warst du bloß, wir haben auf dich ...« Doch dann raubte sein Anblick ihr die Worte. Er sah entsetzlich aus. Seine Oberlippe blutete, seine Kleidung war nass und verschmutzt, und das Haar hing ihm wirr in die Stirn.

»Um Himmels willen, was ist geschehen?«, fragte sie erschrocken, doch er durchbohrte sie mit einem Blick, den sie nicht kannte. Hätte sie es nicht besser gewusst, sie hätte blanken Hass daraus gelesen.

»Du sollst mich ins Bett bringen«, bettelte Brian und wollte sich an seinen Vater schmiegen, doch der stieß das Kind grob beiseite und verschwand in seinem Zimmer.

Brian heulte laut auf, und Mhairie schaffte es nur mit Mühe, ihn zu beruhigen, und brachte ihn zu Bett. Doch er wollte nicht schlafen, fragte ständig nach seinem Vater. Es dauerte eine halbe Ewigkeit, bis sie sein gleichmäßiges Atmen hörte. Endlich war er eingeschlafen.

Mit klopfendem Herzen eilte Mhairie zu Angus' Zimmer. Sie hatte keine Ahnung, was geschehen war, aber sie spürte die Bedrohung, die über ihrer Familie schwebte, beinahe körperlich.

Zögernd öffnete sie die Tür und sah überall auf dem Boden verstreut die schmutzige Kleidung liegen, die er sich regelrecht vom Leib gerissen haben musste. Von ihm keine Spur. Wie von Sinnen rannte sie die Treppen hinunter, um ihn zur Rede zu stellen, doch sie fand nur seine Mutter vor.

»Weißt du, wo Angus ist?«, fragte Mhairie und versuchte, das Beben ihrer Stimme zu unterdrücken.

Lady Sorcha schüttelte den Kopf. »Nein, mein Kind, er ist vor ein paar Minuten wie der Teufel fortgeritten.«

In diesem Augenblick fühlte Mhairie einen entsetzlichen Schmerz im Unterleib. Es wird nur ein Tritt des Kindes sein, versuchte sie, sich zu beruhigen, aber sie verspürte den

Wunsch, sich schnellstens hinzulegen. Seit damals hatte sie immer Angst, sie könne ihr Kind verlieren, wenn während der Schwangerschaft etwas in ihrem Bauch schmerzte. Und irgendetwas lag in der Luft. So hatte sich Angus doch noch nie benommen. Sie wusste nicht, was das alles zu bedeuten hatte, aber ihre Angst, dass etwas Entsetzliches geschehen werde, wuchs von Augenblick zu Augenblick. Die Knie wurden ihr weich, als sie sich die Treppe hinaufschleppte.

Mhairie hatte sich gerade hingelegt, als die Tür sich öffnete und Harriet, ohne anzuklopfen, eintrat.

»Du warst es also, die ihn mir genommen hat«, krächzte ihre Schwägerin ohne Umschweife mit unheimlicher Stimme.

Mhairie fuhr hoch und erschrak. Harriet war immer schon bleich und mager gewesen, aber in diesem Augenblick sah sie aus wie ein wandelnder Geist.

»Du warst es also«, wiederholte Harriet. Der blanke Hass loderte aus ihren Augen.

»Wovon sprichst du?«

Statt Mhairie zu antworten, warf sie ihr etwas auf die Bettdecke, das wie ein Brief aussah.

»Ich habe meinen Bruder gesucht, aber ich fand in seinem Zimmer nur seine schmutzige Kleidung, die er heute Vormittag getragen hat, als er so überstürzt fortgeritten ist. Und dann suchte ich nach dem Brief, den der Junge ihm ausgehändigt hatte. In seinem Sporran entdeckte ich ihn.«

»Harriet, ich ... ich weiß von keinem Brief. Was hat das alles zu bedeuten?«, stammelte Mhairie.

Mit irrem Blick musterte Harriet ihre Schwägerin. »Der Teufel soll dich holen!«, zischte sie.

Mhairie war wie erstarrt, wollte etwas sagen, aber da war Harriet bereits zur Tür hinaus. Mhairie rieb sich verwundert die Augen. Träumte sie, oder war das eben wirklich geschehen? Ein Blick auf ihre Bettdecke gab ihr die Antwort. Da lag der Brief.

Mhairie atmete ein paarmal tief durch, bevor sie zögernd danach griff. Bei näherem Hinsehen stellte sie fest, dass er verschmutzt und feucht war. Trotzdem erkannte sie auf einen einzigen Blick, wessen Schrift es war. Aber das war doch nicht möglich …

Es gelang ihr nur unter großer Anstrengung, den Brief in den Händen zu halten, doch dann las sie die Zeilen, die ein angeblich Toter geschrieben hatte.

Du Abschaum, Du. Wie Vieh habt ihr uns an Bord getrieben, bevor einer Deiner Männer meinen Vater umbrachte. Hast Du geglaubt, Du wärest mich auf ewig los? Du hast eines nicht bedacht: Es gibt Schiffe zurück. Schon seit zwei Jahren bin ich in Ullapool und ich habe mir geschworen, keinen Fuß mehr in das Tal von Strathconon zu setzen, außer mit dem einen Ziel: Dich zu töten. Aber mir fehlte der Mut. Ich dachte, ich hätte meinen Frieden gefunden. Als einfacher Fischer. Ja, höhne nur, Du Satan. Doch dann wollte ich wissen, was aus meiner geliebten Mhairie geworden ist. Ich fand das Haus in Marybank verfallen vor. Und ich erfuhr, dass sie in Deinem Haus lebt. Du besitzt also etwas, das mir gehört, und das werde ich mir holen. Komm heute Mittag zum Artair's Burn, rechts von der Brücke, und dann lass es uns austragen wie Männer. Artair Makenzie.

Mhairie japste nach Luft. Ihr wurde speiübel. Sie konnte nicht glauben, was sie da las, und doch gab es dafür nur eine Erklärung: Angus hatte Artairs Tod erfunden, um sie zur Heirat mit ihm zu bewegen. Niemals wäre sie Angus' Frau geworden, wenn sie auch nur annähernd geahnt hätte, dass Artair noch am Leben war.

Ich muss zu ihm, durchfuhr es sie eiskalt, ich muss sofort zu ihm. Nichts würde sie davon abhalten, nach Artair zu suchen. Mhairie sprang aus dem Bett und kleidete sich notdürftig an. Unterwegs zum Stall traf sie ihre Schwiegermutter, die wissen wollte, ob sie Harriet gesehen habe, doch Mhairie gab ihr nicht einmal eine Antwort. Sie hatte gerade das Stalltor erreicht, um sich eines der Pferde zu holen, als sie lautes Hufgetrappel hinter sich vernahm. Sie wandte sich um. Es waren mehrere Männer aus dem Tal, allen voran Alec Dunbar aus Dingwall. Sie hatte ihn nie wieder gesehen, nachdem er sie damals nach Hause gebracht hatte. Er war ein richtiger Mann geworden.

»Wir wollen Angus sprechen, Mhairie!«, rief er ihr zu.

»Er ist noch einmal fortgeritten«, erwiderte sie tonlos.

»Und wohin?«

Mhairie hob die Schultern.

»Keine Sorge, wir kriegen ihn!«, brüllte er den anderen Männern zu. »Ich verwette meinen Gaul darauf, dass er es war.«

»Was ist geschehen?« Mhairie wunderte sich, dass sie überhaupt noch ein verständliches Wort hervorbrachte. Jeden Augenblick drohten ihr die Sinne zu schwinden.

»Wir haben Artair Makenzie tot im Fluss gefunden. Und wir glauben, dass dein Mann ihn umgebracht hat.«

Mhairie spürte nur noch, wie der Boden unter ihr ins Schwanken geriet. Mit letzter Kraft hielt sie sich an der Stalltür fest.

»Um Himmels willen, Mhairie!«, schrie Alec und sprang vom Pferd. »Wartet hier, ich bringe die Frau in Sicherheit.« Und schon hatte er sie untergehakt und führte sie stumm zum Haus. Im Eingang stand Lady Sorcha – bleich wie der Tod.

»Ihrer Schwiegertochter ist nicht wohl. Schaffen Sie es, sie ins Bett zu bringen? Wir müssen weiter!«

»Lasst mich!«, flüsterte Mhairie schwach und wankte an ihrer Schwiegermutter vorbei ins Haus. Erst im Flur verließen sie die Kräfte, und sie brach mit einem Aufschrei zusammen.

42

Scatwell, Juli 1854 – drei Tage später

Mhairie dämmerte seit Tagen in ihrem Bett vor sich hin. Jeden Tag sah Doktor Maccain nach ihr, aber sie schaffte es nicht einmal, mit ihm zu sprechen. Sie blickte ihn immer nur stumm an. Auch wenn er ihr ins Gewissen redete, sie müsse des kleinen Jungen und des ungeborenen Kindes wegen wieder auf die Beine kommen. Dann nickte sie nur. Das änderte nur nichts daran, dass sie sich wünschte, einfach im Bett zu liegen und zur Decke hinaufzustarren.

Auch an diesem, dem dritten Tag saß ihr Patenonkel an ihrem Bett und betrachtete sie voller Sorge. »Mhairie, bitte, du musst aufstehen. Körperlich fehlt dir nichts. Und Brian fragt ständig nach dir. Er braucht dich. Ich verstehe ja, dass du einen Schock erlitten hast ...«

»Du weißt, was geschehen ist?«

Doktor Maccain atmete sichtlich erleichtert auf. »Ich dachte schon, du hättest die Sprache verloren.«

»Hat Angus ihn umgebracht?«

»Ich weiß es nicht. Der Inspektor aus Tain ist heute im Tal, um dem Fall nachzugehen. Soweit ich weiß, hat Angus ein Alibi, aber Kind, das Wichtigste ist doch, dass du wieder auf die Beine kommst.«

»Du hast recht, ich kann mich nicht für den Rest meines Lebens im Bett verkriechen. Weißt du was? Ich stehe auf.«

»Das ist das Vernünftigste, was ich seit Langem aus deinem Mund gehört habe. Ich warte draußen.«

Mhairie reckte sich, und dabei fiel ihr Blick auf den Brief, der neben ihrem Bett am Boden lag. Sofort spürte sie, wie es in ihrem Kopf zu flirren begann. Dieser Brief war der Beweis seiner Schuld. Wer sollte denn sonst am Bach gewesen sein und Artair umgebracht haben, wenn nicht Angus?

Mhairie wurde abwechselnd heiß und kalt. Am liebsten hätte sie sich die Bettdecke wieder über den Kopf gezogen, aber sie dachte an Brian. Der Junge brauchte seine Mutter. Dieser Gedanke verlieh ihr die Kraft, sich anzukleiden und das Zimmer zu verlassen. Ihr Onkel wartete geduldig vor der Tür und stieß einen anerkennenden Pfiff aus. »Bezaubernd wie immer. Nur ein wenig bleich um die Nase.«

Mhairie rang sich zu einem Lächeln durch.

Brian spielte im Wohnzimmer und stürzte sich mit einem Aufschrei in ihre Arme, kaum dass er sie bemerkt hatte. Harriet war bei ihm, doch sie würdigte Mhairie keines Blickes.

»Was hast du heute gemacht?«, fragte Mhairie.

»Hab mit Tante Harriet gespielt«. Der Junge strahlte über das ganze Gesicht.

»Und wo ist dein Vater?« Diese Frage kam Mhairie nur mühsam über die Lippen, aber sie wollte dem Kind das Gefühl vermitteln, als sei alles in Ordnung.

Das Gesicht des Kleinen verfinsterte sich. Er biss sich trotzig auf die Unterlippe und schwieg. Mhairie breitete die Arme aus, und Brian schmiegte sich fest an sie.

»Soll ich noch bleiben, oder kommst du allein zurecht?«, fragte Murray Maccain besorgt.

»Nein, geh du nur zu deinen anderen Patienten. Die brauchen dich nötiger als ich. Ich schaffe es schon allein.«

»Ich schaue im Lauf der Woche noch einmal nach dir. Und übertreib es nicht! Du bist zwar gesund, aber die Schwangerschaft fordert ihren Tribut.«

»Ich bringe dich noch zur Tür«, sagte Mhairie, entließ Brian sanft aus ihren Armen und fasste ihn an der Hand. Gemeinsam begleiteten sie Murray Maccain hinaus.

Begierig sog Mhairie die frische Luft ein. Es regnete zwar in Strömen, aber es roch so herrlich frisch, dass sie förmlich spürte, wie ihre Lebensgeister zurückkehrten.

So stand sie noch eine Weile in der geöffneten Haustür, als sie Angus schnellen Schrittes herannahen sah. Brian riss sich von ihrer Hand los und rannte seinem Vater entgegen, doch der ignorierte den Jungen. Er tat so, als habe er ihn gar nicht gesehen.

Mhairie wollte ihren Mann gerade fragen, was das zu bedeuten habe, als ihre Schwiegermutter an ihr vorbeistürzte und ihrem Sohn um den Hals fiel.

»Was hat der Inspektor gesagt? Glaubt er dir?«

Ein triumphierendes Lächeln glitt über Angus' Gesicht. »Mach dir keine Sorgen, Mutter! Mich wird man nicht mehr behelligen. Ich war zur fraglichen Zeit in Milton. Und es gibt eine Zeugin, die das bestätigen wird.«

»Ach, das ist ja wunderbar. Es wäre auch zu schlimm, wenn du wegen dieses Makenzie-Packs Schwierigkeiten bekommen hättest.«

»Aber wer hat ihn dann umgebracht?«, bemerkte Mhairie laut und vernehmlich und auf die Gefahr hin, dass Angus wütend reagieren werde. Und doch empfand sie so etwas wie Erleichterung bei dem Gedanken, dass er offenbar nicht Artairs Mörder war. Sie fragte sich zwar, wer diese Zeugin wohl war, aber ihr war immer noch lieber, er war bei einer fremden Frau gewesen, als dass er Artair auf dem Gewissen hatte. Wer diese Frau auch immer sein mochte.

Angus aber drückte sich nun grußlos an ihr vorbei und schob seinen Sohn, der ihm im Weg stand, ebenso stumm beiseite.

Mhairie verschlug es den Atem vor Empörung. Warum behandelte er den Kleinen wie Luft?

»Kannst du einen Augenblick auf das Kind aufpassen?«, bat sie ihre Schwiegermutter und folgte Angus, ohne eine Antwort abzuwarten, ins Haus. Sie fand ihn oben in seinem Zimmer. Er saß auf dem Bett und schnürte sich gerade seine Ghillie Brogues auf. Die Schuhe glänzten vor Sauberkeit. Er blickte nicht einmal auf.

Mhairie stand eine ganze Weile stumm im Türrahmen.

Erst als er ein fröhliches Lied pfiff, hielt sie es nicht mehr aus. »Angus? Warum bist du so zu ihm?«

Ihr Mann sah zu ihr auf. Seine Augen funkelten vor Hass. Genauso hatte er sie angesehen, als sie ihm vor drei Tagen im Flur begegnet war. Er aber antwortete ihr nicht, sondern fuhr fort, sein Liedchen zu pfeifen.

»Warum übersiehst du Brian plötzlich? Was hat er dir getan?«

»Verlange nicht, dass ich deinen Bastard liebe, du Hure.«

Mhairie starrte ihn entgeistert an. »Bist du verrückt geworden, Angus? Brian ist dein Kind, Angus, dein Sohn! Wie kommst du auf solche …«

Ehe sie sichs versah, erhob er die Hand gegen sie. Die schallende Ohrfeige nahm ihr die Luft.

»Dein Geliebter hat es mir selbst gestanden, bevor ich ihm das dreckige Maul für immer gestopft habe.«

»Aber dann hast du ihn ja doch …«, stammelte Mhairie fassungslos hervor.

Er schlug ihr erneut mit voller Wucht ins Gesicht. »Wasch dir das Blut ab! Es braucht keiner zu sehen. Ich bleibe dein Mann, bis du an deinem schlechten Gewissen verreckst. Ich verachte dich, aber ich werde dich eher umbringen, als dass jemals nach außen dringt, dass ich einen Makenzie-Bastard in meinem Nest habe. Er wird ein Munroy, denn er erbt den Titel, und wenn ich ihm etwas einprügeln werde, dann den Hass auf die Makenzies. Aber lieben werde ich ihn nicht.«

»Angus, das ist Irrsinn, so glaub mir doch …«

Er hatte erneut den Arm erhoben, als wolle er noch einmal zuschlagen, doch dann ließ er ihn schnaubend sinken und maß sie mit verächtlichen Blicken.

»Du hast mich nur geheiratet, damit dein Balg einen Vater hat, nicht wahr?«

»Ja … nein … aber es war ein Irrtum …«

»Hör auf, sonst schlage ich dich tot. Wie deinen Geliebten, der es mir hämisch entgegengeschleudert hat, dass dieses verdammte Kind ein Bastard ist.«

»Du hast es also wirklich getan? Du hast ihn umgebracht?«

Mhairie schluchzte verzweifelt auf. Dann spürte sie nur noch einen höllischen Schmerz in der Brust. Er hatte ihr einen Fausthieb verpasst. Ihrer Kehle entrang sich ein heiseres Röcheln.

»Halt dein Maul und wage nicht, es jemals wieder aufzureißen!«, herrschte er sie verächtlich an. »Ich würde dir deine Lügen aus dem Leib prügeln, wenn dort nicht mein Fleisch und Blut wachsen würde. Ich werde dich nie wieder anrühren. Du ekelst mich, aber ich erwarte von dir, dass du mir nach außen eine gute Ehefrau bist und beide Kinder zu Munroys erziehst.«

»Aber du sagst doch, es gibt Zeugen.« Mhairie biss sich auf die Lippen. Sie wollte vor diesem Tier in Menschengestalt keine Träne vergießen.

»Sogar eine zuverlässige Zeugin, die jeden Meineid schwören würde, wenn ich mich noch einmal zu ihr ins Bett lege wie am Sonntagnachmittag. Schneller konnte ich kein Alibi bekommen als von der willigen Anwaltswitwe.« Er stieß ein teuflisches Lachen aus.

»Senga?«

Angus war bedrohlich nahe auf sie zugetreten. »Hast du etwas dagegen?«

»Nein, tu, was du willst. Behandle mich meinetwegen wie den letzten Dreck, aber unser Kind nicht. Brian ist dein Sohn ...«

Mhairie fühlte erneut einen brennenden Schmerz auf der Wange und geriet ins Taumeln, doch sie konnte sich gerade noch am Schrank festhalten. Sie verspürte ein schmerzhaftes Ziehen und hielt sich stöhnend den Bauch.

»Wenn du mein Kind verlierst, dann ergeht es dir wie diesem Makenzie!«, brüllte Angus, bevor er festen Schrittes zur Tür ging.

Noch einmal nahm Mhairie ihren ganzen Mut zusammen und stellte sich ihm in den Weg.

»Ich hätte dich niemals geheiratet, wenn ich gewusst hätte, dass Artair noch lebte. Du hast mich belogen. Schwinge du dich nicht auf, mich eine Lügnerin zu nennen. Du bist nicht nur ein Lügner, sondern auch ein Mörder. Aber Brian ist dein Kind!«

Einen winzigen Augenblick lang schien Angus verblüfft darüber, dass sie ihm so mutig entgegentrat, doch dann stieß er sie hart beiseite.

»Ich war zu verliebt in dich, ich wollte dich um jeden Preis. Deshalb war ich so blind, nicht zu erkennen, dass du mich nur benutzt hast. Aber noch einmal falle ich nicht auf dich herein. Und glaube mir, ich verfluche den Augenblick, da ich Artair zum ersten Mal habe sterben lassen. Ich habe dir die Wahrheit sagen wollen, aber genau in dem Augenblick hast du gesagt, dass du meine Frau werden willst. Und da habe ich die Gelegenheit ergriffen. Hätte ich dich doch bloß aus deinem Haus geworfen und dich mit deinem Wechselbalg zu diesem verdammten Makenzie in die Hölle geschickt. Doch wer weiß ..., wenn du es mir damals gestanden hättest, als ich dich noch angebetet habe wie eine Göttin ..., vielleicht hätte ich dich trotzdem geheiratet, aber so ...« Er spuckte vor ihr auf den Boden. Dann legte er die Stirn in Falten. Ihm schien etwas Wichtiges eingefallen zu sein.

Mhairie betete, er möge doch begreifen, dass er gerade dabei war, sein eigen Fleisch und Blut zu verteufeln. »Er ist dein Sohn. So glaub es mir doch!«, flehte sie ihn ein letztes Mal verzweifelt an.

Er aber musterte sie mit eiskaltem Blick. »Ich will das Geld, das ich dir damals gegeben habe. Es gehört mir ... und die Collane.«

Der Boden unter Mhairies Füßen geriet gefährlich ins Wanken. Sie musste sich an der Wand festhalten.

»Nein«, sagte sie leise. »Nein.«

Angus packte sie unsanft an beiden Armen und schüttelte sie. »Du willst mir das Geld also nicht freiwillig geben? Dann nehme ich es mir. Überleg es dir gut.«

»Das Geld kannst du haben. Die Collane nicht. Sie gehört den Makenzies«, erwiderte sie mit fester Stimme und hielt seinem Blick stand, aus dem die reine Mordlust blitzte.

»Du stellst Forderungen? Du?«

»Ich hole dir das Geld aus meinem Zimmer«, entgegnete Mhairie kalt und ging zur Tür.

»Ach ja, und bring mir den Brief mit, den du mir aus dem Sporran gestohlen hast!«, rief er ihr hämisch hinterher.

Mhairie erreichte ihr Zimmer mit letzter Kraft. Alles tat ihr weh, aber sie wollte keine Schwäche zeigen. Nicht vor ihm. Während sie das Geld aus der Truhe nahm, fragte sie sich, ob sie ihm nicht ins Gesicht schreien sollte, wie und wo sie Artairs Kind verloren hatte. Aber alles in ihr sträubte sich, diesem Mann, der ihr ohnehin nicht mehr glaubte, ihr tiefstes Geheimnis preiszugeben. Als sie den Brief sah, zögerte sie. Und wenn sie ihn nahm und dem Inspektor übergab? Würde man nicht angesichts dieses Schriftstückes an der Glaubwürdigkeit jener Zeugin zweifeln? Doch in diesem Augenblick fiel ihr ein, dass Angus und der Inspektor alte Freunde waren. Wahrscheinlich würde dieser Brief ebenso seltsam verschwinden, wie plötzlich sein Alibi aufgetaucht war. Und wollte sie wirklich, dass der Vater ihrer Kinder im Gefängnis endete?

So aufrecht wie möglich schritt sie zurück und überreichte Angus Brief und Geld.

»Und jetzt die Collane!«

Mhairie aber verschränkte die Arme trotzig vor der Brust. »Wie ich dir bereits sagte – ich habe sie verloren.«

»Du verlogenes Weibsbild, du! Jetzt hast du wenigstens kein Geld mehr, um dich aus dem Staub zu machen. Und eines sei dir sicher. Wenn du verschwindest, nach dir kräht kein Hahn, aber meine Kinder wirst du nie und nimmer bekommen.«

Mhairie wurde bleich.

»Hast du das verstanden?«, hakte er nach und trat drohend auf sie zu, doch Mhairie wich keinen Schritt zurück.

»Ich bleibe hier und werde ihnen eine gute Mutter sein.

Aber wenn du mich noch einmal schlägst, bringe ich dich um.«

»Ich sagte doch, ich fasse dich nicht mehr an. So, und jetzt her mit der Collane!«

»Sie ist weg!«, fauchte Mhairie.

Wenn sie nur daran dachte, dass sie die Ordenskette der Makenzies erst kürzlich unter dem Bett hervorgeholt und an einen sicheren Ort gebracht hatte. Ihr Onkel war zwar nicht begeistert gewesen, dass sie diese bei ihm im Haus versteckt hatte ...

»Nun, dann behältst du sie eben als Erinnerung an deinen Geliebten, der gerade von den Würmern zerfressen wird!«, zischte Angus verächtlich und verließ wutschnaubend das Zimmer.

Mhairie aber stand wie betäubt da und rührte sich nicht vom Fleck, bis sie Brian verzweifelt nach seiner Mutter rufen hörte.

3. Teil

Highlands, April 1914 – Dezember 1914

Es ist das Herz,
das immer eher als der Verstand sieht.

Thomas Carlyle (1795 – 1881),
schottischer Philosoph, Historiker und Essayist

43

Strathconon, April 1914

Lili liebte es, ziellos durch ihre neue Heimat zu streifen. Sie hatte das Tal von Strathconon inzwischen auf eigene Faust erkundet und kannte beinahe jeden Winkel. Manchmal stieg sie auf der anderen Seite des Weges, der durch das Tal an Scatwell vorbeiführte, weit hinauf in die Berge bis zur Hochebene. Dort wanderte sie stundenlang durch die Einsamkeit und beobachtete das Rotwild, wie es in großen Rudeln über Stock und Stein sprang. Oder sie setzte sich auf einen Felsen und blickte zum Himmel hinauf, wo die Adler majestätisch ihre Kreise zogen. Es tat ihr jedes Mal leid, wenn einer von ihnen im Sturzflug auf die Erde zuschoss, um sich mit einem zappelnden Hasen im Schnabel zurück in luftige Höhen emporzuschwingen.

Manchmal aber nahm sie auch eine Staffelei mit und hielt die magischen Farben der Hochebene in Bildern fest, mit denen sie dann ihr Zimmer schmückte. Sie bewohnte einen Raum ganz oben in einem der Türme des Hauses, das ganz im viktorianischen Stil erbaut war und deshalb auch Scatwell Castle genannt wurde. Es war das größte und aufwändigste Haus des gesamten Tals. Und es besaß die prachtvollste Fassade. Bei einer Hausbesichtigung hatte Lili sich in das Turmzimmer verliebt. Niall hatte ihr eigentlich ein großes Gästezimmer zugedacht, wo sie bis zur Hochzeit wohnen sollte. Das war ihr aber viel zu düster mit seinen schweren Möbeln und den dunklen Gemälden. Ganz im Gegensatz zu dem spärlich eingerichteten Zimmer, aus dessen Fenstern sie einen herrlichen Blick über das parkähnliche Anwesen der Munroys genoss. Dort oben saß sie oft und blickte stundenlang ins Grüne.

Ansonsten fühlte Lili sich völlig überflüssig im Haus am River Conon, seit Isobel einen Platz in einem Internat bekommen hatte, in dem sie auch während der Woche lebte. Auch Lili war unglücklich darüber. Zum großen Kummer des Mädchens hatte sie sich nicht gegen Niall und ihre Großmutter durchsetzen können. Liebend gern hätte sie Isobel weiter unterrichtet. Sie war so gelehrig, und es machte großen Spaß, mit ihr zu arbeiten. So versuchte Lili, an den Wochenenden so viel Zeit wie möglich mit dem Kind zu verbringen. Auch das stieß in der Familie auf keine große Begeisterung. Immer öfter nahm Lady Caitronia ihre Enkelin in Beschlag. Sehr zu Isobels Unwillen, doch Niall ließ seine Mutter gewähren. Lili ahnte auch den Grund dafür. Er war insgeheim eifersüchtig darauf, wie unzertrennlich Lili und seine Tochter inzwischen waren.

Anfangs hatte Lili noch versucht, sich im Haushalt nützlich zu machen, aber Shona hatte ihr unmissverständlich zu verstehen gegeben, dass dort kein Platz für sie sei.

Das alles ging ihr durch den Kopf, als sie an diesem Tag nicht den Weg in die Berge einschlug, sondern hinter dem Haus über grüne Felder und Wiesen in Richtung des Flusses schlenderte. Der beginnende Frühling zeigte sich von seiner reizvollsten Seite. Der Himmel war blau, die Luft klar und kalt, und die Sonne schickte ihre ersten wärmenden Strahlen zur Erde. Der letzte Schnee im Tal war erst vor wenigen Wochen geschmolzen. Und nun zeigte sich die Farbenpracht des Hochlandes in allen nur erdenklichen Schattierungen.

Wie befreiend ist es doch, sich in dieser atemberaubend schönen Natur zu bewegen, dachte Lili schwärmerisch. Ganz im Gegensatz zu der trüben, beengenden Stimmung, die auf Scatwell herrschte, wo sie sich einsam fühlte. Die meiste Zeit des Tages war sie allein. Es gab zwar gemeinsame Mittagessen, aber die verliefen meist schweigend, wenn Niall nicht dabei war, abgesehen von belanglosem Klatsch und Tratsch aus dem Tal, der Lili nicht sonderlich interessierte. Niall verbrachte die Werktage meist in seinem Geschäftshaus in Inverness. Und dass Lili ihn begleitete, stand nicht zur Debatte. Nach der Hochzeit, hatte er ihr verschwörerisch angekündigt, nach der Hochzeit kannst du doch mitkommen, solange wir noch keine Kinder haben. Lili fand das lächerlich, aber Nialls Entscheidung entsprang offenbar der Sorge, sie könnten einander vor der Hochzeit zu nahe kommen. Wobei Lili, wenn sie ehrlich war, zugeben musste, dass sie seine Gegenwart auch nicht sonderlich vermisste. Doch das lag nicht an seinem Verhalten. Seit sie in Scatwell angekommen waren, erlebte sie ihn als zuvorkommend und ausgeglichen. Er las ihr jeden Wunsch von den Augen ab und brachte ihr stets ein Geschenk aus der Stadt mit. Ja, er hatte ihr sogar das Reiten beigebracht, was ihr großes Vergnügen bereitete. Und dennoch war er ihr entsetzlich fern. Lili redete sich ein, das werde sich schon wieder geben. Dazu musste sie erst einmal verarbeiten, was Caitlins Tagebuch ihr so alles verraten hatte. Vor allem, dass sie eine Makenzie war und er ein Munroy. Manchmal konnte sie den Gedanken kaum ertragen, den Todfeind ihrer Familie zu heiraten und damit eine von ihnen zu werden. Sie schaffte es ja nicht einmal mehr, Niall wirklich in die Augen zu sehen. Zu groß war ihre Angst, er würde darin erkennen, was für ein ungeheuerliches Geheimnis sie vor ihm verbarg. Glücklicherweise bemerkte Niall nicht einmal ansatzweise, wie sehr sie sich in den letzten Monaten innerlich zurückgezogen hatte. Wahrscheinlich war er nur noch von dem Gedanken beseelt, dass sie am sechzehnten April endlich seine Frau wurde, sodass er die Anzeichen ihrer Entfremdung einfach übersah.

Lili erschauerte bei dem Gedanken an die bevorstehende Hochzeit. Nur noch eine Woche. Dann war es so weit. Dann würde sie zu Lady Munroy. Ein Titel, um den ihre zukünftige Schwägerin sie aus tiefstem Herzen beneidete. Shona ließ keine Gelegenheit aus, stichelnde Bemerkungen über Lilis einfache Herkunft zu machen. Vorzugsweise tat sie dies in

Anwesenheit des Personals, und sie achtete peinlich darauf, dass Lady Caitronia nicht in der Nähe war. Doch Lili gelang es meisterlich, der eifersüchtigen Shona die Stirn zu bieten. Gerade beim letzten Mal hatte ihre Schwägerin wieder einmal das Nachsehen gehabt, als sie Lili in Anwesenheit des Dienstmädchens als »Tochter einer Köchin« bezeichnet hatte. Lili hatte daraufhin das Mädchen lächelnd gefragt, ob es ihr wohl einmal die Küche zeigen könne. Sie habe es als Kind immer so anheimelnd gefunden, mit ihrer Mutter und dem übrigen Personal in der Küche zu essen. Das Dienstmädchen hatte sich nur schwerlich ein Grinsen verkneifen können, und Shona war schnaubend davongeeilt.

Wenn man vom Teufel spricht ..., durchfuhr es Lili in diesem Augenblick, als ihr zwei Reiter entgegenkamen. Es waren Craig und seine Frau.

Lili grüßte knapp und hoffte, sie würden weiterreiten, doch da ließen sie bereits die Pferde anhalten.

»Wohin des Weges, Lady Munroy?«, versuchte Craig zu scherzen.

»Ich will mir die Tiere ansehen. Dort hinten auf der Weide.« Lili deutete auf eine Schafherde, die den Munroys gehörte.

»Seit wann interessierst du dich für unsere Black Faces?«, fragte Shona lauernd. »Kann es sein, dass du einen Besuch machen willst?«

Lili lief rot an. Sie fühlte sich ertappt. Natürlich hatte sie insgeheim mit dem Gedanken gespielt, wenigstens in der Nähe von Dustens Haus vorbeizuschlendern, denn ein Besuch kam derzeit nicht infrage. Niall hatte ihr strengstens untersagt, das Haus seines Cousins aufzusuchen. Seit dem Eklat mit Blaan Makenzie an Hogmanay hatte Lili weder Dusten noch die alte Dame wiedergesehen. Großmutter Mhairie war seitdem unerwünscht im Castle. Lili hatte gegen diese lächerliche Anordnung ihres Verlobten zwar scharf protestiert, aber mit Niall war in dieser Angelegenheit nicht zu reden gewesen. Er war plötzlich wieder so aufbrausend geworden, dass Lili schließlich klein beigegeben hatte. Sie hielt sich an seine Anordnungen, spazierte aber in regelmäßigen Abständen an dem Haus vorbei, immer in der Hoffnung, Dusten rein zufällig über den Weg zu laufen. Zu ihrem großen Kummer bislang vergeblich.

»Was willst du damit sagen?«, fragte Lili angriffslustig, nachdem sich ihr Herzschlag wieder beruhigt hatte.

»Du weißt also nicht, wer sich dort hinten auf den Ruinen der Makenzie-Ställe eine Hütte gebaut hat?« Shona grinste breit.

»Wenn du auf Dusten ansprichst, ja, ich weiß, dass er dort lebt. Und auch Großmutter Mhairie, aber ich wüsste nicht, warum ich ihnen einen Besuch abstatten sollte«, log Lili.

»Das will ich dir geraten haben, denn Niall versteht gar keinen Spaß, was den schmierigen Charme unseres Cousins angeht. Und Großmutter hat ja wohl gezeigt, was sie von unserer Familie hält, als dieser Makenzie-Verbrecher an Hogmanay auftauchte und uns beleidigt hat. Sie hat ihn wie einen guten alten Bekannten begrüßt. Dabei wusste sie genau, dass er zum Makenzie-Pack gehört. Und dass er der Onkel des elenden Mörders ist. Wir kannten ihn ja nicht. Sonst hätten wir ihm gleich Beine gemacht. Aber sie hat ihn nicht aus unserem Haus gejagt, wie es sich für die Älteste des Munroy-Clans gehört hätte. Daran sieht man, dass sie nicht ganz bei Trost ist. Doch es war äußerst peinlich vor den Gästen, dass sich die beiden anscheinend sehr vertraut waren …«

Lili holte tief Luft. Sie hatte sich zwar fest vorgenommen, sich zu den Gemeinheiten, mit denen die Munroys die Makenzies bedachten, nicht zu äußern, aber da hörte sie sich bereits laut und deutlich sagen: »Wisst ihr was? Eure ständigen Hetzereien gegen diese Makenzies sind nicht zum Aushalten. Ist euer Leben so langweilig, dass ihr nichts anderes im Kopf habt, als über andere herzuziehen und alte Geschichten hervorzuholen? Gut, der alte Mann hat auch keine freundlichen Worte im Mund geführt, aber was kann eure arme Großmutter dafür? Nur weil sie ihn gekannt und ihn an jenem Abend nicht schärfer in seine Schranken verwiesen hat? Ihr müsstet euch mal reden hören, wenn ihr über die Makenzies herzieht! Da steht ihr dem alten Mann jedenfalls in nichts nach.«

Lili wandte sich hastig um und wollte ihren Weg fortsetzen, damit Craig und Shona nicht merkten, wie aufgeregt sie hinter diesen kühlen Fassade war. Ihr Herz klopfte zum Zerbersten.

»So nicht, meine Liebe!«, hörte sie Craig da außer sich vor Zorn brüllen. »Du hast keine Ahnung, wovon du sprichst!« Mit verzerrtem Gesicht stellte er sich ihr mit dem Pferd in den Weg.

»Woher sollte sie auch? Sie ist eine kleine Lehrerin mit einem vorlauten Mundwerk, die gar nicht weiß, was Familienehre ist, weil es die bei kleinen Leuten in Edinburgh gar nicht gibt.«

Blitzschnell fuhr Lili herum und funkelte ihre zukünftige Schwägerin wütend an. »Immerhin gab es bei uns in der Stadt keine lächerlichen Familienfehden. So viel weiß ich als Lehrerin, die auch schottische Geschichte unterrichtet hat. Das sind Relikte aus längst vergangenen Zeiten, als sich die Clanführer gegenseitig aufspießten.«

»Sieh dich vor, Lili Campbell!«, mischte sich Craig drohend ein. »Mein Großvater wurde von einem Makenzie kaltblütig ermordet. Und das ist keine dreißig Jahre her. Mit einem Strumpfmesser wurde er hinterrücks erstochen, nachdem man ihn in Inverness in eine Falle gelockt hatte.«

»Weißt du, ob er nicht seine Gründe hatte?«, konterte Lili, während ihre Knie weich wie Butter wurden, denn in diesem Augenblick wurde ihr klar, was für einen Sgian Dubh Niall seit Hogmanay im Strumpf trug. Die Waffe, mit der sein eigener Großvater getötet worden war. Deshalb hatte sich dieses Messer auch im Nachlass ihres Vaters gefunden. Ein kalter Schauer lief ihr über den Rücken, und sie bedauerte, dass sie sich derartig hatte provozieren lassen.

»Da bin ich aber gespannt, wie dein Verlobter zu solchen Ansichten steht«, ätzte Craig und Shona ergänzte hämisch:

»Ich denke, wir sollten deinem Bruder vor der Hochzeit mitteilen, wes Geistes Kind seine Braut ist. Noch kann er es sich überlegen.«

»Tut, was ihr nicht lassen könnt. Ihr seid doch nur neidisch, dass mein Kind den Titel erben wird, weil ihr selbst keine Kinder bekommen könnt«, schnaubte Lili und schlug einen Haken. Es gelang ihr gerade eben, sich an Craigs Pferd vorbeizudrücken. Ohne sich noch einmal umzublicken, rannte sie los. Das war unklug von dir, Lili Campbell, hämmerte es in ihrem Kopf, sehr unklug! Sie werden dich bei Niall verpetzen, dir natürlich noch andere Worte in den Mund legen. Und dein Verlobter wird toben, weil du seine Großmutter verteidigt hast und sogar auf dem Weg zu ihr gewesen bist.

Lili hielt kurz an. Sollte ich nicht lieber umkehren?, fragte sie sich, doch dann trugen ihre Füße sie wie von selbst voran, und sie rannte los.

Als sie die Brücke erreicht hatte, die über einen Seitenarm des Conon führte, blieb sie stehen. Ihr Atem pfiff, und sie keuchte laut, während sie sich am hölzernen Brückengeländer festhielt. Ja, es war unklug, schoss es ihr durch den Kopf, aber es musste sein. Nun konnte sie nur hoffen, dass Niall das dumme Gerede seines Bruders richtig einzuschätzen wusste, denn dass die beiden darauf lauerten, die Hochzeit im letzten Augenblick zu verhindern, daran zweifelte Lili nicht im Geringsten. Und wenn Niall ihr Vorwürfe machen sollte, dann musste sie es eben auf einen Streit ankommen lassen. Es konnte doch nicht angehen, dass ihr zukünftiger Mann sie mundtot und willenlos machte. In ihren Augen war es herzlos, eine alte Frau wie Großmutter Mhairie mit Nichtachtung zu strafen, nur weil sie nicht in den Hetz-Chor gegen die Makenzies einstimmte.

Erschöpft hockte sich Lili an das Ufer des Baches und warf gedankenverloren Steine ins Wasser. Ob dies die Stelle ist, an der Caitlin ins Wasser gegangen ist?, fragte sie sich plötzlich und sprang hastig auf. Ja, sie konnte sich mittlerweile lebhaft vorstellen, wie die Familie darauf reagiert hatte, als sie erfahren musste, dass Caitlin eine Makenzie war. Und auch Niall traute sie durchaus zu, dass er seine Liebe schließlich dem Hass geopfert hatte.

Sie haben meine Cousine auf dem Gewissen, durchfuhr es Lili eiskalt, und sie ballte die Fäuste, doch dann merkte sie, dass sie im Begriff stand, die Munroys mit derselben Heftigkeit zu verabscheuen, wie diese die Makenzies hassten. Lili atmete ein paarmal tief durch. Ich darf mich nicht in diese Gefühle von Schuld und Rache verstricken, dachte sie energisch, sprang auf und eilte weiter.

Als sie Dustens Haus in der Ferne auftauchen sah, beschleunigte sie ihren Schritt noch einmal. Nichts auf dieser Welt konnte sie an diesem Tag davon abbringen, Großmutter Mhairie einen Besuch abzustatten. Sie mochte die alte Dame von Herzen gern. Nun schämte sie sich fast ein wenig, dass sie Nialls absurdes Verbot bislang befolgt hatte, und war fest entschlossen, derart unsinnige Anordnungen in Zukunft nicht mehr zu beachten.

44

Scatwell, April 1914

Wie immer in den letzten Wochen, wenn Lili um Dustens Haus herumgeschlichen war, überkam sie auch dieses Mal eine fast feierliche Ruhe. Es war ein bescheidenes Gebäude aus weißem Stein, das so einladend aussah, dass man kaum daran vorbeigehen mochte. Ein kleines weißes Mäuerchen umzäunte den Garten. Als sie die Pforte öffnete, quietschte sie ein wenig.

Der Mut verließ sie allerdings in dem Augenblick, als sie die Hand hob, um an die Tür zu pochen. Ihre Faust hielt kurz vorher inne, und sie schreckte zurück. Eilig trat sie den Rückzug an.

Sie war fast wieder bei der Pforte, als sie eine bekannte Stimme hinter sich vernahm. Sie war tief und klar, rau und warm und klang herzlich.

»Lili, schön, dass du vorbeischaust! Wir haben uns seit einer halben Ewigkeit nicht mehr gesehen.«

Sie spürte, wie ihre Knie weich wurden, und spätestens in diesem Augenblick wurde ihr klar, dass sie nicht nur gekommen war, um Großmutter Mhairie einen Besuch abzustatten.

Langsam wandte sie sich um und hoffte inständig, dass Dusten nicht wahrnahm, wie ihre Wangen glühten. Er schien sich jedenfalls ehrlich zu freuen, denn er strahlte über das ganze Gesicht.

»Guten Tag, Dusten, ich bin zufällig vorbeigekommen und hatte schon befürchtet, es sei keiner zu Hause. Ich wollte nach Großmutter Mhairie sehen.« Sie wunderte sich selbst, dass ihre Stimme weder bebte noch belegt klang.

»Komm doch erst einmal herein!«, bat Dusten sie.

Lili folgte ihm ins Haus. Sie traute sich nicht, ihn anzusehen. Die Angst, er könne sie durchschauen, lähmte sie förmlich.

Im Innern des Hauses war es erstaunlich hell, und Lili stellte fest, dass es ungewöhnlich viele Fenster besaß. Dusten führte sie durch eine geräumige Diele zum Wohnzimmer, das sehr geschmackvoll eingerichtet war.

»Setz dich doch! Möchtest du etwas trinken? Einen Whisky vielleicht?«

Sie nickte. Ihr war völlig gleichgültig, was er ihr zu trinken brachte. Es war allein seine Gegenwart, die ihr wohltat. Sie konnte sich nicht dagegen wehren, aber es war ihr, als werde sie von einer weichen Wolke umhüllt, die sie alle ihre Sorgen vergessen ließ. Dazu kam die magische Anziehung, die er auf sie ausübte. O Lili, du darfst nicht so von ihm schwärmen!, ermahnte sie sich streng.

»Was führt dich wirklich hierher? Willst du uns noch einmal persönlich zu deiner Hochzeit einladen?«, fragte er mit leicht spöttischem Unterton, während er ihr ein Glas Whisky einschenkte.

Die Frage verwirrte Lili. »Ich glaube, Niall würde das nicht gern sehen, wenn ihr zum Fest kämt. Er ist nicht gut auf euch zu sprechen. Ich werde euch dafür umso mehr vermissen.«

Statt beleidigt zu reagieren, lachte Dusten sein herzerfrischendes Lachen und kippte seinen Whisky in einem Zug hinunter. Als er ihr verdutztes Gesicht sah, wurde er ernst. »Ach, Lili, weißt du es denn gar nicht? Natürlich wurden Großmutter und ich ausdrücklich zur Hochzeit eingeladen, und es wäre unverzeihlich, wenn wir absagten. Niall rechnet mit uns.«

»Aber ich dachte, er sei böse auf seine Großmutter wegen ...« Sie stockte. Plötzlich wurde ihr bewusst, dass sie die Hochzeitsvorbereitungen voll und ganz Lady Caitronia und Niall überlassen hatte. Sie hatte nicht einmal darum gebeten, die Denoons einzuladen. Bei dem Gedanken erschrak sie.

»Du meinst, weil Blaan Makenzie an Hogmanay aufgetaucht ist?«

Lili nickte abwesend.

»Du hast recht. Das lastet Niall Großmutter an, obwohl sie doch gar nichts dafür kann. Er hat seitdem nicht ein einziges Mal nach Großmutter Mhairie gefragt, geschweige denn sie besucht. Trotzdem wünscht er ausdrücklich unsere Anwesenheit. Weißt du, nach außen hin sollen wir eine heile Familie abgeben. Ihm ist es sehr wichtig, was die Leute über die Munroys denken. Fast ebenso wichtig wie ein tadelloser Ruf ist der Zusammenhalt der Familie nach außen. Dass es mit beidem nicht so weit her ist, wird erfolgreich verdrängt. Hinter diesen Mauern mag geschehen, was will, es darf nur nicht nach außen dringen. Wie die arme Caitlin, die keinem sagen durfte, dass sie eine …« Dusten unterbrach sich hastig und rollte mit den Augen.

»Was wolltest du sagen?«, fragte Lili. Sie war jetzt wieder ganz auf Dusten und seine Worte konzentriert, und blickte ihn herausfordernd an.

»Sie war eine Makenzie. Doch das durfte sie keinem verraten, nachdem sie davon erfahren hatte, als sie längst Nialls Frau war … Ach, vergiss die ganze Sache! Niall wünscht nicht, dass darüber geredet wird. Du weißt ja, dass ich den Mund halten soll, aber ich bin so zornig auf meinen selbstgerechten Cousin …« Er unterbrach sich. »Verzeih, ich darf mich in deiner Gegenwart nicht so über deinen zukünftigen Ehemann echauffieren.«

»Schon gut. Ich werde ihm das bestimmt nicht verraten«, versprach Lili und fügte in Gedanken hinzu: Und erst recht nicht, dass ich selbst eine Makenzie bin. Doch dann spürte sie Dustens forschenden Blick auf ihrem Gesicht. Er wundert sich wahrscheinlich, dass ich keinerlei Reaktion auf seine Enthüllung zeige. Ich muss doch erstaunt tun, dass Caitlin eine Makenzie war, dachte sie.

» Wie tragisch! «, rief sie in gespieltem Entsetzen aus. » Niall wusste also nicht, dass er mit einer Makenzie verheiratet war? Diese Clans hassen einander doch wie die Pest. « Sie hoffte, dass es überzeugend klang. Schließlich konnte sie ihm schlecht gestehen, dass sie das bereits aus Caitlins Tagebuch wusste.

» Ja, ja, das war wirklich schrecklich, vor allem für die arme Caitlin, die gar nicht wusste, wie ihr geschah. «

Lili aber wollte rasch das Thema wechseln. Zu groß war ihre Sorge, dass sie Dusten die ganze Wahrheit anvertrauen könnte. Auch das Geheimnis ihrer eigenen Herkunft ...

» Ich ... ich freue mich übrigens sehr, dass ihr die Einladung annehmt «, stammelte sie. » Ohne euch käme ich mir völlig verlassen vor. Aber heute wollte ich wirklich nur auf einen Sprung bei Großmutter Mhairie vorbeischauen. «

Dusten seufzte. » Sie schläft, und es geht ihr nicht gut seit Hogmanay, aber das interessiert die Sippe kaum. Es ist lieb von dir, dass du dich auf den Weg gemacht hast, obwohl es sicher nicht im Sinne meines werten Vetters ist ... « Er hielt inne und musterte seinen Gast durchdringend. » Was ist mit dir? Du bist so ernst. Hast du Kummer? «

Es war Lili geradezu unheimlich, dass Dusten offenbar bis in die Tiefen ihres Herzens blicken konnte. Stockend schilderte sie ihm in allen Einzelheiten ihre Begegnung mit Craig und seiner Frau.

Dusten machte eine wegwerfende Geste. » Scher dich nicht um die beiden! Sie sind arme Teufel. «

» Wenn sie Niall verraten, dass ich auf dem Weg zu euch war, gibt es wieder Auseinandersetzungen, und ich habe keine Lust, mich mit ihm zu streiten. Er hat mir nämlich ausdrücklich untersagt, euch zu besuchen. «

Dustens Miene verfinsterte sich.

» Du darfst Großmutter nicht mehr besuchen? Das hat er von dir verlangt? «

» Ja, genau das «, stöhnte Lili.

Dusten sprang von seinem Stuhl auf und wanderte im Zimmer auf und ab, bis er schließlich vor ihrem Platz stehen blieb und ihr tief in die Augen blickte. »Das ist eine Gemeinheit. Großmutter Mhairie ist der liebste Mensch auf Erden. Weißt du, dass sie mich wie ihr eigenes Kind großgezogen hat?«

Lili schüttelte den Kopf.

»Mein Vater hat als Student wohl ein junges Dienstmädchen geschwängert und ist kurz darauf beim großen Unglück an der Brücke über den Tay umgekommen. Meine Mutter hat mich bald nach meiner Geburt aus Angst vor der Schande vor Großmutters Tür abgelegt. Mit einem Brief versehen. Sie hat mich alles Gute in diesem Leben gelehrt. Dass es sich lohnt, für die Liebe zu leben und nicht für den Hass ... Verstehst du, was für eine großartige Frau Mhairie ist?«

Ihre Blicke trafen sich. Lili wurde warm ums Herz. Aus seinen Augen sprach die tiefe Verehrung für seine Großmutter.

»Ich weiß«, hauchte Lili. »Ich mag sie von Herzen gern und verstehe nicht, warum Niall so unversöhnlich ist.«

Dusten hob die Schultern. »Er verachtet sie, weil sie offen ausspricht, was für Dreck die Munroys am Stecken haben.«

»Dreck am Stecken?« Lili riss vor Erstaunen die Augen weit auf.

»Ach, jetzt habe ich aber wirklich zu viel geplaudert. Vergiss es. Das sollte ich dir eigentlich alles gar nicht erzählen, aber ich bin so entsetzlich wütend auf meinen Cousin und habe es satt, stets einen Maulkorb verpasst zu bekommen. Jedenfalls würde dir Mhairie hoch anrechnen, was du Shona und Craig da an den Kopf geworfen hast.« Dusten lachte tief und voll, warf den Kopf zurück, und aus seinen Augen strahlte die pure Lebensfreude. »Und du hast wirklich gesagt, dass Gordon Makenzie vielleicht einen Grund hatte, meinen Großvater zu töten? Das grenzt an Majestätsbeleidigung. Aber es stimmt, weil es sich genau so verhält, aber das wollen die anderen Munroys nicht wahrhaben. In ihren Augen trägt nur eine Seite schuld an dieser unerbittlichen Feindschaft: die Makenzies, während die Munroys allesamt einen Heiligenschein tragen. Ach, was rede ich da? Ich will dich mit diesen

Geschichten nicht langweilen. Sie haben für dein Leben als Nialls neue Frau keinerlei Bedeutung.«

Wenn er wüsste, wie sehr er sich irrt, schoss es Lili durch den Kopf, und einen winzigen Augenblick lang haderte sie mit sich. Wie gern hätte sie Dusten das Herz ausgeschüttet und ihm die ganze Wahrheit offenbart ... Doch das durfte sie nicht. Auf keinen Fall. Sie hatte sich geschworen, das Geheimnis ihrer Herkunft tief in ihrem Herzen zu verschließen. Sie wollte nicht zur zweiten Caitlin werden, die daran zerbrochen war.

Lili versuchte ein Lächeln. »Ja, das ist mir einfach so herausgerutscht, weil mir dieses Gerede über die bösen Makenzies mächtig gegen den Strich geht. Als wären sie die Teufel in Menschengestalt. Und angesichts dessen, was ich bereits über Nialls Vater erfahren habe, scheinen die Munroys keine Engel gewesen zu sein. Oder ist es in den Highlands üblich, dass man in den Armen seiner Geliebten stirbt statt zu Hause im Ehebett? Das muss für deine Tante doch ein Schock gewesen sein.«

Dusten lachte wieder schallend. »Sollte man meinen, aber ihre größte Sorge galt der Gefahr, dass es herauskommen könnte. Ich glaube, die beiden hatten sich miteinander arrangiert. Caitronia soll vor der Heirat ein umschwärmter Wirbelwind gewesen sein, aber für sie kam nur ein Ehemann mit Titel und Geld infrage. Er hat ihre Schönheit geheiratet, sie sein Vermögen.«

»Ich finde, die Munroys haben kein Recht, auf die Makenzies hinabzusehen. Sie sind nichts Besseres! Und selbst wenn euer Großvater durch das Messer eines Makenzie starb – wer weiß, was diesen Mann zu der Tat getrieben hat.«

Lili erschrak über den Klang ihrer eigenen Worte. So ehrlich empört sprach sicherlich kein Fremder über diese Familienfehde. Das war offenbar auch Dusten aufgefallen. Er legte den Kopf schief und musterte sie belustigt.

»Wenn man dich so reden hört, könnte man meinen, du seiest selbst eine Makenzie«, lachte er, doch dann stieß er einen tiefen Seufzer aus. »Schade, dass Großmutter im

Augenblick schläft. Sie wäre entzückt, deine kämpferischen Worte zu hören. Aber wiederhol sie bloß nie in Nialls Gegenwart. Er eifert nämlich seinem Vater Brian nach, wenn es um die Makenzies geht. Und deshalb hat er Caitlin ja auch so schändlich im Stich gelassen, als ...« Dusten stockte.

»Du brauchst den Satz gar nicht zu Ende zu sprechen. Ich kann mir denken, wie die Sippe Caitlin das Leben zur Hölle gemacht hat, nachdem sie die Wahrheit über ihre Herkunft erfahren hat.«

»Sei nur froh, dass du so unendlich fern von alledem bist. Und deshalb wäre es wünschenswert, wenn du endlich einmal wieder so bezaubernd lächeln würdest ...«

Lili rang sich zu einem gequälten Lächeln durch.

Dusten betrachtete sie amüsiert. »Das war schon ganz nett, aber es könnte noch ein wenig fröhlicher sein.«

Er goss Whisky nach, reichte ihr das Glas und prostete ihr zu. »Willkommen in der Familie, Lili Campbell!«

Er trank das Glas in einem Zug aus. Lili tat es ihm gleich und spürte, wie sich die braune Flüssigkeit warm in ihrem Magen ausbreitete.

Dusten füllte die Gläser noch einmal nach. Wieder kippten sie beide den Whisky in einem Zug hinunter.

Abermals fanden sich ihre Blicke, doch dieses Mal entdeckte Lili etwas anderes in seinen Augen als seine tiefen Gefühle für Großmutter Mhairie. Lili erschrak, als sie erkannte, dass er sie begehrlich betrachtete. Ihr fielen Nialls mahnende Worte ein, aber sie konnte sich nicht helfen. Wenn er sie jetzt in den Arm nehmen würde, sie hätte ihm nicht widerstehen können.

Sie hatte ihren Gedanken kaum zu Ende gedacht, als Dusten aufsprang und sie bei der Hand nahm. »Komm, lass uns wenigstens einen Blick in Großmutters Zimmer werfen! Und selbst, wenn sie schläft, wird sie merken, dass du da warst. Sie mag dich nämlich. Es hat ihr mächtig imponiert, wie du Niall Weihnachten widersprochen und geschafft hast, Isobel in den Salon zurückzuholen.«

Lili aber hörte ihm gar nicht mehr zu, sondern hoffte nur, dass er ihre Hand nicht losließ. Sie hatte Glück. Er hielt sie ganz fest, bis sie vor Mhairies Zimmertür im ersten Stockwerk angelangt waren.

Dusten klopfte leise. Als keine Antwort kam, öffnete er vorsichtig die Tür und machte Lili ein Zeichen einzutreten. Das Zimmer war dunkel, doch schon während Dusten die schweren Vorhänge aufzog, bahnte sich ein Sonnenstrahl den Weg zum Bett der alten Dame. Sie schlief, und ihr Gesicht war so glatt und entspannt wie das eines Kindes.

»Wir wollen sie nicht wecken«, raunte Lili Dusten zu, doch in diesem Augenblick schlug Großmutter Mhairie die Augen auf und schien hocherfreut, als sie ihre Besucherin erkannte.

»Lili Campbell, was für eine schöne Überraschung! Komm zu mir«, krächzte sie und strahlte Lili an.

»Ich wollte nur kurz nach dir sehen«, erklärte Lili beinahe entschuldigend und ließ sich auf der Bettkante der alten Frau nieder.

»Das ist lieb von dir, aber ich bin keine gute Gastgeberin. Ich fühle mich seit Wochen schwach und verschlafe die Tage.«

»Das macht doch nichts«, entgegnete Lili und suchte Dustens Blick. Er stand immer noch am Fenster und musterte sie mit einer Intensität, die Lili so verlegen machte, dass sie sich schließlich abwandte.

»Oh, der Frühling kommt! Ich denke, ich werde bald wieder auf den Beinen sein«, bemerkte Mhairie, doch dann verfinsterte sich ihre Miene. »Aber wo du dich schon auf den Weg zu mir alten Frau gemacht hast, Kindchen, kann ich es dir ja persönlich sagen: Ich werde es wohl nicht bis zu deiner Hochzeit schaffen, auf die Beine zu kommen. Ich hoffe, du bist mir nicht böse, und ich wünsche dir von Herzen alles erdenklich Gute.« Mhairie streckte Lili ihre knochige weiße Hand entgegen.

Lili drückte sie sanft. »Schade, aber natürlich sollst du

dich meinetwegen nicht überanstrengen. Ich verstehe, dass du deine Ruhe brauchst. «

Aus Mhairies Augen blinzelte es keck. » Deinetwegen hätte ich mich vielleicht noch aus dem Bett geschwungen, aber ich will nicht mehr zu diesen Feiern kommen, nur um zu zeigen, dass wir Munroys zusammenhalten. Dafür bin ich zu alt. «

» Das kann ich gut verstehen «, entfuhr es Lili.

» Du bist ein liebes Kind. Niall kann sich glücklich schätzen, dich zur Frau zu bekommen. Und besuch mich bitte bald wieder. Denn wenn der Frühling kommt, möchte ich einmal mit dir zum Loch Meig wandern. «

» Natürlich komme ich wieder «, versicherte Lili und zuckte zusammen, als sich Dusten neben sie setzte. Sie spürte seinen Arm ganz dicht an ihrem Körper und ertappte sich bei dem Gedanken, wie wunderbar es wäre, wenn er sie umarmen würde und sie vereint am Bett der alten Dame säßen.

» Ich … ich glaube, ich muss jetzt gehen «, stammelte sie stattdessen.

» Dann bringe ich dich noch zur Tür «, sagte Dusten, erhob sich entschieden und fügte hinzu: » Großmutter, ich schicke dir nachher Akira mit dem Essen. Sie hat wunderbar für dich gekocht. «

Großmutter Mhairie aber schien ihm gar nicht mehr zuzuhören, sondern ihr wacher Blick wanderte zwischen ihrem Enkel und Lili hin und her.

» Du bist ein guter Junge «, murmelte sie schließlich. » Willst du uns nicht etwas von dem guten Tropfen aus dem Keller holen? «

Dusten sah sie verdutzt an.

» Junge, du weißt doch, was ich meine – bring uns ein Gläschen von dem guten Makenzie-Whisky. Wir wollen Lilis Besuch gebührend feiern. Und sie möchte bestimmt noch ein wenig bleiben. «

» Ja, wenn du meinst. « Dusten stand zögernd auf.

» Worauf wartest du noch? Oder findest du, dass eine bettlägerige Mumie wie ich nicht mehr trinken sollte?« Sie blinzelte ihm verschwörerisch zu.

Dusten lachte.»Ich freue mich doch, wenn es dir besser geht. Ich predige dir seit Wochen, dass deine Zeit noch nicht um ist. Herzlich willkommen im Leben, liebste Großmutter!«

Mit diesen Worten erhob er sich von ihrem Bett und verließ das Zimmer.

Die Tür hatte sich kaum hinter ihm geschlossen, da beugte sich Mhairie zu Lili hinüber.»Kind, ist es wirklich wahr?«, fragte sie mit rauer Stimme.

»Was meinst du damit, Großmutter Mhairie?«, entgegnete Lili, obwohl sie bereits tief im Innern ahnte, was die alte Dame ihr sagen wollte.

»Meine Augen sind für mein Alter hervorragend, mein Kind, mir entgeht nichts. Liebst du ihn?«

Lili stockte der Atem.»Natürlich liebe ich Niall und …«

»Ich rede nicht von Niall. Liebst du Dusten?«

»Nein, natürlich nicht … ich … wie kommst du darauf? Ich … ich …«

»Also doch.«

Lili wurde abwechselnd heiß und kalt. Am liebsten wäre sie aufgesprungen und geflüchtet, aber sie konnte nicht. Sie hatte das Gefühl, als sei sie an dieser Bettkante festgenagelt. Da spürte sie die Hand der alten Dame auf ihrem Arm.

»Oh, Kindchen, glaubst du etwa, ich wüsste nicht, wie sich Liebende ansehen? Du irrst. Es ist ein Zauber, der dich und alle im Raum gefangen nimmt. Ich habe ihn eben gerade gespürt.«

»Großmutter Mhairie, ich mag Dusten. Er gehört zur Familie, er ist so zugewandt, so freundlich …«

»Kindchen, lass dir von einer alter Frau, die selbst einmal sehr geliebt hat, das eine sagen: Deine Augen drücken das aus, was deine Worte leugnen. Lauf nicht davon! Wenn dein Herz spricht, höre darauf. Geh mit ihm!«

»Selbst wenn es so wäre, niemals würde ich Isobel im Stich lassen!«, entfuhr es Lili gegen ihren Willen.

»Das ehrt dich, Lili Campbell, aber kannst du mit der Lüge leben? Ich habe es getan für meine Kinder – und sieh doch nur, was aus mir geworden ist! Ich bin verrückt, von meiner Familie geächtet und ...«

Die Tür öffnete sich, und Dusten trat ein. In der einen Hand hielt er eine Flasche Whisky, in der anderen drei Gläser.

»Unterhaltet ihr euch gut?«, fragte er unbekümmert.

Er bekam keine Antwort. Mhairie war erschöpft in ihre Kissen zurückgesunken und Lili nicht fähig, auch nur noch ein Wort zu sagen. In ihrem Kopf drehte sich alles.

»Ich muss gehen«, presste sie schließlich hervor und erhob sich. Sie hatte das Gefühl, dass der Boden unter ihr ins Schwanken geraten war, doch das schob sie auf den Whisky, den sie mit Dusten getrunken hatte.

»Ich bringe dich zur Tür.« In Dustens Stimme schwang die Enttäuschung über ihren übereilten Aufbruch mit.

»Nicht nötig«, entgegnete Lili förmlich, hauchte Großmutter Mhairie einen Kuss auf die Wange und verließ fluchtartig das Zimmer.

»Los, Junge, lauf ihr hinterher!«, befahl Mhairie ihrem Enkel, doch Dusten rührte sich nicht von der Stelle. Er starrte an seiner Großmutter vorbei ins Leere.

»Worauf wartest du noch? Du liebst sie doch, oder?«

Dusten wandte sich seiner Großmutter zu. »Ja, ich liebe sie, und deshalb lasse ich sie gehen.«

Mhairie sah ihn entgeistert an. »Das ist doch Unsinn. Wenn du sie liebst, musst du verhindern, dass sie in ihr Unglück rennt. Und ich sage dir, sie wird nicht glücklich mit Niall. Sie kann es gar nicht werden, weil sie dich liebt. Sie hat es mir eben durch die Blume selbst gestanden. Junge, wenn ich alte Frau das schon merke, dann wird Niall es allemal spüren, und dann ist es doch besser, sie heiratet ihn gar nicht erst.«

Dusten ergriff gerührt die Hand seiner Großmutter und küsste sie.

»Ich weiß, du möchtest nur das Beste für mich, aber ich kann mich unmöglich zwischen die beiden drängen.«

Mhairie setzte sich kerzengerade auf und musterte den jungen Mann mit strengem Blick.

»Ach, das ist dir zu anstrengend, wie? Du willst also nicht kämpfen. Oder ist es dir ganz recht, dass die Frau, an die du dein Herz verloren hast, nicht frei für dich ist? Damit du deine Ausreden hast, warum du weiter wie ein Schmetterling von Blüte zu Blüte flattern kannst. Du willst dich nur nicht festlegen. Gib es zu. Du möchtest weiter deine Lady Donella besuchen und keine Verantwortung übernehmen.«

Dusten stieß einen gequälten Seufzer aus. »Großmutter, wenn du das vor einigen Wochen zu mir gesagt hättest, ich hätte jedes Wort unterschrieben, doch es hat sich etwas verändert. Glaube mir, ich habe mich in Lili so heftig verliebt, dass ich an Hogmanay vor Donellas Haustür umgekehrt bin und, statt mich in ihr gemachtes Bett zu legen, mit ein paar Freunden getrunken habe, bis keiner von uns mehr stehen konnte ... Weißt du, was mir da entgangen ist? Eine Göttin der Liebe, die mir auf ihre Weise ein erfülltes neues Jahr wünschen wollte. Natürlich war sie tödlich beleidigt und hat sich einen neuen Liebhaber zugelegt ...«

»Du bist zu bedauern, mein Junge«, bemerkte Mhairie spöttisch.

»Zum ersten Mal könnte ich mir vorstellen, eine Frau zu heiraten, weil sie nicht nur schön ist, sondern auch gebildet und humorvoll, lebenstüchtig und begehrenswert. Aber ich bringe es einfach nicht übers Herz, Niall die Frau auszuspannen. Du weißt, dass meinen Cousin und mich nicht gerade die innigste Zuneigung verbindet. Und glaub mir, ich war ums eine oder andere Mal versucht, diese bezaubernde und mutige Frau in die Arme zu reißen und mit ihr auf und davon zu gehen, aber ich kann nicht. Er ist mein Cousin, und wir gehören zu ein und derselben Familie. Es wäre zutiefst unanständig, wenn ich ihm die Frau ausspannen würde. Das ist meine Art von Familiensinn und nicht dieses hohle Gerede, dass die Munroys zusammenstehen müssen.«

Mhairie traten Tränen in die Augen, als sie ihren Enkel so

ernst und vernünftig reden hörte. »Dann habe ich wenigstens eines in meinem Leben richtig gemacht: dich zu einem anständigen Menschen erzogen. Wäre ich nur halb so rechtschaffen gewesen wie du ...«

»Ach, Großmutter, höre auf, dir ständig das Herz schwer zu machen! Du hast doch nichts falsch gemacht. Ich liebe dich doch gerade deshalb, weil du aufrichtig bist und kein Blatt vor den Mund nimmst. Ich kenne keinen ehrlicheren Menschen als dich.«

»Ach, mein Junge, glaube mir, ich bin nicht so aufrichtig, wie du glaubst. Ich habe in meinem Leben große Fehler begangen.« Mhairie war einen winzigen Augenblick lang versucht, ihrem Enkel die ganze Geschichte von ihrer ersten Schwangerschaft anzuvertrauen, aber sie wollte ihn nicht unnötig belasten. Es war ohnehin alles kompliziert genug. Und dieses eine Geheimnis, das wollte sie mit ins Grab nehmen.

»Und ich stehe gerade im Begriff, den größten Fehler meines Lebens zu begehen. Wenn ich mir vorstelle, ich soll das Glas auf diese Ehe erheben und ...« Er hielt inne und starrte an seiner Großmutter vorbei auf das Gemälde über Mhairies Bett. Es zeigte Loch Coruisk auf der Insel Skye und stammte von dem englischen Landschaftsmaler Sidney Richard Percy. Dusten hatte es auf einer Auktion für seine Großmutter erstanden. Eine ganze Weile blieb sein Blick auf das Bild geheftet, bevor er sich wieder seiner Großmutter zuwandte. »Warst du schon einmal in Ullapool und auf der Insel Skye?«, fragte er unvermittelt.

Mhairie sah ihn mit großen Augen an. »Nein, ich bin in meinem Leben nie weiter als bis Inverness und Strathpeffer gekommen. Doch, ein einziges Mal war ich weit, weit weg. Vor vielen Jahren bin ich mit deinem Großvater zu Weihnachten nach London gereist. Das war, bevor er Artair getötet hat ... dein Vater war noch nicht geboren. Ich war mit ihm schwanger. Das war eigentlich die glücklichste Zeit mit Angus. Von Brians Geburt ... ja, bis zu dem Tag, als er Artair ...« Mhairie verstummte.

»Dann wird es allerhöchste Zeit, dass du mich auf eine Reise begleitest.«

»Aber ich bin alt und schwach.«

»Das lasse ich nicht gelten. Du wirst mir noch ernstlich krank, wenn du weiterhin so viel im Bett liegst. Wir reisen morgen ab.«

»Aber dann wirst du nicht zur Hochzeit in Scatwell sein.«

»Genau, Großmutter, ich mag vernünftig sein, aber das ertrage ich nicht. Soll ich dir beim Packen helfen?«

»Nicht nötig, Lausebengel, das schaffe ich schon allein«, entgegnete Mhairie und kletterte aus dem Bett.

»Du siehst sofort zehn Jahre jünger aus«, lachte Dusten.

»Weißt du, dass ich immer schon nach Ullapool wollte und mich nie getraut habe? Dort hat meine große Liebe Artair Makenzie gelebt, nachdem er aus Nova Scotia zurückgekehrt war. Über zwei Jahre hielt er sich in meiner Nähe auf. Ich ahnte nichts davon und hielt ihn für tot«, sinnierte die alte Dame verträumt.

»Dann wird es höchste Zeit, dass du dir diesen Wunsch erfüllst«, entgegnete Dusten, während er zwei Gläser mit Whisky eingoss und eines davon seiner Großmutter reichte.

»Slàinte auf unsere Reise!«, rief er aus und hob sein Glas.

»Slàinte auf ein glückliches Leben!«, erwiderte Mhairie und stürzte den Whisky in einem Zug hinunter. Er brannte höllisch in ihren Eingeweiden, aber es war ein angenehm wärmendes Gefühl, das sich wie Wellen in ihrem Körper ausbreitete.

45

Scatwell, April 1914

Lili war völlig außer Atem, als sie das Anwesen der Munroys erreichte. Sie hatte die ganze Strecke im Laufschritt zurückgelegt. In der Hoffnung, die Wahrheit, die in Großmutter Mhairies Worten gelegen hatte, hinter sich zu lassen.

Sie hatte bereits die Eingangstür erreicht, als diese aufschwang und Niall ins Freie trat. An seiner finsteren Miene konnte sie unschwer erkennen, dass ihr Schwager und seine Frau inzwischen ganze Arbeit geleistet hatten. Trotzdem versuchte sie, sich nicht die geringste Verunsicherung anmerken zu lassen.

»Guten Tag, Niall! Dich habe ich heute noch gar nicht erwartet. Eigentlich wolltest du doch erst morgen zurück sein. «

»So ein Pech, nicht wahr? «, giftete er.

Lili legte den Kopf schief. »Wie meinst du das? «

»Tu nicht so unschuldig! Shona hat mir alles brühwarm berichtet. Du hast nicht nur eine Lanze für die Makenzies gebrochen, sondern du warst auch auf dem Weg zu Großmutter Mhairie. «

Lili straffte die Schultern. Sie wusste, dass es nur zwei Möglichkeiten gab: alles zu leugnen, sich bei ihm anzuschmiegen und über ihre intrigante Schwägerin zu schimpfen oder zu dem Besuch bei Großmutter Mhairie zu stehen und einen Riesenkrach zu riskieren. Bevor ihr Verstand eine Entscheidung getroffen hatte, hatte ihr Herz bereits gesprochen.

»Ich finde es grausam, wie ihr mit eurer Großmutter umgeht. Ja, ich war bei ihr. «

»Hatte ich dir das nicht ausdrücklich verboten? «

Lili blickte ihn herausfordernd an. »Na und? Ich habe ein eigenes Gewissen. Und ob du es glaubst oder nicht, ich habe eine gute Erziehung genossen. Ich hatte leider keine Großeltern, weil sie bereits tot waren, als ich geboren wurde, aber ich kann mich noch gut daran erinnern, mit welchem Respekt Doktor Denoons Mutter behandelt wurde. Wehe, einer der Enkel hätte es der alten Dame gegenüber an Respekt fehlen lassen! Und sie war im Gegensatz zu Großmutter Mhairie ein schrecklicher alter Drache mit Haaren auf den Zähnen. Deine Großmutter hingegen strahlt Güte aus und …«

»Lili, du hast keine Ahnung, wovon du sprichst. Du weißt doch gar nicht, was Großmutter sich alles schon geleistet hat.«

Lili stöhnte laut auf. »Dann erzähl es mir doch und hör auf, ständig merkwürdige Andeutungen zu machen. Komm, wir wandern zur Hochebene hinauf, und du erklärst mir endlich, was ihr eurer Großmutter vorwerft. Sie kann ganz sicher nichts dafür, dass an Hogmanay dieser Blaan Makenzie aufgetaucht ist.«

Lili spürte, wie wild ihr Herz allein bei der Nennung dieses Namens zu pochen begann. Trotzdem hakte sie sich bei ihm unter und zog ihn von der Tür fort.

»Lass uns auf den Berg dort drüben steigen, während du mir alles erzählst.«

Niall sträubte sich zunächst, doch dann gab er seinen Widerstand auf und steuerte mit ihr auf den Wald zu. Von dort aus führte ein bequemer Weg zur Hochebene hinauf.

»Was werft ihr eurer Großmutter vor?« Lili kannte die Antwort, aber sie wollte sie endlich aus Nialls Mund hören.

Niall schwieg finster.

»Was? Bitte, Niall, rede mit mir!«

»Ich verlange, dass du meine Anordnungen befolgst.«

Lili blieb wütend stehen. »Nein, das werde ich nicht tun. Ich bin nicht dein Eigentum. Bis vor ein paar Monaten noch bin ich spielend mit einer Klasse verwöhnter höherer Töchter klargekommen, und nun soll ich dir blind gehorchen und tun, was du sagst, obwohl ich es unsinnig finde?«

»Jetzt hör mir mal gut zu, Lili! Hier bist du aber nicht die patente Lehrerin, hier bist du die Herrin über all das Land dort.«

Er wandte sich um und wies über die Wiesen und Felder im Tal unter ihnen. »Und wenn ich sage, du besuchst Großmutter Mhairie vorerst nicht, dann lässt du es bleiben, verstanden?«

»Ich werde es mir von niemandem verbieten lassen. Hörst du? Mhairie ist eine wunderbare alte Dame mit dem Herzen auf dem rechten Fleck ...«

»Für wen das schlägt, das hat sie uns ja mal wieder deutlich gezeigt.«

»Wenn du diesen Blaan meinst, da muss ich dir aber widersprechen. Habt ihr denn nicht gemerkt, wie schockiert sie über sein plötzliches Auftauchen war? Aber du bist mir immer noch eine Antwort schuldig geblieben. Was hat sie getan?«

»Sie scheut nicht davor zurück, in der Öffentlichkeit zu verkünden, dass mein Großvater nur die gerechte Strafe bekommen hat, als ihn dieser Makenzie abstach. Lili, er war ihr Ehemann! Aber wie mir Shona bereits berichtete, hat sie dich inzwischen auch schon mit ihren abstrusen Ansichten infiziert.«

Lilis Herz klopfte zum Zerbersten. »Und warum sind ihre Ansichten abstrus? Es ist doch offensichtlich, dass eure Clans schon einen Kampf über Generationen führen und ...«

»Sie setzt lauter Lügen über angebliche Verbrechen der Munroys in die Welt. Sie behauptet, die Munroys hätten die Makenzies nach der Schlacht von Culloden einst von ihrem Land verjagt und überhaupt erst zu Croftern gemacht ...«

»Aber Niall, das ist doch nicht abwegig. Ich habe oft in der Schule darüber gesprochen, dass die Jakobiten in den Highlands aufs Grausamste verfolgt wurden. Nicht umsonst wird Cumberland der ›Schlächter‹ genannt, aber das ist lange her.

Du kannst ihr doch nicht verbieten, die historische Wahrheit auszusprechen.«

»Aber das ist noch nicht alles. Sie erwähnt ständig das große Unrecht, dass den Makenzies widerfahren ist, als sie ihr Land verlassen mussten ...«

»Und wer hat sie von ihrem Land vertrieben?« Lilis Ton war scharf geworden, denn sie kannte die Antwort bereits.

»Es war mein Großvater Angus, der das Land für seine Schafe benötigte.«

»Aber Niall, diese Handlungsweise kannst du doch nicht allen Ernstes heutzutage noch verteidigen. Die Highland Clearances waren ein großes Unrecht, auch wenn die Landbesitzer ihre Pächter damals scheinbar legal vertrieben haben.«

»Und wenn schon, dann erwarte ich von Großmutter, dass sie den Mund hält und ihn nicht ständig aufreißt, vor allem wenn Gäste im Haus sind. Es ist doch verrückt, öffentlich über die eigene Sippe herzuziehen. Daran siehst du, wie verwirrt sie ist.«

»Also, wenn ich mich recht entsinne, hat sie weder an Weihnachten noch zu Hogmanay besonders viel geredet.«

Niall lachte gekünstelt. »Ja, weil sie weiß, dass sie den Bogen überspannt hat und dass sie Schuld an Caitlins Tod trägt.«

»Großmutter Mhairie?«

Niall nickte und schritt forsch weiter. Sie mussten über eine Felsgruppe klettern, um auf die Ebene zu gelangen. Niall wollte Lili die Hand reichen, doch sie mochte sich nicht helfen lassen. Wenn er wüsste, wie oft ich diesen Weg schon allein gegangen bin, dachte sie und stieg flink wie eine Gämse an ihm vorbei. Oben angekommen setzte sie sich auf ihren Lieblingsfelsen. Sie hatte ihn Sessel getauft, denn auf diesem Stein saß sie manchmal stundenlang und blickte in das weite Land. Dort wartete sie auf ihn.

46

Scatwell, April 1914

Als Lili nach einer halben Ewigkeit Nialls angestrengtes Gesicht auftauchen sah, stand sie auf und ging ihm entgegen. »Lass uns zum kleinen Bergsee wandern«, schlug sie vor.

»Woher weißt du, dass es hier oben einen See gibt? Hast du das auch in der Schule unterrichtet?«

»Nein, ich war schon häufig hier oben, wenn deine Mutter mich aus der Küche geschickt oder Shona wieder einmal vergeblich versucht hat, mich vor euren dienstbaren Geistern zu demütigen.«

Ehe sie sichs versah, hatte Niall sie in die Arme geschlossen und an sich gedrückt. »O Lili, ich wünsche mir doch nur, dass du glücklich wirst. Und Großmutters Gerede ist alles andere als dazu angetan.«

Lili befreite sich sanft. »Niall, wie oft soll ich es dir noch sagen? Mir gegenüber hat sie nichts dergleichen erwähnt. Und **ganz** ehrlich, ihr könnt ihr wirklich nicht übel nehmen, dass sie ausspricht, welche Untaten im Lauf der Geschichte auf das Konto der Munroys gehen. Aber das kann doch nicht alles sein, Niall. Es muss noch etwas anderes vorgefallen sein …«

Niall stieß einen tiefen Seufzer aus, bevor es aus ihm hervorbrach. »Ich hatte Caitlin inständig gebeten, keinem Menschen zu verraten, dass sie in Wahrheit eine Makenzie ist. Schon gar nicht Großmutter!«

Lili stockte der Atem. Noch nie, seit sie ihm in die Highlands gefolgt war, war er so kurz davor gewesen, ihr die Wahrheit zu gestehen. Und so vergaß sie für einen Augenblick jegliche Vorsicht.

»Aber Niall, Caitlin war doch auch schockiert, als sie davon erfuhr. Sie wäre liebend gern eine Boyd aus Ullapool geblieben ...«

Niall war unvermittelt stehen geblieben und durchbohrte sie förmlich mit seinen Blicken. »Sie haben es dir also doch bereits erzählt.« Er packte sie grob am Arm. »Sag mir, wer war es? Mein teurer Cousin oder die schwatzhafte Großmutter?«

»Weder noch«, erwiderte Lili kalt und hielt seinem Blick stand. »Ich habe es in Caitlins Tagebuch gelesen.«

Niall starrte sie fassungslos an. Dann verhärtete sich seine Miene. »Das ist eine verdammte Lüge. Das sagst du nur, um die beiden zu schützen. Das Tagebuch ist fort. Ich habe alles durchsucht. Glaub mir, jeden Winkel in Scatwell und auch in Inverness.«

»Du hast eben nicht gründlich genug gesucht«, erwiderte Lili furchtlos. Es war ihr gleichgültig, was er mit ihr anstellen würde, wenn er nur begriff, dass sie die Wahrheit sprach.

Niall packte sie wütend an beiden Schultern und schüttelte sie. »Hör auf, solchen Unsinn zu reden! Damit verhinderst du nicht, dass ich mir die beiden vorknöpfe, sobald wir zurück sind.«

»Das Tagebuch befand sich in Inverness. In Caitlins Sekretär in einem Geheimfach. Ihr Großvater war Artair Makenzie, der kurz hintereinander mit einem Dienstmädchen der Boyds zwei Kinder zeugte. Das Mädchen haben die Boyds adoptiert, den Jungen in ein Heim gegeben. Caitlin ist die Tochter des Mädchens ...« Und ich bin die Tochter des Jungen, der im Waisenhaus aufwuchs, ergänzte Lili in Gedanken.

Niall aber hielt sich die Ohren zu. »Aufhören! Hör endlich auf! Ich glaube dir ja. Ich kenne die verdammte Geschichte und will sie nicht noch einmal erzählt bekommen. Bitte, gib mir das Tagebuch, sobald wir zurück sind. Bitte!«

»Unter einer Bedingung. Du sagst mir, wie du damals reagiert hast, nachdem sie es dir anvertraut hatte.«

»Ich ... ich war schockiert, aber schließlich habe ich ihr einen fairen Vorschlag unterbreitet. Wir tun so, als sei nichts

400

geschehen, habe ich sie gebeten. Und sie hat geschworen, es keiner Menschenseele zu verraten. Wir haben gemeinsam die Papiere vernichtet. Erst ging alles gut, aber dann wurde sie immer nervöser. Vor allem wenn die Makenzies Gesprächsthema bei Tisch waren. Bis sie mir eines Tages verkündete, sie könne nicht mehr unter einem Dach mit mir leben.«

Das war, nachdem du ihr das Tagebuch entrissen hattest, dachte Lili erschüttert, aber sie behielt es für sich. Sonst hätte er sich womöglich wieder in Schweigen gehüllt und ihr nicht offenbart, was damals mit Caitlin geschehen war.

»Und dann kam sie für ein Wochenende aus Inverness zurück, weil wir wie jedes Jahr Großvaters Geburtstag feiern wollten. Am Abend vor der Feier hat sie Großmutter aufgesucht und lange mit ihr geredet. Ich habe sie erst zum Fest wiedergesehen. Da war sie wie verwandelt. Voller Hass und Ablehnung.«

Nachdem du ihr die Hölle heiß gemacht hattest, weil sie in ihrer Not Hilfe bei Großmutter Mhairie gesucht hat, ergänzte Lili in Gedanken, doch auch das sprach sie nicht laut aus. Sie erschrak, als sich ihre Blicke trafen. Niall schien mit den Tränen zu kämpfen, doch Lili war entschlossen, nicht lockerzulassen. »Und dann? Was geschah dann?«

»Es kamen viele Gäste, und wir waren gerade beim Essen, da schickte Caitlin Isobel unter einem Vorwand zu Großmutter, die der Gedenkfeier zu Ehren ihres Mannes wieder einmal demonstrativ ferngeblieben war. Ich dachte mir nichts dabei, doch plötzlich sprang Caitlin von ihrem Platz auf und verkündete, als sei es das Normalste auf der Welt, sie sei in Wahrheit eine Makenzie. Meine Mutter schrie, sie solle auf der Stelle auf ihr Zimmer gehen, solche Scherze dulde sie nicht bei Tisch. Sie glaubte, Caitlin sei betrunken, doch meine Frau hörte nicht auf. Bis meine Mutter begriff, dass sie die Wahrheit sprach, und brüllte, sie solle sofort unser Haus verlassen. Craig spuckte vor Caitlin aus, die Gäste waren wie versteinert.«

Ein unangenehmes Kribbeln durchlief Lilis Körper. »Und du, Niall, was hast du getan?«

»Ich wollte sie aus dem Salon schaffen, aber sie schlug wild um sich und schrie, dass sie nicht länger tatenlos zusehen werde, wie wir den Namen ihrer Familie in den Staub träten. Nun, da sie wisse, dass ihr Onkel Gordon mit dem Mord an Großvater nur dessen Verbrechen an Artair Makenzie gerächt habe …«

»Und hatte sie recht? Hat dein Großvater ihren Großvater ermordet?«, hakte Lili unerbittlich nach.

Niall blickte sie fassungslos an. »Bist du verrückt? Es war ein Unfall. Der Makenzie muss betrunken ins Wasser gefallen sein. Niemals wurde wegen Mordes gegen Großvater ermittelt.«

»Und dann?«

»Craig hat sie gepackt und zur Tür geschleift …«

»Und du, was hast du getan?«

»Sie hat nach mir gerufen. ›Niall, bitte hilf mir! Komm mit mir fort von hier! Isobel darf hier nicht aufwachsen. Komm!‹«

Niall stockte und stierte vor sich auf den Boden.

»Und du hast ihr nicht geholfen?«

»Sie hat sich losgerissen, ist noch einmal zurückgerannt und hat mir den Sgian Dubh aus dem Strumpf gezogen. ›Du hast mich auf dem Gewissen!‹, hat sie gebrüllt, und dann ist sie weggerannt.«

»Und sie lief schnurstracks zum Bach, nicht wahr?«

»Wir haben sie erst gegen Abend gefunden.«

Sie schwiegen für lange Zeit. Nicht einmal das Rotwild, das hinter ihnen vorüberzog, nahmen sie wahr. Lili hatte sich auf einen Stein gesetzt. Niall aber stand wie betäubt da und blickte in die Ferne, als erwarte er von dort Absolution für seine Feigheit.

Lilis Gedanken wirbelten ungeordnet durcheinander, bis sie bei der entscheidenden Frage angelangt war: Konnte sie unter diesen Umständen überhaupt noch Nialls Frau werden? Sollte sie nicht lieber dem Drängen ihres Herzens folgen und sich in Dustens Arme flüchten?

»Lili, nachdem du alles weißt, schwöre, dass du mich niemals verlässt.« Der stattliche, stolze Mann fiel vor Lili auf die Knie, legte ihr den Kopf in den Schoß und begann zu schluchzen.

Nach einer Weile strich sie ihm zögernd über die roten Locken. Sie fühlte sich wie betäubt. Von dem starken, herrischen Mann war nur noch ein Häuflein Elend übrig geblieben. Ihre Gefühle schwankten zwischen Mitleid und Hilflosigkeit. Einerseits wollte sie vor seinem Schmerz wegrennen, andererseits war sie nicht in der Lage, ihn von sich zu stoßen und seinem Schicksal zu überlassen. War dies nicht der Augenblick, nach dem sie sich bislang vergeblich gesehnt hatte? Dass sie seine Mauer durchbrechen und ihm endlich nahe sein könne? Durfte sie ihn zum Dank für seine Aufrichtigkeit im Stich lassen? War es nicht ihre Aufgabe, dem Hass endlich ein Ende zu bereiten?

Bei dem Gedanken, dass es allein in ihrer Macht lag, die verfluchte Familienfehde beizulegen, klopfte ihr das Herz bis zum Hals. Und sie wusste auch, dass er nicht stark genug war, mit dem Wissen zu leben, dass sie eine Makenzie war. Nein, das Geheimnis würde sie mit ins Grab nehmen. Sollten ihre Kinder doch ruhig Munroys werden. Solange sie nicht im Hass gegen die Makenzies aufwuchsen.

Lili holte tief Luft. »Niall, wir haben die Chance, ein neues Leben zu beginnen«, erklärte sie mit fester Stimme. »Aber nur unter gewissen Voraussetzungen.«

Niall hob den Kopf und blickte sie dankbar an. »Ich tue alles, was in meiner Macht steht. Und ich bin so froh, dass ich es dir gesagt habe. Diese Schuld hätte immer zwischen uns gestanden.«

»Darum lass uns an die Zukunft denken, Niall. Ich möchte nach der Hochzeit bestimmen, was im Haus geschieht. Das soll nicht heißen, dass Shona und deine Mutter keine Aufgaben mehr haben. Aber ich kann nicht in einem Haus leben, in dem ich nicht mehr als ein Gast bin.«

Niall rang sich zu einem Lächeln durch. »Den Wunsch

kann ich dir erfüllen. Ich werde in Zukunft jeden in die Schranken weisen, der sich erdreistet, dich zu beleidigen. Selbst wenn diese Person Ainsley heißt. «

»Das werden wir gleich auf der Hochzeit ausprobieren«, lachte Lili. Doch dann wurde sie wieder ganz ernst. »Du wirst deine Großmutter in Zukunft mit dem Respekt behandeln, den sie verdient. «

Nialls Gesicht verfinsterte sich merklich. »Dann soll sie aufhören, Schauergeschichten über die Munroys zu verbreiten. « Das klang trotzig.

»Ich verlange, dass nicht länger Hasstiraden gegen die Makenzies geschleudert werden. Dann hat Großmutter Mhairie auch keinen Grund mehr, die Makenzies zu verteidigen. Keine Angriffe mehr. Hörst du? Und ich möchte, dass wir an unserer Hochzeit nicht den Geburtstag deines Großvaters feiern. «

»Bist du wahnsinnig geworden? «, entfuhr es Niall.

Nein, ich bin nur die Tochter seines Mörders, dachte Lili und sagte laut: »Ich will nicht mehr hören, was die Makenzies für eine lausige Mörderbande sind. Dann müssen wir auch nicht klären, ob dein Großvater Artair Makenzie tatsächlich auf dem Gewissen hat oder nicht. Das bist du deiner Tochter schuldig, denn sie trägt die Anlagen unser beider Clans in sich … «

Lili hielt inne und spürte, wie ihr die Röte ins Gesicht stieg. Nun hätte sie sich beinahe verraten.

Sie atmete auf, als Niall ihr heftig widersprach. »Isobel ist eine Munroy. Sie hat nichts von Caitlins Clan. Verstehst du? Gar nichts! Und sie wird niemals erfahren, was für Gift mütterlicherseits in ihr steckt. «

Lili konnte ihr Glück kaum fassen, dass er ihren entlarvenden Versprecher soeben überhört hatte. Ich muss vorsichtiger sein, ermahnte sie sich, sonst kommt der Tag, an dem Niall misstrauisch wird. Und dennoch musste sie die Gelegenheit beim Schopf packen, Niall seine Hetztiraden gegen die Makenzies ein für allemal auszutreiben.

»Niall«, sagte Lili streng, »Ich bin mit dir einer Meinung, dass Isobel nichts erfahren muss. Aber ich möchte nicht, dass sie im Hass gegen einen Teil ihrer Familie aufwächst. Also, sprich mit deiner Mutter und deinem Bruder. Pfeif sie zurück!«

»Aber ...«

»Niall, ich meine es ernst. Wenn es bei euch weiterhin zum guten Ton gehört, die Makenzies als Pack und Mörderbande zu verteufeln, kann Scatwell Castle nicht mein Zuhause werden. Ich wünsche unseren Kindern eine Welt, in der Liebe regiert ...«

Lili unterbrach ihre feurige Rede, als Niall ihr den Mund mit einem Kuss verschloss. Zum ersten Mal, seit sie im Tal von Strathconon war, fühlte sie wieder so etwas wie Zärtlichkeit für ihren zukünftigen Ehemann in sich aufkeimen.

Am Tag der Hochzeit hing eine düstere Wolke über dem Tal von Strathconon.

Sie schien ein Spiegelbild der Stimmung zu sein, die an diesem Tag auf Scatwell Castle herrschte. Shona und Craig liefen mit Leichenbittermienen umher und redeten nicht mit Lili. Lady Caitronia ließ keine Gelegenheit aus, Lili mit abschätzigen Blicken zu strafen. Deshalb war Lili froh, dass die Trauung in der Kirche von Dingwall ohne Zwischenfälle vonstattengegangen war. Als der Geistliche gefragt hatte, ob es Einwände gegen diese Ehe gebe, hatte Lili schon befürchtet, Nialls Mutter werde das Wort ergreifen, aber offenbar wollte sich wie üblich keiner von ihnen in der Öffentlichkeit eine Blöße geben. Aber kein Familienmitglied hatte ihr gratuliert.

Die Einzige, die bester Laune war, das war Isobel. Sie sah entzückend aus in ihrem weißen Kleidchen, und sie wich Lili nicht von der Seite. Sie standen gemeinsam vor der Haustür, wo sie jeden Augenblick das Eintreffen der Gäste erwarteten.

Aus den Augenwinkeln beobachtete Lili nun, wie Lady Caitronia geradewegs auf sie zusteuerte. Ihre Miene wirkte wie versteinert. Das verhieß nichts Gutes, aber Lili legte den Arm um Isobel. In Gegenwart des Kindes würde ihre Schwiegermutter sich nicht trauen, ihr Gift zu verspritzen. Doch Lili hatte sich zu früh gefreut.

»Isobel, sieh doch bitte nach deinem Vater. Er sollte hier sein, wenn die Gäste eintreffen.« Isobel zögerte. »Wird's bald?«, fügte die Großmutter in harschem Ton hinzu.

Lili wurde mulmig zumute, denn sie ahnte, was Lady Caitronia dermaßen aufgebracht hatte. Niall hatte tatsächlich angeordnet, dass an diesem Tag ausschließlich Hochzeit gefeiert wurde.

»Komm mit, meine Liebe, ich muss dir etwas zeigen«, zischte sie und zog Lili am Ärmel des kostbaren Brautkleides, das sie zusammen mit Isobel in Graham's Tartan House ausgesucht hatte. Mister Graham hatte sie höchstpersönlich beraten, und herausgekommen war ein Traum in Weiß. Nur das Mieder war im Tartanmuster gehalten.

Lili leistete keinen Widerstand, als ihre Schwiegermutter sie in den Salon schubste, wo die letzten Vorbereitungen für das Fest getroffen wurden.

»Das da lasse ich mir von niemandem nehmen. Schon gar nicht von einer wie dir!«, schnaubte Lady Caitronia und wies auf einen altarähnlichen Aufbau.

Lili wurde leichenblass, als sie das übergroße Bildnis von Angus Munroy erblickte, von dem er grimmig auf sie herabstarrte. Es war auf einem Tisch aufgestellt. Darunter stand in großen Buchstaben *Zu seinem 85. Geburtstag, zum Gedenken an Angus Munroy, der im Jahr 1889 durch Mörderhand aus dem blühenden Leben gerissen wurde.*

»Aber … aber Niall hat angeordnet, dass dieser, ich meine …«, stammelte Lili.

Lady Caitronia gab ein meckerndes Lachen von sich. »Wenn du glaubst, nur weil mein Sohn von einer dummen Person wie dir verhext worden ist, verzichten wir darauf, am heutigen Tage meinen Schwiegervater zu ehren, dann hast du dich geirrt. Also, wage nicht noch einmal, dich in unsere Angelegenheiten einzumischen. Nicht genug damit, dass du dich in die Haushaltsführung gedrängt und ihm eingeflüstert hast, dass der Name Makenzie nicht mehr in den Mund genommen werden darf – du bist eindeutig zu weit gegangen. Das Andenken an den großen Angus Munroy lassen wir uns von einer dahergelaufenen Lehrerin nicht verbieten.«

»Was willst du eigentlich, Lady Munroy? Unfrieden in der Familie stiften? Aus meinem Bruder einen weibischen

Schwächling machen?«, mischte sich Craig ein, der sich leise angeschlichen hatte.

Lili traf dieser Angriff so überraschend, dass ihr die Worte fehlten. Stattdessen traten ihr Tränen in die Augen. Sie hatte nicht damit gerechnet, dass sich die Familie über Nialls Anweisungen einfach so hinwegsetzten werde.«

Aber wie konnte sie, die Tochter von Gordon Makenzie, unter dem Bild dieses übermächtigen Patriarchen ihre Hochzeit mit einem Munroy feiern?

Da erblickte sie Niall und winkte ihn heran.

»Was ist das? Habe ich nicht gesagt, Großvaters Geburtstag wird heute nicht offiziell gefeiert?«, fragte er in strengem Ton. »Das da wird sofort wieder weggeschafft. Habt ihr verstanden?«

Lady Caitronia aber stellte sich vor dem Tisch in Positur und breitete schützend die Arme aus. »Du hast kein Recht, die Familientradition zu brechen, mein lieber Sohn. Wach auf, er war auch dein Großvater!«

»Richtig, Mutter, er war mein Großvater, und deshalb entscheide ich als Familienoberhaupt, dass wir heute nur unsere Hochzeit feiern und nicht Großvaters Geburtstag.« Ohne sich weiter um seine Mutter zu kümmern, ordnete Niall an, dass die Dienstmädchen, die gerade Girlanden aufhängten, das Bild fortschafften.

»Das werde ich dir nie verzeihen«, zischte Craig. »Du Feigling, du!«

Lili konnte dabei zusehen, wie die Adern auf Nialls Stirn gefährlich anschwollen. Sie befürchtete einen Zornesausbruch, aber er reichte ihr seinen Arm. »Kommen Sie, Lady Munroy, unsere Gäste erwarten uns.«

Kaum waren sie außer Hörweite, flüsterte sie ihm zu: »Danke, dass du so für mich eingetreten bist. Aber ich glaube, deine Familie hasst mich jetzt noch mehr als zuvor.«

Niall blieb stehen und sah ihr tief in die Augen. »Dafür liebe ich dich umso mehr. Und du bist eine wunderschöne Braut.«

Lili rang sich zu einem Lächeln durch, während sie sich von hinten von boshaften Blicken förmlich durchbohrt fühlte.

»Sei unbesorgt, mein Liebling! Es wird alles gut. Du hast mir die Augen geöffnet, wie verkehrt es ist, sich im Hass zu verrennen. Da musste erst ein Mädchen von weit her kommen, um mir meine Verbohrtheit vor Augen zu führen. Caitlin hätte mich niemals zu dieser Einsicht bewegen können, weil sie eine Makenzie war. Ich will diese Sippe nicht mehr hassen, aber ich möchte sie auch nicht in meinem Haus wissen.«

In diesem Augenblick sah sie, wie Akira, Großmutter Mhairies guter Hausgeist, schüchtern den Salon betrat. In der Hand hielt sie einen Brief. Das brachte Lili in Erinnerung, wie schmerzhaft sie Dusten in der Kirche vermisst hatte. Sofort stellte sich Lady Caitronia Akira in den Weg und wollte ihr den Brief abnehmen, doch die weigerte sich, ihn ihr auszuhändigen, sondern deutete auf Lili. Jetzt war auch Niall ihrem Blick gefolgt.

»Da bin ich aber gespannt, womit sich mein guter Cousin rausredet, dass Großmutter und er nicht in der Kirche erschienen sind. Das ist ein unglaublicher Affront.« Niall streckte die Hand nach dem Brief aus, doch Akira schüttelte bedauernd den Kopf. »Nein, Sir Niall, der Brief ist an Ihre Frau adressiert. Ich bin angehalten, ihn Lady Munroy nach der Trauung persönlich zu übergeben.«

Nialls Hand zuckte zurück, als habe er sich verbrannt. Die tief eingekerbte Zornesfalte auf seiner Stirn bewies, wie sehr es ihm missfiel, dass der Brief an die Braut gerichtet war. Doch er nahm sich zusammen, gab Akira eine Münze als Dank für ihre Mühe und ermunterte Lili, den Brief zu lesen. Sie aber konnte ihn vor Zittern kaum in den Händen halten.

»Ich denke, das hat Zeit«, flötete sie. »Die Gäste kommen gleich, und ich werde mich schnell noch ein wenig frisch machen.« Sie ließ den Umschlag in dem Ausschnitt ihres Kleides verschwinden und eilte in ihr Zimmer. Dort riss sie ihn ungeduldig auf. Sie atmete ein paarmal tief durch, bevor sie zu lesen begann.

Liebe Lili, ich werde immer Dein Freund bleiben, komme,
was wolle. Solltest Du jemals Kummer haben, wende
Dich an mich. Das ist alles, was ich Dir bieten kann.
Du bist jetzt die Frau meines Cousins, und mit diesem
Respekt werde ich Dich behandeln. Das Schicksal hat es
so gewollt, dass Du ihm zuerst begegnet bist. Und bitte
verzeih, dass ich nicht zu Deiner Hochzeit komme. Mir
würde es das Herz brechen. Ich brauche Abstand und
werde mit Großmutter Mhairie erst zur Insel Skye und
dann nach Ullapool reisen. Du glaubst gar nicht, wie
Großmutter die Aussicht auf diese Reise aus dem Bett
gefegt hat. Sie ist mindestens zwanzig Jahre jünger
geworden und hat bis zuletzt ständig umgepackt, um
den schönsten Hut und das schönste Kleid mitzunehmen.
Ich befinde mich also in Begleitung der allerschönsten
alten Lady. Auf ewig Dein Dusten.

Das Lächeln, das Lilis Lippen beim Lesen umspielt hatte, gefror zur Maske. Wie gern hätte sie die beiden begleitet … Eine Träne rollte ihr die Wange hinunter, aber dann erhob sie sich entschlossen und wischte die verräterische Spur ihrer Trauer fort.

Es ist alles gut, wie es ist, sprach sie sich kämpferisch zu, während sie den Brief ganz hinten in ihrem Schrank versteckte. Zusammen mit den Dingen, die ihr von ihrem Vater geblieben waren, sowie dem Brief, den er an ihre Mutter geschrieben hatte. Mit klopfendem Herzen deckte sie ein Tuch darüber und eilte zum Fest zurück.

Sie spürte Nialls Blick förmlich auf ihrem Ausschnitt brennen. Er fragte sich wahrscheinlich, ob der Brief noch immer dort steckte. Doch es blieb ihm keine Zeit, seine Neugier zu befriedigen, da bereits die ersten Gäste eintrafen. Es war Lord Fraser mit seiner Tochter und Murron.

Der alte Lord begrüßte Lili überaus freundlich. Seit sie beim Hogmanay-Fest die peinliche Szene zwischen Murron und Isobel mit ihrer kleinen Rede so geschickt aus der Welt geschafft hatte, ohne seine Tochter bloßzustellen, ließ er nichts mehr auf sie kommen.

»Lady Munroy, Niall, ich freue mich für euch. Mögt ihr endlich für einen zukünftigen Baronet auf dem Thron der Munroys sorgen!«, rief er überschwänglich und erntete ein säuerliches Lächeln seiner Tochter. Sie umarmte Niall, flüsterte ihm etwas ins Ohr und reichte Lili mit spitzen Fingern die Hand.

»Meinen Glückwunsch, Miss Campbell«, zischte sie. Lili wollte gerade etwas erwidern, als sich Niall einmischte. »Lady Ainsley, ich darf Sie höflichst bitten, meine Frau mit dem Namen anzusprechen, den sie ab heute trägt. Und darüber bin ich sehr glücklich.«

Lili war sichtlich gerührt, dass er so vehement für sie eintrat. Lady Ainsley hingegen funkelte Lili zornig an. »Ich vergaß – herzlichen Glückwunsch, Lady Munroy.«

Zum Dank drückte Lili Nialls Hand, so fest sie konnte. Nun kam auch Isobel angerannt. »Ich habe dich überall gesucht, Dad, aber du bist ja da«, keuchte sie.

Niall lächelte. »Hast du gedacht, ich könnte weglaufen? Nein, ich hätte ja verstanden, wenn Lili auf und davon wäre, aber ich wäre sehr dumm gewesen.«

Lili und Isobel warfen sich einen verschwörerischen Blick zu. Sie dachten an Lilis Fluchtversuch in der Neujahrsnacht. Doch da rannte das Mädchen schon wieder quer durch den Saal, denn es hatte seine Freundin Murron entdeckt.

»Willst du mir nicht sagen, warum Großmutter und Dusten unserer Hochzeit fernbleiben?«, raunte Niall ihr plötzlich zu.

»Sie ... ja ... sie ... sie unternehmen eine Reise«, stammelte sie.

»Das ist im höchsten Maße ungehörig«, erwiderte Niall in scharfem Ton. »Krankheit hätte ich als Entschuldigung gelten lassen, aber eine Reise? Die hätten sie wohl auch nach unserer Hochzeit antreten können. Na, warte, das gibt ein Nachspiel! Den Burschen knöpfe ich mir vor.«

Lili wurde es abwechselnd heiß und kalt. Sie konnte ihrem Mann schlecht den wahren Grund nennen. Aber die Vorstellung, Niall werde seinen Cousin nach dessen Rückkehr mit Vorwürfen überhäufen, missfiel ihr außerordentlich.

»Niall, hast du einmal daran gedacht, dass du die beiden seit Hogmanay nicht gerade freundlich behandelt hast?«

»Und wenn schon. Sie können doch nicht einfach meiner Hochzeit fernbleiben. Das sind sie der Familie schuldig.«

»Und du warst es deiner Großmutter nicht schuldig, ihr einen Besuch abzustatten?«

»Nein, Lili, nein, ich habe viel Verständnis, und du hast mir für einiges die Augen geöffnet, aber das nehme ich den beiden übel.«

»Aber du musst sie doch auch verstehen ...«

»Genug! In dieser Angelegenheit wirst du mich nicht vom Gegenteil überzeugen«, entgegnete Niall unversöhnlich. Lili erschrak. Da war sie wieder, die unerbittliche Härte, mit der ihr Mann andere Menschen verurteilte.

Lili versuchte, die Gedanken daran abzuschütteln und sich auf das Fest zu besinnen, doch da näherte sich ihnen Lady Caitronia und raunte Niall zu, dass sie Großmutter Mhairie und Dusten vermisse. Als er erwiderte, die beiden seien auf eine Reise gegangen, blieb Lady Caitronia förmlich der Mund offenstehen.

»Mutter, reg dich nicht auf! Das wird ein Nachspiel haben. Und ich weiß auch schon, wie ich es dem Burschen heimzahle. Er benutzt für seine Rinderzucht Land, das uns gehört. Das dulde ich nicht länger. Ich werde gleich ein paar Männer losschicken, die das Vieh auf seinem Grund zusammentreiben. Er lässt seine Stiere gerade mit Dunbars Kühen auf einer Weide grasen. Sie sollen sich paaren. Das wird ein wenig eng für die guten Tiere, aber wenn er mir meine Gutmütigkeit so wenig dankt, hat er selbst Schuld.« Lili fröstelte. Diese herrische Art, verbunden mit dem gemeinen Plan, Dusten zu schaden, widerstrebte ihr zutiefst. Obgleich sie nichts von Viehzucht verstand, schien es ihr für die Tiere nicht gesund zu sein, dass sie nun auf engstem Raum zusammengepfercht werden sollten. Doch was konnte sie dagegen unternehmen?

»Niall, was du vorhast, ist nicht richtig. Du schadest Dusten …«, begann sie mit sanfter Stimme, doch er unterbrach sie unwirsch. »Liebe Lili, du kannst dich beileibe nicht beklagen, dass mit mir nicht zu reden ist. Aber wenn ich in Zukunft alles von dir absegnen lassen müsste, dann wäre ich eine Memme.«

Lili zog es vor, zu schweigen und sich stattdessen Doktor Brodie zuzuwenden.

»Sie sind immer noch so blass, Lady Munroy. Geht es Ihnen wirklich gut?«

»Ja, ich fühle mich kerngesund«, erwiderte Lili und versuchte, zuversichtlich zu klingen. Dabei wusste sie selbst, dass sie nicht jene vor Leidenschaft glühenden Wangen besaß wie manch andere Braut an ihrem Hochzeitstag. Nialls Plan hatte sie wieder auf den Boden der Tatsachen zurückgeholt. Sie hatte zwar einen kleinen Sieg über die Munroys davongetragen, aber Frieden würde deshalb auf Scatwell noch lange nicht herrschen. Nialls Abneigung gegen seinen Cousin schien tiefer zu sitzen als Lili vermutet hatte. Sie erschrak bei der Vorstellung, er könne jemals erfahren, wie zugetan Dusten und sie einander waren. Dankbarkeit, dass sie ihm zuliebe diese Liebe schon im Keim erstickt hatte, konnte sie nicht erwarten. Aber war sie wirklich im Keim erstickt? Allein bei dem Gedanken an Dustens Augen, seinen Mund, seine raue Stimme wollte ihr schier das Herz zerspringen.

»Lili, sind Sie noch da?«, hörte sie wie von ferne Dr. Brodie fragen.

»Ja, es ist alles in Ordnung. Mir ist nur ein wenig schwindelig. Ob Sie mich wohl an die frische Luft begleiten könnten, lieber Doktor?«

Lili hakte sich bei dem Arzt unter, da trat Niall hinzu. Er griff sofort nach ihrer Hand, und Doktor Brodie zog sich taktvoll zurück. Dann sah Niall sie intensiv an und in seinem Blick lag zweifelsfrei Begierde.

»Ich glaube, es wird Zeit, dass wir uns zurückziehen«, flüsterte er ihr sichtlich erregt zu. Lili war befremdet, weil das so plötzlich kam. Sie hatte überhaupt noch keinen Gedanken daran verschwendet, dass sie heute Nacht das Bett mit ihm teilen werde.

»Meinst du nicht, es ist noch zu früh, um aufzubrechen?«, fragte sie zögernd.

Niall deutete zu einem Tisch hinüber, an dem zahlreiche Herren saßen, die alle bereits reichlich dem Whisky zugesprochen hatten. »Ich glaube, keiner wird uns vermissen.«

»Doch – Isobel«, entgegnete Lili hastig.

»Sie gehört ins Bett. Ich werde meine Mutter bitten, sie in ihr Zimmer zu bringen.«

»Ach nein, bitte, lass mich das machen …«

»Gut, wenn du danach gleich ins Schlafzimmer gehst. Ich komme zu dir, wenn du im Bett liegst«, raunte er mit belegter Stimme.

Lili nickte, sprang auf und suchte nach Isobel.

»Kann Murron bei mir übernachten?«, rief diese schon von Weitem.

»Wenn ihre Mutter es erlaubt.«

»Sie will nicht«, erklärte Murron. »Aber fragen Sie sie doch noch einmal, Miss Campbell, bitte!« Erschrocken schlug sich das Mädchen die Hand vor den Mund. »Ich meine natürlich – Lady Munroy.«

»Nun gut, ich werde mein Glück versuchen«, seufzte Lili und trat auf Murrons Mutter zu, die gerade in ein angeregtes Gespräch mit Shona und Craig vertieft war. An deren gehässigem Gelächter erkannte Lili unschwer, über wen sich die drei gerade die Mäuler zerrissen.

»Verzeihen Sie, Lady Ainsley, aber Ihre Tochter schickt mich. Ich soll bei Ihnen Fürsprache halten, dass sie heute bei uns im Haus übernachten darf.«

»Ich kann meiner Tochter doch nicht jeden Wunsch erfüllen, der mit Ihrem Umzug von Edinburgh nach Scatwell verbunden ist, werte Lady Munroy. Ihretwegen habe ich sie schon in St. George's abmelden müssen, nachdem sie sich geweigert hatte, ohne ihre geliebte Freundin Isobel weiterhin das Internat zu besuchen. Und nun in der neuen Schule lassen ihre Leistungen, besonders im Englischen, zu wünschen übrig.«

»Dann mache ich Ihnen einen Vorschlag. Ich übe morgen eine Stunde mit ihr, und wenn Sie einverstanden sind, verbinden wir das ab sofort mit jedem ihrer Besuche in Scatwell.«

Lady Ainsley kniff die Lippen zusammen, doch dann gab sie sich geschlagen. »Eine gute Lehrerin waren Sie, das muss man Ihnen lassen«, erklärte sie herablassend.

»Danke, Lady Ainsley«, flötete Lili und überbrachte den Mädchen die frohe Botschaft, um ihnen gleich darauf einen Dämpfer zu erteilen.

»Trotzdem bringe ich euch jetzt ins Bett, und der Preis ist, dass ich dich, Murron, morgen eine Stunde lang in Englisch unterrichte.«

Murron stöhnte genervt auf, doch dann folgten die beiden Mädchen ihrer ehemaligen Lehrerin.

Lili las ihnen eine Geschichte vor und hoffte insgeheim, sie würden noch nicht so bald einschlafen, aber ihr Wunsch erfüllte sich nicht. Schon nach zwei Seiten schliefen die beiden Mädchen tief und fest. Lili blieb noch eine Zeit lang auf Isobels Bettkante sitzen. So als könne sie auf diese Weise verhindern, sich für die Hochzeitsnacht bereit zu machen. Schließlich erhob sie sich langsam.

Es war ein merkwürdiges Gefühl, als sie wenig später mit nichts als einem Nachthemd bekleidet unter die Decke schlüpfte, wohl wissend, dass Niall sich zu ihr legen werde. Sie hing nicht an ihrer Jungfräulichkeit ... und schon öffnete sich vorsichtig die Tür.

»Kann ich hereinkommen?«, fragte er heiser.

Lili nickte und beobachtete nicht ohne Neugier, wie er sich im Halbdunkel auszog. Es brannte zwar kein Licht, aber

Niall stand so dicht vor dem Fenster, dass ihn der Mond beschien. Dadurch wirkte er bleich. Er ließ sich Zeit, zog ein Kleidungsstück nach dem anderen aus und legte es sorgfältig auf den Stuhl, bis er schließlich nackt dastand. Er war ein Bild von einem Mann, wie in Stein gemeißelt. Er erinnerte Lili an die Statue des Poseidon, die sie einmal im Museum bewundert hatte.

Als er sich zu ihr umwandte, kniff sie kurz die Augen zusammen. Sie wusste zwar, was sie erwartete, aber es war schließlich ein Unterschied, ob sie eine Abbildung in einem Anatomiebuch betrachtete, um sich auf den Vertretungsunterricht in Biologie vorzubereiten, oder ob sie einen Mann leibhaftig vor sich sah. Sie wollte gerade einen weiteren Blick riskieren, als er sich bereits neben sie gelegt hatte.

»Komm in meinen Arm!«, flüsterte er. Kaum hatte sie sich an ihn geschmiegt, nestelte er bereits an ihrem Nachthemd.

»Zieh es aus, mein Liebling!«

Lili setzte sich auf und streifte sich das Nachthemd über den Kopf, bevor sie sich erneut an ihn schmiegte. Seine Haut war warm und weich. Es war kein unangenehmes Gefühl, ihn so intensiv zu spüren. Seine Hände glitten nun hinauf zu ihren Brüsten und berührten sie zart. Lili entspannte sich und gab sich seinen forschenden Händen hin, bis sie seine Berührungen sogar genießen konnte. Dann ließ er abrupt von ihr ab und wälzte sich mit seinem ganzen Gewicht über sie, doch er schaffte es nicht, in sie einzudringen. Seine drängende Männlichkeit war geschrumpft. Er forderte sie mit heiserer Stimme auf, ihn anzufassen, doch sie zögerte, weil sie viel zu große Angst hatte, etwas falsch zu machen und ihm wehzutun. Fluchend rollte er sich zur Seite und rubbelte wie wild an seinem Genital herum, doch es wuchs auch nicht unter seiner Hand. Lili war ein wenig ratlos. Sie wusste, dass er mit einem schlaffen Glied nicht würde in sie eindringen können, aber in den Anatomiebüchern aus der Internatsbibliothek hatte nicht gestanden, was sie als Frau tun konnte, damit es wuchs. Aber seine verzweifelten Bemühungen waren auch kaum länger mitanzusehen. So traute sie sich schließlich, seine Hände sanft beiseitezuschieben und selbst Hand anzulegen. Er stöhnte auf, und tatsächlich, sie hatte Erfolg, doch dann ging alles ganz schnell. Niall wälzte sich über sie und drückte ihr die Schenkel auseinander. Lili schrie auf vor Schmerz. Ein paarmal bäumte sich Niall auf, stieß einen lauten Schrei aus und rollte zur Seite. Das Ganze hatte nur wenige Minuten gedauert.

Lili fühlte nur den wunden, dumpfen Schmerz zwischen ihren Beinen und war den Tränen nahe. Niall merkte nichts von ihrer Verzweiflung, sondern bedeckte ihr Gesicht über und über mit Küssen. »Du hast mich wieder zum Mann gemacht, o meine Lili«, murmelte er. »Ich hatte große Sorge, dass mir dieses Glück niemals mehr vergönnt sei, aber du hast mich geheilt. Wir werden noch ein Kind bekommen. Du wunderbares Wesen, du.«

Lili aber spürte außer dem Brennen zwischen ihren Schenkeln nur, dass ihr Magen rebellierte. Sie atmete ein paarmal tief durch. Das linderte die Übelkeit, nicht aber den Schmerz.

Die Sehnsucht nach Dusten überkam sie in diesem Augenblick mit solcher Macht, dass sie ihre Tränen nicht länger unterdrücken konnte. Sie schluchzte verzweifelt auf.

Niall missverstand ihren Ausbruch. »Bist du auch so glücklich?«, fragte er und strich ihr zärtlich über die Wangen. In ihr aber schrie alles nach Dusten. Teilnahmslos ließ sie Nialls Zärtlichkeiten und seine süßen Worte über sich ergehen, die nur einen faden Geschmack hinterließen.

Nicht die Tatsache, dass er sie zunächst nicht hatte lieben können, stieß sie ab, sondern seine überschwängliche Dankbarkeit. Sie mochte sich nicht vorstellen, dass sich das Ganze womöglich bald wiederholen werde. Was sie empfand, waren allein Ekel und Schmerz.

Sie war fast erleichtert, als sie ihn schließlich leise schnarchen hörte. Vorsichtig entwand sie sich seinem Arm und setzte sich auf. Tief in ihrem Innern ahnte sie, dass diese Nacht, hätte sie sie mit Dusten verbracht, anders verlaufen wäre.

Plötzlich fielen ihr die schwarzen und roten Rinder ein, die auf einem kleinen Stück Wiese zusammengepfercht waren und einander wahrscheinlich in Panik auf dem engen Raum verletzen würden. Lili fasste einen Entschluss. Leise erhob sie sich, wusch sich das Blut ab, kleidete sich notdürftig an und schlich aus dem Zimmer. Sie konnte nur hoffen, dass sie niemandem begegnete, doch sie hatte Glück. Unbehelligt verließ sie das Haus und eilte durch die Nacht. Merkwürdigerweise hatte sie keine Angst, so allein dort draußen zu sein. Der Mond wies ihr den Weg. Ein Käuzchen schrie und wollte gar nicht mehr aufhören. Die Brücke über den Burn überquerte Lili allerdings schneller als am Tage, weil ihr das schwarze Wasser des Baches bei Nacht ein wenig unheimlich erschien. Als sie aber in der Ferne Dustens Haus auftauchen sah, wurde sie ganz ruhig. Sie entdeckte die Rinderherde, die auf einer kleinen Wiese neben dem Haus Körper an Körper zusammengedrängt war, und hatte die Gewissheit, dass sie richtig handelte. Es verlieh ihr ein Gefühl von Freiheit, den Tieren das Gatter zur benachbarten großen Weide zu öffnen. Erst als sich die Stiere in Bewegung setzten, brachte sie sich in Sicherheit. Erschöpft blickte sie hinauf zum Nachthimmel und stellte erstaunt fest, dass über ihr die Sterne blinkten. Die dunkle Wolke über dem Tal von Strathconon hatte sich verzogen. Sie fragte sich, ob sie das wohl als gutes Zeichen nehmen sollte.

48

Strathpeffer, August 1914

Lili weilte bereits seit zwei Wochen in Strathpeffer, diesem Kurort im Wald, umgeben von Hügeln und nicht einmal zehn Meilen von Scatwell entfernt. Und doch war es eine völlig andere Welt, und ihr Zuhause schien ihr so unendlich fern.

Niall hatte sie mit seinem Wagen hergebracht. Er hatte sich ein Automobil gekauft, auf das er über alle Maßen stolz war. Es war sein Vorschlag gewesen, dass sie vier Wochen in Strathpeffer kurte, sah er das Problem, dass sie immer noch nicht schwanger geworden war, doch allein bei ihr. Schließlich hatte er sich seit über drei Monaten redlich abgemüht, seinen Teil zur Zeugung eines Baronet zu leisten, aber vergeblich. So vermutete er, dass die Ursache bei Lili zu suchen war. Sie hatte das Angebot, in Strathpeffer zu kuren, ohne Murren angenommen und es bislang nicht bereut.

In Strathpeffer tobte das mondäne Leben. Die Reichen und Schönen, die Jungen und Alten aus dem ganzen Land trafen sich in diesem Ort, um das Wasser aus den Quellen der umliegenden Berge zu trinken und Moorbäder zu nehmen. Lili hatte bereits etliche Bekanntschaften geschlossen, doch sie beließ es bei oberflächlichen Kontakten. Die Welt dieser Menschen blieb ihr doch äußerst fremd. Noch war es ihr nicht in Fleisch und Blut übergegangen, dass sie eine wohlhabende Hochland-Lady war, die im erst vor drei Jahren errichteten Highland Hotel wohnte. Es lag direkt am Hauptplatz, besaß zwei große Türme und eine üppig verzierte Holzfassade. Auch dass Niall ihr viel Geld dagelassen hatte und sie in den luxuriösen Geschäften am Strathpeffer Square hätte kaufen können, was ihr Herz begehrte, war ihr eher unangenehm. Noch hatte sie keinen Gebrauch davon gemacht.

Doch das mondäne Leben und die entspannenden Moorbäder waren nichts gegen das befreiende Gefühl, für eine Weile die beklemmende Atmosphäre von Scatwell Castle hinter sich zu lassen. Lili war seit ihrer Hochzeit die Feindin im eigenen Haus. Lady Caitronia behauptete, Lili habe ihren Sohn gegen die Familie aufgehetzt. Und Niall hatte an den Wochenenden nichts anderes im Sinn, als endlich einen Sohn zu zeugen. Je verbissener er das Ziel verfolgte, desto häufiger ging bei ihm gar nichts mehr. Und sie hatte sich schon mehrfach in Kopfschmerzen geflüchtet.

Lili hatte in den letzten Wochen vergeblich darauf gehofft, dass Großmutter und Dusten von ihrer Reise zurückkehrten, aber sie hatten sich, wie sie aus einem Brief Großmutter Mhairies erfahren hatte, ein Haus in Ullapool gemietet und wollten erst wiederkommen, kurz bevor die trächtigen schwarzen Kühe ihre Jungen von den roten Stieren bekämen. Bis dahin kümmerte sich Alec Dunbar um die Rinder. Lili hatte den alten Mann ein einziges Mal von Weitem auf den Feldern gesehen, aber sie hatte nicht gewagt, sich ihm vorzustellen. Immerhin hatten die Rinder auf der großen Weide bleiben dürfen. Kein Mensch hatte je gefragt, wer sie aus ihrer misslichen Lage befreit hatte.

Das alles ging Lili durch den Kopf, während sie vor dem Spiegel ihres Hotelzimmers stand und skeptisch ihr Spiegelbild beäugte. Sie sah blendend aus, die Kur hatte ihr rosige Wangen beschert, und sie hatte leicht zugenommen. Doch das Kleid war für ihren Geschmack zu fein. Niall war vor der Kur mit ihr nach Inverness gereist, um ihr eine neue Garderobe zu kaufen. Er fand, dass die Kleider aus Edinburgh ihrer neuen gesellschaftlichen Stellung nicht angemessen seien. Wäre es nach seinem Willen gegangen, hätte sie alles wegwerfen sollen, was sie an ihre Vergangenheit erinnerte. Sie aber hatte die Kleider gerettet, die ihre Mutter ihr genäht hatte, und in ihrem Schrank versteckt. In dem Koffer, mit dem sie in die

Highlands gereist war und der auch die Erinnerungsstücke an ihren Vater, Dustens Brief sowie Caitlins Tagebuch enthielt. Ein paarmal schon war sie versucht gewesen, alles in den Bach zu werfen, aber eine innere Stimme hatte sie bislang davon abgehalten.

Das taubenblaue Seidenkleid war schön, keine Frage, aber würden die Denoons sie in dieser Aufmachung überhaupt wiedererkennen? Lili hatte sich riesig über den Brief von Mrs Denoon gefreut, in der sie Lili von ihrem anstehenden Besuch in Strathpeffer berichtet hatte. Zu ihrem großen Bedauern hatte Niall keinerlei Interesse gezeigt, die ehemaligen Herrschaften ihrer Mutter kennenzulernen. Sie hatte ihn gebeten, wenigstens am Abend zum Essen aus Scatwell zu kommen, doch er hatte unter dem Vorwand abgelehnt, zu viel Arbeit zu haben.

Schade, dachte Lili, als sie sich noch einmal schwungvoll um die eigene Achse drehte und beschloss, das Kleid anzubehalten. Sie hatte sich mit den Denoons in ihrem Highland Hotel zum Abendessen verabredet und war sehr aufgeregt bei dem Gedanken, die beiden zu treffen. Sie waren schließlich außer Isobel die einzige Verbindung zu ihrem früheren Leben.

Lili war viel zu früh fertig mit ihren Vorbereitungen und ließ sich auf das Sofa fallen. Die riesige Suite bestand aus einem Wohnraum mit einem Kamin, einem Schlafzimmer und einem Bad. Die Wände in allen Räumen waren holzvertäfelt und die Teppiche rot-grün kariert. Das letzte Wochenende hatte Niall bei ihr verbracht. Sie hatte so darauf gehofft, dass er Isobel mitbrächte, aber die hätte ihn bei seinen Plänen nur gestört. Niall hatte nämlich die große Hoffnung gehegt, Lili endlich zu schwängern, doch er war nicht einmal in der Lage gewesen, überhaupt in sie einzudringen.

»Vielleicht solltest auch du eine Kur machen«, hatte Lili ihm vorsichtig geraten.

Das aber hatte Niall entschieden abgelehnt und es stattdessen immer wieder vergeblich versucht. Für Lili war es ein schreckliches Wochenende gewesen. Wie gern wäre sie mit ihm Arm in Arm durch Strathpeffer geschlendert, hätte an der Trinkhalle ein Schlückchen Heilwasser zu sich genommen und mit ihm eines der Konzerte besucht, die jeden Samstag im Ben Wyvis Hotel stattfanden. Doch sie hatten die meiste Zeit auf dem Zimmer verbracht, und Niall hatte bei jeder männlichen Regung seines Körpers geglaubt, sie ins Bett zerren zu müssen.

Deshalb war sie nicht sonderlich traurig, dass Niall an diesem Abend nicht kommen würde, denn mit Sicherheit hätte er dann auch über Nacht bleiben wollen.

Lili erhob sich, fuhr sich noch einmal über ihr aufgestecktes Haar, griff nach Handtasche und Cape und stieg die breite Treppe ins Foyer hinunter. Von dort aus ging es in das Restaurant. Mit einem Blick auf ihre neue goldene Armbanduhr, die Niall ihr zur Hochzeit geschenkt hatte, stellte sie fest, dass sie auf die Minute pünktlich war. Und da erblickte sie auch bereits die Denoons an einem Tisch, der für vier Personen gedeckt war. Bevor sie sich bemerkbar machen konnte, wandte sich Mrs Denoon um und stieß einen Entzückensschrei aus.

»Lili, du bist ja eine richtige Dame geworden!«

Die Gäste der benachbarten Tische starrten neugierig zu ihnen herüber.

Lili winkte ab. »O nein, ich bin immer noch die Alte! Das ist doch nur das Kleid.«

Doktor Denoon schob ihr einen Stuhl zurecht. »Aber Kleider machen Leute«, sagte er und fügte bewundernd hinzu: »Ich muss meiner Frau recht geben. Sie sehen bezaubernd aus.«

Lili wurde rot. Das waren ihr zu viele Komplimente auf einmal.

»Du siehst kerngesund aus, mein Kind, warum bist du hier zur Kur? Hast du denn irgendwelche Beschwerden?«, fragte Mrs Denoon ohne Umschweife.

»Nein, ich fühle mich prächtig. Es ist nur …« Sie stockte. »Wir wünschen uns so sehr ein Kind, und mein Mann meint …«

»Aber Sie sind doch erst seit April verheiratet. Da muss man sich in Geduld üben«, unterbrach der Doktor sie energisch.

»Mein Mann hat Sorge, dass es nicht mehr so einfach ist in meinem Alter ...«

»Kindchen, Sie sind doch noch keine dreißig.«

»Ich habe noch mit zweiunddreißig unseren Jüngsten bekommen«, bestätigte Mrs Denoon.

»Aber ich habe noch kein Kind und werde sechsundzwanzig, auch wenn man es mir nicht ansieht. Niall hat mich vor der Heirat nie nach meinem Alter gefragt, aber nun macht er sich Sorgen. Er wünscht sich doch so sehnsüchtig einen Sohn.«

»Das ist ein frommer Wunsch, aber du könntest ja auch eine Tochter bekommen«, wandte Mrs Denoon ein.

»Ja, ich weiß, aber ich bin auch hier, damit ich ganz zur Ruhe komme«, seufzte Lili.

Mrs Denoon musterte sie prüfend. »Hauptsache ist doch, du bist glücklich. Das bist du doch, oder?«

»Ja, und wie«, beteuerte Lili mit belegter Stimme.

»Lili, ich kenne dich von Kindesbeinen an. Du siehst prächtig aus, keine Frage, aber du strahlst nicht so, wie ich es von einer frischgebackenen Ehefrau erwarten würde. Ich sage das ganz frei heraus, bevor dein Mann kommt ... Wo steckt er eigentlich?«

»Mein Mann ist bezaubernd. Er tut alles für mich. Es ist nur so ... seine Familie ist anstrengend. Seine Familie mag mich nicht besonders, und das macht es nicht gerade einfach. Aber heute Abend kann er ...«

»Da bringen Sie mich auf einen wichtigen Gedanken – Familie! Also, ich traf da neulich einen Mann ...«

Weiter kam Doktor Denoon nicht, denn in diesem Augenblick trat Niall überraschend an den Tisch. »Verzeihen Sie meine Verspätung«, entschuldigte er sich. »Aber Sie wissen, die Arbeit ...« Er machte eine Verbeugung und begrüßte die Denoons formvollendet, bevor er sich Lili zuwandte. »Liebling, ich hoffe, ich komme noch rechtzeitig, um mit deinem Besuch zu speisen.« Er blickte ihr tief in die Augen, und sie sah ihm förmlich an, dass er sich am liebsten auf der Stelle mit ihr aufs Zimmer zurückgezogen hätte.

Lili war froh, dass sie den Denoons noch nicht erklärt hatte, warum ihr Mann nicht erscheinen werde. Und sie freute sich aufrichtig über sein überraschendes Auftauchen. Wie immer, wenn sie ihn ein paar Tage nicht gesehen hatte, entdeckte sie seine Attraktivität stets aufs Neue. Voller Stolz beobachtete sie aus den Augenwinkeln, wie die Hälse der allein reisenden Damen sich unauffällig in seine Richtung reckten.

Auch Mrs Denoon schien entzückt, denn entgegen ihrer sonstigen Redseligkeit schien es ihr die Sprache verschlagen zu haben. Sie strahlte Niall an und nickte Lili verschwörerisch zu.

Niall setzte sich und fragte die Denoons höflich: »Hatten Sie eine angenehme Reise?«

»Ja, der Strathpeffer Spa Express bringt die Gäste beinahe direkt ins Badehaus«, erwiderte Doktor Denoon und musterte Lilis Ehemann ebenfalls wohlwollend.

»Ja, aber ich glaube allmählich, meine Frau braucht mehr als nur Moorbäder«, entgegnete Niall plötzlich unverblümt. »Sie sind doch Arzt, Doktor Denoon. Ob Sie einmal mit dem Kollegen sprechen könnten, der meine Frau betreut? Er sagt immer, es ist alles in Ordnung, es braucht nur Zeit.«

Lili blickte ihren Mann entgeistert an. Das ging entschieden zu weit. »Ich glaube nicht, dass Doktor Denoon sich in die ärztliche Behandlung vor Ort einmischen möchte«, erklärte sie in scharfem Ton.

»Ach was, das sind Badeärzte. Hier muss ein Spezialist für Frauenleiden her.«

Vor lauter Empörung blieb Lili die Luft weg und Mrs Denoon spitzte ihren Mund, was sie immer tat, wenn sie ernstlich böse wurde.

»Sir Niall, ich verstehe, dass Sie gern ein Kind mit Lili hätten, aber das kann seine Zeit dauern. Ich wurde ein halbes Jahr nicht schwanger, und mein Mann hat mich deshalb nicht gleich nach Strathpeffer verfrachtet. Sie müssen sich in Geduld üben. Was meinen Sie, wie schnell es dann geht!«

Nialls Miene verfinsterte sich, und er suchte Zustimmung bei Doktor Denoon, doch auch der schien Nialls Meinung nicht zu teilen. Er runzelte die Stirn. »Ich für meinen Teil glaube, dass Lili völlig gesund ist. Sie hat selten zuvor so wohl ausgesehen.«

»Ich dachte nur, ich könnte Sie als Fachmann ansprechen«, murmelte Niall verärgert und löffelte nun stumm die Vorsuppe in sich hinein.

Lili war die Szene entsetzlich peinlich, und sie ahnte jetzt auch, warum Niall doch noch gekommen war. Er hatte auf einen ärztlichen Rat Doktor Denoons gehofft.

Lili warf den Denoons verstohlene Blicke zu und hob bedauernd die Schultern. Nialls Schweigen hatte etwas Strafendes. Keiner traute sich, ein neues Gespräch anzufangen, doch als die Vorsuppe abgeräumt wurde, räusperte sich Doktor Denoon ein paarmal und schien bereit zu sein, einen neuen Versuch zu wagen.

»Und Sie züchten Schafe, Sir Niall?«

Niall nickte und tat so, als tupfe er sich den Mund ab, doch er schien sich hinter der Serviette zu verstecken.

»Wir sind überaus glücklich, dass es unsere Lili so gut getroffen hat«, bemerkte Mrs Denoon.

»Die Freude ist ganz auf meiner Seite«, erwiderte Niall steif.

Während Lili krampfhaft nach einem Thema suchte, das zur Entspannung beitrug, ergriff Doktor Denoon das Wort. »Ach, Lili, was ich Ihnen bereits vorhin erzählen wollte … wir haben neulich zufällig den Mann wiedergesehen, der uns damals gemeinsam mit Ihrem Vater den Whisky lieferte. Und stellen Sie sich vor, er behauptet steif und fest, Ihr Vater stamme ganz aus Ihrer Nähe, also von dort, wo Sie jetzt wohnen. Aus dem Tal von …«

Er unterbrach sich erschrocken, weil sich aus Lilis Glas ein Riesenschwall Rotwein über die weiße Tischdecke bis auf seine Hose ergoss.

»Oh, wie ungeschickt von mir!«, rief Lili aufgeregt aus, während sie am ganzen Körper zitterte. Sie hatte sich keinen anderen Rat gewusst, als dem Glas einen Stoß zu versetzen.

Und schon kam der Kellner angerannt und versuchte, das Missgeschick zu beseitigen. Der Wein hatte sich über Doktor Denoons gesamte Hose verteilt, doch als der eifrige Kellner darauf herumwischte, brummte er unwirsch: »Lassen Sie das! Bringen Sie uns ein neues Tischtuch und neuen Wein. Und gut ist es.«

Lili aber entschuldigte sich wortreich für das »unverzeihliche Missgeschick« und wagte schließlich, Niall einen Seitenblick zuzuwerfen. Sie konnte nur beten, dass er Doktor Denoons Worte über die Herkunft ihres Vaters überhört hatte. In diesem Augenblick sagte ihr Mann zu Doktor Denoon: »Entschuldigen Sie bitte, dass ich Ihnen eben nicht richtig zugehört habe. Erwähnten Sie Lilis Vater?« Dann wandte er sich Lili zu und lächelte sie an. »Schau nicht so entsetzt, Liebling, es ist nur ein Glas umgekippt. Ich komme natürlich für den Schaden auf.« Zur Bekräftigung seiner Worte legte er Lili eine Hand auf den Arm, doch sie konnte sich nicht helfen. Seine Reaktion war ihr unheimlich. Hatte er wirklich nicht alles verstanden?

Zu ihrer Erleichterung war Doktor Denoon Niall eine Antwort schuldig geblieben.

Noch jedenfalls! In ihrem Kopf arbeitete es fieberhaft. Wie konnte sie den Doktor davon abhalten, noch einmal auf ihren Vater zu sprechen zu kommen und womöglich seinen Namen zu nennen? Sie hatte keine andere Wahl, als die Sache direkt anzugehen.

»Sie glauben, jemanden getroffen zu haben, der meinen Vater kannte. Das glaube ich nicht. Ich kenne ja nicht einmal seinen Namen. Und ganz ehrlich, was geht mich dieser namenlose Schwarzbrenner und Hochstapler an? Und mein Mann war bislang so tolerant und hat keine Fragen gestellt.«

Doktor Denoon starrte Lili fassungslos an. Auch Mrs Denoon war ihre Ratlosigkeit ins Gesicht geschrieben, doch Niall nahm Lilis Hand und raunte: »Ich liebe meine Frau, ganz gleich, was für ein kleiner Ganove ihr Vater auch gewesen sein mag. Lassen Sie uns nicht mehr davon sprechen.«

Während des gesamten weiteren Essens warf Lili Niall immer wieder verstohlene Blicke zu, doch er unterhielt sich inzwischen angeregt mit Doktor Denoon. Das Eis schien gebrochen, besonders als Niall nach dem Essen diverse Whiskys orderte und immer wieder mit Doktor Denoon anstieß.

Lili rührte nichts davon an. Schließlich sprach sie mit Mrs Denoon über ihre Mutter, was damit endete, dass die beiden Frauen einander weinend in den Armen lagen.

Lili war erleichtert, als die Männer sich zum Aufbruch bereit machten. Die Angst, dass die Wahrheit doch noch ans Licht kommen werde, lähmte sie förmlich. Sie waren die letzten Gäste. Alle anderen waren bereits gegangen, und die Kellner warteten nur noch darauf, dass auch sie endlich nach Hause gehen konnten. Bis zuletzt hatte Lili gebangt, vor allem als sie sah, wie betrunken Doktor Denoon war, während Niall beinahe nüchtern wirkte. Lili beschlich der Verdacht, dass er seinen Whisky in die Pflanze gegossen hatte, die neben ihrem Tisch stand, doch warum sollte er? Er scheint keinen Verdacht geschöpft zu haben, ging es Lili durch den Kopf, dann hätte er sich sicher nicht so zusammenreißen können.

Nachdem Doktor Denoon das Restaurant am Arm seiner Frau sicher verlassen hatte, wandte Lili sich erleichtert an ihren Mann. »Begleitest du mich zu meinem Zimmer?«, fragte sie in der Annahme, er werde die Nacht bei ihr verbringen, doch Niall lehnte kühl ab. »Ich mache mich auf den Weg nach Hause. Schlaf gut!«

»Aber … aber, du hast doch so viel getrunken«, wandte sie ein. »Bleib doch hier! Das ist sicherer.«

»Ach, zerbrich dir nicht meinen Kopf! Und wenn ich gegen

einen Baum fahre, dann ist es Schicksal. Ich hole dich in zwei Wochen ab.«

»Aber willst du mich am nächsten Wochenende denn nicht besuchen?«

»Doch, unter einer Bedingung: Du sagst mir auf der Stelle, was es mit deinem Vater auf sich hat.«

Lili wurde schwindelig, aber sie konnte sich glücklicherweise noch an einer Wand abstützen.

»Was meinst du damit? Ich weiß nicht mehr als das, was meine Mutter mir verraten hat. Aber warum löcherst du mich plötzlich so? Bislang war dir meine Herkunft doch völlig gleichgültig.«

»Ja, bisher, als ich noch nicht wusste, dass dein Vater aus dem Tal von Strathconon stammt.«

Lili wurde kalkweiß. »Wie kommst du denn darauf?«

»Verkauf mich nicht für dumm! Das wollte Doktor Denoon bei Tisch ausplaudern, bevor du ihm den Wein über die Hose gekippt hast. Also, hast du mir etwas zu sagen?«

»Nein, nein, du irrst dich! Mein Vater stammte nicht aus den Highlands. Das war ein Missverständnis. Verrenn dich bitte nicht in etwas so Unsinniges! Komm, begleite mich auf mein Zimmer. Mit so viel Whisky im Blut kannst du nicht mehr fahren.«

»Ich werde fliegen, mein Liebling«, erwiderte Niall mit verwaschener Stimme. Lili erschrak. Inzwischen hatte der Alkohol seine Wirkung entfaltet. Er hatte tatsächlich zu viel getrunken. Dann wird er dieses Gespräch morgen vielleicht wieder vergessen haben, redete sie sich gut zu und wollte ihn küssen, doch da war er bereits davongeschwankt.

»Niall, sei doch vernünftig!«, rief sie ihm hinterher, doch er wandte sich nicht einmal um.

49

Lili fürchtete sich davor, die Denoons nach jenem entsetzlichen Abend wiederzusehen. Tagelang hatte sie sich verleugnen lassen, wenn die beiden an der Rezeption gestanden hatten. Doch dann ergriff sie schließlich die Initiative und hinterließ den ehemaligen Herrschaften ihrer Mutter eine Nachricht. Sie trafen sich in einem Café am Strathpeffer Square. Lili war wahnsinnig aufgeregt, doch Mrs Denoon nahm als Erstes ihre Hand. »Wir sind doch immer für dich da, mein Mann und ich«, raunte sie. Doktor Denoon nickte beipflichtend. »Was war denn bloß los?«, fügte Mrs Denoon aufgeregt hinzu.

Lili holte tief Luft. »Ich weiß, es muss Ihnen alles recht merkwürdig vorgekommen sein, aber ich ...« Sie kämpfte mit den Tränen.

»Dein Mann sieht wirklich atemberaubend aus, aber sein Verhalten ist befremdlich«, stellte Mrs Denoon trocken fest, während sie Lili tröstend über das Haar strich. »Er macht den Eindruck, als sei er ein Tyrann, der keine andere Meinung als die eigene gelten lässt.«

»Er darf niemals erfahren, wie mein Vater hieß«, stöhnte Lili gequält auf.

»Und auch nicht, dass er ein Mann aus den Highlands war, nicht wahr?«, ergänzte Doktor Denoon nachdenklich.

»Nein, weder noch. Das darf er nie erfahren, denn mein Vater war Gordon Makenzie ...«

Die beiden Denoons blickten sie fragend an.

»Es ist so ...« Lili zögerte kurz, bevor sie alles verriet, was ihr das Herz schwer machte.

»O je!«, entfuhr es Doktor Denoon. »Da kann ich ja nur von Glück sagen, dass ich seine Fangfrage nicht beantwortet habe.«

»Was wollten Sie mir eigentlich gestern über ihn erzählen?«

»Ach, Kindchen, das ist doch nicht mehr so wichtig.«

»Was?«, wollte Lili wissen.

»Dieser Freund sagte nur, er sei mit Ihrem Vater verabredet gewesen, aber der sei nie aus den Highlands zurückgekehrt, wo er etwas zu erledigen gehabt habe.«

Lili zögerte einen Augenblick lang, doch dann nahm sie kein Blatt mehr vor den Mund und schüttete den Denoons ihr Herz aus. Sie erzählte alles – bis auf ihre Gefühle für Dusten. Die behielt sie für sich, wenngleich sie letzte Nacht von ihm geträumt hatte. Ihr liefen noch immer kalte Schauer über den Rücken, wenn sie daran dachte. Dusten hatte auf der anderen Seite des Baches gestanden und sie mit süßen Worten gelockt, dass sie doch über die Brücke kommen möge, doch sie konnte nicht. Niall hatte ihr den Sgian Dubh an den Hals gehalten und gezischt: »Einen Schritt weiter und du bist tot.«

»Mein Gott, nun begreife ich, warum dein Mann so versessen darauf ist, so schnell wie möglich ein Kind von dir zu haben. Um zu zeigen, dass er in der Lage ist, einen ganzen Munroy zu zeugen und keine halbe Makenzie wie seine Tochter!«, rief Mrs Denoon aufgeregt aus. »Dabei wird er wieder nur ein Kind bekommen, das Teile beider Clans in sich trägt.«

»Und ich verstehe jetzt endlich, warum Sie mir den Rotwein über die Hose geschüttet haben«, ergänzte Doktor Denoon trocken. »Was wäre, wenn Sie ihm die Wahrheit gestehen würden? Sie können doch nichts dafür. Und er kann nicht mehr tun, als Sie hinauszuwerfen.«

»Um Himmels willen, nein!«, widersprach Mrs Denoon ihrem Mann heftig. »Das Kind wird sich doch nicht unnötig in Gefahr begeben. Der Mensch ist gefährlich und unberechenbar, wenn du mich fragst. Ich habe es an seinen Augen gesehen, als du ihm gesagt hast, dass du Lili für gesund hältst.

Nein, liebe Lili, wir mieten uns einen Wagen, begleiten dich nach Scatwell, du packst deine Sachen, und wir fahren gemeinsam nach Edinburgh zurück. Rodina wird dich mit offenen Armen empfangen. Sie liegt mir ständig in den Ohren, wie sehr du ihr fehlst. «

Lili blickte verlegen zu Boden, doch dann sah sie die beiden offen an. »Ich kann nicht einfach gehen, aber ich darf ihm niemals verraten, dass ich eine Makenzie bin. Das brächte ihn um. Ich kann mich nicht feige davonschleichen. Da gibt es doch auch noch Isobel, die ich unmöglich verlassen kann ...« Sie unterbrach sich, weil ihr mit einem Mal speiübel wurde.

»Entschuldigung«, presste sie gerade noch heraus, bevor sie zu den Waschräumen lief. Dort übergab sie sich in einem großen Schwall. Danach wusch sie sich das Gesicht und betrachtete sich im Spiegel. Sie war totenbleich. Kein Wunder, dachte sie und kehrte an den Tisch der Denoons zurück.

Der Doktor musterte sie durchdringend. »Mussten Sie sich gerade übergeben? «

Lili nickte beschämt.

»Wissen Sie, was ich glaube? Sie sind schwanger. «

»Aber ich hatte kürzlich Blutungen«, widersprach Lili schwach.

»Und waren sie genauso wie sonst? «

Lili versuchte sich zu erinnern. »Nein, sie waren schwächer und kürzer und ... «

»Mein, Kind, Sie müssen jetzt stark sein, aber das waren nicht Ihre monatlichen Blutungen. In der ersten Zeit der Schwangerschaft kann es zu solchen Blutungen kommen ... «

»O nein, komm her, Kleine, das ist ja furchtbar! « Mrs Denoon breitete die Arme aus, um Lili zu trösten, doch die strahlte über das ganze Gesicht. »Jetzt wird alles gut. Was interessiert ihn mein Vater, wenn wir ein Kind bekommen? Er darf niemals erfahren, wer mein Vater war. Hören Sie? Niemals! Dann wird alles gut. «

»Dein Wort in Gottes Ohr«, murmelte Mrs Denoon skeptisch, »aber du hast recht. Er darf es nicht erfahren. Sonst geschieht ein Unglück. Das spüre ich ganz tief hier drinnen.« Mrs Denoon deutete auf ihren Bauch.

»Das kann ich nur unterschreiben, auch ohne dein Bauchgrummeln, mein Schatz. Aber seien Sie vorsichtig, Lili. Ihr Mann ist kein schlechter Kerl, doch ich befürchte, das Drama mit seiner Frau hat ihn krank gemacht. Verstehen Sie mich nicht falsch, er ist nicht verrückt, aber unberechenbar.«

Lili kämpfte mit sich, ob sie den Denoons verraten solle, dass Niall sehr wohl Verdacht geschöpft hatte, aber sie zog es vor zu schweigen. Mrs Denoon war schon aufgeregt genug. Und sie, Lili, wollte freudig in die Zukunft sehen. Ihr Herz tat einen Sprung bei dem Gedanken, dass in ihr ein Kind heranwuchs. Ein Kind der Liebe und der Versöhnung.

»Ich glaube, ich werde meine Kur abbrechen und überrasche Niall mit der wunderbaren Nachricht«, erklärte sie mit fester Stimme.

»Sieh dich vor, mein Kind.« Mrs Denoon schien gar nicht erfreut über die Entwicklung.

»Machen Sie sich keine Sorgen. Niall wirkt manchmal ein wenig unbeherrscht, aber er liebt mich und würde mir niemals Schaden zufügen. Und wenn wir drei uns einig sind, wie ein Grab zu schweigen, kann nichts geschehen. Ich verspreche Ihnen, sobald mein Kind groß genug ist, besuchen wir Sie in Edinburgh.«

Lili war von ihrem Stuhl aufgesprungen. »Ich bin so wahnsinnig aufgeregt! Verzeihen Sie mir, aber ich werde mir einen Wagen mieten und mich nach Scatwell bringen lassen. Ich brenne darauf, meinem Mann die frohe Botschaft zu überbringen.«

Mrs Denoon wischte sich verstohlen eine Träne aus dem Augenwinkel. »Ich wünsche dir alles, alles Gute. Eines ist sicher: Das Kind wird wunderschön. Wenn es nach dir kommt. Obwohl, dein Niall ist schon ein ansehnliches Exemplar von einem Hochländer.«

Lili seufzte lächelnd. »Ja, das ist er, und wenn es nach mir ginge, darf es gern ein Mädchen werden. Jetzt, da wir wissen, wir können Kinder bekommen, werden wir dann eben so lange weitermachen, bis der ersehnte Thronfolger kommt.«

Als sie diese Worte aussprach, musste sie plötzlich daran denken, unter welchen Mühen sie dieses Kind gezeugt hatten, und sie wünschte sich insgeheim, es möge doch ein Junge werden, damit die Quälerei ein Ende hatte.

Plötzlich flog die Tür des Cafés auf, und ein junger Bursche stolperte aufgeregt über die Schwelle.

»Krieg!«, schrie er. »Wir sind im Krieg mit Deutschland. Tod den Hunnen!«

Erschrocken sahen sich Lili und die Denoons an.

»Das war ja zu erwarten gewesen«, bemerkte der Doktor.

»Dann wollen wir lieber sofort nach Edinburgh zurück. Was meinst du?« Mrs Denoon stand der Schreck über diese Nachricht förmlich ins Gesicht geschrieben.

»Ja, das halte ich für das Vernünftigste, und Sie sollten sich auch sofort auf den Heimweg machen.«

Nachdem sie sich draußen vor der Tür verabschiedet hatten, blickte Lili den beiden noch lange hinterher. Aufgeregte Menschen liefen an ihr vorbei, und alle kannten nur das eine Thema: den Krieg gegen Deutschland. Doch Lilis Gedanken kreisten einzig und allein um ihr Kind.

50

Ullapool, am gleichen Tag, August 1914

Großmutter Mhairie und Dusten saßen auf einer Bank vor dem kleinen Fischerhäuschen, das sie sich am Hafen von Ullapool gemietet hatten. Es gehörte dem Kapitän eines Fischkutters, der mit seinem Schiff zurzeit unterwegs zu den Fischgründen im Atlantischen Ozean war.

Die Sonne brannte ungewöhnlich intensiv vom stahlblauen Himmel und wärmte Großmutter Mhairies Hände, die in letzter Zeit immer kalt waren.

»Ach, mein Junge, was hätte ich versäumt, wenn ich zu Hause geblieben wäre«, seufzte Großmutter Mhairie, während sie ihren Blick über die bunten Schiffe schweifen ließ, die im Hafen leise vor sich hindümpelten.

»Ja, wenn ich daran denke, dass du stundenlang wie eine Gazelle über einsame Hochmoore und entlang der Klippen gewandert bist. Das soll dir einmal jemand in deinem Alter nachmachen.«

Mhairie griff nach der Hand ihres Enkels und drückte sie fest. »Ach, wenn ich allein an die Wasserfälle von Measach und an den Hafen von Portree denke ... Ich hatte immer geglaubt, unser Wetter im Tal sei launisch, aber dort veränderte es sich ja jede Minute. Sonne, Wolken, Regen, Sonne ... Und trotzdem verspüre ich eine Sehnsucht nach meinem Tal.«

»Ich auch, Großmutter, ich auch, aber ich habe Angst. Wie kann ich vermeiden, dass Niall mir auf den Grund meiner Seele schaut?«

»Warum sollte er noch eifersüchtig sein? Er hat doch alles,

was er wollte, und wenn du Lili nicht allzu offensichtlich anhimmelst, kann nichts geschehen.«

»Das will ich hoffen. Es ist ganz seltsam. Ich träume beinahe jede Nacht von ihr.«

»Du Schelm, du!«, lachte Großmutter Mhairie und drohte ihm spielerisch mit dem Finger.

»Leider waren es keine süßen Träume. Es war immer wieder der gleiche Traum. Sie fleht mich um Hilfe an, aber ich bin nicht zur Stelle.«

»Das ist dein schlechtes Gewissen, weil du die Frau deines Cousins liebst«, erwiderte Mhairie und schloss die Augen. »Ich möchte noch ein wenig hierbleiben, es ist so friedlich. Wenn ich mir allein vorstelle, dass ich Caitronias saure Miene wieder sehen muss oder Craig mir ins Ohr brüllt, als sei ich eine altersschwache taube Person ...«

»Natürlich bleiben wir noch. Ich habe dem alten Dunbar gesagt, dass ich allerspätestens zurück bin, kurz bevor die Kälber auf die Welt kommen. Das darf ich auf keinen Fall verpassen.«

»Wahrscheinlich würde es genügen, ich würde unser Häuschen sehen, einmal zum Loch Meig wandern, und dann könnten wir eigentlich wieder abreisen.«

»Das wäre schön, aber dann muss ich bleiben, wenn ich die Zucht weiterhin ernsthaft betreiben will. Ich weiß genau, dieses Mal setze ich auf das richtige Pferd. Das macht mich unabhängig von dem restlichen Erbe meines Vaters. Dann kann ich endlich auch eine Familie gründen und ...« Er stockte.

»Es freut mich, das aus deinem Munde zu hören. Ich möchte es nämlich noch erleben, wie du die Frau findest, die du liebst, nachdem du so selbstlos warst und ...«

»... die Frau meines Herzens kampflos habe ziehen lassen, wolltest du gerade doch sagen, nicht wahr?«

»Dir kann man nichts vormachen. Ja, Lili Campbell ist eine besondere junge Frau, und ich hätte mir nichts sehnlicher gewünscht, als dass ihr beide miteinander glücklich geworden wäret. Aber ich sehe es ein – das ist ein frommer Wunsch. Und es ist gut, dass du so anständig warst. «

Dusten stöhnte auf. » Das erzähle bitte meiner lieben Familie. « Dann sprang er auf und forderte seine Großmutter auf, ihn bei einem Spaziergang durch den Ort zu begleiten.

Mhairie erhob sich und hakte sich bei ihrem Enkel unter. Im Sonnenlicht sahen die weißen Häuser entlang des Loch Broom noch malerischer aus als bei schlechtem Wetter. Vor einem großen Haus, das am Ortseingang stand, blieb Mhairie unvermittelt stehen. Seit man sie vor einigen Tagen darüber aufgeklärt hatte, dass hier der alte John Boyd gelebt hatte, konnte sie nicht einfach daran vorbeigehen. Immer wieder überfiel sie an dieser Stelle dieselbe Frage.

» Was meinst du, Dusten, warum ist Artair wohl damals nach seiner Rückkehr aus Nova Scotia nicht ins Tal gekommen, um mich zu holen? «, sinnierte sie.

» Das ist ganz einfach. Er war ein Ausgestoßener, ein vertriebener Crofter, der nichts besaß außer seinem Leben. Wahrscheinlich liebte er dich so sehr, dass er dir dein Leben nicht zerstören wollte. «

» Ja, schon, aber er wusste doch, dass ich sein Kind unter dem Herzen trug und … « Erschrocken schlug sich Mhairie eine Hand vor den Mund.

» Du hast ein Kind von ihm erwartet? «, fragte er fassungslos.

» Hör nicht auf das dumme Gerede einer alten Frau! «, versuchte Mhairie abzuwiegeln.

» Großmutter, ich halte dich nicht für verrückt. Komm schon, vertrau es mir an! Ich werde schon nicht tot umfallen. «

Mhairie seufzte tief. » Können wir zurückgehen? Ich glaube, ich muss mich setzen. «

Dusten brachte seine Großmutter sicher zurück zu der Bank vor dem weißen Fischerhaus. Dort saßen sie eine ganze Weile schweigend nebeneinander, bis Mhairie ihm stockend erzählte, unter welchen Voraussetzungen sie Angus Munroy geheiratet hatte und wie unrecht er ihr getan hatte, dass er zeitlebens in Brian einen Bastard vermutet hatte.

Statt mit moralischer Entrüstung zu reagieren, legte Dusten Mhairie, nachdem sie ihre Erzählung beendet hatte, den Arm um die Schultern. »Und mit diesen Schuldgefühlen hast du dich ein ganzes Leben lang geplagt, du Arme.«

»Verurteilst du mich denn nicht?«

»O nein, Großmutter, und selbst wenn, diese Schuld hättest du hundertmal abgegolten. Angus hat deinen Geliebten zweimal umgebracht. Als er dir vorlog, dass er tot sei, und als er ihn dann tatsächlich am Fuath-Burn umgebracht hat. Es tut mir nur nachträglich für Onkel Brian leid. Er hat es wirklich nicht leicht gehabt.«

»Aber jetzt, wo du es weißt, kannst du dir erklären, warum Artair in Ullapool geblieben ist und eine eigene Familie gegründet hat, obwohl er mich doch schwanger zurückgelassen hatte?«

»Er hoffte, du habest einen guten Mann gefunden, bei dem es eurem Kind gut erging. Doch als er erfahren musste, dass du im Haus seines ärgsten Feindes lebst, da hat er nur noch rotgesehen.«

»Ja, so würde es einen Sinn ergeben.«

»Aber Großmutter, Hand aufs Herz: Was hättest du getan, wenn er gleich nach seiner Rückkehr zu dir gekommen wäre? Wärst du ohne Brian fortgegangen? Angus hätte dir das Kind doch nie gegeben.«

Mhairie hob die Schultern. »Ich weiß es nicht, aber ich bezweifle, dass er mich überhaupt hätte gehen lassen. Ich war doch mit deinem Vater schwanger.«

Dusten beugte sich zu seiner Großmutter hinüber und gab ihr einen Kuss auf die Wange. Als er seinen Blick wieder in Richtung Hafen wandte, galt seine ganze Aufmerksamkeit einer Ansammlung von Fischern, die wild gestikulierten.

Sie wurden immer lauter, und dann schallte es bis zu ihrer Bank. »Krieg mit Deutschland!«

Großmutter Mhairie und Dusten sahen einander erschrocken an.

»Um Gottes willen«, entfuhr es der alten Dame.

»Ich werde mir gleich eine Zeitung holen. Es musste ja so kommen. Nach dem Attentat von Sarajewo hatte sich die Lage täglich weiter zugespitzt.«

»Wäre es nicht besser, wir würden schon heute aufbrechen?«, fragte Mhairie zaghaft.

»Ja, Großmutter, lass uns packen. In diesen Zeiten wird jeder Mann gebraucht.«

»Aber du willst dich doch nicht etwa freiwillig melden!«, entfuhr es ihr besorgt.

»Ich muss mir erst einmal ein Bild von der Lage machen, aber ich werde mich nicht vor meiner Verantwortung drücken, wenn es sein muss.«

»Ist es nicht ein Krieg der Engländer, die ihre Kolonien behalten wollen?«

»Dieser Krieg geht uns alle an, Großmutter Mhairie.«

Und schon war Dusten im Haus verschwunden, gerade in dem Augenblick, als eine große dunkle Wolke den Himmel verdüsterte. Mhairie warf einen Blick nach oben und erschauerte. Sie konnte sich nicht helfen. Das war kein gutes Omen.

51

Scatwell, am gleichen Tag, August 1914

Es war früher Nachmittag, als der Chauffeur Lili vor dem Eingang von Scatwell Castle absetzte. Sie entlohnte den Mann reichlich und ließ sich die Koffer bis vor die Schlafzimmertür tragen. Bevor sie es betrat, blieb sie kurz stehen und lauschte. Es war totenstill im Haus, und Lili mutmaßte, dass die Familie außer Haus war.

Als sie die Tür öffnete und ihr Blick auf das Bett fiel, erstarrte sie. Wie betäubt blieb sie im Türrahmen stehen. Ihr Atem ging stoßweise. Auf der Überdecke lagen ihre Kleider und der Koffer und darauf wild verstreut jene Dinge, die sie im Nachlass ihrer Mutter gefunden hatte: der Brief ihres Vaters, sein Foto, das Clanabzeichen aus Zinn und der Ordensstern. Vor dem Kamin lag der braune Ledereinband von Caitlins Tagebuch, alles andere glomm im Feuer vor sich hin. Vor dem Bett am Boden lagen Papierfetzen. Lili erstarrte. Es waren die Überreste von Dustens Brief.

Sie brauchte eine Weile, um zu begreifen, dass Niall vom Misstrauen getrieben in ihren Sachen gewühlt hatte. Langsam näherte sie sich dem Schlachtfeld auf ihrem Bett und nahm als Erstes noch einmal das Foto ihres Vaters zur Hand. Ihr Herzschlag wollte aussetzen, als ihr Blick an der Widmung auf der Rückseite hängen blieb. *Gordon Makenzie.* Wenn Niall das gelesen hatte, gab es nichts mehr zu leugnen. Nun lag es in seiner Hand, wie er damit umgehen würde. Doch in jedem Fall würde sie ihm erst von der Schwangerschaft berichten, bevor er noch etwas Unüberlegtes tun würde.

439

Mit klopfendem Herzen fasste Lili nach dem Ordensstern und legte ihn vorsichtig in den Koffer zurück. Dasselbe wollte sie mit dem Clanabzeichen tun, doch als sie es in der Hand hielt, sah sie es zum ersten Mal genauer an. In der Mitte eines Gürtels befand sich das Symbol eines lodernden Feuers, und darüber stand auf Lateinisch *Luceo non uro*. Ich leuchte, ich verbrenne nicht, übersetzte Lili in Gedanken.

Mit zitternden Händen stopfte sie das Clanabzeichen in ihren Koffer, bevor sie den Brief ihres Vaters zur Hand nahm, fest entschlossen, ihn zu vernichten. In diesem Augenblick hörte sie eine schneidend scharfe Stimme hinter sich. »Damit wirst du die Wahrheit nicht aus der Welt schaffen!«

Lili fuhr herum und blickte in Nialls Gesicht. Sie erschrak, denn er sah entsetzlich aus. Das Haar hing ihm ungekämmt ins aschfahle Gesicht, er war nicht rasiert. Er schien die Nacht in seiner Kleidung verbracht zu haben. Sein Hemd war völlig zerknittert.

»Ja, ergötz dich nur an dem, was du aus mir gemacht hast. Und ich frage dich nun zum letzten Mal, was ist mit deinem Vater?«

Lili aber trat beherzt einen Schritt auf ihn zu. »Ich muss dir vorher etwas anderes sagen. Wir ...«

»Ich habe dich etwas gefragt und verlange eine Antwort aus deinem Mund. Alles andere interessiert mich nicht.«

Lili blickte zu Boden, denn sie ertrug den verächtlichen Blick nicht länger, mit dem er sie schier durchbohrte.

»Und sieh mich an, wenn du mit mir sprichst ...« Er hielt inne, griff in seinen Strumpf, holte den Sgian Dubh hervor und warf ihn zu den anderen Sachen auf die Bettdecke.

»Niall, bitte, lass mich dir sagen ...«

»Nein!«, schrie er. »Du wirst mir auf der Stelle erklären, was es mit deinem Vater auf sich hat.«

Lili kämpfte mit sich, ob sie nicht alles leugnen und behaupten solle, sie wisse auch nicht, was das Foto und dieser Brief zu bedeuten hatten, doch das schien ihr sinnlos. Es war so eindeutig, dass Gordon Makenzie an Davinia geschrieben hatte, bevor er in die Highlands gegangen war, um Angus Munroy umzubringen. Nein, sie hatte keine Wahl.

»Gordon Makenzie war mein Vater«, brachte sie schließlich mit bebender Stimme hervor.

»Und du wagst es, mir diese Ungeheuerlichkeit ungerührt an den Kopf zu werfen, als sei es das Normalste auf der Welt?« Nialls Gesicht war jetzt vor Schmerz verzerrt.

»Es tut mir leid. Ich wollte es dir niemals sagen und mein Geheimnis mit ins Grab nehmen, denn ich habe davon auch erst an jenem Abend erfahren, bevor ich dir in die Highlands gefolgt bin. Ich fand die Sachen versteckt im Nachlass meiner Mutter. Da ahnte ich noch nicht, auf welch unselige Weise die Schicksale unserer Clans miteinander verknüpft waren und sind.«

»Das hast du dir aber fein zurechtgelegt. Und du hast es nicht für nötig befunden, mich aufzuklären, nachdem du erfahren hattest, dass mich diese unselige Verknüpfung bereits einmal fast um den Verstand gebracht hat?«

»Ich wollte, dass der Hass ein Ende hat. Und ich wollte uns beiden ersparen, dass wir das durchleiden, was du mit Caitlin erfahren hast. Ich dachte, wenn unsere Kinder Teile von beiden Clans in sich tragen, dann überwinden wir die Gräben der Vergangenheit.«

»Du wolltest mir also absichtlich Makenzie-Bastarde unterschieben. Lieber Gott, was bist du für eine hinterhältige Betrügerin! Caitlin konnte es nicht wissen, als wir Isobel gezeugt haben, aber du hättest es mit voller Absicht hinter meinem Rücken getan.«

Es war nicht mehr der Schmerz allein, der sein Gesicht verzerrte, sondern der blanke Hass. »Da kann ich nur von Glück sagen, dass du keine Kinder bekommen kannst, damit mir das erspart bleibt.«

Lili riss die Augen schreckensweit auf. »Aber das wollte ich dir doch sagen! Ich erwarte ein Kind.«

Einen Augenblick lang starrte Niall sie an wie einen Geist, doch dann trat er bedrohlich auf sie zu und versetzte ihr einen

Stoß. Lili geriet ins Wanken, doch sie konnte sich an einem Stuhl festhalten.

»Du lügst doch, wenn du nur den Mund aufmachst. So einen Unsinn kannst du deinem geliebten Dusten erzählen. Der ist dir ja verfallen. Habt ihr mir eigentlich Hörner aufgesetzt?«

Lili biss die Lippen fest zusammen. Sie war nicht bereit, auf diese Anschuldigung zu antworten.

»Schweigen kann sehr beredt sein, meine Liebe. Wenn ich nur daran denke, dass ich mich von dir habe beschwatzen lassen, Harmonie im Hause Munroy walten zu lassen und über die Untaten der Makenzies zu schweigen. Deinetwegen habe ich meine Mutter erzürnt, weil du mir geschickt ausgeredet hast, Großvaters Geburtstag zu feiern.« Er lachte hässlich auf. »Jetzt verstehe ich natürlich, warum du das nicht ertragen hättest.«

Lili wollte etwas erwidern, aber sie konnte nicht. Ihr Mund war wie ausgedörrt. Die Zunge klebte ihr am Gaumen. So musste sie stumm mit ansehen, wie er das Strumpfmesser vom Bett nahm und ihr damit vor dem Gesicht herumfuchtelte.

»Ich habe mich gewundert, womit du einen so kostspieligen, wertvollen Sgian Dubh erstehen konntest. Nun ahne ich, woher du ihn hast. Befand er sich auch im Nachlass deiner Mutter? Hat er deinem Vater gehört? Ja? Rede!«

»Ja«, entgegnete sie heiser.

»Du hast mir also das Messer geschenkt, das dieser verdammte Mörder meinem Großvater ins Herz rammte? Warum hast du mich nicht gleich damit erstochen?«

»Ich wusste es doch nicht, als ich es dir geschenkt habe.«

»Aber irgendwann wusstest du es. Hat es dir Spaß gemacht, mich verdammten Trottel mit der Mordwaffe herumspazieren zu sehen? Hat es dir Freude gemacht? Habt ihr nicht genug Unheil angerichtet, ihr hinterhältiges Mörderpack?«

Lili nahm ihren ganzen Mut zusammen. »Wer das Mörderpack ist«, erwiderte sie kalt, »das gilt es noch zu klären, Niall Munroy.«

Dann sah sie nur noch, wie er die Hand erhob, und spürte, dass ihr Kopf gegen etwas Hartes prallte.

52

Scatwell, August 1914, drei Tage später

Lili konnte sich der vergangenen Tage nur in verschwommenen Bildern entsinnen, als sie wieder zu sich kam. Wo war sie? Mit einem prüfenden Blick stellte sie fest, dass sie sich in ihrem Schlafzimmer befand. Sie lag in ihrem Bett und fühlte sich wund. Mit dem Schmerz kam ganz langsam die Erinnerung zurück. Sie war gegen den Schrank geprallt und ohnmächtig geworden ... und dann ... Lili schloss die Augen, denn sie wollte nicht daran denken, doch es half alles nichts. Da war das viele Blut gewesen, und Doktor Brodie hatte bedauernd den Kopf geschüttelt ... Aber nicht Niall hatte er dabei angesehen sondern Dusten.

Lili fuhr hoch. Dusten? Wo war Niall? Oder hatte sie geträumt?

Lili wandte sich um, als sich die Tür zu ihrem Zimmer öffnete. Es war Isobel, die schüchtern den Kopf hereinstreckte.

»Komm, meine Kleine!«, flüsterte Lili. »Heute musst *du* mir etwas vorlesen.«

Isobel aber wandte sich noch einmal um und blickte ängstlich den Flur entlang, bevor sie hastig ins Zimmer schlüpfte. »Ich kann nur ganz kurz bleiben. Großmutter hat mir verboten, dich zu besuchen«, brach es aus ihr hervor.

»Du darfst mich nicht besuchen? Aber warum denn nicht?«

Isobel holte tief Luft. »Großmutter sagt, du bist eine böse Frau, die sich in unsere Familie eingeschlichen hat, weil du uns hasst.«

»Blödsinn, ich hasse euch nicht, du weißt, wie ich dich

liebe. Ob du deinen Vater wohl zu mir schicken kannst? Ich glaube, ich muss dringend mit ihm reden.«

Lili senkte den Kopf und fixierte ihre Schuhe.

»Isobel, es wäre mir wirklich eine große Hilfe, wenn du ihn schnell holen könntest.«

Isobel hob zögernd den Kopf. Tränen standen ihr in den Augen. »Ich kann nicht. Mein Vater ist fort.«

»Was heißt *fort*?«

»Er hat sich nicht einmal von mir verabschiedet. Er war einfach weg …«

Da ertönte Lady Caitronias strenge Stimme. »Isobel, wo bist du?«

Lili legte die Hand auf den Mund zum Zeichen, dass Isobel schweigen solle. Lady Caitronia schien nun vor der Zimmertür zu lauern, denn ihr keuchender Atem war bis zum Bett zu hören. Da wurde auch schon die Tür aufgerissen, und wie eine Rachegöttin platzte Lilis Schwiegermutter herein. Sie übersah Lili völlig und wandte sich wutentbrannt an ihre Enkelin. »Isobel, habe ich dir nicht untersagt, zu dieser Person zu gehen? Du packst jetzt auf der Stelle deine Sachen.« Sie versetzte dem Mädchen eine schallende Ohrfeige, woraufhin Isobel brüllte: »Ich hasse dich!« und an ihrer Großmutter vorbei aus dem Zimmer schoss.

»Da siehst du, was du angerichtet hast, Lili Makenzie.«

»Du weißt davon? Ich meine, dass mein Vater ein Makenzie war?«, fragte Lili mit belegter Stimme.

»Nicht nur irgendeines Makenzies, sondern du bist das Balg des elenden Mörders. Das hast du dir fein ausgedacht. Du wusstest doch genau, dass du meinem Sohn damit den Rest geben würdest. Du brauchst kein Messer wie dein Vater. Dein hübsches Gesicht war Waffe genug.«

»Wo ist Niall? Ich möchte ihn sprechen.«

»Das kannst du vergessen. Er wird nie wieder auch nur ein einziges Wort mit dir wechseln.«

»Ich schreie, wenn du ihn nicht sofort holst.«

Lady Caitronia lachte hämisch. »Tu, was du nicht lassen

kannst. Er hört dich nicht mehr. Er ist bereits in Fort George bei den Sutherland Highlandern und wird so bald wie möglich nach Flandern verschifft.«

»Er hat sich freiwillig gemeldet?«

»Wundert dich das? Er konnte nach deinem gemeinen Betrug keinen Augenblick länger mit dir unter einem Dach leben. Und da du dich in eine Ohnmacht geflüchtet hast ... Und jetzt mach, dass du aus unserem Haus kommst!«

»Ich wüsste nicht, was ich lieber täte, als dieses Irrenhaus zu verlassen, aber ich kann nicht. Ich habe gerade Nialls Kind verloren und immer noch höllische Schmerzen.«

»Lüg doch nicht! Du kannst keine Kinder bekommen. Das hat er mir selbst gesagt. Und dass du dich in unser Haus eingeschlichen hast, um ihm den Todesstoß zu versetzen, musste er mir gar nicht mehr erzählen. Er hat sich in sein Zimmer eingeschlossen und wie ein waidwundes Tier gebrüllt: ›Sie ist Gordon Makenzies Tochter!‹ Am nächsten Morgen war er fort und hinterließ mir nur einen Brief. Dass er sich freiwillig gemeldet habe ... und wenn du nicht auf der Stelle freiwillig gehst, dann prügle ich dich aus dem Haus ...«

Ehe Lili sichs versah, hatte sich Lady Caitronia auf sie gestürzt und schlug auf sie ein, doch sie wurde von Dusten, der in diesem Augenblick ins Zimmer trat, zurückgerissen. »Bist du wahnsinnig?«, schrie er seine Tante an und beugte sich über Lili. »Bist du verletzt?«

Lili antwortete nicht. Sie war wie betäubt. Hatte sie sich bis jetzt an die Hoffnung geklammert, die Angelegenheit mit einem vernünftigen Gespräch aus der Welt schaffen zu können, war sie nun sicher, dass es kein Zurück mehr gab.

»Bring mich fort von hier, Dusten, bitte!«, stieß sie heiser hervor.

»Gut, ich hole Doktor Brodie. Der soll entscheiden, ob du transportfähig bist. Und du, Tante Caitronia, wage dich ja nicht noch einmal in ihre Nähe!«

»Du hast wirklich keinen Funken Ehre im Leib. Hast es immer noch nicht kapiert? Lili Campbell ist die Tochter des verdammten Makenzie, der deinen Großvater umgebracht hat. Und sie hat sich an deinen Cousin herangemacht, um ihn zugrunde zu richten.«

»Er hätte es niemals erfahren, wenn er nicht in meinen Sachen gewühlt hätte. Unsere Kinder wären frei vom Hass dieser zerstörerischen Familienfehde aufgewachsen. Das war mein Plan«, erklärte Lili kühl. In diesem Augenblick empfand sie nichts als Leere. Keinen Zorn, keine Traurigkeit …

»Und das soll ich dir glauben? Eine Makenzie als Friedensengel? Dass ich nicht lache. Dein Vater hat wenigstens offen zu einer Waffe gegriffen, aber was du getan hast, das ist infam.«

»Raus jetzt!«, befahl Dusten, packte seine Tante bei den Schultern und schob sie unsanft aus dem Zimmer.

»Du bist und bleibst ein Nestbeschmutzer«, hörte Lili sie draußen auf dem Flur verächtlich zischen.

Als es endlich still war, atmete Lili tief durch, bevor sie sich fragte, ob alles anders gekommen wäre, wenn sie Niall gleich die ganze Wahrheit gesagt hätte. Damals in Edinburgh, bevor sie beide den Zug in die Highlands bestiegen hatten. Vielleicht wäre mir dann alles erspart geblieben, dachte sie seufzend. Doch als Dusten ins Zimmer zurückkehrte, wusste sie, dass es unabdingbar gewesen war, Niall in die Highlands zu folgen. Manchmal geht das Leben seltsame Umwege, ging es ihr durch den Kopf, während er sich neben sie auf die Bettkante setzte und ihre Hand nahm. In seinen Augen waren Liebe und Mitgefühl zu lesen, aber auch eine Spur von Neugier. Wahrscheinlich möchte er wissen, warum ich der Familie meine Herkunft verschwiegen habe.

Ohne dass er sie dazu aufgefordert hätte, begann Lili zögernd zu sprechen. »Am Abend, bevor ich mit Niall nach Inverness aufbrach, entdeckte ich in der Wohnung meiner verstorbenen Mutter Briefe, die bestätigten, was mir Doktor Denoon bereits wenige Wochen zuvor angedeutet hatte. Der Name meines Vaters lautete Gordon Makenzie, und er war nicht etwa vor meiner Geburt tödlich verunglückt, sondern saß im Gefängnis von Inverness, weil er einen Menschen umgebracht hatte. Deinen Großvater, aber das erfuhr ich erst viel später, als ich heimlich Caitlins Tagebuch las. Und natürlich habe ich geschwankt, ob ich Niall vor der Hochzeit davon erzählen sollte ...«

Lili geriet ins Stocken, denn sie war den Tränen nahe. Doch dann fuhr sie mit ihrem Bericht fort. »Ich hatte mich in den Wunsch verstiegen, gegen den Hass anzugehen und durch unsere Kinder eine Verbindung zwischen beiden Familien zu schaffen. Und zwar ohne sein Wissen. Ich hatte Sorge, er könne daran zerbrechen, wenn ihm das gleiche Schicksal ein zweites Mal widerfuhr ...«

»Ach, Lili, ich zweifle nicht daran, dass du edle Motive hattest, aber ich befürchte, es wird schwierig sein, Niall davon zu überzeugen. Ich meine, ich werde mein Bestes tun, um ihn von deiner Aufrichtigkeit zu überzeugen ...«

Lili blickte ihn aus großen Augen an. »Das brauchst du nicht, Dusten. Ich bleibe nicht bei ihm. Selbst wenn er mir verzeihen sollte – ich kann ihm nicht verzeihen ...« Nun konnte sie ihre Tränen nicht länger zurückhalten. Sie schluchzte verzweifelt auf. »Wenn er mich nicht gestoßen und ich das Kind nicht verloren hätte, wer weiß, vielleicht würde ich dann versuchen, die Zähne zusammenzubeißen und weiter dafür zu kämpfen, dass es eben doch ein friedliches Miteinander der Munroys und Makenzies geben kann, aber so ...«

»Du brauchst nicht mehr zu kämpfen. Ein Munroy und eine Makenzie können mit Sicherheit friedlich unter einem Dach zusammenleben ...«

Dusten blickte Lili zärtlich an. Sie wünschte sich in diesem Augenblick nichts sehnlicher, als dass er sich über sie beugen und sie küssen möge, doch er machte keinerlei Anstalten, sich ihr zu nähern. »Ich nehme dich gleich mit nach Hause, wenn Doktor Brodie es erlaubt«, ergänzte er.

»Aber sie werden dich hassen, wenn du ...«

»Und ich könnte mich nicht mehr im Spiegel betrachten,

wenn ich dich in der aufgepeitschten Stimmung in diesem Haus ließe. Schließlich sind wir eine Familie.«

So sehr Lili seine Fürsorge auch rührte, fragte sie sich in diesem Augenblick doch nur eines: Sah er wirklich nur eine hilfsbedürftige angeheiratete Verwandte in ihr? Einerlei, versuchte sie sich einzureden, Hauptsache, ich entkomme diesem schrecklichen Haus so schnell wie möglich.

»Das ist ein großzügiges Angebot«, murmelte sie. Dann fuhr sie erschrocken hoch. »Aber was ist mit Isobel? Ich kann sie doch nicht alleinlassen.«

»Du wirst doch ganz in ihrer Nähe leben. Sie kann uns jederzeit besuchen.«

Lili ließ sich zurück in die Kissen fallen. »Könntest du sie den Fängen der Sippe noch einmal kurz entreißen? Ich muss ihr doch erklären, warum ich vorerst in dein Haus ziehe.«

Dusten erhob sich und zwinkerte ihr zu. »Keine Sorge. Ich schicke sie dir.«

Lili blickte ihm hinterher, während ihr Herz wie wild klopfte. Bei der Vorstellung, mit Großmutter Mhairie und ihm unter einem Dach zu leben, durchrieselte sie ein Glücksgefühl.

Das verflüchtigte sich aber in dem Augenblick, in dem Dusten mit versteinerter Miene ins Zimmer zurückkehrte.

»Das Dienstmädchen sagt, dass Shona und Craig sie fortgebracht haben.«

»Was heißt *fort*? Wohin?«

»Nach Edinburgh ins Internat.«

»Aber das können sie doch nicht tun! Ich muss sofort Miss Macdonald anrufen …« Lili machte Anstalten, sich aus dem Bett zu mühen, doch Dusten hielt sie sanft fest.

»Lili, du kannst nichts tun. Niall hat es im Brief an seine Mutter so angeordnet.«

»Aber sie können sie mir doch nicht wegnehmen …«

»Sie ist seine Tochter, Lili. Sobald er zurück ist, werde ich Himmel und Hölle in Bewegung setzen, damit er Isobel nach Hause holt. Sie braucht uns. Gerade jetzt.«

Es rührte Lili, dass Dusten an Isobel mindestens genauso hing wie sie selbst, aber er hatte leider recht. Isobel war Nialls Tochter, und der würde alles daransetzen, jeden weiteren Kontakt zwischen ihnen zu verhindern. Vor allem, wenn er erfuhr, dass sie die Highlands nicht verlassen hatte, sondern nur auf die andere Seite des Flusses gezogen war. Lili erschauerte, denn sie spürte mit jeder Faser ihres Körpers, dass die düsteren Wolken über Scatwell sich noch nicht verzogen hatten.

53

Dingwall, September 1914

Alec Dunbars Farm lag etwas außerhalb der kleinen Ortschaft Dingwall nahe beim Tulloch Castle. Die Idee, Lili mit dorthin zu nehmen, stammte von Großmutter Mhairie. Nachdem Lili bei ihr und Dusten eingezogen war und Mhairie inzwischen über ihre wahre Herkunft Bescheid wusste, fand sie es angebracht, dass sie Blaan Makenzie einen Besuch abstatteten. Lili war das gar nicht recht. »Was soll ich bei ihm? Ich will nichts mehr hören von den Makenzies und den Munroys«, hatte sie trotzig erklärt. Mhairie aber hatte nur milde gelächelt und Lili damit gelockt, dass Alec Dunbar ihren Vater gekannt habe. »Willst du wirklich nicht wissen, ob er ein hinterhältiger Mörder war oder nicht?«, hatte Mhairie listig hinzugefügt. Zähneknirschend hatte Lili klein beigegeben.

Das Herz klopfte ihr zum Zerbersten, als Dusten sie vor dem Eingang aus seinem nagelneuen Automobil aussteigen ließ. Ihre Aufregung hatte aber nicht nur etwas mit dem bevorstehenden Besuch bei dem Bruder ihres Großvaters zu tun, sondern galt Dusten. Sie hatte beim Aussteigen versehentlich seinen Arm gestreift, und selbst diese zufällige Berührung versetzte ihren Körper in größten Aufruhr. Dusten hatte keinerlei Anstalten gemacht, Lili näherzukommen, seit sie in Little Scatwell wohnte. Das verunsicherte sie zutiefst, denn ihre Gefühle ihm gegenüber wuchsen von Tag zu Tag. Allein die liebevolle Zuneigung, die er seiner Großmutter entgegenbrachte, erwärmte ihr Herz. So war sie mehr als nur einmal versucht gewesen, sich einfach in seine Arme zu stürzen. Doch er schien nicht zu ahnen, welch ein Vulkan der Emotionen in ihr tobte. Er war wie immer zugewandt ihr gegenüber.

»Ich erledige meine Besorgungen und hole euch wieder ab. Eine Stunde, reicht euch das?«

»So lange brauchen wir nicht. Wir wollen ja nur kurz Guten Tag sagen«, wehrte Lili ab.

»Eine Stunde ist gut. Sehr gut sogar«, mischte sich Mhairie fröhlich ein.

Lili war mulmig zumute, als Dusten davonfuhr und dabei jede Menge Staub aufwirbelte.

»Nun schau nicht so missmutig drein, mein Liebes! Wenn der alte Blaan jemanden achtkantig hinauswirft, dann bin ich es. Aber er soll mich zumindest einmal anhören.«

Und schon pochte sie an die breite Tür des Farmhauses. Von drinnen waren schlurfende Schritte zu hören. Alec Dunbar staunte nicht schlecht, als er Mhairie erkannte. Mit seinem lichten schlohweißen Haar und seiner leicht gebückten Haltung wirkte er älter als Mhairie, wenngleich er einige Jahre jünger war als sie.

»Welche Ehre! Lady Mhairie, was führt dich zu mir, nachdem du mir seit … lass mich überlegen … ja, eigentlich seit weit über fünfzig Jahren mehr oder weniger aus dem Weg gehst. Aber du hast dich nicht verändert. Du bist immer noch die Schönste im ganzen Tal.«

Mhairie kicherte verlegen. »Und du bist noch immer ein frecher junger Bursche, Alec Dunbar. Wir sind eigentlich gekommen, um Blaan einen kurzen Besuch abzustatten. Er wohnt doch bei dir, oder?«

Alec wand sich. »Ja, schon, aber ich glaube kaum, dass er dich empfangen möchte. Er traf kurz nach Hogmanay bei mir ein und konnte es nicht fassen, dass du Angus geheiratet hast.«

Lili kniff die Augen zusammen. »Dann sag ihm, ich komme in Begleitung seiner Großnichte. Der Tochter von Gordon Makenzie.«

Alecs fassungsloser Blick schweifte zwischen Lili und Mhairie hin und her. »Sie sind Gordon Makenzies Tochter? Aber das ist doch unmöglich. Es war niemals die Rede von einem Kind. Ich habe ihn doch im Gefängnis besucht. Er war nicht verheiratet und hatte keine Kinder. «

»Er wusste nichts von mir, denn kurz nachdem er meine Mutter geschwängert hatte, zog es mein Vater vor, in die Highlands zu reisen und einen Munroy kaltzumachen. « Das klang bissig.

»Brauchst du einen Beweis? Sie hat es schwarz auf weiß – oder lässt du uns endlich ins Haus? «, fragte Mhairie.

Alec trat beiseite. Er war immer noch sichtlich irritiert.

»Aber sind Sie nicht die junge Lehrerin, die Sir Niall geheiratet hat? «

»Ja, die bin ich. «

»Weiß er, dass Sie eine Makenzie sind? «

Großmutter Mhairie war bereits in den dunklen Flur getreten. »Eins nach dem anderen, Alec. Bevor wir Blaan besuchen, wäre es schön, du würdest uns von Gordon erzählen. Damit sie sich ein Bild von ihrem Vater machen kann. Bislang hieß er im Haus der Munroys nämlich nur der elende Mörder. «

»Folgt mir in die Küche! «

Alec bot ihnen zwei wackelige Stühle an. In einer Ecke lag eine Hündin mit ihren Jungen. Lili kniete sofort auf dem Boden nieder und nahm einen der Welpen auf den Arm.

»Eigentlich hätte ich sie ersäufen müssen, aber das bringe ich nicht übers Herz. Nun kann ich nur hoffen, dass ich sie loskriege. «

Lili suchte Mhairies Blick. Die alte Dame lächelte und nickte.

»Die nehmen wir«, entgegnete Lili und drückte das kleine Hundemädchen an sich.

»Gut, dann holt sie in etwa drei Wochen ab. Solange sollte sie noch bei ihrer Mutter bleiben. «

Dann hat dieser Besuch wenigstens einen Sinn gehabt, dachte Lili, während sie den kleinen Hund vorsichtig wieder zurücksetzte. Ihr war nach wie vor unwohl bei dem Gedanken, sich von diesem Fremden etwas über ihren Vater erzählen zu lassen. Was, wenn herauskam, dass die Munroys recht hatten und er wirklich nichts anderes gewesen war als ein feiger Mörder? War es da nicht besser, dass sie weiterhin ganz nach Belieben in ihrer Phantasie einen guten Menschen aus ihm machte? Doch nun war sie schon einmal hier, und Großmutter Mhairie würde dieses Haus wahrscheinlich nicht eher verlassen, bis Alec ihr ausführlich von dem Prozess gegen Gordon Makenzie berichtet hatte.

»Woher kannten Sie meinen Vater überhaupt? Er hat, so viel ich weiß, in Edinburgh gelebt.«

Alec runzelte die Stirn. »Das ist richtig, ich lernte ihn erst kennen, nachdem die Sache mit Angus Munroy geschehen war. Ich hatte damals geschäftlich in Inverness zu tun und wohnte bei meiner Tochter. Die arbeitete in der dortigen Gefängnisverwaltung und erzählte mir, dass bald der Prozess gegen den Mörder von Angus Munroy eröffnet werde. Ich hatte den Fall natürlich bereits in der Zeitung verfolgt und dachte mir mein Teil, als ich erfuhr, dass der Mörder ein Makenzie war. Sie müssen nämlich wissen, dass Ihr Großvater Artair Makenzie von Angus umgebracht worden ist. Nur durch eine fragwürdige Zeugenaussage konnte er seinen Kopf aus der Schlinge ziehen.«

»Ja, ja, die gute Senga. Gott hab sie selig!«, murmelte Mhairie.

»Jedenfalls war ich neugierig auf diesen Gordon Makenzie und habe ihn im Gefängnis besucht. Ihr Vater war froh, jemandem seine Lebensgeschichte erzählen zu können. Jemandem, der seinen Vater nicht nur gekannt hat, sondern der sein Freund gewesen ist. Ja, ich habe Artair bewundert. Er war älter als ich und so stark und unbeugsam ...« Er unterbrach sich, und seine Gedanken schienen in alte Zeiten abzuschweifen.

Lilis und Mhairies Blicke trafen sich. Sie ließen dem alten Mann seine innere Reise in die Vergangenheit. Es dauerte eine halbe Ewigkeit, bevor er fortfuhr. »Gordon war ein Getriebener. Kein Wunder, er wuchs in einem Waisenhaus in Edinburgh auf, und er wusste nichts von seiner Herkunft. Er war lange zur See gefahren, war wild und ungestüm, konnte nirgends Fuß fassen, versuchte sich dann als Schwarzbrenner und lernte eines Tages zufällig einen Mann aus dem Tal von Strathconon kennen, der ihm von dem Schicksal der dortigen Makenzies berichtete. Von dem Tag an war Gordon Mackenzie nur noch von dem einen Gedanken besessen: den Mann zur Rede zu stellen, der ihn zu einem Waisenkind gemacht hatte. Er verließ Edinburgh und ging in die Highlands, um sich auf die Suche nach der Wahrheit zu machen. «

»Er verließ nicht nur Edinburgh, sondern auch eine junge Köchin namens Davinia Campbell, die ein Kind von ihm erwartete«, schnaubte Lili nicht ohne Bitterkeit in der Stimme.

»Das tut mir leid. Er hat diese Frau mir gegenüber mit keinem Wort erwähnt. «

»Ich weiß. Er schrieb meiner Mutter einen Brief. Angeblich wollte er sie schützen. « Lili griff in ihre Handtasche, zog den Brief hervor und reichte ihn wortlos an Alec weiter. Der zögerte, doch dann begann er zu lesen. Nachdem er zu Ende gelesen hatte, musterte er Lili wie einen Geist.

»Sie sind wirklich seine Tochter. «

»Ja, was hast du denn gedacht? Dass wir dir Märchen erzählen? «, warf Mhairie empört ein.

»Dann wollte er Ihre Mutter tatsächlich schützen. Das müssen Sie ihm glauben. Er war ein aufrechter Mann, zwar voller Zorn, aber von einem ausgeprägten Gerechtigkeitsempfinden. «

»Und dann hat er also Angus Munroy in eine Falle gelockt und als Rache für den Tod seines Vaters erstochen? «

Alec lachte grimmig. »Das ist die Version der Munroys ... « Sein Blick schweifte zu Mhairie. »Warum hast du all die Jahre deinen Mund gehalten? Du hast Artair doch einst geliebt. Hast du nicht auch insgeheim geahnt, dass Angus ihn auf dem Gewissen hatte? «

»Ich habe es nicht nur geahnt, nein, ich habe es gewusst. Er selbst hat mir die Wahrheit hämisch ins Gesicht geschleudert.«

»Und warum in drei Teufels Namen bist du nicht zur Polizei gegangen?«

»Wegen meiner und seiner Kinder, Alec!«

»Du meinst wegen Artairs Kind, nicht wahr, Mhairie Maclachlan?«

Erschrocken wandten sich Lili, Mhairie und Alec um. Im Türrahmen lehnte der alte Blaan Makenzie. Er sieht lange nicht mehr so unheimlich aus wie an Hogmanay, schoss es Lili durch den Kopf, während sie den Blick auf den weißhaarigen alten Mann heftete. Sein Gesicht war eingefallen und von schwerer Krankheit gezeichnet.

»Nein, Blaan«, erwiderte Mhairie leise. »Brian ist Angus' Kind.«

»Warum, Mhairie, … warum hast du diesen Mann geheiratet, der uns alles nahm? Der unser Haus niederbrannte und uns wie Vieh auf das Schiff trieb. Weißt du eigentlich, dass er einen Helfer hatte? John Boyd hat mit ihm gemeinsame Sache gemacht.«

»Vielleicht war es John Boyds schlechtes Gewissen, das ihn später veranlasste, Artairs Tochter zu adoptieren«, bemerkte Mhairie, ohne auf Blaans Fragen einzugehen. Der aber starrte sie weiterhin durchdringend an.

»Warum hast du Angus geheiratet?«

Mhairie holte tief Luft. »Angus hat mir vorgelogen, dass Artair tot sei. Und ich erwartete doch sein Kind. Da habe ich Angus' Drängen nachgegeben und ihm verschwiegen, dass ich schwanger war. Ja, ich wollte es ihm als sein eigenes unterschieben, aber ich habe es am Tag unserer Hochzeit verloren …« Mhairies Stimme brach, bevor sie in Tränen ausbrach.

Lili war wie gelähmt. Langsam konnte sie sich zusammenreimen, was damals geschehen war. Sie wollte aufspringen und Mhairie trösten, doch da war Blaan bereits auf die alte Frau zugetreten und reichte ihr ein Taschentuch.

»Lass uns Frieden machen, Mhairie Maclachlan! Ich habe kein Recht, dich zu verurteilen. Ich habe meinen Bruder damals in Nova Scotia zu dem Schiff gebracht. ›Hol dir deine Braut!‹, habe ich ihm noch kurz vor dem Ablegen zugerufen. Und was antwortete er? ›Ich hoffe, sie hat einen guten Mann gefunden und mein Kind wächst behütet auf.‹ Er wäre wohl nie ins Tal von Strathconon zurückgekehrt, wenn er nicht erfahren hätte, dass dieser »gute« Mann Angus Munroy gewesen ist. Und ich bin mir ganz sicher, die beiden Männer haben um dich gekämpft. Auf Leben und Tod.«

Mhairies Schluchzen verstummte. Blaan setzte sich leise neben ihr auf einen Stuhl und starrte in die Ferne. Genauso wie Alec vorhin, so als reise er in die Vergangenheit. Doch dann fiel sein Blick auf Lili, und das schien ihn auf der Stelle in die Gegenwart zurückzuholen.

»Sie waren doch an Hogmanay in Inverness dabei. Wer sind Sie eigentlich?«

»Gordon Makenzies Tochter. Und ich bin gekommen, um zu erfahren, ob mein Vater ein Meuchelmörder war, wie die Munroys auf Scatwell Castle behaupten, oder nicht.«

Ein Beben lief durch den Körper des alten Mannes. Er starrte Lili sprachlos an.

»Nein, er war kein feiger Mörder«, mischte sich Alec entschieden ein. »Er bestellte Angus Munroy unter dem Vorwand, ihm Wkisky verkaufen zu wollen, zur der Brücke über den River Ness. Als er sich zu erkennen gab, verhöhnte Angus ihn, seinen Vater und überhaupt die ganze Familie. Es kam zu einer Prügelei, in dessen Verlauf Angus Gordon fast über das Geländer in den Fluss geworfen hätte. Gordon aber konnte sich wehren. Er war ja war viel jünger und stärker. Er zwang seinen Widersacher auf die Knie und fragte ihn, ob er seinen Vater auf dem Gewissen habe. Angus soll erwidert haben, ja, er habe diesem nutzlosen Hurenbock den Rest gegeben. Daraufhin hat Gordon ein Strumpfmesser gezogen – den Sgian Dubh seines Vaters. Eines der wenigen persönlichen Dinge, die man ihm damals mit ins Heim gegeben hatte. Er wollte ihn nicht töten, er wollte nur ein Geständnis aus seinem Mund, doch Angus hörte nicht auf, Gordon zu verhöhnen. Da stach er zu, um den Gegner zum Schweigen zu bringen. «

»Und hat man ihm vor Gericht geglaubt?«

»Nein, die Munroys sind eine einflussreiche Familie, die ihren Geschäftssitz schon damals in Inverness hatte. Da hatte ein hergelaufener Schwarzbrenner kaum eine Chance. So wurde er zu lebenslanger Haft verurteilt, weil er aus Hass gegen den Clan der Munroys einen Menschen getötet hatte …« Alec stockte und sah Lili herausfordernd an. »Und, was denken Sie nun über Ihren Vater?«

»Ich denke, es hat genug Opfer in dieser mörderischen Fehde gegeben, und ich wünsche mir von Herzen, dass diese Feindschaft endlich ein Ende findet.«

»Jetzt reden Sie schon genauso fromm daher wie Ihr Großvater. Artair machte mich manchmal schier wahnsinnig, wenn er seine milden fünf Minuten hatte. Mir war er immer lieber, wenn er sich mit Angus prügelte. Das war immerhin eine ehrliche Auseinandersetzung. Oder das Messer, das Gordon in die Hand nahm, um dem Mistkerl den Garaus zu machen«, ereiferte sich Blaan.

»Sie ist die Frau von Sir Niall Munroy, solltest du wissen, lieber Blaan«, klärte Alec seinen Freund auf. »Sie muss versöhnlich reden, wenn sie nicht wie Caitlin enden will.« Der Hohn in seiner Stimme war unüberhörbar.

»Ihr könnt ja gern damit weitermachen, Ihr unversöhnlichen alten Männer. Ich habe genug von Hass und Tod. Aber keine Sorge, ich werde das Schicksal der armen Caitlin nicht teilen, denn ich werde in absehbarer Zeit nach Edinburgh zurückkehren. Die Mauern von Scatwell werden von unversöhnlichem Hass umweht. Das ist kein Ort, an dem ich frei atmen kann«, entgegnete Lili.

»Aber ich dachte, du bleibst bei uns!«, entfuhr es Mhairie sichtlich empört.

»Was zieht ihr denn für Gesichter?«, ertönte in diesem Augenblick Dustens Stimme Er war ganz leise eingetreten.

»Stell dir vor, Lili will uns verlassen!«, rief Mhairie.

Dusten blickte Lili lange schweigend an. »Ach, will sie das?«, sagte er schließlich ungerührt.

Lili hatte das Gefühl, die Kehle schnüre sich ihr zu. Das war alles, was er dazu sagte? Doch was hatte sie erwartet? Dass er sich vor ihr auf die Knie werfen und sie anflehen werde zu bleiben? Nein, ihr Gastspiel in den Highlands war zu Ende. Sie verabschiedete sich rasch von den beiden Männern.

Blaan ergriff ihre Hand und flüsterte: »Du hast recht, alte Männer mit einem Messer in der Hand machen keinen guten Eindruck vor dem Jüngsten Gericht.« Zum ersten Mal, seit sie ihn gesehen hatte, lächelte er. Sie erwiderte sein Lächeln und strich ihm über die kratzigen Wangen.

»Alec, ich komme morgen noch einmal bei dir vorbei. Es gibt einiges zu klären, aber ich glaube, ich bringe meine Großmutter erst einmal nach Hause!«, rief Dusten über die Schulter zurück.

Stumm machten sich Großmutter Mhairie, Lili und Dusten auf die Rückfahrt nach Little Scatwell.

54

Little Scatwell/Loch Meig, September 1914

Auf der gesamten Rückfahrt ins Tal von Strathconon sprach keiner der drei auch nur ein Wort. So konnte Lili ungestört ihren Gedanken nachhängen. Sie war froh, dass sie mit nach Dingwall gefahren war, denn auch wenn ihr Vater in ihren Augen weit davon entfernt war, einen Heiligenschein zu tragen, sie brachte ihm inzwischen ein gewisses Verständnis entgegen. Schließlich hatte Angus Munroy ihm den Vater genommen und ihn damit zu einem armen Waisenkind gemacht. Wie konnte sie ihn unter diesen Umständen verdammen, weil er das Messer gezogen hatte? Was sie aber mindestens ebenso beschäftigte wie die Geschichte ihres Vaters war die Tatsache, dass Dusten so gar keine Anstalten machte, sie zum Bleiben zu bewegen. Er hat mir in der Not geholfen, weil er ein gutes Herz hat, aber er liebt mich nicht, dachte sie bedauernd, während sie aus dem Wagen stieg.

»Dusten, kommst du gleich in mein Zimmer? Ich muss dringend mit dir sprechen«, brach Mhairie das Schweigen.

»Ja, liebe Großmutter, ich komme nachher vorbei, aber erst einmal möchte ich das schöne Wetter nutzen und mit Lili einen Spaziergang unternehmen – falls sie mag.« Er lächelte sie erwartungsfroh an.

Lili war so überrascht, dass sie nicht lange überlegte. »Aber gern«, erwiderte sie erfreut.

Das schien Mhairie ganz und gar nicht zu gefallen, denn sie wiederholte ihre Bitte mit Nachdruck: Dusten möge ihr unverzüglich auf ihr Zimmer folgen.

Zu Lilis großem Erstaunen verleiteten Dusten die Worte

seiner Großmutter zum Schmunzeln. »Ich widerspreche dir ungern, aber sieh nur hinüber zu den Bergen! Da wartet schon wieder eine Wolke darauf, uns den Sonnenschein zu nehmen. Mach es dir doch gemütlich und trink ein Schlückchen. Wir sind sicher eine Weile fort.«

Er umarmte seine verdutzte Großmutter und reichte Lili den Arm. Sie zögerte nicht, sich bei ihm unterzuhaken. Kaum waren sie außer Sichtweite des Hauses, da brach Dusten in schallendes Gelächter aus.

»Das ist gemein. Mach dich nicht über sie lustig! Sie schien wirklich etwas auf dem Herzen zu haben.« Lili hatte Mitgefühl mit der alten Dame.

Dusten aber wollte sich auch weiterhin schier ausschütten vor Lachen. »Ich weiß, was sie von mir wollte. Mir ins Gewissen reden, dass ich dich nicht gehen lasse. Und wie stehe ich dann vor dir da? Als hätte ich das nur gemacht, um meiner alten Großmutter einen Gefallen zu tun.«

Lili blieb unvermittelt stehen. Vor ihnen lag jetzt der breite Weg, der in den Wald hineinführte. Linker Hand erstreckte sich die große grüne Wiese, auf der die Rinder grasten.

»Wie meinst du das?« Lilis Knie wurden weich, ahnte sie doch, was er da soeben anzudeuten versuchte.

»Dass ich es aus freien Stücken tue«, entgegnete Dusten, während sich sein Mund ihrem näherte. Er umfasste zärtlich ihr Gesicht und küsste sie. Lili erwiderte seinen Kuss, der ihr heiße Ströme durch den Körper jagte.

Nachdem sie ihre Lippen wieder voneinander gelöst hatten, betrachtete er sie mit verhangenem Blick. »Hätte ich geahnt, dass es noch schöner ist als in meiner Phantasie, ich hätte es schon früher getan.« Wieder küsste er sie. Lilis Knie wurden noch weicher, als sie es ohnehin schon waren, als sie seine fordernden Hände spürte, die ihren Rücken entlangwanderten.

»Ich möchte deinen Körper unter meinen Händen fühlen, bevor ich gehe«, stöhnte er schließlich.

Lili war wie berauscht. Ja, das wollte sie, sie wollte ihm

gehören, doch dann stutzte sie. Bevor ich gehe … hämmerte es ihr in den Ohren, und sie riss erschrocken die Augen auf.

»Was heißt, bevor du gehst?«

Dusten nahm sie in den Arm und drückte sie fest an sich. »Lili, ich habe mich freiwillig gemeldet. Ich kann nicht zu Hause im weichen Bett schlafen, während andere die Kohlen für uns aus dem Feuer holen.«

Lili befreite sich aus der Umarmung. In ihren Augen stand das nackte Entsetzen geschrieben. »Aber du wirst doch hier gebraucht! Denk an deine Großmutter, an die Rinder …« Sie deutete verzweifelt auf die hochträchtigen Kühe.

»Das habe ich mir alles genauestens überlegt. Deshalb muss ich dir mein Geständnis auch heute machen …« Er stockte. Ein Lächeln umspielte seine Lippen. »Da fällt mir ein, ich habe es dir ja noch gar nicht gesagt. Ich liebe dich wie keine Frau je zuvor. Und ich möchte dich heiraten, sobald du frei bist.«

Lili überlief es abwechselnd heiß und kalt. »Ich lasse mich ganz bestimmt scheiden«, versicherte sie ihm. »Aber willst du dich meinetwegen gänzlich mit deiner Familie überwerfen?«

»Liebst du mich?«

»Ja, und wie!«, hauchte Lili.

»Gut, dann sag mir, welche Seite du willst.« Dusten ballte die Fäuste und versteckte sie hinter dem Rücken. »Rechts oder links? Leiden oder Lieben?«

»Ich will die Liebe«, raunte Lili heiser.

»Gut, dann werden wir das alles gemeinsam durchstehen. Und nach deiner Scheidung heiraten wir. Falls ich nie wieder zu einem Hogmanay mit der Familie eingeladen werde – ich werde es überleben. Wenn du allerdings nach Edinburgh zurückkehrst, werde ich verdorren wie eine Distel, der man die Erde zum Wachsen entzogen hat.«

»Aber was soll ich ohne dich tun?«

»Das wollte ich dir ja gerade schonend beibringen. Du kümmerst dich um Großmutter Mhairie.«

»Das tue ich liebend gern.«

»Du bestimmst, was in diesem Haus zu geschehen hat.«

»Keine Sorge, das schaffe ich.«

»Und du kümmerst dich mithilfe des alten Alec um den Nachwuchs bei den Rindern … ich meine, erst einmal um die Geburten.«

»Aber, Dusten, ich …«

Er verschloss ihr den Mund mit einem langen, leidenschaftlichen Kuss. Dieses Mal fuhr er währenddessen mit einer Hand über ihren Hals bis zu den Brüsten. Durch Lilis Bauch ging ein angenehmes Kribbeln.

»Du meinst wirklich, dass ich das kann?«, fragte sie zweifelnd, nachdem sich ihre Lippen nach einer halben Ewigkeit voneinander gelöst hatten.

»Du musst. Schließlich geht mein Erbe irgendwann zur Neige, und in der Viehzucht liegt unsere Zukunft. Aber jetzt komm. Ich will dir ein kleines Geheimnis zeigen.«

Sie schlugen den Weg zum Wald ein. Links ging es steil nach unten, rechts ragten schon bald nackte Felsen empor. Sonnenstrahlen blitzten durch die Kronen der riesigen Fichten und brachen sich auf dem moosigen Boden. Am Wegesrand wuchsen zu beiden Seiten hohe Farne. Es roch so herrlich frisch hier oben, dass Lili immer wieder innehielt und die Höhenluft tief in sich einsog.

»Wohin gehen wir?«, fragte sie voller Neugier. »Ich glaubte schon, jeden Winkel zu kennen, aber auf dieser Seite des Flusses bin ich noch nie gewandert. Wo ist er eigentlich geblieben? Ich sehe ihn nicht mehr.«

»Horch nur!«

Erneut blieb Lili stehen und lauschte. »Er muss dort unten fließen, aber er hört sich an wie ein Wasserfall!«, rief sie.

»Gleich hinter dem Wasserfall taucht er wieder auf.«

Und tatsächlich, sie waren nur wenige Schritte gegangen, als tief unten der Conon wieder sichtbar wurde.

»So hoch sind wir?«

»Ja, das ist der höchste Punkt auf diesem Weg. Gleich geht

es wieder bergab.« Er legte den Arm um sie und zog sie zärtlich zu sich heran. Schweigend wanderten sie weiter. Lili wünschte sich, der Spaziergang möge niemals enden. Sie wollte sich nicht vorstellen, dass Dusten in wenigen Tagen womöglich schon in einem Schützengraben in Flandern lag.

»Komm, jetzt musst du ein Stück hinunterklettern!« Und schon war er im Dickicht des Grüns verschwunden. Lili folgte ihm auf dem Abstieg zum Wasser.

Inzwischen hatte sie erkannt, wohin Dusten sie geführt hatte. Wie oft war sie auf der anderen Uferseite hierher gewandert.

»Ach, das ist also dein Geheimnis – Loch Meig!«, rief sie mit gespielter Enttäuschung.

»Nun warte es doch ab und folge mir einfach!« Unten am spiegelglatten See angekommen, nahm er sie bei der Hand und führte sie am Ufer des Loch Meig entlang. In diesem Augenblick sah sie das Wunder der Natur und blieb andächtig stehen.

»Es ist unglaublich, wie klar sich die Berge im Wasser widerspiegeln! Man könnte wirklich meinen, es gebe sie doppelt. Wahnsinn! Wer das nicht gesehen hat, der kann es nicht glauben. Und sieh nur die Farben! Ich habe meine Schülerinnen einmal das Hochland malen lassen. Sie haben so viele Rot- und Brauntöne gemalt, dass ich dachte, sie hätten in ihrem kindlichen Eifer maßlos übertrieben.«

»Ja, bald wird es Herbst, da werden die Farbtöne immer kräftiger.«

»Das muss ich unbedingt malen.«

»Du malst?«

»Nur manchmal in der Zeit vor der Hochzeit, als ich drüben in Scatwell war und keine Aufgabe hatte, da habe ich auf der Hochebene Bilder gemalt.«

»Und wo sind die jetzt?«

Lili stieß einen tiefen Seufzer aus. »Sie hängen in Scatwell Castle im Turmzimmer an der Wand, wenn sie nicht jemand heruntergerissen hat.«

»Da werde ich den lieben Verwandten vor meiner Abreise wohl noch einen kleinen Abschiedsbesuch abstatten müssen und bei der Gelegenheit deine Kunstwerke mitgehen lassen.«

»Du bist so … du bist so lieb«, entfuhr es Lili.

»Oh, da freu dich nicht zu früh! Ich bin ein Wolf im Schafspelz und locke hübsche Frauen an den See, unter dem Vorwand, ihnen ein Geheimnis zu zeigen.«

»Das ist dir gelungen«, erwiderte Lili und betrachtete verträumt das Spiegelbild im Wasser.

»Das hat die Natur dazugegeben. Es gibt wirklich ein Geheimnis. Folge mir.«

Nun musste sie sich durch ein Gewirr von Farnen kämpfen, bis sie etwas Rotes aufblitzen sah. Sie staunte nicht schlecht, als sie wenig später vor einem kleinen Ruderboot standen.

»Einsteigen, Mylady!«, befahl Dusten und half ihr ins Boot.

Es schwankte bedenklich, als er mit einem Satz hinterhersprang. Mit gleichmäßigen Zügen ruderte er sie auf den See hinaus.

Lili starrte angestrengt zu der Stelle hinüber, an der eben noch das Spiegelbild gewesen war.

»Wo sind die Hügel im Wasser hin?«, rief sie enttäuscht.

»Schauen Sie auf das Wasser, Miss Campbell, dann können Sie sich die Antwort selbst geben. Oder haben Sie keine Naturwissenschaften unterrichtet?«

»Nein, beziehungsweise nur in Vertretung, aber warte, ich komme gleich darauf.« Lili heftete den Blick auf das Wasser. Dann fasste sie sich an den Kopf. »Es ist Wind aufgekommen, und im gekräuselten Wasser kann sich nichts spiegeln.« Sie hob den Kopf und blickte zum Himmel hinauf. »Dusten, ich glaube, da kommt noch mehr Wind auf.« Sie deutete auf eine dunkle Wolke, die von Nordwesten heranzog.

»Keine Sorge, es bleibt uns noch genügend Zeit, ans rettende Ufer zu gelangen«, versprach Dusten und ruderte mit schnellen Schlägen zurück. An einem Baum, der ins Wasser ragte, machte er das Boot fest.

Lili erhob sich und wollte gerade an Land springen, als Dusten sie von hinten umfasste. »Ich sagte doch, dass ich etwas im Schilde führe«, hauchte er ihr ins Ohr und strich ihr sanft über den Bauch. Lili schloss die Augen und genoss die Berührung. Ja, sie wollte ihn auf der Stelle lieben. Ohne Wenn und Aber. Langsam drehte sie sich zu ihm um. Vorsichtig ließen sie sich auf den Boden des Bootes gleiten. Es war genau so groß, dass sie zwischen dem Bug und der Ruderbank ausreichend Platz fanden.

»Willst du es wirklich?«, fragte Dusten mit rauer Stimme.

»Worauf wartest du noch?«, entgegnete sie verschmitzt und begann, sein Hemd aufzuknöpfen. Sein Oberkörper war muskulöser, als sie erwartet hatte. Mit einer Fingerspitze strich sie ihm über die nackte Haut. Er fuhr zusammen. Dann wanderte seine Hand zu ihren Beinen hinunter, und geschickt schob er ihr das Kleid nach oben.

»Ich ziehe es lieber selbst aus. Das ist nicht so einfach«, flüsterte sie erregt. »Und du deine Hose.« Lächelnd fügte sie hinzu: »Zu schade, dass du deinen Kilt heute nicht trägst.«

Als beide nichts mehr am Leib trugen, schmiegten sie sich dicht aneinander. Lili hatte befürchtet, dass sie frieren könnte, aber die heißen Wogen, die durch ihren Körper brandeten, wärmten sie.

Dann beugte er sich über sie und sah sie lange an. »Ich habe dich schon begehrt, als ich dich zum ersten Mal sah, Lili Campbell.«

»Aber da wartete doch deine Lady in Inverness auf dich, wenn ich mich recht entsinne. Ich bin vor Eifersucht schier geplatzt«, gestand Lili.

»Ich habe die Dame versetzt, weil ich mich leider gegen meinen Willen in eine andere verliebt hatte.«

»Komm her!«, hauchte Lili und küsste ihn, bevor sie sich seinen forschenden Händen hingab. Es gab keine Stelle ihres Körpers, die er ausließ. Als er sich zu ihren Brüsten hinunterbeugte und sie mit seinen Lippen berührte, stöhnte sie leise auf. Wie ein Blitz schoss ihr die Begierde vom Bauch bis in den Kopf.

Er aber ließ die Hände zwischen ihre Schenkel gleiten. Für einen kleinen Augenblick glaubte sie, die Besinnung zu verlieren, denn er begann, sie dort sanft zu streicheln. Sie war manches Mal in einsamen Nächten mit den Händen unter die Bettdecke geglitten und hatte dem Pulsieren ihres Körpers nachgegeben. Doch dass Dusten sie dort berührte, war unfassbar aufregend. Sie spürte, dass sie sich nicht länger zurückhalten konnte, und bäumte sich ihm entgegen. Als das Beben, das in ihrem Unterleib begann, ihren ganzen Körper erfasste, stöhnte sie auf und zog ihn zu sich herunter. Dusten verstand, was sie wollte, und drang ganz sanft in sie ein, bis der Rhythmus drängender und schneller wurde. Lili glaubte schon, dass ihr Liebesspiel damit ein rasches Ende gefunden habe, doch sie täuschte sich. Sie liebten sich lange und intensiv, bis Dusten aufstöhnte und leise ihren Namen flüsterte.

55

Little Scatwell, Oktober 1914

Dusten war jetzt schon über vier Wochen fort, doch Lili kam kaum dazu, sich Sorgen zu machen. Sie war von morgens bis abends auf den Beinen und hatte zusammen mit Alec Dunbar auch dem letzten Kalb auf die Welt geholfen. Irgendwann hatte Alec ihr die junge Hündin mitgebracht, die zwar immer noch ein Welpe, aber enorm gewachsen war. Als ihr Alec voraussagte, die Hündin werde ihr später mindestens bis zur Hüfte reichen, wollte Lili schon fast der Mut verlassen, das Tier zu behalten, aber nun wich es nicht mehr von ihrer Seite. Mhairie hatte den Vorschlag gemacht, die Hündin »Senga« zu nennen. Lili hatte arglos gefragt, ob das einen tieferen Sinn habe. Mhairie hatte kühl erwidert, so habe eine einstige Freundin geheißen, die später die Geliebte von Angus geworden sei und diesem sein Alibi verschafft habe. Und es wäre doch schade, wenn ein so schöner Name so hässlich besetzt bliebe. Senga war ein unaufdringlicher Hausgenosse, so als schleiche sie auf leisen Pfoten durchs Haus, doch sobald Lili die Tür nach draußen öffnete, kam bei dem niedlichen Tierchen der Windhund durch.

Jeden Nachmittag nach getaner Arbeit unternahm Lili ausgedehnte Spaziergänge mit ihr. Und immer wieder ging sie den gleichen Weg: durch den Wald bis zum Loch Meig. Manchmal sogar bis zu dem Boot. Das war dann die Stunde am Tag, in der sie ungestört ihren Gedanken an Dusten nachhängen konnte. Täglich erwartete sie eine Nachricht von ihm, aber bislang war noch kein Brief von ihm angekommen.

Sie waren gerade auf dem Rückweg kurz vor Little Scatwell, als Senga aufgeregt anschlug und am Wegesrand stehen blieb. Lili aber beschleunigte ihre Schritte, um vor der Dunkelheit zu Hause zu sein. Sie pfiff nach Senga, doch die Hündin rührte sich nicht von der Stelle.

Lilis Herzschlag wollte aussetzen, als aus der Deckung eines Busches eine Gestalt hervortrat, die sie gut kannte. »Isobel, was suchst du hier draußen?«

Isobel aber antwortete ihr nicht, sondern flog ihr mit einem Aufschrei in die Arme. Senga sprang bellend um die beiden herum.

»Isobel, was tust du hier?«

Lili musterte das Mädchen. Es sah müde und blass aus und hatte verquollene Augen vom Weinen. Außerdem starrte es vor Dreck.

»Ich bin weggelaufen und habe mich im Zug versteckt. Stell dir vor, sie haben mich nicht gefunden!«

»Um Himmels willen, wie konntest du das tun?«

Isobel aber rannte zurück zu ihrem Versteck, zog einen Koffer aus dem Gebüsch hervor, wühlte darin herum und reichte Lili einen Brief.

Zögernd las Lili die knappen Zeilen. *Liebe Isobel, mein Name ist Moira, ich arbeite in einem Lazarett. Dein Vater wurde schwer verletzt hier eingeliefert. Er bat mich, Dir diesen Brief von ihm zu schicken, falls er den Kampf um sein Leben verliert. So schicke ich Dir seinen Letzten Willen, den er nicht zu Ende schreiben konnte, weil er das Bewusstsein verlor und starb. Moira*

Lili kämpft mit den Tränen und nahm Isobel in den Arm. »Ach, mein Kleines! Das tut mir so leid. Aber ich muss dich nach Scatwell bringen.«

»Bitte, nimm mich mit zu dir! Mein Vater hat es so gewollt.«

»Komm erst einmal an den warmen Kamin! Dann sehen wir weiter.«

Erst jetzt nahm Isobel den jungen Hund wahr, der ihr die Hand leckte. »Wer ist das denn?«

»Das ist Senga, unser neues Familienmitglied.«

»Ich will bei euch bleiben«, seufzte Isobel. »Ich habe mir immer einen Hund gewünscht, aber Großmutter hat behauptet, solche Viecher seien nur gut für die Jagd und kämen ihr nicht ins Haus. Senga darf doch drinnen schlafen, oder?«

»Ja, sicher.«

»Komm, Senga, lauf!«, spornte Isobel den Hund an und rannte mit ihm um die Wette zum Haus.

Lili folgte mit Isobels Koffer in der Hand. In ihrem Kopf wirbelten die Gedanken. Niall war tot, und sie waren so hässlich auseinandergegangen. Das belastete sie ebenso wie die Frage, was nun mit Isobel geschehen sollte. Nun war unweigerlich das eingetreten, wovor das Mädchen so eine Angst gehabt hatte. Alle hatten es verlassen. Aber was sollte sie, Lili, tun? Am liebsten würde sie Isobel zu sich nehmen, aber das würden Lady Caitronia und Craig niemals zulassen.

Als Lili schließlich ins Haus kam, hörte sie Großmutter Mhairie im Salon schon jauchzen. »Meine Kleine, meine Kleine!« Dann wurde es still, bevor ein Schluchzen bis auf den Flur drang. Leise betrat Lili das Zimmer. Isobel und Mhairie hielten sich fest umklammert und weinten. Lili konnte sich nicht länger beherrschen. Auch sie brach in Tränen aus.

»Du bleibst bei uns«, erklärte Mhairie schließlich, als sie sich ein wenig gefangen hatte.

»Aber das werden die da drüben nie erlauben«, gab Lili mit schwacher Stimme zu bedenken.

»Aber wenn Dad es doch so gewollt hat!« Schniefend zog Isobel einen zerknitterten Brief aus der Manteltasche und reichte ihn Lili. Die zuckte zusammen, als sie Nialls Schrift erkannte. Das kann nichts Gutes bedeuten, schoss es ihr durch den Kopf. Sie überflog seine Zeilen zügig, doch dann las sie seine Worte laut vor, damit auch Großmutter Mhairie sie hören konnte.

Liebste Isobel, mein über alles geliebtes Kind, ich habe Deiner Mutter großes Unrecht getan. Ich habe sie nicht beschützt, als herauskam, dass sie aus einem Clan stammte, der Makenzie heißt. Mit diesem Clan sind die Munroys seit Generationen verfeindet. Und statt es als Zeichen zu begreifen, dass uns das Schicksal mit Dir, die Du beide Seiten in dir trägst, ein Zeichen geben wollte, Frieden zu schließen, war ich zu feige, Deiner Mutter beizustehen. Aber das Schicksal hat mir noch eine weitere Chance gegeben und mir Lili geschickt, die auch eine Makenzie ist. Sie hat es mir verschwiegen, aus lauter Angst, wie Deine Mutter daran zugrunde zu gehen. Als ich es herausfand, habe ich sie verteufelt und bin in den Krieg gezogen. Hier, in mancher kalten Nacht unter sternenklarem Himmel in einem Schützengraben liegend, bin ich aufgewacht und täte nichts lieber, als Lili und Dich in die Arme zu schließen und ganz von vorn anzufangen. Doch die Kugel, die mich in die Lunge traf, lässt solche Hoffnungen in weite Ferne rücken. Wenn ich nicht wiederkomme, mein Herz, dann möchte ich, dass Du zu Lili ziehst und bei ihr bleibst. Sollte sie noch auf Scatwell Castle leben, dann verlasst beide den Ort und sucht Euch eine neue Bleibe. Geld ist genug da. Meinem Anwalt habe ich bereits einen Brief geschickt. Ich weiß, Lili wird nie Deine Mutter sein, aber Deine Freundin. Und sie ist die Cousine Deiner Mutter, also Deine Tante. Ich werde Miss Macdonald einen Brief schreiben, dass Lili befugt ist, Dich abzuholen, und ich werde Lili einen Brief schreiben, dass ich sie liebe und …

Lili wischte sich hastig eine Träne aus dem Augenwinkel. »Das ändert die Lage natürlich. Du bleibst bei uns. Ach, ich bin ja so froh! Aber erst einmal muss ich Miss Macdonald anrufen. Warum hast du ihr den Brief eigentlich nicht gegeben, sondern bist fortgelaufen?«

»Weil … weil Onkel Craig schon von Dads Tod wusste

und mich abholen wollte. Da habe ich mich eingeschlossen und aus dem Fenster abgeseilt.«

Lili strich dem Kind seufzend über den Kopf und ging zum Telefon. Miss Macdonald war in heller Aufregung, doch sie ließ sich von Lili beruhigen.

»Wäre es unter diesen Umständen nicht das Beste, Sie kämen nach St. George's zurück? Isobel könnte hier weiter zur Schule gehen, und Sie würden wieder unterrichten«, fügte die Schulleiterin am Schluss des Gespräches listig hinzu.

Lili stieß einen tiefen Seufzer aus. »Nein, ich glaube nicht, dass Isobel ins Internat zurückkehrt. Ich denke, es ist wichtig, dass sie bei mir bleibt. Und ich … ja, ich habe in den Highlands meine Heimat gefunden.«

»Sie waren immer schon ein eigenwilliges Wesen, Lili Campbell.«

»Seien Sie mir nicht böse und grüßen Sie bitte Mademoiselle Larange von mir. Wenn wir mal in Edinburgh sind, kommen wir Sie bestimmt besuchen.«

Lili hatte kaum aufgelegt, als ihr Isobel mit einem Aufschrei um den Hals fiel. »Du bist die beste … die beste Freundin, nein, Tante, die ich habe!« Dann stutzte sie. »Aber wo ist Onkel Dusten?«

»Er ist im Krieg.«

Isobel riss die Augen schreckensweit auf. »Wird er auch sterben?«

»Nein, wo denkst du hin?«, entgegnete Lili entschieden und hoffte, dass Isobel ihr die Sorge um Dusten nicht anmerkte.

»Dann will ich Akira sagen, sie soll etwas Leckeres zum Essen zaubern.«

Mit diesen Worten verschwand Lili eilig im Flur. Dort atmete sie ein paarmal tief durch. Wenn er doch bloß endlich schreiben würde!, dachte sie und daran, wie nahe Freud und Leid doch beieinanderliegen. Niall war tot, aber er hat vorher seinen Frieden mit den Makenzies gemacht. Das war irgendwie tröstlich.

Später saßen Großmutter Mhairie, Lili und Isobel am Esstisch vor einem Braten, den Akira zur Feier des Tages zubereitet hatte. Das Feuer prasselte im Kamin, und Senga hatte sich unter dem Tisch zu den Füßen aller zusammengerollt. Es fehlt nur noch Dusten, ging es Lili durch den Kopf, als sie aufhorchte. Von draußen drangen aufgeregte Männerstimmen herein. Ehe sie vom Stuhl aufspringen konnte, öffnete sich die Tür, und Craig platzte ins Zimmer.

»Hast du noch nie etwas von Anklopfen gehört, mein Junge?«, fragte Großmutter Mhairie kopfschüttelnd.

»Halt den Mund, du Irre!«, schnauzte Craig unflätig und näherte sich drohend Isobel.

Da erhob sich Lili rasch und stellte sich schützend vor das Mädchen. »Lass sie in Ruhe! Du hast kein Recht, ohne Einladung dieses Haus zu betreten.«

»Ach, das sagst ausgerechnet du kleine Makenzie-Schlampe! Habe mir doch gleich gedacht, dass du dahinter steckst, als sie mir im Internat mitteilten, dass die kleine Kröte abgehauen sei.«

Grob schubste er sie zur Seite und schnappte sich Isobel, die sich aber heftig wehrte, strampelte, trat und um sich schlug.

»Männer, helft mir!«, brüllte Craig, und schon sprangen zwei finster aussehende Kerle hinzu, die ihm zur Hilfe eilten. Als die junge Hündin sich knurrend und bellend auf die Männer stürzte, beförderte Craig sie mit einem Fußtritt in eine Ecke, wo sie jaulend liegen blieb. Isobel aber entkam den Männern und stürzte zu dem Tier hin, um sich zu vergewissern, dass es nicht verletzt war. Sie krallte sich in Sengas drahtiges Fell und schrie: »Du kannst mich nicht mitnehmen! Dad wollte, dass ich bei Lili lebe!«

Craig lachte dreckig. »Bei der da? Das kann nicht sein. Rede keinen Unsinn!«

»Aber ich kann es beweisen. Dad hat mir einen Brief geschrieben. Lies ihn erst, bevor du mich entführst!«

»Entführen? Du bist wohl übergeschnappt. Ich bringe dich

renitente Göre nach Hause. Du gehörst zu deinem Onkel, deiner Großmutter und deiner Tante Shona.«

Isobel war aufgesprungen und klammerte sich an Lili. »Sie ist meine Tante! Und Dad hat es so gewollt.«

»Ihr seid doch Lügner, klar, wie alle Makenzies!«

Da hielt Mhairie ihrem Enkel Nialls Brief unter die Nase. »Lies, bevor du noch mehr Unheil anrichtest!«

Angewidert begann Craig zu lesen, doch dann trat er auf den Kamin zu und warf das Schreiben blitzschnell ins Feuer.

»Entweder habt ihr das gefälscht, oder Niall war nicht mehr bei Sinnen. Niemals hätte er gewollt , dass du Isobels Vermögen verwaltest und …«

»Ach, darum geht es dir, mein Junge!«, unterbrach Mhairie ihn barsch. »Wenn du schon so respektlos mit dem Letzten Willen deines Bruders umgehst, lass dir wenigstens etwas von deiner Großmutter sagen: Es geht hier um das Wohl deiner Nichte. Und sie möchte bei uns leben …«

»Bei der Hure, die es mit unserem Cousin treibt. Das glaube ich kaum. Isobel? Willst du wirklich Lili als deine neue Mutter und Dusten als deinen Dad?«

»Du bist so widerlich«, entfuhr es Lili. »Isobel, du musst nicht antworten.«

»Genug mit dem Gerede! Jungs, greift sie euch!«

Die zwei stämmigen Burschen packten die schreiende und zappelnde Isobel. Lili wollte sich auf sie stürzen, doch Mhairie hielt sie zurück und wandte sich an ihre Urenkelin: »Isobel, meine Kleine, mach dir keine Sorgen! Geh nur mit. Du kommst schneller zu uns zurück als es Onkel Craig lieb ist. Der Wille deines Vaters lässt sich nicht mit Gewalt brechen.«

Augenblicklich hörte Isobel auf zu schreien. »Lasst mich herunter! Ich komme freiwillig mit«, zischte sie.

Lili vibrierte vor Zorn, als Isobel zwischen den beiden riesigen Kerlen mit gesenktem Kopf das Haus verließ. Stöhnend kauerte sie sich neben Senga auf den Boden. Während sie die Hündin streichelte, liefen ihr unaufhörlich stumme Tränen über das Gesicht.

56

Little Scatwell, Hogmanay 1914

Seit Craig Isobel mit Gewalt nach Scatwell Castle verschleppt hatte, hatte Lili nichts mehr von ihr gehört. Ein paarmal war sie versucht gewesen, Lady Caitronia einen Besuch abzustatten und sie auf Knien zu bitten, ihr Isobel mitzugeben, doch Großmutter Mhairie hatte ihr das ausgeredet.

»Sie werden dich wie einen räudigen Hund vertreiben. Bitte, tu dir das nicht an!«, hatte sie gefleht. Schweren Herzens hatte Lili von ihrem Plan Abstand genommen. Aber sie hatte Miss Macdonald angerufen und sie gefragt, ob Isobel wieder an der der St. George's sei. Die hatte das bedauernd verneint.

Vor ungefähr vier Wochen war Lili in Beauly zufällig Shona begegnet. Die aber hatte die Straßenseite gewechselt, als sie Lili sah, und war in einem Geschäft verschwunden. Wenn sich Shona die Gelegenheit entgehen lässt, mich mit Häme zu überschütten, muss sie ein sehr schlechtes Gewissen haben, schloss Lili aus diesem Verhalten.

Draußen hatte es geschneit, aber nicht so heftig wie im letzten Jahr. Alec Dunbar kam fast täglich vorbei, um nach den Rindern zu sehen. Er hatte sich riesig über die Einladung zum Fest gefreut und versprochen, den alten Blaan mitzubringen. Lili wollte noch schnell einen Brief an die Denoons schreiben, um ihnen zu berichten, was sich seit ihrem letzten Treffen alles ereignet hatte.

Senga wich ihr nicht von der Seite, auch dann nicht, als sie schließlich von Dustens Schreibtisch aufstand, um den Brief in einen Umschlag zu stecken. Sie verscheuchte den Gedanken, dass sie immer noch keine Nachricht von ihm erhalten hatte. Im Haus roch es nach Shortbread, Black Buns und Haggis. Akira bereitete es nach Großmutter Mhairies Rezept zu, und es schmeckte vorzüglich, wie sich am St. Andrew's Day gezeigt hatte. Lilis Blick fiel auf den kleinen Weihnachtsbaum, den sich Lili und Mhairie zu Weihnachten gegönnt hatten. Und unwillkürlich drängten sich ihr die Erinnerungen ans Fest im vergangenen Jahr auf. Es kam ihr vor wie eine halbe Ewigkeit.

Geschenkt hatten sie sich nichts. Das wollten sie sich für Hogmanay aufheben. Lili hatte für Mhairie ein Paar Pulswärmer erstanden, weil die alte Dame schnell kalte Hände bekam, und machte sich nun daran, das Geschenk einzupacken und in einem Strumpf an den Kamin zu hängen.

Wie gern hätte sie Isobel etwas geschenkt, aber sie war sich sicher, dass man ihr nicht einmal ein Paket von ihr aushändigen würde.

Seufzend suchte Lili ihr Zimmer auf und haderte mit sich. Sollte sie wirklich das Festkleid mit dem Tartan der Munroys anziehen? Sie holte es zögernd hervor und betrachtete es von allen Seiten, bevor sie es zur Seite legte. Nein! Nicht, nach allem, was ihr diese Menschen angetan hatten. Dann aber fiel ihr Blick auf eine Fotografie, die Dusten im Kilt zeigte. Lili nahm sie zur Hand und betrachtete ihren Highlander voller Sehnsucht.

»Wo du wohl gerade bist, mein Schatz?«, murmelte sie und wollte ein altes Kleid aus dem Schrank nehmen. Doch plötzlich wurde ihr klar, dass ja auch Dusten ein Munroy war. Sie zauderte kurz, dann zog sie das Kleid an, das Niall ihr im letzten Jahr geschenkt hatte. Und auch den Umhang holte sie hervor. Er roch immer noch ein wenig nach Rosen, aber das störte Lili nicht mehr. Im Gegenteil, sie sog den Lieblingsduft ihrer Cousine ein, bevor sie den Arisaid mit ihrer Brosche verschloss.

In diesem Aufzug weckte sie Großmutter Mhairie. »Du siehst bezaubernd aus«, lobte die alte Dame, während sie erstaunlich behände aus dem Bett sprang. » Was meinst du, soll ich auch mein Kleid mit dem Tartan anziehen?«

Lili sah sie erstaunt an. Bislang hatte sie Mhairie nur in hochgeschlossenen schwarzen Kleidern erlebt.

» Besitzt du denn noch eins?«

Statt ihr eine Antwort zu geben, eilte Mhairie zu ihrem Kleiderschrank und zog aus der hintersten Ecke ein Kleid mit dem Tartan der Munroys hervor.

» Ich habe es seit Angus' Tod nicht mehr getragen. Die anderen dachten anfangs, das sei ein Zeichen meiner Trauer. Doch als ich vor der versammelten Gesellschaft anlässlich eines Hogmanays erklärte, nein, ich wolle nicht mehr länger die Farben der Munroys tragen, war meine Familie entsetzlich aufgebracht. Ob es wohl noch passt? Komm, hilf mir, mein Kind!«

Mit Feuereifer machte sich Lili daran, Mhairie in ihr prachtvolles Festkleid zu helfen. Es passte ihr wie angegossen, und ihre Wangen leuchteten rosig.

» Die Herren werden dich anhimmeln«, lachte Lili.

» Ach, die beiden Alten!«, erwiderte Mhairie und machte eine theatralische Geste. » Das sind doch unreife Bengel.«

Lili wollte sich ausschütten vor Lachen und reichte der alten Lady den Arm. » Wie schade, dass uns Dusten nicht sieht!«

» Mach dir keine Sorgen, mein Kind. Schlimmer als gar keine Nachricht wäre eine Todesnachricht. Er lebt. Das spüre ich ganz tief hier drinnen.«

Lili führte Mhairie zu einem Platz am Kamin. Dort stand bereits das Gebäck bereit, daneben eine Whiskyflasche mit Gläsern.

» Du weißt, von wem der Whisky stammt, nicht wahr?«, fragte Mhairie, während sie die beiden Gläser großzügig füllte.

Lili nickte.

» An dem Tag, als Angus Munroy die Makenzies von ihrem Land vertrieb, brachte mich Alec in Sicherheit. Zusammen mit mehreren Fässern Whisky. Und davon trinken wir heute noch. Sláinte auf die besten Schwarzbrenner der Welt, deine Vorfahren!«

»Sláinte, auf die beste Großmutter der Welt!«

Wie immer hatte Lili beim Genuss des ersten Schluckes das Gefühl, ihr Magen werde in Brand gesetzt, was beim zweiten Schluck zu wohliger Wärme wurde.

»Und jetzt geh einmal zum Kamin! Siehst du den Strumpf dort links? Hol ihn her!«

Lili tat, was Mhairie verlangte.

»Und nun mach auf!«

Vorsichtig holte Lili eine Kette hervor. Sie stutzte. Das war kein gewöhnliches Schmuckstück. Das war die Collane des Ordens von der Distel. Lili schluckte trocken. Wie oft hatte sie mit einer ihrer Schulklassen jenen Chorraum in St. Giles besucht, in dem die Ritter ihren Andreasorden empfingen.

»Aber das kann ich nicht annehmen. Das …«, stammelte Lili.

»Doch, denn sie hat einem deiner Vorfahren gehört und wurde deinem Clan von den Munroys gestohlen …«

Und dann begann Mhairie, Lili die ganze Geschichte der Makenzies und der blutigen Fehde mit den Munroys zu erzählen. Sie ließ auch ihr eigenes Schicksal nicht aus.

Als Mhairie geendet hatte, herrschte langes Schweigen.

»Ich werde die Collane in Ehren halten und eines Tages an Isobel vererben«, brachte Lili schließlich heiser hervor. »Ich habe auch etwas für dich, aber es ist längst nicht so kostbar.« Lili stand auf, um Mhairie das Geschenk zu bringen. Die alte Dame stieß einen Entzückensschrei aus, als sie die Pulswärmer aus dem Strumpf hervorholte. Die beiden Frauen umarmten einander stumm. Ein Klopfen an der Haustür ließ sie auseinanderfahren.

»Aber sie werden doch nicht etwa jetzt schon kommen«, sagte Lili erschrocken und eilte in den Flur. Sie öffnete die Haustür und erstarrte. Es war Isobel in Begleitung von Lady Caitronia. Hinter ihnen vor der Gartenpforte wartete ein

Pferdeschlitten, von dem einer der kräftigen Männer, die Craig bei Isobels Entführung geholfen hatten, Kisten ablud.

»Was führt dich zu mir?«, fragte Lili Lady Caitronia förmlich, nachdem Isobel stumm Lilis Hand genommen hatte.

»Ich bringe dir Isobel«, entgegnete diese ebenso kühl.

Ein Strahlen lief über Lilis Gesicht. »Danke, niemals hätte ich dir zugetraut, dass du sie mir freiwillig zurückbringst. Das ist das schönste Geschenk. Willst du nicht ins Haus kommen?«

Lady Caitronia aber musterte Lili abfällig. »Bedank dich nicht bei mir. Wir haben den Brief eines Anwaltes erhalten. Offenbar mit einiger Verspätung. Niall hat schriftliche Anordnungen hinterlassen, was mit Isobel geschehen und wer ihr Vermögen verwalten soll ...«

Lady Caitronia zögerte. In ihrem Blick lag etwas Gequältes. Lili konnte sich in etwa vorstellen, was im Hause Munroy vorgefallen war. Wahrscheinlich hatte Craig auch das offizielle Schreiben des Anwalts vernichtet, und Caitronia hatte es schließlich herausgefunden. Sie war zwar eine eiskalte, verbohrte Frau, aber sie hätte niemals den Letzten Willen ihres Sohnes Niall missachtet.

Lili hütete sich, ihren Verdacht auch nur anzudeuten. Schweigend musterte sie ihre Schwiegermutter. Die reichte ihr wortlos eine Karte.

»Hier ist seine Adresse. Er erwartet dich nach den Feiertagen in seinem Büro in Inverness. Auf Wiedersehen, Isobel.«

Sie machte keinerlei Anstalten, ihre Enkelin zu umarmen. Auch Isobel dachte nicht daran, sich herzlich von ihrer Großmutter zu verabschieden. Stattdessen klammerte sie sich an Lilis Hand.

»Und willst du wirklich nicht ins Haus kommen? Vielleicht möchtest du Großmutter Mhairie ein frohes Fest wünschen.« Lilis Stimme klang belegt.

»Nein danke. Die alte Frau hat euch doch den Kopf verdreht. Dir und Caitlin. Du und die verrückte Mhairie, ihr seid schuld daran, dass mein Sohn tot ist.« Mit diesen Worten drehte sich Lady Caitronia auf dem Absatz um und eilte auf den Schlitten zu.

»Nein«, murmelte Lili. »Schuld ist allein der Hass.«

Dann wandte sie sich an Isobel. »Lauf schnell ins Haus, Bella, sonst erfrierst du noch! Nun habe ich gar kein Geschenk für dich«, murmelte sie enttäuscht.

»Doch, das hast du!«, rief Isobel begeistert, als Senga sie schwanzwedelnd begrüßte. Und schon waren Hund und Kind im Haus verschwunden.

Lili machte sich indessen daran, Isobels Kisten ins Haus zu schleppen. Als sie schnaufend die letzte Kiste im Flur abgestellt hatte und die Tür hinter sich schließen wollte, sah sie, wie sich von der Brücke her eine Gestalt dem Haus näherte. Ihr stockte der Atem. Er zog ein Bein nach. Sie blieb wie angewurzelt stehen, doch dann trafen sich ihre Blicke. Seine blauen Augen lachten, und unter seiner Mütze lugten blonde Locken hervor.

»Dusten!«, schrie Lili auf. »Dusten!« Und schon war sie ihm in die Arme geflogen. Er schleuderte sie ein paarmal wild im Kreis herum. Als er sie wieder absetzte, deutete sie auf sein Bein.

»Ist es schlimm?«

»Nein«, lachte er. »Es ist nur äußerlich, aber man will mich nicht mehr an die Front lassen. Gibt es hier wohl ein warmes Plätzchen für mich?«

Statt einer Antwort bot ihm Lili ihre Lippen zum Kuss. Nach einer halben Ewigkeit kehrten sie Hand in Hand zu Dustens Haus zurück. Großmutter Mhairies Freudenschrei war bis nach Marybank zu hören. Jedenfalls behaupteten das Alec und der alte Blaan, als sie kurz darauf zum Hogmanay-Fest eintrafen.

Und der Himmel über dem Tal von Strathconon war in dieser Hogmanay-Nacht sternenklar.

MAINELY
MYSTERIES

MAINELY MYSTERIES

THREE ROMANCE MYSTERIES

SUSAN PAGE DAVIS
MEGAN ELAINE DAVIS

BARBOUR
PUBLISHING

Cover thumbnails:
Design by Kirk DouPonce, DogEared Design
Illustration by Jody Williams

Published by Barbour Publishing, Inc., P.O. Box 719, Uhrichsville, OH 44683,
www.barbourbooks.com

*Our mission is to publish and distribute inspirational products offering exceptional value
and biblical encouragement to the masses.*

 Member of the
Evangelical Christian
Publishers Association

Printed in the United States of America.

HOMICIDE AT
BLUE HERON LAKE

DEDICATION:

For Page—little sister, mother hen, elite friend,
partner in crime, and founder of the iced-tea-drinking contest.
Long live the Collective Bomb.
Megan

To my brother Gil, who let me use his train set when the
girls were all off at camp, helped me learn to ride a bike,
and taught me about sonar arrays.
Someday I'll come to Mississippi for that sailing lesson.
Susan

1

Emily Gray climbed out of her car and stood still for a moment, taking in the scene. Nothing had changed, and a warm sense of coming home spread through her. In this little town, her happiest memories had been created when her family lived in a log home on the shore of Blue Heron Lake. But some of her worst memories began here, too, and tangled up in both the best and the worst of her past was Nate Holman.

She leaned against her car door, scanning the marina sprawled along the lakeshore. Beside the store she glimpsed the docks, where dozens of watercraft were tied. From canoes and small motorboats, up to a pontoon party boat, a customer could rent whatever vessel he wanted from the Holman family. The sign over the door told her the Baxter, Maine, post office was still tucked into a corner of the emporium.

Breathing almost hurt. How could she have forgotten the crisp, evergreen-tinged air of northern Maine? Even though it was early June, the cool breeze off the lake made her shiver.

Emily used to tell herself she'd outgrown Baxter. It was too small. An investigative journalist couldn't make a living in a place like this—a tiny community buried in the woods. But now she realized how badly she'd wanted an excuse to come back.

As she pushed open the door, her heart began to race. Was Nate still here or had he fled Baxter the way she had?

She looked around the store. Straight ahead were souvenir T-shirts and small items emblazoned with BLUE HERON LAKE and BAXTER, MAINE: THE WAY LIFE SHOULD BE. Beyond the displays were groceries, casual clothing, housewares, linens, and yes, in the back corner, the post office window. To her left was the nautical area. Kayaks, life jackets, live bait, ropes, cleats, oars, gas cans. . .anything for small boats was available at the Baxter Marina.

As a customer stooped to examine an outboard motor, the clerk reached to a high shelf for a boxed item, his back to Emily. Could it be Mr. Holman? She smiled, anticipating a reunion with Nate's father. As he turned, she caught her breath. It was Nate, not Mr. Holman, who was helping the customer.

Her pulse skyrocketed, and she ducked around the souvenir display. Forcing herself to breathe deeply and evenly, she berated herself.

7

What is the matter with you, Emily Rachel Gray? He's grown up. What did you expect?

The truth was, she had expected him to be gone—but had longed with an aching hope to see him again.

She heard him and the customer chatting amiably as they walked to the cash register. Emily peeked around the shelf of moose figurines and bags of chocolate-dipped blueberries to watch as he rang up the man's purchase. The customer was Marvin Vigue, she realized, the father of her old classmate, Sarah. The family had a cottage on Grand Cat Island, near the one Emily's family owned.

But her gaze didn't stay long on Marvin. It skipped back to Nate, and Emily's pulse hammered. He was the same. . .only better. His dark hair was a little shorter than he wore it in high school, but it still held a rebellious wave over his forehead. Nate's brown eyes twinkled as he laughed at some inanity of Marvin's and counted out his change. Emily gulped. Nate at twenty-five was a cut above her cherished memories. Maturity enhanced his boyish good looks, and he had a new solidity in his posture and purpose in every movement.

She couldn't help remembering the best/worst night of her life. That brief moment in Nate's arms. . . Her first kiss. . . She wondered if he remembered.

Breathe, Emily! She hoped no one else would enter the store.

Mr. Vigue collected his package and receipt, said good-bye to Nate, and strode toward the doorway. As he passed Emily, he glanced at her and nodded.

"Hello," she murmured.

He smiled without recognition, and she was glad. The door closed behind him, and she turned with resolution toward the checkout. To her dismay, Nate had advanced half the distance toward her.

"May I help you?" he asked with a smile that held just a hint of puzzlement. He scanned her face and hair, and his gaze came back to her eyes.

"Nate." She stepped toward him and extended her hand.

She could tell the exact moment when he placed her, and his shock was satisfying. He almost gulped for air.

"Em!"

She chuckled. "Yes, Nate. It's me."

He engulfed her hand in both his warm ones. "I. . .can't believe it. After all this time."

"I didn't know if you'd still be here," she said.

"Well, yeah, I'm here just about all the time now, when I'm not out on the lake."

"I'm glad. I mean. . .that we met again. I don't. . ." She stopped in confusion. Something had gone awry in Nate's life. It must have, or he wouldn't be

8

here ringing up spark plugs for Marvin Vigue.

He smiled and shrugged. "It's okay. I just. . .well, when my dad died—"

"Oh, Nate, I'm sorry! I didn't know." Emily touched his sleeve. How awful for her to have bumbled into his sorrow like this.

"No, really, it's all right." He sighed then met her gaze again. "Dad died two years ago. He was sick for a long time, and I had to leave the university after my sophomore year."

She nodded. "I'm sorry. You wanted so much to be a police officer."

"Yeah, well. . ." He looked around at the store. "I guess things haven't changed much since you were here last."

"Not much. New postcards." She nodded at the rack that held the four-for-a-dollar views of the lake.

Nate laughed. "It's so good to see you! What are you doing here?"

"Well, you remember Brian?"

"Your stepfather? How could I forget him?"

Emily winced. "Yes, well. . ." She wished she could have made her explanation without mentioning Brian Gillespie. "He. . .passed away last winter—"

"No. Emily, I'm sorry. I shouldn't have said what I did."

She shook her head, but couldn't meet his eyes. If she did, he would see the painful truth—that she wasn't mourning Brian, either. She managed a smile. "Well, Mom decided to sell the cottage, but she wasn't sure she was up to getting it ready. I had a couple of weeks' vacation coming, so I offered to come up and put it into shape to sell."

Nate let out a long sigh. "They never came up here after they moved to Brunswick."

"No, Mom told me they hadn't been near the place. I guess they rented it out a few times."

He nodded. "Bridget Kaplin handled it, didn't she? Over at Blue Heron Realty."

"That's right," Emily said. "She thinks she can find a buyer fairly quickly."

"Well, sure. Not many island lots come on the market."

Emily glanced toward the post office window. "So, how's your mother?"

"She's fine. We're still living next door."

"She's still the postmistress?"

"Yeah, for fifteen years now."

The door opened and a couple came in, looking about with an air of city people trying to soak up local color.

"Well, you're busy," Emily said. "I was going to ask if you were making a run to Grand Cat today, but it's calm. I can rent a small boat."

"No, let me take you." Nate smiled at the newcomers and called, "I'll be right with you." Turning back to Emily, he lowered his voice. "Can you wait

9

twenty minutes? I've got a couple of orders and some mail for folks out there, and I have to stop at the boys' camp. But I'd really like to take you to your cottage."

She smiled. "Camp Dirigo's still operating?"

"Oh yeah. Bigger and better than ever."

"Go ahead and do what you need to do. I'll take my bags to the dock."

"Great." He grinned at her, and Emily's heart tripped faster. He hadn't changed after all.

"I may need a few groceries, too," she said, looking away and trying to calm her fluttering stomach.

Nate went to help the customers, and she ambled the aisles, stopping at the cooler for a quart of milk and a dozen eggs. She set them on the counter and added a bag of English muffins and a few bananas. Nate was directing the woman to the dairy section. The man shoved his hands in his pockets and drifted toward the kayak display.

Emily left her small order on the counter and went out to her car. An SUV bearing New Jersey license plates was now parked beside it. She took her duffel bag and a large tote bag from the trunk of her car and carried them to the dock. After critically examining the boats nearest the marina's back door, she decided the sleek cabin cruiser must be the boat Nate used for his island runs. She set her duffel and tote bag down and went back to the car for a plastic crate of cleaning supplies. The SUV was pulling out of the parking lot when she returned from moving the crate to the dock, and she entered the store more confidently this time.

"All set?" Nate asked, looking up from scanning her purchases.

"Uh. . .have you got any bacon? We always used to have bacon and eggs for breakfast at the cottage."

He laughed. "You'll be camping out, all right. How long since you've used a generator?"

"Not since the last time I was on Grand Cat," she admitted, "and Brian kept it going then. Should I take some candles?"

"Maybe a few, and I'll bring an extra tank of propane in case yours is low."

"Thanks. Is there anything else I'm not thinking of?"

"Bottled water?"

"Right, can't drink that lake water!" She hurried to get a twenty-four pack and set it on the counter.

As soon as he had rung up her purchases, Nate began loading the boat with boxes of supplies marked with the names of the customers. Emily recognized a few of them. "The Millers still have their cottage?"

He looked up in surprise. "Not the whole family. Just Raven."

"Oh?" Raven Miller was five years older than Emily and Nate, and had been known as the high school heartbreaker. Emily was surprised she hadn't ditched the small-town scene and never looked back.

"Yeah." Nate straightened and eyed her with speculation. "I guess some things have changed since you left. Raven bought some more land from old Mr. Derbin a few years ago. She owns about six acres on the island now."

Emily stared at him. "I can't believe it. Mr. Derbin sold her six acres? I thought he wanted his solitude."

Nate shrugged. "So did everyone else. Maybe he needed the money, I don't know. But lots of people have been after him since to sell more property."

"What did Raven want with so much land? Did she subdivide?"

"No, she opened a retreat center."

"What?" Emily laughed, but Nate's face was sober.

"It's a women's camp of some sort. She calls it the Vital Women Wilderness Retreat. It's good for the town—brings in quite a bit of business in summer."

"What do they do?"

"I think Raven tries to give her clients the complete wilderness experience. They take kayaking trips up the lake and do a lot of snorkeling. Raven comes in to buy gear and organic food. And I think they do yoga and...I don't know...art, maybe?"

"Art?"

"She had me order a case of sketchbooks and charcoal pencils this spring. I took a special speaker out to the island in my boat last weekend. She was...kind of strange. She talked all the way there about the empowerment of women."

Emily laughed at his discomfort. "Well, I'll have to walk over and see Raven this week."

Nate swung her duffel bag into the boat. The door at the back of the store opened, and a pretty, dark-haired, middle-aged woman stepped out onto the dock.

"Emily! Nate told me you were here!"

Emily greeted Nate's mother with pleasure. "I'm so glad to see you, Mrs. Holman. And I'm sorry about your husband. I didn't know until today, but please accept my condolences."

"Thank you, dear." Connie Holman took Emily's hands in hers and looked her over from head to toe. "You've turned out very nicely."

Emily's cheeks warmed. "Thank you."

"How's your mother?"

"She's...well, my stepfather died recently, so she's having a bit of a rough time."

Mrs. Holman's features clouded. "Oh, I'm sorry. What happened to Brian?"

"It was his heart." Emily bit her lip. "They said he was under a lot of stress at work. I guess his heart just gave out. I. . .wasn't there when it happened. I live down in Connecticut, and. . .well, Mom's coping. She'll be all right, I think."

Mrs. Holman nodded. "I miss her. Maybe before you leave town you could give me her address? I'd like to send her a card."

"She'd like that," Emily said.

"I tend the store when Nate's out on the water. If you need anything, just let us know. Nate usually stops at Grand Cat at least once a day. Do you still have a boat out there?"

"Mom said there should be one in the boathouse at the cottage, with a ten-horse motor. She said the people who rented last summer used it, so it should be all right."

"I can check it for you," Nate said.

Emily nodded, glad for another reason to spend time near him.

His mother glanced up at the sky. "You'd better get going, Nathan. Those boys on Little Cat will want their care packages."

Nate loaded the two bins of mail and stood at the boat's rail. "Ready, Em?" He reached toward her, and she grasped his hand. His firm touch jolted her to her toes. She swung over the side, into the boat, and he grinned down at her. "This is like old times."

She looked up at him. She didn't remember Nate being nearly this tall in high school. "Yeah, but I could look you in the eye then."

He laughed and cast off, waving at his mother.

Nate couldn't stop smiling as he guided the boat toward Grand Cat, the largest island in the lake. Emily was back! How many times had he wished for this moment? Seven years had passed, almost to the day, and she'd walked into the marina, just like that.

He looked over at her. Her blue eyes were wide and solemn, and her shoulder-length, honey blond hair flew about her face in the breeze. He eased off a bit on the outboard. No sense shortening the trip when the one person he'd longed to be with was in his boat.

"Do you mind if I stop at Derbin's first?" he called over the sound of the motor.

She shook her head. Old Mr. Derbin's cottage was isolated on the end of Grand Cat. He had owned the whole island at one time, but about thirty years ago had sold off a string of cottage lots on the end farthest from his own camp. The cottage owners were forbidden to trespass on his land, however, and his remaining property, about three-fourths of the island, was unoccupied. Raven Miller's retreat center was on the only parcel of land Henry Derbin had sold since.

Mr. Derbin lived on the island every summer. Even when Nate didn't have mail or groceries to deliver, he cruised by the dock on the end of the island, looking for the old man or at least for smoke from the chimney that served his fireplace. At seventy-nine, Henry Derbin was getting a little old to be living alone in such a remote spot.

Emily sat on the passenger seat, wearing a red life vest over her blue Windbreaker. She scanned the lake and its wooded shore with eager eyes.

"Glad to be back?" he asked.

She nodded.

He thought her cheeks were redder than normal, but maybe it was the sun. And her hair! Its golden luster was richer than he remembered. He couldn't resist catching a windblown lock and tugging it gently.

She smoothed it back, smiling at him.

"When did you cut it?" he asked.

"My freshman year of college."

He nodded. So. . .as soon as she left home, she'd cut off her long, golden braid. He wondered if she'd done it in a warped defiance of her parents. . .or rather, her stepfather. As far as he knew, Emily had never had trouble with her mother, aside from the fact that her mom had married the most pompous jerk in Maine.

He slowed the engine even more as they neared Derbin's dock.

"So, what are you doing in Connecticut?"

"Working for a newspaper."

He wasn't surprised, knowing her determination and persistence. She'd fulfilled her plan. Emily had always excelled at composition, and her parents had practically nursed her on printer's ink.

He looked toward Derbin's cottage. "The old man told me this will be his last summer on the island." Emily raised her eyebrows, and Nate added, "He says he's considering selling the rest of his property."

"To whom?"

He shrugged. "A lot of people are interested. All the cottage owners want more land, and some folks in town who didn't have the opportunity before would love to buy an island lot. Several groups would like to get hold of it, too."

"Oh?"

"Yeah." She was just so beautiful! At fifteen Emily had been more attractive than most girls her age, but she was quiet and kept away from the boys at the consolidated high school in Aswontee, the larger town they rode to on the bus. At eighteen she was distractingly pretty and still unattached. His best friend. But now. . .now her beauty almost took his breath away. *How did I let her leave? Was I really that stupid? She liked me. A lot.*

He swallowed and looked toward the wharf, judging the distance. "Then there's Raven."

"She wants more land?"

"Sure. I guess she wouldn't mind expanding. And there's A Greener Maine. Have you heard of them?"

Emily frowned. "No. Who are they?"

"It's an environmentalist group. And don't forget Camp Dirigo. The boys' camp is outgrowing its facility on Little Cat."

He cut the motor and eased the boat in next to the dock, stepping forward to tie up. "I'll run Mr. D's stuff up to the cottage."

Emily stood up, holding on to the back of her seat to steady herself. "Let me come with you. I'd like to say hello to Mr. Derbin."

"Sure."

She peeled off the life jacket and dropped it to the deck. Nate set the box of food and mail onto the dock and climbed up then gave Emily a hand. He hefted the box, and they walked up the path together.

She looked around with shining eyes.

"I've only been on this end of the island a few times, back when I was a kid and one of my parents had a reason to go and see Mr. Derbin."

"It's a lot different from the other end of the island," Nate said. Mr. Derbin had a pebble beach, but most of his shoreline was rocky and untamed. His cottage was set back from the water on high ground that sprouted thick brush. Behind the little log house rose a craggy slope covered with evergreens. The old man had kept the buffer between his property and the other cottages. It was almost as though he still had the entire island to himself.

She turned and looked back down the path toward their boat and the rippling surface of Blue Heron. "What a view. I didn't realize how much I missed the lake."

"Doesn't your mother live near the ocean now?"

"Not really. I mean, you can't see the water from her house or anything." She wrinkled her nose. "You can smell the mudflats at low tide. But here. . . well, at the house in Baxter we had a great view of the lake, and the cottage is right on the rocks, you know?"

Nate nodded, smiling at her childlike pleasure. "Did you go by your old house?"

She shook her head. "Not yet. The marina was my first stop in town."

They reached the doorstep, and he nodded for Emily to knock while he held the box.

"Your folks got one of the best lots," he said. "I always liked that cottage."

"Yeah, it's great. Just a little beach, but it's on the end of the row, so we never felt crowded." She looked anxiously toward the porch door. "Should I knock again?" Without waiting for his reply, she raised her fist and rapped again.

Nate frowned. "Usually he's on the dock when I come, or else he comes to the door right away. Oh, well. Maybe he went out for a walk." He shifted the box so that it rested against the doorjamb and tried the knob. "Nobody ever locks anything out here." He stepped inside and set the box down on the veranda. "I'll just leave it here for him."

"Maybe we should put his milk in the refrigerator." Emily stepped past him and peered inside the cottage. "Mr. Derbin?" she called. "Hello! Mr. Derbin?"

She gasped and stepped back, slamming into Nate. He caught her arms and pinned her against his chest for an instant while she regained her balance.

"What is it, Em?"

"Look!"

He stared past her into the next room. Henry Derbin lay on the floor, one hand stretched out toward them, a pool of blood spreading from his battered head across the linoleum.

2

Nate could feel Emily shaking.

"Easy." He pushed her gently aside and stepped into the kitchen, where Mr. Derbin lay. "He must have hit his head." Nate knelt on the floor beside the old man, fighting back the fear and nausea that gripped him.

"He's lost a lot of blood." Emily's voice held a tremor, and Nate glanced up at her.

"You okay?"

"Yeah. I'll call 911." She unzipped the pocket of her Windbreaker.

Nate felt for a pulse. When he looked up, she was fumbling with the buttons on her cell phone.

"Emily, he's gone."

Her face paled. "Are you sure?"

Nate winced and looked down at Mr. Derbin again. "Yeah, I'm sure."

She stared at the display on her phone. "What do we do? I'm not getting any reception."

Nate stood up slowly. "We're too far from any towers, and we're in a valley. About the only spot you might get reception out here is on that hill behind the cottage. But I've got the radio on my boat." He started toward the door.

"Wait," said Emily.

He turned, wondering if she was afraid to be left alone with the body. Her face was still sheet white, but she was frowning as she looked around the room.

"Nate, what did he hit his head on?"

He caught his breath, realizing she was right. There was no furniture near Mr. Derbin—nothing he could have fallen against except the floor. The blood pooled beside him, but there didn't seem to be any traces of it more than a couple of feet from the body.

"I don't see how he could have done it falling." Her voice shook, and he reached out to squeeze her arm.

"You're right." Leave it to practical Emily to think of that. He knelt on the floor again and forced himself to look at Mr. Derbin's wound. "It looks like something hit him really hard." He gazed up at her.

Emily stared back with those huge blue eyes. "Doesn't look like an accident," she whispered.

16

Nate stood and surveyed the room more carefully, looking for anything that might have been used as a weapon, but nothing seemed out of place.

"I'd better get out to the boat and make the call," he said. "No telling how long he's been lying here. Come on." He took her hand and drew her out through the veranda and down the path.

He helped her into the boat then used the radio to call the state police, giving the details of their discovery to the dispatcher.

"You're reporting an unattended death?" the voice asked.

"Yes, but. . ." Nate swallowed hard. "There seems to have been some violence."

Emily sat in the passenger seat watching him silently, biting her lip. As he waited for the dispatcher to contact an officer, he managed a reassuring smile.

"It'll take the unit thirty minutes to reach Baxter," the dispatcher said, "and they'll need transportation to the island."

"I can meet them at the marina with my boat," said Nate.

"No, the detective requests that you stay there to make sure no one enters the cottage until he arrives. Can you do that?"

"Yes. My mother is at the marina, and she can loan them another boat."

"All right, thanks. Someone will be there as soon as possible."

Nate put down the radio and grimaced at Emily. "Half an hour."

Emily leaned back and took a shaky breath. "Could be worse. At least they're not coming all the way from the state police barracks in Orono."

"I'm going to stay here," said Nate. "But you can take the boat over to your cottage if you want."

Emily winced. "I've never handled a boat this big before, and besides. . ." She gave him a sheepish smile. "I'd kind of like to know what happens."

He was glad she wanted to stay, even though he could tell she was shaken. For years he'd wished he could see her again and wondered if he ever would. It felt funny to be sitting so close to her after all this time. Finding Mr. Derbin's body gave the entire day a surreal cast.

"Do you have binoculars?"

"What?" He realized he'd been staring at her.

"Binoculars."

"Oh, yeah." He rummaged in a compartment beneath one of the seats and pulled out a black case.

"I thought maybe, if someone's still around, I might see something." Her lower lip trembled as she took the case from his hand.

"Good idea."

She took the binoculars out and began to scan the shore, the tree line, and the lake. Gentle waves rocked the boat then slapped the dock pilings and the rocks on shore. Nate looked back toward the mainland. He knew Derbin's cottage wasn't visible from town. From the marina, he could see the peak of the roof with the aid of binoculars.

"Look for boats," said Nate. He gazed out over the water, squinting against the sunlight.

"I didn't notice many as we were coming out here. Just those two guys fishing off Moose Point."

Nate nodded. "I wish I'd paid more attention, but to tell you the truth, I was a little distracted."

Her lips twitched, but she kept the field glasses up and surveyed the expanse of the lake through them. "Do you think he lay there all night?"

"I don't know." Images of the dark blood on the linoleum came vividly to mind. They sat in silence for a moment, and Nate sighed. "Too bad this happened to him."

"Yeah." Emily lowered the binoculars and looked at him. "I didn't really know him very well. He always seemed like a crotchety old man, telling us kids to keep off his land."

"He wasn't so bad once you got to know him," Nate said. "I've been sort of keeping an eye on him for the last couple of summers. He was all alone out here most of the time after his wife died, so I'd bring him his groceries and mail."

"Don't his grandchildren come visit?"

"Andrew usually comes for a week or two in July, but I haven't seen him yet this year. And Pauline never shows her face in Baxter anymore."

"Never?"

"Nope. I haven't seen her for three or four years." He eyed her with speculation. "Are you doing your reporter thing?"

She shrugged. "Can't help it, I guess. Don't you wonder what happened here?"

"Well, yeah." He glanced toward the cottage, unable to block out a mental picture of Mr. Derbin's corpse.

"Remember how Rocky Vigue used to follow Pauli Derbin around like a puppy dog?"

"Yeah." Nate chuckled. "Rocky's still in town, you know."

"I saw his father at the marina."

"That's right. Well, Rocky works at the paper mill. He's staying out here at the cottage with his folks right now."

"Is his sister around? I wouldn't mind seeing Sarah again."

"She's married. Moved away."

Emily was silent for a moment, and the troubled look came back to her eyes. He knew she was still thinking about the body in the cottage above them.

"Why would someone kill Mr. Derbin?"

"I don't know."

"Could it have been a robbery?" she asked.

"It wouldn't surprise me if he had a little cash, but I doubt he'd keep anything valuable lying around in the cottage." Nate scanned the bushes above the shoreline. Was a violent criminal here—on Blue Heron Lake? "There have been a few thefts in the area this spring, but it's mostly been at businesses, not houses."

Emily said, "People can be so wicked. Even here."

He sighed. "People are the same, no matter where they live. It's not the location that makes a difference in their hearts. It's knowing God."

"You're right." She sank back in her seat, the tension draining out of her shoulders. They talked quietly for the next few minutes, about the old days, the neighbors, and their families, but not about the old man lying dead in his kitchen a few yards away.

At last, a faint whir caught Nate's ear, and he reached for the binoculars. "There's a boat leaving the marina now. The cops must be here."

A fifteen-foot boat carrying two men eased in next to the dock, on the far side of Nate's cabin cruiser.

A uniformed officer and a plainclothesman clambered out awkwardly. Nate jumped up onto the dock and helped lift their equipment onto the wharf.

"Are you Holman?" the man in jeans and a sweatshirt asked.

"Yes." Nate shook the man's hand. "This is Emily Gray. She owns a cottage on the other end of the island, and I was going to take her there after we left Mr. Derbin's things."

"I'm Detective Blakeney." He shook hands with Emily and turned toward the uniformed officer. "This is Trooper—"

"We've met." Nate grinned as he shook the other man's hand. "Emily, do you remember my cousin, Gary Taylor?"

Blakeney looked from Nate to Gary and back.

Gary smiled and nodded. "Hello, Nate." He leaned forward to shake Emily's hand, favoring her with a crooked smile. "Good to see you again, Miss Gray. You've grown up."

Emily flushed but retorted, "So have you!"

"Where is the body?" Blakeney asked.

Nate pointed up the path. "In the cottage, sir. Would you like me to show you?"

"No, but if you and Miss Gray could wait here for a few minutes while Taylor and I take a look, I'd appreciate it. We'd like to get the full story after we examine the scene."

"Sure."

"We didn't touch anything in the cottage," Emily said.

Nate nodded. "Except that I did check for a pulse first thing. But he was. . . cold to my touch."

Gary pulled out a small notebook, consulted his wristwatch, and wrote something down.

Another boat approached from Baxter, and Nate squinted at it. "Here comes Felicia Chadwick, from the *Journal*," he said to Blakeney. "Emily, do you remember Felicia?"

"Of course," said Emily. "When my mom owned the paper, she was the *Journal*'s ace reporter, and she bought it when Mom and Brian moved away. It's nice to know the *Journal* is still going. And quick on the draw."

"You mean the press is here already?" Gary asked. "Man, they're fast."

"She must have heard the call on the scanner," said Nate.

"Well, she'll have to wait here," Blakeney said.

"I'll make sure she does." Nate returned Felicia's wave as she cut her engine and let her boat drift in to shore beyond the dock. "It's a weekly that comes out every Tuesday, so you can relax for a few days."

"Well, if the *Bangor Daily News* shows up, keep them away, too," Blakeney said, and Nate nodded.

The officers went up the path before Felicia could beach her boat and scramble out.

"It feels kind of strange to be so near a hot news story and not reporting on it," said Emily. "Normally I would be on the phone right now with my editor."

"This will boost sales for the *Journal*," Nate said.

Felicia approached from the shoreward end of the dock. Her camera was slung about her neck, bumping against her lightweight green fleece jacket. With her long limbs and white slacks, she reminded Nate of a birch tree coming into full foliage.

"Hey, Nathan!" She smiled brightly as she reached them. "I see there's a little excitement on Grand Cat today."

Nate smiled at her. "Is that so?"

"Come on, Nate. I distinctly heard a call for the medical examiner and the code for an unattended death on the scanner at the office."

"You don't miss much, Felicia."

She nodded. "That's my job." She glanced at Emily, then did a double take. "It can't be! Emily Gray, come home to Baxter?"

Emily stepped forward with a wan smile. "Felicia, I'm so glad to see you again."

The two women embraced, and Felicia fairly bubbled with excitement. "Are you here to stay?"

"Only for a week," Emily said.

"How is your mother?"

"She's all right. But my stepdad died. I don't know if you heard."

"No. Was it sudden?"

"Heart attack, last February. But Mom is coping. She'll be glad to learn you're doing such a great job here."

Felicia's face clouded, and she looked toward the Derbin cottage. "So just what happened here? The old man died?"

"You'll have to get that information from the officers," Nate said. "Sorry."

"Officers?" Felicia probed. "They sent more than one? What's going on here, Nathan?"

Nate shrugged. "It's just my cousin Gary and another guy. You know Gary?"

"Trooper Taylor? Sure."

Felicia had her notebook out and was scribbling. "Did you get the other guy's name?"

"Uh. . ."The name had slipped Nate's mind, and he wasn't sure they should give it out, anyway. He looked at Emily.

"She'll get it anyway, when they're done inside," Emily said. "Detective Blakeney."

Of course Emily had remembered. She'd always had a phenomenal memory. She'd put Nate to shame when it came to French vocabulary quizzes.

Felicia's pencil stopped moving. "Detective, eh?" Her eyes glowed. "I knew it! This is a front-page story. As soon as the *BDN* and the television stations hear about it, Baxter will be crawling with news crews. I don't suppose we can keep it quiet until I get this week's paper out." She pocketed her notebook and pencil and turned toward the shore. "I'm going up there."

"You can't," Nate said. "Blakeney specified that no one is to go up to the house."

"But—"

"They'll come down and brief you, I'm sure," Emily said.

Felicia nodded and focused her digital camera to get a shot of the cottage. "So. . .you two just happened along?" Nate and Emily said nothing, and the reporter looked around, her face pensive. "No, of course not. You found the deceased. I should have guessed it from the start. Tell me all about it."

"I. . .don't think the detective wants us to do that," Nate said.

"Oh, come on." Felicia turned to Emily and put on a wheedling tone.

"Front-page interview in the paper your parents used to own."

Emily's lips curved and Nate's heart flipped. Amazing what one little smile from Emily could do to him. Was it because all these years he'd wondered if she was happy?

"Say, Felicia," he suggested, "why don't you interview Emily instead? Not about this. About her job in Connecticut."

"Oh, what are you doing in Connecticut?" Felicia turned to Emily, obviously suspicious that Nate was trying to divert her from the real story.

"I'm an investigative reporter."

"Really? You've got to tell me about it." Felicia cocked her head and looked at Nate. "I know what you're doing, but it's okay. I'll get two great local stories today. The death of one of our oldest citizens, and the return of a beautiful young woman who went out into the world and clawed her way up the ladder of success."

Emily laughed. "That's a bit purple, don't you think?"

Felicia frowned. "Well, it's a feature, not a hard news story."

"Of course." Emily glanced at him, and Nate grimaced and shrugged. Emily seemed to understand. She took Felicia's arm. "Let's sit in the boat, where it's comfortable, for the interview. This will occupy us both until the officers come back."

Fifteen minutes later, Detective Blakeney came back down the path and took Nate, then Emily, aside to take their statements. He called by radio for more manpower and told Nate he and Emily could leave if they wished.

Felicia stayed in Nate's boat while Blakeney questioned them but jumped forward when the detective's interviews were finished.

"I'm with the *Baxter Journal*, Detective. What can you give me?"

Blakeney sighed. "I don't have much for you yet, but I can give you a few basics. You'll have to wait for the medical examiner's report to get a cause of death and so on."

"Come on," Nate whispered to Emily. He helped her into his boat and started the engine. She sat staring up at the cottage with a frown puckering her brow while he cast off.

"Think he's safe with Felicia?" he asked when they were a hundred yards out from the dock.

He was rewarded by Emily's chuckle, though the sound of it was drowned by the noise of the motor. "I think Blakeney can handle it. He looks as though he's dealt with eager reporters for the last thirty years."

Nate nodded. "I know Gary won't blab about anything confidential."

"They'll confirm that he's dead and not much more, probably," Emily said, pulling on the red life vest. "She knows we discovered the body, so she'll probably ask him to confirm that and fish for anything else she can get."

"Is that how you do it?"

She shrugged.

The run to the opposite end of Grand Cat took only a few minutes, and Nate tied up before the Gillespies' cottage.

"The dock looks a little worse for wear," Emily noted. "Is it safe?"

"Probably, but it wouldn't hurt to replace it with one of those new aluminum jobs before you get potential buyers out here to see it."

"I don't suppose the Baxter Marina sells them?"

"We do order them for special customers." Nate grinned as he swung her duffel bag onto the wooden dock and hefted the box of supplies.

"I'll mention it to Mom when I come in to the marina to call her." Emily placed her tote bag and sack of groceries on the boards then carefully climbed out, using the crude ladder at the deeper end of the dock. "You'd better get going. You're late with your mail run."

"I'll help you carry this stuff in. I wouldn't want to leave you and find out later you had no propane."

"Thanks." She picked up the tote and groceries. Nate got the other items and walked beside her up the gradual slope toward the cottage. Emily stared at the little house, and her eyes shimmered.

Halfway there, Nate stopped and looked around at the trees and boulders. Emily stopped, too, and turned toward him.

"What is it?" she asked.

"It was right about here, wasn't it?"

"What?"

"That I kissed you."

Emily's face went scarlet. She swallowed hard. "Yeah. It was exactly here."

He smiled, and she smiled back but couldn't hold his gaze.

"Come on." He walked ahead of her and set his burdens down on the steps. She held out a key, and he took it from her and opened the door.

He watched her face as she entered the cottage, stepping slowly onto the screened-in porch, then into the kitchen, where she set her bags down on the old pine table. She walked to the door of the living room and surveyed the threadbare sofa, the fireplace of fieldstone, and the dusty shelves of books and games.

"Welcome back," he said.

She whirled toward him with an apologetic chuckle. "It's so small!"

"Yeah."

"And. . .rustic."

"Nothing's changed since your family used it summers."

She nodded. "I guess I've got my work cut out for me this week."

He followed her back into the kitchen. While she unpacked her groceries, Nate checked the gas generator.

"You've got lights, and the stove and refrigerator are on now," he told her, "and I checked the plumbing. You should be okay for the week. Just remember, that hot water heater is small."

She grinned at him. "I remember. Quick showers. But not if you're planning to wash dishes soon."

"I'm so glad you're back, Em."

She looked down, still smiling. "Thanks. This day has been...not at all the way I imagined. But I'm glad you were here."

"Yeah. Too bad about Mr. Derbin. Emily, are you sure you're okay?"

"I'll be fine."

He hesitated. A murderer could be on the island. There must be something more he could do to make sure she was safe. He knew at that moment that he would be back before nightfall to check on her.

She stood on the dock waving as he headed out for the boys' camp on Little Cat, and Nate couldn't help thinking back to that night seven years ago. Their one kiss. He'd never forgotten it, and her flush when he mentioned it told him that she hadn't, either.

Her short-tempered stepfather had scared him half to death that night. Nate had longed to see Emily again before she went off that summer. She'd gotten a job waitressing at some resort near the coast. It was supposed to pay well and make a good addition to her college tuition fund.

He remembered how he'd agonized those few days before she left, wanting to take the boat out to the island while her stepfather was off working at the paper mill. But he knew that if Brian found out he'd seen her again, he'd be angry. Nate decided that for his own good, and Emily's, he'd better abide by Mr. Gillespie's wishes. But he'd regretted that for seven years.

His heart raced, just thinking about her. Had she thought he was a coward when he backed down before her stepfather? Nate sighed as he pulled in at the dock on Little Cat. What did that kiss mean to Emily?

3

Emily made herself a sandwich for a late lunch. She spent the rest of the afternoon cleaning the bathroom and kitchen and wiping down the dusty lawn chairs. The grime was daunting, but vanquishing it gave her a deep satisfaction.

When she opened the kitchen cabinet nearest the sink, a wave of nostalgia struck her. Carefully she lifted down the loon-stenciled mug her father used to drink his coffee from.

Amazing this has survived, she thought. Her father had been dead fifteen years, yet the mug she gave him one Father's Day had come unscathed through his death, the stepfather era, and several years of renters at the cottage. She cradled it in her hands for a moment, then set it aside and reached into the cupboard, determined to sort through all of the dishes today to see if there were other items she or her mother would want to keep.

This has surely been a different sort of Saturday, she thought an hour later as she scrubbed away at the rust stain in the sink. The long drive from her mother's home in Brunswick, followed by her reunion with Nate and the discovery of the body, had sapped her energy.

The sound of an outboard approaching drew her to the porch just after four o'clock. Curiosity turned to anticipation as she recognized Nate's boat, and she ran down the slope to the rickety dock. He killed the engine and nosed the boat in, tossing her the painter, and she looped it over one of the posts at the end of the wharf.

"Thought you'd like an update," he said with a smile that would have melted a glacier.

"Great. Would you like to come in and have something to drink?"

He grinned. "Save your spring water. I made a pickup when I stopped back at the marina." He lifted a small cooler from the deck. "Still like root beer?"

"You remembered! Actually, I usually drink diet cola now."

"No problem." He opened the cooler so she could see the variety of soft drink cans inside. "I threw in some orange and ginger ale, too, just in case."

"I scrubbed down a couple of lawn chairs that were on the porch," Emily said. "Want to sit out here?"

They settled in the shade of the big pines at the end of the dock, and Emily sighed with pleasure as she opened her can. "Ice cold. Thanks."

"You're welcome." He tipped back his soda and took a deep swallow.

"What's going on over at Derbin's?"

"Well, Blakeney called for a forensics team first thing. The medical examiner came about an hour ago, examined the body, and let them remove it."

"How did they get him to shore?"

"The game warden stationed in Millinocket brought a boat, and they're using that."

"So you didn't have to. . ."

"No. But I did shuttle the ME out when he arrived. He was sputtering about how he had to drive all the way up here from Bangor on a Saturday. I think they called him on the golf course. Oh, and Gary said they may want to interview us again. I told him we're not going anywhere. At least, I'm not, and you're staying awhile, right?"

"A week, anyway. It may take longer than I expected."

"There's a lot of traffic on the lake today."

"I'll say." Emily watched a boat zoom from the far end of Grand Cat toward shore.

"I haven't seen so many cops on the water since Josh Slate drowned."

"Yeah, that was bad."

Nate sipped his root beer. "Have you thought about church, or would you rather just cocoon out here on the island tomorrow?"

"Do you still go to the community church?"

"Where else?"

She smiled. "Well, some folks do drive to other towns to go to church."

"We've got a great pastor."

"That's good."

"My mother thinks so, too." He winked at her.

"Am I missing something?" Emily asked.

"Yeah, maybe. Mom's been seeing Pastor Phillips socially for the last six months or so. I wouldn't be surprised to hear that I'll be getting a stepfather."

Emily didn't know what to say. Her limited experience with stepfathers precluded her from congratulating him.

"He's a really good guy. And he likes fishing."

"That's. . .that's great."

Nate tilted his head to one side and studied her for a moment. "Did I tell you I'm really glad you came back?"

She chuckled. "You might have mentioned it. And yes, I'd like to go to church."

"Fantastic. I'll come out and get you around ten o'clock."

"Good, because I haven't been near the boathouse. For all I know, my outboard's a clunker."

"I forgot to check it over for you, didn't I? Maybe I can do that now—get your boat in the water for you and make sure that old Evinrude still runs."

Emily walked with him toward the little shingled building on the rocks. As they approached it, a huge bird rose from the reeds just beyond the boathouse. The noise of its wings flapping thrilled Emily. She and Nate stopped to watch as it soared high over the water with its long, sticklike legs thrust out behind it and flew toward the wooded shore on the south end of the lake.

"Awesome," she breathed.

"I'll bet that heron is nesting in one of those old pine trees beyond that little marsh," Nate said.

She unlocked the door and peered inside. There was just room for the small aluminum boat. The two of them managed to lift it down off the rack and lower it into the water. She watched Nate mount the motor and add fuel. It started on his first pull, and he gave her a thumbs-up then let it run for a minute or two.

"Want me to run it over to the dock?" he yelled.

She nodded, secured the door, then walked along the shore to meet him as he tied the small boat up beyond his cabin cruiser.

"You're all set." He climbed onto the dock. "You can putt around out here or zip over to Baxter anytime you want."

"Thanks! I guess I could take myself to shore in the morning."

"Don't even think of it. You already said I could come get you."

She nodded and smiled. If she kept looking into his eyes, her face would go all red again, she could tell. She sought a safe topic. "Well, you and your mom should have a lot of business for the next few days."

"Yeah. Blakeney said the state police will bring a boat of their own tomorrow, but they want to rent a couple from the marina, too, until the investigation is over."

"And there'll be reporters."

"Besides Felicia, you mean?"

"Well, yeah," she said. "This is the probably the biggest story north of Augusta all year."

He ran a hand through his windblown hair. "It's weird that Mr. Derbin's death is going to benefit the family business, you know?"

"Yes, but you shouldn't feel guilty. You'll help all the out-of-towners a lot by supplying transportation and groceries when they come to Baxter."

"I suppose. We can use the income, I know that."

"Maybe you should restock the soft drink cooler," she laughed.

"Was it hard going through your folks' old things and. . .remembering?" he asked.

She scuffed the toe of her sneaker against a crack between the boards of the decking. "Kind of. I found my old yellow plate. It's just a little plastic dish, but. . .well, Daddy used to make pancakes sometimes, and he'd pour the batter so it made an E in the pan, for Emily, then put the crusty, brown little E on my yellow plate for me. Those were the best times, Nate."

He nodded. "You miss him a lot."

"Hey, don't make me cry, all right? Even though I was ten when he died, I still get emotional. His death was tough, but Mom and I made it. We got through it together."

"Yeah. I always admired your mother. She's a strong lady."

She was grateful he didn't mention Brian, who had entered her life and her mother's three years after her father's death. She didn't want to think about the sad times. The cottage, for the most part, had been a happy place for her.

"It must have been hard when you lost your father, too," she whispered.

"Yeah, it was. We knew it was coming, but. . . You're never quite ready, you know?"

"I know."

He leaned toward her and hugged her swiftly then released her. "Thanks, Em."

Her eyes tingled with a threat of the tears she'd tried to avoid. Finding Nate again had brought all her emotions to the surface along with layers of potent memories.

"I wish I'd known when it happened. Not that I could have done anything, but. . ."

"You were always a good person to have around when things were rough," he said.

Emily pulled in a deep breath, knowing she didn't want their time together to end. "Would you like to eat supper here? It won't be much, just—"

Nate grimaced. "Sorry. I'd really like to, but I promised Mom I'd be home. Pastor Phillips is eating dinner with us tonight." He frowned. "I should have asked her if I could bring you."

"That's all right. I'm beat."

"She would have said yes."

Emily smiled at his plaintive observation. "She probably would have. But I'll see you in the morning."

A breeze came over the lake, rippling the water and ruffling their hair. Nate reached out and caught one of her locks, smoothing it back gently. "How about if I come over some evening and we have something to eat and play Monopoly?"

She grinned. In junior high their endless games of Monopoly had helped keep her mind off things at home. "You know I'd win."

"Oh, you talk big, don'tcha?" He ran his finger along her cheek and down to her chin. "I'll see you."

He hopped down into the boat. She stood on the dock and watched until he grew smaller against the far shore and the whine of the engine faded.

"Was that Nate Holman?"

Emily looked up to see one of her nearest neighbors, Truly Vigue, hopping over the rocks along the shore between their two cottages. Her classmate Sarah's mother was clad in brief aqua shorts and a cream-colored tank top. Although it was early June, she was already deeply tanned. *Florida vacation or tanning salon,* Emily thought. Truly's dark roots were showing, and she wore leather sandals, not a good choice for rock hopping.

"Yes, it was Nate."

"I should have come over quicker. I was hoping to send a letter to my daughter in to the post office with him. Oh, well. There's no mail tomorrow, anyway."

"I heard Sarah lives in Indiana," Emily said.

"That's right." Truly Vigue stared at her, then squeezed her eyes half shut, as though focusing on her more clearly. "Emily Gray."

"That's right. How are you?"

"Me? I'm fine. But what about you? Did you drop out of the sky?"

Emily laughed. "No, I arrived earlier today. Nate brought me out when he made his deliveries."

Truly shook her head. "Unbelievable. I never expected to see you again. You graduated from high school, and *wham!* You were gone."

"Yes, you're right about that. This is my first trip back in seven years."

"Seven years. Imagine. Are you married?"

"No, but I understand Sarah is."

"Yes, and she's given me two gorgeous grandchildren." Truly looked at the letter in her hand. "I should have brought some pictures over."

"That's all right," Emily said quickly.

"I'll bring them tomorrow. You have to see them! Little Olivia looks just like Sarah did when she was two."

Emily nodded and wondered how she could gracefully get away.

"I was sending her news about the murder," Truly said, and Emily's attention snapped back to the conversation.

"Murder?"

"Did you hear about it? Old Henry Derbin was killed this morning. The police are over there now."

"Yes, I knew he was dead." Emily supposed it would have been unrealistic to think the other cottage owners wouldn't know. Her marathon cleaning that afternoon had kept her cloistered, but of course the others had noticed the unusual amount of boat traffic back and forth between Baxter and Grand Cat. Truly Vigue was known as a local gossip, even a decade ago. If anyone on the island had company, she knew about it. She was probably the first to welcome the renters at the Gillespie cottage each summer, and if a family invested in a new boat, by sundown she and Marvin had the details, down to the manufacturer's suggested retail price and the discount given.

"Hey there, ladies!"

Emily looked over her shoulder and saw a white-haired man sauntering through the pines behind her.

"Are you the renter?" he called.

"No, Mr. Rowland, I'm Emily Gray. My mother owns this cottage. Remember me?"

"Emily—why, yes! Wiley Gray's daughter?"

"That's right." Emily smiled, pleased that he remembered her father's name.

Mr. Rowland joined them near the end of Emily's dock. "Your mother remarried, didn't she?"

"Yes."

Truly laid her tanned hand on his pale arm. "You remember—Brian Gillespie. The manager at the paper mill."

"Oh, oh, yes, that's right." Mr. Rowland nodded. "Never liked him. But I miss your father. Your real father, that is. He kept the property up nice." He glanced toward the cottage, and Emily tried not to cringe, as she could almost read his thoughts. It was true the place needed some repairs.

"What brings you here after all this time?" Truly asked, and Mr. Rowland waited for Emily's response with the air of a spoiled house cat who's heard the electric can opener begin to whir.

"My mother's thinking of selling the cottage."

"Oh!" Truly grasped Emily's wrist. "How much is she asking? We're abutting owners, you know."

Mr. Rowland leaned in. "I don't suppose the Derbin family will sell some more land, now that the old man's dead."

"I. . .don't know," Emily said.

"I can hardly wait to see what his grandchildren do." Truly spoke with a tone of confidentiality, but Emily knew she would spread her views to anyone who would listen.

Mr. Rowland said, "I've been wanting to buy an acre or two behind my place for years, but Old Derbin wouldn't sell me any. Then he went and sold a piece to Raven Miller for that dingbat women's camp. Wouldn't you think he'd rather sell it to nice, quiet families?"

"Oh, the Vital Women aren't very noisy," Truly said. "They sit around on the rocks and meditate. But island property is hard to come by, and Marvin and I would love to add this lot to ours. The kids could use the cottage when they come to visit."

"Better sell it quick," Mr. Rowland said with a wink at Emily. "If the Greens get hold of it, it won't be worth a plugged nickel."

"The Greens?" Emily couldn't help asking.

"Those loonies from A Greener Maine," said Truly.

Something Nate had said jingled in the back of Emily's mind. "Do they want to build a park?"

"Worse," said Mr. Rowland. "Don't sell to them, whatever you do."

"That's right. They're buying land all over the state and turning it back to nature." Truly snorted in disgust.

"Back to nature?" Emily asked, a bit confused.

"That's right." Mr. Rowland pulled one of Emily's lawn chairs over and sat down. "They think people are evil."

"Not evil." Truly shook her head. "Just. . .intrusive. They think we should set aside land where people aren't allowed to go."

Mr. Rowland nodded. "They think people ruin a place just by going there. We don't want them to get a foothold here."

Emily probed her memory for what Nate had said. "Weren't they interested in Mr. Derbin's land before he died?"

"So they say." Mr. Rowland sighed. "If they buy up most of this island, we could all be forced to give up our property for a nature preserve."

"How could that happen?"

"Eminent domain." He nodded as if it were inevitable. "We landowners have been talking about it, and we're against it. We could lose our equity, not to mention our summer retreats. Don't sell them so much as one square inch, that's what I say."

Truly nodded. "We were trying to get all the island owners together to go and speak to Mr. Derbin about it and tell him we didn't want him to sell to A Greener Maine. If he wanted to sell the property, that was his prerogative, just not to them. It would hurt the rest of us."

"Was there any indication he was thinking of selling to them?" Emily asked.

"Well. . .a couple of bigwigs from that outfit came out in a boat a couple weeks ago."

"Did Mr. Derbin show them the land?"

"Hardly," Mr. Rowland said. "He yelled at them from the dock to go away. At least that's the way I heard it."

"Last Tuesday's *Journal* said the Greens were going to make Mr. Derbin an offer for his entire property on the island," Truly said. "But now that he's dead. . .well, maybe it will delay the process."

Mr. Rowland tapped his temple and winked at Emily. "Better sell your place quick."

4

That evening, Emily put away her cleaning supplies and headed out for a walk. Automatically she stared toward the north end of the island, where Mr. Derbin's cottage sat. She couldn't see far, as the shore bulged and curved between her family's property and his. Finding Mr. Derbin's body seemed almost like a dream now, but still vivid.

She shivered and turned in the opposite direction, on a path that ran behind the row of cottages. Through the trees, she glimpsed the water. The breeze ridged the surface with small waves. Farther down the shore, she heard yelling and splashing at one of the docks, and she ambled along in the shadow of the old pines.

The Vigues' cottage was the one next to hers. As always, Truly's domestic touches were evident, even from the back. Petunias bloomed in the planters on the back deck railing, and painted stones edged the path to their woodshed. The Rowlands' was next. Emily tried to remember the names of the owners of the other two cottages between theirs and the Millers', but drew a blank. She'd have to ask Nate.

After the last cottage, she rounded a bend and sighted a woman sitting on a large, flat rock near the water. She didn't move but stared out over the lake like the figurehead on the prow of an old sailing vessel.

Emily wasn't sure whether to go on or turn back. As if in answer to her concern, the woman slowly raised her head and looked at her.

"Hello. I didn't mean to bother you," Emily said.

"It's all right." The woman beckoned to her, and Emily stepped closer, off the path. "I'm Raven Miller."

When Emily was in junior high, Raven was one of the cool, older girls that the boys always chased. She pestered her parents for shopping trips to the Bangor mall, where she could find, if not the latest fashions, at least clothes more stylish than those available in Baxter or Aswontee. She'd kept her hair short and sassy, and creatively applied her eye makeup and nail polish with a free hand. Looking at her now, Emily hardly recognized her.

Raven sat cross-legged on the rock, wearing a pair of well-worn jeans and a T-shirt that faded through several shades of blue. Her long, dark brown hair was pulled back tightly. She wore no makeup, but a leather strand with polished beads circled her neck.

"I'm Emily Gray."

Raven nodded. "I thought you looked familiar. Your folks had the cottage on the far end. How long are you staying?"

"At least a week. I'm fixing up the place for my mother. She's decided to sell the cottage."

"I see. Well, you're welcome to visit Vital Women." Raven nodded toward the woods beyond. "I live in my parents' old cottage, and I've built up quite a facility and enlarged the grounds. I have a staff of three. I'd be glad to show you around the camp sometime. I'm sure you'll find it fascinating."

Emily's curiosity overcame her wariness. "I'd like that. Maybe after the weekend."

"We offer wilderness outings and spiritual workshops." Raven leaned back, bracing her hands on the rock. "I find it very rewarding. We've been able to help a lot of women. We get them out here in the woods, away from civilization, and they realize there's a lot more to life than the rat race. I try to show them that there's meaning and fulfillment within themselves and nature."

Emily wished she could express her own beliefs, knowing they ran counter to the ideas Raven put forth. Should she let Raven ramble on or tell her flat out that she didn't believe meaning came from within, but that true fulfillment could be found only in God?

Raven unfolded her legs and stood. "A woman's life should not be defined by her relationship to a man or her success in the corporate world. So many women can't get past that."

There's some truth to that, Emily thought. She wondered if God had any place in Raven's philosophy and decided to take Raven up on her offer of a tour during her stay on Grand Cat. Maybe then she could discover more about the young woman's beliefs and perhaps explain her own convictions.

"Did you hear about Henry Derbin?" Raven asked.

Emily gulped. "Yes."

"What do you know about it?"

"Not much."

Raven shrugged as if to dismiss the topic. "Well, it's good to see you again, Emily. Do stop by sometime when you're free. I've got some literature, too—a brochure on the Vital Women Wilderness Retreat and some pamphlets on meditation and other disciplines."

"I'll do that."

Emily watched as Raven headed toward the trees. She couldn't help noticing how wiry and tough Raven had become—the same slender figure she'd always had, but now stronger and toned.

There was another way in which Raven hadn't changed. In high school, Raven had been "me" focused, demanding attention as her right. Although she purported to help others, she was still self-centered, talking about her own enterprise at length, but never inquiring about Emily's present life or the well-being of her family.

She smiled to herself. "Some things never change."

As she walked past the rock and down to the shore, she thought about Raven's camp and wondered what strange rituals were created there to build self-confidence and an unfounded sense of inner peace in the clients.

Inner peace. It was something everyone craved. With God's help, Emily had put to rest the bitterness she'd harbored toward her stepfather. Now other events troubled her. The memory of seeing Mr. Derbin's corpse, for instance. Would she ever be at peace with that image?

Dear God, she prayed, looking out over the water. *Please bring me peace, as only You can. And help me face all these people who want to know what's going on. I know You're in control. Help me to remember that You know what happened to Mr. Derbin, and what's going to happen in the future. And that You love me.*

The wind gusted, fanning her hair over her cheek. She brushed it aside and headed back to her cottage.

A half hour later, rolling back the quilt on her bed, she found she was more exhausted than she'd thought. She eased onto the lumpy old mattress, aware of the waves slapping the shore, and drifted off to sleep.

Nate woke early Sunday morning with a sense of anticipation. The marina was closed Sundays, and he usually slept in until it was time to get ready for church, but today was different. Today held Emily.

He grabbed a bite to eat and poked around the store, trying to think of a reason to head out to the island early.

His mother came over from their house next door in her bathrobe about nine o'clock and found him dismantling the fishing tackle display.

"What are you doing? I heard you go out an hour ago, and I thought you were just checking the boats."

He gave her a sheepish smile. "I did that, but I needed something else to do. I've been meaning to get those new lures out, and I have time now, so. . ."

Connie shook her head. "It's Emily, isn't it? She's got you all off kilter."

Nate was silent for a moment. "Maybe she has. Would that be so bad?"

"No. She's a wonderful girl."

"Woman."

"Yes, woman. I've always liked her, and I like what she's become."

He pressed his lips together. His feelings for Emily raged inside him, but he wasn't sure he was ready to talk about them yet.

"She's got quite a career going," his mother said.

"I know." Why did he think she would let him be part of her life again? Even though a current of long-suppressed attraction seemed to jump between them, she wouldn't stay here. He looked down at the box of swivels in his hand. "Mom, having her here. . . It changes everything."

His mother slouched against the door frame. "I knew you cared about her, but I didn't realize it went this deep."

He sighed, feeling empty and inadequate. "It's like. . .I don't know what it's like, but when I saw her again yesterday. . ." He shook his head, staring without focusing.

"You were both very young when she went away."

"I know. We were good friends all those years. But then, right at the end . . ." He gritted his teeth against the hurt of remembering. "You know what it's like? It's kind of like I rang the doorbell seven years ago, and I've been waiting for her to open the door ever since."

"Has she opened it now?"

"Maybe a crack."

She smiled. "Well, then, I'll be praying."

Nate fastened a red and white spinner to the display board. "Thanks, Mom."

The phone rang, and Connie stepped to the counter and picked up the receiver. "Baxter Marina. Oh, hello, Andrew. Sure, we'll have a boat ready for you tomorrow. Come in anytime. And I'm sorry about your grandfather."

When she hung up, Nate asked, "Andrew Derbin, by any chance?"

"You win the prize. He's driving up from Augusta tomorrow and wants you to take him out to the island." Connie ran a hand through her disheveled hair. "Well, I'm going to get dressed and put my makeup on, and then I'm going to fix breakfast. If you want to eat, come on over in twenty minutes."

"I had a leftover hot dog."

"That's not breakfast."

He finished mounting all the fishing tackle, put away the boxes, and marked the discontinued items for quick sale. When he went back to the house, his mother was dressed for church and heaping a plate with French toast.

He sat down and ate three pieces but kept glancing at the clock on the wall over the stove.

"Relax," his mother said. "You have plenty of time."

Even so, he turned down coffee and went out to the dock, leaving for the island ten minutes before he had planned. The lake was a little choppy, but not bad. A ceiling of gray clouds hung low over Grand Cat. He pulled in before Emily's cottage and stood with one foot on the dock and the other precariously perched on the boat's gunwale while he tied up. The wind blew his hair askew, and his dangling necktie flipped over his shoulder.

"Hi!"

He glanced up and saw Emily coming down the path. Her blue sundress splashed a welcome bit of color on the dreary scene.

"Howdy." He climbed to secure footing on the dock and reached out to help her as she shifted her Bible and cardigan, preparing to descend into the boat.

"You look good."

"Thanks." The wind gusted, and she tried to hold her skirt down and not lose the items she was carrying.

"How are you doing?" Nate asked. "You got a pretty scary welcome yesterday. You okay?"

"I think so," she said.

"Good. On behalf of the town of Baxter, I apologize and promise you better things to come." He helped her into the boat. "Are sneakers the new thing?"

A blush stained her cheeks. "I didn't want to slip getting into the boat." She pulled a pair of leather sandals from beneath the cardigan.

"Ah. Smart thinking. One time I came out here on a Sunday to fetch a loose canoe that got caught up in some weeds. It was really windy, and I was afraid the canoe would blow off down the lake. I was at the far end of the island, and leaned over to grab hold of the canoe, and I fell in. In my Sunday suit."

Emily shook her head. "Not really?"

"Really. No one saw me except Mr. Derbin. He thought it was a riot."

She chuckled and took the seat beside Nate's.

"Better put that sweater on." He cast off and pushed away from the dock. "You sure you're okay?"

"Yeah, I'm fine. Oh, and I saw Raven Miller last night."

"What did you think of her?"

"She's changed in some ways. Not in others."

Nate started the motor. "Well, I have some news. Andrew Derbin called just before I left to come get you. He and his sister were notified of their grandfather's death, and Andrew plans to arrive in Baxter tomorrow."

"He and Pauline are the next of kin," Emily said. "That should keep Felicia busy."

"I expect so, if he'll grant her an interview."

Emily untied her sneakers and pulled them off then put on her sandals. "What's going on with A Greener Maine?" Nate arched his eyebrows in question, and she explained, "Truly Vigue and Mr. Rowland were talking about it yesterday. They said I should sell my piece of land as fast as I could so the Greens wouldn't try to take it."

"They're lobbying for legislation that will take land by eminent domain," said Nate. "They want to make a human-free preserve in northern Maine. I suppose all the islands, and even the shoreline, are vulnerable."

Emily's gaze traveled over the lakeshore. Outside the town limits, only a few buildings could be seen along the water. "Isn't most of the shoreline owned by paper companies right now?"

He nodded. "There are a few privately owned parcels, like the campground and Jeff Lewis's hunting lodge, but you're right. The paper companies hold title to most of it."

"So, if the Greens bought it up, they could force cottage owners out," she said. "And there wouldn't be any more vacationers in Baxter."

"Basically, it could wipe out the town."

Emily frowned. "Then my mother will definitely want to sell to an individual, not to A Greener Maine. She wouldn't want to help devalue other people's property."

"Seems like the best answer. We're all hoping the paper companies won't sell to them. I'd hate to lose what we have here."

Nate knew a change like that would ruin the marina business. He and his mother would have to find other sources of income. "Right now, this is a tough place to make a living, but those of us who have been here a long time and understand the area can make a go of it."

"Yeah. But some things will change, anyway, after what happened yesterday. It's only a matter of time before the town is swarming with reporters." She sighed. "I wonder if this will make it harder to sell Mom's cottage."

"It's possible. On the other hand, I could see the news attracting enough attention for you to make a quick sale, if the Greens will stay out of it."

When they reached the marina, Nate's mother was waiting for them, and they drove to church in her minivan.

Nate watched Emily's face as they entered the small community church. She looked around, and a slow smile spread over her face.

"It's just like always."

Several people came to greet her, and she was soon immersed in small talk, catching the older residents up on her family's situation.

At the first lull, Nate guided her to a pew midway down the aisle, where his mother had settled.

"Feel like home?" he whispered.

"I'll say." Her blue eyes shimmered. "My church in Hartford is a lot bigger than this. I'd forgotten how nice it is to know everyone in the congregation."

Sitting beside her during the service put Nate in a pleasant turmoil. She seemed at peace, but he found himself on edge. He tried to make himself forget about her and concentrate on the sermon, but people kept looking over at them, and he felt his pride inching upward, just having her this close to him. A faint fragrance seemed to emanate from her hair, and he wanted to lean closer and smell it, but he couldn't do that. She and everyone behind them would think he was nuts.

After the service, the pastor insisted on treating them all to lunch at the Lumberjack, a restaurant just down the street from the marina. The pastor took Nate's mother in his car, and Nate drove with Emily in the minivan.

The Lumberjack's business boomed in summer, when boaters and campers thronged to the area, then provided a welcome rest stop for tourists the locals liked to call "leaf peepers" during the fall foliage season. They were followed by hunters. In winter, snowmobilers kept the eatery busy.

"They still serve the best meat loaf on earth," Emily said with a sigh. Her plate held half the portion she'd been served.

The waitress offered dessert, but they all declined.

Nate looked out the window and said with regret, "I guess we'd better head out. The sky looks a little threatening."

"The weather report said thundershowers this evening," said his mother.

"You kids go ahead," Pastor Phillips said. "I'll see Connie home."

Nate and Emily went out to the parking lot. The wind was already starting to pick up, and Emily folded her arms in front of her, shivering as Nate unlocked the minivan.

"It's gonna be a windy boat ride," he said.

By the time they reached the marina, the sky had darkened and thunder rumbled in the distance.

Nate took off his suit jacket and held it out to her. "Here, that'll help keep the wind off."

"Thanks, but you'll freeze now," Emily said. "I should have known enough to wear a jacket."

"Yeah, you never can count on the weather on Blue Heron." He slipped it around her shoulders, over the thin white cardigan. The sweater was no match for the chilly wind that came off the water.

"You'll be cold," she said as Nate helped her into the boat. "Run inside and get another jacket."

He hesitated. "Maybe I'd better."

He ran across the dock to the back door of his mother's house and grabbed his Windbreaker. When he got back to the boat, Emily was sitting down and had removed her sandals, jamming her bare feet into her sneakers.

A fifteen-foot motorboat was chugging toward the dock, and Nate recognized Gary Taylor and another trooper in it. He walked out to the slip where Gary would tie up and waited for him.

"How's the water?" Nate asked, catching hold of the painter.

"Could be better." Gary reached out and pulled the boat against the side of the pier.

"I didn't think they'd have you working Sunday."

Gary shrugged. "The medical examiner says Henry Derbin died from blunt trauma. Blakeney sent Bob and me out to look for the weapon again."

"Did you find anything?" Nate asked, looking from Gary to the other man's face.

"No. We went over that cottage with a fine-tooth comb. We even beat the bushes outside, along the path. Nothing. Whatever the weapon was, the murderer took it with him."

They walked along the wharf as they talked, and Nate stopped beside the cabin cruiser. Gary eyed Emily with surprise. "Hello, Emily." She smiled up at them. "Are you two heading out? It's going to get rough."

"I'm just taking Emily out to Grand Cat," Nate said.

Gary nodded. "Well, we'll probably be back tomorrow morning. See ya."

Nate hopped down to the deck beside Emily and shoved off from the dock, heading for her end of Grand Cat. Emily wrapped his suit coat close around her, but her teeth chattered anyway.

"How'd you like the pastor?" he called over the engine noise.

"I like him. He and your mom make a good couple."

The hull pounded against each wave, and they gave up on conversation. When they reached the island, big drops of rain were beginning to splash into the lake. "I'd better check your batteries and wood supply," he yelled over the wind as he boosted her out of the boat. "No telling how long this thing is gonna last."

Her eyes flickered. "I can do that."

Nate frowned. "Just trying to help."

"Thanks, but I'm not helpless."

"Humor me. I'm getting wet here."

They ran up the path and in through the porch. Emily took off his suit jacket and folded it over a chair in the kitchen. Nate headed for the woodshed attached to the back of the kitchen and made three trips to fill the wood box beside the fieldstone fireplace. On his last trip in, Emily was coming down the stairs wearing jeans and a sweatshirt.

"You didn't need to do that. But thanks. That'll keep me going for a couple of days."

"Let me start a fire for you," Nate said. "It's chilly in here."

"I can do it."

"I know you can, but I'd like to."

She scowled at him for a moment then shrugged. "All right."

He stooped to lay kindling and tinder in the fireplace. She was watching him, and he was suddenly nervous. What if he couldn't get it going right away?

Emily plucked the matchbook from the mantel and handed it to him. He struck a match and held it to the slivers of birch bark. The blaze took hold, and he breathed a sigh of relief.

"A one-match man." Her smile set his heart thumping.

"Haven't lost my touch."

He handed her the matchbook, laid a couple of larger sticks of firewood on the blaze, and stood up. Her smile had taken on a forlorn droop.

"You sure you're all right here alone, Em?"

He wished he could offer to stay awhile, but the lake would soon be so rough he wouldn't be able to get across to the mainland.

"I'll be fine," she said. "I'll lock the place up tight. You'd better go before the wind gets worse."

The thought of the murderer still on the loose was never far from his mind. He considered offering to sleep on the couch, but he knew she would refuse.

"Okay, take care." He headed for the door, scooping up his suit coat on his way through the kitchen. She followed him onto the porch and stood watching while he sprinted to the boat through the downpour. He looked back before he ducked beneath the canopy. She was still standing in the porch doorway. He waved then cast off and zoomed away through the whitecaps, straight toward the marina.

Emily was self-sufficient now, he knew. She'd been on her own for seven years, never returning home after high school for more than a short visit. Living alone and supporting herself, she had proven she didn't need anyone to take care of her.

But she was different from Raven and her friends. To hear them talk, you'd think men were unnecessary. To say a woman needed a man was slander in their hearing. But Nate couldn't help thinking that Emily needed someone. Yes, she could survive alone, but why should she, when sharing her life would bring out the tender, compassionate side he knew she possessed?

At least God was taking care of her, even if she wouldn't let anyone else.

5

E mily watched until the boat was tiny then went into the kitchen and locked the door between it and the porch.

We never used to lock the door.

But with a murderer at large on Grand Cat Island, those days were over.

She fussed with the propane stove and put half a bottle of water in the teakettle to heat, trying not to think about the murder, but it kept intruding on her thoughts. She wanted to know what had happened, and why someone wanted Mr. Derbin dead. But that wasn't her job here in Baxter. Other people would dig around for the answers.

In the living room, she pulled a worn copy of *Jane Eyre* from the to-keep stack she'd set aside while cleaning. Perfect for a night like this.

The teakettle whistled, and she hurried to fix a cup of hot chocolate. Darkness came early, and the wind howled. Peals of thunder came closer as the heavy rain pelted the roof and sheeted down the windows.

Around six o'clock, she ate a quick supper by candlelight then lingered with her book by the fireplace. After a while she found herself reading the same paragraph over and over, while her thoughts drifted back to Nate.

He was back in her life. For a few days, anyway. She didn't dare hope it would last. At the end of the week she would go back to Hartford. The cottage would sell, and she wouldn't have any excuses left to return to Baxter and see him again. Would he care?

At last she decided to go to bed, and she slept soundly for a couple of hours. Around eleven she was awakened by a boom of thunder. Rain beat down on the roof above her, and cold air seeped in.

She pulled her quilt off the bed and went down to the fireplace, carrying her flashlight. A bolt of lightning lit up the room, and a few seconds later thunder rattled the windows. She tossed some wood on the embers of the fire, sank into an armchair, and pulled her feet up beneath the quilt.

The image of Mr. Derbin's lifeless body and the eerie silence in his kitchen once again dominated her mind. It was no use trying to avoid those thoughts. She prayed silently.

What am I doing here, Lord? You've dropped me into the middle of something terrible, and I don't know why. I came here wanting to do a good thing for my mom and hoping for a few days of rest, and the first thing that happens is that Mr. Derbin gets killed. For some reason, You landed Nate and me in this. Why would You want that to happen to us?

She lay back and stared up at the rough board ceiling. She believed God had His hand in every phase of her life. He'd given her the desire to come back here. He'd placed Nate in her path. He'd allowed them to be the ones who discovered Mr. Derbin's body. Why?

She closed her eyes. Did it really matter why she was here? What mattered more was what she did, how she reacted. Amid all the turmoil in Baxter and on the island, could God use her for some special purpose?

And what about Mom's property, Lord? I thought it was simple. I'd come and clean it up, and that would be that. Now I find out it might be unmarketable if the legislature approves a nature preserve here. Mom might have to settle for whatever the state offers her.

She sat watching the flames for a long time, cataloging the bad things that had happened in the last two days, from the murder on down to the strange reunion with Raven and the wobbly dock.

At last she felt the tension slip away. *I did believe You wanted me to come here, Father. I still believe it. Show me how You can use me here.*

And it wasn't all bad, she admitted. Good things had happened, too.

There's Nate. She couldn't help smiling as she remembered his bright eyes and wind-tossed hair. *Thank You for giving me that, Lord. I guess all the rest is worth it. I know You're engineering things, so I'll trust You to bring whatever is best into my life.*

The driving rain continued all the next morning. Emily set herself to one task after another until the kitchen, bathroom, and living room were spotless and she was weary of housework. In spite of the rain, boats ferried back and forth between Baxter and the far end of the island. She wished she knew what was going on. She was used to buttonholing police officers and asking for the latest news, but that wasn't her job here.

Just before noon, she upended a drawer from the desk in the living room, dumping the accumulated odds and ends out on the desktop. She tossed a couple of pencil stubs into the trash bag at her feet then stopped. A plastic identity badge lay among the jumble. Her stepfather's face stared up at her from his credential for the paper mill. Emily swallowed the hard lump that had popped up in her throat. Slowly, she reached for the plastic card that Brian had clipped to his pocket every day when he left for work. She turned his face away from her and held the badge over the trash bag then released it with a shiver.

Time for a break, she decided. *Definitely time for a break.*

She made an egg salad sandwich and took it to the porch. The rain had slackened. She went outside and walked down to the dock. A light mist hung in the air, and a few big drops splashed down on her from the overhanging pines.

She strode to the far end of the swaying dock and turned to look toward the north end of the island. A boat was chugging toward Mr. Derbin's property.

"Hey, Emily! I heard you were here."

She turned toward shore and saw Rocky Vigue approaching. She recognized him immediately. Over the years he had grown from stocky to obese. The dock held as he stepped onto it, but she was suddenly afraid it would buckle under their combined weight.

"Hi, Rocky." She almost ran toward shore, but she couldn't pass him on the narrow platform. "Hey, let's get in under the trees. It's starting to rain again."

He stepped off the end of the dock to solid ground, and she hastened to lead him away from it.

"My mom said your folks are selling out." He puffed as he followed her up the path.

"Yeah, that's the plan."

"So, where do you live now?"

She stopped and faced him under the dripping trees. "Hartford." His blank stare led her to add, "Connecticut."

"Oh." He nodded. "You're not married, are you?"

She laughed. "Not even close. How about you?"

"Me? Oh, no." He looked down at the ground, shaking his head. His body shook with it. "Listen, we're going to barbecue later if it's not raining. Want to join us?"

Emily hesitated. "Who's *us*?"

"My folks and me."

"Well..." She glanced toward the next dock and saw that Marvin, Rocky's father, was out securing a tarp over his boat.

"Hello there, young Emily," he called, waving at her.

"Hi, Mr. Vigue."

"Will you?" Rocky asked eagerly.

She gulped. "I sort of have a...a standing invitation in with Nate, if the lake's not too choppy."

"Oh." He frowned, and his whole big body sagged. "That's okay. Hey, do you know if they've arrested anyone for the murder yet?"

"Oh, I don't think so. It's early for that."

"I suppose. Man, I can't imagine why anyone would brain the old guy like that, you know?"

Emily winced.

Three women emerged from the trees behind her cottage and came toward them. Emily didn't think she'd ever seen any of them before. One was at least sixty, with loose, wrinkled skin and iron gray hair. The second was a decade or two younger, with hair bleached to an unnatural straw color. The third was no older than Emily, with lithe, tanned limbs and a smile that reminded her of their top advertising saleswoman at the newspaper. She could sell anything. All wore white T-shirts emblazoned with green lettering spelling out VITAL WOMEN WILDERNESS RETREAT.

"Hello," called the youngest woman as they all came closer.

"Hello," Emily replied in dubious greeting.

"I'm Jenna, and I'm from the retreat center. These are Lillian and Shelly, two of our guests this week."

Emily introduced herself, and the women seemed already acquainted with Rocky.

"Isn't it awful about this murder happening here on the island?" Lillian, the gray-haired woman asked.

Emily murmured, "Yes."

"It's got everyone at Vital Women on edge," Shelly said. Emily immediately pegged her distinct accent as Upper West Side. "We all wonder if the killer will strike again."

Jenna's white teeth gleamed as she smiled reassuringly at the two older women. "We've advised our guests to stay in groups if they leave the lodge."

Lillian grinned. "Here's our group. One, two, three. Three's a group."

Shelly and Jenna laughed.

Emily smiled, trying not to grit her teeth, certain that if Nate couldn't get across the water tonight, she'd go crazy.

"I wonder if it had anything to do with him saying he'd sell his land," Jenna said.

"That was just a rumor," Rocky told her. "I don't think Mr. Derbin would really sell it all."

"Well, he was getting old," Jenna countered.

"Emily!"

She turned and saw Truly and Marvin coming along the shore from their dock.

"Emily, have you heard anything more about the murder today?" Truly called.

"No."

"Too bad," Truly said. "I thought you might, since you're a reporter, and you went off with Nate Holman yesterday."

"We went to church," Emily explained.

"Church?" Shelly, the New Yorker, said. "Where? On shore?"

"Yes. There's a—"

"We don't need church," Lillian put in. "We spent hours chanting yesterday. The lake was too rough for snorkeling, so we had an art class in the afternoon."

"That must have been. . .interesting," said Emily.

"Oh, it was. I designed an icon depicting my soul at rest."

Emily tried to picture that graphic, but gave up.

"Do you think Old Man Derbin's family will sell his land now?" Jenna asked.

Emily frowned at her callousness, but no one else seemed to mind.

"Wouldn't that be something, if the kids decided to subdivide," Marvin said.

Shelly looked along the line of cottages. "Prices would be high."

"Probably," Truly agreed, tugging at the hem of her damp shorts. "But if it's not too high, we'd love to have a little more land. In fact, Emily, on the next good day, Marvin and I plan to go over to Blue Heron Realty and speak to Bridget about your property. This would really be the ideal addition for us."

Jenna nodded, scrutinizing Emily's temporary abode. "Raven mentioned that this end cottage was for sale."

Marvin said, "Well, if Mr. Derbin had lived, he probably would have sold his land all in one piece."

"Oh, I don't know," Truly countered. "He's sold small parcels before. He could have sold several more lots and still kept his own cottage if he wanted to."

"I wonder if the boys' camp will try to buy it from the grandchildren now," Marvin said. "You know Rand Pooler, Emily?"

"I. . .vaguely remember him. He was ahead of me in school."

"He was in my class," Rocky said. "He runs the boys' camp now."

"Yes, and he told me they really need more space," Marvin said. "The state requires them to have a certain amount of square footage per camper in their cabins, and they want to add some new facilities, but of course their plumbing is primitive. They'd really like to move to a bigger piece of property."

"You can't put dozens of screaming little boys on this island." Jenna's lip curled in distaste. "We'd lose our ambiance of serenity."

"Yes," Lillian said with a frown. "Vital Women couldn't coexist with boys."

"Those Greens are trying to raise money from the big environmentalist outfits," Rocky put in. "If they get hold of Grand Cat, none of us will exist here anymore."

Truly nodded. "They're trying to raise money privately to buy land, in case they can't convince the legislature to approve their proposal for a wilderness preserve backed by tax dollars."

"Barton Waverly was out here last month," said Marvin.

"Who is that?" Lillian asked, brushing at her gray hair to drive away a mosquito.

Jenna said, "He's the president of A Greener Maine."

"He lives over in Aswontee," said Truly. "They say he came out here in a boat with a reporter from the *Bangor Daily News*, looking over the island and talking about the Greens' plans."

"I hope they won't buy this whole island." Lillian's voice quavered as she stared at Jenna. "We could lose our lovely camp."

"That's even worse than being overrun by little boys," Shelly agreed.

"Well, we're going to do everything we can to prevent anything like that from happening." Jenna, the young Vital Women staffer, put on a cheery smile. "You've been coming here for three years now, Lillian, and we're all going to be here for a lot more years."

Shelly nodded. "Raven will see to that."

"Well, I'm not sure I would have come this week, if I'd known there was a murderer lurking about." Lillian's voice quavered, and she looked over her shoulder up the path.

"Who's that?" Jenna asked suddenly, and they all followed her gaze out over the water.

Emily saw a boat puttering toward them from the mainland. She hoped desperately that it was Nate, coming earlier than she'd expected, and that he would rescue her from the impromptu gathering. But her anticipation took a nosedive when Truly said, "It's the Kimmels."

"You know them, don't you, Emily?" Marvin asked.

"I don't think so."

"No, they came after she left," Truly told him. She turned to Emily. "They bought the Jacksons' cottage a few years ago. They have three sons, and they'll stay all summer, until Labor Day weekend. Their boys aren't so bad. Once in a while they get noisy, but for the most part they're all right."

"Well, I let their father know the first year they were here that those kids needed to be quiet from nine p.m. to nine a.m." Marvin gave an emphatic nod.

The Kimmels' boat made straight for their private dock, and it was soon hidden by the irregular shoreline.

"Goodness, this pier needs some attention, Emily!"

She looked toward Marvin and saw that he was gingerly poking the end of her dock with his foot.

"I'm thinking of replacing it," she said. *Lord, give me patience.*

Truly nodded. "You probably should."

"I suppose we should go back," Lillian said, eyeing Jenna. "I hope those policemen find out where the murderer is soon."

"Not on this island, I hope." Shelly shivered.

"Well, I don't know about that." Marvin pursed his lips for a moment. "There wasn't much boat traffic Saturday. Seems to me it's likely it was someone out here on the island that killed the old man."

"What a horrible suggestion," Lillian murmured.

"Well, if a stranger came out here in a boat, someone would have seen him," said Truly.

"Not necessarily." Marvin turned on her, ready to argue. "If someone came from the state forest land on the west side of the lake, we wouldn't be able to see them from this side. They could go right around to Derbin's cove and anchor without being seen."

"We'd have known," Truly insisted. "It was calm Saturday. We'd have heard a motor."

"They got a new crop of boys on Little Cat Saturday afternoon," Rocky said. "Who would notice one more boat?"

"That was after the murder." Truly glared at her son. "The police said it happened early in the day, didn't they?"

Marvin said, "You came Saturday, Emily. It happened before you came, didn't it?"

"I. . .well, yes."

"I certainly hope there's not a murderer loose on this island among us." Lillian's voice was hushed in fear.

"Excuse me," Emily gasped as the rain began once more to pound down on them. "I think it's time to take cover."

She ran up the path to her cottage and dove through the porch door. Turning to look back, she saw the Vital Women flitting into the trees and the Vigue family rushing toward their cottage. Rocky lagged behind and looked up toward Emily and waved. He seemed to be waiting for a response, so she waved back. He turned and waddled after his parents.

She stood behind the glass-paned door and watched the rain streak down, forming rivulets on the sloped path and carrying pine needles and earth toward the lake.

On the next good day, I'll go ashore, she decided. At the Baxter town office, she could look up the names of all the people who owned property on Grand Cat. Nate would take her. But no. Why bother to ask him when she could take herself? In Hartford, she wouldn't consider asking for help. She'd just go do the legwork on her own. But she knew she wanted to spend time with Nate while she had the chance.

He'd probably like to help me with the research. We could look into it together. She felt the excitement that always came to her when she started a big new investigative story. *I'll find out who all the landowners are and how many of them were here on Saturday.*

Nate had wanted to be a policeman, and it must frustrate him to see Gary in the thick of it while he was still a bystander, running the marina. Of course he'd enjoy digging into the islanders' backgrounds with her. But if she and Nate worked together, they might find some connection between one of the landowners and Henry Derbin, other than the simple sale of cottage lots a generation ago. A reason for someone to be angry with him. Angry enough to kill.

6

There were few customers at the marina that afternoon. Every now and then someone from the mainland came in for a newspaper or a jug of milk, but there wasn't enough business to keep Nate occupied for long.

He kept thinking about Emily and the murder and hoping she was safe. There was no guarantee the murderer wasn't still on the island, maybe one of the summer residents. This worried Nate more than he wanted to admit, but he didn't want to say so to Emily. He didn't want to frighten her.

By three o'clock, he was fishing for something to do. On any other day he would have closed up early, but Andrew Derbin was still due to arrive and would need a ride out to the island. To kill time he counted down the cash drawer, swept the floor, and washed the front windows. He'd just started wiping down the refrigerated case when the front door creaked open.

"Howdy."

Nate turned as Andrew entered, looking around the store. He hadn't changed much: tall and lanky, with short blond hair. Nate remembered longer, disheveled curls when Andrew was in high school, except in basketball season. The coach made the boys keep a clean-cut image back then. Andrew had kept his trim athletic figure, though he now held a desk job in Augusta.

"Hey." Nate stuffed his rag in the pocket of his jeans. He stepped over to Andrew and extended his hand.

"Hi, Nate, good to see you again."

"You, too. I'm sorry about your grandfather. We sure will miss him around here." Nate stooped to pick up the bottle of window cleaner and took it behind the counter.

Andrew followed him. "It still hasn't sunk in, you know? My sister and I spent a lot of summers on the island with him and my grandmother over the years. Lot of memories tied to this place. Hard to believe he's gone."

"Yeah. It's rough when it's unexpected." Nate turned to take the key to the boat from a pegboard behind the cash register.

"You're never really ready for someone to go. Makes me wish I'd spent more time with him."

"That's how I felt when my dad died," said Nate. "But I think feeling that way just means you really loved him."

Andrew frowned. "That's what I don't understand: Who could possibly hate my grandfather enough to kill him? Unless it was a robbery. But if it was, they sure didn't take much."

"I didn't realize anything was taken." Nate's thoughts began to rush. Maybe Mr. Derbin had kept valuables or antiques in his cottage, and someone had found out. Or maybe he had a secret stash of money, Silas Marner–style.

"Nothing much." Andrew leaned against the counter. "The police mentioned he didn't have a wallet on him when they asked if I thought anything was missing."

"That is odd," said Nate. "Did your grandfather tend to carry a lot of money?"

"Not that I know of." Andrew picked a cheap compass out of the bucketful beside the register, looked at it, then put it back. "But there's no telling. I mean, I never really thought about what he kept in that cottage until now. Things could be gone, and I wouldn't have a clue."

"True," said Nate. "And I don't suppose most people would bother to carry their wallets unless they were leaving the island that day. Well, you got more gear in the car? I'm ready to head out whenever you are."

Andrew nodded. "Yeah, just a few things. I can handle it."

"Let me get my junk." Nate grabbed an insulated lunch box from under the counter, went to the refrigerator case, and slid the steak he'd been saving for supper with Emily into the lunch box. Then he took his jacket from the peg by the door and grinned at Andrew. "Okay, let's go."

Nate locked up the store and followed Andrew to his pickup truck across the parking lot. The sky was still gray, and it was sprinkling.

"It's just a suitcase and sleeping bag." Andrew reached into the bed of the truck for his luggage.

They'd started down to the dock when a car pulled into the lot and Felicia Chadwick jumped out.

"Hello, Nate!" She was wearing her camera around her neck and carrying a notepad and pencil, never without the tools of her trade.

"Hi, Felicia," Nate called back. He waited for her to catch up. "This is Andrew Derbin. Andrew, you remember Felicia Chadwick. She runs the *Baxter Journal* now."

Andrew nodded. "How you doing, Felicia?"

"Great. Let's see, Andrew, you live in Augusta now, right?"

"That's right. I work in the secretary of state's office."

"Impressive. Hang on a second." Felicia backed up a few steps, lifting her camera. "Hope you don't mind." She snapped the picture before Andrew could say whether he minded or not. "Thanks!"

Nate stifled a laugh. "No one could accuse you of slacking on the job,

Felicia. But it beats me how you always know when to show up for a news story."

"I called your mom." She gave him a sly wink. "So, Nate, anything new? I've got to have something to put in the next edition."

"Don't you have tomorrow's *Journal* written yet?"

"Of course. It's already at the printer's. Now I'm looking for my lead story for next week. Don't hold out on me."

"I don't really have anything new."

Felicia shook her head. "I'm not sure I believe that. How about you, Andrew? Do you have anything to say about your grandfather's death?"

Nate started to protest, but Andrew gave her a weary smile. "My grandfather was a good man."

Felicia began writing on her notepad.

"I was really angry when I heard he'd been killed. It seems utterly pointless to kill a nice old guy like Grandpa. All I have to say is, the murderer won't get away with this."

"Won't get away with this," Felicia repeated as she wrote. She looked up. "Have the police interviewed you?"

"Yeah, sure. They talked to me and my sister, Pauli, on Saturday. They asked me to take a careful look around when I go out there today."

"Why is that?" Felicia's eyes glittered.

"They want to know if I think anything is missing."

"So, they think it was a robbery?"

"Maybe. They didn't find his wallet—no driver's license or anything lying around. Seems like that should have been in the cottage, but they didn't find it."

Felicia continued to take notes. "So was anything else stolen?"

Andrew shrugged. "Well, I haven't been out to the island yet. And we don't know that his wallet was stolen. Maybe he left it at home when he came up here last week to stay at the cottage."

She scribbled frantically and flipped a page in her notebook. "This is great. It will really help my story along."

A black Toyota Prius pulled into the parking lot. The driver parked askew across two of the places closest to the marina door.

"Who is that?" said Felicia, scowling.

"I don't know," said Nate. "Guess I'd better stick around and find out."

A tanned middle-aged man with graying blond hair emerged from the vehicle and strode toward them.

"Andrew Derbin," the man said, extending his hand as he reached them. "I'm Barton Waverly, president of A Greener Maine."

Nate wrinkled his forehead. Should have guessed it from the classy hybrid car. Alternative fuels...wilderness refuge... He was probably a vegetarian, too.

Felicia's eyes got wide, and she flipped her notepad open again.

"Hello." Andrew eyed Waverly coldly and made no move to shake his hand.

Waverly pulled his hand back. "Mr. Derbin, I heard you were arriving in town today, and I wanted to speak to you. Are you planning to sell the land your grandfather owned?"

"No, I'm not," said Andrew. "My sister and I have absolutely no intention of selling to you."

Waverly frowned. "Is that definite?"

"Yes, it is."

Felicia scribbled furiously.

"That piece of land's worth a lot to A Greener Maine," Waverly persisted. "I'd be willing to give you twice what it's assessed for. You can't refuse that kind of an offer."

"I already have. Excuse me." Andrew turned and walked on toward the dock.

"Now just a minute." Waverly hurried after him.

"I'm not interested!" Andrew did not look back.

Nate stepped between Waverly and Andrew's retreating figure. "You'd better take off. I'm taking Mr. Derbin out to his grandfather's property, and he'd like some time alone."

Waverly's face was beet red. His forehead glinted with sweat just below his hairline as he shoved Nate aside. "Keep out of this. I'm not talking to you."

Nate teetered and regained his balance. "Hey, watch it, buddy! You leave right now or I'm calling the cops, and they're not far away."

Felicia held out her cell phone to him. "Be my guest, Nate. It will make a great photo for the front page when they arrest Mr. Waverly."

Waverly glared at them then shot a regretful glance toward Andrew, who was climbing into the boat. "He'll change his mind," he muttered and pivoted toward his car.

"And next time, would you park straight?" Nate called. "We need to keep those spaces open!"

Felicia laughed. "Now that's what I call a juicy tidbit."

Thunder rumbled in the distance.

"I'd better move. Take care." Nate sprinted for the dock.

They reached the island just before a new downpour broke. Andrew hoisted his luggage and ran toward Mr. Derbin's cottage. Nate motored the length of the island and secured the boat at Emily's dock, grabbed the lunch box, and hurried up the path.

Emily opened the porch door wide for him. Her cheeks were flushed, and in her cream pullover sweater and faded blue jeans, she looked warm and welcoming.

"Hey there." Nate shook the drops off his Windbreaker. "I dropped Andrew Derbin off at his grandfather's and thought I'd stop by."

"Come on in," said Emily. "It's freezing out there. What's in the cooler?"

"Well, since it's dinnertime, and the last time I was here I personally took inventory of your food supply, I kinda thought you might like a steak. If you don't mind me inviting myself to dinner, of course?"

She smiled as she shut the door between them and the storm. "Not at all. And I was getting a little tired of sandwiches. Why don't you make yourself at home while I cook?"

"You sure you don't want any help?"

"Nate, I don't remember your knowing how to cook. Of course, it's been a long time."

"A long time since I burned the macaroni and cheese and ruined my mom's best saucepan?"

She grinned. "Well, that wasn't exactly what I meant."

"You're right, though. I still can't cook." He handed her the cooler and peeled off his jacket.

"I'm surprised they're letting Andrew stay at Mr. Derbin's cottage," she said.

"He says they're done collecting evidence out there."

Emily's eyebrows drew together. "I suppose they're waiting on the autopsy and the reports from the crime lab, but still. . . Did Gary say anything to you? Have they got anything solid in this case?"

"Not that I know of."

By the time dinner was ready, it was dark outside. The thunder stopped, but the rain still beat heavily on the cottage roof. They ate at the pine kitchen table, and afterward Nate offered to help her with the dishes.

"It will only take me a minute." She ran hot water into her dishpan.

"Well, then, how about I bring in some more firewood?"

She frowned. "I'm not a delicate piece of china, Nate. I can carry my own wood in."

Nate winced and wondered if he was stepping on her independent toes again.

"I'm just trying to help, Emily. It wouldn't kill you to let a friend do something for you and just say thanks. It makes the other person feel useful, you know?"

She shrugged. "Well, the wood box is getting low."

He brought an armful of wood in and stoked the fireplace, then pulled two armchairs closer to the heat. A few minutes later, Emily came from the kitchen to join him.

She curled up in one of the sagging, overstuffed chairs, and Nate sprawled in the other. For a moment there was no sound except the rain on the roof.

"I used to love that sound," she said, "but I'm getting kind of tired of it now." Her face glowed in the warm firelight.

Nate nodded. "I keep hoping it will blow out to sea."

They sat in pleasant silence for a moment. Just being with her satisfied a craving he didn't know he had. Did she feel that, too, or was she happy with her self-sufficient lifestyle?

"Hey, did I tell you there's a television news crew from Bangor staying at the Heron's Nest?" he asked at last.

"The bed-and-breakfast?"

"Yeah. The cameraman came in the store this morning for a case of soda."

"I hope they don't want to interview us. I mean, since we found Mr. Derbin."

"I thought of that," said Nate. "They came around and talked to me for a while at the store, and I thought they'd rent a boat to come out here and take pictures of Mr. Derbin's cottage, but I guess the rain discouraged them. And I didn't mention you."

"I appreciate that. The whole island is talking now," said Emily. "I can hardly get away from it. Oh, and I saw Rocky Vigue today."

"What did he have to say for himself?"

"He asked me if the police had made any arrests. And then three of the women from Raven's camp were out walking and joined in with questions about the land, all full of drama about the danger to the island people. And Truly and Marvin had to put their two cents in. Marvin thinks it was someone on the island. At least he does until Truly agrees. Then he changes his mind."

Nate laughed. "Well, it seems likely to me."

"Really?"

"It makes sense. Someone who knew the old man was there alone. This wasn't random, Em."

"But. . .someone could have come out from the shore without being noticed."

"Yes, there are ways of getting to the island without being seen."

"Marvin mentioned that, too. He said someone could easily have come from the west side without being seen. But then Truly said they would have heard a motor."

"If there was a motor," said Nate. "You'd be hard pressed to row against the wind now, but on a calm day. . ."

"Just a minute." Emily got up from her chair and disappeared into the shadows beyond the range of the flickering firelight. "Let me get a notepad."

When she returned, Nate saw the enthusiasm on her face.

"Let's make a list of all the people who might benefit from Mr. Derbin's death," she said. "Suspects, motives."

"Shouldn't we leave that to the police?"

She wrinkled her nose. "Oh, come on, Nate! You wanted to be a cop. But the police won't tell us anything. Aren't you dying to be in on this investigation?"

"Like you are?"

She frowned. "Okay, so I'm curious."

"It's your job."

"Well, yeah. I'm trained to dig into things like this. It *is* my job to uncover the truth and tell people about it. Does that bother you?"

"Well. . .I'm not sure."

They glowered at each other. It stung a little that she'd brought up his career failure, while she'd succeeded at hers. *I'm not jealous of her,* he thought. *Or am I?*

He laughed. "Maybe it bothers me more than I've admitted. Let's make that list."

Emily smiled and settled back with the notepad on her knee.

"First there's the obvious," she said.

"His grandchildren?"

"Andrew and Pauline will probably both inherit the land, don't you think?"

"It sounded that way when I talked to Andrew earlier," Nate said. "Their father died several years ago."

"Where's their mother now?"

"She remarried. Moved out west, I think. I doubt she'd be an heir."

Emily wrote down the names. "Okay. Who else?"

"Barton Waverly."

"Someone mentioned him today, too." Emily kicked her sneakers off and tucked her feet under her in the chair. "They said he came out to the island recently with a reporter to talk about the land."

"Yeah, and he was nosing around today."

Emily looked up. "You don't seem to like him much."

Nate shrugged. "He seems a little slick. Dresses like an outdoorsman, but. . ."

"But not a real outdoorsman?"

"I don't know. I think I've seen his clothes in the L.L.Bean catalog. You know, like he's ready to go trek the Appalachian Trail, but you know he's never walked farther than the coffee machine in his life. And he drives one of those hybrid cars, too."

Emily smiled. "Politically correct and ready for photo ops."

"He caught Andrew and me just as we were ready to launch."

Emily began writing on the notepad.

"He wanted to know if Andrew was interested in selling." Nate shook his head at the memory. "Andrew said there was no way he and Pauli would sell to him, and Waverly got angry. I had to chase him off. Felicia was there, too, so that'll be in the paper. I'm afraid I didn't handle it very well, Em."

"We'll see how Felicia portrays you next week." She was still smiling, and her face had softened and lost the skepticism. "So, Mr. Derbin's death seems to have delayed the sale of the land."

"Yeah."

"You know, people out here are saying Mr. Derbin was considering selling the land, or parts of it, and it seems everybody wants a piece. Which reminds me, Vital Women and Camp Dirigo were mentioned as potential buyers." She wrote on the notepad again.

"Makes sense. They need more space."

"But how does that relate to the murder?"

Nate tried to piece that together without success. "Maybe someone made him an offer, and he turned it down."

"But would they be mad enough to beat his skull in?" Emily winced.

"The Vital Women might be that passionate."

"I don't know. Raven seemed emotionally flat when I talked to her. But the Greens. . ." She arched her eyebrows. "They can be fervent about their cause."

"It wouldn't surprise me if they sank to violence on occasion," said Nate. "Maybe they'd commit murder to stop the land from being developed, if they thought Mr. Derbin was going to divide it up into more cottage lots."

"I still don't see how killing him would help." Emily chewed the end of her pen.

Nate stretched his legs toward the fire. "I have to agree with you there. If he was thinking of selling his property, but his heirs aren't, then whoever killed him worked against anyone who wanted his land."

"But suppose someone knew he was thinking of selling the property to a developer, and a resort would be built on the island, or something like that, and they wanted to stop it." Emily leaned forward, her blue eyes eager.

"I haven't heard of any schemes like that, but I guess it's possible."

"There could be other people we don't know about who had something against him. . . .People who don't live in Baxter."

"Yes." Nate shifted in his chair to face her. "But then why come all the way up here to do it? He was in his house in Gardiner up until a week before his death, and he lived alone. Why wait? I'd think it would be easier to get away with it down there, not up here where the community is so small, and every boat going out to the islands is noticed."

"Hmm." Emily shrugged. "But he—or she—got away with it. So far."

"It's early yet. Let the police do their job."

Emily sat back and studied her notepad. "I was thinking that on the next sunny day I'd take the boat over to the mainland and go to the town office to look up all the landowners out here."

"If we ever get another sunny day."

She grinned. "I just hope I get a few nice days to enjoy the lake this week. Was I stupid to pack my swimsuit?"

He laughed. "You know what they say about Maine weather."

"Yeah, two seasons. July and winter." Emily looked down at her pad. "Okay, so we have the grandchildren, the other island property owners, environmentalists, Vital Women, and the boys' camp. That's a pretty long list of people with a possible motive."

"Yeah. And any of them might have had the opportunity."

They sank into silence again. The firelight illuminated her face, and Nate watched her. When she stirred, her blond hair glimmered. He wondered for the thousandth time if he had a chance with her.

The rain pelted the roof rhythmically, and Emily stretched and yawned. Nate looked at his watch and realized it was getting late.

"I'd probably better vamoose." He stood up.

"I wish you didn't have to go out in this weather," she said.

Nate knew it wasn't an invitation. He knew Emily better than that. Even after all these years, now that they were both twenty-five, with no parents looking over their shoulders, she wouldn't ask him to stay. Since her return, he'd seen that her faith was still important to her. That revived his old admiration for her. Emily had become a strikingly beautiful and successful woman, but her character hadn't changed. She was still a loyal friend and strong in her faith.

Nate realized he was staring down at her, mesmerized by her wistful face in the flickering firelight.

"The wind's died down a bit," he said. "I'll be fine."

Emily rose and brought his jacket from the sofa.

Before stepping out the door, he turned and looked at her. It was almost like high school. . .the dread moment of the good-bye. Her cheeks were still pink from the warmth of the fire, and her eyes shone as she smiled. He wondered if he could kiss her.

Nate hesitated. Seven years ago he'd dared to kiss her. Five seconds of bliss, then the most humiliating moment of his life, followed by months of agony and years of loneliness. It wasn't only her stepfather who caused that. Emily could have contacted him after she was out from under Brian Gillespie's roof, but she never did. No, kissing Emily Gray was dangerous.

"Good night, Emily." He brushed her cheek with his knuckles, suppressing his longing, and opened the door.

7

When Emily awakened Tuesday morning, she wanted to scream. Rain still pattered lightly on the roof. Looking out the window, she saw that the path leading down to the wobbly dock was slick with mud.

Lord, she prayed silently as she dressed, *please help me not to let this weather get me down.*

A rainy day usually didn't bother her, but three in a row was her limit. She decided to defy the gray sky and donned shorts and a T-shirt, but even before she hit the top of the stairs, she knew she'd freeze and turned back to change into jeans and a maroon hoodie.

After breakfast, she ventured out and risked her neck on the muddy path to the dock. The rain was now a drizzle, and she became more hopeful when she spotted a lighter area in the sky to the south. A few boats were out, and two long war canoes put out from the boys' camp beach on Little Cat. Emily hugged herself and shivered. Maybe today was the day to go ashore and do research at the town office.

The thought of seeing Nate again warmed her. She realized she was thinking about him a lot these days. Last night had given her a lot to ponder.

They had drawn close during their brainstorming session before the fireplace. She'd felt an electric charge flowing between them, although they sat in separate chairs and didn't touch each other all evening. Nate felt it, too. She was sure he had.

She'd thought for a second, right before he left, that he was going to kiss her. When he backed off, her spirits had plunged from breathless anticipation to bleak disappointment. She'd wanted him to kiss her. She could admit that to herself and God. Seven years now, she'd waited for that kiss. And he'd wanted it, too.

What was holding him back? There wasn't another woman in his life, she was reasonably sure about that, judging from the conversations they'd had and the time he'd elected to spend with her over the last three days.

Was he still heeding Brian's ultimatum? That was ridiculous. Brian was dead, and his interference in their fledgling romance so long ago didn't matter now.

As she sat down on the dock and lowered herself into the aluminum boat, it struck her that Nate might feel inferior to her now. In childhood and adolescence, they were on an equal footing. They both came from families that scraped out a respectable living in a small town. They attended school together and were in the same classes until the last couple of years of high school. They competed more or less evenly for academic honors, though Nate excelled in mathematics while Emily thrived on language arts courses.

She climbed over the seats toward the stern of the boat, and the rainwater in the bottom of the boat seeped into her sneakers. She sat down on the middle seat with a sigh, picked up the coffee can that was standard equipment for islanders, and began to bail.

Was it the fact that she'd finished her education and he hadn't? But that was silly. Nate's family circumstances had caused him to terminate his education early. It wasn't his fault. And he was now a respected business owner in the community and seemed to be doing well running the marina his parents had built up over the years. That was nothing to be ashamed of.

But she couldn't help wondering if her return to Baxter had caused Nate to reevaluate his life. She had followed her plans to the letter—leave home as soon as possible. . .college in another state. . .summer jobs away from home. . . bachelor's degree in journalism. . .well-paying job at a large daily newspaper. . . bylined stories read by thousands every day.

Meanwhile, Nate was renting boats and delivering groceries.

She heard a motorboat and looked eagerly over the water. It wasn't Nate's cabin cruiser. She squinted, wishing she'd brought her binoculars. State troopers, she decided, as they veered toward Mr. Derbin's property. She made out two forms in the boat, wearing slickers and broad-brimmed hats.

Critically she surveyed the bottom of her boat. She couldn't get much more of the half inch of water out with the can. Moving to the stern, she pulled the cord on the motor.

Nothing.

She gritted her teeth and pulled again. A half-hearted whine, then nothing.

"Great."

She leaned back against the thwart and closed her eyes. She wouldn't believe that Nate would let his pride keep him from renewing their friendship. Of course, a kiss meant much more than friendship. Maybe that was it. He didn't want to start a romance, knowing she'd leave in a few days. She'd left Baxter once and stayed away a long time. And she'd given him no hope to expect she'd return again after this visit.

"Hello, Emily!"

She opened her eyes and blinked. A ray of sun sneaked from beneath the clouds at the south end of the lake, yet fat drops of rain were splatting down into the boat and the lake around her.

Mr. Rowland was walking along the path between the cottages, with a prancing golden retriever on a leash.

"Have you been ashore?" he called.

"No. I was going to, but I can't start the motor."

Mr. Rowland stepped onto her dock and stopped as it swayed beneath his weight. "I'm not much good with outboards. Guess you'll have to get Nate to check it." He winked at her.

Emily nodded. The dog sniffed at the post where the boat was tied.

"I didn't know you had a dog."

Mr. Rowland grinned. "This is Tootie. I have to keep her penned up. Folks don't like dogs loose out here, and Mr. Derbin made it clear he didn't want her running about on his property."

So, Emily thought, *even animals are forbidden to step on Derbin land.* She remembered her mother's frequent reminders when she was a girl. *Don't you go up there. Mr. Derbin tolerates us, but he likes his privacy.*

"Have you seen the new *Journal*?" Mr. Rowland asked.

"No. Is it out yet?"

"Bob Kimmel has a copy. He went into town this morning to make a phone call."

Emily scowled at her uncooperative motor. "Well, I guess I'm not going to get there today unless Nate drops by."

"Likely he will," said Mr. Rowland. "He always takes the mail to the boys' camp after lunch, and if anything comes for the folks here on Grand Cat, he'll deliver it. I suspect he'll stop by to say hi to a certain young lady."

Emily swallowed hard. Did everyone in town except Nate consider them a couple?

"We're old friends," she managed.

"Sure, I understand."

She stood and grasped the edge of the dock, and Mr. Rowland extended his hand to give her a lift.

"Thanks."

Tootie pulled on the leash, and Mr. Rowland tugged back. "Just a minute, girl." He focused on Emily again. "Bob says he'll give me his *Journal* after he and Angela read it. It's full of Felicia's stories about the murder. Of course, it's all stuff we heard over the weekend. And the interview with you, too. The photo's a good likeness."

"Thank you. Felicia wanted to announce my visit to the folks who used to know me and my family."

"Well, I can't wait to read the article."

He and Tootie walked with her to shore, and Emily held her breath as the dock shook.

"Felicia made quite a story about the identity of the murderer," Mr. Rowland went on. "She asked a lot of folks in Baxter who they thought did it."

She shrugged. "When you don't have facts about something like this, people still want to talk about it."

"I s'pose she needed to fill the space. Anyway, most people seem to agree that the murder had to have been done by someone on the island."

"That's nonsense."

"Maybe, and maybe not."

Emily looked down at her feet. Mud squelched up the sides of her sneakers. "Really, Mr. Rowland, anyone could have come out in a boat on Saturday and killed Mr. Derbin."

"But none of the neighbors remembers seeing a boat land on the island, other than people who have cottages here and those going to the Vital Women Wilderness Retreat. Raven made a couple of trips to shore that morning in her red speedboat. And of course, people were coming and going from the boys' camp, but there's half a mile of water between us and them on Little Cat. The *Journal* says that if any strangers came to Grand Cat in a motorboat, the cottage residents would have noticed. All the people Felicia interviewed agree on it."

Emily shook her head. "I'm still not convinced."

She managed to extricate herself from the conversation, and Mr. Rowland and Tootie continued along the path that rounded the back of the cottages, toward Raven's retreat center.

Emily stepped out of her muddy sneakers on the porch and went inside. She picked up her useless cell phone from the counter. Her list of reasons for wanting to talk to Nate was growing. There was the outboard motor, of course, and that shaky dock. She ought to call her mother and secure permission for Nate to order a new dock. Those thoughts, added to her frustration at not being able to get to the town office, drove her to punch in the phone number for the Baxter Marina and wait with minuscule hope for results. To her delight, she heard the ringing tone. One, two. . .

"Baxter Marina."

"Nate!" She bounced on her toes, excited that she'd succeeded, and thrilled to hear him speak.

"Emily?"

"Yes. You sound like you've got your head in a bait bucket."

"What say?"

"I said—oh, never mind what I said. I want to talk to you."

Dead silence.

"Nate?"

She sighed and lowered the phone from her ear. The reception bars were nonexistent on the display.

She stamped her foot and laid the phone none too gently on the drain board. Isolation. That's what people came here for. Well, she was getting it in spades.

Suddenly she remembered Nate's words when they'd found the body. The high point of the island! She snatched up the phone and dashed onto the porch. The clouds were lifting. The surface of the lake was calmer than it had been in days. A few drops splattered down from the trees, but the rain had stopped.

She stuffed the phone in her pocket and struggled into her sneakers, smearing mud along her thumb, but she didn't bother to go in and wash. Instead, she wiped it on the knee of her jeans.

As she hurried outside and around to the back of her cottage, she planned her route. She couldn't go along the shore to the north. The marshy area where the herons nested would block her path that way. She crossed the trail that led behind the other cottages and struck off between the pines.

All I have to do is go uphill.

It was harder than she'd anticipated, wading through the unchecked undergrowth. She toiled on, the wet bushes and low limbs of evergreens soaking her pants as she brushed against them.

You're trespassing, a little voice said in her head.

Mr. Derbin's dead, she retorted. *He doesn't care anymore.*

The trees became thinner, and low, spreading shrubs took over. At last she reached a small clearing at the top of the slope. The spongy ground gave beneath her feet, and in places she could see where the heavy rain had eroded patches of topsoil.

At the highest point, she was able to see in all directions. Far to the northeast, she could see the majestic, snow-topped summit of Katahdin. She gulped and slowly turned a full circle. She was only a hundred feet or so above Blue Heron Lake, she supposed, but she had a view of the lake and Grand Cat that no one else had seen in years. She spotted the roof of Mr. Derbin's cabin below her, and in the other direction she could see the roof of a large building that she supposed was the lodge at the Vital Women center.

Closer, on the rocky west side of the island, the hill sheared away in a cliff. As she surveyed the expanse of unbroken forest on the shore beyond, a huge bird flew toward her, flapping its blue-gray wings, and glided in to land in a huge pine tree below Emily. The treetop swayed as the heron settled into the blotch that must be its nest of sticks high in the pine.

She pulled in a deep breath and turned around to face the town of Baxter, nearly a mile away across the lake. Fumbling in her pocket, she retrieved the cell phone.

"All right, you. Don't fail me now."

She punched in the numbers and held her breath.

"Hello."

"Nate?"

"Emily!"

"Yeah." The comfort of his voice washed over her.

"I can hear you this time."

"Guess where I am."

"In town?"

"No."

"You can't be on the island."

"I am."

"No, you're not."

"Wanna bet?"

After a brief pause, he said, "Don't tell me you're up on the roof."

She laughed. "The roof of the island, maybe. I'm on the hill."

"You're kidding. You went on Mr.. . ."

"Yes, I did."

"Wow."

She smiled at the awe in his voice. "Oh, come on, it doesn't matter anymore, does it?"

"I dunno. I mean, when I was a kid, my dad drilled it into me that nobody, but nobody, trespasses on Derbin land."

"Yeah, I got the same routine from my folks. But now. . ."

"What's it like?"

"It's fantastic. Nate, I can see Katahdin."

"Wow."

"And I can see your docks at the marina, too. Little Cat. Blue Spruce Island. I can almost see to Canada. Why didn't I bring my camera? Felicia would buy my exclusive photos for the *Journal*."

"You must have been really desperate to climb up there."

"I was."

"Are you all right?"

"Yes, I'm fine."

"What's so important, then?"

She swallowed hard. "Several things. I mean, the. . .the dock, and. . .and I couldn't start the boat motor, and. . ."

"Those don't sound urgent. I'll stop by later and take another look at that motor. Maybe some water got into the gas tank."

"Okay. I'll. . .look for you after lunch."

"Was there something else, Em?"

Her heart was pounding, all out of proportion to the circumstances. *It's because I hiked up here,* she told herself.

"I just. . .wanted to talk to you. I'm sorry, Nate. I know you're busy." Suddenly she felt childish. "Look, we'll talk later, all right? If you have a few minutes."

"Sure. I'll come by your place last, so we'll have plenty of time. But you've got me curious now."

"Sorry."

"Just give me a hint. What's it about?"

She hesitated. How stupid would this sound? Was it worth endangering the new closeness they'd found?

But even though he was glad to have her here, Nate was keeping an invisible barrier between them, no question about that. It might be easier to raise the subject when he wasn't looking at her with those huge brown eyes.

She gulped for air. "Okay, here's the deal. Is there something bothering you about our date?"

"Our. . .what? What date? You mean church last Sunday?"

"Nathan Pierce Holman! You know very well what I'm talking about. The one and only date we ever had!"

Silence again. Emily's stomach seemed to drop away.

Oh, no, oh no! Why did I say that? Now I've ruined everything.

"Actually, I've been thinking about it a lot."

She breathed. "You have?" It was a squeak, more than a question.

"Well, yeah, Em, I have. As a matter of fact, since you came back, I've hardly thought about anything else. I mean. . .that was one of the strangest things that ever happened to me."

"H–how do you mean, strange?"

"Well. . .let me ask you. When I kissed you that night. . ."

"Yeah?" Emily pushed the phone against her cheek to stop her hand from trembling.

"What did that mean to you?"

Her stomach fluttered as she inhaled. "You want the truth?"

"Nothing but."

"It was. . .a turning point in my life."

"Oh, come on, you're exaggerating."

"No." She found a lump suddenly obstructing her throat. "It was a very influential moment for me. That kiss. . ." She bit her lip.

"Yeah?" Nate whispered.

"It sort of became the standard."

"What kind of standard? You mean it was a standard kiss?"

"Hardly. It was. . .the standard by which I judged all the guys I dated after that."

"Oh, and that would be quite a few, I guess."

She winced. "Not so many. But I...I just couldn't seem to get close to a guy after... Aw, Nate, that night is the reason I haven't found the right man yet."

Scary dead silence.

"I'm not sure I heard you correctly, Em."

"Yes, you did."

"You're saying it's my fault you're single and lonely?"

"I didn't say that! You're putting words in my mouth."

"Yeah? Then what did you mean?"

She tugged at her hair and sighed. "This was a bad idea. Let's wait and talk about it when you come out this afternoon."

"I want to talk about it now." The phone crackled, and she wondered if he was clenching it, strangling her by proxy, or if they were about to lose their connection again.

She ground her teeth together. *What have I started? Lord, as usual, I've jumped in without considering the consequences. Now Nate's mad, and I'm going to have to do a lot of explaining. Help me out of this mess. Please!*

"Well, what exactly do you want to know?" she asked.

"How is this my fault? I mean, do I blame you for my life?"

"I don't know. Do you?"

"No," Nate said. "I like my life. Mostly."

"Okay. I'm glad."

She heard him sigh, and then his repentant voice came. "I lied. I hate my life sometimes, and yes, I suppose some it has to do with... Tell me, Em, how did I keep you from finding the love of your life?"

"I guess by...giving me something to compare other people to. I mean, whenever I'd meet someone new and he seemed interested, I'd always compare him to you."

"But, you weren't comparing them to me," Nate protested. "You were comparing them to a memory, or maybe the memory of a fantasy, not the real me."

"Nate, I hate this. I made a big mistake in calling you. We ought to talk about this in person."

"You're right. I'll be there in two hours."

"O...kay." She nudged at a small speckled rock with the toe of her sneaker and eased it out of the soft earth. Suddenly another rock near it came into focus, and Emily froze. That was no rock. The elongated sections formed a pattern that she recognized with sickening clarity. It couldn't be, but it was. There was nothing else it could be. Protruding from the earth was a hand. A skeletal, human hand.

8

Nate jerked the phone away from his ear when Emily yelped. Cautiously, he put it back, his heart racing.

"Emily, what is it? What's wrong?" Unwelcome images flashed through his mind, of Emily alone on the isolated hilltop with Henry Derbin's murderer lurking in the shadows.

"It's. . ." Emily breathed deeply. "It's a skeleton, Nate."

"What? You're kidding!"

"No, I'm not kidding. At least, I can see a hand sticking out of the mud."

"A hand?" he whispered.

"Well. . . Those are definitely bones. They look like fingers to me." She gulped. "Nate, there've got to be more bones under the dirt."

He turned his back to the store, where several customers were browsing. "Okay, don't panic."

"What should I do?"

"Can you get to the Derbins' cabin from there?"

"Yeah, I think so. It'll be a steep climb down and there's no path, but I think it would be faster than if I go all the way down and around by the shore."

"All right, a couple of troopers took a boat out this morning. Go to Mr. Derbin's and see if they're still there. But be careful. Don't fall and hurt yourself."

"I won't."

"I'll call the police and be there as fast as I can." He paused. "You okay?"

"Yeah." Her voice was shaky.

Nate hated to let go of their only means of communication. "Just be careful. I'll be there soon."

"Thanks," said Emily.

He hung up the phone.

Emily was out there alone in the middle of the woods, trekking down a sodden hillside, probably scared stiff. No, not scared stiff. Emily was strong. But she had sounded frightened. He didn't blame her. If she was right about what she had just seen, then for the second time in less than a week, she'd discovered a dead body. He remembered how rattled he had been the first time. Emily must be shaken to the core. He had to get there fast, to be there for her.

"Excuse me."

He turned around. A middle-aged woman with dyed blond hair stood at the counter holding a jug of milk and a fistful of wrapped beef jerky strips. "For the kids," she said, in a heavy southern accent.

Nate tried to free enough of his mind to communicate. "Oh," he managed.

"Not like they didn't get enough to eat back at the Pancake Shack," the woman went on. "And those prices are outrageous." She set her things on the counter. "It's so hard to find anything they can eat in the car without making a mess. Do you have any string cheese?"

"Over there in the dairy case."

As she turned toward where he pointed, Nate rushed to the post office window. "Hey, Mom, I need you to cover the store."

"What's going on?"

She could always read his face. Nate glanced around. "I'll explain later, but it's important."

"Okay."

She closed the post office window. As she came through the doorway, Nate met her.

"Can I use the phone in there?"

"Of course."

She headed for the counter, where two customers now waited for service. Nate entered her tiny post office cubicle and picked up the phone. To his relief, the police dispatcher answered almost at once.

"This is Nate Holman at the marina in Baxter. Do you have some officers on Grand Cat Island?"

"Let's see, Trooper Taylor checked in about an hour ago, but I'm not sure where he's at now."

"Well, I need an officer at Blue Heron Lake ASAP." Nate quickly explained the situation. "I'm heading out to the island now," he said. "The marina will have a boat ready for the officers if they need it."

He hung up the phone and dashed out the back door. When he reached the dock he saw that the boat they'd loaned the police that morning was back in its place, which meant there were no cops on Grand Cat.

He'd sent Emily on a pointless quest.

⁂

Emily put her phone back in her pocket. She started toward the tree line in the direction of Mr. Derbin's cottage without looking back. When she got a third of the way down the slope, the trees closed in thick around her, and last autumn's dead leaves rustled under her feet.

Just keep going down, she told herself.

She looked over her shoulder, back up the hill, and her sneakers slipped on the damp leaves. Scrambling to her feet, she pushed aside the underbrush that hindered her descent, but it was hard to see where to put her feet. She plunged forward, the momentum from each downward step carrying her farther than she'd expected.

All the while, her mind raced, making it hard to focus on footholds and handholds. The bony hand was seared into her memory. Was there an intact skeleton attached to it? How long since someone buried it there? And whose body lay on the hilltop?

She stopped to rest on a ledge of granite, panting as she held on to a spindly gray birch for support. The rugged hillside offered no easy way down. She wondered if anyone had ever hiked through these woods. Just the wildlife, she supposed. Squirrels and raccoons, and an occasional deer that swam out from the shore. Maybe Indians, a long time ago, and the big cats that supposedly gave the island its name.

When she had caught her breath, she started down again. Just as she spotted a patch of leafy berry bushes steaming in the sunlight near the bottom of the hill, her foot slipped on a patch of damp, orange pine needles, and she pitched forward, thrusting her hands out to break her fall.

Her breath whooshed out of her, and she lay on the wet ground for a moment before rolling over and taking stock of the damage. Her left shin burned from slamming against a stump. She wiped her wet hands on her jeans, wincing as she stood up. A small building with weather-beaten shingles for siding stood a few yards away.

She rushed toward it and around the side of the building. There didn't seem to be any windows, and the door was secured with a shiny steel padlock through a rusty hasp. A storage shed, she guessed. She turned away and saw a faint path through the trees. Limping along it, she saw with relief that the back of Mr. Derbin's cottage lay fifty feet in front of her.

Ignoring the pain in her shin, she ran to the cottage and pounded on the front door. "Hello! I need some help!"

In a few seconds, Andrew Derbin opened the inner door and came out onto the veranda.

"What's going on?"

"Are the police here?" Emily shifted her weight to ease the pain in her leg. "I need to talk to them."

Andrew shook his head. "They were here earlier, but they left." He stared at her. "You're Emily."

"That's right." She swallowed hard.

"Nate Holman told me you were back in town."

"I'm sorry I bothered you." She realized she looked a sight, her jeans muddied, her face flushed, and her hair disheveled.

"Why do you need the cops?" Andrew's voice was wary. "Do you know something about my grandfather's death?"

"No." Emily backed down the steps, wanting at all cost to avoid an explanation. There was no sense in setting the island abuzz with more gossip.

"What do you need them for?" He shoved the porch door open and followed her outside.

"It's something else."

His stern voice and narrowed eyes sent a prickle up Emily's spine. She looked toward the water. A boat in the distance plowed through the waves, heading for the aluminum dock below them.

"There's Nate!" She ran down the path toward the dock.

She heard footsteps behind her and realized Andrew was following her.

"What's going on?" he yelled.

Emily ran out to the end of the dock. When the boat was a few yards out and Nate cut the motor, she looked back over her shoulder. Andrew was still coming toward her.

As Nate reached the dock, Andrew stopped and stood at the far end.

Nate secured the boat and climbed out. Emily rushed to him, into the warmth of his arms.

"You okay?"

"Yes."

He held her close for a second. Emily hadn't realized how her body shook until she felt his sturdy arms embracing her. She tried to speak but found her voice caught in her throat.

"What do you want?" Andrew strode toward them.

Nate dropped his arms but grasped Emily's hand in his. "I came out to get Emily."

Andrew crossed his arms. He and Nate stared at each other for a long moment.

"She said she needed the police." Andrew eyed Emily with a frown.

"It's all right." Nate's voice was smooth and steady. Emily wished she had his composure. "I was talking to the dispatcher a few minutes ago, and they have someone coming out to see Emily. I'm going to take her to the marina to meet them."

Andrew stood still for another moment. "This doesn't have to do with Grandpa?"

"No." Nate squeezed Emily's hand.

"Then why did you come here?"

She pulled in a deep breath. "I'm really sorry if I upset you, Andrew.

I thought the state troopers would be here."

"Yeah, well, they were out here a while ago to bring me Grandpa's personal effects, but they didn't stay long."

He turned back toward the cottage, his shoulders slumped.

"The police should arrive at the marina soon," Nate said softly. "We'll go meet them there. You'll probably have to come back out to the island with them, though, to show them what you found."

She nodded, and he climbed down into the boat then helped her in.

"I'm so sorry this happened to you, Em."

"It's okay. I just. . .wish you'd been with me."

"Well, I'm here now." He handed her a life jacket.

"Will you come with us? When I show them, I mean?"

"Absolutely."

She smiled then, although her lips quivered as she fastened the straps on the life preserver with clumsy fingers. Nate didn't qualify his response with "if the troopers let me." He was willing to be leaned on. All right, she would lean.

He shoved the boat away from Andrew's dock and started the engine. Emily sat down, taking deep breaths and uttering a silent prayer. She fell back into a habit she'd developed while working on stressful assignments. While on the way back to her desk at the newspaper office, she would always put the event she was covering in perspective and begin mentally composing her article.

She stared out over the rough surface of the lake.

Human remains were discovered Tuesday on Grand Cat Island in Blue Heron Lake. The investigating officer said the unidentified body was recovered and taken to the state crime lab in Augusta. The bones were buried in a shallow grave near the island's highest point, and were apparently revealed by erosion during the recent heavy rains. A cottage owner found the grave site while hiking. . . .

How would Felicia write it, she wondered. Certainly the story on page one of next week's *Journal* would not be as direct and dry. She could almost see the headlines. TERROR GRIPS ISLAND RESIDENTS. BONES FOUND ON FORBIDDEN LAND.

She jumped as Nate touched her hair. She looked over at him, and he let his hand rest on her head for a moment then bent and reached for her hand and squeezed it. She squeezed back and didn't let go.

9

Emily and Nate went to the hilltop with the police officers Tuesday evening. She pointed out the discolored phalanges and carpal bones lying in their distinctive array. When they came down the hillside at dusk, the Kimmel boys saw them. On Wednesday morning, there was no keeping the island dwellers away from the investigation.

Gossip ripped the length of Grand Cat over propane grills and waterskiing floats. When no fewer than eight officers and crime scene investigators arrived after breakfast, the neighbors would not be excluded.

Detective Blakeney detailed Gary to string yellow plastic tape from slender stakes in a broad circle around the location of the body to keep the people at a distance.

That a body did indeed lie beneath the soil had been determined the evening before, with the help of powerful spotlights and gentle probing.

Now the excavation began in earnest.

Nate went early to Emily's cottage, and they made the trek once more with Blakeney and the rest of the police contingent. Emily brought a quilt, and they spread it on the ground just outside the yellow circle.

The Kimmels, all three boys and their cheerfully confident parents, appeared next, then a cluster of tanned women from the Vital Women Wilderness Retreat. Jenna came over and spoke to Emily politely then turned her eyes on Nate.

"So, you're out early today, Mr. Postman."

Nate smiled. "So are you."

"Gotta be where the action is."

She watched him as though waiting for something. An invitation to sit on the blanket, maybe? Nate glanced at Emily. Her face held a studious look of indifference, and he realized suddenly that she was wondering how well he knew Jenna.

"Isn't it great to have sun again?" Jenna unzipped her sweatshirt and Nate looked away as she pulled it off and tied it around her waist. Her orange tank top left little to the imagination.

He reached for Emily's hand, and she smiled at him and squeezed his fingers. Good old Em! He'd missed her so much. Right now he hoped she could read his mind and knew she was the only one who had a chance with his heart.

He glanced briefly up at Jenna. "Yeah, it's great."

Truly Vigue came next, with Marvin puffing along behind her. Another couple soon arrived: the Wilcoxes, who had the cottage between the Vigues and the Kimmels. Their two children were older than he and Emily. "Grown and gone," Mrs. Wilcox would lament when Nate handed her the mail, which frequently included postcards from their flight attendant daughter, Tracie.

Felicia Chadwick strode into the clearing, marched straight to the yellow tape boundary, and began focusing her camera on the investigators inside the circle.

"Well, the press is here," Emily said.

"Part of it." Nate nodded toward the newly formed path the islanders had followed up from the cottage area. Two young men, one of them carrying a video camera, approached the summit. Behind them came Rocky Vigue, panting and pausing every few steps for breath.

"I can't believe Rocky made it all the way up here," Emily murmured.

"Yeah," Nate said.

"I wonder how the TV crew heard about this."

"It was all over town last night. I think Marvin went ashore and spread the word before I left your place."

Truly walked over and plopped down beside Emily without asking permission. "You kids were smart to bring a blanket."

Emily said nothing but gave her a tight smile.

"Hey there, Nate and Emily," Marvin boomed. "Terrible thing! Terrible thing."

"I'm almost glad Henry Derbin didn't live to see this day," Truly said, shaking her head. "All these people traipsing all over his land, when he didn't want anyone up here."

Yeah, all these people, Nate thought. He winked at Emily. But so far Andrew hadn't protested the convergence of the people on his land.

Jenna's upper lip curled. "I heard the old fellow didn't want anyone up here. Well, maybe he had a reason. Ever think of that?"

Emily's blue eyes widened, and she threw Nate a look of repulsion.

He stroked her hand and leaned toward her. "Want to go down?"

"Do you think the police want us to stay here?"

"I don't see why they would. I can tell Gary we'll be at your place."

She hesitated. Movement on the other side of the small crowd caught Nate's eye, and he saw Andrew coming up the steeper slope from his grandfather's cottage, the way Emily had stumbled down the hill last night. He stopped a few yards from the others and stood with his hands in his pockets, watching the officers.

"What do you suppose is going through his mind?" Truly pulled off her sunglasses and stared at Andrew.

Nate cleared his throat. "This has got to be a shock for him."

"Yes, and he just lost his old grandpa," Marvin agreed. "Poor boy."

"He's not a boy," Truly said. "He's Rocky's age. Last time I checked, thirty-year-olds were not boys."

"Here come some more of our guests." Jenna walked away, toward a handful of women coming up the slope.

"I guess the ladies' retreat has no end of entertainment for their paying company this week," Marvin said, watching Jenna's retreating figure.

Truly scowled at him, and Nate guessed she thought Marvin was observing with a little too much interest.

Another woman joined them, and Truly leaned over and touched Emily's forearm.

"Do you know Angela Kimmel, dear?"

"Uh, no." Emily started to rise, but Angela knelt on the edge of the quilt. "Don't get up. Hi, it's nice to meet you."

She stuck her hand out, and Emily shook it. "Emily Gray."

"Isn't this the limit? I thought my boys were making it up when they told us last night another body'd been found."

"Unfortunately, it's true," Nate said.

Angela nodded. "They're so excited. Riley thinks it must be an old Indian burial site."

"Oh, I don't think so," Truly said.

"Why not?"

"Could be." Marvin nodded. "Yes, I suppose it could be."

"There might be other bones buried all around here." Angela shivered, smiling. "Just think! We could be in the middle of an ancient graveyard."

"Maybe that's why Mr. Derbin didn't want anyone up here," Marvin said. "If he knew it was sacred ground, why then—"

"Mr. Derbin wasn't religious," Truly cut in, "and he certainly wasn't a Native American."

A boy charged between the grown-ups and skidded to his knees beside Angela.

"Hey, Mom, did you hear? Somebody over there said it's Mrs. Derbin's bones."

"Mrs.—" Angela looked rather green at that moment.

"That's impossible," Marvin said, shaking his head.

"Yes," Truly said. "Nancy Derbin is buried in the village cemetery. Marvin and I attended the service."

"But did you actually see the body?" The boy's eyes were round, and his face melded into a mask of ghoulish delight. "Wa-ha-ha!"

"Stop it, Joey." Angela swatted his shoulder.

Truly aimed her annoyed expression at the boy. "I assure you, those bones over there are not Mrs. Derbin's. It's very naughty to spread rumors."

The boy's rubbery face became a mocking grimace.

"Joey," Angela said softly.

He jumped up and ran to join his father and brothers a few yards away.

"Kids." Angela shrugged.

Truly arched her eyebrows but said nothing.

Nate glanced at Andrew again. He seemed to wilt, growing smaller in the bright sunlight. Leaning toward Emily, Nate whispered, "Do you mind if I go speak to Andrew for a second?"

"Not if you don't mind if I tag along."

Nate smiled and got up, pulling on her hand as she rose.

"Excuse us for a minute," Emily said, smiling at Marvin, Truly, and Angela.

Andrew didn't look away from the investigators until Nate and Emily were three feet from him. Then his gaze swerved their way for an instant and back again to the diggers.

"Hey, Nate. Emily."

"Hello, Andrew," Nate said. "I guess the police notified you last night."

He nodded. "Pretty weird."

Emily cleared her throat. "I wanted to tell you. . ."

Andrew pivoted and faced them. "This is what you were so shook up about yesterday, isn't it?"

She nodded and gave a miserable sigh. "I'm sorry, Andrew. It was an accident that I discovered this, and. . .well, I shouldn't have been up here. I'm sorry I came on your property without asking you. That was wrong of me. I wanted to see if my cell phone would work up here, and I guess I rationalized that with your grandfather dead, no one would care. But I still should have. . ." She let it trail off and squeezed her lips together.

"Hey, it's done," Andrew said. He took a pair of reflective sunglasses from his pocket and slipped them on. "It's probably a good thing, Emily. I mean, if you hadn't come up here, no one ever would have known about this."

Emily swallowed and looked up at Nate with big, mournful eyes.

"Thanks for understanding," Nate said to Andrew. "Yesterday when I came to your place, I wasn't sure what Emily had found, so we figured we'd better keep it quiet until the police came."

"Sure, sure." Andrew shook his head a little and seemed to be staring at the excavators again. "It's like some kind of archaeology dig, you know?"

"Maybe that's what it will turn out to be," Nate said.

Andrew sighed. "If it's some Indian thing, then the tribes will want the island for a holy place."

Nate darted a look at Emily. One more thing to add to her list of people who wanted this land, maybe.

"Do you think it's a very old site?" Emily asked.

"How should I know? I haven't been up here since I was a kid." Andrew's jaw worked back and forth for a moment. "I don't know why this is happening." He turned suddenly to Nate. "You think this is another murder? I mean, Grandpa. . .now this. . ."

"Well. . ." Nate looked at Emily, but she just fumbled for his hand. "We don't know. But the bones. . .the hand bones, I mean. . ."

"Yeah?" Andrew's jaw stuck out toward him, and Nate looked straight at his own reflection in the sunglasses, trying to imagine the cool blue eyes behind them.

"Well, there wasn't any. . ." Nate hesitated.

"There's no skin or anything," Emily said quietly. "This body's been here awhile."

Andrew was still for a few seconds then turned back toward the police line. His shoulders drooped once more.

Two investigators were kneeling in the dirt, and three other officers stood around them. The two on the ground were using tools and brushes to remove the sodden earth bit by bit.

"Funny how you came back and started poking around finding dead bodies," Andrew said.

Nate stared at him, scarcely believing what he'd heard. Emily's face had gone a stark white.

"I. . .didn't intend it that way." Something akin to panic now lit her eyes.

"She was with me Saturday, Andrew," Nate said. "Your grandfather had asked me to take him a few groceries. I would have done it whether Emily was here or not."

"And I didn't come up here yesterday to poke around," she said. "I wanted to talk to Nate, and my phone wouldn't work down at the cottage. I know I shouldn't have. . ."

She stopped, and Nate gave her hand a squeeze.

"I didn't mean anything," Andrew said, not looking at them. "It's funny, that's all. And that Chadwick woman will come pester me about it."

"You don't have to talk to her," Emily said.

Andrew stood motionless.

"Well, I'm going to take Emily home," Nate said after a moment. "The police don't need us here."

"Yeah. I might as well go home, too." Andrew looked around at the small crowd, which seemed to have increased.

"There's Raven." Emily nodded to the far end of the gathering, beyond the Wilcoxes and the Kimmels. Raven Miller was flanked by several women of varying ages. All of them were chatting as they watched the police officers.

"Hey, man." Rocky shuffled in between Nate and Andrew and grasped Andrew's hand. "Creepy, huh?"

"You said it."

Nate nodded to the two men and eased Emily away. As they walked back toward where they'd been sitting earlier, he realized Emily's quilt had been appropriated by more neighbors.

"You want me to get the quilt?" he asked.

Emily shook her head. "Leave it."

Nate stopped beside Truly Vigue and touched her shoulder.

Truly looked up at him eagerly. "You talked to Andrew!"

"Yes."

"What did he say?"

"Not much. Truly, we're going down. Could you and Marvin bring Emily's quilt when you come, and drop it off at her place?"

"Sure. But you're leaving before the most exciting part!"

"What's that?" Nate asked.

"When they remove the body, of course!"

Angela Kimmel leaned in. "There could be clothes or buttons or. . .well, lots of things that would give a clue to the identity of the deceased."

Mrs. Wilcox, now ensconced on the blanket, stared past him.

"You're Emily Gray, aren't you?"

"Yes," Emily said.

"Welcome back, dear. I heard you're responsible for this gathering."

Emily stiffened and threw Nate a helpless look.

"Word gets around," he said with a smile.

"Well, I think it's good that you found this. . .whatever it is," Mrs. Wilcox said. "I mean, here we've had a murder on the island a few days ago, and now we find there's another corpse. There could be a serial killer right here on Grand Cat! I said to Ed that we ought to pack up and go away for a week or two, until the police find out who's doing this. I mean, we could all be in danger if we stay here!"

"Do you really think so?" Marvin asked. He had sat down on the edge of the quilt, too, and appeared to be quite comfortable.

Truly frowned. "Well, nobody lives out here all winter, and we were the first to open our cottage this year."

Marvin nodded. "We got here in May, before Memorial Day."

"We were even here before Raven this year," Truly confirmed.

"And then Raven opened her place for guests a week or two ago," Marvin went on. "Then the Rowlands and Henry Derbin came, then. . ."

"What does it matter who came when?" asked Angela Kimmel, one of the latecomers.

"Well, I'm just saying, these killings didn't start until most everyone had their cottage open for the season."

"These killings?" Angela shook her head. "You think this body here has something to do with Mr. Derbin's murder?"

"Well, we don't know, do we?" Marvin asked.

"That's right," said Mrs. Wilcox.

Emily's face held dismay now.

Nate held up his hand and chuckled. "Listen, nobody's missing, right?"

The neighbors sat for a moment, digesting that.

"Oh, right, right," Marvin said with a chuckle. "At least, not that we know of. We don't know all of the ladies who come to the Wilderness Retreat."

Truly blinked rapidly and frowned at Nate. "You're saying that this grave Emily found isn't fresh, is that it? Because no one who lives nearby is missing?"

Nate shrugged. "I'm speculating."

"As we all are," Marvin said heartily. Several other people, including the TV news reporter, Rocky, and Bob Kimmel, seemed to be attracted to his loud voice and drifted toward the quilt. "But there's something to that. Nate, boy, you're right."

"There was that lost hunter a few years back," Rocky said.

Nate gave Rocky a grudging nod as the memory surfaced. "You're right."

"Did they ever find him?" Angela asked.

"No." Marvin cocked his head to one side, gazing toward the excavation site. "It was the year before you bought your cottage, I think."

Bob Kimmel nodded. "We heard about it when we first came. That would make it four years ago, I guess."

"While you were away, Emily." Truly's smile was that of one in the know, her favorite position when news was being discussed.

"Other than that," Marvin said, "no one's gone missing around Baxter for. . .what? Ten years or more?"

"Twelve."

Everyone turned and stared at Raven.

She had moved in closer, along with Jenna and several other women. She grimaced and said between her teeth, "The last person I know about who disappeared here was Josh Slate. It was twelve years ago this week."

She turned and stalked toward the path, her long, dark hair swaying.

Jenna hastened to catch up with her, and the other Vital Women followed.

Nate looked down at Emily.

"Let's go," she whispered.

10

As Nate and Emily stepped onto her rickety dock, she relished the warm sun beating down on her shoulders. Finally, it felt like June, and the grim scene on the hilltop lost some of its ugliness.

"Let me take a look at that motor for you." Nate sat on the edge of the dock and eased his weight down into her boat then gave the cord a quick tug. The engine roared into life.

Emily crossed her arms. "Why wouldn't it start for me?" she shouted, a little irritated.

Nate laughed. "It probably would have if you'd tried one more time." He let it run for a few seconds then shut it off and climbed up beside her once more. Emily quelled her annoyance, realizing her worries about the murder and the discovery of the bones affected her attitudes about other things.

"Hey, when I go back, why don't I call your mom about getting a new dock?" He took her hand and headed for firm ground.

"I'd really appreciate that." She hesitated, wondering if he was still thinking about yesterday's phone call from her. She didn't really want to talk about the past right now. Her and Nate's past, that was. Joshua Slate's past was another story. "Do you want to stay for lunch?"

He smiled. "Sure."

"I'll throw something together."

They went inside, and Nate set the table with paper plates while Emily pulled out a bag of chips and sandwich fixings. As she worked, she mulled over the speculations and rumors about the body. She could still hear Raven Miller's voice ringing in her mind. *Twelve years ago.*

Emily remembered Josh Slate's disappearance vividly, though she'd been only thirteen at the time. She turned to Nate. "Do you think that body was Josh Slate?"

Nate ripped two paper towels off the roll by the sink. "I don't know. He drowned. Didn't he?"

"That's what everyone assumed. They never found his body."

"It was so long ago." Nate carefully folded the paper towels in half and laid one beside each plate.

Emily dipped her knife in the mayonnaise jar. "I remember my mom covering the story. Rocky Vigue threw a party here on the island the night Josh disappeared, remember?"

"Yeah, and there were a lot of kids from Rocky's class at that party," said Nate. "Like Andrew Derbin and Raven Miller."

"And Raven was dating Josh Slate. She went white as a sheet this morning when you and Marvin started talking about missing people." Emily brought the sandwiches to the table. "Do you want to eat outside? It's so warm out."

"Good thinking. I'll get some lawn chairs from the porch."

Nate set up the chairs in the sun on the level ground down near the dock, and Emily carried their plates out. Nate asked the blessing, but she found she couldn't contain her curiosity long enough to eat.

"What if that is his body?"

"Well, I guess it's possible." Nate paused with a pickle slice halfway from the plate to his mouth.

"That would mean someone buried him the night of that party. Whoever it was didn't want his body found."

"It would put a whole new light on it," Nate agreed. He popped the pickle into his mouth and chewed thoughtfully. "I remember the guys talking about the party after. All summer, people would talk about it at the store."

"Yeah," Emily said. "The girls who went to the party wouldn't talk about it to kids my age, but the town was talking about nothing else."

Nate inhaled slowly. "They said Rocky's parents didn't know anything about it. They hadn't moved to their cottage for the summer yet. A bunch of kids came out here to party and had a pretty wild time of it. But I doubt anyone else would ever have known about it, except that Josh Slate never went home that night."

Emily thought for a moment. "Maybe I should go back to shore when you go, so I can call Mom and ask her about it. She was publishing the *Journal* back then, and she covered the story of his disappearance. I think she wrote several articles about Josh."

Reporting on that story had been very stressful for her mother, Emily remembered. Families didn't want it known that their children were at the party, and people were rude to Carol Gray when she asked them for information. Kids said mean things to Emily at school, demanding that she tell her mother to quit writing bad things in the paper. Carol printed the stories about Josh's disappearance, the party, and the illegal liquor and drugs that played a role that night. She even wrote an article about the memorial service Josh's family held a month later, and another saying the state police had closed the case, designating the death accidental.

Nate sat motionless, his eyes focusing somewhere in the distance. "I remember the next day. It was a Sunday. My dad didn't go to church with us. He went out with the other men to search for Josh."

"Didn't they find his boat that day?"

"Yeah. Dad and Jim Swallow found it drifting, way down below Blue Spruce Island."

"That's more than a mile down the lake."

Nate nodded. "Josh's life jacket was in the boat. After that, Dad chewed me out a hundred times, telling me to always wear my life vest, even if I was only going to be on the water a minute."

"They had divers out there, didn't they?" Emily stared at the expanse of water between the island and Baxter.

"Yeah, but after two or three days, they gave up."

"It could be that lost hunter's body, I suppose." Doubts immediately filled Emily's mind. Deer were seldom seen on the island. "Would a deer hunter come out here? And if there was a hunting accident, who buried him?"

Nate shook his head. "Seems unlikely."

They finished their sandwiches then took Nate's boat to the marina. Connie was inundated with customers and had called on Allison Woods to come in and tend the cash register for her. Local people had heard about the new discovery on Grand Cat and wanted news. Several new teams of journalists had arrived, hoping to rent a boat.

"Oh, good," Connie called as Nate and Emily came through the back door. "I haven't even had time to sort the mail yet."

"I'll take care of the boat rentals, Mom," Nate said. "Do you mind if Emily goes over to the house and uses the phone? She needs to call her mother, and it's too hectic here."

"Sure," Connie said with a weary smile. "Make yourself at home, Emily."

Nate was still busy when she'd made the call, and Emily walked the quarter mile to the town office and asked the clerk to help her find the property maps for Grand Cat. Half an hour later, she strolled back to the marina and found Nate filling out a form for a boat he was renting to a trio of people Emily instantly pegged as television journalists. The woman's makeup was camera perfect, and the two men accompanying her were laden with equipment bags.

"I can run you out to the island and show you how to get up there," Nate was saying, "but I'm warning you, it's a pretty rugged climb. There's not a proper trail." He eyed the woman's strappy slingbacks.

"Great," she muttered. "Well, we've got to go where the news is."

"They sell sneakers here," Emily said.

The woman cleared her throat, ignoring the comment.

"My mom and Allison say they can handle things here, so let's go," Nate said.

Emily walked with him, ahead of the television crew, to the dock. She climbed easily into the boat and watched as the woman with the medium-heeled sandals stepped precariously off the dock, grabbing on to Emily's shoulder as she landed somewhat off balance in the boat.

"Sorry," she said.

"It's all right." Emily smiled, thinking of what the woman had ahead of her.

When they reached the island, Nate tied up at Emily's dock and helped the reporter and her camera crew disembark. He walked with them toward the path behind the cottages.

"See that gap in the trees over there? That's where people have been going up the hill. You just keep climbing until you reach the top."

Emily said nothing but watched skeptically as the woman threw back her shoulders and approached the faint trail. The sun was tucking behind the clouds, and the temperature was dropping again. When she and Nate got inside the cottage, Emily put a kettle of water on the stove for hot chocolate.

"I'd forgotten how cold it can be here, even in summer." She pulled out the notepad she'd carried with her to shore.

"Well, it's not officially summer yet for a couple of days," Nate said with a smile. "But, yeah, we're three hundred miles or so north of where you've been living. It probably makes quite a difference."

Emily chuckled as they settled down in the living room.

"Mom had a lot of information about the party," she said. "Names, facts. She got out her files and read me some of the articles over the phone. I'm going to try to check Felicia's back files, and if I can't find copies, Mom will fax them to the *Journal* office."

"Good," said Nate.

"Are you sure it doesn't bother you if I do this?"

He shook his head. "We're in the middle of it now. It makes sense for us to work on it. I mean, we know everyone around here, and you need to sell your mom's property. The outcome could affect that." He smiled and gave a half shrug. "I'd like to work with you, if you don't mind."

A calm satisfaction flowed over Emily. If there was one thing she didn't want, it was conflict with Nate, and his mind would be an asset in her investigating. "Josh's body was never recovered. You knew that." She referred to the notes she'd taken while talking to her mother. "We were right about the divers. And they dragged the lake between Grand Cat and Baxter, but they were limited in how much they could do with their equipment."

"It's pretty deep."

"Right. Rocky and his guests were the last ones to see Josh alive. All of them were shocked when they heard he'd drowned. My mom said Rocky was devastated. She didn't even try to interview him. She did try to talk to his parents, but Truly blew her off and screamed at her. Marvin just said they had no idea the kids were going out to the cottage."

"Did she talk to any of the kids then?"

"A few, but most of the parents didn't want her talking to them. You know, I think those teenagers were scared. That's how it came out about the party. Rocky wasn't going to admit it, but some of them were so remorseful they told their parents and the police about it."

"Girls?"

"Especially the girls. They told the cops how Rocky got a keg of beer somehow and brought it out to the island."

"He must have had someone older get it for him."

"Good point. And someone brought pot, though no one admitted to knowing who. All of them were high by midnight, and nobody recalled actually seeing Josh leave."

Nate leaned in closer. "So we've got a remote island at midnight with a bunch of drugged-up teenagers. Anything can happen."

"That's what I was thinking," said Emily. "But there's more. Raven was Josh's girlfriend at the time. She said they'd had an argument, and Josh was angry. They took a walk down the shore, and he left her there, telling her to ride home with someone else. She showed the police where she'd last seen him, and no one could remember seeing him after that. But the kids all thought Josh left in a huff. No one started looking for him until the next day."

Nate leaned back in his chair and perused the ceiling. "You know, several people connected to the party are still tied to the island in one way or another. Rocky's parents still own a cottage. Andrew Derbin lives in Augusta, but he's come up here at least once every summer, to spend a week or two on the island with his grandfather. His sister, Pauline, too. Was she at the party?"

"No, she wasn't," said Emily. "She's a couple of years older than Andrew and had already graduated, I think. She probably wasn't invited."

"Are you sure? Rocky Vigue used to have a thing for her."

"That's right."

"Yeah, but Pauli was too sophisticated to look twice at him, so you're probably right. She wouldn't take him up on an invitation to a kegger, even if he asked her."

Emily nodded. A heavyset boy two years her junior would not be Pauli's type.

"I haven't seen her around Baxter for years, though," Nate said. "After Mrs. Derbin died, Andrew kept coming in the summer, but not Pauli."

"Interesting. And then there's Raven," said Emily. Her mind drifted back again to the talk on the hill. "I wonder if she knew more than she told the police. She and Josh had dated for two years, or so the *Journal* said. They had to be pretty close, even though they were fighting at the time of the party."

"Oh, I'd imagine all of those kids knew more than they told," Nate said. "Of course, even what they did say might be suspect, considering the condition they were all in when it happened."

"True." Emily glanced down at her notepad. "Mom also mentioned Gretchen Langdon and Jonathan Woods. Are either of them still around Baxter?"

"Yep, Gretchen and her husband run the campground on the shore north of town. She's doing a good business this week, and it will be steady all summer. And Jonathan Woods still lives in town. He runs the service station. His wife, Allison, is the lady helping my mom at the marina today."

"That's right," Emily said. "But neither of them owns land out here on the island."

"I don't think so."

She tapped her pad. "A lot of those partying kids still have connections here. Another one, Rand Pooler. He's director of the boys' camp on Little Cat, isn't he?"

Nate nodded. "Yeah. Was he at the party?"

"He was on the list Mom dredged up for me." The teakettle whistled, and Emily stood up to get the hot chocolate.

There was a moment of silence when she'd handed him a warm ceramic mug and sat down again. She felt his eyes on her. Somehow she knew what he was thinking. Even after their busy day and discussion about the murder, she hadn't been able to fully push it from her own mind either.

"So," he said, "are you ready to talk about your phone call from the hill yesterday?"

11

E mily drew back into her armchair and pulled the afghan off the back, down over her shoulders. She picked up her ironstone mug and peered into it.

"You probably ought to get back to the marina," she said, not looking at Nate. "Your mother and Allison could use your help, I'm sure."

A smile flickered over Nate's face, and she thought again how handsome he had become in manhood.

"I'm sure they'll be fine for a few more minutes."

"Really? Because there were a lot of people in the store an hour ago."

"So, I'm welcome when I want to do sleuthing with you, but as soon as things get personal, you want me to leave."

She squirmed and kicked her sneakers off without untying them then pulled her feet up under her in the chair.

"Come on, Emily."

"What?"

"You were always open with me. We're still friends. Don't put a padlock on your emotions now."

Padlock. A sudden image flashed through her mind of a shiny steel lock hanging from a rusty hasp.

"Nate, I saw an old lock—"

"Uh-uh. You're not changing the subject on me. You said you wanted to talk about that night seven years ago. Now's the time."

She felt her cheeks simmer. "All right, I admit I've avoided the subject. We both have."

"True, but. . .our time is running out. You'll only be here a few more days." His voice dropped to a deep undertone, and he reached over and gently pried her fingers off the edge of the afghan. "I don't want you to leave without knowing where I stand with you. Talk to me, Em. Please."

She closed her eyes for a moment and tried to imagine a future that included Nate. If it included Nate, then it would also have to include Baxter and Blue Heron Lake. She acknowledged inwardly that she liked that potential future, in spite of all the obstacles that would have to be overcome.

"All right."

His eyes were riveted on her, as though his life depended on her next few

84

words. She swallowed down the anxiety in her throat.

"To me, that night. . .the night we went bowling in Aswontee. . ." She straightened her shoulders and looked him in the eye. "When you asked me. . ."

"After graduation," he prompted.

"Yes. I was thrilled. I'd hoped for so long that. . .that you would see me that way."

He squeezed her hand. "I guess it took me a while to get down to brass tacks."

She shrugged. "I didn't mind, not then. All that mattered was that you'd finally asked me out. Me. Not some other girl." She pressed her lips together and stared into the fireplace. "And when we came back and you kissed me. . . At that point, it became even more significant. I was having a rotten time that year, with Brian acting weird and Mom stressed out over him making her sell the paper and move away."

"I didn't know he made her."

"Yeah." She felt the tears coming and squeezed her eyes shut, but one escaped anyway, and she brushed it away with her sleeve. "Even though you were my best friend, there were things I didn't tell you."

"I'm sorry."

She nodded. "It's okay. Maybe it would have been better if I'd told you everything, I don't know. Anyhow, that date was very important to me. But obviously, it didn't mean as much to you."

"How can you say that?" Nate whispered. "Of course it meant a lot to me. It was the best day of my life. . .up until Brian made his entrance and ruined everything."

"Yeah?"

"Yeah."

She pulled her hand away. "Then why didn't you try to contact me after?"

"You went away a few days later, Em. What was I supposed to do?"

"I don't know. Come out to the island and see me before I left, maybe? Or ask my mom for my address and write me a letter?"

He sighed. "I'm so sorry, Emily. I did think of doing those things, but . . .well, to be honest, I was afraid to contact you for the next few days. Brian made such a big deal of it when he caught me kissing you."

"Scared you pretty good, huh?"

"Well, yeah."

She could see that he was uncomfortable even talking about it.

"I figured."

Nate laced his fingers together and studied his hands. "He made it clear that he didn't want me coming around you."

"So you didn't."

He pulled in a deep breath and turned to face her. "I actually thought about coming out here during the day, while Brian was at the paper mill. But I knew someone would tell him. I didn't want to risk that."

"You were that scared?"

"I was terrified of him. But it wasn't just for me, Em. I thought. . .well, I was afraid he might. . .do something to you. You or your mom, even. I didn't want to make him mad again."

She felt the old dread creep over her as she watched the embers burn down. "I was scared, too. He had an awful temper."

"I know you were miserable after he married your mom. Did he ever hurt you, Emily?"

"No. Not physically. I think. . .I would have told you."

He captured her hand once more. "I hope so, Em. I worried about you. I could tell you weren't confiding in me like you used to when we were kids. I was glad in a way when you left home. I missed you terribly, but. . .I used to tell myself you were safe then."

"He never hit me or anything."

"I'm glad."

She inhaled sharply as another memory caught her unaware. She was fourteen, and six months after marrying Brian, her mother had stayed late at the *Journal* office to put together a new front page after some late-breaking news came in. Emily remembered her uneasiness, being at home alone with her stepfather that evening. He'd cajoled her into watching a movie together but then had sat down near her on the couch, too close for comfort. She'd moved away, but Brian seemed to follow. *Hey, I'm your old man now,* he'd said, slipping his arm around her shoulders and leaning close. She'd wanted to gag. She excused herself and went to her room early. She heard him moving about downstairs, opening the refrigerator and walking about the living room and kitchen. Then the television went silent. She lay still in her bed, not breathing, listening. She heard the stairs creak, as though someone was mounting them stealthily.

Did I lock the door? She always locked her door now, but suddenly she began to shake. *What if I forgot?* She made herself lie still. He stopped outside her door, she was certain. Peering through the darkness, she stared toward the pristine white panels of the door.

The knob turned.

She almost screamed, but the door did not open. *So, I didn't forget. Thank you, God.*

As the quiet footsteps moved away, she heard another sound: tires crunching on the gravel driveway. Mom was home. Emily stayed in her bed, tears bathing her face. Fifteen minutes later, her mother came and knocked quietly on her door.

"Em, you awake?"

She'd bounded out of bed and thrown the lock, catapulting into her mother's arms.

"I'm so glad you're back!"

"Honey, what's wrong? Brian said you went to bed early. Aren't you feeling well?"

Emily drew her mother into her room, closed the door, and related to her in a breathless whisper all that had happened.

At first her mother was dubious.

"Oh, come on, honey. You imagined it."

"I did not. I did not."

"Baby, I know you're not crazy about Brian, but he's not an evil monster."

"Mom, you've got to believe me. When you're not around, he stares at me. And on the couch, he. . .he was touching me, Mom."

"Touching you how?"

"He put his arm around me. It was awful."

Her mother frowned. "I'll talk to him and tell him he needs to give you your space."

Emily stared at her. "I know you love him, though I can't understand why. But you've got to believe me about this. I'm not exaggerating. Mom, I'm scared of him."

Her mother pulled her into her arms then. "All right. I don't think he means anything by it, but I'll put him on notice. Sweetie, I'm glad you told me. I want you to feel like you can come to me with anything. Anything at all."

"What if it happens again?"

Her mother frowned. "It won't."

After that, Emily was never alone in the house with Brian. Her mother made sure of that. Things seemed a bit strained for a few weeks, and a couple of times, Emily was sure her mother had been crying, but Brian never made advances toward her again. He was strict, but Emily could deal with that. She wished her mother wasn't so unhappy, but she knew Carol Gray Gillespie took her wedding vows seriously. Unless something unbearable happened, she would never leave her husband.

And so Emily planned to leave home as soon as possible. Then nothing bad could happen. Her mother and Brian could enjoy the empty nest together. As much as she loved her mother, Emily lived for the day she could escape the tension of her home. The fact that her mother encouraged her to work and attend school at a distance from home led her to the sickening conviction that her aversion to Brian was not misplaced.

And then, days before she would make her flight, Nate had asked her for a date.

"Are you okay?" Nate asked.

Emily had been silent a good five minutes.

"Yeah, I'm fine."

He got up and stirred the coals then placed an armload of wood onto the andirons. Sinking back into his chair, he eyed her cautiously. "Listen, I didn't want to bring up a lot of depressing stuff."

She lowered her eyelids and her lashes brushed her creamy cheeks. She looked defenseless, completely vulnerable.

"He didn't hurt me," she whispered.

Nate nodded. "Good. What about your mom?"

She winced, and he almost wished he hadn't asked.

"I don't know. A thousand times I wanted to ask her. She was so sure when she married him, and she kept telling me things would be great, and Brian would take care of us. But it wasn't long after the wedding that...she stopped laughing, Nate." Emily looked up at him with such hurt in her eyes that he tugged her toward him and pulled her into a tentative hug, over the arms of the chairs.

"I'm so sorry. I wish I could have done something."

"If I'd thought you could have, I'd have told you. But there was nothing we could do."

"Aw, Em, why didn't you write? Once you got to your job, or even that fall, when you got on campus. Why didn't you at least tell me you were okay?"

She drew a ragged breath and clung to him. "I didn't think you wanted to hear from me. You didn't make any attempt to contact me. Nate, I felt so alone and depressed. It took me my whole freshman year to sort things out with God. I came to the conclusion that Brian's interference was too much for you, and God didn't want us together."

Nate found it painful to pull air into his lungs. *How many more mistakes can I make, Lord? She needed me. Why didn't I know that?* He let his hand glide over her glossy hair, finding nothing adequate to say.

She pulled away gently and settled back in the armchair once more. "I went home for two weeks at Christmas. Mom and Brian were in Brunswick by then. It was...tense. I couldn't wait to leave and go back to school!" She swiped at her tears. "I thought about you all the time."

"Honest?"

She nodded, not looking at him. "I wondered if I'd ever find someone I'd feel as comfortable with."

"You were comfortable with me?" Nate's voice cracked a little, and she shot him a wary glance.

"Well, sure. Before our date, anyway. You know. We were friends for a long time."

"Yeah. I've missed that, Emily. I've missed you."

She swallowed hard and managed a shaky smile. "We're friends again now."

Nate couldn't say anything. He just sat looking into her swimming blue eyes, feeling the old, achy hope swell up inside him.

"Do you. . ." She sniffed and looked toward the fire. "Do you think we could be more than friends?"

"It's kind of hard long distance."

She nodded. "Did you. . .date much after that?"

"No. A little. I. . .pined for you for quite a while after you left. But I dated a little at the university."

"Anybody special?"

He shrugged. "The girls there seemed shallow. Oh, some of them were smart, but none of them seemed to. . .to care as much as you did."

"About you?"

"About anything. You were always passionate, Em, whether it was about homework or world peace. You're never apathetic."

She smiled. "I'll take that as a compliment."

"Anyway, I had to quit school after two years. I didn't keep in touch with anyone I'd met there. The relationships didn't seem deep enough to bother."

"Date anyone here?" she asked, so low he barely heard the question.

"You know Marcy White?"

Emily jerked her chin up with a grimace. "Of course. She's from Aswontee. She was only the most popular girl in our class—always in the center of things, or throwing a hissy fit if she wasn't. How could you like her?"

Nate raised his shoulders. "She's not so bad. She grew up a little."

"How long did it last?"

"Off and on, maybe a couple of years."

"You don't still see her, do you?"

"No. She didn't. . ." He paused, wondering if it was possible Emily was jealous, and how to get out of this predicament. "She wasn't you, Em."

Emily's cheeks went pink. Her lashes swept down again, covering those big, expressive eyes. "I felt the same way. About you, I mean. Every time I started getting interested in a guy, he'd do something stupid, and I'd think, *Nate would never do that*. And that kiss. . ."

"Yes," Nate said, watching her out of the corner of his eye. "Emily, maybe it's time we put that memory to rest."

She stared at him, wide-eyed. "You mean. . ."

He smiled. "Is the idea so shocking? If I were to kiss you right now, we might both realize it was a fantasy. It wasn't really as wonderful as we thought."

"No," Emily protested. "It wasn't puppy love, and it wasn't forbidden fruit torn away. It was real."

"But we've been thinking for years that it was the most wonderful kiss on earth."

"It was. At least it was for me." Her chin came up in the stubborn gesture he'd known since they were toddlers. "Nothing could ever be as glorious as that moment."

Nate struggled with confusion. What was she saying? More important, what was she feeling? Was she talking about love in general or specific love, for a specific person, namely Nathan P. Holman, marina proprietor and erstwhile aspiring policeman?

"Em, we had a distorted picture of love. We were kids."

She closed her eyes, shaking her head. "I refuse to believe that. If you're right, then everything I've believed about true love is. . .destroyed."

Nate gulped. She was talking about true love, and she was connecting that thought to the only time he'd ever kissed her.

"All right, then." He leaned toward her and reached out to stroke her shimmering golden hair. "Let's find out."

His heart raced as he bent closer, and Emily's eyes widened for an instant. Just before his lips came within kissing range of hers, she shoved him away.

"No. I couldn't bear it if you're right. What will happen to my dreams then?"

He smiled in chagrin and surveyed her for several seconds. To all appearances, she was serious. "Fine. Let's keep the dream a little longer, then."

A hammering sounded on the porch door, and Emily jumped up, peeking out through the kitchen. She looked back over her shoulder at him. "It's the cops."

Nate rose and walked with her to the porch. Emily opened the door to Gary and another officer. "Hey, Nate, we were hoping you were still here."

"What's up, Gary?" Nate wondered if his face was red. He hoped Gary wouldn't have the opportunity to press him for details of his afternoon.

"A reporter lady climbed up the hill in high heels and sprained her ankle. Any chance you can take her and her crew over to Baxter now? She needs to get an X-ray."

"Sure." Nate glanced at Emily. "I'll see you later, Em."

"It's nearly suppertime. Better make it tomorrow."

"Well. . .if you're sure." Again the thought of the killer made him uneasy. "Mom and I will be going to prayer meeting, if you want to join us."

"I think I'll pass tonight."

Her eyes were still glinting with traces of tears. Nate hated to leave her, knowing her insides were going through at least as much turmoil as his own. Gary started down the path, and Nate could see other people on the dock, lifting the news reporter into the boat.

"I'll come out tomorrow. We'll go over that list of people connected to the party."

She nodded. "I'll be here." She let out a nervous chuckle and reached up to hug him. "Go on, you big galoot. Get out of here before I do something I'll regret."

12

The marina swarmed with tourists and fishermen ready for their first long, sunny weekend in Baxter. Nate shed his sweatshirt as he hurried about the pier and had just rented the last canoe when his cousin Gary arrived.

"Hey, Nate," Gary called, stepping out on the dock where the runabouts and open fishing boats were moored. "Busy day?"

"Can't stand still for more than a few seconds. People are pretty excited to see the sun shining for once. What's up?"

"You went to Aswontee High School, right?"

"Yeah."

Gary fished in his pocket and pulled out a small paper bag. "Is this class ring from Aswontee?"

"Is it okay to touch it?"

"Yeah, the lab is done with it."

Nate held the ring up so he could examine the engraving on the sides. "Definitely. From five years before I graduated."

"Take a look at the initials."

Nate squinted at the inside of the band. "RIM. Hmm. I'll bet anything that's Raven Miller, but you could check the yearbook at the library to be sure." He lowered his voice. "Where did you find that, if I'm allowed to ask?"

"In the grave on Derbin's property."

"Really?"

"We don't know how important the connection is, but I wanted to make sure it was from Aswontee before I started speculating."

"Sure. Glad I could be of help." Nate held the ring out to him. "It's in pretty good shape."

"The lab checked it for evidence. After they were done, they gave it to us so we could try to trace it. We had to clean it up a little, but of course after all this time, there wasn't any blood on it or anything." Gary pocketed the bag with the ring and grinned at Nate. "That Emily sure is something. You're a lucky guy."

Nate felt his face growing warmer than even the glaring sun would explain. He knew people were watching how he and Emily related since her return to Baxter, but he wasn't sure how obvious it was that he cared about her.

"Uh, yeah." He stooped to retie his shoelace as an excuse to avoid eye contact.

Gary's radio burbled, and he pulled it off his belt.

A petite woman with short black hair approached them from the marina. "Excuse me, the lady inside said you rent the boats. Are there any canoes left?"

Nate stood up. "No, sorry. I just rented out the last one. We've got some small motorboats, though."

"That's all right. I'm not good with motors."

"We may have a couple of kayaks left."

Gary tapped him on the shoulder. "I gotta run. There's been another burglary, at that garage out on the highway. See you later."

Nate dealt with the customer, but she decided not to rent a boat after all, so he picked up his sweatshirt and started for the store.

"There he is," his mother said as he stepped inside. She was conversing with a tall, sophisticated brunette at the counter. "Nate, you remember Pauli Derbin. She just arrived, and she's in need of a ride out to the island to meet her brother."

Pauli's thin face was accented by deep blusher and a pair of dark-rimmed glasses. "Hello," she said, looking him up and down. "Would you be free to take me out to Grand Cat?"

Nate stuffed his sweatshirt on the shelf under the counter while he stalled. "Well, there've been a lot of people renting boats, so I don't know if I should leave." He sent a pleading look to his mother. "And I'm supposed to meet Emily when she's done at the library."

"I'll take her out."

Rocky stood at the end of one of the aisles of merchandise holding a two-liter bottle of soda and a large bag of chips. "I'm just heading back." He smiled broadly.

"Rocky Vigue." Nate noted the disgust in Pauli's voice as she recognized her brother's old classmate.

"Yep, that's me. You look terrific, Pauli!"

So Rocky is still infatuated by Pauline Derbin, Nate thought. His nervousness seemed to only slightly hamper his enthusiasm at seeing her again.

"I'd appreciate it if you could take her to the cottage, Rocky," said Nate. "That would be a big help."

"I suppose it will do." Pauli gathered her bags, a frown creasing her forehead.

"We can catch up on the ride out." Rocky grinned as he laid his things on the counter. "You're running out of barbecue chips, Mrs. H."

"Oh, thank you, Rocky." She rang up his items.

Rocky and Pauli left the marina together, Pauli in the lead, Rocky fumbling with the chip bag as he tried to keep up with her long stride.

Emily was waiting for Nate outside the library. He pulled his pickup in by the walkway and got out.

"Been waiting long?"

"Not really."

"How's it going? Find anything?"

He opened the passenger side door for her.

"Nothing thrilling."

She climbed in, and Nate returned to the driver's seat and eased away from the curb.

"I looked up A Greener Maine online, just to see what they had to say for themselves. And Vital Women. There was a lot of information, but nothing pertinent as far as I could tell. So then I wrote a few e-mails and read all I could find on this area. Tourist brochures, the Web sites for the bed-and-breakfast and the hunting lodge. There's nothing sinister about this town, Nate. It's beautiful, and it's full of people three months a year. The rest of the time it's a tiny, out-of-the-way hamlet. That's all."

"Well, I have something pertinent." Nate turned onto the main road. "My cousin Gary stopped by while I was renting boats. He had a class ring they found in that grave."

"A class ring?" Emily's eyebrows shot up.

"Yeah. But it wasn't Josh's. In fact, it was a girl's. I'm pretty sure it was Raven's."

"Wow. I guess there's a good likelihood that the bones are Josh's, then."

He nodded. "The medical examiner will have to give the final word, but I'd say we can make that assumption."

They arrived at the Lumberjack just as the supper rush started and found a corner table at the back of the restaurant.

"This place looks exactly the same," said Emily. "I bet that wad of gum is still under the bench by the oak tree outside."

Nate wrinkled his nose.

A waitress approached their table and took their drink orders.

"That's got to be Raven's ring," Emily said. "She must have given it to Josh."

"I guess," said Nate.

"Couples did that when they went steady."

"I wouldn't know."

"Well, me neither, from personal experience, you understand."

"I didn't even get a ring," Nate said. "Too expensive."

She nodded, studying the menu. He wondered what would have happened if he'd had a class ring and if he'd asked Emily to wear it.

"Maybe she lost it there," said Emily.

Nate picked up the saltshaker and turned it around and around in his fingers. "Not likely." He balanced the saltshaker on top of the pepper. "You know, I don't think the police are seeing any connection between the party and Mr. Derbin's murder. But it seems to me there's something in it—you finding that grave just a few days after the old man was killed."

The waitress stepped up to their table to take their order. "What'll it be, Nate?"

"Steak?" Nate asked Emily.

Emily blinked at him. "Oh, you don't have..."

"It's good here. Steak," he said to the waitress.

"Well done," said Emily. "Thanks."

"Oh, no problem, honey. I'll have your order to you in just a few minutes."

When the waitress had gone again, Emily asked, "Do I know her?"

"Edna Byington. Her husband used to teach at the elementary school."

"Oh, yeah." She pulled her notepad from her purse and pushed it across the table. "These are all the land owners, and I got the dates when they purchased their property, but we knew most of it."

Nate glanced over the list. "It was worth a try, anyway."

She flipped a page on the pad to the list of partygoers. "I'm starting to think these are the best suspects. We should cross-reference the list of people who went to the party with people who have some connection to Mr. Derbin."

"Like Raven?"

"Well, yes. She was at the party, and she took over her parents' island property. A few years later, she was the only one to convince Mr. Derbin to sell her more land."

Nate shook his head. "We don't even know for sure that the body on the hill is Josh Slate's."

"I know, but I'll be very surprised if it's not, won't you? The ring, Nate. It's gotta be."

He nodded, watching her face in the dim light. She was so beautiful, and she was *here*. Here in Baxter.

"Em..."

"What?"

"Do you have to leave so soon?"

She closed her notepad. "With all that's going on, I'm starting to think maybe I should take another week off."

"Can you do that?"

"Yes."

He grabbed her hand. "Do it, Em. Please?"

Her smile sent a jolt of optimism through him.

"I'll make some calls later."

When their food arrived they lapsed into silence for a while. Emily ate quietly, focusing her attention on each portion on her plate one at a time, and he remembered that from childhood, how she would work her way around the plate.

She looked up. "You're not eating."

"I ate some. I was just thinking. You still cherishing that dream, Em?"

She hesitated, looking down at her plate again. "Yeah." She breathed deeply. "I hope one day I'll find a love as powerful as the one I envisioned with you."

Nate picked up his fork and scooped up some mashed potatoes. His hope was tempered by a niggling question. How could he ever compete with this fantasy of hers if she wouldn't let him try to match it?

13

Nate let the boat putt along slowly, prolonging the ride to the island. Emily leaned back in her seat, enjoying the view of the moon rising over Baxter and reveling in the pressure of Nate's hand in hers. A perfect evening.

She sent up a silent prayer of thanks. Another memory to hold on to.

Suddenly a rogue thought flickered in her mind, and she gasped.

"What is it?" Nate leaned close and slipped his arm around her shoulders.

"I forgot to tell you. The other day—Tuesday—the day I found the bones..."

"Yeah?" Nate had snapped from dreamy-romantic to efficient business.

"I found a shed out back of Mr. Derbin's cottage."

"Most everybody has one."

"I know, but it was locked."

Nate shrugged. "Don't you lock yours?"

"Well, yes. Especially now. But Nate, it had a brand-new padlock on the door. At least, it looked new. It was all bright and shiny, in utter contrast to the hardware around it."

"Yeah?"

"The hinge thing on the doorjamb was solid rust, but that lock was new. I don't suppose Mr. Derbin bought a lock at your store this spring?"

"Not that I recall. So...you think we should tell the police?"

"I don't know. Maybe."

He raised his shoulders. "Well, that's easy. They'll be back tomorrow, I'm sure. If I see Gary or Detective Blakeney, I'll mention it."

"Thanks."

He helped her out at the dock and walked up the path with her, holding her hand. It was so like that other night, seven years ago, that Emily shivered.

"You cold?" he asked.

"No, I..." She glanced around at the shadowy trees.

"Brian's ghost?"

"Something like that."

At the porch he stopped and pulled her into his arms. "I'm glad you're staying, Em. I'll see you tomorrow."

"Okay."

He dropped a soft kiss on her hair, and she was glad he didn't press the issue, but when he left her and ambled down to the dock, she looked around and shuddered. Quickly she entered the porch and turned the door lock then stood watching through the glass panes in the door as he climbed into the boat.

By arranging a second week of vacation, she'd opened the door to all sorts of possibilities. More time with Nate. Anticipation tingled in her stomach, and she inhaled deeply, watching the boat grow smaller in the shimmery path of the moon.

The wind sighed through the treetops, setting the leaves aflutter, and Emily stared into the shadows between her cottage and the Vigues'. Nothing.

She went into the kitchen and locked that door, too.

Detective Blakeney stood before the shed door on Friday morning, a fistful of keys in his hand. Nate and Emily watched as he tried several, handing the rejects to Andrew Derbin. Beside Andrew, his sister, Pauli, was biting the long, paprika-colored nail of her index finger. Gary Taylor stood back, waiting for his superior to give him an order.

"This one doesn't seem to fit." Blakeney placed another key ring in Andrew's hand. "And this one looks like a car key."

"It could be to the old boat Grandpa used to have," Andrew said.

"Well, it doesn't fit this lock." Blakeney sighed. "That's it."

Pauli's mouth sagged in disappointment. "We gathered up every key we could find in the cabin."

"And you haven't come out here since you arrived Monday?" the detective asked Andrew.

"No, sir. I didn't have a reason to. In fact, I'd forgotten all about this shed. Grandpa kept his fishing tackle in the cabin, and he's got a woodshed up nearer the dock."

"All right, Taylor."

Blakeney stepped aside, and Gary raised the crowbar he'd brought with him.

"Sorry, Andrew. If there's nothing suspicious inside, I'll fix this for you."

Pauli smiled up at Gary. "Well, aren't you nice! But don't worry about that. There's no reason on earth for Grandpa to have put a new lock on this old shed. And if there were, he'd have had the key lying around in plain sight."

Gary went to work, and they all waited in silence. Nate caught Emily's eye, and she shrugged. He wondered if she felt guilty for causing this destruction.

Gary worked the blade under the old hasp and pried it from the wood with a tearing sound that sent shivers down Nate's spine.

"All right, everyone stand back." Blakeney took a flashlight from his belt, switched it on, and reached for the door handle.

He swung the door open, and Nate made himself stay put, not leaning in behind Gary to see, but his cousin let out a low whistle.

"What is it?" Andrew asked.

Pauli pushed up beside Gary and took his arm. "Let me see."

He edged sideways so she could look, and Pauli was reduced to silence.

Nate glanced at Emily, and they both turned back to the opening.

"Why on earth. . ." Andrew shook his head and looked at the detective in disbelief.

"Take a look," Blakeney said to Nate.

He and Emily stepped forward and peered inside. The shed was crammed with tools, chainsaws, and a gas generator.

"Grandpa didn't put this stuff here." Pauline raised her chin, ready to defend her grandfather against anyone who said otherwise.

Gary scratched his head and glanced at Blakeney. "You thinking what I'm thinking?"

"That theft over at Northern Trails Paper a couple of weeks ago?"

"Yeah. And don't forget," Gary said, "we're pretty sure that was the same thief as the break-in at Hagerton Lumber in Aswontee."

Pauline turned on her brother with an icy stare. "What do you know about this, Andrew?"

"Nothing."

"Oh, sure. You've been here four days, and you're absolutely ignorant. Why don't you ever tell the truth?"

Andrew's face went scarlet. "I am telling the truth. I had no idea this stuff was here."

Pauli turned on her heel and stalked toward the cottage.

Andrew pulled in a deep breath. "I'm sorry, Detective Blakeney. If I knew anything about this, I'd tell you."

Emily spent two hours that afternoon cleaning the upstairs bedrooms of the cottage then changed into her swimsuit. As she headed down to the dock armed with sunscreen, a towel, a water bottle, and a fat novel, she saw a familiar boat tying up.

"Felicia! Join me for a swim?"

"No, thanks, Emily. I'm too busy. I'm publishing an extra tomorrow. I have two hours, not a minute more, to get my final proofs done."

"Then you'd better hop to it."

"I was hoping to get a quick statement from you."

"What about?"

Felicia laughed. "The shed, of course. Oh, and I interviewed Pauli and Andrew Derbin yesterday. They told me they haven't decided yet if they want to sell their interest in the island. To tell you the truth, I got the impression they've been fighting about it."

"What does that have to do with me?" Emily asked.

"I went over there just now to get a little clarification, and the cops were there again. That Blakeney seems to think you're some kind of a crime magnet."

"What?" Emily stared at her. "That's crazy."

"Maybe not. Blakeney says this island's had more crime since you came back last weekend than it's had in its entire previous history."

Emily shook her head and sat down in a lawn chair. "I'm sure he's joking. And I can't help it."

"Can't help what? Uncovering crimes? Is that what you do in Hartford?"

"No, in Hartford I'm just a reporter. I get an assignment, and I go write about it. But here...well, can I help it if someone's been committing crimes on Grand Cat and no one else has caught on yet?"

"Are you saying the other folks here turn a blind eye to crime?"

"No, I'm not saying that at all."

"Well, Blakeney says you've got the mind of either a master criminal or a top-notch detective, he's not sure which yet."

"He was joking, right? He can't think I set up any of this!"

Felicia leaned toward her eagerly. "What if he does?"

"Oh, come on, that's stupid! And don't quote me. I'm not about to start a printer's ink feud with Blakeney. I'm sure he's a capable officer and will get to the bottom of this."

"Meaning the stolen stuff in Henry Derbin's shed? Or Henry's murder? Or that skeleton you found up on the hill?"

"All of it."

Felicia shook her head. "You've got to admit, that's a lot of intrigue for a sleepy place like Baxter."

Emily gritted her teeth and sought for a topic that would divert Felicia. "So, Andrew and Pauline aren't selling?"

"I guess not. Pauli said the Greens approached them again. She didn't say how much they offered, but she said it was tempting. And I'm quoting that in the *Journal*."

"But they didn't accept?"

"No. Pauli said they're going to wait awhile, let the dust settle, and get Mr. Derbin's estate all tied up, then they might think about it. But the Greens don't want to wait."

"There's nothing they can do about it if the Derbins don't want to sell." Emily smoothed waterproof sunblock over her arms and shoulders.

"The Greens held a press conference in Bangor yesterday."

"Oh? Did you go?"

"No, but I spoke to Barton Waverly by telephone afterward. He says A Greener Maine is going to sponsor several events this summer to raise money. They want to buy this island and some shore land, too, and turn it into that wilderness preserve they've been talking about."

Emily sighed. "The property owners won't like that. None of them will sell willingly."

"I'm not so sure, if the price is high enough. And the Greens might get a large tract from one of the paper companies."

"I wonder how that would affect property values."

"That's just what I'm hearing everywhere I go. That and, will it stop them from using their land any way they want to?"

"You mean, could someone develop his property later or sell it for another purpose?" Emily asked.

"That's right. Everyone wants to know if A Greener Maine would oppose them if they disagreed on land use."

"There are no easy answers to questions like that," Emily said. "The Greens ought to look for another parcel of land. Far away from Baxter."

"I think they are looking at a few other locations for the wilderness preserve, but this is their top choice." Felicia ran a hand through her short, brown hair then smiled. "I wish I had a reporter experienced with issues like that. I confess, I've had to do a lot of research already on this, and I'm still confused about land-use regulations. I don't suppose you'd consider writing an article or two about all the goings-on out here?"

Emily quickly quashed the flicker of interest that tempted her. "I'm on vacation. Besides, zoning and land use aren't my turf."

"Guest column?"

"Not a chance." Emily stowed the sunscreen under her chair and stood. "Right now I'm going to jump in the lake."

Felicia smiled and reached for the painter that held her boat to the dock. "I'd better get moving or that extra won't come out."

That evening Emily donned her sneakers and jeans and wended her way slowly up the hillside. The trail was distinct, now that dozens of people had flattened the grass and broken off branches that protruded into the path.

Why she was drawn back to the hilltop grave, she couldn't have said exactly. She'd brought along her cell phone, and could have used the excuse that she missed Nate, who was still busy at the marina, and wanted to talk to him. But no one badgered her for an explanation, and she didn't try to unravel the interwoven inklings and questions that compelled her to revisit the site.

She climbed above the trees into the open area at the summit and stopped. A woman was sitting on the ground inside the lopsided circle of yellow crime scene tape. The tape was broken in several places now and fluttered in the breeze.

Emily hesitated then approached, making no effort to silence her steps. Raven had positioned herself a couple of yards from the excavation. Her long, dark hair rippled as the wind chased across the hilltop, and she stirred, turning toward Emily.

"Hello."

"Hi." Emily stopped beside one of the stakes holding the tape. "Would you rather I left?"

"That depends."

Raven stood and brushed off the seat of her denim cutoffs. She walked over to stand beside Emily and turned to face the hole in the earth.

"Why did you come up here?" Raven asked.

Emily swallowed and shook her head slightly. She could say, *God brought me here*, but that would sound odd to Raven, she was sure. "I'm still trying to put it together in my mind. It's. . .surreal."

"You must see a lot of strange things in your line of work."

"Not like this. I've covered some crime stories, but. . ."

The rays of the setting sun glinted on wet streaks that marred Raven's smooth cheeks.

"Are you all right?" Emily asked.

Raven frowned, staring once more toward the excavation site, then shook her head. "No. Today was. . .too much."

"Worse than yesterday?"

"Yesterday was pretty hard." Raven raised her hand and smeared fresh tears from her cheek. "Then there's Andrew."

"Andrew?"

She let out a mirthless chuckle. "He about bit my head off today."

"Whatever for?"

"He told me last fall that he'd talk to his grandfather about selling me more land for the retreat center. Now that Mr. Derbin's dead, I figured Andrew would be willing to sell to me. But today he said he and Pauli haven't decided yet whether they want to sell or not."

"And that's a huge disappointment?"

Raven sighed. "It's not just that. It's. . .all the things that have happened this week."

"Is it. . .Josh?"

"I feel so guilty!" Raven whipped around to face Emily, the furrows at the corners of her eyes giving her the air of a much older woman. "We fought that night, you know. And he. . .disappeared. Afterward, I wanted to die. I kept wondering if it was my fault. If I hadn't fought with Josh, he'd have stayed with the others, and he would have gotten home all right."

"It's not your fault."

"How do you know that? Don't you believe in fate or. . .or karma or something?"

"I believe in God."

Raven sighed. "For the past few years, I've put my soul into the retreat center. I thought if I could help other women slay their demons, then it would help me, and I'd have peace, too."

"But it hasn't worked that way?"

Raven shook her head. The breeze blew her hair into her face, and she impatiently shoved it back, turning slightly so it would flow behind her. "This has brought back so many memories. Bitterness. Grief. And then I made the mistake of trying to deal with Andrew today. I figured he wouldn't stay here long, and I'd better take advantage of his being here, before someone like that Greener Maine group strikes a deal with him and Pauli."

Emily wished she had her reporter's notebook, but she said nothing, schooling her mind to file away Raven's words for future pondering.

Raven scowled. "I reminded Andrew today that he made me a promise, and he reneged. Then that snooty Pauli got into it. She dressed me down in front of one of my staff, saying it's not up to Andrew alone what will be done with the property. He was embarrassed, but I think that was her intention."

"Sometimes you just have to wait," Emily said softly.

"What do you mean?"

"I saw Andrew today, too. He and Pauli are dealing with a lot right now. Their grandfather's death and settling the estate, the discovery of a body and a hoard of stolen goods on their property. . ."

"I heard about that."

"Give them a while to catch their breath."

Raven sighed and pulled out a resigned smile.

"I suppose when things get you down, you pray."

Her comment caught Emily off guard. "I do."

"Does it help you?"

"Yes."

Raven began to walk toward the path, and Emily kept pace with her. As they approached the tree line, Raven stopped and faced her again.

"You know, since high school, I've studied every religion there is, and I concluded that being at one with nature is the only honest way for human beings to be at peace."

Emily sent up a quick, silent prayer. "Pardon my saying so, Raven, but you don't seem to be at peace tonight."

"You're right. I've dabbled in alternative spirituality for years now, but nothing rings true. Even my ultimate solution. . .unity with nature. . .leaves me feeling. . ." Suddenly she looked into Emily's eyes with a piercing gaze. "Do you think a person can truly become part of nature?"

"You mean. . .without dying?" Emily felt the conversation was going off into a tangential world.

Raven rotated and stared behind them, back up the hill. "Maybe that's it. If that was Josh's body lying there, I guess he was united with nature. He's at peace now."

"Do you really believe that?" Emily asked.

There was a long silence, and then Raven whispered, "I'd like to, but. . . No."

Emily touched her shoulder lightly. "Why don't you come down to my place and have a cup of cocoa with me? I'd like to show you what God says about peace. Peace that's greater than our understanding."

E mily walked from the marina to the *Journal* office. As she neared the little shingled building, she saw Felicia park in front of it and hurry to the door. Emily picked up her pace and arrived just as Felicia turned the key.

"Mind if I come in and use your morgue?"

"Sure. You're welcome anytime." Felicia swung the door open and plopped her briefcase and a tote bag on her desk.

"Where've you been?" Emily asked. The file cabinets that comprised the newspaper's back files were still in the same corner, though they seemed to have nearly doubled in number since Carol Gray had sold the *Journal* to Felicia.

"The state police spokesman held a press conference this morning."

"You went all the way to Augusta?"

"Yes, I wanted to get it firsthand and be sure I had a chance to ask a few questions."

"So, what did he say?"

Felicia sighed. "They've identified the body you found. The second one, I mean."

"Who is it?" Emily asked.

"How bad do you want to know?"

Emily smiled. "Badly."

"I thought so."

"No, I mean, you should use the adverbial form. *How badly.*"

"I knew that."

"Come on, Felicia. Don't make me stay over here to watch it on the evening news with Nate and Connie tonight." Emily pulled a folder from the drawer. "I guess I could call the city desk at the *Bangor Daily* and ask them—"

Felicia clapped her hand to her heart. "You're cruel."

"So, tell me."

"Will you write a follow-up story for my next edition about the stolen goods in Henry Derbin's shed?"

"No."

Felicia stamped her foot and sat down in her swivel chair. "I'm really stressed, Emily. I know you're on vacation, but I can't think of a single person in town who could give me the help I need this week. . . ."

"How about Diane Quinn? She's still teaching at the elementary school, isn't she?"

"Yes."

"Well, school's out. She must have the summer off. She's intelligent and up to speed in composition."

"She and her husband went to visit their daughter in Tennessee."

"Oh."

"I don't suppose your mother would come up and help me for a—"

"Mom is in the throes of a business start-up. She's planning to open a bookstore in Brunswick."

Felicia drooped in her chair and rested her chin on her hand. "It's Joshua Slate."

"Thought so."

"The timing is horrible. One day too late to make it into my extra!"

"I saw the extra." Emily opened a drawer on one of the cabinets. "It looked great."

"Thanks, but every paper in Maine will run this new story before I do. It's so frustrating! I'm thinking of going to press twice a week."

"Every week?" Emily stared at her. "That would be a lot more work."

"I know." Felicia sighed. "Charlie Benton could handle the advertising, I think, but I really, *really* need another reporter. Or at least a stringer. Here I've got this hot story on the island corpse, and the fire department auxiliary is having a big planning meeting for the field day tonight. Then Monday, the school board is meeting—there's so much going on with regular business in town! My coverage of that has suffered since this crime wave on Grand Cat started, I'll tell you."

Emily sat on the edge of the desk Charlie Benton used to lay out the ads each week. Things were playing out the way she'd feared, and the news would be a shock to the Slate family and others who had known Joshua, while at the same time bringing relief from the years of questioning. She wanted Felicia to have time to write the articles with care and sensitivity.

"Tell you what. I'll cover the auxiliary's planning meeting tonight, and I might even be persuaded to report on the school board meeting Monday, but I don't want to cover the theft story. It will be time consuming, and. . .well, I'm already closer to it than I want to be."

Felicia's eyes sparkled as she ruffled through her notebook and scribbled on a sticky pad. "Thank you! You're saving my life. And if it's any consolation, Blakeney *was* kidding about you being a criminal mastermind. He thinks you're brilliant. Here's the contact information for those two meetings. Working with you is going to be great, Emily!"

"Well, try to find someone else you can train in a hurry. I'm not staying long."

"I will. But you're bailing me out in a big way."

"This crime frenzy should calm down eventually." Emily opened the folder she held and flipped through the clippings. "You may not have enough news for two issues a week after all of this is over."

"I think I will. If I could get another reporter, I'd extend my coverage to Aswontee and a few of the other small towns. No one gets enough coverage in the *BDN* up here. And that would open up a whole new base of advertisers for us."

"Sounds like you've given this a lot of thought."

"I have."

Emily stood up. "Well, since you're the one writing the story about Josh Slate's remains being identified, you'll probably need this folder for background. I'd like to run a few photocopies, though, if you don't mind."

Felicia glanced at the label. "Is that what you came to look at?"

"Yes. Just refreshing my memory on some of the details."

Nate walked out the back door with a gigantic mound of life jackets in his arms. He detoured around Andrew Derbin's long legs as he made his way to the party boat pier. A customer wanted the boat ready to go in half an hour, and he had to check the gas and all the safety features.

Andrew sat on one bench, and his sister sat on another, ten feet away, on the other side of the marina's back door. Both were engrossed in their copies of the extra edition of the *Journal*. They'd ridden over from the island with him and Emily after Nate delivered the morning's mail, and the first thing they'd done was buy the *Journal*. At first Nate had found it odd that they'd bought identical papers, but now it made sense.

"Why did you have to say that to her?" Pauli jabbed her finger at a story below the fold on page one.

"Dry up." Andrew turned to the back page to continue reading the article.

"Oh, that's brilliant. You have the vocabulary of a Neanderthal. I don't understand how you ever got that cushy job at the statehouse."

"One of many things you don't understand," Andrew snarled.

Nate stepped down to the deck of the party pontoon boat and stowed the life jackets. The locker already held half a dozen. *So we need four more,* he noted. The boat's capacity was twenty people, and the marina was required to supply a flotation device for every customer on the rented vessel.

He headed back toward the store.

"Are you going back out to Grand Cat?" Andrew asked as he drew near.

"I can if you need me to."

"Not yet!" Pauli jumped to her feet. "We need groceries, Andrew."

"Oh, yeah, yeah. Nate, have you got a small motorboat we can rent for the next couple of days?"

"Sure."

"I wish Grandpa had kept his boat." Pauli folded her newspaper. "I'm done with this, Nate. Do you want to sell it again?"

"Uh. . ."

"You idiot." Andrew snatched the paper from his sister's hand.

"What, you need two?"

"No, but you don't resell newspapers."

"Wanna bet?" Pauli shaded her eyes and squinted toward the island. "Is that Rocky Vigue?"

"Looks like it," Nate said.

"Watch this."

Pauli walked out on the longest pier and stood waving while Rocky brought his speedboat in. Sure enough, Pauli drew him in like a magnet.

"Hi, Pauli," he said as soon as he'd cut the motor. He tossed her the painter, and she tied it up for him while Rocky clambered onto the dock.

"Want to buy a paper?" She held out her creased *Journal*.

"Nah, I already read Dad's. That's a good picture of you and Andrew. How come you're not selling the land now?"

Pauli glared at him. "Because we don't want to."

"Says you," Andrew shouted.

"So, you want to," Rocky said, looking toward Andrew then switching his gaze back to Pauli, "but you don't?"

"I didn't say that." She strolled toward the marina, and Rocky followed her.

"Did you read the story about the Greens?" he panted as they reached the back deck. "Sounds like they'd give you a pile of dough for that property."

"Oh, yeah, they're raising all kinds of money for their project," Andrew said.

"We're not sure selling to them would be in our best interest." Pauli splayed her hands and examined her fingernails.

"Yeah, maybe we'll sell to someone else," Andrew said, eyeing Pauli warily.

She threw him a warning look. "If you think I'm going to let Raven Miller have that land for a song—"

"Oh, and I suppose you'd let it go to Rand Pooler, so he can expand the boys' camp."

"Is that so outrageous?"

"Yes. People don't want boy campers overrunning their private space, do they, Rocky?"

Rocky gulped. "Well. . .my folks wouldn't like it, I guess. Too noisy."

"Right!"

Nate stood back as Pauli marched past him toward the store, tossing her *Journal* into the barrel that served as a trash can.

"Hey, wait," Rocky cried. "I came to get a new strap for that life belt. You guys want to go waterskiing this afternoon?"

"Sounds good." Andrew stood up and stretched.

Rocky followed Pauli into the store. "Wait. Pauli, wait. Did you hear what I said?"

Nate and Andrew looked at each other. Andrew was the first to crack a smile.

"I don't know why he likes her."

"Think she'll go waterskiing?"

"Probably. She never would give Rocky the time of day, but she does like to ski. And he's got a great boat this year."

"It's his father's."

"Oh, right. Pardon me. Marvin's got a great boat at their cottage this summer. And we have none." Andrew winked at Nate. "My sister may find Rocky despicable, but she's not above letting him show her a good time."

"Rocky's not so bad."

"No, but Pauli's stuck up." Andrew folded his *Journal* and tucked it under his arm. "Rocky and I used to be best friends, all through school. But here's the difference between him and me: I left Baxter and made something of myself. Rocky stayed here and vegetated."

Andrew opened the door and went inside.

Like me, Nate thought. *If I'd left here and found some way to finish school, would Emily look at me differently now?*

The party boat customers would be arriving soon. Maybe after he saw them off on their outing, he could spend some time with Emily. He wondered if she had been waterskiing since she moved away. Or maybe she'd like to go snorkeling. There was a quiet cove at the bottom of a rocky ledge a mile or so down the lake. Maybe they could run down there and swim and have a picnic supper.

Nate went into the marina. His mother was talking to a knot of customers in the aisle. Early arrivals for the party boat? Nate glanced around the store and saw a few more customers browsing. Pauli was loading a shopping basket in the food section, with Rocky carrying the basket for her. Andrew was examining the fishing tackle display.

The front door opened, and Gary and another trooper came inside. Gary pulled his hat off and stood blinking for a moment then stepped toward him, and Nate went to meet them.

"Hey, Nate, we'll need a boat," Gary said.

"What's up?"

"Well. . ." Gary shot a quick glance around the store then froze. "That's Rocky Vigue, isn't it?"

"Yeah."

Gary nodded and turned to speak quietly to the other trooper. Then he looked back at Nate. "Scratch that boat, Nate. Thanks. We'll make this quick."

Nate swallowed hard and watched them walk toward the food section. Pauli was laughing as she piled containers of yogurt into the nearly overflowing basket. Her mouth went slack when she caught sight of Gary, and she stopped laughing.

There was a momentary lull in the conversation among Connie's group, and Gary's distinct words could be heard throughout the store.

"Richard Vigue, you are under arrest. You have the right to remain silent. If you give up the right to remain silent, anything you say can and will be used against you in a court of law. You have the right to an attorney. If you desire an attorney and cannot—"

"I do!" Rocky's face was pale. "I want one."

Gary nodded. "All right. Turn around, Rocky, and put your hands on the refrigerator door."

Pauli found her voice at last. "This is ridiculous. You're arresting him? For what?"

"We'll start with theft and criminal trespass," Gary said.

"Not murder?"

"No, Ms. Derbin. Today we're dealing with the theft of the equipment found in your grandfather's shed."

Andrew walked over and stood beside Rocky. "Where are you taking him?"

"To the police station in Aswontee, for now."

"Tell my dad!" Rocky's face was distorted with anguish as he looked over his shoulder at Andrew.

"I will." Andrew stepped toward his old friend, but the second police officer moved between them.

"Stand back, please."

"Tell my dad to come to Aswontee," Rocky called.

"I'll tell him."

Gary and the other officer took Rocky in handcuffs out to their patrol car. Nate inhaled deeply and looked toward his mother. Her face was pale, but she managed a strained smile to the customers near her.

"Well, now, about the refreshments on the boat. . ."

"Come on," Andrew said to his sister. "We need to find Marvin."

"I'm not ready."

"Let Nate bring you out later, then. I'm taking Rocky's boat out and telling Marvin what happened."

"Hey," Pauli called after him, "do you suppose Marvin will let us use the boat to go waterskiing while he's bailing Rocky out?"

15

The air was pleasantly warm and the sky clear when Nate and Emily arrived at her dock after church the next evening. They sat in lawn chairs on the screened-in porch, where they could watch the last golden rays of sun slant down on the lake from behind the island. Nate saw most of his sunsets from the marina's back deck, and the water took on new tints and shadows from this perspective.

Emily brought out a pitcher of lemonade and two paper cups.

"Nate, I was thinking, what if Mr. Derbin found that grave?"

"What if?"

"It would make sense. If he found Josh Slate's body, and someone else knew he was going to report it to the police..." She filled the cups and handed one to him before sitting down.

Nate took the cup, sipping slowly while he thought. "That would definitely tie everything together. Unless he knew about it for some time but wasn't planning on reporting it. Forbidding people to go on his property, and all."

"But he's always been that way, since way before Josh disappeared." She fished an elastic out of her pocket and pulled her hair back into a ponytail.

"You're right. Even when I was a kid, no one was allowed up the hill or in the swamp. Dad figured it was because he didn't want the herons disturbed." Nate drained his cup and set it on the floor beside his chair. "I really don't think Mr. Derbin could have had anything to do with Josh's death, though."

"But what about Andrew and Pauli? They keep going back and forth on whether or not the land is for sale."

He'd been thinking about their argument at the marina. "Do you think they're changing their minds because the secret's out about Josh? Before they didn't dare sell, but maybe now it doesn't matter."

"I don't know. But Andrew and Pauli were both away when Mr. Derbin was killed," said Emily. "Pauli hasn't been back for years, and you said Andrew hadn't been down yet this summer."

"Well, not that I know of. And when he does come, Andrew usually comes straight to me for a ride out to the cottage."

"How about Raven, then?"

Nate gritted his teeth and watched the sky darken. The first star popped out, then another, and a loon sent its plaintive call echoing down the lake. "She was the last person known to see Josh alive. I hate to think of her as a suspect, but the police probably are. And if she knew the body was there, that would give her added reason to want that land. To make certain the grave was never found."

Emily held her cup steady on her knee. "She did seem quite shaken by the discovery. Hey, if she and Josh were breaking up, do you think there was someone else involved?"

"A love triangle? Jealousy is a strong motive." Nate slid his feet forward, stretching his legs out.

"If we'd been in their class, we'd know all this," said Emily. "High school girls usually do a lot of talking about who's going out with whom."

"Speaking of which, how about Rocky? He used the Derbin land to hide the things he stole until he could sell them. Maybe he had more than that to hide."

Emily shook her head, a frown wrinkling the smooth skin between her eyebrows. "I'll admit, I was pretty surprised by that."

"Me, too," said Nate. "He's not exactly shifty-eyed. It's too bad he got into this. He's a nice guy."

"Or is he?"

Nate pondered for a moment. He'd thought he knew Rocky, but the man was obviously good at keeping secrets.

"I think those are our most likely suspects," said Emily. "Andrew, Raven, and Rocky. And I guess Pauli, but she hasn't been around. And frankly, she doesn't seem like the type."

"None of them does. That's the thing. I kind of dislike pinning the title *murderer* on anyone I've known most of my life."

"I know."

Nate eased out of his chair and walked to the edge of the porch. "Wow, look at the stars, Em."

Thousands of white pinpoints dotted the black sky.

She came to stand beside him. "I've missed this. Things as simple and beautiful as this. I'd love to live out here in the country again."

"Yeah?" Nate's voice caught, and he slipped his arm around her shoulders.

"I think about it sometimes. But I can't see how I could support myself away from the city."

He turned around and sat on the ledge below the screen windows, so they were at eye level. "I wish you could come back to stay."

She smiled. "It's been great coming back to Baxter and being on the island again, but I admit the chaos has taken away some of the joy."

He reached up and stroked back a wisp of hair she'd missed when she corralled the ponytail. "I'm sorry. But even with all that's happened, I can't help being glad you're here."

"Oh, Nate, that's sweet. I've thought a lot about you, too. Us. Together again. But...don't you think that if we tried to pick up where we left off seven years ago, the same thing would happen?"

He swallowed hard, not sure he wanted to follow her line of reasoning. Better to seize the moment, with Emily, the stars, and the still, warm night. But with Emily, romance always held a tragic note, and he knew that if they couldn't dispel it, their relationship would never move past where they were at the moment...wistful, but destined for loneliness.

A jab of rebellion struck his heart so hard it hurt. He captured her hand and stared at her, forcing her to look into his eyes.

"What do you mean 'would happen'?"

"You know."

"No, I'm dense. Spell it out for me."

She squirmed a little, but he held her hand firmly and kept her close. No more avoiding the subject. It was time.

"Wouldn't the complications of adulthood spoil it?" He leaned closer to catch every word. "It wouldn't be how I always imagined it. That's what you tried to tell me before, and I think you were right about that."

Nate leaned back and focused on her evasive eyes. Was she closing the door on that dream forever? Was this her way of saying it was time for him to forget about it?

Maybe coming here and seeing him again had settled the matter for her, and he was no longer her ideal. When she went back to Hartford, maybe she'd feel ready to take up with someone else, since she was no longer cherishing the memory of what they'd had.

The sudden, bleak emptiness shocked him. How could she abandon the dream? Ever since she'd told him she'd held out for the love they'd almost had, it had haunted his thoughts and become part of the unrealized longing he'd felt all these years. Now she was giving that up.

"Em, you can't just throw it away like that."

"I'm not tossing anything. I'm just being realistic. A girl's idea of love is distorted at best. And at worst..."

Nate stood up, and she jumped back, staring at him.

"What did I say?"

He plowed a hand through his hair and groped for the right words. "You're right that love isn't all thrills and poetry. But when you think of love, don't think of all the disappointing relationships you've seen. Think of...think of your mom and dad. They had the real thing."

She pressed her lips together and turned to stare out at the water.

"Yeah," she whispered. "Yeah, they did."

"Mine, too. Emily, I don't want to let you leave here again unless we find out for sure."

"About love?"

"About us. Why couldn't we find the same kind of love our folks had? If God wants it to happen, it could. It really could."

She swung toward him and stared, her lips parted and the stars reflected in her pupils.

"But what if. . ."

"What?"

"What if it's not meant to be?"

"Then we'll know." He stepped toward her, reaching for her. "One kiss, Em. That's all I'm asking. Let go of the memory and trade it for reality. If it's awful, then, fine. . .we'll stay friends, okay?"

He thought a smile quivered at the corners of her mouth, but it was quite dark now.

"What if it's not?"

"Not awful?"

"Yes."

He willed his heart to slow down. "Well, if it's. . .magical. . ."

She laughed, a sweet laugh of approval, and he felt hope flutter inside him, then surge with more confidence than he'd known since Emily went away.

He ran his fingertips over the smoothness of her cheek and slid them toward her ear, where her satiny hair gleamed. She gulped and brought her hands up to rest lightly on each side of his collar, and he bent his head. Her eyes widened for an instant, then she closed them, and as his lips touched hers, he felt her hands slip up behind his neck and hold him, close and trusting. She returned his caress with tenderness that melted any reservations lingering in Nate's subconscious. This was right.

He pulled away and sighed, waiting for her reaction.

She opened her eyes and stood still for a moment, looking up at him, then opened her mouth. "You were so wrong."

"I was?"

"Totally."

"How?"

"That was. . ." She looked away and inhaled, then tipped her head back and met his gaze. "It was. . .everything I remembered and imagined. If you can't see that, Nathan Pierce Holman, you're crazy."

"I'm not crazy. I love you, Em."

He pulled her back into his arms and kissed her again.

16

Nate pounded on Emily's cottage door shortly before noon on Monday.

"Hey! What's up?"

"Felicia wanted me to deliver this when I made my rounds." He held out a folded sheet of paper, and Emily took it, a bit shy at standing so close to him again after last night's discovery. Nate's crooked smile made her stomach lurch, and she turned her attention to the note.

"She wants me to go back with you and help her this afternoon."

"That doesn't surprise me. She's swamped."

Emily frowned. "I'm doing the school board meeting for her tonight."

"Yeah, but the paper comes out tomorrow, and she has to remake the front page."

"Why?"

"Big news. Rocky's confessed to stealing all those things in the shed."

"All of it?"

"Yup. They found his fingerprints all over it, so I guess he didn't see a point in holding out any longer. He was arraigned this morning, and his lawyer gave Felicia a detailed phone interview."

"Wow, she must be excited."

"She is. This is one story the big papers aren't paying much attention to, so she's got an exclusive. But Rocky admits to stealing stuff from one of the paper company storage buildings and several cottages."

"Not here on Blue Heron?"

"No, over Moosehead way. I don't know about the break-in at the garage in Aswontee. Maybe he did that, too."

"Well, I suppose I can help her this afternoon. At least she's got an air conditioner in the office."

"Yeah, it's hot out. It's not bad on the water, though."

"Let me grab a sandwich, okay?"

"Why don't you just eat with Mom and me?" Nate asked. "I'm almost at the end of my run. Two stops, and we'll head back to the marina and grab a bite. Then you can go help Felicia, and I'll start loading the parts of your new dock."

"It's here?"

"The truck was unloading when I left an hour ago. I figured I'd do my mail run and spend the afternoon putting the dock in. I'll use the pontoon boat to carry all the parts out here."

Emily climbed into the cabin cruiser and put on her life jacket. "That's a big job. Can you do it alone?"

Nate winced and looked toward the Vigues' cottage. "I was going to ask Rocky to help me. But I think I can hire the Kimmel boys, and maybe their dad, too. If that's not enough muscle, there are a couple of high school boys I might be able to get."

"Taking down the old dock will probably be the worst of it."

"Yeah, well, say good-bye to it." Nate grinned and shoved off. "This is probably the last time you'll ever see it."

Emily sat in silence while they puttered to Andrew and Pauli's dock. Andrew came out to meet them, and Nate handed him two envelopes and an Augusta newspaper.

"It's your grandfather's mail. Sorry."

"That's okay. Hey, any news about Rocky?" Andrew asked.

"Yeah, he's confessed."

Andrew leaned on the dock piling and scowled. "Stupid idiot. Never thought of him as a thief."

Nate nodded. "It wasn't brilliant. He said he knew your grandfather never went out back anymore, and he figured no one would know. I guess he stole all that stuff this spring, and was planning to fence it soon, but with cops all over the island this past week, he decided he'd better wait."

Andrew sighed. "He's smarter than that. He may not look it, but he is."

"I never thought he was stupid."

"Man!" Andrew slammed his fist down on top of the piling. "I told him last summer to come down to Augusta, and I could get him a job. You know what he said?"

Nate shook his head.

"He said he didn't want to work as hard as I do."

"That's too bad."

"You got that right. Rocky used to be a sharp kid, but he got lazy. His parents didn't help. They always made things too easy for him." Andrew turned away, his mouth set in a hard line.

The last stop was at Camp Dirigo, and Emily sat in the boat while Nate carried two bins of mail to the camp office. He'd said nothing so far about last night. But then, were any words necessary?

He came back and hopped down to the deck, winking at her as he started the motor. They edged away from the wharf, and he reached for her hand. Emily smiled up at him, and a flash of knowledge flew between them. She sat back wondering if she had ever felt so utterly content.

They ate a light lunch in the Holmans' kitchen, and Emily lingered over her tea while Nate went next door to relieve his mother at the marina. Connie bustled in through the back door a minute later.

"Emily, what fun! I hope Nate gave you a decent meal."

"It was great. Salad and tuna sandwiches. I made one for you."

"Thanks so much." Connie pulled the salad bowl toward her. "We've been so busy lately, Nate and I have discussed taking Allison on full time for the summer. Nate has to be out on the lake so much, it wears me out to try to tend the store and post office and deal with the rentals." She served herself salad as she talked then looked at Emily. "Something's different."

"What?" Emily asked.

"You. You look. . .sparkly."

Emily laughed.

"No, I mean it. You're always so pensive, but today. . ."

"I'm just happy."

"Does my son have anything to do with that?"

Emily hesitated and felt her cheeks warm. "He has pretty much everything to do with that."

Connie leaned toward her with a joyful grin. "Let me hug you, you dear girl! You've no idea how glad that makes me."

―

Emily sat at Felicia's computer two hours later, typing community news briefs. Charlie Benton, Felicia's advertising manager, sat across the room, contacting potential advertisers by phone and attempting to convince them that they couldn't afford not to buy ads in the *Journal*. He leaned back so that his shoulder-length, graying hair hung down behind his chair back, and he studied the ceiling as he talked, occasionally waving a pencil around and punctuating his sentences with stabs of the pencil.

The door to the little office swung open, and Raven Miller entered with a burst of hot air. Her long hair was pinned off her neck in a cool updo, and Emily couldn't help noticing that her bare legs were evenly tanned. Apparently Charlie couldn't help noticing, either. He sat up straighter and put more enthusiasm into his voice as he clinched a sale and began to scribble the specifications for Aswontee Outfitters' new ad.

"Where's Felicia?" Raven asked, looking from Emily to Charlie and back, then settling on Emily and pulling up a chair.

"Gone to the island. The police are removing Rocky's loot from Mr. Derbin's shed."

"Isn't that wild?" Raven leaned forward. "I was absolutely floored when I heard. Rocky Vigue! Imagine."

Emily nodded. "Shows you really never know a person, doesn't it?"

"I'll say. The first thing I did was take inventory."

Emily couldn't help smiling. "Anything missing?"

"No. I guess he only ripped off people he didn't know."

"Can I help you with something?"

"Maybe." Raven opened the jute bag slung over her shoulder and pulled out an envelope. "I've got the press kit here for the speaker we're hosting the third week in July."

"All right. I'll see that Felicia gets it."

"Thanks. It's kind of a big deal."

"How big?" Emily asked.

"So big it's the highest speaker fee I've ever paid. Ever hear of Maharishi Yagnev?"

"Don't think so."

"Oh, he's very big in the spiritualist world."

Emily inclined her head slightly. "You have a man coming to instruct your campers?"

"Yes, and we still have some slots open for the retreat. Felicia said she's going to distribute the paper in a larger area from now on, so, since circulation is going up, I thought maybe we'd attract a few local women. If not, the ads will at least give us some PR in the community."

Emily took the envelope with misgivings and laid it on Felicia's stack of unopened mail. "I'll tell her. She should be back soon."

"Thanks." Raven slumped back in the chair. "Are you going to be here all day?"

"No, I just came over to answer the phone and do some typing for Felicia. She's been so busy, she couldn't handle it all today. I'm covering the school board this evening, too. But as soon as Felicia comes back, I thought I'd run back out to the island, take a swim, eat supper, and change before the meeting."

"Well, I could take you to your cottage."

Emily was surprised at the offer. Raven wasn't looking directly at her, but was fingering the macramé trim on her tote bag.

"That's good of you. It would save me having to get a boat from the marina."

"No trouble. You could even come swim at our beach if you wanted. I saw that Nate's tearing up your dock this afternoon."

"Oh, that's right. I've probably got a big mess on my shorefront right now."

"We have a float with a springboard."

Emily smiled. "Thanks. I might just take you up on that." Through the front window, she saw Felicia's car pull into her parking space.

"Here's Felicia now. Let's go."

She and Raven rose just as Charlie hung up the phone.

"Hey, ladies, you're not leaving, are you?" he called.

"Afraid so." Emily reached for the doorknob.

"Wait. Raven, you didn't even say hi to me."

Charlie jumped up and followed them outside. The heat radiating from the sidewalk smacked them.

"Hi, Charlie," Raven said in sugary sweet tones. "Bye, Charlie."

He frowned. "Come again when you can stay longer."

"Hi, girls!" Felicia climbed out of her car and gathered a briefcase, her camera, and a shopping bag. "You're not leaving me, are you, Emily?"

Emily quashed a stab of guilt. "I typed in all the briefs and the police log. There's an envelope on your desk with Raven's ad copy for an upcoming retreat. We're going for a swim."

"All right. But you've got the school board tonight, right?"

"I'm all over it."

"Great. Thanks."

Emily and Raven ambled toward the marina, chatting like schoolgirls. The dairy bar beside the Heron's Nest had added two new flavors this summer, and Lillian, one of Raven's perennial guests, insisted on riding to the mainland several times a week for a peanut butter fudge cone. Emily laughed and told her how she'd cringed every time anyone set foot on her dock, afraid it would splinter and dump her visitors in the water, giving cause for a lawsuit.

They detoured through the marina store for ice-cold soft drinks, then exited onto the back deck to brave the heat again. Raven's sleek red boat was tied up at one of the marina piers.

They settled into the padded seats, and Emily reached for a life jacket that lay on the deck.

"Do you have another one?"

"Probably. Somewhere in a locker. Go ahead and use that. I hardly ever wear one." Raven started the motor and pulled away with a burst of speed.

"Nice boat," Emily yelled.

"Thanks." Raven pushed the throttle.

Emily couldn't help thinking she'd be home in a fraction of the time it took Nate to deliver her. Of course, on more than one occasion she'd suspected that Nate was deliberately prolonging their ride together.

When they were nearly to the island, Raven eased back on the throttle. "You know, I feel kind of funny advertising that retreat."

"The one with the guru?"

"Yeah. I just. . ." She shrugged and gave a nervous laugh. "I sort of wondered if it's a mistake. You know?"

Emily shook her head. "How do you mean?"

Raven was silent as she concentrated on mooring the boat. When they'd come to a stop, she turned to face Emily. Several Vital Women were approaching the dock to greet them, but Raven lowered her voice and leaned toward her passenger.

"I mean, am I making a huge mistake in promoting beliefs that I've found unsatisfying and empty?"

The desperation in Raven's eyes jarred Emily. She sent up a quick prayer. "Raven, you don't have to feel empty. God can fill that space in your soul."

"Hey, Raven," one of the women called.

Raven glanced up, then whispered, "I have to attend to my guests, but I'll show you where you can change. Can we talk later?"

The pulsing whir of an approaching motorboat drew their attention, and Emily shaded her eyes as she studied the craft.

"That's one of Nate's boats," Raven said.

"Yes, it's the police officers."

"Great. Just what I need." Raven climbed up onto the dock, and Emily joined her.

"Hello, Ms. Miller." Gary Taylor moored the boat and stepped up beside them holding a clipboard, while another uniformed trooper checked the tarp that covered a mound of items in the boat.

"Can I help you?" Raven asked.

"I hope so." Gary lifted the top of the clipboard and reached into the recess beneath. "Detective Blakeney asked me to bring this over and ask if you could identify it."

He brought out a small paper sack that Emily recognized as an evidence bag. Gary unfolded it and tipped the contents into his palm. On shore several women had congregated, but none of them ventured out onto the dock. Emily edged around so that her back was to them, shielding Raven from their eager gazes.

Raven stared at the item in Gary's hand and reached out, slipping the tip of her index finger through the band of the gold ring. She lifted it and turned it, studying the dark stone and raised lettering.

"Where did you get it?"

"It was in the grave we excavated last week. With Joshua Slate's remains."

Raven took a long, slow breath. Her face contorted, and tears welled up in her eyes. Emily stepped closer and slipped her arm around Raven's quaking shoulders.

"Is it yours?" Gary asked.

Raven nodded and wiped her eyes with her hand. "Josh had it. I gave it to him when we were dating. I wore his ring on a chain around my neck."

There was an awkward pause, and Gary asked, "Is there anything else you'd like to tell me about the last time you saw Josh?"

"I. . .don't know anything about his death. I'm sorry."

Gary nodded. "We'll be reopening the file on the party the night Joshua disappeared, Ms. Miller. Detective Blakeney is heading the investigation, and he'll want to talk to you about it."

Raven drew in a ragged breath and blinked, staring toward the trees and the hillside. "All right. I'll be here."

Emily suddenly remembered the list of property owners and party guests she had made. "Gary, I might have something for you." She opened her tote bag. "I photocopied all the old news clippings I could find about that case twelve years ago."

Raven took the opportunity to slip away. She walked up the beach toward the woods, and Emily saw Jenna leave the cluster of women and hurry after her.

"This is great," Gary said, flipping through the folder. "Detective Blakeney will have access to the official case file, of course, but this will give us a feel for the community's perspective back then."

Emily nodded. "Nate and I made a list of all the people attending the party, too. I'm not sure it's complete, but from the memories of people we've talked to and the clippings, this is what we came up with." She ripped the sheet from her notebook. "Oh, and another thing. These are the people who owned land on the island twelve years ago, and this list tells you who owns land now."

Gary eyed her for a moment in silence. Emily wondered if she had overstepped his authority. His prolonged gaze began to rattle her, and she felt a flush sneaking up her neck to her jaw and into her cheeks.

"Say something, Taylor," his partner called from the boat.

Gary looked down at the papers in his hand, then back at Emily.

"How close are you and Nate?"

"Close enough to go to the town office together and research old tax maps."

"Too close to have dinner with me?"

"Yes."

He nodded. "That's what I thought. Thank you. This should save us a lot of time."

He hopped lightly into the boat, and the other officer started the engine and grinned as Gary cast off. Emily smiled and waved at them then turned toward shore.

Nate took the boat to the island Tuesday morning between intermittent rain showers. He pulled on his slicker and hopped out of the boat at Emily's new dock. Nice and solid, for a change. If this rain ever quit, he was sure she'd appreciate the large floating sun deck at the end of it. That would be a good selling point, too.

"Well, hi." She smiled up at him as she opened the door. "Nice day for ducks."

"Yes, well, the postmistress reminded me this morning that neither rain nor snow nor sleet. . .etcetera."

She laughed. "Does this mean I have mail?"

He fished a small envelope from the pocket of his slicker. "A letter from your mom."

She tore it open eagerly and smiled as she scanned it. "Sounds like she's doing fine. The planning board approved her remodeling job for the storefront. She expects to have her bookstore open before Labor Day."

"Terrific. Are you busy?"

"Not terribly. The paper comes out today, so we can breathe a little. I think Felicia will want me to do some more typing for her soon, though. She's determined to put out two issues a week and make a go of it."

"Well, I've got mail for the Kimmels, Vital Women, the Derbins, and the boys' camp. Want to tag along?"

She looked past him toward the boat. "I don't have a raincoat."

"Grab your jacket. It's dry in the cabin."

She went to get it without further protest, and Nate relaxed, pleased with his success. Emily was a sit-by-the-fireside girl, but she'd agreed to go out and putter around the lake in the rain with him.

The brief ride to the Kimmels' dock barely gave them time to get settled in. The boys were romping in the shallow water, ignoring the raindrops sprinkling down around them. Nate stuffed the mail into the box on the end of the dock and waved to them then puttered down the shore to the dock at Vital Women. The waterfront was empty, so he tucked the bundle into the large rural mailbox at the end of the pier.

Just the Derbins and Little Cat remained. He wondered if he could talk Emily into returning to the mainland with him for the afternoon. She'd be leaving soon, and he was determined to spend every possible moment in her company.

As he approached the Derbins' dock, Emily laid her warm fingers on his hand. "Let's take Andrew and Pauline's mail up to them."

"All right." He grinned at her and squeezed her hand. Anything to stretch out their time together.

He opened a locker and rummaged until he found his dad's old fishing hat and plopped it atop her golden hair.

"Ready?"

They scrambled up the steps to the dock and ran up the path together, laughing, hand in hand.

Pauli answered their knock on the veranda door.

"Well, hello. I wasn't expecting company."

"Brought you mail." Nate pulled out a circular, the Augusta paper, and two first-class envelopes.

"Come on in," Pauli said. "It's freezing out here."

"We can't—"

Nate swallowed his response. Emily was already through the door and following Pauli through the kitchen to the cabin's living room, where a wood fire blazed in the big fieldstone fireplace.

"Oh, that feels good." Emily stretched her hands toward the fire and smiled at Pauli. "Thanks! I thought I'd freeze in that boat."

Huh. She didn't complain, Nate thought. *And she's only been out there ten minutes.*

"How long are you and Andrew staying here?" Emily asked, and suddenly he realized that she was in the investigative-reporter mode.

"I've got to leave pretty soon," Pauli said. "We're going to have a small memorial for Grandpa in Augusta Saturday, so I think I'll head down Friday. I'm going back to work Monday. Andrew may decide to come up here again after the service."

Pauli stooped and grabbed a slender stick of maple from the wood box and used it to stir up the embers in the fireplace. Then she tossed it onto the coals and added two more sticks to the blaze.

"Say, Pauli. . ." Emily's eyes held a spark of excitement, and Nate peered at her closely.

"What?" Pauli asked, brushing her hands off on her slacks.

Emily looked around, then squared her shoulders. "Don't you have a poker?"

17

Nate paced his mother's kitchen, from the sink to the end of the phone cord that was his tether, which brought him over to where Emily sat on the countertop next to the refrigerator.

"How long should I hold?" he whispered.

"Relax. That means they're patching you through to someone official, not taking a message." She reached up and stroked his cheek, and Nate was tempted to hang up the phone and sweep her into his arms. He leaned toward her, wondering if he could stretch the cord enough to steal a kiss.

At that moment, a deep voice sounded in his ear, and Nate jumped as though he'd been visited by the ghost of Brian Gillespie.

"This is Detective Blakeney. Whattaya got, Holman?"

Nate caught his breath. Emily was laughing silently, and he made a face at her.

"Uh, well, Emily Gray and I just came from a visit with Pauline Derbin, on Grand Cat. I was delivering her mail."

"Uh-huh."

"Well, sir, Pauline told us her fireplace poker is missing. She's sure her grandfather used to have one, but it's not there. She's been looking for it ever since she arrived at the island last Thursday."

There was a momentary silence, then Blakeney said, "I can't get up there right now, but I'll call the medical examiner's office."

"Yes, sir. Do you suppose he would think that would be a plausible weapon in the Derbin case?"

"I'll ask him. But don't spread this around town. It may be nothing."

"We won't, sir."

"Good work, Holman."

Nate hung up the receiver and swung around to find Emily standing directly behind him. He pulled her in close, and she hugged him.

"He said we did good," Nate whispered in her ear.

"That's a relief. I was afraid he'd be upset to have civilians interfering in his investigation."

"No, he sounded as though he thought it was a promising lead."

"You're talking like them."

"Who?"

"The police."

Nate smiled. "Maybe I'm getting the detective bug again."

"You want to go back to school?"

"I don't know. Maybe." He kissed her lightly. "I think Blakeney's also kicking himself for not noticing that missing poker."

She snuggled in against his chest. "Does your mother need you now?"

"What do you have in mind?"

"I think we should go and see Raven."

He tried not to let his disappointment show in his voice but kissed her temple and whispered, "What for?"

She wriggled from his embrace and picked up her Windbreaker. "Yesterday she asked me if she could talk to me some more about. . .well, about spiritual things. But when Gary showed up and showed her the class ring, it wrecked the mood."

He could see that she was determined, so he reached for his slicker.

"Okay, but we can't mention the poker to anyone. Blakeney's orders."

The door to Raven's office stood open, so Emily rapped softly on the wall as she poked her head in. A woven bamboo shade blew upward in front of the window behind the desk as a cool breeze filtered into the room.

The large office was sparsely furnished, containing just a filing cabinet and a tall, narrow bookshelf besides the desk and chairs. The shelf contained as many colorful stone animal carvings as it did books.

Raven was leaning back in her chair facing the wall, but she looked up when Emily knocked. "Oh, hi."

"Hi. Is this a good time to talk?"

"Sure." Raven started to rise.

"Nate came with me."

He stepped up beside Emily, leaning on the door frame. "Hello, Raven. Do you mind?"

"It's fine by me. Grab a chair." She sat and swiveled her chair so that it faced the desk. "Would you like something to drink? I can ask the cook to bring us some herbal iced tea."

"We're fine," said Emily.

Raven glanced down at the paperwork on her desk. "I was sitting here letting my mind wander. This whole thing about Josh has thrown me on my ear."

Emily and Nate each took one of the wicker chairs and pulled them toward the desk.

Emily glanced at Nate and drew in her breath. "Raven, I've been praying that the Lord would bring you peace."

"I've had anything but, these last few days. Josh. . .and Henry Derbin. The connection is pretty coincidental, don't you think?" Raven looked at Nate, then back at Emily.

"Do you think Josh's death could have anything to do with Mr. Derbin's murder?" Emily asked.

Raven picked up a stack of papers and shuffled it into a neat pile. "Mr. Derbin's death shocked me as much as it did everyone else."

"What about Josh's death?" Emily asked.

Raven reached for a folder from the top of the file cabinet behind her desk, gathered up the loose papers, and stuffed them inside.

"I keep thinking about it. I suppose the police think that was a murder, too. The state trooper said yesterday they'd want to talk to me about it. I'm not sure I can tell them anything worth hearing."

"Someone buried him up there," Nate said.

"Yes." Raven frowned and clasped her hands on top of the folder.

"What about the kids at the party?" Nate asked. "Do you think some of them might have buried him?"

She shook her head. "His boat was gone when we left the island. As far as I knew then, all of the kids left. No one saw Josh again that night." Raven tossed her hair and looked toward the wall.

As much as she wanted to ask more questions about the party, Emily knew she should redirect the conversation. *Dear God, please give me wisdom and help me say the right things,* she prayed inwardly. *I believe You brought me here to help Raven, not to talk about Josh's death.*

"Emily." Raven's voice was resolute. "Yesterday we started talking about peace."

"I remember."

"Do you really have inner peace?" Raven asked.

Relief and gratitude warmed Emily. This was God's answer. She was being offered the opportunity to share her faith with Raven again.

Raven turned, and her eyes met Emily's with determination. "You seem so together. Aren't you ever troubled? By anything?"

Emily swallowed. "Sometimes I am," she admitted. "But I know God is in control."

"I keep thinking about Josh and how he went missing. It was bad enough when we all thought he'd drowned, but now. . ." Raven slumped in her chair. "Now I keep going over it in my mind. Like Nate said, someone was involved. Someone knew where his body was all that time. All these years I've tried to tell myself he drowned. There was nothing I could do. But now. . .I keep wondering if his death could have been prevented. Could I have done something that night to change things? Emily, I wish I had the kind of peace you have."

"God can give it to you." Emily offered an encouraging smile.

"I don't know. I've always been such a rebel. As a teenager, I was always questioning authority and testing boundaries. I made fun of the Bible and the Christian kids at school. But secretly, I wondered if they knew something I didn't."

Raven pushed her chair back and stood up. She pulled the cord hanging by the window, letting the bamboo shade slide upward. "After years of studying alternative religion and spirituality, I've come to a conclusion. All of that is phony." Her voice broke, and she leaned against the window frame.

"Christ is real, Raven. And you can have real salvation by trusting Him."

Raven turned slowly, her eyelashes lowered. "How can you be so sure?"

Emily got up and went to stand beside her at the window. "He tells us in the Bible. It's God's Word, and it's true."

Raven nodded slowly.

"Are you ready to trust Him?" Emily asked.

Raven's dark eyes glittered with unshed tears. "I want to."

⁓

Two hours later, Detective Blakeney sat down with them in the cozy lounge of the retreat center. Nate seated himself in a chair in one corner, out of Raven's direct line of vision from where she sat with Emily on a loveseat. He'd radioed for the detective after Raven asked Emily to stay with her while she talked to the police. Then he'd met him at the marina dock. Nate felt a little out of place, but Raven had requested that he and Emily stay while she gave her statement, so he made himself as unobtrusive as he could and settled down to listen.

One of Raven's staffers brought in a tray holding several mugs, a coffee-pot, and a pitcher of iced pale green liquid. Blakeney accepted a cup of black coffee, as did Nate, and the woman left. The detective sipped his brew, set the mug down, and set up a cassette recorder on the coffee table between him and Raven.

"Ready, Ms. Miller?"

"Yes."

He took out his pen and notebook. "Okay, I'm told you want to make a statement about Joshua Slate's death. Let's get started."

Raven uncrossed her legs, pushing herself farther back into the cushions. "I've been thinking about the night Josh died and trying to remember the details. You know about the party Rocky Vigue threw at his parents' cottage?"

The detective nodded.

"We went together in Josh's dad's boat. After an hour or so at the party,

Josh and I took a walk down the shore."

"Why did you do that?" Blakeney asked.

"We wanted to get away from the others."

"You were dating?"

"Yes. We were going steady. I had Josh's class ring, and he had mine. But. . .we'd had some words earlier in the day, and we agreed we wanted to talk in private."

"Which way did you walk?"

"Toward my parents' property," said Raven. "Josh had a flashlight, and we walked along the shore, past the other cottages."

"It's pretty rocky in places."

"Yes."

"How far did you go?"

"Past my folks' place. Almost to where the retreat center's waterfront is now."

"You told the police this twelve years ago."

Raven sat up straighter. "Yes, I did. I showed them the spot where I last saw Josh. It's different, now, though. We had a lot of work done when I built the lodge, and we improved the beach and added a boathouse and docks and a swimming float. None of that was there at the time of the party."

Blakeney took notes while she talked.

Raven went on to relate the details of that night. She and Josh had walked hand in hand down the shore, until they came to the rocky cove where she had last seen him. They climbed up on a big boulder near the shore and sat down.

"And what did you talk about?"

Raven was silent for a moment then raised her chin. "He told me he wanted to break up."

"Was that unexpected?"

"In a way. But. . .I'd been worried for a few weeks that he was thinking about dating around and wishing he wasn't going steady. I'd heard some rumors. But when he came out and said it with no warning, I was devastated."

"He wanted to see other girls."

"Yes. I. . .started crying. I hoped he would apologize, but he didn't. He got mad instead. So I demanded to know why he wanted to break up. He said he just wasn't happy, but I accused him of lying. I figured he was already seeing someone else behind my back. When he wouldn't admit it, I got angry, too. It got pretty nasty, and we ended up screaming at each other."

"Did the other kids at the party hear you?"

"I don't think so. We were far enough away, and they had music going down near the bonfire."

Blakeney reached for his coffee mug. "Weren't they afraid the people on the mainland would hear the music and see the bonfire?"

Raven's brow wrinkled, and she shook her head. "I don't know. The boys built the fire in a spot where it wouldn't be obvious from shore. It's a mile away, after all. And besides, everybody was drunk by midnight. I think we were all past caring by then."

"But none of the parents knew?"

"Maybe some did, when the kids came home late, but I'm not sure. My folks lived on the edge of town, off the Aswontee Road. They were obliging and didn't wait up for me. They wouldn't have known a thing about it if Josh hadn't...disappeared."

Blakeney took a long sip of coffee and picked up his pen again. "So, you and your boyfriend had a loud fight."

"Yes. We stood up on that rock, hollering at each other until I was hoarse. It seems so childish now, but...that night it seemed like the end of the world to me. He told me I was selfish for wanting to keep him tied down. I lashed back and told him I'd heard some talk about him and that tramp, Andrea Breyer. He tried to deny it, but after I told him my best friend, Misty, had overheard him bragging to some of the other guys about taking Andrea out, he changed strategy and attacked me. He said I was immature, and the real problem with our relationship was that I was too clingy and possessive. It was like the two years we'd been together meant nothing to him, and he definitely wanted out. His trump card was yelling at me to grow up."

They all sat motionless until Blakeney asked softly, "What happened next?"

Raven reached to lift the pitcher, but her hand shook so badly that Emily took it from her and poured a cupful for her. She set it in front of Raven, but Raven just stared at it.

"That's when he pushed me."

A knot clenched Nate's stomach, and he set his mug down on an end table.

Blakeney cleared his throat. "Ms. Miller, I don't believe I read that in the transcripts of the investigation from twelve years ago."

"No, you didn't. I didn't tell anyone. Well...that's not strictly true. But I didn't tell the police. I was afraid." Raven stared at the cup of green tea but didn't touch it.

"He pushed you," Blakeney said.

"Yes. I almost fell off the rock we were standing on. I was furious, and I pushed him back. Hard. He lost his balance and fell over the side."

Nate's throat constricted, and he pulled in a deep breath. He looked across the room at Emily. She was watching Raven's face and stroking her shoulder.

"I was terrified," Raven said, looking Blakeney in the eye. "I yelled, 'Josh?' But he didn't answer. I took off running, back toward the party."

"You didn't check to see if Josh was okay?"

"I was too scared. I didn't know what to do, so I ran. I almost plowed into Andrew, down by the cottage the Kimmels have now."

"Andrew Derbin?" Blakeney asked.

"Yes. He'd helped Rocky set up the party. He said he was coming out to check on me and Josh and see if everything was okay."

"Was he always that conscientious?"

Raven pushed her long hair back over her shoulder. "Andrew always. . . well, I think he liked me back then. You know. He had a crush on me. But I never encouraged him, because I loved Josh." She shook her head. "We were so young. Looking back. . .oh, I don't know. Andrew always hovered, to the point of being annoying. But that night I was glad to see him."

Blakeney nodded. "Go ahead."

"Well, Andrew was super that night," Raven said. "At least I thought so at the time. I told him what happened. He sat me down on the Kimmels' dock—it was the Jacksons' then—and told me to wait there while he ran to check on Josh."

"And?"

Raven stood and walked to the window overlooking the beach, keeping her back to the room as she continued.

"He came back a few minutes later and told me Josh was leaving, and I should go back to the party. He said to tell the others that Josh was heading back to the mainland."

Emily was watching Raven, but she turned to look at Nate, and he tried to smile, to let her know everything would be all right. *We'll get through this,* he thought. *It's awful, but Raven needs to do this.* He began to pray inwardly. *Lord, Raven has trusted You today. Give her the courage to finish this. Show her that what Em said is true, and give her Your peace.*

"What was Andrew doing during that time?" Blakeney asked.

Raven turned to face him. "He came back to the beach a few minutes later with some firewood. I don't know if anyone realized how long he'd been gone. By then all the kids were whispering about our fight. I heard one of the guys tell Andrew that Josh had left. We all stayed a little while longer, but Josh's leaving like that put a damper on things. When we all went to the dock to leave, though, I saw that Josh's boat was gone, so I rode home with Misty and her boyfriend."

"Who was her boyfriend?"

"Rand Pooler."

Blakeney scribbled in his notebook. "And you never saw Joshua again?"

"No. The next day it was reported that he never made it home. We kids were. . .well. . .*shocked* doesn't begin to describe it."

"What did you think happened?"

"At first I thought. . .at least, I hoped. . .that it was true Josh had started out for home by himself after we fought. But after a while I just couldn't make it fit together, unless he was unconscious after he fell."

"Did you ever talk to Andrew Derbin about what happened?"

"I did."

"What did he say happened?"

"He never gave me the details. He was very nice to me after it happened. Everyone was sympathetic, and the kids all came around and tried to support me. But I didn't see Andrew alone for a while. A week or so after the party, I got up the courage to ask him what he said to Josh that night."

She stopped, and Blakeney looked up expectantly. "You need to tell me everything you know, Ms. Miller."

Raven sighed. "Andrew told me, 'Just stick with what you told everyone. Josh was mad. He left. That's it.'"

Nate sipped his cooling coffee, processing what that nonanswer might mean. Raven must have mulled it over many, many times in twelve years.

"Did you ever learn any more?" Blakeney asked.

"No. I thought. . .after a while, I decided he must have been dead when Andrew found him, and I'd killed him. Andrew was trying to protect me from knowing that. I figured Andrew sneaked Josh's boat down the shore and dumped his body in the lake later. But they never found Josh."

"Did you and Andrew Derbin remain friends afterward?" Blakeney asked.

Lines of sorrow etched Raven's youthful face. "We dated a few times that summer, before we went to college. I was horribly depressed, and Andrew was the only one I could be completely honest with."

"But you didn't stay together."

"No. After a while I realized I didn't really like Andrew very much." Raven walked back to the loveseat and sat down beside Emily. "I started to wonder if he'd really helped me by doing what he did. But we didn't talk about it after that. It was too late to change my story. We both went off to college. Andrew went to the University of Maine. I went to Columbia. We didn't write or anything."

Nate sat forward, wondering if he ought to speak up or not, but Blakeney anticipated his question.

"But you came back to the island," the detective said.

Raven nodded. "I kept thinking about Josh. It was so horrible, and I felt responsible." She looked at Emily apologetically. "It was like he was haunting me. I know now that was irrational, but I thought maybe if I came back here and made myself part of the island where he died, I could find peace. Maybe his spirit would forgive me and leave me alone."

Emily nodded, her face set in compassion. "So you asked your parents if you could use their cottage?"

"Yes, and then Mr. Derbin agreed to sell me the lot next to it. I told him I wanted more land, to make a place where people could come and find peace. I guess he liked that idea, because he sold me six lots, and I got the shoreline down past where Josh fell off the rock."

"But you didn't know he was buried up on the hill?" Blakeney asked.

Raven shook her head. "No. All I can figure now is. . .Andrew must have done that after the party."

18

"O ut of here, Holman! She's working." Felicia scowled at Nate as he stood in the doorway to the newspaper office.

"Aw, come on, Felicia. I just came over to see if Emily could take a late lunch with me."

Emily looked up at him from behind the computer monitor on Charlie Benton's desk. He had looked like that in high school, when his father asked him who drank the last root beer in the cooler. Innocent expression, faded Maine Black Bears T-shirt, frayed cutoffs, size thirteen sneakers. His dark hair peeked out from under a Red Sox cap, and his brown eyes held a glint of laughter.

She smiled at the memories his appearance evoked. "I'm famished."

"Great. I was afraid you'd already eaten. Where's Charlie?"

"Out selling ads," Felicia said. "All right, Nate, I'll let her go with you, but only because she's been working all morning. But don't you keep her away from here long. We have to get the weekend edition to the printer tomorrow morning, and she's writing a very important story."

"About what?"

"The divers."

Nate nodded. "I didn't realize you interviewed them, Emily. They launched their boat full of equipment from the marina pier this morning."

"Yeah, I think you were making your mail run when I talked to the warden supervisor heading it up." She rose and reached for her tote bag.

"Have they found anything?"

"Nothing useful." Emily turned to look at Felicia. "Want to come with us?"

"Thanks, but I had a burger on my way here from interviewing Detective Blakeney. Besides, I'm expecting a call."

Nate guided Emily outside. The heat was pleasant today, not oppressive. She took sunglasses from her bag and slipped them on. "Where are we eating?"

"How about my mom's kitchen? Or would you rather eat out?"

"No, let's save money."

He grinned and took her hand. "Good. More privacy that way."

She looked toward the water. Between the thrift shop and the Lumberjack restaurant, she could see an expanse of the glittering lake. "The wardens say it's

134

a long shot they'll find anything significant in the water."

"Yeah," he agreed. "There's too much of it. Water, that is."

She nodded. "It's too deep and. . .just too big. Especially when you're looking for something as small as a poker."

"I expect they started looking near Derbin's shore?"

"Yes. Then they moved out away from the dock toward Baxter."

"It must be a hundred feet deep out there." Nate stopped and gazed out toward the island.

"Deeper. But it looks like they're still at it."

Nate shook his head and resumed walking toward his house. "It's the perfect place to dump something made of wrought iron."

"Felicia talked to the state police spokesman this morning," Emily said. "They need the poker to be sure, but the medical examiner says the impressions on Mr. Derbin's head are consistent with that being the murder weapon."

"Wow. You said that without even wincing."

She scrunched up her face at him. "I know. You have to stay detached to cover something like this."

"I guess cops have to do that, too—separate their feelings from their job."

"I guess so."

"That's something I'd have to work on if I decided to go that direction after all."

"You're seriously thinking about it?"

"Well. . .yeah."

The rush of excitement she felt for him surprised Emily. If Nate could realize his dream after all these years, it would change his outlook on a lot of things, she was sure. But it would complicate his future, too. Would it affect hers? She couldn't help wondering.

"Keep me posted," she said.

Connie had set the table for two and left salad and a dish of leftover lasagna in the refrigerator for them. While their plates were heating in the microwave, Emily filled their glasses with ice water.

"Felicia talked to Detective Blakeney this morning, too," she said.

Nate brought the salad dressing from the refrigerator—blue cheese for himself and low-calorie French for Emily. "I saw the boat he's using at the boys' camp dock this morning. What's he up to? Interviewing all the party survivors?"

"Yeah, he's been interviewing all the people on the list we made who still live around here. He told Felicia he's even called some of the ones who've moved away."

"So, he was talking to Rand Pooler this morning?"

"Guess so. But Rand was tied up at the camp the day Mr. Derbin was killed. It was the end of their first week of camp, and a new batch of boys was coming in."

They continued to discuss the case while enjoying their meal then moved out to the marina's back deck and, for a few minutes, stood watching the boats anchored between Baxter and Grand Cat.

"They'll never find it," Nate said.

"Probably not." Emily shrugged. "Nothing we can do."

He stooped and kissed her lightly. "Can I see you later?"

"I was hoping you'd take me home."

The back door of the store opened, and Allison Woods looked out at them. "Oh, good, Nate, you're here! A gentleman is arriving at five o'clock, and he needs transportation to Little Cat. He's the headliner at the boys' campfire tonight."

Nate lowered his eyebrows. "Guest speakers for the kiddy campers now?"

"He's a magician."

Emily grabbed his wrist. "Let me go with you. Maybe we can see the show."

Nate laughed. "You're easy to please, aren't you?"

"I love magicians."

"All right, be back here at five."

<hr />

When she got back to the newspaper office, Felicia jumped up from her chair. "I'm so glad you're back! You've got to go to Bangor."

"Bangor?"

"Yes. Rocky's cut a deal with the district attorney, and his lawyer has agreed to give us a story."

"Then you should go."

"No, Rocky insisted on talking to you."

Emily stared at her. "Why me?"

"He thinks you're the greatest, I guess. You work for a big-time paper." Felicia didn't quite meet Emily's gaze.

"I'm sorry. You're a very good reporter, Felicia."

"Don't sweat it. At least it's the *Journal* he's giving his exclusive interview to. The basics are likely to be on the TV news tonight, but I'm hoping Rocky will tell you some details they don't release to the rest of the media. After all, we're the local press in his hometown. Even though he's in big trouble, he wants the attention back home. Make sure you get a decent picture."

Emily grabbed a new reporter's notebook and accepted the digital camera Felicia thrust into her hands. "Did the lawyer say what the deal is? I mean, he's already confessed. What else can he possibly give them?"

"In exchange for a suspended sentence and probation for his thefts, Rocky's going to tell them about the party when Joshua Slate died."

Emily swallowed hard. "You mean. . .Rocky is implying he knows something about Josh's death?"

"I don't know for sure. Just get down there. It will take you an hour to get to the jail. Do you know where it is?"

"I think so. Penobscot County Jail, right?"

Felicia rattled off a string of streets and landmarks, and Emily nodded.

"Okay. And call Nate, would you? Tell him I'll try to be back at five, but if I'm not there to just go without me."

"You've got to write the story when you get home. The proofs go to the printer in the morning. I'll be rearranging the front page while you're gone."

Emily winced and gave a little moan. "All right, but I really wanted to write a nice, upbeat feature about that magician." She glanced at her watch. Nearly two o'clock. As she turned toward the door, she knew her time with Nate that evening would be minimal.

"Wait." Felicia pulled out her cell phone and rummaged in a drawer, coming up with a headset. "Take this and call me when you leave the interview. It's a hands-free headset. You can talk to me on the way back and dictate your story."

Emily grinned. "Terrific. But call Nate for me now."

Emily hurried into the marina at five minutes past five carrying Felicia's camera and her tote bag. Nate was in the store greeting a thin man with wispy white hair and a teenaged boy.

"Emily!" he cried. "I was afraid you wouldn't get back in time. This is Mr. Blanchard, otherwise known as the Great Blanchini. And his assistant, Michael."

"My grandson," the old man said with a sweet smile.

"It's a pleasure to meet you, sir."

Emily shook his hand, then Michael's, and followed them and Nate out to the dock. Nate and Michael loaded two large black suitcases into the cabin cruiser. By the time they disembarked at Little Cat, she had learned to make a quarter disappear and pull a string of knotted handkerchiefs from her closed fist. She had also extracted enough background information from Blanchard for a feature in the weekend's *Journal*.

Rand Pooler and his head counselor met them at the dock, and Rand let the counselor lead Blanchard and Michael off to prepare for their presentation.

"Nate," Rand said as soon as the others were out of earshot, "aren't you related to one of the cops who was here this morning?"

"Gary Taylor's my cousin," Nate said. "He's a state trooper."

"He's the one. If you see him in the near future, could you tell him I learned something else after they left here that might interest them?"

"Sure."

Emily's fascination with the gentle old magician fled from her mind. She stepped closer and gave the camp director her full attention.

"What's up?" Nate asked.

"Well, on Saturday—that is, the Saturday Henry Derbin was killed—"

Nate nodded.

"We had a few campers staying over the weekend. Most of the boys from the first week of camp went home that morning, but we had seven who were staying another week. On Saturdays, we try to have a special outing that gets the stay-over campers out of the way and gives them a treat the others don't get."

"Do you mind?" Emily asked, bringing out her notebook and pen.

"I guess not," Rand said. "But tell the cops before you put it in print."

"We will," Nate promised.

"And you can't use the boys' names."

"I wouldn't do that," Emily said.

"Okay. I don't know why this didn't get back to me, but I guess the guys didn't think it was important. Two of our senior counselors took the seven stay-overs down the lake for an overnight canoe trip. They left early Saturday, about eight in the morning. We wanted them to get away before the new arrivals started coming."

"So. . .they canoed south?" Nate asked. "Right past Grand Cat?"

"That's right. Jeff Lewis offered to let them land on the beach at his lodge and hike off to a campsite he's made back in the woods. He has a lot more property than we do on this island, and every summer he lets our boys take a few outings on his land. In return, I recommend his lodge to any parents who want to stay overnight in the area. It's good for both businesses."

Emily's pulse quickened. Rand was about to tell them something important. She was sure of it.

"So, anyway, it may be nothing, but. . .well, we've got this little guy named Sherman." Rand looked over his shoulder toward the shore, where Emily could see the boys forming lines in front of the lodge. "He's here for the summer. I wouldn't say his parents dumped him exactly, but he's here for eight weeks. For a nine-year-old, that's a long time."

"I'll say." Nate looked nearly as forlorn as poor little Sherman must have felt when his parents left him on the island.

"He's a good kid," Rand said. "Kind of a nerd, though. He's not as big as the other boys his age, and he's bookish. His favorite possession is a set of high-powered binoculars. The kid wears them everywhere. In fact, I told him he ought to leave them here when they went on the overnight. I was afraid he'd lose them or break them. But he insisted he'd be careful, and the counselor in charge said he'd keep an eye on him."

"Did Sherman see something in particular with those binocs?" Nate asked.

Rand pointed toward the shore of Grand Cat, across a half mile of open water. "I was really busy that day, and I didn't see it, but Sherman says they saw a canoe put out from the dock over there."

Emily said at once, "Henry Derbin's dock."

"Right. Like I said, apparently it didn't click with the counselors in the war canoe that it was important. But I like to get to know the boys, and I take turns eating with the different cabins. This noon I sat with Sherman's cabin, and he started asking me about the murders on Grand Cat. I don't know how these little guys heard so much about what's been going on."

Nate grinned. "Probably some junior counselor told it like a ghost story."

"Could be. The skeleton on top of the hill would be a good campfire tale, I guess. However he learned about it, Sherman also knew about Mr. Derbin's murder. And he says to me, 'I'll bet that guy in the red canoe had something to do with it.'"

19

S herman saw a man in a red canoe leaving the dock?" Emily wrote down
the details in her notebook.

Rand nodded. "I had no idea what he was talking about. So he told
me his story, and afterward I called the two counselors that went on the canoe
trip in to my office and asked them about it. They agreed they'd seen a man in
a canoe leaving Derbin's that morning."

"Did he go to the marina?" Nate asked. "I didn't rent any canoes that
early."

Rand shook his head. "They don't know where he went, but they said he
was heading north, toward Turtle Island and the campground on Whitney
Point. That general direction."

Nate nodded. "We'll tell the officers. I expect I'll see some of them
tonight."

"Maybe we'd better not stay for the magic show." Emily hated to give it
up, but Rand's information sounded valuable.

"We're going to start right away," Rand said. "The boys will have their
supper first—a weenie roast. Then the show."

"Let's stay," Nate said, and Emily couldn't hold back her grin.

"Thanks! I haven't eaten a hot dog roasted over a wood fire for years."

Nate grabbed her hand as they followed Rand to the outdoor campfire
area on a rise overlooking the waterfront. Emily spotted the table set up by
the kitchen staff.

"Oh, Nate, look! S'mores! I want to come to camp here."

He laughed and steered her toward the end of the line of campers.

A half hour later the counselors herded the sticky-faced boys onto the
rough benches forming a semicircle facing the fire pit. Nate handed Emily a
damp cloth he'd begged from the cook.

"Wash your hands, babe."

"I wouldn't talk if I were you." She reached up and scrubbed a bit of
marshmallow from his upper lip.

Nate bent toward her, but she leaned back. "Uh-uh. There are children
watching."

Rand stepped forward and calmed the boys then announced, "I give you
now, the Great Blanchini!"

The boys whooped and cheered as Blanchard entered from behind a storage shed, his black cape swirling, then tapped his wand on the rustic podium, sending off a spray of colored sparks.

Emily forgot to take notes as she watched the show, enthralled with the older man's graceful movements and delightful surprises.

"And now I will have my assistant, Michael the Magnificent, help me with my famous mind-reading trick."

Blanchini handed his tall black hat to his grandson, and Michael, in black pants and glittering gold shirt, walked around the crescent of benches holding the hat in front of the boys.

"Now, each of you boys just reach in your pockets and pull out whatever you have there and put it in the hat," Blanchini said. "Michael the Magnificent will then hold up the items behind me, where I cannot see them, and I will tell you what they are."

The boys protested loudly, and Blanchini waved his wand at them.

"You doubt my capabilities? I will show you! We use no mirrors, no tricks. But when Michael the Magnificent holds up the item and concentrates on it, I will receive a message from his brain and tell you what item he is holding. And I assure you, we will return all belongings to the owners when we are done."

The boys began digging out trinkets. When Michael came to them, Nate dropped a quarter in the hat, and Emily added her cell phone.

"That ought to shake him up," Nate laughed.

"Not the Great Blanchini," Michael assured them. "Grandpa's very good at this."

He walked to the front and stood behind his grandfather then reached into the hat.

"Are you ready, O Great Blanchini?"

The magician, now seated on a camp stool, nodded. "Proceed, Assistant."

"The first item." Michael held up a comb. "We'll start with an easy one."

Blanchini sat silently for a moment then smiled. "A comb."

The boys shouted and clapped.

When they were quiet again, Michael laid the comb aside and reached into the hat again. "All right, next item. O, Great Blanchini! This is something you'll really like."

"Let me see." The magician squared his shoulders and stared off into the sky behind the boys. "It's something round. It has a round. . .a round dial. It must be a compass."

The boys erupted once more in cheers.

The Great Blanchini held up his hands.

"Thank you! Next item, please, Michael the Magnificent."

The old man went through a dozen turns, revealing each trinket, including

Emily's phone. Near the end of the performance, a boy dashed up to Michael and slipped something into the hat.

"Oh, man," Michael said, staring down into it. "Great Blanchini, I'm not sure I can hold this one. It's. . .well, it's something you don't see often."

Blanchini pondered for a long moment. "Aha. I perceive. . .it is a living creature."

"Yes!" cried the boy who had donated it.

"Is it a worm?"

Michael's head drooped. "I'm sorry, Great One. That is not correct. It is a salamander."

Amid howls of laughter, Michael carried the hat back to the prankster and let the boy retrieve his pet.

"And finally. . ." Michael held up a dark square object as big as his palm. "O, Blanchini, think very hard. Can you see what I am thinking?"

The magician cleared his throat and shifted. "It's. . .very difficult. Is this an exotic object?"

"No, no, it's actually quite common, though perhaps not in a boys' camp. Just think hard, Great One."

Blanchini sat for a moment in a pensive pose then raised his chin.

"It's a wallet."

The boys screamed and clapped so loudly that Emily covered her ears with her hands.

"Yes, it is," Michael said. "And since it feels rather thick, I'd better return it immediately to its owner."

He flipped open the billfold and squinted at something inside it. "Ah. This wallet belongs to. . ."

The boys waited in silence.

"Henry Derbin!"

In Nate's boat once more, Emily sat down, exhausted.

"Long day," Nate said.

"I'll say. Felicia wants me to go back and put some finishing touches on the story about Rocky. I told her I would, after the magic show. I might as well go now, while you talk to the cops."

Nate shoved off from the dock and started the engine. They'd left Blanchard and Michael at the camp to finish the show, with Rand promising to deliver them to the mainland after the magician had packed up his paraphernalia. Emily was glad. It meant they had some privacy. Nate kept the boat moving with the motor idling along quietly enough that they could talk.

"What a stunning trick the Great Blanchini's pulled," she said.

Nate nodded. "Incredible."

"Seems those little campers get around."

"Yeah," Nate said. "Two Saturdays ago they canoed south and saw some-one leaving Derbin's dock, and last Saturday they canoed north and had their outing at the Whitney Point campground and one of them picked up Henry Derbin's wallet."

Emily reached into her tote bag and pulled out the plastic zipper bag that now contained the wallet. "Can you believe that boy didn't tell his counselor when he found it?"

"I'll believe anything coming out of Little Cat now."

She tucked the plastic bag back into the tote and snapped the closure to secure it.

"So, what happened in Bangor today?" Nate asked.

"They gave me twenty minutes with Rocky and his lawyer. The lawyer kept telling him to be careful what he made public, but Rocky seemed to want to talk."

"And he picked you to spill it to."

She shrugged. "Well, he'd already given the police his statement. But apparently this was part of the deal. He named me as the reporter he wanted to speak to. That floors me."

"You're good, Emily. Everyone knows that."

"Aw, that's a silly rumor."

"Is not. I went online and took a gander at the Web site for the newspaper in Hartford. You have to be good to byline in that rag."

She felt her cheeks flush. "Quit it."

Nate smiled. "I'm just proud of you. What did Rocky have to say?"

"He said he'd told the police that after the infamous keg party, Andrew took him into his confidence. The other guests left, and they stayed behind to clean up."

Nate's eyes narrowed. "Couldn't leave any evidence for Marvin and Truly to find the next morning."

"Right. He'd have been grounded for a month. But that's not all they did."

"Are you going to tell me?"

"He said they were both hammered, but Andrew took him down the shore to where Josh had fallen on the rocks, and Josh was dead."

Nate caught his breath. "I guess I expected something like that, but even so, it's stupefying."

"Yeah. Rocky said he sobered up in a hurry."

"Pretty gruesome for a couple of eighteen-year-olds to deal with."

Emily nodded. "Andrew must have given it some thought. He didn't want to take a chance the body would surface, so instead of putting him in the lake—"

"Where everyone would look," Nate cut in.

"Yeah, exactly. Rocky said they managed to carry Josh's body up to the hill and bury him."

"They did a good job, I guess. No one found the spot for twelve years."

"The fact that Henry Derbin kept everyone off his land helped," Emily said.

"No doubt."

"And Rocky said he mentioned it once to Andrew, later that summer, suggesting they go up there and make sure the grave was well concealed. But Andrew said not to. Nobody ever went up there, and if they did, there would be a bigger chance that someone would see them and find out about Josh. So they just stayed away from the grave."

Nate's eyebrows drew together, and he shook his head. "All these years."

"That's right. All these years, Rocky has never gone back up that hill."

"I'm surprised he told you all that." Nate glanced over at her.

"Me, too, and that his lawyer let him. I think the lawyer wants some publicity."

"But they never release information like that before the trial!"

"Well, Rocky's case isn't going to trial. He'll appear in court, and the judge will sentence him for the thefts. Jail sentence with most of it suspended, maybe a fine, and some restitution. But most of the loot will go back to the owners."

Nate whistled softly. "What does this mean for Andrew?"

She looked back toward the islands. The sun was sinking behind Grand Cat. "No idea. I suspect Blakeney will grill him again."

"Those guys lied about everything."

"Well, yes. Don't take it so hard, sweetie." She reached over and squeezed his hand. "They've been lying about it for twelve years. They weren't about to change their story now, just because I stumbled on the grave. Think about it. They *had* to keep lying."

"They must have been terrified when they heard you'd found it." Nate pointed across the water toward two more boats heading for Baxter. "Looks like they've called off the search for the day. The divers are packed up to leave."

"Maybe we can catch Gary or Blakeney at the dock."

"Andrew's likely to lose his job at the statehouse over this."

"I suppose so," Emily said.

"Sure. The governor won't want him around after this scandal breaks." Nate throttled back the speed even more and reached for her hand. "Let's pray before we talk to the police."

The shore by the boat dock on Little Cat teemed with campers in swim trunks when Nate and Gary arrived Friday morning. The counselor in the lifeguard's chair on the second dock, near the shallow, buoyed area for nonswimmers, waved to them. Intrigued by the arrival of a uniformed officer on the island, the boys watched the men as they took the path up the beach toward the director's office.

"Where's Blakeney today?" Nate asked his cousin.

"He's tied up in court. Told me to come interview the boys. We don't want to sit on this."

"No," Nate agreed. "The boy who found the wallet is going home to New Jersey Saturday."

Rand Pooler met them on the porch of the office cabin.

"Hi. I've got Sherman here, and while you talk to him, I'll send down to the waterfront for Caden, the boy who found the wallet last weekend."

"Thanks." Gary turned toward the porch swing where Sherman waited. Nate leaned against one of the posts holding up the porch roof and let Rand make the introduction.

The boy swung his bare legs back and forth as they dangled over the edge of the swing, not quite reaching the floor. The famous pair of binoculars hung around his neck, as did a silver whistle on a lanyard braided from strands of red and purple gimp.

"Officer, this is Sherman McGraw," Rand said.

Sherman looked up briefly at the camp director and the policeman, but didn't say anything.

"Howdy," said Gary. "I'm Trooper Taylor."

Sherman pulled one skinny leg up onto the swing to investigate the scab on his knee.

"I thought you might want him to walk down to the waterfront with you afterward and point out where he saw the canoe," said Rand.

Gary squatted so that his face was on the boy's eye level. "Okay, Sherman, would you tell me your story?"

Rand left them, and Nate stood leaning against the post and watching. He didn't want to make the boy nervous, although he didn't think, from the look of him, that there was much that would faze Sherman. His face didn't seem capable of expression aside from the occasional eyebrow twitch.

"Well, my whole canoe saw the guy," Sherman started. "But I'm the one with the binoculars, so I got a close-up view of him."

"What did he look like?" Gary asked.

"Old."

"How old?"

"As old as you."

Nate couldn't help grinning, and he noted that Gary was struggling to conceal a smile as well.

"Can you tell me what color his hair was?"

"Mmm. . .brown, I guess. Or blond. But he wasn't wearing his life jacket, I know that for sure. He was breaking the law, wasn't he?"

"Well, he may have had it in the canoe with him. Grown-ups do that sometimes, and the law allows it."

Sherman scowled. "Well, Uncle Don told us we have to wear ours anytime we're in a boat. He said it's a law."

"Well, it's different for you kids here at the camp."

"Huh."

Gary shifted his weight. "What else do you remember, Sherman?"

"I saw him dump something over the side."

Gary looked up sharply. "Could you see what it was?"

Sherman shook his head. "Nobody else believed me, but I saw it. He dropped something in the water, and it made a little splash."

"Did you know about the wallet, too?" Gary asked.

"Not until right before the magic show. But Caden's not in my cabin."

"Were you on the outing last Saturday when he found it?"

"Yeah, but I didn't know about him finding it. I think he hid it for a while, or maybe he showed the guys in his cabin. Last night some of the guys were saying that if he didn't turn it in, they'd tell Uncle Jason."

"Is that why he put it in the magician's hat?"

Sherman shrugged. "Maybe. So they couldn't say he stole it. Or maybe just to show off, I don't know."

Gary put his hand on Sherman's shoulder. "I think that's a very good theory. You're not only observant, you're a good thinker."

"Thanks."

Nate followed Gary and Sherman down to the shore and around the corner of a little cove. He wondered if he should ask Rand to let them take the boy out in his boat for a few minutes.

Sherman stepped with one foot on a rock that protruded out of the water. He pointed. "That's about where I spotted the canoe." He raised his binoculars to his eyes.

"Right out there between here and Grand Cat?" Gary asked.

"Uh-huh. He came from that house over there. At least, he came from their dock. And then he paddled down past our island, thataway." Sherman turned and pointed north.

Gary turned to Nate. "After I talk to Caden, do you mind taking me to the campground?"

"Not at all."

"Hey, thanks for your help, Sherman."

Sherman lowered his binoculars. He nodded at Gary, almost smiling.

As they started for the campground, Nate kept thinking about the suspects in the Derbin murder. He and Emily had boiled their list down to Raven, Andrew, and Rocky. The canoeist had been a man, and anyway Raven had more than likely spilled everything she knew. After the arrest, Rocky also seemed to be coming clean. Andrew was really the only one who didn't seem to know anything. But he still denied any involvement.

"That nature club thing is closing, huh?" said Gary.

"What?" Nate realized he was referring to Raven's retreat. "Oh, Vital Women? I don't know. Raven's had some major changes in her philosophy, but I hadn't heard that she was closing the retreat center. Did you hear something?"

"Just a rumor, I guess. One of the cottagers on Grand Cat mentioned it."

The usual gossip, Nate thought. "I wouldn't put much stock in it. Say, the police don't think Josh died from falling off that rock, do they?"

Gary squinted against the sunlight. "How did you find out about that?" His pursed lips indicated curiosity, but not surprise. More like chagrin that Nate knew where their investigation was leading.

"Emily said the medical examiner's office released the autopsy report."

"Should have known."

Nate grinned. "Yeah, she stayed late to work on her story last night, and she heard. She said the report shows that Josh suffered multiple head wounds, and the ME doesn't think a fall from the rocks caused them all."

"Right, but I'm not supposed to talk about it."

"What about the wallet?" Nate asked. "Can you talk about that?"

"What are you doing, getting information to feed to Emily for the paper?"

"No, but I was thinking. The day Andrew came, he told me they couldn't find his grandfather's wallet. Like maybe it was a robbery, you know? Then, a few days later, some kid picks that wallet up out of the grass at the campground. No cash or credit cards in it, but it still had Henry's driver's license, his medical cards, pictures of the grandkids, all that kind of stuff. It was almost"—Nate eyed him, a bit hesitant to voice the thought, but decided to put it out there—"almost like whoever took it wanted it to be found."

Gary took his sunglasses from his pocket and slid them on. "I hear you."

When they arrived at the campground at Whitney Point, they found a sign on the office door that said OUT, BE BACK SOON.

"Well, how long is soon?" Gary rolled his eyes.

Nate elbowed him. "Not long." He pointed toward the trees beyond the row of small cabins.

Gretchen Langdon Barrett was emerging from the woods, where a path meandered among the campsites by the lake. She had been in Raven's class, but looked younger than her thirty years with her ginger-colored hair in pigtails and a lithe figure shown off in khaki shorts and a blue tank top. Her face tightened as she spotted Gary in his uniform.

"Hi, Nate. Hi, Gary. Is something wrong?"

"Well, no," said Gary. "I'd just like to ask you a couple of questions. A couple of Saturdays ago—the day Henry Derbin was killed, to be exact—some of the boys at Camp Dirigo say they saw a man in a canoe leave the Derbins' dock and head down toward this end of the lake. I was wondering if you know of anyone here taking a canoe out that morning."

Gretchen shook her head slowly. "Our guests bring kayaks and canoes, or they can borrow our canoes and boats, and they can go out anytime they want. Of course, we weren't full to capacity that weekend. We're just getting to that point now. But still. . .I don't think I recall anyone specifically taking a canoe out that day."

"This is very important," said Gary. "It could make a huge difference."

"You could ask my husband. Joe went to Bangor this morning, but he might remember something." Gretchen's thin lips formed a frown. "Is this about Mr. Derbin's murder? I don't know anything about it."

"Do you keep records of who takes out the canoes that belong to you?"

"We have a sign-out sheet, but we don't keep it. I usually toss it at the end of the day. That's almost two weeks ago you're talking about."

"Well, if you didn't see anything, you didn't see anything," said Gary. "But I would also like to talk to you about the party on Grand Cat the night after your high school graduation twelve years ago."

Nate thought he saw Gretchen flinch a little. He figured it was still a touchy subject for most of the people who'd been at the party, and the discovery of Josh's remains had stirred up a lot of feelings they'd never expected to face again.

"Yeah, okay. I was there." She lowered her eyes, working her jaw a little. Her voice was thick, as though she might begin to cry. "What do you want to know?"

"What can you tell me about Raven and Josh's walk that night?" Gary asked. "Did you notice them leave the party?"

"Sure, I remember that." Gretchen crossed her arms, turning her gaze toward the water. "They went off alone for a while, then Raven came back by herself. And Andrew seemed to be gone awhile, which I thought was odd since he had a crush on Raven and never seemed to let her out of his sight."

"How was Raven when she came back?" Gary asked.

"She was upset. But she told everyone she and Josh had a spat. I think he dumped her that night. I don't know why she cared that much, though. She could have any guy she wanted. Andrew was crazy about her."

Nate thought he detected a note of bitterness in her voice.

Gary said, "Do you think there was something between Raven and Andrew?"

"Not really. Raven never paid him any attention until Josh disappeared." Gretchen bit her lip. "I was kind of jealous of her, 'cause I liked Andrew at the time. I'd been trying to get him to notice me all year. Girls with freckles and braces don't get much notice in high school." She let out a nervous laugh.

Gary nodded. "Did you ever date Andrew Derbin?"

She shook her head. "No. I decided he wasn't worth it. I went away to college that fall, and I started dating other guys. Andrew became less important in a hurry."

Gary scribbled something down on his notepad then looked up. "Gretchen, I have several witnesses claiming a canoe came down here toward your campground beach the morning Mr. Derbin was killed. Was Andrew Derbin here at all that day?"

She drew herself up, breathing deeply, and her face went red.

"I guess it's kind of foolish to protect him," she said. "If he had something to do with his grandfather's death. Or Josh's."

"Just tell the truth," said Gary.

Nate held his breath.

"Yeah, okay. I saw someone pull in with a vehicle I didn't recognize as one of my campers. There was a red canoe on top. I was in the office, and I watched him unload the canoe. It looked like Andrew. I thought it was probably him, and I was going to go out and speak to him, but I didn't get a chance. I got a call right then from someone wanting to make a reservation. But whoever it was launched the canoe from my waterfront. Later that morning I drove over to the bank in Baxter, and when I came back the SUV was gone. I was kicking myself because I'd missed him."

Gary took down the statement. "So you're not one hundred percent sure it was Andrew Derbin?"

She hesitated. "It was him."

Gary eyed her for a moment, and she flushed.

"Why didn't you just tell me that before?"

Gretchen pulled in a deep breath. "Look, Joe never liked Andrew, okay? My husband is a great guy, but he has a teeny little jealous streak. He knows I used to have a crush on Andrew. It doesn't matter to him that it was more than a decade ago. Whenever Joe hears that Andrew is in town, he gets edgy. So I didn't tell him." She shrugged and met Gary's gaze. "Look, I didn't talk to Andrew that day. But it was him. Now, if you don't have to, could you please not tell anyone?"

Gary made another notation on his pad. "You have to understand, Gretchen, if this goes anywhere, you could be called to testify."

She sighed then nodded. "All right. If it's necessary."

Gary smiled. "You're doing the right thing."

When they reached the dock, Gary said to Nate, "Could I ask you for one more favor?"

"Grand Cat?" Nate asked.

"Yep. I'll be taking Andrew in for questioning."

21

That afternoon the door to the *Baxter Journal*'s office flung open, banging against the wall, and Nate charged in.

"The divers found the poker!"

"You're joking." Felicia stared at him.

"No, I'm not. It was thirty feet down, in the muck and weeds."

"Where?" Emily seized the camera bag from its spot on the shelf of telephone books.

"A hundred yards off Henry Derbin's dock, in a direct line between the cottage and the campground beach."

"Go!" Felicia cried. "I'll stay by the phone."

Emily dashed out the door and ran toward the marina. When she arrived, panting, in the parking lot, Nate caught up with her.

"Felicia says to ask if they're going to charge Andrew now."

Emily fumbled with the clasp on the camera bag, keeping one eye on the knot of officers crowding around three squad cars and a Warden Service pickup.

"Did you see Blakeney?" she asked.

"I was in the boat with him when the divers pulled up the poker and handed it to him."

She flashed him an apologetic smile. "Guess I'll have to interview you later. You don't mind, do you?"

"I'm getting used to it. Great way to end your vacation, huh?"

She frowned and avoided his piercing gaze. She'd tried not to think much about the end of this interlude, and for the most part she'd stayed busy enough to keep her thoughts under control. She had a sudden longing to talk to her mother.

When this is over. I'll call Mom as soon as I get the details from Blakeney.

"Where's Blakeney now?"

"He took Gary and two other men out to the island in the Warden Service boat."

"Should I go out there?"

"I don't think you need to."

The half dozen officers in the parking lot began walking toward the dock, and Emily looked out past them. A boat was cruising in to dock.

"Thanks, Nate." She gulped in air, trying in vain to calm the nerves that always kicked up in a situation like this, and strode past the side of the store, onto the dock.

The officers let her pass them and click pictures as Gary climbed out of the boat and turned to steady Andrew. Blakeney waited in the boat below Andrew as he climbed to the dock. He wobbled on the step, his hands hand-cuffed behind him, and Blakeney and Gary both reached to grasp the prisoner's arms.

Emily hated the picture she saw through her viewfinder, but she clicked.

Gary and two other troopers guided Andrew past her toward the parking lot, and Emily's heart wrenched as she observed the bitter set to Andrew's lips. He raised his chin and met her eyes for an instant but said nothing.

"Detective Blakeney!" Emily rushed toward him as he left the boat, determined to get the story quickly. "Have you charged Andrew Derbin with his grandfather's death?"

Blakeney frowned at her as he gained his footing beside her on the pier. "I'm surprised you weren't at his house when we put the cuffs on, young lady."

Emily gave him a regretful smile. She didn't like it when public servants looked on her as a pest.

"The answer is yes." Blakeney took his hat off, wiped his forehead on his sleeve, and replaced the hat. "We've charged him with two counts of murder."

"Two?" Emily's heart raced.

"That's right. Henry Derbin and Joshua Slate."

She jotted notes as she talked. "Can you make a case in the Slate murder?"

"That's for the prosecutor to decide. That's all I'll say on that for now, but I expect it to go to court."

"And the Henry Derbin killing?"

Blakeney's shoulders relaxed. "We found a blunt instrument this afternoon."

"The poker."

"Did I say that?"

"I saw one of your men putting it in a car over there." She pointed toward the parking lot. "Pauli Derbin told me two days ago that her grandfather's poker was missing, and a boy at Camp Dirigo said he saw a man in a canoe drop something in the water the day Henry Derbin was killed, in the area where you found that poker."

Blakeney smiled. "You're a smart cookie, aren't you? Well, keep in mind when you write your story that we haven't established yet whether that poker is the murder weapon in the Derbin case. I'll tell you this: Pauline Derbin has identified it as an item from her grandfather's cottage, but the medical examiner will have to tell us whether it was used in the homicide. Have you got that clear?"

Emily felt a flush sting her cheeks, but she continued to look him in the eye. "Yes, sir. What else you tell me?"

He fished in his breast pocket and handed her his business card. "Call me later, Miss Gray. Give me at least two hours."

"All right, but can you tell me—"

"Two hours." Blakeney walked to his car and drove away.

Emily swallowed and looked up to find Nate standing beside her. "Guess he told me."

<hr>

"Go with me to bring Pauli and her luggage to shore?" Nate put on his best begging-puppy expression as Emily opened the door of her cottage.

"She's leaving?"

"Yes, and I don't want to go alone to take her off the island."

Emily glanced over her shoulder at the chaotic kitchen. "I'm trying to pack. You know I'm leaving tomorrow."

"As if I could forget."

He waited while she gazed at him then heaved a sigh. "All right, I'll come, but you have to bring me home after. I can't stay for lunch at your house, and I don't want Felicia to see me on shore or she'll find something for me to do."

"Don't you want a chance to interview Pauli?"

"Not really. And she probably doesn't want to talk to me. Her brother was arrested yesterday for two terrible crimes. That's not something a woman is apt to want to talk about."

Nate had his doubts about that. Given the chance, Pauli Derbin would talk, probably at great length, to put her own spin on the recent events.

To his surprise, when they arrived at the isolated cottage, Pauli gave them a subdued welcome. She indicated the bags and boxes she wanted to take with her, and Nate made four trips down to the boat before everything was loaded.

When he at last leaned over to cast off from the dock, he saw that, as he'd anticipated, Pauli was baring her soul to Emily, and Emily was scribbling notes on the back of a flyer advertising Vital Women Wilderness Retreat.

"When I called the attorney from the marina last night, he told me Andrew has confessed to killing Grandpa and Josh Slate." Pauli's blue eyes were bloodshot, and her mascara clumped in dark smudges beneath her eyes. "I just can't believe it. I thought Andrew loved Grandpa. He's the one who came up here every summer to fish with Grandpa, and he always seemed fond of him."

"Maybe something happened between them," Emily suggested.

Nate hesitated to leave the mooring and start the motor, as their voices were so low. This conversation was important. He rearranged Pauli's luggage then found a line to fiddle with, uncoiling and recoiling it unnecessarily, and took his time to stow it in a locker.

"I guess it couldn't have been an accident." Pauli pulled a bandanna from her straw tote bag and wiped her tears, smearing the mascara further.

"Do you think Andrew was angry with him?" Emily asked.

"He was certainly upset a few weeks ago. Grandpa told us that he was going to sell the cottage and the rest of the island."

"How did you feel about that?" Emily asked.

Pauli shrugged. "I wasn't happy with it, but after all, it was Grandpa's choice to make. He's owned this land for over half a century. He'd decided to sell the cottage lots when he needed money, and then he sold that tract to Raven. I figured he could do what he wanted to do with the rest. But Andrew..."

"What?" Emily asked softly.

"He was frantic." Pauli stared at Emily. "I should have realized. He was upset all out of proportion to what was happening. Of course, I never dreamed he had something to hide. I thought he just wanted to keep the cottage."

Nate sat down a few feet away from them to wait for Pauli to finish her tale. He imagined Andrew's panic when the thought of someone exploring the hilltop and finding Josh's last resting place loomed before him.

"He told me he was going to come up here and talk to Grandpa about his wanting to sell. Andrew even said something about offering to buy it himself if he could get financing."

"When was that?" Emily asked.

Pauli's eyes lost their focus. "Hmm...about three weeks ago, I guess. Then I got a call saying Grandpa was dead. Of course I called Andrew immediately to see if they'd notified him. And I asked him if he'd been up to talk to Grandpa, but he said he hadn't. He'd been busy, and there wasn't time."

"But you know now that he did," Emily said.

Pauli nodded. "How could he do that? I mean, it was *Grandpa*! And all this week, Andrew's been consoling me and saying how terrible it was that someone did that."

"I'm so sorry, Pauli." Emily set aside her pen and paper and leaned over to embrace her. Nate was amazed to see the haughty young woman collapse into Emily's arms and weep.

At last Pauli straightened and sniffed, applying the soggy bandanna to her tear-streaked face. "I guess he thought that if the land stayed in the family, no one would ever find the grave. But then he went and told Raven he might sell it to her. That made me so mad! Was he going to tell her Josh was buried up there?"

"I don't know," Emily said.

"Well, I talked to Raven this morning, and I believe her story. She says she never knew where Josh's body was."

Emily nodded. "I believe her, too. Nate and I were with her when she told the police what happened, and she was determined to tell them everything she knew."

"But Josh. . ." Pauli inhaled deeply and looked up beyond the cottage to the forested hillside behind it. "I wanted to think Andrew and Rocky were just stupid and didn't want to report that Josh was dead and get all the kids at the party in trouble, so they buried him. But the police say it was more than that."

Emily squeezed Pauli's hand. "It's hard to accept, isn't it?"

Fresh tears spilled down Pauli's cheeks. "Until I hear him say it under oath, I won't believe it. That he killed Josh, too, I mean."

Nate pressed his lips together. He didn't like that image, either. The jealous teenager, finding his rival unconscious on the beach, deciding in a split second to finish him off. How was Raven feeling about that now?

Emily held a fresh tissue out to Pauli. "Go home and get some rest. Give yourself some time. When they allow it, go and see your brother."

"Are you going to publish all this?" Pauli stiffened suddenly, eyeing Emily as she might a leech.

"Not if you don't want me to."

Pauli's lips twitched. "I guess. . .well, they'll announce that he confessed, won't they? Andrew's lawyer said something about a press conference."

"We can just go with what the police spokesman releases," Emily said. "Unless you want to say something to people who will read about it."

Pauli sat for a moment, examining her hands. She nudged one fingernail with her thumbnail, where the polish had chipped. "There is something I'd like to say to the people of Baxter."

Emily reached for her paper. "Felicia will publish anything within reason, Pauli."

"Thank you. I'd like to apologize to my hometown. I'm devastated by this, and I know the people here are having as much trouble understanding it as I am. I wish I could change things for Josh Slate's family, and for all the kids who were at that party, and for everyone who knew my grandpa and loved him." Her tears flowed freely. "And I would like to announce that when all of this is over, I intend to sell the rest of Grand Cat Island to Raven Miller for her retreat center."

Nate blinked and stared at Pauli. For the first time, he spoke up. "Is

Raven still planning to expand Vital Women? I'd heard she was making other plans."

"She is." Pauli managed a watery smile. "She told me she wants to close Vital Women and change the center into a Christian family retreat. She even has a name for it already. Surpassing Peace Retreat Center."

"That's wonderful," Emily said.

Nate nodded. "Terrific."

"She wants to close for the rest of the summer and reopen next spring," Pauli said. "I told her that as soon as Grandpa's estate is settled, I'll sell to her. And I hope to be one of her first guests. I could use a little of that surpassing peace she seems to have found."

22

Emily fit the image of the typical Baxter resident in late July. Sunglasses, shorts, T-shirt, sandals. But Nate spotted her the instant she stepped through the doorway of the marina. She'd had her hair trimmed, and it barely brushed her shoulders. Pulling her glasses off, she blinked, searching the aisles.

She'd been away three weeks. Nothing had changed. Everything had changed.

His heart pounded as he shoved the last bottle of Moxie into the cooler and strode toward her. Her blue eyes focused on him, and she grinned, extending her arms to him. He folded her against his chest, easing her away from the door, into a niche between the postcard rack and the maple sugar display.

"Welcome home," he whispered in her ear and stooped to kiss her, thankful and relieved. She'd made the long drive alone safely, and he hoped she'd never be away so long again.

Emily clung to him for a moment then stepped back. "Are you ready for a ton of loading? I had to rent a trailer. Didn't know I had so much stuff."

"I've got the two oldest Kimmel boys waiting out back. We can use two boats. That way, we should have you all moved in an hour."

"Great." She stood on tiptoe and kissed his cheek. "Mom's coming up next weekend for a visit. I want to have it all nice by then."

She was right. It was a lot of stuff, but that was okay. It meant she was here to stay. Two hours later he paid the two boys off at Emily's new dock. She stood beside him, waving and watching them take their small motorboat down the shore to their parents' cottage.

"So, this place is officially yours now?" They turned and walked slowly along the dock toward shore, and he slid his arm around her waist.

"Uh-huh. I insisted that Mom accept what was fair market value, but she still gave me a very good price. I made the down payment yesterday."

He squeezed her against his side as they stepped onto the pine needle–strewn path. "Em, I'm so glad you're staying."

She grinned up at him. "Well, I'm taking a big cut in salary, but Felicia's sure she can pay me enough to cover groceries and installments on the cottage."

"What will you do in the fall?"

"I think I can find a place to room on shore over the winter. Then, when the ice goes out, I'll come back out here."

"Perfect."

As they went up the path, Nate was happier than he'd ever been before. The shadows of the pines were friendly now, and the disturbing memories put to rest.

"There is something I need to talk to you about," he said as they approached the steps.

"Something we haven't covered by phone in the last three weeks? I thought we'd hit every possible topic."

"Well, this is a little surprise, you might say." He looked down into her eyes. "My mom and Pastor Phillips are getting married."

"That's not a surprise. I saw it coming a month ago."

"Yeah, well. . .it puts some other things in motion."

Emily studied him and nodded. "Come on in. I put coffee on while you and the boys were getting those last boxes."

He settled at the pine table, trying to plan his announcement. She poured their mugs full and sat across from him.

"Okay. Tell me the real news."

He looked down at his mug, picked it up, and set it back on the table.

"Em, I've decided I still want to be a cop. Being around Gary and the others while they worked on the murders. . .well, I've always wanted to go into criminal justice. You know that."

She smiled, just a little at first, then broader and broader, until her whole face was filled with joy.

"Wonderful."

"You really think so?"

"Yes, but who will run the marina?"

He took a sip of coffee then faced her again. "Mom and I are talking about. . .about selling it."

Emily was silent for several seconds. "Wow."

"Yeah."

"You're right. I wasn't ready for that."

Nate shifted in his chair. He'd outlined his presentation in his mind, but now all order had fled. "We're just thinking about it. They want to get married in the fall, and Mom will keep her job as postmistress until then. But. . .well, I'll have to go away for a while."

Emily nodded. "Selling the business would help pay for it. How long will it take you to finish your degree?"

He gulped and reached for the sugar bowl.

"Nate, you drink your coffee black."

He set the sugar bowl down and leaned back in the chair. "I'm not going to finish my degree. Em, I went to Bangor yesterday and put in an application with the county sheriff's department."

"You. . .what?"

"I talked to Gary for a long time. I had thought I'd apply with the state police, but they could send me anywhere. I want to stay here. Baxter's too small for its own police department, and Aswontee isn't hiring right now, but—"

"Wait, wait!" She held up her hands, and he stopped talking. "They can hire you, just like that?"

"Well, yeah. I talked to the county sheriff yesterday, and he was encouraging. He said I'd make a good candidate, and with the education I have, they could hire me and send me to the Maine Criminal Justice Academy for training."

"The police academy? That's in Waterville."

"Vassalboro. I know. It's about two hours from here."

Her face was a blank.

This isn't going well. Lord, show me what to say to her, if You want me to do this.

He reached for her hands and held them gently on the table. "Look, I've had this. . .this interest, I guess you could say. . .this desire. . .since I was a kid, but I decided back when Dad died that God didn't want me to pursue it. I mean, Mom needed me here, and. . ."

Emily's eyes glistened with tears. "I understand."

"You do?" He squeezed her hands.

"Yeah. Things are different now."

He nodded. "A lot different. I never expected to have the chance again, you know? But every time I talked to Gary this month, it seemed more and more feasible. I started praying about it, and. . .I wanted to talk to you first, but yesterday it all seemed to come together, so I put in the application. Are you mad, Em?"

She squeezed his hands so tightly it hurt. "No. I'm happy for you."

Joy spurted up in Nate's heart as he gazed at her. "I should have told you. But I wanted to wait until you came back and. . .tell you in person."

"You did. You are."

They both laughed.

"So. . .you're not upset?"

"No. I've always thought you'd be a terrific cop. You've got the brain for investigative work."

He sat without moving and let that sink in. "Thanks. Of course, I'd have to do a lot of other stuff first, not all of it pleasant."

She relaxed her grip just a bit. "It might be kind of dangerous."

He shrugged. "I dealt with that a long time ago. Gary says being a cop in Maine is less dangerous than bungee jumping."

"Now, that I believe." Emily's smile was a bit crooked.

"Any job has risks, and to me, it's worth it."

She nodded soberly. "All right, but when all the reporters start hounding you for stories about the crimes you're investigating. . ."

"What, babe?"

"You have to brief the *Journal* first."

"Well, I don't know. That might be a conflict of interest."

She stood, and Nate jumped up to meet her at the end of the table. She tumbled into his arms, and he held her, warm and pliant, against him.

"The only bad thing I can see is, you're just coming back," he whispered. "I don't want to leave now!"

"We'll get through it. The training is less than a year, right?"

"Oh, yeah. Four months or so. And I'd come home weekends. That's if they hire me. They haven't said for sure yet. But we've got Allison full-time now at the marina, and I've interviewed a couple of guys interested in handling the boats. Jobs are scarce. I don't think we'll have a problem getting help until we decide if we want to sell."

She smiled up at him. "Sounds like you've thought it through."

"I have. And I wasn't trying to keep it from you."

"I know. It'll be good, Nate. For both of us."

"You think so?"

"Yes. I mean, if we love each other. . ."

"What do you mean, if?" He pushed away and squinted down at her. "That's not a question, is it?"

She snuggled in against his chest with a sigh. "No, it's definite. I love you. There's never been anyone but you, Nate. Whether you're running the marina or chasing criminals, I love you."

He bent to kiss her, relishing a mingled contentment and sweet anticipation. Emily was home to stay.

TREASURE AT
BLUE HERON LAKE

DEDICATION:

For my fiancé, John-Mark, who dreams and believes,
and whose laugh is contagious. Thank you for caring about my writing.
Thank you for knowing I could do it. Love, your Meg.
Megan

For my sweet little granddaughter Naomi, whom I look forward to getting to
know. Love, Grammy.
Susan

ACKNOWLEDGMENTS:

Our thanks to retired Maine state trooper Paul Stewart
for pointers on police procedure.
Thanks also to our critique partners, Darlene, Lynette, and Lisa,
and to Jim, loving husband and dear daddy, our "first reader."

For where your treasure is, there your heart will be also.
MATTHEW 6:21 NIV

A bull moose stepped out of the woods a hundred feet ahead of Nate Holman's SUV, stopping in the gravel road and staring at the vehicle. Emily caught her breath. Nate braked, throwing gravel up from beneath the tires of his eight-year-old vehicle, and came to a halt five yards from the animal. The moose watched them with huge, placid eyes then ambled across the road and into the woods, tipping his head so his antlers didn't scrape the trees.

"You okay?" Nate asked.

"Yeah." Emily brushed the hair out of her eyes. "That was a big one."

"I wouldn't want to see him any closer."

Emily's pulse slowed as they continued down the road and came in sight of the imposing, three-story Lakeview Lodge. She was ready for a quiet weekend with Nate and his friend.

The building wore its age well. It was roomy but home-like, with seasoned cedar shingle siding and holiday swags over each doorway. To Emily, the lodge's late-nineteenth-century architecture offered the promise of a fascinating history.

Still, it was hard to imagine well-heeled sportsmen coming to such a plain resort, and she'd been forewarned that the plumbing was so old it was almost primitive. She supposed that if someone wanted to hunt moose or launch a snowmobile trip into Canada, there was no better place than this rustic lodge in Baxter, Maine.

"Like it?" Nate asked.

"Love it. Thanks for bringing me here."

He got out and came around to open her door for her then raised the rear door of his SUV to retrieve their overnight bags.

Emily was glad to be going anywhere with Nate Holman. She'd loved him for years, and she was confident their relationship would soon take a turn for the permanent. Thinking about it sent a zing of anticipation through her as she watched him. In his down parka and L.L.Bean boots, he was handsome enough to turn heads at the Bangor mall. Just wait until he started wearing the uniform of the Penobscot County Sheriff's Department in a few months.

"You should get plenty of information for your article." Nate handed her the camera bag and closed the back of the SUV.

"I hope to profile every business in Baxter this winter. This article has to be good enough to convince Felicia to let me continue the series." Her editor at the twice-weekly *Baxter Journal* wasn't so sure business stories would draw enough reader interest, but Emily was determined to prove her wrong.

"I think that's great." Nate walked beside her up the steps. "Jeff will be easy to interview, I'm sure."

She grinned. "Yes, as I recall, he was on the debate team in high school."

As they entered the front door of the lodge, the owner strode from his office.

"Nate! I'm so glad you two could come." He shook Nate's hand, smiling broadly. "And you're Emily. It's been a long time."

"It sure has."

Jeff Lewis turned to study her, and she returned the scrutiny. He wore his dark, curly hair short, and his vivid green eyes expressed confidence. Jeff graduated from Aswontee High School a year ahead of Emily and Nate, she remembered. He had played basketball and baseball on the school teams and was a good student, well liked by both boys and girls. She knew that in recent years, while she was living in Connecticut, Jeff and Nate had become close friends. Now that she was back in Baxter, she was glad to get to know the people Nate cared about.

"Nice to have you here," Jeff said. "So, you work for the *Journal*. I've seen your stories."

"Yes." Emily smiled. "It's odd to be working in the same office my parents ran when I was a kid. Thanks for letting me do the article."

"Hey, I can use the publicity," Jeff said. "Of course, most of my guests come from farther away, but it's good to maintain a presence in the community."

"I'm not sure I've ever been inside this building." She looked around as they stepped into the large living area that took the place of a hotel's lobby.

"I'll warn you, we're very casual. And I'll be closing the lodge soon for remodeling."

"Remodeling?" Nate asked. "It's perfect the way it is."

Jeff laughed and led them to the stairway. "Hardly. This place hasn't been updated since my grandfather bought it in the 1930s. Our repeat guests love it and tolerate the ancient plumbing. But it's time."

He guided them along a narrow hallway on the second floor and showed them two rooms. Emily's, decorated with Maine-made pine furniture and pink and green accents, overlooked Blue Heron Lake. Nate's room across the hall had a masculine red plaid color scheme and a view of the softwood forest behind the lodge.

"It's beautiful," Emily said.

"Thanks. You're my only guests tonight, since it's Thanksgiving, but I have several hunting parties coming in tomorrow. Emily, you can have this bathroom, and Nate can use the one down the hall. That's one reason we're remodeling. Guests nowadays expect a private bathroom. Seventy-five or eighty years ago, that wasn't so important."

"How many bathrooms are you adding?" Nate asked.

Jeff grimaced. "Ten. But that's not the thing that prodded me to make changes. Thanks to the insurance company, we'll be closed for about three months this winter."

"Three months?" Emily eyed the outdated bathroom fixtures. The claw-footed iron bathtub was rather charming.

"Yeah, the insurance agent told me they won't renew my policy unless I have the wiring completely redone. You can understand why."

Nate reached to pull the chain on the overhead light in the bathroom. "You mean things like this?"

"Exactly." Jeff shrugged. "I've been saving up and planning to do this, but not quite so soon. I've known for years that I'd have to. The original wiring is minimal. One light per room, and outlets are almost nonexistent."

"How old is this place, anyway?" Emily asked.

"It was built in the 1890s as the bunkhouse for a lumber company. They didn't have electricity in here then, though. That was first done in the '30s, when Grandpa bought it and turned it into a guest lodge. My dad had the kitchen rewired about ten years ago, but he couldn't afford to do the rest, so we kept our primitive ambiance. But now. . .well, I've got to bite the bullet, so I got financing. We're starting right after Christmas." Jeff glanced at his watch. "Hey, it's almost dinnertime. Why don't you two get settled and join me downstairs?"

Emily took a few minutes to brush her hair and hang up the outfit she'd brought for the next day. Nate had told her that dinner would be Maine woods casual, so she didn't change out of her jeans and fisherman's sweater. When she found her way down the stairs into the living area, she could hear the men's voices coming from the adjacent dining room, and she stepped into the doorway.

"Hi, Emily!" Jeff said. He and Nate both stood, and she joined them at a window table. Outside she could see beyond a wide porch to the vast lake, darkened by twilight.

"I gave the staff the day off," Jeff said, "but the cook fixed most of our dinner last night. All I did was put it in the oven, so if it's good, the compliments go to Lucille."

"Can I help you?" Emily asked.

"Well, sure. Thanks."

She followed him into the big, high-ceilinged room. Yes, this would be the place to cook for a camp full of lumberjacks. Everything was large—worktable, counter, pans, and sink. The appliances were modern restaurant-style, no doubt thanks to Jeff's father's changes a decade ago.

"I'll bring the meat loaf and rolls. Can you get the potatoes and salad?" Jeff asked.

"What, no leftover turkey?" Nate grinned as they set the dishes on the table in the dining room.

"No, I went to Bangor and had a big dinner this noon with my sister's family," Jeff said. "I figured you'd done the same with yours."

"Pretty much," Nate agreed. "My mom fixed her usual huge Thanksgiving dinner, and the pastor invited several people from church who didn't have other holiday plans to join us."

"That's right, your mother lives in the parsonage now," Jeff said. "When did she remarry?"

"In September."

"She's very happy," Emily said.

Jeff eyed Nate. "How do you like having a stepfather?"

"Oh, he's great. But I'm rattling around in the old house alone now." Nate glanced at Emily, and for no good reason, she felt her cheeks flush.

Well, maybe there is a good reason, she thought. *It's no secret that I love him madly. The logical projection is that he won't be living alone forever.*

She reached for her water glass and took a sip, but it did nothing to cool the fire in her cheeks.

"Well, let's ask the blessing," Jeff said with a knowing smile.

After dinner, he gave them a more complete tour of the old lodge, explaining his plans for the renovations. Emily jotted notes as they looked into the other guest rooms and staff quarters.

"So far all I've done is get estimates," Jeff said, "but the rewiring will start soon. I just hope I don't ruin the flavor of the place by making changes."

"It's going to be even better," Nate assured him. "Sounds like you're making every effort to keep the lumber camp feel but add modern conveniences."

"I'd like to take pictures tomorrow, when the light is better," Emily said.

"Take all you want. But you'd better come back in the spring when the work is done."

"That's a great idea," Nate said. "Do an 'after' article. I'll bet you could sell it to some regional magazines with pictures of the lodge the way it is now and with the updates. That would bring Jeff a lot of business."

"You may be right." Emily began a mental list of publications to query about the story as they strolled to the back of the first floor.

"My quarters are back here, behind the office," Jeff said. "But this room is open to the guests. It's our library." He ushered them into a side room, and Emily knew at once it was her favorite part of the lodge. Immediately she wanted to curl up with a book in one of the overstuffed chairs before the fieldstone fireplace. The old wainscoting of wide cherry boards gave the room a warm, cozy feeling.

"What a beautiful spot!"

Jeff smiled. "This was the original owner's sitting room, but it was too nice to keep for my personal use. It's the one room in this place that's not stark. Old Eberhardt wanted a comfortable place in the middle of the long Maine winters, I guess."

"Who's Eberhardt?" Emily took out her little notebook.

"He was the lumberman who built this place. The old boss." Jeff stooped to touch a match to the kindling laid in the fireplace.

"Do you know much about him?"

"Some. There's a legend about him. His death, actually. I'll tell you in the morning when you're getting the pictures."

Emily put on an exaggerated scowl. "You're going to make me wait until morning to hear the story?"

Nate laughed. "She's always been that way. Impatient."

Jeff sat down and gestured for them to do the same. "Make yourselves comfortable. Well, I could tell you now, but if you want to sleep tonight, you'd better wait."

"Oooh. It's a ghost story." Emily knew then that the tale was probably half history, half nonsense, but she also knew the selling power of a good New England legend.

Jeff turned to Nate with a smile still playing on his lips. "We'll get to that tomorrow. You said you're going into police work, Nate. That will be quite a change from running the marina."

"I think I'm going to like it." Nate's smile lit up his face, and Emily felt a surge of pride for him. "I started at the academy a couple of weeks ago."

Jeff shook his head. "It's not for me. I'd rather run the lodge than chase criminals. Does this decision have anything to do with the murder you and Emily helped solve last summer?"

"Sort of. I've wanted to be a cop since junior high, but I had to put things on hold when my dad got sick. Last summer reminded me of how much I'd wanted this."

The talk soon turned to the village of Baxter and its residents, their families, and Emily's former work as a journalist in Connecticut. After an hour, they turned in for the night.

Emily settled beneath the cozy quilt on her bed and sighed as her head met the pillow. At least Jeff had invested in modern mattresses for the guest rooms. She was sure she wouldn't hear a thing for at least eight hours.

━━━

Nate jerked awake. It was dark, and his heart pounded. What noise had startled him out of sleep? The pale rectangle that was his window gave him enough light to fumble on the nightstand for his watch. He pressed the button to illuminate the dial. One thirty. A thump and then a tapping sound came from. . .where? Below him? Jeff must be up.

Nate lay back on the pillow but knew he couldn't go back to sleep. He, Emily, and Jeff were supposed to be the only three in the lodge tonight. Jeff had said he was tired. What had gotten him up again?

He stood up and waved his arm in the darkness until his hand struck the teardrop prism on the end of the light string, and he pulled it. Light flooded the room.

More thuds from downstairs, followed by a shout.

Nate yanked on his jeans and tore down the hall to the stairway.

Jeff stood at the bottom of the stairs in the lobby area, a pistol in his hand.

2

"What happened?" Nate whispered, stealing down the stairs.

Light spilled from an open door down the hallway beyond the office, and he could make out his friend's pale face in the semidarkness. Jeff's curly, almost black hair was rumpled, and his eyes flashed as he sent a probing gaze over the quiet lobby.

"I heard someone thumping around."

Nate reached the bottom step. "I heard it, too. Maybe one of your staff came in?"

"Nobody's due tonight. They'd have called me if they were coming in."

"It sounded like somebody tripped and fell," Nate said.

Jeff turned and looked over the dining area. "Someone's prowling around in here."

Excitement prickled down Nate's neck. He didn't wish for danger, but he couldn't help the rush of adrenaline that intrigue brought. "The sound came from beneath my room."

Jeff nodded. "Let's search the first floor. Grab a flashlight from the stand by the front door."

Nate tiptoed to the entry, pulled a flashlight from the drawer Jeff had indicated, and rejoined him by the stairs. He eyed the pistol warily.

"Is that thing loaded?"

"Yeah, but don't worry. I'll be careful. I think the noise came from this direction." Jeff gestured toward the kitchen and took the lead, his gun raised.

They crept down the dim hallway toward the back of the building. Jeff held Nate back and stepped to one side of the kitchen doorway. He reached around the jamb to flip a switch, and light flooded the kitchen.

Silence greeted them, and Jeff stepped in cautiously, leading with the pistol. Nate followed, and they quickly looked under tables and behind fixtures. Jeff checked the lock on the back door.

"Nothing here," Nate whispered.

"There's gotta be—"

A soft sound came from somewhere beyond the room, and Jeff stiffened.

"A window?" Nate asked. The sound reminded him of the noise his bedroom window in the old house by the marina made when he slid the casing up.

Jeff ran past him to the hall and through another door. Nate strode after him into the library. Frigid air blasted through the open window. Jeff hurried to it and leaned out.

Nate heard crashing and twigs snapping in the underbrush on the edge of the woods. "See anything?" he asked as he crossed the room.

"He's gone." Jeff drew back from the window, shaking his head in disgust. "But I saw someone, all right. From the back. I'm pretty sure it was a man." He closed the window and switched on the overhead light.

Something small and metallic against the base of the window seat caught Nate's eye. He knelt on the floor to get a better look, but he didn't pick it up.

"What you got there?" Jeff asked.

"Pocketknife," said Nate.

Jeff got down beside him.

The knife was about three inches long with a dark, purplish-red case.

"It's not yours?"

"No," said Jeff. "I have four or five of them that belonged to my father in my desk. But none of them looks like that."

"Good. At least we have some kind of evidence. Have you had intruders before?"

"Never."

Nate got to his feet again. He wondered what kind of valuables Jeff kept in the lodge and if they were locked up.

"Probably some tramp looking for food," Jeff said. "Still, I'd better check the safe."

A safe? Nate began to imagine what might be kept there. He thought even a rumor of a safe in the old lodge might tempt potential thieves. He thought of Baxter resident Rocky Vigue's escapades with stolen electronics the summer before.

Suddenly there was a creaking noise from upstairs, and Jeff stiffened.

"Emily," said Nate. "She must have heard something, too, and woken up. I'd better tell her what's going on."

"Good idea," said Jeff. He took one more look around the room before heading to his office.

Nate found Emily coming down the stairs in blue jeans and a red wool sweater, her feet bare, brandishing a heavy silver flashlight. He couldn't help smiling at the picture she made—a little like Miss Scarlet from the game of Clue, the large flashlight in place of the lead pipe or the candlestick.

"What's going on? I heard noises," she whispered. "And what are you laughing at?" She reached the bottom of the stairs and stood close to him.

"Miss Scarlet on the staircase with the flashlight." He tried to stifle his laughter.

She narrowed her eyes playfully. "Very funny. This flashlight happens to be my weapon of choice."

"It's about as big as you are."

"Yes, and it doesn't work, either. I found it in the closet in my room." She frowned as she shook it. Then she looked up at him. "So, was that you I heard bumping around?"

"Someone broke in."

Her eyes flickered. "What happened? Was it a burglary?"

Nate squeezed her hand. "We're not sure yet. Everything seems to be fine, but Jeff's calling the police."

"Wow. I'm glad he didn't tell us that ghost story last night after all. Waking up to strange noises was bad enough without a poltergeist on my mind."

"Yeah," said Nate. "I don't believe in ghosts, but this rambling old lodge can be pretty creepy at night, I'll admit."

"Did you see the intruder? What did he look like?" Emily had shifted into reporter mode, which meant she wasn't frightened. That was a relief.

"By the time we realized what was happening, he was climbing out the library window. Jeff saw him running into the woods."

"Was anything taken?"

"Not sure. Jeff mentioned a safe. I assume it's in his office."

Emily nodded. "I definitely heard some thumping, or stomping around." She stifled a yawn. "What time is it?"

"About two. Not much point in going back to bed if the police are coming."

They moved into the living room area, where Emily found the pull for the light fixture and tugged it. "It doesn't look as though they touched anything in here." She sat down on a leather-covered sofa.

Nate watched her as she ran a hand through her disheveled hair. She looked pretty, even though her eyelids were still heavy from sleep. "Em, I'm sorry our weekend's started off so crazy. I was hoping for a peaceful getaway." He eased himself onto the sofa beside her, putting an arm around her shoulders.

Emily laughed softly. "There's nothing you could have done to prevent someone from breaking in here during the night. Anyway, I don't mind. You know I like adventures. And I'm not worried about anything with you here."

He smiled. That was something he loved about Emily. She wasn't a sissy, but she also seemed to be getting used to the idea of letting him take care of her.

Jeff walked in. "The police are on their way. I had a look at the safe, and it's intact. Nothing seems to have been touched."

"We didn't notice anything out of place either," said Emily.

Jeff looked around and nodded. "Sorry to wake you up."

"No problem. I wouldn't want to miss out on the excitement."

Nate flashed Jeff a smile. *That's my girl*, he thought.

"It could be an hour before they get here," said Jeff. "Do you two want coffee?"

"Sounds good," said Nate.

Emily nodded. "I second that, if it's decaf."

A few minutes later, with steaming cups of coffee in hand and a box of cheese crackers Jeff had dug out of the cupboard over the range top, they all sat down in the lobby to wait for the police to arrive.

"So, tell us more about the crazy old guy who built this place," Nate said.

Emily punched his shoulder. "He wasn't crazy. He was probably very smart. He was a lumber baron."

"Well, he didn't have electricity. That's crazy."

Jeff laughed. "His name was Alexander Eberhardt, and he was a bit eccentric, from what I've heard, but not crazy. I'm thinking about having his story written up for an ad. I might post it on the Web site for the lodge. Something people can read online. Think that would draw in customers?"

"If it's creepy enough. You said something about his death," Emily prompted.

"Mmm. His mysterious death and the missing Eberhardt treasure."

"Wait, let me get my notebook!" Emily jumped up, but before she reached the bottom of the stairs, lights flashed over the walls of the lobby and tires crunched on the gravel outside.

Jeff welcomed the sheriff's deputy at the front door.

"Hey, you made good time."

"Yeah, I was in Aswontee when dispatch called me. Evening, folks." He nodded at Nate and Emily.

Nate recognized him as Russell Young, one of the men he would work with when his stint at the police academy was over. He stepped forward and shook Young's hand. Jeff guided the deputy toward the library, and Nate hesitated.

"Oh, come on," Emily whispered. "I want to hear what they say, too."

Nate grinned and tiptoed after the men. He and Emily stopped in the doorway just in time to see Young pick up the pocketknife and put it in an evidence bag.

"Will you check it for fingerprints?" Jeff asked.

"Well, I tell you," Young said, "it's pretty small, and you don't think anything was stolen. Truth is, we probably won't bother."

Emily's lips skewed in a scowl, and Nate slipped his arm around her.

Young smiled at Jeff. "Now, if you had a dead body lying here, that would be different, right, Nate?"

"Oh yeah," Nate said. "We'd send that knife for prints, and we might even give the state police a call."

Young barked a laugh, and even Emily cracked a smile. They all knew that the sheriff's department was not allowed to handle homicides. The Maine State Police took those over except in the state's two largest cities, Portland and Bangor. Baxter, Maine, was far too small to have its own police department, let alone a homicide squad.

"I will ask around," Young said. "We have a few known thieves in the area. I'll see if all of them have alibis for tonight, though it's usually pretty hard to prove a guy wasn't in his own bed at 2:00 a.m."

Jeff's disappointment showed in his hangdog expression. He offered the deputy coffee, but Young turned it down and wished them all a good night as he headed for the door.

"Sorry I couldn't do more, folks, but you scared him off. At least no one was hurt. That's what's important."

"Thanks, Russ," Nate called after him. He turned to face Jeff. "He's right, you know. That burglar will probably never come back."

⁂

"Ready to go back to sleep?" Nate asked. They stood at the front window of the comfortable lobby, watching the police car's taillights disappear down the long driveway.

"I'm so wound up now, I doubt I'll get back to sleep." Emily turned to look at their host. "Why don't you tell us the rest of the story about Alexander Eberhardt, Jeff?"

"All right, but let me get a refill on my coffee. You want more?"

"Not me," said Emily. "But if you have any hot chocolate mix. . ."

"Come on. I'm sure we do."

They fixed their hot drinks in the kitchen and then moved into the snug library, where the burglar had made his getaway. Jeff raked up the embers of last evening's fire and added several sticks of wood.

"Might as well make good use of the fireplace."

"It is a little chilly in here." Emily curled her feet up on the sofa and leaned toward Nate until her shoulder touched his.

"It costs me a mint to heat this place in winter," Jeff said. "I'm hoping to have a better insulating job done when the wiring is completed."

When the fire blazed, he dropped into an overstuffed armchair.

"Well, like I told you, Mr. Eberhardt built this lodge as the barracks for his lumbering crew. I think he had other lumber camps, too, and he made a huge success of it. He was getting along in years, and in 1901, he sold his company. It was in the middle of the logging season. He went from here to Bangor by sleigh in January to close the sale. Supposedly he picked up the payment for the business and the payroll for the last disbursement to his employees before handing the company over to the new owner. There were about forty lumberjacks staying here at the lodge then, working through the winter. A lot of them were French Canadians, and from what my father told me, there would also have been a clerk, several teamsters, and a cook."

"Quite an operation," Nate said.

"Yeah. The story goes that Mr. Eberhardt paid his crews once a month. In winter, the 'boys' would get one day off after payday. They could go into Baxter or Aswontee if they wanted and spend some of their pay. A few would have Mr. Eberhardt send the bulk of their wages home for them the next time he went to Bangor."

"That must have been a rough life." Emily sipped her cocoa and nestled closer to Nate.

Nate stretched his arm across the back of the couch behind her. "It'd be almost as bad as going to sea, I'd think. Away from their families all winter."

"Yeah, they would stay in the lumber camps for six or eight months," Jeff agreed. "They say there was a big storm the day after Mr. Eberhardt left. He had a man with him to drive the sleigh. When the snow started, all the lumberjacks were disappointed because they figured he would be delayed. If he stayed overnight in Bangor, they wouldn't get their pay on the usual day. But. . ."

Emily watched him, enthralled by the story. She could easily imagine the big men snowed in by the blizzard, fretting and pacing because the boss was late returning.

Jeff raised his eyebrows and leaned forward. "The next morning, Mr. Eberhardt was found in his bed in the lodge—in the room I sleep in now."

"So he made it through in the sleigh." Nate nodded in satisfaction, and Jeff sat back and let his shoulders droop.

"Well, yeah. Unfortunately, he was dead."

Emily let out a little gasp, trying to work out the puzzle of how the man had died and yet made it safely into his own bed.

"There was no doctor," Jeff said. "André, the man who drove him to Bangor and back, assured the other men that the boss was alive, though fatigued and chilled, when they got in late the previous night. André was as shocked as they were—or so he claimed—when he heard Mr. Eberhardt was dead. The crew didn't know what to think of it, but they probably surmised he had suffered a heart attack after his strenuous trek through the storm."

"It works for me," Nate said.

"Oh, come on." Emily swiveled her head to look at him in disbelief. "That's too convenient."

Jeff grinned. "There's more."

"I knew it." Emily settled back to listen.

"The snow continued, and the men decided they'd better build a coffin and put Mr. Eberhardt's body in it. They decided to put him out in the wood-shed until they could get to town and send a message to his kin. That way the body wouldn't—well, you know."

Emily grimaced, and Jeff went on.

"The clerk wasn't sure what to do, but he decided to go ahead and pay the men. But when he opened the safe—"

"The money was gone!" Emily laughed but sobered quickly as Jeff shook his head.

"The payroll was there, enough for each man's wages. But the payment for the business and all Mr. Eberhardt's timber acreage, amounting to about one hundred forty thousand dollars in cash, was missing."

"Why would he bring that much cash with him to the lumber camp?" Emily asked. "Wouldn't he have put it in the bank in Bangor?"

"He was supposedly going to retire and head for his old home in Houlton when the new owner came, so he took his money with him. In fact, André told them the boss had the money with him when they arrived the night before. He claimed he saw the boss open the safe before he left him for the night."

"Well, duh," said Emily. "Of course he opened the safe. The payroll was in there."

"What did the lumberjacks do?" Nate asked.

"The men searched the lodge, the sleigh, and the barn."

"I should hope they raked that André guy over the coals," Emily said.

"Oh yes, André was questioned so much, he got angry. The other men seemed to suspect him, not only of making off with the money, but of doing something to Mr. Eberhardt as well."

"I should think so!" She waited, knowing the story wasn't over.

Jeff dropped his voice to a spooky whisper. "The money was never found, and when the blizzard was over, André disappeared."

"They just let him walk away?" Nate asked. That didn't sit right with Emily, either.

Jeff shrugged. "I don't know what happened to him. I don't think anyone does. But in my family the suspicion is that André took the money and got away with it. And murder."

They sat in silence for a moment. Emily watched the snapping logs in the fire. "I wish I'd been here then."

"No, you don't," said Nate.

"You'd have been scared," Jeff agreed with a smile.

She shook her head then scowled. "Okay, maybe I would be scared, but I'd still try to find out what happened. I wonder. . ."

"What?" Jeff asked.

She threw him an apologetic smile. "I wonder a lot of things. Could Mr. Eberhardt have hidden the money someplace besides the safe that night? And did they just let André leave? Or did he sneak out without them seeing him? A hundred forty thousand dollars is a lot of money. I can't imagine the other men letting him leave with a bulging knapsack."

"Maybe he hid it somewhere outside the lodge and picked it up when he left." Nate waited expectantly for her to comment on his theory.

She nodded. "Possible. Or maybe someone else did it and framed André. When he left, the others quit looking for a thief because they assumed André was it."

Nate leaned forward and seized her hand. "Hey, what if André did do it and another man caught him with the money, did André in, and stashed the loot for himself?"

Jeff shrugged and let out a deep chuckle. "You guys are too much. The most likely scenario is that Mr. Eberhardt died of natural causes. The theft of the money could have been a crime of opportunity. The boss keeled over, and André—or someone else, as you say—saw the chance to get his hands on a fortune."

"That would have been a huge fortune in those days," Nate said.

"I'll say. People would kill for less than that nowadays." Emily yawned. "I suppose we should try to sleep for a few hours. But I know I'll be thinking about old André and the money now."

Jeff laughed. "Yeah, I'd better hit the sack. My staff is due to start arriving around 8:00 a.m., and our first guests will come in around one. We'll be scrambling to be ready for business."

"What else do you need to do?" Nate asked. "Everything's clean."

"For one thing, we'll be getting in fresh food supplies, and the cook will start getting supper ready. Just preparing the evening meal will keep three people busy most of the day. And the guides will go over their equipment. The maids will open up the guest rooms and make sure they're warm and welcoming."

Nate stood and held out a hand to Emily. "Sounds like you work as hard as the lumberjacks used to."

"Almost." Jeff stirred the coals in the fireplace and went to check the lock on the window casement. Emily gathered their mugs.

"I wonder a lot of things about tonight, too," she said as they walked to the kitchen. "I wonder what that guy was after, and how he got in, and why he dropped his knife, and—"

"And if he'll try again." Jeff's grim expression chilled her.

Nate awoke to smells of strong coffee and frying bacon. His watch told him he'd slept until half past eight, but he still felt sleepy. He hurried into his clothes and took his shaving gear to the bathroom down the hall. When he emerged a few minutes later, Emily was just leaving her room.

"Hey! Smells like breakfast." She waited for him, and Nate joined her at the top of the stairs.

"Sleep all right?" He stooped to kiss her cheek.

"Yes. I didn't think I would, but I dropped off almost as soon as I got back to bed."

They found Jeff in the dining room, seated at a table set for three. With a cup of coffee at his elbow, he skimmed a newspaper, and Nate noticed that his host had both the *Baxter Journal* and the *Bangor Daily News*.

"Plenty of reading material, I see."

Jeff jumped up with a smile. "Yeah, I was just reading Emily's story about the play they're putting on at the high school next weekend."

Her face lit up. "It's really good. I was at the rehearsal the other night, and the kids are doing a great job. *Peter Pan*. The boy who plays Hook has a fantastic voice."

"I'll have to tell the guests," Jeff said. "Some of them might want to drive to Aswontee to see it Saturday night."

The kitchen door opened, and a middle-aged woman wearing a huge white apron came in with a platter in each hand.

"Good morning, folks!"

Jeff said, "Nate, Emily, this is my cook, Lucille. She got in about an hour ago and offered to take over for me in the kitchen. I think it hurt her to see me trying to cook bacon."

"Now, now, you were doing a good job. I just thought you'd like to relax with your guests." Lucille smiled at them.

"It certainly looks and smells delicious," Emily said.

"Can I get you folks some orange juice?" Lucille asked. "Or are you like the boss and go straight for the coffee?"

"Juice for me, please," Emily said, and Nate accepted some, too.

When Lucille had left them again, Jeff asked the blessing. They helped themselves to the eggs, bacon, and blueberry muffins.

Nate took a big bite of his muffin and closed his eyes. "Emily, don't tell Mom, but these are as good as hers."

"Oh boy." She glanced at Jeff. "That's a big compliment to your cook."

Nate seldom bothered to fix himself a big breakfast. Once in a while he ventured over to the parsonage and ate with his mother and Pastor Jared Phillips, his stepfather, but he missed his mother's cooking and just knowing she would be in the kitchen every morning.

"You've got a gem in Lucille," he said.

Jeff grinned. "I know. I pay her as much as I can afford. I'm constantly worried she'll go to some fancy restaurant in Bangor. But she's been with me three years now. She and her husband live in Aswontee. If the weather gets bad in winter, she stays over here. And I insisted she bring George out for a week on the house last summer to enjoy the lake and the fishing."

"If you keep her happy, she'll stay," Emily said.

"That's the idea. Without a good cook, a sporting camp may as well fold up."

A young woman came in from the lobby and approached their table. She nodded at Nate and Emily but focused her attention on her boss.

"Excuse me, Jeff, the Beverly party would like to check in early."

"Are they here?"

"No, they're in Bangor. Mr. Beverly called on his cell phone. They can be here in an hour, and they're raring to go."

Jeff rose and tossed his napkin on the table. "All right. Tell them to come ahead. I'll have to speak with Mac. He's guiding their hunt tomorrow. They'll want to go over their route with him. And Lucille will have to plan on a guest lunch. That will thrill her. Excuse me, Nate and Emily. I wanted to hike with you this morning, but it looks like I'll be busy. Make yourselves at home, and feel free to use any of our equipment."

"I was hoping to ask Jeff some more questions about Alexander Eberhardt," Emily said when he had left the room.

"I think he told us everything he knows last night."

She nodded. "I'd like to write up the story for him. But I'd need to do some research first."

"You think you can document a legend?" Nate eyed her keenly. Emily had a wonderful mind, the kind that sorted and probed and wrestled with details until she inevitably came up with a complicated, intriguing story and expressed it in such simple words that any child could understand it, yet so beautifully that it touched people's hearts. It was a gift; he recognized that.

Her face tensed as she pondered his question, and he knew her brain cells were clicking.

"I think I'll run to Bangor next week and see if I can dig up anything at the newspaper morgue. There's got to be something about the lumber company and Eberhardt. And I should at least be able to find an obituary, if not a story, about his mysterious death."

"Go for it," Nate said. "Personally, I'd rather think about the little mystery we got into last night."

"That was scary," she admitted. "I'm glad you and Jeff were both here."

They went up to their rooms for their outdoor clothing and spent the morning hiking through the woods behind the lodge. The trail they chose rose steeply to the summit of a rocky hill. When they reached a high ledge, a vista of Blue Heron Lake opened to them, and they stood for a long time looking out over the choppy, gray water.

"I'm glad I'm not out in a boat today," Nate said.

Emily shivered, although her down parka kept her warm. "Think it'll snow?"

"Could."

"Well, I'm glad I'm not going out bear hunting. Lakeview Lodge is a pretty cozy place."

"Does that mean you're ready to turn back?" Nate asked.

"Not yet, but keep this in mind: If we get a blinding blizzard, I'd rather sit by the fireplace than put on the snowshoes."

Lunch surpassed Nate's expectations, and he forayed into the kitchen to give Lucille his compliments on the homemade soup, fruit salad, and rolls. He and Emily poked around the old lodge once more, staying out of the traffic as new guests arrived. Emily carried her camera and notebook and jotted down her impressions of the rustic architecture and the views from the porch and various windows. Meanwhile, Nate mentally catalogued all the repairs Jeff had in store. Yes, it was time for some modernization. Past time. Emily snapped photos on her digital camera, documenting the details and the overall atmosphere.

"Oh, Nate, just look at the handmade chairs on the side porch." She raised her camera. "I'm going to ask Jeff's permission to query some of the regional magazines. If I sold an article to *Down East* or *Yankee*, he'd get a lot of attention."

"You think they'd buy a story about a place like this?"

"Sure. A family business with an antique building and a legend. A legend is as good as a ghost for human interest."

Nate still felt a little skeptical, but Emily had more experience in hooking editors than he did. He opened a door off the lobby.

"Jeff told me this room is kept for handicapped people. It's the only guest room on the ground floor."

"He's not going to put in an elevator, is he?" Emily asked with a frown.

"That would be awfully expensive."

"No, but he wants to have the ramp on the side of the building extended. And he's talking about someday installing a swimming pool."

"What do they need with a pool? They have the lake."

Nate shrugged. "Some people don't like to swim in the weeds and muck, I guess. No leeches in a pool. No minnows to nibble your toes."

"I love swimming in the lake." Emily's jaw jutted out, and he couldn't help smiling.

"Of course you do. You grew up in Baxter. But you've got to admit, the water stays freezing cold until well into June, and the swimming season is awfully short. If Jeff had a heated pool, people could swim a lot longer."

"He wouldn't build an indoor pool, would he?"

"I doubt it. That would be an astronomical expense. Anyway, he says the pool will have to wait two or three years, until he recovers from the cost of remodeling."

"He could get a hot tub." Emily clicked a photo of the deep-silled window in the guest room. "These walls have got to be a foot and a half thick."

Nate nodded. "Jeff says there are a lot of crawl spaces and cubby holes, which will make things easier for the electricians and insulators."

When they went back to the lobby, Lisa, the young woman manning the desk and phone, called to them.

"Mr. Holman, Jeff wondered if you two would like to join one of the guides who's going to take some supplies to a cabin he has a few miles away. One of our hunting parties will be staying there for the next two nights, and Jeff wants the beds set up and the food supplies in place before they get there."

Nate and Emily accepted and were soon bumping over a woods road in a Jeep with Robert "Mac" MacBriarty, one of Jeff's top guides. All the way to the cabin, Emily peppered Mac with questions about his job, the process of earning a guide's license, and the eccentric guests he served. She and Nate helped him set up the cabin, where the hunters would stay without benefit of electricity or running water.

"I don't know," Emily said as she looked around the small building. "Camping in winter."

"They've got a woodstove," Nate reminded her. "Besides, it's not officially winter for another month."

"It's still cold." She shivered.

MacBriarty laughed. "Mostly we get men on hunts, especially this time of year. Not many women roughing it on a deer hunt."

A light snow began to fall as they drove back to the lodge, and Emily cuddled into the curve of Nate's arm. *Perfect,* he thought.

After supper, Nate suggested they again take a walk. The sky had cleared, and the moon shone dazzlingly over the lake.

"I was sort of hoping we could do the hot-chocolate-and-fireplace thing again," Emily admitted.

"Oh, come on. You're an active girl. Just a short walk, and Lucille will give us hot cocoa afterward."

"And marshmallows?"

He laughed and reached for her hand, pulling her up out of her chair. "I promise."

The snow had stopped, leaving an inch of pure white on every surface. Nate scooped up a handful and tried to form a snowball, but the snow was too dry.

"Powder." He brushed his gloved hands together.

"The ski resort owners will be glad," Emily said.

They walked out onto the wooden wharf, where the fishermen docked in summer, and gazed across the lake. The water was smooth now. In the far distance, Nate could see the dark bulk of Grand Cat Island, where Emily's summer cottage was, and off to the right twinkled a few lights in the town of Baxter, on the lake's eastern shore.

"It's beautiful here," Emily sighed. "I'm so glad I came back to Maine."

"Me, too." Nate put his arm around her, but the moment was less romantic than he'd hoped, with both their bulky coats and thick gloves between them. "I got you something, Em."

She looked up into his face. "You did?"

"Mmm-hmmm." When he stooped to kiss her, Emily's lips were frosty cold. He kept it short and hugged her. "I guess that hot cocoa wouldn't be so bad right about now. Unless a lot of other people are in the library, that is."

"Don't change the subject. What did you get me?"

He chuckled and pulled off one glove and reached into his jacket pocket. What if he dropped it into the lake? He glanced back along the dock to the shore. That wasn't much better. He could lose it in the snow.

"Let's go in." He took her hand and pulled her toward the lodge.

When they hit the snow-covered turf at the end of the dock, Emily dug her heels in.

"Wait a second, buster. You're the one who wanted to come out here. You can't just—"

Nate laughed. "I promise you won't regret it."

She walked along beside him then. "Is it a present?"

"Sort of."

"What do you mean, sort of?"

"You'll see."

They entered by the side door and stamped the snow off their low boots.

Nate took her coat and hung it on a rack of hooks near the door. Hand in hand they crossed the lobby and went around the corner to the library door.

Emily stopped on the threshold and turned around. "People," she whispered. "Do you still want to go in?"

Nate frowned. There had to be someplace private. "Wait here a minute."

He found Jeff in the kitchen going over the next day's menus with Lucille and her helper, Carrie. Jeff and the kitchen staff were more than willing to enter into his scheme.

Five minutes later, Nate went back to the library. Emily was seated on an ottoman, chatting with a group of four hunters, all older men. She seemed to be letting them tell her their favorite hunting stories, and Nate was sure they appreciated having a new audience for their tales. He waited in the doorway while one of them concluded his anecdote. Warmth spread through him as he watched her. It had taken these fellows only minutes to fall in love with her, and he knew that exact feeling. Emily. . .the perfect listener, the sweetest companion, the dearest friend he'd ever known.

She looked up and smiled at him as he entered.

"Sorry, gents," he said to the others. "I'm going to steal her away from you."

"Aw, no fair," one white-haired man protested.

"Come back again, Emily," said another.

"Where are we going?" she asked as Nate led her back toward the lobby.

Nate smiled. "A special spot on loan from the owner."

He took her past the front desk and paused at a doorway.

"Oh. Isn't this Jeff's private suite?"

Nate grinned. "Exactly—the key word being *private*. Jeff says we can use his sitting room." He swung the door open, and Emily entered, still holding his hand.

She caught her breath. "Wow. This is as good as the library."

"Better. No hunters in here. But Jeff told me he had it redecorated last summer."

Emily nodded, her blue eyes sparkling. This was the one part of the lodge Jeff hadn't included in his tour. His private living room was small but comfortable, with a sofa, armchair, and entertainment center. Colorful cushions and rugs, accented by hunting prints and a patchwork hanging on the walls, brightened the room, but the focal point was a fieldstone fireplace, smaller than the one in the library.

In the few minutes Nate had given them, Jeff had lit the fire and Lucille had delivered a pot of cocoa with two mugs and spoons and a dish of marshmallows on the side.

"I love it!" Emily slid onto the sofa and reached for the teapot. She pulled her hand back and sobered as Nate sat down beside her and slipped his arm around her. "I love you," she whispered.

Perfect, he thought again. He leaned over and kissed her lightly. "You want your present now, sweetheart?"

"You mean this isn't it?"

"No, this is just the window dressing." His voice caught, and her eyes flickered, as though she sensed the moment was more serious than she'd foreseen.

"In that case, I'd love to see it."

Nate sat very still as he realized where he'd left the box.

"What?" she asked after a moment.

He managed a smile. "Hold on a sec. I. . .left it in my jacket pocket."

He dashed through the lobby to the coatrack and retrieved it then tried to walk back to Jeff's quarters calmly. Jeff was leaning against the front desk talking to Lisa, and they both grinned at him.

Emily had poured mugs full of hot chocolate and piled several marshmallows into hers.

He sat down and took a deep breath.

"So," she said.

"Yeah." Suddenly everything he'd planned to say drifted up the chimney with the wood smoke. "Uh. . ." He fingered the little square box. "Em, I. . ."

All sorts of thoughts came to him, none of them helpful at first. At last he focused in on her face, expectant and patient. Emily, the perfect listener. . . Emily, the dearest friend. . .

"I love you." It was a start.

Her smile burst out, and anticipation washed through him. It was a good start.

"Emily. . ." Taking courage, he reached for her hands, fumbled with the little box, and set it on the table. "I've loved you for ages. You know that. Half my life, at least. I don't want to go on without you. I know we'll have to make a lot of. . . Aw, Em, will you marry me?"

As he got the last line out, he slid to his knees beside the sofa and looked deep into her soft blue eyes.

Her lower lip quivered. She reached up and ran her fingers through his hair. "Yes. Of course I will! You know I love you to distraction." She bent toward him, and he kissed her. Hope and satisfaction and joy exploded inside him. He found the kneeling posture suddenly awkward and rose to sit with her again, pulling her into his arms.

"Is it as good as that old dream you used to have about us?"

She closed her eyes, but a smile hovered on her lips. "Better. I think this is as good as it gets in this life."

Nate sighed and held her close. "No, you're wrong there. It's going to get better and better."

"It couldn't possibly."

"Not even if you open the box?"

She sat up. "I almost forgot. Is it. . . ?"

Nate winked at her and put on a Humphrey Bogart voice. "It ain't marsh-mallows, shweetheart."

She laughed, and he reached for the box. All week, since he'd bought it at the jewelry store in Waterville, near the academy, he'd agonized over whether he'd made the right choice.

"If you don't like it. . ."

"Show me."

He gulped and sprang the catch. She stared down at the sparkling ring.

"I love it."

She took the ring carefully from its velvet-lined box, and Nate helped her slide it onto her finger.

"It's wonderful," she breathed.

She dove into his arms, and Nate kissed her again, reveling in the moment.

Perfect!

4

Emily spread the latest edition of the *Baxter Journal* out on her desk in the newspaper's stark office. "This looks fabulous, Felicia. I love the way you arranged the photos." She held up the paper, showcasing her sparkling diamond against the newsprint, wondering how long it would take her friend, coworker, and temporary roommate to notice the ring.

Felicia looked up from her desk, smiling from behind the large coffee mug she held poised at her mouth. She never wore makeup, and her hazel eyes seemed to get lost behind her thick glasses. "Thanks. The phone's been ringing off the hook all morning." She still seemed oblivious to the real reason for Emily's excitement. "Everyone wants to know more about the lost treasure."

"I do, too," said Emily. "Has it been a bother, though?"

"Not really. I refer them to Jeff."

Emily laughed. "Then I feel bad for him. I hope it's not keeping him from his renovations."

"Well, I have to admit, you were right about the human interest in that story. Let's hope the other business profiles go as well."

The phone rang.

"And there's another one." Felicia set down her coffee. "*Baxter Journal*, Felicia Chadwick speaking. Yes, she's here. Hold on."

Emily stepped over to Felicia's desk and deliberately took the phone with her left hand.

"It's Jeff," Felicia whispered.

Emily nodded. "Hi, Jeff."

"Hey there, Emily. Just wanted to thank you for your spread in the *Journal*. Your article is amazing."

"Thanks. I hope I did the lodge justice."

"You certainly did. I really like the picture you took of the north side. You must have been standing in the woods to get that angle."

"I've learned to get creative," said Emily.

"Your story's great for business. I've had several calls from people asking about the legend."

"I hope it hasn't been a bother for you." Emily switched the receiver to her right hand, leaned against the edge of Felicia's desk, and rested her left hand beside the computer keyboard. She drummed her fingers on the desk.

"Are you kidding? I'm now booked solid for the month after reopening!"

"That's super, Jeff. I'm glad I could help you out with publicity."

"You sure have. Speaking of publicity, would you mind if I put your article on the Web site I made for the lodge?"

"Go right ahead."

"Thanks a million, Emily."

"So," Felicia said when Emily had hung up, leaning back in her chair and staring at Emily expectantly through her glasses, "what about that ring?"

"You did notice!"

"Girl, I noticed. I've been in the newspaper game long enough. I see all." Emily beamed.

"And if you ask me, it's about time that man proposed. Let's hear the story."

Emily wheeled over the chair from her desk and sat across from Felicia. "It all began on a snowy day at a haunted lumberjack lodge...."

Felicia raised her eyebrows in mock surprise. "I knew there had to be more to this lodge story."

That evening Emily had just settled down on the sofa in Felicia's living room with a bowl of Cheerios and a stack of *Yankee* magazines when the phone rang. "I'll get it!" She jumped up.

Felicia laughed. "Be my guest."

Emily grabbed the phone. "Hello?"

"Hi, Emily, it's Mom. How's the bride-to-be?"

"I'm great, Mom. Nate's coming up from the academy this weekend, and he should be here in a few hours."

"Good, because I wanted to ask you about Christmas," said her mother. "I was hoping you two would come down to Brunswick."

"I'd love to, Mom! And I'm sure Nate will agree. He may want to spend Christmas Eve here with his mom and Pastor Phillips, but we should be able to come down the next morning. It wouldn't be Christmas without your gingersnaps and those cute little celery wagons."

"Okay, honey, you tell Nate I'm cooking a huge dinner with celery wagons, and I expect you both in Brunswick on Christmas Day."

Emily smiled. "I'll do that."

"How's it working out with Felicia?"

"It's going fine. She has a small house, but I've pretty much got the upstairs to myself, so I have plenty of room. I'm glad she offered to let me stay here until I can move back to the cottage for the summer."

They chatted for another ten minutes as Emily told her more about rooming with Felicia for the winter, the story she'd written on the lodge, and some of her ideas for the wedding.

When Nate arrived in Baxter, Emily was brimming with anticipation. She skipped down the steps as he parked his SUV in the driveway, and waited eagerly for him to emerge.

"Wow, look at you," he said, climbing out of the vehicle. "What are you so excited about?"

"I'm excited because I haven't seen you all week." Emily threw her arms around him. "And I missed you!"

"I missed you, too, Em." He squeezed her, and she pulled away, tugging him toward the steps.

"Come on in. I want to show you what I did this afternoon."

Nate went into the little house with her and greeted Felicia. Emily impatiently waited for him to join her in the living area. When he sat down beside her on the sofa, she put a sheaf of papers in his hands.

"What's this?" he asked.

"Printouts from the courthouse. Remember how that sheriff's deputy said there are a few known thieves living in this area?"

"Yeah."

"Well, I asked the clerk at the courthouse to print out a list for me of all the crimes committed in the town of Baxter or by a Baxter resident in the past two years."

Nate eyed the papers dubiously. "What good will that do?"

"It will tell us who the known criminals are, and we can check up on them."

Nate looked almost as though his stomach hurt. "Aw, Em, don't you think we should let the sheriff's department handle this?"

"You heard the deputy. He practically said they won't do anything."

"No, sweetheart, that's not what he said."

"Well, he said they wouldn't dust for fingerprints."

"Because nothing was stolen from the lodge."

Emily huffed out a breath in frustration. "But there would have been if you and Jeff hadn't scared the burglar off. So I thought that we could look over this list and see who in Baxter has been known to break into houses before, and—"

Nate tapped the papers with a finger. "I see you've already highlighted the major suspects."

"Well, yeah." She smiled up at him. "And I learned some very interesting things about our neighbors here in Baxter."

"Like what?"

"These cases are only the ones that made it to district court or superior court in Bangor. No parking tickets or anything like that. More than two hundred cases in the past two years."

"Wow. And Baxter only has what—five hundred residents?"

"Something like that."

"So forty percent of all Baxter residents committed a crime in the last two years?"

Emily smiled ruefully. "Well, no. Thirty of the counts belong to Rocky Vigue. His spree last year."

"Oh, right." Nate flipped through the pages, frowning. "I suppose Mr. Derbin's murder is in here, too."

"Yes. But some of the names that turned up really surprised me. Were you aware that Erland Wilcox, who has the cottage two down from the Vigues' on the island, was summoned last year for failing to register his pickup?"

Nate eyed her cautiously. "Uh, no. I was not aware of that."

"And do you remember Jenna Marston?"

"No. Who's she?"

"One of the girls who worked for Raven last summer at the Vital Women Retreat Center."

"Oh, Jenna." Nate's face lit up.

Emily scowled at him. "Yeah, Jenna. You don't have to look so happy about remembering her."

He chuckled. "What about her?"

"The state police stopped her in August for driving under the influence."

"Of what?"

"Who knows?" Emily gave a half shrug. "She got a two-hundred-dollar fine. Anyway, a lot of people we know have police records."

Nate laid the papers down on the coffee table. "Emily, just because someone got a traffic ticket doesn't mean he would break into Lakeview Lodge in the middle of the night."

She grimaced. "I know. I'm just saying, it might have been someone Jeff knew, and who knew his habits. Somebody who knew his entire staff wouldn't be there for a couple of nights."

Nate squinted at the sheaf of printouts but didn't pick them up. "So, how many thieves did you find?"

"Two."

"Two?"

"Yeah. Rocky and a woman from Aswontee who drove off without paying for her gas at the filling station last summer."

"Oh, she's a hard-core thief, then."

Emily punched his shoulder. "All right, laugh at me. I just want to help Jeff find out who did this so it won't happen again."

"I know your intentions are good, but..." Nate smiled. "You don't seriously think it was Rocky who jumped out that library window, do you? Because I'm not sure he could fit through the window frame, and I know he can't move very fast."

She sighed. "No, I don't think it was Rocky. Although I wouldn't have pegged him for the stealing he did last year, either."

"It could be someone from Aswontee or some other town."

"Yeah, it could be. But it could be someone right here in Baxter, too."

Nate nodded slowly, his eyes focusing on the far wall. "I suppose you're right, but I still think you should give the authorities time to investigate and see if they come up with anything."

Emily was a little disappointed at his lack of enthusiasm, but she also knew he was now very conscious of going through the proper channels in legal matters. "Okay," she said.

He leaned over and kissed her cheek. Emily couldn't resist grinning and ruffling his shiny, dark hair. "Hey, I almost forgot. Mom wants us for Christmas. Is that okay?"

"Of course it's okay. I'd love to go down with you."

"You didn't make plans with your mother?" she asked.

"Nope. We don't usually do a big Christmas anymore. And I'm sure she'll have a lot going on at church."

"Oh good. I really miss Mom's cooking."

"Who cooks here?"

"Neither of us very often," Emily admitted, a little embarrassed. "Felicia doesn't like to, and I'm usually so busy."

"Well then, some home cooking is definitely in order for Christmas. Actually, I'm starving right now. Do you want to go out for something?"

"We have to," said Emily. "All we have is Cheerios."

***

Three weeks later, Emily hefted a stack of books onto the long oak table at the Maine Historical Society in Portland. They'd spent two days with Emily's mother for the holidays and had decided to stop at the research library before going home. Nate was already poring over a large hardback on the history of the town of Baxter.

"Find anything?" she asked, sitting down beside him.

"Not yet. This book mentions the lodge, but it doesn't talk about the treasure at all. What have you got?"

"A couple of town records, and even better, a book on the Eberhardt family in Maine."

His dark eyebrows shot up. "Where did you find that?"

"I told one of the librarians what we're looking for, and she recognized the name. It was in the stacks with other family histories. It makes me wonder if they have any old books on our ancestors."

"Yeah, maybe I'll check the stacks for books on the Holman clan when we're done with this. Grandma Holman always told us she was a Mayflower descendant, but she'd never documented it."

"That's neat." Emily began to skim through the table of contents, looking for anything related to the lodge. Her eyes soon fell on the name Alexander Eberhardt. "I think I've got something!"

Nate leaned in closer to look at the book as she flipped to the chapter about the original owner of the lodge. He scooted his chair nearer to hers, and they read silently until Emily whispered, "A missing fortune in silver certificates."

"Wow. So it was in paper bills."

"I was picturing gold for some reason."

"Me, too," said Nate. "Like buried pirate treasure."

"Mmm, yeah." Emily ran a finger down the page. "That confirms the legend, anyway, but there's not really anything else here. Let's check the town records."

Nate and Emily each took one of the red cloth-bound books from the stack and began to look for more information.

"Here's something about the Pineknoll Lumber Company buying land from an Eberhardt," Nate said.

Emily looked up from her book. "That's gotta be him. What else?"

Nate read further. "It says Eberhardt sold the bunkhouse and all the land to this other logging company, and then a few years later it changed hands again. Those owners subdivided it and sold the buildings and approximately one hundred acres of the land to Elisha Lewis in 1930."

Emily sat up straighter. "That's Jeff's grandfather." An idea flashed into her mind, and she touched Nate's arm. "Let's stop at the county courthouse in Bangor on the way to Baxter and see if they have Mr. Lewis's will on file."

"Now, that's a thought. Do you want to leave now? I'll save Grandma Holman for another day."

Three hours later, Emily emerged from the Penobscot County Courthouse and took the steps two at a time. Nate waited for her in the SUV in front of the old, pillared redbrick building.

"I got a copy." She climbed in with the sheaf of papers in hand. The warm air in the vehicle felt good after her brief moments in the biting cold atmosphere that promised snow. "Sorry I took so long. I skimmed over it so I could brief you while you drive and you wouldn't have to have the light on in here."

"Good thinking," said Nate as he started the engine and put it into gear. "If we'd gotten here any later, the courthouse would have been closed." He flipped the lights on, although it was only a quarter to five. Maine's long December nights came early.

"The will was hard to read because it was handwritten in swirly, old-fashioned script."

Nate laughed. "I'm glad we don't have to write like that nowadays. So, what's the scoop?"

"The plot thickens. It would seem the lodge and property were bequeathed to Jeff's father, but get this—Elisha Lewis's will also states that if the missing money is ever found on his property, it will be divided equally among all his living descendants. Nate, I'm not even sure that's enforceable."

He shrugged slightly. "I don't know."

"I guess I could call Mom's lawyer and ask. I'll do that sometime this week. I'm intrigued by this whole thing. I keep wondering what happened to the money."

"Yeah," Nate agreed. "Someone had to have taken or hidden it."

"I'm going to see what I can find out before this weekend, and then we can talk about it when you come up. Oh, and we need to choose the wedding invitations."

"No pink," said Nate.

She swatted him playfully with the papers. "Don't be silly. I wouldn't get pink ones."

"Whatever colors you want, Em." His smile told her that he was sincere and contented. She settled back in the seat, feeling blessed beyond her expectations.

Saturday afternoon found the two of them sitting at the kitchen table in Nate's mother's old house by the marina, going over invitation catalogs and revising their guest list. As excited as Emily was about her upcoming wedding, her mind kept straying back to the lost fortune.

"What do you think Jeff would do with the money if he found it?"

Nate looked up from the sample invitation he'd been scrutinizing. "My guess is he'd put it toward the renovations on the lodge."

"Imagine the publicity. The headlines. LUMBER BARON'S LOST TREASURE FOUND."

"I bet the lodge would be booked years in advance," said Nate. "A story like that would bring people from all over the country."

"Absolutely."

"Jeff could build that indoor swimming pool."

She chuckled. "I'm glad the attorney said Elisha Lewis's will isn't enforceable. That could cause all kinds of problems. But it was the way I thought it would be. A person can't bequeath something he's not sure exists."

"Right. If you could do that, can you imagine how it would tie up the courts?"

"Of course, the money probably won't turn up. But I hope it does someday." She lapsed into thought, wondering where old Eberhardt could have hidden that cash. Her recent trip to the Bangor Public Library hadn't turned up any new information.

"I really think someone made off with it." Nate pushed back his chair and went to the counter to refill his coffee mug. "You know, we really haven't talked about it, but do you think you'd want to live here after we get married? I know you want to keep spending summers at the cottage on Grand Cat, but we have to stay somewhere in the winter, too."

"I thought you and your mom were going to sell the marina."

"We've talked about it some. But we don't necessarily have to sell the house with it." His cell phone rang, and he grabbed it off the counter and peered at the screen. "It's Jeff."

Emily dog-eared the catalog page for the invitation Nate had seemed to like the most. It was hard to tell, since he wasn't exactly enthusiastic about any of them. She wanted to include him in the wedding planning, but the truth was becoming evident: Nate would just as soon let her handle the minutia.

"Wow," he said into the phone. "What happened?" He shot Emily a worried glance.

She felt a tingle go up her spine. What was wrong? Several unpleasant possibilities flashed across her mind as she waited for him to say more.

"Don't touch anything," he told Jeff. "Just wait for the police."

Emily bit her lip, barely able to keep quiet.

At last he said good-bye and closed his phone. "Em. . ."

"What's going on?"

He reached for her hand. "You remember Robert MacBriarty, the guy who gave us a tour while we were at the lodge?"

"Yeah, I remember Mac." He was Jeff's top guide and seemed to know everything there was to know about the Maine woods. "I really enjoyed going out to the cabin with him at Thanksgiving. Did something happen to him?"

Nate drew in a breath. "He's been murdered."

5

J eff asked me to go over and be with him at the lodge when the police
arrive," Nate said. "He's shook up, and he wants someone there who knows
about police procedure."

"What happened?" Emily asked.

"I don't know. Jeff found Mac's body upstairs in his bedroom." Nate
reached into his pocket for his car keys.

Emily jumped up and closed the wedding invitation catalog. "Take me
with you."

How did he know she would say that? Probably because Emily had a
nose for news unmatched in the sixteen counties of Maine. "Aw, Em, I don't
know. . ."

"Please?"

He winced. "Are you speaking as a curious bystander or as a reporter for
the *Journal?*"

"I'm speaking as your fiancée. We don't have much time together now
that you're at the academy, and. . ." She sighed and shrugged. "Okay, all of the
above. Look at it this way. If you don't take me, I'll come in my own car as a
reporter who got a hot tip, and you'll have to repeat everything Jeff and the
police tell you to me. This way, I get it firsthand, and we save gas."

Nate put both hands to his head. She was smart, and she was persis-
tent. Add the silky, honey blond hair and huge blue eyes, and he didn't have a
chance. She'd had her way in nearly everything she'd asked of him since kindergarten. "All right. Come on. But you have to stay out of the way."

"No problem!" She grabbed her down jacket and dashed ahead of him to
his SUV, jumping into the passenger seat before he could get there to open the
door for her. He rounded the vehicle and climbed in, telling himself he was
nuts to take her. If his instructors at the criminal justice academy heard he'd
taken a civilian to a crime scene, he'd never live it down.

"So, Jeff called the police?" Emily asked as he pulled out of the marina
parking lot.

"They're on their way, but the dispatcher told him the nearest state trooper
is about an hour away."

"Typical."

"Yeah." He turned his concentration on the gravel road. He was taking the corners a little faster than he should. This would not be a good time to meet a pulp truck.

When they arrived at the lodge, Jeff's pickup truck was parked out front. This time Emily stayed put, looking around at everything long enough for Nate to get out and circle to open her door.

"I should have grabbed my camera," she moaned as she stepped down.

Nate was glad she hadn't thought of it. He decided not to mention the digital camera in his cell phone. They mounted the steps, and he opened the front door. The furniture in the lobby was covered by white dust sheets.

"Jeff? It's me."

Jeff came from the hallway that led to the kitchen, carrying a can of coffee. "Nate, I'm glad you're here. I was just starting a fresh pot of coffee. Come on back." He halted his steps when he saw Emily. "Oh, hi." Jeff arched his eyebrows at Nate.

"We were picking out wedding invitations when you called," Nate said with a half shrug.

Jeff nodded as if he understood. "Well, come on back to the kitchen. I don't think we should go upstairs until the cops get here, do you?"

"Probably best not to," Nate agreed. "That is, as long as there's no one else up there..."

"There's not."

"And as long as you're sure he's dead. There's nothing we can do for him?"

"Definitely not." Jeff glanced at Emily and lowered his voice. "He's getting all stiff, Nate." He shuddered.

Nate inhaled deeply, recalling the lecture he'd recently heard about estimating time of death. But he was here in an unofficial capacity. The medical examiner would tend to that. "Okay, bring on the coffee."

They stepped over piles of lumber and drop cloths and followed Jeff down the hall. The kitchen was in even greater chaos.

"Sorry about the mess." Jeff went to the one spot on the counter not covered in plastic and scooped coffee into the hopper of a coffeemaker. "The electricians have been working on the wiring, and they had to tear out some walls. The contractor is supposed to start remodeling the kitchen on Monday, but the wiring's only half done. We're putting in heavier appliances, so we need heavier gauge wire and about a dozen more outlets for all Lucille's gadgets. I just hope we get finished in time to open by April first for fishing season."

"So, what happened to Mac?" Emily asked.

Nate frowned at her behind Jeff's back, but she only shrugged. Not that he wasn't curious, too, but he didn't want to push Jeff if he didn't want to talk about it until the police arrived.

Jeff pushed the button on the coffeemaker and turned toward them, leaning back against the counter. "I wish I knew. There's quite a lot of blood, but I admit that I got out of there as soon as I was sure he was dead. I didn't really look too close."

Nate caught Emily's glance. This news definitely raised the stakes in Emily's book, he could see. His own adrenaline surged. Six months ago they'd gladly helped in the resolution of Henry Derbin's murder and seen the case put away. Nate knew Emily would never be happy that someone had died, but she loved to work puzzles, and she seemed adept at solving crimes, if last summer was any indication.

"Mac went down to Massachusetts over Christmas to see his kids," Jeff told them. "But he and Shannon—that's his ex—aren't on very good terms, and he called a few days ago and asked if he could come back early. Shannon was driving him nuts. I told him he could, as long as he stayed out of the remodelers' way."

"So, all of the staff have been away since Christmas?" Nate asked.

"Yeah. I gave them all an extended leave while the work is being done. I've been here alone since last Friday. Until Mac came back Thursday night, that is."

The coffee filled the carafe, and Jeff took three mugs from a cupboard.

"When was the last time you saw him alive?" Nate asked, and Emily flashed him an approving smile.

"Last night. He'd been out ice fishing on the lake all day, and he came in around suppertime. We ate a sandwich together in the dining room and then took our coffee into the library and talked for a while. Mac went up to his room around nine. I read for a while and went to bed."

"So, is Mac's room on the second floor?" Emily asked as Jeff poured their mugs full.

"No, he's in the staff quarters on the third floor. He's stayed here pretty much year-round since he and Shannon got divorced."

"When was that?" Nate asked. Then he immediately added, "Sorry. You'll just have to tell the police all of this when they get here."

"It's okay. I think it was a couple of years ago."

"So you guys were pretty close."

Jeff shrugged. "He's awfully quiet, but I'd say I probably know him as well as anyone." He grimaced and caught himself. "Knew him, that is."

"You didn't hear anything unusual in the night?" Emily asked.

"No. But my room is two stories below Mac's, and clear at the other end of the lodge."

"And you didn't see Mac all day today?"

"No. At first I thought it was funny he didn't come down for breakfast, but then I decided he must have beat me getting up and gone out early. When it got dark again and I still hadn't seen a sign of him, I went up and knocked on his door. That's when I found him. I checked for a pulse, but it was too late." Jeff sighed.

"The coffee's getting cold." Emily pulled him gently aside. "Why don't you two go sit down in the lobby so you'll be handy when the state police get here? I'll bring a tray."

Nate followed Jeff out into the front of the lodge. Jeff yanked dust covers off a sofa and an armchair and dropped them on the floor behind the sofa. Emily brought their steaming mugs in, and they all sat down. Nate couldn't help wishing he could dash up the stairs and take a look, and he could tell Emily was itching to do the same. She kept glancing over toward the steps. But Nate knew they shouldn't go into the room before the police arrived.

Jeff ran a hand through his dark hair. "Man, I'd better call my brother and sister after the cops leave. I don't want them hearing about this on the news tonight."

"Probably best to break it to them yourself." Emily sipped her coffee.

"I suppose the cops will notify Mac's ex-wife."

"Yes, that's part of the job," Nate said. "Did you touch anything in Mac's room besides the body?"

Jeff shook his head. "Nothing. I came down here to use the phone. They're sending a Detective Blakeney. Isn't he the one who investigated the Derbin murder last summer?"

"Yeah." Nate glanced at Emily. She had gotten under Blakeney's skin at times but had eventually earned his respect.

"Maybe we could pray about this while we wait," Emily suggested.

Jeff threw Nate a guarded glance. "Well, sure. I mean, if you want to."

Nate offered a brief prayer for wisdom, for Mac's family, and for a speedy resolution to the questions surrounding the guide's death. As he said "Amen," they heard tires crunch on the snowy driveway, and a moment later Jeff opened the lodge door to a uniformed man.

"Gary!" Nate stepped forward and greeted his cousin, Gary Taylor, who was in his third year as a Maine state trooper.

"Well, hi, Nate. Hi, Emily." Gary turned back to Jeff. "I'm sorry to hear about this. State Police Detective Blakeney is on his way, and he'll be in charge of the investigation, but he may be another hour getting here. He was on a call down in Newport when you phoned dispatch."

"Can you do anything, or do you have to wait for him?" Jeff asked.

"I can make a preliminary examination of the scene."

"Good." Jeff gave Gary a quick recap of events leading to his discovery of the body then said, "I'll take you up to Mac's room whenever you're ready."

Gary looked at Nate. "You're well into your training at the academy. Do you want to watch?"

"I'd love to," Nate said. "You wouldn't mind?"

Emily bounced on her toes beside him but kept quiet.

Gary grinned. "I don't suppose I can keep Miss Gray, the ace reporter, down here if you go up. How about if you all stay in the hallway, and I'll be the only one who actually enters the room?"

With this agreement in place, they all mounted the two flights of stairs, and Jeff led them to the door of Robert MacBriarty's room.

Gary shined a flashlight across the bare floor and the throw rug before he entered the room.

"See that over there?"

Nate leaned around the doorjamb and followed the beam of Gary's flashlight.

"Looks like blood on the floor."

"Yeah." Gary cautiously approached the bed on the side away from the stained floor. From his position in the doorway, Nate saw mostly quilts on the bed, with a dark stain spreading from the lump that was the body. He could also see Mac's dark hair against the white of the pillowcase. Gary lifted the quilt by a corner and stared down at the body.

"We've put in a call for the medical examiner," he said, turning his head to address the three in the doorway, "but he may not be able to get here until morning."

"You mean I'll have to have him here all night?" Jeff nodded toward the body.

Gary shrugged. "We'll see. MacBriarty is definitely dead. I can't tell you how it happened, but definitely trauma. Seems to have bled a lot from his chest, but I can't tell what type of wound. The ME will have to tell us for certain."

"Is there a bullet hole in the quilt or anything like that?" Emily asked.

"Not that I can see. I don't want to disturb anything, but I'll tell you right now what seems to be missing."

"The weapon," Nate said immediately.

Gary nodded and lowered the quilt.

6

"You're treating this as a homicide, right?" Emily asked. Last summer she and Nate had discovered Henry Derbin's body on Grand Cat Island. At first, they'd wondered if the old man's death was an accident, but the evidence pointed to foul play. In this new case, it seemed more obvious.

"I think we can rule out suicide," Gary said. "No weapon close to the body. And an accident's also highly unlikely."

So that meant murder. Emily's spine prickled with excitement. She found Nate's hand, and he squeezed hers back. She felt a twinge of guilt but shook it off. Mysteries attracted her. The fact that the victim was someone she knew slightly didn't change that.

Gary stepped into the hallway and took a pen and a small writing tablet from his pocket. He stood for a minute jotting notes and sketching a diagram of the room. "Okay, we'll need information from you," he said, pointing at Jeff with the pen. "Names of everyone who's got access here. Staff, guests, friends, family."

"There are only two sets of keys to the front and back doors," said Jeff.

"Who has those?"

"I have one set, and my cook, Lucille, has the other."

Gary made a note. "Lucille's last name?"

"Robbins," said Jeff. He let out a long, deep breath.

Gary edged farther into the hallway. Emily backed against the wall to allow him more space.

Nate asked, "Would you like us to leave while you talk to Jeff?"

"No, it's fine. I like having another perspective," Gary replied. He clapped Nate on the shoulder.

Emily was glad he didn't seem to mind their being around. While Gary continued his questioning, she took mental notes. She'd decided it would be pushing it to take her notebook upstairs with her, and she wasn't about to ask Gary if she could borrow paper. She'd just have to remember the details.

"Who else works here?" Gary asked, positioning himself in front of the doorway to Mac's bedroom. "Kitchen help? Other guides?"

"Besides Lucille, in the kitchen there are Carrie Hayes and Michelle Keith. Carrie lives in Baxter and comes in most days to help Lucille with the cooking when we're open for guests."

Gary nodded. "And Ms. Keith?"

"She's part-time, weekends mainly, though she works full-time in the summer. She teaches kindergarten in Aswontee."

Jeff went on to name two of the other hunting guides he employed regularly, Sam Pottle and Royce Fairbanks, as well as the chambermaids, sisters Sarah and Virginia Walsh. Lisa Cookson acted as desk clerk but filled in as waitress or maid as needed. She usually stayed at the lodge during the summer and the peak hunting season. Gary took down all their names.

The lodge staff was larger than Emily had realized. That meant there were many people who had known and worked with Mac on a regular basis and might know things about him that would suggest a motive. Her mind filled with her own questions, and she had to force herself to listen.

She glanced at Nate, and he offered her a hesitant half smile. She knew he was curious, too, and that when they were alone again they'd do some speculating of their own.

"How about contractors? Who's doing the renovations?"

"I've got a general contractor, a plumber, an electrician. They've all got helpers." Jeff started to list the companies at work on his renovation projects, but a loud knocking sounded at the front door.

"That's probably Blakeney," said Gary.

Nate turned toward the stairs. "I'll go."

"No, I'd better," said Gary. "Don't move." He took off down the stairs.

Jeff sighed. "I just can't believe this is happening. I mean. . .Mac! And I was right here."

Emily thought he looked pale. "Can I get you some coffee or something? Maybe you should sit down."

A man's loud voice reached them easily from two stories below. "What did you let them upstairs for?"

Emily grimaced. She would have recognized Blakeney's voice anywhere.

Gary's voice was softer, and she couldn't make out his response.

"Should we go down?" she whispered.

"It's a crime scene," came Blakeney's voice again, "not a picnic. Who does that girl think she is, Nancy Drew?"

"Yeah, I think we should go down," Nate said.

Emily felt her face flame. "I didn't think it was a big deal if I'm here for the press. Will Gary get in trouble?"

"I hope not." Nate motioned for Jeff to go first; then Emily followed him down the stairs with Nate close behind.

Blakeney rounded on them immediately. "The three of you, over there," he thundered, swinging his whole arm and pointing toward the seating area in the lobby. "And stay there until I'm through upstairs."

Nope, he hasn't changed a bit, Emily thought. *And here I was prepared to greet him politely.*

Jeff stood by the far wall, staring out a window as Gary and the detective went upstairs to Mac's room.

Emily took a seat on the sofa. Anger boiled inside her, though she knew Blakeney had a right to be upset if he felt they were interfering with police procedure. But she thought he could have been nicer about it. Surely veteran officers like Blakeney had undergone training in dealing with civilians at crime scenes. She hoped Gary wouldn't suffer consequences for her eager curiosity.

Nate sat down beside her and put an arm around her shoulders. After a few minutes, she said softly, "I'm getting my notebook. No matter what Blakeney says, I'm covering this story, and I need to write down the details while they're fresh in my mind." She retrieved the small notebook she always carried in her purse. After a few minutes, Nate began to talk quietly with her, going over what they had seen. Jeff slumped in an armchair near the windows and didn't speak for a long time. Then he got up and paced slowly from the dining room doorway to the lobby windows and back, his hands shoved deep in his pockets.

After half an hour, the officers came down the stairs. Blakeney stood to one side as he made a call on his radio.

"We're sending for a mobile crime lab," Gary told them as he walked across the lobby to stand near them. He paused, twirling his pen between his thumb and fingers. "Jeff, I'm going to need the rest of those names now. Blakeney will question you when he's through with the call."

Emily watched as Jeff turned away from the window to face the room again. His face was white, and his normally smiling mouth drooped. Emily thought he looked unwell, and she wished she could do something to help him.

"Have a seat." Gary nodded toward the armchair.

Jeff sat down again, and Gary took another chair close by. With prompting, Jeff told Gary that Pine Tree Builders had sent a couple of men over to do the drywall. He was unsure of their last names, but Gary said they could easily check up on it. Some people from Oliver Electric were doing the rewiring, and Jeff mentioned a plumber who was a friend of his.

Blakeney cursed audibly from the hallway that led to the kitchen.

"What's up?" Gary called.

Blakeney swaggered into the room, quickly regaining composure. "The mobile crime lab can't get here until tomorrow morning," he said. "They're working another case in Lewiston. It will take them hours to assemble the right personnel and restock their gear and get up here."

Gary nodded. "Shall we tape off the scene?"

"Tape off the whole third floor and then look around outside. I'll finish here."

Gary went out to his car and returned with a roll of yellow plastic police-line tape. As he headed up the stairs with it, Blakeney turned his attention to Jeff.

"You discovered the body?" He approached Jeff's chair but did not sit down as Gary had done.

He was an intimidating figure, Emily thought, taller than Nate, and his dark hair and chiseled features only exaggerated his air of dominance. She couldn't blame Jeff for squirming a bit as Blakeney glowered down at him.

"Yes, officer," said Jeff. He went on to tell the story as he had told it to Gary, Nate, and Emily earlier.

The detective had Jeff recount the story again, asking frequent questions and sometimes asking him to repeat information. Did Blakeney consider Jeff the prime suspect? Emily shuddered at the thought.

Nate must have been thinking the same thing. His forehead wrinkled in concentration as he leaned forward to watch the interrogation unfold.

"Have you told anyone else about this yet?" Blakeney asked.

"No, sir. I called 911 then my friend Nate. I asked him to come wait with me."

"All right, we'll need the contact information for MacBriarty's next of kin."

"I have that information in my office. He has an ex-wife and children in Massachusetts, but I think he put down his brother as his emergency contact."

Blakeney went with Jeff to the office to retrieve the information. As they emerged a few minutes later, Gary came down the stairs.

"I've taped it off." He looked at Jeff. "You won't be able to let anyone up there until we're through with the investigation."

Jeff nodded. "I've already given the staff an extended vacation until the remodeling is finished. I hope to reopen at the beginning of April, though."

"Well, you need to put your renovations on hold," said Blakeney. "I don't want those workmen in here now."

"That's fine," said Jeff. "Whatever you need."

"It's best if you don't stay here," Gary said. "Is there somewhere you could stay, Jeff, until the preliminary investigations are concluded?"

Nate cleared his throat. "You're welcome to stay with me. I have plenty of room."

Jeff shook his head. "No, I don't want to be a bother." He shrugged his shoulders. "I'll get a hotel room in Aswontee."

"I don't want you to do that." Blakeney's stern voice could be mistaken for nothing short of a warning.

Emily bit her lip as the blood rose in her cheeks and her heart beat faster. Aswontee was only fifteen miles away. Did Blakeney think Jeff was going to run?

"You'd better stick around town," the detective said. "Stay with Holman. We'll know where to find you if we need you."

"You'd be no trouble," Nate said quickly to Jeff.

"I suppose I have no other choice." Jeff rose from his chair. "I'll pack a bag."

Nate and Emily stood, too.

"Taylor, go with him," Blakeney said.

Emily stared at him, but Blakeney ignored her. Her mind raced. If the detective had evidence that Jeff was the killer, he would arrest him now, but he hadn't done that. Still, he was making sure Jeff stayed within easy reach. No one had illusions about the situation. Jeff was Suspect Numero Uno. Nate slid his arm around her waist but said nothing. They both watched as Gary followed Jeff toward his private quarters.

7

Nate stood over his kitchen stove with a spatula in his hand, watching the eggs in the frying pan. The yolks were almost perfect when the doorbell rang. He groaned and glanced toward the doorway, then back at the frying pan. Jeff sat at the kitchen table alternately yawning and sipping coffee while Nate got breakfast, but he stood when the chimes echoed through the old wood frame house at the lake's edge.

"Want me to get that?"

"Sure," Nate said. "If it's Emily, invite her in for some chow."

It took him only seconds to realize he was far off the mark. Detective Blakeney's deep voice reached him from two rooms away.

"Morning, Lewis. Just dropping by to tell you that you'll have to stay away from the lodge all day today."

Nate took the frying pan off the burner and shut the heat off. He went through the living room to the entry hall.

"Okay," Jeff said. "Uh. . .there's some food in the refrigerator at the lodge. If this is going to take a while, maybe someone should clean it out?"

"I'll let you know." Blakeney noticed Nate in the doorway and nodded. "Morning, Holman."

"Hi. Would you like some coffee?"

"No, I'm on my way out to the lodge. We expect the mobile crime lab within an hour, and we'll probably be busy out there all day."

Jeff cleared his throat. "Uh, if I'm allowed to ask, is the. . .uh. . .is Mac still out there?"

"No, Grebel's Mortuary in Aswontee picked the body up last night. They'll transport it for us to the medical examiner for an autopsy."

"Sure." Jeff ducked his head, and his face took on that ashen color he'd had last night.

"Has Mac's family been notified yet?" Nate asked.

"Yes, I reached his brother last night," Blakeney said. "He offered to tell the rest of the family, including the ex. But they know the body won't be released for a few days at least."

Nate looked over at Jeff, who rocked on his feet as though he might keel over any second. Nate decided getting Blakeney out of the house was a priority.

"We plan to go to church this morning," he said. "I'll have my cell phone if you need to contact us."

Blakeney eyed Jeff for a moment then nodded. "All right. Just keep yourself available, Lewis. We'll let you know when you can go back to the lodge."

As the door closed behind the detective, Jeff's shoulders slumped. He turned slowly and grimaced at Nate.

"I guess it's pretty clear where I stand with him."

"Don't let it get you down," Nate said. "He has to look hard at you. After all, you were the only other person in the house with Mac. Except the killer, of course." Nate winced over his blunder and hurried on. "Come on, the eggs are ready. Let's eat and go over to Felicia's house. I usually pick Emily up on Sunday morning."

"Oh, I don't know as I'm up to going to church." Jeff smiled apologetically. "People are talking, you know?"

"Do I ever. But if you go to church with your chin up, they'll be more apt to come down on your side. You need support now, Jeff. The people of Baxter like you, and they'll want to help you any way they can. When this is over, you'll be glad you didn't shut yourself off from friends and neighbors."

Jeff sighed. "You're probably right. I didn't sleep very well, though. I mean, we both know Blakeney thinks I murdered Mac. That's rough."

Nate put his hand on Jeff's shoulder. "I don't think that. And I don't think Blakeney's ruled out other possibilities, either. But he wouldn't be doing his job if he didn't treat you like a suspect."

"Do you think he'll do a good investigation?"

Nate considered that for a moment. "Yeah, I do. He's good at his job. When Emily and I brought him some clues in the Derbin case, he acted a little standoffish, but he didn't ignore us. He'll take information any way he can get it, and he wants to know the truth. He's not out to get you unless you're guilty, which you're not."

"Thanks. I'll try to keep that in mind," Jeff said.

Nate cuffed him on the back. "Come on, I'm starved."

⁓

That afternoon Emily helped Nate's mother do the dishes after Sunday dinner. When the last plate was dried and put in the china cupboard, Connie Phillips smiled at her future daughter-in-law.

"I usually take a nap about now. Why don't you go join the fellows in the front room?"

Emily found Nate stretched out on the sofa near the fireplace, browsing a magazine, but he sat up quickly when she appeared and replaced the magazine on the coffee table.

"Where are Jeff and Pastor?" Emily asked, plopping down beside him.

"In Pastor's study." He moved in closer and slid his arm around her.

Emily leaned back and arched her eyebrows.

"This is good, right?"

"I think so. Jeff is really taking this thing with Mac hard. He's worried about Blakeney keeping him in the suspect bracket, too."

"That's to be expected, I guess, though it must be depressing for Jeff. I can't imagine how I'd feel if it were me. . .or you."

"Yeah. We got to talking about it, and Dad Phillips was giving Jeff some encouragement. He invited him into his study so he could show him some scripture."

Emily smiled and laid her head on Nate's shoulder. "I'm glad he's ready to listen. This has been a big shock for Jeff. I had a hard time sleeping last night myself. My mind kept going back to the murder, so I just kept praying for Jeff."

"Me, too. I think several people in Baxter had insomnia last night."

"I wish we could be closer to the investigation." She sighed. "I can understand Blakeney not wanting me poking my nose in, but this would be great training for you—to see a murder investigation firsthand, up close, and—"

Nate bent to kiss her, and Emily stopped talking. She knew Nate was frustrated, too, and talking about it would only intensify those feelings. But kissing Nate—now, that would distract her from a lot of minor grievances. When he released her, she leaned against him in contentment. "I should have brought the catalog. We still haven't decided on the style for the invitations, and I need to get that order in."

Nate leaned back and said nothing for a long time.

"Honey?" Emily asked.

"Yeah?"

"You do want invitations, right?"

"Well, yeah." He shifted, and Emily looked up at him. He seemed to be fighting a frown unsuccessfully. "You know what would really make me happy?"

"What?"

He hesitated. "Okay, I'll just say it. Why don't you just pick out what you like? I know I won't hate it, and it would make everything so much easier."

Emily stared into those soft chocolate eyes for ten seconds, telling herself he really did care about her, the wedding, and their future together. It was only the froufrou details that annoyed him.

"Is that what you really want?"

"Well. . .I know you have great taste, and to be honest, I don't care if they have curlicues or flowers or starbursts. All I care about is our names together with the words *holy matrimony*, telling the world you're going to be my wife."

She smiled. "All right. You said the right thing. Actually, that's about the way I figured you felt. We don't have to do everything together. I'll pick one and place the order tomorrow."

His expression cleared as though she'd granted him a reprieve from a heavy sentence. "Thank you."

She twined her arms around his neck and kissed him again.

The sun was setting over the frozen lake when Blakeney returned to the house beside the marina. Nate and Jeff had been home for an hour, and Nate was starting to think about making sandwiches for supper and wondering how they would get through the long evening. He invited the detective in and sat down with him and Jeff in the living room.

"All right, Lewis; here's where we are," Blakeney said. "The body is in Augusta, and the medical examiner will start the autopsy tomorrow morning. The crime scene team cataloged a lot of evidence at the lodge today, and they'll sort out what's relevant to the murder and what's not." He held out a piece of paper. "This is a receipt for a few items we took as evidence. If all goes well, you'll get them back later."

Jeff took the list and grimaced as he skimmed it. "If it's all the same to you, I don't need the bedding back."

Blakeney nodded. "Okay. And I've interviewed several members of the lodge staff today."

Jeff sat back and met his gaze. "Good. I'm glad you could get hold of them."

Blakeney stretched out his long legs. "Yeah, well, you might not be so happy when I tell you what one of them told me."

Apprehension clouded Jeff's face.

Blakeney went on. "One of the other guides, Royce Fairbanks. . ."

Jeff nodded.

"He said you and MacBriarty had a disagreement last fall. I made some inquiries after I talked to Fairbanks, and I learned that MacBriarty was arrested at the time."

Jeff shifted in his chair and cleared his throat, not quite looking at Blakeney. "That's right."

"You want to tell me about that?"

Jeff shot a look at Nate that he could only interpret as a plea for help. All he could do for him now was pray.

Lord, help Jeff. Keep him calm, and help him to be open with Blakeney.

Jeff drew a deep breath and nodded. "It was during the moose season. Mac took a party out moose hunting. There were four men from the Portland area. One held the permit, one was the alternate shooter, and the other two just came along for kicks."

Blakeney pulled out his notebook and wrote something down. "You have all their names on file, I assume?"

"Sure. At the lodge, in my office. At least the permittee's name and address, and whichever one paid the bill. It was the Miller party. If you check the file cabinet beside my desk, you'll find a folder under *M* for Miller."

Blakeney nodded.

Jeff went on. "They came in from the hunt successful, and they were all celebrating. But later, one of the guests said that Mac shot his moose for him."

"What did you do?" the detective asked.

"I was shocked and disappointed in Mac. I thought it over for a few hours, but I knew what I had to do. I mean, if it got around that Lakeview Lodge's guides would do something like that. . ."

"So you turned him in?"

Jeff winced and shook his head. "I was going to. But I wanted to talk to him first. I'd just made up my mind to confront him when Sarah—she's one of the chambermaids—came in and told me a game warden was out front and wanted to speak to me. He said he'd had an anonymous tip and he was there to arrest Mac."

"But you didn't make the call."

"No. But I would have if Mac couldn't look me in the eye and tell me he didn't do it. I was ready to do what I had to. But the way it happened, I felt bad for Mac—I liked him. I wished I'd had a chance to talk things through with him first. But anyway, someone made the call. When someone other than the permit holder or the sub-permittee shoots the moose, that's a crime. We all know that. I couldn't let it happen on my property and under the auspices of my business."

Blakeney grunted and continued to write. "Who was the warden?"

"Uh. . .That guy from Orono. . .Jackson, I think?"

"I know him."

"He can tell you about it," Jeff said. "When Mac was released on bail the next day, he came back to the lodge. I had a long talk with him in my office. I suppose it may have escalated, and our voices may have become loud enough to be construed as an argument."

"So Mac was angry at you?"

"He thought I'd called the warden. I told him I didn't, but I also told him that if he ever pulled a stunt like that again, I'd have to fire him. As it was, I took him off guiding until after his court appearance. That put a cramp in our style, I'll tell you. We had more hunting parties than Royce and Sam could handle. I had to persuade a retired guide to take out a few parties for me, and I paid him royally for helping me out. Meanwhile, I kept Mac on maintenance. Afterward I wondered if maybe I should have fired him on the spot, but I cut him a break, you know? He's been with the lodge a long time—since before my dad died. As far as I know, he'd never done anything like that before."

"Had he gone to court yet?" Blakeney asked.

"Yeah. The case was dismissed for insufficient evidence."

"I thought he admitted it."

"Not in so many words. When I raked him over the coals, he acted pretty remorseful, but he never said he did it."

"Did he say he didn't?"

Jeff gulped and met the detective's steely eyes. "Well, no. But I've always liked Mac, so I gave him another chance."

"How was he after that?"

"Fine. Things were cordial between us. You know, I'm still not a hundred percent sure whether or not Mac shot that client's moose. But I figured if he didn't, he'd have defended himself. He didn't do that. He just let me rail at him, and he never complained about my taking him off duty."

Blakeney put his notebook away and stood. "All right, Lewis. You just hang in there and do what you're doing. In other words, stick around and be available when I want to talk to you again. I'll look into this hunting thing more closely."

"Can I go back to the lodge now?"

"Not yet."

Jeff slumped back in his chair.

Nate walked Blakeney out to the driveway. When they reached the unmarked police car, he ventured, "Sir, I'm sure Jeff is giving it to you straight."

Blakeney's granite gaze drilled into him. "If he's not, I'll find out. Just because he's your friend, Holman, don't think he's not capable of committing a crime. I understand you're in training at the academy. You know it's hard to stay objective in a case like this, but it's vital."

"Yes, sir, I understand. Oh, and Detective, did anyone tell you about the break-in at the lodge Thanksgiving night?"

Blakeney's eyes narrowed. "First I've heard of it."

"Well, sir, it's probably not related to this murder, but Emily and I were out there visiting Jeff that weekend, and no one else was there except the three of us. Someone broke in that night. Jeff heard him and scared him off."

"Did he call it in?"

"Yes. One of county sheriff's deputies responded. But nothing was taken, and in the six weeks since then, I don't think Jeff's heard any more about it."

"Probably nothing, but you never know. I'll look into it. Thanks, Holman."

After the detective was gone, Nate figured he should start supper, but he wasn't sure he could get Jeff to eat. His friend sat unmoving in the armchair, staring at the opposite wall.

"So, you want to go out, Jeff? We could get something to eat at the Lumberjack."

"No thanks. I'm still full from your mom's dinner."

Nate headed for the kitchen. Sooner or later they'd have to eat something. He opened the refrigerator and closed it again. Maybe Emily would come over and cook something. Yeah, right. Cooking was low on Emily's list of favorite pastimes. Sometimes he wondered what they would eat after they were married. She could cook, he knew. But she could also be content to go for days on sandwiches and takeout.

He heard a car drive in, so he went back to the living room and looked out the window. Gary was walking up to the front door. Nate went to meet him.

"Hey," Gary said. "I'm heading home for the night. Did Blakeney come here?"

"Yeah, he just left," Nate said. "He didn't tell us much, just grilled Jeff about his relationship with Mac. Did you guys find anything today?"

Gary shrugged. "Maybe."

"Any murder weapon?" Nate asked. He would never have dared ask Blakeney, but after all, Gary was his cousin.

"No, but they impounded all of Jeff's guns and hunting knives."

Nate gritted his teeth. "I guess they have to, at least until the ME is done with the autopsy. Anything else you can tell me?"

Gary looked beyond Nate toward the interior of the house. "Where's Jeff?"

"In the living room."

Gary lowered his voice. "Well, just between you and me, I don't think they've got enough evidence to arrest him. Blakeney's working it. He's really pushing the crime lab to give this priority."

"Are they looking at other suspects besides Jeff?" Nate asked.

"Yeah. I mean, we're interviewing all the staff and those repairmen that were working out there, and Blakeney talked to the former Mrs. MacBriarty on the phone. We've got to verify that she stayed in Massachusetts this weekend. But the cops down there will help us with that."

"So there aren't any other suspects that really look good. That's what you're saying."

Gary shook his head. "Afraid not. Blakeney likes Jeff for it."

Nate's heart sank. "You said they took his knives?"

"Yeah. The preliminary word is MacBriarty was stabbed."

Gary declined his invitation to eat supper with them, which was just as well. Nate no longer felt like eating, either. When Gary left, he and Jeff sat in dejected silence for a few minutes. Nate thought of turning on the television, but during this hour all the stations he could receive without benefit of cable—a luxury unknown yet in Baxter—would carry news reports, and he thought that would only further discourage Jeff. All the stations must be broadcasting news of the murder.

His phone rang, and he answered it in the kitchen, happy for the diversion and even more so when Emily's cheerful voice rang in his ear.

"Hey, babe! I ordered those invitations. What do you think of that?"

He couldn't help grinning. "You ordered them online?"

"Yup. They should be here by next week."

"Great. Thanks for doing that, Em."

"How's Jeff?"

"Not good," Nate admitted. "Blakeney was here. He seems focused on Jeff as the most likely to crack and murder an employee."

"Oh, that makes me so mad!"

Nate winced and held the phone a bit farther from his ear.

Emily went on. "I mean, they should be giving Mac's ex-wife the third degree. What about her, hmm?"

"Well, he did say they're checking her whereabouts this weekend."

"Well, she probably didn't do it herself. She probably hired some hit man to drive up here and shoot Mac. Has Blakeney thought of that, I wonder?"

Nate suppressed a smile. "You could call him and suggest it. I'm sure he'd love your input."

"Oh, you think you're so funny!"

"Hey, I did learn unofficially that they think he was stabbed, but they haven't found a weapon yet."

"Yeah? Huh. I'll have to snag an update from Blakeney tomorrow morning. Maybe we could squeeze it into Tuesday's *Journal*."

"Sure," Nate said.

"I heard something else," she told him. "It may just be gossip."

"What's that?"

"Felicia and I went over to the Lumberjack for supper—"

"I tried to get Jeff to go over there, and he didn't want to. Said he didn't feel like eating."

"Yeah, well, everybody in town is talking about this thing. I don't know that I blame him for not wanting to go out in public much. But anyway, Jon Woods told us he'd heard that another guide—not one who works for Jeff, but some independent outfitter—was mad at Mac for pirating some of his best-paying clients."

"Do you think it's true?" Nate asked.

"I don't know, but it might force the police to look at someone other than Jeff if we point them to someone with a motive. If Blakeney's nice and gives me a good interview for the *Journal*, I just might hand him the other guide's name."

8

So, you think there was bad blood between MacBriarty and this Ormond Hill?"

"Well, it's only a rumor that I heard, Detective, as I said." Emily watched Blakeney scratch the information into his notebook on Monday morning. She wondered if he ever smiled. "I don't want to get anyone in trouble, but it seemed to me like something you should know."

Blakeney's gray eyes drilled into her again. "And you heard this from Jonathan Woods, over at the garage?"

"Yes. I'm sure he can tell you more about it than I can."

"All right, I'll see what I can find out." He slid the notebook into his pocket.

Emily stood. "Thank you for the information."

"You're welcome. I'll look for the article in tomorrow's *Journal*. And you'd better not misquote me." He walked across the small room and went out, letting in a blast of frigid air.

Emily sighed with relief as the door to the newspaper office closed and Detective Blakeney disappeared. Despite her interest in the story, Blakeney was a difficult interviewee. She could almost feel the atmosphere in the office relax now that he was gone.

"All done?" Felicia poked her head in through the doorway of the small room full of file cabinets they referred to as the morgue. "Boy, he's a beast. Did you hear the way he spat every time he said Jeff's name?"

"Yes," said Emily. "I think I felt it a couple times, too." She wrinkled her nose.

"Eew. And did I hear him tell you not to interfere with police procedure?"

"It's nothing I haven't heard before." Emily winked. "Anyway, I think I need time to let my head clear before I write my article." She pushed her chair back, scooped up her notebook, and started for the door. "I'm off to Augusta."

"Visiting Nate?" Felicia batted her eyelashes.

"Nope, he's still here in town. They have another week for their Christmas break from the academy. This is strictly a research jaunt."

"Aha!" said Felicia. "Sticking your nose where it doesn't belong?"

Emily shrugged her shoulders with exaggeration. "Blakeney never said not to interfere with library business."

Felicia nodded. "That's why I like having you at the *Journal*."

At the Maine State Archives, Emily went straight to the vital records. If she couldn't poke around in the MacBriarty case, she'd go back to the story of the lumber baron's treasure. She hoped to find out more about André, the lumberjack who drove Alexander Eberhardt to Bangor on his fateful trip so many years ago. She had very little to go on, without even a last name, and her search for information had so far proved fruitless. Half an hour's searching through the ledgers and box files on the shelves brought her no closer to the data she wanted. In frustration, she went to the circulation desk to ask for some help.

"That's a tough one," said the petite, red-haired woman. "I'm new here. But our chief archivist is in the office. Would you like me to get him?"

"Please," Emily said eagerly. "This is really important, and I'm out of ideas."

When the archivist came out of the office, Emily explained the situation to him.

"Let me see what I can find," he said. "We have some microform materials that may be of use to you."

A few minutes later, Emily carried a stack of microfilm reels to a reader and threaded the first tape through the feeder. The first spool consisted of several editions of an obsolete newspaper covering the area of Baxter and several other small townships. The weekly editions mainly offered colorful yarns about the lumber camps, family farms, and church picnics.

While she skimmed these for names, the archivist approached with a couple of books. "I've found something in the vital records you may have overlooked. There was an André Pushard mentioned, and another source confirms his working for Eberhardt."

Emily spent the next two hours scanning microfilm and poring over books that the archivist brought to her. Putting the clues together piece by piece, she learned that Pushard's hometown was Ste. Aurelie, Quebec, not far from the Maine border. She requested help in researching family history in Quebec. By midafternoon, she realized she was running short on time and decided to copy some of the records to take back with her.

She was standing over the copier when the archivist returned again. "I've got an old journal here. It was kept by a man who lived in Brewer. He worked for a couple of years as a clerk for Alexander Eberhardt, and it has some entries I believe are related to Eberhardt's business."

"Oh, thank you!" said Emily. "Just add it to my stack." She motioned to the books she had piled on a chair beside the copier.

"The problem is, the diary is in French, and we don't have a translation. But there's a written description of the book in our index that tells when he worked for Eberhardt, so I thought there could be something pertinent."

"Okay," said Emily. "If it's not too many pages, I'll copy it and take it with me. At this point, I'll take anything I can get."

With her folder of papers, she left the archives around four o'clock. After a two-hour drive, she arrived home eager to dive into the material, dig out her college French dictionary, and see what else she could learn. She sighed deeply as she let her folder and notebook drop to the tabletop in Felicia's kitchen.

"Something wrong?" Felicia was peering into the refrigerator with a look of expectation, as if hoping her leftover Chinese food would turn into a chocolate cake. "I seriously need to shop."

"I'm just eager to work on some stuff I brought home from the archives, but I need to write up my interview with Detective Blakeney first."

"You bet your boots," said Felicia, closing the fridge. "I need that tomorrow."

"It won't take me long. But I'm not feeling motivated."

Felicia pondered for a moment. "I could threaten to fire you."

Emily laughed. "Okay, okay. I'm on it."

A sudden crackling sound was followed by a clear voice saying, "PSD 7, what's your twenty?"

Emily stared at Felicia. "You brought the police-band radio home from the office?"

Felicia laughed. "No, I bought another one. Don't you want to be able to monitor your sweetie's movements when he starts working for the sheriff's department?"

Emily winced and walked over to the counter where the new radio set was perched between the coffeemaker and the toaster. "I'm not so sure that's a good idea. It almost seems like spying."

"Aw, come on. We eavesdrop on the cops all the time at the office. But sometimes on the weekend we miss out on a story because we don't hear about it until Monday."

"Or until we read the *Bangor Daily*," Emily said with a chuckle.

"Just because we're a biweekly doesn't mean we have to be behind the game." Felicia shrugged. "Besides, if Nate's going into a high-risk situation, don't you want to know about it?"

"Well. . ."

"You don't want to be the last person to get the call, do you? I know you don't."

"I suppose." Emily took up her notebook and started for the living room. Halfway there, she turned around. "Felicia?"

"Yeah?" She had the refrigerator open again but turned to peer at Emily over her glasses.

"When I'm done, you wanna go out for pizza?"

"You bet your boots."

Nate pulled into the gravel driveway of the lodge and parked beneath one of the large cedar trees. "Here we are."

"Thanks for putting me up," said Jeff. "It was a big help."

"No problem. It was the least I could do."

They got out of the SUV and started toward the front porch.

"Can you get things moving again with the contractors now?" Nate asked as he followed Jeff inside.

"Detective Blakeney said the police may be in and out for follow-up questioning, but it seems I'm pretty much free to do whatever I want now with the renovations."

"That's a relief. You've had quite a delay already, and that can't be good for business."

"Yeah. I should still be able to open on schedule for the beginning of fishing season. It's just going to be a lot of work."

Inside, Jeff walked to the bottom of the stairs and looked up. "You know, I still keep hoping this is all a dream."

Nate leaned against the newel post, unsure of what to say.

"I wish I knew why it happened here," Jeff went on. "Someone was mad at Mac and decided to kill him. But why at my lodge? I've got these questions in my mind I can't get away from."

"Yeah, I know," said Nate. "What about your brother and sister? Have you contacted them? This might be a good time to get some support from your family."

Jeff looked over the empty lobby with a sigh. "I called them that first night. They were both sympathetic, but they have their own lives. It's not something that directly impacts them, you know."

"But still. . ."

"Since Mom and Dad died, we haven't been close. We talk once in a while, but. . ."

Nate put a hand on Jeff's shoulder. "Are you sure you shouldn't take some time off?"

"No," said Jeff. "I can't go away, anyhow. There's too much to be done, and I've already waited too long."

"Okay," Nate said. "Hey, I know Blakeney can be a bit tough, but he's an expert at what he does, and I'm sure things will get cleared up as soon as possible."

"Thanks, Nate."

In early February, Emily made her weekly call to Blakeney. The state police dispatcher put her on hold while she tried to patch the call through. Emily pulled a pocket calculator from her desk drawer. Might as well get a jump on balancing her checkbook while she waited.

The lack of progress on the MacBriarty case would have been laughable if the topic weren't so serious. Emily hated to even ask for information anymore. Week after week, Blakeney gave her the same line: "There's nothing I can tell you at this time, but we're working on it."

Meanwhile she and Felicia had kept busy covering town government, school events, fires, accidents, crime—anything deemed newsworthy within a twenty-five-mile radius of Baxter. The paper kept the two of them running like marathoners. Charlie Benton, who handled all the ads for the *Journal*, had threatened to quit if Felicia didn't hire someone to help him. The good news was that the paper now turned a solid profit.

"Yes, Miss Gray?" Blakeney's gravelly voice said in her ear.

Emily shoved her bank statement and calculator aside, uncovering her notebook.

"Hello, Detective. I wondered if there's anything new on the MacBriarty murder."

"I'm afraid not."

Emily winced. "Surely your department has processed all the evidence you collected."

"We have."

"Are you saying it hasn't led to any leads for you to follow?"

"I didn't say that. Don't put words in my mouth."

She felt her cheeks redden, even though he couldn't see her. "That wasn't my intention, sir. But if you don't give me anything quotable. . ."

"Ha! All you reporters care about is a snappy quote. Well, quote this: We have a suspect. We hope to make an arrest eventually but not yet."

"I don't understand what's taking so long," Emily said. "Could you explain to me what is happening that may lead to an arrest?"

Blakeney swore, and she flinched.

"Look, Miss Gray, we don't like to make an arrest until we're sure we have enough evidence to convict the suspect. If we make our move too soon, the district attorney will say we don't have a case, and we have to let the suspect go. It's a waste of taxpayers' money. The folks in Augusta don't like it when that happens."

"Oh, I understand that, sir, but. . ."

"But what?"

"Well, we both know that Jeff Lewis is your main suspect in this case—"

"Did I say that?" Blakeney snapped.

"Well, no, not in so many words."

"That's right. And if you were to print something like that. . ."

"I won't. Not until you tell me to."

"Good. Anything else? Because I've got a robbery in Wittapitlock to investigate. Do you mind?"

"No, sir." She hung up and slumped in her chair.

"Get bitten by the big, bad Blakeney?" Felicia asked from across the room.

"Yup. I guess the upside is that they don't have a shred of evidence against Jeff Lewis."

"Yeah, but we can't print that."

"So I've been told."

"Hmm." Felicia wiggled her eyebrows. "Maybe we could print a list of all the citizens in Baxter against whom Blakeney has no evidence and put Jeff's name at the top."

Emily laughed. "Yeah, right."

Felicia shrugged. "Oh, well. We've still got holes on pages three and four for Friday's edition. Were you going to do that profile of the guy who drives the town snowplow?"

"Sure," Emily said without enthusiasm. "And you can call the weatherman at the TV station in Bangor for our weekly report on conditions for skiing and ice fishing. Do you want my usual weekly two-inch nonstory on the MacBriarty case?"

"People will ask if you don't write it."

Emily picked up her pen with a scowl. "We should just put a little box down on the corner of page one every Friday that says, 'Ditto on the MacBriarty case.'"

By the end of February, Emily was so starved for news of the investigation that she worked up her nerve to call the county sheriff's office and ask for Deputy Russell Young. He called her back an hour later.

"May I help you, Miss Gray?"

Emily gulped and put a smile in her voice. "Hi. I don't know if you remember me, but I was at Lakeview Lodge with my fiancé, Nate Holman, the night you responded to a report of a break-in last Thanksgiving."

"I remember," Young said.

"Oh. Good."

"What can I do for you?"

"Well, it's about the pocketknife you took away from the lodge that night. . . the one the intruder dropped."

"We logged it as evidence."

"You still have it, then?"

After a pause, Young said, "Actually, the state police asked us to transfer that knife to them in January."

Emily drew in a careful breath. So Blakeney thought there might be a connection between the break-in and Mac's murder more than a month later.

"Do you know something about the knife?" Young asked.

"Me? No. To be honest, I work for the *Baxter Journal*, and I was hoping I could see the knife. Just as part of some research I'm doing."

"Research about the break-in?"

"No, not exactly. Well, yes." She sighed. "Deputy, I don't know what I'm looking for, but the state police haven't been very forthcoming with information on the MacBriarty murder. I thought that since that knife was dropped in the same building where Mac was stabbed a few weeks later, maybe. . . Well, I guess I'm just fishing. I shouldn't have bothered you."

"Well. . .we do have pictures of the knife. Would that help?"

She caught her breath. "Of course you do! Thank you. That would help a lot. At least, it would give me something to putter around at. Is it all right if I come get the photos tomorrow?"

9

Nate hurried up Felicia's walkway, shivering despite his thick jacket, knit cap, and warm gloves. He hoped this cold snap wouldn't last long.

Emily opened the door and launched herself into his arms. "I'm so glad you're back."

He chuckled and maneuvered her inside so he could shut the door then returned her embrace. "What have you been up to?"

"Forensics."

"Oh yeah?"

"Yeah." She took his coat and hung it in the closet.

"Hello, Nate," Felicia called from the kitchen. "Do you want some coffee?"

"Sounds good, thanks." Nate let Emily lead him to the sofa. Her laptop was set up on the coffee table.

"I've been researching that knife," she said.

"What knife?"

"The one the burglar dropped at Jeff's when we were there."

"Oh, the pocketknife?" She placed two eight-by-ten photographs in his hands. He looked at them then turned them over and read the labels on the backs. "Where did you get these?"

"From Deputy Young. He told me Blakeney came and got the knife from them last month."

"No kidding?" Nate pondered what that might mean. "So what are you doing about it?"

She wrinkled up her face in distaste. "Well, I've been busy, but it hasn't told me a lot." She sat on the sofa, and Nate seated himself beside her.

"Tell me what you've got."

"It's a very common brand of knife. They sell it lots of places. They have several inexpensive models."

Nate nodded.

She moved the mouse, and the screen on her laptop cleared. "Look at this. It's the manufacturer's Web site."

Nate peered at the images on the screen. "Oh yeah, I've seen a lot of those."

"Of course you have. You sell them in the marina store."

He flicked a glance at her then back at the screen. "You sure?"

"Yes. Not the exact same model that the burglar dropped, but the same brand. I went over to the marina this morning and looked over the ones in stock. Then I talked to your mother, and she looked up her inventory records. The Baxter Marina has carried this brand for fifteen years, but you never actually stocked this model."

"Well, that's kind of a relief."

She nodded. "That would be too creepy if the thief bought his knife at your store. It's not one of the models they show on the Web site now. Your mom figures it's probably a few years old."

"So. . .where does that get us?"

She frowned and raised her hands in futility. "Nowhere, really. Anyone could have owned it. They could have bought it just about anywhere a few years back. And we don't know that it has anything to do with Mac. Probably not. I mean, obviously he wasn't stabbed with this knife."

"No, it was in the county sheriff's evidence locker when Mac was killed."

"Right. And the autopsy showed that the knife that killed him was bigger, anyway. Maybe a hunting knife." She leaned back and crossed her arms across her chest. "I called Blakeney and told him everything I'd found out."

"What did he say?"

"To stay out of it."

Nate eyed her keenly. She sounded slightly put out but not angry or weepy. "You okay?"

"Yes. He did tell me one largish item that I can use in the paper this week, which is a relief, because we really need to give the readers something fresh on this case."

"What was that?"

"He said the medical examiner has confirmed that none of Jeff's knives they confiscated was the murder weapon."

"Hey, that's great. Does Jeff know?"

"I don't know. If not, he'll know when he reads the *Journal*. But I hope the police tell him first." Emily shrugged. "Of course, that doesn't let Jeff off. As Blakeney so delicately put it, there could be other weapons Mr. Lewis owned of which we know not the current location."

Felicia came in carrying a tray with three mugs, a sugar bowl, and a quart of milk.

"Here we go, folks."

"Thanks, Felicia." Nate accepted a mug of coffee and set it on a coaster beside the laptop. "Well, Em, it sounds as though your research about the knife wasn't totally wasted. It gave you and Blakeney some common ground to discuss, if nothing else."

He could tell by her expression that Emily wasn't satisfied. She pursed her lips and reached for the sugar bowl.

"Whatever."

"Come on, babe, don't pout," he said.

"Who's pouting?"

"Not me," Felicia said. "The basketball team at Aswontee is playing tonight. The winner goes to the tournament. We're all going, right?"

Nate looked eagerly at Emily. "Oh yeah. What do you say, Em? Aswontee Eagles, all the way!"

Her frown morphed painfully into a smile. "Okay. This could be the game of the year."

"I'm writing the story," Felicia said, "but you can take the pictures."

Emily reached out and closed the laptop.

Two weeks later, Nate seated Emily at a table with his mother and Dad Phillips at a fancier restaurant than he usually patronized. He felt conspicuous in his uniform, with the new badge gleaming on his chest. The grueling course at the Maine Criminal Justice Academy was over, and he was now a sworn officer of the Penobscot County Sheriff's Department.

"So, seafood all around?" Jared asked as Nate sat down.

"I want scallops," said Nate's mother. "They never get deep-sea scallops at the Lumberjack, and I've been hankering for some."

"I think I'll try the fish chowder," Emily said, perusing the menu.

"That's not enough," the pastor chided. "What else?"

"A salad."

He shook his head. "Well, I'm with Connie. Scallops for me. Nate?"

"I'll take the fish and chips. And don't worry about Emily." Nate grinned at her. "She'll outdo us all when it comes to dessert."

Nate's stepfather had insisted on the celebratory meal in Waterville before they headed northward for Baxter and home. Now that the graduation ceremony was over, Nate realized how hungry he was and appreciated Jared's thoughtfulness.

"I'm so proud of you!" His mother leaned over to kiss him on the cheek.

"Aw, Mom, people are watching." Nate grimaced, but he wasn't really upset.

Emily just smiled, but when the waitress came and his parents were giving their orders, she bent toward him and whispered, "I'm proud of you, too."

Could his life get any better?

"So, Nate, you'll be working mostly in northern Penobscot County?" the pastor asked.

"That's right. It lets me keep living in Baxter, which is a plus. Emily and I didn't want to have to move away."

Emily nodded. "It should work out very well for us."

"Have you two thought about where you'll live after you get married this summer?" his mother asked.

"We'll probably stay at Emily's cottage on the island as long as we can. When it gets too cold. . .well, we haven't really talked about it, but I'm sure we will." He glanced at Emily, but she was no help. Her cheeks flushed, and she looked away. Nate could see that this was a definite oversight on his part. "I mentioned once living at the marina, but the conversation was interrupted. I guess I assumed we'd live there during the winter."

"That's fine, if you want to," his mother said, "but Jonathan and Allison Woods came by the other day and asked me if we still planned to sell the business, and if the house goes with it."

That caught Nate by surprise. "I knew they were interested in buying the marina, but they told us last fall they didn't have the money. And Jon's got the garage. I figured they'd keep that."

"Well, Allison's father died, and they've come into some money." His mother sipped her water. "Now Jon's thinking he'd like to sell the garage and their house and buy the marina and our house, if you want to sell."

"It's not up to me, Mom," Nate told her. "You own it."

"Now, honey, you've worked as hard as your father and I ever did, and since he died you've kept the place going. It's always been your home, and since your father passed away, I've considered the property and the business to be half yours."

"Thanks, that's very generous. But you know I haven't done anything at the marina since October. Allison has kept the store running all winter, and I've got to admit I like the freedom I've had, not being tied down all the time. Now that you've given up the post office and they moved it downtown, I guess I thought we'd just sell the business and maybe keep the house."

His mother reached over and squeezed his hand. "If you don't want to sell the house, we don't have to. But you're right. You're not working at the marina anymore, and Allison is doing a pretty good job of running it. If Jon sells the garage and they both work at it, I'm sure they can do as well as your father and I did. If you kids want to live at the marina house, we can probably work something out with them."

A renewed sense of loss hit Nate as he thought about the old days, with Dad handling the boat rentals while Mom manned the post office, and both of them working in the store. A lump rose in his throat. He'd grown up a part of it. Things wouldn't be the same without the marina. He swallowed hard and pressed his lips together, trying to find the appropriate response. "Thank you, Mom. Let me think about it, and we'll talk later, okay?"

"Sure."

"Perhaps you and Emily would like to discuss this in private, after you've had time to think it over," the pastor said softly.

Emily looked up at Nate with wide eyes. "Whatever you want to do is fine with me."

The pastor smiled. "Well, Nate, it sounds like you and Emily ought to decide where you want to live, and then you and Connie can work out what you both want to do."

An hour later they left the restaurant and went out into the cold, mid-March evening. With a light snow falling, the Maine winter refused to give up its hold.

Connie looked up at the swirling flakes. "I was hoping we were done with this for another year."

Dad Phillips chuckled. "Impatient, aren't you, my dear? We always get snow into April."

"Yeah," Nate agreed. "It's not even officially spring until tomorrow, Mom." His cell phone rang as they walked toward the pastor's car, and he pulled it from his pocket and answered it before getting into the backseat beside Emily.

"Hey, Nate! It's Jeff. I'm almost ready to reopen the lodge. Can you and Emily come next weekend, before the guests start coming?"

"That sounds like fun."

"Everything's redone. You've gotta see it."

Nate smiled and climbed into the car. "I'll ask Emily. I'm not sure if she has anything planned for the weekend."

"What?" she whispered.

After Nate finished the conversation, he relayed the gist of it to her. "Jeff has invited us to spend a couple of nights at the lodge. The remodeling's done, and he wants to show it off. He's reserved two guest rooms for us, and he's also invited his brother and sister and their families."

"Fun!" Emily cried. "I'm glad he feels like celebrating."

"Yeah. And getting his brother and sister up here is a real accomplishment, from what he's told me. I don't think they get together more than a few times a year."

"Will the lodge be taking guests in time for opening day?" Connie asked.

"Yes, he says he'll be open April first, right on time." The first day of fishing season was always a big day in the town of Baxter. It marked the return of sportsmen to Blue Heron Lake and the opening of most of the town's seasonal businesses. Fishermen flocked to the area, searching for open water to cast their lines in. Although the ice wouldn't be completely out on the huge lake for a few more weeks, Jeff's guides could usually find running streams where the ice had given way. By early May all the ice would have thawed from the lake, and the real tourist season would begin.

"Jeff told me Sunday that all the staff is coming back this week," the pastor said, pulling out of the parking lot. "He sounded very excited about getting things back to normal over there."

"Yeah, he's been pretty glum since Mac was killed," Nate agreed. "I wish Blakeney had found some evidence pointing to the killer."

"At least he didn't arrest Jeff," Emily said.

"Yet."

Emily slipped her hand into his. "Eventually this thing will be cleared up, I'm sure."

"It's been almost three months," Connie noted. "I'm glad the renovations went ahead as planned."

"Yeah, things like that usually take longer than you expect," Nate said.

"And cost more," the pastor added.

Nate leaned over and kissed Emily. She squeezed his hand then sat back primly. He sighed and sat back in contentment. Life with Emily, whether in the tiny cottage on Grand Cat Island or at the rambling marina house where he'd grown up or some other place as yet undisclosed, would be fantastic.

Jeff's brother, Ian, and sister, Phoebe, had already arrived when Emily and Nate entered the lodge Friday evening. Try as she might, Emily couldn't remember either of them from her childhood days in Baxter. She remembered Jeff, who was a year ahead of her and Nate in school and rode the bus with them to the high school in Aswontee until he graduated. But Ian and Phoebe were several years older than Jeff, and she'd had little interaction with them that she could recall.

Phoebe and her husband, Kent Forster, had brought their twelve-year-old son, Derek, while Ian mentioned that it was his weekend to have "the kids"— Will, age fourteen, and Chelsea, eleven. The three young cousins were full of energy, and they sparked flippant remarks off each other.

The adults were sipping coffee with Jeff in his private quarters, and the youngsters, after brief introductions to Nate and Emily, dashed outside to do some moonlight snowboarding on the slope behind the lodge.

Phoebe had the same thick, dark hair as Jeff. She studied Emily with keen green eyes. She wore stretch ski pants and a red cable-knit sweater. Emily hoped the ivory sweater her mother had made her for Christmas held up under Phoebe's obvious scrutiny. She figured she couldn't go wrong with her black slacks, though they weren't quite as sophisticated as Phoebe's outfit.

Kent greeted them then sank back onto the sofa beside his wife with his mug of coffee cradled in his hands. Ian, by contrast, seemed eager to talk. Emily could see a slight resemblance between him and his younger brother, Jeff, but Ian's coloring was lighter, and his eyes were more hazel than green. Ian bared his life to them in less than five minutes—his years of building up his insurance business and his rancorous breakup with Natalie after ten years of marriage. Phoebe listened with a pained smile and interrupted with a description of the small but thriving health food store she and Kent owned in Bangor. Emily's impression was unmistakable. If she hadn't been there, Phoebe would have told her older brother to shut up.

"Nate, Emily, let me take you up to your rooms," Jeff said after a few minutes of small talk. "I want to see your reaction to the transformation."

"He's really done a terrific job," Phoebe said. "It looks like a different place."

Jeff grinned. "Thanks. It was a big job, but I think our clients will appreciate it." He led them up the stairs, carrying Emily's suitcase. Nate followed, bringing his own luggage.

Emily realized at once that Jeff was taking her to the same room she'd had at Thanksgiving.

"I hope you didn't get rid of the pine bedroom set," she said as he paused before the door.

"Oh, no. I kept the furnishings. Couldn't afford to replace them."

She nodded. "Great. It's good stuff, and very comfortable."

Jeff swung the door open and stood back. She and Nate entered, and Emily inhaled deeply.

"Oh, this is fantastic, Jeff!"

The warm, natural woodwork still gave her a nostalgic feeling, but two interior walls were now papered in a lilac floral design. The comforter and pillow shams echoed the purple, green, and white tones of the room. To her left was a door that had not been there before.

She glanced at Jeff then stepped forward to examine the bathroom.

"Wow!" The new white fixtures had a Victorian flavor, with a pedestal sink and gold-toned faucets. The toilet and glassed-in shower left no doubt the plumbing was state-of-the-art, but the gold-framed mirror and embroidered sampler on the wall added to the old-fashioned charm.

"You like it?" Jeff asked, unable to suppress his proud grin.

"It's a dream," Emily said.

"Lisa Cookson helped me pick out the linens and decorations."

Emily smiled at the timid pride on his face. Lisa, the desk clerk, must be special to Jeff. "And you put in ten new bathrooms?"

"Yup. I lost four guest rooms overall to get the space, but I had to do it. It'll take a while for the investment to pay off, but we're booked solid into July already, so I'm not afraid of losing money this year."

They went across the hall to Nate's room next and admired the new decor. Bedroom and bath had been done over in a beige and blue color scheme, and Nate nodded with approval.

"Plenty of outlets. I can shave in the morning."

Jeff laughed. "You guys have no idea how relieved I am to finally have all the work done."

"I'll bet," Nate said.

"No, really," Jeff went on. "The plumber broke his ankle skiing in January, which delayed things a couple of weeks until he located someone to take over for him, and the electrician dragged his feet until I had to threaten to hire someone else if he didn't finish on time."

"That's really rough." Nate shook his head.

"Well, everything looks great now," Emily assured Jeff. She looked out the window and took in the view of the forest. The ground between it and the lodge was still blanketed in ten inches of snow. "You've still got the ambiance, but something tells me your guests will be a lot cozier now."

"Thanks," Jeff said. "You know, I was a little nervous asking Phoebe and Ian and their families to come. I wasn't sure they would. But I guess they're all curious about the murder."

"Nobody mentioned it while we were together just now," Nate said.

"They asked me about it before you came." Jeff grimaced. "I gave them the short version. Phoebe is still prickly from a disagreement we had a year or two ago, but Ian wanted to know every gory detail. I told him I'd rather not go into it that deeply in front of the kids."

"They seem like nice kids," Emily told him.

"Oh yeah. They are, mostly. Typical modern kids, I guess. Anyway, I was glad you two showed up when you did."

"Well, thanks for having us. It will be fun to have enough people to get some games going around the fireplace."

Jeff smiled. "I'm hoping everyone will have a good time. I'd better go down and see if the kitchen crew is on schedule. You two can get settled. We're planning to have dinner at seven."

As he left them, Emily wondered if the staff quarters on the third floor had been remodeled, too, and if anyone was now staying in Mac MacBriarty's old room. Some of the young women on duty must be staying overnight. Maybe she would have a chance to talk to Lisa later.

At the dinner table, Ian wasted no time in bringing up the subject of the lost money legend over their feast of roast beef, baked potatoes, green beans, and squash.

"So, Jeff, with all this remodeling, did you find any clues to the lumber baron's lost treasure?"

Phoebe laughed. "Honestly, Ian. You don't still believe that old taradiddle, do you?"

"You don't think there really was a treasure?" Jeff asked her.

Phoebe shrugged and reached for the salt. "If it's true—which I doubt—then I'm sure one of the lumberjacks found the old man's money and quietly made off with it."

Ian grinned at her across the table. "I hope not. I hope Jeff finds it now. I could use some extra cash."

"Oh yeah, Dad," said Will. "I really need a cell phone."

Ian scowled at him. "We talked about that already."

"Yeah, but if you got part of some old lumberjack's treasure. . ."

"Dream on," said Phoebe.

"No, get a job," Ian shot back at his son.

Emily glanced at Nate and cleared her throat. "Actually, I spoke to an attorney about this very topic a few months ago. I hate to disappoint anyone,"—she smiled at Will and the other youngsters— "but the lawyer says that if by some miracle Mr. Eberhardt's treasure were found now on this property, it would belong to the current owner."

"Which would be Jeff," Ian said, the frown lines on his forehead deepening.

"Hey, Uncle Jeff," Will said with a sugary sweet smile, "I'm your favorite nephew, right?"

"Watch it," said Derek. "Who filled the wood boxes in the library and Uncle Jeff's study, hmm?"

"Boys," Chelsea muttered, rolling her eyes.

Phoebe gazed at Emily. "This attorney. . .someone acting for Jeff?"

"Oh no," Emily said. "I did a story about the lodge—"

"I saw it on the Web site," Ian said. "Well done."

"Oh, thank you." Emily smiled at Phoebe. "When I talked to Jeff about the treasure, he mentioned the possibility that the money is still out there, hidden somewhere, and how your grandfather left his will. I didn't think Maine law would allow anyone to bequeath a hypothetical asset like that, so I mentioned it to a lawyer I know slightly, without giving him any names."

"What did he say?" Kent asked.

Emily looked down the table at him in surprise. Phoebe's husband had seemed absorbed in his meal, and she hadn't thought he was listening to a word that was said. She decided not to tell them she had obtained a copy of their grandfather's will. That might seem overly nosy. She had a feeling Phoebe and Kent, and possibly Ian, too, would not understand her burning desire to investigate every mystery she encountered.

"Well, he said that if a person like your grandfather left something to 'all his living descendants,' it would be divided equally. But he left the property in Baxter—that is, this property, the lodge and its grounds, to your father."

Ian nodded. "Dad had two sisters. They got the family's house in Brewer. I think they sold it and divided the money, but Dad kept this property and developed the business."

"Right," Emily said. "What the lawyer explained to me was that your aunts, if they are still living, and their children and grandchildren, would have no claim to the treasure if it were found today. But neither would you and your sister, or your children."

"It all goes to Jeff?" Phoebe's eyebrows rose to meet her bangs.

"No fair!" Chelsea cried.

"Yes, because your father left the property to Jeff," Emily said.

Jeff shook his head. "Actually, I bought half interest from him a few years ago, and when he died, the three of us split the other half. I bought Ian's and Phoebe's shares from them before the estate was settled."

"Even more reason for you to be sole owner of the treasure if it's ever found on this land." Emily shrugged with a smile. "But after all, unless something changes, it's just a legend." She looked at Phoebe. "You're not really out anything because of your granddad's unenforceable will."

"Bummer," Will said and pushed back his chair. "May I be excused, Uncle Jeff?"

"Sure," Jeff replied. He'd been quiet during the discussion of Elisha Lewis's will, and Emily hoped she hadn't embarrassed or upset him.

"Me, too," said Derek, rising.

"What are you kids going to do?" Ian asked.

"Look for the treasure," Derek replied.

Phoebe laughed. "This place basically got torn apart from the inside over the last two or three months. You think you're going to find something nobody else has found?"

Derek frowned. "Well, maybe."

Chelsea laid down her napkin and stood up. "Come on, Derek. I'll help you make a list of places we can look tomorrow. It could be hidden somewhere outside."

"That's a good idea," Ian said. "Maybe it's in the old boathouse. I wonder how old that building is."

"Or the cabin out in the woods where the hunters stay sometimes," Will added.

"Why bother?" Phoebe leaned back in her chair. "If you find it, you'll only enrich Uncle Jeff."

Ian looked across the table at Emily, and his brow furrowed once more. "So Jeff would get it all."

The uneasy mood that had descended on them made Emily wish she had said nothing. She looked at Nate, attempting to telegraph her regret to him with her eyes. He fumbled for her hand under the edge of the table and gave it a squeeze.

Still, Nate's support wasn't enough to take away Emily's troubled thoughts.

A few hours later, Emily lay sleepless in her room, thinking about the turmoil that seemed to simmer just below the surface among the Lewis siblings. She'd grown up an only child, always wishing she'd had sisters and brothers. Seeing this tension made her wonder if she hadn't romanticized the bliss of large families. She rolled over with a sigh. When she couldn't sleep, her habit was to pray, and she started a petition in her mind.

Lord, thank You for giving Nate and me this weekend with Jeff and his family. Help them to get along, and help me to be more careful about—

A loud thumping on the wall opposite her pretty bathroom jerked her out of her drowsiness, and she sat up in the dark, her heart racing.

10

Emily slid out from under her covers and placed her feet on the floor. Remembering the break-in at the lodge in the fall, and Mac's death, she wondered briefly if she should wake Nate or Jeff before investigating the noise. Nate's room was on the opposite side of the hall, and she was fairly sure Jeff had said there wasn't anyone staying in the room next to hers.

She stood up, pulled her bathrobe on over her pajamas, and took a flashlight from the nightstand. All sorts of thoughts flooded her mind. Another intruder? The murderer returning to retrieve something?

She breathed deeply. "It's your imagination," she told herself firmly. "Or it's one of the kids poking around." The murderer had escaped undetected the week after Christmas. He wouldn't come back after all this time. Still, she moved carefully and quietly to the door, turned the knob slowly, and stepped into the hallway.

A dim light shone from beneath the door of the room next to her own. She tiptoed closer and put an ear to the door. Someone was definitely moving around in there. Maybe someone was occupying the room after all and she'd been mistaken. Unsure of what to do, she raised her hand and tapped softly on the fresh cream-colored paint of the door panel. The light went out, and the sounds from within stopped. She wondered if the person inside had heard her and turned out the light hoping to avoid discovery.

Maybe not. Maybe the occupant had gotten into bed and shut the light off without hearing her timid knock. She held perfectly still and waited, but there was no more sound from behind the door, and the light did not go back on.

She hesitated another minute, but at last she decided to return to bed. More likely than not, one of Jeff's relatives had changed rooms without her knowledge. She didn't want to rouse the house for nothing.

She slept lightly, waking a few more times in the night, but no more noises came from the room next door. It occurred to her that one of the youngsters might have decided to do a little treasure hunting or exploring.

When she awoke Saturday morning, sunlight brightened her room, and she knew she had at last had a few solid hours of sleep. She smelled the aroma of hot coffee and glanced at her bedside clock. It was nearly eight o'clock. She dressed quickly, brushed her hair and washed her face, and headed down the stairs to find Jeff and Nate.

"Well, sleepyhead," Nate said, grinning at her as she entered the dining room. "Finally decided to join us?"

Everyone else was already up and halfway through their breakfast.

"I didn't sleep very well," said Emily. "I kept waking up." She watched everyone at the table as she spoke, hoping to catch some trace of reaction. Perhaps someone had been poking around last night where they didn't belong. But everyone seemed engrossed in the meal.

"Sorry to hear that. There's still plenty of food," said Jeff. "Help yourself. Pancakes, scrambled eggs, sausages."

"It looks wonderful." Emily slid into the chair Nate pushed out for her.

"Orange juice?" Nate asked.

"Thanks."

As he filled her glass, he asked, "So, why couldn't you sleep? Still fretting over the guest list for the wedding?"

"I heard something," Emily whispered to him.

"Heard what?" His voice was equally low.

"Can't talk now. But Jeff needs to hear this, too."

After breakfast, Nate collared Jeff and told him Emily wanted to speak to them privately. The three of them converged in Jeff's private office while the others were suiting up to go out snowmobiling.

"What's the trouble, Em?" Jeff asked.

Emily sat on the loveseat and pushed her honey blond hair away from her face. "I heard noises last night, Jeff. I thought you said the room next to mine was vacant."

"Well, it is." Jeff frowned.

She arched her eyebrows. "I'm positive I heard someone moving around in there last night around eleven o'clock."

"The room's ready for guests arriving Friday," said Jeff. "But no one should have been in there last night. Are you sure you heard something?"

Emily's eyes shone and her face turned pink. Nate could tell she was a little annoyed.

"I'm positive. I even got out of bed and stepped into the hall. Light was coming from underneath the door. I thought maybe you'd switched someone's room last night and I didn't know it."

Nate felt his heartbeat accelerate. "Jeff, maybe we should have a look." With memories of the intruder incident and the murder still fresh on his mind, he didn't want to let this go without investigating, especially if there was any question of Emily's safety.

"You're right," said Jeff. "We'll check the room. But I appreciate your telling me in private. I don't want everyone else speculating and making up stories. Let's keep this quiet."

"No problem," said Nate. "My lips are sealed. Come on, Em."

The three of them went upstairs, where Emily paused outside her room. "I heard the sounds coming from beyond my bedroom wall, on the side opposite my bathroom," she explained. "So it had to have been the bedroom next to mine."

Jeff nodded. "The bath for that guest room is on the other side. The shape of the room is a mirror image of yours." He approached the door next to Emily's and tried the knob. The door swung open. "That's odd," he said. "Let's take a look."

The double bed was made up with a red, white, and blue quilt. Extra blankets were stacked neatly on top of a trunk in the corner, and everything was tidy and clean.

Jeff surveyed the room. "Nothing's out of place. Are you sure you didn't mistake the room number?"

"I'm positive. Like I said, I'd gone to bed, and I heard a noise. Someone walking around and a thumping—almost like someone knocking. It sounded like it was just on the other side of the wall."

Nate thought she sounded a bit defensive. He took her hand. "Jeff, do you think someone was sneaking around? One of the kids, maybe?" He didn't like the idea that more prowlers were breaking into the lodge, but he wanted to stand up for Emily even if it seemed an unlikely coincidence.

"There couldn't have been anyone in here. I keep the guest rooms locked."

Emily gave him a pointed look. "It wasn't locked just now."

"True. And that is odd. Our security isn't as tight as a hotel's would be, but we do keep the rooms locked so that one guest can't wander into another's room. My dad learned the hard way to do that. He had some pilfering about ten years ago. That's when we started this policy."

"So, no one had this room last night," Nate mused, opening the closet and taking a quick look inside.

"Right. No one was booked for this room until Friday. I wanted to give everyone as much privacy as possible, so I assigned the rooms with vacancies between the ones you and my family were occupying. And if someone came in from outside, I would have noticed a stranger in my own place."

Was he assuring them or trying to reassure himself, Nate wondered. "There's the staff. And you know someone got in before."

"I know. I'll talk to the maids. It's possible one of them made the room up and forgot to lock it."

"But they wouldn't have been working at 11:00 p.m.," Emily insisted.

"No, they wouldn't. In fact, none of them stayed here overnight last night. They were all gone by nine o'clock."

Emily gave them a rueful smile. "This is the part where Lord Peter Wimsey would dust for fingerprints. I hate that we can't do anything without police approval. And they aren't going to want to come out here and investigate a non crime."

"Can you do anything, Nate?" Jeff asked.

"I don't have a fingerprint kit."

"So, do you think I should report this?"

Nate shrugged his shoulders. "There's nothing definite. Talk to the staff. One of them might have an explanation."

"Yeah," said Emily. "I don't think you should call the police. If they sent someone out here, it would probably be Detective Blakeney, and you know he doesn't like me, anyway."

"I'm not on his list of favorite people, either." Jeff's face squeezed into a grimace, and Emily wished she hadn't mentioned the detective.

As they went down the stairs to the lobby, Ian came in from the side porch.

"Hey, Nate! Sam Pottle is taking us over to Black Mountain, and we've got an extra snowmobile. Do you want to go? Phoebe decided not to go with us when she heard we'd be out all morning. You could both come."

Nate looked to Emily for a clue as to her feelings. "How about it, Em? Want to go?"

She smiled a bit apologetically. "You go ahead. I brought my laptop. If it's all the same to you, I'll get some work done on my story about Raven Miller's new business. I promised Felicia I'd write it up over the weekend."

Nate hesitated. He did like riding a snowmobile, and he hadn't had a chance all winter. He knew Emily would barely notice he was gone if she got immersed in writing her article about the Christian camping center on the island.

"You sure?"

"Yes, but you go ahead. You'll have fun with Kent and Ian and the kids."

"Okay."

"Yeah!" Ian said. "There's no rule that says the lovebirds have to spend every minute together, huh?"

Jeff eyed him sternly. "Just stay away from the lake, Ian. I know you've got Sam with you, but the ice is getting soft. Make sure you warn the kids."

"Oh, relax, little brother." Ian scowled at him. "I grew up in this territory, too, remember? I know better than to take a sled out on the lake this late in the season."

"Right. Sorry. Have fun." Jeff's smile faded as he turned toward the kitchen.

Nate hurried to put on his cold-weather gear. When he was ready, he found Emily setting up her laptop at one of the tables in the empty dining room. He clomped in wearing his awkward snowmobile boots and suit.

"I'll see you later, babe."

She grinned at him. "You look like you're ready for an arctic expedition. Have a great time."

He stooped to kiss her then whispered in her ear, "These guys wouldn't be my first picks for a serious expedition, but we'll have fun."

Sam Pottle, one of the certified Maine guides Jeff employed for hunting, fishing, and snowmobiling parties, led them over a network of trails through second-growth forest. Although the snow cover had compacted and would be gone in a few weeks, there was plenty of white stuff for their outing.

They broke into the open a mile from the lodge and skirted a snow-covered hay field, staying with the marked trail. On the far side, they headed up an incline. The trail wound about through brush for a short way then brought them out on a woods road. An hour later they came to a halt on the high, rounded hill known locally as Black Mountain.

Sam shut off his engine, and Nate, Ian, Kent, and Will did the same. Chelsea climbed off the back of Ian's snowmobile. Derek had ridden with Kent. They all got off and walked a few yards to the highest point of the summit.

"Wow! What a view of the lake!" Chelsea squealed.

"Is that the lodge?" Derek asked, pointing downward to the lakeside building. Gray smoke issued steadily from its central chimney.

"It sure is," said Ian.

Will scooped up some sticky snow and formed a snowball with his mittened hands. "Hey, Chelsea!"

When his sister looked his way, he tossed it at her. It splattered on the front of her zippered snowmobile suit.

"You asked for it!" Chelsea dove for a handful of snow.

"Uh-oh!" Derek scurried for cover and found a spot behind a boulder. Chelsea and Will found niches of their own and started making snowballs.

"Something tells me we're in the line of fire," Kent said.

Nate laughed and moved a few feet away from the potential battlefield. "This is great. I haven't had time to get out and do something like this for months."

Ian shrugged. "Well, it seemed like a big deal to Jeff that we come for a visit, though why he should care, I don't know."

"He's worked hard," Kent said. "All those renovations to the lodge. He wanted you all to see it before the paint gets scratched up."

"Yeah, well." Ian scowled. "Don't you get the feeling sometimes that he's rubbing our noses in it?"

"What do you mean?" Nate asked, looking from Ian to Kent. Sam had strolled off and was getting something out of the storage compartment on his snowmobile.

"I just mean that he's done all right with the lodge the past few years."

"Isn't that the idea?" Nate eyed him carefully.

Kent gave him a thin smile. "I know what he means. Phoebe's a little touchy about it, too. They both agreed to sell out to Jeff at the time, but Phoebe wonders now if maybe they got the raw end of the deal. Is that what you're saying, Ian?"

"Well, Jeff seems to have plenty of money. He must have put a fortune into this remodeling."

Kent shrugged. "He might have taken a loan. And when he bought you guys out, we put the money we got for Phoebe's share into the store. We wouldn't have it now if she'd kept her part of Lakeview Lodge."

"Yeah, but. . ." Ian shook his head. "The lodge was kind of run down then, and it seemed like it wasn't making much profit. I didn't see much point in hanging on to it. Personally, I wanted to get out of Baxter and do something different."

"I think you said you have your own business now, don't you?" Nate asked.

"Yeah. Insurance. But that's not the point."

"What is the point?" Kent seemed to be pushing Ian. Nate began to wish they hadn't stopped to chat.

"My point is that Jeff's done all right for himself. It rankles me to think he would get the whole of old Eberhardt's treasure if we found it."

Kent laughed. "Whoever said life is fair? You knew about your grandfather's will when you agreed to sell to Jeff."

"Yeah, and so did Phoebe. But because of the will, we thought we'd get a share of the treasure if anyone found it."

"Oh, come on." Kent shook his head and laughed. "You guys must have hunted for that stupid treasure when you were kids. Phoebe told me she used to dig around the yard, hoping to find it was buried there."

"Yeah, we did. But we didn't actually live here. We used to spend most of the summer at the lodge. But when we were here, we had to work. Jeff and I did do some looking, though. We climbed over every inch of the equipment shed, and then Dad told us it wasn't even there when Eberhardt died."

Kent smiled. "Well, it's a moot point, anyhow. There's no treasure."

Sam approached them carrying a Thermos jug. "Anybody want some coffee?"

"That sounds great," said Nate.

"Dad! My feet are cold." Chelsea waddled over in her bulky snowsuit. Her face was flushed, and part of a smashed snowball ornamented her pink knit hat.

Sam handed the jug and several Styrofoam cups to Kent.

"Here, take your boots off and put your feet on this." He flipped up the engine cover on the nearest snowmobile.

Chelsea stared at him. "Really?"

"Sure." Sam felt the part of the engine he had pointed to with his gloved hand. "The engine's not hot enough to burn you now, but it's still warm enough to toast your tootsies."

Chelsea laughed and sat down to take her boots off. When she was sitting with her stocking feet balanced up in the air, her father picked her up and carried her to the snowmobile.

"Oof, you're getting heavy, kiddo," Ian said.

Chelsea hugged him and stuck her feet out to rest on top of the engine.

"Better?" Sam asked.

"Yes, thank you."

The boys came over, and Ian let Will have a cup of coffee.

"Me, too," said Derek.

"Nah, it'll stunt your growth," said Kent.

"Aw, Dad!"

Kent shrugged and put his half-empty cup in Derek's hands. "Don't tell your mother. She'll fuss about caffeine and I don't know what."

Nate smiled and swigged his coffee. The health food store must have been Phoebe's idea, not Kent's. At least they'd quit talking as if Jeff had taken advantage of them. He wondered if Ian resented his brother enough to poke around the lodge at night. Or to ride up here to Baxter other times and break in to look for the treasure.

"Hey, Emily, I thought you might be ready for some cocoa. I know I am." Jeff set a tray down across the table from her and smiled wearily.

"That looks great," she admitted. She clicked on her keyboard to save her article and glanced at the time in the corner of the screen. She'd been working most of the morning.

"How's it coming?" Jeff placed a steaming mug before each of them, along with a bag of marshmallows and two spoons. He set the tray on the vacant table behind him.

"Good. I just finished my rough draft. Now I only need to edit a little and write cutlines for the pictures."

"Did you say the story is about Raven Miller?" He opened the marshmallows and offered her the bag.

"Yes, this story is about her new family camping center."

"Seems like I heard she was making big changes on the island."

Emily plopped two marshmallows into her cocoa, picked up her spoon, and dunked them. "She's given up the Vital Women retreats. She told me she has no appetite for all that New Age stuff anymore. It's amazing, the way she's changed since last summer."

"And she's turning her property into a family campground."

"Sort of. It will be a Christian retreat center. Church groups and families are booking vacations, and she plans to have a different speaker each week. You should talk to Raven. Maybe some of your guests will want to take a boat out to Grand Cat this summer and go to some of the meetings." Emily sipped her cocoa and licked the sticky melted marshmallow off her lips. "She'll still have recreational activities like she always has—swimming, snorkeling, hiking, kayaking. And Pastor Phillips has helped her line up some terrific speakers. You could probably work out a deal with her if your guests wanted to go over for a barbecue before the evening meetings."

"Is your story going to be in Tuesday's paper?"

"Yeah," Emily said.

"I'll clip it and get a schedule from Raven. Do you have her address?"

"Yes, she's got a year-round place in Orono. But she'll be in town getting the retreat center ready as soon as the ice is out."

Jeff leaned back in his chair. "Must be frustrating for you island dwellers not to be able to get to your homes in the spring and fall."

Emily smiled. "Well, it's not for long, just that time when the ice isn't thick enough to hold you up. Truly Vigue took me out on a snowmobile a couple of times this winter so I could check the cottage."

"When do you plan to move out to the island again? Memorial Day?"

"No, I won't wait that long. I'm like Raven—as soon as a boat can get out there, I'm moving. Oh, I've enjoyed staying with Felicia this winter, but I like being on my own, and I miss the cottage."

"You'll freeze."

She shook her head. "I've got a fireplace, and Nate put a little woodstove in for me last fall."

Just then, Phoebe entered the dining room.

"Hi. Mmm, any more chocolate?"

Jeff stood with a chuckle. "Come on, I think we can find you a cup. Lucille is taking her break, though."

They went through the door to the kitchen, and Emily reached for the bag of marshmallows. She floated two fresh ones on the surface of her cooling cocoa. She was glad Jeff had invited her and Nate for the weekend. As she reached for her spoon, the sunlight streaming through the window sparkled off her diamond ring, and she held it out to admire it anew. Lakeview Lodge would always hold happy memories for her.

"So, Phebes," Jeff said as he and his sister came back into the dining room, "I meant to ask you. Did you or Kent go into guest room 6 during the night?"

"Huh?" Phoebe stopped and stared at him. "What are you talking about? You think I kicked Kent out of our room or something?"

"That room is supposed to be vacant, but someone went in there last night."

"Oh, great! Are you accusing me of something?"

"No." Jeff held up one hand. "I'm just trying to figure out why someone went—"

"You think I'd go sneaking around at night? Treasure hunting, I suppose. You don't want the kids looking for the treasure, do you?"

"Was it the kids?" Jeff asked.

Phoebe's jaw dropped. "You twist everything I say. Just like always."

"Oh, come on, Phebes. Don't take it that way."

"I said I didn't go in there. What part of that don't you understand?" Phoebe whirled, nearly slopping her cocoa over the edge of the mug.

Jeff stood watching her as she stomped into the lobby and up the stairs. He sighed, and his posture wilted. After a moment, he turned and walked over to Emily's table.

"Sorry about that."

"It wasn't your fault," she said. "Phoebe's a tad sensitive, I'd say. Sit down and finish your cocoa."

"If I'd had any idea how touchy she was. . ."

"Marshmallows are an antidote to depression, you know." She held the bag up.

"Really?" He smiled, and Emily tossed him the bag.

"So, are you hosting the fishing derby again this year?" she asked.

"Yup. It's a tradition here at the lodge on Memorial Day weekend. Every room is booked."

"Terrific. I remember how much my Dad used to look forward to it. He won a new fishing rod one year."

"Yeah, the local fishermen love it. We get some of the same folks year after year. And now guys who came with their fathers twenty years ago are bringing their kids."

Emily flipped open her notebook and jotted herself a reminder note. "We'll be sure to give you some publicity. Get us the details as early as you can, and we'll do an advance."

"That'd be great. I asked Felicia to run the rules in the paper last year, but she said she didn't have space."

"Well, guess what. Now that we're doing two editions a week, we're usually begging for copy. I can pretty much guarantee you some good coverage. Photos, too."

"Sounds good. I was thinking of running an ad the week before and listing the prizes all the local businesses have donated." Jeff took a sip of his hot chocolate and set his cup down with a sigh. "I haven't had a chance to talk to you and Nate about this, but that cop, Blakeney, came out here again a couple of days ago."

"What did he want?"

"He said he was just touching base. More like keeping tabs on me." Jeff inhaled deeply. "I know he thinks I killed Mac. Every few weeks he comes around just to intimidate me."

"You're just the most convenient suspect. He has no evidence pointing to you." Emily watched him closely. Dark circles beneath Jeff's eyes and fine lines at the corners of his mouth made him look older than his twenty-seven years.

"I keep reminding myself of that. He has no proof because there is no proof. I would never kill anyone, let alone Mac. I liked him. We'd known each other for years. I had nothing against him."

"There was that incident over the moose hunt."

Jeff shook his head. "Blakeney tried to make something of that, but it was nothing. I'm not sure Mac really did it. If he did, he surely learned his lesson. I don't hold grudges. Why can't this thing just go away?"

Emily patted his sleeve. "I know it seems like this investigation is dragging on forever. It's been what? Two months since Mac died?"

"More like three. Don't you think they'd be able to do something? I mean, as long as they don't have another suspect, a lot of people probably think I did it."

"Oh, no. Don't say that. Come on, Jeff." Emily felt tears prickling in her eyes. "I didn't realize how badly this thing has been bothering you."

Jeff stuck a spoon in his mug and stirred his cocoa. "I'm sorry. I try not to think about it too much, and it doesn't seem to have hurt business. Most people from out of state don't know about the murder. A few Maine folks have mentioned it when they called for reservations. People who knew Mac, mostly. One couple even asked if they could stay in the room where the murder took place."

Emily winced. "That's a little gruesome. But you don't put guests up there, do you?"

"No, I told them the rooms in the staff quarters aren't available."

"Is anyone sleeping in there now?"

"No, not yet. The girls will be staying here this week to help get ready. And when we're running at our peak, I'll have to put someone in Mac's room. Probably one of the other guides. I don't think Royce or Sam would have any qualms about it. I had the room completely done over. Repainted, new mattress. . ." He shoved his chair back. "Well, hey. I've got guests arriving in a few days, and there's still a lot to do. Guess I'd better start acting like the boss and make sure we're ready. Thanks for listening, Emily."

"You're welcome. And you know we're praying for you, don't you, Jeff?"

"Yeah. That helps. It reminds me that even if Detective Blakeney never solves this murder, God knows who did it."

～～～

The snowmobilers returned for a late lunch. The children recounted the tale of their journey with glittering eyes, but after they left the dining room, Phoebe lapsed into broody silence. The rest of the adults kept up a halfhearted conversation as they finished dessert. Emily wondered if Jeff was still smarting from the way his sister had turned on him, or if that was a common occurrence in the Lewis family.

Lisa came around with the coffeepot again, and Jeff smiled wearily up at her.

"Thanks, Lisa. I think I'll take this into my office. I need to make some calls. Excuse me, folks. Make yourselves at home this afternoon. Nate, I told you that I'd like to buy a couple of new canoes this spring. Maybe we can talk later."

"Sure," Nate said. When Jeff had exited, he leaned toward Emily. "I told Jeff he could just go over to the marina and pick out what he wants and tell Allison."

"Maybe he really wants to talk about something else," Emily said softly, not wanting to say much with Jeff's family present.

Phoebe refused coffee.

"Would you like some herbal tea, Mrs. Forster?" Lisa asked.

"No, thank you." Phoebe pushed back her chair and stood. She took a step away from the table then glared at her husband. "Kent?"

"Hmm?" He looked up at her while holding up his mug for Lisa to fill.

"I told you I want to pack. Don't drink that."

Kent sighed and set the mug down. "All right, if you say so." He smiled apologetically at Lisa as he rose. "Lunch was very good. Excuse me."

Phoebe's gaze landed on her older brother next. "Ian, I want to talk to you."

"So talk." Ian slurped his coffee and leaned back in his chair.

"In private."

"Phoebe," Kent said softly, but she only scowled at him.

"This is a family matter, Kent."

Kent winced and glanced at Emily and Nate. Emily managed a weak smile and slid her fork under her last bite of apple crumb pie. *I really shouldn't eat this, but who can resist Lucille's pies?* As soon as she got back to Felicia's, she'd have to implement a strict diet. Wedding dress mode.

"Ian?" Phoebe's voice rose to fingernails-on-chalkboard irritating.

"Yeah, yeah. I'm not done eating. I'll come upstairs in a bit."

Phoebe strutted out of the dining room with Kent following, his hands raised at shoulder height as though imploring, "Why me?"

Ian grinned at Nate and Emily. "My sister never got over not being queen."

"So, what are you all going to do this afternoon?" Nate asked, wearing an affable smile.

"Not sure. Will wants me to go out and do some snowboarding with the kids, but I'm getting kinda old for that. Maybe I'll tour the murder room. After Phoebe gets done complaining to me about whatever it is that's got her in such a snit. If she didn't want to come, she should have stayed home." He shook his head.

"It means a lot to Jeff that all of you are here," Emily said.

Ian drained his coffee cup then looked over at her. "I feel sorry for Kent sometimes."

About three o'clock that afternoon, while Nate waited for Emily to join him in the lobby, he was surprised to see the Forster family coming down the stairs carrying their luggage. Ian and his children were close behind.

Jeff came from his office and walked between Kent and Phoebe. "Come on, Phebes, you don't want to leave now. We'll play some games tonight."

"No, I think we'd better get back to Bangor," Phoebe said. She sounded rather stiff, Nate thought.

"Kent?" Jeff turned to her husband.

"Hey, I'm just along for the ride," Kent said as they went out the door. "Nothing personal, Jeff. We'll see you again soon, I'm sure."

"Yeah, right," Will said bitterly.

Ian glared at him. "That's enough. Come on, Chelsea. Pull that lip in, or you'll trip over it." His glance swept over the room, and Nate jumped from his chair.

"Need some help?"

"No, we've got it."

Ian and the youngsters dragged their bags over the threshold, and Ian closed the front door. Nate let his pent-up breath out. Had angry words passed among the siblings this afternoon? He'd spent almost an hour with Jeff after lunch, looking over the fishing gear in the lodge's supply closet. Jeff hadn't mentioned the family tension, so Nate hadn't brought it up. Maybe Emily knew what that scene in the dining room meant, but he sure didn't. Well, Emily had agreed to meet him as soon as she was done with her article, so maybe he'd get the scoop from her.

Nate walked to the window and pushed the plaid curtain aside. Jeff stood helplessly in the parking lot, watching Ian and Kent load the bags.

"Hey, Will, Derek, Chelsea—you're coming for a visit this summer, right?" Jeff called.

"Sure, Uncle Jeff," Chelsea said.

"Yeah," Derek agreed.

Will looked doubtfully toward his father.

Jeff's shoulders slumped, but he stood his ground and waved until both vehicles were out of sight.

12

Hey, what's up?"

Nate turned to see Emily coming down the stairway.

"Everybody's leaving."

Her eyes widened. "Really? I thought they were staying until tomorrow."

"Me, too, but Phoebe said they had to get home. I think she's upset with Jeff."

"Uh-oh."

Nate turned away from the window. "So, did you get your article all written?"

"Sure did," Emily said.

"How about we go snowshoeing, then?"

Her smile didn't convince him she was wild about the idea, even though the weather was mild.

"Where do you get so much energy?" she asked.

"I dunno. Just born that way, I guess. Come on, Em. This could be your last chance this year. The snow is going fast."

She sighed. "Okay, but if I fall down, you have to promise you won't laugh."

Jeff came in the front door and closed it firmly behind him. When he turned, his green eyes were troubled. "I'm sorry you guys were caught up in this mess. I never should have asked them to come."

"Oh, Jeff, don't feel bad." Emily went over and touched his sleeve. "I'm sorry Phoebe got angry with you."

He inhaled deeply. "She sent Kent down to my office a little while ago to break the news to me that they were all leaving early. Man, I thought Ian would be on my side. He and Phoebe fight like cats and dogs most of the time."

"He agrees with her on this. . .whatever it is?" Nate asked.

Jeff barked a short laugh. "Apparently."

Emily glanced at Nate then asked softly, "Is all this anger over the treasure, Jeff? I wish I hadn't said anything about your granddad's will last night."

Jeff ran a hand through his hair. "It may have started with that on the surface, but I think it's a lot deeper. It's money in general. I've made good on my inheritance. Phoebe and Kent have a store that's barely breaking even. Ian pretty much blew what he got and is paying the rest in child support. I think they believe that somehow I bilked them when I bought out their shares of the property."

Nate looked helplessly at Emily. He'd never had siblings, but perhaps being an only child wasn't such an awful thing. He couldn't imagine fighting over the marina.

"I'm really sorry, Jeff," he said. "Is there anything Emily and I can do?"

"Just stay and have a good time and. . .and add this miserable family to your prayer list, I guess."

"We will," Emily assured him. "We were talking about doing a little snowshoeing, but if there's something we can help you with. . ."

"No, go on. We've got a great weekend. Enjoy it while you can."

"Want to come with us?" Nate asked.

Jeff shook his head. "Thanks, but I'll stay here. I need to have the staff do up the rooms Ian and Phoebe used and log in some new reservations."

A short time later, Nate and Emily sat on the porch steps to buckle on the unwieldy footwear.

Nate loved the chance to get out into the pine woods. He'd always spent as much time outdoors as possible and had practically lived on the water in summer. He grinned over at Emily. "I'm glad you said yes."

"To this, or to marrying you?"

"Both. Well, I was thinking of this jaunt. You need to get out and get your blood moving more."

"Okay. Just don't expect me to be graceful as I move it. I'll probably keep stepping on the back end of these things. You know I'm not a great athlete."

Nate finished adjusting his straps, stood, and stamped each foot a couple of times to make sure the snowshoes were tight enough. "Need any help?"

"No, I think I'm ready." Emily pulled on her mittens.

He reached out a hand to help her stand.

"Where to?" she asked.

"Let's take the path along the lakeshore."

"Good. It's pretty flat. I don't think I'm up to doing hills on these things. I haven't been snowshoeing in at least eight years."

Nate set off at a good clip. When he reached the opening to the path, he looked back and found he'd outdistanced her by half the width of the parking lot.

"Sorry." He waited for her to catch up.

"Are you nervous or something?" she asked.

"About what?"

"Oh, I don't know. Let's see, what could be winding you up like this? There's the feuding Lewis family. Or maybe it's the fact that you're starting work Monday with the sheriff's department. That'll be your first official day on the job."

Nate squinted at her. "Well, I'm excited about it. I don't know as I'd say I'm nervous."

She nodded soberly. "That's good, I guess. I'm trying not to be."

"Aw, Em, you know there's nothing to worry about."

"You'll be telling criminals to quit doing what they're doing."

"That's one way to put it." He smiled. "Don't worry. You know God will be watching over me."

"Yeah."

Nate reached out and lifted her chin until she looked him in the eye. "I suppose I might be a little nervous about this house thing. Selling the marina house."

"Or not selling it. You told me that Jon and Allison have a lead on a rental in case you decide to keep the house. Honey, you can keep the house if you want to. Your mom said so, and I'm willing to live there with you after the wedding."

"But then Mom wouldn't get her share of the income from it."

"Do you think she needs it?"

"Well. . .no, not if we sell the business. I suppose she'll be pretty well fixed. There's no mortgage or anything. But I hate to disappoint Jon and Allison."

"What's the rental they're looking at?"

"Bridget Kaplin at Blue Heron Realty showed it to them. It's a fairly new house on the Aswontee Road. It wouldn't be as convenient for them—it's about three miles from the marina. But they're happy to buy the business from us, with or without the house."

Emily stood on tiptoe and kissed his lips lightly. "There's no need to feel guilty if you want to keep that house. It's your home. But we can keep praying about it for a while if you're not comfortable with it. You don't want to make a decision you'll regret later."

"Thanks." He looked down into her blue eyes. "When I really stop and think about it and don't let my emotions get in the way—thinking about Dad and the past—then the house doesn't matter so much to me. I love law enforcement. I never want to run the marina again. I want to be a police officer. Maybe you and I should look at that rental house."

"But you love the marina house," she said. "I can't imagine you living three miles from the water."

"I do love the lake. And we need a place to keep a boat so we can have access to the island."

"It sounds to me like you want to keep the house," Emily said. "Personally, I've always liked it, but I can be happy anyplace where we'll be warm and comfortable next winter."

Nate had a mental image of the two of them squeezing into Emily's current quarters. "There's one thing I know for sure: You may get along just fine living with Felicia, but there is no way I will ever rent a room at her house."

Emily laughed. "Got it. Now, Mr. Deputy, we've only got a couple of hours or so of daylight left by my calculations. Let's get this hike on the road...I mean, the trail."

Nate laughed and set off at a moderate pace this time. Emily managed to keep up. When he came even with a rocky point that extended into the lake, he left the path and broke a new trail through the snow, careful to avoid the rocks. A few minutes later, he and Emily stood in the shadow of a large pine tree, looking out over the ice sheet of Blue Heron Lake. On the shore a mile across the flat expanse to the right, they could see smoke rising from chimneys in the village of Baxter. The islands they could see—Grand Cat, and beyond it Little Cat—remained dark and silent. The sun was working its way west. Its rays touched the top limbs of the trees on Grand Cat's hill, where Emily had found a body the summer before. The golden light refused to bend and hit the gray ice but put a glow on the treetops on the opposite shore.

"Thanks, Nate," Emily said. "This was worth coming out here to see."

They turned back toward the lodge a few minutes later. As they rejoined the path, Nate stopped and held up a hand. A yearling moose stood ten yards away staring at him. Emily moved quietly up beside him and caught her breath. The animal stood tall as a horse, but thinner, with his long, gangly legs splayed. He eyed them and blew out a breath.

"Look at that!"

"Yeah, and pray his mama's not close by," Nate said.

The young moose let out a bleat and gamboled off into the forest.

"I've missed getting out in the woods and on the lake this winter," Nate said.

"Well, that's what you get for going off to the city, big guy."

"Yeah, right. The academy is in the big city of Vassalboro. I did see some turkeys there last fall, but that's the first moose I've seen since Thanksgiving, when we were driving out here for our first visit with Jeff. Remember?"

"Yeah." Emily's brows drew together in a frown. "Nate, while you were gone with the others this morning, Jeff and Phoebe had a little confrontation."

"About the lodge and the money, like Jeff was saying?"

"Not really. He asked her if she'd gone into that room next to mine last night, and she got all defensive, like he was accusing her of a crime. Later, Jeff told me that when he bought Ian and Phoebe out, they made him pay them top dollar for their shares in the lodge."

Nate couldn't help remembering the things Ian had said during their outing. "And now they're upset because he's making a success of it."

"Yeah, it seems that way. And they're afraid they'll miss out on their share of the mythical treasure."

Nate smiled a little and shook his head. "Don't forget, they grew up with that legend. They probably believe it could happen."

"Phoebe was really upset with Jeff this morning, and it seemed like it was over nothing. Almost like she wanted to pick a fight."

"Maybe she's been brooding on this for a long time," Nate mused.

"Could be. But I know they were planning to stay until tomorrow. I can't believe they stomped off because of the treasure."

"I thought it was odd they packed up and left so suddenly. Especially Ian. But there's quite a bit of resentment on his part, too. I heard enough on the snowmobile outing to realize that. This fight didn't start today, Em."

"I'll bet Phoebe made Ian leave, too, because she didn't want to stay." Emily shivered. "It's getting cold. Let's go in and warm up by the fireplace."

As Nate turned toward the lodge, he heard a shout.

"What was that?"

"It sounded like someone yelling for help." Emily cocked her head and listened.

An unmistakable cry came from the lake. Nate hurried as fast as he could on his snowshoes along the path until he came to a place where the trail neared the shore and the view of the ice was open once again between the trees.

"Someone's out there!"

"It looks like he's fallen through the ice," Emily said.

"Got your cell phone?"

"Yeah. I don't know if it will work here."

"Try!" Nate fumbled at the straps on his snowshoes.

13

The cry came again, fainter.

"I think that's Rocky Vigue!" The bulky figure was low on the surface of the frozen lake. Nate thought he must have broken through and was clinging to the jagged edge of the ice. He looked around for something he could use to help bring him to safety. Strange—Rocky was a lifetime resident of Baxter and knew the folly of going out on the ice in spring. And Nate knew how hard it would be to get the rotund young man out of the frigid lake.

"Rocky, hold on. I'm coming!" Nate wasn't sure Rocky could hear him. To his right he spied a brush pile someone had built on shore, probably for a bonfire. He prayed desperately that in it he'd find a tree limb strong enough to do the job. He ran to the pile and wildly tossed small fir boughs out of the way in search of something larger.

Somewhere in the distance a dog barked.

In spite of his haste, Nate stole a quick glance over his shoulder to see Emily speaking into her cell phone. Good. The rescue unit from the Baxter fire station should be here in ten minutes. But ten minutes might be too late in water that cold.

Baxter's rescue vehicle wasn't a fully equipped ambulance, but the volunteer EMTs would be a great help. Turning back to the brush pile, Nate grabbed hold of a long, thick limb and dragged it from the tangling clutches of the surrounding boughs. He advanced cautiously across the ice, cringing each time it cracked beneath his weight.

It seemed like forever before he approached within ten yards of the hole in the ice, pulling the branch. As the afternoon waned, the temperature was falling. Nate's breath came in painful gulps.

By this time Rocky had stopped yelling, and his thrashing had subsided to a halfhearted waving of his arms each time he bobbed upward. Nate sent up a quick prayer—*Lord, don't let him get caught under the ice sheet!*

The ice cracked, loud as a gunshot, and he felt it give slightly as a long line ran through it, away from his feet toward the hole. Nate lowered himself to his hands and knees and pushed the limb ahead of him toward Rocky.

"Grab on to this! Rocky, grab on to the branch!"

Rocky's head was barely visible above the surface. It bobbed under again, and Nate's chest tightened. The ice looked to be only about two inches thick where Rocky had fallen through. He slid forward on his belly, pushing the big end of the branch farther over the edge of the hole. Maybe it was long enough to lay completely across the breach, and Rocky could hold on to it and rest. But where was Rocky? Nate raised his head and searched the black water. Was he only a few seconds too late?

A dark object surfaced. The water roiled for a moment, and Rocky opened his blue lips, gasped, coughed, and ducked under.

"Rocky! Come on! I'm here!" Nate was almost at the edge of the hole when a chunk of ice two feet wide gave way beneath his arms. He slid back quickly, getting only the elbows and forearms of his jacket wet. It would do Rocky no good if he ended up in the frigid water with him. The mini iceberg he'd broken off bobbed in the water beside the tree branch.

Rocky was up again, and Nate shoved the branch toward him.

"Grab the branch! Come on, Rocky. You can do it."

Rocky's gloved hands broke the surface and batted at the limb.

"Grab hold. Just hang on."

With a desperate effort, Rocky raised one arm and hooked it over the branch. His head sank beneath the water again, but he held on and quickly came up again choking.

"That's it, buddy. Hold on."

"Nate. . ." Rocky moaned.

Nate felt a sense of relief. At least he was still aware of his surroundings. "Get your other hand on the branch if you can," he shouted again, and this time Rocky did. "Now hold tight."

God, please let me get him out, Nate prayed. *And please let him be okay.*

The seconds seemed like hours as his efforts to move Rocky threatened instead to drag Nate into the hole. He coaxed Rocky to keep holding on and not to give up.

When Rocky's floating body reached the edge of the ice, Nate called, "Can you hear me, Rocky?"

Rocky nodded slightly. "I'm going to try to pull you up on the ice, but it might break again. Don't panic. Just hold on to the branch. Don't let go, no matter what."

Rocky said nothing.

"Try to slide up on top of the ice, and I'll pull you away from the hole," Nate told him.

"Okay," Rocky gasped.

Nate inched backward and pulled on the branch. He was afraid the freezing water had enervated Rocky so much that he wouldn't be able to help lift his weight. He pulled with all his strength, and the branch moved six inches toward him. Rocky's head was completely out of the water now.

"Come on, Rocky! I've almost got you! Kick if you can. Push yourself up and roll onto the ice." Nate prayed harder and pulled harder, his mind a jumbled mess of frantic thoughts. Adrenaline surged through him, and suddenly the branch slid easily toward him. Rocky lay on the ice, staring at him and panting as his body shivered all over.

"Thank you, Lord," Nate prayed softly. He pulled with all the strength he had left until Rocky was six feet away from the hole. Nate got to his hands and knees and crawled over beside Rocky, who was still coughing and choking, barely able to breathe in the dry, cold air. The ice cracked ominously.

"Rocky, you're going to be okay," Nate said. "There's an ambulance on the way." He wondered if he should get Rocky to shore before the EMTs arrived. He wasn't sure it would be safe for more people to move out onto the ice. He lifted his head and searched the shore for Emily, but he couldn't spot her.

Rocky coughed violently, choking out a few broken words Nate couldn't quite make out.

"What did you say?" He leaned in closer.

"Where's Clinker?" Rocky cried suddenly, his voice stronger than before.

"Clinker?"

"My dog! Where's Clinker? Is he okay?" Rocky's eyes darted back and forth, and he struggled to sit up.

"Easy," Nate said.

A dog's bark echoed across the frozen lake. Nate looked up to see Emily walking gingerly toward them over the ice.

"Stay back," Nate yelled. "The ice could give way again."

She halted fifty feet away. "The rescue unit is coming. And I called Jeff, too. He's bringing a rope and blankets down from the lodge. Rocky, are you okay?"

"I—I—where's Clinker?" His wide eyes were wet with tears, and tiny, frosted water droplets clung to his eyelashes. "Where's my puppy?"

"I saw a dog near the shore over by the point," Emily said. "Is that your dog, Rocky? He's okay. How can I get him to come to me?"

"Jerky."

"What?" said Nate.

"Beef jerky," Rocky gasped. "In my pocket." His face was bright red from the cold, and his blue lips trembled.

Nate tugged at Rocky's coat, which was stiffening in the cold. Something crackled in the pocket, and he managed to bring out a cellophane package and toss the nearly frozen bag of teriyaki beef strips toward Emily. It skittered across the ice, and she grabbed it.

"All right, I'll find Clinker," said Emily. She turned toward shore. "Clinker!" She started off toward the tree line.

Nate was afraid Rocky was going into shock. He took off his own parka and laid it over Rocky. The cold air immediately began to sap his energy. He leaned close to Rocky and laid a hand on his shoulder. "When did you get a dog?"

"When my parents kicked me out." Rocky pushed his lower lip out.

"Oh." At least he was able to talk.

"I'm fr–fr–freezing, Nate."

"I know. Help is on the way." Nate looked toward shore again and saw Jeff and another figure dashing along the path from the lodge, carrying flashlights.

"Clinker's my best friend." Rocky looked up at him, fresh tears spilling over his eyelids. "Actually, he's my only friend."

"That's not true. You know Emily and I are your friends."

"Okay, then I have three. Nobody else likes me anymore." He stopped to catch his breath again. Every word seemed an effort. " 'Cuz of last summer, and all. But I'm trying to be good now. I've reformed, Nate. I got a job at the video store, and I'm renting my own place down the road from the hunting lodge."

"That's good. People ought to recognize that you want to start over."

"Yeah, well, they don't." He puffed out his cheeks.

In the distance, they could hear Emily calling for the dog. And then, at last, the siren.

"That'll be the rescue unit," said Nate. "You doing okay?"

"Not so good. I can't feel my toes." He scowled deeply. "I can't even feel my feet."

"Jeff is almost here. I'm going to see if he can help me pull you closer to shore. He's got blankets, too. Hang in there, buddy."

Nate crawled several yards from Rocky before he stood up and called out to Jeff. Lisa had come from the lodge with him. Under Nate's advice, Jeff crawled out to Rocky with a wool blanket. He managed to roll Rocky onto it and drag him farther away from the hole. Lisa gave Nate another blanket to wrap around himself.

When Jeff had pulled Rocky closer to them, Lisa and Nate grabbed the edges of the blanket under him and helped Jeff haul the heavy burden across the ice. By the time they reached shore, the rescue unit had parked as close to them as it could get, and two EMTs were climbing down to the surface of the lake.

In a matter of seconds, the two rescue workers carried a backboard and a medical bag over to where Rocky lay.

"Hey, how we doing?" The first EMT knelt beside Rocky. "My name's Dave. You're Rocky Vigue, aren't you?"

"Yeah," Rocky managed.

"Everything's going to be fine," said Dave. "Ordinarily, I'd examine you here before we move you, but you're awfully cold, so we're going to put you on a stretcher and get you up to the unit as quick as we can. We'll take you right to the hospital, and they'll get you all warmed up. This is Peter." He motioned to the other EMT.

"Rocky, can you tell me your address?" said Peter as Dave enlisted Jeff and Nate to help him get the stretcher down to the ice.

"Forty-five Woodburn Road," said Rocky shakily.

"That's great. I used to go fishing out here when I was a kid. Do you live by yourself?"

"I live with my dog. Nate, where's Clinker?"

"Don't worry about the dog," said Nate. "Emily and I will take care of him until you're feeling better." Emily had liked animals when she was a kid, but he had no idea how she would feel about dog sitting now, or even where they'd keep Clinker, but he felt it was the least he could do.

The four men struggled to get Rocky's heavy form onto the stretcher and over the uneven terrain to the path above. The wheels didn't want to run through the snow, and the shuffle to the waiting vehicle took some time. Once they had Rocky safely in the unit, they gave Nate's coat back to him.

The rescue unit was leaving for the hospital in Aswontee when Emily returned with Clinker nipping at her heels.

"Is Rocky okay?" she called as she snowshoed her way through the woods to intercept Nate, Jeff, and Lisa.

"His body temp was pretty low," Jeff said. "They're taking him to the hospital in Aswontee, and they think he'll recover completely."

"It's a good thing you and Nate were out here when he broke through," Lisa said.

Jeff shook his head. "I'd have thought Rocky would know better than to go out on the lake this late in the spring, as heavy as he is."

"He was chasing his dog," Nate told them. "I think he was afraid Clinker would fall in, and he ended up going through himself."

"This guy's quite friendly," Emily said, patting the German shepherd mix on the head. "He growled at me at first, but once I broke out the beef jerky, we made friends in a hurry."

Nate reached down to pat Clinker, who responded by lapping his fingers affectionately. "Yuck." Nate wiped his hand on his pants. "I sort of told Rocky we'd take care of him until he's feeling better."

"Great!" Emily rubbed the dog's fur. "Good boy!"

"I thought Rocky was in jail," Lisa said, looking from Jeff to Nate.

Nate shook his head. "He was only in for a few weeks. Suspended sentence, and he made restitution for the thefts." He looked down at Emily, who was still coddling the dog. "Maybe we should drive over and tell Rocky's parents what happened."

"Yeah, Marvin and Truly will probably want to go to the hospital," Emily said.

"I think he'll be all right, Em." Nate paused. "At least partly. But he may need a bit more than treatment for hypothermia. He needs friends right now."

14

Twilight was deepening as Nate drove into the parking lot at the marina and pulled up on the side nearest the house.

"Just a quick stop here," he told Emily. "Jeff's expecting us back at the lodge."

As he went around to open Emily's door, he saw a man emerge from the store. Allison Woods looked out the glass door, waved to Nate, and turned the OPEN sign to CLOSED.

"Hey, there." The man nodded to Nate.

"Mr. Hill. Good to see you."

The man paused. "Aren't you running the marina anymore?"

Nate shook his head and opened the door of the SUV. "No, my mother and I are selling it. That was Allison Woods who waited on you just now. She's worked for us for a couple of years, and she and her husband are interested in buying the business."

As Emily climbed out, Hill walked over and stood a few feet away from Nate.

"Terrible thing about Mac MacBriarty, isn't it?"

"It sure is." Nate turned slightly to include Emily. He knew this was one introduction she wouldn't want to miss. "Say, I don't believe you've met my fiancée. Emily, this is Ormond Hill."

Emily's smile launched, but she hesitated just a millisecond before extending her hand.

"And this is Emily Gray," Nate finished.

"Mr. Hill," Emily said. "I'm pleased to meet you. Aren't you a registered Maine guide?"

"Yes, I am. Things are a little slow this time of year, but that's all right. I'm tinkering with my outboard." He held up the bag from the marina store. "Got to be ready when fishing season opens."

Nate chuckled. "Right."

Hill looked back at the marina. "Well, things change, don't they? Your dad had this place for a long time."

"Twenty-six years." Nate nodded. His parents had told him many times how they had opened the marina just months before he was born. "We miss him."

"I'll bet. So." Hill looked Emily over more closely. "Getting married, huh?"

"Yes, sir. In August," Emily said.

"What are you going to do now, Nate?" Hill asked.

Nate grinned. "I just graduated from the police academy. I'll be full-time with the county sheriff's department starting Monday."

"Is that right?" Hill nodded genially. "Congratulations."

"Thank you."

Emily cleared her throat. "Mr. Hill, you knew Mac MacBriarty fairly well, didn't you?"

"Oh yes. Mac and I went back a long way."

"I heard you were rivals in business."

Hill chuckled. "You could say that. Oh, Mac and I spent a lot of nights on the trail together. If we met up when we were guiding parties, sometimes we'd share a campfire."

"Um. . ." Emily darted a glance toward Nate then said earnestly, "Mr. Hill, I'm Wiley Gray's daughter. I don't know if you're—"

"Wiley Gray? Of course I remember him! I was at his funeral. And you're his little girl!" Hill shook his head. "Time flies, that's for sure."

"Yes, sir. And I'm a journalist now, just like my mom and dad were."

"You don't say."

"That's right. I'm working with Felicia Chadwick on the *Baxter Journal*."

Hill's face clouded. "And?"

"I just wondered if you'd like to say anything on the record about Mac. I heard someone say you and he competed for clients."

"Sure, we did. But it was a friendly rivalry." Hill's chin shot out as he sized Emily up. "Look, I don't know what you heard. All of us guides liked to tease each other, but it was part of the camaraderie. If one of Mac's bigwigs came to me the next season, I'd razz him about it, and if one of his clients got a bigger buck than mine did, I'd cuss at him, but it was all good-natured."

"I see. So, would you want to say anything about Mac for the *Journal*, sir? We're putting together a page of reminiscences about him."

His eyes narrowed. "Mac MacBriarty was as good a guide as you could find in these parts."

Emily whipped a small notebook from the pocket of her jacket.

Hill went on, "He knew this whole territory like the back of his hand, and he did even before the days of GPS. You'd never get lost with Mac. He could make good coffee. And he never made any guarantees on bagging your limit, but an awfully high percentage of his clients found what they were looking for. Mac just knew where the game was. Fish, too." Hill sighed. "Ayuh, things change."

"Thank you, Mr. Hill," Emily said.

He frowned at her. "Well, I don't like you saying you've heard things, young lady. The police came around a while back, asking me a lot of questions about Mac. It made me think people were insinuating that I might know something about his death. That's ridiculous."

Nate wished strongly that he hadn't introduced Emily to the guide, but it was too late now. She just stood there under his glare, her face pale.

"If you think you can print something in the newspaper like that, forget it. Mac was a friend of mine."

Emily nodded. "I understand. Thank you very much." When Hill got in his truck and drove away, Nate sighed in relief.

"You know, Emily, the newspaper carries a lot of weight in this town. You do need to be careful how you phrase things."

"What's the matter?" Emily asked. "Do you think I'd accuse him of murdering Mac in print?"

"No, but for a minute I was afraid he'd guess you were the one who put Blakeney onto him. You don't want to ruin an innocent person's reputation."

"If he's innocent," she said. "Do you think he was sincere?"

"I do." Inside the SUV, Clinker gave a little bark.

"Hey, fella." Emily opened the rear door and stroked his neck. "Thought we were going to leave you in the car, didn't you?" She looked up at Nate. "You've got leashes in the store, right?"

"Should have. We'd better get some dog food, too."

A minivan drove in, and Nate looked toward it. "There's Mom. This should only take a minute."

Emily glanced at her watch. "Think we'll get back to the lodge in time to eat dinner with Jeff?"

"Why don't you call him? Tell him not to wait for us if it's inconvenient." Nate walked over to where his mother had parked and opened her door for her.

"I'm sorry, honey," she said as she climbed out of the van. "This won't take a sec. I just need you to sign the intent-to-sell agreement."

"For Allison and Jon?"

Connie shook her head. "For the real estate agency."

"But if we're selling to Jon and Allison, why do we need that? Can't we save the commission and do it ourselves?"

"Bridget said she'd do all the paperwork for us for a flat fee, and I thought it was a reasonable rate. She knows all about that stuff, and it would save us some headaches. We'd know it was done right."

"Okay. Want to go in the house and do it?"

"Allison asked me to give her the contact information for the people I met at the folk art show last fall. I was thinking of ordering in some decorative items, and she liked the sound of it. Let's step into the store, and I'll get that taken care of, too."

Emily joined them, pulling Clinker along by his collar. "Hi, Mrs. Phillips."

"Who's this?" Her eyes sparkled as she examined the dog.

"Oh, that's Rocky's dog," Nate said. "I told you on the phone how Rocky fell through the ice."

"Yes, you did," said his mother.

"Well, the reason he was out there on the lake was this mutt. Emily and I are sort of babysitting while Rocky's in the hospital."

"How is he?"

Emily straightened but kept one hand firmly curled about Clinker's collar. "Marvin called us and said the doctor will let him go home tomorrow if everything looks good. His body temp went down a few degrees, but he's really not much worse for the experience."

"Yeah, well, Rocky has a lot of insulation," Nate said.

Connie swatted at him. "You're awful. But praise God you two were out there and were able to help him."

"I know," Emily said. "If Nate hadn't gotten to him when he did, I'm afraid Rocky wouldn't have made it. Mrs. Phillips, your son is a hero, and the *Journal* is going to make sure the community knows that."

"My dear girl, don't you think it's time you started calling me Connie?"

Emily gulped. "Uh. . ."

"Or Mom, if you're comfortable with that."

"Thanks." Emily smiled. "I wouldn't mind having an extra mom."

Connie gave her a quick hug. "Come inside with us. I need to give this information to Allison, and we'll sign these papers, and then I'll get out of here."

As they walked toward the marina, Emily said to Nate, "Jeff says he'll wait and eat dinner with us."

"Great," Nate said. "I'd hate to miss out on Lucille's cooking on our last night at the lodge. And as far as this hero business goes, I wish you and Felicia would play that angle down. It will be embarrassing to face my new boss and coworkers if you brand me a hero. Everyone will expect me to perform perfectly on the job."

Emily shrugged as he opened the marina door. "Okay, I promise we won't use the *H* word in print. But we have to do the story, Nate. It wouldn't be honest not to tell the part you played in the rescue."

"Hi," Allison called as they entered the store. "Just a second, Mrs. H. I'm almost done cashing up." She bent over the counter and punched numbers on a calculator. "Good. Everything balances." She made a note on a slip of paper and slid it into a money bag.

"All done?" Connie asked. "Here's that list of artisans I promised you."

"Oh, thanks! It's exciting to think I'll be ordering merchandise for my own store. A little scary, though."

Connie smiled and patted her arm. "You'll make a roaring success of this place."

"Thanks." Allison looked at the three of them. "Should I lock up?"

"Go ahead," Nate said. "I'm just going to sign some documents for Mom to take to Bridget, and then we'll vamoose."

"It will start things rolling for you and Jon to become the new owners," Connie said with a smile.

"Great. Jon thinks we'll be okay with the financing. I'll be glad when we get the final word from the bank, though."

"Hey, why don't you go ahead, Allison," Nate said. "I'll lock up before we go."

"Really?"

"Sure. I know the drill." He grinned at her.

"Thanks, Nate."

"Oh, and I'm taking a leash and a bag of dog food. I'll ring it up and put the money in the till. Or do you want to add it to your deposit?"

"Nah, then I'd have to change the deposit slip. Just put it in the cash drawer, and I'll get it in the morning. Night."

Allison went out the front door, and Emily let go of Clinker's collar. He sniffed around the display racks. "Come here, boy," Emily said, striding toward the pet supplies.

"Get whatever you want," Nate said as his mother opened a folder of papers and laid them on the counter.

A moment later, Emily plopped a small bag of dog food and a nylon leash on the counter.

"Need anything else?" Nate asked absently as he skimmed the real estate agent's agreement.

"Not for tonight," Emily said.

Nate scrawled his signature on the document and handed it to his mother. "I guess this is it."

Connie smiled ruefully and looked around the store. "Yeah. We probably won't close for several weeks. That's assuming their financing goes through. You know, I'm glad we're selling."

Nate nodded, but a lump formed in his throat.

"Well, I'll be off," Connie said briskly. "Jared will be wondering what's keeping me. Good night, kids."

"Good night, Mom," Emily said with a saucy smile.

Connie laughed and kissed her cheek. "You're so good for us."

She left the store, and Nate rang up the purchase. Emily pulled the cardboard tag off the leash. Nate walked slowly through the souvenir aisle toward the marine supplies. He could almost see his dad mounting a new outboard motor on the display rack. He pulled in a deep breath.

"Are you okay?" Emily asked from behind him.

"Yeah."

Clinker whined. She stooped and snapped the leash to his collar. "Good dog."

Nate ambled to the back door that opened on the deck leading to the docks. The boats were all out of the water, and off to one side he could see several hulls parked on trailers, wrapped in plastic for the winter. This had been his daily life for twenty-six years.

"Think you can be happy away from here?" Emily asked.

He locked the back door and turned toward her, surprised to find his eyes filling with tears. "Yeah."

"We'll still be right on the lake," she said. "We can keep your boat and maybe a canoe, and have them out at the cottage all summer."

He nodded.

She stepped closer and squeezed his arm. "Honey, are you sure you want to live on the island this summer?"

"Of course I do."

She smiled. "Okay."

Nate shrugged and picked a fishing net off one of the displays. "It will be a hassle getting over to work on time every day, especially if the lake's rough, but it will be worth it. I always envied your family, living on Grand Cat in summer. I thought that must be the coolest place on earth to live."

She laughed. "But you were right here on the same lake."

"I know, but we had to work all summer. You just went out to your cottage and swam and fished and. . .I don't know. I guess I thought you just goofed off for three months solid."

"Well, maybe I did, but Mom and Dad came over to run the paper."

"Oh, yeah. But kids don't think about that stuff." He grinned. "Let's go. I'm hungry, and it's awfully late for dinner."

"Right. Let's not keep Jeff waiting any longer." Emily tugged on the leash. "Come on, Clinker."

Nate turned off all but the security lights. As Emily took Clinker across the dark parking lot toward the SUV, he pivoted and took one last look at the store. *Thank You, Lord. This is the right thing to do.* He closed the door and tried it to be sure it was locked.

When Emily and Nate got back to the lodge, Jeff met them at the door.

"About time, you guys!"

"We're so sorry, Jeff," Emily began.

"I'm kidding. I'm glad you went and told the Vigues what happened in person. Lisa stayed and helped me get dinner. It's all ready." He grinned and led them to the dining room.

Lisa stood by a table set for four near the windows overlooking the lake.

"Welcome back. We've got beef stew and biscuits tonight, with Lucille's famous custard pie and wild blueberry topping for dessert."

"This looks wonderful." Emily surveyed the table set with linen napkins and two burning tapers. In the center of the table, a spray of spruce tips surrounded a wooden carving of a moose.

"It sounds wonderful, too," Nate said. "I'm starved."

Emily laughed. "Let me help you bring in the food, Lisa."

"Oh no," Jeff said. "That's my job. Lisa and I know where everything is. You two just sit down and get comfy."

Emily didn't miss the smile Lisa threw Jeff as the two hurried into the kitchen. "They're cute together," she said.

"Huh?" Nate eyed her keenly. "You mean. . .Jeff and Lisa?"

"Yeah, that's exactly what I mean. I think he likes her, and it's obvious how she feels about him."

Nate frowned, staring at the kitchen door. "Must be a woman thing. I mean, she's attractive and all that, but I didn't notice anything mushy."

"Just watch them while we eat."

Lisa kept her usual quiet demeanor, but a smile of contentment seemed to have taken up residence on her face. Emily couldn't help noticing how often she and Jeff looked at each other as the meal progressed. Jeff's mood seemed lighter than it had that afternoon, though he still had care lines at the corners of his eyes.

After dinner, Jeff suggested a game of Scrabble in his sitting room. Emily eyed Nate eagerly. She could always go for Scrabble, but she wasn't sure about Nate.

"You want to play?" she asked.

"Sure, but Jeff looks tired."

"I'm okay." Jeff opened a cupboard and took out the game box. "If anyone's exhausted tonight, it should be you, Nate. That was quite a rescue you did this afternoon."

Nate flexed his shoulders. "I wasn't sure I could get him out, but I knew he couldn't last long in that water. I just kept praying."

"I'd say God answered," Jeff said.

"Amen." Emily sat down on the sofa, and Clinker settled on the rug at her feet. Nate sat down beside her, and Lisa took one of the two armchairs. Jeff handed her the box, and she opened it on the coffee table.

"Oh, we forgot one thing," Jeff said.

"What's that?" Emily asked.

"Cocoa."

She laughed. "You don't have to give me cocoa every night. I'm not addicted."

"That's news to me," Nate said. "She buys it in bulk."

Jeff headed for the door. "Go ahead and set up. I'll be back in a few minutes."

"I'll help you." Lisa jumped up and followed. *Jeff didn't tell her to stay,* Emily noted.

Nate took the bag of letter tiles from the box. "Okay, so I think you're right. I wonder when this happened."

"I'd say it's a recent development. Lisa's been working here at least since last summer, but the chemistry between them seems different. Like maybe Jeff's started looking at her as something more than a great employee." Emily leaned over and kissed Nate's cheek. "I'm so thankful it went all right today. I was afraid you would end up in the lake with Rocky, and there's no way we could have gotten you both out if the ice kept breaking around you."

Nate put his arm around her and pulled her close for a moment. "I had the same thought. But God was merciful."

"Yes."

He kissed her then turned back to setting up the game. Emily watched him with a new sense of life's fragility. *Thank You, Lord, for keeping him safe and for letting him rescue Rocky.* Nate glanced over and winked at her. *And for bringing us back together after seven years apart.* It was all God's timing, she knew. And she would always be grateful.

"I love you," she said.

"Ditto. Even if you are about to trounce me and Jeff royally at this game. I don't know about Lisa."

"Want me to let you win?"

"Don't you dare. I'll get back at you next time we play Rook."

"I don't think I've seen a Rook game since high school."

"Great. I'll have an even better chance of beating you. Our old set is over at the house somewhere."

"Snowshoeing isn't enough? You want to humiliate me."

"That's right."

They were both laughing when Jeff came in with the tray of steaming mugs. Lisa followed with a cut glass bowl of marshmallows.

Lisa sat down and smiled at Emily. "I'll bet you're really good at this, since you're a writer."

"Don't listen to her," Jeff said. "Lisa's the champ around here."

Nate chuckled. "That's great. Emily will have some real competition for a change."

The game progressed with the women leading the men by an ever-widening margin amid laughter and talk about summer plans.

An hour later, Nate yawned as Emily added their final scores.

"Who won?" Jeff asked.

"Well, I don't want to brag, but. . ."

"Of course you do." Nate snatched the paper from her hand. "Ew. Did you have to beat us by so much?"

"Yes."

Nate blinked at the paper; then he leveled his gaze at Lisa. "You almost beat her, you know. That makes me feel a little bit better. Of course, I came in last."

Jeff leaned back in his chair. "If you'd made daze instead of date, you could have evened the score."

"I never can think of z words." Nate lifted the board and bent it enough to funnel the tiles into the bag.

"Rematch?" Jeff asked.

"I'm too tired to pull that off again," Emily said.

"Me, too," said Lisa.

Nate covered the box and stood up. "Thanks, Jeff. That was a lot of fun."

"Hey, I'm glad you guys stayed. I was feeling a little low after Phoebe and Kent and Ian left. And I hardly ever get to sit down and do something like this with anyone."

Emily thought it was a little sad that Jeff hadn't pulled out the Scrabble game the night before, while his siblings were there, and even sadder that they were angry with Jeff over a hypothetical treasure that no one would ever find.

"Well, I enjoyed it a lot, and not just because I won. Lisa, I'm glad you stayed."

"Thanks." Lisa glanced at Jeff. "It was fun."

Emily stood, and Clinker gave a little woof and jumped to his feet.

"You baby. You don't want us to leave you alone, do you?" She bent to pat him. "Do you want to sleep in my room tonight?"

"Uh, maybe you should ask Jeff," Nate said.

Emily turned to their host with a rueful smile. "I'm sorry, Jeff. If you don't allow pets in the rooms, it's okay. We can fix him up down here."

"No, it's fine," Jeff said. "Just don't let him up on the new bedding, okay?"

"You got it. Come on, fella."

As they left the room, Emily heard Jeff say to Lisa, "I can drive you home if you want."

Clinker followed her and Nate eagerly into the lobby and leaped up the stairs beside her. He seemed content to settle on the carpet beside her bed. Emily realized how tired she was from the fresh air and exertion of the day. She quickly undressed and climbed into bed.

"Good night, Clinker."

She rolled over and drifted into sleep.

Suddenly she woke up. Clinker barked frantically. She turned on the lamp and glanced at the clock. It said 2:00 a.m.

"What is it, boy?"

Clinker continued his barking, and she realized a high-pitched beeping came from somewhere outside her room.

Emily climbed out of bed and hurried to the door. As the scent of smoke hit her nostrils, she caught her breath. She put a hand on the wooden panel of the door, but it didn't feel hot, so she opened it.

The hall was thick with smoke.

15

Frantic pounding on his bedroom door pulled Nate from a deep sleep.

"Nathan! Wake up! We've got a fire!"

He sprang out of bed and grabbed his jeans. "I'm coming, Em!" Even as he said it, the stench of smoke filled his nostrils. He grabbed his cell phone from the nightstand, snagged his shirt from the chair, ran to the door, and threw the dead bolt. Emily stood in the hazy hallway, a ghost in pale pajamas, with Rocky's mongrel pressing against her and whining. Her flashlight beam cut across the swirls of smoke.

"Go downstairs, Emily. Take the dog with you." Nate coughed and opened his phone.

"I'm not leaving without you." Emily tugged Clinker's collar and pulled the dog toward her. She moved toward the stairs but paused when Nate lagged behind.

"Did you call the fire department?" he asked, pushing 9 1 1 as he spoke. The dog whined again.

"No. Come on! We've got to tell Jeff and get out of the lodge!"

Nate tried not to let Emily's stubbornness frustrate him. *She wants to help,* he told himself. He let her pull him toward the stairs.

The phone rang only twice before someone picked up. "Baxter Fire Department."

"This is Nate Holman. We have a fire at the hunting lodge on Woodburn Road."

Clinker kept pace, whining constantly, now and then interspersing sharp barks of warning.

"It's okay, Clinker," Emily said, but her voice held a tinge of fear. "We're going to get out."

Nate listened to the dispatcher and answered questions as quickly as possible as they navigated the stairs and made their way toward Jeff's suite. Smoke swirled around them.

"We've got a truck and an ambulance on the way now," said the dispatcher.

"Great, thanks!" Nate closed his phone and tried the door to Jeff's apartment. Another smoke alarm overhead screeched. The door wasn't locked, so he advanced into the sitting room and pounded on the door to the bedroom.

"Jeff, wake up! There's a fire! Wake up!"

Emily was right on his heels. "The smoke's worse down here." She coughed and gasped for breath.

"I know." Nate heard panic in his own voice. "Go on outside now. Take the dog with you." He tried the doorknob and threw the bedroom door open.

Jeff staggered toward him, bleary-eyed and confused. "What's going on?"

"Fire," said Nate. "We have to get out."

Jeff's eyes widened in disbelief. "No! This is crazy!" He grabbed his wallet and a sweatshirt from his dresser. "Did you call the fire department?" He pulled the sweatshirt on over his head as they hurried across his sitting room.

"Yes," said Nate. "They're on their way." He looked over his shoulder and saw Emily hovering in the doorway. As usual, she was too stubborn to listen to reason.

"Well, let's get out of here." Jeff followed them out into the lobby.

Emily guided Clinker to the front door, pulling at his collar. Where was the new leash, Nate wondered. He thrust the door open, and they were met with a blast of frigid air. He hesitated. "Maybe we should have grabbed coats—"

"Where's Lisa?" Jeff asked.

Nate stared at him. "I thought you took her home."

Jeff's face blanched. "No, she decided to stay because it was so late. She's up in the staff quarters." He turned and ran back into his room and grabbed the phone.

Nate whirled. "Emily, take the dog and go out! Now!" He coughed. The smoke was increasing.

Jeff threw the receiver down. "The phone's dead. I've got to run up and get her."

"No!" Nate grabbed his arm. "Let's just get outside. Does she have a cell phone?"

"Yeah, she got it for Christmas."

"We'll call her from outside." Nate pushed him across the smoke-filled lobby. They burst into the fresh air, and Nate dragged his friend down the steps to where Emily waited. Jeff was already pushing buttons on his cell phone.

Emily reached for Nate, and he put his arm around her. "What about Lisa?"

"Jeff's trying to call her." *Answer the cell phone*, Nate thought as he watched Jeff listening. Then he slipped into prayer mode. *God, please let Lisa hear the phone and wake up. Please protect her.*

Jeff let his hand drop to his side. "It went straight to voice mail."

"She has it off," said Emily. "What are we going to do?"

"What room is she in?" Nate asked.

"Around the back."

"Could we get her out a window?"

Jeff inhaled sharply, his gaze darting about the yard. "Maybe. There's a lower roof below, over the kitchen."

Nate pressed his key ring into Emily's hand. "Get in the car, Em. Move it away from the building."

Jeff was already running around the corner of the lodge, and Nate followed him. Jeff pointed up to the third-story window on the end. "That's her room. The last two windows."

"Do you have a ladder?"

"Yeah, but it would take time to get it, and it's not that tall, anyway."

Desperate times call for desperate measures, Nate thought. He looked at Jeff. "Throw rocks at the windows? Do you mind if we break the glass?"

Jeff nodded. "Let's do it."

Nate looked down at his feet and kicked at the snow until pebbles and bits of gravel began to surface. Jeff followed his lead and scrambled for stones.

When he'd found one large enough, Nate took it in his hand and aimed for the third-story window. *Just like playing baseball,* he thought. He swung the rock forward and released it.

Thunk! It slammed against the wall inches from the glass.

He hefted another rock. This time his aim was true. The rock soared through the window, smashing the glass. "If that doesn't wake her up, I don't know what will." Nate watched the windows for any sign of movement.

Emily came tearing around the corner. "I hear sirens."

Nate heard them, too, but he kept his eyes on the lodge, waiting for a sign that Lisa had woken. Jeff threw a rock and succeeded in breaking the other window. Nate hefted a larger one and hesitated. He didn't want to strike Lisa if she was coming to the window.

The sirens wailed louder as Lisa lifted the shattered window and stuck her head outside. "Jeff, is that you? What's going on?"

———

Nate ran out to the parking area.

"We've got a woman on the third story, around the back."

The firemen immediately grasped the situation and drove the ladder truck across the snowy lawn and up near the back of the building. By the time it was in position, Lisa had climbed out the window and lowered herself to the kitchen roof. The tanker truck pulled up, and men leaped off it and started unrolling the fire hose.

The fire chief approached Jeff. "Anyone else inside?"

Jeff shook his head. "Just Lisa, and it looks like she's okay."

The chief nodded and glanced toward where two of his men were assisting Lisa down the ladder.

"You'd better move that pickup out front. Then you folks had better get into the vehicles and keep warm. Stay out of the way and let my men do their job."

"You got it," Nate said.

Jeff waited at the bottom of the ladder. When Lisa reached the ground, he embraced her.

"Are you okay?"

"Yes, but I'm cold."

"Come on!" Jeff hurried her around to the front of the lodge. Nate and Emily followed.

The rescue unit pulled in, and the EMTs brought them a couple of blankets. Emily took one and wrapped it around Lisa.

"What happened, anyway?" Lisa asked as Emily led her toward Nate's SUV.

"We don't know, except we woke up to all that smoke. I'm sorry we didn't alert you sooner. Nate and I didn't realize you were still here until after we'd woken Jeff up."

Lisa turned her head aside and coughed.

"Are you all right?" Emily asked.

"Yeah, I think so. My throat's on fire, but the rest of me is freezing."

"I'll see if the EMTs have any bottled water. You'd better get into Nate's SUV. Just be aware that there's a dog inside. He's friendly, though."

Emily saw Nate and Jeff coming toward them. She knew Lisa would be in good hands, so she squeezed her shoulder and hurried toward the rescue unit.

"Do you have any water?" she asked one of the EMTs. "Lisa's throat is pretty scratchy from the smoke. I guess we're all pretty dry."

"Sure. You should all let us check you over. Did you inhale much smoke?" the man asked.

"Some, while we were getting out. But I feel a lot better now."

He nodded and handed her two water bottles. "I'll come with you and check on the others." He grabbed two more bottles and walked with her to Nate's vehicle. Jeff had also moved his truck, but he and Lisa joined them beside the SUV.

When the EMT had examined them all and taken their vital signs, he left them alone. More volunteer firefighters pulled up in cars and pickups, and the fire chief gave them orders. Emily huddled with Lisa and Clinker in the backseat of Nate's vehicle. Nate sat in front, but Jeff insisted on standing outside, a few yards closer to the lodge, watching every move the firefighters made.

"I'm really sad this happened to Jeff," Lisa said.

Nate nodded. "I know. Seems like awfully bad timing."

"And he spent all that money remodeling and redecorating," Emily said.

"I wonder if the firemen have put out the fire." Lisa leaned forward to see better.

"I never did see much of a blaze," Nate said. "Lots of smoke, though."

Emily stroked Clinker's silky neck. "You are some dog. Seems to me there's more than one hero in this town."

"Is that Rocky's mutt?" Lisa asked.

"Yeah. He woke me up, or we might all still be inside."

Lisa reached over to pat him. "What a good dog! We'll have to tell Rocky. He'll be so proud."

"I'll do better than that," Emily said. "His picture will be on the front page of Tuesday's *Journal*."

"There's the fire chief," Nate said. He opened his door and got out, standing in the angle it formed with the car. Emily could hear the chief's voice clearly.

"You're fortunate, Lewis. We think the blaze is out, but we won't leave until we're absolutely certain. The fire was confined to a hallway and pantry at the back of the kitchen, and only a small area was actually damaged by flames. The smoke damage will be another story. It'll take a lot of time and effort to get rid of the smell and grime."

"Hey, I'm just glad it wasn't more serious," Jeff said. "Twenty minutes ago, I was sure this whole place was going up in flames."

The chief shook his head. "Well, you've got your work cut out for you."

16

A rctic air whooshed in as Emily threw open the window of room 10, the last of Lakeview Lodge's guest rooms. The rising sun threw a golden sheen over the ice on the lake. Emily filled her lungs with fresh air.

"It's freezing in here," Lisa said.

"I know, but you'll never get rid of the smoke smell if you don't air everything out right away." Emily turned away from the window. "It's supposed to get up above forty today, so the pipes won't freeze if Jeff leaves everything open all day. But you'll need to close it up before sunset and get the heat on in these rooms again."

Lisa pulled the comforter and sheets off the bed and sank onto the mattress with a sigh. "Do you think it will work and everything will smell fresh again before Friday?"

"I sure hope so."

"And we just made all these beds up."

"I know, but if you don't wash the sheets and air the comforters, the smell will linger. I'm sorry you have to do all that work."

Lisa stood up with a grim smile. "Sarah and Ginnie promised to come over right after lunch and help me with the laundry."

"Then you'd better get a few hours' sleep."

"You, too."

Emily shrugged. "I think Nate and I are going to go home, eat breakfast, get showered and changed, and go to church."

"Good thing you've got clothes somewhere else that don't smell like smoke. Jeff's whole wardrobe is probably ruined. His room is close to where the fire started." Lisa stooped to gather the soiled linens.

Emily wadded up the white comforter. Tiny particles of soot gave it a gray tinge. "Most of his things will probably be okay once they're washed. But the damage in the kitchen will be harder to fix."

"Jeff's going to see if the electrician can come today, even though it's Sunday." Lisa led the way into the hallway and stuffed the sheets and towels from 10 into the laundry chute. She turned to take the comforter from Emily. "Here, I'll take that and add it to the pile for the dry cleaner."

"Nate and I can take a load into town, if that will help," Emily said.

"The dry cleaner won't be open today, and you don't want to carry smoky blankets and drapes around with you in Nate's vehicle until tomorrow."

"I'll see what Jeff thinks. Maybe the cleaners will open up specially for him once they know about the fire."

Nate came up the stairs. "How are you ladies doing?"

"We've got all the textiles except the rugs out of the guest rooms," Lisa said. "I'll go up to the staff quarters and start there. I don't think the smoke was as bad upstairs, and I opened the windows earlier. Of course, it may be worse than I think. I'm sure I've gotten used to the smell."

Nate nodded. "The fire marshal says they probably won't let Jeff into the kitchen today, so he's ordering breakfast in for you from the Lumberjack. Sam, Royce, and Lucille are all coming to help you."

"Great," Lisa said. "Ginnie and Sarah will come later."

"Some other people may come to help once the word gets out," Emily said.

"Yeah, we'll tell everyone at church," Nate agreed. "It wouldn't surprise me if you had a whole crew later on."

"I don't know how much good it will do until we get the electricity and water back." Lisa shook her head. "Have they said what started it?"

"Not yet. It seems to have started in the hallway between the kitchen and the back door."

"I sure hope it's not a problem in the new wiring," Emily said.

"Me, too."

Lisa looked at her watch. "You two had better get moving if you plan to get cleaned up in time for church."

Nate chuckled. "Yeah, if my face is as filthy as Emily's, it may take awhile."

In the SUV on the drive in to Baxter, Emily sat back and thought about all that had happened that night. Clinker whined in the backseat.

"I still smell smoke," Nate said as he pulled into Felicia's driveway.

"It's our clothes and our hair," Emily said. "Make sure you hang out the things in your luggage, too, and leave your duffel bag out on the deck in the breeze."

"I wish I could have done more for Jeff." Nate sighed and pulled the keys from the ignition. "He is so discouraged."

"I don't blame him. Do you think we should have stayed longer?"

Nate frowned then shook his head. "We're both working tomorrow, and Mom wanted me to help her this afternoon. She needs to get a start on inventorying the store so she can turn it over to Jon and Allison after the closing."

"Well, let's at least see if the church people can do something to help Jeff. He's got guests coming in five days, and I'm not sure that's enough time to put things back together and get rid of the smoke."

"Yeah." Nate got out and came around to open her door then released

Clinker from the backseat. The dog jumped out onto the pavement, and Nate handed Emily the end of the leash. He reached inside for her overnight bag and computer case. "I'll bring these in for you."

"Thanks. Felicia will probably shoot me when she hears there was a fire at the lodge and I didn't call her."

"She couldn't have done anything, and you'll do the story for her."

Emily shrugged. "I know, but I forgot to take any pictures. She'll want to know why."

"Why didn't you?"

"I guess I could have clicked some on my cell phone after the fire trucks got there. I think I was too close to it emotionally. I was so worried about Lisa, I didn't think to document her rescue. I did take a couple this morning of her hanging drapes out on the line to air."

"Yeah, well, I'm not sure why I slept through that smoke alarm, but I'm thankful God sent that mutt along to wake you up when he did." Nate reached down to pat Clinker on the head. "Thanks for getting us up, buddy."

Emily smiled wearily. "I'd kiss you if you weren't so grubby."

"Hold on." Nate reached out with one soot-blackened finger and touched the tip of her nose.

"What?"

"You had a clean spot."

She laughed. "Go get cleaned up, and I'll see you in an hour."

At noon, Nate walked out of the church beside Emily, feeling refreshed and very thankful. Already his mother was organizing church volunteers to help with the cleanup at the lodge and take food to the workers.

At the door, he shook his stepfather's hand.

"I'm glad you kids are all right," Pastor Phillips said.

"God was truly merciful," Nate said. "It could have gotten so much worse in a hurry."

"You said Jeff didn't lose any personal possessions?"

"Not unless the smoke wrecked his books and things. I don't know about his sofa and other furniture in his suite."

"The insurance company should replace any that he can't salvage," Emily said.

Nate sighed. "Yeah, we just don't know yet. I don't think anything actually burned except a couple of walls and a few items in the kitchen. But the smoke—that was bad. I guess we'll have a better idea what can be saved after the fire marshal is done with his investigation. He may have to replace the bedding, curtains, rugs, all that stuff. And he's supposed to open on Friday."

"Well, we'll keep Jeff in prayer. I'll go out for a few hours tomorrow and see if I can help him out."

"I'm sure Jeff will appreciate that," Nate said.

"Are you having lunch with us?" the pastor asked.

Nate looked at Emily.

"Sure," she said.

Pastor Phillips nodded. "Great. Head on over to the house if you want. Connie and I will be along in a few minutes."

Nate took Emily's hand and walked across the yard toward the parsonage. The snow was melting, and a patch of grass showed on the church lawn. He paused on the front stoop and reached up under the decorative bracket on the left side. He could reach the hidden spare key without even stretching.

His phone rang, and he passed the key to Emily.

"Hello?"

"Nate, it's Jeff. I hate to ask you, but can you come back out here?"

Nate looked at Emily and tried to telegraph his concern to her. "Sure, Jeff. What's up?"

"It's the fire marshal. He thinks the fire was arson."

———

"Isn't this awful?" Sarah Walsh, one of the lodge's chambermaids, met Nate and Emily at the door.

"It sure is," Nate agreed.

"Jeff's in his office. He asked me to tell you to come right in."

"Is your sister here, too?" Emily asked, shrugging out of her coat.

"She was here, and our mom came over, too. They took a huge pile of laundry to the Laundromat in Aswontee, but there's going to be a lot more."

"Did you folks get some lunch?" Nate asked.

Sarah grinned. "Yes, the Lumberjack sent two large pizzas and a case of cold drinks gratis."

"That's great," Emily said. "Mrs. Phillips is organizing work crews to come and help whenever Jeff is ready for them. She's going to bring supper over tonight, with enough food for at least ten people."

"Wow, that's terrific. Everyone's being so nice. And Lisa told me how you guys and Jeff woke her up and got her out. You all could have suffocated in the smoke. Although the third-floor rooms don't look too bad. Most of them were closed up, and I think a good airing will be all they need."

Emily winced. "Too bad the guys had to break the windows in Lisa's room."

"Maybe some of the men from church can fix those," Nate said.

Sarah left them, and they went to the doorway of Jeff's office. He was slumped in his swivel chair, staring at a pile of papers on the desktop.

"Hey, Jeff," Nate said.

Jeff raised his chin then jumped up from the chair. "Hi. Thanks for coming! I realized after I called that I shouldn't have dumped this on you."

"No, it's fine." Nate pulled a chair out from the wall for Emily, and Jeff scurried to move books from another one for Nate.

"So, what did you learn about the fire?" Emily asked when they were seated.

Jeff sighed and picked up the top sheet of paper from his stack. "The fire marshal is sure someone set the fire deliberately. Apparently it was started in a big plastic trash can in the hallway between the kitchen and back door."

Nate nodded, picturing the spot.

"But see, that's not right," Jeff said.

"What do you mean?" Nate asked.

"We never keep that trash can there. It's always in the kitchen. Lucille or one of her kitchen helpers empties it every day when we have guests staying here. Sometimes I do it myself."

"Where does the trash go?" Emily asked.

"Into the Dumpster outside. It's across the back parking area, beside the equipment shed. But the fire marshal says the can was in the hallway last night, and someone put a match to the trash. The fire put off a lot of smoke, and it set off the smoke alarms. He said it probably set off the ones in the kitchen within seconds, and the ones upstairs within a couple of minutes." Jeff rubbed the back of his neck. "I can't believe I slept through all that."

"Don't you have a smoke alarm in your suite?" Nate asked.

"No, but there's one in the hallway outside my sitting room."

"Yeah, that one was working."

Jeff shrugged. "I was pretty tired last night. I guess with two closed doors between me and the alarm, it wasn't enough to get through to me. Maybe I should put one right over my bed."

"You must be exhausted now," Emily said.

Nate nodded. "You really need to get some rest, Jeff."

"How can I rest with all this going on?" He sighed. "I think I'll be able to sleep here tonight, although it still stinks. I'm going to have to take out the carpet in here and all the rugs in the lobby and the guest rooms, I'm afraid."

"At least you have wood floors in most of the lodge," Nate said. "No wall-to-wall carpeting."

"Just in here and the library. Anyway, the fire marshal said Clinker probably saved us from a big dose of smoke inhalation. He must have heard the first smoke alarms go off and started barking before it got too thick."

"So, was the fire confined to the trash can?" Nate asked.

"No. It must have smoldered for a while. Remember how we didn't see any flames through the windows at first? I'm not sure what was in the can. Lucille had emptied it in the afternoon, but there was probably some trash—waste from food preparation, packaging, that sort of stuff."

"Kitchen trash," said Emily.

"Yeah. But maybe whoever started it put something else in to make it smoke a lot. Anyway, eventually it must have gotten really hot and the plastic trash can started melting, and that added to the fumes."

"So it didn't spread fast at first," Emily said.

"Right. But I guess eventually it must have eaten into the wall and shorted out the wiring. The power was out before the fire department got here."

"Yes, and the phones weren't working."

"Are they going to let you get some repairmen in here tomorrow?" Nate asked.

"I don't know. The fire marshal told me that I can set it up, but I can't touch anything in the area of the fire until he gives the word. He taped off the hallway, and we can't go down there or in the kitchen." Jeff raked a hand through his hair. "I just don't know if we'll be able to get things in shape and be ready to serve meals by Friday."

Nate gritted his teeth as he considered all that Jeff had told him. It was obvious that the fire marshal was treating Jeff as a suspect in the arson. But Jeff either had not realized that or was trying to avoid thinking about it.

"Is the fire marshal still here?" he asked.

"I think so. He was still taking samples or something like that a half hour ago. But he told me I had to go away and let him do his job, so I came out here and called you."

Emily had been very quiet, and Nate reached over to squeeze her hand. "What are you thinking?" he asked.

She smiled up at him with a little shrug. "I'm not sure we can help, but I was thinking that maybe you could talk to the officer. He might give you a professional report and a better idea of what the time frame will be for his investigation."

Nate nodded. "I'll give it a whirl. It's probably best if you two stay here, though."

He walked slowly around the corner to the hallway that led to the kitchen, but halfway there he encountered yellow crime scene tape. A man was kneeling on the floor next to the wall near the back door, using a tape measure. Nate leaned over the yellow tape and peered through the open doorway to the kitchen. Inside he could see another man looking at the huge commercial cookstove.

Nate cleared his throat. "Excuse me."

The man in the hallway looked toward him. "Yes?"

"I'm Nate Holman. I'm a sheriff's deputy, but I'm not on duty right now. I was wondering if I could talk to the fire marshal."

The man rose and walked toward him. "I'm Scott James. How can I help you?"

"Well, sir, J—the owner tells me that you've ruled this an arson."

"No doubt," James said.

Nate nodded. "Have you found any evidence as to who committed the act?"

James sighed and stretched his long arms. "So far the clues are pretty slim, but I haven't finished my investigation yet."

"So, do you have an idea how long it will be before you reach some conclusions?"

"Not really. We're looking at sort of a nuisance fire. Someone wanted to make a lot of smoke. They tossed a wool coat into the trash can. Lots of smoke from that."

Nate blinked and peered down the hallway. "Is that mess what's left of the trash can?"

"Yup."

"It's near the coat rack. You don't think the coat fell in after the fire started?"

"Nope. It's close, but not that close."

"And the fire burned into the wall and shorted out the electricity?" Nate asked.

"I didn't say that."

Nate waited, watching the man's face.

At last James sighed. "I've got more investigating to do, but I'll tell you one thing: We'll be looking hard at the owner."

17

Nate found Jeff and Emily still seated in the office.

His friend looked up, a hint of hopefulness in his expression. "So, what did he tell you?"

Nate hesitated. He sat down next to Emily. Would it be better to tell Jeff exactly what he'd learned from the fire marshal or to answer vaguely? In the end he figured Jeff should be as prepared as possible to face a new onslaught of suspicion.

"Basically he said they think you might be the one who started the fire."

Emily's face flushed. "Oh, that makes me mad! As if Jeff would pay top dollar to fix this place up and then turn around and destroy his own efforts."

"I know," said Nate, "but they don't see it that way. It's the fire marshal's job to investigate every possible angle. And they do usually look at the property owner first in an arson case."

"Yes, but assuming that Jeff has committed arson isn't exactly what I'd call investigating every angle."

Jeff sighed. "I can't really say I'm surprised. In fact, at this point I wouldn't be surprised if I were suddenly accused of causing a devastating mud slide in Timbuktu." His mouth formed a wry, halfhearted smile. "It's one thing after another."

"Emily and I are praying for you regularly." Nate sat down. "I know that sounds trite, but we genuinely care, and we believe God does, too. It may seem like it's not helping, but I'm confident God has reasons for everything that's going on."

"I wish I had your confidence," said Jeff. "But I do appreciate the prayers."

There was silence for a minute or two. Nate wondered whether to pursue the topic. He felt he should say something else to encourage Jeff.

Emily said, "I told Jeff we'd take a load of bedding over to the Laundromat. I wish there was something more we could do."

"No, it's okay," said Jeff. "You've been great. You've done a lot, and I can't expect you to drop everything for me. Some of the staff have agreed to do overtime to get the place in shape." He looked up with a lopsided smile. "Lisa's been...she's been terrific. She's been working all day. And the Walsh girls and their mom are pitching in."

"That's good," said Nate.

"But I still don't have power or water." Jeff shook his head. "This sure beats all. If I'd known how much trouble this place would cause me, I never would have bought out my brother and sister."

"But it's only been the past six months," Emily said. "I guess your insurance won't pay for this?"

"Not a chance," said Nate. "Not until the arson case is resolved, or at least until Jeff is exonerated."

Jeff huffed out a short breath. "Like I said, one thing after another. First they think I killed Mac, and now they have me pegged as an arsonist. Someone must hate me to set me up this badly. But who?"

Nate gritted his teeth. The thought had occurred to him, but he couldn't believe Jeff's siblings would do such a cruel thing, and he couldn't think of anyone else who could benefit from doing it. It seemed more likely that the fire wasn't connected to Mac's death. "I don't know, Jeff."

"Would you mind if we prayed now?" Emily asked tentatively.

"It couldn't hurt," Jeff said. "It's going to take a lot to get this place fixed up again before Friday, and I could use all the help I can get."

They bowed their heads, and Emily started to pray.

"Dear God, we come to You humbled by Your power, Your love, and Your sovereignty. We know that You are in control of everything, even the things we don't understand. I ask that You would give Jeff faith, peace, and strength as he puts things back in order here at the lodge. And please clear up the mystery surrounding the fire soon."

"Amen," said Nate. He followed her prayer with a similar plea for everything to work out quickly and smoothly. He opened his eyes and was about to say something when he realized Jeff still had his head bowed.

"God, help me," he said. "Just help me out."

That evening, Felicia joined Nate and Emily in folding the laundry they'd done for Jeff.

"I've never seen such a run of bad luck before," Felicia said, shaking her head. "Jeff's had more than his share, for certain."

"I know." Emily folded a towel and laid it on the stack she'd started. "Break-ins and people poking around at night and a nuisance fire with all this smoke damage."

"And somewhere in there Mac MacBriarty gets murdered," Nate added.

"Yeah." Emily reached for another bath towel. "That's what I don't understand. The motive. I mean, who could possibly benefit from Mac's death?"

"Not the ex-wife?" Felicia asked.

Emily shook her head. "Mac didn't have much of an estate. The way I see it, he was worth more to Shannon alive than dead. He kept up his child support payments."

"Well, your theory about him and Ormond Hill being enemies hasn't gone anywhere," Nate said.

"I know. I don't really think Mr. Hill killed him. At least we know the police questioned him."

"After I start duty tomorrow, maybe I can pick up some news," Nate offered, "although I'm not sure how much the state police share with the county sheriff's department."

"This fire. . ." Emily absently smoothed the towel. "It can't have anything to do with the murder, can it? And the break-ins. I can understand someone wanting to rob the lodge, but burn it down?"

"And if they really wanted to burn it flat, why didn't they use a little accelerant?" Nate asked. "That fire was definitely fishy. Do you think Jeff could be right, and someone just has it in for him?"

"Well, I'm going to write a story for Tuesday's paper about the cleaning company Jeff found in Bangor," Felicia said. "They make it sound like they can get rid of the odors and soot in just a few days."

"I hope they can." Emily laid down the towel and reached for another. "And I'm doing the story about how all the church and community people have helped. If Jeff is able to open Friday, it will be because of all the people who made it happen."

"And they think we New Englanders are cold and unfeeling." Felicia snapped a pillowcase and began to fold it. "Oh, Emily, don't forget you're covering the selectmen's meeting in Aswontee this week. I know you hate those budget meetings, but—"

"But you're making me go anyway," Emily said. "You New Englanders are so cold and unfeeling."

⁓

About midday on Monday, Nate rapped on the screen door of Rocky's shabby little house, Clinker's leash grasped in his other hand. The dog wagged his tail expectantly.

"Hi, Nate." Rocky opened the inside door for him. "You brought Clinker back!"

"Yes, Emily called me and said you were released from the hospital this morning." Clinker bounded past Nate into Rocky's kitchen and immediately jumped up to lick his master's face.

"Hiya, boy!" Rocky beamed. "Good dog, Clinker. I've got some puppy treats for you. Nate, you want anything? People food, I mean. I have some Pop-Tarts if you're hungry."

"That's okay, Rocky. I've had lunch, and I start work at three, but I'm trying to squeeze in a quick trip out to the lodge to check up on things. But thanks for the offer."

Rocky looked up from the bag of dog biscuits he was tearing open. Clinker sat poised at his feet, waiting patiently for his treat. "Oh, yeah, I heard about the fire. Was it really bad?"

"Not too bad," said Nate. "No one was hurt or anything. But it did something to the wiring, and there's a lot of smoke damage to take care of. Jeff's pretty depressed about it."

"Yeah, I'll bet," said Rocky. He held a treat out to Clinker. "Maybe I can help."

Clinker happily grabbed the treat from Rocky's hand and began to crunch it up.

"Oh, I don't know, Rocky. I think you should take it easy."

"I've been taking it easy, Nate. What do you think I was doing in the hospital, push-ups?"

Nate laughed. "Okay, you got me there. If you want to go, put your shoes on."

"All right! Just let me get my sneakers and a coat."

Nate waited in the kitchen, and a few seconds later Rocky returned dressed for the outdoors in a heavy green coat, a brown and red striped scarf, and red hat and mittens. His heavy clothing added more bulk than usual to his already hefty form. In his hand he carried what looked like a wadded-up sweater.

"This is Clinker's sweater," Rocky explained. He knelt and pulled it on over Clinker's front paws and head. "The doc said we should bundle up when we go outside."

Nate nodded, trying to keep a straight face as he watched. Clinker's red sweater was a close match to Rocky's mittens and hat.

After Rocky locked the door, they piled into Nate's SUV and drove the short distance to the lodge. Jeff waved to them from the front porch when they arrived. He was talking to a man in coveralls.

"Hey, Jeff!" Nate called as he got out of the truck. "Brought a friend with me."

"Howdy, Rocky," said Jeff. "Good to see you on your feet."

"Thanks." Rocky smiled. "Clinker and I decided to come help out."

"Thank you." Jeff seemed unsure of what to say then, but he eyed Clinker with great interest. "That's a snazzy-looking outfit your dog has."

Rocky grinned and patted Clinker's head.

The man wearing coveralls nodded at Jeff and said, "All right, I'll see you tomorrow."

"Yeah, thanks for coming so quickly," Jeff said.

The man walked down the steps and got into a pickup truck with a custom cap on the back. Nate noted the words Oliver Electric on the door. "Well, let's not stand outside in the cold," Jeff said. "Not that it's that much warmer inside with all the windows open." He led them to the dining room. "Nate, your mom brought tons of stuff over for the crew. Sandwiches, chips, veggies, brownies. Enough to feed an army."

"Brownies?" Rocky licked his lips.

"Help yourself," said Jeff. He motioned toward the table, where plastic storage containers were spread, and Rocky went over to peruse the food.

"No thanks," said Nate. "I can't stay, but I thought I'd see how things are going."

"Well, the fire marshal promised to be done by five," said Jeff.

"Really? That's good news. Then you can get moving on the repairs."

"And I think repairs to the wallboard and the painting can be done quickly if the contractor makes it a priority. The wiring on the other hand. . ."

"What's the hang-up there?" asked Nate. "I saw the electrician leaving."

"Yeah, that was Dave Oliver. He says it may take several days, but he can't start until the fire marshal gives the go-ahead. Dave said he'd come out tomorrow with a helper if we're good to go, so we may get it done in time after all. And one really good thing just happened. I belong to the Aswontee Chamber of Commerce. The president called me a few minutes ago. He said the Chamber's going to help pay for the professional cleaning crew I hired to come help get the lodge back in shape. They'll come as soon as we've got power and water."

"Sounds like an answer to prayer," said Nate.

"Yeah, I guess it does. But I'll tell you one thing."

"What's that?"

"I'd like to have my name cleared."

⁓

Nate left Rocky at the lodge and hurried home to change before driving to work. For the afternoon shift, the sheriff assigned him to the supervision of an experienced man.

"Deputy Ward Delaney," the man said, extending his hand to Nate. "You'll be riding in the car with me this week."

"Sounds good," said Nate.

While they drove, Ward explained his route. "Usually I've got a few stops I make to check up on people, mainly convicted felons. I've got a couple living in Aswontee and one out your way."

"Oh?"

"Yeah. The only one in Baxter on my list right now is Rocky Vigue."

Nate felt uncomfortable with the idea of showing up at Rocky's place in an official capacity, especially after what had happened over the last few days. He knew Rocky was beginning to depend on his friendship. But to his relief, when they knocked on the door about five o'clock, Rocky greeted them cheerfully despite their uniforms.

"Just checking up," said Ward. "How you doing, Rocky?"

"Oh, fine I guess."

"Staying out of trouble?"

"Yeah."

"Heard you met with a nasty accident the other day."

Rocky winced. "Yeah, but Nate rescued me. You should have seen him."

"I heard about it," said Ward. "Pretty exciting story."

"So, did you walk home from the lodge this afternoon?" Nate asked.

"No, Sarah and Ginnie Walsh dropped me off. Those girls are sure a barrel of laughs." Rocky's cheeks colored, and he looked away.

Nate laughed, wondering if the sisters had teased Rocky mercilessly. "Yeah, they're cute girls. I'll bet they liked Clinker, too."

"Oh, yeah, they both think he's the greatest. Hey, would you like some soda? I've got root beer and cola in the fridge." Rocky started toward the hallway.

"No, that's okay," Nate said.

Rocky's eager expression drooped. "Okay. Well, gimme a second, will ya, Nate? I've got something I want to show you."

"I wonder what this is all about," Ward said, eyeing a crack in the ceiling as they waited for Rocky to return from the kitchen.

"Beats me." Nate looked around the dingy living room. The only furnishings were a sagging couch, a floor lamp, and a small television set perched on a straight chair. Nate wondered if Rocky's parents had seen the rental, and if they would let him move home again later if he stayed out of trouble with the law.

In a moment, Rocky returned carrying a piece of worn, soiled fabric. "I didn't think to show you this before, Nate. Clinker and I took a ramble around the lake again this morning."

"Not on the ice, I hope," said Nate.

"Oh no. I kept Clinker on his leash. We followed the shore, inside the tree line. And we found this not too far from the lodge." Rocky handed the fabric to Nate.

"Those woods are probably littered with trash," said Ward.

"Yeah, but this is antique trash," said Rocky. "It's kind of cool."

Nate unfolded the fabric and shook it out. "It's a sack. Looks like something's printed on it."

"Sugar, five pounds," said Rocky. "That's not something you see in the woods every day."

Nate had to agree. He wondered how Rocky had managed to come upon the sack after all the snow that had fallen. He peered more intently at the bag and noticed another marking in dark ink that he couldn't quite make out. Below was a rusty, brown stain. "Did you dig this up, Rocky?"

"Clinker found it in the snow. He sniffed all around and came up with that."

Nate handed the sack to Ward. "Take a look."

"It's a sugar sack," said Ward. "What am I supposed to look at?"

"What's that in the center?" Nate pointed to the dark smudge. "It kind of looks like—"

"A number three," said Ward.

"Doesn't it? And that down there could be blood."

"Or not." Ward frowned at him and shrugged. "Could be mud."

Nate felt a rush of adrenaline. He had a hunch there might be something to Rocky's discovery. He leaned closer to Ward. "Jeff Lewis has been having trouble with prowlers at the hunting lodge, and now he's had an arson fire. Do you think this could be significant?"

Ward shrugged and eyed the sack again. "Well. . ." He turned to Rocky. "Do you mind if we take this with us?"

"Sure, you can have it," said Rocky. "Is it evidence? It would be cool if Clinker and I helped solve the case. Does this have something to do with the fire?"

Ward threw Nate an amused glance. "Uh, I don't know, Rocky. We'll have to wait and see."

"Let's keep this among the three of us, okay?" Nate said.

"Sure! I won't blab. And Clinker won't either."

18

Athree-hour drive on Wednesday put Emily in Sainte Aurelie, Quebec. As she entered the small municipal building, a woman greeted her from her seat behind a desk.

"Bonjour."

Emily smiled. "Bonjour. I'm Emily Gray, and I spoke with you on the phone yesterday. I'm here to look for information about the Pushard family."

"Oh yes." The woman rose and walked to a bank of filing cabinets. "I did some preliminary research, and I've located some records that may help you. The local churches in the area were very good at documenting baptisms and deaths during the time you mentioned. However, nearly all of them are written in French. If you need me, I'll be happy to assist you."

Emily plunged into the pile of files the clerk had set aside for her. Within an hour, she was satisfied. The long drive and the tedious check at the border were not in vain. André Pushard had died in his hometown at the early age of thirty-eight.

"It's not what I expected to find," she admitted.

"That he died so young?" The clerk took several records they had selected to her copier.

"Partly. After all, you would think he was in the prime of his life." Emily reviewed the notes she had made. "He'd been in the lumber camps every winter for most of his adult life. He must have been a strong, healthy man."

"Yes, but the cause of death, that does not lie."

"Loss of blood."

"Yes, and this small item about a farming accident seems to confirm it." The clerk held up a dingy clipping, and Emily nodded. "Very sad."

"I can help you fill out a form if you'd like. You can send to Montreal for a copy of the official death record. But it will tell you the same thing, perhaps less than you have learned here."

"Let's do that. I'm a bit surprised that he died here. I thought maybe he died in Maine."

"No, according to this, he was at home on the family farm for the summer when the accident occurred."

Emily completed the form and drove south to cross the border again at

Jackman. As soon as she was within range of calling service, she dialed Nate's cell phone.

"Are you on duty?" was her first question.

"Yes, but I'm in the car with Ward. What's up? Are you home yet?"

"No, but I will be by suppertime. Any chance you can join me?"

"I might be able to wangle an hour for supper. I'll ask Ward."

"Great. I thought I'd cook, if you dare to risk it."

A moment later, Nate told her they would try to be in Baxter at suppertime.

"Does Ward want to come?" Emily asked.

"No, he says he's hankering for a cheeseburger plate at the Lumberjack. Meet me at my place about five thirty, okay?"

Emily smiled. "Terrific. I'll stop and pick up the groceries I'll need. If there's time, maybe we can work on the guest list tonight."

"What about the mystery? Aren't you going to tell me what you found today?"

"Not until we rough out a guest list," she insisted. "You're a champion procrastinator."

"You wound me."

She laughed. "It's true."

"All right, but I won't do any wedding preparations until you tell me everything you know about André the lumberjack-turned-villain."

"I'm not so sure he was the villain. But it's a deal."

~~~

The next day, Nate checked his uniform in the bathroom mirror before putting on his jacket. Almost time to leave for work. It had been four days since he started regular duty, but he still felt a jolt of surprise when he saw himself in uniform. He'd thought for so long that this dream would never be realized. In the last year, God had given him two things he'd despaired of ever having: a career in law enforcement and Emily. Every day he thanked the Lord.

He pulled in a deep breath and squared his shoulders. Time to meet Ward and get out there to keep northern Maine safe. He smiled at his reflection. In reality, the afternoon-into-evening shifts he'd spent with Ward so far were calm and would have bored Emily silly. They spent hours driving from one location to another, answering all sorts of calls—an auto accident, domestic disputes, thefts, traffic duty, and a harassment complaint. Because of the area's sparse population, they spent more time in the car than dealing with people. But it was the two minutes after they arrived on the scene of each call that made his pulse hammer. Anything could happen when an officer entered the picture, and they had to be prepared for the worst.

He drove to Aswontee and parked in the municipal building's parking lot. Because the officers' homes were scattered throughout the large county and they lived so far from the sheriff's office, they drove their official cars home and often met at other locations. Nate had not yet been assigned a county car, but a few minutes later, Ward arrived in a sheriff's department cruiser. Nate gathered his gear and joined the deputy.

"What do you say, Holman?" Ward asked jovially. "Ready to roll?"

"Yeah."

"No new fires or murders in Baxter, eh?"

"No, not today."

Ward drove to the edge of the main road. "Well, what do you think? Should we take a tour of your town or head toward civilization?"

"You're the boss."

Ward turned away from Baxter. "I've got a parolee I want to check on, just to keep him on his toes. We can visit the lake later if things are slow. Oh, that folder on the backseat has updates for you. Nothing new on the MacBriarty case, is there?"

Nate shook his head. "No, and as far as I know, the fire marshal hasn't come up with any real leads on the arson at Lakeview Lodge, either."

"The sheriff included a copy of that report in our packets," Ward said. "Pretty strange. The trouble with the electricity at the lodge wasn't caused by the fire."

"Yeah. I've thought about that." Nate scowled as he remembered the night of the fire. "We were lucky everyone got out all right. The phones and the power were out. I haven't had a chance to get out there and talk to Jeff again, but the question is, if the fire didn't interfere with the wiring, what did?"

"The report made it sound like sabotage. The fire marshal is pretty sure it was arson, and he indicated the arsonist also may have cut the power."

"Uh-huh. Well, tomorrow is Jeff's big opening, when the first guests of the season are supposed to arrive. I hope he was able to get the wiring fixed on time." Nate reached over the seat and retrieved the folder and then settled back to scan the contents while Ward drove.

"Hey, here's a report from the state crime lab on our sugar sack."

"Yeah. That brown stain was blood, all right. Human blood. That was a good call on your part, Holman."

"Do you think we should investigate where Rocky found it?"

"Yeah, we can ask him to show us where the dog dug it up."

The dispatcher called them, directing them to respond to a traffic accident on the Bangor Road. Ward turned the car around in the nearest driveway. "That's half an hour away. I guess we won't get to talk to Rocky tonight. It will probably be dark before we can get to Baxter, and we want him to show us the site in daylight."

Nate agreed and settled back in the seat. The vastness of their territory was the thing that hindered them most. People wanted a law enforcement officer instantly, but usually it took them awhile to reach the scene.

Six hours later, Ward drove at a leisurely pace toward Blue Heron Lake. "A fender bender and a domestic. Want to grab some coffee at the Lumberjack?"

Nate shrugged. "Sure."

The dispatcher's voice came over the radio. "PSD 9, we have a call from Lakeview Lodge in Baxter."

"Oh joy," Ward said. "The hot spot for crime these days. Take that call, will you, Holman? We can be there in ten." Ward flipped on his strobe light.

Emily stirred her cocoa. "So tomorrow you'll interview the owner of the new woodworking business, and I'll catch the Spring Carnival at the middle school in Aswontee."

"Right. Get lots of pictures." Felicia popped a cheese curl into her mouth.

"Nate's off tomorrow night, so we'll probably do something together."

"How are the wedding plans coming?"

Emily couldn't help smiling. "Terrific. Mom and I spent an hour on the phone last night. We're having the flowers done in Bangor, and they'll deliver the morning of. Hey, we need to go dress shopping."

"Plenty of time." Felicia swiveled to look at the calendar. "We've got four months, right?"

"Yeah, but I don't exactly have all the time in the world to shop for wedding gowns, and you need something really classy for your maid-of-honor dress. I did some looking online, but I think it's time I did some real-life shopping."

"Well, why don't we go to Bangor next Friday?" Felicia suggested. "That's our slowest day of the week at the paper. Unless you want to go Saturday."

"I'll see what Nate's schedule—" Emily broke off as the scanner came to life. She'd learned to recognize the dispatchers' voices and the radio codes for the state police, municipal departments, and county sheriff.

"At Lakeview Lodge, Baxter."

"Lakeview Lodge again," Felicia said.

Emily jumped up. "Nate's unit is responding." She grabbed her purse, phone, and notebook and ran for the door.

"The camera," Felicia called. "Take the digital camera." She ran over and thrust her camera bag into Emily's hands at the doorway. "Call me."

"I will."

Emily drove as fast as she dared to the hunting lodge, but the sheriff's department car had beaten her to it. The unit was parked neatly beside the porch steps. She leaped from her car and hurried in through the front door.

"Emily."

Jeff stood next to the check-in desk.

"Hi," Emily gasped. "What's going on? I heard the call on the scanner."

Jeff looked toward the staircase. "This time, I think I've caught an intruder."

"Really?" She opened her notebook.

"Yeah. Nate and the other cop went upstairs. They told me to wait here and not let anyone else up there."

"What exactly happened?"

Jeff rubbed his stubbly jaw. "Well, I was getting ready for bed, and I thought someone was in my office. It sounded like someone bumped the wall between my room and the office. None of the staff goes in there without my permission. So I went out through the sitting room, and when I got to the hallway, I saw a man wearing a ski mask come out of the office."

Emily scribbled as fast as she could.

"I was between him and the door, so he ran up the stairs."

"Wow. Is anyone else up there?"

"Yeah. Lisa, Ginnie, and Sarah. We all went out for pizza to celebrate. The girls, Sam, Lucille, and me." He gritted his teeth. "I hope they're okay. They worked so hard to help me get ready again. They wanted to party, so I took them all to the Lumberjack, even though I was exhausted. Lucille and Sam went home afterward."

"So. . .that guy is still upstairs?" Emily asked. "Do they know?"

"I called the girls right after I called the cops and told them to stay in their rooms and lock their doors. Unless he got out a window, he's still up there. See, I locked the back stairway door so he couldn't come down into the kitchen that way, and then I called the police. I went outside and kept looking around the house, and I don't think he got out. All the guest rooms on the second floor are locked, so I don't think he could get to a window. The ones on the ends of the hall don't open enough to let a man through. I'll bet he's hiding. And now the officers have him cornered."

Emily pulled in a slow, shaky breath. "How long have they been up there?"

"Maybe five minutes. They'll flush him out."

Footsteps pounded overhead, and Nate charged to the top of the main stairway.

"Jeff! When our backup gets here, send them up to the third floor."

"You've got the burglar up there?"

"He's holding Lisa hostage in the employees' lounge. Apparently he grabbed her right after you called to tell the girls he was here. Ginnie and Sarah are okay, and we're going to send them down." Nate disappeared from the landing.

Jeff stared at Emily, and she left off jotting down the gist of what Nate had told them.

"Oh man! I shouldn't have locked him up there," Jeff said. "That was really stupid of me. He probably tried the back stairs and went up to the third floor after he realized he couldn't get out through the kitchen or the guest room windows. I should have just let him escape. Now I've put Lisa in danger again."

Emily patted his arm. "You had to make a quick decision, Jeff. You did what seemed best at the time."

A siren pierced the air.

"That's the state police." Jeff strode for the door.

As two blue-uniformed officers entered the lobby, Ginnie and Sarah Walsh hurried down the stairway, wearing their pajamas and housecoats.

"Emily!" Sarah rushed to her and threw her arms around Emily. The sisters trembled, and tears streaked down Sarah's face.

"Jeff, can Ginnie and Sarah use your sitting room?" Emily asked.

"Sure."

"Are these the hostages?" one of the state troopers asked.

Ginnie shook her head. "No. My sister and I are all right. We were already in bed, and we heard some noise in the lounge. I opened our door and saw a man in there with Lisa. She yelled to me to get back in our room and lock the door, so I did."

"We stayed in our room praying until Nate Holman came and pounded on our door a few minutes ago," Sarah said.

"Yeah, he told us he would take us to the top of the stairway and that we should come straight down here." Ginnie put her arm around Sarah. "But that guy's still got Lisa, and he's got a knife."

Jeff snatched an afghan from one of the lobby sofas and wrapped it around Sarah's shoulders. "Come on into my sitting room, girls."

"It would be better if you took them out of the building," the nearest trooper said.

"They're not dressed for it," Jeff said. "We'll stay out of your way."

"All right. But no one goes upstairs. The state police tactical team is on the way."

"How long before they get here?" Emily asked, writing furiously in her notebook.

"Two hours." The trooper followed his partner up to the second-story landing.

The Walsh sisters stared bleakly at Emily.

"Two hours?" Ginnie wailed. "It will be two hours before they can rescue Lisa?"

"I'm sure the officers who are here will do everything they can." Emily hustled Ginnie and Sarah into the sitting room and gently probed for more details. Jeff left them for a few minutes and returned with a coffeepot and mugs.

"The coffee was already made, but I can make some cocoa if you want it, Emily."

"Don't bother. This is great, Jeff." Emily turned back to Ginnie. "So, you got a look at the burglar?"

"He had on a ski mask." Ginnie's voice shook. "But he was taller than Lisa, and he looked kind of heavy. Not fat, but. . .oh, I don't know. He was wearing a jacket, so maybe he was actually skinny. I just don't know."

"Here." Jeff placed a mug of hot coffee in her hands. "Relax, Ginnie. Emily, I think I can answer one of your questions."

"What's that?"

"The burglar's identity, of course."

"But. . ." She stared at him. "He was wearing a ski mask. I thought you didn't see his face."

"I didn't. But I saw enough to let me recognize him."

19

"Give it up," Ward said. "There's no way you can win this. Just put the knife down and let the lady go."

Nate stood on one side of the lounge doorway and Ward on the other, pistols drawn, peering in at Lisa and the intruder. The man had on a lightweight jacket and a green knit ski mask. He stood behind Lisa, one arm around her waist, and the other holding a lethal-looking knife at her throat. Lisa was shaking, and her dark eyes pleaded with them to do something.

Nate rubbed his stomach, feeling the comforting bulk of his body armor, though it wasn't designed to stop a knife. They couldn't shoot the man because of Lisa's proximity, but he and Ward could put their guns away and tackle the guy. It would be easy to take him, if not for the knife. There was a pretty good chance that if they tried it, someone would get cut up. Nate tried to keep his breathing steady and wait while Ward kept talking.

Sounds behind them drew Nate's attention. Two state troopers were mounting the stairs. Nate eased away from the doorway and motioned for them to join him at one side, down the hall.

"What have you got?" asked the first trooper, whose name tag read GRAVES.

"The owner locked the intruder upstairs, so he took a hostage," Nate said. "We don't think he has a gun, just a knife. So far he hasn't hurt anyone. Deputy Delaney has had some negotiations training, and he's trying to talk him down."

Graves nodded. "Time is on our side if he's acting rationally. We've got a state police negotiator and a tactical team on the road now."

"Good. I don't think this guy is nuts," Nate said. "I think he knew exactly what he wanted tonight."

"Which was?"

"This man or someone else has broken in here several times, but we never caught him. He wasn't going for the safe. The fact that he chose tonight is significant. It's the last night before the lodge opens for the season. By this time tomorrow, this place will be full of paying guests. Bigger chance of being seen and of someone getting hurt. He wanted to get in tonight and take his loot."

"Which was?"

Nate winced. "I'm not positive, but I have a good idea. The owner has told me about a legend where the man who built this place had a large fortune that disappeared."

"I read about that in the paper," the second trooper said. "Some vanishing treasure story."

"You mean it's real?" Graves asked.

"Maybe. Maybe not. But this guy thinks it is." Nate nodded toward the lounge. "That's what matters."

Ward stood openly in the doorway now. "Come on, stalling will only hurt your chances of getting a break. Let her go, man."

Nate eased over closer to Ward. "If it's okay by you, I'm going down to talk to Jeff Lewis and see if he's thought of anything that will help us."

"Can't hurt," Ward said.

Nate bounded down the stairway to the second floor, through the hall, and down the main staircase. Emily was halfway across the lobby.

"Nate! I was going to risk going up to tell you something."

"What?"

"Jeff knows who the burglar is."

⸻

Emily, Jeff, and Nate sat at one of the dining room tables.

"That's all I can tell you," Jeff said.

"His name's Oliver, though? You're sure?"

Jeff nodded. "My first thought was that it was my brother."

"Ian?" Emily stared at him. "You actually suspected him?"

"Well, yeah." Jeff looked away. "I didn't like thinking it, but he was so bitter when he left here the last time. . .I did wonder. But when I got a good look at this guy, I could tell the body type was all wrong for Ian. This guy's a lot heavier."

"So he's the one who's been working on your wiring all winter," Nate said.

"Yeah. Ironic, isn't? I've been paying him to fix it, and he was botching it up on purpose so it would take longer. He wanted more time to look for the treasure."

"You're sure?"

Jeff bit his upper lip and nodded.

"We'll talk about this later," Nate said. "Right now I've got to take Delaney this information."

He rose and hurried into the lobby and up the stairs.

Jeff clasped his hands on the tabletop and sighed. "I just hope this is over soon and that Lisa is okay. I really care about her, you know. She's worked here for three years, and when we're busy she pitches right in and keeps things going. If one of the guests has a problem, she's right there to fix it. Everyone loves her. I just think she's terrific."

"You make a great couple," Emily said with a smile.

Jeff ducked his head. "I never really thought she'd go out with me, but this weekend, in the middle of all the craziness, we sort of clicked. She said she'd love to go out with me after we get the lodge put back together and get past opening weekend. But now, I've locked a homicidal maniac upstairs with her. How stupid was that?"

Emily reached over and squeezed his hand. "Take it easy. God is in control up there. You'll have a chance to tell Lisa how much you appreciate her."

Jeff's eyebrows drew together. "Let's hope so."

~

"David Oliver."

The burglar glared at Ward Delaney over Lisa's head. Nate held his pistol ready in case the burglar made a sudden move.

"Come on, Dave, we know who you are," Ward said. "You might as well take the mask off. I can tell you're sweating. Take it off and talk to me."

The masked man tightened his hold on Lisa, and she winced as the knife blade made contact with the skin below her chin.

Ward lowered his voice to a confidential purr. "Dave, you've spent months working on this place. Probably since you did the first estimate on the wiring for Jeff Lewis last fall. You planned how you could spend extra time here and look for the money. You dragged your feet on the wiring job. When that wasn't enough, you broke in. You even started a fire to give you an excuse to do more work. You disconnected a few crucial wires in case the fire didn't do the job. Presto. Lewis had to call you again."

The burglar's arm relaxed. Slowly he lowered the knife a few inches. "One night without anyone bothering me—that's all I needed. I figured if I made a lot of smoke, Lewis and his people would move out for a few days at least. But after the fire, the cops were here all night. And Lewis moved back in the next day. Can you beat that? Smoke and all, he came back. I had to keep sneaking in."

"What I can't figure out is why you spent so much effort on this cocka-mamy treasure story," Ward said. "If there was a treasure here, it's been gone for a long time."

"That's all you know."

"Oh yeah? Let Miss Cookson go, Dave. We'll talk about it."

"I never meant to hurt anyone."

"I know you didn't," Ward said soothingly. "Give yourself a chance here.

Let the girl go, and we'll have a chat. You can tell me all about it."

Oliver stood unmoving for a long moment. Nate could see Lisa's lips tremble as she tried not to move.

The knife clattered to the floor. The burglar reached up and pulled the knit mask from his head. Lisa plunged forward, and Ward stepped aside to let her pass.

Nate pulled her quickly to one side of the doorway as Ward filled it again with his broad form.

"Come on, Lisa," Nate said. "Let's get you downstairs. Did he hurt you?"

"My arm's a little sore, but I'm okay. Thank you!"

Behind them, Nate heard movement and the unmistakable sound of handcuffs closing. Ward Delaney's voice came loud and clear. "You have the right to remain silent. . . ."

Emily stood at the bottom of the main staircase, staring up at the landing above. She could hear voices, but she couldn't see anyone.

Lord, keep Lisa safe. Help them to get this guy without anyone being hurt.

Steps sounded in the upstairs hall, and Nate and Lisa appeared at the top of the steps.

"Jeff," Emily called.

Jeff hurried out of his office. "Lisa!" He ran to meet her as she got to the bottom of the stairs and wrapped his arms around her. "I'm so sorry! Can you forgive me?"

"It's okay," Lisa whispered, patting his back. "I'm all right, and everything's going to be okay."

Emily looked up at Nate, who had stopped halfway down the staircase. "Everything okay?"

He nodded.

"I love you," she mouthed.

Nate winked and turned back toward the landing.

Detective Blakeney arrived just after Graves called the dispatcher to cancel the tactical team's response. Ward Delaney and Nate were placing their prisoner in the back of their cruiser.

"Guess I missed the fireworks," Blakeney said with a nod to Delaney.

"All over but the shouting," Ward agreed as he closed the car door on Oliver.

Blakeney eyed Nate for a moment. "How'd your rookie do?"

"Good." Ward slapped Nate on the shoulder. "He knew the victims, and his knowledge of what happened here previously helped us put this thing together."

"Glad to hear it." Blakeney's gaze drifted toward the lodge porch, where Emily and Jeff stood, and landed on Emily for a moment. "I see the press is well represented."

She went down the steps and extended her hand to him with a smile. "Nice to see you again, Detective Blakeney."

He shook her hand briefly and turned back to the two deputies. "So, you're transporting the prisoner to the county jail?"

"That's right. You can come along if you want. He's already told us enough to link him to the arson fire here last week, and we're hoping to tie him to several other crimes."

"I hear you. If you think he was mixed up in the MacBriarty murder, I want to hear what he has to say."

Ward nodded. "Come on down to Bangor, then. We'll be booking him."

"Right. But the hostages are fine?"

Nate said, "Yes, sir. They're staff here at the lodge, and they've gone up to their rooms on the third floor. If you want to speak to them, I can call them down."

"No, that's all right," Blakeney said. "So far, it's your case. Do you think this is the same guy who broke in last fall?"

"Yes, sir. He's admitted that."

Blakeney walked closer to their cruiser and eyed Nate through narrowed eyes. "I don't get it. What was he looking for?"

Nate smiled and held out a worn, yellowed sheet of paper enclosed in a plastic bag. "He had this in his pocket."

Blakeney took the bag and squinted at the paper in the dim light from the bulb over the porch. "What is it? I can hardly read it. I see a number five there and a three here. It looks like a floor plan."

"It is. A floor plan of this lodge." Nate stepped closer to Blakeney and pointed to various spots on the crude treasure map. "Those numbers designate locations in the framework of the building, mostly between walls and under floors. I believe this plan was made over a hundred years ago."

Blakeney blinked at him. "Oh, yeah? Where's it been all this time? The bozo you caught tonight hasn't been carrying it around for a century."

Nate glanced around at Jeff. "Why don't you explain it to him?"

Jeff shook his head as he came down the steps. "No, you're doing great. Every time I open my mouth around the detective, I get in trouble." He flashed a contrite look at Blakeney. "No offense."

"All right. The short version." Nate pointed to the old paper once more. "Ward found this in David Oliver's pocket when he patted him down. The prisoner was upset when Ward took it from him. I recognized it as a drawing of this building. He told us he first found it last fall when he came to do the estimate for Jeff. See, the lodge had only minimal wiring for a long time, but Jeff was having everything done over with new wiring and plumbing, and he wanted lots of new outlets and overhead lights added. Oliver had to poke around and see where he could access the different locations for electrical fixtures so he could do what Jeff wanted without tearing up too many walls. Upstairs, they added ten bathrooms and tore out some walls and added new ones, so putting in new wiring wasn't so much of a problem up there. They could put it in the new walls. But downstairs Jeff wanted to keep the antique feeling and preserve things like the woodwork in the library."

"So the electrician had to be more careful on the first floor?"

"Yes, and he examined crawl spaces and gaps between walls that hadn't been looked into for years."

"And he just happened to find a treasure map."

"Well, it wasn't that simple." Nate looked over at Jeff, and his friend nodded.

"My family looked for this treasure all my life, but we never found anything, so we concluded it was just a story." Jeff inhaled deeply. "It's incredible that he actually found something we'd missed all that time."

Nate nodded toward the old paper. "Oliver said this was in a cubbyhole in the wall of the laundry area, behind the kitchen."

"That area used to be part of the owner's private quarters," Jeff said. "There was a small opening in the wall between the library and what's now the laundry room. I showed it to Oliver last fall, thinking it would help the workmen who did wiring and insulating."

"That's right," Nate said. "That part of the lodge was never wired in the old days. A few outlets for the laundry had been added on the wall between it and the hallway, but the old wall between the laundry and the library hadn't been tampered with. When Oliver got in there to see if he could run wiring without destroying the paneling and the antique woodwork, he pulled off a couple of short boards that were nailed to the studs inside the wall to see if he could run some wires through there. Jeff and his siblings had never thought to remove those boards. And Oliver saw the edge of a piece of paper tucked behind a stud. He got it out, and this is what he found."

Blakeney shook his head. "I still don't believe it has to do with the old man's money. Oh, I remember reading the story a few months ago." He scowled at Emily. "It probably stirred things up. This guy might not have broken in or started that fire—"

"Or killed Mac MacBriarty?" Emily asked. Her blue eyes searched Blakeney's face. "Trust me, Detective, I've thought of that."

Jeff straightened his shoulders. "Mac? No, Emily, don't blame yourself for that. We don't know that David Oliver had anything to do with Mac's death."

Blakeney turned to Delaney. "Did you ask him about the murder?"

"Not yet, but we will. You can count on that."

"Even if he did it," Jeff said, "it wouldn't be your fault, Emily. I told Oliver about the treasure myself, before you even wrote your story. He was curious about the lodge's history. He came poking around here because of what I told him and finding that map, not because of your story. He was hoping to find some evidence that the treasure was real."

"Correction," Nate said. "He was here tonight hoping to find more money. I think he already found the first installment. According to that map, there were five locations in the lodge where something significant could be found. Oliver found one of them at some point before the fire last week. Maybe on the night Ian and Phoebe and their families were here."

Emily gasped. "That thumping I heard in the night."

"Or maybe he'd found it while he was working here over the winter and was looking for the rest when you heard him last week." Nate looked expectantly at Ward. "Remember the sugar sack Rocky Vigue found?"

"Number three," Ward said. "You think it came out of this lodge?"

"I do," Nate said. "Look at the diagram. We can check, but I think the number five on the paper corresponds to the outer wall in the guest room next to Emily's. If Oliver was poking around in there the night we and Jeff's family stayed at the lodge, Emily would have heard him for sure."

She frowned. "We should check the baseboards and under the rugs in that room."

"Yes, we should," Nate agreed. "It's possible Oliver decided to go after that cache next."

"If what you're thinking is true, there must be at least one stash left that's hidden so well he couldn't find it easily while he was doing the wiring," Jeff said. "He didn't want to give it up, so he kept coming back to look for it, even after his work was done."

"But that sack." Emily's brow wrinkled in a frown. "Nate, you think he found some money in an old sack last winter and got away with it?"

"That would explain Clinker finding the sack in the woods. That would be the first one, I'm guessing. But he could have found another one that night you heard the thumping."

"But the sack Vigue found had been out in the woods awhile," Ward said.

Nate turned toward him. "Yeah, we really need to have Rocky show us the spot where he found it. I'm thinking maybe Oliver found it last winter, got out of the lodge quickly—maybe someone scared him off—and stopped out in the woods to examine the contents of the bag. . . ."

"Say he transferred the money to his pockets or a duffel bag," Ward said.

Nate nodded. "He left the sack in the woods, whether intentionally or by accident, I don't know, but Rocky and his dog found it."

Ward beamed on the detective. "And do you know something else, Detective Blakeney?"

"I give up. What?"

Ward grinned at Blakeney. "We sent that sugar sack to the state crime lab last week. And they found human blood on it."

20

Nate, Ward Delaney, Emily, and Jeff gathered in the lodge's lobby late the next morning. Emily's pride in Nate swelled as she watched him. He'd always been kind, smart, and great-looking. His uniform gave him an air of confidence and authority that suited him well.

My future husband. She sat back in an armchair, content to let him and Ward have the spotlight.

"Well, Lewis, looks like you're off the hook," Ward said, smiling at Jeff. "David Oliver has confessed to several breaking and entering incidents and the arson. He admitted the pocketknife you found last fall was his. And we've got him cold on kidnapping Lisa Cookson."

"But not killing Mac?" Jeff asked.

"Not yet," Nate said.

"He's not talking on that one," Ward admitted.

Nate shrugged. "Don't lose heart, Jeff. We're still putting the evidence together. If we can prove Oliver stole the bags of money from the lodge. . ."

"You found an old sack in the woods," said Jeff.

"But we can't prove it held money, or that it came from this building."

"We didn't actually see it in Oliver's possession," Ward added, "and we won't get fingerprints off the fabric. But we might find a lot more evidence. And if we can connect him to the MacBriarty murder, the state's mobile crime lab will be back here so fast it will make your head spin."

"What can we do?" Jeff asked.

"For starters, we can look for the rest of the money," Nate said. "We can try to find any sacks Oliver missed. Remember, if he'd found them all, he wouldn't have come back last night."

Ward opened a folder he had brought and handed each of them a sheet of paper. "We checked the drawing out of the evidence locker this morning and made enlarged copies of it."

Jeff peered closely at the diagram in his hand. "If you're right, Nate, these stashes can't just be stuck between the walls. We would have found them a long time ago, or Oliver would have stumbled on them all when he was stringing the wiring. They must actually be hidden behind the structural members, or else boarded up inside the walls like the map was."

"One way to find out," Nate said.

Emily felt a rush of excitement. She jumped to her feet. "Count me in!"

"What, you want to go treasure hunting right now?" Jeff asked.

"With your permission," Nate said. "Don't you wonder if the rest of the money is really there?"

"Someone else could have found a sack sometime within the last hundred years and just quietly walked off with it," Emily said. "We need to check all the places marked on the drawing."

"Well, I hate to wreck anything that's just been fixed. . ." Jeff shrugged and guffawed. "Why not? We won't sleep tonight if we don't try. I'll get some tools."

Lucille came out through the doorway that led to the dining room. "Would you like coffee for you and your guests, Jeff?"

"Not now, Lucille. But I was thinking. . ." Jeff turned to Ward Delaney. "Would you mind if I let Lisa and the Walsh sisters in on this? Our first guests won't arrive until after lunch, and I think they've earned the right to see this thing through to the end."

"Well, we don't want them to touch anything," Ward said.

"Lisa could have been killed last night," Emily reminded him.

Ward shrugged. "All right. But if we turn up any evidence, you civilians have to keep back and let us handle it."

"Absolutely." She grinned up at Nate, and he stooped and kissed her lightly, as though he'd caught her excitement.

"Come on, kids," Jeff said. "This is serious business. Lucille, would you mind asking the girls if they want to join us?"

Lucille bustled away toward the kitchen, and Jeff pored over his sheet. "I'm pretty sure some of these spots are accessible from crawl spaces, though why Ian and I never found them beats me."

"Do you think Mr. Eberhardt made this map?" Emily asked.

"Him or the person who stole the money from him."

Nate nodded. "It had to be someone in the lumber camp the night Eberhardt died. Somebody either killed him or found him dead—"

"And we may never know which," Emily said. "My opinion is that Eberhardt would have left the money in the safe. Someone else—and I'm banking on André Pushard—either killed him or discovered that he had died of natural causes and took advantage of the opportunity."

"Right. That person took the money and hid it in the lodge, planning to retrieve it later. He made himself a map showing where he left it all." Nate puzzled over the intricacy of the plan. "I expect he divided it up so that even if one part was found, the others would still be hidden until he could get them."

"Why didn't he take the map with him when he left?" Wade asked.

Jeff looked up. "That's a big question. We know the other men suspected André, the man who drove Eberhardt to town and back, of making off with the money. I think he hid it and made the map. But why did he leave the map here when he went home to Quebec?"

"Yeah," Emily said. "I did some research at the state archives a few months ago, and I found an old journal kept by one of Eberhardt's clerks. It's written in French, but I photocopied it and brought the pages home. I've found the name Pushard in it in several places. I've been meaning to have it translated, but I've been so busy, I haven't gotten around to it. But tomorrow I'm meeting with the French teacher at Aswontee High. I'm hoping to get some answers."

"Pushard left here and never came back," Nate said. "That makes him seem a probable suspect to me. The person who hid that money was prevented from ever retrieving it."

"Right." Emily sat down hard on her chair and stared off toward the window.

"What are you thinking, Em?" Nate asked.

"I was thinking about the death record I found in Ste. Aurelie. André went home to Quebec to spend the summer on his family's farm. He died in a farm accident that year—the summer after Eberhardt died and the money disappeared."

"Hey! Maybe he planned to just leave it here over the summer and let the talk die down," Jeff said. "Then when he came back the next winter to work as usual, he could retrieve it when he had the opportunity."

They all looked at each other.

"To me, that makes more sense than Mr. Eberhardt taking the money out of the safe and hiding it that night," Emily said. "It would have taken hours to hide the sacks so well. I just can't imagine the old man doing that."

"If we don't find anything to the contrary, it will make a nice speculative ending to your story," Jeff said.

"You mean you'd let me print another installment in the *Journal*?"

"How could I say no?"

She grinned. "All right, let's get on it."

Lisa, Sarah, and Ginnie burst through the kitchen door, with Lucille close behind them.

"Is it true you're going to look for the treasure?" Lisa asked.

"Yes, we are," Jeff said. "But the deputies are in charge, and we're just spectators."

"Got it," Lisa said, and the other women nodded.

"Well, Mr. Lewis, which of these numbers on the floor plan looks easiest to find, in your opinion?" Ward asked.

Jeff tapped his copy of the map. "Number one. There's a small door in my bedroom wall that opens on a crawl space between the bedroom and office walls. I don't think I could fit in there anymore, but I was in it plenty of times when I was a kid. And Emily might be able to squeeze in there now."

They hurried to Jeff's bedroom. Jeff opened the small white door situated low in the wall, and Nate handed Emily his flashlight.

"Careful, Em."

"I will be." She turned the beam into the dark cranny and crawled inside. Six feet along between the walls, the space seemed to hit a dead end. However, a closer inspection showed an even narrower space around a corner, toward the outside wall. She leaned forward as far as she could, with her head against a two-by-four in the wall. She wondered if David Oliver had managed to squeeze into the small tunnel. Though he wasn't as tall as Jeff or Nate, he was heavier.

"Hey, guys!" Her voice sounded tiny in the enclosed space.

She wondered if they heard her, but Nate called, "What is it?"

"Looks like someone ripped off a couple of boards here." She reached into the crevice and gingerly pulled out some scraps of wood and a bent nail. She hated to put her hand into the small niche between the walls. *Brown recluse spiders, here I come!* The cavity seemed to be empty.

She picked up the scraps of wood and the nail then backed slowly out of the crawl space. When she emerged into Jeff's room, she stood and handed the wood to Nate.

"I found those in there around a corner. It's a tight fit, and I could barely reach in, but there's a gap in the wall. It looks like it was boarded up and someone ripped it open." She held out the nail. "See this? The bottom part of it's shiny."

The men leaned closer.

"That's been worked recently," Ward said.

Jeff looked at the nail closely. "So Oliver was in there looking for money."

"There's none there now." Emily frowned. "If there was any, where is it?"

"Maybe that was the sack Rocky Vigue found," Jeff said.

Nate shook his head. "No. That one was number three. This should be number one."

Emily sighed. "Maybe we were wrong about the numbers. Maybe they aren't sacks of money at all."

"Or maybe Oliver found this number one sack on a different occasion," Ward said.

Nate's features brightened. "You could be right. If he found the first sack last fall, or even the night Mac was killed, that would give him the incentive to keep coming back to look for the rest."

"Could be he's found them all." Jeff dropped onto the edge of his bed.

"He might have found it all and made off with it. In which case, we may never see it."

"Then he wouldn't have come back last night," Emily said. "Don't give up hope, Jeff. Where's number two?"

They all looked at their diagrams.

"Looks like it could be under the service stairway, but I've looked there before."

"In the wall beside it?" Nate asked.

Ward perked up at the thought. "Or maybe one of the stairs has a cache under it."

Jeff shook his head doubtfully. "You can see up under the steps from below. None of them is boxed in. I'd hate to tear out the whole staircase for nothing."

"Maybe we'll find something else if we're all looking together," Sarah said. Jeff stood and led them into the hall and to the doorway near the kitchen, where the back stairs came down.

"Oh yeah, I didn't unlock this last night after you caught Oliver." He took a key ring from his pocket.

While they waited for him to unlock the stairway door, Emily slipped her hand into Nate's. He squeezed it and smiled down at her.

"What—" Jeff stood holding the edge of the door and staring into the stairwell.

After a moment, Ward cleared his throat. "What is it, Lewis?"

Jeff moved aside so they could see inside. On the bottom step lay an old cotton sack with a faded green and yellow design printed on it. A dark slash of ink marred the center of the pattern.

Emily let out a little squeal. "Number one!"

Nate whistled.

"Oliver must have had it on him last night when you chased him up the stairs, Jeff." He picked the sack up carefully. "Where can I open this?"

"Use my worktable," said Lucille.

They all followed her into the kitchen. Lucille hurried to spread a clean towel over her work surface. "There. Put it right there."

Nate rested the sack on the table and gently worked at the string that held the open end together. The knot was small, and he looked up in frustration. "Emily, your hands are smaller than mine. See if you can get this. Careful, now."

Emily reached out and deftly worked the string until the knot loosened. She stood back and let Nate remove it from the neck of the sack. Nate peered inside and smiled.

"Well, Jeff, I'd say this is part of your treasure."

Gently he eased the old banknotes from the sack. Several bundles were held together with paper bands. Jeff whistled. "Do you need to take it to the county sheriff's office?"

"We should enter it as evidence," Ward said. "But we'll give you a receipt, and you'll get it back soon. We can even count it in your presence if you'd like."

"Thanks." Jeff stared at the money and let out a low chuckle. "After all this time."

"Let me get a picture." Emily raised her digital camera and snapped a photo. "And don't forget, Jeff, there should be more."

"What if he got the rest?"

Ward scratched his chin. "We can check to see if anyone's turned in a large amount of old money recently at one of the banks. Of course, this loot is in silver certificates. It may be worth more than the face value."

"Yeah, we should check with coin dealers, too," Nate said. "It would be hard to get rid of a large amount of old money without drawing attention."

"Well, we're getting a warrant to search Oliver's house," Ward said. "We should have it before the end of the day. If he found some money before and has it stashed in his house, we'll find it."

"This should be enough to get us permission to check all his accounts, too," Nate said. "If he's made a large deposit since last fall that doesn't correspond to payment received for work he's done, then we'll try to trace it back and see if he sold or turned in a batch of old bills."

Jeff nodded. "Well, I guess I'm ready to tear into that back staircase."

"Let's think about this." Emily held up her copy of the floor plan. "The money had to be hidden without the other men seeing it done. If André had been sawing and hammering in the night, someone up in the barracks would have heard him."

"But he made sure the hiding places were well concealed," Ginnie said.

"Right. But I don't think he did anything upstairs where the old bunks were or ripped up an entire staircase." Emily held up her map. "See how the number 2 is off to the side of the stairway on the plan?"

Nate consulted his own drawing and let Lucille look at it, too. "Yeah. Right beside the top step. Maybe there was a loose floorboard up there."

"Wouldn't my grandfather have found it?" Jeff asked.

"Maybe. Is the original flooring still in the hall above?"

"It's hardwood," Emily said quickly.

Jeff drew in a deep breath. "You're right. The hallway on the second floor is all oak. I don't think it was that nice when the lumber camp operated. I'll bet my grandfather laid that oak floor when he converted it to a hunting lodge in the 1930s."

"So maybe he laid the new flooring right over the old one, using the original boards as a subfloor," Nate said. "If he didn't find the second sack at that time, it would be effectively sealed up for the next seventy-five years or so."

"What if Mr. Lewis did find it?" Lisa asked.

Jeff shook his head. "We'd have heard about it. Grandpa couldn't keep a secret like that. And he'd have probably taken the place apart piece by piece looking for more."

"Well, do you want to take up some floorboards?" Ward asked.

"Would André have done that while the men were sleeping?" Nate said, and everyone looked at him.

Jeff hesitated. "Probably not. And I do think Grandpa would have found it if it were in the floor up there." They stood in silence for a moment, then he said, "We've got sack number one here, and we know Oliver found sack number three."

"Right," Nate said.

"Do you think we could wait on looking for the others? Oh, not long. Just a few days."

"Because your guests are arriving today?" Emily asked.

"Not just that." Jeff looked around at them sheepishly. "I just kind of feel as though I'd like Ian and Phoebe to be here when we look."

Emily's face fell.

"Do you want Emily to delay publishing her story in the paper?" Nate asked.

"I gave my first piece to Felicia this morning," Emily said. "It will come out in the next edition, telling how Nate and Deputy Delaney caught David Oliver, and about his taking Lisa hostage. It's gone to the printer, Jeff. I'm afraid it's too late to stop it."

"That's all right," Jeff said. "But if we could just keep people from knowing about the money. I don't want our guests ripping into walls or anything. And I think Ian and Phoebe would come back for that. Even though we'll have guests here, we ought to be able to have a private family celebration in my quarters and look for the other three caches while the guests are out fishing."

Nate thumped him on the back. "I think that's a great idea."

Jeff smiled at them all. "This weekend's going to be really busy. But if I ask them to come. . .oh, say, Tuesday, can you all be here?"

"We'll be here, anyway," Ginnie said, looking at her sister.

Nate grinned. "I wouldn't miss it for the world, and I know Emily wouldn't, either."

Jeff looked at Lisa. "How about you?"

"Sure. I'd be honored."

"Great." Jeff looked at his watch. "We'd better get busy now. Our first guests should arrive any minute."

Rocky trudged ahead of Nate and Ward through the woods, swinging the end of his scarf around in the air.

"Right about here, I think." He stopped in a low spot near a group of small pines. "Yep, that's where Clinker and I found the sack."

Ward nodded. "Thanks, Rocky."

"You're welcome." He grinned and shoved his hands in his pockets.

Nate surveyed the area. Most of the snow had melted, though a little still lingered under the trees, and the ground was spongy. "Doesn't look like we'll find anything else here."

"Nope," said Ward. "But we'd better make a thorough search, in case Oliver dropped something else. Then we'll go over to his place."

They started at the spot where Clinker had discovered the sack and carefully examined the ground around it.

"What's that?" Nate asked, pointing to the muddy ground.

Ward pulled tweezers from a pocket and used them to lift a soggy, muddy strip of discolored, thick paper.

"Dunno."

Nate peered at it and shrugged. "Let's keep it." He held out a small evidence bag, and Wade dropped it inside. Nate scribbled on the label the location and time of discovery.

They spent another half hour surveying the area but found nothing else. They said good-bye to Rocky and returned to their vehicle. When they arrived at the electrician's house, they began to methodically search together. An initial sweep for a safe proved fruitless, so they began going over everything in the living room.

Finding no sign of the stolen money, they went on to the kitchen. Nate searched the stove—in the oven and the drawer under it, and under the burners—while Ward went through cabinets. Nate made his way around the edge of the room to the refrigerator. When he opened the freezer, he caught his breath.

"Hey, Ward! I think I've got something."

Ward came over and looked inside. "Not a normal place to keep luggage."

"My thoughts exactly." Nate pulled out an old duffel bag and laid it on the kitchen table. He unzipped it and revealed several bundles of money.

"Well, it seems pretty clear-cut now," said Ward. He took a bundle of bills from the bag and flipped through them. "Old silver certificates. But there's only about ten grand here. I wonder if there was more. That sack Lewis found yesterday on the stairs had almost thirty thousand."

"Guess we'd better keep looking. Hey." Nate reached out one finger and touched the paper band around the bundle of money. "Look familiar?"

"Yeah. That's what we found in the woods this morning. Oliver emptied the sack there and put the money in this duffel bag to bring it home."

A thorough search of the rest of the house yielded nothing.

"What now?" Nate asked. "Where would you stow a large sum of money?"

"In the bank," Ward said automatically. "If I could convince the teller I came by this stuff legally. I saw a bank statement in Oliver's desk a minute ago, and the warrant covers his bank accounts. Let's go."

"We'd better take his business records, too," Nate pointed out. "He would have some legitimate large deposits from pay received for electrical jobs."

At the bank, one of the tellers on duty remembered serving someone who brought in five thousand dollars in silver certificates a few months earlier.

"Do you remember who it was?" Ward asked.

"No, but I remember that he said his grandmother died and the cash was found in her house. So we cashed them in, and he deposited the money in his account."

"At face value?" Nate asked.

"Yes, we don't give added value for antique money. That's for dealers."

Nate nodded and slid a copy of Oliver's last bank statement toward her. "Could you please bring up David Oliver's account?"

"Sure," said the teller.

"We need to know what deposits he's made since November."

The bank's records revealed that Oliver had deposited nearly twenty thousand dollars a few months earlier that couldn't be accounted for from his business.

"Okay, I'd say that likely takes care of at least one stash," said Ward. "The question is, did he find any more?"

"We didn't find records for any other bank accounts," Nate said. "We could try calling coin dealers. Oliver might have gone to one of them so the bank wouldn't start asking questions."

"Good idea," said Ward.

Nate made a few calls, and one coin dealer in Bangor said he'd been asked about the market for silver certificates but that none were brought into his shop.

"Do you think we should go to the shop and question him?" Nate asked Ward.

306

"I don't think so at this point. We know Oliver made off with one bag of money—the number three sack that Rocky recovered. He put the bulk of it in the bank, probably spent some, and kept the rest in his freezer while he tried to decide what to do with it."

Nate's cell phone rang, and he answered it.

"Holman, this is Bill Garner at the state crime lab. I have some news for you."

Nate listened and felt his pulse accelerate. "Wow. This sheds a bit of light on things."

"What's up?" Ward asked as Nate put his phone away.

"Looks like the state police will be taking over from here. The lab has matched the blood on the sugar sack to Mac MacBriarty."

Nate burst into the *Baxter Journal* office where Emily and Felicia worked. "Big news, Em!" he called. "Want to come over to the lodge with me?"

Emily jumped up from her desk. "Absolutely!"

Felicia cleared her throat loudly.

"You're not busy, are you?" Nate asked, eyeing Felicia.

"She's not busy," said Felicia. "She's only got a paper to put out. But never mind, I'll let her go on official capacity." She laughed. "You'd better bring a story back for me, Emily."

Emily shot Felicia a mischievous smile. "I'm sure I will. Thanks, Felicia." She and Nate started out the door. "Is this about the murder?" she asked him.

"Yep. I want to wait and tell you when we're with Jeff, if that's okay."

At the lodge, Jeff welcomed them inside. Nate had called ahead to say he and Emily were coming and they had good news.

"What's the story?" Jeff asked, leading them into his sitting room.

Nate couldn't help laughing. "You're in the clear. Oliver's confessed to killing Mac."

"You're kidding," said Jeff.

Nate clapped him on the back. "It's all over, buddy."

"Wow, I don't know what to say." Jeff's eyes threatened tears.

"So, what happened?" Emily asked eagerly.

Nate sat on the sofa. "Sit, sit."

Emily sat beside Nate, and Jeff collapsed into an armchair, still smiling incredulously.

"The state police questioned Oliver extensively, and under the weight of the evidence, he confessed to finding sack number three in the attic wall. Mac apparently caught him with it and confronted him in the third-floor hallway as he was sneaking out of the lodge."

"And that's when he killed him?" asked Emily, eyes wide.

"Yeah, Oliver stabbed him right there in the hallway. He dumped Mac in his bed, locked the door, and sneaked out. But he'd gotten blood on the sugar sack—"

"So he had to ditch the sack," finished Emily.

"Right," said Nate. "In case someone found it in his possession. That would be pretty incriminating. But thanks to Rocky and Clinker, the sack was found near the lodge, and we sent it in to the crime lab."

"He's in jail now, right?" Jeff asked.

"Oh yeah. He's charged with murder, theft, arson, kidnapping, and terrorizing. He's at the Penobscot County Jail in Bangor until his arraignment. Apparently the judge already denied him bail, so he's got to stay put until the trial. He's not going anywhere for a long time."

"Good place for him." Emily shivered. "I can't believe that guy was sneaking around here for months."

"Me either," said Jeff. "To think he might have killed any of us, too, if we'd caught him at his game."

"God protected us," said Nate. "That's for certain."

⁓

The next week, Jeff invited Nate and Emily to join him at the lodge with Ian, Phoebe, and their families.

"It's sort of a celebration," Jeff explained to Nate on the phone. "And I know you and Emily want to be in on the treasure hunt."

"We'd love it!" said Nate.

"Could you also invite Deputy Delaney to come?"

"I'm sure he'd like to be there and see the end of this story," Nate agreed.

At noon on Tuesday, they all gathered at the lodge. Emily watched as Phoebe, Kent, and Ian entered.

Ian stopped in the doorway and looked back outside. "You kids stay out there for a few minutes. And don't run off. We may not be here long." He shut the door.

Jeff stepped forward. "Thanks for coming."

Phoebe eyed him critically. "I don't know why we did. Suppose you enlighten us."

Jeff looked away for a moment then faced her. "Look, Phoebe, I want to apologize for upsetting you the last time you were here. You, too, Ian and Kent. I didn't intend to insult you or make you feel bad."

Phoebe inhaled through her nose and said nothing.

Ian shrugged. "Hey, bro, no hard feelings. And we heard about the fire you had a week or two ago. Tough luck, man."

"Thanks. It was a setback, but we were able to open on schedule."

Kent cleared his throat, "Listen, Jeff, in my opinion, you didn't do anything wrong when we were here. If anyone should—"

"Is this it?" Phoebe snapped. "Do you have anything else you want to tell me? Because it would have cost a lot less to grovel over the phone."

Emily edged closer to Nate, wishing they had let Jeff confront his siblings alone. Nate squeezed her hand.

Jeff winced. "No, Phebes. That's not all. Something good has happened, and I wanted you and Ian and Kent here to celebrate with me."

"They caught the murderer," Ian said. "We heard."

Kent nodded. "Yeah, that's great. So that's all taken care of. Case solved."

"But you don't know why he killed Mac MacBriarty," Jeff said. "You don't know why the man who was rewiring this lodge stabbed my best guide in the hallway upstairs."

After a moment's silence, Ian said, "Okay, I'll bite. Why did he?"

Jeff smiled. "Remember the treasure?"

"Well, yeah." Ian smiled slowly. "You don't mean that dirtbag was looking for the treasure?"

"Yes. He has been for months, ever since I had him come give me an estimate last fall. He may even have been in the house the last time you were here. Remember Emily said she heard someone in one of the empty rooms that night?"

Phoebe fixed her gaze on Emily, and Emily wished she could shrink and hide. "So there was a real, live intruder that night? Imagine it."

"And it gets better," Nate said. "Wait until Jeff tells you what we've found out in the last few days."

Jeff grinned. "Yeah. What I really wanted you here for was to help me look for the rest of Eberhardt's treasure."

"The rest of it?" Phoebe asked.

"That's right. The burglar found two sacks of money in this building. But there are supposed to be three more. I was sort of hoping you all and the kids would help me look for them."

Ian smiled. "If that doesn't beat all. The treasure is real!"

Kent nodded at Jeff. "Decent of you to invite us."

Phoebe licked her lips. "Yeah. Okay. I guess."

Over Lucille's lunch of corn chowder and buttermilk biscuits, they discussed the results of the case and speculated about the location of the remaining three stashes of silver certificates.

"We've got copies of the map," said Jeff. "I've been studying it, and I'm hoping it won't take us too long to find the money once we start searching. I want you all to help me find the money. That is, if you want to."

"I'm all for it," said Ian. The children all chimed in with enthusiastic assent.

"Here's what I don't get," said Phoebe. "Why did the guy hide the money in the walls? Why didn't he take it and run?"

"The men wouldn't have let him go," said Emily. All eyes turned toward her. Nate saw her face flush from the attention.

"I did a little research," she explained. "As I told some of you last week, I got hold of an old diary kept by Alexander Eberhardt's clerk, and recently someone was able to translate it for me. Apparently the other men in the camp suspected André Pushard of stealing the money after he found the boss dead. Some of them even suggested he might have killed Eberhardt, but the boss's body showed no signs of foul play."

"They knew André had the money, then?" asked Phoebe.

"They thought he did, anyway," Emily went on. "According to the journal, the other men harassed him. They even searched his belongings."

Jeff's eyes lit up. "So he hid the map to make sure they wouldn't find it on him."

Emily nodded. "That's what I think, too. They wouldn't leave him alone, and he got angry and left the camp. André probably hid the money sacks in the lodge the night Eberhardt died, but he couldn't retrieve them with everyone watching him. So he left, hoping to return later to recover the loot, after talk had died down. But he died before he could do it."

Everyone was quiet for a moment. At last Jeff pushed back his chair and reached for a folder on the next table. "I've got four copies of the map here. I figure we'll all look for the stash near the back stairs first, and then we'll divide into teams. Ian and his family, Phoebe and hers, Emily and Nate, and me and Ward. We'll also take Lisa, Ginnie, and Sarah along. Those are the staff members who were here the night the murderer was captured. You can search anywhere except guest rooms that are occupied, as soon as the guests have left for their outings. But please don't rip up any boards without me."

Nate laughed. "Not unless you offer to pay for the repairs."

"That's right," said Jeff.

They all trooped to the back stairs near the kitchen.

"Any ideas?" Ward asked. "It would be a shame to tear all the stairs out, as you pointed out before."

"Well, we wondered if it could be under the flooring above the stairs, but

310

I've changed my mind about that. That would have been right in the barracks where the men slept back then. André couldn't have lifted any floorboards and nailed them back in place without waking them all. I'm not so sure he could have done much messing with the staircase, either."

"I just thought of something," Emily said, and everyone turned to look at her. "I don't think the man who kept that old journal liked André much. Before Mr. Eberhardt's death, he mentioned a couple of times that he was sure André had been drinking. But they never saw him with a bottle or anything. What if André had made these hiding places earlier. Before he had a chance to steal the money?"

"You mean. . ." Nate smiled slowly. "To hide his whiskey bottles?"

"Something like that." Emily shrugged. "If he had been hiding stuff for a long time, anyway, he'd have known right where to put the money that night, where no one would find it right away." She looked at the back stairway.

"The third step's always been creaky," said Phoebe. "We always skipped it when we were sneaking into the kitchen for cookies."

"That's true," said Jeff. "Although I never sneaked around." He winked at the kids.

They all laughed.

"Sure, Uncle Jeff," said Chelsea. "Like I believe that."

Jeff knelt on the floor at the bottom of the stairs and ran his hands over the third step. "I still don't think it can be under the stair step. You can look right up underneath, where we store boxes."

"Why don't we take up that one step?" said Nate. "We might find a clue."

"I'll get some tools," Ian offered.

"Yeah, go ahead," said Jeff. "One step can't hurt much. If there's nothing under there, we can rethink this."

When Ian returned with a pry bar, everyone waited with bated breath as Jeff carefully lifted the step, doing as little damage as possible.

"I don't know." Jeff and Ian leaned close, while the others waited above and below them on the stairs. "I don't see anything."

Phoebe sighed. "Too good to be true."

"Wait a sec," said Ian. He touched the wall at the side of the steps, just below where the tread had been. "This wall has been patched."

"Think so?" Jeff frowned. "I guess we'll have to tear out some plaster to be sure. And it's that old horsehair plaster."

"We can do it without making a big mess," Ian assured him. "And I'll patch it up afterward. I just Sheetrocked my den. I'll do a good job."

Jeff laughed. "What's a little more plaster dust around here, after all the remodeling we've done?"

Ian took the crowbar and began to pound and dig at the sloppy patch in the wall. When he had a hole big enough to stick his hand through, Ward passed him a flashlight.

"Well, there's something in there all right."

"You'd better put gloves on," Phoebe said.

"Yeah, maybe it's a mouse trap with a dead mouse in it," Chelsea chortled.

"Ha, ha." Ian dug at the plaster and enlarged the hole. He looked at Jeff. "You want to do the honors?"

"No, go ahead," Jeff said.

Ian shined the flashlight's beam into the hole and grinned. "It's here!" He reached in and carefully pulled out a dusty sack. He passed it to his brother.

Jeff held it up so they all could see. "Number two. Three down, two to go." He passed the sugar sack back to Ian, who loosened the drawstring and reached inside.

"Wow!" said Will. "How much money is in there, Dad?"

"Count it," said Ian, handing the cash to his son.

Will sat down on the bottom step and started to count the money with Chelsea and Derek looking on greedily.

"And it's worth more than face value," said Emily.

"Yes," Ward said. "The coin dealer told us this morning that those old bills are worth a lot, and especially certain years."

"So handle them carefully, kids," said Kent, who had remained in the doorway at the bottom of the stairway.

Phoebe shook her head. "To think we went up and down these stairs a million times and never thought to look underneath."

"Hey, we were kids," said Jeff. "We thought lost treasure would be buried outside or sewed inside a mattress."

Emily grinned. "And if André had a hole in the wall under the step already, so he could stick a whisky bottle in there, he could easily shove in a bag of money and then come back later with enough plaster to close the hole."

"Where are the other two spots?" Nate asked, scrutinizing his and Emily's copy of the map. "Looks like one in the lobby and one on the second floor."

"That must be near the room I stayed in," said Emily.

"Let's get that one," said Nate.

Emily nodded.

"I kept room 6 vacant on purpose today," Jeff said. "Here's the key. You won't disturb any guests if you go in there."

"I guess the rest of us will ransack the lobby then," said Ward. He looked at the map in his hand. "It looks to me like it's near the fireplace."

Nate and Emily headed upstairs to the guest room where Oliver had been prowling around months earlier.

"It must be on the outside wall," said Emily. "Can I see the map?"

Nate held the map out so they could both study it. "It's hard to tell where on the wall, because these rooms weren't divided this way back then. But we know it can't be in the new, interior walls."

"It looks to me like it's marked near the window," said Emily. "That makes sense, because Jeff said this was a big, open barracks in the old days. But the window frames are the original woodwork."

"Maybe we should have brought that pry bar." He touched her arm, and she looked up at him. "If this was part of the barracks, it was like a big dormitory room."

"I think so."

"Then how could he hide something here? We sort of agreed before that he couldn't hide anything on the second story, or someone else would have seen him."

Emily frowned. "Good point. But this is a corner room. Maybe it was walled off back then, too."

"Like for a supervisor or something?"

She snapped her fingers. "That French journal. It said André was the foreman for this camp. I'll bet he had private sleeping quarters. And he might have had another secret hiding place in his own room." She crossed the room to the window. "Years ago, I heard about a woman who bought an old farmhouse, and while she was redoing one of the bedrooms, she found a diamond brooch hidden under one of the windowsills."

"Sounds like a good place to hide something," said Nate. "Maybe we should wait until Jeff's ready to take a look."

"Hey, I think we've got something down here!" Ward called from below. "You two want to come see?"

"Oh, let's go down," said Emily. "I don't want to miss it."

In the lobby, the others were all staring up at the side of the fireplace.

"That one rock's loose," said Jeff. He pointed with the broomstick he was holding. "I kind of wiggled it a little with this, but we need someone to pull it out. Chelsea didn't want to be hoisted up."

"You got a stepladder?" Nate asked Jeff.

"You can boost me up," said Emily. "I'd love to do it."

"Be my guest," said Jeff.

Nate and Ward hoisted Emily up high enough so she could reach the top of the fireplace.

"This one?" She reached for the rock Ward had indicated and tried to wiggle it. It moved just a tiny bit. "Well. . .it's a tight fit, but maybe. . ."

Lisa called, "Hey, we've got the ladder." She and Ginnie came from the hallway that led to the kitchen and laundry, carrying a stepladder between them.

Nate and Ward lowered Emily to the floor, and Jeff opened the ladder and positioned it for her.

"I think a knife would help, if anyone has one," Emily said.

Kent produced a pocketknife and handed it to her. She climbed the ladder and began to pry at the mortar around the stone. After a bit of coaxing, it came out in her hand. She handed it down to Nate, exchanging the rock for Ward's flashlight.

She peered into the hole. "I can't see anything. And I don't think one of those sugar sacks would fit in there."

"Too bad," said Jeff as she backed down the ladder. "It seemed like a perfect spot."

"There's another patching project for me," Ian said with a chuckle.

"Are any of the other rocks loose?" Nate asked.

"I'm not sure," said Jeff. "We've checked all the stones within reach. That's why I went for the broomstick." He climbed two steps on the ladder and started tapping and prodding at the other stones around the top of the fireplace.

"Did you two find anything upstairs?" Ward asked.

"Not yet," said Emily. "But we think we know where to look."

"I think this one's loose," said Jeff, tapping a reddish brown stone with the end of the broomstick. "But maybe I'm getting frustrated so I'm imagining things."

"I saw it move, too, Uncle Jeff," said Will.

"Can I get this one?" Derek pleaded. "I'm small for my age."

Phoebe laughed. "That's the first time I've heard you boast about being small."

"Derek's turn," said Jeff. He climbed down the ladder and let Derek take his place.

Ian passed him his knife. "Now, be careful."

"Oh, boy, this one's coming out," Derek cried gleefully. "Here she comes." He fumbled as he pulled the rock out, and it clattered down the front of the fireplace. Nate caught it as it glanced off the mantel.

"Good save. Anything in there?" Ian asked eagerly.

"Patience, patience," said Derek. "Drumroll, please." He reached into the hole and felt around. At last he pulled something out.

Jeff and Ward steadied Derek as he climbed down. He raised the sugar sack in the air and cried, "I'm rich, I'm rich!"

"Good work," said Jeff. "Thanks."

"My pleasure." Derek grinned. "Although I do charge a small commission fee."

Phoebe elbowed her son in the ribs.

Jeff tousled his hair. "That just leaves the one upstairs. Emily, did you say you know where to look?"

"We think it might be under the windowsill," she replied. "I've heard of people hiding things there before, and the mark on the map looks right for that."

"That means we'll have to pry the boards up." Jeff wrinkled his forehead.

"For that kind of money, it's worth it," said Phoebe. "You could buy Home Depot with what you've found."

Jeff laughed. "Not quite. Well, let's see if Emily's right. Someone got that pry bar?"

"I have it," said Ian.

Jeff gathered a few more tools, and they headed upstairs.

Emily pointed to the number 5 on the map. "I think it has to be near the window, based on this."

"I'll go along with that," said Jeff.

"Wait a sec." Nate stepped forward and laid his hand on the windowsill. "Emily has a theory that André may have had this corner as his private quarters, since he was a foreman. I know this wall has been redone, but the original woodwork is still here." He ran his hand slowly over the sill and along the trim board beneath it.

"We've stained that wood," Jeff said.

"I know. Did you open up the wall?" Nate asked.

"No. Grandpa had added the pine paneling way back when."

"Hold on." Nate felt a slight indentation in the bottom of the trim board. He exerted more pressure, and the board lifted out, away from the wall below the window. A narrow opening was revealed, only three inches deep, beneath the window sill.

Emily went to her knees and shined the beam of Nate's flashlight into the crevice. She laughed.

"What?" Jeff asked.

"André's stash, all right." She pulled out a flat, squarish, half-full bottle and handed it to Nate. "And...tada!" Reaching in again, she carefully slid out another cloth sack. "Here you go, Jeff. The final installment."

"Not so much in this one." Jeff untied the string and looked inside the sack. "Plenty, though." He looked around at all the eager faces. "Let's go down to the library and get comfortable."

The staff members thanked Jeff and went back to work, but the family gathered in the cozy old library with Emily, Nate, and Ward. Jeff set the three sacks of money on the library table. He cleared his throat and looked solemnly at his siblings. "Ian, Phoebe, I've decided to give each of you one-third of the money."

Ian's jaw dropped. "You're kidding, right?"

"Oh, Jeff. . ." Phoebe stopped and shook her head. Tears glistened in her eyes.

"I want to share the treasure with you," Jeff went on, "because I love you, and I think God would want me to."

Nate smiled at his friend. It was good to hear him sound so happy again.

Jeff said, "I talked to the president of the bank in Aswontee, where I have my accounts. They'll keep this money safe for us in their vault until the rest is returned from the state police. Then I'll have it appraised and sold. I'll have your shares transferred to your accounts."

"Woohoo!" Derek cried. "We're rich!"

"Hey, Dad, let's talk about my allowance," said Will.

"Now can I get a laptop?" Chelsea begged.

"I'll discuss it with your mother," said Ian. "And remember, it could be weeks, or even months before the processing is done."

"It shouldn't be long before you get back the bills that were entered as evidence," Ward said. "They'll photograph them all and check for Oliver's fingerprints, but they shouldn't have to keep it. If they do find his prints on it, they may keep a few representative bills until his trial."

"Sounds good," said Jeff.

Phoebe looked at her younger brother. "I don't know what to say, Jeff. You don't have to divide the money."

"I want to."

She clamped her lips together and looked down at the floor. After a moment, she looked up at him. "I'm sorry I made a fuss when we were here before. I really thought you were. . . Oh, what does it matter what I thought? I was wrong. Can you forgive me?"

Jeff stood and went over to her chair. "Of course, Phebes. I love you." He bent down to hug her.

"Thank you," she said. "And now I think we should see about fixing the things we tore up."

Jeff smiled. "Thanks. I'll put Ian in charge of that. There's some leftover plaster and mortar mix in the utility room."

"Come on, kids." Ian winked at Jeff. "Thanks, bro." He herded the family out of the library.

"Say, Phoebe," Jeff called. "Would you mind asking Lisa to come in here?"

"Sure, no problem."

"That was a really nice thing to do," Emily said softly when all of Jeff's family had left the room.

"Well, it only seemed right," said Jeff.

A moment later there was a soft tap on the library door, and Lisa entered.

She smiled at Nate and Emily. "Hi. Jeff, you wanted to see me?"

"I wanted to give you this." Jeff handed her an envelope. "I suppose it's really poor compensation for what you went through. . ."

Lisa stared at him, her face flushing. "You don't have to give me anything."

"Well, what am I going to do with all this money we've found? I wanted to share it." He smiled at her. "Please take this. It's a check for five thousand dollars. I know it won't erase the memories of the fire, or the burglar holding his knife on you, but. . .well, I hope it will make it a little less traumatic to remember."

She lifted her hand then let it fall to her side again. "Really, Jeff, I don't want it. The only thing I needed that night was coming down the stairs when it was over and finding you waiting for me. And you know what? I'd kind of hate to have something like this between us. Money, I mean." Her face flushed a becoming rose, but she looked up into Jeff's green eyes.

He stepped toward her and slipped his arm around her. "Lisa, if that guy had hurt you. . ." He smiled and squeezed her. "Well, maybe we'll talk about this later." He turned and looked at Nate and Emily. "And I have to thank you two. You've been really supportive and helpful."

"I hope you're not thinking of unloading more of your money on us," said Nate.

"We don't need anything," said Emily. "Just your friendship is enough."

"I thought you'd say that. So, I decided to give you an engagement present." He handed an envelope to Emily.

Nate leaned in to watch her open it.

Emily pulled out a card. Inside there was a voucher for two weeks per year at the lodge, all expenses paid. "For life, or as long as Jeff owns the lodge," Emily said. "Thanks, Jeff. This is great."

"You're more than welcome," said Jeff. Nate noted that Jeff's hand found Lisa's, and her flush deepened, as did her smile.

That evening, Nate and Emily stood on the dock at the marina watching the sunset.

"I'm so glad to see the ice melting." Emily sighed softly, snuggling in closer to Nate. Within a week or two, she should be able to move out to her cottage on the island.

"Me, too," said Nate. "Sometimes it seems like winter lasts forever around here. I'm so glad this was the last one I'll spend without a wife."

Emily laughed. "Just four months now. It's getting close."

"Yes it is," said Nate. He bent his head to kiss her. "It sure is."

IMPOSTORS AT
BLUE HERON LAKE

1

Wow." Emily Gray climbed out of her car and took in the Edwardian cottage standing on the edge of the woods. She'd seen Stella Lessard's home from the road many times over the years, but she'd never been this close.

Dried pods clung to last year's withered climber bean vines wrapped around the spindles of the railing on the sagging porch, and a few stray daffodils poked their sunny heads around the edges of the front steps. The paint on the front of the house was peeling a little, but Emily still thought the place was beautiful.

Stella had lived in Baxter for many years and was now in her sixties. She was a member of the Baxter Historical Society and the Friends of the Library, but that was about all Emily knew about her.

Her future mother-in-law had tipped Emily off about the cottage's claim to fame. Nate's mother, Connie Phillips, had told her that about 125 years ago, Maine writer and nature enthusiast Sarah Orne Jewett and her friend Annie Fields had spent a few days at the cottage while returning from a trip to Quebec. En route to Sarah's home in South Berwick, they ran into a terrible snowstorm and took shelter at the little house on the shore of Blue Heron Lake.

After Emily heard the story, she asked Stella for an interview. Mrs. Lessard had owned the house for about thirty years and, according to Connie, was herself a Sarah Orne Jewett buff. Emily worked for the small local newspaper, and she thought the story would make a great photo feature for the *Baxter Journal*.

At first Stella was reluctant to grant an interview, but when Emily promised not to print anything she didn't approve of, the older woman agreed.

Emily took a deep breath. *I shouldn't be nervous. She's probably a very nice lady.* After grabbing her notebook and camera bag from the car, she walked to the house and knocked firmly on the door. She waited, listening for any movement inside.

Maybe she forgot about the interview. Emily looked around. Stella's ten-year-old Toyota sat in the yard, but everything was still.

She moved to one of the windows on the porch and peered inside. The curtains were not fully drawn, and she could see into the living room. There was a green leather armchair to one side of the window, and was that a piano? Shadows filled the dim room.

After a while Emily knocked again. Still no answer. Was Stella hard of hearing? Normally, Emily wouldn't enter someone's house without permission, but because she knew Stella expected her, she tried the doorknob. The door was unlocked, so she opened it carefully and stuck her head inside.

"Hello!" she called. "Stella, it's me, Emily Gray! Are you home?"

She waited, but no reply greeted her. Even in the small town of Baxter, surely nowadays no one would leave home without locking up. Maybe Stella was asleep.

Experience had taught Emily that sometimes checking up on people to make sure they were okay was more important than social rules. *It's my responsibility. She doesn't have any family.*

Emily stepped into the front hall. The smell of hot tomatoes and basil permeated the air, and a faint light glowed from the doorway in front of her. She thought she heard a rustle.

"Stella?" She made her way toward the next room. "It's Emily. I'm here to interview you for—" She stopped short as she stepped into the kitchen. Tomato sauce was sputtering over the edge of a large cast-iron pot on the stove. And in the middle of the floor lay Stella Lessard.

"Stella! Are you all right?" Emily stepped closer but could see already that the old woman's face was a stark white. Her chest didn't rise and fall. Emily knelt beside her and felt for a pulse. Pulling out her cell phone, she hit her fiancé's number on speed dial.

He answered after only one ring. "Hi, Em. What's up?"

Emily sat back on her heels. "I'm. . .I'm at Stella's house."

"Oh, yeah, you had that interview, right?"

"Nate, I think Stella's dead."

"What?" His tone changed immediately. "Are you okay?"

"Yes, but—" Emily heard a noise. She stiffened, listening. Something moved in the next room. "Nate, there's someone else in the house."

"Em, where are you?"

"In the kitchen," she whispered. She inched into the far corner of the room, behind the edge of the stove, where she would be out of sight from the doorway. "Stella's lying on the floor, and I heard something in the other room."

"Well, get out! Fast! I'm on my way over."

Another soft thud came from somewhere in the house. Emily didn't stop to strategize. She dashed into the entry, through the front door, and down the porch steps. As soon as she was in her car, she locked the doors. She raised her phone to her ear, panting. "Are you still there, Nate?"

"Yep. Are you all right?"

"Yes. I'm in my car now."

"Good. I'll stay on with you until I get there."

"I think she's dead, but I couldn't tell for sure," Emily said.

"Hang in there. I'm only a few minutes away, and I radioed for the ambulance. Was there any blood?"

"No, I didn't see any," Emily said. "I suppose she might have fallen or had a heart attack."

"You're sure there was someone in the house?"

"Yes, I'm positive. Unless she has a dog or a cat."

Just then she heard a bang, like the sound of a screen door slamming shut, and a second later a figure she thought she recognized dashed from behind the house into the woods.

"Nate, hang on!" She opened the car door and shoved her phone in her pocket. "Cedar!" She ran along the side of the house, after the retreating form. At the edge of the woods, he turned and looked back at her. Sure enough, it was Cedar Sproul, a reclusive man who cut firewood in the winter and sold it to Baxter residents.

Emily slowed to a brisk walk, hoping she wouldn't scare him away. "Cedar, wait. It's me, Emily Gray."

His eyes narrowed as he surveyed her. "You're that reporter girl."

"Yes. Did you know my parents when they owned the paper?"

He nodded. "That was in the olden days."

She couldn't help giving him a weak smile. "Why are you running away?"

He stood in silence, and Emily wondered if she'd been wise to approach him. But Cedar was harmless. Everyone in Baxter knew that.

"Did you see Stella in the house?" she asked.

After another moment, he nodded and looked away. "I came over to do some work for her this afternoon. She told me she wanted the banking all cleared away from around the house and her flower gardens raked up."

Emily glanced toward the cottage. Straw had been banked around the edges of the foundation. In front, it had been removed where the early flowers bloomed, but the back and sides of the foundation still wore their winter coverings. "I came to talk to her about the house," she said. "I was going to write an article for the paper."

Cedar licked his lips. "Guess that was you that came in. I found her lying there, but. . .when I heard you, I was afraid. I didn't know who was coming."

My feelings exactly! She nodded. "It's okay, Cedar. I called Nate Holman. You know Nate, from the marina?"

"They say he sold it."

"That's right. He and his mother are selling the business to Jon and

Allison Woods. Nate's a sheriff's deputy now. I telephoned him, and he's on his way out here."

"Okay." Cedar raised his arms a few inches and let them fall to his sides again. "You want I should wait?"

"Please do. Nate will want to know how things were when you. . .found her."

Cedar's gaze slid away from hers. "She ain't breathing."

"Yes. . .I know." She pulled her phone from her pocket. "Nate? You still there?"

"Yes! Where were you?"

"I'm okay." She heard a motor approach and tires crunching on the gravel driveway. She turned to Cedar. "Come on. Nate's here." She took a few steps toward the front of the house then looked back to make sure he was following her. Into the phone she said, "Glad you're here. Cedar Sproul is with me. I'm hanging up."

Nate waved at her from inside the sheriff's department car as he pulled up in front of the house.

———

Nate inhaled deeply and sat for a moment to collect his thoughts before opening his car door. How many times had Emily scared him half to death, making him think she was in danger? Somehow, the woman he planned to marry attracted crime. This past year, it seemed she collected murders, almost the way some young women collected linens and teacups for their hope chests.

Thank You for keeping her safe, Lord. Emily and Cedar waited near Stella's front steps. Nate climbed out of the car and straightened his shoulders, keeping his eyes on Cedar as he walked toward them.

"What happened?" His gaze skimmed Emily. Her blue eyes were huge, but she seemed fine. "Who got here first?"

"I think Cedar did," Emily said. "Oh, and something's cooking on the stove. You may want to turn it off before it burns."

"All right. You two wait here. She's in the kitchen?"

They both nodded soberly. Nate pulled in a breath and went inside. He hated to enter the kitchen and disturb anything, but there was always a slight chance Stella was not beyond help. Besides, the heavy scent of spaghetti sauce held an acrid tinge that told him it was scorching.

Stella Lessard lay just as Emily had described, on the floor before the stove. She wore a bib apron over dark slacks and a yellow blouse. Her glasses were still perched on her nose, and her short salt-and-pepper hair framed her face. Her pale cheeks were spotless, except for a small orange smear he suspected was tomato sauce. A wooden spoon coated with the stuff lay on the floor between her and the stove.

Nate stepped cautiously over her legs, shut the burner off, and moved the kettle to one side. Then he turned and knelt beside the woman, checking for a pulse at her throat. He'd trained for this part of the job but had never yet responded to a report of an unattended death. He held his breath and concentrated, hoping, but felt no throbbing of her veins.

When he emerged from the house a few minutes later, Emily and Cedar stood right where he'd left them. He shuffled wearily down the steps. "I called the medical examiner."

Cedar raised his chin. "She *is* dead, then?"

"Yes, but we need a medical person to say so. They'll send a hearse out from the funeral home."

Emily reached for his hand. "I'm sorry, Nate. I wish we could have helped her."

"You did the right thing. And I'd say you were both too late to do anything."

Cedar sniffed. "I was just going to do the yard work that she wanted. Do you think I should take the straw away?"

Nate shook his head. "Leave everything just the way it is for now. We'll find out if Stella has any relatives."

"I don't think she's got no children, and her husband died a long time ago." Cedar's shoulders drooped. "She's been all alone for some time, yes, sir."

"We'll find out for sure." Nate took his small notebook and pen from his pocket. "Was the front door unlocked when you arrived today, Cedar?"

The older man looked at him blankly. "Don't know. I went to the back. I knocked, and Stella didn't answer, so I looked in. Saw her there." He shook his head. "I didn't think she'd mind if I went in. But she wasn't breathin' none."

Nate wrote as he talked. "And then what?"

"Then I heard someone yell, 'Stella!' It jumped me, I'll tell you."

Nate saw Emily's lips twitch. "What did you do?"

Cedar looked down at the ground and kicked at a pebble. "I hid in the cellar way."

Emily's eyes flickered.

"Anything else you want to tell me, Em?" Nate asked.

Her golden hair caught the rays of sunlight filtering down through the trees. "The front door wasn't locked. I opened it and called to her, but she didn't answer. I smelled the food cooking and went on in to see if she was okay. That's about it."

"All right, I guess you two can leave if you want. Cedar, I may come around to see you and talk about this again."

"I'll be at my place. I ain't goin' nowhere."

Nate watched Cedar amble toward the road and his small house that lay less than half a mile beyond Stella's, along the wooded lane. "Sounds like you and Cedar about scared the stuffin' out of each other."

"I thought I'd die when I heard that noise," Emily admitted. "I'm sure glad I had you on the phone. After what happened last year. . ."

"Right." Nate put his arm around her and walked her toward her car.

"At least Stella Lessard wasn't murdered."

"That we know of," Nate said quietly.

Emily stopped and stared up at him. "Oh, come on. No blood, no wound, no strangle marks. You don't think. . ."

"No, I don't, but we can't rule it out until the ME says it was natural causes. You know that."

She nodded, still frowning. "I don't think I'm ready to testify in another murder trial, thank you." She shuddered, and Nate squeezed her. Both had recently taken the stand in Superior Court as witnesses in the trial of Baxter resident Henry Derbin's killer.

"I don't expect that's a question here, but we'll know soon enough."

"I wonder who we can get information from to write the obituary."

Nate reached to open her car door. "Maybe Felicia will have some ideas." The owner of the twice-weekly *Baxter Journal* knew everyone in town. Another thought occurred to Nate. "Oh, and ask my mom. She's known Stella since she came here, and Mom ran the post office all those years. She might know if there's any extended family."

"Good thinking. She'd know for sure if Stella ever got postcards from a cousin in Albuquerque or anything like that." Emily stood on tiptoe and lowered her eyelids.

Nate smiled as he bent to kiss her. Sweet Emily. His childhood sweetheart, soon to be his wife. "I love you," he whispered. "Don't let this bother you too much."

"Thanks." She hugged him one more time, got into her car, and drove away.

Nate turned back toward the little house. He used the time to examine the front porch, entry, and living room carefully. He saw nothing suspicious but discovered an old, free-standing safe hidden in a niche behind a bookcase. After another glance into the kitchen, he slipped up the stairs and made a quick search of the two bedrooms, bath, and large hall closet up there. Nothing out of the ordinary, but he realized how superficially he knew Stella. In the spare bedroom, he found an exercise treadmill and a quilting frame. The only photos on display in the other bedroom were one of Stella and Edgar Lessard's wedding and a framed snapshot of Edgar in fishing vest and hat. Nate looked at it and replaced it on the bedside stand. A leather shoulder purse rested on the bed. He opened it and found Stella's keys, which he took with him down the stairs.

His vigil was mercifully short. The Aswontee ambulance arrived first. Nate told the EMTs he had responded to an unattended death and that he expected the medical examiner soon. They entered the house with a portable heart monitor, made a quick assessment, and concluded there was nothing they could do for Stella. The medical examiner arrived just ahead of the hearse, and the EMTs left.

After his initial evaluation, Dr. Morse told him, "Most likely it was her heart. I'll file my report next week."

Nate saw him out and let the funeral director and his helper load the body.

His supervisor, Deputy Ward Delaney, drove in and stood with Nate as the hearse left. Together they went through the house. Since they were quite sure Stella had no relatives in Baxter, Ward made a list of items he felt the sheriff's office should hold for safekeeping, including Stella's purse, some bank statements and other records from her desk, her keys, and the contents of the safe.

"I didn't see a will." Ward handed Nate the clipboard with the list.

"If there is one, it's probably in that safe," Nate said. "But I didn't find a combination in her desk, either."

"Yeah. We may have to take the whole thing with us. Somebody stole a safe from the pharmacy in Aswontee last month. We can't leave it in the house not knowing what's inside."

"Too tempting, once word gets out that she's dead and the house is empty," Nate agreed.

Ward grimaced. "I hope you're feeling chipper—that thing's going to be heavy. I'll back my truck up to the door."

"I could get a dolly from the marina."

Ward bent and tried to lift the edge of the safe, testing its weight. He grunted and stood up again. "Good idea. And ask Jonathan if he can come help us."

An hour later, Ward drove off with the safe, leaving Nate to lock up the house. He threw the bolt on the back door from the inside. Going through to the porch, he locked the front door and pocketed Stella's key ring. As he walked toward his patrol car, Nate looked around the yard once more.

There was no wind, but at the edge of the woods, among the young green birch and maple leaves, he saw a flicker of movement. Nate shivered and focused in on a shadowy form just inside the tree line. The figure melted back into the trees.

Cedar. What was he doing here again?

Nate got into the squad car and headed for town.

2

Pastor Jared Phillips, or "Dad Phillips," as Nate now thought of him, set the water pitcher down on the table. "Why don't you kids sit down," he said to Nate and Emily. "We're nearly ready."

"It sure smells good," Nate said, trying to sound cheerful. He felt bad for Emily after her scare that morning, and his mother had seemed a little shaken by the news as well.

"It's your grandmother's recipe," said Connie, as she placed the platter of corned beef, potatoes, carrots, and cabbage on the table. "The best New England boiled dinner you'll ever eat."

They sat down and the pastor offered a word of prayer.

When he opened his eyes again, Nate saw that Emily had a frown on her face. "You all right?" he mouthed.

Emily nodded. But he could tell she was deep in thought. At last she spoke. "Do you think Stella has any relatives?"

Nate thought his mother looked relieved that Emily had brought up the topic.

"I don't know, but I've been thinking about it." Connie passed the platter of boiled dinner to Nate. "Stella lived in that beautiful old cottage for about thirty years. I was here when she moved in. She was single at the time, but she married Edgar a couple of years after that."

"I saw some photos of her and Edgar at the house," Nate said.

"I didn't remember that Stella was ever married," said Emily.

"Edgar died ten years or so ago," said Dad Phillips as he took the platter from Nate and helped himself to the meat and vegetables. "It was before I moved here, but his grave is in the church cemetery, and Stella visited it often."

"You remember him, don't you, Nate?" his mother asked. "Edgar loved fishing. He was always out on the lake in summer."

Nate thought back to his junior high years. "Yeah. Seemed like he was always sunburned. He used to stand on the shore and throw saltine crackers at the ducks."

"Oh, I remember him!" said Emily. "He used to imitate Donald Duck and pretend the ducks on the lake were talking to him."

"Yes, that's him," said Connie.

"Yeah, I remember that bit," Nate said. "I've tried for years to learn the

Donald Duck voice." He offered an exaggerated frown.

Emily rolled her eyes. "I for one am thankful you never picked it up."

"Edgar and Stella never had any children," said Connie. "I suppose she was all alone in the world."

"There should be an obituary in the *Journal*," said Emily. "Normally family members or the funeral directors write that. But I called the funeral home, and Stella hadn't left them any instructions. I guess I could do it, but I don't know that much about her."

"I can help you with it," said Connie. "A lot of the older people in town probably knew Stella better than I did, though. I could call some of her friends."

"Thanks. Felicia might be able to help, too. We should talk to her about it. In fact, I'm surprised she hasn't called me. She's usually so hot on the trail of a news story that she practically knows things before they happen."

Connie laughed.

Emily took a bite of her corned beef and chewed with an appreciative look on her face. "You've got to help me learn to cook like this, Mom. You're so good at it."

"Oh, thank you. I'd be happy to give you a lesson anytime."

Emily scrunched up her face and darted a glance at Nate. "I'm afraid Nate will suffer after we're married. He's used to your wonderful cooking. I can do the basics, but I never really took to it."

"I'm willing to be your guinea pig," Nate said. "Especially if you're learning to make pies." The others laughed, and he hated to turn the conversation back to more serious matters. "You know, Ward and I found Stella's address book this afternoon. Ward took it, along with some other papers. Maybe we could look in there for relatives."

"Good idea." Connie rose and refilled the water pitcher. "I'm pretty sure Edgar had a brother, at least. Of course, he wouldn't be a blood relative of Stella's, but his family would probably want to know she's passed away, and he might have an idea who else to contact."

"What about a funeral?" said Nate. "If she doesn't have any family, there won't be anyone to arrange for that, either."

"I could do a memorial service at the church," said his stepfather.

"That's a good idea, Jared." Connie refilled his water glass. "If Nate can get us Stella's address book, we can contact Edgar Lessard's brother about it. There may be others who would want to come for a memorial. It would be a shame for her to be buried without some kind of service." She let out a little sigh.

"I think it's sad she lived alone so long," said Emily. "I wish I'd thought to visit her before I had the idea of writing about her house."

"No sense getting lost in regrets," said Dad Phillips. "Once you start down that road, there's no end. We'll always wish we'd done more good than we have."

On Friday morning Nate walked into the Baxter Marina and pulled a copy of that day's edition of the *Journal* off the stack on the counter. He laid a dollar bill down, and Allison Woods grinned at him.

"Good morning, Nate. I'm surprised you don't get your paper for free."

Nate chuckled. "I probably will, once Emily and I tie the knot. I don't mind paying for it, though. It's in my best interest to support the *Journal*."

"Say, we've got a hot prospect to buy our business and house." Allison handed him his change.

"That's great."

"Yeah, it looks like we might close by the end of the month. You know what that means."

Nate grinned. "It means you and Jonathan will both be here full-time when the summer rush starts."

"Right. Jon can handle the boat rentals and fuel and outboard motor parts, and I'll sell the food and souvenirs and take care of the bookkeeping."

"I'm glad it's working out for you guys." Nate's parents had owned the marina since before he was born, and he'd struggled over the decision to sell it. He and his mother had kept it going for a couple of years after his dad died. But now the time was right. His mother was married and settled in the parsonage, and Nate had begun his new career as a law officer. He and Emily would keep the Holmans' house next to the marina and live there, but within weeks the marina store and docks would belong to Jon and Allison.

"How's it going with the sheriff's department?" Allison asked.

"Great. I love it."

"I'm glad to hear that. Wouldn't want you to be having second thoughts."

Nate shook his head. "This is what I always wanted to do. The idea of selling this place took a little getting used to, but now that Mom and I have made the decision, I can see that it's right for all of us."

An outboard motor started outside at the docks, and Jonathan came in the back door of the marina. "Okay, I sent that guy off in boat three. Hi, Nate."

"Wow, the ice just went out last week, and you're already renting boats," Nate said.

"Yeah, an early fisherman. But we're already doing quite a business. A man came a few days ago and wanted a boat for a couple of weeks," Allison said. "He's renting Henry Derbin's old cottage on Grand Cat."

"Anyone I know?" Nate asked.

"No, Bridget Kaplin is handling the cottage rental for Henry's grand-daughter, Paulie. The renter is an older guy, from out of town."

"Seems early for summer people to arrive." Nate shook his head. "But then, Emily wants to move to the island for the summer this weekend, so I suppose that's what I'll be doing tomorrow—helping her move boxes out to the cottage. Well, you two have a great day."

"Thanks, Nate," Allison said.

He walked out into the parking lot. The early May sunshine felt good on his shoulders. He leaned against his SUV and opened the paper, glanced at Emily's front page story on Stella Lessard's death, and turned to the obituary they had put together with help from his mother and Felicia Chadwick.

Stella P. Lessard, 65, a longtime resident of Baxter, died Thursday, May 5, at her home. She was married to the late Edgar B. Lessard for 28 years. She loved gardening and reading. A memorial service will be held at the Community Church, date to be announced.

Nate pursed his lips. It was so skimpy! But it was the best they could do on short notice. Maybe Emily could find out more before the next edition of the paper came out on Tuesday.

He skimmed through the longer article on page 1 then pulled out his cell phone and called Emily.

"Hi, Em? Just calling to say you did a good job with the story and the obit."

"Oh, thanks."

Nate held the paper up so he could look at the picture of Stella's cottage, which ran next to the story. "I'm glad Felicia let you put the pictures in and tell a little bit about Stella's house. It's a shame you didn't get to write your story before she died."

"I know," said Emily. "But it wasn't hard news, anyway. It was more of a feature."

"Yes, but you like research and history. It was your kind of story." Nate looked up to see a gray Volvo gliding slowly down the street. The driver peered toward the marina and pulled into the parking lot. "I'd better get going," Nate said. He put his phone in his pocket and watched as a man in a suit got out of the Volvo and started walking toward him. He looked about forty-five years old, with short hair and metal-rimmed glasses. He was well groomed and stiff-backed.

"May I help you?" Nate asked.

"Could be." He eyed Nate's uniform. "I'm John Wolfe. I have a law practice in Aswontee."

Nate extended his hand. "Nate Holman, with the Penobscot County Sheriff's Department."

"Aha. You wouldn't know anything about Stella Lessard's death, would you?"

Nate looked into the lawyer's brown eyes, not sure how to respond. "Well, I was one of the first officers on the scene after her death was reported yesterday."

"Excellent." Wolfe smiled. "Mrs. Lessard came to me after her husband died and had me draw up a will for her. I have a copy of it on file at my office. The problem is, I may need to make the particulars public."

Nate studied him thoughtfully. "You mean you need to advertise in case there happens to be an heir?"

"Oh, there is an heir all right," said Wolfe. "At least, Mrs. Lessard indicated to me that there was. But locating the heir could be a problem."

"Hmm. You might want to talk to my fiancée, Emily Gray. She writes for the *Journal*, and she could help you publicize the information."

"That would be great," Wolfe said. "In fact, I drove over here with the idea of finding the *Journal* office and asking if they had any more information. How can I meet Miss Gray?"

"I'll take you over to the office now if you like," said Nate. "It'll only take a couple of minutes to get there."

"Oh, there's one other thing, Officer."

"Yes?" Nate paused.

"Mrs. Lessard also named an alternate heir, in case her preferred heir doesn't step forward."

That sounded a little weird to Nate, but he didn't want to sound ignorant, so he just waited, holding the lawyer's gaze, the way he'd been taught to do when he was taking a witness's statement.

Wolfe smiled. "I won't publicize this fact, but she stipulated that if the primary heir is not found within a year, her estate will go to someone else. Do you know a man named Cedar Sproul?"

Nate stared at him. His chuckle came out more like a snort. "Sure. You're telling me she left everything to Cedar?"

"Oh, no, not unless. . . You see, this Sproul apparently did a lot of work for Mrs. Lessard."

"Sure," Nate said. "He would cut wood for her and spade up her flower beds, things like that. But Cedar. . .uh. . ."

Wolfe smiled. "Just between you and me, she indicated that he might be one sandwich short of a picnic, so to speak. But she said he worked hard and was loyal to her. She wanted to leave him something. And she did. A thousand dollars. But if the other heir isn't found, the entire estate goes to him."

"To Cedar Sproul."

"That's right."

Nate shook his head slowly. "I can show you where Cedar lives if you want to talk to him. Are you going to tell him now?"

"I have to. But I'll also advise him to keep it quiet until we see how things are going to shake down. It's unlikely he'll inherit, and I'll make him understand that."

"You mean you'll *try* to make him understand."

Wolfe's eyes narrowed. "Are you saying he's incapable of grasping the terms of the will?"

Nate held up both hands and smiled. "I'm sorry. Cedar's not brilliant, but he should be able to handle what you're telling me. Just. . .you might want to emphasize that you don't think he should tell anyone else. I mean, people can be mean, and someone like. . .oh, I don't know, say Edgar Lessard's family found out the estate might go to Stella's handyman, they might get upset, you know?"

"Yes." Wolfe pursed his lips for a moment. "Yes, I've seen things turn ugly when an inheritance was involved. I think it's best we don't publish that provision of the will, even though I need to announce my attempt to locate the true heir. Good advice, deputy."

John Wolfe and Emily sat opposite each other ten minutes later, with mugs of hot coffee on the desk between them. Emily jotted scraps of information in her notebook as they talked. Felicia sat at her desk across the room, typing laconically on her keyboard, but Emily was sure she was catching most of the conversation.

"So Mrs. Lessard had you write a new will after her husband died?" Emily asked.

"Yes. She and Edgar had wills before, leaving their complete estates to each other and appointing each other as representatives of the estates. They didn't indicate any other heirs at that time, although I suggested that they should. Stella came in a few years after Edgar died and changed hers."

Emily sipped her coffee, her mind racing with questions. "Mr. Wolfe, I'm not sure you can tell me this, but who is her executor now?"

He sighed. "Please don't publish this, but I am. It's not unusual for people to appoint their attorneys as their personal representatives, especially if they have no close relatives to act in that capacity."

"So it's up to you to distribute her estate."

"Correct. When I saw the *Baxter Journal* this morning and learned she was dead, I got out her file," Wolfe continued. "She didn't list a way to contact her heir."

"Isn't that unusual?"

"Very. But you see, she explained it to me at the time she changed the will. She didn't know at that time how to contact the heir. I urged her strongly to try to find out, but she never brought me more information, and so here we are. I thought perhaps you could help me."

"I'll do my best, Mr. Wolfe. What would you like me to do?"

"If you could publish an article about this, perhaps the heir would come forward." He ran his hand through his hair. "Maybe I should go to the *Bangor Daily*. It's a bigger paper, I know, but when I saw your story this morning, I decided to come here."

Emily's adrenaline surged. She felt a front-page story coming. "Our next edition comes out Tuesday. Is that soon enough for your purposes? Because we'd love to break the news in the *Journal*. Mrs. Lessard lived here for a long time, and I was supposed to interview her yesterday."

He arched his eyebrows. "Indeed?"

Emily considered how much to tell him and made a quick decision. "Mr. Wolfe, I discovered Stella's body when I went to her house for the interview."

"Oh, I'm sorry. That must have been a shock."

"Yes, it was. I want to help you find her heir. It'll let me feel like I've done something for Stella, even though I was too late yesterday."

Wolfe nodded. "Yes. I don't think it would hurt to delay seeing it in print for a couple of days. These things take time, and the estate will still be there."

Emily sat back, pleased with his decision. "You should be prepared for the news services and television stations to pick up the story when it's published, though. A search for a missing heir will draw a lot of attention."

"Good. That's what I want. I should be ready to handle all the inquiries by Tuesday."

"Fine." Emily bent over her notebook. "How do you want people to con-tact you with information?"

Wolfe gave her the phone number at his law office as well as an e-mail address.

"And who are you looking for? To whom did Stella Lessard decide to leave her estate?"

He smiled. "To a little girl."

Emily blinked and cocked her head to one side. "A little girl?"

"That's the way Stella remembered her. Of course, she'd be grown up now. The heir is her daughter, Lois."

3

On Saturday evening Nate lit the grill beneath the big pines in front of Emily's cottage. She pulled packages of meat and foil-wrapped vegetables from her cooler and handed them to him. He made a small adjustment to the burner controls and situated the steaks and foil packs on the rack.

"I've got to learn to do this," she said.

Nate laughed. "What's so hard about throwing food on the grill?"

Emily brushed her hair back. Instead of smiling, she eyed the grill as though it were a slightly scary opponent. "I can cook on a stove, but I always seem to burn anything I try to cook on that thing. And do you put the food right over the burner, or off to the side? It seems pretty complicated to me. Like those old algebra problems with all kinds of variables. You never could get a definitive answer, just a bunch of letters that have no meaning."

Nate shut the lid. "See this? It's your thermometer. If it says seven hundred degrees, don't put your food in. That would be like a seven-hundred-degree oven. Turn the burners down and let it cool off."

The color rose in Emily's cheeks, and he had the feeling it wasn't just from the heat radiating off the grill. She probably never thought to look at the temperature gauge on the front of the lid.

"Are you sure you'll trust me in the kitchen when we're married?" she asked.

"Oh, yeah. I've eaten your cooking before, and you're not nearly as bad as you make out to be." Nate fished in the cooler for two canned soft drinks and handed her one. He wasn't worried that he would starve after the wedding. He grabbed two plastic lawn chairs and carried them out onto the dock in front of Emily's cottage. She followed him and sat down, facing the lake.

"Pretty classy dock I've got, huh?" Her smile eased the tension.

"Best you can get these days." Nate had replaced the creaky old wooden dock for her last summer with a strong metal wharf frame and textured vinyl deck when she had thought she would sell the cottage.

A mile away, he could see the town of Baxter, where a flag snapped in the breeze above the marina. Her summer cottage was the last in the row on Grand Cat, and off the marshy end of the island, Little Cat was just a half mile across the choppy water. In another month the boys' camp there would be swarming with small fry.

Nate took a deep swallow of his soda and leaned back with a sigh. "This is going to be great, Em."

"Living out here?"

"Yeah. I've always wanted to live on the island. You know that."

Her smile seemed content now, and he felt confident that the best part of their lives lay just a short stone's throw in the future. "You sure you'll be okay alone for now?"

"Absolutely. Raven's down at the camping center if I need help."

As far as Nate knew, their friend Raven Miller and a renter at the Derbin cottage on the far end of Grand Cat were the only others on the island so far.

"I think a couple of Raven's staff members are coming this week to help her set up the camp," Emily said, "and Truly Vigue told me she and Marvin are moving out next weekend."

Nate looked toward the Vigues' cottage, which was next to Emily's. "I hope they'll let Rocky come out this summer."

"Have you seen him lately?" she asked.

"Yeah, I stopped by yesterday. He and Clinker were outside. Rocky's trying to build a doghouse for that mutt, though why, I don't know. He lets Clinker sleep on the end of his bed." He smiled, remembering the dog he and Emily had babysat for Rocky when he was in the hospital.

"Probably Rocky just needs a project to keep him busy, and he likes to do things for Clinker," she said.

"He's told me more than once that Clinker is the only one who loves him." Nate got up and went to turn the steaks over.

Emily set her diet cola in the holder on the arm of her chair and zipped her sweatshirt.

"Getting a little nippy," Nate agreed. "You want to eat inside when these are ready?"

"Maybe."

The idea of eating in her crowded kitchen didn't appeal much to him. The boxes he had helped her haul out in three boatloads from Felicia's house were mostly still piled in the kitchen and living room of the cottage. It would probably take her days to get everything unpacked and put away.

He looked up at the gray sky. He could forgive the unsettled weather of May because the next long winter was at least six months away. The lake was theirs for the summer. But the thought of Emily driving herself to the mainland in a small motorboat when the lake teemed with whitecaps was another thing.

He caught her glancing uneasily at the boat he had brought from her boathouse and moored for her at the side of the dock, closer to shore than his cabin cruiser.

"If it's windy in the morning, I'll come get you for church," he assured her. "Raven, too, if she wants to go."

"Thanks."

Emily didn't like relying on other people, Nate knew—even him. But being out on the big lake alone in foul weather would be dangerous for her. His inclusion of Raven in the invitation ought to give her a way to accept his offer without feeling incompetent.

"If it's really bad, don't come." Her blue eyes had a no-nonsense cast. "I don't want you performing heroics just to prove you can do it."

"Right. I'll run the orange flag up the marina flagpole if I'm not coming, just so you'll know."

Fifteen minutes later, he declared their dinner ready. Emily carried the platter up the path to the cottage, and Nate followed with the cooler. They cleared enough space on the pine kitchen table to spread out their dishes, and Emily found paper towels to use in place of napkins. Nate grasped her hand and asked a blessing for the food.

Emily opened her eyes and smiled at him. "First meal of the season on the island."

"Yeah. Many more to come."

They sat holding hands across the table and gazing into each other's eyes. A soft pattering of rain began on the roof. A big gust of wind shook the cottage, and the pattering became a deluge.

Nate's smile slid into a grimace. "I forgot to close the grill."

Emily jumped up. "We'd better get the chairs, too. Those light plastic things will blow into the lake." She flipped her hood up and ran to the door. Nate was close behind her. Rain sheeted off the porch roof.

"I've got an umbrella." Emily looked back toward the kitchen. "Somewhere in one of these boxes."

"Stay here," Nate said. "No sense us both getting wet." He dashed out into the rain. The path was already wet, and he slid, almost falling in the mud, but recovered and hurried down to the shore. He slammed the cover on the grill as he passed it. The wind lifted one of the chairs just as he reached the end of the dock, and it flew into his boat. Better than in the water. He grabbed the other one and dashed to the edge of the dock. As he clambered into his boat to reach the errant chair, holding the other by one leg so it wouldn't fly away in the wind, he couldn't help letting out a laugh. *Oh, yeah. Life with Emily is going to be one adventure after another.*

On Monday morning Nate came to the island for Emily at Felicia's request when she was an hour late for work. To her embarrassment, he found her sitting in her fourteen-foot aluminum boat in tears.

"I'm all right," she insisted.

"You sure?" He brought his cruiser in close to the other side of the dock.

"Yes, I'm sure. I just. . .oh, I might as well tell you. I flooded the stupid motor again."

"Come on. I'll take you over. It's still choppy, anyway."

"Then someone will have to bring me back later."

"It's okay. I'll tow your boat. Come on."

She sighed and gathered her totebag and laptop case and climbed onto the dock and into his boat while he pulled her smaller craft around and tied the painter to the stern of his cabin cruiser.

That afternoon Nate gave her an hour's patient instruction before he left to join Ward for their afternoon patrolling. Emily took herself home to the island determined to learn to run the outboard and gain the freedom that would bring. Driver's ed had been nowhere near as difficult as this.

On Tuesday morning the weather had calmed, and she managed to start the outboard motor and arrive at the *Journal* office on time.

"Hey, girl!" Felicia grinned as she entered the office. "Making friends with that boat, are you?"

"We're bosom buddies." Emily laid her bundles on her desk and nodded at Charlie Benton, who was the *Journal's* entire advertising department. "Morning, Charlie."

"We've already had six calls about your article." Felicia rose, grinning, and held out a slip of paper. "A reporter from Channel 5 in Bangor called. He's going to try to snag an interview with Wolfe, but he hasn't made contact with him yet, and he wanted to check in with you on some details about the will."

"He'd better talk to Mr. Wolfe," Emily said. "Who else called?"

"People from here in town and Aswontee, wanting to know how much money Stella left and trying to tell me she never had any kids."

Emily raised her eyebrows and scanned the list. "I guess we learned differently about that, didn't we?"

"Yeah," Felicia said. "Monty Capper asked if we were going to run a correction on Friday's story, where you said she had no children. I told him I thought today's piece constituted a correction."

"You live and learn," Charlie said, not looking up from the ad layout he had spread out on his desk. "Felicia, I'll be on the road most of the day, collecting ad copy. And I want to try that new computer place in Aswontee again and see if I can convince them to advertise."

"Hey, try the funeral home, too." Felicia's hazel eyes glittered.

"They got a free mention Friday and today," Charlie said. "I doubt they'll pay for an ad when they're getting it for nothing."

"Besides," Emily pointed out, "they're the only funeral parlor in the area. Do they really need to advertise?"

Felicia scowled at them. "We should be able to find a way to make them think they do."

"I like the way you think, lady." Charlie began to stack his papers.

The phone on Emily's desk rang, and she picked up the receiver. "*Baxter Journal.*"

"Hello," said a timid female voice. "I'm calling about that missing heir story."

"How may I help you?" Emily asked.

"The paper said that if that woman's daughter isn't found in one year, the estate will go to somebody else."

"That's correct."

"Who?"

"Mrs. Lessard's attorney did not reveal that information. The will is a confidential document, but he made part of it public in an effort to find the heir."

"So I guess you won't tell me how much the estate is worth, either."

Nervy. Emily made a face at Felicia, who made no attempt to hide the fact that she was listening. "Actually, I don't know the estate's value. We did publish the attorney's address and telephone number. I suggest you call Mr. Wolfe with your questions."

When she had hung up, Emily detailed the conversation to Felicia.

Her friend's eyes widened. "Do you think that could have been Stella's daughter on the phone?"

Emily shook her head slowly. "Doubtful. She sounded awfully young. Stella's daughter has to be over forty, Mr. Wolfe said. And she has to show up with documentation of her identity if she hopes to get her hands on the estate."

Felicia nodded. "The TV stations will broadcast it tonight, and I'm betting the AP will pick up your story. This may get nationwide attention. We'll probably get all kinds of crackpots and con artists calling, hoping they can horn in on the inheritance."

Emily opened her laptop. "I'm not going to think about that right now. I'm going to start working on the advance story for the fishing derby. Memorial Day is just a few weeks away, and Jeff Lewis gave me a list of prizes and a copy of the rules."

"Great. We'll run it Friday." Felicia turned back to her work.

Emily pulled her folder on the fishing derby from her tote bag and opened a new computer file, but her thoughts kept returning to the Edwardian cottage in the woods. If Stella's daughter was found, would she want to live in the house? And why had no one in Baxter ever known about Lois? Even Edgar Lessard's brother claimed he had no knowledge of her. Edgar had never mentioned a stepdaughter to him. Why had Stella hidden the fact that she'd had a daughter before she married Edgar? There was a bigger story there, Emily was sure.

She sighed and began typing up the rules for the fishing derby.

4

"One vanilla chai latte, and a whole grain English muffin," said Felicia on Thursday morning, setting a Styrofoam cup and small paper bag on Emily's desk. "Get it while it's hot."

"Thanks." Emily looked up from her computer. "Have you tried the English muffins yet? These things are addictive."

"Nope. You know me. I take my coffee and I'm good to go."

"Hey." Charlie cleared his throat.

"Did you want something?" Felicia asked sarcastically.

"Where's my double espresso and chocolate cream doughnut?"

"I'd have to go to Aswontee for that," said Felicia. "Besides, you were late coming in today, and I don't remember you being present when I took orders." She wrinkled her brow. "Boy, I'm glad we don't have a doughnut shop in Baxter. I'd inflate!"

"Not if we had a gym, too," said Emily. "Sometimes I have to admit I miss the city."

"Maybe I'll open a Dunkin' Donuts," said Charlie. "After we go to a daily, and I'm rich."

The girls laughed.

Emily took a sip of her latte. She heard a motor outside, and then a car door slammed. "I wonder who that is?"

"No idea," Felicia said.

"My personal doughnut delivery guy?" Charlie stretched his arms up over his head and yawned.

Felicia took a long drink of coffee. "Oh, that's good. Mm, mm."

A moment later the door swung open and a young woman entered the office. "Excuse me? Is this the office of the *Baxter Journal*?"

Emily stared at her, caught off guard by her appearance.

"Yes, ma'am," said Felicia. "How can I help you?"

The young woman was slender—almost too thin—with her spindly legs displayed in black jeans. Her short jet black hair was spiked all around.

Emily took inventory of her piercings and saw a black stud eyebrow ring, a tiny silver lip ring, and multiple pairs of earrings. A tattoo of a green and black snake slithered around her left wrist, and a curved row of sinister-looking black flowers was tattooed across her collarbone, just above the neckline of her purple-and-gray camouflage T-shirt. Her eyes were heavily outlined, and her lashes were thick with mascara. Or were they eyelash extensions? Emily wondered. She had heard of such things but never knew anyone who wore them.

"I'm Jeanette Williams." The young woman paused, as if expecting them to recognize the name.

"And I'm Felicia Chadwick." Felicia looked slightly perturbed.

"I'm Emily Gray." Emily tried not to stare. "What can we do for you?"

"Oh, sorry. I heard about Stella Lessard's recent death. Well, I'm her granddaughter."

"Wow!" Felicia set her coffee cup down. "First a daughter, now a granddaughter. I wonder if all my relatives would come visit me if I died?"

Behind them Charlie tried to disguise a laugh by coughing.

"Sorry, Jeanette," said Felicia quickly. "I didn't mean to be disrespectful. I'm sorry about your grandmother. She was a nice lady."

"Call me Jette. It's okay. I never really knew my grandmother. My mom was her daughter from her first marriage."

"Welcome." Emily stood and extended her hand. "I always assumed Stella had only been married once. I wish we'd known. We could have mentioned you and your mother in the obituary."

"Hmm." Jette looked her over critically. "My mom's gone, too."

"I'm so sorry," said Emily. "My dad died when I was young. I know it's rough."

"Yeah. But you get on with it."

There was an awkward silence.

"How about seeing my grandmother's house?" Jette said at last.

Emily looked over at Felicia. "Mind if I step out to show her?"

"Fine by me. But don't forget to come back. It gets lonely in here when you go gallivanting all over the place. Especially when Charlie starts rocking in his chair and knitting something that isn't there."

Jette laughed.

Emily thought she had a pretty smile, if you could get past the gleaming lip ring.

"Ah, ha, very funny," said Charlie.

"I've got some boxes and stuff in the car," said Jette as they left the office. "It will be great to have a hand unpacking."

"Oh. Were you planning to move into the house?" Emily was pretty sure the police wouldn't allow that. The results of the autopsy weren't even in, as far as she knew.

"Yeah, I figured on it." Jette looked Emily straight in the eye. "Is that a problem? I mean, I am her granddaughter, and since Mom's dead, I'm technically Grandma's heir, right?"

"Well, I'm not sure," said Emily. "I would think so, but Mrs. Lessard's attorney can tell you about that." She got the feeling Jette would put up a fight if she tried to stop her from taking possession of the house. But she also knew from experience that the police would be very unhappy with her if she let someone move in on their territory. And the keys to the house were being held by the sheriff's department and John Wolfe, according to Nate.

"So, what's the problem?" Jette rested her hand on her hip, standing next to her car.

Emily thought carefully. "I think we'd better wait and see what the police and the attorney say. The police haven't finished their investigation yet. The house is locked up, and you won't be able to go in unless they say you can."

"Okay, I get you. Sounds fair. Where can I hang my hat until they're done with their yellow tape thing?"

"There's a bed-and-breakfast not far from here."

Jette thought, jiggling her head up and down as if in time to some imaginary music. "Sounds good. Is it like the Stafford Inn from the *Newhart* show?"

Emily laughed. "Stratford. A lot smaller. But just as friendly."

"Hopefully just as weird," said Jette. "Okay, I'd still like to see the house. Hop in, newspaper girl."

Emily wasn't sure why, but she thought Jette might make a good friend despite her strange appearance. She liked the young woman's carefree spirit. She climbed into the car and directed Jette on how to get to Stella's house.

"I've never been this far north," Jette said as she drove. "It's kind of pretty up here in the boondocks."

Emily smiled. "I grew up here. I went away to college and then got a job at a newspaper in Connecticut. But I came back last year, and I'm so glad I did."

"Does everybody know everybody?" Jette asked. "Like in Mayflower?"

"Mayflower?" Emily asked quizzically.

"From the *Andy Griffith Show*. Sorry, I spend too many evenings watching TV Land. I need a life."

"Oh, Mayberry!"

"Yeah, that's it."

Emily laughed. "I guess so. It is a very small town."

"Hey, but that's cool."

"Where are you from?" Emily asked.

"Dover, New Hampshire. It took me, like, five hours to drive up here. Of course, I stopped once for coffee."

"Turn left up ahead," Emily said.

Jette reached for her turn signal. "I kind of wish I'd been up to see my grandmother before she died. It would have been nice to connect with my roots. Find out if I have any hick tendencies buried underneath all this city."

Emily wondered what Jette would have been like as a kid. Maybe they would have played together if she'd come to see her grandmother in the summers. "Why didn't your mom ever bring you here?"

"Dunno," said Jette. "She didn't really have much use for her mother and stepdad, I guess. It was all kind of complicated. And after my mom died of breast cancer a couple of years ago, I sort of forgot I had roots up here. I wish I had come up, though. Maybe Grandma and I would have hit it off. So now I'll never know. I've got nobody. It gets kind of lonely, you know?"

Emily tried to think of what to say. She was afraid Jette would be closed to hearing about God, but then she chided herself for assuming something she didn't know. "Yes. I miss my father," she said softly, "but God is always there."

Jette concentrated on the road. She didn't look at Emily when she said, "Yeah, I suppose He is. Somewhere or other."

"Here we are." Emily pointed to the picturesque little house nestled in a clearing in the woods.

"Looks like a Three-Bears cottage."

As Jette pulled into the driveway, Nate's police cruiser turned in behind her.

"Uh-oh," said Jette, eyeing the car. "I suppose I broke some boondocks driving law."

"That's my fiancé." Emily giggled in spite of herself. "He was going to meet me for lunch. Felicia probably told him I was out here."

"That's a relief."

They got out of the car and walked over to meet Nate.

"Nate, this is Jeanette Williams," said Emily. "Stella's granddaughter."

"Hi, Jeanette." Nate didn't bat an eyelash at her flamboyant makeup and accessories. Felicia must have warned him.

Jette was staring at the house. "Hmm? Oh, hi. Call me Jette. This is a great house. I love it." She started walking toward the porch.

"She came into the *Journal* office a few minutes ago and introduced herself," Emily said to Nate. "No warning."

"That's interesting." Nate frowned. "Did she say anything about Lois?"

"She said her mother died, and that she was Stella's daughter from her first marriage. I assume that's the Lois in the will. And, Nate, she thought she could move into the house."

"Really? I hope you told her otherwise."

"I tried not to be forceful. I said the police probably weren't done with the investigation, and I told her she could stay at the Heron's Nest."

"Okay, that's good. So, do you want to go to the Lumberjack?"

"We don't have to eat out all the time."

"But I want french fries." Nate grinned sheepishly.

Emily shook her head. "You're funny. Okay, that's fine with me."

Nate turned to watch Jette as she climbed the steps to the house. "She's kind of weird-looking, with her hair sticking out all over."

Emily smiled. "Yes, she is. But she seems nice enough. Should we ask her if she wants to come with us for lunch?"

"Nah," said Nate. "But we can show her how to get to the bed-and-breakfast when she's done poking around. And she should probably talk to Mr. Wolfe as soon as possible."

Emily and Nate waited as Jette looked around the porch. The yellow police line tape was still fixed across the door, but she reached past it and tried the knob.

"Nervy, isn't she?" Nate whispered. "She can't get in until she proves who she is to the lawyer."

Jette peered inside windows and bent over the porch railing to look at the flower beds. A few moments later, she turned and walked slowly to the porch steps, descended them, and sauntered down the path.

"All set?" Emily asked. "I'll ride over to the Heron's Nest with you." She climbed into the car again, and Jette took the wheel. They drove to the Heron's Nest with Nate following in his cruiser. Nate offered to help carry her things inside, although Emily knew he would much rather be diving into his burger and fries at the Lumberjack. At last they left Jette to settle into her room and headed to the restaurant for lunch.

Later that afternoon, Nate drove east on the Aswontee Road to meet Ward. The sun beat down on the new foliage. He wished he were out on the lake.

A car zoomed around the corner ahead and rushed toward him. Nate activated the radar. Seventy-four miles per hour. He turned on his siren, whipped the car around, and started pursuit with the lights flashing. Not the same rush as driving a boat, but not bad, either.

A few seconds later, the driver of the light blue sedan pulled over without attempting to elude him. Nate parked on the shoulder behind the car. After a quick call to the dispatcher, he got out of his cruiser. He stepped toward the driver's door, and the woman inside rolled down her window.

"Howdy. Do you know why I stopped you?" Nate asked.

The young woman looked up at him. She had long, wavy brown hair and wore no makeup. She looked like she might be in her late teens. "No," she said with wide-eyed innocence.

"I clocked you on my radar at seventy-four miles an hour," Nate said, rather disgusted. Why did she bother to deny it? "Do you know what the speed limit is on this road?"

"You're kidding me. I couldn't have been going more than sixty."

"The speed limit is fifty-five on this stretch of road. I need to see your license and registration."

The woman let out an exasperated sigh. "This is ridiculous." She took her brown leather purse from the passenger seat and dug around until she found her driver's license. "Here," she said acidly, handing it to Nate.

Nate took the license and looked at it. When he saw the name, he squinted and looked again. *That's strange,* he thought. She looked nothing like the young woman Emily had just introduced him to. And yet the name on the license was Jeanette Williams.

5

I'm just going to give you a warning, Miss Williams." Nate checked off "excessive speed" and handed her the warning and her documents. They looked legit, and he had run them on the computer in the patrol car. Jeanette Williams appeared to be who she said she was. Which made him wonder seriously about the Goth girl he and Emily had parked at the Heron's Nest two hours ago. "Are you heading for Baxter?"

"Yes. How did you know?"

He shrugged. "There's not much else out here."

"Oh. Well, do you know if there's a hotel in town?"

Nate shook his head. "There's a bed-and-breakfast. The Heron's Nest. When you come into town, you'll pass the marina on your left. Keep going a couple hundred yards, and you'll see the B and B on the right."

"Thank you."

"And watch your speed, ma'am."

"I will, Officer."

He watched thoughtfully as she pulled into the traffic lane and drove at a modest pace toward Blue Heron Lake. Something told him he'd better cruise on over to the Heron's Nest.

When he entered the lobby and pulled off his sunglasses, Rita Eliot was passing the newcomer a pen so she could register. As Jeanette Williams of the blue car caught sight of him, a flicker of anxiety crossed her face.

"Is there a problem, Officer?"

"No," Nate said. "I'm here to see another one of the guests." He looked at Rita, who owned the B and B with her husband. "You know, the one Emily and I brought over this afternoon."

"Oh, you mean Miss Williams," Rita said with a smile. "Give me a minute, Nate, and I'll tell her you're here."

"Miss Williams?" Jeanette Williams stared at him for a second then turned to Rita. "There's another Miss Williams staying here?"

Rita looked down at the registration card Jeanette had just completed. "Oh, my, that's odd."

"Isn't it?" Nate managed a smile.

Rita turned and opened a file box. She took out another card, held it next to Jeanette's, and frowned. "I don't know what to say, Nate. I was so glad you'd

347

brought me a guest so early in the season."

"Maybe you could just inform the other Miss Williams that I'd like to talk to her," he suggested.

"Certainly." Rita picked up her telephone and turned her back.

Jeanette scowled at Nate. "Officer, would you mind explaining to me what's going on here?"

"You came about the inheritance, didn't you?" Nate asked. "Stella Lessard's estate."

"Well, yes, but how did you know? I only learned a couple of days ago that my grandmother had died, and I took time off work to come up here and speak to the attorney about it."

"You've spoken to Mrs. Lessard's attorney, then?"

"I stopped by his office on my way here."

Nate felt a bit of relief at that news. "Good. Mr. Wolfe is reviewing your claim, then."

Her gaze fell. "Actually, he was out and I spoke with his secretary. I'll be meeting with Mr. Wolfe tomorrow morning at nine o'clock. I came on to Baxter hoping to see the house where my grandmother lived and perhaps meet some of her neighbors."

"That's fine," Nate said. "But you ought to know that you aren't the only person putting in a claim on the estate."

"What do you—"

She broke off as Jette came bouncing down the stairs into the lobby.

"Hey there, Nate! How's Officer Friendly doing?" Jette grinned at him, paying no attention to Jeanette.

Nate cleared his throat and determined to keep a professional demeanor. Jeanette was glaring daggers at Jette, and he had a feeling it might have been wiser to speak to the spike-haired girl in private. "I'm fine, Miss Williams—"

"Hey, we're on a first-name basis, aren't we? You lugged all my junk in for me, remember?"

"Uh, yeah." Nate shot a glance at Jeanette, whose pupils were huge. Her face had gone a deep red.

"Is *that* the one?"

Nate looked from Jette, with her attention-demanding getup, to Jeanette, a natural-look girl from next door or the house next to that. "Uh, ladies, I guess I should introduce you. Jette Williams, this is Jeanette Williams. And Jeanette—"

"What?" Jette stared at Jeanette. "Who do you think you are, using my name?"

"Me?" Jeanette's jaw dropped and she looked around at Rita and Nate, as though expecting them to leap to her defense. "Me using *your* name?"

"That's right. Jeanette is my given name. Jette is a nickname."

Jeanette's mouth closed and her eyes narrowed as she took her opponent's measure. "Well, Jeanette Williams is my *legal* name. I don't know where you get off trying to use it, honey, but if you think you can get your freaky black claws on my grandmother's estate, there's a lawyer down the road who'll set you straight."

Jette slapped her own cheek in mock horror, with her black-polished fingernails like jewels against her white skin. "Oh! You must be talking about John Wolfe, the attorney who's meeting with me at ten tomorrow morning about my grandmother's estate. I'm really scared."

"You little—"

Nate jumped between them, afraid Jeanette would launch herself against Jette any second. He felt like slapping them both. Instead, he held up his hands.

"Look, ladies, there's obviously some mistake here. Uh, I don't suppose you two have ever met? Cousins, maybe?"

Jette giggled. "Oh, right. Identical cousins, like *The Patty Duke Show*? Only we don't look alike, genius."

Rita spoke up hesitantly. "Well, it's kind of hard to tell." She pointed at Jeanette. "I mean, *she* could be the one who likes opera, but I don't know about. . ."

Nate almost laughed, but she had a point. Who knew what was beneath Jette's hair gel, makeup, and hardware?

"I don't have any cousins on my. . ." Jeanette looked away.

"Me, neither. Not on Mom's side." Jette stepped down off the bottom step of the stairway and around Nate. She approached Jeanette, peering closely at her. "As to Dad, well, who knows, since he hasn't been around for years and years."

"Okay," Nate said, perhaps a little louder than was necessary. "We've established that you both claim to be heirs to the Lessard estate, and that you have the same name, although you say you've never met."

"I've never seen her before in my life." Jeanette crossed her arms and glared at Jette.

"Well, if I ever saw you before, sweet pea, I didn't find any reason to remember the occasion." Jette returned her hard look, and with the heavy eyeliner and thick lashes, she easily won the scary stare contest.

Jeanette looked away first and whirled toward the counter. "I'm sorry, but I can't stay here."

"Oh." Rita looked over at Nate then back at Jeanette. "Are you sure? This could be interesting."

"I'm sure. If you could please tear up that card, I'll find another place to stay. I can't be in the same building with that impostor."

Rita's mouth worked for an instant, but nothing came out, and her face crumpled into a dithery smile.

Jette stepped forward. "I'm the impostor, am I? Well, guess what? I got here first, and I've got the birth certificate to prove I am who I say I am. If you want to hit the road, that's your choice. I'm certainly not going anywhere."

"Uh, Miss. . .uh. . .Jette, take it easy." Nate tried to smile, but he was about smiled out for the day. "It sounds as though you're both planning to consult Mr. Wolfe tomorrow. I'm sure he can straighten this out. In the meantime, Miss Will—uh, Jeanette, we don't have another hotel in town."

"There's Lakeview Lodge," Rita piped up.

Nate threw her a glance of gratitude. "Great idea. Could you please call Jeff and see if he has a room Miss Williams—*this* Miss Williams—could rent?"

"How far away is it?" Jeanette asked.

"Not that far."

"Because I don't want to be stuck out in the woods somewhere while this impostor is in town."

"Well, it's actually a little closer than this to your grand—I mean, to Stella Lessard's house." Nate wished more than anything that he hadn't been on duty this afternoon. *Why, oh why did I have to go out the Aswontee Road today?*

Rita made a quick call and told Jeanette pleasantly, "There now, dear. They have a nice room for you at the lodge. And they've just remodeled there. I'm sure you'll like it."

"Thank you. How do I get there?"

Nate hesitated, but he figured he'd better treat both claimants equally, or he'd never hear the end of it. "If you want to follow my patrol car, ma'am, I'll lead you over there. It's only a couple of miles."

Jeanette threw a final glare at Jette and headed for the door. Nate nodded at Rita and followed.

"Hey, Boy Scout," Jette called after him.

Nate turned in the doorway and arched his eyebrows.

"If any more Jeanette Williamses show up in this burg, give me the high sign, will ya?"

Half an hour later, Nate threw the door to the *Journal*'s office open so hard it hit the wall. Felicia and Emily both jumped from their chairs.

"Oh, Nate, you scared me." Emily sat down again. "What's up?"

"You are not going to believe it."

"Try me."

"Yeah, we're in the news biz, after all," Felicia drawled.

"This is weirder than anything you've ever printed before."

"Weirder than lobster ice cream at the dairy bar?" Felicia asked. "That's going to be their new flavor this summer."

"Much weirder." Nate crossed the room, flopped into Charlie's empty chair, and looked across at Emily, shaking his head. "You know your little friend, Jette?"

Emily glanced at Felicia. "Well, I'm not so sure she's a friend on such short acquaintance, but yes, I know who you mean."

"Well, there's two of them."

"Two of what?" Emily asked.

"There's another girl calling herself Jeanette Williams and trying to get Stella Lessard's money."

Felicia gaped at him then grinned. "Wowzer."

"You're right," Emily said. "That beats all for weirdness. It's even weirder than finding Raven Miller's class ring in an old grave."

"Or your treasure hunt out at the lodge," Felicia added.

Emily caught the spirit and laughed. "Or Rocky Vigue breaking through the ice."

Nate sat up and slapped Charlie's desk. "I'm telling you, this is weirder than any of that. It was a regular catfight. You should have seen them. I was afraid Jette would rip into Jeanette with those black nails of hers. And Jeanette, well, she's a piece of work. She looks sweet and innocent, but you don't want to mess with her, I'll tell you."

"Nate, this is a huge story. You need to tell us everything." Felicia set her tape recorder on her desktop and turned it on.

"Better yet, we need to interview the two girls." Emily grabbed a notebook and jumped up. "Felicia, call the printer. Tell him we'll deliver our front page late, and we'll have an extra large run for tomorrow's paper. We're going to sell out this edition." She ran for the door but stopped and turned when she reached it. "Are they both at the Heron's Nest?"

Nate let out a guffaw. "No, this town ain't big enough for the both of them. I took the second one out to the lodge."

"Right. Good move. Say, we'd better get pictures of them both." Emily strode back to her desk and opened the lower drawer.

Nate sat up straight in his chair. "Hold on, Em. You know, when Jette came in here this morning and told you who she was, did she show you any identification?"

Emily started to speak then swallowed and glanced over at Felicia, but the editor was just sitting there, listening and smiling.

"Well, no."

"Exactly. We all accepted that she was who she claimed to be. But we have no proof that Jette is really Stella's granddaughter. And now this other young woman comes along with *the same name*. I saw her driver's license, and I'm telling you, it's freaky."

"One of them's lying." Felicia nodded with certainty.

"Gotta be," Nate agreed.

Emily sat down slowly. "My investigative reporting skills are getting rusty. You're absolutely right about Jette. I never once asked her for identification. I figured that was up to the lawyer. I sort of thought we'd wait until John Wolfe made an announcement that the heir had been found. But now. . ." She let out a puff of a breath.

"I believed her," Felicia agreed. "That Jette girl seems like a lot of fun. She's young and crazy, but she's likable."

"Yes," Emily said. "And her story touched me. She said her mother died of breast cancer. What if it's all a lie? I mean, anyone could come here and claim to be Stella's daughter Lois or one of Lois's children." She stared at Felicia. "There could be a dozen phony heirs before this estate is closed."

Nate nodded. "Maybe the first person you should talk to is John Wolfe."

"Well, what about you?" Felicia asked him. "If one or both of these so-called heirs is lying, shouldn't you be pressing some fraud charges?"

Nate gritted his teeth and considered whether he had, after all, done his duty.

Emily said, "Nate, honey, maybe you should call the sheriff and tell him about this. You know, before it gets any more complicated."

"Good idea."

"You can use our phone if you want," Felicia said.

Nate chuckled. "So you can listen? No, thanks."

"Okay, but you have to let us know the official response to these developments." Felicia turned off the tape recorder with a frown.

Emily followed him out the door. "I'm going to try to call John Wolfe, like you said. And I think Felicia and I *should* interview the two girls. I mean, this is big, Nate. Really big. If we wait, the TV crew will be here from Bangor, breaking our story."

He stooped and kissed her lightly. "You do what you've gotta do, babe. I don't think a crime has been committed. Not yet. But it could be that one of those girls is impersonating the other and contemplating fraud. If that's so, then the law will have to step in. I'll see what the sheriff says, but as far as I can tell, nobody's crossed the line yet."

"Unless one of them has a fake driver's license or something like that."

"Right." Nate climbed into his official car and drove up to the town office at the top of the knoll, where the best reception for cell phone service was to be found in Baxter, and called his boss.

"That's downright strange," the sheriff said, when Nate had told his story.

"Yes, sir. What do you think I should do now?"

"Well, like you say, if nobody's done anything. . ."

"I should have ticketed the one I stopped for speeding."

"Now that was a judgment call," the sheriff said. "Next time, maybe you'll do that. But you say the lawyer is going to look at their documentation?"

"Yes, sir. They have to present proof of their identity in order to claim the estate."

"Mm-hmm. Well, why don't you just touch base with him and arrange for a little one-on-one time tomorrow, after he's interviewed these young ladies? Let him know we want to be kept up-to-date on what happens."

Nate exhaled in relief. "I'll do that, sir."

"Good. And in the meantime, it would probably be smart for you to contact officials in the girls' hometowns. Maybe you can find out which one is lying."

6

Emily moored her boat at Nate's dock the next morning. She yawned as she looped the end of the painter over a post and grabbed the ladder.

"Hey, sleepyhead!" Nate grinned as he walked out onto the dock to meet her. "You're late getting to work this morning."

"Felicia and I were up till all hours changing the pages for today's paper." She gladly accepted his offer of a hand as she climbed onto the dock. "How are you doing?"

"Good." He bent to kiss her. "Even better now."

Emily lingered for another kiss. "You're in uniform early."

"Yeah, I'm going into Aswontee on official business." He reached for her laptop case and carried it for her. "I have an appointment with John Wolfe at eleven."

"After both Williams girls see him."

"That's the general idea. Have you had breakfast?" He stopped as they came to the back door of his house.

"No, I'll have coffee at the office."

"I've got muffins. Mom brought them over last night."

She let her posture wilt. "Ooh, you know I can't resist your mom's muffins."

He laughed and opened the back kitchen door for her. A few minutes later they sat at the table together with coffee and plenty of blueberry muffins.

"These are berries she froze last summer," Nate said.

Emily slathered on the margarine. "This is so worth being late to work. Don't tell Felicia, though. Of course, I'm counting on her sleeping late, too. Did you find out anything yesterday?"

"Not really. I spent all afternoon on the phone after I left you. As far as I can tell, both Jeanette Williamses appear to have legitimate backgrounds."

"But. . .they can't both be telling the truth."

He shrugged. "That's why I'll be talking to Mr. Wolfe."

"Yeah. When I called him yesterday, he had no idea what was going on. He said he'd be meticulous about making them prove their identity, though. Felicia interviewed Jette last night, and I went to the lodge and interviewed Jeanette. We didn't find any holes in their stories, either."

When she'd finished her muffin, Emily looked longingly at the plate.

"Nope. I'm not having seconds. I've got to fit in my wedding dress."

Nate scowled at her. "What's this? You look great."

She pushed her chair back. "Thanks, but I've indulged in far too much of your mom's good cooking lately."

"If you say so. I'll walk over to the office with you."

They stepped outside into the sunshine. Emily glanced toward the marina. "Well, look at that."

Jeanette exited the marina store, the door of which was held open for her by their chunky friend, Rocky Vigue. Each carried a bulging sack with the marina's logo on it, and Rocky's dog, Clinker, pranced beside his master.

"Hey, Rocky," Nate called.

"Hi, Nate!" Rocky glanced toward Jeanette, beaming.

"Good morning, Miss Williams," Nate added. "I believe you've met my fiancée, Emily Gray."

"Yes. Nice day." Jeanette nodded briefly and put her sack into her blue sedan. She turned and took the second bag from Rocky. "Thanks again."

"No trouble," Rocky said. "Listen, if you'd like someone to show you around town, I'd love to be the one."

"Thank you, but no," Jeanette replied. "I have an appointment." She got into the car and drove away.

Rocky stood on the pavement watching. His shoulders drooped as her car drove out of sight.

"We'll see you later, Rocky," Emily called.

Nate touched her arm. "Hey, do you mind if I don't walk over with you? Rocky looks like he could use a little cheering up."

Emily smiled. *I'm marrying the most tenderhearted man in Maine.* "Yeah, that's a good thought. I'll call you later." She squeezed his hand then took her laptop case from him and hurried to the *Journal* office.

To her surprise, Felicia was just unlocking the door.

"Good morning!" Emily hurried down the sidewalk.

"If you say so."

"Oh, someone's grouchy."

Felicia winced. "Just put the coffee on, would you?" The phone was ringing when she opened the door, and she dived for it.

"Oh, hello, Mr. Wilding. Yes, it's developing into a fascinating story."

Emily recognized the name of the news producer from one of the Bangor television stations. Good thing Felicia had answered the phone. She sat down and plunged into her assignments for Tuesday's paper. They kept her busy for an hour, between phone interruptions. She still had to write the most important story for the next edition. The update on the Lessard estate would be written Monday afternoon to be sure they got the very latest information, but she could do some background work now.

She took out her notes from the day before. Jeanette Williams had stated she worked at a daycare center in Harpswell. Jette said she waitressed at a seafood restaurant in Dover, New Hampshire. Emily was determined to prove whether or not those simple claims were true.

Around noon, Nate called her and asked her to meet him at the marina house for lunch. By the time he arrived, Emily had fixed eggs and sausage to go with the rest of Connie's muffins.

"Finding your way around your future kitchen, I see," Nate said with a smile as he entered.

"I figure it's in my best interest." She melted into his arms for a kiss then turned to take up the food. "Sit right down while it's hot. I didn't burn anything."

He asked the blessing and picked up his fork. "Em, I talked to John Wolfe."

"What did he say? Because I tried my best to poke holes in those girls' stories, and I couldn't do it. I found both their employers after some sleuthing and got telephone testimonials. They hold the jobs they claim to, under the names they gave us. I felt so guilty afterward that I called them both and invited them to church."

Nate smiled. "That's nice, but you shouldn't feel guilty. Mr. Wolfe didn't have much better luck than you did. I guess I've got to interview them again and ask more questions. Wolfe said that if one is an impostor, she's done a very good job of building her identity and covering her tracks for a nineteen-year-old."

Nate knocked on the door to Jette's room.

"One second!" came a muffled reply. "Wet fingernails!"

Nate shook his head. He had seen Emily wear nail polish on only one or two occasions, and it had been pale pink. He was glad she didn't spend a lot of time fussing about her fingernails.

At last Jette cracked the door open. "Oh, it's you, Nate."

"Have you got a minute to come down to the lobby?" Nate asked. "I'd like to ask you some more questions."

"Okay. Anything to figure out who that girl thinks she is." Jette looked down at her hands. "Right, these are nearly set."

They headed down to the lobby, where Nate invited her to sit down in the cozy living room area. Jette took one of the dark brown plush armchairs and crossed her legs Indian style on the cushion. "So, what's up?" She smiled brightly, as though she enjoyed the prospect of being interviewed by a cop.

"You may know that I've spoken to Stella's lawyer," said Nate.

"I figured." Jette examined her nails critically. They glittered like polished onyx. "I've already told him my whole life story, which he no doubt communicated to you. What else do you need to know?"

Nate knew she was right. But he hoped maybe she could tell him something the lawyer had neglected to ask or something she hadn't thought was important. "Tell me about your childhood. Who did you live with while you grew up?"

"I lived with my mom pretty much," said Jette.

"Pretty much?"

"The story goes, my dad disappeared when I was a baby. So, I guess he was there for a while, but I don't remember him at all. And I've had no contact with him. Mom never wanted to talk about him. I figure he's a real jerk."

Nate nodded. "So, your mom never got money from him to help with your support or anything like that?"

"Trust me, I'd have known. We were flat broke all the time. When Mom got sick and couldn't work, I started waitressing."

"What happened when your mom died?"

"I got my own place," said Jette. "I've been on my own for two years now."

"And you said you'd never met your grandmother?"

"Never. Mom talked about her sometimes, but we never went to see her. I just assumed she lived really far away."

"Did your mother get letters from her?"

Jette shook her head. "I suppose something happened between them. Maybe Grandma didn't like my father, either. Maybe she kicked my mother out when she started dating him. I have no idea." Suddenly she snapped her fingers. "But that reminds me! I had something to tell you."

Great, Nate thought. Something to do with Jeanette, no doubt. "What's that?"

"I drove out to Grandma's place again, just to putter around, and there was some weird guy hanging around."

Nate wondered how Jette would define *weird.* "What was he doing?"

"I don't really know." She wrinkled her forehead. "He was kind of hanging around the edge of the yard. He stood there watching me like I was the weirdo."

Nate suppressed a laugh. "Okay, I'll look into it."

Jeanette didn't meet him so enthusiastically. She was polite this time, but Nate thought she put on a courteous facade to avoid trouble because she was already on his bad side. Jeff Lewis brought them coffee in the lodge's cozy library and left them to talk in private.

"Tell me about your childhood, Jeanette." Nate settled back in his chair with his mug cradled in both hands. He'd proposed to Emily here at the lodge, but he determined not to let thoughts like that distract him now.

"I grew up with my parents," she said. "I'm the oldest of four."

"Brothers or sisters?" Nate asked. "Or both?"

"Two brothers and a sister. But I really don't see what this has to do with anything. Have you people gotten anywhere with proving that Jette person is an impostor?"

Nate struggled not to squirm. "I'm just trying to shed some light on the situation. What can you tell me about your grandmother?"

"Nothing, really." Jeanette frowned down at her steaming mug. "I never met her. As far as I know, she never even called us or sent birthday cards."

"Mr. Wolfe told me that you claim Stella Lessard was your mother's mother. If your mom never told you about Stella, how did you even know you had a grandmother up here?"

"That's kind of a long story."

"I have time," said Nate.

Jeanette sighed. "Last year I applied to join the army. I wanted to get away from home after I graduated from high school, but I didn't think my grades were good enough for college. Of course, when I went to the recruiting center, I had to present my birth certificate. Well, that's when things started getting sticky. Dad didn't want to give me a copy of the birth certificate at first. I kept after him, and finally he gave it to me. I got a shock. Apparently my mom is really my stepmother, and I had no clue about it all those years. No one ever told me."

Nate nodded. John Wolfe had told him the bare-bones version of her story that morning. "Did you ask your parents about this?"

"I tried talking to Dad," Jeanette said. "But he refused to volunteer anything about my birthmother. He only said their marriage didn't last long, and he got custody of me. But I've been doing some research on my own since then."

"What did you find out?"

She looked away. "Not a whole lot. I still have a lot of questions."

"There's one thing that puzzles me about your story," Nate said.

"Only one?"

He smiled. "Well, one that bothers me more than the rest. Your birthmother's name on the certificate—it wasn't Lois."

Jeanette's face drooped. "No. Her name was Julia Bradley. Someone I've never heard of. But when we heard on the news the other day about Stella Lessard dying, my father insisted that she was my grandmother, and that my birthmother was Stella Lessard's daughter."

They sat in silence for a moment as Nate thought that over. Could Stella have had two daughters? "You didn't end up in the military, did you?"

Jeanette ducked her head. "No, they wouldn't take me. When I had the physical, they found out I had a heart murmur, and they didn't like that, so I got the boot. I was very disappointed after all I'd gone through to get my dad's permission to enlist."

"I'm sorry to hear that," said Nate. He would have been pretty upset if a medical condition had thwarted his dreams of becoming a police officer. Jeanette must feel like she'd failed at everything she'd tried. Except one, maybe. "But you got a job at the daycare center."

Her features lit. "Yeah. I love my job."

"That's good. It's great when you find something you really like." He eyed her pensively. The two girls' stories still had him baffled.

⸺

Nate drove out to Stella's house around four o'clock. As he pulled into the driveway, he sighted the subject of Jette's concern: Cedar Sproul.

Cedar dodged toward the woods when he saw Nate.

"Wait up!" Nate hollered after him. He really didn't feel like chasing him down. "Hey, Cedar, don't give me trouble. Come on!"

Cedar slowed to a stop and let Nate catch up to him near the back of the house.

"Jette Williams told me you were hanging around bothering her when she was over here. What's going on?"

Cedar glared at him. "Who is she?"

"She says she's Stella's granddaughter." Nate watched him carefully.

"She shouldn't be here." Cedar turned to look at the cottage. "I'm going to get this house. The lawyer told me so."

"Mr. Wolfe said you would inherit the house if Stella's heir didn't show up within a year," said Nate. "At this point, the house is not any more yours than it is Jette's. And Cedar, you know you aren't supposed to tell anyone that you're mentioned in Stella's will."

Cedar didn't answer. He stared at the ground, rubbing the toe of his holey sneaker in the weeds.

"I want you to stay away from here and leave that girl alone," said Nate. "There might be other people, too. The lawyer will tend to things. You just stay away, understand?"

After a moment, Cedar nodded.

"All right. Now, get a move on. If I catch you hanging around here again, I'll have to arrest you." A twinge of sadness washed over Nate as he watched

Cedar fade into the woods. He got into the cruiser and drove to the newspaper office. Emily practically dived at him with a barrage of questions.

"What happened with the girls? Did you find out anything? What did they say?"

He smiled halfheartedly. He wished he still had her energy at the end of the day. "This whole thing has got me really confused." He sank into a chair. "Both of them seem to have legitimate stories, however strange."

"Felicia and I think you should do DNA testing," said Emily.

"Oh, really?" Nate eyed Felicia, who was sitting at her desk pretending to mind her own business. "Are you two thinking of starting up your own detective agency?"

"Now, Nate," Emily said, "for all we know, both girls could be lying. They could have gotten false documents somehow. Or they could both be named Jeanette Williams and neither one of them might be related to Stella. Maybe they saw an opportunity to get something for nothing."

"One or both of them is being really sneaky," said Felicia.

"I agree," said Emily. "And I think there's a lot more investigating to do."

"Now, wait a second," said Nate, beginning to feel cornered. "I just got through talking to *both* of them again. Doesn't that count for something?"

"DNA, DNA," Felicia chanted. She wiggled her eyebrows up and down.

Nate shook his head, fighting the urge to laugh. "I swung by Stella's again before coming here. Jette told me she saw someone hanging around, and when I got to the house, Cedar was there."

"She was probably trying to distract you from your real job in this case," said Felicia.

"No, I think Cedar's up to something. He seems to be there every time someone else is. I think he imagines he's keeping guard over the property."

"He's harmless," said Emily. "He did give me quite a scare the day Stella died, but I'm sure he means well." She leaned forward, resting her elbows on her desk and her head in her hands. "Nate, I really do think you should ask the girls for DNA samples. It's the quickest way to find out who's lying."

Nate knew she was right. He was getting a little tired of interviewing the two Misses Williams. "I guess I can ask." Resigned to a new round of encounters, he pushed to his feet and put his hat on.

7

"What can I tell ya?" Nate asked with a shrug that evening. "Jette let me take the cheek swab with no fuss, but Jeanette refused. And we don't have a court order, so there's nothing I can do."

Emily frowned over that and took a bite of her sandwich. Nate had offered to feed her supper tonight if she fed him the next day, when they planned to help Raven Miller move supplies to the camping center on Grand Cat. They sat on the back deck of the marina house, looking out over the lake.

"There's got to be a way. On TV they say you can collect DNA if the person throws something away."

"Oh, you want me to follow Jeanette around and pick her used tissues out of the trash? I think she'd get a little suspicious."

"No, but there's got to be a way." Emily sat up straighter in her deck chair. "I know. I'll go out to the lodge and see her before I go back to the island."

"You want me to go?"

"No. She doesn't like you. Not that she likes me that much, either, but I think she'll be more open with me than with the cop who busted her on her way into town."

"Point taken. So, do you want me to give you a swab kit? You could take it along with you, but I doubt you can get her to agree to let you use it on her."

"No. I'm not going that route. Just give me an evidence bag."

"For what? Used chewing gum?"

⁓

Lisa Cookson, the lodge's desk clerk, general help, and owner's girlfriend, welcomed Emily when she entered the lobby at Lakeview Lodge.

"Well, hi, Emily. What brings you here?"

"I wanted to see Jeanette Williams."

"Let's see, she was down for dinner about an hour ago. I haven't seen her since. I can call her room and see if she's in."

"Thanks." Emily sat on one of the loveseats before the native stone fireplace, marveling that the rustic old lodge had a telephone in every guest room now.

A moment later, Lisa came over from the desk. "Miss Williams will be right down."

"Thanks. Oh, Lisa—" Emily looked up into the girl's dark eyes. "Is it possible for Jeanette and me to get some cold drinks served in here while we talk?"

"Certainly. What would you like? Iced tea? Diet cola?"

"Either, so long as you have straws in them."

"Straws?" Lisa's eyebrows shot up.

"Yeah. If it's not too much trouble." Emily took a five-dollar bill from her purse.

"Oh, that's okay, Emily. We serve our guests snacks all the time." Lisa moved away toward the kitchen but paused at the hallway and looked back.

Emily threw her a quick smile as she put away her money. *All right, Lord, it's not like I'm going to lie to Jeanette. So why do I feel so guilty?* She exhaled and slumped against the back of the loveseat. *Okay, I get it. Deception. Show me a better way, then.*

Jeanette came slowly down the stairs, scanning the lobby. Her gaze lit on Emily and she frowned.

"Emily Gray. Did you want to see me?"

"Yes, actually I did." Emily stood and extended her hand. "I suppose we've been pestering you a lot since you got here yesterday."

"Well, Officer Holman was here again this afternoon. I've told him and the attorney everything. I don't understand why we can't just get on with it. I'd at least like to see inside my grandmother's house before I have to leave."

"How long are you planning to stay?" Emily asked.

"Originally, I thought I'd go home Sunday. But if things aren't settled by then, I may call my boss and ask if I can have next week off."

Emily nodded. "It may take a few days for Mr. Wolfe to verify your documents."

"I'm sure he's looking closely at that Jette girl's papers, too." Jeanette sighed and plopped down on the loveseat. "Why did she have to do this? It's messing up everything."

"What do you mean?"

"I only found out about my grandmother recently, and she's dead. I hoped to come here and learn about her. You know, see her house; maybe find some photos of her. I want to know what she was like. I keep thinking about her—what she would wear; what kind of food she liked; and if I look like her."

Emily smiled suddenly. "I may be able to help you with one of those questions, Jeanette. Last fall, Stella was on a committee for the Friends of the Library club. They hosted a poetry reading, and I took some photos for the paper. I'm sure we have them on file at the office, and there may be some other pictures of Stella in our morgue." She thought that might sound ghoulish to someone whose relative had just died, so she added quickly, "That's our file of old clippings and photos."

Jeanette gave her a faint smile. "I've heard that term. That would be wonderful, if you could show me some of that stuff."

"No problem. And I think Nate said there were a few pictures of Stella and her husband—Edgar Lessard, that is—in the house. Maybe he could get permission to remove them so that you and—" Emily caught her breath. "So that you could see them."

"You were going to say so that Jette and I could see them, weren't you?"

Emily looked down at her hands and gritted her teeth. "Yeah. But only because at this stage, I'm trying to keep an open mind and treat you both equally. I'm sorry, but until Mr. Wolfe announces that he's found the heir—"

Lisa entered the room with a tray. "Here we are, ladies. Iced tea with lemon. It's not sweetened, but I brought some sugar and sweetener packets in case you want it."

"Thank you so much, Lisa," Emily said.

Lisa set the tray on the coffee table with a smile and left them. Emily leaned forward and fished a couple of sweetener packets out of the dish and tore them open.

"I hope you don't mind—I thought maybe we'd like something to drink while we talked, so I asked Lisa to bring this."

"Actually, that looks pretty good." Jeanette reached for her glass and used the straw to poke the lemon wedge beneath the surface of the liquid. "I've felt like an outcast since I got here. Like everyone sees me as an outsider who doesn't belong."

"I'm sorry you feel that way. I won't say the people of Baxter are the warmest crowd I've ever met, but I'd like to think we make visitors feel welcome."

Jeanette shrugged and sipped her tea through the straw.

Emily couldn't help thinking about the DNA evidence Jeanette was leaving. Although it was tempting, she still felt she shouldn't use the underhanded method of getting the evidence for Nate. Even if it were legal, would God want her to deliberately deceive Jeanette? She took a drink and studied the young woman's face. "Have you had a chance to go out on the lake yet?"

"No, I spent the morning in the next town. Aswontee, is it?"

Emily nodded. "I think it's some sort of Indian name—or, more likely, a corruption of one."

"I didn't sleep well last night, so I lay down in my room this afternoon, after Officer Holman left, and I fell asleep. I woke up just in time for dinner. And then I called home to let my mom and dad know I'm okay."

"It must have been a little scary, coming all the way up here by yourself."

Jeanette poked at the lemon wedge again, stuffing it down between the ice cubes with the end of her straw. "It was a challenge, but I really wanted to do it. And of course there's the possibility that Grandmother left me something. All the way up here, I kept thinking about that, but it didn't seem real. Not until I saw her house. I mean, wow! I could own a house. Imagine."

"That's right. If your papers pass muster with Mr. Wolfe, I expect you'll be named heir to the estate."

"That would be neat." Jeanette flicked a glance at her. "But not as neat as meeting Grandma would have been. I don't know why Dad never told me about her, but he didn't, so I just have to take it as it comes."

"Right."

"But that other girl. . ." Jeanette swiveled around to face Emily. "The attorney said there could be others, too. More people trying to claim the estate, I mean. It's not like Grandmother was rich, but there is the house, and the attorney says there's some cash and investments. I suppose some people might figure it was worth a shot to say they were related to her."

"Yes." Emily leaned toward her. "Jeanette, this request of Nate's for a DNA sample is something that would help you prove your claim."

"I don't know. It seems kind of 'Big Brother' to me. Why can't they just accept my birth certificate, driver's license, and Social Security card? I don't like the idea of putting my DNA out there."

"Well, it's up to you, but I assure you they're not going to use it for anything other than to establish whether or not Stella was truly your grandmother."

Jeanette pressed her lips together for a moment. "It's just so. . .I mean, what if they made a mistake? I've heard things like that. The lab could say she wasn't related to me when she really was, you know?"

"That's very rare."

"Is it? I've read there are lots of mistakes like that—mislabeling, or contaminating the samples. I just don't feel comfortable with it."

"Okay. It's totally your decision." Emily rose with a smile. "I'm glad I had a chance to talk to you again, Jeanette. And if you do have to wait a few days, I suggest you have fun while you're here. It's a little early for swimming yet—the water takes a while to warm up in this big lake. But the lodge has boats and canoes, and there are some wonderful hiking trails here. Nate and I went snowshoeing last winter and saw a moose."

"I'm not sure I want to see the wildlife real close, but I might try a rowboat or something."

"Well, if you get out to Grand Cat, I have a cottage there," Emily said. "Stop in and see me."

"Oh, you. . .live on the island?"

"Yes, in the summer. Nate and I are getting married in August, and we'll live in the house beside the marina after that. It's where he grew up."

"Are there a lot of people on the island?" Jeanette asked.

"No, only a few cottages. Most of Grand Cat is owned by the Surpassing Peace camping center."

"It must be nice." Jeanette's voice was so wistful that Emily felt a little guilty. A lot of hardworking families in Maine couldn't afford to summer on the beautiful lakes.

"Well, I'll see you around. I hope you'll come to the Sunday services at the church. Sunday school is at ten, and the worship service is at eleven."

Jeanette's smile looked a little strained, and Emily was sure she wouldn't come.

On Saturday morning Nate and Emily took two boatloads of supplies out to Raven's beach and helped her unload the cartons. Raven also took her own craft— a bright red speedboat—back and forth from the mainland to Grand Cat.

"We can just store everything in the lodge and the guest house," Raven told them. "I've got staffers arriving tomorrow, and we'll get everything sorted out and put away, but this is a huge help to me. Having all this stuff moved out here before they arrive puts me way ahead of schedule."

"You've got enough food here for an army." Nate hefted a carton marked SPAGHETTI SAUCE, 24-32 OZ. and headed up the path toward the log building where Raven's guests would eat their meals.

"That's good. We'll need it." Raven wrestled with a carton marked DECAFFEINATED COFFEE, GROUND, 6-3 LB. "I expect my first church group to arrive Memorial Day weekend, and we want to be ready. That's only two weeks away. We need to get the cabins cleaned and prepare the tenting sites, too."

"How many people do you expect?" Emily snapped a picture of Raven hoisting the box, pocketed her camera, and grabbed a carton of cereal.

"Forty."

"Well, that's almost an army," Nate said, turning around on the path.

Raven laughed. "Yeah, isn't it great? I was afraid it would be hard to get people to come when I changed my focus here, but several churches have booked retreats and family camp times. This group's pastor is coming with them, but the next week we're having a guest speaker in. I have a church group of about twenty-five people coming, but I want to invite the whole community. You'll give me some publicity for the evangelist, won't you, Emily?"

"You bet." Emily saw another boat heading toward the island. She waved at Marvin and Truly Vigue, her summer neighbors, and followed Nate and Raven up the lodge steps and around to the kitchen door. "Looks like the Vigues are moving to the island today, too. Their boat's riding low in the water."

Nate chuckled. "Must have brought all Truly's new accessories. Either that or Rocky's sitting down in the back of the boat."

Emily shot him a reproachful glance and told Raven, "Connie had one of those decorating home parties last month, and I thought Truly was going to buy one of everything."

"I'll invite them to come to the meetings," Raven said. "I hope the Kimmels and Mr. Rowland are here by then. Oh, and if the new guy at Derbin's is still here, I'll ask him, too."

Half an hour later, they slowly toiled up the path with the last of the boxes.

"You guys are great," Raven said. "As soon as we get these put away, I'll fix lunch. Tuna salad sandwiches okay?"

"Sounds terrific," Nate said.

"I brought some cookies," Emily added.

Over lunch, Raven asked Nate how his new job was going.

"I love it. Of course, there are some days when things get kind of kooky."

"Like Thursday," Emily said.

"What happened Thursday?" Raven looked from Emily to Nate and back again.

"Well, you heard about Stella Lessard, right?" Nate asked.

"Oh, yeah, I read yesterday's *Journal*. Two potential heirs. That's exciting."

"Yes, it was very exciting for Nate," Emily said with a smile. "He stopped one of them for speeding, and then he had to keep them from killing each other when they met."

Nate swallowed a bite of his sandwich. "I'll just be glad when the lawyer decides who's the real deal and this is over."

"Can't they go by the women's birth certificates?" Raven asked.

"Well, their birth certificates appear to be identical. Both have the same parents' names—Nicholas Williams and Julia Bradley Williams. But anyone can get a copy of a birth certificate." Nate shook his head. "Our department has been looking into it some. The sheriff says no one's committed a crime yet—"

"Other than speeding," Emily put in.

"Yeah, right. But this might turn into a case of fraud. So we're cooperating with the attorney and sharing information with him."

Raven's pupils widened. "Cool. What have you found out so far, or can you tell me?"

"Well, the weirdest thing to me is that Stella named her daughter in her will—Lois Pressey—but neither of the two girls claiming to be heirs has a mother by that name."

"That is odd."

"That's why the lawyer's taking his time. He doesn't want to make a mistake."

Emily reached for the plastic bag of cookies she'd brought and opened it. "I did some research on my own yesterday. I found out that a Stella Pressey did give birth to a daughter, whom she named Lois, forty years ago, at Mercy Hospital in Portland."

"So. . .where's this daughter now?" Raven asked.

Nate shrugged. "That's the question. The girl who calls herself Jette says her mother died two years ago. The one called Jeanette says she never knew her birthmother."

"Wow. Hey, the coffee's ready." Raven stood and grabbed the carafe. "Who wants some?"

Nate held out his mug. "There's something else." He glanced at Emily. "Since Stella's dead, I don't suppose it will matter if Raven knows."

"Probably not," Emily agreed, "but keep in mind that the two alleged 'granddaughters' probably don't know. I'd hate to have them learn it through the grapevine."

"Well, don't tell me if you shouldn't." Raven poured Nate's mug full.

"No, it's okay. I know you can keep secrets." He sipped the coffee and set the mug down. "See, I made inquiries with a lot of law enforcement agencies. It's wonderful what computers can do for the police nowadays. I found out Stella was once arrested as an accessory to a crime—an armed robbery committed by her first husband."

"Wow."

Emily threw Raven a bleak smile. "It was unexpected. I mean, Stella was such a nice person. Everyone in town liked her."

"Well, apparently she wasn't always so nice," Nate said. "She sold him out, and her husband went to jail. So did Stella, but her sentence wasn't nearly as long. All of this happened way before she moved to Baxter."

"I wonder if she moved here to hide out," Emily mused.

Raven nodded over the rim of her coffee cup. "Baxter is about as off-the-beaten-path as you can get. If someone wanted to lie low for a while and escape their past, this might be a pretty good place to do that."

"Yeah. I think I'll call Augusta on Monday and see if there's a record of a divorce. I mean, she married Edgar Lessard. She must have divorced her thug of a first husband."

"Maybe not," Raven said.

"Ooh, bigamy?" Emily shivered. "The more we dig into this story, the weirder it gets."

"Yeah," Nate said. "But getting some more information from the state isn't a bad idea. See, we found out that Stella's daughter was taken away when she was arrested. The girl was put into foster care."

"You should request information from the state's Department of Human Services on the little girl," Emily said. "They wouldn't tell me, I'm sure, but if you asked for it officially. . ."

"We might have to get a warrant," Nate said. "These new privacy laws can be a pain."

"But it would be worth it," Raven said.

"Yes." Emily stared thoughtfully into her inky coffee. "I'm going to find out what happened to Lois, one way or another."

8

Sunday morning, five minutes before the worship service would begin, Nate found Emily standing in the church doorway staring out toward the parking lot, scanning the arriving parishioners.

Nate stepped up behind her. "What are you doing?" he whispered.

"I invited Jette and Jeanette," she said. "I didn't really expect them to come, but I guess I was hoping at least one of them would show."

"They don't strike me as the church type," Nate said.

Emily's expression drooped into a frown as she looked up at him. "But what is the church type, anyway? I never thought Raven would darken the door of this church, either, but her heart was really soft, and she was ready to hear about God almost as soon as I was ready to tell her."

"You're right. God knows people's hearts a lot better than we do." He reached for her hand. "But it's time to start. Are you coming?"

Emily took one final look toward the parking lot then closed the door and walked with him into the auditorium, where they settled into the pew beside Connie.

After the service, Nate found his stepfather at the front while Emily went off to talk to Raven.

"Good sermon. I enjoyed that."

"Thank you," said Jared. "Hey, did you happen to see the young woman who slipped in late?"

"No, I didn't notice," said Nate. "Who was it?"

"I thought it might have been one of the girls claiming to be Stella's heir. I haven't met either of them, but Emily mentioned to Connie and me that she'd invited them."

Nate scanned the auditorium. "Is she still here?"

"Nope. She sneaked out as quickly as she sneaked in. She was gone before we were done with the final hymn."

"Huh. What did she look like?"

"Spiky hair. Lots of earrings."

"That's Jette. Emily will be glad to hear she showed up. I wonder why she didn't stay to say hi."

"Probably felt uncomfortable," said Jared. "A lot of people feel out of place in church, even if they're interested. By the way, have either of them mentioned anything to you about a funeral or a service for Stella?"

"No, they haven't," said Nate. "I suppose someone should ask them if they'd mind if the church did something. But on the other hand, if neither of them really is her heir, they shouldn't be making that decision."

Jared shook his head. "They sure have got people confused around here."

"Including me," said Nate.

"Yeah. I guess we'd better put off the memorial service awhile longer."

Nate nodded. "I'd better find Em. She's inviting Raven to have a barbecue with us tomorrow night."

Emily stood on a stepstool holding a paint roller soaked in cream-colored paint. She squinted at the top of the kitchen wall then slowly climbed down the stepladder and laid the roller in the tray next to the stool.

"Hmm." She tilted her head to one side and studied her work. She'd taken Monday afternoon off to work on the cottage, and she was quickly finding out that the paint job she'd planned was going to take longer than expected. Maybe Nate would offer to help her after they had supper with Raven.

Her stomach growled and she looked at her watch. It was nearly five o'clock, and Raven would arrive any minute with salad. Time to put the painting aside. She popped the roller head off the handle into the trash, took her paint tray to the sink, and rinsed it thoroughly, watching the milky stream flow down the drain.

When the tray was clean, she lit the grill outside and then returned to the kitchen. A knock sounded at the cottage door as she opened the refrigerator. "It's open!" She pulled out a pound of hot dogs and a large package of lean hamburger.

"Hi, Emily." Raven stepped inside and set her covered plastic bowl on the table. She wore a pair of khaki capri pants and a dark green T-shirt with her retreat center's logo. She flipped her long, dark hair back over her shoulder. "Wow. This looks great."

Emily offered a weak smile as she set the meat on the table. "I don't know. I'm no interior designer."

"You're doing a wonderful job," Raven assured her. "I'd hardly recognize the place. What's the color called?"

"Buttermilk. It has just a tinge of yellow in it."

"It's very light and encouraging."

"Think so?" Emily eyed the wall beside the stove again. Raven had an artistic bent, so her judgment on colors should be trustworthy.

"Yes. I think you'll enjoy working in here with it so sunny and bright."

Raven grinned at her. "Hey, I thought you'd be in a frenzy writing tomorrow's front-page story."

"I finished it this morning." Emily eyed her uneasily. "Unless something unexpected happens, tomorrow's *Journal* is all set. But you know, unexpected things have been happening a lot around here lately."

Raven gave her a quick hug. "Relax and enjoy the evening. What can I do to help you?"

"Well, I've got the grill going. I hope I didn't turn the burners too high this time. If you want to get the paper plates and whatnot from the cupboard over there, I'll start cooking. Nate should be here soon."

"Okeydokey, head chef."

"Maybe you should be the guest head chef. You're better at grilling than I am. Of course, it doesn't take much to claim that honor."

Raven grinned and took down a package of plates. "I'm sure between the two of us, we can manage to cook a few burgers. Let's go."

───

When Nate climbed out of his boat at Emily's dock, he could see that the girls were nearly done with their preparations. They had set up Emily's card table and three lawn chairs beneath the big pines by the path to the cottage. The smell of grilling beef enticed him to come closer. He stooped to pick up the cooler of soft drinks he'd brought.

"Are you lovely ladies having a picnic?" he called as he approached. "Mind if I join you?"

"As if you couldn't smell it from halfway across the lake," said Emily. "I hope you brought your appetite. I think we made too much food, and Raven made sure I didn't burn it."

"I'm always happy to solve the problem of too much food." Nate grinned. Emily looked happy, and he thought the warmer weather had done a lot to improve her spirits. That and finding what she assured him was the perfect wedding dress. She was always happiest when she could get out of the house or the office and be outside in the sunshine.

"Anything I can do, or are we ready to eat?"

Emily moved the meat from the grill to a couple of plates and set them on the table. "Uh, ketchup, mustard, relish. I think we've got everything. Who wants to pray?"

"I will," said Raven.

Emily smiled.

Nate knew she was proud of how much Raven had grown spiritually in the last year. She was so eager to talk to God, and not at all ashamed of her new faith. They bowed their heads where they stood, and Raven said the blessing. The sound of an outboard motor grew louder as she spoke.

Nate sneaked a look toward the water as Raven wound down to the amen. He was certain the approaching boat had something to do with police business. Something always seemed to come up right when he was ready to relax.

"Who's that?" Emily asked, shading her eyes against the sun with her hand. "Is it Gary?"

"Sure enough," said Nate. "And that looks like Detective Blakeney with him. This had better be important. I had my taste buds all set for a big, juicy burger."

"Why don't you ask them to join us?" Emily suggested.

"I think I will."

"I guess we don't have too much food, after all," said Raven.

"You never did," said Nate. "I'm starving. But I'll let them each have some."

Emily laughed as the two men climbed out of the boat and started up the path from the dock.

"Hey, Gary!" Nate called. "Howdy, Detective Blakeney."

Nate's cousin, Gary Taylor, smiled and raised his hand in a casual salute. "Hello, all. Having a barbecue, I see. Nice day for it."

"You're welcome to join us," said Raven.

"Well, hi, Raven," Gary said. "We came out here to deliver something, but we might be able to have a bite with you after we talk to Nate."

Emily elbowed Nate in the ribs. He looked at her sharply. She was smiling and looking at Raven. He was sure she was trying to communicate something to him in some secret Emily language, but he had no idea what. All he saw was Raven looking a little embarrassed, or maybe she'd been standing too near the grill and the heat made her cheeks pink up like that. "What?" he whispered.

Emily shook her head as if to say, "Tell you later."

Blakeney gave the young women a curt smile. He held a manila envelope under one arm. "Ladies. Sorry to intrude at mealtime." He drew Nate a few steps aside. "I'm sorry to bother you on your day off, too, but something big has turned up. I thought you'd want to know right away."

"Oh?" Something to do with Jette and Jeanette Williams? Nate hoped not. That could ruin his appetite.

"The toxicology report came back from the autopsy." Blakeney held out the large envelope. "It turned up something pretty interesting."

"What's that?" Nate asked, reaching for the report.

Blakeney's face showed no expression. "Stella Lessard was poisoned."

9

Emily hurried up to the cottage for more plates and silverware. When she came back down near the grill, Raven and Gary were standing on the dock together. She heard Raven's silvery laugh and smiled to herself. Maybe she wouldn't have to work too hard at this—just let nature take its course.

Nate was still huddled with Blakeney, and that duo worried her more. As she set the paper plates on the card table, she heard Blakeney say, "I'll be taking over the case for the state police. I already spoke to the sheriff about it, but I wanted to touch base with you personally. He told me I could probably find you out here."

Emily didn't look at them but ambled toward the dock. Her chest ached, and that was on Nate's behalf. Was the sheriff taking Nate off the case because of his inexperience? More likely they'd learned that Stella's death was not accidental. That would explain this visit all right. Emily hoped it wasn't true, but she couldn't think of another reason for Blakeney to take over that wouldn't mean trouble for Nate. She remembered how much Nate and Ward Delaney hated losing the Lakeview Lodge case to the state police last spring. Local officers and county sheriff's deputies weren't allowed to investigate murders. Only big city police departments and the state police had homicide detectives.

She slowed her steps, not wanting to break in on the ambiance between Raven and Gary. Even from a dozen yards away, she could see the gleam in Raven's dark eyes. The air around those two crackled with electricity. If she could harness it, she could probably light all the cottages on the island with it. At least something was going right.

Emily gulped a deep breath and looked out over her tiny beach. The water was calm, with gentle ripples of waves lapping the shore. *Make me as calm as that water, Lord,* she prayed silently. *Blakeney's got my stomach all in knots again. Why did he have to come do this, anyway? Nate was doing fine with the investigation.*

She glanced over her shoulder. Nate nodded and frowned grimly, and Blakeney talked on without a break. She could almost make out his words, but she was glad she couldn't. Not if he was chewing Nate out. It almost looked that way. Maybe he thought Nate hadn't handled things well the day they discovered Stella's body. It made her want to slap the detective. *Yeah, right. That would be really smart.*

She turned back to watch the lake. *Lord, I know Nate has You on his side. He doesn't need me to defend him.* Even so, she hoped Blakeney wouldn't bully him. Nate was still new at the job and determined to succeed. He valued the opinions of other officers. Her past experiences with Blakeney told her that he wasn't always very polite about claiming his territorial rights.

"Hey, Emily," Raven called.

Emily managed a smile and sauntered toward the dock. "What's up?"

"Gary says he'll stay and eat with us if one of us can take him home later."

"Sure. Nate will be going back to the mainland, anyway. He'll take you."

Gary grinned. "Fantastic. I was off duty officially an hour ago, but Detective Blakeney wasn't ready to quit."

"What's going on?" Raven asked.

Emily was grateful to her for voicing the question. She'd determined to leave it alone until someone else brought it up.

"That woman you found dead last week..." Gary looked at Emily, and she nodded. "Murdered."

"Wow," said Raven. "Really?"

"Yeah. Blakeney's the officer in charge now." He smiled at Emily and gave her shoulder a little squeeze. "Don't worry. Your honey and his department will work with us." Gary glanced up and straightened.

Emily turned toward the shore. Blakeney strode onto the dock and walked toward them, still sober-faced.

"You staying, Taylor?"

"Yes, sir. My cousin will take me home."

"All right. Good night, Miss Gray. Miss Miller." Blakeney nodded solemnly at Emily and Raven.

"Won't you have something to eat with us, Detective?" Emily asked.

"No, thank you. I'll be getting home." Blakeney climbed down into the boat he and Gary had come in—one of the Baxter Marina's rentals—and started the outboard.

Emily sighed deeply. As the boat pulled away, they all turned toward the grill and table. Nate stood waiting for them at the end of the dock.

"Think my burger's cold?" he asked.

"Probably iced over," Raven said with a laugh.

She and Gary walked on. Emily instinctively reached for Nate. He slipped his arm around her and pulled her in close to his side.

"Don't fret, Em. It's going to be okay." He kissed her hair just above her ear.

"You sure?"

"Yeah."

"Thanks." She hugged him then eased away.

"We'll talk later," he promised.

As the sun lowered behind the hill on the island, the four of them laughed and talked about everything but Stella Lessard. They stuffed themselves with burgers, hot dogs, tossed salad, and chips, after which Nate produced the makings for s'mores from his cabin cruiser.

Emily groaned. "I have ice cream in the freezer."

"Save it," Gary said. "I haven't had a s'more in ages."

"How long ago?" Raven asked. "Since you were a kid?"

"Oh, at least. . .nine months ago."

Nate laughed. "Yeah, that's about right for last year's final campfire. Gary's still just a kid. Got any marshmallow sticks, Emily?"

"No, you'll have to cut some."

"Okay, will do. Gary, do you want to get the marshmallow sticks or start the fire?"

"I guess if you're determined, we can have a fire out here." Emily nodded toward the fire pit Nate had built the summer before. "There's plenty of dry wood in the shed."

Nate nodded. "We'll get the sticks and bring a load of firewood when we come back." He and Gary took out their pocketknives and headed for the small patch of woods behind the cottage.

"Gary's a nice guy," Raven said, not quite looking at Emily.

"Yeah." Emily opened the box of graham crackers Nate had brought. Raven and Gary had met the summer before, but Emily didn't suppose their paths crossed often. Maybe they needed a little help in the path-crossing department. After all, Raven's camp was situated on an island with seven other cottages. "I was thinking of inviting him to go with Nate and me to the meetings at your retreat Memorial Day weekend."

"That would be cool." Raven sat in silence for a moment. "He *is* a Christian, right?"

"Yes, no need to worry on that account."

The sparks definitely flew while they made the s'mores, and not just from the fire pit. When Emily extended her invitation to the camp meetings, Gary threw her a lopsided grin, but his gaze swiveled back to Raven.

"Sounds good. I'll see if I can make it."

Raven practically glowed. "Terrific. If you all can come in time for dinner, you can join the folks at the retreat for the meal."

Later, when Emily gathered an armful of dirty dishes, Nate jumped up. "I'll help you, Em."

"Me, too," said Raven.

"That's okay," Nate said. "You guys stay here. We'll be back in a sec."

Emily trudged up the path, and Nate followed her with the leftover buns, chips, and barbecuing tools.

"You shut the grill off, right?" she asked as she deposited her load of dishes on the counter.

"Yup. Long time ago." Nate set down the food and slid the tongs and spatula into the sink. "Come here, babe."

Emily glided into his arms and rested her head against his shoulder. "I'm glad Gary stayed."

"Me, too, but it means I don't get much time alone with you."

She chuckled and lifted her face to meet his kiss.

"That's better." He folded her in his arms with a sigh.

"Is everything really okay with Blakeney?" she asked.

"Yes. It's routine when they find out it was homicide, you know?"

"Yeah, I figured that was it. What happened to her?"

"Poison."

Emily drew away from him and studied his face. "Someone. . .poisoned Stella?"

"So the medical examiner says."

"Wow."

"Yeah."

"Any idea who?"

Nate shook his head. "Of course Blakeney will interview Cedar."

"And me?"

"Probably. But he knows you didn't do it."

"Well, I doubt Cedar did. Stella was his best friend."

"I don't know about that."

"Oh, you know what I mean." She wriggled away from him and gathered plastic cups to throw in the trash. "She hired him to do handyman jobs. That may be his only income."

"No, he gets Social Security."

"Why?"

"Disabled somehow. Anyway, I don't think we can rule him out. Cedar's mind works in a very convoluted way. Who knows what he thinks?"

She nodded, mulling that over. "But Blakeney wasn't upset with you?"

"No. Of course he wished we'd known it was a homicide from the start."

"The medical examiner who came to the scene called it an unattended death and reported no signs of foul play," she reminded him. "Even the county sheriff told you he doubted there was foul play."

"I know. Blakeney said we did all right, under the circumstances, but there were a few things he'd have done differently. And he's curious about Jette and Jeanette."

"So am I," Emily said. "I think Jette was the poisoner. Or Jeanette. I can't make up my mind which. Guess I need more evidence. I wonder if either of them had access to poison."

"Well, they've both got motive," Nate said.

"Motive." Emily sighed. "Who benefits? That's what you cops always look at first."

"With good reason. And that's certainly the big question in this case. Who would benefit—or thinks he would benefit—from Stella's death? At least Jette and Jeanette have both stayed in town voluntarily, so it won't be hard for him to interview them." Nate put his hand on his stomach. "Man, I shouldn't have eaten those last three s'mores."

She laughed and slugged his shoulder. "You'd better go collect Gary and the cooler and head for home, fella. We both have to work tomorrow. And sometime we've got to nail down the guest list for the wedding and get those invitations ready to mail."

"Oh, yeah, my mom said to tell you she's got the addresses ready and she'll bring them to you at the *Journal* office tomorrow." He stood looking at her for a moment with the soft smile that almost melted her. "Hey, did you notice? Gary and Raven sort of. . .you know. Click."

Emily stood on tiptoe to kiss him. "Yeah, I noticed. Come on."

10

Nate's shoulders slumped as he left John Wolfe's office in Aswontee late Tuesday morning. The pavement in the parking area held puddles from an early morning rain. Nothing new yet on identifying the true heir, but Wolfe had advised him that the police and sheriff's department should keep a closer watch on the Lessard property. The law enforcement agencies might be open to a lawsuit from the true heir if someone else had access to it. Nate frowned as he thought of Cedar Sproul. Had he followed instructions and stayed away from Stella's house?

A dose of Emily would help right about now, but she was probably busy. He pulled out his cell phone anyhow.

Emily's cheery greeting shored him up.

"Any possibility we can have lunch together?" he asked.

"Uh, maybe, if it's a late lunch. One o'clock?"

"Sure. You want to go out?"

"Let's save money and make sandwiches," she said.

"Okay. I've got peanut butter and bologna."

"I'll stop by the store for some ham salad if it's all the same to you."

"Whatever you want. Look, I've got to go out to the lodge and see Jeanette again. Pray that she'll speak to me, okay?"

"I thought you'd be over at Stella's house, helping Blakeney."

"They have the mobile crime lab out there, but we county boys are stuck with interviewing neighbors and claimants to the estate. There's a new one, by the way."

"Another grandchild?"

"No," Nate said. "It's Edgar Lessard's brother. Seems his attorney contacted John Wolfe saying they think the will is unenforceable and should be declared null and void. Wilbur Lessard is putting in a claim in case Stella's daughter is never found."

"But...he's not even related to her."

Nate grimaced. "He's claiming it as Edgar's estate. When Edgar died, he didn't know about Stella's daughter. He left his full estate to Stella, or to his brother if Stella predeceased him."

"Oh." Emily was quiet for a moment. "So Wilbur figures he's next in line, even though Stella left a will to the contrary?"

"Wolfe says the judge will throw out his claim, because Edgar's estate already passed to Stella. But it's more red tape and more time in court."

"Won't the lawyer's fees drain Stella's estate?"

Nate inhaled and looked around to make sure no one was standing near him in the parking area. "No, Wolfe tells me it won't. Seems it's more...extensive than we thought."

The gravel parking lot at Lakeview Lodge was dark from the early rain. Nate got out of his county car and went inside. Behind the desk, Lisa Cookson was checking in a couple of guests. She glanced at Nate, smiled, and waved him toward Jeff's office.

"Well, hi, Nate." Jeff rose from behind his cluttered desk and shook his hand. "What brings you out here?"

"I'd like to see Miss Williams if she's in."

"Why am I not surprised?"

Nate sat in the chair opposite the desk, and Jeff resumed his seat. "She hasn't been any trouble, has she?"

"Not a bit. She was out for a while yesterday, but this morning one of our staff actually talked her into a canoeing lesson."

"Wow, that's great."

"Uh-huh. They're out on the lake now. You know Ginny Walsh?"

"Yeah," Nate said.

"She's on our housekeeping staff, but she's a good canoeist, too. I'm glad she's got Miss Williams interested in some outdoor recreation. Maybe she'll see this as a vacation, not just a business trip. Could lead to more business for us later, from her friends and family. Word of mouth, that's the best advertising."

"Sounds good to me."

Jeff glanced at his watch. "They've been out for more than half an hour. They'll probably take a break soon. And Ginny will help serve lunch today."

"I'll go down to the beach and see if they've come in yet." Nate left his friend and ambled outside and down to the dock. It was a nice aluminum dock system with a Fiberglas deck, one Jeff had ordered through the Baxter Marina two years ago. Nate had helped install it. It still looked terrific. He tested it by bouncing up and down. It felt solid.

He didn't really want to talk to Jeanette again, but Blakeney had asked him to touch base with her and Jette while he got an overview of the crime scene, read all of Nate and Ward's previous reports, and did his initial investigation at the Lessard property. Nate's instructions were to tell the girls that

Stella's death had been ruled a homicide—no details—and inform them that they needed to stay in Baxter for a few more days. Blakeney would catch up to them later today, or Wednesday at the latest, for a complete interview.

Nate walked out to the wide part of the wharf, where they docked small motorboats and canoes. In the distance he could see a couple of boats near the swampy area at the southwest end of the lake. Fishermen. He shaded his eyes and looked out toward Grand Cat. Sure enough, a canoe with two lifejacketed occupants was approaching from around the far side of the island. He watched them for a few minutes. Ginny sat in the stern. That was obvious from the strength and confidence with which she paddled. The girl in the front stroked less vigorously. Jeanette must be getting tired.

He heard their laughter across the water, and he was glad. They were close enough now that he could see Jeanette's face. She looked more relaxed than he'd ever seen her before—almost happy.

Until she glanced toward the dock and saw him.

Jeanette's smile faded, and she froze with her paddle in midair. Nate left the dock and walked onto the sandy strip where they would land.

"Just lay your paddle across the thwarts," Ginny called to Jeanette. "I'll bring us in." The canoe glided up to shore and the bow scraped the sand. Nate grabbed the front and pulled it up onto the beach.

"Hi, Miss Williams. Looks like you're enjoying the lake this morning."

"Yes, I was, Officer," Jeanette said.

He offered her his hand as she prepared to climb out onto the beach. She looked at his outstretched arm for a second and slowly reached to accept his help.

"Is there news about my grandmother?" she asked.

"Yes. I'd like to talk to you for just a few minutes."

Ginny walked forward in the canoe, holding the gunwales, climbed out, and grinned at him. "Hi, Nate. Jeanette, I can take your life jacket up to the lodge for you. I need to get into the kitchen."

"Sure." Jeanette unbuckled her orange life jacket and handed it to Ginny. "Thanks. And thanks for the lesson."

"It was fun," Ginny said. "If you're not too sore tomorrow, we'll go out again, okay? I can show you where the herons have their nests."

"I'd like that."

Ginny went up the path swinging the extra life jacket. Nate waited until Jeanette turned to face him.

"What is it, Officer Holman?"

"Would you like to go sit on the porch?" He didn't think Jeanette would faint when he told her the news, but his training told him to get her away from the water and preferably sitting down. They walked up the path together in silence.

When they were seated in the comfortable rocking chairs on the lodge's porch, Nate smiled ruefully at her. "This isn't good news, and I'm sorry to have to give it to you. The medical examiner released his autopsy report to the police yesterday. Based on his findings, Mrs. Lessard's death has been reclassified as a homicide."

Jeanette inhaled sharply. "She was murdered?"

"Yes."

"How?"

"The detective in charge will tell you everything when he comes to interview you. His name is Orson Blakeney, and he's with the Maine state police. He's very thorough, very competent. I've worked with him on other cases before, and I can assure you he'll do everything possible to find who's responsible for Mrs. Lessard's death."

She nodded. "Do they have any suspects?"

"I can't tell you that. But the news that it was a homicide will get out, and I'm sure Detective Blakeney will hold some press conferences about the investigation. He'll tell you everything he can when he comes to see you."

"I'm her granddaughter."

Nate hesitated, looking into her eyes. She didn't look away. Softly, he said, "I'm sorry, but you know we can't accept that until your documents are verified. And even if your birth certificate is genuine, there's still no proof you're the victim's granddaughter."

She dropped her gaze then. "Lois. That was her daughter's name."

"Yes."

Jeanette sighed. "I told you about my shock when I learned that my mother—the only mother I ever knew—wasn't really my mother at all." She bit her bottom lip. "Still, I thought when I came here. . ." She looked up at him earnestly. "The name on my birth certificate is different. It says my mother's name was Julia Bradley. Not Lois Lessard, or whatever her last name was."

Nate nodded. "See, that's a problem. But the attorney and the police are working on it. We all hope to see this cleared up soon."

"And what about. . .you know. That other girl. The one who calls herself Jette Williams. What does *her* birth certificate say?"

Nate gritted his teeth. "I'm sorry. I can't discuss that with you."

"Well, I figure it doesn't have the right name, either, or they'd have named her Grandmother's heir by now. I'm telling you, she's lying."

Nate's adrenaline started to flow. Time to escape. He got to his feet. "Thanks for your time, Miss Williams. The detective will come around later today or tomorrow to see you, and you can ask him your questions. If you're really Stella's granddaughter, then time is on your side. Let the police work this out."

Emily and Nate ate their sandwiches on the back deck of the marina house. The clouds had fled, and the sun warmed Emily's bare arms. She kicked off her shoes with a sigh.

"Summer. I love it."

Nate chuckled. "It won't officially be summer for another month."

"I know. But this is the start of it. May is my favorite month. No more ice and snow for five or six months, and the black flies aren't out yet."

"So, what are you doing this afternoon?" Nate asked before he took another bite of his ham salad sandwich.

"I'm supposed to take some pictures at the elementary school and write up a story on the students of the month. Then I'm taking the rest of the afternoon off until Blakeney's press conference."

"I don't suppose you'd want to run over to the Heron's Nest with me?"

"The Heron's Nest? Oh." She tried to scowl at him but couldn't keep from smiling. "You're afraid of Jette, aren't you?"

"No. Well, not really." Nate shrugged. "She's a little overpowering."

"Blakeney's making you talk to her again?"

"Yeah, it's my job to tell them we're looking at murder now. I saw Jeanette this morning."

"How did that go?"

"Not too badly. She was actually. . ."

"Civil?"

"Yeah. I almost said 'nice.' But Jette comes on so strongly. Like she's my best buddy because she got here first."

Emily studied his face. "But now you think Jeanette is the one who's telling the truth?"

"I don't know what to think. I'm inclined toward saying they're both impostors. But Jeanette. . .I think she believes it. At least she wants to. Her jerk of a father pulled the rug out from under her, and now she wants roots."

"Yeah." Emily didn't like to think about stepfamilies and broken homes. She still felt guilty over the relief she'd felt when her own stepfather died. If Jeanette's story was true, she'd never had the opportunity to know her real mother. "Well, think about this, honey. If Stella was poisoned—"

"Sh!" Nate looked over toward the marina dock, but no one was within earshot. "We're not supposed to leak it until Blakeney makes the announcement tonight."

"Sorry. We can't break it in print until Friday, anyway. The daily papers have a real advantage over us this time. But as I was saying, if the method was the one you told me about earlier, how could either one of those girls possibly have done it?"

Nate popped the last bite of his sandwich into his mouth and stared out over the lake as he chewed and swallowed. "I have no clue. Maybe it was slow-acting and they came around last week and did it, then left again. Or maybe the one who did it met Stella someplace else and is just pretending never to have met her before."

"Does Blakeney know how the poison was administered?"

"If he does, he hasn't passed that on. But we do know the autopsy report said she had a high dose of Procaine in her system."

"What's that?"

"Some cocaine derivative."

"Cocaine? In Baxter?"

That had troubled Nate, too. "It's not a street drug. It would have to be obtained from a pharmacy or hospital, and it could cause anaphylactic shock pretty quickly. I don't know what to think. But that's why Blakeney's on the case now, not me."

"Do I detect a hint of envy in that remark?"

"No. It's just. . .he has the training. He knows how to solve a case like this."

"Being a sheriff's deputy isn't going to be enough for you, is it?"

"I love being a deputy."

Emily reached over and squeezed his hand. "You should be a detective."

"That won't happen in Baxter."

"I know." She sat back and closed her eyes, feeling the warm sun and listening to the waves sloshing against the dock pilings. "So maybe we won't stay here forever. Maybe after a few years, you'll need to go to Bangor or Portland or the state police."

"I'm not even thinking about it, Em." Nate helped himself to a cookie from the plastic container his mother had dropped off the day before.

"Not yet," Emily said. "It's okay."

"You gave up Hartford and came back to Hicksville for me. I'm not going to ask you to leave Baxter again."

She let that cycle in her mind, eyes still closed against the brilliant sun on water. She loved Baxter. This was home. She didn't want to leave again. With Nate's hand in hers, she envisioned their future. If he pursued a career as a detective, she could go back to the excitement of working for a big daily newspaper. But did she want that? What about the babies they both hoped for? She'd dreamed of raising her children on the island.

"It's okay," she said again. "We'll keep the cottage."

11

Emily steered her boat toward Raven's beach. She'd left work early to go with Nate when he broke the news of the murder to Jette, but Jette wasn't at the Heron's Nest. Rita Eliot had no idea where she'd gone, so Nate had left to patrol, and Emily had wearily climbed into her boat. The sun glared on the water and baked her skin. She should have packed sunscreen. Halfway to the island she'd decided to visit Raven and see how many of the staff had arrived, and what progress they'd made in preparations for the first group of campers.

"Oh, hi, Emily," Raven called when she peered in through the back screen door of the camp kitchen. "Come on in. This is our cook for the season, Brant Lucas."

"Hello, Mr. Lucas," Emily said to the gray-haired man.

"Hi, there." His decidedly Maine accent turned "there" into "they-uh," and Emily grinned. She was glad Raven wasn't bringing in a fancy chef this year, as she had when she'd run New Age–themed retreats for women only.

"How's it going?"

"Great," Raven replied. "Brant's wife is in the office preparing brochure mailings for me. I've got two girls cleaning the guest cottages and a young man sprucing up the tenting area. I thought I might hire one of the Thibault boys to help put the dock in and mow around the lodge. Do you think they're old enough?"

"Probably. Why don't you ask their parents next time you're on the mainland? They'd probably love to come out here for a day."

Raven nodded. "If they work hard, I'll let them swim afterward. The water's getting warm enough."

"Jonathan Woods would probably come help with the dock," Emily said. "Nate, too, if it's in the morning, before his shift starts."

Raven's eyes widened. "Hey, that reminds me. I saw a girl driving a boat along the shore of the island right after lunch. She had a bunch of earrings and face rings, and I thought maybe she was that punk girl Nate was talking about the other night. Short hair, black sweatshirt."

"It sounds like Jette Williams." Emily frowned. "Nate was looking for her a little while ago. Did you see where she went?"

"No, I didn't see her put in, but she was headed that way." Raven pointed toward the south end of the island. "Maybe she was just out for the fun of it, or. . ."

"Do you think she might have gone over to Lakeview Lodge on the south shore?" Emily asked.

"Well. . .I thought at the time that she was going to Henry Derbin's cottage. She was going really slow and watching the shore as if she was looking for something. I didn't see her swing around and head back toward Baxter. But I came inside a few minutes later. I suppose she might have gone over to Lakeview Lodge."

Emily weighed the new information in her mind.

"Hey," Raven asked, "do you want to go get your swimsuit and come back for a dip?"

Emily shivered. "Too chilly for me yet, though it sounds like fun. I think I'd better go back to the mainland and call Nate. He was supposed to talk to Jette Williams about Stella today." Not for the first time, she wished they could get phone service on Grand Cat. Of course, she and Nate would talk a blue streak then. "Thanks, Raven." She hurried down to the beach and pushed off her boat. The motor started on the first try, for which she was thankful. She turned her head so that her hair blew out behind her. How much damage were the wind and sun doing to her hair? She added conditioner to her mental shopping list, along with an extra bottle of sunscreen to keep in the boat. The ride across the mile of water to the marina was uneventful, and as soon as she cut the engine and tied up, she dashed down the street to Blue Heron Realty.

Bridget Kaplin looked up as she entered. "Well, hello, Emily. What brings you here? I gave Charlie my ad copy this morning."

"I'm not here about that, but thanks for advertising with the *Journal*. Actually I was wondering about a client of yours. Specifically, the gentleman renting Henry Derbin's cottage on Grand Cat."

"You mean Paulie Derbin's cottage," Bridget said with a sad smile.

"Yes, of course."

"It takes getting used to, doesn't it? Henry being gone, I mean."

"His death affected a lot of Baxter people," Emily said.

"True. However, I can't tell you who's renting the cottage now. Professional ethics. We have to respect the client's confidentiality. And this client specified he wanted a secluded spot where he could rest."

"I see." Emily ran a hand through her shoulder-length hair, considering that. Bridget didn't seem willing to budge. "Well, thank you."

She went outside and stood on the sidewalk for a moment then took out her cell phone and called Nate. He agreed to meet her at his house, and she went to the marina for cold drinks. Fifteen minutes later, Nate and Ward Delaney drove into the marina parking lot in the sheriff's department car. She met them at the side of the house, and they all went out to the back deck, where Emily had set out sodas and a plate of Connie's cookies.

"Seems like a wild speculation that she went to Derbin's place," Ward said when Emily relayed what Raven had told her.

"Yeah." Nate shook his head, frowning. "We have no proof it was Jette, either."

"Yes, we do." Emily smiled in triumph. "If it was her, where would she get a boat?"

"The marina," Nate said.

"Right. When I went to get the sodas, I asked Allison if Jette had come in and rented a boat today. Seems Allison isn't as picky about customer privacy as Bridget is. She told me the spike-haired girl with all the jewelry stuck in her face took out a boat around twelve thirty and brought it back just before two o'clock."

"Hmm. Twelve bucks rental," Nate mused.

Emily smiled. "Allison only charged her for one hour."

"Okay. What else?"

"She showed me the rental log. Jette Williams. And she said Jon went out to the dock and made sure she had a life jacket and knew how to handle the outboard. They didn't watch to see where she went."

"So we still don't know that she went to see the renter. We don't even know who he is."

"I called Rita, and she did *not* go to the Heron's Nest. Can't you get a warrant?" Emily asked, looking from him to Ward. "Make Bridget tell you his name."

"Why?" Nate asked. "The guy hasn't done anything. A judge isn't going to give us a warrant to let us bother a man just because a nosy neighbor thinks someone went to see him."

Ward cleared his throat. "Warrants aren't issued lightly. Nate is right about that. But maybe you and Nate could pay this gent a visit."

Emily eyed him for a long moment. "You mean, a neighborly call?"

"Sure. You live on the island. You want to meet your new neighbor and welcome him."

"Great idea. But Nate's in uniform."

"He could change," Ward said, looking pointedly over his shoulder at Nate's house.

"Well, I'm on duty," Nate said. "And I'm not supposed to do undercover work, am I?"

Ward shrugged. "You could take your supper break early."

"Yeah, I suppose I could." Nate met Emily's gaze. "I admit I'm curious about that guy. He doesn't seem to have left the island over the weekend."

"He's probably just a quiet nature lover enjoying a peaceful vacation," Ward said. "But you might as well find out. Put some jeans on, Nate. Meanwhile, I'll ride over and see Rocky Vigue. We haven't checked up on him for a while now."

"Okay," Nate said. "But if we get an emergency call. . ."

"I'll deal with it." Ward nodded and reached for another cookie as he rose. "Good cookies."

"Maybe we should take some to the renter," Emily said.

Half an hour later they docked at the Derbin cottage. Nate, in his cargo pants and UMO sweatshirt, looked casual enough, Emily decided. She still wore the slacks, blouse, and sweater she'd worn to work that morning. Nate gave her a hand as she climbed out onto the dock and then passed her the plate of cookies they'd covered with plastic wrap.

As they walked up the path to the cottage, Emily couldn't help but recall the day they'd come to deliver Henry Derbin's mail and found him dead in his summer home. She shivered, and Nate shot her a concerned glance.

"You okay?"

"Yeah. You knock."

He rapped firmly on the door, and a man's voice called from off to one side, "Hello! Over here."

Emily swiveled and saw a man approaching slowly over the rocks along the southern tip of the island. He was tall, with a slight hunch in his shoulders, and his shaggy gray hair flew in the breeze. He wore a jacket over a sweatshirt and had a fishing hat pulled low over his ears, nearly touching the bridge of his glasses. When he reached the path, Emily studied his creased face and dark eyes. His gaze held curiosity but no warmth.

"Hello," Nate said.

Emily stepped forward, extending the plate with a smile. "Welcome. I'm Emily Gray, and this is my fiancé, Nate Holman. I have the last cottage, at the other end of the island."

"How may I help you?"

"We just stopped in to say hello and welcome," Nate said.

"And we brought you some cookies." Emily watched his face. He definitely liked the looks of Connie's oatmeal cookies with raisins.

"That's very nice of you." He took the plate and nodded at her with an almost-smile. "Thank you very much. I've been eating store-bought provisions all week."

"Do you plan to stay long?" Nate asked.

Emily was afraid his question was too direct, so she added quickly, "Nate and I are getting married the third Saturday in August. If you plan to be here all summer, of course you're invited. We'd like to share the occasion with all the island residents."

"Oh, I won't be here that long," he said regretfully. "I've rented the cottage for another week, and then I'll head back home. I'll miss it, though. It's so peaceful here. I hate to go back to civilization."

"Where's home?" she asked.

"I live outside Boston."

"This is a really big change for you, then," Nate said.

"Yes. I grew up in a small town, but not as small as Baxter. And living on an island...well, that idea's always intrigued me. I've enjoyed my stay tremendously."

"Have you done any fishing?" Nate asked.

"Yes, I did a little off the point this morning. Didn't catch anything, but who cares?"

"Say, would you mind. . ." Emily ducked her head and shrugged. "I hate to ask, but if you could just slide those cookies onto another plate, I could take that one back. You wouldn't have to track me down to return it, Mr. . . . ." She looked up at him expectantly.

"Smithson. Anthony Smithson. Of course, I'd be happy to."

They stood aside, and he entered the kitchen. Emily hung back. She didn't think she wanted to go into Henry Derbin's cottage, although she'd visited Pauli Derbin there after her grandfather's death. Still, she couldn't help shuddering every time she saw the little house on the rocky end of the island.

Nate stepped closer and gave her a quick squeeze. "You're good," he whispered.

She felt her color rising. Of course Nate had seen through her ruse.

Smithson appeared in the doorway, carrying the empty plate. "Here you go, Miss Gray. Thank you very much for the cookies."

"You're welcome. I hope you enjoy them."

"Maybe we'll see you again before your vacation is over," Nate said.

"Maybe so."

Nate and Emily walked down to the dock. Emily carried the plate carefully, touching only the edge. When she turned to look back, Smithson still stood on the porch and raised his hand in farewell.

Nate jumped down into the boat and held up his arms. Emily hopped down into them.

"He seems like a nice guy," Nate said.

"I don't know." Emily frowned and tucked the plate carefully into a locker. "I thought when he told us his name, he was going to say 'Smith,' but then he realized that was too obvious, so he tacked on 'son.'"

Nate laughed. "Okay, Sherlock, so you think he gave us a false name."

"I do." She grinned at him. "But you'll find out, won't you?"

"You bet. Thanks to you, we got his fingerprints all over that plate."

Emily sat down on one of the seats, recalling her mental tug-of-war when she considered taking Jeanette's straw to Nate for a DNA test. "Are you okay with that? I mean, it's not illegal to get them that way."

"No, it's not. Police do it all the time. He willingly handed you that plate. Besides, Ward agrees he's a suspicious character. With an open murder case, we need to check all possibilities."

Emily leaned back, content to watch Nate cast off and start the engine.

12

Nate and Ward got to Stella's house early Wednesday morning, just before the mobile crime lab arrived. A state trooper was already sitting in his car in the driveway, and Nate surmised he'd been on duty all night to watch the crime scene. Blakeney drove in behind the crime lab's van and unlocked the house for the crime scene investigators. When the others had gone inside, he looked at Nate and Ward, who waited beside the walkway.

"Anything we can do to help out today, Detective?" Ward asked.

Blakeney leaned against one of the posts supporting the porch roof. "We did a thorough search of the house yesterday. I'll be interviewing some of the neighbors and the four potential heirs today."

Nate did a quick mental count. Besides the two Williams girls, Blakeney must be counting Cedar Sproul and Edgar Lessard's brother.

"Have you determined the means of poisoning?" Ward asked.

"The lab in Augusta is working on it. The Procaine in her system was probably injected. That's the way it's usually given."

Ward whistled. "It wasn't a suicide, was it?"

"No, we'd have found the container and syringe if she injected herself with a dose that big. The victim wouldn't have had time to get rid of them. But we didn't find any drugs like that in the house, or supplies to administer it. You two look around the grounds and outbuildings."

"You think we'll find something out here?" Ward glanced around the yard.

"You never know. The killer might have tossed the syringe on his way out. Of course, you'll have to use proper procedure. Wear gloves, and tell me immediately if you find something."

"Sure." Ward threw Nate an eager glance. "We'd be happy to. Do you want us to bring you any chemicals we find?"

Blakeney hesitated. "We photographed the inside of the shed yesterday, but we didn't have time to go through it closely. You boys can have that detail. At this point, make note of anything poisonous, but the ME's report seemed pretty conclusive that this was a pharmaceutical product." Blakeney stood with his arms folded across his chest.

He's in his element, Nate thought. Blakeney was putting on a real performance, as if he had a team of twenty or more men standing on the grass, when it was only Nate and his partner.

"List any rat poison, weed killer, fertilizer, anything like that. And if you should find any syringes or medical vials, report to me immediately. I'll be inside for a while. When I leave to do interviews, you can reach me on my cell." He gave them his personal phone number, and Nate felt that in itself was a small triumph.

Blakeney entered the house, letting the screen door slap to behind him.

"Do you want to take the garden shed?" Ward's eyes almost glittered.

"Sure," Nate said.

"Okay, I'll comb the flower beds and the yard."

The shed stood on the far edge of the lawn, opposite the woods, near an extension of the gravel driveway where Stella must have turned her car around hundreds of times. The door wasn't locked but simply secured with a small bolt through a hasp on the outside. Nate pulled on latex gloves, removed the bolt, and opened the door.

A small, dusty window did little more than define the location of the back wall. Nate stepped back and noted that no electric wires led to the shed. It figured. He headed back to his car.

Ward looked up from the flower beds. "Hey, did you find something already?"

"I'm getting a flashlight. It's really dark in there."

When he returned to the shed, he shined the flashlight beam around the dark corners and along the edges of the walls. He saw a broken down bicycle, a wooden barrel holding a couple of shovels and a rake, several sacks of mulch and potting soil, and various other gardening tools scattered over the workbench beneath the window. A couple of old bamboo fishing rods and a scythe hung from nails on the side wall. There was barely enough space among the junk to walk to the workbench.

They would have to go over the place with a fine-tooth comb. Nate stuck his head out the door again. "Hey, Ward, there's a lot of stuff in here. You want to give me a hand?"

Ward came to the shed door. "Wow. Let me get another flashlight."

They busied themselves sorting through the odds and ends, reading the label on every sack, bottle, bucket, and can they found. Nate made a meticulous list of each compound and its ingredients.

"There's a can of Off here," said Ward. "Did he say to report bug spray?"

Nate clenched his teeth and took the can from Ward, squinting at the fine print on the side. "We're not going to find anything useful, you know."

Ward grinned. "You're probably right. But we're still working on the murder investigation, not stopping little old ladies who forget to yield."

Nate set the can of insect repellant with several other items near the door and shined his flashlight under the bench. "Looks like that's about it." He checked his list over and joined Ward in the yard, searching carefully through the grass and flower beds.

A half hour later, Blakeney came out of the house and walked toward his cruiser. Nate took his list over and handed it to him.

"This is every chemical we found in the shed. No syringes or medicine bottles."

Blakeney scanned the paper and nodded. "Okay. When you're done out here, you can return to your regular detail. I'm off to do some interviews."

<hr/>

"You're sure you have time for this?" Emily asked as she climbed into her car a short while later. "Because I don't want you complaining about how long it takes."

She hoped her little hint about work would get him to talk about that morning's investigation. She knew they were searching for the poison, but she hadn't heard if they had found anything, and she knew Nate wouldn't tell her if he was supposed to keep the information confidential.

"Me, complain?" Nate winked at her. "Nope, I'm well prepared for an extensive and exciting tuxedo-rental and pastel-napkin-buying adventure. Ward and I are going back on patrol at six tonight, so I'm yours until then."

Emily smiled. "Good. But first things first. Is Mr. Wolfe expecting us?" She'd have to content herself with anything new the lawyer had to tell them. Maybe the police hadn't found anything that morning after all.

"I called him last night," said Nate. "He said it would be fine if we wanted to come in this morning around ten."

"Then I guess we'd better hustle." Emily glanced at the clock on the dashboard. She hoped they would have enough time to accomplish several things on her to-do list before Nate went back to work that evening.

He started the car and they drove off.

"By the way," he said, "Blakeney agreed to take that cookie plate for analysis."

"Oh, good. I was hoping he would, but I was afraid he'd be mad at me for poking my nose where it doesn't belong again."

"I don't know, Em. I think he might have developed a bit of respect for you. You've certainly proved yourself helpful on several of his cases. And he hasn't called you Lois Lane in months."

Emily drew herself up. "Maybe I should change careers." She smiled smugly.

Nate laughed.

"Do you think we can stop in at the crime lab in Augusta on the way home?" She was very curious to find out who this Anthony Smithson was and if he had anything to do with Stella's death.

"I was hoping to stop in, anyway," said Nate. "I'll warn you, it may be too soon on the fingerprints. But we can ask if they've finished. And I'm hoping to learn more about the poison that killed Stella."

"What did you find out this morning?" Emily asked, since he seemed willing to discuss it.

Nate proceeded to tell her about the Procaine in Stella's system and searching the shed with Ward. "Of course, we didn't find anything out there. The big question is, how did all that stuff get into Stella's body? Apparently it's not something you would usually swallow. It's more of an IV drug, or an injection. Blakeney hoped we'd find a syringe or an empty container."

"Then I definitely think we should make time to stop at the crime lab," Emily said when he had finished. "Even if we don't finish my list. They will talk to you, won't they?"

"I think so."

"Maybe they'll explain how a person could poison a sweet, innocent woman with that stuff. Because it didn't look to me like there had been a struggle in her kitchen."

When they arrived at the attorney's office in Aswontee, John Wolfe's secretary showed them to his office. The lawyer had removed his suit jacket and loosened his tie. A stack of folders and papers lay on his desk.

"Come on in," said Wolfe. "Make yourselves comfortable."

"Thanks," said Nate. He and Emily sat in the burgundy leather chairs in front of Wolfe's desk. "Were you able to find out anything more about Stella Lessard's heirs?"

"As a matter of fact, yes," said Wolfe. "I have information that should shed some light on things."

Emily took out her slim reporter's notebook. "Do you mind if I note things down for the *Journal*, Mr. Wolfe?"

"Not at all," he replied. "Your coverage has been thorough but discreet."

"Have you been able to figure out if those two girls are telling the truth?" Nate asked. Emily smiled, knowing he was eager to get one or both of them off his hands and out of his hair.

"Not yet, unfortunately," said Wolfe. "And because I can't settle the estate until we determine who is the true heir, this process could go on for some time."

"Have you located Stella's daughter?" Emily asked.

"I'm fairly certain that Stella Lessard's daughter, known to us as Lois, is dead."

"I'm sorry to hear that." Several questions sprang into Emily's mind, but she decided to wait for Wolfe to tell the story in his own way.

"As you know, if one of those two girls can prove to be her daughter, she can inherit," the attorney said. "Otherwise—"

"Everything goes to Cedar." Nate frowned. "This is really crazy."

"Cedar?" Emily arched her eyebrows at Nate. "That might explain why he's so territorial about the house."

Nate shook his head slightly. "He was that way before he even knew he was an heir. I think it's a holdover from when she was alive. After Edgar died, Cedar felt like he was taking care of her. Cutting her firewood, fixing things around the house for her. He feels a sort of responsibility for the property."

"The situation is complex," Wolfe agreed. "There were documents in Mrs. Lessard's safe showing she had several certificates of deposit. I've notified the bank of her death. The heir stands to receive a sizable bequest in addition to the house. Oh, and she mentioned some jewelry in her will. We haven't found that yet."

"It wasn't in the safe?" Nate asked. "Ward and I brought you the jewelry box that was in her bedroom."

"The items she listed weren't in either, and I've found no indication that she had a safe deposit box." Wolfe opened a file folder and scanned the top sheet of paper. "I haven't received final word on either of the Williams girls' documents yet, but their birth certificates appear genuine."

"You said Stella's daughter is *known to us* as Lois," said Emily. She looked up from her notebook. "Did she have another name?"

"As a matter of fact, yes," said Wolfe. "I have a feeling that we may be very close to figuring out what's going on here. You see, at a certain point, Stella Lessard's child was placed in foster care. It seems that Stella and her husband were separated, though I haven't been able to find out exactly why this happened. It's very difficult to cut through the layers of red tape on sealed records."

Nate cleared his throat. "Well, sir, we know that Stella and her first husband were arrested for armed robbery about forty years ago. That's probably when their baby was placed in foster care."

Wolfe arched his eyebrows. "You've gained access to more information than I have. I was able to learn about the child's legal situation, but not why she went into state custody. Lois was only eighteen months old when she was removed from the home, and she was in foster care for about two years before she was adopted. When she was adopted, her new parents changed her name."

"To. . .?" Emily could barely breathe as she waited for the revelation.

"Lois Pressey became Julia Bradley."

She sighed. "That's Jette's mother."

"And Jeanette's, too," said Nate. "Both birth certificates list Nicholas Williams and Julia Bradley Williams as the parents."

"Now you see why we're still in the dark," said Wolfe. "According to their documents, they have the same parents. But they also have the same name. And that's highly suspicious."

"So one of them's an impostor," said Emily.

"More than likely," said Wolfe. "Probably one is the Williamses' real daughter, and the other somehow obtained a copy of her birth certificate. But we haven't figured out which is which."

"Sounds to me like they've both made pretty good cases," said Nate as they got back into the car.

Emily nodded. "But you know it's still possible they're both lying. If they had somehow found out the name Lois's adoptive parents gave her, they could have built false identities naming Julia Bradley as their mothers."

"But two of them?" Nate shook his head. "It's too crazy."

Emily buckled her seatbelt and sat back. "Maybe. I wonder why Stella's daughter had to go into foster care. Didn't she have any relatives to take care of the baby while she went to jail?"

"I don't know," said Nate. "A judge probably ruled on the case and declared Lois a ward of the state because both parents went to prison."

Emily frowned and stared out the window as they drove toward the highway. "I'm not an expert, but it seems to me that if there were grandparents or other relatives who could have helped, they would have gotten custody."

"We know Stella and her first husband split up after the burglary thing. Maybe they'd already argued over custody and who would take care of Lois. Maybe the state ruled that neither of them was a capable parent." Nate eased the car out onto the road. "I suppose it's possible that neither of them wanted her."

"But why? Everyone who knew Stella said she was a sweet, kind lady. Could she have changed that much over the years?"

"People do mellow," Nate said. "Maybe she didn't want kids when she was young. Maybe she'd thought about putting Lois up for adoption when she was born. Or maybe she figured that by the time she got out of jail her daughter was better off with her adoptive family than with a convicted criminal."

"That's a lot of maybes," said Emily. "The whole situation is fishy. But it should make a good story when it breaks wide open."

"That's for sure."

Half an hour later, they arrived at the formalwear rental shop. Nate parked the car in the only empty spot on the far end of the row. "Okay, so we agreed on pink suits, right?"

"Ha, ha." Emily let out a long sigh.

"Something wrong?"

"No. I just can't believe how fast time is going. I thought I'd be counting the days waiting for our wedding, but with everything that's been happening, I've almost been too busy to think about it."

"I know what you mean." Nate took her hand in his. "I'm sorry all this happened now."

"It's not your fault. But I am really glad you could take most of the day off so we could get some things done and spend some time together. Thanks for doing that."

"My pleasure." He leaned over to kiss her.

"You're going to get Gary and Jeff down here soon for their fittings, right?" Nate raised his right hand. "I promise. It will be done."

She smiled. "Okay. Say, I almost forgot to tell you, I talked to Uncle Waldo last night. He says he'll drive up with Mom for the wedding, and he'll be happy to walk me down the aisle. And he can stay overnight at the cottage with Mom and me the night before."

Nate brushed her hair back off her forehead. "I'm glad. I know you'll be missing your dad that day."

She nodded and pulled in a breath. "I've been thinking about Dad a lot lately. Having his brother there will help." She reached for the door handle. "Come on, let's go pick the style and get you measured. The sooner we get it over with, the sooner we can get back to crime busting."

"Mr. Wolfe said his next step would be to go down to Portland and interview Nicholas Williams. He should be able to tell us about his first wife and what happened to her, and if he really had any daughters named Jeanette."

Emily nodded. "I hope Wolfe is quick about it, because my patience is running a little thin. One way or another, I'm going to find out what happened to Lois Pressey."

When they arrived at the state police crime lab in Augusta at two o'clock, Nate and Emily entered the building and were shown to the desk of the officer compiling reports for the Lessard case.

"We've just completed the tests on the plate you brought in," Detective Wells said.

"Anything besides Emily's prints?" Nate asked.

Wells smiled at her. "I take it you're Emily Gray?"

"Yes, Officer. Pleased to meet you."

"She's my fiancée." Nate winked at her, and Wells chuckled.

"Congratulations. You did a good job of handling the evidence. We got a hit on the AFIS system from the fingerprints on the plate."

Emily beamed. "Fantastic!"

"Good thinking on getting the suspect's fingerprints that way," Wells said. "We got some very clear prints. And yours, of course, but that was all right. Miss Gray, your island visitor has a long record of convictions for domestic abuse, burglaries, armed robberies, and other crimes. And you were right. He *did* give you a false name."

"Who is he really?"

"Anton Pressey, more importantly known as Stella Lessard's first husband."

"You're kidding," said Nate.

Emily nodded. "I knew he was hiding something. It makes perfect sense."

"That isn't all. Pressey did time in the Massachusetts State Prison for killing a man during an armed robbery years ago. His wife, Stella, opted to testify against him in exchange for a shorter sentence for herself."

"So, she was an accessory," said Nate. "That would explain why their child went into foster care."

"Precisely. We haven't followed up on the family, but you'll probably find there were no close relatives the judge deemed fit to take custody of the child. However, according to my research, Anton Pressey is free now and isn't wanted for any new crimes. He has a perfect right to visit Blue Heron Lake."

"But he arrived in Baxter around the time Stella died," said Emily. "Isn't that suspicious?"

"Sure it is," said the officer. "But it doesn't prove anything. You can be sure Detective Blakeney will check into his activities since he arrived in Baxter."

When they reached the car, Nate asked Emily to call the marina on her cell phone to find out exactly when Pressey arrived.

After she made the call, she turned to Nate with a troubled look on her face.

"So, what did Allison say?" he asked.

"Pressey arrived two days before Stella died."

13

E mily called the Maine State Archives on her cell phone as they drove out of the parking lot.

"Hello, do you have marriage records for the last. . .oh, say, twenty to fifty years?"

"No, ma'am," came the patient male voice. "You would go to the Office of Vital Statistics for that. Anything after 1922. The office is located at the Department of Human Services."

"Thank you." She closed her phone and smiled up at Nate. "Do we have time to run over to the Department of Human Services?"

Nate glanced at his watch. "If they don't make you wait too long."

"Great. It's over on State Street. I'll run in to the Office of Vital Statistics, and you can keep the engine running if you want."

"Oh, I'm not cutting it *that* close."

Thirty minutes later, the clerk handed her the documents she had asked for, and Emily gladly paid the fee. She glanced at them, with Nate reading over her shoulder.

Nate whistled softly. "Having the right names paid big dividends."

"I'll say." Emily walked a few paces to an oak table and sank into a chair. In a whisper, she read the particulars to Nate. "Well, the marriage records aren't sealed, anyway. Stella was only seventeen when she married Anton Pressey."

"And if he got her mixed up in a robbery after they had Lois, her age goes a long way toward explaining why she never got her baby back," Nate said.

"Right. So that's Stella's first marriage. And then we have Julia Bradley's marriage to Nicholas Williams." Emily frowned down at the abstract.

"The Williams name is legit," Nate said.

"Yeah, but we pretty much figured it was, from the birth certificates. But I never expected to get these." She held up the last two documents.

Nate nodded. "Two girls with different first and middle names, born the same day to Julia and Nicholas Williams. The certificates Jette and Jeanette had looked identical, but they didn't say anything about twins. Since this is now a capital case, maybe Blakeney can get a warrant to unseal Lois's adoption records."

"And find out more about Jeanette and Jette." Emily glanced up at him. "It's so weird that they're both using the same name. Julia and Nicholas didn't

398

name them both Jeanette."

"What was the second baby's name?" Nate asked.

"Marianne. One twin was Jeanette and the other was Marianne."

"Hey, maybe there are hospital records," Nate suggested.

"Good thinking. Suggest that to Blakeney. We need to get to the bottom of this. There were two Williams babies. If one of the girls who came to Baxter is the real Jeanette, the other could be trying to steal her identity to claim the estate."

"But where's the other one?" Nate asked. "Where's Baby Marianne now?"

Emily met his troubled gaze. "Good question." She snapped her fingers. "Divorce record. Why didn't I ask for it?"

"Whose, Stella's?"

"That might tell us something, but I was thinking more of Lois's, or should I say Julia's? Jette and Jeanette both told us that Nicholas and Julia Williams divorced."

"Would they put information about the children on the divorce decree?" Nate asked.

"Yes. We get them for the newspaper, but we don't publish the part about custody decisions, to protect the kids' privacy. But it should be on the abstract."

"Let's ask for it, then."

Fifteen minutes later, they rushed out to Emily's car.

"Now you *will* be late," she said as he unlocked the passenger door for her.

"Ward will understand when I tell him what kept us."

Emily buckled her seatbelt and thumbed through the papers again as Nate headed the car up Western Avenue, toward the interstate highway. "Twin girls, and when they divorced, the parents each got custody of one child."

"Which parent got which baby?" Nate asked.

"The father got Jeanette, and the mother got Marianne."

Nate frowned. "Then Jette's the impostor."

"Not necessarily. We've got to keep an open mind."

Nate chuckled and shook his head. "At least you assume we're 'of one mind.'"

Emily shrugged. "You know what I mean. I'm just saying, we haven't proven anything except that there were actually two girls born to these parents nineteen years ago. We haven't proven that the two up in Baxter are the twins."

"Yeah, that's right. They don't even look alike."

"Oh, I don't know." Emily cocked her head toward her shoulder and tried to picture the two Williams girls. "Their eyes are the same color, and they have roughly the same build. Who's to say what color Jette's hair was originally?"

The next morning, Blakeney arrived at the marina house at nine thirty, while Nate was mowing his scrap of a lawn.

"Where's Miss Gray this morning?" he asked when Nate had shut off the mower.

"At the newspaper office." Nate hoped Blakeney's sober expression didn't bode ill for Emily.

"At least she's not out on the island. Come on, let's go over to the office. I don't want to have to tell this twice, and I think Miss Gray deserves to hear it firsthand."

Nate climbed into Blakeney's patrol car and rode the short distance down the street with him.

Emily and Felicia sat at their desks when the men entered. Emily was typing industriously but left off as soon as she saw them. Felicia hastily ended a telephone conversation.

"Good morning, ladies."

Emily jumped up. "Detective Blakeney, how nice of you to visit us."

"Instead of making you chase me all over the county for an update?" Blakeney actually smiled as she wheeled Charlie's empty chair over for him. Nate claimed the one visitor's chair in the cramped office, and they all sat down.

"This is an honor, Detective," Felicia said. "I take it you have some news for our humble publication?"

"Oh, yeah, plenty of news. When's your next edition?"

"Tomorrow. I'll send it to the printer in a couple of hours. Please tell me there's a reason for us to remake page 1. Something more exciting than the fishing derby rules."

"I'm sure Jeff Lewis and the staff at the lodge won't mind if we bump the fishing derby advance to page 3," Emily said eagerly.

Blakeney sighed and rested his hat on his knee. "I've got to hand it to you, Miss Gray. I tried to dig up records on Stella Lessard's daughter, and so did John Wolfe. But we were looking for the wrong names. Without the fingerprints you and Nate brought me, it probably would have taken a long time to make the connection to Anton Pressey. And now you've discovered that Lois—that is, Julia Bradley—had twins."

"I just worked backward on that, using the names Jeanette and Jette Williams gave us," Emily said. "I figured if I couldn't get at Lois through her mother, I'd go at her through her daughter, or as it turned out, her daughters."

Blakeney held her gaze. "Good work. I took your suggestion and had a cozy chat with the detective sergeant at the Portland Police Department last night. It was touch and go, but their chief paid attention and found a judge who agreed to issue a warrant for the hospital records."

Nate, Emily, and Felicia waited, barely breathing.

"One of those babies, Marianne Williams, was born with a birth defect."

Emily caught her breath. "She's the one the mother gained custody of."

Blakeney nodded. "She had a heart condition. An opening between the chambers of the heart. According to the doctor's opinion at the time, her condition might lead to further health problems, and possibly require expensive care or surgery. Or it might heal itself as the baby grew older."

"So. . ." Emily jotted something on her notepad. "What happened to Marianne? Did she survive?"

"We don't know yet. One of our best researchers is trying to track down a death certificate as we speak. If he doesn't find one, we'll have to assume Marianne Williams is alive."

"But. . ." Emily fell silent, studying her notepad.

"Detective Blakeney," Nate said, "do you think one of the claimants to the estate is Marianne Williams?"

"Maybe. But then, why isn't she using her real name?"

"I have a theory."

Blakeney arched his eyebrows. "Want to share it?"

Nate inhaled deeply and glanced at Emily. She gave him an encouraging smile, and he nodded. "I've been thinking all along that maybe one of these girls assumed the identity of Stella's granddaughter in an attempt to claim the estate. I don't know how she knew about the relationship or any of that, but. . ."

Felicia nodded vigorously. "If the baby named Marianne died, someone else could try to step into her place."

"Then why not claim to be Marianne Williams, not Jeanette?" Blakeney shook his head.

Emily tapped the end of her pen against the notepad. "Think about this, sir. Nicholas and Julia Williams divorced when those twins were only a few months old. What if neither of them wanted the 'sick' child? What if they both wanted the healthier infant, Jeanette?"

"But there was only one healthy baby, and only one Jeanette."

Nate slowly raised his head as a memory tugged at his mind. "Jeanette— that is, the girl claiming to be Jeanette—the one who grew up in Nicholas Williams's family—"

"What about her?" Blakeney asked.

"She told me the other day that she had a heart murmur. It kept her out of the military when she wanted to enlist. She hadn't known anything about it until she went for the physical."

Emily's face cleared. "That's believable. If the mother *said* she was giving her ex the healthy baby, but really she gave him the one with the heart condition, she would know that the baby she raised was really Jeanette, and chances are, she would call her Jeanette, because that was her real name. Meanwhile, the father raised Marianne *thinking* she was Jeanette and calling her Jeanette. He even had a copy of Jeanette's birth certificate to 'prove' it."

Blakeney scratched his chin. "So. . .you're thinking the Marianne twin survived and grew up using the name Jeanette."

"It would explain everything." Emily looked from him to Nate, her eyes bright with excitement.

Nate hated to burst the balloon of her somewhat plausible theory. "But, Em, if Nicholas got the sick baby, wouldn't he know it?"

"Not necessarily. He and Julia were probably separated for a while before the divorce became final. I'm guessing Julia had both girls to herself for several weeks, maybe even months."

"They're not identical," Felicia pointed out.

"Not now," Emily said. "But how do we know how much they looked alike at two or three months? And besides, if Julia only took one child along when she delivered Marianne to Nicholas, and he didn't see the twins together. . ."

Felicia nodded in agreement. "And if Marianne had been progressing and was looking and acting a little healthier. . ."

"That's an insult to men in general," Nate protested. "To say he wouldn't know his own children."

Emily shrugged, holding her palms up. "I did a story once on three sets of twins in the same elementary school in Connecticut. One of their mothers admitted that even when her boys were six years old, she had trouble telling them apart now and then."

Blakeney eyed her thoughtfully. "And if, as you say, the father didn't have access to the babies for a while, until the judge ruled on the custody question . . . Babies do change fast at that age. Miss Gray, I think that's a credible theory you've got there."

Emily grinned. "Thank you. Would you like some coffee, Detective?"

"Oh, no, thanks. I need to interview the two Misses Williams again. Of course, I won't advance this hypothesis of yours to them at this point. I wouldn't want to raise their expectations until we get some proof. And I still plan to drive down and talk face-to-face with the father, Nicholas Williams, but that will kill half a day." He nodded and stood up. "Lots of leads to chase down. I wonder if the hospital made footprints of the babies when they were born." He headed for the door. "Of course, first I'm going to pay a visit to Anton Pressey. I suppose I'll have to rent a boat."

"He hasn't left the island all week, as far as we know," Nate told him.

"Oh, Detective!" Emily jumped up and followed Blakeney across the room. "How much of this can we put in tomorrow's *Journal*?"

He hesitated. "Nothing about Pressey. There's not much there yet, and I don't want to spook him. I guess it's safe to say we've discovered Lois's name change and verified that she gave birth to twins. I'm going to break that news to the two girls right now. But no speculating on whether either of these girls is a true heir, or on what happened to either baby. I could get into all kinds of hot water if it got around that I've been wondering if that Marianne baby died and the custodial parent somehow found a 'replacement.'"

"Oh, we won't go into that," Emily assured him. "Facts only. Thank you, sir."

He nodded. "We're close to breaking this case. You can quote me on that, Emily."

Emily's jaw dropped as Blakeney went out and closed the door. "Did you hear that? He called me Emily!"

"Told you he likes you now." Nate smiled at her.

"So what do we do with all this information?" Felicia wailed. "We have to sit on ninety percent of it."

"We make hay with the other ten percent." Emily sat down at her computer.

"You write the story on Stella's daughter," Felicia said. "I'll type in a brief about the murder and use Blakeney's quote."

"Got it." Emily opened a new document.

Felicia's phone rang and she grabbed the receiver. "*Baxter Journal*."

Nate leaned down and kissed Emily's cheek. "Something tells me I should let you two work while I finish mowing my lawn before my shift starts."

He stepped out onto the sidewalk as Blakeney was getting into his car. Nate nodded and turned toward home. Cedar Sproul, his stringy hair tousled and his eyes wild, hurried down the sidewalk toward him.

"Cedar! What brings you here?"

"I saw the cop car." Cedar panted as he nodded toward Blakeney's vehicle.

The detective spotted him just as he was about to shut his door and got out of the car again. "What can we do for you, Mr. Sproul?"

"Someone's in Stella's house. They broke the tape down."

Nate shot a glance at Blakeney.

"You saw someone go in Mrs. Lessard's house?" The detective came up onto the sidewalk to stand beside them.

"No. There's a car there, and the tape is down. The door's open."

"Did you go in?" Nate asked sternly.

"No. I went to the marina to get you, but you weren't there. Then I saw the cop car down here."

Blakeney clapped him on the shoulder. "You did the right thing. Thanks. We'll check it out." He glanced at Nate's grass-stained jeans and T-shirt. "Feel like backing me up, Holman? No time to get into uniform."

"Sure." Nate jumped into the passenger seat, and Blakeney headed out of town toward the road that wound about the southern end of Blue Heron Lake.

"Probably it's the lawyer," Blakeney said, "but we have to make sure."

When they reached Stella's house, a maroon Toyota was sitting in the driveway. Blakeney parked his cruiser squarely behind it, effectively blocking the exit, and punched the license number into the computer on his dashboard. He studied the results and grunted.

Nate raised his eyebrows but said nothing.

Blakeney opened his door. "Come on."

At that moment, a plump, balding man Nate had never seen before came out onto the porch of the little house holding a fishing rod. Nate got out of the car and followed as Blakeney strode toward the man.

"Wilbur Lessard?"

The man gulped. "That's me."

"What are you doing here?"

"I came to get something that belongs to me."

"I'll have to charge you with breaking and entering."

"I have a key."

Blakeney scowled at him. "This is a crime scene and was marked as such. Crossing the police line is a crime. So is theft." He looked pointedly at the fishing rod.

"Hey, I'm not stealing anything," Lessard said. "Stella told me a couple of months ago she'd give me all my brother's fishing equipment. Don't know why she didn't give it to me years ago, but she didn't. Anyway, the season's open and I wanted my gear. I figured if I waited for that lawyer to settle things, I'd never get it."

"I don't believe you were named in Stella Lessard's will," Blakeney said.

"So? She promised me."

"Nevertheless, sir, if she died without delivering the goods to you, I believe it's now part of her estate. You'll have to check with her attorney to be certain, but in the meantime, I suggest you put that rod and anything else you've removed from the house back immediately, or I'll charge you with theft, in addition to trespass and entering a crime scene without authorization."

Wilbur Lessard's jaw dropped. "I didn't do anything."

Blakeney stared at him. "What part of my instructions did you not understand?"

Lessard backed up a few steps into the house and emerged again minus the fishing rod.

"Anything else?" Blakeney asked. "Did you put anything in your car?"

"No."

"Let's take a look." Blakeney followed Lessard to his car. After a quick look into the passenger compartment and the trunk, he said sternly, "All right, then, I'll just warn you. You have no right to be on this property. If I find out you've been here again, or that you've taken anything from the property, you'll be in the county jail faster than you can say 'fly casting,' you understand?"

Lessard nodded and blinked at Nate.

"I'll take the key," Blakeney said. "If you are named heir to the estate, the attorney will give it back to you at the proper time." He held out his hand.

Wilbur slowly reached into his pocket and took out a key ring. Blakeney stood like a statue of a storm trooper while the older man fumbled to remove a single key from the ring. At last he got it free and placed it in the detective's hand.

"All right, get in your vehicle." Blakeney passed him and went into the house.

Wilbur squeezed up his face. "She promised me that stuff. Isn't that a verbal contract?"

Nate cleared his throat and glanced toward the open doorway. "I don't know, sir. Perhaps you can call Mr. Wolfe and ask him. He would know about things like that."

"Yeah. Right." Wilbur got into his car.

Nate wondered if he should go around to Cedar's house later and warn him again to stay away from the crime scene. But if he hadn't been there today, they might not have known about Wilbur Lessard's escapade. He decided to let the matter drop unless someone complained about Cedar again.

Blakeney came out and locked the door. He stooped and picked up the loose end of the yellow crime scene tape, looked at it, and sighed. "I'll have to fix this, but I'd better move the car first so the chump can leave."

14

"Hey, isn't that Jeanette?" Nate pulled his sunglasses off and stared across the water.

Emily followed his gaze. Beyond the Vigues' dock, the newly arrived Kimmel boys were swimming and jumping off the float anchored off-shore from their parents' cottage. A shapely young woman in a black maillot suit climbed the ladder to the float, and Rocky Vigue floated nearby, laughing and splashing water at the boys.

"Yes," she said. "Apparently Rocky went over to the lodge and asked her out again, and this time she accepted. Truly came by this morning, all flustered, and told me. She and Marvin couldn't believe Rocky asked if he could bring a girl out here for lunch and a swim."

"Well, all right." Nate pushed the glasses back on. "Good for Jeanette. She just went up a notch in my book."

Rocky's father, Marvin, was lighting the gas grill on the flat speck of lawn above the Vigues' dock. Nate waved, and Marvin waved back with his lighter.

"Morning, Nate," he called. "You're not working today?"

"I'll be patrolling this afternoon and evening."

Marvin nodded. "You and Emily are welcome to chow down with us."

"Thanks, Marvin." Nate shot a glance at Emily.

She shrugged and asked softly, "You want to?"

"Why not?"

She nodded and called, "How about if we throw our hot dogs on your grill later?"

"Sure thing, Emily. Any time." Marvin closed the lid on his grill and ambled toward his cottage, whistling.

"It should be interesting to get Jeanette's take on all that's happened the last couple of days," Nate said.

Emily eyed the young people in the water and looked back at Nate. He always hung back when the water was cold. Even though she knew Nate was wearing his swimsuit under his jeans, he probably hadn't made up his mind that he wanted to swim yet. Blue Heron Lake was still chilly, although the bright sun had warmed the water several degrees over the last few days. It was warm enough that Raven and her staffers had been out water skiing that morning.

Emily's mind flitted back to the case and the revelations about Stella's past. "Did Blakeney get around to interviewing Pressey yesterday?"

"He did. Last night he caught up with Ward and me about suppertime. He told Pressey that the authorities know who he is. Pressey said he used a false name to rent the cottage because he didn't want to embarrass Stella. He came here hoping to talk to her, but if she didn't want to see him, he didn't see any reason to let her neighbors know about it."

"Oh, how thoughtful." Emily grimaced at him.

Nate leaned back in his lawn chair and crossed his ankles. "He admitted being in town before Stella died, but he told Blakeney he hadn't worked up his nerve to approach her yet. Then he heard she'd died and decided to just spend a quiet week on the island. He had hoped to reconcile, but he was too late."

"Why am I not convinced?" Emily stared at the glassy lake. Pressey was up to no good. She was sure of it.

"If he killed her, wouldn't he have gotten out of town before anyone knew who he was?" Nate asked. He watched her closely. Emily could always tell when he expected her to say something brilliant, but she didn't have an explanation for Anton Pressey's actions.

"What do you say we go over and say hi to Jeanette?" She jumped up from her chair before Nate could answer and picked up the clean towels from the edge of the dock.

Nate followed her over to the Kimmels' wharf. Emily laid the folded towels down and dropped her flip-flops and terry cover-up neatly on top, feeling a little self-conscious in her red and white one-piece suit.

"Race you to the float."

"No fair. I'm not ready." Nate hurried to fling off his T-shirt, glasses, watch, and sneakers. Emily dived off the dock before he was down to his swim trunks. She struck out for the float and was halfway there before she heard the splash behind her as he dived in.

He caught up as Emily climbed the ladder. Jeanette was sitting on the float watching Rocky and the three Kimmel boys. Stevie, the oldest, was egging on his brothers to help him duck Rocky.

"Hi, Jeanette. Nice day, isn't it?" Emily sat down on the canvas-covered deck of the float near Jeanette.

"Yes. The water's a little cold, but the sun feels great."

Nate climbed up and smiled at her. "Hi. How are you doing?"

Jeanette hesitated. "I admit I'm a little off balance right now. I suppose you know about my mother, Officer Holman. That is, my birthmother. Detective Blakeney told me yesterday that Julia Bradley and Lois Pressey were the same person."

"Yes, he reported on his findings to the sheriff's department. And please call me Nate."

Jeanette pursed her lips. "I'm at a loss as to what I should feel now."

"What do you mean?" Emily asked.

"The detective says my mother gave birth to twins, and. . .we were separated." Jeanette swiveled her head and stared at Emily. "Does this mean that punk girl is my sister?"

Emily reached out and touched Jeanette's arm lightly. "We don't know. I'm sure the authorities will sort it out soon."

Jeanette shook her head. "I don't want to be related to her." She drew her knees up and hugged them, resting her head on her arms.

Nate looked helplessly at Emily, but she couldn't offer him more than a weak smile. He turned his attention to Rocky and the boys, who were getting wilder and noisier by the minute.

"Help, Nate!" Rocky yelled. "These kids are going to drown me."

Stevie and his brothers laughed and jumped on Rocky, but he was so buoyant they couldn't drag him under.

"You know," Jeanette said, "even when my dad told me about my. . .my real mother. . .he never mentioned a sister." She wiped her glistening eyes with the back of her hand. "He said my mother was dead. And I guess that's true." She shrugged. "How do I know what to believe?"

"Have you called your father since you got here?" Emily asked.

Jeanette shook her head. "I called and told Mom—my stepmother—that I got here okay, but Dad was at work. I'm sort of afraid to talk to him. He lied to me all these years." Her brown eyes narrowed. "When he finally told me about her, he said he'd seen a news story about a woman with the name of my maternal grandmother. I found an obituary online for Stella Lessard, and I knew I had to come to Baxter to see if I could learn more about my grandmother and that part of my family. But I was pretty upset with my dad when I left. He could have told me about her when she was alive. I just don't know if I'm ready to talk to him yet or not."

Emily nodded. "I'm sorry it all came out this way. You've had a tough time."

Jeanette's mouth hardened into a firm line, and she drew in a deep breath. "I just won't believe that Jette, or whatever her name really is, and I could be twins."

Emily felt tears sting her own eyes. She tried to smile, but her lips wobbled. She hated losing control, but whenever she was reminded of her own dear father and the miserable excuse for a stepfather she'd gotten after Wiley Gray died, she teared up. She cleared her throat. "You know, it's possible Jette also heard the news story about her grandmother and had feelings similar to yours. Only she didn't have a dad and a stepmom or brothers and sisters. She was all alone."

Jeanette tossed her head, shaking water droplets from her hair. "More likely she heard the newscasts about the missing heir and made up her relationship to Grandmother."

Emily looked up at Nate, pleading silently for his help.

Nate knelt beside them and said gently, "Detective Blakeney is hoping to speak to your father today."

"He told me," Jeanette said.

"Well, maybe that will help uncover what really happened. I don't know if Jette is telling the truth or not, but if she is, then you two could be sisters, and in that case, you'd both be heirs to Stella's estate."

Jeanette held his gaze for a long moment. "Would it still help you to do that DNA test?"

Emily caught her breath. Was this the answer to her earlier prayers?

Nate nodded slowly. "Yes, it would. That would be the proof, and I think it would give you both peace of mind."

Jeanette looked past him, toward the faraway mainland. "I only refused when you asked because. . .because I knew I didn't have proof that Stella was my grandmother. I only had my dad's word on that, and he'd lied to me. I didn't want to find out this was another lie. But now. . ." She faced Nate again. "I'd like to take the test."

"That's terrific. Thanks." Nate smiled at her and glanced at Emily. Tears streamed down Emily's cheeks, and she sniffed.

Jeanette rolled over to her knees and stood. "Let's not get weepy about it. I'm sure now that I am Stella Lessard's flesh and blood. I don't need the test for that. But I want to prove that I'm not Jette's sister."

After lunch, Jeanette excused herself and headed her boat back toward Lakeview Lodge. Rocky stood on his father's dock watching her mournfully.

"Guess I'd better get going, too," Nate said. "Em, are you coming over to town, or do you want to stay here this afternoon?"

"I'll go over and see how Felicia's doing."

Nate nodded and picked up his towel. Emily usually had Friday off, since that was one of the *Journal*'s publication days. Then she spent most of Saturday and Monday preparing for the Tuesday edition. But everyone's schedule was out of whack since Stella's death had been ruled a murder.

When they reached the marina house, Emily frowned as she climbed onto his dock.

"What's the matter?" Nate asked. "Besides everything, I mean."

She cracked a smile. "Just thinking about Anton Pressey. Don't you think Blakeney should at least take him in for questioning?"

"He talked to him, but they can't place him at the scene of the crime. For instance, they didn't find any of his fingerprints at Stella's house. We asked Cedar, and he didn't remember seeing anyone like Pressey at Stella's."

"Maybe he didn't do it at her house."

"What do you mean?"

"Maybe he poisoned her somehow in another place, but it didn't take effect until after she was home."

Nate sighed. "I don't pretend to know about things like that, but Detective Blakeney did say it's a fast-acting drug. That's one reason the ME didn't rule it a suicide. The paraphernalia would have been found near the body."

Emily whipped around to face him. "What about the girls? Allison told me Jon's been taking the *Journal* out to Anton Pressey with his groceries. If you were Pressey and two young women who were supposedly granddaughters you'd never met were a mile away, wouldn't you want to meet them?"

Nate walked slowly beside her to the back door of his house. "Yeah. Maybe. I don't know. He could be waiting to let the authorities decide if they really are Lois's kids. Or maybe he hasn't put it all together yet."

Emily shivered.

"What are you thinking?" He eyed her closely.

"Jette. Suppose she did go to see him the other day, when Raven saw her in the boat? Did you ever ask her about that?"

"Yeah. She said she was just out exploring the lake."

Emily shook her head, obviously dissatisfied. "He's a hardened criminal."

"Yeah. Just the type of man those girls don't need in their lives. Come on. I'll put this stuff inside and walk you over to the office. Then I'd better get ready for work."

As they walked hand in hand along the sidewalk, Emily was quiet, and he knew she was stewing over Anton Pressey.

"Look, Em, there's not much I can do about the situation until Blakeney has enough evidence to make a move. Finding out how Stella was poisoned is critical. That will help us find out who did it."

Emily stopped walking and jerked her chin toward the Heron's Nest. "Looks like Jette's going somewhere."

Nate looked toward the driveway of the bed-and-breakfast. Jette was swinging a backpack onto the passenger seat of her car. She'd changed her black nail polish and lipstick for a garish purple today.

"Maybe just going for a hike," Nate said.

Emily tugged him toward the driveway. "Hi, Jette!"

She turned and looked at them. An expression Nate couldn't interpret flickered across her face before her bright smile broke through.

"Hello, newspaper girl. Where's your uniform, Boy Scout?"

Nate laughed. "Hanging in the closet. Where are you off to this afternoon?"

"Oh, just poking around. Detective Blakeney says I need to hang loose for a couple more days. Thought I'd see what they do for fun in Aswontee. I already found out they roll up the sidewalks in Baxter at five o'clock."

Emily stepped closer to her, and Nate gave an inward sigh. He didn't really feel like talking to Goth girl just now.

"You should have come out to the island this morning," Emily said. "We went swimming and had a barbecue with our neighbors, the Vigues and the Kimmels." Nate noticed that she didn't mention Jeanette's presence.

"Sounds like fun," Jette said. "Maybe next time."

"Yeah. Hey, my friend Raven said she saw you near the island in a boat Tuesday. You didn't happen to go visit the man in the cottage on the end, did you?"

Jette licked her lips and glanced at Nate, then back to Emily. "I was just out exploring."

"Oh, good. Because he's not the nice old guy some people think he is. The police have found out he's an ex-con."

"Really?"

"Yeah."

Nate touched Emily's shoulder. When she glanced up at him, he raised his eyebrows. *What are you doing, Em?*

Jette looked down at her ergonomic sandals. Behind her makeup, her face had gone pink. Emily snapped her eyes toward Jette's car. Nate frowned, trying to understand what she was getting at. He looked at the small, dark green car. Suddenly it hit him. Through the back window he glimpsed a suitcase and two smaller bags.

"You're not getting ready to leave town, are you, Jette?" he asked.

She inhaled carefully. "Okay, it's too weird. I just want to go home and get back to normal. The lawyer can call me if I need to come back up here."

"Does this have to do with Anton Pressey?" Nate asked.

She pressed her purple lips together then squared her shoulders. "He's my grandfather."

"Yes, if you're really Stella's granddaughter."

She nodded, her eyes not quite meeting his.

"How did you know he was on the island, Jette? Did you meet him before you came to Baxter?"

Emily kept quiet and let Nate ask the questions now, but he could feel her excited energy as she waited with him for Jette's answer.

"Look, I could have said I never heard of him in my life, but that would be a lie." Jette ran a hand through her short hair, standing it up in an even wilder pattern than usual. "He looked my mom up a couple of years ago. He'd been in jail for a long time, and Mom was kind of scared of him. She hadn't seen him since she was, like, a year and a half old." Jette shook her head, and Nate saw the glitter of tears in her eyes. "She had cancer by then. She didn't need another distraction in her life, and when he called, she refused to see him."

"So she didn't reconcile with him at all?" Nate asked.

"No. She told him to leave us alone. And he did, so far as I could tell. Mom had her chemotherapy and everything, but. . .it wasn't enough."

The tears overflowed her eyelids and trickled down her cheeks. Emily stepped closer and put her arm around Jette's shoulders. "That was a really rough time for you."

Jette nodded and sniffled. "When she died, I felt so alone." She blinked and swatted at a tear. "He showed up at her funeral."

That surprised Nate. "How about Stella? Was she there, too?"

Jette shook her head. "So far as I know, she never even tried to find Mom. I didn't know much about her. I didn't even know she'd been in jail, too, until after I met Grandpa." She stared at Nate, the old defiance cropping up again. "Yes, I agreed to see him after the funeral. I got to know him a little bit. He admitted he was a lousy husband and father. He was so. . .apologetic for not being part of my life and for letting the whole family down, that I decided it would be nice to have a grandpa. To have *somebody* again."

Emily rubbed Jette's shoulder. "I can't say I blame you, Jette. He is your family, but. . .well, you know he did some very bad things."

Jette glared at her and stepped away. "He's paid for all his crimes. He's a free man now, and he shouldn't be treated like a leper."

"You and your grandfather got close?" Nate asked.

"Kind of. We didn't have any memories or traditions, so we made some of our own. He got an apartment in Portsmouth, and we'd do things together on the weekend."

"And you knew when he came to Baxter?"

Jette winced. "Well, I. . .." She sighed and let her head droop. "Okay, yes. He told me he was going out of town for a few days, but he didn't tell me why. I didn't think much about it. But then he called me and asked me to drive up here. He said my grandmother had died, and he wanted to see me. He met me in Bangor and told me about the will and everything. He said I was the missing heir, since Mom had died, and I should make an appointment with the lawyer. But he asked me not to tell anyone he was here. He didn't want to complicate things, but he said he'd stick around and keep a low profile, in case

I needed him." She looked at Nate and then Emily, her chin set with determination. "He's been nothing but good to me."

Nate nodded. "I don't doubt it. I'm sorry I upset you, but I think Detective Blakeney needs to know about this. You see, Anton Pressey was here in Baxter before Stella died."

"You don't—" Her dark eyes narrowed. "Grandpa didn't do anything to her."

"Then who did?"

Jette said nothing, but her lower lip trembled, setting her lip ring aquiver.

"Just take your bags back inside, Jette," Nate said gently. "You need to stay here."

Jette sighed and yanked the backpack out of the car.

"Come on, I'll help you," Emily said. "Detective Blakeney will straighten this all out, but you need to be where he can reach you easily until that happens."

Nate watched the two young women go into the Heron's Nest carrying Jette's luggage. He exhaled deeply and took out his cell phone.

"Detective Blakeney? This is Deputy Holman. I just learned that Jette Williams has been in contact with her alleged grandfather—that is, with Anton Pressey—for the last two years. She did visit him on Grand Cat Tuesday, and he's the one who encouraged her to come to Baxter and claim the Lessard estate. She was going to leave town, but I think I've convinced her that would be a bad idea."

"Oh, great," Blakeney responded. "You couldn't discover this when I was in Baxter? You know I'm in Portland, don't you?"

Nate swallowed hard. "Yes, sir, you did say you were going to question Nicholas Williams today. I'm sorry it's inconvenient, but Emily and I found out sort of by accident that Jette was packing her things and planning to skip town."

"All right, all right. It's a good thing you were there, I guess. But there's no way I can get up there for another three hours. I may as well wait until tomorrow morning."

"Uh, sir, if you think it's appropriate, I could bring Pressey in for questioning. Now that we know he was in contact with one of the girls, shouldn't we..." He wanted to say "interrogate him," but he was afraid Blakeney would jump all over him. Even long distance, the prospect didn't appeal to him.

"I wouldn't want you to talk to him alone, Holman. He may be getting on in years, but he's done a lot of jail time. You don't have the experience to deal with a man like that by yourself. They're crafty."

Nate wished he could say Ward Delaney would be with him, but for the first time he was scheduled to patrol alone that evening while Ward had a night off for his daughter's graduation. "Well, sir, I really think Pressey's a flight risk."

"If you feel it's so urgent that you have to do it today, I'll send you a state trooper for backup. You wait until he gets there, you hear me?"

"Yes, sir." Nate couldn't help smiling grimly. Blakeney seemed sure he would bungle the job.

"You may as well hear it from me: The medical examiner found a tiny puncture wound on the victim's back. That about nails it—the killer stuck her with a fine needle from behind. The ME says that dose of Procaine would work so fast, she probably never knew what happened."

Nate swallowed hard again, thinking about Stella Lessard stirring her spaghetti sauce while a killer sneaked up behind her with a lethal syringe.

"So watch yourself, Holman. Don't take any chances."

"No, sir." Nate hesitated then said, "It did cross my mind that Pressey and Jette Williams might have arranged to leave Baxter together. I think we should question him as soon as possible."

"Okay. I'll go along with you and call the barracks for backup. But it will probably take the unit awhile to get out there."

"Thank you, sir." As Nate hung up, Emily emerged from the Heron's Nest. "Is Jette staying put for sure?" he asked.

"I think so. Any reason to believe otherwise?"

Nate shrugged. "I wonder if she's talked to 'Grandpa' today."

"She didn't mention it, and you know he can't get phone service on the island." Emily glanced at her watch. "I'd better see if Felicia needs me."

"Right," Nate said. "And I'd better go home and get into uniform."

He hurriedly dressed for work and glanced out his front window to see if the trooper had arrived yet. Instead he saw Emily sauntering up the front steps. He opened the door.

"Hey. What's up?"

"Felicia says she's all set for today. She's heading for a Chamber of Commerce meeting, but I can goof off. Imagine that!"

"Yeah, sounds good." Nate hesitated. Should he tell her what he was going to do as soon as the backup arrived? "Uh, Em..."

"What?"

"I want you to go straight home, okay? To the cottage, I mean."

"That's what I plan to do." She eyed him suspiciously. "What's going on?"

"Nothing."

"Oh, yes, something is. You've got that shifty look in your eyes. You can't evade the question with me, Nathan Pierce Holman."

He chuckled. "You got me. Blakeney's sending a state trooper, and we're going out to the island and question Pressey. We may even take him to the

414

sheriff's office for questioning."

"Wow. Based on what Jette told us?"

"Yes. He got her to come up here. Who knows what else he hasn't told us?"

"Good point." She looked up at him hopefully. "How about if I—"

"No, Em. I want you to go home and stay there. Or go visit with my mom if you want. But I don't want you anywhere nearby when we talk to Anton Pressey."

Her face went sober and she nodded. "Okay. For you, I'll do it." She stretched up on tiptoe and kissed him. "I guess I'll go back to the island. Let me know what happens, okay?"

"Sure." Nate turned her toward the back deck and slid his arm around her waist. "Come on. I'll see you to your boat. Which reminds me, I'm really proud of you. You almost handle that motor like a pro now."

She set out for Grand Cat with a cheerful wave, and Nate stood watching until he could barely see her boat, heading for the north end of the island. His phone whirred, and he reached for it with a sigh.

"Deputy Holman."

"Nate, this is Gary. Detective Blakeney told me to come help you out with a sticky interview."

Nate grinned. "All right! I'm glad it's you."

"I'll be there in ten minutes," Gary said.

15

Nate laid the cabin cruiser neatly alongside the dock at Derbin's cottage, exactly right, just the way he'd done for almost twenty years.

Gary grinned at him. "You shoulda been a pilot, Nate. Three-point landing every time."

"Thanks." Nate ran his finger around the neckline of his Kevlar vest. It was nearly suppertime, but the direct sun on the lake warmed him thoroughly, and the extra layer of the vest made him sweat. It hadn't surprised him to see the Kimmel boys splashing about their float again, farther up the island shore.

Gary tied the boat up, and they both climbed onto the dock.

"You do the talking," Gary said as they walked up to the cottage.

Nate's knock brought no response.

"He was outside the other day, when Emily and I came." He turned and peered down the rocky shore.

"Let's take a look around."

Gary stepped down off the porch, but Nate stood still, gazing down the path toward the dock and his boat.

"Hey."

"Yeah?" Gary turned and looked up at him.

"His boat's gone. We should have realized it when we docked. He rented a boat at the marina to use while he's here."

"Maybe he's out fishing."

Nate decided to save time and turned the doorknob. The door swung open.

"Pressey?" he yelled into the kitchen.

Gary looked at him, his eyebrows arched.

Nate frowned and called again, "Pressey? It's Nate Holman. Are you in there?"

Silence greeted him.

"I'm going in." Nate drew his pistol.

"Don't you—"

Nate ignored his cousin and stepped forward. He felt a little silly, entering the empty kitchen in the alert stance and peering all around at every possible place of concealment. If anyone fussed about him entering the cottage without an invitation, Nate could remind them of the Henry Derbin incident and claim he was worried about the renter. A mug, bowl, and spoon rested on the tiny countertop beside the sink, but they were the only signs that someone had been there recently. He heard Gary in the doorway behind him.

"Clear!" Nate moved on to the living room door. Again, nothing. Everything looked as though no one had disturbed it for weeks. He saw no personal items lying about. He knew the layout of the single-story cottage from his past visits to Mr. Derbin, and he checked the bathroom next, pushing back the shower curtain. When he emerged, Gary was already in the only bedroom.

"Nobody's here," Gary said over his shoulder. He had the closet door wide open, and Nate could see it was also empty.

"He packed up his stuff and skipped." The disappointment that washed over Nate surprised him. Until that moment, he hadn't known how badly he wanted to break this case.

Gary lowered his weapon and walked toward him. "We might as well call it in and go back to your house."

Nate hated to leave. There must be something they could do, something they had overlooked. Reluctantly he closed the front door behind them and followed Gary to the dock. Gary used his portable radio to report that the man they'd gone to interview wasn't available.

"I guess we can ask Jon and Allison Woods if he brought the boat back and paid for the rental," Nate said. "Or Bridget Kaplin might know if he's left town for good. She handles the cottage rental."

"Sure," said Gary.

Nate hopped down into the boat and waited for Gary to cast off, then started the motor. He pulled out away from shore and revved the engine. Every minute might count, but he couldn't resist the urge to head just a little north by east until he could see Emily's place. Had she gone straight home as she'd promised?

They cruised past the Surpassing Peace camping center and rounded the rocky point until he could see past the other docks to the last one in the row. The first thing he focused on was Emily, standing on the end of the dock and waving a bright red beach towel.

Emily flapped the towel wildly in the breeze. She'd heard the motor before she saw the boat, and hoped it was Nate and that he would look her way. Her heart pounded as she studied the approaching craft. *Nate's boat! Thank You, Lord!* She raised the towel over her head again and waved it in a wide circle. Nate brought the boat in close and turned it sideways ten yards off her dock, causing a deep wave that swept toward the shore.

417

"What's up?" Nate called. He was in full uniform, including his bullet-proof vest, broad-brimmed brown hat, holster, and sunglasses. Gary Taylor, in his blue state police uniform, looked nearly as dashing. Under different circumstances, she'd have teased them about how fine they looked.

Emily gulped and yelled over the pounding waves and idling motor. "Anton Pressey. I saw him leave the island as I was coming home."

Nate nodded. "When?"

"Twenty minutes ago? Maybe a half hour. When I saw you heading for his place, I knew you wouldn't find him."

"Which way did he go?"

She pointed toward Baxter.

Nate and Gary consulted, but she couldn't hear what they said.

"We would have seen him if he went to the marina," Nate called.

"I didn't see where he went, but he started out in that direction." Later she'd tell Nate how she'd jumped back into her own boat hoping to follow Pressey, and in her haste had flooded the outboard motor again.

The two young men conferred for a moment.

"Take me with you," Emily called.

Nate looked at her, his eyes wide, then turned back toward Gary for a moment. She was afraid they would refuse, since they were carrying out official business. But Emily would never live it down if they pulled off the town's biggest arrest of the year and she wasn't there to report on it.

"I'm bringing the boat in," Nate called. Ever so gently, he brought the cabin cruiser closer. When it nudged the wharf's framework, Gary reached out and grabbed the ladder that extended down the side of the dock and into the water. "Jump in quick," Nate said.

Emily scrambled down to the deck, and he immediately pushed the boat away from her dock, urged the engine to life, and swung the boat in a wide circle.

"Where are we heading?" Emily screamed over the deafening whine of the motor.

"The marina."

She nodded and sat down on one of the seats. Gary opened a locker and tossed her an orange life jacket. She buckled it on and sat back. No sense trying to talk until they landed, the motor was so loud. They all scanned the shore, and she concentrated on the boats moored at the marina as they approached, searching for one with a green stripe on the hull. If she'd just been more careful starting that motor again, she could have followed Pressey until she knew exactly where he landed and then intercepted Nate and Gary.

"I think that's his boat." She pointed as they neared the shore, indicating one tied up in a slip and bobbing on the gentle waves. Several of the rentals looked similar, but the green stripe narrowed down the possibilities among the dozens of watercraft.

They docked, and Nate tied the boat. Emily jumped out, quickly followed by Nate and Gary.

"We'd better have a talk with Allison," said Nate. "She might be able to tell us where he went from here."

Allison smiled and waved to them as they entered the marina store. She was finishing up an order for one of the island visitors. "How's it going?" she asked as the customer exited, eyeing the two men in uniform with curiosity.

"Hey, Allison," said Nate. "Did the guy staying in Derbin's cottage turn in his boat just now?"

"Anthony Smithson? He sure did," she said. "He said he was done with the boat and the cottage. He paid his bill and everything, but he seemed in a bit of a hurry."

"Not surprising," said Gary. "I would be, too, if I were him."

"Is something wrong, then?" Allison asked.

"It's definitely shaping up that way," said Nate. "Did you happen to see what he did after returning the boat?"

Allison leaned on the counter. "I don't mind telling you as soon as he walked out the door, I followed him and watched to see what he was up to. You asked about him before, and there's a lot of funny things going on around here. I said to myself, just maybe Nate will come around wanting to know about this guy again."

"So, where did he go?" Gary asked.

"He got in his car," said Allison, "and he *wasn't* alone."

"Who was with him?"

"One of the *heirs*. That Jette girl. I'd know her anywhere."

"That must be why we didn't see him on the lake," Nate said. "He went over to the Heron's Nest for Jette. I'll bet he was docked there when we set out for Grand Cat." He turned to Gary. "They're going to hit I-95, no question about it."

"I agree," said Gary.

Emily stepped forward and touched Nate's sleeve. "Jette said she'd stay here in town."

Nate's eyes crinkled. "Yeah, she *said* that."

"They're probably halfway to Canada by now," Gary said.

Nate turned to face him. "You may be right. All the same, we'd better make sure they're not at the Heron's Nest." He said to Allison, "Thanks for your help. I'm glad he at least paid you. Looks like we'd better make tracks."

Emily reached for his hand as they followed Gary out of the store. "Can I go with you?"

Nate hesitated. "We can take you to the Heron's Nest, but if we have to chase those two down, you'll have to stay behind."

"Fair enough," said Emily. "I can go to the office and clue Felicia in, and I'll start writing my story about this for next Tuesday's paper."

"All aboard," Gary called through the window of his cruiser. He had already started the engine.

On the short run to the Heron's Nest, they speculated as to what Anton Pressey was up to, and how he had schemed to kill his ex-wife and get hold of her money.

"I'll bet he started tracking down Stella as soon as he got out of jail," Nate said. "He's probably been planning revenge for years. Stella testified against him and made sure he got a long, tough sentence."

"So you definitely think he killed Stella?" said Gary.

"Yeah, I do. And then dug up some girl to pretend to be her granddaughter so she could claim the estate and split it with him."

"You still don't think Jette is who she says she is?" asked Emily. "It seems to me that would be a huge risk to take."

Nate shrugged. "Pressey didn't have much to lose."

"I disagree." Emily raised her chin. "He had a lot to lose. Think about it. He's been in prison for *years*. And now he's finally out."

"True," said Gary. "But you'd be surprised how many times these ex-cons blow it a second time as soon as they get out."

"But it's not like he got out last week. He's been free for two years, and if Jette is telling us the truth, he's built a relationship with his granddaughter."

"It could have taken him this long to find Stella," Gary said.

Nate nodded with an apologetic glance at Emily. "I know Jette sounded convincing, but it all could be an act."

"I won't believe that until we have proof." Emily stared ahead, out the windshield, realizing she didn't want either Jette or Jeanette to be proven liars. The idea of either or both girls going to prison tied her stomach in knots. "Jette probably doesn't know he killed Stella. She thinks she's just helping her nice old, misunderstood grandpa."

They arrived at the bed-and-breakfast, and Nate and Emily got out.

Rita was relaxing in the sitting room with a paperback novel when they entered. "Hi, Nate. Hi, Emily." She pushed herself up off the sofa.

"Hi, Rita," Nate said. "I need to know if Jette Williams is still here."

"She checked out about an hour ago." Rita's smile drooped. "Is something wrong?"

"Maybe. Was anyone with her when she left?"

"No, I don't think so. She carried all her luggage downstairs herself."

Nate sighed. "I hope we aren't too far behind them."

"What's going on?" Rita asked.

"I'll explain," said Emily. She turned to Nate. "You go ahead. Be careful."

"I will." Nate gave her hand a squeeze and turned toward the door just as Gary mounted the porch steps and opened the front door.

"Call it in," Nate said as he walked toward his cousin. "Jette's on the loose. Checked out an hour ago—right before Allison saw her and Pressey together."

Gary's eyebrows shot up. He glanced at Emily, gave her and Rita a nod, and followed Nate toward the car.

"I think Nate's wrong," Emily said to Felicia a few minutes later in the *Journal* office. "I don't like to disagree with him, but this doesn't make sense to me."

"What?" Felicia poured coffee for both of them.

"Anton running away now, if he went to all that trouble to find Stella and kill her. He didn't cut and run as soon as she died. He wanted Stella's life savings. So why take off now?"

"Good question. He knew the police had ID'd him yesterday, and he didn't run then. So what do you think he's up to, Miss Super Sleuth?" Felicia asked.

Emily sat in her swivel chair and curled her hands around her mug. "I think he must have been very angry and determined if he planned to kill her. He had forty years to let his bitterness against her simmer. And forty years to plan this thing in great detail. And he wanted her estate, so he got Jette up here to help him. Why is he giving up now?"

"He must think the police are close to pinning Stella's murder on him. Did you get enough out of Nate and Trooper Taylor to start writing a story?"

"I think so. Anton's apparently skipped town, so Nate said it's okay to reveal his identity."

But as Emily started a new computer file, she found she couldn't concentrate on the few facts she knew. She pondered Anton's possible intentions, and what he would do if he knew he was suspected but didn't have the estate yet.

"You know," Felicia said, "forty years is an awfully long time to serve for armed robbery."

Emily nodded. "A man was shot in that escapade. And Nate got me some more information on Pressey's police record. He got out of jail once, but he got caught for stealing again within a matter of weeks and got put right back in the slammer. And then he was released again and was arrested on a parole violation. The time he served wasn't all for that original charge."

Felicia sipped her coffee and set her mug down. "He probably blames

Stella, anyway. Some men do that—blame anyone but themselves for the mess they've made." She resumed her typing.

"Felicia?"

"Huh?" Felicia looked at Emily but kept typing.

"Can I pop out for a minute or two? I have a hunch."

Felicia laughed. She tucked a strand of hair behind her ear. "Go ahead, but I want to hear about this hunch when you get back! Does it have to do with Stella's death?"

"Everything to do with it." Emily jumped up from her desk. "I should be back soon." She hurried out of the office and to Nate's yard, where she kept her car during her stays on the island. If her hunch was right, there was no time to lose.

She drove out of town and headed for Stella's house. Sure enough, as she pulled up on the side of the road, she spied a car parked in the driveway.

She felt certain it was Anton Pressey's vehicle, and that he was inside the house poking around. She whipped out her cell phone.

"Nate? Hi, it's me. I'm parked outside Stella's house, and there's a car here."

"What are you doing there?"

"I don't know. I had this feeling something wasn't right." She rolled down her window as she talked and squinted at the unfamiliar car.

"Em, you've got to be more careful. Get out of there, and Gary and I will come back and check it out."

"Can you run the plate number for me first?"

"Sure, give it to me."

Emily smiled at the resignation in his voice. She read off the number and then waited for his response.

"That's Anton Pressey's car."

"Thought so." Emily stared toward the house, but it looked as quiet and peaceful as ever. However, the yellow crime scene tape hung limp on the porch instead of stretching across the closed front door.

"Has anyone seen you?" Nate asked.

"I don't think so. The police tape is down."

"Get out of there now, Em. We'll be there in thirty minutes. Go back to the *Journal*."

Emily closed her phone and put the car in reverse. Just as she was about to turn around, she heard a shrill scream from the direction of the house. Instinctively, she put the transmission in park again and jumped out. She couldn't let one of the girls get hurt. It would take Nate and Gary half an hour to get there. Maybe the simple act of making her presence known would stop something bad from happening.

She dashed across the lawn and up the steps of the porch, took in a deep breath, and knocked on the door. *Nate is going to kill me,* she thought.

A moment later the door was opened by Anton Pressey. He stared at her for a moment then lifted a gun and pointed it at her face.

16

Anton grabbed Emily's arm and yanked her into the house. His grip brought tears to her eyes as he walked her toward the kitchen, the gun pressed against her jaw. He shoved her through the doorway.

Emily knew better than to struggle against someone holding a gun. She stumbled into the room, sensing other people on the far side of the dim kitchen. Anton pushed her toward the wall near the table, and she stood meekly, looking down at the floor where she'd found Stella's body just over two weeks ago. She had foolishly placed herself in the killer's power. *Lord, keep me safe,* she prayed. How near was Nate? He'd said half an hour.

"Now we got trouble," Anton said gruffly. "This nosy newspaper reporter wants a big story. Well, she's gonna get a story. Tie her up, Jette."

Jette? Emily looked up. Her eyes adjusted to the dimness. Jette stood across the room, wearing the same black jeans, striped T-shirt, and zippered sweatshirt Emily had seen her in earlier, watching her from beneath furrowed brows. Not far from her, tied to one of Stella's gray-painted Windsor chairs, sat Jeanette. Her dark eyes contrasted with her pale face. Jeanette pressed her lips tightly together and met Emily's gaze. Rope bound her ankles, below the hems of her plaid capris, securing her feet to the chair.

Emily swung her gaze back to Jette and made eye contact for a second. She tried to convey her confusion without words, but Jette quickly looked away.

"Sit down!" Anton pulled a chair out from the table.

Emily walked over hesitantly and sat. Jette began to tie her up, pulling the knots snug, but not so tight that the strands bit into her skin. Emily fought back the urge to blurt out her feelings of betrayal. She had known all along, though she hadn't wanted to believe it, that one of the two girls must have been lying about her identity and her purpose for visiting Baxter. But still, she had wanted to trust Jette. The girl seemed to need someone to trust her.

"Now, where were we? Oh, yes. My money." Anton trained his gun on Jeanette. "The attic? The basement? Where is it?"

Jeanette blinked hard and tears filled her eyes. "I don't know! I told you a million times. I don't know anything about any money."

Anton stepped closer to her chair. "Is it buried in Mason jars in the backyard? Stella never did trust banks."

Jeanette choked and said nothing. A tear ran down her cheek.

He came closer and bent over, leaning his elbows on the kitchen table and holding the gun almost casually. "Don't make me use this. I'll find that money with or without your cooperation."

"She's not budging," said Jette. "Either she's determined to hold out on you, or she really doesn't know."

"Never mind," said Anton. "We'll keep looking. Stella would have stashed it somewhere real clever, same as me. That's how she got ahold of it in the first place. She stole it all off me while I was in jail."

The contempt in his voice made Emily shiver. She couldn't imagine being married to someone like that. Stella must have lived in terror during her marriage to this man.

"It took me a long time to find her, you hear me? When she got out of jail, she took that money—my money! She snatched it and dropped out of sight. She thought I'd never find her. But I did, and I'm not leaving until I get that money back."

"I don't know where else to look," said Jette.

Anton absently pointed the gun toward the ceiling and scrunched his eyes up until they were small, glittering orbs. "You're looking in the wrong kinds of places. She wasn't stupid. No tissue box or mattress stashes for her. She'd put it someplace where that no-good husband of hers wouldn't find it. He probably never knew about the stash she stole from me. I'll bet he thought she was innocent and honest." He let out a bitter bark of a laugh.

Jette leaned with her back against the refrigerator. "You look then. I'm tired of searching."

"You're tired," he spat out. "Some help you turned out to be. I didn't do you a good turn to be backstabbed like this. You were supposed to establish yourself as the old woman's heir, move in, and find the money on your own. But, oh, no. You couldn't manage it by yourself."

"They wouldn't let me move in," Jette retorted. "The *police* wouldn't let me!"

"I knew you were a fake," said Jeanette.

"Shut up!" Anton hollered at her. Jeanette cringed and lowered her chin to her chest. "Come on," he said to Jette. "That's a dirt floor down in the cellar. She probably buried some of it down there when she first moved in."

"Did it occur to you that she might have spent the money to buy this house?" Jette's upper lip curled, causing her lip ring to glitter as it caught the rays from the light over the sink.

"This dump? Not all of it, trust me. Thirty years ago this heap wasn't worth much." He yanked open the door to the cellar way.

"Hadn't I better stay up here and watch them?" Jette asked.

"If you've tied them tight enough, they won't go anywhere. Do I need to check those knots?"

"No, they're good," Jette said, flicking a glance at Emily.

Emily held her breath. Was Jette telling her to try to escape when they left the room? She pulled against the ropes and turned her wrists as far as she could, but her bonds felt secure.

"That news story said there was cash," Anton said.

Emily cleared her throat. "Actually, what I wrote was that the attorney indicated the estate was worth more than just this house. That doesn't necessarily mean cash. It could be stocks, mutual funds, life insurance. . . ."

"Oh, you're so smart." His narrowed eyes shot daggers at her. Rusty, jagged daggers honed in prison. "I oughta make you dig."

At least she wouldn't be tied to a chair then. But did she want to dig a hole while Anton Pressey held a gun on her? Shudders ran down her spine. That hole might become her grave.

"We looked that floor over really well," Jette protested. "It's all hard-packed dirt that hasn't been disturbed. It would take weeks to dig it all up, and you'd find zilch."

Anton hesitated at the top of the stairs and looked back at her. "If she buried it years ago, before she married that Lessard guy. . ."

"Why would she do that?" Jette asked. "She'd want it where she could get at it and use it if she needed money."

"The flower beds," he said with a decisive nod. "She could dig them up every year, and no one would be the wiser."

"Hey, that's a thought," Jette said. "Soft ground. But that Cedar guy might have found it." She swung around and looked at Emily. "Didn't he do a lot of the gardening?"

"I. . .think it was more after Mr. Lessard died," Emily said. "I know Cedar cut firewood for Stella, but he did seem to be doing yard work, too, these past few years."

"Like mowing the lawn?" Jette asked.

Emily shrugged. "One thing you can be sure of is that Cedar doesn't have much money. If he'd found a hidden treasure, the whole town would know about it. He's not one to hide his emotions."

Anton closed the cellar door. "I think we should dig up the flower beds. We've gone over this house from top to bottom. Unless there's a secret compartment we didn't find, it ain't in here."

Emily imagined Anton scooping up shovelfuls of Stella's daffodils and lilies, throwing them willy-nilly about the lawn. It might keep him busy until Nate and Gary got here.

"Did you see a shovel?" Anton asked Jette.

"Don't think so."

He turned on Emily. "You knew her. Where would she keep a shovel?

There wasn't one on the porch or in the basement."

"I don't know." Emily saw his eyes darken and his jaw clench and added hastily, "But there's a shed in the yard. There may be some tools out there."

"There *is* a shed," Jette said. "I searched it yesterday." She peered out the window that faced the woods on the side of the house away from the road. Emily figured she could see the tool shed from there. "Hey, Gramps! Someone's out there."

Anton strode to the window. "Where?"

"I saw a light, like maybe a flashlight. It went around toward the front of the house."

Emily's heart hammered. Were Nate and Gary here so soon? They wouldn't know Pressey was armed. They would see her car in the driveway, though.

"Come with me." Anton hurried toward the entry, and Jette followed him out of the kitchen.

Emily exhaled. "Are you all right, Jeanette? Did he hurt you?"

Jeanette sniffed. "Not much. He shoved me around and slapped me once. I think he figures I knew Stella before she died, but I didn't." She blinked her damp eyelashes and whispered, "Honestly, Emily, I never met her. And if she had some money to hide, I have no idea where she would have put it. This is the first time I've ever been inside this house."

Emily nodded. "The man is desperate. Over the years, he's built this up in his mind. I mean, how much could it have been? A few thousand? A million?"

"I doubt it was that much," Jeanette whispered.

"Me, too. But he's rationalized it all in his mind. Stella testified against him and because of that, he spent more time in jail than he would have otherwise. She got a light sentence as part of the deal. He figures she retrieved his loot when she got out and came here and hid. She started a cozy new life. Now he wants his money and his life back. But he won't find it here."

"Are you sure?" Jeanette sniffed.

"Yeah, pretty sure. Stella wasn't stupid. She had a safe. If there was cash, I presume she kept it in there, along with her important documents. But the safe is no longer here."

Jeanette stared at her, then glanced toward the doorway. The murmur of low voices came from one of the front rooms.

"You mean, there was a safe in this house when she died? Those two didn't find one, that's for sure."

"Yeah, there's a reason for that. You know Nate, my fiancé?"

Jeanette nodded.

Emily whispered, "He and another officer removed the safe the day Stella died, to hold it secure for her heir. They took it to the Penobscot County

Sheriff's office. I think it's locked up there, unless they had it put in a bank vault or something. It's not here anymore."

Jeanette swallowed hard and looked toward the doorway again. "Are you going to tell him?"

Emily shrugged, but that made the ropes pull against her wrists. "If it will save our lives, sure. Why not? Maybe he'd let us go if he knew that."

Doubt clouded the girl's eyes. "I don't know. He probably wouldn't believe you. And if he did, it might make him madder than he is now, if he knew it was someplace where he couldn't get at it. What if he. . ." Jeanette shivered.

"Jeanette, I've been praying hard and trying to think of ways to distract Anton. See, I called Nate before I came in here. He and another officer should be here soon. It could be one of them that Jette saw out the window. Or maybe she imagined something. But if it's not them, maybe we could convince Anton to start digging up your grandmother's flower beds. That would keep him and Jette busy until—"

A gunshot shook the house.

E mily's ears rang with the repercussion. She wished she could get her hands up to her ears. Jeanette grimaced as though in pain and squeezed her eyes tightly shut.

"Are you all right?" Emily could barely hear her own words. Jeanette must not have heard her question. Slowly the roaring in her ears faded, but a ringing remained. A bitter taste filled her mouth. What had Anton done?

Movement drew her gaze to the doorway, where Anton entered, followed by Jette. Anton's mouth moved as he walked, but the only words Emily could make out were ". . .crazy old guy."

She caught her breath. "Did you shoot Cedar?" Her voice sounded faraway, beyond the ringing.

Anton threw her a glance and laughed.

Jette came over to her chair and leaned toward Emily. "He didn't. He just scared him away."

Emily inhaled deeply, wondering if anyone in the neighborhood had heard the gunshot. Stella's home nestled in a secluded wooded area. The closest house was Cedar's, and that must be half a mile down the road.

Jette's dark eyes roved about the room, not resting long on anyone. Was she frightened by Anton's show of force? Emily closed her eyes and tried to calculate the time that had passed since she'd called Nate. If Cedar wasn't hurt, would he go to Nate when the police car drove up? And could she use what time she had left to turn Jette against her grandfather?

She opened her eyes. Anton was rummaging through the kitchen cabinets. They must have searched them already. He took down a can of ground coffee and set it on the counter.

"Jette," Emily whispered. The girl ignored her. *Her ears are probably ringing worse than mine.* Anton laid his pistol on the counter and struggled with Stella's coffeemaker. Louder, Emily said, "Jette."

The girl snapped her gaze to Emily's face and raised her eyebrows.

"You don't have to help him," Emily said softly. "You can get out of this now. But if you stay in it with him, you'll face criminal charges, just like your grandmother did."

Jette's lip curled. "I knew you were smart, but now you've got a law degree."

Anton glared over his shoulder. "Shut up. Jette, come make me some coffee. Does this thing need a filter?"

Jette pursed her lips and gave Emily a dismissive look before joining him. "I'll get it, Grandpa."

"Great. I knew you were good for something."

He didn't see the hurt look on Jette's face as he turned away, scooping up the pistol, but Emily saw it. *Lord, help me to get through to Jette. Open her eyes and let her see how wrong it is to help him.*

"Okay, Peaches and Cream." He walked over and stood squarely in front of Jeanette, giving Emily a profile view of his sardonic features. "Stella must have told you something. Spill it."

"I told you, I never met her." Jeanette's voice trembled.

"I don't believe you."

"Too bad." Jeanette's face reddened and she cringed. Anton swung his left arm and slapped her.

"What are you doing?" Emily pulled against the ropes but only succeeded in making the chair wobble. "Leave her alone!"

Anton rounded on her, shoving the gun toward her. "Shut up!"

"She's your granddaughter." Emily glared up at him. "Don't you realize, she's as much your flesh and blood as Jette is?"

"That's it." Anton whirled away and stalked to the counter. "Gag that one," he said to Jette. "I can't stand her lip anymore."

Jette pushed the button to start the coffeemaker and looked over at Emily. She hesitated, looking about the kitchen. "What do you want me to use?"

"Anything. Just shut her up." Anton prowled out into the hallway again.

Jette gulped and opened several drawers. She pulled a few dish towels and washcloths out, looked them over, and chose one. Straightening, she approached Emily slowly. "I have to do this. I'm sorry. I know you don't mean any harm. If you promise not to yell at him, I'll make it loose."

Emily nodded, eyeing the threadbare towel she'd chosen. "I'll be quiet, for your sake and Jeanette's. That man is capable of extreme violence, Jette. I don't want him to hurt you or Jeanette any worse than he already has."

"He's never laid a finger on me." Jette's mouth was a thin purple line as she rolled the towel the long way to improvise a gag.

"He will, sooner or later."

Jette's eyes flashed. "Grandpa's right. You talk too much."

As she tied the towel around Emily's face, Emily looked over at Jeanette. The girl was slumped in her chair, sobbing quietly. Jette knotted the ends of the towel behind Emily's head, but not too tightly. Emily pushed against the cloth with her tongue. At least it was clean. She prayed that someone had heard the shot and called the police, but even so, Nate and Gary were no doubt the closest officers. A call would warn them that Anton was armed, if nothing else.

Anton walked back into the kitchen. "Seems quiet out there. Now, let's get down to business." He stood before Jeanette again and reached to raise her chin. Jeanette lifted her eyelids, staring up at him with watery eyes. Her mouth twitched.

"Last chance, Peaches. You must have found out where she kept her dough. That's why you were so mad when you found out Jette beat you to it and got to town before you did."

"No. That's not true." Jeanette's tears flowed freely, and she jerked her chin away, lowering her head against her shoulder.

"Listen to me." Anton waved the pistol across her line of vision. "You give it to me straight, or I'll shoot the reporter girl. You get me?"

Bile rose in Emily's throat. Was this the end?

Jeanette straightened her shoulders. "Okay, I'll tell you where it is. She had it in a safe."

Anton froze and stared at her. Emily's chest hurt. Would the revelation that the police had put Stella's assets out of his reach anger him to the point of killing her and Jeanette? She tried to cry out, but only a small groan echoed in her throat.

"A safe?" Anton and Jette moved closer to Jeanette.

"There's no safe in this house," Jette said.

"That's right. The police took it."

All was silent for a moment. Jette looked up at her grandfather. "If the police have the money, there's no reason to stay here, Grandpa. We'd better leave."

"No. No, I won't do that until I either have the money or know there's no hope of getting it."

"That lawyer is probably holding the money for the estate." Jette plucked at his sleeve. "Come on, Grandpa. Let's go."

Anton shook her hand off. "No. She wouldn't stash it all in one place. There's got to be some hidden here." He looked around wildly. "Stella was always like that—every time I brought home some loot, she'd hide it."

His gaze lit on Emily. She sensed evil as he stepped around beside her and watched Jeanette. A heavy dread settled over her. He raised the muzzle of the pistol to Emily's temple and glared at Jeanette.

"Are you telling me the truth, Peaches? I meant it when I said 'last chance.'"

Emily's head spun, and she found it hard to breathe.

"Yes!" Jeanette's eyes widened and she strained at her ropes. "Don't shoot her. The police *did* take the safe. But it's—" She choked on a sob and lowered her gaze.

"It's where?" Anton's steely voice cut the air.

Emily tried to still the thumping of her heart. *Please, Lord, if You want me to die, at least let Jeanette know You're real and that You care about her. Help Jette to see this man is evil.* A fleeting thought of Nate racing toward the house to help her sent tears gushing into her eyes. She blinked and stared across at Jeanette, feeling the hard end of the gun's barrel against her temple.

Jeanette glared up at Pressey. "It's out on that island."

Emily felt Anton flinch. The gun moved slightly, and she held her breath.

"What island? Grand Cat?"

Jeanette nodded. "The police put it out there because they figured you'd never look for it there. It's in Emily's cottage."

Nate called the dispatcher and reported the plan for him and Gary to drive to Stella Lessard's cottage near Blue Heron Lake and sat back, his stomach doing flips. If they arrived before Anton Pressey left the house, they would be confronting a hardened ex-convict. He wasn't looking forward to renewing the acquaintance.

"Should we put the siren and lights on?" Gary asked.

"Let's not. There's not much traffic tonight, and we don't want to give him advance warning that we're on the way."

"Right." Gary accelerated as they came onto a straight stretch leading toward Aswontee. "So you think he's in there looking for valuables?"

"I don't know what he's doing, but I doubt he's picking up souvenirs." Nate gritted his teeth. Why had he been so sure that Pressey would try to flee the state? He and Gary had put a good twenty-five miles between them and Baxter before Emily's call came in. Now they had to retrace their steps. At least Emily was safe. She should be over at the *Journal* office with Felicia by now, sipping chai tea. He was thankful for that.

"I guess I'll give Emily a call and make sure she's someplace far away from there." He took out his cell phone and punched in her number.

"What's the matter?" Gary asked a moment later.

"She didn't answer. I got her voicemail."

"She probably left her phone in her car."

"Yeah." Nate started to return his phone to his pocket but decided to try the newspaper office instead.

"*Baxter Journal.* This is Felicia Chadwick."

Her matter-of-fact voice calmed him, and he relaxed his clenched fingers a bit. "Hi, Felicia. This is Nate. Is Emily with you?"

"Actually, no. She left here. . .oh, maybe forty-five minutes ago. Said she had a hunch about Stella's death."

Nate's stomach tied itself in double knots. "And she hasn't called in?"

"No. What's up, Nate?"

He made himself exhale slowly. "She called me twenty minutes ago from outside Stella's. Said Anton Pressey's car was parked in the driveway. I told her to am-scray and go back to the office. But I tried to call her just now, and she's not answering her phone."

"She. . .hasn't come back. Should I go over there?" Felicia asked.

"No. Gary and I are on the way. We'll get there in about ten more minutes. You couldn't get there much faster."

"Okay. I'll stay here and call you if she comes in."

Nate clicked his phone shut and reached for the switch that would activate the light bar on top of the car. Why couldn't Emily keep out of trouble? But then she wouldn't be Emily. He glanced over at Gary. "Floor it."

—

"Untie them," Anton growled, indicating Jeanette and Emily with a wave of his pistol.

Jette stepped forward and bent to work on the ropes that held Jeanette to her chair. When her hands were free, Jeanette brought them to her lap and rubbed her wrists.

"That sounds fishy." Anton eyed Jeanette for a long moment. "Why would they take it all the way out to the island? I mean, putting a safe in a boat. . ." His face brightened and he swung around to look at Emily. "You and your boyfriend might do something like that. If you knew there was cash in it, you might have seen a good opportunity to get yourselves a little nest egg." He nodded as though he liked the idea. "You came here that day. You and that nutcase gardener."

Emily's heart thudded in her chest as she speculated on what his ramblings meant. Was Anton here the day she came to interview Stella? Had her arrival—or Cedar's, before her—scared him away before he found the safe?

Jette glanced up at Anton. "Say, maybe we should leave them tied up while we go and check it out, Grandpa. It wouldn't take long."

"Leave them here alone? No. That old guy might come back and help them get away and call the cops."

Jette's purple lips pouted as she fumbled for the rope around Jeanette's ankles. "It just doesn't make a lot of sense to me that anyone would haul a heavy safe out to the island. Does that sound logical to you?"

Anton hesitated. "How about if you stay here with these two? I'll go back to the marina and get the boat again and run out there."

Jette let out a short laugh and stood. Jeanette bent to pull the loose rope away from her legs.

"You couldn't lift that safe by yourself," Jette said, smiling at him with a shake of her head. "What would you do if you found it?"

Anton frowned and stepped over next to Jeanette. "You wouldn't lie to your old grandpa, now would you, girl?"

Jeanette caught her breath. "No, sir." She stared down at the floor.

He swung around and leveled the gun at Emily. "Take the gag off her, Jette."

As the girl worked at the knot behind her, Emily waited, her heart and her mind racing. Jette pulled the cloth away, and she licked her lips, trying to get rid of the dry, cottony taste.

"All right, you get one chance," Anton said, pronouncing each word distinctly. "Is there a safe?"

Emily nodded. "It took three men to get it out of here the day Stella died."

Anton swore and paced to the refrigerator and back.

"What can we do?" Jette asked. "Could you open it if we found it?"

"Maybe. Can't blow it open, that's for sure. Someone would hear the explosion. And that's if we had any explosives, which we don't." Anton paced the kitchen again. He stopped near the cellar door and whirled to face Jette. "We'll shoot them both so they can't tell where we went. Then we'll go to the island."

"No!" Jette jumped forward, holding both hands out toward him. "You're kidding, right, Grandpa? We couldn't do that."

Anton eyed her for a long moment then shrugged with a chuckle. "Right. I was just trying to scare them."

Jette exhaled. "Good. Because if we get caught, we're in enough trouble as it is. I don't want anything to do with. . .with hurting people."

"Trouble?" He fixed Jette with a glare that sent shivers down Emily's spine. "You don't have a clue about trouble, girl. If these two are lying to me, they'll be sorry, I'll tell you that. Stella stabbed me in the back. Well, she got hers in the end, didn't she? It took me a long time, but I made sure she got what was coming to her."

Jette stared at him, her dark eyes like hollows in her pale face.

"Don't look so shocked, kid. You knew we were here for the money. When the newspaper came out with the story that said her estate had some value beyond this sorry old house, I knew she'd been sitting on my loot all this time. I'd suspected as much before, but she denied it. Well, who's going to end up with it now? I'll tell you who. You and me, that's who."

Jette moved slowly over to Emily's chair. "I. . .I'll untie you now. Don't try anything."

"You'd better not." Anton's voice rose. Emily was sure that Cedar or anyone else outside could hear him plainly. "I deserve that money, and I'm going to get it. I've worked hard, and I'm not leaving until I get every cent. Things didn't go right at first, so I went to all the trouble of playing tourist and getting Jette up here to put in a claim as an heir." He gestured toward Jeanette with the gun. "Come on. Stand up. You girls may come in handy."

Emily swallowed hard. She couldn't let him take her and Jeanette out of the house. How would Nate and Gary find them?

"So, are you and Jette going to go off and live together once you get your—your money?" She nearly choked on the words, but she managed to hold his gaze steadily.

"I dunno," he muttered. "I figured to leave Jette here to live on the property, but if the cops find out she was helping me, they won't let her inherit. And I don't have any guarantees that you and Peaches, here, will keep your mouths shut."

"I won't tell anyone," Jeanette said quickly. "I'll go home and not ask for a share of the estate. Just let me and Emily go. I promise, I won't turn you in."

"Oh, sure," Anton said with a sugary smile.

"I won't. Honest."

"Shut up!"

Jeanette jumped back, tipping over her chair.

Emily wanted to rail at him, but this wasn't the time to go after a bully. Instead she drew a deep breath and squared her shoulders. "Mr. Pressey, I won't tell, either. Let us go. I'll even tell you exactly where the safe is."

"Oh, you'll tell me, all right. Because you're going with me. You'll show me. But first we need a boat."

Emily opened her mouth then clamped it shut and stooped to right the fallen chair. Not the time to tell him the police had the safe in a secure place, not on Grand Cat. That might be just enough to stimulate his trigger finger again.

18

"Y‌ou two take my car," Anton said, tossing Jette his keys. "Make Peaches and Cream drive. I'll take the nosy reporter with me. No sense letting anyone find her car here." He shoved Emily toward her car. She stumbled and caught herself against the door panel. Where was Nate?

Over his shoulder, Anton called to Jette, "Make her drive you straight to the marina. Stay right behind us. No tricks." He took Emily's keys from her and unlocked the passenger door. "Get in."

She climbed in and reached to close the door, but he held it open.

"Oh, no, sweetheart. Slide over. You're driving."

Her stomach lurched. He'd made her get in on his side to keep her from locking him out and to allow him to keep an eye on her while he got into the car. Once he was settled, he reached for his seatbelt and buckled it. So she couldn't hope to stage a minor accident and throw him against the dashboard. With trembling hands, she buckled her own belt.

He handed her the key ring. "All right, back out nice and easy. Don't try anything cute. I don't need you, and I'd as soon put a bullet in you and dump you out in the ditch, you understand?"

She couldn't speak, so she nodded.

"Good. Let's go. Baxter Marina. You know the way, I'm sure."

She made herself breathe slowly and evenly. Darkness was beginning to fall, and she put the headlights on as she backed carefully onto the road. Behind them, Jeanette pulled out a few seconds later in Anton's car. She wouldn't dare try to escape, even though Jette was unarmed. Would she? Emily thought not. Anton had terrorized her thoroughly. Jeanette would do as she was told.

Sending up a fractured prayer, Emily glanced at Anton. He held the gun below the level of the windows, but it was pointed at her midsection.

"You should leave Jette out of this," she said.

"Ha! Right." He shook his head. "She wants the loot as much as I do. She's got nobody now, except for me. I promised her she could keep the house. I get the cash, and she gets the real estate. She doesn't want to cut and run now."

"Are you so sure they'll declare her the rightful heir to Stella's estate?"

"Why shouldn't they?" he snarled. "She's Stella's granddaughter, all right. If that other clueless girl hadn't shown up and ruined everything, the estate would have been settled by now, and I'd be out of here."

"Are you saying Jette is your granddaughter, but Jeanette is not?"

He frowned and seemed to consider the question seriously. Emily braked at a stop sign and looked hopefully both ways on the main road but saw no sign of the police car. What would she do if the squad car appeared on the road, coming toward her? Flash her lights? Slam on the brakes? Hit the horn? And how would Anton react if she did any of those things?

"At first I thought that Jeanette was an impostor," he said. "Jette never said anything about a sister. But then I got to thinking she might be playing it straight. And if she is really Lois's girl, then she might know something. I was right. She told me where the money is."

Emily said nothing but eased out onto the main road and guided her car into the marina store parking lot. Only a few cars sat in the lot. Nate's SUV sat over to one side, near his house, where he usually parked it. The lights were on in the store, but Nate's house was dark. Jeanette brought Anton's car in behind them and parked, slightly crooked, in the space next to them. Jette got out on the passenger side and walked around to talk to Anton.

He lowered his window. "All right, kid. You take the snoopy one inside and get us a boat. I don't want anyone to see me here again."

Jette stooped and looked in past him, catching Emily's eye for just a moment. "Okay. What will you do, wait out here?"

"I'll swap cars and take your wannabe sister down the shore a ways. You two rent a boat and come pick us up."

"Where?" Through the window, Jette passed him the keys to the other car. "Over at the Heron's Nest, where I was staying?"

"Nah, they'd see you and recognize you. Isn't there a public boat landing thataway?" He pointed in the opposite direction, away from most of the town's businesses, and looked expectantly at Emily.

"Yes, there is." She felt like a traitor, even giving him that much.

"Pick us up there," Anton said. "There won't be many folks there this time of day." He turned and bored into Emily with his dark gaze. "You behave yourself, hotshot. Jette won't have a gun on you, but I'll still have Peaches and Cream. If the two of you don't show up at the landing in fifteen minutes with a motorboat, or if the cops show up, she's a goner. *Capice?*"

A huge lump formed in Emily's throat. He would do it. No doubt about that. She nodded.

"All right, then, get going."

He got out of the car and stuffed the gun in the pocket of his light jacket. In the moment when he was halfway out and she was opening her door, Emily picked up her purse. If he told her to leave it behind, she'd tell him Allison and Jon might want a deposit on the boat.

By the time Emily took the few steps to join Jette, Anton was already in the other car with Jeanette. She took a deep breath, glad to be free of his presence for a short time. As she'd expected, Jeanette had stayed put and not tried to bolt. She must be terrified, alone with Anton in such a tight space. Emily looked back and saw the girl cringing against the driver's door as he settled in beside her.

"Come on," Jette said. "We've got to pick them up, get out to your place, and get that money before the police are onto us."

Emily inhaled deeply and squared her shoulders. Now all she had to do was give a Tony-winning performance. Keep Anton calm and stable, that was the mission of the moment. She shot a silent prayer heavenward.

They stepped through the door into the marina store.

Jonathan poked his head out from one of the food aisles. "Hello, ladies," he said. "I'm just about to close up. How can I help you?"

"Act casual," Jette hissed in Emily's ear.

"I know." Emily tried to keep her voice steady. "We need a boat. Nate and Gary brought me to the shore earlier today, so my boat's still out on the island."

Jonathan walked to the counter carrying a box of cereal and a half gallon of milk. "All right, no problem. Let me cash myself out first so I don't forget. The last thing I want to do when I get home is turn around and come back here for Cheerios and milk." He grinned.

Emily tried to laugh but it came out sounding more like a cough or a suppressed sneeze.

"You going to spend the night on the island?" Jonathan asked, choosing a set of boat keys from behind the counter.

Jette's chin jerked up. "Uh, yeah," she mumbled. "I'm staying with Emily."

Emily tried desperately to think of a way to give Jonathan some kind of hint about what was going on. If she could catch his eye, maybe she could let him know she was scared. He'd probably only ask her if she was okay. There was no time to give a clue.

"Well, have a good evening." He handed the keys to Emily. "Boat seven is a little bigger than yours, but you can handle it. It's a very reliable motor. You don't need to pay for that. Just bring it back in the morning."

"Thanks." Emily smiled grimly. There had to be a way to tip him off without alerting Jette, but she seemed to have brain freeze.

In the near twilight, the two girls walked down to the water's edge and found the boat. Emily climbed in and started for the driver's seat.

"Oh, no," said Jette. "This time I'm driving. Gimme the keys."

Emily shrugged her shoulders and handed Jette the key ring. Maybe she could call Nate while Jette focused on getting the boat to the landing where Anton and Jeanette waited.

"Cast off, and sit right there." Jette pointed to the seat beside the driver's. "I don't want you trying anything when I'm driving."

Emily went to the bow to untie the painter that held the boat in place. If she were going to call Nate it would have to be now. She fumbled with the rope, pretending she couldn't get it loose. Carefully, she slid her cell phone from her pocket with her left hand.

"Hurry up!" Jette called.

Emily flipped her phone open and called Nate on speed dial.

∼∼∼

Gary pulled the cruiser into the driveway of Stella's house. The yard was empty. No cars, and no sign of life.

"Emily's cleared out, anyway," said Gary. "That's good."

Nate nodded slowly. *But she's not with Felicia. Where is she?*

Gary got out of the car. "Looks deserted to me," he said. "But we'd better scope it out in case someone's still in there. You armed?"

"Yeah." Nate got out and peered at the dark house.

"I figure if anyone was in there we'd have seen some curtains moving when we drove in," Gary said. "You go ahead and I'll cover you."

"Right." Nate drew his gun and advanced toward the house. "Hello!" he called. "Anyone in there?"

There was no answer, except for crickets chirping in the tall grass behind the house.

"This is the police," Nate called again. "We're coming in."

He stood to the side of the front door and tried the knob. The door swung open, and his pulse quickened. This was not good, not good at all. Where *was* Emily? If Anton had seen her car. . . Quickly he checked the thought. He had to keep his mind on the task at hand.

He stepped into the entry, leading with his pistol. All was silent. Gary followed behind him into the dimness of Stella's living room. "Are there lights in here?"

"I think the electricity's still on," said Nate. He flipped the wall switch near the door, and light flooded the room.

"Hey, anybody in here?" Frustration laced Gary's voice. They both hated chasing a dead end. But surely somewhere there was a clue to what was going on. Emily had definitely seen Anton's car parked in the yard; he wouldn't have come poking around here for no reason.

"Pressey!" Nate advanced toward the kitchen and turned on the lights there. The smell of fresh coffee filled the air. "Jette? Jeanette?"

"There's no one here," said Gary.

"Wait up," said Nate. He squinted into the shadows of the kitchen. Were those ropes on the floor?

"What?" Gary stepped up behind him.

Nate walked over to the kitchen table and crouched next to one of the chairs. "Look at this."

Gary whistled softly. "That doesn't look good."

Nate stood again, glancing around the room. He spied the coffeepot, a red light indicating it was keeping the fresh brew warm. "Care for a cup of coffee?" He reached over and turned the machine off.

Gary leaned against the doorjamb. "This is weird."

"Whoever was here left in a hurry," said Nate.

"Something must have scared him off."

Cedar? Or Emily? Nate prayed that Anton hadn't seen Emily. There was no telling what he'd do to her if he thought she knew what he'd done to Stella. He felt a surge of anger welling up inside him. If that guy hurt her. . .

His cell phone rang. He yanked it out of his pocket and looked at the screen. Emily! "Em, where are you?" He waited, but there was no answer. Suddenly a sputtering roar reached him. A motor starting. He'd bank on it being a boat motor, probably a medium-sized Johnson. "Hello? Em, what's going on? Are you okay?" All he could hear was the drone of the motor. After a few more seconds, the line went dead.

"What is it?" Gary asked.

"Emily called, but she didn't say anything. And I heard a boat engine starting and running. But she can't get reception on the island."

"She must still be on the mainland, somewhere in Baxter," Gary said.

"Or headed out to the island in a boat."

"Maybe she was calling to tell you she was going home, but the connection was no good on the lake," Gary suggested.

"We have to find her." Nate headed back through the house toward the front door.

As he bounded down the steps, leaving Gary to turn the lock on the door, a dark figure burst from behind a lilac bush beside the path. Nate pulled up, reaching for his pistol.

"Nate!" a deep voice called.

His heart settled back into his chest, and he let go of the pistol's butt. "Cedar! You scared the daylights out of me. I told you to stay away from here."

"I know you're mad." Cedar ducked his head but stepped forward, his hands outstretched. "She shot at me this time, Nate."

"Who shot at you?"

"That girl. The metal-mouth girl. Her or the man."

Gary joined him and eyed Cedar sternly. "What's going on here, Cedar?"

"Jette Williams," Nate said. "She and Pressey shot at him."

Cedar nodded eagerly. "First they went inside with another lady. They weren't supposed to, but he made the door open, and they went in. Then Emily came and they shot at me."

"Whoa, whoa, whoa," Gary said.

"No, don't stop," Nate said. "Tell us where they are. Where's Emily now?"

"I don't know. I thought they were going to kill me, so I ran. But after a while I came back, and the cars were leaving."

"Emily's car?"

Cedar nodded, his breath coming in shallow gasps. "Hers and that man's."

"And Jette had a gun?"

"I didn't see the gun when they went in." Cedar threw a troubled glance toward the house. "But somebody shot at me out the parlor window. That was after Emily went in. And then they all left. But I don't know where they went."

Gary looked at Nate. "What you heard on the phone—that motor."

Nate nodded and clapped Cedar on the shoulder. "Thanks. I'll talk to you again later."

He and Gary rushed to the police car.

"Where to?" Gary asked.

"The marina."

"That's what I was thinking. And time to call for backup."

Nate placed the call then flipped on the strobe light. As they cruised into town, he tried to organize his thoughts enough to pray, but all he could think about was Emily in the power of Anton Pressey. *Please help her,* he managed. *God, please help her.*

Gary turned in at the marina's parking lot. Nate spotted Emily's car at one side. There was still a light on in the store. "Wait here," he said. "I'm going to see if she's inside."

Gary stopped the car in front of the door and Nate hopped out.

"Keep your eyes peeled." Nate mounted the steps just as Jonathan opened the door.

"Nate, I was just locking up when I saw your lights. Can I do something for you?"

"Yeah. Have you seen Emily in the last couple of hours?"

"Emily? Sure, I have. She just left." Jonathan smiled, then glanced past him at the police car. "Is everything okay?"

"How long ago was she here?"

"Oh, maybe ten or fifteen minutes ago. She and that punk-looking girl came in to rent a boat."

"Jette?"

"Yes, that's the one. I'd have been out of here by now, but right after they left in the boat, Marvin and Rocky Vigue stopped in wanting a part for Rocky's old Evinrude, so I'm slow getting out of here tonight."

Nate frowned. Ordinarily, he'd be glad to know Rocky and his father were doing something together, but his brain straight-lined to Emily. "Did you see that man, Smithson? The one who was renting the Derbin cottage?"

"Not tonight. I thought he'd left town."

"And did Emily say where she was going?"

"She and Jette were going to spend the night at her cottage. Nate, is something wrong?"

"Ask me tomorrow." Nate ran down the steps and opened the door of the cruiser. "Come on, Gary. My boat. Hurry."

Emily grasped the edge of her dock and pulled the boat in. Anton held the gun on her while she tied the boat and climbed out. He growled at Jeanette to get out as well.

"Is that your cottage?"

"Yes." Emily looked back across the dark water, toward the marina. Was Nate at Stella's house now? The lights of the little town taunted her. She had let a criminal take her away from help. She should have told Jon Woods to call the cops. At least she'd be safe now if she had. But a glance at Jeanette, who shook from head to foot as she stood on the dock, skewed things back to reality. No way could she leave Jeanette alone in Pressey's clutches to save herself.

"Okay, let's get up there and get at that safe." Anton climbed precariously from the boat, and Emily hoped for one fleeting moment that he was going to fall into the lake.

She wasn't close enough to topple him and his gun into the water, but while he recovered his balance, she surreptitiously untied the boat again and dropped the loop of rope onto the seat.

"All right, ladies, let's move." He nodded in the direction of the cottage but held the gun down at his side, away from the lights of the Vigues' cottage next door.

Emily headed up the path. The others' footsteps sounded behind her. She mounted the steps to the porch and opened the door. They all trooped across the screened porch and inside the cottage, clustering about her in the kitchen as they looked around.

"All right, reporter girl, where's the safe?" Anton said.

Emily saw Jeanette glance at her nervously. She wanted to lie to Pressey,

442

to tell him it was buried in the backyard, or it was upstairs, anything to confuse him for a few more minutes and give her a chance to escape. But she knew it was useless to bluff any longer. She took a deep breath. "It's not here."

She watched the anger boiling up inside him, his eyes flaming. He cursed. For a moment he seemed too consumed with emotion to form any coherent thoughts. She hoped he wouldn't strike out at her or Jeanette. She glanced at Jette and saw concern on her face, too, as she watched her grandfather. At last he drew in a deep breath. "So, where is it?"

"The sheriff's men took it," said Emily. "It's locked up someplace safe, to keep it secure for Stella's heir."

He lifted the gun and pointed it at her face. Her pulse raced and her stomach heaved.

God, help me!

A hammering sounded on the door.

Anton swore and swung toward it, leveling the gun at the window in the porch door. Emily's muslin curtain kept them from seeing who had knocked.

"Hey, Emily, are you okay?"

She closed her eyes for a moment, feeling light-headed. Rocky Vigue. Not Nate, not Gary. She'd even be glad to hear Detective Blakeney's voice right now. But Rocky?

"I saw a boat drifting near your dock, so I brought it in and tied it up for you," Rocky called through the door. "It looks like one of the marina boats. Emily? Are you in there?"

Anton pulled the trigger and sent a bullet crashing through the door.

19

Emily slapped her hands to her ears and went to her knees. Her ears rang and her heart thudded wildly. As the shock of the blast receded, she became aware of Anton, still standing with the gun held out before him, glaring at the door, and Jette and Jeanette both huddled under her kitchen table.

Lord keep us safe!

She rubbed her ears and swallowed. Acrid smoke hung in the air, and she heard yipping—distant barking, like that of a dog shut in a closet.

Clinker, of course. Rocky never went anywhere without his dog. Was Clinker's master lying on her porch bleeding with the faithful mongrel standing guard over him? *Help Rocky, Lord! If he's hit, please don't let him die.*

Anton turned and looked down at her. "Get up."

Emily stood, but her legs felt like limp string. Jette crawled from beneath the table, not taking her eyes off her grandfather. Jeanette remained where she was, and even from several feet away, Emily could see that tears bathed her face and she was shaking.

God, this is my fault. I should have told him the safe wasn't here the minute he took my gag off. Show me what to do now!

"How many windows in the next room?" Anton barked.

"Uh, two." Emily could barely hear her own words.

"Get in there."

She forced her legs to move.

"You!"

She jerked around at Anton's shout. He stooped and peered under the table at Jeanette, who had scooted back as far as she could against the kitchen wall.

"Get out here. Now!"

Clinker still barked, his annoying, monotonous cries demanding attention. A hole splintered the panel of the front door, just below the bottom edge of the curtains. Emily swallowed hard as Jeanette crept out on all fours. Just for a second, Emily caught Jette's gaze. The girl trembled, and she shrank back, watching Anton with wide, unblinking eyes.

Nate eased his boat in gently, turning it sideways to Emily's dock. One of the marina boats was tied on the other side. As soon as he'd looped the painter around the ladder railing, Gary was over the side and clambering up onto the dock. Nate followed.

As they ran toward the cottage, he heard a dog barking nearby. A large figure loomed out of the shadows beneath the pines and came toward them.

"Hey! Over here! That you, Nate?"

"Rocky?"

"Yeah. I think I'm shot."

Nate grabbed his friend's sleeve and pulled him off the path and into the inky shadow of the big trees. Clinker stopped barking and galloped toward them, careening down the path. "What happened? Do you need a doctor?"

"I don't think so, but I'm not sure. My arm is bleeding. The guy shot right through the door."

"Is Emily in there?"

"Yeah."

Nate caught his breath. He wanted to be angry at her, but his fear chased away the "you-should-have-listened-to-me" thoughts. "Tell us what happened, if you can. Do you need to sit down?"

"I think I'm okay," Rocky said. "My dad and I came over from the marina. After we landed, I took Clinker for a walk. I saw a light on at Emily's so I figured she'd come home for the night. I looked down toward the dock, and I saw her boat tied up, and another boat floating a few yards out. That was weird, so Clinker and I went out on the dock to take a closer look. The boat was going to drift away. So we got in Emily's boat and went to tow the other one back in and tie it up. Didn't we, fella?" He stooped to pat Clinker's head.

"Did you say you were shot?" Gary asked.

"Well. . ." Rocky straightened. "When I went up to the cottage to tell Emily about the boat, she didn't come to the door. I could see a little bit between the curtains. There was kind of a crack, see. Just a little one."

"Yeah, yeah! Cut to the chase." Rocky's hurt look made Nate feel slightly guilty, but every second might matter for Emily and the Williams girls.

"I saw Emily," Rocky said. "And Jeanette and that other girl, the one with the spiked hair. And a guy with a gun."

"What did this guy look like?" Gary asked.

"I dunno. I just saw the gun in his hand and then I realized he was pointing it toward the door. So I jumped to the side just as he pulled the trigger. I wasn't thinking about how he looked."

"Are you sure you got hit?" Nate asked. "You don't seem to be hurt bad."

"My arm hurts. Look." Rocky pulled his elbow around with his other hand and craned his neck to look at his upper arm. "Maybe it grazed me. Or maybe it was a piece of the door."

Gary pulled his flashlight from his belt and focused the beam on Rocky's arm. "It's not bad. You'll be fine."

"Hey, Rocky! What's going on?" a voice called.

"Oh, that's my dad." Rocky looked toward the Vigues' cottage. "He must have heard the shot."

"Go tell him everything's under control, but you all need to stay over there," Nate said.

"If it's under control, why—"

"Just go. And take Clinker."

"Get someone to look at that wound," Gary added.

Rocky eyed them for a long moment. "Okay, Nate. Whatever you say."

"Thanks, Rocky. I'll come over to see you later." Nate watched his friend waddle away and turned to Gary.

"What do you think?" Gary asked. "It could be an hour or two before backup arrives."

"Yeah. I think we should try to establish that all the girls are alive and well."

"Right. You want to talk to Pressey, and I'll see if I can sneak around the perimeter and get a look inside?"

"I don't have a better plan." Nate sucked in a deep breath. "Lately I seem to be thanking God often for Kevlar."

"I know what you mean." Gary patted the front of his protective vest. "Don't leave home without it. Especially when you're dealing with a gun-toting, crazy ex-con." He melted into the shadows.

Nate walked cautiously up the path, keeping to the side and watching the porch and front windows. He saw no flicker of movement, but the kitchen light glowed. He decided to use the steps on the left side of the screened porch, instead of the ones that led directly to the front door. Tiptoeing to keep his footsteps silent, he worked his way up the three stair treads and sneaked along the porch, hugging the house wall until he reached the high window over the kitchen sink. He stood on tiptoe and peered in from the extreme edge of the window frame. From that angle, he couldn't see anyone. He bent low, passed under the window, and worked his way to the door. Sure enough, the wood panel below the small window was splintered.

Ever so slowly, he leaned over and put his face near the glass, making use of the gap between the short curtains as Rocky had. The kitchen appeared to be empty.

⁓

"Pressey!"

Emily jumped and cocked her head toward the kitchen. She would know

Nate's voice anywhere. *Thank You, Lord!*

"Pull those blinds," Anton growled.

She glanced at him, and he moved the pistol slightly and nodded toward the living room window. The rustic room was Emily's favorite at the cottage. Anton now leaned against one of the two old armchairs facing the large fieldstone fireplace, where she and Nate had lounged many an evening. Jeanette cringed in a ball on the sofa, and Jette seemed to be checking out the bookcases that completed the furnishings. The open stairway rose at one side, giving access to the two bedrooms and bath above, but so far no one had ventured upstairs.

Turning toward the casement to obey Anton, Emily caught a slight movement outside. Someone was on the ground below the window. She stood still for a moment, focusing. Gary Taylor moved his head out away from the wall outside, so she could see him better. He lifted two fingers to his right temple in salute, then placed them over his lips.

Instead of nodding in reply, Emily managed a quick smile, trusting that Anton wouldn't catch her expression in the reflection from the glass. She pulled the blind's cord, shutting Gary from her view. So he and Nate were both on the island, and they knew her situation. She hoped they'd been able to help Rocky.

"Anton Pressey, come out here," Nate shouted.

"That's Nate Holman, Emily's boyfriend," Jette told her grandfather. "He's a cop." Emily's heart lurched.

Anton turned toward the kitchen and yelled, "No chance, Holman! I like my odds better in here."

"Let the girls go, Pressey."

Anton walked into the kitchen. Emily heard the scrape of a chair across the bare floor. He returned a moment later with a grim smile fixed on his face.

"Do you hear me, Pressey?"

"I hear you. Shut up or I'll start shooting."

"Pressey, listen to me. I need for you to let the girls go. Send them out here to me. Then we'll talk about whatever it is you want."

"I don't want nothing from you, Holman. Go away."

"I'm not leaving."

Anton grimaced and gestured with his pistol for Jette to move closer to the fireplace. "Sit down, kiddo. Put that stonework between you and the overzealous cop."

"He's worried about Emily," Jette said, staring at her grandfather. "They're getting married, you know."

"So I've been told." Anton swore and turned on Emily, who still hovered near the window. "That's how they found out who I was. You came with those stupid cookies. How could I have fallen for that lame trick?"

She cleared her throat. There was nothing she could say to appease him.

"Pressey!"

"Shut up, Holman, or I'll put a bullet in your cute fiancée's skull."

Emily grabbed the edge of the bookcase to steady herself. Jeanette pulled her legs up, wrapped her arms around her knees, and hid her face in her arms.

"Let's be reasonable," Nate said. "You're only digging yourself in deeper. You may as well give up."

Anton walked to the kitchen doorway and lounged against the jamb as he listened to him.

"We've got a bunch of cops out here. Put your weapon on the floor and come out."

"Not going to happen."

"Then let the girls go," Nate called.

"No way."

After a short silence, Nate's voice came again. "Pressey, let me at least see the girls. Show me that they're all okay."

"Why wouldn't they be okay?"

"You just threatened to kill one of them."

"Ha!" Anton spun around and grabbed Jeanette by the arm, jerking her up from the couch. He held the gun at her spine and pushed her ahead of him into the kitchen. "Can you see this one, Holman? She's the fake. I'm not claiming her as mine. Is she alive enough for you?"

With Anton out of the room, Emily looked at Jette. She had half risen from her armchair but settled back down now, listening.

"What is it that you're after, Pressey?"

After a long moment, Anton spoke again. "Three things. I want my money, Holman. That and a boat to take me to the mainland."

"That's two," Nate said. "What else?"

"Clearance to the Canadian border."

⁓

Nate looked at Gary. Both stood on the porch now, between the front door and a window. Gary arched his eyebrows.

"What do you think?" Nate whispered.

His cousin shrugged. "Keep him talking if you can. The girls all look healthy. One of them looks scared out of her gourd, though. Can't blame her. Just keep stalling him until we can get some backup and a negotiator."

Nate leaned toward the door without exposing himself beyond its thin panels and window. No sense standing in the most likely path of a bullet.

"I'll have to talk to somebody higher up about that and see what they say," he called to Pressey. He turned back to Gary and whispered, "You can use your radio, right?"

"Should be able to."

Nate nodded. "Go down to the dock. He won't hear you, and you might get better reception there. Find out what the status is on our backup. And hurry. I don't have any experience with this kind of situation."

Gary tiptoed to the side of the porch, where steps went down to the path to the woodshed. Nate watched him go cautiously in the other direction, toward the shore. Rocky's bulky form emerged from the trees, and Gary halted beside him.

"Hey, what's going on?" Rocky's voice carried clearly to Nate on the porch.

"Hi," Gary said. "You need to go back to your place."

"Mr. Kimmel heard the shot and came over to ask us what happened," Rocky said.

Gary glanced up at Nate, and Nate lifted his palms in an exaggerated shrug.

"Okay, here's what you need to do." Gary placed one hand on Rocky's shoulder. "We need your help here, to make sure everybody is safe. Tell your folks and your neighbors and anyone else who's out here on the island—even Raven Miller and the staff at the conference center—that they need to stay put and not come over here, okay?"

"Sure. Me and my dad can do that." Rocky squared his shoulders.

"Good. Because we've got a sticky situation here. More police are on the way, but it will take them a while to get out here. We need all the civilians to keep their distance and not interfere. We don't want anyone in the way. Someone could get hurt."

"Don't I know it. My mom put a bandage on my cut."

"Not too deep, I hope?"

"Nah, she says it's only a scratch. Musta been a wood sliver."

Gary nodded. "Okay. So far everybody's fine inside Emily's cottage, and we're trying to make sure it stays that way. You understand how important this is, Rocky. Make sure all the people know to stay away."

"Has that guy with the gun kidnapped those girls?"

"I can't tell you any more right now. I need to get on with my job. You do yours, too."

"I will." Rocky turned and shuffled toward the Vigue cottage, and Gary headed toward Emily's dock.

"Jette!"

Jette swung her head around in response to Emily's urgent whisper.

"You should surrender to the police. I can tell you how to get outside without Anton seeing you."

"Why would I do that?"

Emily huffed out a sigh. "Don't you get it? If you don't give yourself up, you'll spend the next few years at least in jail."

"I don't think so. Grandpa's got things under control."

"Oh, right." Emily shook her head. "He's not getting out of this, Jette. Look, so far nobody's been badly hurt." She tried not to think about Rocky. Best not to mention him right now. "You might be able to plea bargain for a light sentence at this point, especially if you testify against Anton."

"What, stab him in the back like Grandma did?" Jette rolled her eyes. "What do you think I am? He needs someone he can trust, for once in his life."

From the kitchen, Anton's voice came, harsh and defiant. "Yeah, well, forget about talking anymore."

A tear trickled down Jette's cheek. She wiped it on the sleeve of her sweatshirt. "I don't want to go against him."

"Think, Jette!" Emily glanced toward the kitchen. "Remember what he said at Stella's house? He made sure she got what was coming to her. You know what that means."

Jette blinked rapidly and a small sob escaped her lips.

"What do you think will happen to you?" Emily leaned forward. "Do you think he'll set up a home with you in Canada? He didn't mention your name when he asked for safety to the border. And even if he does take you along, you'll never make it that far. You'll never even make it to the marina. I'm telling you, Jette, your only chance is to give up. I've been praying for you all week—"

"Shut up!" Jette jumped from her chair and stood staring into the empty fireplace.

In the kitchen, Anton shouted angrily, "Just come back when you have an answer for me. I'm walking out of here, Holman. Nothing else is acceptable."

His heavy steps plodded toward them, and Emily sat back. Jette straightened her spine and turned as Anton pushed Jeanette into the room.

"Sit down again, Peaches. You're not going anywhere until that cop gets me what I want." He looked rapidly from Jette to Emily and back again. "What's going on in here?"

"Nothing." Jette sniffed.

Anton's mouth slid into a snarl. "Don't you talk to them, you hear me?" He swung the gun toward Emily. "I'm getting sick of you. If you talk to my granddaughter again, you've had it."

He marched back to the kitchen and screamed, "Holman! You out there?"

Nate's muffled voice replied, "Yeah, Pressey. What do you want?"

"Your girlfriend is just about finished. If she messes with my grandkid again, I'll use her for target practice. Now, hurry up and set things up the way I told you!"

20

"You got anything to eat in this dump?"

Anton's restless prowling about the room had kept Emily on edge for ten minutes. Both Jette and Jeanette had avoided her gaze, but now Anton's question focused everyone's attention on her.

"Yes. Sure. Uh, I have sandwich makings and. . ." She thought of the steak in the freezer she'd been saving to share with Nate some evening. Maybe she wouldn't mention that. "There are some hot dogs in the fridge and a little left-over potato salad and chicken stir fry." She racked her memory for the groceries she had on hand. "Oh, and cereal. Apples. Crackers."

"Make me a sandwich." He walked toward her, holding the gun at waist level.

"Sure." Emily stood slowly. Her mother's training took over. "Would you girls like something?"

Jeanette looked up at her with bloodshot eyes and shook her head.

"I'll take a hot dog," Jette said. "Got any buns?"

"Yes, I think so. Maybe you could help me." Emily looked to Anton for approval.

"Sure." His sardonic smile did little to calm her butterflies. "You two go have a chum-fest in the kitchen. And if the cops try to talk to you, nothing doing. You keep your mouth shut, hear?" He glowered at Emily until she nodded. "Go." He dropped into the chair Jette had vacated.

Emily scooted into the kitchen, out of range of his malevolent glare. One of her kitchen chairs was tipped, with the back wedged under the doorknob. If she tried to move it and unlock the door, Jette would yell for her grandfather.

"What are you waiting for?" Jette asked.

Emily opened the refrigerator and pulled out mustard and a package of sliced salami.

"Could you put these on the counter, please?" She handed the items to Jette. "Let's see, you wanted a hot dog."

Jette deposited her items on the counter and leaned against it, folding her arms across her stomach. Emily hoped she could use Anton's momentary calm to influence the girl. If he bounced back to the violent mood, her chance would be over. She smiled at Jette. "Not the way I planned to spend the evening, but. . ."

"I suppose this fouls up all your notions about God and how He'll make sure nothing bad happens to you."

Emily arched her eyebrows. "Not at all. God never promised that bad things wouldn't happen to His children. But I know He's here with me, and no matter what happens, He'll take care of me. Even if that means your grandfather kills me tonight."

They stood still for a moment, watching each other. Jette looked away first.

"Hey, do you have any relish? I like relish on my hot dogs."

"Here you go." Emily handed her the jar. "The buns should be over there in the breadbox."

She put a hot dog apiece for herself and Jette in the toaster oven, then added a third. Jeanette might change her mind when she smelled them cooking. While they broiled, she got out paper plates and spread mustard on whole wheat bread for Anton's sandwich. A moment later Jeanette came into the kitchen with him close behind.

"Sit down," Anton told her, and Jeanette pulled out a chair and sat at the table, never raising her eyes.

"Whatcha got to drink, Miz Gray?" He edged over to one of the windows and pushed the edge of the curtain aside a fraction of an inch with the barrel of his pistol then peered outside for a moment.

"Uh, milk, grape juice, diet cola, and water."

He laughed. "Lake water?"

"Poland Spring water. I buy it by the case."

"Gimme the grape juice, if you haven't got anything stronger."

"That's it," Emily said, striving for a casual tone.

"What, that strapping big cop of yours doesn't want a beer now and then?"

"Nope. He's a milk drinker."

Jette chuckled. "I knew he was a Boy Scout the minute I met him. That's probably why he's so tall." She opened the toaster oven. "You got a potholder, news girl?"

"Here." Emily grabbed one off a hook by the stove and tossed it to her.

Jette caught it and grinned. "Thanks."

Emily opened the salami package. Why couldn't they just be friends? None of this craziness, just she and another girl, talking about guys and food and God. She turned and smiled at Jeanette across the room, but she was staring down at her hands, folded on the pine table.

"Jeanette, can we fix you a hot dog or a sandwich?"

"No, thank you." Her voice cracked.

Was she close to breaking down? Emily walked across the room, ignoring

Anton's stony expression. She slipped her arm around Jeanette's shoulders.

"It's going to be okay. This will be over soon."

"Yeah," Anton said. "As soon as they get us a boat and a ticket to Canada." He turned and looked toward the window. "I hear an engine. Do you hear that?"

They were silent for a moment, and Emily caught the sound of an outboard motor.

"I hear it, Grandpa," Jette said.

"All right!" Anton leaned over to peek out the edge of the window again. "I see lights on the water. Looks like a couple of boats."

"Are they coming in to the dock?" Jette asked.

"No, it looks like they're going to tie up next door."

"That's our neighbors', the Vigues', dock," Emily said. "It could be them getting home late."

"Nah. It's cops. Hey, Holman!"

His sudden shout startled Emily. Jeanette cringed and turned her head into Emily's side. Emily stroked her hair and whispered, "It's okay."

No one answered Anton's shout. He swore and looked over his shoulder at them. "Where's my sandwich?"

Emily let go of Jeanette and moved back to the counter. "Coming right up." She quickly finished making the sandwich and cut it in half. She picked up the plate and held it out to Jette.

Jette just looked at her.

Emily raised her eyebrows and nodded toward Anton. With a scowl, Jette took the plate and walked over to the window.

"Here, Grandpa."

Emily poured a glass of grape juice and set it on the table. Anton pulled out a chair, but before he could sit down, Nate's voice came from outside the house.

"Pressey! Do you hear me?"

Anton walked toward the door and stood sideways between it and the window. "I hear you. Are you ready to deal?"

"We're working on it."

"You'd better be."

Jette watched him with huge brown eyes. "Grandpa," she whispered. "Don't let them stall too long. They'll get a whole bunch of cops out there, and then they won't let us go."

"Hey, Holman!"

"Yeah?"

"You got thirty minutes to arrange things."

"That's not long enough."

"That's all you get."

"Listen to me, Pressey," Nate called. "We can't even use a phone out here. In order to call the Border Patrol, we had to send someone in to shore. We're relaying what you want, and we have a lot of people working on it, but we're not ready yet."

Anton rubbed the back of his neck. "It's not that complicated."

"Just be patient, Pressey," Nate said. "My boss would hustle things along quicker if you could just let one of the girls go."

"Forget it! You got thirty minutes. If you're not ready to let us go then, the nosy reporter is dead."

Footsteps retreated down the porch steps. Anton stuck his pistol in the back of his waistband and picked up the glass of grape juice. He took a sip then slammed the glass down on the tabletop.

"What's wrong with you people, not having any beer?"

"The neighbors might have some," Jette suggested.

Anton's eyes flickered.

"I could ask," Emily said quickly. "Marvin Vigue might have some. I could go over and ask and come right back with it."

Anton barked a laugh. "Oh, sure, you could." He glared at Jette. "Make me some coffee. I didn't get to drink it the last time."

"Sure." Jette's eyes pleaded with Emily. What could she read there? "Help me humor him"? "Show me where the coffee is"? Or. . ."Get us out of this mess"?

Emily stepped to the counter and pulled the carafe from the coffeemaker. "Grab a couple of those water bottles from the carton over there, will you, Jette?"

Anton stomped into the living room, carrying the plate with his sandwich. Jeanette let out a wrenching sob as soon as he left the room. Emily set down the carafe and went to wrap her arms around the weeping girl again.

"I never should have come here," Jeanette gasped.

Emily leaned over and tugged a paper napkin from the holder on the table and held it out to her. Jeanette snatched it and pressed it to her eyelids.

Emily patted her shoulders. "It's going to be okay."

Jeanette sniffed and glanced up at her. "Do you still think God will get us out of this alive?"

"Yes, I do."

"Are you praying now?"

"Every minute. Do you want me to pray out loud?"

Jeanette shrugged. "He might get mad."

Emily knew she meant Pressey. She glanced toward the next room. Anton paced back and forth, from the fireplace to the stairway. She bowed her head close to Jeanette's and whispered, "Father, preserve us. Calm us and show us Your strength."

She opened her eyes. Jette scowled at her from across the room.

"Grandpa wants his coffee."

Emily gave Jeanette a quick squeeze and released her. "I'll get it. But it's decaf."

Jette gritted her teeth. "Don't tell him. And make it strong."

Once more, Emily eyed the chair wedged beneath the doorknob. How many seconds to pull it out, throw the bolt, and run out the door? How many more seconds before she heard a gunshot behind her?

She started the coffeemaker then looked over into Jette's sullen face. "God will forgive you if you ask Him to," she whispered. "We'll help you all we can. Not just Nate and me. The police will help you, too. Please don't do this, Jette. You know what's right."

Another boat puttered up to the Vigues' dock and the engine stopped. Two officers climbed out onto the wharf.

"All I've done is talk to him a little and try to make sure the girls aren't in distress," Nate told the senior state police officer, Detective MacRae, who had arrived fifteen minutes earlier.

Gary hurried up from the dock to where Nate and MacRae stood near the Vigues' grill. "It's the negotiator."

"Great," MacRae said. "You did a good job, Holman. You, too, Taylor."

Nate pressed the light button on his watch. "He said we only had thirty minutes about twenty minutes ago." He was surprised when a female officer joined their huddle.

"Trooper Anderson, this is Deputy Holman," MacRae said. "Anderson's the negotiator we've been waiting for."

Nate shook her hand. "I'm glad you're here. We only have a few minutes left before the suspect's ultimatum expires."

"And then he starts shooting hostages?" Anderson asked.

"Yeah." Nate swallowed hard.

"You think he'll do it?"

Nate glanced at Gary, who nodded. "I do," Nate said. "He's already shot at two people tonight. He missed one, and the other was only superficially wounded, but yeah, I think he'll follow through, and this time he'd be so close he could hardly be expected to miss."

"All right, I'm going up and talk to him. I understand we can't get phone service out here, so I guess it has to be in person."

"That's right," Nate said.

She eyed the cottage. "They have electricity, though."

"It's a generator. I thought of disabling it to make Pressey less comfortable," Nate admitted, "but I wasn't sure that was a good idea. But I could do it for you now if you want."

She shook her head. "It would put them in the dark, which could be more dangerous for the hostages. Unless this situation lasts until daybreak, I'd say let's leave that generator alone." Anderson gestured to the officer who had arrived with her. "Let's go, Bob."

"There's one other thing," MacRae said.

Anderson stopped and looked up at him. In the light that spilled from the Vigues' cottage, Nate saw her arched eyebrows and taut features.

"Holman's fiancée is inside."

Trooper Anderson looked at Nate for a long moment. "Maybe you shouldn't be here."

"He was first on the scene," MacRae said. "We can't ask him to leave now."

She nodded. "All right, but stay out of it now, Holman. We'll get her out."

The lump in Nate's throat grew until he could barely breathe past it as he watched the other officers deploy into the shadows around Emily's cottage.

Anton prowled around the kitchen and living room while the coffee brewed. Jeanette edged her chair as far out of his path as she could and shrank against the wall. Jette devoured her own hot dog and the extra one, washed down with a can of diet cola. Emily realized she was hungry and ate hers, too.

"Jette—" She broke off as Anton entered the kitchen again. Every time she tried to resume their earlier conversation, he reappeared and swore at her.

He paced to the window that gave the best view of the waterfront.

"Looks like they've got reinforcements." He leaned heavily against the woodwork, peeking out and muttering.

"The coffee's done." Emily went to the counter and poured a mug. "What does he take in it?" she asked Jette, not wanting to ask Anton directly. He accepted communication through Jette more cordially.

"Black." Jette took the mug Emily held out to her and gave her a long stare before she turned toward her grandfather. What was going on behind those wildly made-up eyes?

Jette walked softly across the kitchen and stood a pace behind Anton. He didn't turn around but continued his vigil, watching from behind the curtain.

Instead of speaking to him, Jette stepped forward and snatched the pistol from the back of his waistband, jumping back and sloshing an ounce of coffee onto the linoleum. Emily caught her breath.

Anton whirled with a snarl and lunged for Jette. Before he could speak, she jerked her arm, throwing the scalding coffee in his face.

By the time his scream hit her ears, Emily had a sharp knife in her hand. Jeanette still cringed against the far wall, but Jette faced Anton, holding the pistol before her with shaking hands.

"Don't move, Grandpa."

"You little—" He pounced, barreling toward her with his arms raised.

The gun roared just before he slammed into Jette. The impact sent them both careening into the table and shoved it toward Jeanette, pinning her against the wall.

Emily dashed for the door and yanked the wedged chair free. She dropped the knife, threw the bolt, and pulled the door open.

21

Agunshot shattered the night. Nate caught his breath and looked at Gary for a second. They both ran for Emily's cottage. Anderson, MacRae, and half a dozen other officers beat them to it, converging on the front porch. The door opened and light spilled out onto the porch, with a slight figure silhouetted in the door frame.

"Help!"

"Emily!" Nate pounded up the path. By the time he'd reached the porch steps, Anderson had pulled Emily to one side of the door.

"Are you all right?" the officer asked.

"Yes, but—"

"Em, I'm here." Nate folded her in his arms.

She sobbed and threw her arms around him. "I'm okay. Really."

"Get her away," Anderson said.

He pulled Emily along the porch to the side steps. When they reached the ground, he led her into the shadows beneath the pines. Several officers entered the cottage, and a lot of yelling followed. A trooper dashed out the door and down the path toward Vigues' wharf.

Emily trembled, and Nate pulled her close against his side and kissed her hair. "You scared me good this time, Em. What happened in there?"

"Jette. She got the gun from Pressey."

"We thought she was helping him."

"She was. Until the last." Emily swung around and hugged him, and he held her, watching the porch. "I talked to her every chance I had, trying to convince her that he would only get her deeper into trouble."

"So, was anyone shot?" Nate almost didn't want to hear the answer, but she straightened and looked at him, her eyes wide.

"Anton. I think. He ran right at Jette, and she pulled the trigger. At least, that's how it seemed to me. I think the gun went off before he hit her, but then everything was crazy, and I got the door open and. . ." She buried her face in the front of his Kevlar vest. "I'm so glad you're here."

He stroked her back. "Me, too."

"Should you be helping them?"

"No. They told me to keep clear."

"Because of me?"

"Yes. But there's no place I'd rather be right now than here with you."

She squeezed him, and he stooped to kiss her. August 20 couldn't come soon enough.

Noise at the front door drew his attention. He and Emily watched with their arms around each other as Trooper Anderson led Jeanette onto the porch.

"Are you sure you're not hurt?" Anderson asked.

"I don't think so." Jeanette rubbed her abdomen. "I want my mom and dad."

Emily looked up at Nate. "I should go to her."

"Come on."

They walked to the front of the cottage and met Jeanette and Anderson as they came out the screen door and down the steps.

"Jeanette, I'm sorry this happened to you." Emily spread her arms, and Jeanette dove into them, sobbing.

Anderson eyed Nate in the semi-darkness. "Everything okay with you and the future Mrs.?"

"Yes, thanks. Can we help you now?"

She nodded. "Take Miss Williams over to the dock next door. Maybe get her a blanket or a jacket. She seems a little shocky. The trooper at the boat can radio shore. Her parents need to be notified."

"Should we ask Nicholas Williams and his wife to come to Baxter?"

"Wouldn't be a bad idea, if they're able." Anderson turned to Jeanette and Emily. "Miss Williams, Deputy Holman is going to try to get word to your parents that you're safe. We wouldn't want them hearing about this on the news and worrying about you."

"Thank you." Jeanette clung to Emily, shaking all over.

The look of consternation on Emily's face told Nate that the word *news* had triggered an avalanche in her brain. He would bet she had the story all planned but was frustrated because she couldn't write it now.

Emily pulled in a deep breath and smiled at Jeanette. "Let's go over there with Nate. Maybe we can get a boat to the mainland and you can call your parents when we get there."

Nate glanced back toward the porch. Gary and another officer led Jette out in handcuffs. The girl's short, dark hair stuck up from her head like a porcupine's quills, and her mouth was a dark slash in her pale face.

"Watch your step," Gary said. He hopped down and held out a hand to steady Jette as she maneuvered the stairs.

Nate leaned close to Emily's ear. "Just a sec. I want to touch base with Gary."

"We'll head for Vigues' dock," Emily said. "Come on, Jeanette."

Nate waited for his cousin to reach the path. "How's everything inside?"

Gary grimaced. "Emily's going to have to repaint her kitchen. Pressey's in bad shape, but they're taking care of him." With a glance at Jette, he added, "Tell you all about it later."

"Okay, thanks. If I leave before you do, stop by my house before you head home."

Nate hurried over to Marvin Vigue's dock. Marvin and Rocky hovered, trying to get chummy with the trooper who stood by the high-powered radio in the largest boat at the dock. *They must have gotten Jonathan to open the marina,* Nate noted. At least five of the rental boats were now tied up at Marvin's wharf, and more boats buzzed toward them across the water from Baxter. Nearer the Vigue cottage, a cluster of people waited. Truly and the Kimmel family for sure, and he thought he saw Raven and a couple of her staffers. Nate hopped down into his boat and pulled a blanket from one of the lockers.

The two young women approached slowly, with Emily guiding Jeanette over tree roots and onto the dock. Nate went to meet them and wrapped the blanket around Jeanette's shoulders. By the time they reached the boats, the trooper had gotten through to the local police in Jeanette's hometown.

"Miss Williams, if you'll let Deputy Holman take you to the mainland, you should be able to call your parents from there," the officer said.

"Do you want to go over to the marina?" Nate asked Jeanette.

Her face was a stark white. "I want to go home."

"Maybe we should just take you straight to the lodge." Nate looked doubtfully at Emily.

"She should be checked over by a doctor, I think, Nate."

Jeanette shuddered, and Nate had the distinct impression that only Emily's support kept her from crumpling to the ground.

"I want my mom," Jeanette wailed.

Emily's sorrowful gaze wrenched Nate's heart. No need to ask which mother Jeanette wanted.

"There's an ambulance waiting at the marina," the officer told him. "The EMTs can look her over and decide whether she needs to go to a hospital."

"Do your folks have a cell phone?" Nate asked Jeanette.

Jeanette nodded.

Nate turned to the trooper. "If you have contact with her parents, tell them to come to my house beside the marina. We'll call them as soon as we get to shore."

Nate got mugs out of his cupboard the next afternoon and lined them up on the counter for Emily to fill with coffee. Saturday had dawned gray and cold, and a drizzle had started around noon. All of his guests had accepted his offer of coffee.

"Ward will want milk and sugar." He walked to the refrigerator, took out a gallon plastic jug, and sniffed the contents. "Good."

Emily chuckled. "Some would say you need a wife."

"Yeah? I've got that assignment covered." He bent to kiss her cheek.

"Do you have a cream pitcher?" she asked.

"Uh, yeah, somewhere. I guess." He opened another cupboard. *Where did Mom keep it all those years? Or did she take it to the parsonage when she moved?* He spotted it next to the butter dish he never used and set it on the counter.

"Go ahead in." Emily placed the mugs on a tray. "I'll get this."

"Thanks."

Detective Blakeney, Ward Delaney, and Gary Taylor were making themselves at home in Nate's living room. With no police station in Baxter, Nate had suggested the marina house as a convenient location to debrief on Saturday afternoon.

He nodded at Blakeney. "Coffee's coming right up."

"Good. This won't take long. Just want to bring you all up to speed, since you played such a major role in the situation last night."

"Not me," Ward said sheepishly. "Thanks for letting me in on this."

"Well, you were there at the start of it," Blakeney conceded, "and you're Holman's partner. I have to say, he handled himself well last night. Some of the credit should go to his mentor."

Ward grinned at Nate. "The kid's a quick study."

The detective looked toward the kitchen doorway and smiled. "That looks very inviting, Emily."

"Help yourselves, gentlemen." She set the tray down on the coffee table and settled in between Nate and Gary on the sofa.

She'd found his stash of Oreos and a proper serving plate, Nate noted. Oh, well, the Oreos were expendable. He winked at her and reached for a cookie. "Good job. Thanks."

Blakeney took a sip of coffee then a bigger one and settled back in his chair. "First off, I'm sure you all want to know about Pressey's condition. He underwent surgery at Eastern Maine Medical last night, and he's holding his own. He's not in any condition to talk yet, but when he is, we'll be there. His doctors think he'll make it." Blakeney looked around at them. "I have to say, you folks did a first-rate job, and I'm including you in that, Emily."

She smiled and looked down at her hands. "Thank you, sir."

Blakeney leaned forward. "Now, don't be modest. Both the Misses Williams have told me how you kept things calm. You talked Pressey down, it seems. You fed him, and you kept Jeanette Williams from totally losing it.

And Jette... Well, she's a piece of work, isn't she?" He shook his head and took another sip of coffee.

"How is she doing, sir?"

"About as well as can be expected. She won't be arraigned until Monday morning."

"Can we see her?" Emily asked.

"Doubtful. Not yet."

Emily frowned. "But she doesn't have any family."

Blakeney's brow furrowed. "That's not strictly true, now, is it?"

"You mean..."

Nate took Emily's hand and squeezed it. "Remember how worried Mr. Williams was last night?"

Emily nodded. "I'm glad Jeanette's parents came, even though it was so late when they got here."

"Yes, and before they left to take her to the lodge, Nicholas Williams asked me if he would be allowed to visit Jette."

"That's right, Holman. Nicholas Williams is Jette's father, too. He hasn't had any contact with her for more than eighteen years, but he showed some concern for her last night, and that's encouraging. I think the authorities will let him visit Jette at the county jail. Mr. and Mrs. Williams plan to stay over at Lakeview Lodge with Jeanette until everything is cleared up."

"It's official, then?" Emily eyed him expectantly.

Blakeney nodded. "The DNA shows that both girls are his daughters. The one known now as Jeanette was the baby known as Marianne. And Jette is who you might call the 'real' Jeanette."

Nate wondered how the twins had taken that news.

"I'm glad Anton Pressey is still alive," Emily said quietly. "It would be so much more terrible for Jette if she had killed him." She turned to look at Blakeney. "Do you think they'll charge her with attempted manslaughter? I was there. He had threatened to kill both Jeanette and me several times, and he came at Jette like a grizzly bear intending to rip her apart."

"Only the prosecutor can decide that. If they find it was self-defense or justifiable homicide, she'll still have to answer for aiding and abetting him in kidnapping and terrorizing. And if we find out she knew he murdered Stella Lessard..."

"She didn't." Emily spoke with firm confidence. "She was just as shocked as I was when he said he'd given Stella what she had coming to her. I'm positive Jette didn't know Anton killed her until last night."

"You may have to testify to that effect," Blakeney said.

"Gladly. I'll do anything I can to help Jette. She saved my life, and Jeanette's, too, for all I know. Anton was ticked off at me, and I was afraid he'd turn around and shoot me at any second, the way he shot at Rocky through the door. If I said the wrong word. . ." Her voice caught, and she looked at Nate with tears glistening in her eyes. "That's why I didn't tell Jonathan to call the police when Jette and I went into the marina. Anton said if we didn't show up with a boat in fifteen minutes, he would shoot Jeanette, and I believe he would have."

"His own grandchild," Ward said, shaking his head.

"She meant nothing to him," Emily insisted. "I don't think he really cares about Jette, either. She was a tool for him, a way to get money. I doubt that man ever knew how to love." She sniffed and Nate slipped his arm around her.

"The DA is going to charge him with Mrs. Lessard's murder, right?" Gary asked.

"Absolutely." Blakeney reached for a cookie and sat back again. "We've got him cold on everything that happened yesterday, but the murder charge will be harder to prove. Emily, your testimony will be very important, and the girls' as well. I'm sure Jette Williams's lawyer is making it clear to her that testifying against Pressey will help her a great deal."

"She must be terrified." Emily shook her head. "Nate, will you see if we can get in to see her this weekend?"

"I'll do my best."

Gary set his mug on the coffee table and looked earnestly at Emily. "I rode to the county jail with her last night, and she said something kind of odd. She said, 'I guess God protected Emily after all, but what's going to happen to me now?'"

"I have to see her." Emily's blue eyes pleaded, and Nate squeezed her shoulder.

"If they'll let us, we will."

Gary smiled sheepishly. "I didn't know what to say to her, but I told her, 'Seems to me that God protected you, too, Miss Williams. He's right there all the time, waiting for you to come home.' Kind of corny, I guess."

"No, it's not," Emily said. "That's what I tried to tell her last night. God will forgive her for everything she did wrong. Pray that she'll believe that."

Blakeney cleared his throat. "Not to interrupt the prayer meeting, but there's one more thing I wanted to tell you boys. It's about the Procaine that killed Stella Lessard."

Nate's attention snapped to what the detective was saying. Ward, too, sat waiting for what Blakeney would say.

"I got word late yesterday that the state police in New Hampshire have linked Pressey to a robbery at a pharmacy in Dover a couple of months back."

IMPOSTORS AT BLUE HERON LAKE

"I wondered how he got it," Nate said. "It seemed an unlikely weapon for a man like him."

Gary grimaced as he twisted open an Oreo. "Yeah, he prefers a 9 millimeter."

"It took them awhile," Blakeney told them, "but they've traced it back to him. They've been looking for him all week but couldn't find him down there. When they heard we've got him up here, they contacted us. If we ever get done with him, they'll be only too happy to prosecute him." The detective looked over at Emily and nodded. "I won't tell the other reporters that item when I do the press conference this afternoon, but you can break it in your paper on Tuesday."

Emily smiled at him. "Thank you, Detective. That's generous of you."

Blakeney shrugged. "It's not much, but you deserve some sort of break. Of course, his capture and you girls' kidnapping and safe release will be all over tonight's TV news reports and tomorrow's daily papers."

"Will you publicize Jette's arrest?" Emily asked.

"It's a matter of public record, and she was acting as an accessory."

"She did save our lives," Emily said.

Blakeney nodded thoughtfully. "You can say that in the *Journal* if you want. Make her a hero, I don't care. She came down on the right side in the end. Maybe she deserves a break, too."

As the officers left the marina house a few minutes later, Nate and Emily said good-bye on the porch, out of the rain. Emily noticed a stooped figure huddled under the eaves of the marina and poked Nate in the ribs.

He looked down at her with arched eyebrows. She pointed, and he shifted his gaze toward the store.

"Cedar. What do you suppose he's got in that sack?"

The bundle Cedar held looked more like a pillowcase than a grocery sack. Emily squinted but couldn't decide. Maybe it was a laundry bag.

"Hey, Cedar," Nate called. When the man raised his chin, Nate waved.

Blakeney and Gary were already in their cars, but Ward stopped and looked at Nate then followed his gaze. As Cedar walked slowly across the parking lot, Ward turned and ambled back to Nate's porch.

"What're you up to today, Cedar?" Ward asked.

"Come on up here out of the rain," Nate said. "What brings you to town on such a wet day?"

Cedar looked at him silently for a moment then held the sack out to him. Nate frowned. "What's this?"

465

Cedar cleared his throat. "I know you're gonna say I shouldn't have done it, but I did."

The back of Emily's neck prickled.

"What did you do?" Nate asked.

Cedar nodded toward the sack. "I dug it up."

"How's that?" Nate asked.

"What are you talking about?" Ward scowled at him. "Talk sense, man."

Cedar flicked a glance at him then looked back at Nate. "I heard them talking about digging up Stella's flower beds."

"Who?" Nate's eyebrows drew together.

Things clicked into place in Emily's mind. "Anton and Jette," she said. "When they were holding Jeanette and me at Stella's house, Cedar came around. They were talking about digging to find the cash Anton was sure Stella had hidden."

Cedar nodded, his lips pressed tightly together.

"So you went digging around afterward?" Nate asked, fixing Cedar with a glare. "You know I told you to keep away from there."

"I figured they'd find it sooner or later if I didn't dig it up. So after you and...and the other officer left, well, I...I dug it up."

"What?" Nate demanded again.

Emily leaned closer to him and whispered, "Why don't you just look?"

Nate eyed her cautiously. "I'm not sure I want to. Could be a dead cat or anything." He turned back to Cedar. "Come on, spill it."

Cedar sighed and looked down at his soggy shoes. Clumps of wet earth clung to them. "Last year Stella wanted me to plant some hollyhocks, and I found something. She said she'd almost forgotten she hid it there. Then she kind of laughed and told me to put it back. So I did. But if that mean man was going to start digging, I didn't want him to have it. Stella said it was for somebody else."

"Who?"

"Don't know."

Slowly, Nate smoothed out the wadded neck of the sack and opened it. He stood still, staring down inside.

"What is it?" Emily asked at last.

"A soda bottle."

"What?" She made a face. "What else?"

"It's a two-liter plastic bottle."

"And something in it," Cedar said.

Nate reached into the sack and pulled the bottle out. He held it up where everyone could see it. Mud obscured the contents, but Emily was sure it included some rolled-up papers.

"What should we do with it?" she asked.

"Probably throw it away." Nate shook his head. "I suppose we'd better take it to John Wolfe, but I can't imagine that it's anything important."

"Stella hid it a long time ago," Cedar said, nodding. "It's part of her inheritance."

"Her estate," Emily said gently. "Nate, we'd better call Mr. Wolfe."

Nate sighed. "So much for my day off."

"It's too wet to go fishing or swimming anyway," Emily said.

"I'll call him," Ward offered.

"Thanks." Nate opened the door to the house. "Come on in and get dry, Cedar. We have some cookies left, and we can make more coffee."

"Don't drink coffee," Cedar said.

"How about hot chocolate?" Emily asked.

Cedar's eyes lit. "Sometimes."

She grasped his sleeve. "Come on. I'll make you some."

John Wolfe and his wife arrived forty minutes later. "I hope you don't mind that I brought Brenda," he told Nate.

"No problem." Nate introduced Emily, Ward, and Cedar.

"It was too wet to work in the garden," Mrs. Wolfe said.

Emily chuckled.

Nate said under his breath, "Tell that to Cedar."

She elbowed him. "Won't you sit down, Mr. and Mrs. Wolfe? I've made fresh coffee."

"Oh, no thanks," Wolfe said. "But if you want to bring out the item Mr. Sproul found, I'll take a look."

Nate brought the sack and handed it to Wolfe. "I spread out some newspapers on the coffee table so you can put it there. There seems to be a piece of paper rolled up inside. Thought you might want to cut the bottle open." He eyed Wolfe's immaculate clothing and added, "Or I could do it for you if you want."

"Thank you. I may take you up on that." Wolfe held the bottle up by its lid, using only his fingertips. "Hard to tell what it is, with the label and all the dirt." He tipped the bottle upside down, and something slid down near the cap. "Looks like something metallic. Here, Nate, why don't you go ahead and cut it open, if you've got the tools."

Nate braced the bottle on the coffee table and sliced into it with his pocketknife. He cut completely around the middle of the bottle and pulled the two halves apart, spilling the contents on the newspapers. A small photograph lay face up, and Wolfe reached for it, momentarily ignoring the rolled-up paper and other items.

"A cute baby." He turned the photo over. "Lois, age one." He passed the photo to his wife and reached for the paper. "And this appears to be Lois Pressey's birth certificate. This sheet of paper says, 'for Lois.'" He poked at the small items that lay on the newspaper. "A necklace and earrings."

"Could that be the jewelry she mentioned in her will?" Emily asked.

"Anything's possible. She specified diamond jewelry. I wonder if they're genuine." Wolfe picked up one of the earrings. "Could be diamonds. We'll have these appraised and entered into the list of contents in the estate."

"She obviously wanted Lois to have them," Emily said.

"Who's Lois?" Cedar asked. "Is that the one you were looking for?"

"Yes," Wolfe told him. "Lois was Stella Lessard's daughter. Remember, we talked about that? How she would be about forty years old now? But Lois died two years ago."

Emily reached to touch the sleeve of Cedar's plaid flannel shirt. "The man you saw at Stella's last night was her first husband, and the two girls who were there with him and me are Lois's children. They're Stella's granddaughters."

"Even that one with all the metal in her face?"

Emily smiled. "Yes, she's the one who calls herself Jette."

"Maybe she'll get these." Cedar poked one of the earrings with his finger.

"She may indeed," Wolfe said.

"Why do you suppose she buried them in a bottle?" Brenda Wolfe asked.

Emily stirred and glanced at Nate. He nodded, as though telling her to go ahead. "I think she wanted to be sure her second husband never saw them," she said. "From all indications, Edgar Lessard never knew about Stella's daughter or her former life. She didn't want to destroy these things. The birth certificate and picture were proof that Lois was her daughter. And perhaps she hoped that Lois would get the necklace and earrings one day. I suspect those are things Stella saved from her former life, with Anton Pressey."

"In which case, they may have been stolen," Nate added.

"True."

"Probably impossible to find out after all these years," Wolfe said. He stood and gathered the items. "I'll take these to the office and lock them up. Thank you for bringing them in, Mr. Sproul. I'm sure Mrs. Lessard's granddaughters will be grateful."

Nate clapped Cedar on the shoulder. "It was good of you to do that."

The old man shrugged. "She said it was for someone else. I didn't know who."

Wolfe nodded gravely. "I'll tell the Williams girls what you did."

"So. . .they're gonna get the house?" Cedar asked.

"It looks that way. Of course, one of the young women is in jail at the moment." Wolfe gritted his teeth. "She can't inherit if she's found to be guilty in her grandmother's murder."

Emily's heart sped up, and she stepped toward the attorney. "Is she even being charged in Stella's death? I'm sure she didn't know it was a homicide."

"The district attorney will decide what the charges are. We'll know after the arraignment on Monday."

"Are you representing her?" Nate asked.

Wolfe shook his head. "I don't generally represent criminal defendants. And anyway, I'm the official representative of the estate, which could be a conflict. The court will appoint an attorney, I imagine."

Tears pricked Emily's eyes. "I hope she gets a good one."

22

Emily shivered as they passed through the metal detector at the Penobscot County Jail. *It's no worse than the one at the airport,* she told herself. *Right. Who am I kidding?*

She'd visited Rocky Vigue here when he was arrested the summer before and found the place depressing. Thinking of Jette caged up here—a nineteen-year-old girl whose family had been ripped away from her—sent shudders down Emily's spine.

"You okay?" Nate reached for her hand.

She nodded and squeezed his warm fingers. She was glad he'd worn his uniform. The guards were all smiles and friendly greetings today.

Jette was already in the small interview room when they entered. She sat alone at a table, and a female guard stood near the door. Emily was glad they could meet here in relative privacy, not in the larger facility where prisoners met their families during visiting hours.

Jette's dark hair lay limp and lifeless. Her face seemed pinker than usual, and her brown eyes had shrunk to normal size without her customary heavy makeup. Her earrings, lip, and brow rings were missing. The snake tattoo circling her wrist and the flowers tattooed on her neck seemed the only remaining expressions of her individuality.

"Jette, how are you?" Emily moved across the room and embraced the girl. The guard shifted her position and watched them carefully but did not interfere.

"I'm okay." Her voice cracked, and her eyes swam with sudden tears.

"Oh, honey, I'm sorry." Emily drew her close again.

Jette sobbed. "How long will I be here? No one tells me anything."

"I don't know."

Nate cleared his throat. "You're going down the street for your arraignment this morning. Did they tell you that?"

She nodded. "I don't know what that means, though."

Emily patted her shoulder. "You'll go into the courtroom, and someone will read the charges against you. If you can't afford a lawyer, the judge will appoint one."

"Several lawyers have volunteered to represent you," Nate added. "Your case has caught the public eye, so to speak. You may get to take your pick."

Jette gulped. "I don't guess I can afford anything right now. I spent all my savings on this trip. I was hoping Grandma had left me something, but now I don't guess I'll get it if she did."

"Your attorney can advise you on that," Nate said, "but I think you can still inherit, even if you're indicted for a crime. It. . .all depends on what the charges are."

As long as you didn't murder the person leaving you an inheritance, Emily thought, but she didn't put it in words. "Just tell the truth, no matter what they ask you," she said.

"I didn't do anything." Jette's voice squeaked as she gazed pleadingly at Emily. Tears bathed her cheeks. "I never meant for anyone to get hurt, especially not Grandpa."

"I know." Emily smoothed her hair back. Nate surprised her by producing a folded cotton handkerchief and handing it to Jette.

"How's he doing?" Jette sniffed and dabbed at her eyes. "No one will tell me."

"He had surgery Friday," Nate said. "They said yesterday he was conscious. I called the hospital this morning, and he's stable now."

Jette let out a pent-up breath. "That's good, I guess."

"Yes." Nate pulled out a chair for Emily next to Jette. She sat down, and he went around the table.

"So. . .the police will be questioning him now, I suppose."

Nate nodded. "Detective Blakeney visited him yesterday, and he intends to see him again today."

"Will they keep me in jail because I sh—shot him?"

"You saved my life, Jette." Emily stroked her hand, trying not to look at the snake on her wrist, with its fangs bared, ready to strike. "I believe Anton would have killed me, and maybe Jeanette, too. He would have been furious when he realized the police weren't going to let him escape. I can't thank you enough for what you did. And I'll make sure the district attorney knows that."

Jette hauled in a shuddering breath. "It's so scary. The people here aren't very nice."

Tears gushed into Emily's eyes. "Are you sure you're all right?"

Jette ducked her head. "The woman they put me with—Sheila—she's not bad. She stole some money from the office where she worked. But some of them—" She looked up into Emily's face with bloodshot eyes. "Did you know there's a woman here who killed her own baby? And one who killed her boyfriend's new girlfriend."

Emily pulled her into a brief hug. "I'm so sorry you have to be here. We'll pray that it will be over soon."

"Do you really pray for me, or are you just saying that?"

"We pray for you every day. Lots of times every day." Emily looked to Nate for confirmation.

"Em and I prayed for you together right before we came in here," he said. "We hope you'll understand how much God cares about you. Even though you're in an awful place right now, He's here to take care of you."

"I did get a cellmate who's not mean," Jette admitted. "She cries a lot. It's hard to sleep at night because she's always bawling."

"But you're safe?" Emily asked.

Jette gave a tentative nod. "When you go to eat or take a shower, it's kind of scary with all these women around."

"They don't bring your meals to you?"

"No. Those are the worst times—when we're in a group and I don't know when someone's going to push me or something. I asked the guard to stay close while I took my shower this morning. She was kind of crabby, and she kept saying, 'Hurry up,' but she stayed."

"That's good," Emily said.

"There's one more thing." Nate leaned toward her across the table. "The results of the DNA tests are in, and they prove that you and Jeanette are Stella Lessard's granddaughters. It's official. John Wolfe is going to announce it today. You and Jeanette will inherit equally if your court case goes well."

Jette puffed out a breath and stared at the opposite wall. "Twins?"

"Yes," Nate said.

She shook her head. "Jeanette hates me."

Emily shot a glance at Nate, and he grimaced. "You know, in time you might discover that you have a lot in common," she said. "If not, then it's all right not to force a relationship. But you are sisters. There's no doubt."

"Jette, your father asked if he could see you, and they've told him to come this afternoon, after you've had your arraignment."

She jerked upright in her chair and stared at him. "Are you sure?"

Emily smiled at her. "We saw him yesterday. He'd tried to see you twice already. He told us he would come this afternoon, no matter what happens in court. And if they'll let him, he'll be in the courtroom this morning."

"Really?"

"Really. He wants to get to know you."

Nate leaned his elbows on the table. "Would you mind if we prayed now, Jette?"

She hesitated then nodded. "Okay. Can't hurt."

Emily bowed her head as Nate said quietly, "Lord, we thank You for preserving Jette and Emily and Jeanette. We thank You for Jette's family, and we ask that if it's in Your plan, she can form a good relationship with the

Williamses. We pray for Your will to be done in Jette's life. Give her courage as she goes to court today and the faith to believe in You. And we ask, too, that You will heal Anton and let him stand trial. Let justice be done for his crimes."

Emily added her amen to Nate's.

Jette smiled through her tears. "Thanks. I can't believe my father really wants to see me. He's not going to yell at me, is he?"

"No, honey." Emily squeezed her hand.

A man opened the door and looked in.

"Time's up. Williams, we'll be transporting you to the courthouse now." Emily and Nate stood.

The guard came forward and took Jette's arm. "Come with me. I'll process you out. A state trooper will go with you in the van."

"Thank you," Jette called to Nate and Emily as they headed for the door.

When they reached the street, Emily looked toward where they'd parked Nate's SUV.

"Look." She tugged Nate's sleeve. "It's Jeanette."

They hurried toward the young woman, and she advanced to meet them on the sidewalk.

"Hi. They wouldn't let me in."

"I'm sorry." Emily gave her a quick hug. "They're taking Jette to the court-house now. Maybe you'll get to see her after."

"My dad's over there." Jeanette blinked and choked back a sob. "Seems like he and Mom and I talked all weekend. Mom left this morning to pick up my brothers and my little sister from Grandma Smith's. But we've all agreed, if Jette will let us, we want to be her family."

Nate's eyes lit up. "That's great."

"It sure is," Emily said. "She's a little nervous about how you and your family will think about her and act toward her. When we told her your father was planning to go to the arraignment and visit her afterward, she was touched."

Jeanette swallowed hard. "I'm not sure if we'll ever be close like sisters should. . ."

Emily smiled. "I'm told sisters argue now and then."

"Oh, yeah." Jeanette chuckled. "That's true. Anyway, I'm going to try."

"I'm glad."

"I'm going to start reading the Bible, too. The pastor was really nice yesterday. He spent quite a while with us at the lodge." Jeanette looked up at Nate, flushing slightly. "I like your mom, too."

"Isn't she great?" Nate asked. "I'm glad you and your parents came to church."

"We're going to start going every week," Jeanette said. "Your pastor told us a good one to go to near where we live. And he said we can hold a memorial service for Grandma Stella at your church after we know what's going to happen with Jette."

"That sounds like a good idea." Emily looked at her watch. "Say, Nate, we'd better get over to the courthouse."

"You're going to the arraignment, too?" Jeanette looked at Emily in surprise.

"We want to support Jette." Emily smiled at her. "She can use all the friends she can get today. Nate has to work at three o'clock, so we have to head home by noon, but if her case comes up before then, we'll be there. Would you like to walk over with us?"

"Sure. Thanks."

Jeanette and Emily fell into step with Nate close behind them.

"This has been a rough time for your family," Emily said, "but you'll get through it and be stronger because of it."

Jeanette smiled. "Dad's been great this weekend. He's going to Mr. Wolfe's office with me this afternoon, after he goes to see Jette. We'll drive home in my car. Mom took his." She looked over at Emily. "I don't know why I thought he didn't love me."

"You don't have to worry about that. It's obvious he and your mom both care very much about you."

Jeanette nodded. "We all agreed we'll try to share that love with Jette." She bobbed her head to one side and winced. "I guess I have to get used to a new name. Do I look like a Marianne to you?"

Emily smiled and squeezed her shoulders. "You've lived as Jeanette so long, you may want to keep using that as a nickname."

"Maybe I'll ask Jette if she minds. At least she got a nickname that goes with her personality."

T he morning of Emily and Nate's wedding, the sky was gray and a mist hovered over Blue Heron Lake.

"Don't worry about the weather," said Carol Gillespie as she pinned her daughter's veil in place. "The weatherman said it will clear up. I'm sure the sun will be shining by the time the ceremony's over."

"I hope so. Otherwise we'll have to take pictures inside."

There was a tap on the door of the small Sunday school room that served as a dressing room for Emily and her attendants.

"Come in," Carol called.

Gary poked his head through the doorway. "We're ready to seat the mothers."

Emily smiled. "Go on, Mom. Everyone's waiting." She gave her mother a quick hug. "See you in a minute!"

A few moments later Emily met her uncle Waldo in the vestry. She blinked back tears at the sight of him in his tuxedo. *If only Dad could be here, too.*

"You look fabulous, Emmy." He smiled and stooped to kiss her cheek.

"Thanks. Are you ready?" she whispered.

"Am *I* ready?" Uncle Waldo chuckled softly. "Ready whenever you are."

"I've been ready for a long time!" She beamed up at him. "Thanks for walking me down the aisle. I know Dad would be happy having you stand in for him."

"My pleasure." He offered her his arm.

A second later, the pianist began playing Pachelbel's Canon, and the congregation rose as they started down the aisle. Emily could see Nate standing at the front of the church with Pastor Phillips, Gary, and Jeff Lewis. Her own attendants, Felicia and Raven, also stood at the front. Raven could have been a model in her chic sapphire gown. Though Felicia didn't have the same ease and natural beauty, the style also suited her, and she'd opted for a sleek new haircut and contact lenses to replace her glasses. Emily's friends looked their best today.

The church was full. Their smiling faces filled Emily's mind with memories as she and her uncle walked with measured steps to the front. Besides church members and regular summer island residents including the Vigues and the Kimmels, many Baxter residents had accepted the invitation to celebrate with Nate and Emily. Cedar Sproul slouched in the back pew, and

Charlie Benton, Bridget Kaplin, and Rita Eliot sat together just behind Jon and Allison Woods, who had closed the marina for the afternoon. A handful of Emily's old school friends and a dozen family members—cousins, aunts, and uncles—filled the two pews behind Carol. The church members and staff of Lakeview Lodge spilled over the back half of both the "bride's" and the "groom's" sides. The sprinkling of law enforcement uniforms told Emily that Ward Delaney, Orson Blakeney, and several other officers had come to support Nate.

Jeanette and Jette sat together just behind Nate's family, at his request. Emily was glad the sisters had decided to come. And were those Stella's diamond earrings Jette was wearing, and her necklace around Jeanette's neck?

Emily's mother was already crying, and as they reached the altar, Emily caught Connie Phillips's eye and saw that she was near tears as well.

I was fine until they started crying, Emily thought. She laughed to herself as she felt the tears coming on. Everyone was so happy for them. And then her eyes met Nate's again. She didn't think he'd ever looked happier.

As Pastor Phillips opened in prayer and welcomed the guests to the ceremony, Emily offered up a quick prayer of thanksgiving of her own. "God, thank You so much for bringing Nate and me together again, and for giving us to each other. Help us to love each other and to love You more."

After taking their vows, Emily and Nate mingled with their guests at the reception, held outside at the public boat landing and picnic area. The sun had indeed come out, shimmering on the lake. The time spent with friends and family they didn't often get to see was all too short. Nate lifted Emily to stand on one of the picnic tables and throw her bouquet. She tossed it to the cluster of women and watched with delight as Raven surfaced from the melee holding the pink roses.

"We need to leave soon," Nate whispered as he lifted her back to earth. "My mom says we'd better cut the cake and then go over to the house to change."

Before they left the boat landing, Emily took a moment to single out the twins.

"Thanks for coming." She smiled and gave them each a hug.

"Thanks for inviting us," said Jette. Emily thought she looked cute, though a little mismatched in the diamond drop earrings, a pair of black satin pants, and a glittery purple and silver tank top. Jeanette's sweeter look, a pink-and-yellow-flowered sundress, tallied with her more traditional taste, and Emily wondered how much their differences were due to their upbringing.

"You've been really kind to both of us through everything," said Jeanette. "I'm glad we could be friends."

Emily looked from one sister to the other. They didn't seem so annoyed at being in the same place at the same time anymore, and she hoped that perhaps the two of them might get to be friends after all.

"Did you decide what to do with your grandmother's house?" she asked.

The twins looked at each other and smiled.

Jeanette said, "Since Jette is on probation, our dad is responsible for her now. She's staying with us, and we've talked about the house a lot."

Jette nodded. "We're going to sell it. We both like Baxter, but we decided the money will be more useful to us. We can both go to the state university if we want and get some education."

"That sounds great," Emily said.

Jeanette shrugged with a sheepish smile. "We think so. I'm going to take some classes in early childhood education."

"And I'm thinking about studying art."

"Sounds like a good plan."

Nate came and took her by the hand. "Sorry, Em, but we really do have to leave."

"Where are you going?" Jette asked.

Nate grinned. "It's a big secret. But the first stop is the Bangor airport."

They hurried to the marina house to change. Nate had their luggage already packed in his SUV. When they came out, the guests had gathered in the marina parking lot. Mr. and Mrs. Nathan Pierce Holman drove out in a cascade of birdseed and good wishes. Emily sat back and sighed with contentment as she watched her husband drive toward the airport. She thought to herself, *This is for the rest of our lives.*